KB238688

SPEAK, SILENCE

IN SEARCH OF W. G. SEBALD

W. G. 제발트를 찾아서

IN SEARCH OF W. G. SEBALD

말하라, 침묵이여

SPEAK, SILENCE

캐럴 앤지어 지음 양미래 옮김

글항아리

차례

한국어판 일러두기

- 각주 중 별도의 표시가 없는 것은 모두 옮긴이의 것이고, 미주는 지은이의 것이다.
- 본문의 칼표(†)는 15쪽의 원서 일러두기를 참고하라.
- 본문의 괄호 중 ( )와 〔 〕는 지은이, [ ]는 옮긴이와 편집자의 것이다.
- 원서에서 이탤릭체로 강조한 곳은 고딕체로 표시했다.
- 외래어는 국립국어원의 외래어표기법을 준용하되, 일부 용어와 인명은 독일어식 표기 및 관행을 따랐다.

전기 집필 작업은 숭숭히 뚫린 구멍들을 어떻게 꿰어낼 것인가 하는, 그물 짜기의 문제다. W. G. 제발트의 작품이 파헤치듯 기억은 오류를 일으킬 수 있고, 증인은 사망하거나 사라질 수 있으며, 화자는 미심쩍은 존재인 까닭이다. 전기 작가라면 이 구멍들 앞에서 고뇌에 빠지기 마련일 것이다. 제발트의 전기 작가라면 더더욱 이 그물에서 무수한 구멍을 발견할 수밖에 없다.

핵심적인 공백은 제발트의 가족사인데, 이는 그의 아내가 남편의 개인사를 비밀로 간직하고 싶어하기 때문이다. 특정한 편지들 같은 비공개 자료를 통해서만 확인할 수 있는 제발트의 말은 아내의 허가 없이는 인용이 불가능하기에, 법적으로 허용되는 범위 내에서 다른 말로 바꾸어 표현할 수밖에 없었다.

빈틈은 이뿐만이 아니다. 예컨대 이 책은 제발트가 쓴 학술적인 글과 시를 그의 위대한 산문소설 네 편만큼 다루지 못했다. 독문학자 우베 쉬테가 이 빈틈을 메우는 훌륭한 저서들을 집필했으나, 현재까지는 독일어 판본만 존재한다.[1] 언젠가는 그 책들을 번역서로도 읽을 수 있기를 소망한다.

제발트와 각별한 우정을 나눈 한 친구, 그리고 그가 마지막으로 협업한 영국인 편집자와 관련해서도 빈틈이 존재한다. 두 사람 다 나와 대화하기를 원치 않았기 때문이다.[2] 유감스러운 일이지만, 이보다 더 유감스러운 것은 우리를 원점으로 돌아가게 만드는 마지막 침묵이자 가장 거대한 침묵이다. 이 침묵은 어째서 제발트가 오랜 세월 충실히 결혼생활을 이어갔음에도, 딸에게 헌신했음에도 늘 혼자였는가를 질문하게 한다. 작품에 이런 고독감이 어찌나 그득한지, 일부 비평가는 모든 길거리가, 모든 풍경이 이렇게까지 텅 비어 있을 일이냐며 조소를 보내기도 한다. 그러나 이는 결코 웃어 넘길 문제가 아니다. 비관주의와 마찬가지로―좀더 낙관적인 성향의 비평가들도 의문을 제기하는―근원적인 고독도 제발트와 거의 일평생 함께했다. 고독은 제발트가 가진 매력, 유머, 그리고 심오한 공감과 공존했으나, 그러다가도 아무 때고 불쑥 손을 뻗어 얼어붙을 듯 차가운 손아귀로 그를 단단히 틀어쥐었다. 유년기에는 친한 친구나 친척 들이 있었기에 그런 고독감이 난데없이 고개를 들이미는 일이 드물었지만, 시간이 흐를수록 고독은 점점 더 빈번하게 그를 덮쳤다. 그리하여 그는 오랜 세월―글을 쓰는 동안―깊은 고독감 속에서 살았고, 이는 필시 그가 사랑한 사람들도 마찬가지였을 것이다.

대체 이런 한계를 훤히 알면서도 왜 나는 고집스레 그의 전기를 쓴 걸까? 그건 제발트가 그 누구보다 탁월한 작가이기 때문이고, 홀로 남겨진 아내가 자기 자신과 남편의 사생활을 보호할 권리를 인정하되 그의 글쓰기의 뿌리에 대한 탐구를 전면적으로 막을 권리까지는 인정할 수 없기 때문이며, 나라는 사람이 둘째가라면 서러울 만큼 고집스러운 사람이기 때문이다. 그러나 무엇보다 이 전기 집필을 포기하지 않은 이유는 다름 아닌 나 자신의 한계 때문이다.

제발트의 독자들은 그의 작품이 유대인과 독일인이 경험한 홀로코스트의 비극에만 초점을 두고 있다고 보는 관점이 타당하지 않다는 쪽으로 차츰 의견을 모아가고 있다. 어둠을 바라보는 제발트의 비전은 그것보다 훨씬 더 아득한 곳을 향해, 인간사 전체와 자연 그 자체를 향해 뻗어 있다고 말이다. 이는 진실이다. 그런데 여기에는 내 한계가 있다. 내가 나치즘을 피해 난민이 된 유대인의 딸이라는 한계. 진실을 말하자면, 제발트가 홀로코스트에 대한 독일인의 책임이라는 무게를 누구보다 뼈아프게 짊어진 독일 작가라는 점이 내가 애초 그에게 매료된 이유였다. 그리고 이는 여전히 그의 작품에서 내가 가장 경탄하고 탄복하는 요소 중 하나다. 제발트는 '홀로코스트 작가'라는 수식어로 불리기를 원치 않았고, 나도 이 책에서 그를 그렇게 호명하지 않는다. 홀로코스트는 결코 제발트가 인식한 유일한 비극이 아니었다. 그럼에도 이것이 그가 독일인으로서, 히틀러 치하의 독일군에 소속되어 싸운 아버지의 아들로서 겪은 **그의** 비극이었음에는 의문의 여지가 없다. 또한 홀로코스트는 목숨을

걸고 가까스로 도망친 빈 출신 유대인의 딸인 내 비극이기도
하다. 나는 홀로코스트 문제를 제발트 작품의 핵심으로 보는
견해가 타당하다고 본다. 내가 책에서 그 핵심을 지나치게
강조한다면, 그건 바로 이런 이유에서다.

여러 방면에서 이름을 떨친 W. G. 제발트는 질적으로 완벽에
가까운 산문을 써냈다는 점은 물론, 그 어떤 독일 작가보다
독일에 희생당한 이들과 자신을 강렬하게 동일시했다는 점에서도
유명하다. 특히 그는 특정 범주로 분류가 불가능한 작품을 써낸
작가로 가장 널리 알려져 있다. 제발트의 작품은 픽션일까
논픽션일까? 여행기, 에세이, 역사, 자연사, 전기, 자서전일까,
아니면 불가사의한 사실들을 모아놓은 백과사전일까? 영국에서
최초로 제발트의 책을 펴낸 크리스토퍼 매클러호스는 고심 끝에
『토성의 고리』와 『현기증. 감정들』을 소설, 여행기, 역사 등 세
분야로 잡았다(가능하면 넷으로 잡고 싶었으나 셋이 최대였다[3]).
매클러호스만이 아니라 그 후로도 제발트의 작품이 어떤 장르의
글인지 확신한 사람은 없었다. 결국 학자와 비평가 들은—심지어
출판사와 서점 들도—예기치 못한 진실을 받아들이기로 했다.
제발트가 픽션과 논픽션 사이 어딘가에서 균형을 잡고 있는
새로운 장르를 발명했다는 진실을 말이다. 그리고 이후 영국의
로버트 맥팔레인, 미국의 테주 콜, 독일의 슈테판 바크비츠를
비롯해 수많은 젊은 작가가 그의 뒤를 따르고 있다. 발터 벤야민은
모든 위대한 작가는 새로운 장르를 창조한다고 말했다. 새로운

장르를 창조하느냐 마느냐 하는 이 광적인 시험을 최고점으로
통과한 20세기 작가가 바로 W. G. 제발트다.[4]

제발트에 대해 두 번째로 잘 알려진 사실은 그가 픽션과
논픽션 사이에서 균형을 잡은 주된 방식, 즉 작품 전체에 사진과
기록을 배치한 방식이다. 처음 제발트의 책을 펼치면 흡사 전기를
읽는 듯한 느낌을 받기 마련이다. 그의 책 속에는 에드워드
피츠제럴드와 로저 케이스먼트뿐 아니라 파울 베라이터와
암브로스 아델바르트의 사진이 있는가 하면, 표지에는 자크
아우스터리츠의 사진도 실려 있다. 한편 제발트가 나무에 기대고
있는 사진이 실린 『토성의 고리』나 제발트의 얼굴이 무효 처리된
여권 사진으로 박제되어 있는 『현기증. 감정들』을 보면 언뜻
자서전 같기도 하다. 게다가 독일 남부 지방에서 태어나 잉글랜드
노퍽주에 거주하면서 대학교수로 일하는 등 제발트의 인생행로를
거의 그대로 따라가는 화자도 그의 글을 자서전처럼 읽히게 한다.

피츠제럴드가 됐건 케이스먼트가 됐건—사진 자체만
놓고 보자면—제발트가 됐건, 소설에 누군가의 얼굴이
등장하는 것에는 아무 문제가 없다. 베라이터나 아델바르트나
아우스터리츠를 마주해도 처음에는 문제랄 것이 전혀 없어
보인다. 사진은 글—그것이 제발트의 글이라 할지라도—보다
독자와 인물의 거리를 더 좁혀줄 따름이다. 살과 피를 가진
존재와의 조우는 그가 품은 이야기에 헤아릴 수 없는 무언가를
보태준다. 마치 감당할 수만 있다면 그들의 눈을 똑바로 쳐다볼
수 있을 것만 같다.

그런데 다음 이야기를 읽고 또 그다음 이야기를 읽다 보면
의문이 고개를 쳐들기 시작한다. 각 인물의 정신적·육체적 고통을
강박적으로 묘사하는 이야기들이 어쩌나 파멸적이고 어쩌나
치명적인지, 단순한 관찰을 넘어 삶에 대한, 아니 죽음에 대한
비전을 그리는 지경에 이른다. 그렇게 독자는 제발트의 이야기가
얼마나 문학적인지, 다른 작가들과 얼마나 부단히 공명하고
있는지, 가령 『현기증. 감정들』은 어떻게 프란츠 카프카로부터
모티프를 얻었으며 『이민자들』엔 어떻게 블라디미르 나보코프의
이미지가 결합되어 있는지를 간파하게 된다.

요컨대 『현기증. 감정들』과 『이민자들』은 픽션이며, 이는 다른
모든 작품도 마찬가지다. 헨리 셀윈 박사에서 아우스터리츠에
이르기까지 모든 등장인물은 실존 인물을 모델로 삼지만,
제발트는 그들을 변형하고 조합해 소설적 창조물로 탄생시켰다.
그리고 이 지점에서 이상한 일이 벌어진다. 등장인물을 실존
인물처럼 느끼게끔 하는 책 속의 사진과 문서 들을 현재 우리
입장에서 대체 어떻게 판단해야 할까? 모든 인물이 허구라면 **그
사진들은 대체 누구의 사진이란 말인가?** 그리고 여기서 불현듯
반전이 펼쳐진다. 처음에는 비범한 친밀감을 조성하던 사진이
이제는 거리감을 형성한다. 사진 속 인물을 향해 강렬한 감정을
느끼는 대신, 우리는 묻게 된다. **누구지?** 제발트가 자신의
창조물을 실제에 가깝게 그리기 위해 채택한 기법은 이로써
일반적인 소설을 읽으며 평소처럼 등장인물을 상상할 때보다 더
그들이 실제가 **아님**을 인식하게 만든다. 제발트는 삶을 이루는

다른 몇몇 굴레와 마찬가지로 이 굴레에서도 벗어나지 못한다. 하여 내 책도 그를 이 굴레에 가둔다. 만일 독자가 아무 의구심 없이 제발트의 작품을 읽고 감동받는다면, 제발트로서는 소기의 목적을 달성한 셈이다. 하지만 나는 독자에게 진실을 상기시킬 것이다. 그것이 전기 작가의 일이니까. 그런고로 작가들은 전기 작가를 원하지 않고, 제발트도 나를 원하지 않았으리라는 걸 안다. 그러나 나는 그를 향해 이렇게 말할 것이다. **당신이 틀렸어요.** 당신은 늘 사람들이 당신 이야기를 믿길 바랐죠. 그런데 말이에요, 진실을 알면 사람들은 당신 이야기를 덜 믿는 게 아니라 더 믿을 거예요.

연기와 거울*이란 게임 속에 놓이는 것은 피사체와 사진의 관계만이 아니다. 제발트와 그의 화자, 심지어 제발트와 그를 인터뷰한 사람들의 관계도 이 게임 속에 놓인다.

　나는 『이민자들』이 영국에서 출간된 직후 제발트를 인터뷰한 적이 있다. 친절하고 울적하고 유쾌했던 그는 흠잡을 데 없는 영어로 천천히 그리고 진지하게 많은 이야기를 들려주었고, 나는 그가 한 모든 말을 믿었다. 그러나 이 전기를 쓰기 위해 취재를 하면서 내가 착각을 하고 있었음을 알게 되었다. 그는 스스로에

---

* '연기와 거울 smoke and mirrors'은 거울로 연기에 이미지를 투사해 개체가 공중에 떠 있는 것처럼 보이게 만드는 고전적 마술 기법으로, 면밀히 들여다보면 환상으로 판명되는 사실을 이르는 관용구다. 미국 저널리스트 제임스 브레슬린이 워터게이트 사건을 다룬 책에서 사람들이 보고 싶어하는 것을 보게 만드는 정치의 속성을 '거울과 푸른 연기'에 빗댄 데서 유래했다.

대해 정직했고, 부모에 대해서는 이래도 되나 싶을 정도로
솔직했지만, 작품에 대해서는 거짓을 꾸며내 들려주었다.[5] 나는
인터뷰 기사에 발트가 지어낸 이야기를 실었고, 그 이야기는 이후
하나의 사실 정보가 되어 거듭 회자되었다. 결과적으로 내가
내 손으로 전기라는 그물에 구멍 하나를 뚫은 꼴이 된 것이다.
그 구멍이 제발트만큼은, 다른 사람은 몰라도 그만은 즐겁게
했겠지만 말이다.

W. G. 제발트는 모든 작품을 독일어로 집필했다. 그러나 나는 영어로 글을 쓰는 작가이므로 영역본을 중점적으로 참고했다. 부디 이 점을 참작해주기를 바란다. 제발트는 영국에 거주하면서 40년 가까이 영어로 학생들을 가르쳤고, 대단한 열의로 번역 작업에 참여해 사실상 자기 작품의 영역본을 직접 내놓았다.

　한편 그는 현대 기술을 혐오했으면서도 사진, 복사, 미술작품의 복제 등 당대 기술을 십분 활용했다. 사진과 미술작품만큼 제발트에게 중요했으나 지면에 실을 수 없었던 두 매체로 음악과 영화가 있다. 이에 나는 몇몇 음악과 영화 참고자료를 본문에 칼표(†)로 표시했다. 이 자료들은 블룸즈버리 출판사 웹사이트 내 이 책 페이지에서 듣거나 시청할 수 있다. 여기에는 제발트가 응한 몇몇 핵심적인 인터뷰의 전문도 실려 있는바, 궁금한 독자들은 다음 주소에서 살펴보길 바란다[817쪽「함께 볼 웹페이지 안내」도 참고할 것]. www.bloomsbury.com/speak-silence.

1부

시작들

BEGINNINGS

1장

W. G. 제발트

얼마나 많은 시간을 거슬러가야 기원과 만날 수 있는가?
제발트는 『자연을 따라. 기초시』에서 물었다. 그리고 대답했다.
아마도 할아버지와 할머니가 무개마차에 몸을 싣고 가장 가까운
소도시로 가서 결혼한 1905년 1월 9일 아침으로 가야 할지도
모르겠다고.

그날이 W. G. 제발트라는 사회적 존재의 시작점이었다.
그리고 하나 더, 『자연을 따라. 기초시』 속 할아버지인 모친의
아버지, 즉 제발트가 유년기를 통틀어, 어쩌면 인생 전체를
통틀어 가장 사랑한 사람인 요제프 에겔호퍼도 그 기원이었다.
그러나 제발트라는 작가의 기원은 다른 곳에 있을지도 모른다.
안전과 행복의 원천이 아니라—심지어는 잃어버린 안전과
행복의 원천도 아니라—그 반대편에 있을지도. 제발트의 누나
게르트루트의 말처럼 "글은 써야 할 때 쓰게 된다".[1] 제발트는
써야만 했다. 그런데 왜 써야만 했을까? 이 질문에 답할 수 있다면

그 시작점도 찾을 수 있을 것이다.

제발트는 "정체 모를 공허함"을 느끼며 성장했다고 썼다.[2] 이미 어린 시절부터 **뭔가 잘못된 게 있다**고 생각하기도 했다. 이는 빈프리트라는 이름과 연관된 생각이었다. 어린아이가 느끼기에도 빈프리트는 어딘가 마땅치 않은 이름이었던 것이다. (당연하게도 이 모든 사실은 아우스터리츠를 떠올리게 한다.) 제발트는 "소리 없는 재앙"을 자주 상상했다.[3] 그것은 대체 무엇이었을까? 아무도 그에게 알려주지 않았다.

사실 제발트가 태어났을 무렵 두 차례 소리 없는 재앙이 있었으니, 바로 유대인 집단학살과 독일 여러 도시에 가해진 폭격이었다. 이것들은 반드시 채워져야 했던 침묵이었고, 끝내 파헤치도록 그를 몰아 간 비밀이었다.

침묵은 너무나 견고했기에 제발트는 생애 초기 베르타흐 마을에서 8년을 살고 소도시 존트호펜에서 몇 년을 더 사는 동안 두 재앙을 전혀 인식하지 못했다. 집에서도 학교에서도 유대인을 입에 올리는 사람은 아무도 없었다. 유럽 유대인이건, 독일 유대인이건, 바이에른주 남쪽 끄트머리에 떨어져 있기는 하지만 세계대전 이전에는 유대인도 여럿 살았던 존트호펜 출신 유대인이건 무관했다. 예컨대 제철공으로 일했던 게오르크 골트베르크의 딸은 [유대인의] 치과 의사 수련이 금지되자 독일을 떠났다. 그리고 존트호펜병원 원장이었던 의사 쿠르트 바이게르트는 1935년 유대 인종이라는 이유로 해고당했다. 전쟁에서 살아남은 바이게르트는 1945년에 존트호펜으로 돌아와 병원장으로 재취임했고, 그로부터 30년 후 그가 사망하자 시의회는 공동묘지에 그를 기리는 공식 기념비를 세웠다. 결과적으로 존트호펜시는 뒤늦게나마 보상을 시도했다. [4]

제발트가 학창 시절을 보낸 오버스트도르프는 존트호펜보다 훨씬 더 작은 도시였지만, 그곳에도 소수의 유대인이 거주 중이었다. 그들 대부분은 정체를 숨길 수 있는 부유한 은퇴자였다. 그러나—치과 의사 율리우스 뢰빈 같은—노동자는 숨을 곳이 없었다. 1938년 오버스트도르프의 나치 당원들은 열을 올리며 뢰빈과 그의 아내와 아들을 추방했다. [5]

Ein Jude weniger! Am 1. August verläßt der Jude Löwin, der hier Dentist war, endlich unser schönes Oberstdorf. Die Bevölkerung ist froh, ihn hier nicht mehr sehen zu müssen. Löwin wandert nach Amerika aus und er wird es so machen, wie seine Rassengenossen alle, die draußen über das neue Deutschland jammern. Dabei konnte er jahrelang hier seine Geschäfte machen und wir lassen ihn sogar noch völlig ungeschoren zu seinen Brüdern reisen. Wir sind herzlich froh, daß endlich wieder einer vom „Auserwählten Volke" uns verläßt. Nur ganz wenige Juden wohnen nun noch im Kreis Sonthofen. Ihnen möge Löwins Auszug ein leuchtendes Vorbild sein.

「유대인이 한 명 줄다!」 1938년 8월, 『알고이어 안차이게블라트』에 율리우스 뢰빈과 그의 가족이 오버스트도르프를 떠났다는 소식이 보도된다. 이 기사는 "또 다른 '선민'이 마침내 우리를 떠났다니 진심으로 기쁘다"라는 문장으로 끝맺는다. "이제 존트호펜 지역에는 극소수의 유대인만이 남아 있다. 뢰빈 일가가 떠났다는 소식이 그들에게도 훌륭한 본보기가 되기를." [6]

뢰빈 일가는 미국으로 이민을 떠났고 의사 바이게르트처럼 전쟁에서 살아남았다. 사실 "극소수의 유대인"—극작가 카를 추흐마이어의 어머니 같은 사람—들은 뢰빈이나 바이게르트와 같은 길을 가지 않았다. 뒤에서 더 살펴보기는 하겠지만, 전시에

오버스트도르프 시장이었던 관료와 존트호펜 군구지휘자는 나치
관료들 중에서도 인간적인 편에 속했기에 그들도 살아남았다.
그러나 반유대주의 프로파간다는 무자비하게 계속되었고, 독일에
남은 모든 유대인처럼 그들 또한 천년 제국의 그 12년을 공포
속에서 살아가야 했을 것이다.

제발트가 거주한 두 소도시에서 이 모든 사실은 마치 한
순간도 존재하지 않았던 것처럼 묻히고 잊혔다. 제발트는 경애하던
선생님이 유대인의 피가 반의반 섞였다는 이유로 파면당했다는
소식조차 듣지 못했고, 이는 『이민자들』에서 파울 베라이터의
이야기가 되었다. 반유대주의는 단지 유대인을 절대 입에 올리지
않는 수준에 그치지 않았다. 의사 바이게르트와 오버스트도르프에
거주한 소수의 노부인을 제외하면, 유대인은 굳이 말하지 않아도
알 만한 이유로 종적을 감추었다. 그리하여 빈프리트는 단 한 명의
유대인도 만나지 못한 채 성장했다.[7] 그의 누나도 마찬가지였다.
"유대인이 뭔지도 몰랐어요," 게르트루트는 말한다.

그런 상황이 빈프리트가 열일곱 살이었을 때부터 바뀌기
시작했으니, 학교에서 강제수용소에 관한 영화를 상영한
것이다(게르트루트가 다닌 학교에서도 마찬가지였다).[8] 애초 학교의
의도는 영화를 시청한 후 이 주제에 대해 진지한 토론을 나누는
것이었겠지만, 빈프리트로선 그렇게 아무런 준비도 없이, 평생 침묵
속에 잠겨 있던 끝에 갑작스럽게 교실에 들이닥친 죽음의 현현을
도무지 감당하기 어려웠다. 영화 시청 후 축구 경기가 예정되어 있던
어느 화창한 봄날 오후 그런 일이 벌어졌을 때, "뭘 어떻게 해야 할지

몰랐다"라고 그는 말했다.[9] 제발트만 이런 생각을 한 것도 아니었다.
내가 대화를 나눈 그의 학교 친구들은 영화를 어렴풋하게만
기억하거나 아예 기억하지 못했다. 유대인이건 독일인이건 영화를
본 사람이라면 누구나 증언할 수 있듯, 청소년기 삶의 표면을 관통해
금기를 깨트려버린 이 사건은 너무나 참담해서 제대로 이해될 수
없었다. 빈프리트와 친구들에게 이 일은 제발트의 후기 작품이
주로 다루는 주제, 즉 당시에는 마음에 기입할 수 없었고 나중에는
기억해낼 수 없었던 트라우마의 초기 사례였다.

그러다 1960년대 초에 이르러 분위기가 전환되었다.
제발트와 그의 친구들이 근심 어린 대화를 나누기 시작한 것이다.
아버지들은 전쟁에서 뭘 하셨을까? 그리고 열여섯 혹은 열일곱
살 때부턴 빈프리트 자신도 변하기 시작했다. 늘 유달리 총명한
학생이었던 빈프리트는 그때부터 친구들과 거리를 두기 시작했다.
그는 비정통적인 서적을 광범위하게 읽기 시작했고, 집에서나
학교에서나 의심의 여지 없이 받아들여지던 권위인 가톨릭교를
시작으로 차츰 여러 정설을 비판적인 관점으로 바라보게 되었다.

게르트루트는 세 살 터울 동생인 제발트가 자신보다 먼저
가족들이 공모한 침묵에 맞서기 시작한 배경이 폭넓은 독서에
있었으리라고 본다. 그러나 제발트의 시도는 무용했다. 그는
지나치게 단도직입적이었고 지나치게 뻬딱했다. 아버지는
"기억나지 않는다"라는 말만 완고하게 반복할 뿐이었고, 결국에는
날 선 언쟁이 이어졌다. 제대로 된 대화가 이루어진 적은 한 번도
없었고, 제발트는 양친 중 어느 쪽에서도 과거사에 대한 이야기를

이끌어내지 못했다.[10] 그런 대화가 가능했더라면, 제발트는 책을 쓸 필요가 없었을지도 모른다. 제발트의 작품은 바로 '과거사 극복'을 위한 공공의 노력에도 불구하고 독일 가정에서 지속된 사적 침묵이 만들어낸 결과물이었다.

그리고 또 하나의 비밀이 있었으니, 전쟁이 끝날 무렵 독일인들이 겪은 고통이 그것이었다. 제발트는 그처럼 무거운 범죄를 저지른 독일인들이 감히 우는소리를 해서는 안 된다는 금기를 다시 한번 깨고 이에 관해서도 글을 썼다. 그는 누가 저질렀든, 그 어떤 범죄에도 반대의 목소리를 내는 사람이었다.

이 침묵은 앞의 침묵보다 훨씬 더 깊었다. 후자는 적어도 학창 시절이 끝날 무렵 수용소 영화로 드러났지만, 1942년부터 1945년까지 독일에 가해진 연합군의 폭격으로 인한 참상은 전연 언급되지 않았다. 고통도 과도하게 감춰야 했지만 수치심은 그보다 더했다. 독일인은 지배 민족이었고, 독일 땅에서 기생충은 박멸되었어야 했거늘, 돌연 그들 자신이 기생충이 되어[11] 지하실에서 쥐들과 동거하며 쥐들이 먹는 더러운 음식물 쓰레기를 뒤지는 신세가 된 것이다. 어떻게 이런 현실에서 살아남고, 어떻게 이런 현실을 기억할 수 있었겠는가? 그럴 수 없었다. 그들은 기억을 머릿속에서 깡그리 지워버렸고, 독일을 전무후무하게 빠른 시일 내에 유럽에서 가장 부유하고 청결한 국가로 만드는 데 몰두했다. 독일인들이 덮어두었던 일들은, 제발트로 하여금 여생 동안 극단적인 부유함과 청결함을 미심쩍게 여기게 했다.

베르타흐는 알프스산맥에 자리잡은 자그마한 마을로,

주변 소도시들조차 폭격 대상이 되지 않았을 만큼 보잘것없는 곳이었다(1945년 초 존트호펜에 폭탄 몇 개가 떨어지기는 했지만). 그러나 뮌헨은 치명적인 타격을 입었고, 전후 몇 년 동안 거리는 잔해로 뒤덮여 있었다. 1947년 프랑스의 포로수용소에서 갓 귀환한 게오르크 제발트는 부모님을 뵙기 위해 아이들을 데리고 도나우강으로 향하는 길목에 위치한 도시 플라틀링으로 향했다. 뮌헨을 거쳐야 하는 여정이었다.[12] 그 전까지 도시를 본 적이 없었던 어린 빈프리트는 높이 솟은 건물들과 그 사이로 산더미처럼 쌓인 잔해를 똑같이 경외심에 찬 눈으로 응시했다. 아버지로부터 아무런 설명도 듣지 못했고, 설명을 구해서는 안 된 다는 사실도 알고 있었던 까닭이다. 그로부터 오랜 시간이 지난 후 제발트는 "도시란 원래 산더미 같은 잔해 사이로 집이 서 있는 곳이라고 생각했습니다"라고 말했다.[13] 그러나 그 기이한 도시에 대한 기억은, 얼마간 아무도 설명해주지 않았기에 스스로 상상해낼 수밖에 없었던 침묵의 재앙이었음이 틀림없었다.

제발트가 가장 사랑한 책 중 한 권인 나보코프의 『말하라, 기억이여 *Speak, Memory*』[14]는 이렇게 문을 연다. "요람은 심연 위에서 흔들거린다. 상식적으로 생각해보건대 우리 존재는 영원이라는 두 어둠이 잠시 갈라진 틈 사이로 스며 나오는 빛줄기에 불과하다."[15] 그리고 이렇게 이어진다. "나는 시간공포증에 걸린 한 젊은이를 알고 있다. 그는 자기가 태어나기 몇 주 전 집에서 찍은 비디오를 처음 봤을 때 공황에 가까운 경험을 했다고 한다."

물론 그 비디오에서 그는 이미 죽어버린 사람처럼 부재한다.

제발트는 친구 마리에게 편지를 보내면서 자기가 태어나기 약 6개월 전 누나 게르트루트와 자신의 친구 제프 빌러스의 모습을 찍은 사진을 동봉해 나보코프를 흉내냈다. 너무한 것 같아, 제발트는 마리에게 말했다. 둘 다 나를 그리워하지 않는 게 분명해.[16] 그리고 『자연을 따라. 기초시』에서 그는 자신의 출생 이전에 존재한 어둠의 영원성, 즉 시간의 극단적인 붕괴를 좀더 진지한 태도로 일별한다.

제발트가 기록한 바에 따르면 1943년 8월 28일 그의 어머니는 아버지와 함께 밤베르크에서 휴가를 보내다 집으로 돌아오는 중이었다. 그런데 그날 밤 수백 대의 전투기가 출격해 뉘른베르크를 공격했다. "어머니는"이라고 운을 띄우며 제발트는 이렇게 썼다.

어머니는 기차로
퓌르트까지만 갈 수 있었다
거기에서 어머니는
화염에 휩싸인 뉘른베르크를 보았지만
불타는 도시가 어떤 모습이었는지
그 광경을 보면서
어떤 감정을 느꼈는지
이제 더 이상 기억하지 못한다[17]

제발트는 아무 설명도 하지 않지만—그는 무엇이 됐건 설명하는 법이 없다—이는 분명 마음에 새길 수도, 기억할 수도 없는 또 하나의 트라우마다. 그의 생애 첫 트라우마. 그날 여자는 아이를 임신했다는 사실을 깨달았고, 그 아이가 바로 제발트 자신이었던 것이다. 그로부터 몇 년이 지난 후 빈에서 불타는 소돔을 그린 알트도르퍼의 그림을 본 순간을 제발트는 다음과 같이 묘사한다.

이상하게도
이미 예전부터 그 그림을
알고 있었다는 느낌이 들었고,
잠시 후 프리스덴스브뤼케,
그 평화의 다리를 건너
플로리츠도르프로 넘어갈 때는
거의 정신을 잃을 지경이었다[18]

혹시 제발트의 다른 많은 작품처럼 이 또한 나보코프를 반향하는 메아리 그 이상도 이하도 아닌 순수한 인용일 뿐일까? 그러나 제발트의 모친 로자는 분명 8월 (28일이 아닌) 27일에 뉘른베르크를 거쳐 퓌르트에 머물렀고, 27일에서 28일로 넘어가는 밤 뉘른베르크에서는 **실제로** 대규모 공습이 자행됐다. 1500톤의 폭탄이 떨어졌고 수천 명의 시민이 사망했다. 구름 한 점 없었으나 초승달이 뜬 날이라 몹시 깜깜했던 밤하늘은 저 위에서

폭격기가 폭탄 더미를 투하하자 주홍빛으로 맹렬히 이글거렸다.[19]
로자는 아이들에게 이 얘기를 몇 번이고 들려주었고, 이는 분명
사실이었다. 제발트가 바꾼 유일한 세부 내용은 그때 제발트
자신과 어머니 둘만 있었던 게 아니라 세 살배기 게르트루트도
함께였다는 사실뿐이다. 게르트루트는 그 장면을 직접 기억하진
못하고 어머니가 들려준 이야기만 기억했는데, 이성적으로
생각해보면 아직 태어나지 않은 남동생도 마찬가지였을 것이다.
다만 그 아이는 W. G. 제발트였고, 아이의 상상은 전쟁의 피에
물들어 있었다. 진실이 무엇이건 간에 1943년 8월, 그 한 줌의
세포 덩어리는 **거의 정신을 잃을 지경이었다.**

　　제발트에게 있어 불은 성 제발두스를 수호성인으로 기리는
뉘른베르크에서 시작된다. 뉘른베르크에서 타오른 불은 런던
대화재를 알리며 끝나는 『현기증. 감정들』을 거쳐 『토성의 고리』,
그리고 끝내 출간되지 못한 후속작에 이르기까지 그의 많은
작품에서 맹위를 떨친다. 더욱이 그는 다수의 인터뷰에서 불이
가장 두렵다고 말하기도 했다.[20] 그리고 이 두려움은 그때까지도
목조건물이 많았던 까닭에 수차례 전소된 적 있는 마을에서
성장한 어린 시절로 거슬러 올라간다. 하지만 두려움은 여기서
그치지 않고 제발트가 글로 써내지 않을 수 없었던 두 공포를
향해 내처 거슬러 간다. 두 공포는 나중엔 침묵을 매개로 하나가
되지만 당시로선 불로 하나가 된 터였다. 그것은 절멸 수용소의
용광로, 그리고 도시를 뒤덮은 불길이었다.

『자연을 따라. 기초시』는 나보코프의 글과 공명하는 대목보다도
더 이른 순간을, 바로 그 전날인 8월 26일을 기록한다. 로자와
게오르크 부부가 아직 밤베르크에 머물며 식물원을 방문하고
있을 때다.『자연을 따라. 기초시』를 써 내려가는 시인은 백조 한
마리와 녀석의 물그림자가 평온하게 유영하는 연못가에 서 있는
두 사람의 사진을 간직하고 있다. 생전 결코 볼 수 없을 것만 같은
양친의 태평스러운 모습이 경이롭기만 하다고 그는 말한다.

2001년 제발트는 그날 찍힌 또 다른 사진을 한 인터뷰
진행자에게 건넸다. 머지않아 게오르크가 프랑스로 파병되어
살아남지 못할 수도 있는 상황이지만, 사진 속 부부는 걱정
근심이 없어 보인다. 그러나 그 사진엔 연못이나 백조가 보이지
않는다. 그 밖의 무수한 요소도 보이지 않는다. 상당수의 유대인
인구가 거주했던 밤베르크에서는 과거가 보이지 않고, 절멸
수용소나 불길에 뒤덮인 도시에서는 현재가 보이지 않으며,
시인도 보이지 않는다. 그러나 그들은 전부 거기에 있다.[21]

마침내 예수승천대축일인 1944년 5월 18일, 제발트의
출생이라는 평범한 시작이 있었다. 이 날짜는 미로 속에 얽혀든
실 가닥처럼 그의 작품을 관통한다. 예컨대 『이민자들』 말미에
이르면 독자는 바트키싱겐 유대인 공동묘지에서 1889년
5월 18일에 사망한 마이어 슈테른의 무덤을 보게 되는데,
제발트의 상상 속에서 마이어 슈테른은 『아우스터리츠』 마지막
쪽에 언급되는 인물, 즉 3만 명 이상이 강제 이송되어 사망한
카우나스 제9요새 석회벽에 자기 이름과 함께 **막스 스테른, 파리
출신, 1944년 5월 18일**을 새긴 막스 스테른으로 변모한다. 자크
아우스터리츠의 주 모델은 막스의 생일 날짜보다 하루 앞선
5월 17일에 태어났다. 『이민자들』 속 막스 페르버의 주 모델의

어머니도 그날 태어났다. 그리고 제발트는 페르버의 어머니로
등장하는 인물 루이자의 생일을 5월 17일로 정했다. 이런 반복이
이어진다.

　무정한 현실에서는 이러한 우연이 아무 의미 없음을, 혹은
의미 있어 보일 수 없음을 제발트도 잘 알고 있었다.[22] 하지만 그는
어떤 개념이 중요한 이유는 그 형식의 아름다움과 사람의 마음을
움직이는 힘, 그리고 E. M. 포스터가 말한바 소설에서 가장 중요한
요소인 미스터리 때문이라고 했다.[23] 다시 말해 예술에선 우연이
작동했고, 제발트에게는 이 사실이 가장 중요했다. 우연은 그의
삶에서도 중요한 요소였고, 나중에는 거의 집착 대상이 되었다.
우연은 우리가 이해하지 못하는 방식으로 사물들이 서로 얽혀
있음을 보여주며 우리는 그런 우연에 주의를 기울여야 한다고,
그것은 최소한 "모두 알다시피 사실상 존재하지 않는 어떤 의미"를
만들어내려는 우리 욕구에 응답한다고 제발트는 말했다.[24]

　사건의 우연성은 제발트의 상상력을 추동하는 주요
동인 중 하나다. 그런 점에서 제발트가 태어난 1944년 5월
18일이라는 날짜는 같은 날 독일제국에서 벌어진 일로 인하여
무엇보다 중대하고도 간담을 서늘케 하는 우연의 사례가 된다.
제발트가 글을 쓰도록—침묵보다, 포궁 안에서 화염에 휩싸인
뉘른베르크를 보았던 비정상적인 기억보다 더—부추긴 것이
있다면, 그건 바로 이 우연성이었다. 그는 갖은 방식으로 이에
대해 말하고 또 말했다. 제발트가 전쟁의 영향을 받지 않은
알프스 산간의 외딴 마을에서 태어나 유아차에 몸을 싣고 꽃이

만발한 들판을 지나고 있었을 때, 카프카의 누이는 헝가리,
케르키라 등 지중해 전역에서 온 수십만 명의 사람과 함께
아우슈비츠로 강제 이송되고 있었다.[25] 제발트는 "행복에 겨운
어린 시절과 이 끔찍한 사건들의 동시성이 지금 와선 도무지
이해가 안 갑니다"라고 말했다. "이 일들이 제 인생에 아주 기다란
그림자를 드리우고 있다는 사실을 이젠 알지요."[26] 그리고 이렇게
말했다. "제가 보기엔…… 부당한 일 같습니다. 이 평화로운
계곡에서 성장하는 삶이 저에게 허락되었다니. 어떻게 제가 그걸
누릴 수 있었는지 도통 모르겠어요."[27]

이런 말을 들으면 모든 독일인이 이런 감정을 느껴야
마땅하지 않나 싶다. 아니, 사실상 모든 사람이, 어느 끔찍한
시절을 통과하는 동안 무언가를 할 수 있었거나 유아차에 탄
아기 빈프리트처럼 아무것도 할 수 없었던 모두가 이렇게 느껴야
마땅하지 않나 싶다. 그러나 제발트는 자신과 전적으로 무관한
일에도 생존자의 죄책감을 느끼며 고통받은 유일한 사람, 아니
내가 아는 유일한 사람이다.

생애 초기 몇 년 동안 빈프리트는 안전하고 안정적인 단출한
가정에서 성장했다. 외조부모와 어머니, 누나로 구성된 완벽한
가족이었다. 그러다 1947년 초 충격적인 사건이 발생했다. 낯선
사람이 나타나 자신이 "아버지라고 주장"한 것이다.[28]

제발트는 이때의 충격에 대해 자주 이야기했다. 부친의 손에
자라지 않았다는 말도 더러 했다.[29] 제발트가 세 살 때 집으로

돌아온 아버지는 그로부터 3년 동안은 일요일에만 귀가했다.
생애 초기 6년간 제발트에게는 외할아버지가 아버지였고, 그는
6년을 그렇게 제발트 곁에 머무르다 사망했다.

　작가 제발트의 생애 초년을 구성하는 이 핵심적인 이야기는
이미 어느 정도 허구다. 사실 게오르크는 집으로 돌아온 첫해에
과거 베르타흐에서 했던 금속 가공업을 재개했고, 그러다가
존트호펜에서 보수가 더 나은 일자리를 구했다.[30] 그렇다 해도
이 이야기에 담긴 정서적 의미만큼은—제발트의 이야기가
보통 그렇듯—전적으로 사실이다. 제발트는 한 번도 아버지를
받아들이지 않았다. 10대와 20대 때는 군국주의와 나치즘을
부친의 혐의에 추가했다. 그건 나중 일이고 맥락도 훨씬 더
복잡했지만, 게오르크는 집에 돌아온 날부터 고지식하고 권위적인
아버지로 행세했고, 빈프리트는 그런 부친을 조금도 받아들이지
않았다. 게오르크가 돌아오고 몇 달 뒤에 촬영한 기념사진이 이런
정황을 거의 한 편의 희극처럼 여실히 보여준다. 제발트 부부는
로자의 자매들이 미국에서 보내 온 나들이옷 차림이고, 아이들은
로자가 지은 어여쁜 옷을 입고 있다. 게르트루트는 아버지가 있어
기쁜 모양이다. 그러나 여기, 꼬마 빈프리트의 표정을 보라.

빈프리트만 그런 것은 아니었다. 뒤늦게 고향으로 돌아온 많은 아버지가 자녀와의 관계에서 어려움을 겪었고, 이는 2세들의 반항에 일정 부분 영향을 끼쳤다. 전쟁 후 가장 괜찮은 일상을 영위한 집들은 아버지가 돌아오지 않은 집일 때가 많았다는 것, 그것이 슬픈 진실이라고 게르트루트는 말한다.

한편 동전의 다른 면에는 빈프리트와 외조부의 관계가 있었다. 제발트는 우연에 대해서만큼이나 이 관계에 대해서도 자주 언급했다. 할아버지의 보살핌을 받으며 유년기를 보낸 제발트는 말했다. "저는 모든 것을 할아버지한테 배웠고, 지금도 매일 그분을 생각합니다."31 요제프 에겔호퍼는 빈프리트에게 이야기를 읽고 그것을 사랑하는 법을 가르쳤다. 자연과 걷기에 대한 크나큰 열정도 할아버지에게서 물려받은 것이었다. 제발트는

할아버지가 허정허정 걷는 모습, 식물과 동물을 돌보는 모습,
열아홉부터 기른 콧수염, 외출할 때면 하늘을 확인하던 모습을
고스란히 간직했다. 또한 요제프가 정색한 얼굴로 화물 트럭이
에멘탈 치즈에 구멍을 뚫어주러 오고 있다거나 밖에 나가서
10페니히어치 씨앗으로 압정을 사오라고 하는 식의 농담을 즐겨
했다는 점을 생각하면, 그의 유머도 마음에 간직했을 것이다.

제발트는 할아버지가 "유난히 다정한 분"이었다고 말했다.
"어렸을 때 저는 보호받고 있다고 느꼈습니다. 그러다 열두 살 때
할아버지가 돌아가셨고 저는 그 죽음에서 한순간도 헤어나오지
못했죠."[32] 죽음과 망자에 대한 제발트의 관심은 "차마 잊을
수 없는 사람을 잃은 순간"에서 비롯되었다. 외조부의 사망을
기점으로 제발트는 건강을 비롯해 많은 측면에서 변화를
겪었다. "할아버지가 돌아가신 직후 피부병에 걸렸고 몇 년을
앓았습니다." 기실 그의 피부병은 일평생 잦아들었다 재발하기를
반복했다. 그는 기자 마리아 알바레즈에게 말했다. 할아버지가
돌아가셨을 때 "제 우주에 이 거대한 구멍이 들어섰죠. 그로부터
45년이 지났는데도 여전히 할아버지가 그립습니다".[33]
알바레즈는 제발트의 목소리가 "약간 메어 있었다"라고 기록했다.
45년 전 할아버지를 잃었고 자신은 57세가 되었음에도 그랬다.

여기에는 특별한 뭔가가 있다. 게르트루트도 외조부가
남매에게 가장 중요한 사람이었음을 인정한다. 할아버지의
인자함은 아버지의 엄격함과 극명한 대조를 이루었다. 하지만
많은 소년이 엄격한 아버지 밑에서 자랐고, 게르트루트는

게오르크의 훈육이 당시 일반적이었던 고함치기나 뺨 때리기
수준을 넘어선 적이 결코 없었다고 단언한다. 이야기를 극적으로
풀어놓는 경향이 있었던 제발트 본인도 부친에 대해서는 일언반구
없었고, 쉽게 침울해지기는 했어도 유년기에 "명백하게 끔찍한"
일은 없었다며 "제가 자란 환경은 완벽하게 일반적"이었다고
말했다.[34] 나는 그의 말에 신빙성이 있다고 생각한다. 언젠가
어떤 사람이 내게 이런 말을 해주었다. 상황이 악화일로를
걸으려면 예민한 아이가 평범한 가정에 태어나야 한다고.[35]
이것이 마지막 시작이었다. 빈프리트가 예민한 소년이었다는
사실. 그리고 할아버지는 이 사실을 알았다. 그는 어린 손주를
'땅꼬마Mändle'라고 불렀고, "계속 이렇게 자라다간 빗자루 뒤에
숨어서 옷도 갈아입겠다"며 손주의 왜소한 체형을 놀려댔다.[36]

빈프리트와 할아버지 요제프, 1947년 8월.

이것을 마지막 시작이라고 말한 이유는 빈프리트가 열두 살이 되던 해 요제프 에겔호퍼가 사망했기 때문이다. 하지만 사실 그로부터 7년 전에 사건이 하나 더 있었다. 나는 그 사건을 (무엇이 언제 시작되었는지, 특히 내가 알고 싶은 작가 정신이라는 것이 언제 시작되었는지가 애매하다는 점에서 모호한) 시작 목록의 맨 마지막에 배치했다. 가장 미스터리하기 때문이다. 제발트는 자신이 운전 중이던 자동차가 도로를 가로질러 화물 트럭과 충돌하기 4개월 전인 2001년 8월, 기자 아서 루보와 이에 대해 이야기를 나누었다. 그는 1933년부터 간직돼온 가족사진 앨범을 루보와 함께 살펴보다가 부친이 찍은 사진을 가리켰다. 죽은 젊은 남자가 더는 앞을 보지 못하는 눈을 위로 치뜬 채 무덤에 누워 있는 사진이었다. 게르트루트의 기억에 따르면, 사진 속 남자는 게오르크의 전우로, 무척 창백하고 아름다웠다. 다섯 살 때 이 사진을 처음 본 제발트는 "모든 것이 여기서, 영문도 모르는 새에 벌어진 거대한 재앙에서 시작되었다는 직감이 들었다".[37] 이것이 제발트가 자기 주변에서 벌어졌다고 느낀, 과거가 아닌 미래에 숨겨져 있는 침묵의 재앙이었던 걸까? 게오르크는 아이들에게 사진 속 남자가 교통사고로 사망했다고 말했다.

2장

「헨리 셀윈 박사」

영어권 독자들에게 소개된 제발트의 첫 작품은 『이민자들』이었다.

제발트가 『이민자들』에 앞서 집필한 『자연을 따라. 기초시』와 『현기증. 감정들』은 독일 지식인들 사이에서 은밀한 명성[1]을 얻었을 뿐이었다. 『이민자들』은 독일에서 처음으로 좀더 폭넓은 독자에게 제발트를 알린 작품이자, 최초로 외국에 번역된 작품이었다.

이는 독자뿐만 아니라 저자인 제발트에게도 대단한 행운이었다. 『이민자들』이 제발트의 작품들 중에서도 **특히 탁월한** 작품인 까닭이다. 우선 소설의 주제를 보면 네 편의 이야기 중 세 편이 고국에서 추방당한 유대인 혹은 유대계 인물의 이야기이고 그중 두 명은 독일에서 추방당했다. 둘째로, 『이민자들』을 구성하는 허구의 이야기에는 사진과 서류가 포함되어 있다. 그리고 『이민자들』 이전에 출간된 두 작품과 이후에 출간된 한 작품의 주인공은 대부분 역사적 실존 인물이다. 허구를 기록한

작품 가운데 『이민자들』은 제발트와 처음으로 만나게 되는
작품이고, 『아우스터리츠』는 마지막으로 만나게 되는 작품이다.
그런데 『아우스터리츠』에는 기록이라 할 만한 것이 거의 없다.
자크 아우스터리츠의 어린 시절과 10대 시절 사진 두 장이 실려
있을 뿐, 아우스터리츠가 세상을 여행하며 남긴 일기나 여타
기록은 전무하다. 반면 『이민자들』은 적어도 파울 베라이터와
암브로스 아델바르트라는 두 인물의 사진으로 가득 차 있다.
아델바르트와 관련해서는 일기와 작별의 말(**이서카로 간다**)이,
베라이터와 관련해서는 전문을 읽을 수 있는 노트가 제시된다.
헨리 셀윈 박사는 얼굴이 담긴 사진은 없지만 그의 정원 사진이
수두룩하며, 막스 페르버도 그 자신의 얼굴 사진은 전무하지만
살해당한 부모의 사진이 실려 있다. 제발트는 말하자면
『이민자들』에서만큼은 다른 비범한 작품들에서도 하지 않았던
방식으로 독자 앞에 자기 자신을 전적으로 드러냈다.

　　제발트의 명성이 알 만한 사람들에게만 퍼져 있어
『이민자들』을 집어드는 비평가가 한 명도 없던 시기에,
『스펙테이터』에서 내게 이 작품을 보내며 검토를 요청했다. 나는
가벼운 흥미를 느끼며 책장을 열었다. W. G. 제발트가 누구**였더라?**
그리고 무슨 일이 벌어진 건지 미처 파악하기도 전에 나는 첫
단편의 끝자락에 이르러 꿈에서 깨어난 사람처럼 눈을 비비고
있었다.

　　나는 책을 내려놓으면 마치 이야기가 내게서 달아나기라도
할 것처럼 멈추지 않고 나머지 장까지 단숨에 읽어 내려갔다.

각 장은 첫 번째 단편만큼이나 낯설고 아름다웠다. 그날 밤 늦게 마지막 편을 읽고 책장을 덮었을 때 나는 사랑에 빠진 사람이 되어 있었다. 온 세상을 향해 나만 아는 이 경이로운 작가에 대해 말하고 싶은 마음으로 한껏 들떠 있었다. 그로부터 몇 주, 몇 달이 흐르는 동안 나는 모든 영어권 독자가 나와 똑같은 감정을 느꼈다는 사실을 깨달았다.

그 후 나는 『이민자들』에서 예술의 두 가지 이상理想을 발견했다. 그건 윌리엄 터너의 「로잔에서의 장례식Funeral at Lausanne」처럼 속도감이 느껴지는 수채화 그림, 그리고 아우스터리츠 전투 최후의 날에 대한 아우스터리츠의 역사 교사 앙드레 힐러리의 설명이었다. 힐러리의 설명은 몇 시간 동안 이어졌지만 그럼에도 여전히 시간이 부족했다. "그런 날에 일어난 사건들을—누가 끔찍한 죽음을 맞이했고 누가 생존했으며 정확히 어디서 어떻게 그런 일이 벌어졌는지를—도무지 상상할 수 없을 만큼 복잡한 형태로 전달하려면 무한한 시간이 필요"하기 마련이다.[2] 「헨리 셀윈 박사」는 터너의 수채화 그림과 유사하다. 『이민자들』에서 「헨리 셀윈 박사」 이후에 실린 각각의 단편은 뒤로 갈수록 분량이 점점 더 길어지며, 『토성의 고리』에 이르면 그보다도 더 길어져 『아우스터리츠』에 다다르면 힐러리가 생각한 이상인 "도무지 상상할 수 없을 만큼 복잡한 형태"를 띠게 된다. 모두 비할 데 없이 탁월한 작품임에도 여전히 내게 「헨리 셀윈 박사」가 가장 놀라움을 금치 못할 작품인 이유는 스무 쪽 남짓한 짧은 분량 안에 제발트의 비전의 정수가 응축되어 있기 때문이다.

　『이민자들』의 핵심에는 처음부터 미스터리가 자리한다.
셸윈 박사 집의 창문은 아무도 그 안을 볼 수 없는 어두운 거울과
같아서 화자는 언젠가 본 저택을, 프랑스에서 "어떤 정신 나간
형제"가 베르사유궁전을 모방해 외관을 꾸민 저택을 떠올린다.
다시 말해 셸윈 박사의 집은 평범한 집이 아니며, 심지어는 실제
집이 아닐 수도 있다. 이런 미스터리가 꼬리의 꼬리를 물 듯
이어진다. 정원은 황무지로 방치된 상태고, 화자와 그의 아내가
살게 될 방에 딸린 욕실은 "주철 기둥 위에 따로 증축해놓은
것이라 좁은 판자 다리를 통해서만 접근할 수 있는" 예사롭지
않은 시설물이다.[3] 방 자체는 계단을 통해 다다를 수 있고,
계단과 이어진 벽 뒤로는 복도들이 숨어 있어 주인들은 세간을
들고 오르락내리락하는 하인들과 마주칠 일이 없다. 이 대목에서
독자는 꿈속으로 혹은 악몽의 세계로 진입한다. 화자를 매료하는
평화와 아름다움의 뒤편에 무언가가 희미하게 어른거리는
세계로.

　그러다 독자는 땅바닥에 누워 풀잎을 세는 셸윈 박사를
만난다. 그 또한—아니, 특히—미스터리하다. 셸윈 박사는
분명 자신이 프라이어스 게이트[수도원장의 문]라고 불리는 그
집의 소유주임에도 지금은 아내 헤디가 소유주라고 말한다.
셸윈 박사는 키도 크고 어깨도 넓지만 어쩐지 땅딸막해 보인다.
그는 자신의 생각이 나날이 모호해지는 동시에 더욱 별스럽고
날카로워지고 있다고 화자에게 말한다. 셸윈 박사는 필시 이 집
못지않게 말 못 할 사연을 품고 있다.

화자와 화자의 아내에게 방을 보여주고 세를 준 사람은
헤디다. 남편에 비해 한참 현실적인 헤디는 스위스 출신 공장주의
딸로 막대한 유산을 물려받은 수완 좋은 사업가다. 그런데 헤디도
세입자들이 욕실 내부를 흰색으로 칠한 후부터 욕실을 보면
비둘기 집이 생각난다는 둥 아리송한 말을 한다. 화자는 헤디의
평이 "우리의 생활 방식에 대한 지독한 혹평으로 들렸기에 기억에
또렷이 남았다"면서도, "여전히 그런 생활 방식을 조금도 바꾸지
못했다"라며 더 아리송한 말을 한다. 이렇게—셀윈 박사나
화자의 생각에서—홀연 헤아릴 수 없는 심연을 일별하게 되는
상황이야말로 이 작품에서 가장 두드러진 기이함이라 할 수
있는데, 이는 제발트의 모든 작품에 상존하는 특성이다. 기이함은
제발트 애독자와 제발트 회의론자 들을 즉각적으로 가르는 요소
중 하나다. 그의 작업에 감도는 극한의 초조함이 심금을 울린다면
이렇게 현기증을 일으키는 심연의 일별을 받아들이고 그 표현의
아름다움에 감동받을 준비가 된 것이다. 그게 아니라면 아닌
거겠지만.

프라이어스 게이트에는 누구보다 기이한 세입자가 한 명 더
있다. 바로 머리칼을 짧게 자르고 새된 목소리로 웃으며 기다란
회색 앞치마를 두르고 다니는 사람, 기겁할 만큼 많은 인형을
수집하고 미스터리한 행동을 일삼는데 요리를 하는 모습을 보인
적은 한 번도 없는 하인 아일린이다. 그러나 아일린도 어쩌다
요리를 해야 할 때가 있었으니, 손님을 맞은 셀윈 박사가 화자와
그의 아내를 식사 자리에 초대하자 아일린은 황무지가 된

정원에서 재료를 마련한 저녁 식사를 음식 운반용 밀차에 실어 들어온다. 셀윈 박사가 처음으로 개인사를 일부 꺼내놓는 자리가 바로 이 식사 자리다. 그는 청년 시절 요하네스 네겔리라는 고령의 알프스 등산 안내인과 나눈 우정에 관해 들려준다. 그는 네겔리만큼 자신을 편안하게 해준 사람은 헤디를 포함해 그 전에도 그 후에도 없었다면서, 그런 관계가 1914년 네겔리가 아레 빙하의 크레바스에 빠져 추락사하면서 끝나버렸다고 이야기한다. 그리고 그의 사망 소식을 들었을 때 깊은 우울증에 빠졌다고 털어놓는다. 마치 본인이 눈과 얼음 속에 파묻힌 듯한 기분이었다면서.

이러한 이미지는—눈과 얼음이 상징하는 죽음과 우울증, 나이 많은 사람과 나눈 고귀한 우정, 심지어는 헤디의 비둘기와 아일린의 회색 앞치마까지—후일 제발트의 다른 작품에서도 줄곧 반복된다. 그러나 이것이 처음으로 모습을 드러내는 건바로 이 작품, 「헨리 셀윈 박사」에서다. 다만 아우스터리츠가 과거의 약속을 미래에 떠올리듯, 뒤늦게 알아차릴 뿐이다.

네 사람—셀윈 박사, 그의 박물학자 친구인 에드워드 엘리스, 화자, 화자의 아내—은 "서른 명은 족히 앉을 만큼" 널따란 떡갈나무 식탁에 차려진 음식을 다 먹은 다음 응접실로 자리를 옮긴다. 그러자 아일린이 환등기를 실은 작은 수레를 끌고 들어온다. (서너 번쯤 읽다 보면 수레가 나오는 대목이나 족히 서른 명은 앉을 수 있는 식탁에 네 명이 모여 앉아 있는 장면에서 폭소를 터뜨리게 된다.) 그리고 셀윈 박사가 10년 전 엘리스와

크레타섬으로 떠난 여행 사진을 세입자들에게 보여주자, 화자는
무릎까지 오는 반바지를 입고 포충망을 든 박사의 사진 중 하나가
어느 스위스 잡지에서 보고 오려내 보관했던 "나보코프의 사진과
세부적인 부분까지 거의 똑같았다"라고 생각한다. 이리하여
「헨리 셀윈 박사」는 『이민자들』에 실린 다른 이야기들과
연결되는 미묘한 자취를 남기게 된다. 한편 『이민자들』을
제발트의 다른 작품들과 연결 지을 자취들도 있다. 일례로, 새하얀
날이 달린 풍력펌프가 수놓인 라시티 고지의 광경은 『토성의
고리』에 또다시 등장한다.

크레타섬 여행 사진을 보는 대목을 지나 이야기는 신속히
결론을 향해 나아간다. 화자의 아내가 "갑자기" 집을 한 채
매입하고, 두 사람은 프라이어스 게이트에서 이사를 나온다. 셀윈
박사는 한 번씩 정원에서 수확한 채소와 나물을 가지고 부부의
집을 방문한다. 그러던 어느 날 그는 화자에게 혹시 고향이
그립지는 않느냐고 묻는다. 화자는 대꾸할 말을 찾지 못하지만
그건 중요하지 않다. 영국인의 예의범절이 완벽하게 몸에 밴
트위드 재킷 차림의 셀윈 박사가 알고 보니 고향에서 멀리
떨어져 생활하고 있었던 것이다. 그는 화자에게 자신의 이야기를
들려주고 싶어한다.

사연을 요약하자면 이렇다. 셀윈 박사는 리투아니아
흐로드나[오늘날 벨라루스의 그로드노] 인근에서 태어나 일곱
살 때 가족과 함께 영국으로 이민했다. 이민 길에 오른 이유를
설명하지도 않고, **유대인**이라는 단어를 언급하는 대목도 전혀

없지만, 그의 본명[헤르슈 세베린]과 누이들의 이름을 감안하면
그들이 1899년 유대인 대학살의 영향하에 있던 리투아니아를
떠나 화이트채플에 둥지를 틀게 된 이유를 명확히 알 수 있다.
셀윈 박사는 유년 시절이나 네겔리와의 우정, 쇠퇴의 길을 걷고
있는 헤디와의 결혼생활에 대해 이야기한다. 제2차 세계대전
당시와 그 이후가 자신에게는 불운의 시절이었다고, 1960년에는
병원 문을 닫고 "소위 현실세계"와의 접촉마저 끊어버렸다고도.
그러고는 자리를 뜨면서 전에 없이 악수를 청한다.

셀윈 박사가 제공하는 정보는 거의 없다시피 하지만 우리는
이해한다. 그도 베라이터, 페르버, 아우스터리츠와 똑같은 이유로
과거와 고향을 잃은 것이다. 그러나 셀윈 박사에게는 그들과
다른 부분이 있다. 다른 인물들은 외부인이자 외톨이로 남는 데
반해, 그는 결혼을 하고 영국 사회에 녹아들었다. 그는 오랫동안
아내를 비롯한 모든 사람에게 자신의 비밀을 감추었다. 따라서
그의 고통은 상실뿐만 아니라 배반, 즉 아내에 대한 배반, 유대인
가족에 대한 배반과도 관련이 있다("나는 지금까지 한 번도 뭔가를
팔아볼 마음을 먹지 못했습니다. 내 영혼을 팔았다고 할 만한 순간이
한 번 있기는 했지만요"). 그의 저택은 사실 실재하지 않았지만,
어느 모로 보나 화자에게 대단히 비현실적인 느낌을 주었던
외관은 오히려 꽤 현실에 가까웠다. 프라이어스 게이트의 평화와
아름다움 이면, 셀윈 박사의 슬픔 이면에 어른거리는 것은 바로
이 이중의 상실—이민과 동화同化—이다.

같은 해 어느 여름날, 아내와 프랑스에서 휴가를 보내고

돌아온 화자는 셀윈 박사가 그때껏 한 번도 사용하지 않았던 사냥총으로 자살했다는 소식을 접한다. 처음 그 소식을 들었을 땐 큰 어려움 없이 충격을 극복했다고 말하면서도, "어떤 일들은 (…) 다시 떠오르는 법"이라는 사실을 그는 차츰 인식해간다. 이는 『이민자들』과 『아우스터리츠』에서 가장 빈번하게 되풀이되는 제발트의 주제다. 트라우마는 마음에 기입되지 않고 억압되지만, 결국에는 모습을 드러낸다는 것. 그리고 종국에 우리는 사망 후 얼음 속에 묻혀 있다가 72년 만에 발굴된 네겔리의 시신이라는 비범하고도 양가적인 이미지를 통해 그 트라우마를 목격한다. **"그리고 그들, 죽은 자들은 계속해서 되돌아온다."** 제발트는 그렇게 위안과 갱신된 고적감을, 귀환과 복기를 적어 내려갔다.

2014년 말, 나는 『이민자들』의 화자와 그의 아내보다 44년 늦게 초승달 모양의 진입로를 따라 프라이어스 게이트 정문으로 걸어갔다. 그곳은 제발트가 쓴 것처럼 프라이어스 게이트라고 불리지도, 힝엄에 있지도 않았다. 그곳은 애버츠퍼드라고 불렸고, 노리치에서 약 16킬로미터 떨어진 윈덤[국역본에 '와이몬덤'으로 표기돼 있다]이라는 아름다운 작은 마을에 있었다. 저택의 실제 이름과 가상의 이름은 모두 그곳이 반쯤 폐허가 된 웅장한 윈덤 수도원과 매우 인접해 있다는 사실에서 유래했다. '헨리 셀윈 박사'는 1970년 그 수도원의 교구위원이었고, 수도원의 기둥 같은 인물로서 애버츠퍼드의 넓은 정원에서 매년 수도원 축제를 개최했다.

내게 문을 열어준 사람은 셸윈 박사의 며느리
크리스틴이었다. 처음에는 나와의 만남을 주저했던 걸 생각하면,
그건 각별한 친절이 느껴지는 행동이었다. 사실 크리스틴은
다년간 되도록이면 제발트에 대한 대화를 하지 않으려 했다.
그는 나중에 나를 다른 가족 구성원들에게도 소개해주었는데,
그들 역시 같은 생각을 가지고 있었다. 하지만 그날은 우리 둘
다 마음이 한결 편안했다. 내가 바란 건 그 저택과 정원을 보는
것뿐이었다.

크리스틴은 넓고 밝은 현관으로 나를 안내했다. 현관 중앙에는
널따란 떡갈나무 식탁이 놓여 있었다(맞아요, 아버님이 살아 계셨을
때부터 있던 그 떡갈나무 식탁이에요, 하고 크리스틴은 말했다).
우측에는 위쪽으로 구불구불 이어지는 넓은 계단이 나 있었고,
바로 앞쪽의 열린 문을 통해 정원의 녹음이 엿보였다. 그제야 나는
제발트가 애버츠퍼드를 사랑한 이유를 간파했다. 그곳은 그가 글에
담곤 했던 장소, 시간이 멈춘 듯 고요한 장소였다.

열린 문을 통과해 내부로 들어가니 커다란 벽난로와 그 위로
키 큰 거울이 설치된 공간이, 오래전 크레타섬 사진이 환등기로
상영되었던 응접실이 나타났다. 우리는 응접실을 빠져나가
거닐다가 채마밭, 테니스장, 그리고 남서쪽에 심긴 커다란
삼나무를 지나쳤다. 전부 제발트가 묘사한 그대로네요! 내가
말했다. "맞아요." 크리스틴이 대답했다. "두 가지만 빼고요. 우선,
여긴 황무지가 전혀 아니었어요. '우리가 부담을 너무 많이 줘서
함몰돼버린' 자연이 아니었죠. 시부모님 댁에는 항상 정원사가

있었고 정원은 완벽하게 가꿔져 있었어요." 크리스틴은 유난히
또렷한 어조로 완벽하게라는 단어를 힘주어 말했다.

또 다른 점은, 크리스틴이 말을 이었다. 소설에 실린 사진
중에 애버츠퍼드 정원 사진은 하나도 없다는 거예요. 정말요?
내가 물었다. 그때나 지금이나 정원 모습은 달라진 게 거의
없어요, 제가 직접 확인했죠. 크리스틴은 말했다. 우리는
채마밭과 테니스장이 있는 곳으로 다시 발걸음을 돌렸고, 나는
『이민자들』에 실린 사진을 가만히 들여다보았다. 크리스틴 말이
맞았다. 어쩌면 제발트는 당시에 사진을 찍지 않았거나 보관하지
않았기 때문에 자신이 간직한 기억과 흡사한 사진들을 찾아내야
했을지도 모른다. 결과적으로 프라이어스 게이트라고 제시된
모든 사진은 대부분의 사진이 "진짜"라던 제발트의 주장과 달리
첫 번째 사진과 마찬가지로 가짜였다.[4] 이야기의 미스터리가
계속 미스터리로 남는 순간이었다.

다시 저택 내부로 들어갔을 때, 크리스틴은 문을 잠근
다음 밝고 새하얀 복도로 나를 이끌었다. "여기는 조명이 양
끝에 하나씩만 달려 있고 노란 비닐 벽지와 짙푸른 색 리놀륨
바닥으로 마감돼 정말이지 어두침침한 공간이었어요. 옛날부터
벽에 설치돼 있던 하인 호출용 종은 그냥 두기로 했어요. 차마
떼어버릴 엄두가 안 나더라고요."

크리스틴이 손끝으로 가리키는 방향을 따라가자 제발트가
묘사한 종이 보였다. "그러면 여기가……?" 내가 말을 꺼내자
크리스틴이 답했다. "아일린의 복도예요." 나는 "아일린이요?"라고

물었다. 그러자 크리스틴은 "맞아요"라고 대답했다. "시부모님의
하인이었죠. 제발트가 [영어판에서] 일레인이라고 부른 분이요. 이
집의 동쪽 별채에 위치한 부엌에서 식탁이 있는 서쪽 별채까지
밀차를 끌고 다녔죠. 식사를 나르는 데 한참이 걸리곤 했어요.
식탁에 음식을 가져오면 항상 식어 있었죠."

크리스틴은 제발트 부부가 살았던 방까지 보여주진 못했다.
세입자가 살고 있었던 까닭이다. 그래서 우리는 커피 한 잔을
마시며 이야기를 나누었다.

"맞아요." 크리스틴이 말했다. "아일린은 제발트가 묘사한
모습과 거의 똑같았어요. 이름도 그대로 썼고요.5 아일린은
이상하고 조용한, 어쩌면 조금 단순한 사람이었어요. 하지만
시부모님께 무척 충실했고, 시부모님도 그분을 아꼈어요."

"제발트는 늘 이상하고 별난 사람에게 관심을 보였죠." 내가
말했다. "그는 그런 사람들이 삶에 환상적인 요소를 더해준다고
생각했어요."

"그리고 풍잣거리로 삼기에 좋은 대상이었죠." 크리스틴이
이번에는 무척 신랄한 어조로 말했다. "아일린이 머리를 미친
사람처럼 자르고 혼자 중얼거렸다고 하면서……"

"아일린이 정말 그랬나요?" 내가 물었다.

"가끔요." 크리스틴이 대답했다. "하지만 아일린이 그랬다는
걸 얘기할 필요는 없었죠." 크리스틴이 단호한 손짓으로 식탁에서
의자를 뒤로 밀며 자리에서 일어났다. "그분들이 집에 드나들 때
다니던 통로를 보여드릴게요."

우리는 다시 정문 밖으로 나가 자갈이 깔린 진입로를 따라 걸었다. "제발트 부부는 여기에서 방향을 튼 다음 작은 앞마당으로 들어갔어요. 저기 보이는 창문이 그분들이 머물던 방 창문이죠."

나는 제발트 부부가 창밖을 내다보고 있을지도 모른다는 두려움마저 느끼며 위를 올려다보았다. 그러나 창문은 소설 속에 묘사된 것처럼 늦은 오후의 햇살에 반사되어 제대로 보이지도 않았다. "저기가 외부 계단이 있었던 곳이에요." 크리스틴이 손짓하며 말했다. "그러면 계단이 있었다는 말인가요?"

"네." 크리스틴이 말했다. "최근에 욕실이랑 같이 철거해버렸어요."

나는 크리스틴을 쳐다보았다. "제발트가 묘사한 그 괴상한 욕실, 주철 기둥 위에 설치된 그 욕실은 당연히 환상이었던 거죠?"

"오, 아뇨." 크리스틴이 말했다. "늘 그랬듯 과장을 하긴 했어요. 욕실로 연결되는 다리가 따로 있지는 않았고 소설에서 설명한 것처럼 작은 계단만 있었죠. 그 욕실은 방을 처음 만들 때 증축한 거예요. 방에 가까이 붙어 있는 실내 욕실이 없었거든요. **정말** 말도 안 되는 구조였지만 거의 70년간 그렇게 썼어요. 조금만 더 일찍 찾아오셨으면 볼 수 있었을 텐데 아깝게 놓치셨네요."

욕실은 나를 놀라게 한 첫 번째 요소였다. 그리고 사소한 세부 사항은 허구라던 제발트의 말과 정면으로 배치되는 요소였다. 욕실은 사소한 세부 사항이긴 했으나 허구는 아니었다. 그렇다면 제발트의 다른 지론, 이야기의 핵심 내용은 진짜라는 지론은 어떨까?[6] 이 지론은 「헨리 셀윈 박사」에 어떻게 적용되었을까?

적용되지 않았다. 제발트가 애버츠퍼드에서 만난 집주인이자 친구는 **실제로** 의사이자 박물학자이자 구시대적인 예의를 갖춘 내성적인 인물이었다. 자신보다 더 현실적인 데다 사회적 야망이 있었던 스위스 여자와 결혼한 그는 키가 크고 어깨도 넓었지만 등이 구부정했고, 종종 정원 잔디에 누워 곤충이나 식물, 심지어는 풀잎 하나를 관찰했다. 그리고 제발트 부부가 애버츠퍼드를 떠나고 몇 년이 지난 뒤 정말 사냥총으로 스스로 목숨을 끊었다. 다시 말해 가장 중요한 측면을 제외하면 헨리 셀윈 박사와 거의 정확히 일치하는 인물이었던 것이다. 그는 영국인처럼 보였을 뿐만 아니라 **뼛속까지 실제** 영국인이었다. 리투아니아가 아닌 체셔에서 태어났고, 몸속에 유대인의 피로 만들어진 뼈도 없었다.

나는 애버츠퍼드를 방문하고 오래 지나지 않아 셀윈 박사와 가까운 또 다른 가족인 딸 에스더와 외손녀 테사를 만났다. 그들 또한 처음에는 망설였지만, 진짜 헨리 셀윈 박사의 이야기에 살을 붙여주었다.[7]

그의 실명은 필립 로즈 벅턴이었고 늘 로즈라고 불렸다. 아버지는 성직자였고, 어머니 제이니 에드워즈는 원래 농부였다가 영국 최대 유제품 회사 유니게이트의 소유주가 된 집안 출신이었다. 말하자면 외가 쪽이 상당한 재력가 집안이었다. 1901년에 태어난 로즈는 작중 헨리 셀윈 박사보다 아홉 살이 더 어렸고 제발트를 알게 된 건 70대가 아닌 60대 후반 무렵이었다. 로즈는 셀윈 박사처럼 제1차 세계대전에 참전하기에는 너무 어렸고, 의과대학을 졸업하자마자 의사생활을 시작했다. 그동안 제이니의 자매 중 한 명이 독일인과 결혼했는데, 그 남편에게 메디(독일어로 소녀를 뜻하는 Mädchen 의 줄임말)라는 조카가 한 명 있었다. 로즈는 그렇게 가족관계로 얽혀 메디를 만났고, 셀윈 박사는 스위스인 아내를 얻었다.

1946년 로즈 벅턴 박사는 에드워즈가의 자매들과 함께 애버츠퍼드 땅을 사들였고 그곳에서 20년 넘게 많은 사랑을 받는 인간적인 의사로 일했다. 로즈와 메디 부부는 제발트가 셀윈 부부에게 선사한 수준의 대단한 삶을 영위하지는 않았지만 문명화된 삶을 살았다. 메디는 피아노를 연주하고 로즈는 굵고 낮은 베이스 목소리로 노래를 하며 둘은 함께 음악의 밤을 보냈다. 로즈는 정원에서 셰익스피어를 연출하고 수도원에서 미스터리 연극을 연출했으며, 몰리에르의 「상상병 환자」를 무대에 올릴 때는 직접 번역을 하기도 했다. 그는 둔감한 노퍽 젠트리들과는 도통 어울리지 않았다. 그럼에도 아름다운 저택과 점잖고 예의 바른 태도, 노퍽 스타일의 트위드 재킷 덕분에 지역 유지로 보일 수 있었다. 메디도 그런 상황이 마음에 들었을 것이다. 메디는 사냥을 했고 사교계의 일원이 되기를 갈망한 사람이었다. 그러나 로즈는 그런 것에 관심이 없었다.

제발트가 셀윈 박사를 설명하며 묘사한 우울함을 로즈에게서 목격한 가족은 한 명도 없었다. 그들은 로즈가 자기 일과 아이들, 교회, 새, 곤충, 야생화를 사랑했다고 말한다. 1970년 제발트 부부가 찾아왔을 때 로즈는 은퇴한 후였고, 자녀들은 모두

장성해 집을 떠나 있었다. 그러나 나머지 것들, 특히 새와 곤충과 야생화는 변함없이 남아 있었고, 로즈는 이것들을 제발트가 에드워드 엘리스라는 인물로 몹시 충실하게 옮겨놓은 노퍽의 유명 인사이자 친구인 테드 엘리스와 나누었다. 테드는 **실제로** 목이 앙상하고 눈에는 생기가 넘쳤으며 자연계에 대한 해박한 지식을 가진 작고 왜소한 남자였다. 테드와 로즈는 크레타섬으로 식물탐사와 곤충탐사 여행을 두 차례 다녀왔는데, 한번은 테드가 돌연 사라지는 바람에 아테네에서 출발하는 비행기를 놓칠 뻔했다가 인근 언덕에서 꽃을 채집 중이던 그를 때마침 발견해 상황을 모면한 일도 있었다.

가족들이 기억하기로 로즈 벅턴 박사와 그의 아내는 헨리 셀윈 박사와 그의 아내처럼 서서히 사이가 소원해졌다. 벅턴 부부도 서로 무척 다른 사람들이었던 것이다. 로즈는 몽상가였고 메디는 행동가였다. 딸 에스더가 말하길 메디는 파티를 좋아했고 로즈는 호기심을 자극하는 사람들을 좋아했다. 메디는 과하다 싶을 정도로 다재다능한 사람이기도 했다. 콘서트를 열어도 될 수준의 피아노 연주자였던 그는 젊은 시절에 대단한 스케이트 선수였고, 기수, 항해사, 테니스 선수였다. 크리스틴은 메디를 "불꽃 인간"이라 불렀고, 에스더는 메디가 "명랑하고 지칠 줄 모르는" 사람이었다고 했다. 테사는 메디가 헤디 셀윈처럼 대장 행세를 하는 유능한 사업가였다고 전한다. 에스더가 말하길, 메디는 자녀들에게 부담스러운 존재였다. 그러니 분명 점잖은 남편에게도 부담스러웠을 것이다.

로즈 벅턴이 총으로 자살한 이유는 아무도 모른다. 그는 유서를 남기지 않았고, 누군가에게 불만을 토로한 적도 없었다. 그러나 확실히 말년에 접어들수록 다소 침울해졌다는 게 테사의 얘기다. 벅턴은 무릎 관절염이 심하게 악화돼 더 이상 정원을 거닐 수 없었고, 커다란 검은색 자전거에 몸을 싣고 같은 공간을 뱅뱅 도는 게 활동의 전부였다. 메디는 로즈에게 애버츠퍼드를 아들 스티븐에게 물려주라고 압박했다. 그러나 로즈는 자기 집을 잃고 싶지 않았다. 로즈처럼 의사로 일하는 크리스틴은 그에게 또 다른 이유가 있었으리라고 생각한다. 의사들은 죽음에 대해 남들과 다른 생각을 가지고 있어요, 크리스틴은 말한다. 죽음을 너무 많이 목격하다 보면 그게 그저 사물의 일부처럼 보이죠.

1970년 크레타섬의 로즈 벅턴. 포충망을 든 나보코프 같다.
『이민자들』 16쪽[한국어판 26쪽] 참고.

이제 여든 줄에 접어든 에스더는 부친과 사이가 무척

가까웠다. "아버지가 돌아가셨을 때 저는 망연자실했어요."
에스더가 말했다. "지금도 그렇고요." 책을 쓰기 위해 사람들과
그들의 과거 이야기를 한다는 것에 관해 제발트가 한 말이
떠오른다. 모종의 피해를 야기하게 되지는 않을지 확신할
수 없다는 말.[8] 내가 에스더에게 피해를 입히는 일은 없다면
좋겠지만 확신은 못 하겠다. 에스더도 그의 아버지 벅턴처럼
불평을 하지 않는 사람이다.

사실 벅턴 가족 전체가 나와 대화하기를 꺼려했다. 나와의
대화로 타격을 입을 것 같아서라기보다는 이미 제발트로 인해
타격을 입은 경험이 있었기 때문에. 그때 나는 제발트 소설의
모델이 된 인물들과 관련해 앞으로 거듭 발견하게 될 사실을 처음
마주했다. 그들은 하나같이 격분해 있었다. 예술에 이용당했음을
깨달은 사람들은 십중팔구 그런 감정을 느낀다. 여기에 더해
제발트의 이야기가 가진 힘, 실제 인물에 대한 충실한 묘사,
그리고 무엇보다 사진을 통해 은밀히 내세우는 현실성은 여느
작품에서보다 상황을 더 악화시켰다.

테사는 그 경험을 선연하게 기억하고 있었다. 한 친구가
전화를 걸어와서는 말했다. 그 새 책 읽어봤어? 너희 할아버지에
대한 책이던데! 테사는 황급히 집을 나서 『이민자들』을 구입했고
"화들짝 놀랐다"라고, 질겁했다고 털어놨다. 책을 읽고 할아버지,
메디, 아일린이 각각 어떤 인물인지 명명백백히 파악할 수
있었는데, 테사가 생각하기에 그들은 끔찍한 방식으로 묘사되어
있었다. 할아버지의 결혼생활은 악화일로를 걸었고 그분은 청년

시절 어느 노인과 이상야릇한 관계를 맺은 사람이었으며……
"할아버지는 고약한 노인네로, 할머니는 나쁜 년으로 그려져
있었죠". 테사는 말했다. 두 사람의 아름다운 정원은 버려진
황무지가, 그들의 저택은 착취의 상징이 되어 있었다. 테사에게
할아버지는 그 누구보다 친절하고 관대한 분이었건만, 제발트는
그런 할아버지 집에 머무는 동안 대체 무얼 한 걸까? 곳곳을
기웃대며 입도 벙긋 않고 메모나 하면서.

그래서 나는 조심스레 입을 떼며 아일린의 반응을 물었다.
"처음에는 **정말** 약간 놀랐어요." 테사가 말했다. "몸 전체를
떨어가며 그 이상한 웃음을 터뜨렸죠. 그런데 아일린은 실제로
그렇게 단순한 인물이 아니었어요. 교육을 받은 적이 없었을
뿐." 요리는 잘했나요? 내가 물었다. "정말 끔찍했어요." 테사가
대답했다. "온 가족이 식중독에 걸린 적이 한두 번이 아니었죠."

그 후 테사는 기록을 바로잡겠다는 의지를 다졌다. 로즈는
울적한 셀윈 박사와 달리 재치 있고 익살맞은 사람이었고,
애버츠퍼드의 무용한 낡은 보일러를 '몰렉'*이라고 부르는 등
사물에 우스꽝스러운 이름을 붙이기도 했다. 테사는 살면서
할머니 메디와 충돌을 빚기도 했지만, 그를 대신해서도 분노를
표했다. 할머니는 공장주의 딸이 아니었어요, 테사는 말했다.
가족 공장을 운영한 건 메디의 삼촌이었고, 아버지는 학자였다.
그런고로 메디는 재산을 한 푼도 상속받지 않았고, 사실 로즈의

---

*   성서에서 셈족이 아이를 제물로 바치고 섬긴 신.

가문이 현저히 더 부유했다. 세속을 등진 사람이 유물론자와
결혼하는 그림은 제발트가 꾸며낸 얘기였다. 메디는 로즈와
가치관을 공유하지는 않았지만 지적이고 유식했으며, 로즈와
동등한 지식인이었다. 헤디 셀윈을 봐선 그런 모습이 짐작되지
않겠지만.

　희한하게도 제발트가 꾸며낸 핵심 요소라 할 수 있는
유대인이란 민족성은 로즈보다 메디와 더 연관이 있었다.
메디의 할머니 중에 반⼗유대인이 있었고, 메디는 반의반의반
유대인이었다. 메디는 한 번도 이 사실을 언급한 적이 없었고,
테사가 한 번 물어봤을 때도 못 들은 척했다. 만약 누군가가 자기
남편을 흐로드나 출신의 유대인이라고 생각했다는 이야기를
들었더라면 진심으로 웃음을 터뜨렸을 것이다. 『이민자들』이
출간되었을 때 메디는 아직 살아 있었고, 테사는 어느 날
애버츠퍼드의 테라스에서 메디에게 책을 보여주었다. 메디는
한동안 책장을 넘기다 대수롭지 않다는 듯 손을 흔들어 보이며
테사에게 책을 돌려주었다. "저건 내가 아니야." 메디는 말했다.

　벅턴 가문의 누구도 『이민자들』에 담긴 유대인 이야기를
괘념치 않았다. 이에 관한 대화를 나눌 때 들은 에스더의 슬픈
목소리가 지금도 내 귓가에 스친다. "우리한텐 친한 유대인
친구가 많았어요"라고 에스더는 말했다. "그리고 제발트가 우리
아버지를 유대인으로 등장시킨 건 상관없어요. 제가 걸리는 건 그
사람이 아버지의 자살을 써먹었다는 거죠."

　제발트가 로즈 벅턴을 유대인으로 만든 것은 소설 속에서만

일어난 일이 아니었다. 소설 밖에서도, 특히 나와의 인터뷰에서도 그랬다. 제발트는 '셀윈 박사'에 대해 이렇게 말했다.

셀윈 박사는 제가 소설에 쓴 것보다 더 이른 시기에 흐로드나에 대해 말해주었지만 굉장히 피상적인 이야기였습니다. 제가 처음으로 이 사람은 정통 영국 신사가 아니군 하고 생각했던 건 그분들이 주최한 크리스마스 파티에서였습니다. 널찍한 거실과 타오르는 불, 그리고 그 장소와 좀처럼 어울리지 않는 한 여인이 있었죠. 셀윈 박사는 그 여인이 텔아비브에서 온 누이라고 했습니다. 저는 당연히 그때 알았죠.[9]

나는 제발트의 말을 전적으로 믿었고 다른 이들도 그러했다. 그중 한 사람은 2010년 제발트에 관한 연례 강연을 한 작가 윌 셀프였다. 테사는 그 강연을 들으러 갔다가 셀윈 박사가 '실제 유대인 이민자'에 바탕을 둔 인물이라는 셀프의 말을 듣고 아연실색했다. 그것이 사실이 아님을 알고 있었던 테사는 셀프에게 어디서 그런 정보를 얻었느냐고 물었다. 그러자 그는 내가 제발트와 한 인터뷰를 언급했다.

나는 평전 집필에 필요한 조사를 하는 동안 유령처럼 나를 졸졸 쫓아다니며 괴롭힌 질문을 그때 처음으로 마주했다. **제발트는 인터뷰를 통해 무얼 하고 있었던 걸까?** 그는 셀윈 박사의 모델이 실제 유대인 이민자라고, 본인이 흐로드나 출신이라는 말을 실제로 했다고 주장했다("제가 소설에 쓴 것보다 더 이른

시기에"라니, 정말 설득력 있게 들리는 말 아닌가!). 애버츠퍼드에
실제로 거주한 사람들을 그렇게까지 속속들이 묘사해놓고 그런
사실을 잊어버린다는 게 과연 가능한 일일까? 그렇다면 텔아비브
출신의 누이와 같이 있었다는 그 사람은 누구였을까? 다른
만남에서 알게 된 사람을 언급한 걸까? 아니면 그냥 만들어낸
사람일까? 글쎄, 그건 중요한 문제가 아니었다. 실존 인물이든
만들어낸 인물이든 그 인물은 혼합물에 섞여 들어간 또 하나의
요소였다. 어쩌면 한 번씩 그 사실을 잊었을 순 있다. 하지만 로즈
벅턴을 잊었을 리는 없다. 그렇다면 제발트는 대체 무슨 일을
꾸미고 있었던 걸까?

　내가 생각할 수 있는 답은 하나뿐이다. 독자들이 자신의
이야기를 믿어주길 바랐고, 그것을 보증하기 위해 나를
이용했다는 것. 제발트는 어떤 영국인 지인이 뭔지 모를 이유로
고통받고 있었는데 알고 보니 그가 유대인이었다는 사실을
독자가 믿어주길 바랐다. 그 영국인이 유대인이 아니었다면,
소설은 다른 이야기가 됐을 것이다.

인터뷰가 끝난 후 테사의 남편 조너선이 합류했고, 우리 셋은
함께 점심을 먹으러 나갔다. 그들은 고통받는 유대인 캐릭터가
실존 인물이라고 믿게끔 설득하기 위해 제발트가 나를 속인
것이라고 놀려댔다. 그러더니 테사가 진지한 표정을 지었다.
　"하지만 선생님은 할아버지가 유대인이 아니었단 걸
모두에게 말할 거잖아요." 테사가 말했다.

“네.” 나는 대답했다. “그러면 이야기의 핵심을 뒤흔들게 되겠죠.”

“하지만 진짜 문제는,” 조녀선이 말했다. “사진이에요. 전부 가짜인 거잖아요? 사진 속 인물들이 작품에서 말하는 사람들일 리가 없고요. 홀로코스트에 대해 그런 식의 암시를 하는 건 누구도 해서는 안 되는 짓 아닌가요? 홀로코스트와 관련된 게 가짜일 수 있다니요?”

“제발트는 그렇게 했어요.” 내가 말했다. “정반대의 이유로요. 독자들이 그 사람들을 진짜라고 생각하게 만들기 위해서.”

“하지만 결국 그렇겐 안 됐잖아요. 그렇지 않나요?” 테사가 말했다.

“맞아요.” 내가 대답했다. “그렇겐 안 된 것 같아요.”

그렇게 다른 사람들이 확신을 준 때에야 나는 처음으로 내 의구심을 인정했다. 제발트보다 우리로 하여금 현실을 직면하게 만들고 싶어한 사람은 없었다. 하지만 나는 그의 열망이 어떻게 홀로코스트 부정론자들에게 발판을 제공했는지를 보여줄 생각이었다. 제발트는 어쩌다 그렇게 하게 된 걸까? 또 나는 어쩌다 그런 마음을 먹었을까? 그로부터 몇 년 동안 툭하면 제발트의 현기증이 나를 에워싸고 소용돌이치는 느낌이 들었다. 해결책을 찾든지, 문제를 끌어안고 살아가든지 해야 했다. 어느 쪽을 택할지는 이미 예감한 터였다.

2부

빈프리트

WINFRIED

3장

베르타호, 1944-1952

전쟁이 끝난 후 궁핍했던 시절에는 뭐가 됐건 버려지는 일이
없었다. 로자 제발트는 부친의 낡은 제복을 잘라 아이들의 옷을
지었고, 남은 천 쪼가리는 한 장 한 장 모은 다음 단단히 묶어서
바닥용 헝겊 깔개로 만들었다. 미국에 사는 자매들에게서 소포가
오면 포장 끈을 자르거나 포장지를 찢는 법도 없었다. 포장지는
반듯하게 폈고, 포장 끈은 하나하나 풀어 이미 사리어놓은 끈
타래에 감아 포장지와 함께 서랍장에 고이 보관했다.

두 살배기 빈프리트는 아침마다 서랍장에서 끈 뭉치를 꺼내
부엌 식탁 밑으로 엉금엉금 기어들어가서는 식탁 다리에 끈을
감아 둥지를 만들곤 했다. 그러면 로자는 아침마다 인내심을
발휘하며 끈을 하나하나 풀어서 서랍장에 도로 넣어두었고,
이튿날 아침이면 빈프리트는 다시 끈 뭉치를 꺼내 둥지를 지었다.[1]

조부모와 생활하던 시절의 빈프리트는 아직 너무 어려서 아무

데도 혼자 갈 수 없었다. 빈프리트와 게르트루트 남매는 어머니 옆에 나란히 서서 걸어다니곤 했지만, 마을 가장자리에 위치한 집시 수용소 근처를 지날 때면 로자는 게르트루트의 손을 더욱 꽉 움켜잡고 빈프리트를 들어 업고 이동했다. 로자는 이따금 미지의 세계 앞에서 두려움을 느꼈는데, 후일 제발트는 자신이 어머니로부터 불안을 물려받았을지도 모르겠다고 말했다.[2]

그러나 안전한 부모의 집에서 머무는 동안에도 강인하고 유능했던 로자는 전시와 전후의 궁핍함을 견디며 단출한 가족의 삶을 이끌었다. 로자의 어머니 테레지아는 몸이 자주 아파 도움을 줄 수 없었지만 아버지 요제프는 로자가 기댈 수 있는 버팀목이 되어주었다. 요제프는 숲에서 버섯과 열매를 채집했는가 하면, 개구리를 잡아서 그 다리를 요리했고, 농가를 돌면서 우유며 달걀, 때로는 말라빠진 노계까지 구해왔다. 아이들이 아플 때도 로자에게는 의사가 필요 없었다. 식물과 약초에 해박했던 요제프가 상황을 해결해준 덕이다. "할아버지는 우리 남매의 유년기를 구성하는 중심 인물이었어요." 게르트루트는 말한다. 분명 어머니 로자를 거쳐 게르트루트와 빈프리트에게까지 전해 내려온 소회였을 것이다.

그러다 빈프리트의 삶에 처음으로 충격적인 사건이 벌어졌다. 1947년 초 아버지가 포로수용소에서 돌아온 것이다. 상황을 이해할 수 있을 만한 나이였던 게르트루트는 마침내 아버지가 귀환하는 날이 오자 어머니와 그 설렘을 나누었다. 그러나 아버지가 켐프텐역에 정차한 기차에서 내려 가까이

다가온 순간 아이는 실망하고 말았다. 작고 마르고 볼이 움푹 꺼진 이 남자가 정말 그토록 오랫동안 기다려온 아빠가 맞나? 기근이 찾아든 프랑스에서 2년간 포로생활을 한 게오르크 제발트는 몸무게가 50킬로그램도 안 나갔고 위장병을 앓고 있었다. 꼬마 빈프리트는 고작 세 살이었지만 또 다른 이상한 점을 발견했다. 빈프리트가 아는 언어는 알고이 방언과 할아버지가 쓰는 부드러운 남부 슈바벤 억양이었는데, 아버지란 남자는 전혀 다른 언어를 구사했다. 그 남자는 로자와 게르트루트를 아는 듯했고 두 사람도 그를 아는 듯했다. 그러나 빈프리트는 그를 한 번도 본 적이 없었을뿐더러, 그는 가족들이 쓰는 언어를 구사할 줄도 몰랐다. 그렇게 켐프텐역에서 처음 만난 순간부터 빈프리트는 아버지를 향한 마음의 문을 닫았다.

빈프리트가 느낀 이런 감정도 어느 정도는 어머니로부터 물려받은 것일 수 있었다. 남편이 다시 집으로 돌아왔다는 기쁨도 잠시, 게오르크의 귀환은 로자에게도 벅찬 일이었다. 게오르크가 없는 동안 남편 없이 살아가는 법을 터득해두었건만, 하루아침에 통제력을 잃은 꼴이 된 것이다. 게오르크는 아내가 순종해야 한다는 생각이 확고했던 반면, 로자는 부르주아지의 범절에 대해 엄격한 관념을 갖고 있었고 이를 남편에게 강요하려 했다. 이로 인한 두 사람의 다툼은 평생에 걸쳐 지속되었다. 하지만 최초이자 최악의 충돌은 그때, 두 사람이 각자의 입지를 다지기 위해 다투던 그 시기에 벌어졌고, 그 무렵 할아버지 요제프는 평화를 지키기 위해 애썼던 한편 꼬마 빈프리트는 그것을 깨뜨리기 위해 전력을 다했다.

게오르크가 중산층으로서 들인 새로운 습관 중 하나는 매주 나들이옷을 차려입고 교회 미사를 마친 후 아내와 아이들을 데리고 산책을 하는 것이었다. 베르타흐의 농부들은 이를 우스꽝스럽게 여겼다고 성인이 된 막스 제발트(그는 스스로를 이렇게 칭했다)는 적었고, 유년기 빈프리트의 자아도 같은 생각이었다. 빈프리트는 그 모든 것에, 부모의 허세 그득한 옷차림과 입고 있으면 참을 수 없이 몸이 가려워지는 무릎 길이의 가죽바지에도 치를 떨었다. 제발트가 말하길, 그는 이미 세 살 때부터 반항적이고 고집이 셌으며, 그 끔찍한 부르주아지의 허세에 대해 나름의 생각을 갖고 있었다. 그리고 그런 반감을 분명하게 표현했다. 그는 당돌하게도 최대한 부모와 거리를 두고 멀찌감치서 뒤따랐고, 그러면 그들은 결국 멈춰 서서 아들을 기다렸다. 엄마 아빠가 뒤돌아서서 두 팔을 활짝 벌리면 그는 그들의 품을 향해 달려가는 대신 돌연 제자리에 우뚝 멈춰 서서는 부모가 단념하고 다시 걷기 시작할 때까지 한 발짝도 움직이지 않았다.[3]

일요일 산책을 싫어했던 세 살배기
빈프리트의 모습.
게오르크가 찍은 사진이다.

게오르크가 돌아오고 얼마 뒤 또 한 번 커다란 변화가
찾아왔다. 그륀텐제슈트라세 3번지에 위치한 외갓집에서 살던
가족이 베르타흐 소재의 여러 여인숙 중 하나인 바인슈투베
슈타인레너 위에 있던 9번지 집으로 이사를 한 것이다.

로자와 게오르크 부부에게 이는 대단한 도약이었다. 두
사람은 신혼 때만 해도 밤베르크에 집이 있었지만, 전쟁이
발발하면서 로자는 베르타흐의 친정집으로 들어가 신세를 져야
했다. 그리고 이제야 제발트가 "신분에 걸맞은 거실 가구"[4]라고
표현한 찬장, 화려한 장식의 옷장, 너무 귀해서 차마 사용해보지도
못한 본차이나 다기 세트, 게오르크가 순간적인 열망에 사로잡혀

사들였지만 한 번도 읽지 않은 값비싼 양장 책 한 질을 포함해 밤베르크에 살던 시절에 소유했던 물건들을 되찾을 때가 온 것이다.[5] 그러나 아직 부르주아지다운 주택을 마련할 여유는 없었고, 슈타인레너의 집은 임시 거처로 마련한 공간이었다. 부엌은 건물을 다 지은 후 억지로 짜 넣는 바람에 수돗물도 나오지 않았으며, 화장실은 구덩이를 파서 만든 재래식 변소였다. 그래도 가족에겐 첫발을 내딛는 일이었고, 빈프리트의 학교 친구 몇몇이 보기에는 그마저 호화로운 삶이었다.[6]

두 집은 거리가 무척 가까웠다. 제발트 가족이 거주한 9번지 방의 뒷문에서 3번지 방이 보일 정도였으니 아마 어린아이 걸음으로 100보 정도 떨어져 있었을 것이다. 덕분에 이사 후에도 빈프리트는 사랑하는 할아버지를 잃지 않았다. 그렇게 1년쯤 지났을 때 게오르크는 존트호펜 경찰국에 취직했고 더는 주중에 집에 머물지 않았다. 그 기간만큼은 빈프리트도 예전과 같은 삶을 살았다.

게르트루트는 어린 시절 슈타인레너의 거실에서 한없이 게임을 하며 놀던 기나긴 겨울 오후를 기억했다. 소파 한쪽 끄트머리에 앉아 아버지가 만들어준 인형의 집을 가지고 놀고 있으면, 남동생 빈프리트는 다른 쪽 끄트머리에서 역시나 아버지가 만들어준 모형 농장을 가지고 놀았다. 빈프리트는 동물들을 데리고 게르트루트네 인형의 집을 방문했고, 그러면 인형들은 그 호의적인 방문에 화답했다. 로자는 아이들에게 항상 티 없이 깨끗한 옷을 입혔고, 그 무렵부터 게오르크가 빈프리트의

머리 손질을 담당했다. 게오르크는 한 달에 한 번 빈프리트를
이발소에 데려가 가능한 한 짧게 머리를 깎였고, 집에 돌아와선
가르마를 반듯하게 타서 한쪽으로 넘기는 그 시절 전통적인
스타일로 머리를 매만져주었다. 빈프리트는 이렇게 머리 손질을
당하는 동안 있는 힘껏 저항했지만 아직 어렸던 탓에 게오르크의
육중한 손에 제압당할 수밖에 없었다.

완벽한 아이들, 1947년 혹은 1948년.

빈프리트가 다섯 살, 게르트루트가 채 여덟 살이 되기 전
처음으로 죽음이 코앞에 모습을 드러냈다. 다년간 심장병을
앓아온 로자의 어머니 테레지아의 몸속에 이번엔 물이 차고
있었다. 1949년 6월 초의 어느 날 아침, 게르트루트는 뒷문을
나서 100걸음 떨어진 외갓집으로 가던 길에 자신을 향해
다가오는 할아버지 요제프를 만났다. "할머니가 돌아가셨단다."

요제프가 말했다. 고작 예순여덟이었다. 테레지아의 죽음은 경건하고 올곧은 어머니를 사랑하고 존경했던 로자에게도, 병세가 심각해지기 전까지 할머니를 잘 따랐던 게르트루트에게도 큰 타격을 입혔다. 빈프리트는 할머니와 가까운 편이 아니었다. 그런 그가 보기에도 베르타흐의 교회 마당에서 치러진 할머니의 장례식 분위기는 엄숙했고, 살면서 처음 목도한 이 죽음은 필시 어떤 암시를 남겼을 터였다. 사람은 아버지처럼 어디선가 불쑥 나타날 수 있을 뿐 아니라 어디론가 불쑥 사라져버릴 수도 있는 존재라는 사실을, 빈프리트는 그때 인지했다.

그러나 할머니의 장례식을 치르고 얼마 지나지 않아 빈프리트의 세계는 확장되기 시작했고, 좋은 일이 벌어질 때마다 그랬듯 이번에도 그 계기는 할아버지였다.[7] 베르타흐에서 경찰관으로 일했던 요제프 에겔호퍼는 그 시절 매일 수 킬로미터를 걸어 마을을 순찰하면서 길거리 부랑자들의 신원을 확인하고, 여인숙에서 취객들이 벌이는 떠들썩한 싸움을 진압하고, 얼굴만 보면 한 명도 빠짐없이 누구인지 아는 동네 사람들과 대화를 나누었다. 은퇴 후에도 그는 매일 서너 시간을 걸었고, 가끔은 손주들도 데리고 다녔다. 맥주 통을 개조해 특별 제작한 수레에 아이들을 태워 끌고 다닐 때도 있었지만 대부분은 그냥 걸어다녔고 특히 어린 손자를 잘 데리고 다녔다. 그 덕에 빈프리트의 시선은 베르타흐 구석구석을 넘어 사방의 들판과 작은 마을로까지 확장되기 시작했다. 두 사람은 8킬로미터가 넘는 거리를 걷기도 하고, 때로는 가파른 산중턱에도 올랐으며,

이미 걸은 거리의 곱절을 걸어 집으로 돌아오는 날도 있었다.
어쩌면 요제프는 마르고 왜소한 땅꼬마의 체력을 단련시킬
요량으로 그랬는지도 모르는데, 그 덕에 빈프리트는 확실히
강인한 소년으로 성장했고 훗날 막스는 아무리 걸어도 지치지
않는 산책자가 되었다.

그다음으로 빈프리트 앞에 펼쳐진 거대한 산은 모든 아이가
겪어야 하는 일, 바로 초등학교 입학이었다. 빈프리트는 오전 내내
집을 비웠고—당시 독일의 초등학교는 오전 여덟 시에 시작해
오후 한 시에 마쳤다—베르타흐는 작은 동네였기에 혼자 걸어서
등교할 수 있었다. 독립에 대한 기대감 때문일 수도 있고 단지
운 좋게 사진이 잘 찍힌 것일 수도 있지만, 등교 첫날 카메라에
포착된 여섯 살 소년의 얼굴은 행복하다 못해 신이 나 보인다.

그 후 2년간 빈프리트는 베르타흐 폴크스슐레[초등학교]에서
수학했다. 그로부터 60년이 지난 후 내가 만난 빈프리트의
동급생들은 너그럽게도 내게 1학년 시절의 학급 사진을
건네주었다. 나중에 언급하겠지만 그들이 빈프리트 제발트라는
작가에 대해 그리 좋은 기억을 갖고 있지 않았다는 점을 고려하면
이는 더더욱 너그러운 처사였다. 그들의 말에 따르면 담임 교사는
마스터 쇼러였다. 그리고 빈프리트는 교실 앞 줄에서 기다랗고
가느다란 다리로 장난을 일삼는 소년이었다.

1950-1951년 베르타흐 폴크스슐레 1학년 시절.

이것이 막스 제발트가 후일 많은 인터뷰어에게 설명한
베르타흐에서의 유년기다.[8] 행복한 시절, 실로 목가적인
생활, 근대성이 침입하기 전 안정과 침묵 속에서 살아가던 삶.
게르트루트도 베르타흐 시절을 그렇게 기억했다. 늘 태양이

빛났고, 늘 눈이 있었으며, 매일이 크리스마스 같았다고. 장밋빛
일색인 막스의 기억은 게르트루트의 기억만큼, 심지어 그보다 더
불완전할 수도 있다. 그러나 『현기증. 감정들』에 묘사된 것처럼
막스에게는 다른 차원의 기억, 그러니까 벽에 그려진 거대한
형체를 두려워하고, 이발사에게(아니면 아버지였을까?) 겁을 먹고,
침묵의 재앙이 일어났다고 느낀 어두운 기억도 있었다. 유년기
게르트루트는 이 가운데 어느 것도 감지하지 못했다. 하지만
훗날 천성처럼 줄곧 그와 함께한 깊은 어둠이 그저 살다 보니
느닷없이 발현되었을 리는 없다는 데 게르트루트도 동의한다.
"항상 괴로워했던 것 같아요"라고 게르트루트는 말한다. "하지만
어릴 적에는 자기 말고도 모두가 그런다고 생각했던 듯해요.
아마 10대 초반쯤 대부분의 사람이 자기보다 삶을 더 수월하게
받아들인다는 사실을 깨닫고는 그 어두운 생각 속에서 외로움을
느끼기 시작했던 것 같고요."

　1940년대 후반과 1950년대 초반 베르타흐는 마음만
먹으면 무수한 어둠을 목격할 수 있는 곳이었다. 일례로
그곳에는 오래전에 죽은 사람들의 뼈가 어둠 속에 쌓여 있는
납골당 바인하우스Beinhaus가 있었다. 그런가 하면 빈프리트의
가족은 일요일 아침 미사에 갈 때마다 교회 문 측벽에 설치된
성 게오르기우스 동상을 지나쳤다. 베르타흐의 수호성인
게오르기우스가 용을 짓밟고 올라 용의 벌어진 입속으로 창을
찔러 넣는 동상이었다. 끔찍한 광경을 재현한 동상 밑에는
전염병, 화재, 전쟁 등 400년이 넘는 세월 동안 베르타흐에

들이닥친 끝없는 재앙을 나열한 두 개의 석판이 놓여 있었다. 재앙은 언제나 불을 동반했다. 제발트는 이 재앙의 전체 목록을 『현기증. 감정들』9에 삽입했다. 그중에는 1893년 4월 16일 시장 거리 전체가 잿더미가 되고 주민 대부분이 피신해야 했던 19세기 최악의 대화재도 있었다. 『현기증. 감정들』에서 말하듯 베르타흐 교회 석판에 새겨진 글귀는 제1차 세계대전에서 베르타흐의 아들 예순여덟 명이, 제2차 세계대전에서는 일백스물다섯 명이 조국을 위해 목숨을 바쳤다는 내용으로 마무리된다.

재앙을 나열한 두 석판 사이에는 이처럼 참혹한 역사에 의해 자연스레 형성된 세계관을 요약하는 또 다른 석판이 놓여 있다.

교만하지 마라, 인간의 자식이여
그대 죽음 앞에선 바람에 흩날리는 왕겨일 뿐
머리엔 왕관을 썼을지 몰라도
모래가 다 떨어지고, 때를 알리는 소리가 울리고
산들바람에 나뭇잎이 휘날리는 찰나에
고난의 시간이 들이닥칠지니

처벌, 네 분수를 알라는 가르침, 확실한 파멸은 전부 지극히 알고이스럽고 가톨릭스러운 메시지다. 부모가 어서 미사를 들으러 가자고 재촉하는 동안 어린 빈프리트가 반항적인 눈빛으로 이 위협적인 문구를 힐끗대는 광경, 글자 하나하나가 빈프리트의 마음 깊은 곳을 파고드는 광경을 상상하기란 어렵지 않다.

제발트는 또 다른 기억도 자주 회상했다. 겨울이 너무나 혹독했던 베르타흐에서는 땅이 얼어 사람이 죽으면 시신을 장작 창고에 두었다가 봄에야 매장할 수 있었다. 그래서 제발트는 사자가 "실제로 사라지는 것이 아니라 우리 삶의 변두리 어딘가에 맴돌고 있을 뿐"[10]이라는 생각을 가지고 자랐다고 했다. 제발트가 그 말을 했던 1997년 무렵에는 실제로 그런 생각이 할아버지에서 홀로코스트 희생자에 이르기까지 그가 애도하는 모든 이를 구제하는 위로가 되었다. 하지만 반대로, 구제보다는 복수를 의미하기도 했다. 제발트는 2001년 "제가 성장한 곳에서 나이 많은 어르신들은 여전히 죽은 자를 돌봐야 한다는 생각을 갖고 계셨습니다. (…) 그렇게 하지 않으면 죽은 자들이 산 자에게 복수를 감행할지도 모른다고 생각했죠"[11]라고 말했다. 또 이런 말도 했다. "장작 창고에는 항상 시신이 있었습니다."[12] 분명 의도적으로 던진 소소한 영국식 농담이었다. "장작 창고 속 시신"은 부끄러운 비밀이었고, 할아버지의 사망과 수용소 영화를 본 빈프리트에게, 그리고 그 이후 막스에게 죽음은 언제나 정확히 그것, 즉 사람들이 입에 올리지 않는 부끄럽고 부당한 일이었다.

빈프리트의 성격은 이렇게 어린 시절부터 명확한 형태를 갖춰나갔다. 할아버지는 빈프리트가 학교에 들어가기 몇 해 전부터 오래된 책 한 권을 꺼내 와 거기 실린 그림 형제의 이야기를 빈프리트와 게르트루트에게 읽어주었다. 그 이야기들을 좋아했던 빈프리트는 모든 내용을 소화했다. 입학 무렵에는 그 소중한 책을 물려받아 자신을 자랑스럽게 여기는 어머니에게 꾸준히 낭독해주었다. 그러던 어느 날 로자는 학교 교사로 일하는 친구 프로일라인 빈터를 만났다. "있잖아, 로자." 친구가 말했다. "빈프리트가 글을 못 읽어." 로자는 "말도 안 돼!"라고 소리쳤다. "집에서 보면 글을 얼마나 잘 읽는데!" 그러자 빈터가 말했다. "그건 그 이야기를 외우고 있어서 그런 거야. 한번 확인해봐. 그럼 알게 될 거야."

로자는 시험을 해보았고, 친구의 말은 사실이었다. 모르는 책을 건네며 한번 읽어보라고 하자 아들은 읽지 못했다. 물론 빈프리트는 얼마 지나지 않아 신속하고 수월하게 읽기를 배웠다. 그러나 또래 아이들처럼 읽다가 실수를 하기보다는 자신의 무결한 기억력을 동원해 완벽하게 읽는 행세를 할 수만 있다면 그렇게 했다. 로자는 빈프리트가 완벽해 보이기를 바랐고, 빈프리트는 완벽해지고 싶어했다. 그로 인해 삶이 고단해질 터였지만 그 바람은 변치 않았다.

반세기 후 제발트는 유치원에 다닐 때 있었던 유사한 일화를 마리에게 들려주었다. 자그마한 동물 모양 목각 인형이 200개 넘게 들어 있던 커다란 상자가 있었다고 그는 말했다. 대부분의 동물 종을 본떠 만든 인형이 몇 개씩 있었는데, 그중 황소는 한 마리뿐이었다. 매일 아침 학생들은 그 상자에 손을 넣고 동물을 하나씩 꺼내 가지고 놀았다. 그리고 매일 아침 빈프리트 제발트는 황소를 골랐다. 기적 같은 일이었다. 어떻게 그럴 수 있는지 아무도 이해하지 못했다. 빈프리트가 어머니에게 고백하기 전까지는. 사실 그는 매일 오후 목각 인형을 치우는 시간이면 황소를 손에 꼭 쥔 채 감추고 있었다. 그러다 자기 차례가 되면 일부러 상자 한쪽 구석으로 황소를 밀어 넣었고, 당연하게도 다음 날 아침이면 단박에 그걸 찾아냈다. 이는 자랑스럽게 떠벌리고 다닐 만한 이야기가 아닌 만큼, 분명 실제로 있었던 일이다. 제발트가 마리에게 들려준 또 다른 이야기도 마찬가지다. 그 후 10대가 된 제발트는 알고이에서 자란 다른 아이들처럼 스키를 잘 탔다. 하지만 몇몇 친구는 능숙한 수준 이상으로 잘 탔다. 말하자면 제발트보다 실력이 월등히 더 뛰어났다. 제발트는 그들 중 실력이 최상급인 친구와 슬로프에서 어깨를 나란히 할 수 있을 때까지 남몰래 밖에서 연습에 매진했다.

마침내 제발트가 30대에 접어들었을 때, 그간 편지를 주고받으며 동생이 훌륭한 작가로서의 자질을 갖고 있음을 알았던 게르트루트는 어째서 학술 논문 이외의 글은 쓰지 않느냐고 물었다. 단순한 글은 쓰고 싶지 않으니까, 제발트는 대답했다. 나는 카프카의 글처럼 다양한 층위에서 읽힐 수 있는 글만 높이 평가해. 언젠가 나도 카프카처럼 쓸 수 있다면……. 기적이라고 해야 할까, 그도 그럴 수 있는 사람이었다. 그러나 마흔 전까지는 뛰어들 준비가 되어 있지 않았다. 해묵은 이유에서였다. 그는 비밀리에 연습을 해야 했다. 어디에서 보물을 찾을 수 있는지 알려면 자기가 그걸 직접 묻어야 했던 것이다.

전후에는 여행할 여력을 갖춘 사람이 얼마 되지 않았다. 그렇다 보니 세 살 때 한 번 곁눈질하듯 경험한 뮌헨을 제외하면

베르타흐 너머의 세계는 빈프리트에게 독일이 아니었다.
미국이었다. 빈프리트가 기억하는 한, 애니 이모가 5달러 지폐를
테이프로 붙여 보낸 생일 축하 카드부터 미제 옷과 장난감,
이모와 이모부 들이 보내준 풍선껌, 무엇보다 달콤한 파인애플
통조림까지, 흥미를 돋우는 것은 모두 미국에서 건너온 것이었다.
　빈프리트가 일곱 살이던 1951년 여름에는 이국적인
분위기를 풍기는 미국인 네 명, 그러니까 패니 이모와 사촌
수잰·레스, 그리고 종조부 윌리엄이 베르타흐를 방문했다. 마을
전체가 수선을 떨었고, 빈프리트 일가는 몇 주 동안 사람들 입에
오르내렸다. 그건 외부 세계가 베르타흐로 진입한 사건이막스는
빈프리트였던 어린 시절 만난 패니 이모에 대해 아무런 기록도

남기지 않았다. 아마 패니 이모는 대체로 로자와 어른들의 대화를 나누며 시간을 보냈을 것이다. 사촌 수잰은 아홉 살 소녀였고, 그렇다 보니 대부분의 자유 시간을 게르트루트와 보냈다. 빈프리트가 관심을 가진 미국인은 외사촌 레스와 외종조부 윌리엄이었다.

레스는 빈프리트에게 1년 반 터울의 동생이었다. 그러나 패니의 아이들은 독일인 사촌들과 달리 미국에서 풍족한 생활을 누렸다. 일곱 살 빈프리트는 다른 에겔호퍼 가문 사람들처럼 큰 편이었음에도 키가 다섯 살 난 레스와 거의 같았다. 빈프리트와 레스는 생김새가 놀라울 정도로 닮은 데다 키까지 비슷해서, 가족들은 두 소년을 쌍둥이라고 불렀다.

그로부터 65년 후 페이스북이 등장했고 레스 슈테머도 페이스북에 가입했다. 나는 페이스북에서 발견한 그의 사진을 뚫어져라 응시했다. 할아버지 에겔호퍼처럼 긴 얼굴에 하얀 콧수염이 나 있었고 옆에는 검은 대형견이 보였다. 여전히 막스와 쌍둥이 같은 모습이었다. 그러다 그의 전화번호를 발견한 나는 전화를 걸어보았다. 그리고 더욱 강렬하고 기묘한 감정을 느꼈다.

[왼쪽 하단] 맨 앞에 서 있는 두 소년이 빈프리트와 레스다. 우측에 평범한 모자를 쓰고 양복을 차려입은 사람은 요제프 에겔호퍼다. 중앙에 서 있는 키 큰 소녀는 수잰이고, 그 옆에서 수잰과 똑같은 미제 옷을 차려입은 소녀는 게르트루트다. 수잰 뒤에는 수잰의 어머니이자 로자의 언니인 패니 슈테머가 있다. 수잰의 오른쪽 옆에는 슈테머 가문의 대모이자 윌리엄의 누이인 바베테 할머니가 있다. 나머지도 켐프텐과 미국에서 방문한 슈테머 가문 사람들이다. [13]

내가 들은 적이 있는 제발트의 목소리, 그처럼 음색이 풍부하고
깊지만 끝이 거친, 미국인스러운 목소리였다.[14]

레스는 오래전 여름 베르타흐에서 보낸 사촌 빈프리트와의
시간을 기억하지 못했다. 그가 기억하는 일화는 대체로 옆집
빌러스의 농장에 쌓인 퇴비 더미에서 놀다 어머니에게 꾸중을
들은 일이었다. 특별한 일은 아니었다. 레스는 말했다. "저는 말을
안 듣는 아이였어요. 항상 쓸데없는 짓을 하면서 말썽을 피웠죠."
우리는 웃었지만—레스와 있으면 자주 웃게 되었다—나는
그가 혼자서 그런 짓을 했다곤 믿지 않았다. 빈프리트는 퇴비를
뒤집어쓰고 귀가해 엄마에게 야단맞는 일이 끊이지 않던
아이였다. 분명 빈프리트가 자기보다 어린 사촌에게 엄마들의
화를 돋우는 이 놀이를 알려주었을 것이다. 레스는 빈프리트를
기억에서 지운 후였다. 막스는 레스를 기억했지만 소설 속 인물로
변모시켰다(그런 다음 다시 소설에서 삭제했다). 이런 점에서도 둘은
닮아 있었다. 둘 다 각자의 방식으로 혼자가 되어 있었던 것이다.

페이스타임으로 대화를 나누자니 레스가 행복한 사람이
아니었다는 사실이 점차 명확해졌다. 레스와 막스는 그 점에서도
닮아 있었다. 하지만 막스가 아이러니 속에 불행을 숨겼던 데
반해, 레스는 불행을 신랄하고 냉소적인 유머로 펼쳐 보았다.
제대로 풀린 일이 하나도 없었어요, 그는 말했다. 베트남에서는
자신이 취득한 'MBA'—경영학 석사—라는 학위와 의료 자격의
차이를 아무도 몰랐던 까닭에 9개월간 의무병으로 복무해야
했고, 변호사들에게 기술 지원을 제공하는 사업을 했을 때는

"고객을 엿먹이는 변호사들을 엿먹이는 것과 다름없는" 일을
해야 했다. 일은 잘 풀리지 않았다. 결혼생활도, 평생을 살아온
뉴욕을 떠나게 만들었던 여자친구와의 관계("제 인생에서
가장 큰 실수였죠")도, 심지어 몇 년간 대화조차 나눈 적 없는
아들과의 관계도 순조롭지 않았다. 그가 방문한 장소들도 너무
덥거나("인도에는 가지 마세요") 너무 추웠다("리즈*에는 가지
마세요").

　　이런저런 우여곡절을 겪으며 레스는 꽤 불안정한 상태에
놓여 있었고, 플로리다 어딘가에 위치한 해변 오두막에서
거주하는 듯했다. 유일하게 그를 기쁘게 하는 것은 반려견, 심해
낚시, 그리고 술이었다. 영국을 방문해 막스를 만났던 일과 관련해
그가 내게 해준 말은 하룻밤 새에 잭 다니엘 한 병을 말끔히
비웠다는 것뿐이었다. 그는 아버지 조와 종조부 윌리엄을 그들이
좋아하는 술에 빗대어 묘사했다. 조는 스카치와 맥주, 윌리엄은
스카치와 마티니―올리브를 넣은 제대로 된 마티니만 취급하고
절인 양파가 들어간 깁슨은 **절대** 불허였다―였고, 레스는
깁슨에 질색하며 몸서리치던 윌리엄을 흉내 냈다. 그것도 막스가
연상되는 행동이었다. 두 사람 다 흉내 내기에 능했다.

　　어쩌면 술이 레스에게 실패와 쓴맛을, 그리고 그 외의
것들을 안긴 원인이었을지 모른다. 레스와 마지막으로 대화를
나누고 몇 달이 지났을 때, 나는 그에게 다시 몇 차례 전화를

---

* 　잉글랜드 요크서주 중부에 위치한 도시.

걸었지만 그는 응답하지 않았다. 내 두려움의 실체를 확인시켜준
사람은 게르트루트였다. 레스가 간경화로 사망했다는 것이다.
레스는 사촌이자 쌍둥이와도 같았던 제발트보다 14년을 더 살고
일흔하나에 생을 마감했다. 1951년에 촬영된 사진 속 두 소년은
이제 이 세상에 없었다. W. G. 제발트를 매료시키고 괴롭힌 것이
바로 이렇게 사진 속에 숨겨진 일종의 운명이었다.

레스(2017년 사망) - 빈프리트(2001년 사망).

그해 빈프리트에게 가장 중요했던 방문객은 종조부
윌리엄이었다. 빈프리트도 다른 아이들처럼 그를 [종조할아버지가
아닌 삼촌이라고 불렀는데, 사실 둘은 같은 핏줄이 아니었다.[15]
윌리엄은 패니의 시어머니 바베테 슈테머(결혼 전 성은 신델레)와
남매였다. 따라서 켐프텐과 존트호펜 사이에 위치한 작은
마을 고프레히츠에서 1880년에 출생한 그의 이름은 윌리엄
신델레였다. 윌리엄은 요제프 에겔호퍼보다 여덟 살 어렸으므로

1951년이면 일흔하나였다. 하지만 진짜 이유는 다른 데 있었고, 이는 또 한 번 빈프리트와 막스의 연결 고리를 보여준다. 빈프리트에게 가장 인상적이었던 것은 바로 윌리엄 삼촌이 쓴 언어였다.

제발트는 윌리엄으로부터 받은 깊은 인상을 그에 대한 소설 「암브로스 아델바르트」에 기록했다. 아델바르트 할아버지는 다른 어른들을 죄다 평범해 보이게 만드는 남다른 분위기를 풍겼다고 그는 적었다. 그리고 이렇게 진술했다. "자세한 내용은 기억나지 않는구나." 화자는 이렇게 말하면서도 아델바르트가 말한 방식, 즉 사투리가 전혀 느껴지지 않는 완벽한 표준 독일어로 "나로서는 그 의미를 짐작해보기만 할 수 있는 단어와 표현 들을 사용해" 말한 방식은 기억한다.[16] 그가 사용하는 언어의 우아함, 신비로움, 여유로움은 화자에게 인상적인 기억을 남겼고, 이는 분명 빈프리트에게도 인상을 남겼을 것이다. 어쩌면 자신이 하고 싶은 일이 무엇인지 처음으로 엿보는 기회가 되었을지도 모른다. 빈프리트에게는 **이것**이 베르타흐 바깥의 진짜 세계였다. 독일의 다른 지역도 아니고 미국도 아닌, 말. 아름답고 신비로운 말. 말이야말로 빈프리트가 원한 것, 집에서는 찾을 수 없는 것이었다.

1951년 찍힌 가족 사진에는 우리가 보지 못한 또 한 가지 진실이 숨어 있었으니, 로자의 임신이다. 이는 빈프리트의 삶에 또 한 번 커다란 변화를 가져온 사건이었다.

에겔호퍼 가문과 관련해 빈프리트에게는 나중에야

중요한 의미를 갖지만 그의 어머니 로자에게 그 무렵 가장
중요한 일이었던 가정사가 하나 있었다. 바로 빈프리트의
할아버지 요제프의 투병으로, 그는 매일 몇 시간씩 걸었음에도
부정맥으로 추정되는 선천적인 심장 문제가 있었고, 어쩌면
이 증상을 자녀들도 물려받았을지 모른다. 빈프리트의 할머니
테레지아도 심장병을 앓았다. 로자는 자기도 모친처럼 요절할
것이라고 생각했고, 에겔호퍼의 네 자녀는 모두 부친의 부정맥을
물려받았을까 봐 걱정했다. 사실 패니와 로자도 심장에 문제가
있긴 했으나, 요제프가 실제로 심장질환을 앓았다 한들 그것이
그의 사망 원인은 아니었으며 패니와 로자도 심장병으로 세상을
떠나진 않았다. 그러나 셋째를 출산할 때 로자의 심장은 그리
건강한 상태가 아니었다. 로자는 더 나은 관리를 받기 위해 마을
병원을 찾았지만 출산은 지난하고 고되었으며 출산 후에는
병치레를 해야 했다. 베아테가 태어나고 6개월 동안 로자는
대부분의 시간을 병상에서 보냈고, 협심증으로 인해 남은 평생
디기탈리스를 복용했다.

　손위 아이들에게도, 그리고 게오르크에게도 힘겨운
시기였다. 가족을 위해 모든 일을 완벽히 해내는 가정주부였던
로자가 돌연 그 역할을 수행할 수 없는 상태가 되었으니 그럴
만도 했다. 난산으로 태어난 베아테도 고생하긴 마찬가지였다.
아이는 몇 주 동안 한시도 쉬지 않고 울어댔다. 게르트루트는
아버지가 우는 아이를 업고 몇 시간을 서성이던 모습이나,
어머니가 자리옷 차림으로 나타나 요제프 할아버지가 손을

써주어 다시 몸을 누일 수 있을 때까지 도와달라고 애원하던
장면을 지금도 기억한다.

게르트루트는 당시 상황이 고스란히 담긴 사진이
있다면서 앨범을 뒤지더니 그 사진을 찾아내 내게 보여주었다.
게르트루트가 열 살, 빈프리트가 일곱 살이었을 때 사진이다. 두
아이는 슈타인레너의 부엌에 앉아 있고, 게르트루트는 아기인
베아테를 무릎에 올려둔 자세다. 단지 게르트루트가 당시 상황을
얘기해주었기 때문이 아니라, 중압감이 고스란히 담긴 두 아이의
얼굴을 보면 상황이 어땠는지 명확히 알 수 있다.

그 시절 빈프리트는 시골 아이답게 바깥에서 뛰놀았다.
"외양간에 가서 소들을 돌봤죠." 막스는 2001년 자신을 인터뷰한
동료 작가 크리스토퍼 빅스비에게 그렇게 말했다.[17] 여름이면
강가로 향하고 겨울이면 스키나 터보건 썰매를 탔고, 베르타흐에는
도서관이나 서점이 없었을뿐더러 집에는 비싸거나 읽을 수 없는
책을 제외하면 책도 몇 권 없어서 "독서와 동떨어져 성장"했다는 게

막스의 얘기였다. 확실히 과장이
섞여 있기는 하지만 생애 초기
8년에 한하면 진실에 가까운
말이었을지도 모른다.

거실에 내건 알프스
풍경화 두 점과 빈프리트와
게르트루트가 연필로 그린
그림, 그리고 가톨릭 집안이면

어느 가정이나 가지고 있던 부모님 침대 위에 걸린 올리브산
위의 예수 그림을 제외하면 빈프리트의 집에는 그림도 없었다.
음악도 없이 자랐어요, 막스는 빅스비에게 말했다. "축음기를 가진
사람도 없었고, 라디오도 보기 어려웠죠." 하지만 빈프리트의
아버지는—당연하게도 애니 이모가 뉴욕에서 보내준—라디오가
하나 있었고, 그는 요들로 마무리되는 바이에른 민요와 당시
감상적인 곡조로 인기가 많았던 오페레타 「우체부 소녀
크리스텔Die Christel von der Post」을 즐겨 들었다. 그리하여 빈프리트는
바이에른 민요와 오페레타를 혐오하게 되었고, 막스도 그러했다.

일고여덟 살 무렵 빈프리트는 깔끔하고 보수적인 부모
밑에서 레스에 버금가는 말썽꾸러기로 성장했다. 빈프리트와
게르트루트는 길에 소똥이 있으면 보이는 족족 밟고 다니는
놀이를 했고, 빌러스의 농장에라도 갔다가 오면 로자는
빈프리트를 집 밖에서 씻긴 다음 안으로 들여보냈다. 한편
빈프리트는 갖은 수를 써서 아버지에게 계속 반항했다. 아버지가
빈프리트의 머리를 만져주는 일은 전보다 줄었지만, 그 순간이
찾아오기라도 하면 흡사 전쟁 같은 상황이 펼쳐졌다. 빈프리트는
아버지가 사준 새 레더호제Lederhose*에 흠집을 내고 흙과 기름을
묻혀 검게 만들어서 제프 빌러스가 입는 레더호제처럼 보이게
만들었다. 모형 기차나 메르클린 메카노 장난감 세트 등
아버지가 선물한 뻔하디뻔한 장난감을 갖고 노는 것도 거부했다.

---

*   바이에른주 등에서 입는 남성용 가죽 바지.

빈프리트는 할아버지와 함께하는 게 아니면 가족들 신발 닦기나
나무 장작 패기 등 지루한 일도 하기 싫어했다.

　　인생사가 다 그렇듯 참 고됐지, 하고 제발트는 이 사진에 관해
썼다.[18] 그는 결석을 일삼고 툭하면 사고를 쳤다. 한번은 어머니가
시켜서 체를 들고 있다가 마치 꿈을 꾸는 양 갓 뽑은 치즈
국수를 더러운 개숫물에 담갔다. 계단을 천방지방 내려가다가
뒷문 옆에 놓여 있던 물이 가득 찬 들통에 머리를 처박으며
굴러떨어지는 바람에 익사할 뻔한 적도 있었다. 또 한번은
소와 황소는 배 아래쪽을 보면 구별할 수 있다는 할아버지의
말에 빌러스 가족이 농장을 하던 들판에 올라가 황소 배 밑을
들여다보았다가 목숨을 걸고 줄행랑을 쳐야 했는데, 그 바람에
허둥지둥 철조망을 빠져나가느라 귀 한쪽을 뜯기기도 했다. 어린
시절 빈프리트는 예컨대 할머니 할아버지 방 침대 협탁에 놓인
염화암모늄*이라든가 테이블 밑에 둔 구두 광택제처럼 먹어선 안

되는 온갖 것을 호기심에 삼켜댔다.[19]

이 모든 상황이 가여운 로자에게는 절망적일 수밖에
없었다. 아들이 동네 농부들만 공경하면서 자기도 농부가 되고
싶어하다니, 행동거지를 바르게 하도록 가르친 모든 노력이
수포로 돌아가고 말았다. 로자는 베르타흐를 사랑했지만 적어도
동네에 퇴비 더미는 없어야 했다. 이는 분명 로자가 유일한
고향이었던 베르타흐를 떠나기로 결심하게 만든 요인이었을
것이다.

어찌 됐건 상황은 변하고 있었다. 후일 막스는 기계와
자동차가 등장하기 이전의 고요한 어린 시절이 좋았다고
했으나, 그 말에는 여느 때처럼 과장이 섞여 있었다. 진정으로
고요했던 알고이의 세계는 독일을 포함한 유럽의 모든 시골
지역이 그러했듯 전쟁과 함께 막을 내렸다. 1950년대 초까지만
해도 건초 마차들이 슈타인레너 앞에서 방향을 틀어 빌러스네
헛간이 위치한 언덕을 삐걱대며 올라가곤 했는데, 이제는
수레를 말로 *끄는* 만큼이나 트랙터로 *끄는* 일도 흔했다.[20]
그리고 수많은 오토바이, 심지어 자동차도 몇 대 나타나
새로 포장된 도로에 들어차기 시작했다. 전반적으로 이런
변화는 베르타흐만의 일이 아니었다. 빈프리트가 태어난 집은
1930년대부터 운영돼온 제펠더의 작업장과 택시 회사 위층에

---

*　염화암모늄은 기침약으로 쓰이던 거담제였다. 분말 형태로 보관했다가
물에 타서 복용한 것으로 보인다. 위험하지는 않지만 건강에 이로운 점은 거의
없었다.—지은이

있었다. 『현기증. 감정들』에 실린 집 사진을 돋보기로 확대해서
보면 (제발트도 직접 확대해서 보았을 텐데) '자동차 렌트Miet -Auto'와
'기계상사Maschinenhandlung'라고 적힌 문구를 확인할 수 있다.

빈프리트가 유년기를 보낸 제펠더네 건물. (왼편에서 창밖을
내다보는 사람이 요제프, 오른쪽 창문에 보이는 사람이 로자일까?)

이처럼 빈프리트가 태어난 곳은 점점 더 많은 자동차와
기계가 들어섰을 뿐 아니라 그런 자동차와 기계가 보관되고
정비되는 요지였다. 막스라면 그 장치들과 소음을 혐오했겠지만
빈프리트는 혐오하기는커녕 그것들에 매료되었고, 언어를 대할
때만큼 열렬한 탐구심을 품었다. 가족들이 슈타인레너의 부엌
식탁에 둘러앉아 있던 날, 그는 이후 집 밖 도로를 지나는 모든
오토바이와 자동차의 종류를 소리만으로 구별해냈다. 그리고
빌러스네 농장에 가 있지 않을 때면 스쿠터에 몸을 싣고 빠른
속도로 도로를 질주하며 스스로 오토바이나 자동차가 되었다고
생각하고 그에 어울리는 **부르릉부르릉** 소리를 냈다. 얼마나 자주,

또 얼마나 오래 그런 소리를 냈던지 로자는 빈프리트의 입술이 누더기가 된 러그에 달린 술처럼 닳기라도 할까 봐 걱정할 정도였다. 희한하게도 그런 일은 일어나지 않았지만 빈프리트는 툭하면 (『자연을 따라. 기초시』에 썼듯) 도로에서 스쿠터를 타다 넘어져 손과 무릎이 찢어지는 부상을 입었다.

그러던 어느 날 빈프리트가 평소처럼 스쿠터를 타고 질주하다 몇 시간 동안 행방불명된 일이 있었다. 결국 미스터리가 풀렸을 때 드러난 사실은 그가 마을을 가로지르는 오토바이 경주를 목격하고는 입으로 거칠게 **부르릉** 소리를 내며 스쿠터로 그 뒤를 쫓았다는 것이었다. 얼마나 멀리까지 이동했는지 경찰이 집까지 데려다주어야 했을 정도였다.

나보코프의 시간공포증은 태어나기 얼마 전부터 시작되었다. 제발트의 시간공포증은 그보다도 훨씬 전, 어머니의 뱃속에 잉태되고 고작 2주가 지났을 무렵 시작되었다.[21] 그리고 (평범한 방법이기는 하지만 가족사나 집안에서 전설처럼 전해 내려오는 이야기 등을 참고해) 그보다 더 과거로 거슬러 올라가면 외조부모의 결혼식 날이 있었다. 먼 과거로 거슬러 올라갈수록 아는 것은 줄어들었고, 제발트는 2000년 마리에게 쓴 편지에서 말했듯 어머니에게 질문을 더 던져볼 생각이었다.[22] 그러나 그의 적이자 우리의 적인 시간이 그 계획을 무너뜨렸다.

적어도 아이들은 부모님이 어떻게 만나서 결혼했는지를 다 알고 있었다. 로자는 자신도 자매들처럼 미국으로 이민 가는 꿈을 꾸었지만 친정 부모님은 로자가 집에 남기를 바랐다. 그래서 당시 이미 군인이었던 게오르크가 스키 휴가를 맞아 부대원들과 함께 베르타흐를 찾았을 때만 해도 아직 한창 젊었던 로자는 베르타흐에 남아 있었다. 로자는 그때도 미국으로의 이민을 꿈꾸고 있었을지 모른다. 또 분명 외모가 준수한 젊은 남자와의 결혼을 꿈꾸고 있었을 것이다. 게오르크는 새까만 머리칼에 푸른 눈을 가진 잘생긴 청년이었고, 로자와 같은 바이에른주 출신이긴 했지만 1930년대만 해도 알고이는 어지간히 먼 곳으로 인식되었다. 그러니 로자 입장에서 게오르크와의 혼인은 어쩌면 이민 아닌 이민과도 같았을 것이다. 게오르크는 로자에게 청혼했고 로자는 이를 받아들였다. 두 사람은 1936년 11월, 로자가 스물둘, 게오르크가 스물다섯이었을 때 결혼했다. 눈이 15센티미터 이상 쌓인 한겨울이었고, 신부 로자는 발만은 젖지 않도록 제펠더의 택시를 타고 교회로 향했다.

1936년 11월 17일 결혼식 날.

빈프리트는 이 사진에서 부모를 보았지만 막스는 나치 제복 차림의 부친을 보았다. 10대 중반부터 빈프리트는 자신이 목격한 사진을 근거로 나치에 연루된 과거가 있었던 부친을 지독히도 원망했다. 그러나 게르트루트는 아버지를 사랑했고, 이해하려고 노력했다.[23]

게오르크는 1911년 바이에른주에서도 가장 가난한 아이젠슈타인에서, 즉 체코슬로바키아와 국경을 맞댄 바이에리셔발트*에서 태어났다. 아들과 이름이 같았던 빈프리트의

---

*   '바이에른 숲'이란 뜻으로 독일과 체코공화국의 국경을 가르는 길이 약 100킬로미터의 낮은 산맥. 독일 국경 너머 체코에선 '보헤미안 숲'을 뜻하는 슈마바로 불린다.

할아버지는 철도 화부로 일하며 적은 돈을 벌었다. 할머니 아나는
국경을 넘어 보헤미아로 건너가 특산물인 보헤미아 유리 공예품을
사들인 다음 등에 바구니를 지고 아이젠슈타인을 돌며 도붓장사를
했다. 게오르크는 자녀들에게 본인이 어릴 적에는 집안이 너무
가난해서 다섯 살 때는 혼자 계단을 오를 수 없을 만큼 체구가
작고 약했다고 말했다. 그 당시 딸까지, 즉 게오르크의 여동생까지
부양해야 했던 아나는 어떻게든 염소 두 마리를 사서 아이들이
산양유라도 먹을 수 있게 했다. 게오르크는 영양분이 몹시 풍부한
산양유 덕분에 모든 것이 달라졌다고 말했다. 그때부터 그는
염소를 사랑했고 자식들에게 "염소가 내 목숨을 살렸지"란 말을
하곤 했다.

　　게오르크는 학창 시절 수학을 잘했다. 때로는 그로 인해
괴롭힘을 당하기도 했는데, 그러면 겁 없는 여동생이 달려와
도움을 주었다. 그러나 가정 형편으로 인해 열세 살에 학교를
떠나 일을 배워야 했다. 게오르크는 자물쇠 수리공이 되기
위한 훈련을 받았는데, 당시 자물쇠 수리 기술에는 일반적인
기공技工에 금속 세공까지 포함되었다. 그는 1927년, 제1차
세계대전 이후 독일 정세가 어느 때보다 더 절망적이었던
바이마르공화국 시기에 수리공 자격을 취득했다. 1920년대 초의
악명 높은 초인플레이션은 일단락되었지만, 일자리는 여전히
턱없이 부족하거나 아예 없다시피 했다. 게오르크는 혹독했던
1927~1928년 겨울, 동파된 수도꼭지와 수도관을 수리하는
일거리를 가까스로 구했다. 그러나 그 후에는 아무 일도 하지

못했다. 같은 해 로자의 언니 패니는 교사 일자리를 구하려면
10년은 더 걸릴 수도 있다는 현실을 깨달은 후 취업을 포기하고
미국으로 떠났다. 어쩌면 게오르크도 이민을 고려했을지
모른다. 그러나 당시 남자들에게는 대안이 있었다. 1921년부터
독일 내에서 소규모 방위군을 재편성하는 일이 허용된 것이다.
게오르크는 독일과 다른 나라에서 선대나 후대의 많은 가난한
노동계급 소년이 그랬듯 일도 하고 훈련도 받고 돈도 벌 수단으로
군대를 택했다. 1929년 열여덟 살이 된 게오르크는 곧장 군에
자원 입대했고, 그 후로 직업인으로서 대부분의 삶을 군인으로
살았다.[24]

게오르크는 당시 군대라고 불린 독일 국가방위군에
운전병으로 입대했다. 입대 직후 훈련을 받고 진급도 한 그는
1933년에 하사가 되었다(독일군의 계급 체계와 영국군의 계급
체계를 대응시키기 복잡해 대략적으로 따진 것이다). 그리고
1935년에는 중사(이 또한 대략적이다)로 진급했다. 중사는 [상급]
부사관에 해당되었으므로, 이는 대단한 성취였다. 그로부터 1년
후 로자 에겔호퍼를 만났을 때 게오르크는 더 이상 사병이 아니라
결혼을 할 수 있을 만한 봉급을 받는 장교 신분이었다.

1935년 히틀러는 굴욕적인 제약을 받던 '방위군'을 유럽을
정복할 군대인 '국방군'으로 탈바꿈시켰다. 아들 제발트가 말하길,
게오르크는 이때 국방군이 어떤 국가를 위해 복무하는지를
파악하고 사임을 택해야 했다. 그러나 게오르크가 장교가 되고
로자 에겔호퍼 같은 젊은 여자와 결혼할 수 있었던 이유는 바로

당시 군대가 히틀러의 군대였기 때문이다. 아우토반을 건설하고
전반적으로 독일의 번영을 회복한 것 외에, 히틀러는 부인할 수
없는 진보를 이루어냈다. 그것은 군대를 민주화하는 것이었다.
프로이센 군대에서는 귀족층인 융커만 장교가 될 수 있었으므로,
염소 한 쌍 덕에 목숨을 부지한 바이에리셔발트 출신의 가난한
소년은 100년을 복무한다 해도 장교는 꿈도 꿀 수 없었다. 영혼
불멸을 생각했다면 게오르크는 그때 군대를 떠났어야 했다.
하지만 왜 그러지 않았는지도 선뜻 이해가 간다.

로자와 혼인하고 1년이 지났을 때 게오르크는 또다시
진급했고 그 후로도 몇 차례 진급을 거듭했다. 참전 시기 중
초기, 즉 1939년 독일이 폴란드를 침공했을 때 게오르크는 아직
운전병 신분이었을 것이다. 중기인 1942년 러시아를 공격했을
때는 기술감독관, 그리고 프랑스에서 보낸 말기, 즉 1955년부터는
기갑부대에서 수송대를 이끌었을 것이다. 다시 말해 그는 한
번도 최전선에서 싸우는 병사였던 적이 없었고, 차량을 담당하는
기술지원 장교였다. 그러므로 게오르크가 임무 수행 중에
누군가를 죽였을 가능성은 매우 희박하며, 아들 제발트도 그가
사람을 죽였다고 말한 적은 없었다. 제발트의 눈에 들어온 것은
사실 다른 문제였지만, 그는 그것을 비밀로 간직했다.

1943년 11월 게오르크가 소속된 부대는 보르도와 스페인
국경을 사이에 둔 지역으로 파병되었다.[25] 그즈음 이미 전쟁의
판도는 바뀐 지 오래였다. "어쩌면 전쟁이 끝나가고 있다는
사실을 알고 계셨을지도 몰라요," 게르트루트는 말했다.

아이들에게 들려주길 게오르크는 바젤 근처의 국경을 넘어
집으로 돌아오려는 시도를 세 차례 감행했으나 매번 스위스군에
가로막히는 바람에 다시 연대로, 전장으로 복귀했다고 했다.

　　게오르크가 보르도에서 800킬로미터 이상 떨어진 바젤까지
어떻게 이동했는지는 확실하지 않다. 전쟁의 마지막 몇 달 동안
이어진 혼란 속에서 그의 기록은 점차 산만하고 난삽해졌다.
그런가 하면 1944년 여름부터 마침내 기나긴 전쟁이 끝난 1945년
1월까진 어디에 있었는지도 알기 어렵다. 알려진 것이라고는
1944년 5월 중순 아들이 태어나면서 잠시 휴가를 받아 집에
머물렀고,[26] 1945년에는 다른 부대원들과 함께 포로로 붙잡혀
튤레 인근에 있었다는 사실뿐이다. 그리고 1944년 6월, 나치
친위대 '다스라이히 Das Reich' 사단은 튤레에서 악명 높은 학살을
저지른 바로 다음 날 오라두르쉬르글란 마을을 파괴했다.[27]
게오르크가 다스라이히 사단이나, 그들이 저지른 범죄와 아무
관련이 없다 해도 아무것도 목격하지 않았을 리는 없다. "저는 이
일에 대해 아무것도 몰라요." 게르트루트는 말한다. "막스는 뭔가
알고 있었던 것 같지만요." 신비롭게도, 제발트는 말년에 튤레를 한
번 언급했다. 뭔가 알고 있었기 때문에 그랬는지도 모를 일이다.

게오르크는 마시프상트랄의 광활한 바람받이 고원인
코세뒤라르자크의 오플라크(포로장교수용소) 163에 동료
장교들과 함께 수감되었다.[28] 첫해의 수감생활은 가혹했고,
어린 시절 산양유가 게오르크를 살린 것처럼 군밤만이

그들을 굶주림에서 구해주었다. 그러나 1946년 3월,
'마키사르드'(레지스탕스 투사)였던 르네 타바르가 새로운
지휘관으로 임명되었다. 그때부터 수용소 환경은 차츰
개선되었고, 확실히 성격이 유머러스했던 지휘관 타바르는
기차역에 새로 도착하는 사람들에게 따뜻한 수프를 내어주며
"Wilkommen im Höhenluftkurort Larzac[라르자크의 고지대 스파에
오신 것을 환영합니다]"라는 말로 그들을 맞이했다.

기록상 최초의 본국 송환 차량은 1945년 12월 오플라크
163을 떠났다. 켐프텐역에 삼삼오오 모여 기다리던 가족에게
게오르크를 데려다준 차량도 분명 그때 그 차량이었을 것이다.

1912년 베르타흐에 도착한 에겔호퍼 일가는[29] 여덟 살 애니, 일곱
살 패니, 두 살 요제프로 구성되어 있었다. 막내 로자는 그로부터
2년 후인 1914년에 태어났다. 로자는 에겔호퍼 일가에서
유일하게 베르타흐에서 나고 자란 아이였다.

베르타흐에 도착한 지 1년 후
애니, 요제프, 패니의 모습.
제발트는 이 사진을 『이민자들』의
「암브로스 아델바르트」에 삽입했다.

막스는 2000년 마리에게 보낸 편지[30]에서 이 사진을
언급하며 어린 시절 애니 이모는 무척 어여뻤는데, 자라면서
수줍음 많고 미숙한 사람이 되었다고 설명했다. 그러면서 애니와
달리 패니 이모는 평소처럼 알펜슈토크[등산용 지팡이]로 바닥을
딱 짚고 있는 게 자신감 넘치는 모습이라고, 주사위는 모두에게
일찌감치 던져져 있었다고 말했다.

로자는 다른 아이들처럼 동네 초등학교에 진학했고,
베르타흐에 중등교육기관이 없었던 까닭에 그 후에는
메밍겐 인근의 기숙학교에 들어갔다. 당시 중등교육은 특히
여자아이들에겐 표준적인 교육과 거리가 멀었지만, 어머니

테레지아가 자녀 교육에 의욕적이었던 데다 패니도 메밍겐의
학교를 다니고 있었다. 로자가 메밍겐에서 공부를 시작했을
무렵에 두 언니는 이미 미국으로 떠났고, 2학년이 되었을
때는 오빠가 그 뒤를 이었다. 로자는 열일곱 살 때까지 수학을
계속했지만, 그즈음에는 에겔호퍼 집안에 남은 유일한
펠Fehl(소녀를 뜻하는 알고이어)이었다. 그 말인즉, 소녀들은—특히
외동딸은—부모를 돕고 결혼 준비를 해야 했기에 로자는 집을
떠날 수 없었다는 얘기다.

　　그리하여 로자는 미국에서의 삶뿐만 아니라 배움을 이어갈
기회도 잃고 말았다. 남편은 이를 두고 아이들에게 너희 엄마는
자기와 결혼하지 않았더라면 더 많은 일을 해낼 수 있었을 거라고
했지만, 로자가 이를 아쉬워했다는 증거는 없다. 수줍은 소녀였던
애니는 재봉사가 되어 평생 가정부로 일했고, 놀기를 좋아했으며
난독증이 있었을 것으로 추정되는 요제프는 함석공 수련을
받았다. 지능이 뛰어난 쪽은 패니와 로자였다. 패니는 교사가 되기
위한 교육을 받았으나 1920년대 후반의 실업 사태로 일자리를
얻지 못했다. 로자는 독서광에다 글쓰기에 능했는데, 자식들이
집을 떠나곤 자기 글 대신 편지를 써야 했다. 로자는 자기처럼
명석한 아들 W. G. 제발트의 엄마이기도 했다. 다른 시대에
다른 장소에서 태어났더라면 그는 고등교육을 받은 평범한
소녀였을 것이다. 그랬다면 로자의 삶, 그리고 제발트의 삶도
사뭇 달라졌으리라. 하지만 막스가 편지에 썼듯, 주사위는 우리가
던지기도 전에 모두에게 일찌감치 던져진 터였다.

수녀원 부속 학교를 다니는 데서 그치지 않고 공부를 계속한 경험도 나치 이데올로기에 맞서는 데 도움을 주었을 것이다. 1930년 독일에서는 소녀들의 히틀러 유겐트라 할 수 있는 분트 도이처 메델Bund Deutscher Mädel이 조직되어 순식간에 인기몰이를 했다. 10대의 어느 시점에는 로자도 이 조직에 가입하고 싶어했다. 그러나 모친이 종교적인 이유가 아닌 사회적인 이유로 제동을 걸었다. 누가 가입했는지 보렴, 하층민들뿐이잖니. 테레지아는 말했다. **저런 애들**이랑 어울리고 싶은 건 아니잖아. 그러니 속물근성도 나름 쓸모가 있었다. 이민도 마찬가지였다. 막스는 패니 이모가 떠난 건 잘한 선택이었다고, 독일에 남았더라면 제3제국하에서 교사가 되어 별별 일을 다 겪어야 했을 것이라고 말했다.[31]

마리에게 보내는 편지에 썼듯, 과거로 거슬러갈수록 막스가 아는 것은 줄어들었다. 외조부모가 태어난 곳이 정확히 어디인지도 불확실했다. 그곳은 베르타흐에서 불과 56킬로미터 정도 떨어진 메밍겐 인근 어딘가이기는 했지만 알고이가 아닌 오버슈바벤이라고 불리는 곳에 위치해 있었고, 그래서 억양도 약간 달랐다. 할아버지 요제프는 1872년에, 할머니 테레지아는 1880년에 출생했다.[32] 요제프와 테레지아 모두 소농 집안 출신이었다. 당시 대부분의 가정이 그랬듯 요제프에게는 동기가 많았고, 테레지아에게는 최소 일곱 명의 형제자매가 있었다. 요제프는 초등교육까지 마쳤으며, 형제 하인리히와 함께

대장장이가 되기 위한 훈련을 받았다. 가족사를 살펴보면
하인리히도 이민을 떠났는데 그가 향한 곳은 덴마크였고, 손녀
중 한 명은 제1차 세계대전 이후 미스 덴마크로 선발되기도
했다. 로자가 자랑스럽게 말했듯 에겔호퍼 집안 사람들은 외모가
출중했다.

　식구들은 늘 요제프가 심장이 약해서 군 복무를 마치지
못했다는 이야기를 했다. 게르트루트는 그 얘기가 사실인지
확신하지 못한다. 한편 막스는 적어도 생의 말기에는 그 이야기를
믿지 못했을 것이다. 어디에서 찾은 자료인지는 알 수 없지만,
그는 2000년 마리에게 보낸 편지에 1893년 스물두 살이었던 군복
차림의 할아버지 사진을 동봉했다.[33]

짐작건대 요제프는 뮌헨에 주둔한 공병대 소속 군인이었을 것이다. 독일군 공병대는 영국왕립개척단과 마찬가지로 도로와 교량 건설을 지원하는 부대였다. 요제프가 복무하던 시절 국가방위군은 전쟁을 치르지 않았고 공병대도 전투부대가 아닌 지원부대였으므로, 막스는 군인인 아버지와 상반되는 군인 아닌 할아버지에 대한 이미지를 간직할 수 있었을 것이다. 그러나 전쟁은 벌어졌을 **수도** 있으며, 공병대도 군대의 일부였으므로 여기에서 복무한 요제프와 수송대에서 근무한 게오르크의 차이는 타이밍의 문제로 귀결된다. 전설은 이렇게 시시각각 모습을 달리하는 모래 위에서 쓰인다. 게다가 요제프가 심장이 약했다는 이야기도 들여다보면 볼수록 애매하다. 심장질환이 있었더라도 군 복무를 면제받을 정도로 심각하지는 않았다는 얘기니까.

요제프의 원가족이 담긴 사진은 없지만 테레지아의 원가족을 볼 수 있는 사진은 있다. 가족사진 정중앙에 보이는 테레지아는 무릎에 흰 꽃 한 송이를 올려두고 있다. 스무 살 정도 되었을 때니까, 1900년께 찍힌 사진일 것이다.

테레지아의 아버지 마르틴 하르체네터가 테레지아 뒤에 서 있다.
테레지아의 어머니 게노페바 아델바르트는 오른쪽에 앉아 있고
그 옆에는 막내딸이 있다. 게노페바 뒤에는 테레지아의 오빠가 서 있고,
왼쪽으로는 가장 좋은 자리를 차지한 듯한 둘째 오빠인 루트비히가 보인다.

막스는 강인하고 우락부락한 외모의 외증조할머니
아델바르트가 집안의 가장이었다고 마리에게 썼다.[34] 그러면서
사진 왼쪽에 보이는 외외증조부 루트비히를 두고는 구두에 광을
좀 내야겠다고 지적하고, 외외증조부 하르체네터는 나비넥타이와
시곗줄, 그리고 보불전쟁 기념 휘장으로 멋을 부렸다며 농담했다.

할아버지 요제프는 (막스의 말에 따르면) 손에 장화를 들고
일요일마다 일터에서 약 8킬로미터 떨어진 할머니 테레지아의
집까지 걸어갔다.[35] 장화를 들고 걸은 이유를 손주는 설명하지
않는다. 어쩌면 험한 길을 걷다 장화가 루트비히의 신발처럼
닳아버릴까 봐 그랬을 수도 있다. 어떤 이유에서였건 지난 세기 초
요제프는 일요일마다 맨발로 사랑하는 여인을 보러 갔고 1905년

결혼을 했다. 막스가 『자연을 따라. 기초시』에 썼듯 결혼식은
오버마이팅겐에서 치러졌을 수도 있다. 아니면 그저 그 지명의
이름이 마음에 들어서 쓴 것일지도 모른다. 덜 알려져 있을수록
픽션이 탄생할 여지가 많다는 점이 막스가 과거에 끌린 이유 중
하나였다.

요제프와 테레지아의 결혼식 날.

이 사진은 결혼식 즈음 요제프가 더 이상 대장장이가 아니라
이미 경찰관, 이른바 헌병이었음을 보여준다. 어쩌면 두 사람은
요제프의 지위가 향상될 때까지 기다렸다 결혼을 해야 했는지도
모른다. 진실이 무엇이건 외조부모가 사망한 후 열일곱 열여덟
살이었던 손주 빈프리트는 사진이 보여주지 않은 무언가를
발견했다. 바로 조부모가 결혼식을 올린 1905년 1월 테레지아가

첫아이를 임신한 지 이미 6개월 차에 접어들었다는 사실이었다. 빈프리트는 조부모의 인간적인 모습을 증명하는 사실을 알고는 흥분했다. 로자는 빈프리트가 이 사실을 가족들에게 알렸을 때 예상대로 격노했고, 빈프리트는 물론 로자의 그런 반응까지 즐겼다. 조부모의 혼전 임신 사실을 알게 된 빈프리트는 늘 좋아하며 따르던 애니 이모에게 전보다 더 큰 연민을 느꼈을지도 모른다. 애니의 수줍음과 어색함, 그리고 무엇보다 고독함은 빈프리트에게 공감을 불러일으켰고, 어쩌면 그때 빈프리트는 그 이유를 얼마간 이해했을지도 모른다. 사생아나 조산아—즉 일찍 frühgeborene 태어난 아이—는 수치이자 치욕으로 여겨졌고, 어른들 사이에서 수군거림의 대상이 되었으며, 다른 아이들에게 툭하면 괴롭힘을 당했다. 그러니 그들이 누구인지 아는 사람도 없고 맏딸이 얼마나 '일찍' 태어났는지를 아무도 모르는 베르타흐에서 요제프가 일자리를 구했을 땐, 애니도 애니의 부모도 안도했을 것이다. 하지만 그즈음 애니는 이미 여덟 살이었고 상처를 입은 후였다.

빈프리트의 친조부모에게도 형제자매가 많았다. 바이에른주에서는 가톨릭교를 믿고 대가족을 꾸리는 것이 일반적이었다. 막스의 친할머니 아나 란트그라프는 대가족의 맏이였고, 보통의 상황이었다면 수녀원으로 보내졌겠지만 어머니가 일찍 돌아가시는 바람에 집에 남아 어린 동생들을 돌보아야 했다.

철도 노동자였던 아버지 게오르크 제발트(아들
게오르크 제발트와 구별하기 위해 '아버지'를 붙였다)는 열렬한
노동조합원이었다.[36] 말하자면 철도 노동자들이 으레 그랬듯
그는 공산주의자였을 가능성이 있었고, 확실히 그렇게 보였다.
또한 세속적이고 종교와 거리가 먼 태도도 그가 가졌을지
모르는 공산주의적 관점과 잘 맞아떨어졌는가 하면, 그는
술도 많이 마셨다. 아나는 아마 이런 특징들이 서로 연결되어
있다고 생각했을 것이다. 반면 아나는 젊은 시절부터 수녀원에
들어갈 준비를 했던 신앙심 깊은 여자였다. 두 사람이 평화로운
결혼생활을 한다는 건 상상도 못 할 일이었다. 아나는 테레지아
에겔호퍼처럼 매우 엄격한 가톨릭 전통에 따라 아이들을
양육했다. 게르트루트는 양친이 모두 유명한 영화 「하얀 리본」에
나오는 것처럼 독실하고 청교도적이며 억압적인 양육을 받았다고
전한다. 그런 데다 얼굴과 양손은 연기에 까맣게 그을려 있고,
머리카락은 먼지와 재가 엉겨붙지 않도록 밀고 다녔으며,
목에는 늘 화부를 상징하는 빨간 스카프를 두르고 있었던 아버지
게오르크 제발트는 분명 자식들에게 무서운 존재였을 것이다.
그리고 알다시피 이 가족은 찢어지게 가난했다.

게오르크의 여동생 아나는 이런 환경에서도 어찌어찌
무탈하게 성장해 마음 따뜻하고 명랑하며 현실적인 여자가
되었다. 빈프리트와 그의 누이들은 유년기 내내 뉘른베르크
인근 슈타인에 거주했던 아니 고모의 집에 자주 방문했고
고모와 고모부 토니, 그리고 그들의 두 아들을 좋아했다. 하지만

친가 식구들 중에서 빈프리트와 게르트루트가 아는 사촌은
그들이 전부였다. 할머니 아나와 할아버지 게오르크의 수많은
형제자매가 낳은 다른 아이들이 수두룩했지만 그들을 만나본
적은 한 번도 없었다. 한편 아니는 부모로부터 받은 양육의
고통스러운 영향에서 벗어났지만, 게르트루트와 빈프리트의
아버지 게오르크는 그러지 못했다. 그의 불안, 결벽, 규칙과
반복적인 일과에 대한 집착은 분명 고되고 불안했던 유년기에
뿌리를 두고 있었다. 그러나 아이들이 부모의 유년기에 관심을
갖기 시작한 것은 한참 후의 일이었다. 게다가 어찌 됐건 막스는
부친의 유년기에 대해 생각하거나 글을 쓸 수 있을 만큼 오래
살지도 못했다.

친조부모의 젊은 시절 사진은 한 장도 없지만, 그들이 나이
들어 손주들을 방문했을 때 사진은 있다. 가장 상태가 좋은
사진은 신혼 때의 것으로, 양가 조부모가 한자리에 모여 있다. 이
사진은 빈프리트가 태어나기 한두 해 전 제펠더네 건물에 있던 집
부엌에서 찍혔다.

로자와 게르트루트가 중앙에 있고 외조부모 에겔호퍼 부부가 왼편에,
친조부모 제발트 부부가 오른편에 있다.

그리고 1839년 바이에리셔발트의 슈바르첸바흐에서 태어난
빈프리트의 증조할아버지 요제프 제발트와 슈바르첸바흐 인근
피히텐바흐에서 태어난 증조할머니 테레지아의 젊은 시절로까지
거슬러 올라가면 막스의 출생 전 가족사를 한 번 더 살펴볼 수
있다.[37] 요제프 제발트는 제발트의 외할아버지 에겔호퍼와
외외증조할아버지 하르체네터처럼 소작농이었지만, 그 가난한
지역에서 소 한 마리와 염소 한 쌍을 소유하고 있었을지도
모른다. 또한 하르제네터처럼 보불전쟁에서 싸웠고, 막스가
발견한 가장 오래돼 보이는 사진에서 보았던 것과 같은 훈장도
받았다. 다음 사진은 1910년에서 1915년 사이 요제프와 테레지아
제발트의 결혼 50주년에 찍혔다. 그만큼 흐릿하고 심하게 바랜
모습이다. 그래서 정확한 정보를 얻기에는 무리가 있지만,

증조부모의 얼굴을 보면 그들이 산 삶을 어느 정도 짐작할 수
있다.

4장

「귀향」

1987년 11월, 『현기증. 감정들』에 수록된 「귀향」의 화자는 30년 만에 마을 W를 방문한다.

버스를 타고 오버요흐의 국경 검문소에 도착한 화자는 가방을 나중에 여관에서 받기로 하고 검문소에 맡긴다. 그런 다음 산비탈을 내려가 크루멘바흐 예배당과 파이퍼밀레라는 버려진 제재소를 지나 엥게플레트를 따라 걸으며 W로 이어지는 슈타르츨라흐 다리를 건넌다. 못해도 세 시간은 걸리는 여정이고, 11월 오후인 만큼 점점 짙어지는 어둠과 추위, 그리고 눈을 뚫고 가야 한다. 「귀향」에서 이 여정은 다른 세상으로의 하강, 과거도 현재도 아닌 그 중간 어딘가에 위치한 낯선 장소로의 하강이다. 이렇게 다른 세상으로 이어지는 다리에서 화자는 걸음을 멈추고 한때 집시 야영지가 있었던 공간을 바라본다. 노그라진 몸으로 터벅터벅 마을로 진입한 그는 어릴 적 자기 집이었던 건물을 개조한 여관으로 들어선다. 숙박부에 영국에서

온 해외 특파원이라고 기재한 후 배정받은 객실은 그의 기억이
맞는다면 이제는 돌아갈 수 없는 시절 어머니가 자부심을 가졌던
거실과 같은 자리에 있었다. 당연히 과거와 전연 다른 모습으로
탈바꿈했기에 이제는 모든 것이 기억 속 모습과 딴판이었다.
그래도 화자는 말한다. "그렇더라도 나 자신은 그때와 겨우 한
번의 숨결만큼 멀어졌을 뿐, 꿈속에서 그 옛날 거실 시계의 괘종
소리를 듣는대도 조금도 놀라지 않았으리라."[1]

소설 속 시간으로부터 거의 20년이 지난 2005년, 베르타흐는
제발트의 화자가 마을로 접어들 때 걸었던 내리막길을 따라
걷는 사람들에게 현재 위치와 『현기증. 감정들』의 해당 구절을
구간별로 일러주는 우아한 은비석이 세워진 제발트 길Sebaldweg을
자랑스레 개방했다. 그리고 그로부터 10년 후인 2015년, 나는
여덟 살때부터 막스를 알고 지낸 친구 위르겐 케저와 함께 제발트
길을 직접 걸었다.

6월 중순의 아리따운 여름이었고, 나는 다정하고 유쾌한
사람이자 막스의 일생을 통틀어 가장 가까운 지인 중 한 명이었던
위르겐과 함께한단 생각에 잔뜩 들떠 있었다. 그러나 [그때와]
모든 것이 판이해진 시점에 이 산책이 과연 내게 무엇을 알려줄
수 있을지가 한동안 고민이었다. 예컨대 화자가 거닌 시점에
무너져내리고 있었던 크루멘바흐 예배당은 그림책의 한 장면처럼
완벽히 복원되어 있었고, 예배당 내부 그림은 여전히 조야하기는
했으나 환하고 깨끗했다.

얼굴에 닿는 햇살은 따사로웠고 산에서 불어오는 공기는

산뜻했다. 산책하는 내내 위르겐과 나는 빈프리트에 관한 이야기를 주고받았는데, 그렇게 대화를 이어갈수록 그가 우리 곁에 없다는 사실만 자명해졌다. 그리고 은비석에 새겨진 글귀는 그 길이 화자가 거닐었던 길이 아니라 예술적으로 재창조된 길이라는 사실을 내게 상기시켰다. 화자가 엥겔비르트에서 머문 객실과 그의 모친이 생활한 거실의 간극만큼, 작가 제발트의 삶에 관한 설명과 실제 그가 산 삶의 간극만큼, 그 길도 실제와 가까우면서 또한 여전히 멀다는 사실을.

그런 차이는 물론 막스 스스로 구현한 결과물이었다. 이는 모든 비평가가 일차적으로 지적하는 점이기도 하다. W는 베르타흐가 아닌 화자의 마음속에만 존재하는 상상의 장소라는 점 말이다.[2] 제발트는 기억 속에 허구를 집어넣은 뒤 마구 휘젓고, 텍스트에 문학적 메아리를 엮어 넣어 이와 같은 거리감을 구현한다.

예를 들어 화자가 크루멘바흐 예배당을 따라 걷는 첫 대목에 대한 제발트의 묘사와 게오르크 뷔히너의 중편소설 「렌츠_Lenz_」 초반부를 비교해보자.

렌츠는 산속을 걸었다. 눈 덮인 봉우리와 고지대의 경사면, 회색 바위를 따라 내려가니 계곡과 조각보 같은 녹색 초목과 둥근 바위, 전나무가 나타났다. 습하고 추운 날씨에 물방울이 바위를 타고 점점이 흘러내려 길을 가로질렀다. 전나무 가지는 축축한 공기 속에 축 늘어져 있었다. 회색 구름이 하늘을 가로지르며 흘러갔지만 모든 것이 너무도 숨막혔고, 이윽고 안개가 떠오르더니 덤불 속으로 묵직하고 축축하게, 너무도 굼뜨고 너무도 둔하게 스며들었다.[3]

여기선 막스가 그 어떤 표현도 훔치지 않았지만 (나중에 그의 습관적 수법이 된바) 메아리가 울려 퍼지고 있다는 사실은 명백하다.

뷔히너는 제발트가 좋아하는 작가 중 한 명이었고, 야코프 미하엘 라인홀트 렌츠는 『토성의 고리』화자가 관람하는 희곡을 쓴 초기 낭만주의 작가였다. 그러니 『현기증. 감정들』의 화자가 고향에서 하산하는 장면과 제발트 사이에는 한 명이 아닌 두 명의 작가가—둘 다 요절했으며, 후자는 미쳐버렸다—존재하는 셈이다.[*]

「귀향」의 화자는 슈타르츨라흐 다리에 다다라 한참을 가만히 서서 "모든 사물의 윤곽을 에워싸고 있는 어둠을 응시했다".[4] 누구나 걸음을 멈출 만한 곳이라 위르겐과 나도 그 다리에 멈춰 섰다. 그런데 프란츠 카프카 「성」의 주인공 K도 성 밑에 놓인 다리 위에서 한참을 가만히 서서 "아무것도 없는 듯 보이는 허공을 한참이나 응시했다."[5] 여기서 또 한 번 선명한 메아리가 울린다. 더군다나 K도 「귀향」의 화자처럼 마을로 들어가 여관방을 구하는

---

[*] 렌츠는 정신질환 징후를 보이다 루터교 목사 요한 프리드리히 오벌린의 보살핌을 받게 되는데, 게오르크 뷔히너가 이 기간 렌츠의 삶을 중편소설 「렌츠」의 소재로 삼았다.

중이었다.

「귀향」은 처음부터 끝까지 이와 같은 메아리와 인용으로
촘촘히 짜여 있으며 토마스 베른하르트, 페터 바이스, E. T. A.
호프만 등 제발트가 애호한 다른 많은 작가의 작품과도 공명한다.
그중에서도 두드러지는 작가는 카프카다. 카프카는 막스의
유년기 기억을 문학적으로 재구성하는 데 있어 핵심적인 열쇠를
쥔 인물로, 그 유년기 기억 속에 제발트만큼이나 많은 카프카가
담겨 있다고 말할 수 있을 정도다. 『현기증. 감정들』에 대해
누구보다 예리한 평을 남긴 안드레아스 이젠슈미트의 말마따나
"제발트는 자기 자서전을 카프카화했다".[6]

그럼에도 『현기증. 감정들』이 그 자신의 자서전임은 부인할
수 없는 사실이다. 그리고 바로 이것이 그가 부리는 교활한 이중
속임수다. 단지 어떤 구절이 다른 작가가 쓴 구절과 메아리친다고
해서—심지어 완전히 훔쳐온 것이라 해도—산비탈을 내려가
W로 향하는 「귀향」의 화자가 보여주듯 그것이 자기에 관한
내용이 아니라곤 할 수 없다. 예컨대 제발트 길이 된 그 길을
막스 본인이 언제 걸었는지는 제발트답게도 불확실하다.
일정표[7]를 보면 막스는 화자와 달리 1987년이 아닌 1980년에
베르타흐를 방문했지만, 화자와 마찬가지로 11월에 방문했다.
한편 그는 『현기증. 감정들』은 전반적인 차원에서, 「귀향」은
특수한 차원에서 자기 탐험이었으며 화자가 이야기하는 사건들도
본인에게 일어났던 일이라고 여러 차례 반복해 말했다.[8]
그러므로 막스는 1980년 이탈리아 북부를 통과하는 심란한 첫

여정의 막바지에 화자처럼 산비탈을 따라 내려간 적이 있고,[9] 서사의 근간을 이루는 반복과 귀환이란 패턴에 부합하게끔 (일정표에 **적혀** 있듯 이탈리아로 귀환한 내용을 추가하여) 『현기증. 감정들』에서 연도를 1987년으로 바꾸었을 가능성이 높다. 따라서 타이밍은 문학적 발명품이고 묘사는 문학적 메아리일 수 있지만, 춥고 어두운 산비탈을 걸어 내려가 유년기로 돌아간 경험은 막스 자신의 것이었다.

그다음에는 어떤 일이 벌어질까? 화자는 엥겔비르트로 가서 본래 거실이었던 자리에 위치한 객실을 빌리고, 기억된 시간과 현재라는 시간이 다른 어디도 아닌 자기 내면에서 만나더니 자기를 그 사이 어딘가에서 오도 가도 못하게 만드는 가장 현기증 나는 순간을, 친구 루카스의 말마따나 "안갯속에 있는 것처럼 흐릿한" 상태가 되는 순간을 경험한다.[10] 화자의 집이었던 공간에서 그런 순간이 찾아오는 것은 극적이면서도 있을 법한 일인지라, 제발트가 그런 설정을 삽입한 이유는 납득이 간다. 그러나 바인슈투베 슈타인레너 여인숙은 제발트가 아직 대학에 재학 중이던 1963년 운영을 중단했으므로 1980년에 그가 이곳에 머물렀다는 건 불가능한 얘기다(하물며 1987년은 말할 것도 없다).[11] 사실 그는 자신이 엥겔비르트라고 부른 가스트호프 춤 엥겔에 머물렀으며, 당시에도 지금도 개인 주택인 슈타인레너에는 결코 머무른 적이 없었다. 그러므로 다시 한번 말하지만 이는 문학적 효과를 위한 약간의 비틀기요, 조정이다. 그래도 귀향을 시도해본 적이 있는 사람이라면 누구나 시간

속에서 고아가 되는 느낌, 종종 경험했으나 한 번도 제대로
표현해보지 못한 그 느낌을 인식한다.

따라서 「귀향」의 화자는 제발트인 동시에 제발트가 아니며,
카프카화된 제발트처럼 문학화된 제발트로, 이를테면 무지갯빛
실로 짠 한 폭의 천처럼 문학적 참조와 기법을 통해 더욱
선명해진 제발트로 남을 것이다. 그렇다 해도 화자는 자기 자신을
시작점으로 삼으며, 본질적으로나 여러 세부 사항에 있어서나
결코 자신을 떠나지 않는다. 다른 인물들도 마찬가지다. 그들도
문학적 요소, 메아리, 허구 등으로 채워진 존재이지만 어떻게
봐도 여전히 그들 자신이며, 대개 고통스러운 결말을 맞이한다.
「헨리 셀윈 박사」에서도 그랬고, 「귀향」에서도 마찬가지였다.
사실 「귀향」의 결말은 인물이 고향과 더 밀접하게 연결돼
있었다는 점에서 더더욱 고통스러웠다. 나는 로즈 벅턴의
가족이 「헨리 셀윈 박사」를 어떻게 생각했는지에 대해 제발트가
아무것도 몰랐다고 생각한다. 그러나 그는 베르타흐 사람들이
「귀향」을 어떻게 생각했는지는 알고 있었다. 그 여름날 위르겐과
내가 슈타르츨라흐 다리에 멈춰 선 지 얼마 되지 않아 알게 된
진실이었다.

3시경 베르타흐에 접어든 위르겐과 나는 W. G. 제발트 생가
표지판을 지나 작가 W. G. 제발트가 태어난 곳임을 알리는 작고
눈에 띄지 않는 명판을 내건 제펠더 건물로 향했다. 위르겐은
도로에서 곁눈질로 명판을 보고는 "참 알고이스럽네요"라고

말했다. "과시해선 안 되거든요. 누가 어떻게 지내냐고 물으면 방금 복권에 당첨된 상황이라도 '나쁘지 않아요'라고 대답해야 하죠." 나는 "참 막스스럽네요"라고 대꾸했다.

내가 3시 반에 베르타흐 관광사무소의 잉게 슈페커를 만나기로 한 터라, 위르겐은 그즈음 집으로 돌아갔다. 「귀향」에 언급된 모든 장소를 방문하는 투어를 이끌던 잉게는 제발트에게 각별한 관심을 품고 있었다. 그는 내게 제발트를 기억하는 사람을 찾아보겠다고 했고, 투어 바로 전주에 세 명을 찾았다는 이메일을 보내왔다. 사실 더 많은 사람을 찾았지만 모두가 입을 열고 싶어하지는 않았다. '참 알고이스럽네'라고 생각했지만, 거기엔 그 이상의 이유가 있었다.

카페에 도착하니 잉게가 야외에서 나를 기다리고 있었다. 잉게는 "Willkommen in Wertach[베르타흐에 오신 걸 환영해요!]"라고 말하며 양팔을 활짝 벌렸다. 잉게의 안내를 받아 카페에 들어서자 빈프리트의 초등학교 동창인 세 여자가 나를 기다리고 있었다. 잉게가 소개해준 이들은 로레, 에르니, 이름가르트였고, 당연하게도 막스 그리고 나와 동년배였다.

우리는 카페 운트 쿠헨 Kaffee und Kuchen*을 주문했다. 잉게는

빈프리트에 대한 기억이 전무하다는 이유로, 혹은…… 여전히
불행한 삶을 살고 있다는 이유로 오지 않기로 한 사람들이 있다고
말해주었다. 이름가르트는 "우리 다 불행했어요!"라고 큰 소리로
말하더니 곧 북받치는 감정을 쏟아냈다.

그로부터 정확히 25년 전인 1990년 6월, 베르타흐 지역
신문사가 W. G. 제발트의 소설을 발췌해 게재하기 시작했다.
그들은 소설에 나오는 장소가 상상의 산물일 리 없다고
생각했기에 「베르타흐: 귀향Wertach: Il Ritorno in Patria」이라는 제목을
붙였는데, 분명 베르타흐에서만 수백 부는 팔리리라 기대했을
것이다. 연재는 6월 21일에 시작해 7월 16일에 끝났고, 그 4주간
일요일을 제외하고 매일 한 편씩 총 스물한 편의 에피소드가
실렸다. 처음에는 괜찮았다. 「귀향」은 티롤 지방에 대해 무례한
태도를 취하며 시작하는데, 다들 이웃 지역 비웃기를 좋아했기에
아무 문제 없이 받아들여졌다. 곧이어 언급되는 W에 대한 최초의
기억은 프리드리히 실러의 「도적 떼」 공연인데, 내가 카페에서
만난 여자들은 제발트만큼이나 생생하게 그 연극을 기억하고
있었고 그 기억을 떠올리며 즐거워했다. 각자 가진 사진을 꺼내
보이며—「귀향」에 실린 사진과 동일했다—방탕한 도적이자
마을에서 외모가 가장 준수한 인물을 연기한 요제프 블렝크를
회상했다. 아직 베르타흐를 감싸고 있던 평화가 얼마간 더 우리
테이블에 머물렀다.

---

* '커피와 케이크'라는 뜻으로 독일에는 오후에 친구나 가족과 둘러앉아 커피와
디저트를 즐기며 대화를 나누는 문화가 있다.

그러나 머잖아 화자가 다른 인물들을 회상하기 시작하면서 문제가 발생했다. "우린 **모든 인물**을 알아볼 수 있었어요." 이름가르트가 말했다. "아침마다 생각했죠. '오늘은 무슨 말을 하려나? **누구**에 대해 말하려나?'"

세 여자는 그 기억을 떠올리며 일제히 고개를 회회 내저었지만 결국 이렇게 살아서 이야기를 전하고 있다는 사실에 조금 웃기도 했다.

"대부분 사실도 아니었어요." 로레가 말했다.

"예를 들자면, 뭐가 있었죠?" 내가 물었다.

세 여자가 동시에 입을 열었다. "루카스는 손에 통풍이 **없었어요**." 로레의 말이었다. "장애인도 아니었고요." 에르니가 말했다. 이름가르트가 알고이어로 무어라 말하자 잉게는 미소를 감추었다.

"실례지만," 내가 물었다. "뭐라고 하신 거죠?"

"우리에 대한 얘기였어요." 이름가르트가 대답했다. "제발트는 베르타흐 여자들이 머리를 얇게 땋고 다닌다고 했죠. 참나!" 그러더니 세 여자는 폭소를 터뜨렸다.

"그거 말고 또 있나요?" 내가 물었다.

"마을을 완전히 소름끼치고 무시무시한 곳으로 만들어버렸죠." 에르니가 말했다. "정말 어처구니가 없다니까요." 그러자 세 사람 모두 고개를 주억거렸다.

"베르타흐가 그런 곳이었다기보다는 제발트가 느낀 베르타흐가 그랬던 거겠죠." 내가 완곡히 말했다.

"그렇겐 안 읽히더군요." 이름가르트가 단호하게 말했고, 베르타흐에 관한 이야기는 그렇게 끝났다.

우리는 한동안 카페 운트 쿠헨에 관해 잡담을 나누었다. 그러다 나는 마음을 단단히 먹고 입을 열었다.

"사실인 건 뭐가 있었죠?" 내가 물었다. 세 여자가 서로를 쳐다보았다.

"음," 로레가 입을 열었다. "'최후의 전투' 이야기요. 그건 실화였어요. 그 네 소년은 전시 막바지에 정말 죽었거든요."

"제발트가 그 이야기를 하지 말았어야 했을까요?" 내가 순진하게 물었다.

"아뇨, 그런 건 다 괜찮았어요." 에르니가 말했다. "불쌍한 녀석들."

나는 세 사람을 바라보았다. 잉게도 그들을 보고 있다는 느낌이 들었다.

마침내 이름가르트가 입을 열었다. "그 예쁘장한 식당 직원도요. 그 여자 얘기도 실화였어요."

세 여자가 갑자기 알고이어로 생기발랄하게 대화를 나누었다. 잉게가 동시 통역을 해주었고, 나는 그들이 말하는 속도를 따라잡느라 글씨를 휘갈기며 메모를 했다. 식당 직원은—잉게 말로는 로마나라는 소녀였다—제발트가 묘사한 대로 어여뺐다. 그는 로지라고 불렸고, 제발트가 썼듯 베르타흐 외곽의 촌락에서 살았다. 그리고 외도를 저지른 것은 맞지만, 상대가 사냥꾼은 아니었다. 로지가 바람을 피운 상대는 바인슈투베 슈타인레너의 지배인, 잉게의 말에 따르면 제발트가 잘라바라고 부른 사람이었다. 이름이 정말 잘라바였나요? 내가 물었다. 아뇨, 세 여자가 대답했다. 잘라바는 아니고 쉬굴라 같은 이름이었다고. 잘라바는 전쟁에서 다리 한쪽을 잃어 실제로 다리가 한쪽밖에 없었다. 그리고 그와 로지 사이에는 아이가 있었다. 세 여자는 그 아이가 남자애라고 생각했다. 맞아요, 아들이었어요. 하지만 그 애가 어떻게 되었는진 알지 못했다. "로지는요?" 내가 물었다. 그들은 로지가 아직 살아 있고 멀지 않은 곳에 거주 중이라고 생각했다. 잉게와 나는 화들짝 놀라며 서로를 쳐다보았다. 25년이 지난 지금도 로마나가 살아 있다는 것, 지금도 이 근방에 살고 있다는 것은 아주 특별한 일일까 아니면 지극히 평범한 일일까? 제발트의 현기증이 소용돌이처럼 우리를 휘감았다.

"잘라바가—그러니까 쉬굴라가—바인슈투베[와인 가게]를 운영했지만 소유권은 슈타인레너에게 있었던 거죠?" 내가 물었다. 세 여자가 고개를 끄덕였다. "하지만 슈타인레너는, 제발트가 슈타인레너에 대해 한 이야기는 확실히 사실이 아닌 거죠? 다리에 난 상처가 아물지 않았다는 얘기요, 그건 제발트가 지어낸 게 확실하죠?" 그들은 이제 상황을 즐기고 있었다. "그럴 리가요!" 이름가르트가 말했다. "완전 사실이에요." "설마요," 내가 말했다. "사실이래도요!" 세 여자가 큰 소리로 맞받아쳤다. 소년 시절 한스 슈타인레너는 어느 날 몰래 담배를 피우다 아버지가 나타나자 주머니에 숨겼고, 그때 담뱃불로 허벅지에 불구멍이 나는 화상을 입었다. 상처는 당시에는 아물었지만 나중에 다시 벌어지더니 상태가 점점 더 악화됐다. 한편 한스의 아내, 슈타인레너 부인에 관한 이야기도 실화였는데, 그는 실제로 상태가 점점 더 이상해지더니 술을 마시기 시작했다. 그러나 그건 빈프리트가 쓰지 말았어야 했던 이야기 중 하나라고 세 여자는 입을 모았다. 가여워라, 정말 가엾지 않나요?

더 많은 이야기가 있다는 걸 알 수 있었다. "또 뭐가 있죠?" 내가 물었다. 그들은 분명 슈타인레너 부인에 대해, 그리고 어쩌면 로지에 대해서도 약간의 죄책감을 느끼고 있었다. 그러면서도 나를 실망시키고 싶어하지는 않았다. 전기 작가의 인터뷰이가 되는 일은 도덕적으로도 위험을 감수해야 하는 일이었다. 마침내 로레가 입을 뗐다. "돌레셀 박사는 책에서 뭐라고 불리나요?"

"람보우세크 박사요." 잉게가 말했다.

"음, 그분은 알펜로제 카페에서 일했어요."

"정말 그랬나요?" 내가 물었다. "그러면 모르핀 중독이었나요?"

순간 침묵이 흘렀지만, 다들 그저 모르는 체하기엔 대화가 이미 너무 깊어진 후였다. "네, 맞아요." 이름가르트가 알고이어로 말했으나, 나도 그 정도는 알아들을 수 있었다. 이름가르트가 독일어로 덧붙였다. "그분은 죽었어요. 하지만 여기서 죽은 건 아니에요." 에르니와 로레는 가엾은 돌레셀 박사가 베르타흐에서 사망하지 않았음을 다행으로 여기며 고개를 끄덕였다.

"루카스는요?" 내가 물었다. "아까 루카스라고 부르셨잖아요.

제발트가 실명을 쓴 건가요?"

또다시 침묵이 흘렀다. 이번에는 에르니가 먼저 침묵을 깨주었다. "그래요," 에르니가 말했다. "루카스라고 불렸어요."

"하지만 [성은] 젤로스가 아니었어요." 이름가르트가 말했다. "본명은 루카스 베르거였어요. 10년 전쯤 죽었고요."

"알펜로제 카페에서 지냈던 건 맞아요," 로레의 얘기였다.

"그리고 루카스의 어머니와 고모들도 정말 딱 그런 사람들이었죠!" 에르니가 말했다. 세 여자가 다시 알고이어로 웃고 떠들었다. "마리아는 몸집이 크고 뚱뚱했지. 젊을 땐 아름다웠는데—" "그리고 검은 코트에 모자를 쓰고 다녔잖아—" "아, 우산도!" "우리는 교수 부인이라고 불렀지—"

세 여자는 마틸트의 베르히톨트 가문이 부유했다고, 딸들이 전부 본데 있게 자랐다고 말했다. 특히 마틸트는 영리해서 학교에도 다녔다고 했다. 그들은 제발트가 마틸트에 대해 잠시 수녀로 살았다고 쓴 사실을 기억하지 못했지만, 그랬을 가능성이 있다고, 마틸트는 남자를 좋아하지 않았다고 소리 낮추어 말했다. 그 시절엔 아무도 그런 말을 입에 올리지 않았지만, 마틸트는 레즈비언이었을지도 모른다고. 그리고 제발트가 묘사한 대로, 마틸트는 요제프 할아버지와 자주 대화를 나누었다. 요제프는 마틸트만큼 교육을 받지는 못했어도 영리한 사람이었고, 마을에서 마틸트만큼이나 책이나 책 비슷한 것에 관심이 많은 소수의 사람 중 한 명이었다. 요제프와 마틸트는 서로에게 좋은 친구였다.

세 여자는 마리아가 건축업자인 베르거와 결혼했고 제1차 세계대전 이후 혹독한 시절이 찾아오기 전까지는 성공적인 삶을 살았다고 말했다. 그리고 빈프리트가 쓴 대로 베르거가 요절하자 남은 가족들은 더욱 가혹한 시간을 견뎌야 했다. 마리아는 에르니, 로레, 이름가르트가 성장하던 시기인 1950년대와 1960년대에 레자와 비나 자매처럼 한동안 알펜로제 카페를 운영했다.

"그러면 루카스의 고모들은," 내가 말했다. "바베트와 비나가 아니라 레자와 비나였던 거네요."

그들은 고개를 끄덕였다. "그리고 그 고모들이 알펜로제를 운영했던 거고요." 내가 사실 정보를 요약하며 말했다. "하지만 사과 케이크랑 구글후프Guglhupf*에 관한 이야기는, 그건 물론 사실이 아니죠?"

네, 그들은 웃음을 터뜨렸다. 그건 제발트가 심어둔 농담이었다. 여전히 아이러니하고 능청스러운 알고이 특유의 유머 감각을 갖고 있었던 것이다. 『현기증. 감정들』에는 그런 농담이 많았다. 잉게는 인쇄업자이자 마을 신문 편집자 슈페히트가 자기 글은 신문에 실을 만한 수준이 못 된다며 폐기했을 거란 농담을 예로 들었다.

"베르거 부부는 행복하지 않았어요, 그렇죠?" 잉게가 말을 이었다.

---

* 가운데가 뚫린 고깔 모양으로 구운 케이크.

"루카스만 남았던 것 같아요." 로레가 말했다.

"베르타흐에는 루카스만 남았죠." 에르니가 말했다. "하지만 카를도 살고 있었어요, 오버스트도르프에요." 나는 재빨리 받아 적었다. **카를, 오버스트도르프.**

"맞아요, 그 경찰관." 로레가 말했다. 나는 **경찰관**이라고 휘갈겨 썼다.

"그리고 누이들도 몇 명 남았죠." 에르니가 말했다. "그중 한 명은 미국으로 갔던 것 같아요."

그리고 침묵이 흘렀다. 사생아를 낳은 후 캘리포니아로 이민 간 「귀향」 속 젤로스 레나*가 떠올랐다. 다들 레나를 기억하고 있다는 사실을 침묵 속에서 느낄 수 있었다.

마침내 이름가르트가 말했다. "하지만 레나가 튀르키예인이나 다른 사람과 아이를 가진 적은 없었어요."

"카를이랑 루카스는요," 내가 물었다. "그분들은 행복하지 않았나요?"

이번에는 잉게가 대답했다. "우리는 카를에 대해서는 잘 몰라요." 그리고 덧붙였다. "하지만 루카스는 행복하지 않았어요, 맞지?"

"맞아요." 이름가르트가 말했다. 그러면서 다른 두 여자에게 눈짓했지만 이미 비밀이 들통난 후였다. "슬픈 이야기예요." 이름가르트가 말했다. "예전엔 제발트 집안과 좋은 친구

---

* 바이에른주에서는 성을 이름보다 앞에 표기하는 것이 전통적인 관행이었다.

사이였는데."

"그래서," 로레가 말했다. "빈프리트가 베르타흐로 돌아왔을 때 그와 대화를 나눈 사람은 루카스였어요. 다들 그걸 알고 있었고요. 그래서 빈프리트의 책에 그런 이야기가 모조리 실려 나왔을 때 출처가 누구인지 알았던 거죠."

"그리고 다들 루카스를 비난했어요." 에르니가 말했다. "빈프리트보다 루카스한테 더 분개했다고 봐도 될 정도였죠. 왜들 그랬는지 모르겠어요. 그냥 루카스가 여기 있었기 때문일지도 몰라요."

"가여운 루카스." 로레가 말했다. "결국 아무도 그를 용서하지 않았어요. 죽는 날까지요. 용서해보려 했더라도 루카스가 한 짓을 잊을 수는 없었을 거예요."

"그냥 빈프리트를 탓해야 했어요." 에르니가 말했다.

"루카스는 빈프리트를 탓했어요." 이름가르트가 말했다. "빈프리트네 가족이 여기 살았을 때는 그 사람들을 무척 좋아했지만요. 결국엔 모든 게 한 편의 이야기를 위해 희생되면서 씁쓸하게 끝이 났죠."

그들은 나를 쳐다보았고, 나는 그들이 무슨 생각을 하는지를 알 수 있었다. 저 여자는 자기 이야기에 우릴 어떻게 써먹을까? 또다시 돌아오고, 또다시 반복되는 일이었다.

메모해둔 내용—**카를, 오버스트도르프**—을 추적하기엔 20년이나 뒤처진 상황이었다. 하지만 카를의 아내는 아직 살아 있었다. 그는 아혼을 앞둔 나이에도 나와 기꺼이 대화를 나누고자 했다. 그렇게 우리는 약속을 잡았고, 나는 오버스트도르프로 향했다.

베르거 부인은 체구가 작고 자세가 꼿꼿했으며, 생존자 특유의 강단 있는 얼굴을 하고 있었다. 후에 그는 1945년 슐레지엔에서 오버스트도르프로 오게 된 과정이며 카를이 가족들에게 자신과 결혼한다고 했을 때 그의 고모 중 한 명이 "난민이잖아!"라고 소리쳤던 일화를 말해주었다. 어찌 됐건 두 사람은 괜찮은 삶을 영위했고, 부인은 여전히 살아 있었다.

흔히 있는 일이지만, 베르거 부인은 몇몇 측면에서 베르타흐 여자들과는 다른 이야기를 들려주었다. 레자와 비나 고모는 알펜로제 카페를 운영한 적이 없었다. 한편 마틸트는 빈프리트의 할아버지와 특별한 친구 관계가 결코 아니었다. 베르거 부인은 제발트에 비해 마틸트의 기괴한 행동에 호의적이지 않았는데, 마틸트를 직접 상대해야 했던 그로서는 그럴 만도 했을 것이다. 부인이 말하길, 마틸트는 말년에 치매에 걸렸고 알펜로제에서 사용한 방은 쓰레기로 가득 차 한 발짝도 움직일 수 없었다. 제발트가 이 애석한 결말을 몰랐길 바라지만, 설령 알았더라도 그는 신경 쓰지 않았을 것이다.

그러나 베르거 부인도 핵심적인 부분에 대해서는 베르타흐 여자들의 의견에 전적으로 동의했다. 남편 카를도 자기 형제를 비롯해 「귀향」에 등장하는 모든 사람을 알아보았고, 그런 이유로 빈프리트에게 분노했다는 것이다. 카를은 특히 사진을 보고 격노했다고 했다. 사진이요? 내가 물었다. 네, 베르거 부인이 말했다. 제복 입은 남자애 사진이요. 나는 「귀향」 203쪽[한국어판 191쪽]에서 그 사진을 찾아 부인에게 보여주었다. "그거예요." 그가 말했다. "카를이에요. 루카스가 그 사진을 주지 말았어야 했는데. 빈프리트는 우리한테 그 사진을 사용해도 되느냐고 물은 적도 없었고 사진을 돌려주지도 않았어요. 빈프리트의 모친께선 줄곧 빈프리트가 사진을 돌려줬다고 했지만, 아니었죠."

대화를 나누다 보니 제발트가 「귀향」에서 젤로스 베네딕트를 아이라고 칭한―베네딕트는 "아직 겁 많은 아이"[12]에 불과했다고 쓴―대목이 떠올랐고, 나는 베르거 부인이 그 대목을 기억하지 못하길 바랐다. 25년이 지났음에도 여전히 분노가 상당했기 때문이다. 게다가 그 분노는 필시 루카스에게로도 번져 있었다. 베르타흐 여자들의 말처럼 루카스가 가엾다는 생각이 들었다. 그의 아내가 나와의 만남을 거부한 것도 당연한 일이었다(베르타흐에서 나를 만나러 오지 않은 사람, 그이가 바로 루카스의 아내였다).

나는 물론 베르거 부인과도 카페 운트 쿠헨 시간을 가졌고, 그때 부인은 내게 새로운 사실을 알려주었다. "있잖아요," 부인이 말했다. "오랫동안 알고 지낸 좋은 이웃이 있었는데요. 최근 신문을 보다가 부고를 접했어요. 이름을 보고야 처음으로 그가 누구였는지 깨달았죠. 슈타인레너에서 종업원으로 일한 로지의 아들, 빈프리트가 책에 쓴 사람이더군요. 그리고 로지도 아직 살아 있어요. 부음에 이름이 올라 있었으니까요. 살아생전 아들의 죽음까지 겪다니, 가여운 로지."

그 대화를 끝으로 나는 내가 알아낸 사실을 게르트루트에게
전했다.

　어머, 베르거 식구들이라니! 게르트루트가 말했다.
게르트루트는 그들을 생생하게 기억하고 있었다. 특히 외모가
준수했던 두 형제, 막스가 묘사한 바에 따르면 진중한 카를과
익살스러운 루카스를 기억했다. 루카스는 그의 기억 속에서
특별한 자리를 차지하고 있었다. 게르트루트보다 나이가
열여섯 살 많았던 루카스는 그에게 수영을 가르쳐주었을 뿐
아니라 아주 어렸을 적엔 제펠더 하우스 발코니 끄트머리에
서서 양팔을 벌리고 걸음마도 태워주었다. 막스도 어렸을 땐
루카스를 몹시 좋아했다. 요제프라는 형도 있었는데, 그는
전쟁통에 사망한 듯했다. 그리고 누이도 둘 있었다. 막내
로즈마리는 무척 아름다웠지만 암으로 요절했고, 둘째 레지는
로자와 절친한 사이였다. 막스는 「귀향」에서 로즈마리를
레기나로, 그리고 레지는 알다시피 레나로 바꾸어 등장시켰다.
"레지가 에르크렘이라는 잘생긴 튀르키예 남자와 아이를
낳았던 건 확실해요." 게르트루트가 말했다. "에르크렘은
튀르키예 과자를 만들어 장에 내다 팔았다."[13] 베르타흐
여자들은 베르거 가문의 평판을 보호하고 있었다. 행여 아니라고
부인한다면 베르타흐의 평판을 보호하려고 그랬을지도 모를
일이나, 마을에는 예삿일처럼 사생아들이 있었다. "그리고,"
게르트루트가 덧붙이길, 몇 년 후인 1950년대 후반 "레지는
캘리포니아로 이민을 갔다". 그러나 게르트루트는 레지가 낳은

사생아가 사망했는지, 레지가 「귀향」의 레나처럼 교통사고로
사망했는지까진 기억하지 못했다.

게르트루트는 차마 믿기 어려운 다른 진실들도
입증해주었다. 잘라바 혹은 쉬굴라의 외다리, 암이었을 것으로
추정되는 슈타인레너의 아물지 않던 상처, 그리고 매일 드레싱을
할 때마다 술을 들이켜야 할 정도로 끔찍한 고통을 감내해야 했던
불쌍한 슈타인레너 부인의 이야기까지. 또 그는 돌레셀 박사가
습관적으로 모르핀을 맞았고 모르핀으로 자살한 것도 사실이지만
「귀향」의 화자가 그의 죽은 얼굴을 본 건 분명 허구였다고 했다.
마틸트와 관련해서는 공산주의 이념이나 할아버지와의 우정 등
막스의 묘사가 세세한 부분까지 전부 정확하다고 했다. 그리고
루카스가 나이 들어 **정말** 관절염으로 손이 굽었으며, 막스가
평소처럼 각색을 하긴 했지만 그마저도 본질적인 차원에서는
진실이라고 전했다. 다락방에 있던 연회색 옷차림의 으스스한
샤쇠르Chasseur[추격병] 인형을 제외하면 「귀향」에 실린 모든
내용은 사실에 기반을 둔 것이었다. 인형만 막스의 환상이었다.

그러다 게르트루트가 폭탄 선언을 했다. "하지만 샤쇠르는,"
게르트루트가 말했다. "사냥꾼을 의미해요. 그리고—로마나와
어울린—다른 사냥꾼은 환상이 아니었어요. 진짜였어요."

"**진짜**였다고요?" 내가 물었다.

막스는 두 명의 인터뷰어에게 직접 그렇게 말했었다.[14]
그러나 나는 그것이 막스가 기억과 상상 사이에서 저지른
말실수라고, 짓궂은 장난을 쳤거나 진심으로 헷갈렸던 거라고

확신했다. 베르타흐의 세 여자가 사냥꾼을 기억하지 못했을 때도 나는 그저 고개를 끄덕였다. 당연히 허구 아니겠는가! 그런데 게르트루트도 사냥꾼을 기억한다면……. "섹스 장면은 다른 작가의 작품을 보고 쓴 거예요." 게르트루트는 말했다. "하지만 그게 막스의 집필 방식이었죠. 그렇다고 해서 소설에 나온 사람들이 진짜가 아닌 건 아니에요. 다들 말해줬겠지만 로마나도 진짜였고 사냥꾼도 진짜였어요. 사냥꾼 이름은 기억나지 않네요. 하지만 사냥꾼들이 입는 녹색 재킷을 입고 바인슈투베로 들어오는 모습을 보곤 했어요. 막스가 책에 쓴 것처럼 다른 지역 출신이었죠. 나중에 실제로 사망했는데, 그 죽음을 둘러싸고 온갖 소문이 돌았고요."

나는 게르트루트를 빤히 쳐다보았다. 막스도 그렇게 말했었다. 하지만 게르트루트의 말은 모든 것이 허구라는 확신만 커지게 할 뿐이었다. 혹시 게르트루트가 자기 남동생이랑 너무 가까운 사이라 그의 거짓 기억까지 공유하는 걸까? 가능한 일이다. 모든 게 가능하니까. 하지만 그랬을 거라곤 생각되지 않는다. 게르트루트는 지극히 분별 있는 사람이고, 확신이 서지 않으면 그렇다고 말하는 사람이다. 게다가 녹색 재킷은 「귀향」에 언급되지 않으니 게르트루트의 말이 진실이라는 확실한 증거이기도 하다. 어쩌면 베르타흐 여자들이 이번에는 살인 혐의로부터 쉬굴라의 평판을 보호하려는 생각이었을지도 모른다. 아니, 어쩌면 그냥 몰랐을 수도 있다. 막스와 게르트루트 둘 다 진짜 사냥꾼이 있었다고 할 땐, 정말 있었을 것이다.

"소문은 어떤 내용이었나요?" 내가 물었다.

게르트루트는 당시엔 너무 어려서 소문을 이해하지 못했고, 나중에야 그 내용을 알게 되었다고 했다. 하지만 막스는 늘 그랬듯 당시에도 그 소문을 이해했을지 모른다. 로지의 아이가 쉬굴라의 아이라는 데에는 모두가 동의했다. 하지만 사냥꾼은 슈타인레너에 자주 드나들었고, 어쩌면 쉬굴라는 사냥꾼에게서 어떤 위협을 느꼈을지도 모른다. 그리고 어쩌면 그 바람에 미칠 듯한 분노에 사로잡혔을지도 모른다. 쉬굴라가 바인슈투베를 파괴한 밤을 게르트루트가 생생하게 기억하고 있는 걸 보면 말이다. 그날 게르트루트와 빈프리트는 침대에서 웅크린 채 아래층에서 무언가가 부서지는 끔찍한 소리를 들었다. 술에 취한 쉬굴라가 한쪽 목발로 유리잔들을 쓸어 바닥에 내동댕이치는 일은 잦았지만, 바인슈투베를 그렇게 완전히 엉망진창으로 만들어버린 적은 그때가 유일했다. 어쩌면 그날 일은 정말로 사냥꾼과 관련되어 있었을지도 모른다. 아니면 막스 본인의 말대로 이야기의 아귀가 맞도록 진실을 살짝 비틀었을지도 모른다.

막스가 바꾼 게 틀림없는 대목이 하나 있어요, 게르트루트가 말했다. 그는 사냥꾼 한스 슐라크와 로마나가 사랑을 나누는 광경을 목격한 화자가 디프테리아에 걸려 죽을 뻔한 일은 실제로 일어나지 않았다고 했다. "그건 저한테 일어난 일이었어요. 그리고 제발트가 그걸 자기 소설에 차용한 거예요." "아!" 내가 말했다. 그렇다면 섹스와 죽음 사이의 연결 고리가 사냥꾼이 아닌

화자를 위해 **실제로** 고안되었을 가능성이 있었다. 그 연결 고리는
무엇보다 그 점에서 중요했고, 그래서 계속 이야기 속에 남아
있었던 것이다.

소설에서 로마나가 된 로지가 요제프 에겔호퍼(왼쪽),
그리고 또 다른 남성과 바인슈투베에 있다.
사진을 보면 알 수 있듯, 로마나의 머리칼이 담황색에
숱이 많았다는 얘기는 제발트가 지어낸 것이었다.

그런데 이야기 자체는 전혀 묵시록적이지 않다. 제발트
특유의 멜랑콜리한 재미도 있다. 내가 베르타흐 여자들과의
대화에서 확인했듯, 그런 유머는 제발트의 창작이었다. 알펜로제
카페를 운영한 희비극적인 두 자매가 아무도 먹지 않은 오래된
케이크를 먹어치우게 된다든가……. 그런데 그때 게르트루트가
또 한 번 놀라운 이야기를 들려주었다. 그 얘긴 "전적으로
사실이었어요". 게르트루트가 말했다. "알펜로제는 카페였는데,
아무도 오지 않았죠."

"정말 케이크도 있었나요?" 내가 물었다.

"오, 그럼요." 게르트루트가 말했다. "하지만 손님이 없었기 때문에 막스가 말한 대로 오래된 상태였죠."

"하지만 설마 두 자매가 일요일마다 정확히 케이크 **두** 조각만 먹은 건 아니겠죠?"

게르트루트가 고개를 뒤로 젖히며 웃었다. "아니었을 거예요." 그는 대답했다. "하지만 막스가 지어낸 이야기는 아닐 거라고 확신해요. 마을 사람들이 그런 이야기를 구전하고 다녔거든요. 어쩌면 루카스가 막스한테 말해줬을 수도 있고, 어머니가 얘기해줬을 가능성도 높아요. 저는 「귀향」을 읽기 전부터 어디에선가 들어 알고 있던 이야기였어요."

그리고 레자와 비나의 케이크나 슈타인레너의 상처처럼 좀처럼 있을 법하지 않다고 생각될 수도 있지만 분명 진실인 내용이 또 하나 있어요, 게르트루트가 덧붙였다. 제발트 부부가 이사온 후에도 슈타인레너 부인은 바인슈투베 1층 방에 머물며 그들과 같이 생활했고, 「귀향」에 묘사된 것처럼 빈프리트가 슈타인레너 부인의 방을 들락거렸다는 말이었다. 로자는 자기 아들이 평범한 부인도 아니라 과음 때문에 아이들을 빼앗기기까지 한 부인의 방을 드나드는 걸 못마땅해했다. 그러나 게르트루트가 말하기를 가여운 슈타인레너 부인은 다정한 영혼의 소유자였고, 빈프리트는 훗날 막스가 그랬듯 일찌감치 이상하고 슬픈 사람들에게 호감을 느꼈다. 빈프리트는 슈타인레너 부인을 잘 따랐다. 어쩌면 로자는 일말의 질투심까지 느꼈을지 모른다.

아직 다루지 않은 난처한 주제가 하나 남아 있었다. 바로 막스의
가족들이 「귀향」을 어떻게 받아들였는가 하는 문제였다. 다루기
민감한 주제라는 건 오래전 인터뷰 당시 막스가 말해주어 알고
있었다. "가능한 한 신중하게 썼다고 생각했습니다. 하지만
어머니는 제가 마을 사람들을 세세히 묘사한 대목을 읽고
굴욕감을 느끼셨죠. 그 후론 책을 다시 읽으신 적도 없고요."[15]

게르트루트가 얼굴을 약간 찌푸렸다. "어머니에게 「귀향」은
재앙과도 같았어요." 게르트루트의 얘기였다. "어머니는 막스가
역사적인 서술에 가까운 글을 쓸 거라고 생각하셨죠. 사람들
얘기를 허구로 지어내고 타인의 비밀을 폭로하는 식의 글을
쓰리라고는 전혀 생각지 못하셨던 거예요. 어머니는 베르타흐
사람들이 어떤 기분을 느낄지 아셨고, 막스가 그러면 안 됐다는
데 동의하셨어요. 무척 속상해하며 화를 내셨죠. 오랫동안 하루도
거르지 않고 제게 전화를 걸어 하소연을 하셨어요. 저는 막스가
아름다운 소설을 쓴 거라고 둘러대려 했지만 제 말을 들으려 하지
않으셨어요. 어머니의 심정도 이해가 됐어요. 베르타흐는 당신의
고향이었고, 그곳 사람들은 당신의 친구였으니까요. 그리고 잘된
일인지 잘못된 일인지, 어머니는 그 사람들을 잃었어요. 특히
베르거 집안 사람들을, 루카스와 카를을 잃었죠. 카를은 '그 책'이
나오기 전까지만 해도 부모님과 절친한 친구 사이였어요."

"그리고 다시는 고향으로 돌아가지 못하셨죠." 내가 말했다.
"베르타흐에서 만난 분들이 그러더라고요. 불쌍한 로자는 다시
돌아오지 못했다고요. 다들 자기한테 달려들어 **그 집 아들은**

어떻게 그런 짓을 할 수가 있느냐며 따져 물을 게 뻔하니까."

"맞아요." 게르트루트가 말했다. "사람들은 막스만 비난한 게 아니었어요. 어머니도 비난했죠."

"그랬나요?" 내가 물었다. 막스도, 베르타흐 여자들도 그런 말은 한 적이 없었다.

"그럼, 누가 막스에게 그 이야기들을 들려줬다고 생각하세요?" 게르트루트가 자문자답했다. "그 이야기를 전부 루카스한테서 들었을 리는 없어요. 막스는 1980년대에 고향을 찾기만 하면 밤늦게까지 어머니를 붙들고 베르타흐 마을에 대한 이야기를 쥐어짜냈어요. 그리고 「귀향」을 읽은 베르타흐 사람들은 막스가 대부분의 정보를 어머니로부터 수집했다는 사실을 알았죠. 어머니가 두 번 다시 고개를 들고 다닐 수 없었던 이유가 거기 있었고, 또 그래서 막스에게 그렇게 화를 내셨던 거예요. 막스는 마을 사람들만 배신한 게 아니라 어머니도 배신했죠……. 그렇게 느끼셨을 거예요. 물론 어머니는 막스를 잃고 싶지 않았고 막스도 어머니를 잃고 싶지 않았기 때문에 둘은 곧 화해했어요. 하지만 어머니는 절대 그 일을 잊지 않았고 막스도 그랬죠."

이 이야기와 내가 보인 반응 중에 뭐가 더 최악이었는지 모르겠다. 예술은 시시각각 사치스러운 활동이 되고 있었지만, 나는 여전히 읽고 쓰는 일을 멈추고 싶지 않았다. 나는 게르트루트에게 이런 마음을 일부라도 전해보려 했다. "걱정 마세요," 게르트루트는 말했다. "그러실 일은 없을 테니까."

5장

「암브로스 아델바르트」

우리가 모든 평범한 인간의 삶을 예리하게 바라보고 느낀다면 그건
풀이 자라는 소리나 다람쥐의 심장박동을 듣는 것과 같을 것이며,
그러면 우리는 침묵의 저편에 자리한 포효를 듣고 죽고 말 것이다.
—조지 엘리엇, 『미들마치』

「귀향」은 베르타흐 시절을 바탕으로 한 첫 소설이었다. 두
번째 소설은 빈프리트가 종조부 윌리엄과의 인상 깊었던
만남에서 영감을 받아 쓴 「암브로스 아델바르트」였다. 종조부
윌리엄과의 만남 그리고 외국에 사는 친척과 맺은 모든 관계는
빈프리트의 내면에서 색다른 삶을 향한 갈망을 일깨웠다.
「암브로스 아델바르트」의 화자는 오랜 세월 미국에서의 삶을
꿈꾸는데, 나중에 이 감정은 "모든 미국적인 것에 대한 반감"으로
뒤바뀐다.[1] 「암브로스 아델바르트」는 그런 반전의 이야기, 머나먼
곳을 향한 꿈 뒤에 숨겨진 현실을 드러내는 이야기다.
　「암브로스 아델바르트」는 『이민자들』에서도, 그리고 실로

제발트의 모든 작품을 통틀어서도 가장 복잡한 이야기다.
작품은 기나긴 꿈 하나를 비롯해 다섯 명의 화자와 여러 시대와
장소로 구성돼 있다.[2] 형식 면에서는 가령 암브로스가 동사 없이
짤막하게 쓴 일기에서 알 수 있듯 제발트가 쓴 그 어떤 작품에서도
찾아볼 수 없을 만큼 자유롭다.[3] 전반적으로 「암브로스
아델바르트」는 『현기증. 감정들』에서 빈 시절이 언급되는 대목을
제외하면 제발트의 그 어떤 산문보다 초현실적인 분위기를
풍기곤 한다. 어쩌면 『현기증. 감정들』에서 빈 시절 이야기를
들려주는 화자도, 「암브로스 아델바르트」의 주인공 중 한 명인
코즈모 솔로몬도 제정신이 아닌 것은 우연이 아닐지 모른다.

코즈모는 무척 사치스럽고 영리하며 무모한 인물이다.
또한 박쥐 울음소리를 듣거나 안개 속에서 룰렛의 당첨 번호가
떠오르는 몰입 상태에 빠져드는 등 신체적으로나 정신적으로나
초자연적인 것에 민감하다. 코즈모는 암브로스에게 이런
상태에 빠져 있으면 위험하니 "잠든 아이를 돌보듯이" 자신을
감시해달라고 말한다.[4] 코즈모의 말은 진실로 밝혀지는데, 제1차
세계대전 기간에는 머나먼 미국에 있으면서도 유럽에서 벌어진
대학살의 환영을 본 후 미쳐버리고, 두 번째이자 마지막으로
정신적 붕괴를 경험하는 순간에는 환영에 빠져 돌아오지 못한 채
영영 길을 잃는다.

시공간이 다른 세계나 아예 존재하지 않는 세계에
대한 환상은 『아우스터리츠』에서 다시 모습을 드러낸다.
『아우스터리츠』에서 그 환상은 죽어서 사라진 자들이 점유하고

있기 때문에 깊은 갈망의 대상이 되지만, 그럼에도 여전히
위험하며, 사람을 미치게 만들 수도 있다.[5] 코즈모는 이렇게
위태롭게 무언가를 갈망하는 상태를, 지구 반대편에 있는
사람들의 죽음을 감지하고 그로 인해 자신도 죽음으로 치닫는
극단적인 초과민 상태를 체현한다. 코즈모 솔로몬이란 인물은
조지 엘리엇이 썼듯 풀이 자라는 소리와 다람쥐의 심장박동을
들을 때, 침묵의 저편에 자리한 포효를 들을 때 어떤 일이 벌어질
수 있는지를 제발트다운 방식으로 묘사한 이미지라고 할 수 있다.
이 이미지는 제발트의 다른 작품에도 재차 등장하며, 작품의
핵심에 자리한다.

요컨대 「암브로스 아델바르트」는 단순히 잃어버린 사랑에
관한 이야기가 아니다. 그것은 (이를테면) 20세기 초 독일의
빈곤과 광기 혹은 광기라고 불리는 것에 관한 이야기이기도 하다.
또한 무엇보다 우리 세계의 통상적인 시공간 구조를 넘어선다는
제발트적 의미에서의 '형이상학적' 이야기다. 암브로스는
단순히 한 사람을 사랑하고 있는 것이 아니다. 그는 선각자를,
이를테면 제발트가 카프카로부터 차용해 『현기증. 감정들』에
등장시킨 사냥꾼 그라쿠스를, 이 세계와 저 세계 사이에 사는
사람을 사랑한다. 카프카 소설 속 살바토레Salvatore('구세주') 같은
인물인 암브로스는 그라쿠스를 맞이하기 위해 보내지지만 끝내
그를 끝없는 여정에서 구해내지 못한다. 제발트의 살바토레인
암브로스는 코즈모도, 자기 자신도 구할 수 없다.

제발트의 모든 작품이 그렇듯 「암브로스 아델바르트」도 이미지를
우리가 미처 감지할 수도 없을 만큼 섬세하게 세공해 만든 한
점의 레이스 작품으로서, 우리는 결국 그 그물망에 걸려들어
온전히 이해할 수 없는 신비로운 의미를 지닌 어떤 세계에, 즉
제발트의 세계에 들어와 있다고 느끼게 된다.

　　많은 이미지가 단지 다른 이야기(예컨대, 나보코프의 '나비
잡는 사람')뿐만 아니라 다른 작품과도 연결된다. 이를테면
『이민자들』의 화자가 꾸는 도빌에 관한 꿈에 등장하는
미스터리한 백작 부인은『현기증. 감정들』에 등장한 벨이―즉
스탕달이―반했던 메틸데를 회상하게 했다가『아우스터리츠』를
떠올리게 하며, 나중에는 코즈모를 태우고 가버린 사막
대상隊商의 이미지로 재등장한다. 「암브로스 아델바르트」에는
그런 이미지의 그물망이 여럿 나온다. 그중 하나는 공중에 매달린
베일―안개나 연기 또는 먼지의 베일―의 이미지로, 제발트의
예술이 요하는 신비로움과 불확실성을 제공한다. 또 하나는 상상
속 형제들로 이루어진 그물망이다.[6] 「암브로스 아델바르트」를
보면 코즈모는 마지막으로 겪은 정신적 붕괴 속에서 "형이 잘
지내는지 보려는 것"[7]이라고 말하며 사라지는데, 암브로스의
말에 따르면 그에게는 형이 존재하지 않았다. 아우스터리츠도
기차에서 사망한 쌍둥이 형제의 이미지에 시달리지만 그에게는
쌍둥이 형제가 존재하지 않았다. 그리고 암브로스와 코즈모는
서로에게 상상 속 형제가 된다. 코즈모가 콘스탄티노플의
호텔에서 말하듯, 그들은 "프레스 솔로몬, 뉴욕, 중국으로 가는

중"[8]이다. 이 장면은 아벨과 페를란이 형제 같은 사이로 그려지는
『현기증. 감정들』을 또 한 번 상기시키며,[9] 막스가 청년 시절에 쓴
첫 소설—주인공에게 동성애자 형이 있고 그 동성애 성향으로
인해 어머니가 자살로 추정되는 죽음을 맞이하는 이야기—을
소환한다. 형제지간—동성애—이라는 위험한 관계의 그물망
혹은 매듭은 제발트의 초기 소설과 『현기증. 감정들』에 선명하게
드러난다. 암브로스에게선 그 위험이 풍요로 바뀌지만, 결국
그는 사랑을 잃고 만다. 이처럼 「암브로스 아델바르트」를 매개로
동성애자들은 유대인 같은 존재, 잔인했던 과거 독일의 희생자로
혐오와 공포가 아닌 공감을 받을 자격이 있는 존재가 된다.

　「암브로스 아델바르트」에 나타난 세 번째 이미지의 그물망은
옷으로 직조되어 있다. 암브로스의 옷에는 1913년 아랍 예복
차림에서 느껴지는 이국적인 관능미부터 카지미르가 "옷으로
간신히 버티고 있는 것 같았다"[10]라고 말하듯 코즈모를 잃은
후에 경험한 삶의 공허함에 이르기까지, 그가 경험한 쇠락의
시간이 배어 있다. 반면 테레스는 (피니 이모의 말에 따르면)
수줍음과 슬픔만 내비칠 뿐이지만, 사망할 때 남긴 옷장 속
옷들은 화려하기 그지없다. 암브로스는 옷을 통해 내면의 공허를,
테레스는 내면의 풍요를 표현하는 것이다.

　내 생각에 이 이미지의 원천도 카프카에게 있는 것 같다.
제발트가 아끼는 카프카의 사진 중 하나를 살펴보면 사진 속
카프카는 (제발트가 말했듯) 체구에 비해 지나치게 큰 코트를 입고
있다.[11]

1917년, 카프카와 그의 여동생 오틀라.

이제 『이민자들』에 실린 코즈모의 사진을 살펴보자.
「암브로스 아델바르트」에 나오는 다른 많은 사진처럼 제발트는
이 사진도 위조했을 것이고, 인물 사진들의 출처도 분명 제각각일
것이다. 특히 코즈모가 중앙에 서 있는 사진을 보면 체구는
희한하리만치 작은데 커도 너무 큰 코트를 걸치고 있다.

몇 장을 더 넘기면 피니 이모가 마지막으로 암브로스를
만나는 장면이 나오고, 이때 암브로스는 헐렁한
외투paletot—오버코트—를 입은 채 "무척 허약하고 불안하게"
보인다.[12] 그리고 화자가 피니 이모를 마지막으로 보는
장면에서는 피니 또한 "너무 무거워 보이는 어두운 겨울 코트"
차림이다. 마지막으로, 뉴저지 해변에서 찍힌 화자의 사진을
보면 화자도 어두운색 겨울 코트를 입고 있다. 코트 깃을 귀까지

올리고 있는 모습으로 보건대 그렇게까지 무거운 코트는 아닐 수도 있다. 그렇더라도 결과는 같다. 자기를 보호하기 위해 입은 코트이지만, 입은 사람의 취약성만 부각시킬 뿐이라는 점에서. 이로써 화자도 카프카의 코트를 입은 인물들의 계보에 이름을 올린다. 「암브로스 아델바르트」에서 제발트는 자신의 전기 그리고 패니 이모와 종조부 윌리엄의 전기까지 다시 한번 카프카화한다.

제발트가 소설 집필에 첫발을 내디딘 것은 1980년대 초, 즉 어머니와 루카스 베르거에게는 1980년대 이후 베르타흐의 상황을 묻고 패니 이모에게는 1981년 당시 종조부 윌리엄에 대해 물은 때였다.[13] 말하자면 그가 느낀 최초의 문학적 충동은 자전적인 성격을 띠었다. 제발트의 『이민자들』이 탄생한 시점은 1984년 유대인의 피가 4분의 1 섞인 선생님이 사망했다는 부고를 듣고 나서였다.[14] 그러므로 『이민자들』은 유대인 소설로 탄생했으나 「암브로스 아델바르트」를 구상할 때 그에게 최초의 자극제가 된 이는 독일인이었다고 할 수 있다.

그리고 제발트는 자신의 가족에서부터 이야기를 시작한다. 제발트가 그린 가족의 초상은 그가 그린 벅턴 가족의 초상만큼이나 본래 인물을 충실하게 담고 있다.

예컨대, 테레스만큼 수줍음이 많았던 애니[15]는 테레스가 습진 때문에 끼고 다니던 하얀 무명 장갑을 꼈고 테레스가 모으던 후멜 인형*을 수집했다. 베아테가 말하듯 애니는 자기 재산을

전부 나눠주었을 정도로 모든 가족에게 대단히 관대했고, 피니가
테레스를 두고 말했듯 가난한 여자로 살다가 죽음을 맞이했다.
심지어 고향을 방문하면 처음 반은 기쁨의 눈물을 흘리느라, 나머지
반은 슬픔의 눈물을 흘리느라 시간을 다 보냈다. 애니는 제발트가
처음 알게 된 깊은 슬픔에 빠진 사람이자 최초의 망명자였다.
「암브로스 아델바르트」는 종조부 윌리엄을 기렸던 것만큼이나
이모 애니를 기렸던 추모의 글인 셈이다.

「암브로스 아델바르트」에서 피니는 "테레스 언니가 정말
성녀였는지도 모르지"[16]라는 말을 하는데, 나는 제발트의 상상
속에서 애니가 **정말** 그런 사람이었으리라고 생각한다. 애니는
「파울 베라이터」의 맨골드에서부터 『토성의 고리』의 스탠리 케리,
마이클 파킨슨, 재닌 데이킨스에 이르기까지 제발트가 상상해낸
모든 순결한 사람 중에서도 단연 수호 성인 같은 인물이다. 물론
『현기증. 감정들』 속 독신 자매 베아테와 비나도 빼놓을 수 없다.
이제는 우리도 알고 있다시피 베아테와 비나는 암브로스와
코즈모에 대응하는 여성 인물들이며, 가여운 암브로스가 코즈모의
뒤를 따르는 데 몇 년이 걸린 데 비해, 베아테와 비나는 한 사람이
심장마비로 사망하자 같은 날 다른 사람이 슬픔으로 죽었을
만큼 "서로에게 영원히 의존"[17]했다. 이는 다음 주 일요일에 먹을
케이크를 전주 일요일마다 구워 케이크가 항상 두 개였다는

---

* 독일의 수녀이자 화가 마리아 이노센치아 후멜의 그림을 바탕으로 제작된
수공예 도자기 인형으로 천진한 어린아이의 목가적 일상을 표현하며 제2차
세계대전을 전후해 유럽과 북미에서 인기를 끌었다.

농담 같은 일화를 새롭게 조명한다. 그러고 보면 케이크 두 개는 「암브로스 아델바르트」 시작 부분에서 테레스가 베르타흐로 돌아오며 울고 또 베르타흐를 떠나며 우는 장면과 겹쳐지고, 그다음에는 암브로스가 옷을 입었다가 또 벗는 장면과 겹쳐진다. 전부 겉으로는 우스워 보일 따름이지만 실은 비극적인 신호다.

애니는 망명생활 중에 끝없이 반복되는 상실을 통해 「암브로스 아델바르트」와 『이민자들』 전반에 비극적이고도 희극적인 이미지를 제시했다. 그러나 그것은 작품의 주된 집필 동기인 유대인에 대한 박해 때문이 아니었다. 다시 말하지만 「헨리 셀윈 박사」에서처럼 유대인이란 주제의 이면에는 유대인과 무관한 모델이 자리해 있다. 이는 「암브로스 아델바르트」에서도, 그리고 그 이후의 작품에서도 되풀이된다.

애니, 미국인 고용주 월러스타인 부인과 함께.

애니가 테레스와 비슷한 만큼 피니도 패니와 유사했다.[18] 패니는 타인들, 즉 자기 가족, 외삼촌 윌리엄, 도움이 필요한 이웃들을 돌보았다. 남편이—연금을 물려주기에도 너무 이른 나이인—예순에 죽음을 맞이했을 때는 피니만큼 절망적인 상황에 처했다. 패니는 독일에 있는 가족들에게 가정교사로 일하는 중이라고 말했다. 그런데 레스는 다른 이야기를 들려주었다. 몇몇 부유한 친구들이 패니에게 사무실 운영 일을 제안했다는 것이다. 정황상 미루어 보건대 사실 패니가 말한 가정교사 일은 부업이었으나 자존심 때문에 본업이라고 말했을 가능성이 높다.

이것이 이민의 현실이다. 교생 실습을 받은 패니였지만 뉴욕에 도착했을 때 시작한 일은 가사도우미였다. 그랬다고 제발트는 썼다. 이렇게 현실에서 패니는 가정부였지만, 그는 소설에서 피니를 가정교사로, 즉 아직 교사 일을 하는 사람으로 그렸다. 그러다 1930년 초, 패니는 연회에서 바베테의 아들인 조 슈태머를 만났다. 조도 독일에서 회계사가 되기 위한 전문 교육과정을 밟은 사람이었다. 그러나 패니보다 1~2년 앞서 미국에 도착했던 조 역시 유대인 집안에서 하인으로 일하고 있었다. 그리고 훗날 여생을 보낼 때는 교외 아파트 단지의 관리소장으로 일했다.

패니와 조는 당대의 전형적인 이민 1세대였다. 이국적인 억양을 잃지도 않았고, 각자가 받은 교육에 걸맞은 직업을 가져본 적도 없었으며, 미국 국적을 갖고 태어난 자식들을 교육시켜 그 아이들에게 희망을 걸었다. 그들의 삶은 희망으로 가득 찬 삶, 독일에서의 삶보다 훨씬 더 나은 삶**이었지만** 그건 조가 죽기 전까지의 일이었다. 조의 죽음은 패니에게 비극으로 들이닥쳤다.

또 다른 조Joe, 즉 로자의 오빠 요제프 에겔호퍼Josef Egelhofer는 패니와 조보다는 운이 좋았다.[19] 함석공이라는 요제프의 직업은 교사나 회계사처럼 언어에 좌지우지되지 않았다. 제발트가 카지미르라는 인물에게 투영해 보여주었듯, 요제프는 식당용 스테인리스 주방 설비와 대형 스테인리스 용기를 제작하는 공장에서 일한 적도 있었다. 그리고 그때를 기점으로 요제프와 카지미르는 서로 다른 길을 걸었다. 카지미르는 "어질어질한 높이"[20]의 뉴욕 마천루에서 5년간 일했고, 요제프는 양조장으로 일터를 옮겨 1972년 은퇴할 때까지 일했다.

「암브로스 아델바르트」에서 카지미르가 보여주는 유머와 쾌활함은 요제프를 충실히 반영하고 있다. 게르트루트는 요제프 삼촌이 외모가 준수하고 매력적인 남자라 여자가 끊인 적이 없었다고, 베아테는 요제프 삼촌이 "간단히 말하자면"이라고 운을 띄우고는 몇 시간 동안 조잘댔다고 말하며, 둘은 그런 기억을 떠올리면서 함께 웃음 짓는다. 요제프의 딸 로즈마리가 제발트가 창조한 소설 속 인물 플로시처럼 50대에 벨리댄스를 배웠는지는 모르겠지만, 막스에 따르면 그는 남편 두세 명이 전부 일주일 만에 꽁무니를 뺐을 정도로 개성이 강한 인물이었다.[21] 베아테는 늘그막에 로즈마리를 방문했다고, 그 집의 모든 방에는 '환경'

'카리브해'…… 같은 테마가 지정되어 있었다고 기억한다. 그러나 1981년에 베아테가 그 집에 있었을 리는 없고, 상황이 어떠했건 막스가 그 집을 보았을 리도 없다. 로즈마리의 집을 보고서 방마다 테마가 있는 집을 소설에 써먹을 방법을 고안하지 않았을 리도 없다.

이 형제자매들은 수십 년 동안 친밀한 관계를 유지했다. 은퇴를 하면 뉴저지주 레이크허스트로 다 같이 이주해 한쪽 스트리트에 위치한 단층집에는 패니와 애니가 살고, 바로 다음 스트리트에 위치한 단층집에는 요제프와 그의 아내 레니가 살 계획이었다. 게르트루트는 애니가 두 주택을 매입하는 데 도움을 주었으리라고 생각한다. 그러나 애니는 1974년에―베아테의 회상에 따르면 이사 직전에―사망했다. 알다시피, 애니는 거의 아무것도 남기지 않았지만, 「암브로스 아델바르트」에서 피니가 말하듯 "카지미르 오빠도, 특히 리나도 [이 사실을] 미심쩍어"했다.²² 이것도 순화한 표현이었다. 요제프와 레니는 애니가 상당한 재산을 남겼고, 패니가 그것을 독차지했다고 확신했다. 전형적인 가족 붕괴의 순간이었고 갈등은 결코 해소되지 않았다. 애니가 세상을 떠나고 8년이 지나 그들을 찾은 제발트는 패니와 요제프를 따로따로 불러내 만나야 했고, 그로부터 몇 년 후 그들을 방문한 베아테는 패니 앞에선 요제프를 만났다는 말을, 요제프 앞에선 패니를 만났다는 말을 꺼낼 수 없었다.

애니와 패니는 늘 아버지의 약한 심장을 물려받았을까 봐

두려움에 떨었지만, 애니는 암으로 사망했고 패니는 심장마비를
세 차례 이겨낸 후 1998년 아흔세 번째 생일을 앞둔 시점에
폐렴으로 사망했다. 요제프는 2001년 아흔한 살의 나이로 그들의
뒤를 따랐다.[23] 그렇게 막내 로자는 언니 오빠가 떠나는 모습을
또다시 지켜보아야 했다.

제발트가 쓴 모든 작품이 그랬듯 「암브로스 아델바르트」도
문제를 일으켰다. 또다시 로자의 심기를 불편하게 했고, 이번에는
패니와 요제프도 분노하게 만들었다. 그러나 요제프는 "한 소리
할 수도 있었지만 그렇게 중요한 문제는 아니지"라면서 가볍게
털어냈고, 카지미르가 화자에게 그랬듯 자신의 금제 회중시계를
막스에게 보냈다. 요제프는 언제나 에겔호퍼 집안에서 가장
태평한 사람이었다. 패니는 「암브로스 아델바르트」에서 현실과
허구가 아무렇지 않게 뒤섞여 있는 탓에[24] 베르타흐와 켐프텐
사람들이 우아하고 품위 있는 윌리엄 신델레에 관한 온갖 거짓을
(혹은 더 최악의 경우에는 진실을) 믿게 되지는 않을까 우려했다.
물론 그렇게 걱정한 이유는 거기에 패니 자신에 대한 진실도 담겨
있기 때문이었다. 가난하고 고생스러운 삶을 산 조상은 몇 세대쯤
지나면 명예로운 훈장이 되지만, 그 조상이 바로 자기 자신이고,
운명을 개척하기 위해 고향을 떠나기까지 했다면 그런 일은
일어나지 않는다.
　　제발트는 1981년 패니를 방문했을 때 처음으로 종조부
윌리엄에 대해 캐물었다. 그러고는 3년 후 패니에게 더

많은 질문을 적어 보냈고, 패니는 장문의 편지 세 통으로
답변해주었다.[25] 패니의 편지에 따르면 윌리엄은 1882년
고프레이츠에서 오 남매 중 막내로 태어났는데, 자기보다
나이가 더 많은 이복형제가 넷 있었기 때문에 사실상 구남매 중
막내였다. 윌리엄의 어머니는 윌리엄이 두 살 때 사망했다(패니는
'극한의 피로'에 시달리다 그랬을 거라고 덧붙였다). 맏이였던
윌리엄의 이복 누나는 고작 열일곱 나이에 동생들을 돌보아야
했다. 집안이 찢어지게 가난해 윌리엄은 자신과 터울이 가장 적은
누나 미니와 함께 학교도 들어가기 전부터 견과류와 과일을 따서
이멘슈타트 시장에 내다 팔았다. 또한 패니가 편지에 쓴 내용을
보면 윌리엄은 불과 열두 살 혹은 열네 살에 슈투트가르트 호텔
주방에 일자리를 얻어 고프레히트를 영영 떠났다.

　　제발트는 이 모든 정보를 「암브로스 아델바르트」에
써먹는다. 견과류와 과일은 가시 많은 장미 열매로 바꾸어, 그
수확물을 이멘슈타트보다 더 잘 알려진 켐프텐 시장에 내다
팔았다고 쓰고, 암브로스를 평범하고 낡은 슈투트가르트가 아닌
아름다운 호수와 산이 있는 린다우, 로잔, 몽트뢰로 보낸다.

　　곧바로 이어지는 대목도 패니의 답신을 통해 얻은 정보들,
그러니까 윌리엄의 입에서 나온 이야기에서 따온 것이다.
윌리엄은 열일곱 혹은 열여덟에 런던으로 건너가 또다시
호텔에서 일했다. 그리고 그곳에서 사환으로 일하는 동안 일본
외교 사절단에 속한 한 신사를 만났다.

　　이 지점부터 제발트는 이야기를 픽션으로 각색하기 시작한다.

상하이 출신의 여인, 그리고 암브로스가 산 "불행한 인생"[26]의
출발점이 되는 불가사의한 사건을 추가한 것이다. 패니가 적은
내용에 따르면, 그 일본 참사관은 자신의 부임처였을 워싱턴으로
윌리엄을 데려갔다. 윌리엄은 그곳에서 참사관의 가족과 함께
1~2년을 머물렀다. 그러니 윌리엄이 만난 일본인 고용주는
암브로스의 고용주처럼 '비혼의 신사'가 아니었고, 암브로스가
살아생전 머문 그 어떤 장소보다 행복한 시간을 주었던 일본으로
그를 데려간 적도 없었다. 추측일 뿐이지만 암브로스가 그토록
행복했던 이유는 처음으로 자신의 고용주이자 (어쩌면) 사랑하는
사람과 함께 평화롭게 살 수 있었기 때문이었을지도 모른다. 물론
이 또한 제발트가 만들어낸 픽션이다. 앞으로 점점 더 깊어질 픽션.

현실에서 윌리엄 신델레는 참사관 가족의 품을 떠난 후
미국인 가정 두 곳에서 일했다. 처음에는 1915년부터 1916년까지
워싱턴에 머물며 일했고, 그다음에는 뉴욕의 한 가정에서 일하며
여생을 보냈다.[27] 제발트는 윌리엄이 일한 두 장소를 하나로
합해 암브로스가 뉴욕에 사는 솔로몬 가문에서 일을 시작하고
마무리하게 했다. 사실 '코즈모'는 첫 번째 집에서 만난 인물이었다.
그로 인해 제발트는 몇 가지 중요한 사실을 수정해야 했다.

패니는 뉴욕의 '솔로몬' 가문과 관련해 마인하트라는 실제
성과 그들이 "어마어마하게 부유"하다는 사실 말고는 막스에게
많은 정보를 주지 않았다. 패니는 1940년대에 종종 윌리엄을
만나러 방문하곤 했던 롱아일랜드 해협의 마인하트 가문 소유
대저택인 로키 포인트 사진도 갖고 있었다. 제발트는 이 사진을

「암브로스 아델바르트」에 실었다.

이 외에도 제발트는 은행가인 새뮤얼 노인, 그의 두 번째 아내 마고, 코즈모 등 솔로몬 가문에 속한 인물들을 창조했다. 사실 마인하트 부부[28]에게는 자녀가 없었고 모턴 마인하트는 은행가가 아닌 섬유 제조업자였다. 모턴이 새뮤얼처럼, 그의 아내 캐리가 마고처럼 세상을 등진 일도 없었으며 이는 제발트가 작품을 위해 만들어낸 허구였다. 마인하트 부부와 솔로몬 부부에게 적용되는 진실은 그들이 유대인이었고 대단히 부유했다는 점뿐이었다.

모턴 마인하트는 1931년에 사망했지만 월리엄은 그로부터 20년 넘게 캐리를 위해 일했다. 소설 속 암브로스는 마침내 은퇴 시기가 찾아오자 급격한 쇠락의 길을 걷다가 마지막으로 한 번 더 우울증을 앓고 사망한다. 반면 실제 월리엄은 그보다 10년 더 살았고 패니에 따르면 은퇴 후 종종 공연과 콘서트를 관람했으며, 스리피스 정장 차림으로 가족들에게 호화로운 식사를 대접하면서 모두에게 자기처럼 옷을 제대로 차려 입으라고 요구했다.[9]

패니의 편지에 따르면 조 슈태머가 갑작스럽게 사망하고 월리엄이 암브로스가 겪은 우울증에 빠졌던 1963년 1월 모든 것이 끝났다. 월리엄은 예순밖에 되지 않은 조카가 왜 죽어야 하는지 모르겠다고, 여든이 넘은 자신이 조카 대신 죽을 수 있으면 좋겠다고 말했다. 패니는 월리엄을―이서카에서 멀지 않은 뉴욕의―정신과에 데려갔고, 그곳에서 월리엄은 "몇 차례 충격 요법"을 받았다. 패니는 매일 월리엄을 면회했는데, 그는 "좀비처럼 보일 때가 많았다"라고 썼다. 그로부터 몇 달 후 윌리엄은 혈전이 생겨 6월에 심장마비로 사망했다.

(당연하게도) 패니의 편지에는 연인을 상실한 이야기가
언급되지 않는다. 가족들이 아는 한 윌리엄이 살아생전 가장
가까운 관계를 맺었던 조카 조 슈태머를 잃은 이야기만 있을 뿐.

윌리엄과 조가 윌리엄이 기른 여러 테리어 중
한 마리와 함께 찍은 사진.

암브로스가 미스터리한 인물이라면 윌리엄은 그보다 훨씬
더 미스터리한 인물이다. 아무리 조카를 애정했다고 해도 어떻게
조카의 사망이 그를 급성 우울증으로까지 몰고 갈 수 있었을까?

제발트가 소설에 포함하지 않은 내용, 즉 윌리엄이 1930년대
초반 신경쇠약을 겪은 적이 있다는 사실이 유일한 단서일 수도
있다. 그렇다면 그때는 무슨 일이 있었던 걸까?

모턴 마인하트는 1931년 4월에 사망했는데, 윌리엄이 이
과묵하고 겸손한 남자에게 강한 끌림을 느꼈다는 증거는 없다.

그러나 1930년대 초 윌리엄의 첫 고용주였던 가문에, 그러니까 코즈모의 모델이 된 사람에게 어떤 일이 벌어지기는 했었다.

윌리엄은 그 사람에 대한 이야기를 패니에게 빠짐없이 들려주었다. 그는 막대한 부를 가진 집안에서 태어난 거칠고 젊은 문제아였다. 윌리엄은 그를 따라 프랑스와 미국의 카지노를 방문했고, 거기서 상당한 재산을 걸고 도박을 했다. 그는 말을 타고 팜비치의 브레이커스 호텔 계단을 오르려는 시도를 감행했다가[30] 결국 수차례 요양소 신세를 지기도 했다. 말하자면 제발트는 코즈모를 그릴 때 그 인물의 이야기를 상당 부분 차용했다. 그러나 유사점은 그뿐이었다.

진짜 코즈모 솔로몬은 네드 매클레인[31]이라고 불렸던 인물로, 본명은 에드워드 빌 매클레인, 『워싱턴 포스트』 설립자의 아들이었다. 네드는 외동아들로, 태어난 순간부터 무한한 부를 소유했다. 뾰로통한 성격을 가진 네드는 상류층 부모의 전형적인 양육 방식에 따라 방치된 채 버릇없는 아이로 자랐다. 10대 후반 들어 이미 폭주를 일삼아서 유리잔을 들 때 손을 떨 정도였다. 그래서 네드가 스물하나 혹은 스물둘이 되었을 때 그의 아버지는 궁여지책으로 아들을 시중하고 보살필 사람을 고용했다. 그게 윌리엄이었다.

자, 먼저 네드를 통해 또 한 번 확인할 수 있는 사실이 있다. **코즈모 솔로몬의 모델은 유대인이 아니었다는** 사실이다. 네드 매클레인보다 더 완벽한 비유대인에, 전형적인 앵글로색슨계 백인 개신교도인 사람은 찾을 수 없을 것이다. 그런데 이게 중요한 문제일까? 소설에서 코즈모의 역할은 세속적이기보다 내세적이다. 그가 유대인이라는 사실은 거의 곁가지처럼 느껴지기도 한다. 그러나 동시에 꼭 그렇지만도 않다. 코즈모는 잃어버린 고향을 상징하는 예루살렘으로 암브로스를 데려간다. 그리고 소설은 한 유대인을 상실하고 이를 극복하지 못하는 어느 독일인을 보여준다……. 하지만 결국 이 모순은—이제 이 책이 그것을 밝혀냈다 할지라도—『이민자들』의 의미와 울림에 큰 차이를 만들어내지 않는다. 다만 놀라운 것은, 이 책에 실린 작품들 절반에 등장하는 핵심적인 유대인 인물이 비유대인을 모델로 삼고 있다는 사실이다. 마치 제발트의 글쓰기에 있어 근원적 영감—독일에서 유대인들이 제거되었다는 사실—이 그의 작품 속으로 끊임없이 스며들고 있기라도 한 것처럼, 『이민자들』은 유대인에 관한 이야기이지만, 여기에서도 정작 그들은 여전히 은밀하게 부재하는 상태로 남아 있는 것이다.

패니에게 들은 윌리엄에 관한 이야기에서 제발트가 수정한 중요한 대목이 하나 더 있다. 윌리엄이 하인으로 고용되었을 당시, 네드는 다년간 약혼 관계에 있던 여자 에벌린 월시가 결국 약혼을 파기해버리는 바람에 심한 폭주를 일삼고 있었다. 그러다 네드는 결혼을 설득하러 에벌린을 찾아갔고, 이때 윌리엄도 동행했다. 네드가 금주를 약속하면서 두 사람은 1908년 7월 결혼했다.[32] 다시 말해 네드는 일본인 참사관처럼 동성애자였을 가능성이 없으며(나중에 이를 입증할 만한 증거도 나온다), 윌리엄이 고용된 기간 중 길어야 1년 정도를 제외하면 결혼생활을 유지했다.

윌리엄이 진정으로 호화로운 시절을 보내고 있었을 당시 그와 함께한 이들은 매클레인 부부였다.[33] 에벌린의 아버지는—마치 동화에서처럼 금맥을 발견한 아일랜드계 이민자 광부였는데—네드의 아버지보다 더 부유했다. 파티 시즌이 되면 매클레인 부부는 매주 서너 차례 사치스러운 연회와 파티를 열었다. 1912년에는 한 번의 저녁 식사 자리를 위해 4만 달러(오늘날 가치로 환산하면 100만 달러에 달하는 금액)를 썼는데, 이 중 대부분은 런던에서 난초와 노란 백합을 공수하는 데 든 비용이었다. 상습적인 도박꾼이었던 두 사람은 툭하면 재산을 잃었다. 에벌린은 7만 달러(오늘날 가치로 약 180만 달러)를 딴 후 역사상 가장 유명한 보석 중 하나인 호프 다이아몬드를 구입했는데, 그 가격은 도박으로 벌어들인 금액의 두 배가 넘었다.

제발트는 이 일화를 코즈모가 도빌에서 판돈을 싹쓸이하고, 딴 돈을 암브로스가 밤새도록 기선 트렁크에 실은 이야기로 담아냈다. 윌리엄도 이 일화를 자주 언급했으나, 다만 그가 들려준 이야기 속 승자는 네드가 아닌 에벌린이었다. (사실상 이는 도빌이 아닌 비시에서 일어난 일이었다. 또한 제발트는 암브로스와 코즈모를 에비앙으로 보내기도 한다. 혹시 이건 광천수를 이용한 농담이었을까?) 어쨌든 네드 매클레인의 개인사를 살펴봤을 때, 도빌에서 펼쳐진 암브로스와 코즈모의 이야기를 설명할 근거는 실재했다. 그렇다면 암브로스와 코즈모가 떠난 예루살렘 여행을 뒷받침할 근거도 있었을까?

패니는 이에 대해 확신하지 못했고, 제발트는 마음만 먹으면

우리를 놀려먹을 수 있었다. 그는 "여러 언어"로 작성된 윌리엄의
여행기를 가지고 있다고 주장했지만[34] 그의 '아델바르트'
파일에는 그런 것이 존재하지 않는다. 아랍 예복 차림을 한
암브로스의 사진이 예루살렘에서 촬영된 것도 분명하나[35] 이는
윌리엄이 마인하트 부부와 여행 중에 찍은 사진일 수도 있다.
여기서 어쩌면 에벌린의 기록이 도움이 될 수도 있다. 신혼 여행
중에 방문한 예루살렘에서 본인과 네드를 위한 아랍 의상을
샀다고 썼기 때문이다. 매클레인 부부가 하인들에게 자신들의
옷차림과 어울리는 의상을 입히는 것은 무척 자연스러운
일이었을 테고, 『이민자들』에 실린 암브로스의 사진을 보면
네드와 외양이 매우 흡사해 보인다.

예루살렘에서 매클레인 부부, 1908년.

그렇다 하더라도 소설과 현실 사이에는 커다란 차이가
존재하니, 이는 비시에서든 예루살렘에서든 윌리엄이 네드

매클레인과 단둘이 있었거나 그의 연인이었을 가능성은 없다는
점이다. 윌리엄이 제멋대로 구는 젊은 고용주에게 느낀 사적인
감정과 관련해 제발트가 (패니보다는 요제프를 통해) 어떤 힌트를
얻었는지는 알 방법이 없다. 그럼에도 불구하고 [이 이야기를
통해] 어지간히 확신할 수 있는 사실이 하나 있다. 암브로스와
코즈모의 위대한 사랑은 제발트의 창작이었다는 것이다. 가여운
윌리엄은 아마 자신의 동성애적 욕망을 한 번도 실현하지 못했을
것이며, 거의 확신하건대 네드 매클레인과 그랬을 리는 더더욱
없었으리라.

당연한 일이지만 네드는 술을 끊겠다는 약속을 재산 상속
전까지만 유지했다. 1916년 부친이 사망하자 네드는 『워싱턴
포스트』 소유주가 되었다.[36] 윌리엄의 고용 계약도 그즈음에
종결되었다. 윌리엄을 고용한 존 매클레인이 사망한 후, 패니의
말에 따르면 네드는 요양소로 들어갔다. 여기엔 여러 이유가
있었겠지만 완전한 단주를 위한 노력이었을 가능성이 높다.
그렇게 네드가 몇 주 혹은 몇 달간 집을 비우게 되자 하인
윌리엄이 할 일도 사라지고 말았다.

패니는 윌리엄이 매클레인 가문을 떠난 후에도 그들 중 한
사람과 계속 연락을 주고받았다고 썼다. 그러니 윌리엄은 네드가
겪은 지속적인 쇠락에 대해 알고 있었을 것이다.[37] 그 시기에
네드는 대부분의 시간을 술에 취한 상태로 보냈고 술에 취해
있을 때면 모두와, 특히 에벌린과 언쟁을 벌였다. 윌리엄이 머문
시기에도 두 사람은 지독하게 다투고 있었고, 1915년 에벌린은

네드를 떠날 생각까지 했다. 그리고 1928년에는 결국 떠나버렸다. 네드는 그길로 자신의 워싱턴 대저택에 다른 여자를 들였다. (이것이 내가 말한 그의 섹슈얼리티를 보여주는 증거다. 아내를 들였다는 것도 그렇지만, 불륜을 저질렀다는 건 다른 문제이니 말이다.) 1929년 네드는 또다시 알코올 치료시설에 갇혔다. 1931년 10월 에벌린은 이혼 소송을 제기했다. 당시 네드는 『워싱턴 포스트』가 강제 매각에 들어가야 했을 정도로 막대한 빚을 지고 있었다. 결국 네드는 종잡을 수 없는 행동을 하기 시작했고, 에벌린은 그에게 사업을 관리할 능력이 없다고 주장하면서 네드가 심신상실 상태임을 호소하는 청원을 제기했다. 1933년 10월 31일 『뉴욕 타임스』는 정신과 의사들이 청원 내용에 동의했다고 보도했다. 네드는 "정신이 온전하지 않고, 의식이 명료한 때가 없는 심신상실자"라는 판정을 받고는 메릴랜드에 위치한 병원에, 생애 마지막 요양소에 감금되었다. 그곳에서 그는 "정신적 유배 상태"로 8년을 더 살았고, 에벌린은 그가 "자기 자신과도 단절된 상태"라고 썼다. 네드는 간이나 뇌보다 심장이 망가졌으나, 분명 간과 뇌도 똑같이 손쓸 수 없는 상태였을 것이다. 1941년 7월 네드는 쉰다섯에 심장마비로 사망했다.

　제발트가 네드 매클레인을 조사했다면 이 모든 사실을 알았을 것이고, 실제로 그랬을 가능성이 높다. 특히 그는 네드가 결국 미치광이가 되어 보호시설에 입소했다는 사실을 알게 되었을 것이다. 현실에서 네드의 광기는 알코올의존으로 인한 퇴행의 극단적인 사례였다. 이것이 바로 제발트가 코즈모

솔로몬의 형이상학적인 광기를 만들어낸 평범한 현실의
진실이었고, 또 그가 윌리엄의 마지막 우울증에서 암브로스의
죽음에의 욕망을 길어 올린 방식이었으며, 그의 종조부가 어느
신사의 시중을 들었던 경험으로부터 암브로스와 코즈모 사이의
위대한 사랑을 길어 올린 방식이었다.

윌리엄은 그 당시에도 이 모든 내막을 속속들이 알고 있었을
것이다. 최악의 사건들—이혼 소송, 알코올 치료시설 감금—은
네드가 처음 정신적 붕괴를 경험한 1930년에서 1933년 사이에
벌어졌다. 어쩌면 윌리엄의 정신적 붕괴는 네드 매클레인이
맞이한 비극적 운명과 관련이 있을 수도 있고, 그렇다고 한다면
어찌 됐건 윌리엄이 네드를 사랑했다고도 볼 수 있을 것이다.

제발트는 글쓰기가 고되다는 불평을 자주 늘어놓았다.[38] 자칫하면
자만이나 자기연민처럼 들릴 수도 있는 얘기지만, 그건 단순한
진실이었다. 그는 모든 작품의 분량이 초고의 약 20퍼센트밖에
안 된다고 말했다.[39] 「암브로스 아델바르트」를 쓸 때에는
독일어로 120쪽쯤 되는 분량을 써내는 데 550쪽에 달하는 초고가
필요했으며, 그 초고를 생산해내기 위해 헤아릴 수 없이 많은
메모와 사진 복사본을 참고해야 했다. 그러니 여덟아홉 시간 동안
내리 글을 쓰고 나타난 막스가 "완전히 혼이 나간 사람처럼"[40]
안색이 창백했던 것은 당연한 일이며, 여가 시간을 온통 글쓰기에
쏟아붓다가 '편집광'에 가까운 상태가 된 그가 스스로에게 "너 진짜
제정신이야?"[41]라고 물었다는 것도 놀랍지 않다.

제발트가 참고한 그 무수한 자료는 요약조차 불가능하다.
한 가지 예를 들자면, 암브로스의 일기는 샤토브리앙이 남긴
자료와 오스트리아 역사가 야코프 필리프 팔머라이어(물론 둘
다 19세기 사람이다)의 기록을 한데 엮어 만들어낸 결과물이다.
샤토브리앙의 자료만 해도 무한한 세부 내용으로 가득하다.
별빛을 조명 삼아 글을 쓸 수 있을 정도로 환한 밤에 암브로스와
코즈모가 월계수 밑에서 휴식을 취한 일화도, 예루살렘을
둘러싼 불모지도, "파편으로 부서진 바위 무더기, 황무지의
여왕"42으로서의 약속의 도시도 전부 샤토브리앙의 자료를
참고해 작성한 내용이다. "수채화가가 가벼운 수전증을 앓은"43
듯 부분 부분이 조금씩 내려 앉아 있는 아라비아 모아브고원의
아름다운 능선에 대한 묘사도 마찬가지다. 그리고 팔머라이어를
출처로 삼은 내용도 이와 거의 동일한 분량이다.44

한 가지 예가 또 있다. 제발트는 암브로스를 죽음에
이르게 한 충격요법을 서술하기 위해 백과사전과 책이라는 두
가지 자료를 참고했다. 그가 보관한 사진 복사본은 놀랍고도
끔찍한 사실을 보여준다. 즉, 그가 단 한 글자도 꾸며내 쓰지
않았다는 것을. 독일의 정신과 의사 브라운뮐, 그리고 더없이
제발트적인 표현처럼 읽히는 브라운뮐의 '차단 혹은 소멸
방법'은 진정제와 근육 이완제가 등장하기 전에 발생한 골절과
탈구, 발작과 마찬가지로 모두 실제로 존재했다. 제발트는
초고에서 암브로스를 팔이 부러지고, 치아도 부러지고, 심장은
멍든 상태로 그렸다가45 금방 삭제했다. 폭력을 어떻게 재현할

것인가는 그에게 늘 도덕적 차원의 문제였고, 그가 내놓은 해법은
침묵이었다.[46]

　　제발트의 자료가 보관된 아카이브를 보면, 그가 작성한
「암브로스 아델바르트」 초고는 두꺼운 파일철 두 개 분량이다.[47]
「암브로스 아델바르트」의 거의 모든 문단을 수차례 다시 썼다고
해도 과언이 아닐 정도다. 제발트는 뉴저지에서 어느 흑인 가족의
차와 나란히 도로를 달리게 되는 장면처럼 잠시 한숨을 돌릴
수 있는 사소한 대목도 중요한 대목만큼이나 공들여 작업했다.
그러나 어느 곳보다 심혈을 기울인 대목은 대부분 핵심적인
장면들이다. 예컨대 그는 "이서카로 간다"라는 암브로스의 작별
인사를 여러 버전으로 집필했는데, 한 버전에서 암브로스는
자신의 반려견 토비를 데려간다고 덧붙이고 다른 버전에서는
피니에게 토비를 돌봐달라고 부탁한다. (제발트가 평생 자신의
반려견에게 헌신적이었고 윌리엄도 그의 반려견에게 헌신적이었다는
사실을 감안하면, 감동적인 구석이 있는 시도였다. 암브로스의 거실
사진, 즉 윌리엄의 거실 사진을 보면 서랍장 밑에 물건이 놓여 있는데 딱
봐도 자기로 만들어진 우아한 개 밥그릇이다.)

　　모든 작가가 그러듯, 대체로 변화는 한두 단어를 바꾸는
미미한 수준에서 이루어진다. 그러나 제발트만은 (내가 아는
한) 매번 **처음으로 돌아가** 다시 쓴다. 맨 마지막 부분을 고치고
싶더라도 문장 첫 단어부터, 혹은 첫 문장부터 아예 다시 쓰는
것이다. 당연히 이는 수기로 썼고, 나중에는 타자기로 다시 쓰였다.
컴퓨터를 사용한 적은 단 한 번도 없었다. 제발트가 쓴 표현을 빌려

말하자면, 결과적으로 그의 초고에서는 편집광의 강박이 느껴진다.

이와 관련한 예를 한 가지만 들어보겠다. 그가 나와의 대화에서 인정했듯, 우리가 책에서 볼 수 있는 암브로스의 일기장 일부는 제발트 자신이 쓴 것이다.[48] 그는 독자를 속이기 위해 게르트루트가 프라이부르크 벼룩시장에서 발견한 1927년의 오래된 이탈리아 일기장을 사용했다. (물론 우리도 소설에서 이 일기장을 볼 수 있다.) 그런데 완벽해 보이는 그 일기장에는 어설픈 흔적이 하나 남아 있다. 암브로스와 코즈모가 예루살렘으로 여행을 떠난 해인 1913년과, 이 일기장이 실제로 쓰인 해인 1927년은 달력상 날짜와 요일의 배열이 서로 달랐던 것이다. 제발트는 『현기증. 감정들』에서처럼 「암브로스 아델바르트」에서도 11월 2일과 3일이 위령의 날이었다고 쓸 심산이었는데, 1927년에는 위령의 날이 수요일과 목요일이었던 반면 1913년에는 일요일과 월요일이었다. 그래서 그는 대여섯 달 분량의 일기장 페이지에서 '일요일'과 '월요일'을 잘라내 '수요일'과 '목요일' 위에 붙이려 했다. 그런데 아무래도 만족스럽지 않았던지, 나중에는 10월 2일 일요일과 10월 3일 월요일을 잘라내 수요일과 목요일 위에 붙이는 더 나은 해결책을 찾아냈다. 이렇게 날짜를 오려 붙인 후에는 잘린 데가 최대한 매끄럽게 보일 수 있도록 수정액을 칠한 다음 결과물을 여러 차례 복사했다. (두 번째 일기장 사진을 보면 알 수 있듯, 제발트는 그렇게 해도 결과물이 여전히 감쪽같지 않자 경계 부위를 가리기 위해 그 위에 줄을 그어놓기도 했다.)

이 작업에 얼마나 많은 시간을 들여 성가신 수작업을
했는지는 누구나 짐작할 수 있을 터이나, 대체 누가 1913년 11월
2일과 3일이 무슨 요일이었는지를 확인하려 들겠는가? 이는
제발트의 광적인 완벽주의를 보여주는 한 가지 사례다.

내 생각에 「암브로스 아델바르트」가 우리에게 남기는 질문은 두
가지다.

첫 번째는 핵심적인 질문, 즉 암브로스와 코즈모가 연인
사이가 **맞는가** 하는 것이다. 출간된 소설에는 암브로스가
"모두가 알 수 있었듯 다른 부류에 속한 사람"[49]이었다는
카지미르의 말이나 두 사람이 마지막에 침대를 함께 쓰는
장면 등 몇 가지 힌트만 있을 뿐이다. 그런데 제발트의 초고
중 하나에는 코즈모가 암브로스의 손을 힘주어 잡는 장면도
있다. 다른 몇몇 초고에서는 고향이 보이는 환영 속에서 혼란에
휩싸인 암브로스가 코즈모의 손을 붙잡기도 한다. 또한 출간된
이야기에서는 두 사람이 올리브산 벽에 기대어 있을 뿐이지만,
초고에서는 머리를 맞대고 누워 있거나 코즈모가 암브로스의
가슴이나 어깨에 고개를 기대고 있다. 다시 말해, 제발트는 두
사람이 어떤 관계인지를 꽤 명확하게 기술하면서 이야기를
전개해나갔다. 그러나 내용을 조금씩 잘라내며 다듬었고, 그러고
나니 나중에는—대체로—암시만 남았던 것이다.

두 번째 질문은 에이브럼스키 박사와 연관되어 있다.
에이브럼스키 박사는 분명 허구의 인물이다. 어떤 의사도 자신이

치료한 환자에 대해 발설할 수 없으며, 따라서 그가 암브로스가 겪은 고문에 대해 화자에게 말해주는 내용은 전부 제발트가 참고한 책을 바탕으로 한다. 한편 에이브럼스키 박사는 상징적인 인물이기도 하다. 사도들의 머리 위로 솟는 불길이 연상되는 새빨간 머리칼을 가진 그는 사마리아의 죄를 대신 짊어진 성인이자 순교자다. 그런데 여기에도 문제가 하나 있다. 그가 깊이 뉘우치며 속죄하고 있는 그 공포, 곧 그가 짊어진 죄는 독일적인 것이다. 다른 독일식 말살 방식들을 연상시키는 그 파괴의 방식 말이다. 그런데 에이브럼스키라는 이름은 유대계 이름이며, 그가 성장한 레오폴트슈타트는 빈의 유대인 지구다. 또한 에이브럼스키의 요양원 이름인 사마리아 역시 유대식 명칭으로, 고대 이스라엘 왕국은 유다와 사마리아로 이루어져 있었다. 제발트는 분명 이 모든 것을 알고 있었다. 그럼에도 그런 명칭을 택한 것이다.

　제발트의 유대인 인물들의 모델이 자주 비유대인이라는 사실만 해도 참으로 기묘하다. 하지만 그것은 겉으로 드러나지 않는 기묘함이다. 반면 에이브럼스키의 사례는 모든 독자의 눈에 훤히 보이는 기묘함이다. 어째서 독일의 죄를 짊어진 인물인 에이브럼스키가 유대인이어야 했을까? 「암브로스 아델바르트」에서 에이브럼스키 박사가 등장하는 대목은 작품의 모든 장면을 통틀어 가장 아름다운 대목이면서 동시에 가장 심란한 대목이다.

3부

제베

6장

1952-1956

1952년 12월 슈페히트가 발행한 한 장 짜리 신문[1]에 중대한 소식이 실렸다. 은퇴한 경찰관 요제프 에겔호퍼와 그의 가족이 베르타흐를 떠난다는 소식이었다. 슈페히트는 내막을 알고 있었다. 슈페히트의 보도에 따르면 경찰관의 사위 게오르크 제발트 군은 그때까지 다년간 존트호펜 경찰서에서 일하며 "특히 겨울에 가족과의 관계를 유지하는 데 갖가지 어려움을 겪었다". 그러나 이제 그가 존트호펜에 집을 마련한 덕에 가족이 다 같이 존트호펜으로 건너가 살게 된 것이었다.

슈페히트는 게오르크가 겪은 어려움을 과장하지 않았다. 베르타흐는 20킬로미터 길이의 산길 끄트머리에 위치한 존트호펜에서도 약 200미터를 더 올라가야 하는 마을이었다. 게오르크에게는 자동차가 없었고, 베르타흐와 존트호펜을 오가는 버스도 없었다. 그가 가진 것이라고는 자전거 한 대뿐이었는데, 그것도 오늘날 알고이 사람들이 타고 다니는 전기모터가 달린

현대식 자전거가 아니라 육중하고 해묵은 자전거였다. 아침에는
페달을 밟지 않아도 내리막길을 따라 죽 내려갈 수 있었기에
문제 될 것이 없었지만, 저녁이면 페달을 밟아 오르막길을 올라야
했으므로 지금 우리로서는 상상하기 어려울 정도로 몸이 고달플
수밖에 없었다. 인생은 고된 것이라는 생각을 품고 있었던 데다
이미 6년간 전쟁을 치러본 경험도 있는 게오르크에게조차 그건
감내하기 어려운 일이었다. 그가 매일 자전거를 탄 기간은 그리
오래지 않았다. 존트호펜에 방 하나를 임대한 후, 그는 아들이
50년 후 인터뷰에서 밝혔듯, 주중에는 존트호펜에 머물고
주말에만 가족들이 있는 집으로 향했다. 월요일 아침이면 로자는
「막스 페르버」에 나오는 레오 란츠베르크의 어머니처럼 매일
저녁 먹을 양식을 담은 유리병 다섯 개를 게오르크의 배낭에
채워 넣었고, 게오르크는 묵직한 배낭을 메고 자전거에 올라
내리막길을 따라 존트호펜으로 돌아갔다. 그리고 토요일 오후면
다행히 깨끗하게 비워진 유리병을 챙겨 힘겹게 페달을 밟으며
다시 베르타흐로 향했다.

경찰서에서 민간인 자격으로 근무하던 게오르크는
공무원이었기 때문에 공공 주택을 제공받을 자격이 있었다.
그리고 공공 주택 지구가 새로 들어서자마자 게오르크는 한
세대를 임대했다. 1952년 12월 16일 게오르크와 로자 그리고
요제프는 모든 짐을 알펜포겔에서 빌린 밴[2]에 싣고 평생에
걸쳐 관계를 맺어온 친구들에게 보내는 작별 인사를 신문에
단신으로 실었다. "우리 존트호펜으로 이사 가요!" 제발트 일가의

베르타흐에서의 삶은 이렇게 종지부를 찍었다.

「헨리 셀윈 박사」에서 수레에 몸을 실은 일곱 살 헤르슈 세베린은
말의 엉덩이가 오르락내리락하는 움직임과 새하얀 기러기들이
갈색 대지에서 목을 길게 내뻗는 모습을 바라보며 리투아니아에
자리한 마을을 떠난다. 빈프리트는 알펜포겔 밴의 차창 밖으로
시선을 던져 서리가 내려앉은 흰 나무들이 아침 안개 속에서
어슴푸레 모습을 드러냈다 스쳐 지나가는 광경을 지켜보았다.[3]
길어야 한 시간 정도 걸리는 여정이었지만, 빈프리트는 마치
지구를 반 바퀴 도는 듯한 기분이었다고 썼다(헤르슈 셀윈도
실제로 그렇게 느꼈을 것이다).

그런데 그렇게 도착한 곳이 존트호펜이라니! 「막스
페르버」에서 열여섯 살 루이자 란츠베르크는 새로운 세상이
펼쳐지리라고 상상한 장소, 유년기를 보낸 곳보다 더
아름다우리라고 상상한 장소인 바트키싱겐으로 이사를 가게 되자
한껏 들뜬다. 빈프리트 역시 파란색 표지판에 존트호펜이라는
도시명이 적힌 널찍한 포장도로를 부드럽게 내달리며 둥근
시계가 달린 오래된 역사를 지날 때 황홀감에 젖어 있었다.
'대애애애도시다 Grossstadt!'[4]—라고 빈프리트는 생각했다.

이 감탄사를 쓸 때 제발트는 스스로를 가소로워하고
있었다. 존트호펜은 오늘날에도 대도시와는 거리가 멀어도
한참 멀거니와, 1952년에는 장이 서는 작은 마을에 불과했다.
제발트가 11년 넘게 거주하는 동안 존트호펜은 서서히 규모를

키워 1963년에는 도시로 공식 승격했다.[5] 그러나 제발트는
1963년에 존트호펜을 떠났기에, 그가 성장하던 시절 존트호펜은
시市라는 명칭으로 불린 적도 없었다. 성인이 된 제발트는 그
사실에 개의치 않았다. 도시에 살고 싶었던 적도 없었거니와
생애 몇 년을 제외하면 도시에 산 적도 없었으니까. 그러나 10대
시절에는 각종 문화시설과 멀리 떨어진 작은 지방 마을에서
성장하고 있다는 사실에 초조해하기도 했다. 나이를 먹으면서는
마음속 모든 생각에 어둠이 드리우면서 동네를 바라보는
시선도 어두워졌다. 그는 이를 글에서 숨기지 않았다. 오히려
그 반대였다. 그래도 실용적인 노선을 취한 베르타흐는 작가의
죄를 용서하고 그를 관광 자원으로 활용했다. 그러나 존트호펜은
알고이와 같은 길을, 원한을 잊지 않는 길을 걸었다. 오늘날에도
존트호펜에는 그곳의 유명 인사이자 아들[6]을 기리는 기념비
따위의 상징물이 하나도 없으며, 가장 최근인 2013년에 발행된
지역 소식지조차 제발트를 언급하지 않는다.

존트호펜은 산과 호수와 숲이 빚어낸 눈부시게 아름다운
풍경의 한가운데에 자리해 있고, 빈프리트와 그의 친구들은
그곳에서 더할 나위 없이 자유로운 삶을 누렸다. 그러나 존트호펜
자체는 군인과 막사가 빼곡히 주둔해 있던 군사 요충지였다.
1930년대에는 가장 중요한 기사단성 오르덴스부르크가
지어졌다.[7] 히틀러의 명령에 따라 지어진 이 성은 전쟁
기간에는 나치 친위대 소속 청년들을 위한 엘리트 훈련 학교로
쓰였고, 그의 이름을 따서 아돌프 히틀러 학교라고 불렸다.

그 후에는 몇 년간 텅 비워진 채로 방치되었다. 그러나 결국 새로운 연방방위군이 설립되면서 1956년에는 다시 독일군이 성을 차지했다. 빈프리트는 10대 중반부터 조국의 근현대사를 배우면서 군대와 관련된 모든 것에 혐오감을 느끼기 시작했다. 그 모든 것이란 집 안에서는 아버지를, 집 밖에서는 나치의 사악한 야망을 상기시키는 영구한 상징물처럼 존트호펜을 에워싸고 있던 잿빛의 거대한 구조물 오르덴스부르크를 의미했다. 『아우스터리츠』에서 제발트는 거대한 건물이 내뿜는 소름 끼치는 권력에의 의지에 대해 썼다. 그가 그렇게 인지한 첫 건물이 바로 오르덴스부르크였다.

오르덴스부르크.

오늘날에도 오르덴스부르크의 과거는 바위 아래 도사린 악령처럼 존트호펜에 살아 숨 쉰다. 존트호펜을 방문했을 때

한번은 막스의 친구 위르겐이 아내 크리스틴이 노점을 차린
벼룩시장으로 나를 데려갔다. 청록색 실크 스카프가 내 시선을
사로잡았고, 나는 크리스틴에게 한번 살펴봐도 되겠냐고 물었다.
크리스틴은 옷걸이를 내린 다음 스카프를 풀어서 내게 건넸다.
그런데 갑자기 모두의 눈에 아름다웠던 청록색 스카프는
온데간데없이 휑한 옷걸이만 보였다. 색이 바랜 원목 옷걸이에는
변색되지 않은 검은색으로 **아돌프 히틀러 학교**라는 글자가
깊이 각인되어 있었다. 영원과도 같은 찰나에, 우리는 충격에
휩싸인 침묵 속에 가만히 서 있었다. 그러자 크리스틴이 내 손에
스카프를 쥐여주며 옷걸이를 내밀었다. "이것도 가져가셔야 할 것
같네요." 크리스틴이 말했다. "과거가 지금 우리 곁에 어떻게 남아
있는지 기억할 수 있게 말이에요."†

알펜포겔 밴이 정차한 거리는 암알텐반호프Am Alten Bahnhof(구 역사)
도로라고 불렸는데, 불과 얼마 전까지만 해도 이 도로는 1948년
이래로 폐쇄된 옛 기차역까지 뻗어 있었다.[8] 집은 3a번지에
위치해 있었다. 암알텐반호프 3a번지, 그것이 향후 11년간
제발트가 살게 되는 집의 주소였다. 오늘날 그곳엔 공공 주택이
늘어선 블록이 데칼코마니처럼 길거리 양옆으로 길게 펼쳐져
있다. 1952년 게오르크 부부와 요제프가 이사한 날, 3a번지는
제발트 가족이 이사 온 동네의 새로운 두 블록 중 두 번째 블록에
위치해 있었다. 그 너머에는 텅 빈 공터가, 그 반대편에는 1964년
로자와 게오르크 부부가 이사 갈 집과 빈프리트가 뛰어놀 초원이

있었다.

그로부터 60년 이상이 흐른 시점에 위르겐은 나를
암알텐반호프 3a번지로 데려갔다. 그는 입구에서 좌측에
위치한 1층 집을 가리켰다. 저기 창문이 있는 집에 제발트
가족이 살았어요, 하고 위르겐은 말했다. 나는 현관 옆에 설치된
초인종들을 살펴보았다. 이제 초인종 옆에 적힌 입주민 이름은
대부분 튀르키예나 폴란드계였다.

건물은 여느 독일 집들이 그렇듯 단정하고 잘 관리되어
있었지만, 나는 남모르게 충격을 받고 말았다. 10대가 끝날
무렵까지 제발트가 성장했다는 이 집은 어린 시절 내가 살았던
첫 번째 집보다 더 현대적이었다. 나는 제발트가 살았던 노픽의
아름다운 집을, 각종 세간살이가 집주인보다 더 오래 대대손손
살아남을 수 있는 훨씬 더 웅대한 집을 향한 그의 사랑을

떠올렸다. 그리고 그때 처음으로 열아홉 살 이후 빈프리트가
탈출하고자 했던 것이 독일이었을 뿐 아니라 가난이기도 했다는
생각이 스쳤다. 단, 진짜 가난은 아니었다. 제발트는 농장에서
자란 일부 학우들과 달리 결코 배를 곯거나 맨발로 다닌 적이
없었다. 그건 체면은 차릴 수 있으나 형편이 넉넉하지 않은 하층
중산계급의, 부모의 가난이었다.

  존트호펜 생활 초기에는 이래저래 허리띠를 졸라매야 했다.
게오르크의 직업[9]은 사무직이었지만, 경찰서 차량을 깨끗하게
관리하고 제대로 수리해놓는 등 단순 노동도 해야 했다.
특히 정규직으로 계약한 적이 없어 보인다는 점을 감안하면
수입이 많지도 않았을 것이다. 그 시절 게오르크는 군대가
개편되기를 기다리고 있었을 가능성이 꽤 높은데, 그랬다면
그동안 가족들은 희망을 먹고 살아야 했을 것이다. 이 궁핍한
시절은 상황을 이해할 수 있을 정도로 성장한 두 아이에게 잊을
수 없는 기억으로 남았다. 일례로, 어느 날 한 여자가 느닷없이
로자를 방문한 일이 있었다. 알고이의 가정주부가 손님에게
커피와 케이크를 대접하지 않는다는 건 상상도 할 수 없는
일이었으나, 그때 로자의 집에는 케이크가 없었다. 그래서 로자는
게르트루트와 빈프리트에게 트레셀의 빵집에 가서 케이크를
사 오라고 심부름을 보냈다. 그때까지는 모든 것이 괜찮았다.
두 아이는 케이크를 사서 집으로 달려갔다. 하지만 그 후 재앙이
벌어졌다. 어쩌다 보니 어머니가 준 지갑을 집으로 돌아오는 길에
잃어버린 것이다. 두 아이는 지갑을 찾아 헤맸지만 헛수고였고,

결국 집에 가서 이실직고해야 했다. 한바탕 소동이 뒤따랐지만, 아이들이 두려워한 만큼의 벌은 없었다. 자그마한 녹색 지갑 속 약간의 돈을 잃은 로자의 슬픔만 있었을 뿐.

1952년 12월 로자는 몇 년만 더 지나면 삶이 나아지리라는 사실을 알지 못했다. 새집이 예전 집보다 더 낫기는 했지만 로자는 그토록 사랑하던 베르타흐를 잃은 상태였다. 로자는 존트호펜으로의 이사를 강력히 추진했지만, 막상 이사를 하고 나서는 몇 주간 내리 눈물을 흘렸다.

존트호펜에서의 생활을 시작했을 때 빈프리트의 나이는 여덟 살 반 정도였다. 존트호펜에서 1년을 보낸 후, 게르트루트가 이멘슈타트에서의 기숙사 생활을 접고 집에서 생활하기 시작하자 그는 누나를 돌려받은 느낌을 받았다. 여동생은 아직 아이였고 자기에게 아무 문제도 일으키지 않았으며, 사랑하는 할아버지는 자기 곁에, 바로 옆방에 있었다. 이 모든 상황은 분명 그의 마음속에 대도시에서 시작하는 새로운 삶에 대한 흥분을 심어주었을 것이다. 하지만 여기엔 한 가지 복병이 있었다. 아버지가 다시 집에 들어와 살기 시작한 것이다. 이제는 주말만이 아니라 매일 아침저녁으로 아버지를 봐야 했다. 그렇게 두 사람 사이에는 다툼이 늘어갔다.

전과 마찬가지로 최악의 상황은 빈프리트의 이발을 두고 벌어졌다. 게오르크는 격주로 빈프리트를 그가 두려워하는 이발사 프렝게르에게 데려갔다. 빈프리트 입장에서 프렝게르보다 더 견디기 힘들었던 것은 그렇게 게오르크와 주기적으로 보내야 하는 시간이었다. 이 시간은 특별한 날에도 지속되었는데, 존트호펜으로 이사한 지 얼마 되지 않은 어느 날 두 사람은 위기에 봉착했다. 빈프리트가 첫 영성체를 하는 날, 가톨릭 가정에서 가장 특별한 날이었다. 그날 아침 게오르크는 유난히 난리를 피우며 빈프리트의 머리에 기름을 바르고 빗질을 해야 한다고 고집을 부렸다. 빈프리트의 인내심이 한계에 달할 정도로. 결국 빈프리트는 게오르크의 인내심도 한계에 달할 때까지 의자에서 온몸을 비틀고 돌리며 한껏 웅크렸다. 이성을 잃은 게오르크는 게르트루트가 한 번도 목격하지 못한 세기로 아들의 뺨을 후려쳤다.[10]

그 직후에 찍힌 사진 속 빈프리트가 여전히 어리벙벙한 표정을 짓고 있고 머리에 칠한 기름이 신성한(혹은 신성하지 않은) 빛을 발하고 있는 것을 보면, 게오르크의 손찌검은 분명 효과가 있었던 것 같다.†

약 50년 후 막스는 그날 일을 마리에게 설명했다. 그러면서 정말 끔찍한 일이었다고 말했다. 그 기억을 덮어준 유일한 축복은 영성체 후 리온 여관에서 할아버지 옆에 앉아 점심 식사를 하면서 빈 슈니첼을 먹고 그때까지 한 번도 본 적이 없던 경이로운 디자인이 돋보이는 접시—즉 여러 칸막이로 나뉜 접시—에 담긴 세 종류의 샐러드를 맛본 일이었다……[11] 그 덕에 막스는 완전히 회복되었다.

이러나저러나 막스는 게오르크와 로자의 자식이었고, 세상

사람들에게 잘 보이는 방법을 알고 있었다. 견진성사를 치르는 사진을 보면 막스는 군인 아버지라면 누구나 바랄 법한 곧고 당당한 자세로 서 있다. 또한 자기 앞에 있는 (막스처럼 머리 손질이 필요해 보이는) 남자아이와 달리 촛대를 단단히, 완벽한 수직이 되게 세워서 쥐고 있다. 막스의 외양에서 유일한 허점은 성사복이 지나치게 크다는 것이다. 아무리 중요한 날일지라도 1~2년은 더 입을 수 있게 할 요량으로 돈을 아끼고 아낀 결과였다.

1950년대 존트호펜의 초등학교[12]는 종교와 성별에 따라 엄격하게 구분되었다. 가톨릭 남학교, 개신교 남학교, 그리고 가톨릭 여학교와 개신교 여학교가 다 따로 존재했다. 이에 따라 빈프리트는 여덟 살 반이 되었을 때 존트호펜에 위치한 가톨릭

남학교에 입학했다. 1919년 입학식은 여전히 400년 된 건물―구 시청사―에서 진행되었다. 이곳은 오늘날 전문 음악 학교로 쓰이고 있으며, 크기도 딱 알맞다. 그러나 전후 베이비부머

시대에 주립 초등학교로 쓰이기엔 대책 없을 정도로 불충분한 규모였다. 학생 수가 가장 많았을 때는 1000명 이상의 남학생을 어떻게든 여덟 개 학급에 나눠 배정해야 했다. 1952년 빈프리트가 속한 학급의 정원은 53명이었다.

1919년 이래로 변하지 않은 것은 건물만이 아니었다.[13] 학생들은 특히 글쓰기 연습 때 여전히 석판을 사용했고 왼손 쓰기를 금지당했다. 남들보다 못사는 집안 아이들 중 상당수는 맨발로 등교했고, 1년 내내 똑같은 셔츠에 무릎까지 오는 똑같은 가죽 바지를 입었으며, 밭에 일손이 필요한 수확 철에는 아예 등교하지 않았다. 그들보다 옷을 잘 차려입고 형편이 좋았던 소수의 중산층 가정 아이들은 대학 진학을 염두에 두고 김나지움 진학을 준비했고, 나머지는 평범한 중학교에 입학하거나 학업을 접어야 했다. 빈프리트의 집안은 경제적 압박에 시달리긴 했지만 누가 봐도 중산층에 속했다. 로자는 빈프리트의 옷을 한 벌 한 벌, 그것도 몹시 아름답게 지어주었고, 친정어머니가 그랬듯 교육을 더 나은 삶을 위한 길로 보았다. 빈프리트는 처음부터 김나지움에 입학할 운명이었다.

1952년, 위르겐 케저가 석판에
무언가를 적고 있다.
위르겐의 어머니도 아들의 재킷을
직접 만들어주었다.

「파울 베라이터」에서 제발트는 존트호펜에서 보낸 첫날
눈이 오기 시작했다고 썼다.[14] 밤새 눈이 내렸고, 이튿날이 되자
눈이 두껍게 쌓여 행복에 도취된 상태로 새 학교에 등교했다고
적었다. 만약 이것이 사실이라면 운이 좋았다고 말할 수 있는데,
전학생이 조금이라도 두려움을 내비치면 쉽게 남자아이들의 공격
대상이 될 수도 있었기 때문이다. 공격 대상이 되지 않은 걸 보면
사실이었을지 모른다. 좀 괴롭히긴 했어요, 하고 위르겐은 말한다.
하지만 그 애를 좋아했기 때문에 심하게는 안 했죠. 한편 성격이
드센 편에 약간의 물리적인 충돌이 벌어져도 즐겼을 헬무트
붕크는 "아버지들이 친구 사이"라는 이유로 거친 행동을 자제했다.
이 또한 운이 따른 결과였다. 빈프리트는 학급에 받아들여졌고
등교 첫날 막바지에는 새로운 친구도 두 명 사귀었다.

사실 그날 빈프리트는 중요한 사람을 네 명 만났다. 바로 후일 친구가 될 세 남학생과 훗날 파울 베라이터가 될 선생님이었다. 헬무트, 그리고 빈프리트가 세 번째로 사귄 남학생 베르너 브라운뮐러는 나중에 다시 언급할 것이다. 지금 여기서, 또 앞으로 계속 중요하게 다룰 두 사람은 위르겐과 선생님이다.

그 시절 위르겐 케저는 내가 그때로부터 60년이 넘게 흘러 만난 사람과 거의 똑같았다. 방탕하고 낙천적이고 개방적이며 키가 크고 마른 남자. 달리 말하자면 위르겐은 친구 빈프리트와 정반대였다. 유년기와 청년기를 통틀어 빈프리트가 위르겐과 나눈 것은 **즐거움**이었다. 둘 다 열 살이 되어 기차를 타고 등교하기 시작했을 때부터 빈프리트는 매일 아침 6시 45분이면 목이 다 쉬어 더 이상 소리를 낼 수 없을 때까지 시끄럽게 **꼬꼬댁 꼬꼬꼬! 꼬끼오!** 하고 소리치며 위르겐을 불러내서 주변 이웃들을 분노케 했다. 둘은 동네 공원에 놓인 벤치를 연못에 밀어 넣는다거나, 말도 안 되게 높은 곳에 나무집을 짓는다거나, 렐러강을 가로지르는 다리를 건널 때 남들처럼 평범하게 낡은 바닥재를 밟는 대신 난간에 올라타서 걷는다거나 하는 등 무모하고 고약한 짓도 일삼았다. 이렇게 그들이 초기에 벌인 것으로 잘 알려진 철없는 장난은 강에 빠진 빈프리트가 온몸이 흠딱 젖은 채로 집에 가서 자초지종을 설명할 엄두가 안 나 위르겐의 아버지가 양봉을 하는 따뜻한 헛간에서 옷을 말려야 했던 날 끝이 났다.[15]

이 일화를 통해 알 수 있듯 위르겐의 부모는 제발트의 부모와

판이했다. 그들은 외동아들을 오냐오냐 키운다고 말할 수 있을 정도로 놀라울 만큼 관대했다. 게다가 위르겐의 집도 검소한 제발트네 집과 딴판이었다. 커다란 마당이 딸린 어수선하고 오래된 그 집엔 탁구를 치고 공을 던지며 놀 공간이 넘쳐났다. 위르겐의 할아버지가 주조 작업을 하고 워낭을 울리는 작업실도 있었는데, 그곳에서 두 소년은 수백 개의 양철 병정을 던지고 무해한 전투를 벌이며 한참을 행복하게 놀았다. 헛간에는 벌이, 마당에는 닭이 있었고, 집 뒤편 모퉁이까지 쭉 뻗어 있는 아름다운 레르헨뮐러 시장 정원, 즉 파울 베라이터가 오후마다 일하는 그곳에서 제발트와 위르겐은 실제로 자주 뛰놀았다. 둘은 온실과 농원을 탐험했고, 슐츠—임시 노동자로 몸집이 거대하고 단순한 면이 있었으며 화분을 양손으로 한 번에 바스라뜨릴 수 있었다—가 일하는 모습을 지켜보았다. 빈프리트는 슐츠에게 매혹되었다. 슐츠는 다년간 빈프리트의 마음을 움직인 많은 외지인 중 첫 번째 인물이었다. 빈프리트에게 위르겐의 집과 정원 그리고 그 뒤로 펼쳐진 푸르른 레르헨뮐러 정원은 집과 같은 공간이 되었다. 꼭 베르타흐의 들판과 자유가 존트호펜 한복판에서 되살아난 것 같았다.[16]

파울 베라이터의 실명은 아르민 뮐러였다.[17] 1952년 12월 빈프리트가 그의 학급으로 전학을 가게 되었을 때 뮐러는 42세였다. 뮐러 또한 키가 크고 비쩍 말랐으며, 유년기부터 시력이 좋지 않아 알이 두꺼운 안경을 착용했다. 1947년부터

학교에서 3, 4학년 남학생을 가르친 그는 은퇴할 때까지 같은
학년 남학생들을 담당했다.

빈프리트는 뮐러에게 강한 애착을 느꼈고, 이후 일평생
뮐러에 관한 기억에도 애착을 느꼈다.[18] 빈프리트에게는
이미 아버지가 있었기 때문에 뮐러가 빈프리트에게 아버지
같은 존재가 될 수는 없었다. 그 대신 뮐러는 빈프리트로부터
많은 사랑과 존경을 받는 큰형 같은 존재였다. 이는 「파울
베라이터」에서 화자가 생각하는 파울 베라이터라는 사람의
의미와도 연결되는데, 돌이켜보면 제발트가 생각한 뮐러도 그런
사람이었을 것 같다. 한 번도 가져본 적 없는 첫째 형 말이다.

뮐러 선생님에 대해 좋은 기억을 가진 학생은 빈프리트만이
아니었다. 세대를 불문하고 많은 남학생이 아르민 뮐러를 좋아했다.
그게 모두가 말하는 바이며, 한때는 정말 그랬던 것 같다.[19] 유일한
예외는 정기적으로 체벌을 받은 학생들이었다. 파울 베라이터가
그랬으리라고는 믿기 어렵지만, 뮐러는 유난히 제멋대로 구는
학생들을 실제로 체벌했다. 그 시절에는, 적어도 남학교에서는 모든
교사가 체벌을 했다. 다만 대부분은 잔인할 정도로, 그중에서도
한두 명은 가학적인 수준으로 체벌을 가했다면 아르민 뮐러는
반드시 알맞은 선에서, 학생이 저지른 잘못에 준해서 체벌을 했다.
그렇다 보니 1952~1954년에 뮐러에게 수학한 남자들은 조금도
비꼬지 않고 애정이 드러나는 말투로 뮐러에 대한 이야기를
들려주었다. 헬무트는 뮐러가 얇은 몽둥이와 두꺼운 몽둥이를
가지고 있었다고, 가벼운 잘못을 저지르면 얇은 몽둥이로 손을

찰싹 때렸고, 심각한 잘못을 저지르면 두꺼운 몽둥이로 엉덩이를 때렸다고 했다. 헬무트는 얇은 몽둥이로도 두꺼운 몽둥이로도 맞아본 적이 있지만 위르겐 케저와 빈프리트 제발트는 한 번도 맞지 않았다고 모두가 입 모아 말했다. 두 사람이 학교 밖에서만 짓궂은 장난을 벌였거나, 어느 노동자계급 출신 남학생이 말했듯 중산층 남학생들은 모든 잘못을 면제받았을 수도 있다. 아르민 뮐러로부터 누구보다 체벌을 많이 받은 학생, 즉 제발트가 소설에서 프리츠 빈스방거라고 칭한 카를 베르히톨트는 두말할 것 없이 노동자계급 출신이었다. 베르히톨트는 뮐러가 아무리 제지하려 해도 통제가 안 되는 학급의 문제아였다. 뮐러는 몽둥이가 다 닳도록 체벌한 후 베르히톨트에게 새로운 몽둥이를 구해 오게 했다. 제발트가 들려준 이야기에 따르면 카를은 그런 상황에도 굴하지 않고 일류 요리사가 되었다.

체벌을 제하고 보아도 파울 베라이터라는 교사는 아르민 뮐러를 충실하게 그린 인물이다. 뮐러는 아이들을 가르치는 교사가 체질인 사람이었고, 소설에서 루시 란다우가 파울에 대해 말하듯 가르치기 위해 태어난 사람이었다. 뮐러는 자신이 담당하는 학생 53명 중에서 학습 속도가 가장 느린 학생도 이해할 수 있도록 모든 것을 몇 번이고 명확하고 정확하게 설명했다. 동시에 **김나지움** 입학시험을 준비하는 학생들에게는 방과 후 과외 수업을 해주면서 학습 속도가 빠른 학생들을 도왔다. 또한 빈프리트와 위르겐처럼 '상류층'에 속하는 학생뿐만 아니라 계층과 무관하게 학습 속도가 빠른 학생들을 알아보기도 했다.

예컨대, 제발트와 위르겐이 입학하기 몇 년 전에는 실제로 프리츠 케테를레라는 학생이 있었는데, 뮐러는 평범한 집안 출신이었던 그가 비범한 학습 능력을 갖고 있음을 즉각 간파했다.[20] 프리츠가 시험을 몇 주 앞두고 병에 걸렸을 때 뮐러는 주기적으로 가정 방문을 해서 시험 준비를 도왔다. 그 덕에 프리츠는 건강이 여전히 좋지 않았음에도 수월하게 시험을 통과했고 김나지움에 입학했다. 내가 그로부터 수십 년이 지난 후 프리츠를 만났을 때 그는 존트호펜시 기록보관소의 수석기록관으로 일하다가 막 은퇴한 상태였다.

뮐러는 매해 연초와 연말에 진행되는 미사에 대놓고 불참했기 때문에 학생들은 그가 굳건한 무종교인이라고 생각했다. 제발트의 기록에 따르면 학생들은 뮐러가 반의반 유대인이며 20년 전 그로 인한 대가를 치러야 했다는 사실을 전혀 몰랐다. 뮐러의 동료 교사들도 뮐러에 대해 아는 것이 거의 없었는데, 그가 자기 자신에 대해 말하는 일이 거의 없기도 했다. 그럼에도 그들은 뮐러가 전시에 포병으로 복무했다는 사실은 알고 있었다. 또한 1945년 군에서 복귀했을 때 아직 교사가 되기 위한 교육 과정을 마치지 않았음에도 전 지역에서 장학사로 뽑혔다는 사실도 알았다. 분명 주변에서 유일하게 오점이 없는 사람이어서 그랬을 것이다. 즉 정권에 충성한 수많은 사람을 해고하는 작업이 열띠게 이루어지던 상황에서 뮐러는 파울 베라이터만큼 예민했고 뼛속 깊이 독일인이었지만 그럼에도 매사에 양심적으로 임했던 것이다. 종전 직후의 시기는 그 이전 시기만큼이나 뮐러에게 많은 대가를 치르게 했다. 죄책감 위에 차곡차곡 분노가 쌓여가는 동안 부모들도 상당한 대가를 치렀을 것이다. 그리고 이에 대해 그들이 보인 반응은 덫에 걸린 동물들처럼 온몸이 마비된 듯 침묵하는 것이었다.[21]

뮐러의 학생들은 이런 일들에 대해 완전히 무지했다. 그러나 전쟁이 치러진 6년 내내 뮐러가 모든 전선에서 복무했다는 사실은 알고 있었다.[22] 다들 그렇게 말하기도 했고, 학생들이 난로에서 퍼져나오는 온기에 정신이 흐려지면 뮐러는 겨울에도 창문을 활짝 열고 다들 책상에서 일어나게 만든 다음 본인이 전쟁에서 배웠다는 군사훈련을 시켰다. 그런데 뭔가 이상한 점이 있었다. 뮐러는 화가 나는 순간에도 침착하고 신중했으나 학생들이 전쟁 놀이를 하기만 하면 돌변했다. 그러다 완전히 이성을 잃었다. 헬무트가 내게 말해준 바에 따르면 뮐러는 미친 사람처럼 격노했다.

1964년 아르민 뮐러와 그의 학급에 속한 남학생들을 찍은 사진 부분.
사진 전체를 보면 남학생 수가 50명으로 1950년대와 비슷한 수준이었다.

파울 베라이터의 전공은 역사와 지리학, 특히 지역의 역사와
지리를 공부하는 향토학Heimatkunde이었다[주24 참조]. 이 모든
점에서 파울은 아르민 뮐러를 꼭 빼닮은 인물이다. 대여섯
살 때부터 지리학에 매료되었던 빈프리트는 뮐러의 학생이
된 시점부터 평생 지도와 지도책에 열정을 품었다.[23] 뮐러의
학생들은 오스트라흐탈과 클라인발제르탈, 존트호펜과 뮐러가
태어난 이멘슈타트 등 인근 지역의 지도를 끝없이 그렸고,
'알고이의 수호산' 그뤼텐에서 시작해 지역의 산들과 알프스산맥
너머에 대한 글을 썼는가 하면, 알고이의 바위와 나무와 동물과
새와 어류를 연구했다. 또한 존트호펜 지역을 구성하는 34개
읍과 군을 알파벳 순서대로 나열했고(베르타흐가 뒤에서 두
번째였다), 제철 과일과 빵을 만들 때 쓰는 곡물을 종류별로
그렸다. 빈프리트가 전학을 오기 직전이었던 1952년 11월에는
교실의 배치도를 그렸는데, 제발트는 이를 「파울 베라이터」에
사용했다.[24]

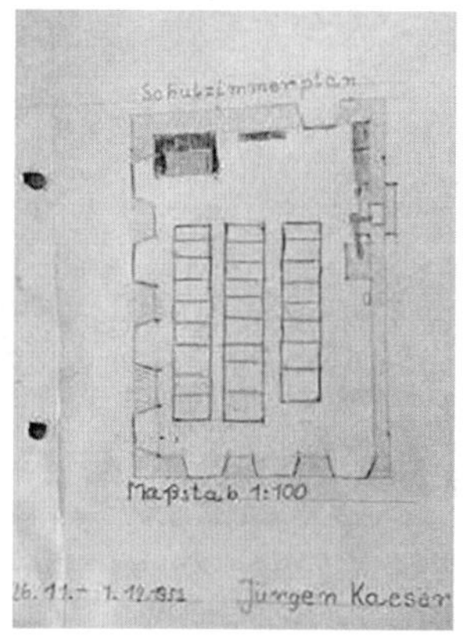

학생들은 이 모든 것을 단지 이론으로만 배운 게 아니었다. 한 동료 교사의 말에 따르면,[25] 아르민 뮐러는 파울 베라이터처럼 학생들이 그린 꽃과 나무를 연구했는가 하면, 날씨가 유독 좋은 날이면 아무것도 하지 않을 요량으로 "자신의 군대를 학교 밖으로 진군"시킨 것으로 유명했다.[26] 제발트가 소설에서 나열한 '파울'이 데려간 열두 개 장소 중에는 플루헨슈타인 성, 슈타르츨라흐클람(몇 년 후 빈프리트가 애정하는 놀이터가 되는 멋들어진 협곡), 전기 작업장, 고리버들 공방, 맥주 양조장, 치즈 공방의 부엌, 제분업자의 탈곡장 등이 있었다. 심지어는 총기 제조업체의 작업장과 오랫동안 방치된 폐광의 무너진 입구도 있었다.

위르겐과 헬무트는 이 모든 기억을 지금껏 간직하고 있었다. 그리고 빈프리트가 할아버지를 따라다녔을 때처럼, 학생들이 자기를 따라 언덕과 골짜기를 오르면 뮐러는 학생들에게 옛이야기를, 예컨대 알고이의 마지막 독수리 사냥꾼이었던 힌터슈타인의 레오 도른에 관한 이야기를 들려주었다. 그가 산이 보일 때마다 손으로 가리키며 이름을 알려주었던 덕분에 학생들은 곧 모든 산을 기억할 수 있게 되었다.[27]

알고이의 역사와 지리 외에도 아르민 뮐러는 두 가지 주제를 애호했다. 하나는 치즈, 그중에서도 특히 에멘탈 치즈였다. 이유는 분명했다. 부친 마그누스가 존트호펜에서 유명한 치즈 가게를 소유하여 마을에서 에멘탈 치즈를 판매할 권한을 갖고 있었던 것이다. 학생들의 어머니는 셔츠 소매를 짧게 걸어

올리고 손님들이 구매한 제품을 커다란 장부에 적으면서 50년
넘게 가게를 운영해온 마그누스 뮐러를 다 알고 있었다. 뮐러는
학생들에게 치즈 제작 과정의 전 단계를 가르쳤고, 그러면
학생들은 들은 내용을 연습장에 충실히 받아 적었다.

　1987년 「파울 베라이터」 집필에 착수한 제발트는 위르겐에게
학창 시절 쓰던 향토학 노트를 아직 갖고 있느냐고 물었다.
세월이 흐르는 동안 자기 노트를 잃어버렸기 때문이다. 아르민
뮐러 선생님이 특히 좋아한 치즈가 있었나? 막스가 물었다.
아니면 치즈 말고 특별히 관심 가지셨던 분야는? 철도? 뭐든
자료가 있으면 좀 보내줄 수 있겠어?[28]

　위르겐은 그럴 수 있었다. 그의 향토학 노트는 치즈에 관한
내용뿐 아니라 철도에 관한 에세이와 그림으로 가득 차 있었다.
막스는 특히 뮐러와 공부한 첫해인 1학년 때 그린 신호들을
기억하고 있었는데, 위르겐은 그 자료는 바로 찾아내지 못했다.
대신 1953년부터 1954년까지 쓴 2학년 때 노트는 찾아냈다. 그
노트에도 1학년 때 쓴 노트 못지않게 많은 철도 그림이 그려져
있었다. 위르겐은 이 노트를 포장해 친구 막스에게 보냈다.
거기 실려 있던 존트호펜 신역사의 평면도를 제발트는 「파울
베라이터」 마지막 부분에 삽입했고,[29] 지역 전체의 네트워크를
보여주는 대축척지도와 존트호펜 주변의 길을 상세히 그린
그림 등 다른 몇 가지 철도 그림도 실었다. 헬무트도 위르겐처럼
노트를 작성했고, 그로부터 3년 후 그의 남동생 게르하르트도
똑같은 활동을 했다. 그들이 세심하게 그린 그림들은 지금 보면

아름답기까지 하다. 뮐러의 학생들은 이유는 정확히 몰라도 이 주제가 뮐러에게 중요하다는 사실만은 똑똑히 인지하고 있었다. 그리고 후에 작가가 된 한 학생은 그 사실을 기억했다.[30]

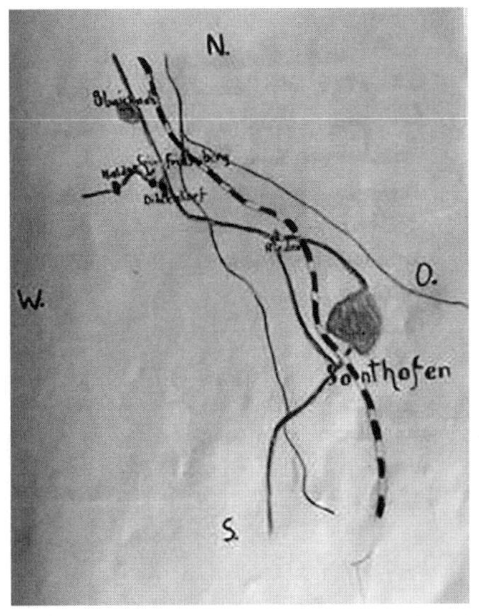

1953년 혹은 1954년 위르겐 케저의 노트 필기 부분.

1954년 가을, 베아테가 세 살이 되어 유치원에 다니기 시작했다.[31] 베아테는 활발하고 사회성 좋은 아이였지만, 끝없는 미술과 공예 활동은 눈물을 터뜨릴 만큼 지루해했다. 그래서 베아테는 툭하면 친구들 집으로 달아났다. 그러면 로자나 빈프리트가 베아테를 찾아서 집으로 데려왔다. 또한 베아테가 집 밖에서 놀다가도 도망가는 일이 잦았기 때문에 빈프리트는 밖에서 노는 베아테를 주시하라는 지시를 받았다. 제발트는 베아테가 유치원을 지루해한 것보다 더, 이런 식으로 동생을 돌보는 일을 지루해했고, 그 속내를 숨기지 않았다. 베아테는 어릴 적 자신이 화장실 창틀에 각설탕 하나를 꺼내놓았던 적이 있다고 말한다. 그러자 이웃이 "베아테, 뭐 하니?"라고 물었고, 베아테는 황새를 꼬여서 남동생이나 여동생을 물어다달라고 할 생각이라고 진지하게 설명했다. 당시 열두 살이었던 빈프리트는 아래층 현관에서 신발을 닦고 있었다. 그는 험악한 표정으로 베아테를 올려다보며 "그런 일이 벌어지면 난 자살할 거야"라고 말했다.

1954년 가을에는 빈프리트에게도 변화가 찾아왔다.[32] 초등학교를 1~2년 더 다니거나 김나지움 시험을 치르고 오버스트도르프에서 새로운 생활을 시작할 수 있는 단계로 접어든 것이다. 평소에도 살뜰히 학생들—특히 빈프리트 제발트처럼 영리한 아이들—을 챙기던 아르민 뮐러는 빈프리트의 부모에게 아이를 반드시 김나지움에 입학시켜야 한다고 당부했다. 뮐러가 걱정할 것은 없었다. 이미 그럴 생각이었기 때문이다. 빈프리트의 친구네 부모들, 즉 케저와 붕크의 부모들도 같은 생각이었고, 그렇게 세 아이는 열 살에 오버스트도르프 입학 시험을 치렀다. 빈프리트는 어찌나 긴장을 했던지 '좋은'의 비교급을 '좋은, 조오은, 조오오은'이라고 적어 냈다. 그럼에도 빈프리트뿐 아니라 다른 아이들까지 모두 수월하게 시험에 통과했고, 함께 김나지움 생활을 시작할 준비를 마쳤다.

그러나 그때 케저와 제발트의 부모는 또 다른 고민을 나누고 있었다.[33] 오버스트도르프의 학급은 초등학교 학급만큼 규모가

크니 아이들을 학급 규모가 훨씬 작은 이멘슈타트의 수녀원 부속
학교인 마리아슈테른 레알슐레로 진학시키는 것이 어떻겠냐는
대화를 나눈 것이다. 게르트루트는 이미 마리아슈테른에 재학
중이었고, 케저 부인도 그 학교 출신이었다. 그리고 로자가
보기에 마리아슈테른은 좋은 가톨릭 학교 같았다. 남학생들은
최대 3년까지 재학할 수 있었으나 3년 후에는 오버스트도르프로
전학을 가면 되는 일이었다. 그래서 그렇게 결정되었다. 헬무트는
바로 오버스트도르프로 진학했지만, 빈프리트와 위르겐은
마리아슈테른에 입학했다. 사립학교였고, 두 가족 모두 형편이
좋지는 않았다. 하지만 아이들의 교육을 위해서라면 무슨 수를
써서라도 감당할 작정이었다. 그리하여 빈프리트가 **꼬끼오!**라고
외치며 블루멘슈트라세 이웃들을 미치게 만든 시절이 시작되었다.

빈프리트와 위르겐이 속한 학급은 확실히 규모가 작았다.
초등학교 학급 인원이 50명 이상이었던 데 반해 새 학급의 정원은
고작 20명 정도였다. 그러나 그 점을 제외하면 마리아슈테른은
그리 만족스러운 선택지가 아니었다. 막스는 스물두 살 때
쓴 소설에서 그 학교를 전형적으로 끔찍한 기숙형 남학교로,
늘 얼어붙을 듯 춥고 시스템은 가혹한 곳으로 그렸다.[34]
실제로 막스는 기숙사 생활을 하지 않았고, 마리아슈테른은
소설에서처럼 수도승들이 운영하는 남학교가 아니라 수녀들이
운영하는 여학교였다. 그러나 (막스가 평소처럼 추가한 허구만
제외하면) 꽤 정확한 묘사이긴 했다. 마리아슈테른에서 6년을
보낸 게르트루트는 좋은 친구들을 사귀었기 때문에 불만을

갖지는 않았지만 "수녀들이 싫었어요"라고 말한다. 그리고
빈프리트가 나중에 사귄 친구 두 명도 학교 시스템이 믿을
수 없을 정도로 엄격했고, 음식도 최악이었고, 수녀들은
매정했다면서 게르트루트의 말에 동조했다.[35]

둘 다 여학교였고, 그중 하나는 기숙학교였으며,
남학생들에게 그리 가혹한 환경도 아니었다. 그럼에도 위르겐은
수녀원 부속 학교를 군대 막사를 뜻하는 카제르네 Kaserne 또는
에어치웅스하임 Erziehungsheim, 즉 소년원이라고 칭했다. 수녀들은
아주 어린 남자애들조차 여자애들 틈에 있는 모습을 용납하지
못하고 광적으로 열을 내며 단속했다. 언젠가 위르겐은 그냥
여자애들 무리를 쳐다봤다는 이유로 매섭게 취조를 받아야 했다.
그가 여자애들에게 수녀들이 두려워하는 종류의 관심을 갖기도
한참 전의 일이었다.

어떤 수녀가 기다란 검은 수녀복 차림으로 달리고 점프하는
모습을 보며 빈프리트가 몹시도 즐거워했던 일처럼, 위르겐은
좀더 가벼운 순간들도 기억하고 있다. 한편 게르트루트는
아이들이 더 많은 규제를 받을수록 더 많은 장난을 치고 다녔다고
회상한다. 한번은 빈프리트가 지우개에 불을 붙였는데 한 수녀가
그 이상한 냄새의 정체를 찾아 가까이 오는 바람에 재빨리 지우개
위에 앉아 불을 꺼야 했다. (다행히도 두꺼운 가죽 바지를 입고
있었던 덕에 가여운 한스 슈타인레너와 같은 운명은 면할 수 있었다.)
또 한번은 빈프리트와 위르겐이 음악 시간에 장난감 자동차를
갖고 놀다가 걸려서 당장 장난감을 내려놓으라는 지시가

떨어졌다. 위르겐은 시키는 대로 자동차를 바닥에 내려놓았지만 태엽을 감은 상태였고, 수녀가 그것을 집어들려는 순간 자동차가 쌩하니 달아나는 바람에 학급 전체가 그만 폭소를 터뜨렸다. 그런 잘못을 저지를 때마다 빈프리트는 보통 복도로 나가서 서 있으라는 명령을 받았는데, 몇 번은 자기와 비슷한 잘못을 저지른 게르트루트를 복도에서 만나기도 했다. 게르트루트가 기억하기로, 두 남매를 본 수녀원장은 애석해하면서 고개를 가로저으며 말했다. "그렇게 훌륭한 아버지를 뒀으면서!"

더 심각한 일화를 들자면, 빈프리트와 위르겐에 그들과 같은 학급에 속한 존트호펜 출신 남학생 네 명까지 합세해 등굣길 기차에서 싸움을 벌이는 바람에 여러 차례 징계를 받은 일도 있었다. 실제로 싸운 건 아니고, 그냥 서로 슈비츠카스텐 *Schwitzkasten*, 그러니까 헤드록을 걸면서 장난을 쳤던 거예요, 하고 위르겐은 말한다. 그러면서 자신의 겨드랑이에 보이지 않는 남자애 머리를 끼워넣고 꽉 조이는 시늉을 하며 웃어 보인다. 그러나 질서 유지에 혈안이 돼 있던 수녀들이 보기에 이는 선을 넘는 행동이었다. 수녀들은 제발트와 케저의 부모에게 자제분들은 김나지움을 더 마음에 들어할 것 같다는 점을 확실히 했다. 그런 일이 있고 불과 2년 만에 두 말썽꾸러기 소년이 마리아슈테른을 떠나 오버스트도르프로 전학을 가자 수녀들은 안도의 한숨을 내쉬었다.

수녀원 부속학교에 1년 정도 재학 중일 무렵 빈프리트에게 중요한 사건이 벌어졌다. 1955년 11월 독일군의 재편성이 허용되었고, 4개월 후인 1956년 3월 16일에 아버지가 재입대를 한 것이다.[36] 부대의 차량과 젊은 운전병 들을 관리하는 임무를 맡았던 게오르크는 전쟁이 끝난 시점에 대위 계급이었다. 그리고 재입대를 해서도 똑같은 임무를 부여받았다.

이는 특히 로자가 고대하던 중대한 진일보였다. 한때 경찰국장의 안사람이었던 로자는 그 시기를 기점으로 대위 부인이 되고 종국에는 중령 부인이 될 수 있었는데, 각 단계가 그에게는 매우 중요했다. 게다가 이로써 마침내 더 많은 돈을, 그리고―여전히 돈보다 더 중요한―안정감을 얻을 수 있게 될 터였다. 니더바이에른 출신의 가난한 소년 게오르크에게는 이것이 중요했다. 게오르크의 두 딸은 아버지가 타고난 군인은 아니었으나 1920년대에 그랬던 것처럼 경제적 이유로 군인이라는 직업을 선택한 것이라고 단호하게 말한다. 여기에 로자의 압박도 약간은 영향을 미쳤을 것이라고 게르트루트는 덧붙인다. 막스의 친구들도 이에 동조하면서 돌이켜보면 그랬다고, 게오르크는 결코 군인 같은 부류의 사람이 아니라 '제복을 입은 민간인,' 그러니까 군인보다는 관료에 가까웠다고 말한다.[37] 아버지를 군인으로 (그리고 머잖아 나치로) 인식한 것은 빈프리트였으니, 그는 상상력을 발휘해 모두에게 아버지는 그런 사람임을 납득시켰다.

하지만 빈프리트의 상상이 전적으로 틀린 것은 아니었다. 전쟁이 끝난 지 불과 11년 만에 다시 독일군 제복을 입을 수 있다는 사실을 통해 우리는 특정한 사고방식을 엿볼 수 있다.
그로부터 7년 후 빈프리트의 친구 중 일부가 군 복무를 선택한
데 반해 빈프리트 같은 나머지 사람들은 그럴 바엔 죽음을
택하겠다고 한 것처럼, 사람은 두 가지 유형으로 나뉘었다.
예컨대 전시에 낙하산병으로 복무했던 게르하르트 에슈바일러의
아버지는 스스로 탁월한 실력을 발휘했던 그 보직에 결단코
복귀하지 않고 남은 평생 국경 경찰로 일했다.[38] 그리고 히틀러가
일으킨 세계대전으로 남편을 잃은 로테 퀴스터스의 어머니는
스펙트럼에 놓고 보자면 게오르크와 정반대에 선 사람이었다.
오르덴스부르크 성이 재개장하고 군대가 존트호펜을 통과해
자랑스럽게 행진하며 그 성을 탈환했을 때, 창가에 서서 그들이
지나가는 모습을 지켜보던 로테의 어머니는 눈물을 줄줄 흘리며
"니히트 숀 비더Night schon wieder(다신 안 돼)!"라고 말했다.

  그러나 암알텐반호프 3a번지에서의 삶은 전보다 얼마간 더
수월했고 부르주아지의 삶에 조금 더 가까웠다. 고향 베르타흐에
살았을 때 로자는 그 지역 토종 알고이어를 구사했고—가령
어머니의 산소를 돌보기 위해—고향으로 돌아갈 때면
그때마다 다시 현지 방언을 썼다. 후에 막스는 가족들의
소박한 삶을 과장해 표현하면서 학교에 입학했을 때에야 표준
독일어Hochdeutsch를 배웠다고 주장했다.[39] 사실 게오르크가
알고이어를 몰랐기 때문에 가족이 전부 알고이어를 쓴 적은 한
번도 없었다. 대신 알고이 억양과 바이에른 억양이 섞인 독일어로
대화했다. 존트호펜에서도 게오르크는 늘 니더바이에른의 억양이

가미된 바이에른 사투리를 구사했다. 반면 로자의 독일어는 점차 교양을 갖추기 시작했고, 그러면서 알고이 억양도 옅어졌다.

그때부터 몇 년 동안 빈프리트는 로자에게 베르타흐의 베르히톨트 가문에 전해지는 문화의 상징으로 기억된 무언가를 해야 했다. 그것은 치터 연주 레슨을 받는 것이었다. 스승은 젊은 피아노 신동 기티 피르너의 아버지인 피르너 씨였는데, 빈프리트가 알기로 그는 마리아슈테른의 우상이었다.[40] 그러나 빈프리트는 전혀 신동이 아니었다. 기티가 옆방에서 완벽한 크레셴도와 글리산도를 거침없이 연주하는 동안 피르너 씨는 빈프리트의 운지법을 엄하게 바로잡았다.[41] 이는 빈프리트처럼 어떤 경우에든 탁월한 실력을 발휘해야 하는 소년에게는 남달리 불쾌한 경험이었다. 그리하여 예상할 수 있듯이 치터 레슨은 로자가 의도했던 것과 완전히 반대되는 결과를 낳았으니 빈프리트는 악기에서 완전히 손을 떼게 됐다. 열네 살 열다섯 살에 재즈를 듣던 빈프리트는 색소폰을 연주하는 꿈을 꾸었고, 맨체스터에 살던 1960년대에는 짧게나마 기타를 퉁기기도 했다.[42] 그러나 그건 단지 시대정신을 따른 행동일 뿐이었다. 1966년 서구 세계에서 기타를 연주하지 않는 소년은 없었으니까. 빈프리트가 자유의지로 치터를 집어든 것은 단 한 번이었고, 그 후로 그가 한 강렬한 음악적 경험은 음악 감상으로 제한되었다. 하지만 돌이켜보면 이후 몇 년 동안은 존트호펜에서의 음악적 경험을 기록하기도 했다. 어느 텅 빈 교회 성가대석에서 오르간 연주자가 황홀감에 젖어 연주하는 소리를 들었다거나, 오래된

역사 건물에서 고글의 음악 수업을 엿듣다가 레기나 토블러가
자기 비올라를 향해 고개를 숙이는 모습을 포착했다거나,[43]
오호젠비르트의 어두운 홀에서 펼쳐진 베르디의 「에르나니」
리허설을 지켜보았다거나.[44] 이 경험들은 하나같이 똑같은
분위기를 품고 있다. 고독, 갈망, 그리고 외부에서 내부를
들여다보기.†

제발트의 가족이 1952년 말 존트호펜으로 이사했을 때 80세였던
요제프 에겔호퍼는 그 어느 때보다 건강 상태가 양호했다.[45] 그는
매일같이 마을을 가로질러 사방의 숲과 산을 거닐었다. 산책을
마친 후에는 리온 여관에 앉아 작은 잔에 담긴 맥주를 홀짝이면서
카드놀이 하는 사람들을 지켜보며 손자가 그 무리에 합류할
때를 기다렸다. 그런 뒤에는 들판에서 딴 꽃 한 송이나 버섯,
때로는 옆집 가게에서 구입한 바나나나 여타 이국적인 과일 등
산책 길에 얻은 것들을 손자에게 보여주었다. 가을이면 요제프와
빈프리트는 술집 마당에서 자라는 고색창연한 밤나무에서 떨어진
밤을 주워 산으로 가져가서는 사슴들에게 나눠주었다.

　　요제프는 꾸준히 손주들과 게임도 즐겼다. 빈프리트와는
독일판 올드 메이드Old Maid*라 할 수 있는 슈바르체 페터Schwarze
Peter 카드 게임을 했고, 베아테에게는 그림 형제의 동화를
읽어주었다. 또한 자기 앞에 놓인 테이블에 베아테를 앉히고
배를 콕콕 찔러서 아래를 쳐다보게 한 다음 코밑에서 손가락을
튕기며 심술궂게 놀려먹기도 했다. 빈프리트는 도시물을 먹은

어머니의 새로운 생활 방식보다는 할아버지의 소소한 반항들을
즐겼기 때문에 아마 그런 장난도 즐겼을 것이다. 예컨대, 베아테가
황새를 꾀어내려고 했던 화장실에는 배수시설이 완비된 욕조가
있었고, 요제프도 거기에서 다른 가족들처럼 목욕을 해야 했다.
하지만 요제프는 평생 목욕을 해본 적이 없었고 당장 목욕을
시작할 생각도 없었다. 요제프는 조용한 저항을 택했고, 양철
욕조에서 옛날 방식으로 샤워를 하며 어찌 됐건 늘 청결한 상태를
유지했기 때문에 로자도 결국에는 요제프의 방식을 받아들였다.
또한 아침이면 로자는 밀크 커피를 만들어주곤 했는데, 그 싱거운
커피를 도저히 받아들일 수 없었던 요제프는 로자가 부엌을
뜨자마자 자리를 박차고 일어나 커피를 개수대에 쏟아 버렸다.[46]
　여든넷에도 여느 때처럼 강건해 보였던 요제프는 마지막
순간까지도 아무런 변화의 기미를 내비치지 않았다. 그러나
그도 쇠약해지고 있었다. 죽음이 가까이 다가오면 노인들은 보통
침대에서 낙상을 경험한다. 어쩌면 몸을 일으키려다 균형을
잃었을 수도, 아니면 경미한 뇌졸중이 온 것일 수도 있지만,
보기엔 탈출을 시도한 모습 같다. 요제프도 그랬다. 1956년 봄
그는 몇 차례 침대에서 떨어졌다. 마지막으로 낙상을 경험했을

---

* 　서구권의 오래된 카드 게임으로, 일반적인 트럼프 카드 한 벌에서 조커를 한
장만 남기거나 전용 올드 메이드 카드 덱을 사용해 진행한다. 카드를 모두 나눠
가진 뒤 같은 숫자의 카드 쌍을 버리고, 차례대로 다른 사람의 손에서 카드를 한
장씩 뽑아 새로운 쌍이 생기면 다시 버린다. 게임이 진행되면서 모든 쌍이 사라지고
끝까지 짝을 이루지 못한 카드 한 장—'올드 메이드Old Maid'라 불리는 카드—을
가진 사람이 패자가 된다.

때는 아무도 그의 외침을 듣지 못하는 바람에 결국 밤새도록
바닥에 누워 있어야 했다. 그리고 그로 인해 폐렴에 걸렸다. 그는
몇 주 동안 침대에 누워 졸면서 시간을 보냈고, 그때 빈프리트는
그토록 싫어하던 치터를 집어들곤 요제프를 위해 느린
렌틀러Ländler 무곡**이나 시골풍의 멜로디를 연주했다. 요제프는
4월 14일 세상을 떠났다. 그리고 손자 빈프리트는 두 번 다시
치터에 손을 대지 않았다.[47]

막스는 초기 미출간 작품에[48] 할아버지가 베르타흐에서
사망한 후 얼마 되지 않아 가족들이 베르타흐를 떠나는 설정을
넣었고, 이를 통해 두 가지 커다란 상실—할아버지, 그리고 자연
속 삶의 상실—이 동시에 일어나게 했다. 소설에서 할아버지의
사망 소식을 빈프리트에게 가장 먼저 전하는 슈타인레너
부인은 부고를 접하자마자 곧장 그에게 간다. 부인의 말을
들은 빈프리트는 가만히 누워 라일락 향을 맡았고 정원에 나가
흙을 뒤집었다. 그런 다음 자리에서 일어나 할아버지의 방으로
몰래 들어간다. 사람들이 기도를 하고, 어머니는 울고 있고, 향
연기가 지붕으로 피어오른다. 이윽고 장의사가 관을 가져오고,
빈프리트는 관이 톱밥으로 가득 차 있는 광경을 본다. 아침에
어머니가 소식을 전하러 오지만 빈프리트는 이미 알고 있다. 그는
어머니의 말에 대답하지 않고, 어머니는 침묵 속에 방을 떠난다.

물론 이는 소설이고, 제발트가 자신의 삶에서 일어난 가장

** 바이에른과 알프스 지방의 전통 춤, 또는 그 춤을 위한 무곡.

중요한 사건 중 하나를 재상상한 최초의 (그리고 유일한) 시도다.
소설은 어떤 일이 일어났는지를 확실히 알려주지는 않지만
제발트의 작품을 유령처럼 따라다니는 애도의 이미지—이를테면
관 속의 톱밥, 짙고 옅은 안개가 될 하얀 향연香煙, 먼지와 재
등—에 대해서는 많은 것을 알려준다. 이는 전부 할아버지의
죽음에서 비롯된 것들이다. 더 정확하게는 할아버지의 죽음을
붙들고 씨름하며 문학으로 승화시키려 했던 노력에서 비롯된
것들이다.

생의 말년에 제발트는 할아버지의 죽음이 자신의 우주에
커다란 구멍을 만들었고, 스스로 한 번도 그 상실을 극복하지
못했으며 여전히 할아버지가 그립다고 말했다. 그 말만큼은
전적으로 진실이었다. 그는 할아버지와 관련해서는 절대 장난을
치지 않았다. 또 할아버지의 콧수염 솔, 옷솔, 그리고 파란색 체크
무늬 손수건 중 한 장을 평생 간직했다. 그리고 노픽의 벽난로
위 선반에는 할아버지의 사진과 돌로 만든 작은 제단이 마련돼
있었다.[49]

할아버지를 잃은 경험은 빈프리트의 세계를 분열시켰다.
아버지가 군에서 돌아왔을 때도 할아버지가 있었기에 세계가
산산조각 나는 일은 벌어지지 않았다. 그랬는데 이제 빈프리트의
과민한 본성은 마치 피부를 잃은 것처럼 보호막을 잃고 말았다.
그리고 그의 피부가 반응했다. 남은 평생 재발을 반복한 건선
증상이 그때부터 나타나기 시작한 것이다. 그가 인터뷰에서 밝힌

바에 따르면 그랬다.[50] 물론 증거는 없고, 누이들은 자신들의 피부질환처럼 제발트의 건선도 그저 사춘기와 함께 찾아온 증상이었다고 생각한다. 게르트루트와 베아테 모두 청소년기부터 애니 이모처럼 손에 습진을 앓았다. 한편 대부분의 피부질환은 심리적 요인의 영향을 받는 것으로 악명이 높다. 그리고 막스는 (인터뷰어들을 놀려먹었던 것과 달리 놀림의 대상으로 삼지 않았던) 친구 마리에게 할아버지의 죽음 이후 자신의 상태가 좋지 않았으며 그때 건선이 시작된 것 같다고 말했다. 이렇게 보면 그는 정말 스스로 그랬다고 믿었던 듯하며, 그게 사실이었을 가능성이 크다.

그럼에도 그때는 붕괴를 경험하지 않았다. 어쩌면 소설 속 인물들이 그랬듯 그 역시 자신의 트라우마를 억압했을 수도 있고, 소설 속 화자들에게 흔히 벌어지는 일이었듯 할아버지의 죽음이 갖는 의미가 명확해지기까지 오랜 시간이 걸렸을 수도 있다. 한데 그와 가장 가까웠던 유년기 친구 위르겐은 당시 그가 할아버지에게 가졌던 애착과 할아버지의 죽음으로 인해 느낀 슬픔을 알지 못했다. 빈프리트는 열두 살에도, 그 이후 10대 시절에도 할아버지에 대해 말하거나 일말의 슬픔을 내비칠 수 없었다. 사실 그로부터 7년—김나지움 시절—은 그의 인생에서 가장 활기차고 열정적이고 태평한 시기였다. 그것이 그의 누이들이나 로테, 위르겐 같은 절친에서부터 지그리트 베커, 하이디 뵈크 같은 다른 친구에 이르기까지 어린 시절 그를 알았던 모든 사람이 내게 가장 먼저 해주고 싶어한 말이었다.[51] 그 애가 쓴 어둡고 서글픈 책을 읽으면 우리가 알았던 빈프리트가 보이지 않아요, 하고 그들은 말했다. 빈프리트는 재치 있고 얄궂었지만 어둡지는 않았다. 그들이 사용한 단어는 **밝다, 재미있다, 완전 정상이다**heiter, lustig, ganz normal 등이었다. 그들의 눈에는 그림자가 아닌 농담과 장난을 일삼는 남자아이만 보였다. 단, 몇 명 예외는 있었다. 다만 그들은 빈프리트의 학교생활 마지막 1~2년을 함께한 친구들이었다.

제발트를 연구한 위대한 학자 중 한 명인 우베 쉬테는 할아버지에 대한 애도가 그의 삶과 작품에 담긴 진짜 슬픔이었으며, 제3제국 희생자에 대한 애도는 정신적 위장이었다고 주장한다.[52] 내 생각에 이건 지나친 해석 같다. 홀로코스트가 그의 유일한 주제였다는 말만큼이나 홀로코스트가 그의 주제가 아니었다는 말도 옳지 않다. 독일의 죄악에 대해 그가 느낀 애통함은 그를 무너뜨렸고, 그는 이에 관해 썼다. 그렇더라도 그보다 이 애도가 먼저이긴 했지만 말이다.†

7장

1956-1961

1956년 가을, 빈프리트와 위르겐은 수녀들만큼 안도하는 마음으로 마리아슈테른을 떠나 헬무트 붕크와 베르너 브라운뮐러와 다른 아이들이 다니던 오버스트도르프 오버레알슐레Oberrealschule[실업고등학교]에 3학년으로 편입했다.

오버스트도르프는 김나지움이었지만 (위르겐의 설명에 따르면) 과학에 특화되어 있었기에 오버레알슐레로 불렸다. 그곳은 남학생뿐만 아니라 여학생도, 가톨릭교인뿐만 아니라 개신교인도 다니는 학교였다. 딸을 교육시키는 것이 여전히 그리 흔하지 않던 시절이라 여학생 수가 전체의 15퍼센트 정도로 극히 적었기 때문에 성별을 기준으로 반을 나누는 일도 없었다. 그러나 종교에 따른 분반分班은 유지되었다.[1] 그 결과 빈프리트는 김나지움에서 보낸 대부분의 시간 개신교인인 친구 로테 퀴스터스, 발터 칼하머와 다른 학급에서 수학했다.

오버스트도르프는 오스트리아와 국경을 맞대고 있다시피

한 알고이 알프스산맥의 고지대에 위치해 있다. 예로부터 스키 리조트로 널리 알려진 곳이었고, 그 덕에 19세기 말부터 지선 철도가 연결되어 있었다.[2] 그래서 빈프리트와 위르겐은 남은 학교생활 동안 눈부시게 아름다운 산악 경관을 가로질러 일러강을 건너고 또 건너 굽이치듯 이동하다 오버스트도르프에 도착하는 알트슈타텐 단선 노선을 타고 다니며 기차 통학생으로 지냈다.

존트호펜 소년들은 이제 나이를 먹고 있었고 헤드록을 걸며 놀던 시절도 막을 내렸다. 그 대신 수다를 떨고, 서로의 숙제를 베끼고, 시간 가는 줄 모른 채 카드 게임을 했다. 로테는 가끔 무단결석을 하고 알고이에서 벗어나 세상을 만나기 위해 울름과 린다우처럼 멀리 떨어진 곳으로 향하기도 했다. 가끔 위르겐도 로테와 동행했지만 빈프리트는 절대 그러지 않았다. 그랬다가 부모님에게 들키기라도 하면 다들 곤경에 빠지겠지만 그중에서도 빈프리트가 빠질 곤경이 최악일 터였기에.[3]

오버스트도르프에 도착한 기차 통학생은 새 학교가 옛 학교와 매우 흡사하다고 생각했다.[4] 한때 시청으로 쓰인 작고 오래된 건물 안에 500명의 학생이 10개 학급으로 나뉘어 빼곡히 들어차 있었다. 과밀 학급 문제가 극심해 학생들이 공장 노동자들처럼 교대로 수업을 받아야 할 때도 있었다. 그로부터 3년 후에 새로운 건물이 지어졌지만, 열두 살부터 열다섯 살까지 빈프리트는 그런 학교에 다녔다.

가정에서의 생활은 예전과 같았다. 게르트루트는 계속

마리아슈테른에 남았고 매일 아침 빈프리트와 다른 기차를 타고 통학했다. 베아테가 유치원 입학에서 세 차례 고배를 마신 후 집에서 지내게 되면서 빈프리트도 여전히 수시로 동생을 돌보아야 했다. 여름이면 베아테를 데리고 수영장에 가서 동생이 여섯 살쯤 되었을 땐 수영을 완벽히 익혀 혼자 집에 갈 수 있도록 철저히 수영을 가르쳤다.

로자는 여전히 넉넉지 않은 돈으로 가계를 꾸려야 했고, 식사도 치즈를 곁들인 면 요리, 렘부르크[오늘날의 리비우]산 치즈를 곁들인 감자, 팬케이크—그나마 팬케이크에 달걀이 몇 개 추가되기는 했을 것이다—등으로 거의 변함없이 유지되었다. 육류는 일주일에 많아야 두 번 섭취할 수 있었고, 독실한 가톨릭교인이었기에 금요일에는 절대 육류를 섭취하지 않았는데, 1950년대에는 알고이에서 생선을 구하기가 쉽지 않았던 터라 금요일이라고 해서 생선을 자주 먹지도 못했다. 그러나 로자는 어떤 재료로든 훌륭한 음식을 만들어냈다. 빈프리트의 친구 로테는 로자가 만든 츠베치겐크뇌델Zwetschgenknödel*을 일평생 잊은 적이 없을 정도다. 게다가 로자는 항상 건강에 관심을 기울여서 채소를 많이 섭취하고 빵은 통밀 빵만 먹었다. 머지않아 존트호펜에 건강식품점이 생기자 로자는 그곳의 단골손님이 되었다.

미국에서도 계속 소포가 왔다. 존트호펜 생활 초기에는

---

* 독일·오스트리아·체코 지역의 전통 음식으로, 감자나 밀가루 반죽에 자두Zwetschgen를 통째로 넣어 삶은 만두. 주로 디저트로 먹으며, 버터, 설탕, 빵가루 등을 곁들여 낸다.

로자를 위한 인스턴트커피, 주잔네가 게르트루트를 위해 만든 신발과 드레스, 다른 꼬마 여자애들이 입는 펑퍼짐한 양모 속바지가 아닌 베아테의 몸에 꼭 맞고 다리를 고무줄로 조이는 사랑스러운 속옷 등 전처럼 실용적인 물건들이었다. 그 후에는 베아테를 위한 커다란 판다 인형이나 빈프리트를 위한 작은 상자형 카메라 같은 선물이 왔다. 대부분은 매달 달러 지폐를 동봉한 편지를 잊지 않고 보낸 세 아이의 대모 애니 이모의 선물이었다. 빈프리트는 대학에 진학해서도 애니 이모의 편지를 받았는데, 편지는 항상 "사랑하는 빈프리트, 학교생활은 어떠니?"[5]로 시작했다.

애니는 이제 베르타흐가 아닌 존트호펜으로 목적지가 바뀌기는 했어도 계속 독일과 미국을 왔다 갔다 했고, 베아테가 기억하기로 더 이상 눈물을 흘리지도 않았다. 후멜 인형도 계속 사들였다. 아이들은 이모를 사랑했지만 10대로 성장해감에 따라 이모의 애장품이 끔찍하게 촌스럽다는 사실을 알게 되었다. 막스는 무엇보다 하이마트Heimat*의 촌스러운 물건을 혐오했는데, 다른 사람들이 그런 물건을 모으는 것은 두고 보지 못했으면서도 애니 이모의 취향을 거스르는 말은 한 번도 입에 올린 적이 없다는 사실은 애니 이모를 향한 그의 지속적인 사랑을 보여주는 하나의 척도다.

---

* 출신 국가나 지역을 뜻하나 번역은 불가능한 독일어 단어로, 강렬한 감정이 실려 있다.—지은이 [우리말로 '마음속에 깊이 간직한 그립고 정든 곳'을 뜻하는 '고향'으로 번역이 가능하여, 이후 맥락에 따라 고향으로 적기도 했다.]

1950년대와 1960년대에 빈프리트 가족은 게오르크의 여동생 가족과 함께 뉘른베르크 인근 슈타인에 거주 중인 친조부모 댁을 몇 차례 방문했다. 노인이 된 조부모는 다소 이상해져 있었다. 조모는 마치 마녀처럼 코와 턱이 거의 만날 정도로 이가 다 빠져 있었고, 왜소한 체구에도 몸놀림은 재빨라서 늘 바삐 움직였다. 반면 조부는 몸집이 컸고 거의 움직이지 않았다. 그는 예순쯤 이른 은퇴를 한 후 더는 아무 일도 하지 않았다. 하루 종일 소파에 누워 있다가 식사 시간에만 일어났고, 다리가 아프다는 불평을 늘어놓았다. (물론 발을 쓰는 일이 없었기 때문에 당연히 아팠을 거라고, 평생을 간호사로 지낸 베아테는 말한다.) 그렇게 수년을 보낸 후 할아버지는 갑자기 당신의 아내처럼 극도로 종교적인 인간이 되었고, 이를 계기로 할아버지를 향한 빈프리트와 그의 누이들의 애정은 전보다 더 줄어들었다. 그럼에도 친절한 아니 고모와 (게르트루트의 눈에) 외모가 출중하고 재치 있는 토니 삼촌 등 친척들은 좋은 사람들이었다. 그래서 아이들은 조부모를 향한 애정이 크지 않았어도 어느 정도는 자발적으로 슈타인을 방문했다.

1958년에 게르트루트는 열일곱, 빈프리트는 열넷, 베아테는 일곱 살이었다. 게르트루트는 마리아슈테른에서 마지막 학년을 마쳤지만 고등학교 졸업 학력시험인 아비투어Abitur에 대비한 공부를 계속하고 싶어했고, 게오르크는 여느 아버지들과 달리 그에 동의했다. 그래서 게르트루트는 11월에 켐프텐의 힐디스가르트 학원에서 공부를 시작했다. 베아테도 그때 학교에

다니기 시작했다. 그리고 빈프리트는 부모에게 반항하기
시작했다.

　　빈프리트가 반기를 든 대상은 부모의 태도, 부르주아적인
태도였다. 매번 정해진 시간에 끼니를 먹어야 하고 일요일에는
예외 없이 돼지고기 구이를 먹어야 하는 엄격한 루틴. 한시도
진공청소기를 손에서 놓지 않는 로자와 로자가 청소를 멈추면
게오르크가 이어받아서 하는 무자비한 청소. 한 번도 건드린
적 없는 것처럼 모든 것이 제자리에 있어야 하는 깔끔함. 특히
게오르크는 군인들처럼 포크는 식탁에, 연필은 책상 위에
일직선으로 진열해두어야 직성이 풀렸다. 케저의 집은 그렇지
않았고 로테의 집도, 바베테 아엔데를의 집도 마찬가지였다.
그들의 집은 살기 위한 공간이었지, 보기 위한 공간이 아니었다.
부모들도 아이들을 교회에 보내지 않았고, 위르겐은 심지어
일요일에도 원하면 청바지를 입을 수 있었다. 빈프리트의 부모가
아는 것은 알고이뿐이었고, 특히 어머니 로자에게 알고이는
어디와도 비교할 수 없는 곳이었다. 반면 케저 가족은 항상 다른
장소들에 대해 이야기하고 그 장소들을 보러 갔다. 아엔데를
부인은 돈이 없어 아무 데도 갈 수 없었지만, 빈프리트는 그 집에
점심 식사 초대를 받았을 때 생애 처음으로 카레를 맛보았다.
무엇보다 그들은 **다른 사람들이 어떻게 생각하는지를 신경 쓰지
않았다.** 퀴스터스 부인은 지극히 순진한 사람이라 다른 사람들의
생각을 알지 못했고, 케저 부부는 신경 쓰지 않았다. 케저 부인은
여름마다 수영장에서 전신을 그을리며 시간을 보냈고, 남편과

손을 잡고 마을을 거니는 모습을 보이기도 했다.[6]

그래서 빈프리트는 부모에게 반기를 들고 트집을 잡기 시작했고, 그가 집을 떠나 독립하기 전까지 집안에서는 말다툼이 이어졌다. 베아테는 처음에는 너무 어려서, 나중에는 지극히 현실적이어서 다툼에 끼어들지 않았다. 가타부타 말없이 조용히 제 갈 길을 갔을 뿐. 게르트루트는 빈프리트의 의견에 동조했고, 유독 어머니와 다투었다. 초기에는 특히 종교와 관련해 빈프리트와 의견이 같았고, 지금도 빈프리트와 함께 부모님 방문 앞에 서서 벽에 걸린 그림을, 올리브산의 예수를 심히 낭만적으로 그린 그림을 보며 웃은 일을 기억하고 있다. 다만 게르트루트는 빈프리트와 마찬가지로 질서에 대한 아버지의 강박이 터무니없다고 생각하면서도 이를 가볍게 웃어넘길 수 있었고, 그래서 빈프리트처럼 미칠 듯 분노하지 않았다. 이는 훗날에도 이어진 두 사람의 차이였다. 게르트루트는 자기 자신을 보호하며 자신의 소망을 모르는 체할 수 있었다. 반면 빈프리트는 그 무엇으로부터도 도무지 자신을 보호할 수 없었다.

1958년에는 빈프리트의 학교생활에도 변화가 나타나기 시작했다. 첫 번째 대학생활에서 반복되나 그 후에는 반복되지 않은 일, 이 시기와 이후의 시기를 가른 그 변화의 핵심은 빈프리트 주변에 생긴 절친한 친구 무리였다. 그 후 5년 동안 그들은 자기들을 패거리라고 칭할 정도로 가깝게 지냈다.[7] 패거리의 구성원은 소년 넷에 소녀 하나, 즉 빈프리트 제발트,

위르겐 케저, 베르너 브라운뮐러, 발터 칼하머, 그리고 로테
퀴스터스였다. 이후 다섯 번째 소년 악셀 륄도 무리에 합류했다.

로테(훗날 중간 이름을 우르줄라로 개명한다)는 구성원들
각각의 배경이 사뭇 달랐지만 그건 중요하지 않았고 다들 거의
눈치채지도 못했다고 말한다. 로테의 어머니는 남편의 직업
때문에 알고이로 오게 된 교양 있는 베를린 시민이었는데,
전쟁에서 남편을 잃고 가난하게 살았다. 빈프리트와 악셀의
아버지는 군대에 있었고, 위르겐의 아버지는 회계사, 베르너의
아버지는 철도원으로, 다들 하층 중산계급에 속했다. 가난하지는
않았지만 부유한 것과도 거리가 멀었단 얘기다. (위르겐 가족이
거주한 오래되고 사랑스러운 집은 그들의 할머니가 가정부로 일하다가
고용주로부터 물려받은 곳으로 순전히 운 좋게 갖게 된 공간이었다.)
반면 발터는 패거리 중에서 가장 부유하고 교양 있는 집안
출신이었다. 양친은 음악을 공부했는데, 아버지는 이후 음악가가
아닌 의사가 되었다. 발터는 다섯 형제 중 막내였고 존트호펜에서
가장 아름다운 집에 살았다.

패거리 구성원들은 저마다 맡은 역할이 있었고 대부분
별명으로 불렸다. 빈프리트는 이제 '제베Sebe', 위르겐은 '사건'을
뜻하는 라틴어 Kasus에 어원을 둔 독일어 '카주스Kasus'였다.
카주스는 빈프리트가 생각해낸 별명이었는데, 위르겐이 과학을
전공했고 라틴어를 공부한 적이 없었기 때문에 농담 삼아 지은
것이었을 테다. 하지만 어찌 됐건 그것이 위르겐의 별명이
되었다. 빈프리트의 친구 중에서 그를 여전히 제베라고 칭하는

사람은 일부일 뿐이지만 위르겐은 지금도 다들 카주스라고 부른다. 발터는 '발디'가, 악셀은 '안톤'이 되었다. 다른 두 명은 본명을 유지했지만, 예외적으로 로테는 이름을 '우르줄라'로 개명했다. 지금 이걸 읽는 우리를 포함한 외부인들이 보기에는 복잡하게 뭘 그렇게까지 하나 싶지만, 이것이 바로 패거리의 핵심이다.

결성 초기에 제베의 역할은 애니 이모로부터 전해 받은 미국적인 것을 패거리에 족족 도입하는 것이었다. 제베는 존트호펜에서 최초로 청바지를 입은 10대였다. 또래 아이들은 그 모습을 선망해 곧바로 청바지를 따라 입었다. 제베는 콘플레이크와 껌도, 그리고 나중에는 헤밍웨이와 스타인벡 같은 미국 작가들도 소개했다. 카주스의 기억에 따르면 제베는 교실에서도 과시하듯 껌을 씹어 선생님들의 심기를 거슬렀다.

카주스는 패거리의 악동이자 과학자였다. 그가 화학자가 되리라는 건 일찍부터 자명했다. 그의 부모는 카주스가 지하실에 실험실을 꾸릴 수 있게 해주었고, 패거리 구성원들은 카주스가 벌이는 살벌한 실험을 한참 동안 구경했다. 자식에게 허용적이기로 익히 알려져 있던 카주스의 부모는 집에서 사육제—바이에른식으로 사육제의 마지막 날을 기념하는 파티—를 여는 것도 허락했고, 심지어 한번은 카주스의 친구들이 춤을 출 수 있도록 침실을 비워주는 잊지 못할 관용도 베풀었다.

'발디'는 패거리에서 제베 다음으로 지적인 인물이었고, 제베를 대단히 선망했다. 그는 빈프리트 같은 유형의 관찰자였지만 빈프리트처럼 짓궂고 신랄한 성격은 아니었다.
패거리 구성원 중 한 명은 발디가 "미소를 머금고 아무 말도
하지 않았다"라고 회상한다. 발디는 예술가이자 음악가이기도
했는데, 빈프리트가 문학의 리더가 되면서 발디는 예술과
음악의 리더 역할을 맡았다. 그는 두 영역에서 상당한 재능을
보였다. 한편 발디는 제베와 마찬가지로 아버지와 관련된 문제를
겪었다. 나중에 그와 아버지의 관계는 제베 부자의 관계보다
더 악화되지만 당시에는 비슷한 수준이었다. 발터의 아버지
칼하머 박사는 다른 아버지들보다 나이가 많았고 게오르크보다
더 권위적이었던 반면, 발터는 빈프리트만큼 예민하면서 더
왜소하고 수줍음도 더 많았던 데다 심지어 더 내향적이기까지
했다. 발터는 빈프리트보다 더 전형적인 아웃사이더였다.
빈프리트는 과하게 매력적이었고, 과하게 화가 많았다.

1958년 무렵 바이올린을 켜는 발터, 헬무트 붕크, 그리고 빈프리트.

베르너 브라운뮐러도 훌륭한 음악가였다. 그의 아버지는
바이올린을 연주했기에 아들 베르너에게 (베르너의 말에 따르면
값이 자신의 한 달 월급에 달하는) 첼로를 사주었고, 베르너는
학교에서 발터의 바이올린 연주에 맞춰 첼로를 연주했다. 그
밖의 측면에서도 베르너는 발디와 정반대였다. 베르너는 키가
크고 잘생긴 금발이었고 등산과 스키 타기에 능해서 여자아이들
사이에서 금세 상당한 매력남으로 인식되었다. 빈프리트는
카주스와 잘 어울린 만큼 베르너와도 잘 어울렸다. 분명 그
시절의 빈프리트는 자신이 가진 밝은 면모를 이끌어내주는
친구를 모색하는 본능을 가지고 있었다. 그 덕분인지 베르너는
"제베는 항상 유쾌했어요"라고 단언한다.

로테 퀴스터스—마지막으로 소개할 구성원—도 비슷했다.
로테는 '삶의 기쁨joie de vivre'을 의인화한 인물로, 겁이 없고
독립적이었으며 어떤 놀 거리나 어떤 모험에도 뛰어들 준비가
되어 있었다. 그런 동시에 비판적이고 반항적이었으며, 가정
내에서는 아니더라도 주변에서 보이는 편협하고 속좁은
사람들과는 빈프리트만큼이나 척을 졌다. 패거리에서 로테가
맡은 역할은 정치와 역사에 관한 지식을 제공하는 것이었다. 차츰
나이를 먹어가면서 로테는 빈프리트에게 과거에 대해 이야기할
수 있는 사람, 고뇌를 이해하고 함께 나눌 수 있는 사람이 되었다.
로테는 패거리의 중심이었고, 카주스와 함께 막스의 어린 시절을
함께한 핵심적인 친구, 말하자면 그의 삶에서 핵심적인 친구로
남았다.

열네 살 무렵의 로테.

빈프리트 출생 후 열네 번째 해에는 또 다른 중대한 사건이
벌어졌다. 7월에 프랑스라는 나라가 존트호펜에 들어온 것이다.

이는 여타의 좋은 일들처럼 빈프리트의 친구 로테와 바베테를
통해 찾아왔다.[8] 프랑스와 독일이 전후 협정을 맺던 시기에 로테와
바베테의 어머니는 청소년을 위한 교환학생 프로그램을 접했다.
존트호펜 출신의 어느 여교사가 파리의 고등학교에서 독일어를
가르치고 있었는데, 두 여학생이 교환학생 프로그램 참가에
열의를 보였다. 그중 한 명은 마리, 다른 한 명은 마티네였다. 교사
바흐는 존트호펜 어머니들에게 둘 다 좋은 집안 출신이며 학급
성적이 최상위라고, 독일어도 기본기를 갖추고 있다고 장담했다.
퀴스터스 부인과 아엔데를 부인 모두 교사 바흐의 제안이 마음에
들었고 마침 하숙생을 들이면 받게 될 돈이 필요한 상황이기도
했다. 그리하여 일이 성사되었다. 그로부터 두 번의 여름을 거치는
동안 두 프랑스 소녀jeunes françaises가 존트호펜에 머물렀고, 이후
마티네는 세 번째 여름도 존트호펜에서 보냈다.

마리는 1958년 첫 여름은 퀴스터스 부인의 집에서, 두 번째 여름은 아엔데를 부인의 집에서 보냈다. 이 여름이 빈프리트에게 중요한 의미를 갖는 시기였다면, 마리에게는 뜻밖의 사실을 발견한 시기였다.[9]

마리는 집안 형편이 좋지 않았다. 사실 13년이라는 짧은 세월을 사는 동안 삶이 고단하지 않은 순간이 없었다. 마리는 레지스탕스 대원이었던 아버지가 후퇴 중인 독일 국방군에게 잔인하게 살해당하고 4개월이 지났을 무렵인 1945년 1월에 태어났다. ("그런데 우리한텐 그런 얘기 해준 적 없었잖아!"라고 수십 년 후 마리와 재회한 막스가 말했다. 마리는 "물론 안 했지"라고 대답했다.) 홀로 상황을 감당할 수 없었던 마리의 어머니는 마리를 친정에 데려갔다. 그리고 그곳에 마리를 두고 떠났다. 그로부터 오랜 세월 마리는 어머니가 친정을 방문할 때만, 그것도 아주 잠깐씩만 어머니를 만나며 외조부모와 살았다.

마리의 외할아버지가 운영하던 제분소.

마리의 외조부는 엔강에 아름답고 오래된 제분소를 소유하고 있었는데, 독일인들이 피카르디를 통해 마을로 진격해 올 때마다 피해를 면치 못했다. 제1차 세계대전 후 마지막으로 제분소가 무너졌을 때는 직접 복구했다. 마리의 외할아버지와 외할머니는 마리의 사촌 다섯 명, 즉 마리 어머니의 남자 형제가 낳은 아이들과 함께 마리를 차별 없이 길렀다. 하지만 마리는 사촌들이 자기네 아버지를 아빠라고 부르는데 자기는 아빠라고 부를 사람이 없을 때마다 차별당한다고 느꼈다. 마리는 오랫동안 할아버지가 아버지라고 생각하다가, 일곱 살 때 전몰 용사의 자식으로서 공식적인 '윈 퓌필 드 라 나시옹une pupille de la Nation[국가의 피후견인]'*이 되면서 아버지가 사망했음을 이해했다. 그럼에도 할아버지를 지극히 사랑했지만, 할아버지는 매우 엄격한 분이었고, 특히 어머니가 방문하고 나서 마리가 반항적인 태도를 보이면 그래 봐야 달라지는 게 거의 없는데도 마리를 엄하게 벌했다. 그러던 어느 날 그는 마리를 혼내는 대신 마리의 고양이를 죽였다. 그 일로 관계는 끝이 났다. 마리는 결코 할아버지를 용서하지 않았다.

---

* 프랑스에서 전쟁이나 재난 등으로 부모를 잃은 아동을 국가가 책임지고 보호하는 법적 지위로, 19세기 이후 전쟁고아를 돌보기 위해 제정되었다.

1947년 단단히 화가 난 어린 마리.
막스는 이 사진을 두고 마리에게
"우리는 이미 이 세상에 대해 같은 태도를
취하고 있었지"라고 썼다.

마리의 어머니는 마리가 일곱 살이 되었을 때 아이를 데리러
왔다. 목표를 세웠으면 이루고야 마는, 다시는 배를 곯는 일이
없게 하겠다고 약속한 부유한 남자와 결혼한 후였다. 그로써
마리는 폭력적이지만 애정 어린 제분소에서의 삶에서 의도치
않게 떨어져 나와 파리 한복판의 우아한 집에서, 그것도 오래전
자기에게 관심을 끊은 어머니, 화가 많은 아이를 대하는 방법을
하나도 모르는 의붓아버지와 함께 살게 되었다. 게다가 단순한
시골 학교가 아니라, 전부 (교사 바흐의 말에 따르면) 부유한
상류층 가정 아이들이 다니는 쿠르 모프레 여자고등학교에
진학했다. 다행히 마리는 ('철자법은 빵점 orthographe zéro'이었지만)
적응이 빠르고 영리했으며, 어느 모로 보나 뒤지지 않는 집안
출신이었다. 마리의 말에 따르면 할아버지는 17세기에 루이
14세로부터 작위를 받은 유명한 해적 장 바르트를 조상으로 둔

자부심 있는 귀족noble vaniteux 이었다.[10] 마리는 어떤 상황에서도
활기와 재미로 충만한 사람, 검은 머리칼에 녹색 눈동자를 지닌
매력적인 말괄량이의 얼굴을 하고 시선을 사로잡는 벌어진
치아를 드러내며 미소 짓는 사람이었다. 마리는 순식간에 친구를
사귀었고 적어도 학교에서는 금세 편안한 생활을 했다.

그러나 집에서는 얘기가 달랐다. 후에 마리네 집을 방문한
로테는 그 완벽한 아파트를 에워싼 냉담함에, 외모에만 신경 쓰는
어머니의 나르시시즘에, 융통성 없고 지나치게 격식을 차리며
고상한 체하는 집안 분위기 자체에 충격을 받았다.

그것이 마리가 성장한 환경이었다. 처음에는 버림받았다가,
나중에는 냉담한 통제를 받는 환경. 그런데 그렇게 살던
마리는 어느 순간 삽시간에 친구가 된 로테, 그리고 매력적인
네 남자아이와 함께 어른들의 시선에서 벗어나 평생 한 번도
보지 못했던 산 중턱을 온종일 쏘다니고 있었다. 그들은
아름답고 푸르른 산을 거닐고, 산 너머로 내리쬐는 햇살 아래서
빈둥거리고, 슈타르츨라흐클람 협곡의 바위를 밟고 그 아래
물웅덩이로 뛰어들었다. 그렇게 노는 동안 빈프리트는 문학에
대해, 발터는 음악에 대해, 카주스는 화학에 대해 떠들었고,
베르너는 두 소녀에게 플러팅을 하면서 그들을 웃게 했다.
마리는 다들 어떻게 그리 똑똑하면서도 다정할 수 있는지, 파리
사람들의 가식일랑 조금도 찾아볼 수 없는지 믿을 수 없어했다.
그렇게 마리는 다섯 친구 모두와, 존트호펜과 사랑에 빠졌다.
훗날 존트호펜은 마리의 전 생애를 통틀어 가장 행복하고 가장

자유로운 시간을 보낸 장소로 남았다.

그렇지만 마리가 무엇보다 사랑에 빠진 대상은 빈프리트였다. 고작 열세 살, 다음번 여름이 오면 열네 살이 될 시기였지만 빈프리트를 향한 사랑 또한 마리의 전 생애에 걸쳐 지속되었다. 1959년 이후 마리는 빈프리트를 다시 만나지 못했지만, 수년 후 다른 사람과 약혼을 앞두고 그에게 자신은 사랑하는 사람이 따로 있어서 신중히 생각해봐야겠다고 말하기도 했다.

누군가가 어째서 빈프리트를 사랑했느냐고 물으면 마리는 그 질문을 받는 순간에도, 그 이후에도 아무 대답을 하지 않았다. 물론 대답할 필요도 없었다. 빈프리트는 대단히 지적이었고, 무척 어두운 유머를 구사했으며, 외모도 출중했고, 남들과 다른 강렬한 매력을 지니고 있었다. 그러나 어떤 면에서는 차마 다가갈 엄두를 못 낼 정도로 마음을 터놓지 않는 사람이기도 했다. 빈프리트는 마리를 '건방진 심술쟁이freche Kröte'라고 불렀고, 마리가 아무리 간절히 바라도 어쩐지 빈프리트와 단둘이 남게 되는 일은 거의 없었다. 마리는 빈프리트에게 마음을 들키지 않으려고 철저히 단속했다. 속내를 들키느니 죽는 것이 낫다고 생각했고, 아무에게도 들키지 않았다. 마리가 누군가에게 반했다고 생각한 친구가 있었다면, 그 누군가는 베르너였다.

이듬해 마리는 학교를 다니는 내내 존트호펜으로 돌아갈 궁리를 했다. 마침내 존트호펜으로 돌아갔을 때에는 로테와 더 가까워졌다. 그리고 로테가 자신과 마찬가지로 돌아가신 아버지 사진을 항상 지니고 다닌다는 사실을 알게 되었다. 두 사람의

아버지는 서로 적이 되어 싸웠지만 그건 중요하지 않았다. 둘 다
사망했으니 그것으로 그만이었다. 그렇게 두 여자아이의 유대는
더욱 끈끈해져 오늘날까지 이어지고 있다.

당시 열네 살이 되어 열다섯을 앞두고 있던 마리는
빈프리트와의 우정에도 변화가 있기를 바랐을 것이다.
어쩌면 그때 마리가 꿈꾸던 방식으로는 아니라 해도 둘은
전보다 더 가까워졌을 것이다. 마리는 패거리와 함께 학교를
다니면서 제발트의 학교생활을 목격했다. 제발트는 마리에게
독일어를 가르쳐주었고, 'r'을 발음할 때 알고이식으로 혀를
굴리라고, '오베르르르스트도르프Oberrrstdorf!'라고 발음하라고
일렀다. 심지어 마리를 집에 데려가 부모님과 누나, 여동생을
소개시켜주었고, 그 덕에 마리는 게르트루트와 그로부터 수년간
지속될 우정을 쌓았다.

이런 순간들이 마리에게는 기쁨이었고, 또 다른 기쁨의
순간들도 있었다. 한번은 빈프리트가 자작시를 마리에게
보여주었는데, 마리는 빈프리트의 마음이 사랑이 아닌 죽음을
향해 있음을 알 수 있었음에도—그가 기억하는 것은 "관, 관,
관Sarg, Sarg, Sarg"이었다—빈프리트의 행위를 신뢰의 제스처로
이해했다. 또 한번은 존트호펜보다 더 고지대에 위치한
오르덴스부르크에서 둘이 같이 공연을 보았다. 오케스트라가
베토벤 전원 교향곡의 '천둥' 악장을 연주하고 있을 때 갑자기
실제로 천둥 번개가 쳤고, 두 사람이 아연실색하는 동시에 반쯤
겁을 먹은 그때 빈프리트가 아주 잠깐 팔로 마리를 감쌌다.

하지만 그뿐이었다. 마리는 여전히 '건방진 심술쟁이'였고
빈프리트는 여전히 감히 다가갈 수 없는 사람이었다. 그해 여름은
눈 깜짝할 사이에 끝이 났다. 마지막으로 본 날 빈프리트는
자전거를 타고 마리에게 와서 작별 선물로 책을 한 권 주었다.
마리는 빈프리트에게 독일어로 '잘 있어'를 어떻게 말하느냐고
물었고, 빈프리트는 "레베볼Lebewohl"이라고 대답했다. 이에
마리는 "레베볼"이라고 말했다. 문자 그대로 '잘 지내' '좋은 삶을
살아'라는 뜻이었고, 빈프리트는 자전거를 타고 떠났다.

마리의 어머니는 마리의 독일행을 바란 적이 한순간도
없었다. 1958년에는 할아버지가 마리의 편을 들어주었지만
이제 어머니는 더 이상 독일은 안 된다며 발목을 붙잡았다.
이듬해 여름 마리는 영국에 가서 영어를 배웠다. 몇 년 후에는
가까스로 독일에 돌아왔으나 존트호펜이 아닌 린다우로 갔고,
거기서 공연을 보러 갔다가 우연히 베르너와 재회했다. 마리는
베르너에게 빈프리트의 소식을 물었고, 베르너는 빈프리트가
스위스에서 신부가 되었다고 했다. 농담이었을 수도 있고, 어쩌면
마리가 자신의 라이벌 빈프리트를 잊기를 바랐던 것일 수도 있다.
진실이 뭐였건 마리는 베르너의 말을 믿었다. 기억 속 범접하기
어렵고 이상한 그 남자애라면 그럴 수 있겠다 싶었는지도
모른다. 마리는 새하얗고 둥근 옷깃이 달린 검은 신부복을 입은
빈프리트를 머릿속에 그려보고는 그를 잊기로 결심했다. 그리고
3년 후 다른 사람과 결혼했다.

열네 살의 마리.

카주스의 아버지는 여건만 갖춰지면 곧장 가족과 해외로
떠났다. 그들은 1958년에는 남프랑스로, 1959년과 1960년에는
이탈리아로 갔다. 그리고 1959년에는 함께 떠나자며 제베를
초대했다. [11]

빈프리트의 부모는 아들이 자유롭고 허용적인 케저네 가족과
허구한 날 시간을 보내는 것에 이미 불만을 품고 있었다. 그런 마당에
모든 북부인의 시선에서 보기에 태양과 죄의 땅인 이탈리아로
그 집 사람들과 2주 동안 여행을 떠나겠다니, 달가울 리 없었다.
아니나 다를까 평소보다 더한 논쟁이 오갔다. 그러나 빈프리트는
승리를 거머쥐었고, 열다섯에 태어나 처음으로 독일을 떠났다.

그때는 케저의 가족이 아직 자동차를 소유하고 있지 않았던
터라 다들 캠핑 장비 일습을 질질 끌고 기차로 리비에라리구레
해안까지 가야 했다. 그래도 그럴 만한 가치가 있었다.

그들은 카라라에서 미켈란젤로의 대리석 채석장을 보았고,
마리나디카라라까지 걸어가서 맛있는 피자를 먹었다(아엔데를
부인이 빈프리트에게 피자까지 만들어주지 않았더라면 그것이 그의
생애 첫 피자였을 것이다). 빈프리트와 케저는 청록빛 바다에 띄운
구명보트에 몸을 싣고 얼마 전 미국 친척들이 보내준 낚싯대로
낚시를 하면서 끝 모를 시간을 보냈다. 케저 부인은 일광욕과
수영을 하고 캠핑용 레인지로 간단한 음식을 요리하면서(하지만
남자아이들이 물고기를 한 마리도 낚지 못한 탓에 해산물 요리는
없었다) 나름의 방식으로 행복을 만끽했다. 카주스가 말하기를,
케저 부인은 자기 아들은 여전히 깡마른 아이인데 빈프리트는
벌써 몸집도 커지고 체력도 좋아 그 사내다운 모습에 약간 시샘을
느꼈다고 한다. 다음 사진을 보면 케저 부인의 말이 옳았음을 알
수 있다.

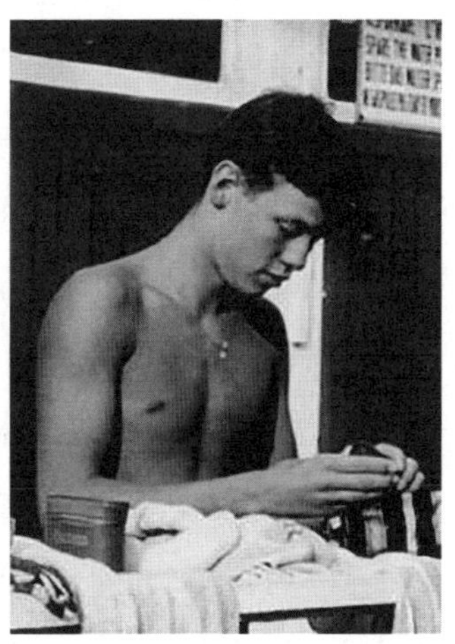

1959년 이탈리아에서 빈프리트.

그해 여름이 지나고 얼마 후, 제발트 가족은 교환학생 프로그램에 참여했다가 예상치 못한 결과를 맞닥뜨렸다.[12]

이는 로자와 게오르크의 생각이 아니라 이번에도 케저 부부의 생각이었다. 케저 부부는 1958년 프랑스에서 휴가를 보내던 중 프랑스어를 쓰는 한 스위스인 부부와 친구가 되었는데, 그들에게는 위르겐의 또래인 아들이 둘 있었다. 안드레는 독일어를 배우고 싶어했던 한편, 위르겐은 머지않아 프랑스의 학교에서 공부할 예정이었다. 그리하여 두 부부는 이듬해에 안드레가 교환학생으로 독일에 와서 케저 부부 집에 머물게 할 계획을 세웠다. 그런데 이듬해가 되니 카주스가 생애 첫 여자친구에게 정신이 팔린 나머지 존트호펜을 떠나려 하지 않았다. 그리하여 케저 부부는 제발트 부부와 의논했다. 어쩌면 아들을 홀로 떠나보내는 상황에 로자가 준비되지 않았을 수도 있고, 비록 머나먼 곳을 갈망했다고는 하나 빈프리트 본인이 준비되지 않았을 수도 있다. 어떻든 결국 두 부부는 안드레가 케저네가 아닌 제발트네 집으로 가고, 제발트 부부가 카주스 대신 자식을 프리부르로 보내자는 결론에 도달했다. 그런데 프리부르로 간 사람은 빈프리트가 아닌 게르트루트였다.

그로 인해 예기치 못한 파문이 밀려온 건 순식간이었다. 열여덟의 게르트루트가 이 교환학생 방문을 통해 장폴 에비서라는 키 크고 까무잡잡하고 잘생긴 청년을 만나 사랑에 빠진 것이다. 게르트루트는 이듬해에 다시 프리부르를 찾았고 자기가 착각한 것이 아님을 깨달았다. 장폴은 게르트루트가 갈망하는 것의 완전체이자, 로자가 두려워하는 것의 완전체였다.
즉, 장폴은 예술가이자 가수였고, 장발의 보헤미안이었고,
알고이 출신이 아니었던 데다, 심지어 독일인도 아니었다.
로자는 게르트루트가 조 에겔호퍼의 아내 레니의 형제이자
성공한 사업가인 웅켈 한스의 아들, 아니면 적어도 존트호펜의
약사 아들과 결혼하기를 꿈꿨다. 그러나 게르트루트의 선택은
두 남자를 비켜갔다. 게르트루트는 스물셋에 장폴과 결혼해
그때부터 죽 프리부르에 정착했다. 그 후 로자는 자식들 중에서
가장 먼저 독일을 떠난 게르트루트를 평생 나무랐고, 사위의
보헤미안스러운 삶의 방식을 끝내 받아들이지 않았다. 카주스가
처음 사귄 여자친구는 자신이 한 어머니의 슬픔과 한 딸의 행복한
결혼생활에 간접적인 원인을 제공했음을 까마득히 모른 채 이내
어디론가 사라졌다.

그리하여 그해 여름 빈프리트는 또 다른 외국인 친구를 얻었다.[13]
안드레는 그해에 빈프리트가 가장 친하게 지낸 친구였고, 프랑스
소녀들과 달리 제발트 부부와 함께 살았다. 그는 빈프리트보다
나이가 더 많았고, 새롭고도 매력적인 재능의 소유자였다.
안드레는 상당한 실력을 갖춘 축구 선수이자 훌륭한 음악가였다.
그는 클라리넷을 아름답게 연주했고, 휘파람은 그보다 더
아름답게 불었다. 차이콥스키 교향곡 5번—한 음도 빠뜨리지
않았다—과 브람스의 클라리넷 5중주, 브루흐의 바이올린
협주곡 등을 휘파람으로 연주하면서 진실되고 순수한 소리를

냈다. 한편 아무도 언급한 적은 없지만 빈프리트로서는 안드레가 구순구개열이 있으며 그렇게 흠이 있는 입술로도 그토록 완벽한 소리를 냈다는 사실을 눈치채지 않을 수 없었을 것이다. 빈프리트는 분명 이 사실에 감화되었을 것이고, 안드레처럼 구순구개열이 있고 조현병을 앓았던 시인 에른스트 헤르베크에 대해 쓸 때 분명 안드레를 떠올렸을 것이다.

안드레가 그 첫 여름에 대해 가진 기억은 모든 사람이 제베에 대해 가진 기억과 동일하다. 재밌었다는 것이다. 안드레는 재킷을 걸치고 넥타이를 맨 모습으로 존트호펜에 도착했고, 빈프리트는 안드레가 곧바로 청바지로 갈아입게 만들었다. 둘은 프랑스어와 독일어로 웃으며 농담을 나누고 말장난을 했다. 또 매일같이 수 킬로미터 반경의 호수와 강에서 수영을 했다. 안드레가 기억하기로 제베는 수영 실력이 뛰어났지만 본인은 형편없는 수준이라 돌처럼 바닥으로 가라앉았다. 안드레가 책이나 그림에는 관심이 없었던 터라 두 사람은 그것들이 아닌 음악에 대해서만 대화를 나누었다. 하지만 산책 길에는 풍경에 대한 대화도 나누었다. 안드레는 빈프리트가 모든 풀과 나무의 이름을 알고 있었다고 말하면서, "나중에 빈프리트가 쓴 글을 통해 우리가 나눴던 대화를 다시 들었어요"라고 덧붙인다. 두 사람의 우연한 만남은 빈프리트가 외국인 친구들과 나눈 모든 우정이 그랬듯, 행운의 한 조각이었다. "Nous étions tous les deux fantaisistes[우린 둘 다 몽상가였죠]"라고 안드레는 말한다. 둘 다 상상 속에서 살았다는 말이다. 그리고 훗날 빈프리트는 안드레처럼 자신의 손상된 부분으로 아름다움을 창조해냈다.

9월에는 사뭇 새로운 학교생활이 시작되었다.[14] 제베와 대부분의 친구들은 그해에 열여섯 살이 되었다(로테는 어릴 적 결핵을 앓아서 열 살이 될 때까지 대체로 어머니한테 가정 교육을 받은 터라 열일곱 살이었다). 그들은 6학년에 접어들면서 기말고사로 치를 과목을 선택했다. 그리고 거대하고 현대적인 신식 건물에서 공부했다. 이제 기숙사 공간도 마련되었고, 그래서 알고이에서 한참 떨어진 지역에서도 소년 소녀 들이 유입되기 시작했다. 그럼에도 저학년은 50명이 아닌 30명 정도로 구성되었고, 6학년부터 9학년까지가 해당되는 고학년은 마리아슈테른에서처럼 정원이 약 20명이었다.

오늘날과 비교하면 ORO(학교의 별칭이었다)를 지배하는 시스템은 그리 팍팍하지 않았다. 수업은 1시까지 진행되었고, 존트호펜 기차 통학생들은 기차에서 숙제를 날림으로 마친 (혹은 베낀) 후 계절에 따라 수영을 하거나 스키를 탔다. 게다가 수업 시간에 소화해야 하는 학업의 양도 상대적으로 적었고, 교사들도 (과거에 비해) 엄격하지 않아서, 분위기가 전반적으로 편안했다. 막스는 그때를 그렇게 회상하며[15], 놀라움과 안도감을 표했고, 그건 마리아슈테른을 나온 여자애들도 마찬가지였다. 그럼에도 시스템은 제대로 작동했다. 하이디 노바크(결혼 전 성姓은 뷔크)는 말한다. "화학 수업에서 배운 게 아무것도 없다고 생각했어요. 그러다 나중에 화학시험을 통과해야 할 때가 되니까"—하이디는

훗날 약사가 된다—"어찌 됐건 제가 많은 지식을 갖고 있다는
사실을 알게 됐죠."

모두가 입 모아 말하기를, 그건 교사들 덕분이었다. 과학자가
된 학생들은 수학과 물리학을 가르친 바이네르트 선생님과
화학과 생물학을 가르친 츌회퍼 선생님을 애틋하게 추억한다.
그중 수학과 물리학은 빈프리트가 잘하는 과목이 아니었고, 그가
물리학 실험실에서 진행한 실험에 대해 바이네르트는 학기말에
이렇게 기록했다. "음, 붕크와 제발트, 너희 때문에 석탄을
태웠다니 유감이구나."[16] 제발트와 그의 친구들에게 중요했던
선생님은 인문학 교사들이었다. 특히 세 사람, 즉 문학을 가르쳤던
슈멜처, 미술을 가르쳤던 마이어, 담임선생님이자 역사와
독일어를 가르쳤던 에버하르트 박사가 그러했다.

사범학교를 갓 졸업한 젊은 교사였던 카를하인츠 슈멜처[17]는
최신 자유주의 사상을 학교에 들여왔다. 그러나 이보다 더
중요한 사실은 그가 문학에 대한, 특히 훗날 막스가 애호하게
되는 토마스 베른하르트(막스는 "나는 베른하르디너다"라고
말한다*), 막스 프리슈, 장 파울 같은 작가들에 대한 열렬한 사랑을
불러일으켰다는 것이다. 빈프리트는 슈멜처를 통해 그 작가들을
처음 접하게 되었을 것이다.

슈멜처는 빈프리트가 속한 학급에서 전후 독일 문학을

---

*   베른하르디너[베르나르디너]가 성 베르나르를 일컫기도 하니, 재밌는
농담이다.—지은이 [클레르보의 성 베르나르는 12세기 프랑스 출신 수도자이자
신비가로, 시토회 Cistercians를 확장시켜 수도원 개혁운동의 중심에 섰고, 십자군
원정을 독려하는 설교를 하기도 했다.]

가르쳤다. 예컨대, 그는 하인리히 뵐과 지그프리트 렌츠의
단편소설("경이롭고" "장편소설보다 훨씬 더 낫다"라고 슈멜처는
말한다)과 귄터 그라스의 『양철북』을 학부모들이 부도덕하다며
반대해도 아랑곳않고 가르쳤다. "제가 제발트에게 몇 개의 문을
열어준 것 같습니다"라고 말하는 슈멜처는 훗날 막스의 친구가
되는 화가 얀 페터 트리프 같은 다른 유명한 학생들에게도 비슷한
영향을 미쳤다. 둘 다 그렇게 말했다. 트리프는 본인이 평생
문학에 빠져들게 만든 사람이 슈멜처였다고 말한다.[18]

미술 교사 프란츠 마이어[19]는 자신이 맡은 과목에 대한
새로운 생각과 열정이 넘쳐나는 사람이었고 빈프리트의 친구들이
하나같이 따르던 선생님이었다. 그는 바닥에 커다란 종이를
깔아놓고 마치 젊은 잭슨 폴록이 교실을 한가득 메우고 있기라도
하듯 학생들에게 그 종이 위에 물감을 칠해보라고 했다. 또한
학생들을 가능한 한 자주 밖으로 데리고 나가서 자연에서 물감을
칠하고 그림을 그리게 했다. 빈프리트는 특히 아르민 뮐러와 하는
산책을 즐겼기 때문에 이 야외 활동을 좋아했다. 그리고 슈멜처를
통해 나중에 애호하게 되는 작가들을 알게 되었듯, 마이어를
통해서는 미래에 좋아하게 되는 화가 마티아스 그뤼네발트에
대해 배웠다. 마이어는 수업에서 그뤼네발트를 집중 탐구했다.
그러니 빈프리트가 이젠하임 제단화를 처음 본 것은
오버스트도르프에서 진행된 마이어의 수업에서였을 것이다.[20]

쿠르트 에버하르트[21] 박사는 두 교사와는 완전히 다른
사람이었다. 그는 마이어와 슈멜처보다 나이가 더 많았고, 교실에

들어가면 모든 학생이 자리에서 일어나 "Guten Morgen[좋은
아침입니다]"을 외치게 했을 정도로 무척 고지식한 사람이었다.
그럼에도 고위 교직원들 사이에서 거의 보편적이다시피 했던
정치적 보수주의자는 아니었고, 평생 독일사회민주당SPD
당원이었다. 에버하르트는 작은 키에 알이 두꺼운 안경을 썼기
때문에 당시 남학생들은 만약 그가 입대가 가능한 나이였더라도
참전이 가능한 신체 조건이 아니라는 판정을 받았을 것이라고
생각했다. 그럼에도, 혹은 그렇기 때문에 에버하르트는 엄격한
규율주의자였고, 한 치의 망설임 없이 말썽꾸러기들에게 힘차게
매를 휘둘렀다. 그런 까닭에 좀더 불량스러운 학생들은 그를
깍듯이 공경했고, 다른 학생들도 일류 교사였던 그를 공경했다.
실제로 그가 별명으로 불렸다는 점을 고려하면 분명 모든
학생이 잘 따르는 교사였을 것이다. 사실 그의 별명은 '코주부'를
뜻하는 슈나우첼Schnautzel(콧수염 때문이었다)과 ['코딱지'를 뜻하는]
포펠Popel(이에 대해서는 별다른 설명을 듣지 못했다) 두 가지였다.
　　훗날 빈프리트와 그의 친구들은 슈멜처처럼 과거에 대한
금기를 따르기 거부한 에버하르트를 특히 존경했다.
에버하르트는 학생들이 공부하는 역사책이 1933년을 기점으로
끝난다는 점을 지적했다. 그는 무엇보다 비판적인 태도를 가지라고,
권위를 가진 사람이 하는 말을 의심 없이 받아들이지 말라고
가르쳤다. 물론 자신은 예외였다. 에버하르트는 학교 밖에서는
더더욱 일관성이 없었고, 강압적인 태도로 아들들 위에 군림했다.
언젠가는 그의 막내아들이 신이 누구인지 아느냐는 질문에

"에버하르트 박사님"이라고 대답했다는 소문이 돌기도 했다.

빈프리트가 열여섯 살이었을 무렵, 그와 아버지의 다툼은 과거와 관련된 갈등으로 성격이 바뀌었다.[22]

　　당시 여덟아홉 살 정도밖에 되지 않았던 베아테는 아무런 차이도 느끼지 못했고 이 갈등을 그저 집안에서 벌어진 일화로, 평범한 10대 아들과 부모의 말다툼 정도로 받아들였다. 하지만 게르트루트나 빈프리트의 친구들, 선생님들을 포함해 다른 사람은 전부 알고 있었다. 마이어도 알았고,[23] 슈멜처도 알았다. 슈멜처는 "빈프리트가 가족 때문에 힘들어했습니다"라고 내게 말했고, 내가 왜 그랬느냐고 묻자 그는 "독일인이었기 때문입니다"라고 대답했다. 빈프리트가 독일의 숨겨진 역사에 대해 배우게 된 계기로는 슈멜처의 수업이 있었고, 또 자발적인 독서가 있었다. 그의 독서는 차츰 규정된 테두리를 벗어나고 있었던바, 예컨대 어느 시점에는 친구들에게 학교에서 존경받던 19세기 '체조의 아버지' 얀*이 인종차별주의자이자 나치의 원형이었다고 말했다.[24] 헬무트 붕크는 모든 점을 종합해보면 자기처럼 아는 것이 많지 않던 남자아이들에게 열대여섯 살의 빈프리트는 "이미 68세대" "혁명가" 같았다고 회고한다. 그렇다면 분명 아버지에게도 그는 그렇게 보였을 것이다.

———————————

* 　프리드리히 루트비히 얀. 독일의 국민체조 운동을 창시한 교육자이자 사상가로, 공동체의 결속과 민족적 체력 단련을 강조했다. 나치 등장 이전에 사망했으나 반프랑스적, 민족주의적 성격 때문에 훗날 나치 이데올로기의 선전에 이용되었다.

게오르크는 베를린과 파리에서 휴가를 보냈을 당시의 유쾌한 이야기를 제외하면 전쟁에 대해 말하려 하지 않았다. 빈프리트가 본인과 본인이 속한 세대를 공격할수록 게오르크는 더 입을 다물었고 그러다 자제력을 잃으면 호통을 쳤다. 그러면 고성이 오갔고, 로자는 이웃들이 들을까 봐 필사적으로 두 사람을 진정시키려 했다. 그 후 몇 년간 상황이 점점 악화되면서 집안에는 끝없는 긴장감이 감돌았고,[25] 빈프리트는 물론 그의 아버지 게오르크도 집 밖에서만 긴장을 풀 수 있었다.

한편 친구들의 아버지 중에는 전쟁과 덜 연루된, 그래서 덜 침묵한 사람도 몇 있었다.[26] 가령 건강 문제로 처음에 징집을 면제받은 카주스의 아버지는 다른 성인 남자와 소년 들처럼 전쟁이 끝날 무렵에 징집되었고, 전선으로 나가려던 찰나 친구의 도움으로 가까스로 빠져나왔다. 그리고 나이가 지나치게 많거나 미성년자여서 훈련을 받지 않았던 60명의 동료는 사망했다. 카주스의 아버지는 나치 편이 아니었고 케저 부인은 더더욱 그랬으며, 두 사람은 그 끔찍한 시절에 대해 꽤 공공연하게 의견을 말하곤 했기에 카주스는 이 문제에 있어서 다른 아이들처럼 부모와 갈등을 겪지 않았다. 헬무트의 아버지는 전시에도 국가의 보호를 받는 산업에 종사했고 군 복무도 하지 않았다. 또한 가톨릭 신자였고 당에 가입한 적도 없었으므로, 헬무트가 느끼기에 아버지는 나치와 전혀 관련이 없는 사람이었다.

로테의 아버지[27]는 군인이었지만 그건 모든 남자의 의무였다. 그보다 로테의 신경을 거스른 것은 전쟁 발발 전 아버지가 아돌프

히틀러 학교에서 체육 교사로 근무했다는 사실이었다. 로테는
"어떻게 그러실 수가 있죠?"라고 어머니에게 물었다. "나치였나요?"
로테의 어머니는 "아니"라고 단호하게 대답했다. 다만 가난했던
그는, 결혼할 형편도 안 되었던 차에 오르덴스부르크에서 일자리를
제안받았다. 그것이 유일한 기회였기에 그는 그 기회를 잡았다.
"그럼 엄마는 뭘 알고 있었는데요?" 로테가 끈질기게 질문을
이어갔다. "엄마가 베를린에 있었을 때, 유대인들이 잡혀갔을 때
말이에요." 로테의 어머니는 "한밤중에 아무도 모르게 일어난
일이라 우리는 몰랐단다"라고 대답했다. 어머니가 거짓말을 한
적이 없었고 로테는 그 말을 믿었지만, 근심을 떨쳐내지는 못했다.

다른 친구들의 아버지는 빈프리트의 아버지와 입장이
비슷하거나 더 나쁜 쪽에 속했다. 예컨대 하이디 뵈크의
아버지는—차마 상상할 수 없을 정도로, 서부전선보다 더
참혹했던—러시아 전선에 나가 있었고 그곳에서 한쪽 다리를
잃었다. 그리고 집으로 돌아온 순간부터 독일의 경제적
기적에 몰두하면서 전쟁은 입에 아예 올리지도 않았다.
낙하산병이었다가 경찰이 된 에슈바일러의 아버지도 전쟁에 대해
거의 한마디도 하지 않았다. 루프트바페Luftwaffe* 파일럿이었던
군델라 엔첸스베르거의 아버지는 영웅 대접을 받게 되리라고
기대했지만 전쟁에서 패배하면서 그 기대가 무너지자 술에
의존하며 가족을 학대하기 시작했다.

---

*　제2차 세계대전 당시 독일 공군.

그러나 그중에서도 최악의 위치를 차지한 사람은 발터의 아버지였다.[28] 제3제국 시대에는 교양 있고 존경받는 칼하머 박사였던 발터의 아버지는 나치당의 초기 구성원이 되었다. 그는 1931년 존트호펜 군구지휘자가 되어 주 전체를 통솔하는 대관구大管區지휘자에 이은 2인자가 되었다. 이는 단순히 질문을 하지 않는 군인의 자리가 아니라, 권력의 자리였다. 그리고 칼하머 박사는 자랑스럽게, 기꺼이 그 자리를 선택했다.

내가 2015년 발터의 누이 우르줄라와 대화했을 때, 그는 여든이 넘은 나이에도 여전히 슬픔에 짓눌려 있었다. 아버지는 분명 처음부터 나치 신봉자였다고 우르줄라는 말했다. 그러나 전쟁 후반부에는 더 이상 나치 추종자가 아니었다. 나중에 우르줄라가 왜 그 자리에서 물러나지 않았느냐고 묻자, 칼하머는 "침몰하는 배를 버릴 수는 없다"라며, 자리에서 물러났다가는 가족이 전부 강제수용소로 보내졌을 거라고 대답했다. 적어도 그 말은 진실이었을 것이다.

우르줄라는 아버지가 고발당한 사람들을 결코 괴롭힌 적이 없는 괜찮은 사람이었다고 주장하지 않았지만, 다른 사람들은 그가 괜찮은 사람이었다고 생각했다. 평소 나는 그런 주장을 회의적으로 받아들이지만 이번만큼은 그러지 않았는데, 그건 그 주장을 한 사람들 때문이었다. 말하자면 우르줄라(로테)와 위르겐, 그리고 그들의 친구인 페터 샤이흐는 거짓말을 할 사람이 아니었다. 칼하머는 맹렬한 나치 신봉자였던 샤이흐의 아버지에 대한 밀고를 반복적으로 접했으나 그에 대해 아무 조치도 취하지

않았다. 또한 반나치주의적인 태도로 이웃들을 대놓고 조롱한
식료품점 주인 아인지들러도 있었는데, 칼하머는 그에게도
아무런 제지를 가하지 않았다.

발터가 자신의 아버지를 둘러싼 이런 소문을 접했는지
나로서는 알 길이 없지만, 만일 그랬더라도 소문을 믿었을 것
같지는 않다. 발터는 다른 믿음을 품고 있었다. 1943년 2월, 다섯
살 난 유대인 아이 가브리엘레 슈바르츠가 슈티펜호펜의 작은
마을에 숨어 있다가 발각되어 체포된 후 아우슈비츠로 강제
수송된 일이 있었다. 슈티펜호펜은 존트호펜의 지역구에 속해
있었고, 발터는 아버지가 강제 수송을 승인했으리라고 확신했다.
그는 칼하머가 단지 나치 고위 관리였을 뿐만 아니라 자기 손에
피를 묻힌 사람이라고 여겼다.

사실 이는 진실일 수가 없다. 1943년 2월 칼하머 박사는
존트호펜에서 수천 킬로미터 떨어진 동부전선에서 의무장교로
복무하고 있었다. 그리고 전후에는 모든 고위급 나치와
마찬가지로 나치 전범재판소에서 재판을 받았는데, 이 재판의
결과는 막스의 친구들이 내게 말해준 내용을 확증해주었다. 각종
증거에 따르면 칼하머는 이례적으로 관대한 지도자로 폭력을
승인하거나 직접 휘두른 적이 한 번도 없었고, 특히 한 증인의
증언에 따르면 그 누구도 강제수용소로 보낸 적이 없었다. 발터의
두려움은 오해에 기초해 있었다.

그럼에도 칼하머는 진심으로 인종차별주의와 전체주의를,
궁극적으로는 집단 학살의 이데올로기를 지지했다.

1950년경에는 칼하머의 장남 프리츠가 어떻게 그런 일을
할 수 있었느냐고 물었다. 그러자 칼하머는 그건 말해줄 수
없다고만 했다. 그로부터 10년 후 발터가 똑같은 질문을 했을
때에도 똑같은 답변만 돌아왔다. 아버지에게서 용기와 품위를
목격하기도 했던 프리츠는 부친이 너무 고통스러워 말하지
못하는 것이라고 받아들였다. 그러나 발터는 새로운 세대에 속한
사람이었고 아버지를 용서할 수 없었다. 발터와 빈프리트와
로테 모두 각자의 아버지에 대해 비판적인 태도를 취했지만,
그중에서도 발터는 유독 아버지를, 그리고 자기 자신을 괴롭혔다.

이에 비하면 빈프리트에게는 불평할 만한 것이 거의 없었다.
그러나 그는 아버지를 나치로 간주했고, 친구들에게 아버지가
나치라고 말했다.[29] 그리고 고집스럽고 화를 잘 내는 성격이었던
아버지 게오르크는 그런 평판에 부합하는 삶을 살 수밖에 없었다.
귀가했을 때 로자가 빈프리트의 패거리와 즐거이 놀고 있으면
험악한 얼굴로 슬그머니 다가가 아이들이 겁을 먹고 흩어지게
만들었다. 집에서 입지를 위협받는다고 느낀 게오르크는 명령을
내리는 데나 열을 올릴 뿐이었다. 방 한가운데에 슬리퍼를 두지
못하게 하고, 책가방도 아무 데나 던져놓지 **못하게** 하며(베아테가
자기 방에서 거듭 그런 행동을 하면 게오르크는 참지 못하고 베아테의
방에 들어가 슬리퍼나 책가방을 침대 가장자리에 늘어놓았다). 이런
행동 하나하나가 빈프리트를 미치게 했고, 그는 이에 맞서 아버지도
미쳐버리게 만들었다. 어느 날 아침 식사 자리에서 빈프리트는 버터
한 조각을 무심코 비뚤게 잘랐다. 그러자 게오르크는 끄트머리를

반듯하게 만들기 위해 버터 한 조각을 다시 잘랐다. 그러자 빈프리트가 곧 다시 버터를 비뚤게 잘랐고 게오르크는 재차 버터를 똑바로 잘랐는데, 그렇게 서로 연이어 자르다가 더 이상 버터를 먹을 수 없게 된 게오르크는 빈프리트가 자기를 놀리고 있음을 깨달았다. 게오르크는 분노에 찬 고함을 내질렀고, 목적을 달성한 빈프리트는 의자에서 일어나 자리를 떴다. 그러자 게오르크는 득달같이 빈프리트를 쫓아가 세차게 그의 뺨을 후려쳤다. 어쩌면 이것이 마지막 체벌이었을 것이다. 헬무트가 기억하기로, 열대여섯쯤부터 빈프리트는 아버지가 더 이상 자기를 때리지 못하게 만들었다고 했다. 그와 거의 동일한 시기에 게오르크는 나치라는 비난을 받지 않으려 애쓰고 있었다. 그는 빈프리트에게 "Das sagst Du mir nicht mehr[다시는 나한테 그런 소리 하지 마라]"라고 말했다. 그러면 빈프리트는 돌아서면서 "그래봤자 제가 생각하는 것까지 막으실 순 없을 거예요"라고 말했다.

빈프리트는 학교에서도 새로운 혁명가의 면모를 내비쳤다.[30] 그는 성교육은 순전한 위선이고 자위에 대해서만 말할 뿐이라면서 성교육 수업 출석을 거부했다. 종교 수업에는 출석을 하기는 했지만 대부분은 소란을 피우기 위해서였다. 잊을 수 없는 일화도 있었는데, 빈프리트는 신부에게 그리스도의 할례Beschneidung Christi에 대해 물었다. 할례가 정확히 **뭐였죠?** 그 말에 신부는 뭔가를 중얼거리고는 화제를 전환하려 했지만, 빈프리트는 순순히 넘어가지 않았다. 그는 신부가 어쩔 수 없이

대답할 때까지 거듭 질문을 던졌고, 그 바람에 신부의 얼굴은
분노 때문인지 민망함 때문인지 둘 다 때문인지 붉게 달아올랐다.

그리고 에버하르트 박사는 교사 중에서 가장 엄했기 때문에,
빈프리트는 그에게도 저항할 수밖에 없었다. 어느 날에는 도를
넘어 막무가내로 도발한 바람에 에버하르트가 그를 문제아
취급하면서 뺨을 세게 내리쳤다. 그러나 헬무트의 기억에 따르면
그 후 게오르크가 학교에 찾아와 에버하르트와 대화를 나누었다.
두 사람의 표정으로 보아 헬무트는 게오르크가 사과가 아닌
항의를 하기 위해 찾아온 것이었다고 확신했다("선생님 말씀은
늘 옳다면서 저한테 연달아 잔소리를 하신 우리 아버지와는 달랐죠."
헬무트는 말한다). 어쩌면 게오르크는 자기 아들을 때릴 권리를
가진 사람은 자기뿐이라고 생각했을지도, 혹은 암호랑이처럼
항상 빈프리트를 보호한 로자의 명령에 따라 그리했을지도
모른다. 게르트루트가 기억하기로, 집에서 로자는 원래 본인이
할 잔소리를 게오르크가 대신 하도록 시킬 때가 많았는데, 이를
두고 빈프리트는 아버지가 어머니의 입을 빌려 잔소리를 한다며
정반대로 생각했다.[31] 다시 말해 곤란한 상황에 처한 가여운
제발트 부부는 아이들의 마음을 얻으려는 심산으로 각자 하기
싫은 일을 서로에게 떠넘겼다.

이 모든 말썽에도 불구하고 열여섯 무렵 빈프리트는
학교에서 두각을 나타내기 시작했다. 수학과 물리학 성적이
엉망이었고 (어쩌면) 반항아로서 관심받는 것을 더 좋아했기에
한 번도 학급 대표였던 적은 없었다. 또한 방과 후 활동,

특히 마찬가지로 두각을 나타내기 시작했던 수영에 열심히
매진했으나, 진지하게 운동하는 선수들은 빈프리트를 동급으로
생각하지 않았다.[32] 그러나 빈프리트의 지성과 학식은 점점
더 선명한 빛을 발했다. 그는 (아델바르트 할아버지처럼) 놀라울
정도로 명확하고 교양 있는 독일어로 학급에서 그 누구보다
똑부러지게 자기 생각을 말했다. 폭넓은 독서로 다져진 독창적인
에세이는 항상 최고였다. 에버하르트 박사는 빈프리트의
에세이를 반 아이들에게 큰 소리로 읽어주었는가 하면, 학생들의
발표를 빈프리트더러 평가해보라고 하기도 했다. 프란츠
마이어는 빈프리트가 더 이상 일개 남학생이 아니며 진지하게
받아들여지는 인물이 되었음을 간파했다. 학급의 중심이었어요,
라고 마이어는 말했다.[33]

가정에서는 게르트루트가 독서, 지식, 두뇌 게임 면에서
자신을 능가하는 빈프리트를 주목했다. 한번은 빈프리트가 일주일
동안 알렉산더 율격―한 행이 12음절로 이루어진 시행―으로
말해보자며 도전을 걸어왔는데, 게르트루트는 간신히 두 번밖에
성공하지 못한 반면 빈프리트는 한 주 동안 나눈 거의 모든
대화에서 알렉산더 율격을 사용해 말했다. 친구들은 빈프리트가
얼마나 훌륭한 관찰자이자 이야기꾼인지를 점점 더 제대로
간파해가기 시작했다.[34] 또한 빈프리트는 자기가 읽고 있는 책,
예컨대 심한 바이에른주 방언으로 쓰인 19세기 풍자소설 루트비히
토마의 『필저의 편지 *Filserbriefe*』로 친구들을 즐겁게 해주었다.
빈프리트가 몇몇 구절을 큰 소리로 읽으면 다들 속수무책으로

웃어댔다. 제발트는 익살맞고, 독창적이고, 카리스마가
있었으며, 분위기를 조성하는 사람이었다. 예를 들어, 『필저의
편지』에서는 사람들이 서로에게 인사할 때 알고이에서처럼
'Griasdi[안녕하세요]'라고 하지 않고 (고어체로) 'Gott zum
Gruße[신이 함께하기를]'이라고 말하는데, 빈프리트가 이 인사말을
쓰기 시작하자 친구들도 따라 썼다. 아침에 학생들이 기차에서
내려 학교로 걸어가며 서로에게 '신이 함께하기를'이라고
인사하면 지나가던 오버스트도르프 주민들은 흠칫 놀랐다.

날이 어느 정도 따뜻해지자 빈프리트의 패거리는 곧바로
슈타르츨라흐클람으로 가서 수영을 하고 대화를 나누고 책을
읽었다. 빈프리트와 카주스는 양봉장의 양철 지붕에 누워서 꿈꾸는
듯한 젊은이의 말투로 미래에 대해 이야기했다. 빈프리트는 주변의
침묵에 대해 로테와 더 자주 이야기를 나누었다. 마치 종 모양의
유리 덮개 속에서 살아가는 듯한 느낌에 대해. 빈프리트의 부모가
보인 침묵, 로테의 어머니가 보인 침묵, 아버지들이 전쟁에서
무슨 짓을 저질렀는지 알지 못한다는 두려움에 관해. 로테는
빈프리트에게 자기는 종종 고문당하는 꿈을 꾼다고 말하면서
공포에 질린 기색으로 자문했다. **언제까지 비밀을 지킬 수 있을까?**
그러면서도 그게 어떤 비밀인지 로테는 알지 못했다.

열일곱 무렵부터 빈프리트는 막스에 가까워지고 있었다.
반부르주아, 반군사, 반성직주의, 반기득권을 기본 태도로 삼게
된 것이다. 그는 남은 평생 유지될 자기만의 스타일을 찾았다.

격식을 차리지 않고 넥타이를 매지 않으며 청바지에 기껏해야
재킷 하나만 걸치는 차림. 아무렇게나 입은 것처럼 보이는
행색이었지만 사실 신중한 선택의 결과였고, 그에게는 이미
미학적 조예도 있었다. 그는 옷뿐만 아니라 주변의 모든 것을
신중히 선택하고 배치했다. 방에는 좋아하는 책들을 작가별
언어별로 정리해두었고, 한 선반에는 특별한 돌을, 다른 선반에는
할아버지의 뻐꾸기시계를 올려두었다.[35] 주변 환경이 어떠한지는
그에게 늘 중요한 문제였고, 추한 장소에 있으면 기분이
밑바닥까지 가라앉기도 했다. 가족과 함께 생활한 존트호펜의
방은 마음에 쏙 드는 공간이었기 때문에 기분이 가라앉는 순간을
멀리할 수 있었다.

부족함이라곤 없는 나날을 보내고 있었음에도, 빈프리트는
기분이 가라앉는 순간을 겪었거나 겪을 위기에 처해 있었다.
그것도 사춘기를 지나는 아이들이 일반적으로 겪는 방식이 아니라
이미 심오한 수준에서 막스 자신만의 방식으로. 그는 친구들에게,
심지어 진지한 대화를 주고받았던 로테에게도 그런 감정을
어떻게든 숨겼다. 그러나 어머니에게는 숨기지 못했다. 아들이
사망한 후 로자는 카를하인츠 슈멜처에게 편지를 보내, 일찍부터
우울을 느끼며 수심에 잠겨 있던 아이라 대하기가 만만치 않았을
텐데도 학창 시절 내내 관심을 기울여주어 감사하다고 전했다.[36]
지금도 이를 죄송스러워하고 있으니, 당시에는 분명 불안했을
것이다. 슈멜처는 게오르크가 학부모-교사 만찬 자리에 그 어떤
부모보다 더 자주 참석해 아들을 잘 부탁한다고 신신당부했던

일을 기억한다. 어쩌면 이 또한 로자가 시켜서 한 행동일 수 있지만, 그보다는 두 사람이 똑같은 걱정을 품고 있었을 가능성이 높다. 그러나 그즈음 게오르크의 걱정이 분노와 결합되어 있었을 것임에 반해 로자의 걱정은 순전한 불안이었다. 어쩌면 그것이 부분적으로 문제가 되었을지도 모른다.

열일곱 무렵 자기 방에 있는 빈프리트.
뒤에 어린 시절 사진이 걸려 있다.

1961년 여름에는 다른 프랑스 소녀가 네 번째로 알고이를 찾았다.[37]

마티네는 건실하고 안정적인 집안 출신으로, 마리가 출생 전부터 겪은 유의 상실은 한 번도 겪은 적이 없었다. 로테는 몇 차례 마티네 가족의 집에 머물렀는데, 마리의 집과는 영 딴판일 정도로 차이가 컸다. 따뜻하고 개방적이었던 마티네의 부모는 로테를 둘째 딸처럼 맞아주었다. 그들은 둘 다 약사였고, 루앙

인근에 위치한 약국은 바다 바로 옆이었다.* 마티네의 아버지는
약리학 교수였고 문화에도 조예가 깊었다. 마티네가 가진 유일한
문제는 아버지의 나이가 많다는 것이었다. 나중에는 아버지가
얼마나 이해심이 많은 사람이었는지를 깨닫지만, 한창 성장 중인
소녀에게 아버지는 거리감이 느껴지는 사람, 말수가 적고 엄격한
사람이었다. 수녀원 부속학교에서의 생활은 고된 노동과 규율의
연속이었고, 가정생활은 안정적이었지만 엄격했으며, 이로 인해
마티네는 새로움과 재미를, 무엇보다 자유를 갈망했다. 그리고
마리처럼 존트호펜에서 그것들을 발견했다.

마티네는 존트호펜에 갈 때마다 한 달씩, 마리와는 다른
시기에 머물렀기 때문에 두 사람이 알고이에서 만난 적은
없었고, 후일 존트호펜에서 보낸 경이로운 여름에 대해 이야기만
나누었다. 마티네는 늘 퀴스터스 부인의 집에서 지냈다. 그리고
마리만큼 로테와 친해졌다. 그러나 전쟁고아들이 여름날의
기쁨뿐만 아니라 슬픔도 나누었던 데 반해, 로테와 마티네
사이에는 기쁨만 있었다. 두 사람은 서로 닮은 점이 있었고—둘
다 긍정적이고 낙천적이었으며 스포츠에 열의가 넘쳤다—서로의
가족을 사랑했다. 마리는 자기 어머니와 달리 물질적인 것에
무관심한 퀴스터스 부인을 무척 좋아했다. 마티네는 퀴스터스
부인이 "몹시 엄격하고 유쾌하지도 않은 très sévère et pas gaie" 데다
궁핍했다면서도 그의 용기와 친절함을 사랑했다. 마티네의

---

*   가족은 마티네가 열네 살 때 노르망디로 이주했다.—지은이

기억에 따르면 그들은 저녁으로 소시지에 통밀 빵만 먹을 때가
많았고, 로테와 나우케 남매는 유년기 내내 허기를 느꼈다.

마티네는 마리처럼 빈프리트 패거리와 함께 황홀한 시간을
보냈다. 그들과 같이 학교도 다니고 방과 후에는 수영장에 갔다.
같이 산을 타고 강에서 수영을 했고, 맨손으로 개울에서 물고기도
잡았다. 슈타르츨라흐클람에도 물론 동행했다. 그러나 훗날
마티네는 로테를 제외한 나머지 구성원에 대해서는 희미하게만
기억했다. 마리에게 그랬듯 마티네에게도 존트호펜을 상징하는
사람은 빈프리트였다.

마티네와 빈프리트의 우정은 마리가 빈프리트와 나눈
우정과는 달랐다. 마리는 존트호펜에서 보낸 첫 여름 이후
마티네와 나눈 열띤 대화에서 빈프리트를 깊게 사랑한다고
말했다. 마티네는 순진한 수녀원 학교 학생이었다. 마티네가
빈프리트를 사랑하게 되는 일은 일어나지 않았고, 그가
빈프리트에게 느낀 감정은 무한한 존경에 가까웠다. 마티네는
빈프리트가 생애 첫 '지적 스승maître de pensée'이었다고,
아버지만큼이나 교양 있고 박식하지만 젊고 이국적인 아버지의
대역이었다고 말한다. 늘 그렇게 아버지를 대체할 수 있는
훌륭한 사람을 찾아 헤맸다는 사실을 깨달은 마티네는 10년
후 그런 사람을 만나 결혼했다. 그 첫 번째 대역은 어디까지나
빈프리트였고, 그에 대한 기억은 황홀한 여름을 보낼 때마다
느꼈던 그대로 여전히 마티네에게 강렬하게 남아 있다.

마티네는 빈프리트가 열다섯 살 때부터 왕자님 같았다고,

인상이 강렬하고 외모가 준수하고 낭만적이었다고 말한다.
빈프리트는 슈타르츨라흐클람의 바위 위에 서서 친구들에게 빅토르
위고의 소설을 읽어주고 폭포수 소리에 맞춰 괴테의 "Kennst Du
das Land wo die Zitronen blühn[그대 아는가, 레몬 꽃이 피는 그
나라를]?"을 낭송했다. 마티네에게 빈프리트는 괴테가 창조한 '젊은
베르테르'나 카스파르 다비트 프리드리히가 그린 「안개 바다 위의
방랑자」처럼 낭만적인 독일인 주인공 이미지에 정확히 부합했다.

여름이 한두 차례 지나면서 빈프리트는 이미지 그 이상의
존재가 되었다. 빈프리트는 마티네에게 독일 예술과 문학, 음악을
가르쳐주기 시작했다. 그는 뮌헨에 위치한 알테피나코테크
미술관에 마티네를 데려가 알브레히트 알트도르퍼의
「알렉산더대왕의 전투Alexanderschlacht」를 보여주기도 했다. 그
무렵 이 작품은 이미 그의 상상력을 사로잡고 있었고, 후에
그는 『자연을 따라. 기초시』에 이에 관해 적기도 했다.† 두
사람은 노이에피나코테크 미술관에 가서 파울 클레와 막스
에른스트의 그림도 감상했으며, 빈프리트는 마티네에게 색채
이론을 설명해주었다. 마티네는 예술을 배우고 싶어했으나
아버지가 집안에 장발의 예술가는 한 명으로 족하다고(남자 형제
중 한 명이 건축가였다) 못을 박은 참이었기 때문에, 특히 그때
빈프리트와의 시간을 이후로 한시도 잊지 않았다. 빈프리트는
마티네에게 브레히트의 『코카서스의 백묵원』과 『억척 어멈과
그 자식들』을 비롯해 마티네가 더 이상 기억하지도 못하는 많은
책과 차이콥스키, 바흐, 쇼팽, 그리고 마티네가 가장 좋아하는

무소륵스키의 「전람회의 그림」 앨범까지 주었다. 그리고 이렇게 함께하는 내내 그는 결코 지루해지거나 독선적인 태도를 취하지 않았고, 오히려 흥미를 돋우었으며 대체로 유쾌했다.

마티네가 이 이상적인 지적 우정을 묘사하는 동안 나는 어째서 이 우정이 사랑으로 이어지지 않았는지 궁금했다. 그러나 곧 그 이유가 마티네의 순진함 때문만은 아니었음을 명확히 알 수 있었다. 마티네가 빈프리트에게서 느낀 것은 위대한 도덕적 이상주의, 그리고 무엇보다 어마어마한 수줍음과 내성적인 성정이었다. 마티네는 빈프리트의 감각적인 면모가 자연에서 비롯되었다고 말했다. 자연 세계를 향해 막대한 사랑을 품었고, 그로부터 크나큰 감각적 쾌락을 느꼈다는 말이었다. 그러나 인간과의 관계에서는 움츠러들었고en retraite, 뒷걸음질 쳤다. 그리고 카리스마와 낭만이 있었음에도 늘 외따로 떨어져 홀로 시간을 보냈다. "빈프리트는 혼자였어요"라고 마티네는 거듭 말했다. "그건 확신해요."

빈프리트는 마티네와 대화할 때 자신의 가족에 대해서도, 마티네의 가족에 대해서도 결코 말하는 법이 없었고, 오로지 예술과 문학과 음악에 대한 관심사만 공유했다. 그건 그의 지극히 내향적인 성향에서 비롯되기도 했지만 여기에는 다른 원인, 그러니까 독일과 프랑스 사이에서 벌어진 일에 대해 두 사람이 지킨 침묵도 자리해 있었다. 어떻게 그 침묵이 모두를 지배했는지 참 이상했다고 마티네는 말했다. 존트호펜에는 군인들이 가득했고 오르덴스부르크는 늘 저 높은 지대에 자리해 있었지만,

마티네는 그에 대해 묻지 않았고 아무도 이를 언급하지 않았다.
로테의 집에는 독일군 제복을 입은 아버지의 영정 사진이 곳곳에
빼곡했지만 마티네는 그에 대해 묻지 않았고, 로테도 로테의
어머니도 일언반구 없었다. 다들 과거에 커튼을 드리우고 살았고,
감히 침묵을 깰 엄두를 내지 못했다.

　　마티네는 1962년까지 여름마다 존트호펜을 찾았고, 한번은
부활절에도 방문했다. 마티네와 빈프리트는 1~2년 동안 편지를
주고받았다.[38] 그러나 그 후에는 연락이 두절되었다. 졸업 후
마티네는 아버지의 뜻에 따라 대학에서 약리학을 공부했다. 그리고
생화학을 전공하려던 차에 한 비범한 여자를, 프랑스 최초의
백화점 프리쉬니크를 위한 기성복 컬렉션을 디자인한 마이메
아르노댕을 만났다. 마이메는 마티네가 가진 미적 감각을 곧장
알아보았고 여름방학 동안 자기와 일해보지 않겠느냐고 제안했다.
마티네는 제안을 수락했고, 그 순간 생화학이 아닌 그 일이 자신이
바라던 일임을 깨달았다. 그때 마티네의 아버지는 다정하고 사려
깊게 마티네의 선택을 받아들이면서 "일단 침대를 선택했으면
거기에 누워야지"라고만 했다. 그리고 마티네는 그렇게 했다.
그는 8~9년 동안 마이메 아르노댕과 함께했고, 그 후에는 패션
저널리즘에 뛰어들었으며, 마침내 패션 컨설팅 회사를 설립해
괄목할 만한 성공을 거두었다. 그리고 2013년 예순일곱의 나이로
은퇴했다. 하지만 여전히 파리의 유명한 프랑스패션연구소IFM 에서
강의를 하며 창작 활동에 공을 들이고 있다.

빈프리트는 이 같은 사실을 전혀 몰랐고, 2000년에 마리와 함께 마티네를 수소문했으나 결국 찾지 못했다. 반대로 마티네는 빈프리트에게 일어난 일을 전혀 알지 못했다. 마티네는 결코 빈프리트를 잊은 적이 없었지만 그의 성은 잊어버렸고, 독서 목록 상단부에 W. G. 제발트의 책을 올려두었으나 빈프리트와 제발트를 연결 짓지 못했다. 2016년이 되어 내가 직접 찾아갔을 때에야 마티네는 학창 시절을 함께한 빈프리트와 W. G. 제발트가 동일 인물임을 깨달았고('막스'와 달리 이름을 구글에 검색하기만 하면 터무니없을 정도로 쉽게 찾을 수 있었다) 그건 마티네의 삶에서 벌어진 가장 큰 우연이었다. 마티네는 그 즉시 제발트의 모든 작품을 단숨에 차례차례 읽어나갔고, 다시 빈프리트의 목소리를 들었으며, 그의 총명함을 재차 실감했다. 마치 살면서 경험할 수 있는 모든 행운의 끝자락에 마지막 기회가 찾아온 것 같았고, 그렇게 삶이 하나의 원을 그린 후 시작점으로 돌아온 것 같았다.

1960년대 초반
슈타르츨라흐클람에서 찍힌 마티네.

8장

1961-1963

1961년 여름 안드레 브뤼니숄츠는 존트호펜으로 돌아갔다.[1]
그리하여 안드레와 빈프리트는 다시 같이 수영을 하고 산책을
하며 웃었지만 이번 방문에는 좀더 침울한 구석이 있었다.
빈프리트는 드레스덴 폭격을 자주 입에 올리며 미국인들을
비난했다. 안드레가 기억하기로, 빈프리트는 상당한 혐오가 실린
목소리로 거칠게 말했다. 빈프리트의 삶에서 미국이 차지한
시절이 확실히 종결되는 순간이었다.

　다른 골치 아픈 일들도 있었다. 어느 날 안드레와 빈프리트는
게오르크와 함께 게오르크의 친구 집에 방문했다가 벽에서
커다란 지도를 발견했다. 두 죽마고우는 오랫동안 지도 앞에
서서 전쟁 초기 유럽 전역에서 승리를 거둔 독일군이 지나간
길을 눈으로 따라가며 향수를 느꼈다. 그리고 며칠 후 안드레와
빈프리트는 독일 남부를 여행하다가 뮌헨 외곽 다하우에
거주하는 빈프리트의 친척 한스 아저씨를 방문했다. 다하우는

히틀러가 만든 첫 강제수용소가 위치한 곳으로 제3제국
통치기에 계속 운영되었지만[2] 한스 아저씨는 늘 그곳에 대해
아무것도 모른다고 부인했다. 빈프리트가 스위스 친구와 함께
아저씨를 방문한 그날은 대화 주제가 전쟁으로 흘러갔다. 그리고
아저씨는 의심의 여지 없이 미묘한 태도로, 상대방의 의혹을
누그러뜨리려는 미소를 지으며 독일은 유대인들에게 벌어진 일에
책임이 없다고 설명했다. 그리고 빈프리트와 함께 하룻밤 묵을
손님방으로 들어간 안드레는 침대 옆 탁자에서 『나의 투쟁』을
발견했다.

　　"대체 빈프리트가 뭐라던가요?" 내가 물었다. "아무 말도 안
했어요." 안드레가 대답했다. 빈프리트는 『나의 투쟁』을 알아보지
못했거나 못 본 체했다. 그리고 둘은 한스 아저씨와 나눈 이상한
대화를 한 번도 입에 올리지 않았다. 빈프리트가 가능한 한 빨리
그곳을 뜨고 싶어했던 것은 분명하지만 그게 다였다. 빈프리트는
로테와 발터에게 고통스러운 심정을 털어놓았으나 그들은
독일인이었다. 같은 짐을 짊어지고 있었다. 외국인 친구들과의
관계에서는 수치심이, 그리고 마티네가 줄곧 느낀 제약이
존재했다. 침묵은 공고히 유지되었다.

　　빈프리트는 그해 여름 아버지와 다투지 않았다. 그러나
그보다 더 못되게 굴었다. 집에서 게오르크와 마주칠 때마다 찰리
채플린이 히틀러를 패러디하듯 코 밑에 손가락을 대고 까딱까딱
움직여대며 알고이어로 씨불였다. 게오르크는 빈프리트에게
대꾸하기는 했지만 손님이—외국인 손님이—있었기에 목소리를

낮추었다. 안드레는 독일인 아들이 되는 것이, 또한 독일인
아버지가 되는 것이 얼마나 고된 일인지 그때 깨우쳤다.

빈프리트를 아는 모든 사람은 그와 아버지 사이의 갈등은
알고 있었지만, 어머니와의 사이에는 언제나 사랑과 연대만
존재했다고 생각했고, 이에 대해 한 치의 의심도 품지 않았다.
그러나 그 또한 더는 사실이 아니었다.

로자는 상상력이 풍부하고 미적 감각을 지니고 있었다는
점에서 태생적으로 빈프리트와 훨씬 더 가까웠다.[3] 빈프리트처럼
경이로운 이야기꾼이었던 로자는 『현기증. 감정들』로 탄생할
이야기들로 빈프리트의 마음을 사로잡았다. 게다가 빈프리트를
어여삐 여겼던 그는 알다시피 매사에 그의 편을 들었다.
빈프리트가 엄격하고 상상력이라고는 없는 아버지를 절대 사랑할
수 없었던 것의 대척점에서 그만큼 어머니를 사랑했으리라는
점에는 의심의 여지가 없는 듯하다.

그렇다곤 하나 빈프리트는 로자와의 관계에서도 노상
문제를 겪었다. 유년기에 이 문제는 주로 외양에 집중되었다.
로자가 단추를 채워주고, 재킷에 붙은 눈에 보이지도 않는 먼지를
털어내는 것─빈프리트가 마리에게 쓴 편지에 따르자면─굴
밖으로 나가도 된다는 허락을 받기 전에 마구마구 몸단장을
당하는 어린 피터 래빗이 된 기분을 느끼게 만들면서 호들갑을
떠는 것을 그는 참을 수 없었다.[4]

게오르크는 차츰 나이를 먹으면서 마침내 빈프리트의 이발

문제를 두고 왈가왈부하지 않게 되었지만 옷차림에 대한 로자의
통제는 멈출 줄 몰랐다.[5] 그럴 리가 없었다. 로자는 제발트가 학창
시절이 끝날 때까지 일요일에 청바지를 입는 것을 두고 잔소리를
늘어놓았고, 그 후에는 교수 신분에 맞지 않게 격식 없는 옷을
입고 다닌다며 들볶았다. 빈프리트가 10대였을 때 둘은 청바지
통을 놓고 언쟁을 벌였다. 어느 날 빈프리트는 로자가 허락한
것보다 통이 더 좁아야 한다고 고집을 부리더니, 다른 날에는
물을 가득 채운 욕조에 들어앉아 바지통이 원하는 만큼 줄어들
때까지 기다려서 원하는 결과를 얻어냈다. 첫 번째 시도에서는
바지통이 너무 끼어서 앉을 수 없을 정도였고, 두 번째
시도에서는 아예 벗을 수도 없을 정도였다. 두 번 다 결국에는
로자가 솔기를 풀었다가 다시 꿰매주어야 했고, 그때 로자는
게오르크만큼 화를 냈다.

하지만 이는 둘 사이의 문제를 피상적으로 보여줄 뿐이었다.
진짜 문제는 빈프리트가 로자의 부르주아적 규범을 무너뜨리고
있었다는 것이다. 이웃들이 어떻게 생각하는지를 신경 쓴 사람은
로자였고, 교회에 가고 일요일에는 정장을 차려입고 식탁에는 흰
냅킨을 올려두어야 한다고 고집부린 사람도 로자였다. 게다가
나이가 들면서 로자의 이런 고집은 줄어들기는커녕 오히려
강화되었다. 이와 관련해서는 게르트루트와 베아테의 기억력이
얼마나 뛰어나든 그 기억 하나하나에 의존할 필요가 없다.
빈프리트가 직접 남긴 말이 있기 때문이다. 1961년 마지막 시험을
치르고 학교를 떠난 게르트루트는 그 후 2년 동안 해외에서

오페어_{au pair}* 일자리를 구했고, 그 시절 빈프리트와 편지를
주고받았다.

편지를 살펴보면 빈프리트는 매번 게르트루트처럼 떠나고
싶어 안달이 나 있다. 로자는 빈프리트의 옷차림, 행실, 늦은
귀가 시간, 주말마다 하는 외출 등을 들먹이며 잔소리를 해댄다.
거의 일거수일투족을 감시하는 수준으로. 빈프리트가 베르너의
집을 방문하면 로자는 일주일에도 수차례 편지를 쓴다. 로자가
몇 가지 똑같은 주제를 두고 했던 말을 하고 또 하면, 빈프리트는
그때마다 어떻게든 화제를 돌리려 하지만 수포로 돌아갈 뿐이다.[6]

로자의 입장을 확인하려면 1961년 11월 초 그가
게르트루트에게 쓴 편지를 보면 된다. 그 애한텐 무슨 말을 할
수가 없어, 로자는 딸에게 말했다. 내가 입도 뻥긋하기 전에
소리부터 내지르기 시작한다니까. 완전 제 아비처럼.

여기에 궁극적인 아이러니가 있었다. **완전 제 아비처럼**이라니.
빈프리트가 그 말을 들었더라면 얼마나 분개했을지 상상이 안 된다.

이제 열일곱이 넘은 빈프리트의 삶에는 새로운 요소 하나가
더해졌다. 성_性이었다.[7]

로자는 자식들이 성적 차원에서 남에게 존중받을 만하게
처신할지를 몹시 염려했다. 로자가 장폴을 반대한 이유도
무엇보다 여기에 있었다. 장폴은 누가 봐도 섹시한 남자였으니,

---

*   외국의 가정에 입주해 숙식을 제공받고 언어를 배우면서 아이를 돌보고
가사를 처리하는 일.

게르트루트가 그와 육체적 행복을 나누고 있을 것임은 안 봐도 뻔했다. 게르트루트는 어느 날 존트호펜에서 부모님과 함께 외출했을 때 장폴이 고개를 숙여 자기 목에 키스했던 일을 기억한다. 그때 게르트루트는 어머니의 시선을 알아차렸다. 로자는 당시에는 아무 말도 하지 않았지만 집에 도착해 문이 닫히자마자 게르트루트를 향해 돌아서서는 딸의 뺨을 세차게 때렸다. 게르트루트는 왜 때리냐고 묻지 않았다. 이유를 알고 있었기 때문이다.

베아테도 유사한 일을 경험했다. 열한 살이 되었을 때—1962년 언저리였다—베아테는 유년기의 첫사랑을 경험했고, 사랑에 빠진 남자아이와 영화관에 나란히 앉아 손을 잡았다. 집에서는 이에 관해 한마디도 하지 말아야 한다는 것쯤은 이미 알고 있었기에, 일기장에 몰래 그 남자아이에 대한 이야기를 썼다. 그리고 재앙이 들이닥쳤다. 누군가가 로자에게 비밀을 폭로했고, 로자가 방으로 뛰쳐 들어와 일기를 읽어버린 것이다. 그날부터 로자가 매의 눈으로 감시하는 바람에 그것이 순수한 사랑의 끝이 되었다고 베아테는 말한다.

게르트루트와 베아테는 딸이었다. 1960년대만 해도 아들은 다른 방식으로 대했다. 하지만 로자는 예외였다. 로자는 빈프리트가 늦게까지 집에 돌아오지 않으면 몹시 초조해했다. 한번은 빈프리트가 파티에 갔다가 새벽 2시, 3시, 4시가 지나도록 집에 오지 않았다. 결국 더는 두고 볼 수 없었던 로자는 자리를 박차고 일어나 알고 있었던 파티 장소로 부리나케 달려갔다.

그러고는 창문 사이로 몰래 빈프리트를 지켜보았다. 빈프리트는 어떤 여자아이에게 말을 하고 있었고, 그게 전부였다. 허리를 꼿꼿하게 세운 자세로 서 있었고, 키스를 하고 있지도 않았다. 그래서 로자는 안심하고 집에 돌아왔지만, 현관문이 끼이익 열리는 소리가 들릴 때까지 잠을 이루지 못했다.

문제는 로자가 엄격하고 독실한 가톨릭 신자였던 어머니 밑에서 성장했다는 데 있었다. 그리고 빈프리트가 알아차리고 가족들에게 알렸듯, 로자의 어머니 테레지아의 훈육에는 일찍이 죄책감과 두려움이라는 은밀한 요소가 잠재해 있었다. 테레지아 본인이 일탈을 저지르고 대가를, 그러니까 애니라는 대가를 치렀던 것이다. 로자가 자녀들에게 물려주고 있는 것도 바로 이 죄책감과 두려움이었다. 게르트루트는 어쩌면 로자 본인이 가진 죄책감과 두려움으로 인해 그런 불안이 한층 강화된 것일 수도 있다고 생각했다. 언젠가 로자가 게르트루트에게 네가 태어나기 5년 전에 첫 번째 딸을 잃은 적이 있다는 말을 했기 때문이다. 게르트루트가 시간을 계산해보니 자신이 태어나기 5년 전이면 1936년이었다. 부모님은 그해 11월에 결혼했다. 하지만 알고이의 11월은 모든 것이 얼어붙고 눈에 파묻히는 시기였기에 11월은 결혼을 하기에 애매한 때라는 게 게르트루트가 늘 하던 생각이었다……. 어쩌면 그때 결혼을 해야만 했던 것일지도, 그러고 나서 로자가 첫아이를 잃었던 것일지도 모른다.

정말 그런 일이 있었다고 한다면 그건 결단코 입에 올려서는 안 되는 또 다른 비밀이었다. 그러나 테레지아가 숨겨온 비밀이

밝혀졌을 때 로자의 아이들은 어머니가 얼마나 괴로워하는지를
목격했고 그가 결코 변하지 않으리라는 사실도 깨달았다. 그래서
다들 각자의 10대 시절 연애를 어머니에게 숨겼다. 게르트루트는
거짓말을 했다. 베아테는 남자친구에게 우체국 보관 우편poste
restante으로 편지를 써달라고 했다. 그리고 빈프리트는 침묵을
유지했다. 1962년 빈프리트가 게르트루트에게 쓴 편지에 따르면,
그 침묵은 로자가 그에게 품은 가장 큰 불만 중 하나였다.
빈프리트는 어머니와 대화하려 하지 않았다. 그럴 생각도 없었다.
로자는 너무 많은 것을 알려고 들었다. 그러니 침묵을 고수하는
편이 나았다.[8]

　　누이들은 아무런 타격도 입지 않고 이 억압에서
자유로워졌지만, 빈프리트에게는 그게 좀처럼 쉬운 일이
아니었다. 아무리 거부하려 애써도 어머니의 가르침을 이미
상당 부분 내면화하고 있었던 것이다.[9] 그는 여기에 로자의 성적
죄책감과 두려움까지 내면화한 상태였던 걸로 보인다. 이는 분명
어릴 적 프랑스 소녀들을, 그리고 나중에는 내면에서 완전히
떨쳐내지 못한 가톨릭 신앙을 거부하는 데 영향을 미쳤을 것이다.
사랑에 관해서라면 그는 삶에서도,[10] 글쓰기에서도 성공을
이뤄내지 못했다. 로자는 빈프리트에게 헌신, 심미안, 이야기를
짓는 솜씨 등 몇 가지 귀한 재능을 물려준 인물이었다. 동시에
이렇게 독처럼 해로운 금기도 물려준 것 같지만 말이다.

빈프리트는 8학년에 진학해 학교 졸업까지 1학년을 더 남겨둔

상황이었다. 그는 에세이를 쓰고, 강의를 하고, 학교에서 후배들을
가르치면서 부지런히 생활했고 한번은 그 인원이 일주일에 열
명에 달하기도 했다.[11] 나중에 자주 겪게 되듯, 그때도 그는 일에
압도당하는 기분을 느꼈지만 그래도 그때는 젊었고 다른 여러
활동을 할 시간도 낼 수 있었다. 책도 미친 사람처럼 읽어댔는데,
테네시 윌리엄스와 트루먼 커포티처럼 새로 좋아하게 된 작가들의
책과 예전부터 좋아한 클라이스트, 푸시킨과 고골, 호손과 멜빌,
디킨슨과 셰익스피어뿐 아니라, 야스퍼스와 키르케고르…… 등
철학자들의 책도 읽었다. 게르트루트는 파리에서 빈프리트에게
카뮈의 『페스트』와 말라르메, 시오랑, 미르체아 엘리아데의 책을
보내주었다. 그 시절에도 빈프리트는 계속 수영을 했는데, 학교
대항전에서 5위에 올랐고 50미터 자유형에서는 교내 신기록을
경신했다. 그런가 하면 학교 합창단에 가입해―조앤 바에즈와
밥 딜런의 음악, 재즈와 클래식, 브람스, 바흐 등등―다종다양한
음악도 들었다. 사진에도 푹 빠져들어 학교 암실에서 무수히
많은 시간을 보냈다. 그중에서도 8학년 때 무엇보다 관심을 둔
것은 차차 살펴보겠지만 학교 신문이었다. 이쯤 되면 독자들은
빈프리트가 대체 잠은 언제 잤는지 궁금할 것이다.

　　때로는 아예 자지 않았다. 그런 날에는 술을 마시고 담배를
태우고 카주스, 헬무트, 에세(친구들은 그를 에슈바일러라고 불렀다)
등 몇몇 친구와 라 브라바라는 새로 문을 연 단골 바에 가서
밤새 맥주를 마셨고, 술에 거나하게 취한 채 몸을 비틀거리며
꼭두새벽에 집으로 돌아가 성난 그뤼텐슈트라세 주민들의 잠을

깨웠다.[12] W. G. 제발트가 이런 것들에 대해, 맥주는 **징하게
비싸고**sakrisch teuer, 학교는 **지긋지긋하게 지루하고**anödend langweilig,
모든 게 **망했다**Essig(문자 그대로의 의미는 '식초'다)라면서 여느
10대처럼 푸념하는 편지글을 읽고 있자니 이상한 기분이 든다.

빈프리트와 카주스는 계속해서 즐거운 시간을 보냈다. 어느
사육제 파티—매년 가장 중요한 행사였다—에서는 카주스가
맥주 통에 끈을 여러 가닥 고정해서 달고 디오게네스로 분장했다.
짧은 수영복 한 벌만 입고 있던 터라 밖에서 보면 벌거벗은 채로
맥주 통에 들어가 있는 것처럼 보였다. 그 상태로 같이 무대로
올라가서 벌거벗은 철학자와 춤 한번 추는 게 어떻겠냐고
소녀들을 구슬리면 좌중에선 폭소가 터졌다. 또 다른 사육제
파티를 앞두고 그는 골판지로 대포를 제작한 다음 펀치로
뚫어 만든 자잘한 색종이 조각 수천 개를 그 안에 채워 넣었다.
그리고는 빈프리트와 함께 오버스트도르프의 네벨호른 호텔
로비로 그 대포를 끌고 가서 축제가 한창일 때 대포에 불을
붙였다. 대포는 시원하게 터졌고, 흥청망청 노는 사람들 위로
반짝이는 색종이 조각을 비처럼 흩뿌렸다.[13]

1960년대 초반 사육제에서.
왼쪽부터 헬무트, 에세, 빈프리트, 일제 호프만이다.

7학년 시절에는 베르너의 가족이 이사를 갔다. 베르너는 패거리에 속한 친구들을 보기 위해 이따금 존트호펜을 찾았지만, 관계가 예전과 같지는 않았다. 그리고 또 다른 변화도 찾아왔다. 8학년이 된 카주스는 과학으로 진로를 결정한 반면, 빈프리트와 발터와 로테는 그 어느 때보다 문학과 예술, 정치에 전념했다. 다들 끈끈한 관계를 유지했지만 학교생활 마지막 2년 동안에는 카주스도 패거리에서 서서히 멀어졌고, 악셀 륄이라는 이상하고 흥미로운 소년이 그의 자리를 대체했다.[14]

악셀은 빼빼 마른 체형에 류머티즘성 관절염을 앓아서 10대임에도 몸이 굽어 있었다. 카주스는 악셀이 피카소의 '청색 시대' 작품에서 나온 인물 같았다고 말한다. 악셀은 장교의 아들이었는데, 아버지가 상징하는 모든 것을 조롱했다. 제베가 악셀을 좋아할 이유는 그것 하나만으로도 충분했겠지만 다른 이유도 있었다. 악셀은 천성이 제베와 유사해, 사려 깊고 과민한

성격이었다. 게다가 발터처럼 그림을 그렸지만 스스로를 이미
예술가로 여기는 등 발터에 비해 자신감이 넘쳤고, 위대한
예술가가 되리라는 결의에 차 있었다. 어쩌면 빈프리트는 또래
중에 그토록 야심찬 사람을 그때 처음 일별했을지도 모르는데,
내 생각에는 악셀이 그의 야심을 자극했던 것 같다. 두 사람은
장난스럽게 서로를 '폐하'라고 칭하는 편지를 주고받기도 했다.[15]

　　상황이 변하기 시작한 건 그맘때부터였다. 1961년 봄
아돌프 아이히만에 대한 재판이 열렸고 1년 후 교수형으로
처형되며 형 집행이 마무리되었으며 이 모든 상황은 전 세계에
상세히 보도되었다. 패거리는 비교적 쾌활했던 카주스와
베르너가 존트호펜을 떠나면서 근심 많은 빈프리트, 발터,
로테로 유지되고 있었는데, 여기에 그들만큼 근심이 많은 악셀이
합류했다. 패거리는 여전히 카주스, 베르너와 함께 여름이면
슈타르츨라흐클람에서 수영을 하고 겨울이면 스키를 탔고, 라
브라바에 모여 다 같이 밤새 놀면서 10대의 삶을 즐겼다—특히
로테는 하이델베르크처럼 먼 곳까지 허락 없이(어머니가 알면
충격을 받을 터였기에 비밀리에) 여행을 떠나고 밴드에서 드럼을
연주하기도 했다.[16] 패거리의 주축이 되는 구성원은 이제 죄다
반항자에 지식인이었다. 그리고 빈프리트는 이제 로테뿐만
아니라 모두에게 과거에 대해 말할 수 있었다.

그즈음 빈프리트와 더 가까워진 사람이 있었다. 초등학교 시절부터
관계를 이어온 친구, 헬무트 붕크였다.[17] 8학년 때 그들은 같이

교내 신문『베커 *Der Wecker*』(알람 시계)를 제작했고, 9학년 때는
교실에서 짝꿍으로 지냈다. 학교생활 마지막 2년 동안 헬무트는
패거리에 속하지 않은 빈프리트의 가장 친한 친구 중 한 명이었다.

헬무트에게도 별명이 있었다. '비르켈 Birkel'*이었다. 비르켈은
카주스처럼 빈프리트를 돋보이게 만드는 데 능했다. 삶을 있는
그대로 받아들이는 강인하고 익살스러운 소년이었던 그는,
그때까지 자신의 과거에 대해 깊게 생각하지 않았다. 또한
카주스가 그랬듯 빈프리트에 비해 과학에 더 흥미를 보였고
훗날 항공 엔지니어가 되었다(그가 물리학에서 낙제한 일은 분명
빈프리트로부터 영향을 받은 결과였을 것이다). 라틴어 과목과는
잘 맞지 않아서 빈프리트의 도움으로 낙제를 면했다. 그러나
헬무트는 영리했고 정치에도 밝았다. 베르너처럼 첼로도 켤
줄 알았던 그는 빈프리트와 함께 한참 음악도 듣고 담배도
피우고 술도—헬무트가 기억하기로 특히 도수가 셌던 파울라너
슈타르크비어를—마셨다. 또한 함께 학교 행사도 준비하고, 매년
사육제에도 참석하고, 무도회도 즐겼다. (그렇게 실제적인 활동은
분명 헬무트가 이끌었을 것이다. 그때나 나중에나 빈프리트는 그런
일에 능숙하지 않았다.)

헬무트는 훌륭한 관찰자이기도 해서, 그 시절 빈프리트에
대한 가장 또렷한 기억들은 헬무트가 간직하고 있었다.[18] 특히

---

* 비르켈은 (과거에도 그랬고 지금도) 독일에서 가장 큰 국수 제조사다.
놀려먹길 좋아하던 소년들 사이에서 그는 사실상 '국수'라는 이름으로 불렸던
것이다.—지은이

그는 자신의 가족이 강조하는 신앙심과 대비되는 빈프리트의 종교적 자유를, 그의 눈에는 자유처럼 보이는 태도를 유심히 살폈다(또한 부러워했다). 그런데도 헬무트는 내게 빈프리트가 그리스도의 할례를 가지고 장난친 일을 언급하지 않았는데, 아마 너무 충격적이어서 기억에서 지워진 듯싶다. 그러나 8학년 시절의 일인 듯한 또 다른 일화는 기억하고 있었다. 가톨릭 종교 수업에서 빈프리트가 이런 질문을 던진 적이 있었다. 양심과 교회 중에 뭐가 더 중요하죠? 그때는 신부가 아닌 평신도 교사가 수업을 진행하고 있었다. 그 교사도 신부처럼 대답을 얼버무리자 빈프리트는 이번에도 테리어처럼 끈질기게 물고 늘어졌다. 그렇게 15분 가까이 수십 가지 방식으로 똑같은 질문을 연거푸 던져대는 통에, 결국 교사는 양심이 더 중요하다고 인정하고 말았다. 이 대결에서 빈프리트는 양심을 지켰다고 말할 수 없음이 분명한 교회의 부끄러운 역사도 끌어들였다. 제베가 판을 깔고 직접 겨룬 게임이었다. 그로부터 수년 후 헬무트는 거의 그와 같은 이유로 교회에서 멀어졌으나, 처음으로 교회에 의심을 품게 된 계기는 결코 잊지 않았다.

　헬무트는 다른 것도 기억하고 있었는데, 나는 이에 대해 특히 감사함을 느꼈다. 사람들은 대체로 전기의 대상이 되는 사람을 흉보는 것처럼 보이고 싶지 않다는 이유로 전기작가에게 좋은 기억만을 들려준다. 그러나 헬무트는 빈프리트에게 짓궂은 구석도 있었다고 말했다. 빈프리트는 판단이 빨랐고 상대방의 폐부를 찌르는 말을 할 줄 아는 사람이었다. 게다가 남을 짓궂게 놀려먹을 수도 있는 사람이었다. 예컨대 하루는 쿨한 패션의 극치라 할 수 있는 검은 가죽 재킷을 입은 아이가 학교에 나타났다. 어머니가 팔꿈치를 가죽 패치로 덧대어 떠준 가디건을 입고 다니던 프리데만 라이히를 비롯해 모든 남자아이가 그 주위에 모여들어 감탄했다. 거기서 빈프리트는 말했다. "으음, 으음, 가죽 재킷이라! 근데 프리데만은 이미 입고 있잖아." 그러자 모두가 웃음을 터뜨렸다.[19]

아이들은 다른 부분에서와 마찬가지로 이런 부분에서도 빈프리트를 따랐고, 그래서 빈프리트는 때로 어느 정도의 괴롭힘을 선동할 수 있었다. 사소한 일이었고 언어적 공격에 불과했지만, 빈프리트는 자신이 남을 괴롭히고 있다는 걸 분명 알았을 텐데도 그만두지 않았다. 제발트가 훗날 마음에 들지 않는 작가와 비평가 들을 공격한 일도 생각해보면 비슷했다. 언어적 공격일 뿐이었지만 놀라우리만큼 가혹했다. 마치 때로는 예민한 상상력을 차단해버리고 그와 정반대에 있는 사람이 될 수도 있다는 듯이. 이 역시 아주 오래전으로 거슬러 올라가는 일이었다.

1961년, 빈프리트에 대해 완전히 새로운 관점을 갖게 되는 한 학생이 학교에 입학했다.[20]

화생방 방호학교ABC-Schutzschule* 교장으로 부임하게

---

* ABC 방호학교라고도 한다. Atomar, Biologisch, Chemisch, 즉 핵무기, 생물학적 무기, 화학적 무기에 대한 방호와 대응을 교육하는 군사 기관으로, 오염 지역에서의 보호 장비 사용, 제독, 탐지 및 피해 최소화 훈련 등을 실시했다.

된 아버지를 따라 존트호펜으로 온 라이너 갈라스케였다.
라이너는 포츠담에서 태어나 라인란트에서 살았기 때문에
바이에른주의 새로운 학교 친구들은 그를 프로이센인으로
보았다. 독일 남부에서 프로이센인이라고 하면 무조건 혐오의
대상이 되었으므로, 시작이 좋지는 않았다. 그러나 라이너는
이에 굴하지 않았고 무리에 받아들여지기 위해 애썼다. 이전
학교에서 라이너는 학교 신문반에 소속된 사진기자였다. 그가
오버스트도르프 오버레알슐레에 전학 온 시점에는 학교에
교지가 없었는데, 이것이 그에게는 기회가 되었다. 그때부터
교지를 만들기 시작한 것이다. 그는 자기처럼 대단히 지적이고
독립적으로 사고할 줄 아는 빈프리트 제발트를 곧장 기자로
선발했다. 그러면서 자기가 교지 운영을 담당하겠다고, 재정도
관리하고 사실상 궂은 일은 다 도맡겠다고, 그러니 제베 너는
문예란 편집자 역할만 하면 된다고 말했다. 제베는 뭐라고
말했을까? 좋다고 했다. 그렇게 『베커』가 탄생했다. 라이너와
제베는 패거리의 나머지 구성원을 비롯해 영리한 젊은 예술가인
한 학년 후배 얀 페터 트리프 등 다른 몇몇 학생을 영입했다.
그렇게 라이너도 패거리의 일원이 되면서, 그와 빈프리트는
친구가 되었다.

　카주스와 베르너와 헬무트 모두 빈프리트와 성향이
정반대였지만, 라이너는 그보다 더 그와 대척점에 있는
사람이었다. 빈프리트는 깊은 물살을 가득 머금은 호수 같은
사람이었던 데 반해, 라이너는 모든 목표를 향해 대번에 날아가는

화살 같은 사람이었다. 빈프리트가 무슨 생각을 하는지는 도통 알
수 없었지만, 라이너의 생각은 머릿속에 떠오르는 즉시 행동으로
나타났다. 라이너는 단거리 주자이자 사격 선수였고, 에셰처럼
실제 산악인들과 등반을 다녔다. 학교 졸업 직후에는 비행기를
조종하고 경주용 자동차를 운전하기 시작했다. 또한 여러 대형
병원의 원장을 역임하는 등 의료계에서 남다른 경력을 쌓았다.
내가 그를 만났을 때 그는 일흔한 살로 독일을 떠나 있었는데,
독일에서는 예순다섯이면 은퇴를 해야 했지만 스위스에서는 그럴
필요가 없었기 때문에 그곳에서 계속 전력으로 일하고 있었다.
또한 여전히 경주용 자동차를 몰고, 비행기를 조종하고, 산을
탔으며, 재혼한 지 얼마 되지 않아 여섯 살 난 딸을 두고 있었다.
그는 내가 만난 사람 중에 가장 자신감 넘치는 사람이었고,
위험을 무릅쓰며 삶을 온전히 살아내는 사람이었다.

　　어쩌면 라이너가 빈프리트를 예외적인 관점에서 바라볼 수
있었던 이유도 이렇게 과하게 활동적인 천성에 있었는지 모른다.
존트호펜 시절의 모든 친구가 제베는 행복하고 평범한 10대
생활을 했다고 주장했지만 라이너는 아니었다. 제베 같은 사람은
평생 만나본 적이 없어요, 라이너는 말했다. 빈프리트는 모든 것을
머릿속에서 굴리는 몽상가였고, 반항아이기는 했지만 투사는
아니었으며, 비판적이고 부정적이기는 했으나 초연한 구석이
있었는가 하면 그 어떤 것에도 관심을 드러낸 적이 없었다.
라이너는 존트호펜에서 약 8킬로미터 떨어진 피셴에 거주했고,
두 사람은 일주일에 한두 번 저녁에 만났으나 빈프리트가

라이너를 찾아가는 일은 없었고 항상 라이너가 자전거에 몸을 실고 존트호펜까지 달렸다. ……그리고 오늘날 라이너는 이와 관련해 한 가지 가설을, 극단적인 몽상가인 여자아이 중에서 30퍼센트가, 남자아이 중에서 20퍼센트가 훗날 우울증에 걸린다는 가설을 제시한다. 오랜 세월이 흐른 뒤 W. G. 제발트의 어둡고 절망적인 책을 읽은 라이너는 그때 자기 가설이 맞았다고 확신했다. 빈프리트는 그 20퍼센트에 속하는 사람이었다.

라이너의 가설이 내게는 신빙성 있게 들린다. 나중에 살펴보겠지만, 빈프리트의 '전적으로 평범한' 겉모습 이면에서 다른 무언가를 감지한 다른 이들도 저마다 가설을 가지고 있었다. 내가 진실이었으리라고 확신하는 무언가가 **정말** 있었다는 가설을 말이다. 어쩌면 빈프리트와 유사한 천성을 지닌 발터와 악셀은 우리에게 더 많은 이야기를 들려줄 수 있을지도 모른다. 그러나―어쩌면 우연이 아닐 테지만―그들도 지금은 사망하고 없다.

빈프리트와 라이너는 1961년 가을부터 1962년 가을까지 1년 동안 『베커』를 편집했다. 그 후에는 시험 준비를 위해 후배들에게 신문반 일을 넘겼다. 로자는 빈프리트가 이미 너무 많은 시간을 허비했다고 생각했고, 아들이 교지를 만드는 데 시간을 쏟는 모습을 보며 전전긍긍했다.[21] 그러나 당연하게도 걱정할 필요가 없었다. 게다가 라이너의 적극적인 활동성은 빈프리트에게 처음으로 자기 글을 발표할 기회가 되었다는 점에서 무척 요긴했다.

창간호에는 라이너가 쓴 파리 여행기, 바베테 아엔데를이
쓴 서평, 로테—이때는 우르줄라로 개명한 상태였다—가 쓴
단편 두 편에 더해, 빈프리트를 가리키는 '비제Wise'의 기고문 세
편이 실렸다('비'는 빈프리트에서, '제'는 제발트에서 온 것이었지만,
확신하건대 그는 영어[wise, 지혜롭다]로 언어유희를 하려는 생각이었을
것이다).

빈프리트가 쓴 글 중 하나는 브레히트의 희곡을 무대에
올리기를 거부한 독일 극장의 속물적인 관리자들을 비난하는
내용이었다. 그러나 이 공격은 비제가 『베커』에 처음으로 발표한
글에 비하면 아무것도 아니었다.[22] 「상황Die Situation」이라는 그 첫
글은 독일민주공화국DDR, 즉 또 다른 독일[동독]에 관한 글이었다.
독일민주공화국에 대해 아는 게 뭡니까? 비제는 독자들을
시험한다. 우리 자신을 직면할 용기가 없다면 다른 사람을 판단할
권리도 없습니다. 우리는 뿌리부터 가지까지 변해야 합니다.

나는 비제가 쓴 모든 글이 미래에 대한 징후로 가득 차 있다고
생각하는데, 이 글은 특히 그러했다. 무사안일주의와 위선에
대한 분노, (자기 자신의 죄를 포함해) 죄를 향한 비난, 급진적인
변화라는 불가능한 요구—이 모든 것이 그의 글쓰기에서
영원한 주제가 된다. 무엇보다 빼놓을 수 없는 것은 그의 학문적
글쓰기에 집요하게 나타날 도전적이고 공격적인 어조다.
감정이입을 할 줄 아는 작가가 쓴 듯한 그의 문학작품은 그보다
나중에 등장한다. 1961년에는 1947년에 분노한 세 살배기 아이가

그랬듯, 분노에 찬 청소년만 존재했을 따름이다.

『베커』2호는 1962년 봄에 발행되었고, '비제'가 쓴 글은 거의 수록되지 않았다. 어쩌면 빈프리트가 극 연기라는 새로운 경험에 집중하고 있어서였을지도 모른다(앞으로 살펴보겠지만 다른 이유가 있었을 수도 있다).

빈프리트가 참여한 연극은 장 아누이가 쓰고 교사 슈멜처가 감독한 「안티고네」였다. 슈멜처는 아누이의 희곡처럼 현대적인 작품을 다루는 이유를 정당화해야 하는 처지였지만, 어쨌든 공연을 무사히 치러냈다.[23] 카주스는 다른 학생과 함께 조명을 맡았고, 빈프리트는 파수꾼 1이라는 작은 배역을 맡았다. 그러나 이는 그가 갖고 놀아볼 수 있는 새로운 정체성이었고, 어찌나 순식간에 그 배역에 사로잡혔던지 얼마 안 가 게르트루트에게 보낸 편지에 '파수꾼 Der Wächter'이라는 서명을 남기기까지 했다. 연극과의 이 첫 만남이 그에게 깊은 인상을 남겼음은 분명했다. 그는 몇 주 동안 「안티고네」를 인용하며 이야기를 나누었고, 그러더니 공연 사진을 벽에 붙여두기도 했으며, 나중에는 다니던 두 대학에서 연극 동아리에 가입했다. 그리고 글을 쓰기 시작했을 땐 가장 먼저 희곡에 몰두했다.

그해에 빈프리트가 시작한 또 다른 새로운 활동은 승마였다. 그러나 연극처럼 계속하지는 않았다. 그 이유는 분명하지 않다. 마리는 막스가 무언가를 내려다보는 위치에 있어야 상황을 파악할 수 있는 사람이었다고 말하곤 했고, 게르트루트는 말에 올라타 있을 때의 높이가 막스에게 완벽한 높이였다고 말한다.

하지만 빈프리트는 승마를 그만두었고, 그의 작품에서 가까운 곳과 먼 곳을 한 번에 볼 수 있는 능력은 끝없는 갈망으로 남아 있다.

『베커』 3호는 1962년 6월에 출간되었다. 3호에서 '비제'는 몇 편의 글을 통해 그 어느 때보다 더 강렬한 존재감을 되새겼다. 그중 한 편은 그에게 새로운 영웅으로 등극한 카뮈에 관한 설득력 있는 글이다. 그 글은 제발트의 문학적 에세이의 특징을, 즉 전기적 측면에 대한 집중, '종교적 무신론자'라는 주제와의 강한 동일시를 내포한다. 또 다른 글은 단편소설로 빈프리트가 처음으로 발표한 산문Prosa 작품이다.

그 글의 제목은 「어느 여름날에An einem Sommertag」였다. 이 산문에서는 열 살 소년 한스 로이가 친구들과 낚시를 하러 갔다가 필리프가 혼자 앉아 있는 광경을 목격한다. 한스는 필리프에게 다음번에는 같이 오지 않겠느냐고 묻는다. 그러나 필리프는 싫다고 대답한다. 나는 백혈병에 걸렸어, 백혈병은 사람을 죽이는 병이야. 필리프는 그렇게 설명한다. 필리프가 그럼에도 자신은 살고 싶다고 덧붙이자 하늘에 먹구름이 드리운다.

이 산문은 말할 것도 없이 젊은 시절의 작품으로, 뚜렷한 파토스와 뚜렷한 감상적 허위pathetic fallacy로 버무려져 있다. 그러나

미래의 제발트가 지니게 될 특징, 이를테면 풍경을 바라보는 눈,
언어를 듣는 귀, 그리고 당연하게도 죽음에 대한 깊은 집착에
기반을 둔 우울을 담고 있기도 하다. 「어느 여름날에」는 이런
특징이—로테, 카주스, 그리고 다른 이들의 의견과는 **달리**—전연
새로운 것이 아니며 적어도 그가 열여덟 살이었던 시절로 거슬러
올라가는 오래된 특성임을 보여준다.

그 시작점을 살펴보려면 제발트가 열예닐곱 살이었던 한두
해 전 발생한 몇 가지 사건을 되짚어보아야 한다.

한 가지 사건은 그 시절 여름에 발생했다.[24] 빈프리트는
카주스를 비롯한 다른 친구들처럼 방학 동안 공장에서 일을 했다.
카주스는 기계 공장에서 일했고, 빈프리트는 공장의 편평한 양철
지붕을 페인트칠하는 일을 맡았다. 타오를 듯 뜨거운 태양 아래서
매일같이 고되게 일하던 빈프리트는 2주 차에 접어든 어느
날 돌연 심각한 일사병에 걸렸다. 의사의 진찰을 받은 그는 곧
회복했다. 그런데 그때 한 검사에서 예상치 못한 결과가 나왔다.
심장에 문제가 있었던 것이다.

모두가 놀라지 않을 수 없었던 뜻밖의 결과였다. 빈프리트는
강인한 수영인이었고, 특히 잠영으로 장거리를 이동하는
실력으로도 유명했다. 그런데 어떻게 그런 빈프리트의 심장에
결함이 있을 수 있단 말인가? 친구들은 하나같이 그를 강하고
건강한 사람으로 알고 있었으므로, 검사 결과를 사실로
받아들이지 못했다. 하지만 사실인 듯했다. 그리고 가족들도
이 검사 결과를 계기로 빈프리트가 할아버지의 건강상 약점을

물려받았다고 믿게 되었는데, 알다시피 그건 근거가 없는, 혹은
적어도 과장된 믿음이었다. 그리고 제베의 심장에서 발견된 결함
이 근거 없는 믿음이 아니라 할지라도 분명 경미한 문제였을
것이다. 제베는 스키와 하이킹을 즐겼고 수영 신기록을 세웠으며,
나중에는 책을 쓰기 위해 장거리를 걷기도 했다. 그럼에도
열예닐곱 무렵 심장에 문제가 있다는 말을 들었다.[25] 열두 살에는
할아버지를 잃고 거의 쓰러질 뻔했고, 열다섯 살에는 죽음에 관한
글을 쓴(마리가 말해준 바에 따르면 **관, 관, 관**을 읊은) 그에게 이제
죽음이 가까워지고 있었다. 죽음은 항상 지척에 있다는 감각이
그의 삶과 작품에 스며들 터였다. 분명 그때부터 시작되었을
것이다. 이는 틀림없이 「어느 여름날에」에도 영감을 주었을
것이다.

　또 다른 사건은 패배를 맛본 루프트바페 파일럿의 딸인
군델라 엔첸스베르거와 연관되어 있었다.[26] 군델라는 제베보다
세 살 어렸기 때문에 패거리의 일원은 아니었다. 하지만 제베를
자주 만났고, 그의 가르침을 받는 학생 중 한 명이기도 했다.
군델라는 프랑스 소녀들처럼 제베의 영민함에 매료되었고,
마리처럼 열서너 살에는 제베를 깊이 사랑했다. 그러나 아무 말도
하지 않았다. 군델라는 제베가 극도로 예민하고 수줍음이 많으며,
심지어 두려움에 시달리고 있다고까지 생각했다. 제베는 주변에
언어의 벽을 쌓고 있었다고, 그래서 아무도 다가갈 수 없었다고
군델라는 말한다. 그리고 그 이유도 알고 있었다. 군델라 자신도
상처받은 사람이었고, 제베도 마찬가지였던 까닭이다.

나는 감히 군델라에게 그 이유를 자세히 설명해달라고 묻지
못했다. 그런데 군델라가 먼저 나서서 설명을 시작했다. 그는
폭력적인 아버지를 두었을 뿐만 아니라 아주 어릴 때 삼촌에게
성적 학대를 당하기도 했다. 그것이 군델라가 빈프리트에게서
감지한 상처였다. 군델라는 빈프리트도 자기처럼 성적 상처를
지니고 있다고 확신했다.

어떤 유형의 학대건 빈프리트가 학대를 받았다는 증거는
전혀 없지만, 군델라의 통찰은 내게 지극히 진실처럼 느껴졌다.
바로 그 시절 빈프리트의 어머니 로자는 자신의 성적 죄책감과
두려움을 빈프리트에게 물려주고 있었으니까. 어쩌면 그것으로
충분했을지도 모른다. 하지만 나는 제발트가 가진 성에
대한 두려움, 남자들에게 느낀 배타적인 동정심, 「암브로스
아델바르트」와 (앞으로 살펴보겠지만) 『현기증. 감정들』이
독자들의 마음속에 심은 질문에 대해 생각했다. 제발트는
동성애자였을까? 내가 연구한 바에 따르면 이 질문에 대한 대답은
아니요다. 하지만 본인이 동성애자일까 봐 두려워했을까? 이
질문에 대한 대답은 그의 삶에서 일정 기간 예였을 것이다.

독일에서 동성애는 1994년까지 형법 175조에 따라 범죄로
간주되었다.[27] 1960년대 초반 바이에른주에서 동성애는 막스가
스스로 말했듯 가톨릭 가정에서는 절대 입에 올리지 않는
금기였고,[28] 카주스가 내게 말해주었듯 남자아이들이 서로를
'175조'라고 불리며 놀리기는 했지만 학교에서도 금기였다.
막스의 '초고와 습작'을 보면 기차에서 한 남자가 주인공에게

접근한다. 어쩌면 이 장면은 소설의 다른 부분과 마찬가지로
실제 경험에 기초한 것인지도 모른다. 그리고 이 경험은 그에게
두려움을, 특히 자기 자신에 대한 두려움을 느끼게 만들었을 수도
있다. 막스가 열다섯 살이었을 때 이탈리아에서 찍힌 사진을 다시
확인해보자. 그리고 열일곱 무렵에 찍힌 다음 사진도. 사진을 보면
그가 여자에게뿐 아니라 남자에게도 매력적이지 않았으리라곤
상상하기 어렵다.

그러나 또 다른 죄책감과 두려움도 있었다. 이 죄책감과
두려움은 그가 열여덟 살을 목전에 둔 1962년 4월에 절정에
달했다.[29] 에버하르트 박사가 학생들에게 죽음의 수용소에 관한
빌리 와일더의 영화를 보여준 것이다.[30]

막스는 이 사건에 대해 항상 같은 말을 했다. 그때 자신은

열일고여덟이었다고, 나치가 유대인에게 한 짓을 처음으로
인식하게 된 사건이었다고. 이는 사실이 아니었다. 나치가
유대인에게 한 짓은 아버지와의 다툼뿐 아니라 수년간 친구들과
나눈 대화에서도 핵심적인 요소였기 때문이다. 그러나 이는
사실**이기도 했다**. 무언가에 대해 아는 것과 무언가를 보는 것은
다른 문제다. 막스는 늘 그날은 화창한 봄날이었다고, 학생들은
평소처럼 가벼운 오락물을 기대하고 있었다고 말했다. 그러나
그 대신 그들의 책상 위로 쌓인 건 깡마른 시체들이었다. 그
후에는 아무 말도 오가지 않았다. 아무도 어떻게 반응해야 할지
몰랐기에, 그냥 축구 경기를 하러 밖으로 나갔다.

이번에도 나는 이것이 진실이었는지 의아했다. 영화가 끝난
후에 에버하르트 박사가 토론을 주도하지 않았을까? 하지만
라이너는 토론이 없었다고 말하고 헬무트는 너무 충격을 받아
토론에 참여하지 못했을 것이라고 말하는 걸 보면, 에버하르트를
포함해 모두가 그렇게 느꼈는지도 모른다. 자기들끼리 대화를
하긴 했다고, 하지만 아주 잠깐이었다고 라이너는 말한다.
그렇다면 정말로 축구를 하러 나갔을지도 모를 일이다.

수십 년이 지난 후 막스는 한 인터뷰어에게 이 사건에 대한
이야기를 조금 더 들려준다. "제가 어떻게 반응했는지 정확히
기억은 안 납니다. 물론 평범한 삶이 계속 흘러갔지만, 그런
경험은 마음속에 침전물을 남기고, 그 침전물은 빙하에 밀려가는
빙퇴석처럼 어떻게든 움직이며 어딘가로 나아가죠."[31]

말인즉슨 트라우마는 당시에 인지할 수도, 나중에 기억할

수도 없지만, 내면에서 천천히 그리고 끈질기게 자라난다는 것이다. 그것이 산처럼 쌓인 시체를 목격했을 때 그에게 일어난 일이었다. 그리고 그가 써 내려간 이야기였다.†

열일곱 살에는 마지막 전환점이 찾아왔다. 빈프리트가 교회를 떠난 것이다.[32]

이 역시 오랜 시간이 걸린 일이었다. 다년간 교회를 조롱해왔으니 말이다. 하지만 실제로 교회를 떠나는 것은 우베 쉬테가 지적하듯 그가 속했던 가톨릭 세계에서는 어마어마한 변화였다. 특히 그의 어머니에게는 더 그러했다.

사실 이는 공식적으로든 공공연하게든 밝히기 어려울 만큼 엄청난 일이었고, 빈프리트는 그렇게 하지 않았다.[33] 여기에 베아테가 해결책을 제시했다. 베아테 또한 신앙에 대한 흥미를 잃어가던 참이었고, 1960년대였던 그때는 주변에서 그런 일이 심심찮게 벌어졌다. 그래서 베아테는 빈프리트와 계약을 맺었다. 계약의 내용은 부모님이 동행할 때에는 평소처럼 교회에 가되, 우리끼리 갈 수 있을 때에는 교대로 가지 말자는 것이었다. 그리고 예배가 끝난 후에 만나서 그 주에 교회에 간 사람이 어머니의 질문에 대답할 수 있게 대비를 시켜주자는 것이었다.

언제라도 한 사람이 다른 사람을 배신할 수 있었다. 하지만 둘의 계획은 차질 없이 진행되었다. 베아테는 교회에 가지 않는 일요일마다 친구들과 시간을 보냈고 빈프리트는 우르줄라의 집에 머물렀다. 그렇게 설교를 듣는 대신 퀴스터스 부인과 문학,

정치, 최근의 과거사에 대해, 진정으로 중요한 것들에 대해
대화를 나누었다. 빈프리트는 마리와 마티네처럼 퀴스터스
부인을 사랑했고, 일요일 아침에 이루어진 부인과의 대화는 그의
교육에서 중요한 부분을 차지했다. 하지만 교회 예배가 끝나는
순간 대화도 끝마쳐야 했다. 베아테를 만나 점심 시간에 맞춰
집으로 돌아가야 했으니까.

우르줄라의 어머니이자 빈프리트의
친구였던 엘리자베스 퀴스터스.

이 모든 일, 즉 죽음과의 조우, 어쩌면 동성애와의 조우,
홀로코스트의 현실을 직면하는 경험, 그리고 신앙으로 이어진
문을 닫는 결정은 빈프리트가 열여섯 살에서 열여덟 살 사이였던
시기에 일어났다. 그리고 이 일들은 같은 시기에 벌어진 마지막
사건으로 이어졌다. 빈프리트가 정신적으로 붕괴한 것이다.

그는 이 일을 단 한 차례 언급한 적이 있었다.[34] 1960년대
초반에 일어났다고, 그리고 상당 기간 지속되었다고. 눈치챈

사람은 아무도 없었다. 그는 건선을 감추듯 눈물을 숨기는 일에도 늘 능숙했다. 어쩌면 그때도 그로부터 몇 년 후 맨체스터에서 겪었던 것처럼 공황과 불안이 불쑥불쑥 덮치는 깊은 우울에 빠져 있었는지도 모른다. 그는 자신이 아직 제정신인지 확신할 수 없었고, "이성의 끝자락에 가까워진" 상태였다. 그리고 그런 상태를 초래한 원인이 될 만한 것들을 넌지시 암시하기만 했다. 하나는 조국에서 일어난 일에 대한 생각이었고, 다른 하나는 이성을 잃는 일이 드물지 않게 발생한다는 사실이었다.

"…… 10년 혹은 20년 동안 쌓아온 심리적, 사회적 정체성이 불길에 휩싸일 때 많은 사람이 겪는 일입니다. 창조적인 사람들은 그럴 위험이 더 크고요."

쌓아온 심리적, 사회적 정체성이 불길에 휩싸일 때. 이때 그가 말한 건 독일인 정체성, 가톨릭교도 정체성, 성적 정체성이었을까? 어쩌면 셋 다 염두에 두었을지도 모른다. 짐작건대 순식간에 벌어진 일이었을 것이다. 하지만 그때부터 그는 취약해졌고 그 사실을 스스로도 알고 있었다. 그는 언제고 다시 심연에 빠질 수 있었다.

그럼에도 삶은 계속되었다.[35] 9월이 되자 베아테도 같은 학교에 다니기 시작했고, 새로 사귄 친구들이 제베를 자기 남자친구라고 생각하는 바람에 얻게 된 꽤 근사한 평판을 즐겼다. 게르트루트는 새로운 오페어 일자리를 얻었고, 1962년의 춥고 눈 내리는 크리스마스에 빈프리트는 런던에서 게르트루트와 장폴을 만났다.

그때 처음 영국을 경험한 빈프리트는 대번에 그곳을 좋아하게
되었다. 어쩌면 그 경험이 그가 4년 후 맨체스터를 선택하는
데 영향을 미쳤을지도 모른다(다만 그 후 영국에 대한 호감이
회복되기까지는 시간이 조금 걸렸다).

2월에는 『베커』 3호가 바이에른 전역의 교지 경연대회에서
2등을 차지했다.[36] 3호는 빈프리트가 카뮈에 관한 에세이와
「어느 여름날에」로 신문 전체를 장악하다시피 했던 호였다.
그러니 그의 생애 첫 문학작품이 어느 정도 공식적인 인정을
받은 셈이었는데, 그런 일이 다시 일어나기까지는 그 후로 상당한
시간이 소요되었다.

그러나 당시 빈프리트는 아비투어를 준비해야 했기에,
이후 두 학기 동안 침묵 속으로 사라진다. 이 시기에 우리가
접할 수 있는 소식은 1963년 4월 그가 게르트루트에게 써준
시 한 편뿐이고, 게르트루트는 이를 소중히 간직했다. 그때
게르트루트는 일터를 옮기기 전에 집에서 휴식기를 가지고
있었고, 장폴이 아주 잠깐 게르트루트를 만나러 들른 참이었다.
게르트루트는 역에서 장폴을 배웅한 후 집에 돌아와 눈물을
쏟았다. 그러고 30분쯤 지났을까, 빈프리트가 게르트루트의 손에
시 한 편을 쥐여주었다.

시의 제목은 「멀어짐Entfernung」이다. 시를 구성하는 짧은 세
개의 연은 전부 "유리 거울 속에서In einem gläsernen Spiegel"라는 시구로
시작한다. 유리 거울 속에서 '나'는 더 이상 알아보지 못하는 유리
얼굴을, 더 이상 존재하지 않는 빛으로 빛나는 유리 눈을 본다.

그리고 마지막 절에 이르면 거울은 깨지고, '나'는 더 이상 온전한
자기 자신을 알아보지 못한다. '나'는 장폴과 멀리 떨어져 있으면 더
이상 자기 자신이 아닌 게르트루트였지만, 그런 동시에 지난해의
트라우마로 인해 더 이상 자기 자신이 아니게 된 빈프리트이기도
했다.[37] 이 시에서도 W. G. 제발트가 쓴 모든 훌륭한 작품에서 볼 수
있는 것과 마찬가지로 자전적 글쓰기와 감정이입이 결합되어 있다.

빈프리트가 다시 모습을 드러내는 시기는 6월 말이다.[38]
시험은 끝났고, 그는 좋은 성적을 거둔다. 독일어와 음악에서
가장 좋은 점수를 받았고, 다른 과목에서도 대부분 좋은 성적을
거두었다. 수학과 물리학은 겨우 통과만 한 수준이었는데,
이는 교사 바이네르트는 물론 그 자신에게도 전혀 놀라운 일이
아니었다.†

빈프리트에게는 한 가지 남은 과제가 있었다. 아비투어
특집호 교지를 만드는 것. 그의 학급에 관한 기사는 거의
전적으로 그가 담당했다. 그는 교사들에 대한 구절과
농담을—라틴어로— 그리고 반 친구들에 대한 농담 섞인 구절을
독일어로 써냈다. 일제 호프만은 반 남학생들에 관한 글을 몇 편
더 써서 기고했다. 그리고 제베에 대해서는 (대략) 이렇게 썼다.

> 우리의 제베는 완벽한 단어를 찾아낼 줄도 알고,
> 남자로서도 썩 괜찮은 편이지
> 하지만 가차 없이 우리 결점을 들추는 통에
> 제 매력을 깎아먹고 마네[39]

훌륭한 요약이었다. 제베는 영리하고 외모가 준수했지만 유독 자기 자신에게 지나치게 비판적이어서 편안함을 느끼지 못하는 사람이었다.

아비투어를 기념하는 의미로 제베의 반 친구 중 일부는 며칠 동안 행복에 겨운 캠핑 여행을 떠났다. 빈프리트는 합류하지 않았다. 그 대신 일주일쯤 어디론가 사라졌고, 어디에 갔었는지 아무에게도 말하지 않았다.[40]

게르트루트도 베아테도 빈프리트가 사라졌던 일을 기억하지 못한다. 하지만 7월경 게르트루트는 취리히에서 비서로 일하고 있었고, 그의 생일이 되자 빈프리트는 자그마한 릴케의 시집을 보내면서 위안이 되기를 바란다고 말했다.[41] 게르트루트의 말에 따르면 빈프리트는 늘 누나가 더할 나위 없이 행복한 상태라고 믿었다. 심지어 그때도 게르트루트는 릴케의 시에 위로를 받을 거라고 그가 상상한 사람이 자신은 아니라고 생각했다. 이제 게르트루트는 자신이 떠나기 전 빈프리트와 나눈 대화를 떠올린다. 그때 빈프리트는 시험 결과가 나와서 아주 행복하다고 말했다. 다만 이틀뿐이었다. 그 행복은 이틀밖에 가지 않았다. 빈프리트는 삶이 늘 이러리라는 사실을 깨달았다. 목표를 이루기 위해 애쓰고 목표를 달성하지만, 그러는 순간 또 다른 목표가 나타날 것이고, 그러면 처음부터 다시 시작해야 한다는 사실. 빈프리트는 게르트루트에게 "엉덩방아를 찧었는데, 몸에 살이 없으니 죽을 만큼 아프더라"라고 말했다.[42] 나는 그게 그냥 하는 말이 아니라 또 한 번 위기를 겪고 있음을 넌지시 알린 표현이 아니었을까 싶다.

학교생활이 끝나자마자 그다음 도전 과제가 실제로 모습을 드러냈다. 그건 어떻게 하면 병역을 피할 수 있을 것인가 하는 문제였다.

양심적 병역 거부자로 등록하고 대체복무Zivildienst로 병원이나 요양원에서 6개월 동안 근무할 수도 있었다.[43] 그러나 빈프리트는 그것도 원치 않았다. 가능한 한 빨리 대학생활을 시작하고 싶었다. 그래서 계획을 세웠다. 하지만 그 계획을 자신이 써낸 최고의 이야기 중 하나에 삽입했고, 이야기를 들려줄 때마다 말이 바뀌었기 때문에 실제로 어떤 일이 일어났는지는 확실하지 않다. 이 점을 감안하고 보면 이야기 자체는 대강 이러했다.[44]

빈프리트는 소집 명령을 기다리는 대신 입대를 자원했다. 그는 아버지 게오르크에게 그렇게 하면 군대에서 학비를 지원해주기 때문이라고 말했지만, 실은 자원병 신체검사 기준이 일반 징집 대상자 검사 기준보다 더 엄격하다는 사실을 알고 있었기 때문이었다. 그리하여 그는 신체검사 전날 밤을 새웠고, 커피나 위스키를, 혹은 (어느 이야기를 믿느냐에 따라) 둘 다를 최대한 많이 들이켰다. 마침내 검사실에 들어가기 직전이 되었을 때 그는 거의 실신할 정도로 숨을 참았고, 심장이 미친 듯이 뛰는 것을 느꼈다. 빈프리트가 생각하기에 의사는 다 안다는 듯한 표정을 지었지만, 그러면서도 증명서에는 이렇게 기록했다. **복무 부적합**.

나는 의사가 정말로 다 안다는 듯한 표정을 지었으리라고 확신한다. 전후에는 '국민 질병Volkskrankheiten'이라는 말이 있었을 정도로 군 복무를 회피하기 위해 작병作病을 하는 일이 무척 흔했다.[45] 카주스는 허리가 좋지 않다고 속였고,* 내 친구 중 하나는 제베처럼 심장에 문제가 있는 것처럼 속였다. 군의관들은 이런 속임수를 그 누구보다 잘 알았다. 그렇게 잘 알면서도 빈프리트를 보내주기로 했다면, 빈프리트는 숙적이었던 군을 상대로 승리를 거둔 기분을 느꼈을 것이다. 빈프리트가 은밀한 미소를 지으며 시험장을 떠나는 모습이 머릿속에 그려진다.

이 이야기에는 마지막 반전이 있다.[46] 이듬해 여름, 제발트네 가족을 만나러 온 패니의 딸 수잰이 빈프리트와 그의 아버지 사이의 격렬한 말다툼을 엿듣는 일이 발생했다. 빈프리트는 자기가 군 복무를 하지 않아서 그런 것이라고 설명했고 당연하게도 수잰은 그 말을 믿었다. 그러나 게르트루트와 베아테에 따르면, 게오르크는 빈프리트의 병역기피에 대해 조금도 화를 내지 않았다. 아들이 전쟁에 대비하는 모습을 지켜볼 수 없을 만큼, 게오르크는 이미 전쟁을 너무 많이 겪은 사람이었다. 게다가 빈프리트가 군인으로서 형편없으리라는 사실을 게오르크보다 더 잘 아는 사람도 없었다. 그러니 절대 그 일로 다툰 건 아니었다. 분명 평소와 다름없는 충돌이었을 가능성이 매우 높지만, 제베는 자신이

---

* 그래서 카주스도 제베처럼 병역 의무를 이행하지 않았다. 발터나 악셀도 마찬가지였다. 헬무트와 베르너는 징집에 응하여 의무 복무 기간인 2년을 채웠고, 라이너와 에세는 제베가 하는 시늉만 했던 바로 그 일을 실제로 해 보이며 자원입대를 택했다. 에세는 6년을 복무했는데, 아버지처럼 공수부대원으로 지냈다. 라이너는 먼저 징집으로 2년을 복무한 뒤, 의무義務 교육을 받기 위해 추가로 6년을 더 복무키로 했다. 그들이 각각 이런 결정을 내릴 거란 건 10대 중반부터 이미 예견할 수 있는 일이었다.—지은이

게오르크를 나치라고 불렀다는 사실을 미국 사촌들이 몰랐으면
했을 것이다. 그래서 그렇게 이야기했고, 나도 그 이야기를 믿었다.

제발트의 패거리는 이제 각자의 길을 밟을 준비를 했다.[47]
우르줄라는 프랑스 역사를 공부하러 파리에 갔다가 경제학을
공부하러 뮌헨으로 이주했다. 카주스는 (물론) 화학을 배우기
위해 뮌헨으로 갔다. 베르너는 2년간의 군 복무를 마치고 법학을
공부했다. 악셀은 베를린에 있는 미술학교에 진학했고, 발터는
슈투트가르트로 가서 건축을 공부했다.

제베와 관련해서는 그가 적어도 2년은 문학도로 살아갈
것이라는 점이―과연 제베답게―본인에게는 그렇지
않았을지언정 모두에게 명백해 보였다.[48] 한편 제베에게
정말로 명확했던 건 가능한 한 멀리, 이를테면 부모로부터,
알고이로부터, 과거로부터, 그의 '초고와 습작'에서 고작 열아홉
혹은 스무 살밖에 안 된 주인공이 자신을 지나치게 짓누른다고
느낀 그 과거로부터[49] 멀리 떠나고 싶다는 마음이었다.
그래서 제베는 카주스처럼 고향에 있는 대학을 택하지 않고
부모가 허락하는 선에서 가장 먼 대학을 택했다. 그리하여
프라이부르크에서 독문학을 전공하게 된다.

제베와 세 여자—샤를로테 클뢰네,
바베테 아엔데를, 일제 호프만.

사랑하는 사람을 찾은 게르트루트는 이듬해 여름 결혼을
한다. 베아테는 아직 어린아이였다. 빈프리트는 어땠을까?

우리는 빈프리트를 사랑했던 사람들 덕에 그가 마음에 치고
있던 벽에 대해 알게 됐다. 그러나 학교에서 그는 늘 자신을
선망하는 여학생들에게 둘러싸여 있었다. 어느 정도 거리가
있었던 아이들에게, 그는 대단한 인기를 누렸다.[50]

여느 남자아이들처럼 카주스와 여자아이들에 대해
이야기하면서 누가 '복숭아처럼 어여쁜지 Pfirsiche'를 두고 토론을
벌이기도 했다.[51] 열여섯 무렵부턴 대놓고 여자친구를 사귀기
시작했다. 아직 공개 연애가 흔하지 않았던 시절이었고, 특히
초반에는 교사들의 반대를 사고 또래들에게 놀림을 받기도 하는

등, 이는 당시 지배적이었던 풍조에 반하는 일이었다. 어쩌면
이것이 제베가 그렇게 행동한 이유 중 하나일 수도 있지만.

첫 번째 여자친구는 6학년 혹은 7학년에 재학 중이었던 헬가
뮐러였다. 헬가는 빈프리트의 동급생 프리데만 라이히에 따르면
활기차고 선머슴 같은 여자애였는데, 아마 라이너 갈라스케처럼
적극적인 성격으로 관계를 주도하지 않았을까 싶다. 8학년이
되어 헬가가 전학을 가자 빈프리트는 다른 여자친구를 사귀었다.
오버스트도르프 너머의 아름다운 외딴 계곡인 클라인발제르탈
출신 마델라이네 벤츠였다. 둘의 관계는 그해 내내 그리고 그
이듬해까지 지속되었다. 아직 순수한 사이였을 게 뻔하니 로자가
걱정할 필요도 없었을 것이다(물론 걱정했을 수도 있지만). 그러나
열일곱 살의 제베는 마델라이네를 첫사랑으로 여기면서 눈치껏
게르트루트에게 첫사랑이 최고라고, 마델라이네를 저버리는 것은
미친 짓이라고 말했다.[52] 하지만 그로부터 몇 달 후, 마델라이네가
그를 저버렸다. 제베는 메르세데스 자동차를 모는 상대와는
경쟁할 수 없다고 게르트루트에게 말하며, 그러고 싶지도
않다고 덧붙였다. 그는 자존심에 상처를 입었지만 마델라이네를
쟁취하기 위해 싸우진 않았다.

얼마 후 빈프리트는 카주스의 말에 따르면 마델라이네보다
더 강렬하지만 여전히 순수했던 우정을 자비네 리터라는 소녀와
세 번째로, 짐작건대 짧게 나누었다.[53] 자비네는 근처에 살고
있어서 카주스와 제베가 역을 오갈 때마다 정기적으로 동행했다.
그렇게 같이 다니는 동안 자비네와 제베 사이에는 길고 정열적인

대화가 오갔는데, 하루는 제베가 불쑥 자비네에게 말했다. "우리 사이는 끝났어." 그러고 나서 두 사람은 두 번 다시 말을 섞지 않았다. "잔인했어요," 카주스는 그렇게 시인하면서 말했다. "제 앞에서 그렇게 그 애를 차버리다니요. (…) 빈프리트는 잔인해질 수 **있는** 애였지만 보통 화가 날 때만 그러는데, 그때는 화도 전혀 안 난 것처럼 보였거든요." 내 생각에는 어쩌면 자비네가 제베에게 너무 가까이 다가가고 있었던 게 아닐까 싶다. 그게 아니라면 제베가 다른 사람을 만나게 되었는데, 자비네에게 어떻게 말해야 할지 몰랐거나.

그게 실제로 벌어진 일이었다.[54]

제베는 다른 아이들처럼 새로 사귄 여자친구를 비밀에 부쳤지만, 로자는 곧 그 아이의 존재를 알게 되었다. 그 소녀는 항상 제베와 함께였다. 제베는 그 소녀를 학교 파티며 무도회에 데려갔고 저녁에는 라 브라바에도 동행했다. 무엇보다 중요한 사실은 그 소녀를 패거리 구성원들에게도 소개했다는 것이다. 그들은 소녀를 보고 놀랐다. 너무나 아름답고, 너무나 세련된 소녀였기에. 그는 알고이 출신이 아니었고, 심지어 독일 출신도 아니었다. 빈―무려 파리만큼 로맨틱한 **빈!**―에서 온 그는 빈프리트 또래였지만 이미 일을 하고 있었다. 미용실에서 일했던 소녀는 미용에 관해서라면 빠삭했고 옷도, 머리도, 화장도 완벽했다. 그러나 패거리 구성원들은 의아함도 느꼈다. 소녀는 너무 미스터리했고, 너무 조용했다. 어떻게 언어를 매개로 살아온 제베가 그렇게 말 없는 여자애를 만날 수 있었던 걸까? 그 애는 한마디도 하지 않았다. 마치 제베의 소유물처럼 그의 옆에 가만히 앉아 있기만 했다. 아니면, 혹시 제베가 그 소녀의 소유물이었던 걸까?

두 사람은 서로의 결핍을 채워주는 존재였거나, 아니면 도무지 어울릴 것 같지 않은 한 쌍이었다. 어쩌면 머잖아 빈프리트를 매혹할 뷔히너의 작품 속 레옹스와 레나처럼 서로에게 운명의 상대였을 수도 있다.[55] 진실이 무엇이건 소녀는 그로부터 5년 동안 제베의 여자친구였고, 이후에는 여생을 함께할 아내가 되었다.

제베는 이미 과거에 경험했던 방식으로 소녀를 만났다. 소녀가 일한 미용실은 제베의 집과 역 사이에 위치해 있었고, 제베는 매일 통학 길에 그 미용실을 지나쳤다. 그러다 하루는 어쩌다 창문 너머로 소녀를 슬쩍 보게 되었다. 이튿날 그는 다시 미용실 앞에 멈춰 섰다. 그러다 결국엔 창문 밖에 서서 유리 너머로 소녀를 한참 동안 응시했다. 비올라를 연주하는 레기나 토블러를 유리창 너머로 응시했던 것처럼 말이다. 그런 다음 그는 용기를 내어 미용실 안으로 들어갔다.

9장

「파울 베라이터」

제발트는 공적 자리에서도, 사적 자리에서도 「파울 베라이터」가 학창 시절 선생님이 밟은 삶의 궤적을 면밀히 추적한 작품이라고 말했고,[1] 그건 사실이었다. 제발트가 소설 도입부에 제시한 파울 베라이터의 사망일은 1983년 12월 30일인데, 이는 아르민 뮐러의 사망일이었다.[2] 파울이 받은 사범교육도, 파울이 경험한 프랑스 망명도, 베를린으로 돌아왔던 일도, 전쟁 기간 내내 포병으로 복무한 일도 모두 아르민의 경험과 포개어졌다. 이 모든 시기에 찍힌 것으로 제시된 파울의 사진은 아르민의 사진이다(단, 1934년 파울의 교육실습 기간에 교실에서 찍힌 사진은 막스가 벼룩시장에서 발견한 사진 중 하나다).[3]

무엇보다 중요한 사실은 '유대인의 피가 4분의 1 섞였다는' 파울의 출신 성분, 독일인으로서 그가 처한 비극이 아르민의 것이었다는 점이다. 뮐러는 헌신적인 역사학자였다. 필요하면 언제든 학교의 역사학자로 나섰고[4] 존트호펜 치즈의 연대기를

작성했으며, 무엇보다 자기 가족의 계보를 연구했다. 그는 가문의
내력을 거의 250년 전까지 추적해 각 세대의 출생, 결혼, 사망
관련 정보를 카드에 적고 그 카드들을 여러 장의 골판지에 붙인
다음, 골판지를 경첩으로 이어 붙이고 잘 접어서 상자에 말끔하게
보관했다. 2016년 초 그의 조카 우르줄라 라프는 상자에서
그것들을 꺼낸 다음 내 앞에서 펼쳐 읽어주었다.

밀러가 작성한 카드들을 살펴보면 밀러 가문은 적어도
1692년부터 알고이에 살았다. 파울 베라이터가 "알프스 산기슭의
고향 땅과 깊이 결속되어 있는 뼛속까지 독일인"[5]이라면, 그
이유는 이렇게 아코디언처럼 이어 붙인 가족사 카드에 기록되어
있다. 존트호펜에 아르민 밀러만큼 깊이 뿌리내린 사람이 또
있었을진 몰라도 그보다 더한 사람은 없었을 것이다.

그러나 그 가보家譜에는 부계 내력만 정리되어 있었다. 다만
아르민은 모든 사람이 2세대 이전까지 거슬러 올라가는 계보를
증명해야 했던 나치 시대의 가계도까지 빠짐없이 보관했다.
그리고 당연히 그 가계도에는 모계 역사도 포함되어 있다.

「파울 베라이터」에서 파울의 아버지 테오는 유대인인
부친이 서른 살이나 어린 가톨릭교인 하녀와 결혼했기 때문에
절반만 유대인이다.[6] 아르민의 어머니 바베테의 계통을 보면,
부친 하인리히 히르슈가 유대인이었던 데 반해 모친 마리아는
가톨릭교인이었기 때문에 역시나 절반만 유대인이었다.
가계도상으론 마리아도 하인리히보다 서른 살이 어렸다. 그리고
가계도에 언급되어 있지는 않지만 가족들은 마리아가 하인리히

히르슈의 가정부였다는 사실을 알고 있었다. 다시 말해, 제발트는 아르민 뮐러의 유대인 조부모의 혈통을 모계에서 부계로 바꾸어 썼다. 그렇게 하지 않았더라면 아르민의 가족을 실제와 거의 동일하게 묘사하게 되었을 것이다.

문제는 유대인 조부모가 한 명이라도 있으면 나치의 광적으로 세밀한 인종법에 따라 2급 미슐링Mischling(잡종 또는 혼혈)이 된다는 것이었다. 2급 미슐링은 유대인은 아니지만 아리아인도 아니었다. 즉, 완전한 유대인이나―뜻밖에도―아리아인인 독일인과는 결혼할 수 있었지만, 공식 허가를 받지 않으면 같은 급의 미슐링이나 유대인의 피가 절반만 섞인 사람과는 혼인이 금지되는 등 온갖 제약이 따랐다. 아마도 이 법은 유대인 혈통을 분리시키거나 없애버릴 의도로 제정되었을 것이다.

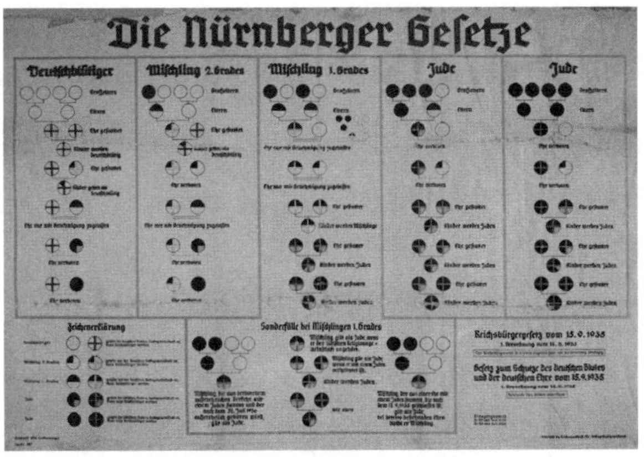

뉘른베르크법의 인종 구분.
독일 혈통 - 2급 미슐링 - 1급 미슐링 - 반의반 유대인 - 완전 유대인.[7]

뉘른베르크법Nürnberger Gesetze은 1935년 9월 15일
라이히슈타크Reichstag[제국 의회]에서 통과되었다. 이는 분명
제발트가 1935년 학기 초 "아이들의 이름을 외울 시간마저
충분히 갖기도 전에"[8] 파울 베라이터를 교직에서 물러나게 만든
원인이었다. 그러나 뉘른베르크 인종법은, 아리안 혈통임을
증명하지 못한 공무원은 즉각 해고한다는 내용의 1933년 4월
인종법을 시작으로 히틀러의 집권 이래 통과된 수많은 반유대
법률의 정점에 위치한 법일 뿐이었다. 그로부터 향후 몇 년간
법은 변호사, 의사, 교사로까지 적용 대상을 넓혀갔다. 아르민
뮐러와 관련된 서류를 보면, 아리아인이 아닌 학생이자 교사였던
그는 늦어도 1934년 초, 아직 경력을 시작하기도 전이었던
스물세 살에 접어들 무렵 법에 걸려들었다. 기록상 그는 1934년
3월 1일에는 파리에, 1935년 3월 1일에는 [프랑스 동부] 브장송에
있었던 것으로 확인된다. 망명이 시작된 것이다.

고향 존트호펜—혹은 제발트가 「파울 베라이터」에서
칭하는 S시—의 상황은 제발트가 그린 것만큼 나쁘지 않았다.[9]
아르민의 아버지 마그누스가 이멘슈타트에서 출생한 것과 달리
테오 베라이터는 프랑코니아의 군첸하우젠에서 태어났는데,
제발트가 군첸하우젠을 선택한 이유는 그곳이 1934년 독일이
유대인에게 가한 최초의 집단적 폭력 행위인 종려 주일 유대인
대학살Palmsonntagspogrom이 자행된 장소였기 때문이다.[10] 그러니
마그누스는 테오처럼 "분노와 불안"[11] 때문에 죽은 것이
아니라, 그로부터 40년 이상을 더 살다가 아흔일곱의 나이로

1978년에 사망했다. 한편 아르민의 어머니 바베테도 파울의

어머니 테클라처럼 우울증으로 떠난 게 아니라 아마도 천식으로

1955년에야 사망했다.[12] 다시 말해, 제3제국 치하에서는

존트호펜도 여느 도시와 그리 다를 바 없었지만, 그래도

군첸하우젠만큼은 아니었다. [군첸하우젠을 고른 데는] 존트호펜에

유대인 상점이 없었다는 이유도 한몫했을 터, 그곳에서는 유대인

상점이 약탈당하는 일이 벌어지지 않았고, 유대인을 난간에

매달아두는 일도 없었으며, 바이게르트 박사가 떠난 뒤로는

마그누스 뮐러의 아내, 즉 유대인의 피가 절반 섞인 여성을

제외하고는 유대인이 남아 있지도 않았다. 게다가—짐작건대

이번에도 칼하머 박사의 영향일 수 있는데—마그누스 뮐러의

치즈 가게가 폐업을 하거나 테오가 운영한 잡화점처럼

아리아인에게 헐값에 팔아넘겨지는 일도 없었다. 마그누스,

바베테, 그리고 그들의 다른 아들 로베르트 중 체포되어 추방당한

사람도 없었다. 실제로 일어난 일은 차라리 사소하고도 비열했다.

마그누스의 주수입원이던 에멘탈 치즈 판매 계약은 전쟁이

지속되었던 6년 동안 철회되었다. 그리고 카페 쾨베를레(막스는

이 명칭을 쇠페를레로 살짝만 바꾸었다)의 주인은 뮐러 부부에게

유대인의 피가 절반 섞인 사람이 있으면 손님들이 불쾌해할

수 있으니 더 이상 카페에 오지 말아주었으면 한다고 "간곡히

부탁"[13]했다.

　쾨베를레는 고상한 시민들이 전부 모여드는, 존트호펜에서

가장 세련된 카페였기 때문에 주인의 이런 부탁은 가히 명백한

모욕이었다. 막스의 분노도 명백했다. 루시 란다우가「파울
베라이터」의 화자에게 말하듯이. "베라이터 가족이 겪어야만
했던 그런 비열하고 치졸한 일을 당신이 몰랐다는 것이 내겐
전혀 놀랍지 않아요. S시처럼 비참한 소굴에서는 그런 일이
다반사였고, 시절이 나아졌다고들 하지만 지금도 그런 태도가
여전히 남아 있죠. (…) 놀랍지도 않습니다."

아르민 뮐러가 유대인의 피가 반의반 섞인 사람이라는
핵심적인 사실 외에도 제발트는 사소한 요소들을 무수히 동원해
뮐러와 존트호펜을「파울 베라이터」에 충실히 끌어들인다.
산, 가게(투라, 아인지들러), 기업(알펜포겔의 밴)의 명칭은
전부—제발트가 말하듯—진짜이며,[14] 나무 상자로 된 찌르레기
집이 나무에 달려 있던 학교 옆 사과 과수원, 멍청한 하인이었던
'만골트', 색실을 진열해놓은 귀터만의 마법 같은 진열장,
도약하는 사슴이 새겨진 화자의 스웨터 등에 대한 묘사도 전부
진짜였다. 단 '만골트'는 만골트라고 불리지 않았으며, 당연한
얘기지만 빈프리트가 등교 첫날 스웨터를 입었는지 여부를
기억하는 사람도 없다. 한편 베라이터가 후에 백내장을 앓는다는
사실, 그리고 레르헨뮐러 보육원(과 케저네 집) 옆에 위치한
블루멘슈트라세 집에서부터 마지막에 거주한 누추한 연립주택에
이르기까지 베라이터가 살았던 장소들 등 베라이터와 뮐러에
관한 사소한 사실들도 중대한 사실들만큼이나 진실에 기반해
있다. 사실 현실은 소설보다 더 열악했다. 레르헨뮐러 부지에
지어진 연립주택, 즉 제발트가 파울의 거주지로 설정한 공간은

아르민 뮐러가 말년을 보낸 시끄러운 큰길가의 실제 연립주택에
비하면 양호했다.

　　비텔스바허 호프 호텔이나 마그누스 뮐러의 치즈 가게를
대신하는 테오 베라이터의 잡화점 등 제발트가 창조한 요소들도
있다. 테오 베라이터의 잡화점은 파울의 유년기뿐만 아니라
『현기증. 감정들』속 희극적인 한 쌍의 자매만큼 희극적인 한
쌍의 경리 헤르만 뮐러와 하인리히 뮐러를 경탄스러운 이미지로
담아낸다. 네 사람 모두 I-마이어 선생과 Y-마이어 선생이라는
희극적인 종교 교사 한 쌍을 통해 재차 상기되는데, 파울은
두 교사의 종교 수업이 끝나면 교실로 돌아와 늘 "격정적인
몸짓으로 꼼꼼하게"[15] 칠판에 적힌 내용을 벅벅 지워버렸다.
그리고 가장 기막힌 농담—파울이 정원용 물뿌리개로 성수대에
물을 채워 넣어 그걸 본 Y-마이어 선생이 기적이 일어난 것인지
반신반의하게 만들었다는 농담—도 제발트의 짓궂은 창작일
가능성이 높다. 아르민 뮐러의 학생 대부분이 그런 일은 결코
없었다고 입을 모아 말한다.

　　파울 베라이터가 반의반 유대인이라는 것 외에 그와
관련된 중요한 사실에는 또 뭐가 있을까? 애석하게도 파울이
맞이한 최후도 실제와 정확히 일치했다. 아르민 뮐러도 파울과
마찬가지로 스스로 죽음을 택했다.[16] 그리고 알다시피 카를
베르히톨트 같은 불량한 녀석들을 체벌한 것 외에도, 파울의 교육
방식은 아르민 뮐러의 방식을 치밀하게 투영하고 있었다. 한데
겉보기에는 더없이 쾌활하지만 사실 "쓸쓸함의 화신"이었고,

누구보다 유쾌한 동료였지만 "내면의 외로움에 거의 잡아먹히듯 했던"[17] 파울은 과연 어떤 인물이었을까? 한마디로 그는 『이민자들』의 다른 주인공들처럼, 아우스터리츠처럼, "불의가 가해지는 시점과 그 불의가 마침내 나를 압도하는 시점 사이의 막대한 시차"[18]라는 제발트의 주제를 전하는 인물이었다. 그렇다면 아르민 뮐러도 그랬을까?

이 질문에 답하기 전에 교사로서의 파울을 잠깐 다시 살펴보아야 한다. 파울이 보여주는 이런 면모가 뮐러와 얼마나 닮았든, 그는 또 다른 인물, 즉 루트비히 비트겐슈타인과도 그만큼 닮아 있는 까닭이다.

제발트는 평론가 제임스 우드라든가 내게 파울 베라이터의 면면이 오스트리아의 몇몇 외딴 마을에서 학교 교사로 일하던 시절의 루트비히 비트겐슈타인에게서 비롯되었다고 말하는 등 이를 숨기지 않았다.[19] 실제로 파울과 비트겐슈타인이 공유한 몇몇 측면—예컨대 야외 수업에 대한 열정, 얼어붙을 듯 추운 겨울에도 창문을 활짝 여는 습관 등—만 봐도 둘은 놀라우리만치 비슷하다. 그러나 제발트가 비트겐슈타인으로부터 얼마나 많은 세부 사항을 차용했는지 보면 충격적일 정도다. 몇 가지 예를 들자면, 파울이 가르치는 노래의 출처도 비트겐슈타인이며, 제자들의 어리석음에 좌절감을 느끼며 손수건을 물어뜯는 습관도 비트겐슈타인의 모습을 반영한 것이다. 그리고 무엇보다 기억에 남는 장면—부엌 가스레인지로 여우의 사체를 삶은 다음 그 뼈를 학교에 가져와 수업에 사용한 일도 비트겐슈타인의 일화가 그

출처다.[20]

　이렇게 깜짝 놀랄 만한 세부 내용뿐 아니라 파울 베라이터와
관련된 몇 가지 핵심적인 사실도 비트겐슈타인에 바탕을
두고 있다. 무엇보다 파울은 늘 제자들에게 애정을 품었지만
이를테면 고통스러운 애증도 느꼈기에, 그에게 학생들이란
존재는 "느닷없는 격분"을 표출하고 싶게 만드는 "경멸스럽고
역겨운 생명체"처럼 보일 수 있었다.[21] 아르민 뮐러가 공정한
기준에 따라 시행한 체벌에는 이 같은 신호가 조금도 묻어나
보이지 않는데, 사실 파울의 이런 속내는 정확히 비트겐슈타인의
반영이다. 그리고 이에 못지않게 중요한 점은 파울이 음악과
수학에서 보인 재능이다. 수학은 비트겐슈타인의 철학 인생에서
핵심적인 관심사였으며, 그는 파울처럼 클라리넷을 연주했고
휘파람 실력도 뛰어났다. 한편 아르민 뮐러와 관련해서는
제발트가 파울을 묘사하며 말한 것처럼 "일류 수학자"였다는
기록이 없다.[22] 게다가 다들 아르민 뮐러가 음악성이 뛰어난
사람이었고 피아노 연주에 능했다고 기억하고 있지만,
클라리넷이나 휘파람과 관련된 기억을 언급하는 사람은 아무도
없다. 확신하건대 분명 클라리넷과 휘파람 모두 비트겐슈타인과
안드레 브뤼니숄츠에게서 빌려온 특성일 것이다.†

그렇다면 파울의 쓸쓸함과 그를 잡아먹을 듯한 외로움에 대한
내 질문의 답은 무엇일까? 이 또한 아르민 뮐러에게서 빌려온
특성이었을까? 파울의 죽음은 시나브로 모습을 드러내는

트라우마를 보여주는 하나의 예시였을까? 이 모든 것이 파울 베라이터에게만 적용되는 진실, 제발트의 창의적인 상상력이 만들어낸 산물이었을까?

파울 베라이터가 생전에 사랑한 사람은 1935년 여름에 만난 헬렌 홀렌더, 그리고 예순이 넘어 은퇴한 시기인 1971년에 만난 루시 란다우 둘뿐이었다. 헬렌은 빈 출신으로 (책의 어느 부분에도 언급되지는 않았지만) 유대인이다. 그리고 파울이 독일군으로 복무하는 동안 헬렌과 헬렌의 어머니는 짐작건대 테레지엔슈타트로 추방된다. 파울은 헬렌에 대해서는 한마디도 하지 않으며, 란다우 부인이 화자에게 말한 바에 따르면 "헬렌을 지키지 못했다는 생각에 괴로워"한다.[23] 란다우 부인 역시 유대인일 가능성이 매우 높다. 이 또한 책에는 언급되지 않지만 란다우는 보통 유대인의 성이며, 루시의 아버지(막스 페르버처럼 미술사학자다)는 히틀러 집권기인 1933년에 프랑크푸르트를 떠나 스위스로 간다. 한 명은 살해당하고 한 명은 나치에 의해 망명길에 오른 것으로 보이는 사랑하는 두 사람을 양 끝에 두고 파울은 생애 가장 중요한 시기인 36년을 홀로 보내게 되나, 그의 입장에서는 선인先人이라 할 수 있는 자크 아우스터리츠처럼 "누더기같이 얼기설기 얽혀 있는 과거에 대한 기억을 바로잡을"[24] 의지도, 능력도 갖지 못한다.

'헬렌 홀렌더'는 아르민 뮐러의 청년기에 실재한 인물이었다. 『이민자들』에 실린 사진에는 젊은 아르민이 한 소녀와 찍은 사진이 있는데, 이는 아르민의 앨범에서 가져온 사진임이 분명하다. 그러나 우리가 알 수 있는 정보는 이뿐이다. 사진만으로는 소녀가 어떤 사람이었는지, 유대인이었는지, 무슨 일을 당했는지 등에 관해 아무것도 알 수 없다. 소녀가 아르민에게 중요한 존재였는지조차 미궁이다. 아르민은 행복해 보이지만 사진만 봐서는 왜 그래 보이는지 알 수 없으며, 모든 사진에서 똑같은 옷을 입고 있는 것으로 보아 소녀는 존트호펜에 아주 잠깐만 머물렀을 수도 있다. 그러므로 헬렌 홀렌더에 관한 이야기는 전부 제발트의 창작일지도 모른다. 루시 란다우와 관련해서는 아르민 뮐러의 만년에 란다우와 같은 사람이 존재했다는 증거를 전혀 찾을 수 없었다. 「파울 베라이터」의 배경을 면밀히 연구한 학자 케이 볼핑거는 란다우가 허구의 인물이라고 단정지었다.[25]

그러므로 파울이 생의 초년과 만년에 사랑한 두 유대인 여성의 사진은 거의 확실히 제발트의 창조물이다. 그리고 그사이 파울이 느낀 끝없는 사막 같은 외로움도 마찬가지로 허구다.

생애 대부분의 기간에 아르민 뮐러는 혼인 상태였다.[26] 첫 번째 아내는 1967년에 사망했고, 두 번째 아내와는 1972년에 재혼했으며 사망 시점까지 이 두 번째 아내와 부부관계를 유지했다. 그리고 두 차례의 결혼 사이 5년이라는 기간에도 그는 혼자가 아니었다. 사실 가족들의 말에 따르면 그는 매력적이었고, 춤을 잘 추었던, 소위 바람둥이였다. 두 번의 결혼생활 사이에 그는 한 사람, 어쩌면 두 사람과 연애를 했다. 다시 말해 파울 베라이터가 36년 동안 고독했다는 설정은 그 기간의 시작과 끝을 장식한 두 연인과 마찬가지로 허구다.

그렇다면 고독은? 아르민 뮐러는 정말 파울 베라이터만큼 고독했을까? "마치 항상 기운이 넘치고 너무도 쾌활해 보였지만 실은 쓸쓸함의 화신이었던 것처럼 우리 모두와 떨어져서 혼자 어디엔가 앉곤" 했을까?[27]

아르민을 알았던 (혹은 그가 사망하고 30년이 지난 후에 찾을 수 있었던) 모든 사람의 말에 따르면 절대 그렇지 않았다. 아르민은 쾌활하고, 사교적이고, 농담을 아주 잘했으며, 사육제 행사에서 우스운 자작시를 낭독해 박수갈채를 받기도 했다. 이 모든 사실은 파울 베라이터와 거리가 멀어도 한참 멀어 보인다. 하지만……파울은 늘 쾌활하고 기운이 넘쳐 보이기도 했다고 제발트는 썼다. 게다가 사람들도 파울이 젊었을 때는 그랬다고 입을 모았지만, 그 쾌활함의 이면을 들여다보면 그건 이미 사실이 아니었다. 그런 연유로 나는 아르민 뮐러를 더 깊이 파헤쳐보아야 했다.

그랬더니 몇 가지 사실이 수면 위로 드러났다. 아르민은 학교에서 모두에게 친절하고 "100퍼센트 신뢰할 수 있는"[28] 훌륭한 동료였으나, 남달리 친한 친구 한 명 없었고 가까운 사람도 없었다. 그는 나치 시절 교단에서 축출당한 사실을 숨기지 않았지만 그렇다고 해서 언급하는 일도 드물었고, 브장송에서 보낸 해에 경험한 정신적으로 가장 고통스러웠던 순간에 대해서는 아예 함구했다. 1933년 혹은 1934년에 희망과 정체성을 도둑맞아 영구적인 상처를 입었을지 모르나, 그는 그 상처를 드러내지 않았다. 그는 어떻게든 감당할 수 있다면 상처를

드러내지 않는 사람이었다. 그리고 사는 동안 대체로 상처를
감당했다.

1971년 루시 란다우를 만났을 때 파울은 얼마 전 자살을
시도한 일을 두고 "그 어떤 일보다 수치"[29]스럽다면서 별일 아닌
듯이 이야기한다. 아르민 뮐러는 1967년 첫 번째 아내를 잃고
그와 거의 동일한 시기인 1967년 혹은 1968년에 시력 악화로
인해 조기 은퇴를 해야만 했다. 이 시기에 시작된 연애 관계에도
곡절이 무척 많았다. 당연하게도 1970년 전후로 그의 삶에는
여러 스트레스 요인이 있었다. 그리고 바로 그때 아르민은 파울
베라이터와 같은 행동을 했다. 기차에서 첫 자살 시도를 한
것이다.

수면제를 과다 복용한 그는 선로에 올라서기도 전에
기절해버렸거나 의식을 잃은 상태에서 선로 밖으로 굴러떨어지는
바람에 자살에 실패했다. 그리고 동료 교사 아돌프 리프에게
의사로부터 실명할 수도 있다는 경고를 들어서 자살을
시도했다고 말했고, 학교에 있는 모든 사람이 그 말을 믿었다.
가족들은 그의 자살 시도가 시력 문제보다는 힘겨웠던 연애와
더 연관되어 있었으리라고 생각했다. 이유가 무엇이었든, 그건
극단적인 해결책이었다. 그의 시력은 그로부터 몇 년은 더 유지될
터였고, 고통스러운 연애를 하는 모든 사람이 자살 시도를 한다면
우리 중에 살아남는 사람은 많지 않을 것이다. 겉으로 어떻게
보였건 간에 분명 아르민 뮐러에게는 남모를 사연이 있었다.

사실 몇몇 사람은 알고 있었다. 그의 가족은 그가 매우 예민한

사람이고, 주변 상황을 가볍게 받아들이지 못한다는 사실을 알았다. 아돌프 리프는 그가 깊은 비관을 내비칠 때 우울해 보인 적도 있었다고 생각했다. 그리고 몇몇 친구는 그가 실제로 "이따금" 우울증을 앓았다는 사실을 알고 있었다.[30] 리프는 첫 번째 자살 실패로 아르민이 다년간 고통받았다고 확신했다. 리프는 내게 아르민이 벗어나고 싶어했다고, 살아남았다는 사실에 행복해하지 않았다고 말했다.

그로부터 13년 내지 14년이 지나 아르민은 두 번째 시도를 결행했고, 결국 원하는 바를 이뤘다. 이번에는 모두가 코앞까지 들이닥친 실명 위기 때문이었다고, 죽겠다는 결심을 재차 하게 된 이유가 그것이라고 믿었다. 사람들은 자살 사유에 그의 가족과[31] "그이는 책 없는 삶은 상상도 하지 못했어요"라고 말한 아내도 포함시켰다. 아내는 그날 [알프스를 넘어 부는] 건조한 열풍인 푄Föhn이 유난히 강하게 휘몰아쳤고 그게 그의 우울증을 자극했을지도 모른다고, 꼭 루시 란다우가 화자에게 한 것과 같은 말을 덧붙였다.[32]

제발트는 그게 아니라 다른 이유에서였다고, 아르민이 장기간 지연되어온 불의의 영향에 마침내 압도당한 것이라고 생각했다. 그리고 이를 뒷받침할 증거도 몇 가지 있었다.[33] 자살 시점으로부터 5년 전인 1978년 12월, 아르민은 독일문학아카이브DLA에서 열흘을 보내며 쿠르트 투홀스키, 발터 하젠클레버, 클라우스 만과 에리카 만 같은 몇몇 작가의 삶을 연구했다. 그중 에리카를 제외한 모든 작가가 자살로 사망한 것이 확실하거나 그럴 가능성이 있었다. 아르민은 그들처럼 스스로 목숨을 끊은 카프카의 두 이모에 대해 방대한 메모를 남기기도 했는데, 이는 제발트가 『이민자들』에 복제해 삽입한 파울 베라이터의 메모장에 실려 있다. 메모장은 뮐러의 것이었고, 그중 하나에는 대부분 유대인이라는 이유로 제3제국을 탈출해야 했던 작가의 명단이 길게 적혀 있었다. 아르민이 자신의 망명을 문학적으로 연습해보았고, 이런 해결책이 5년 후에도 여전히 그의 마음속에 남아 있었다는 증거는 없다. 그렇다고 이런 일들이 아무 의미 없는 행위였다고 믿기도 어렵다.

또 다른 증거도 있다. 아르민 뮐러는 파울 베라이터와 달리 두 차례 결혼했고 결코 혼자가 아니었다. 하지만 그의 결혼생활은 겉보기와 달랐다. 첫 번째 아내는 (페터 샤이흐가 말하길) "그에게 이상적인 여자"가 아니었다. 그는 자신이 베를린에서 고된 시절을 보내고 있을 때 구원해준 여자에게 감사와 존경을 느껴 결혼했다. 두 번째는 첫 번째보다는 좀더 사랑에 바탕을 둔 결혼에 가까웠지만, 혼인 당시 아르민이 62세였고 아내가 59세였기에 둘은 노부부였고, 아르민의 시력이 악화되어가는 와중에 아내는 점점 더 남편을 견디지 못하게 되면서 그는 불행한 말년을 보내야 했다.[34] 항상 배우자가 있는 상태이긴 했지만, 아르민은 외로움을 자주 느꼈을지도 모른다. 한편 처음부터—헌신적인 교사였던—그는 어떤 대가를 치르더라도 아이는 원치 않는다는 입장을 고수했다. 이를 입증할 증거는 없다. 마음의 일에 늘 증거랄 것이 존재하는 건 아니니까. 하지만 내가 보기에 제발트의 직감은 맞았을 것 같고, 1933년이나 1934년, 즉 22세였거나 23세였을 때 명랑하고 쾌활했던 아르민 뮐러의 내면에는 파울 베라이터가 그랬듯 시계처럼 멈춰버린 무언가가 있었으며, 그로부터 50년 후 죽음에 다다랐을 때에야 그는 이로부터 자유롭게 풀려날 수 있었던 것 같다.

의도적인 변주였는지 실수였는지는 모르겠지만, 제발트는 결국 파울이 원했던 결과를 낳은 두 번째 자살 시도가 이루어진 장소를 알트슈테튼 철로로 설정했다. 사실 사망진단서에 따르면 아르민 뮐러는 그곳이 아니라 존트호펜을 오갈 때마다 항상 지나야 하는 주요 이멘슈타트 노선에서 6.350킬로미터 떨어진 지점, 그러니까 선로가 리텐 교외의 308번 도로를 가로지르며 탄나흐 숲 옆을 지나는 지점에서 사망했다. 때는 저녁 6시였고, 사위가 너무 어두워서 그 누구도 선로를 따라 걷다가 드러누워버리는 호리호리한 남자를 볼 수 없었다.

루시 란다우가 파울 베라이터와 보낸 초창기에 가장
선명하게 남은 이미지를 보면 두 사람은 제네바호 인근 시골에
위치한 몽롱 정상에서 풍경을 내려다보고 있다. 란다우는
화자에게 그 작고 머나먼 풍경이 "난생처음 우리의 갈망 속에
자리한 모순을 실감하게"[35] 해주었다고 말한다.

제네바호 인근 시골의 이미지는 「파울 베라이터」를 「헨리
셀윈 박사」와 「막스 페르버」의 핵심적인 장면들과 연결시키며,
그로써 연결이 이루어지는 지점과 그 의미를 보여준다. "우리의
갈망 속에 자리한 모순"이 「파울 베라이터」 이야기의 핵심이기
때문이다.

화자는 파울이 독일인으로서의 정체성을 잃는 트라우마를
겪은 후 어떻게 1939년 독일로 돌아올 수 있었는지 (그리고 화자가
덧붙이지는 않지만 어떻게 독일군으로 복무할 수 있었는지) 이해가
되지 않는다고 주장한다. 하지만 사실 그 이유는 분명하다.
정체성이 매우 중요했기에, 상실도 그만큼 중요했던 것이다.
파울은 늘 자신의 정체성이라고 생각한 독일인이 되는 것을
갈망했지만, 그 갈망은 이제 실현 불가능한 일이 되어버린다.
이는 그가 군인으로서 집에서 2000킬로미터 떨어진 장소에
있다는 건 알지만 집이 어디인진 모르는 이유, 점점 더 자기
자신마저 이해할 수 없고 추상적인 존재가 되어가는 이유다.
그는 독일인이어야만 스스로를 이해할 수 있지만, 독일인이 될 수
없다. 그렇게 갈망에 상존하는 모순은 그를 분열시킨다.

모순이라는 이 주제는 우리가 파울에 대해 알게 되는 모든

사실을, 이를테면 겉보기에는 무척 쾌활하지만 실은 "고독의
화신"이라는 사실, 누구보다 유쾌한 동료였지만 내면의 외로움에
거의 잡아먹히고 있었다는 사실, 눈을 가리고 있을 때 가장 잘
보았다는 사실을 관통한다. 이는 제발트가 비트겐슈타인에게서
빌려 온 모순, 즉 파울이 제자들에게 느낀 애증과, 제발트가 그
자신에게서 빌려 온 모순, 다시 말해 파울이 존트호펜과 독일을
향해 느낀 애증을 반영한다. 「파울 베라이터」의 핵심은 파울이
너무나 사랑했기에 너무나 증오한다는 데 있다. 그는 제발트의
말처럼 이중 구속 상태에 빠져 있다.[36] 제발트의 또 다른 문학적
모델인 장 아메리도 마찬가지였다. 장 아메리는 파울이 알고이에
대해 느낀 것만큼 오스트리아 알프스에 자리한 아름다운 고향에
강한 애착을 가졌고 또 그런 만큼 그곳을 증오했으며, 이 같은
모순에서 벗어남에 있어서도 파울과 똑같은 방법을 찾아냈다.
이는 글쓰기를 통해 탈출구를 찾았던 파울 베라이터의 창작자도
마찬가지였다.

　　아르민 뮐러, 그리고 유대인의 피가 절반 섞인 어머니를
비롯한 그의 온 가족도 다르지 않았다. 아르민은 딜레마에 빠져
지낸 시기가 끝나고 몇 주 후 전쟁이 발발해 군대에 소집되었을
때 본가를 방문했다. 독일군이 된 그와 함께 가족사진을 남기기
위해 사진관을 찾아간 것을 보면 틀림없이 다들 자랑스러워하며
흡족해했을 것이다. 마그누스는 근엄해 보인다. 로버트가 경미한
정신장애—이로 인해 군복무는 하지 못했지만 평생 치즈
가게에서 일할 수는 있었다—를 앓고 있다는 사실도 명확히

드러난다. 쾨베를레에 출입할 수 없었던 바베테는 미소를 짓고
있다. 하나 아르민은 누구보다 수심에 잠겨 있다.

파울 베라이터는 인생의 두 사랑 헬렌 홀렌더와 루시
란다우를 통해 자기 안에 흐르는 유대인의 핏줄에 가까워진다.
뮐러의 사진 앨범이 없었더라면 진짜 헬렌 홀렌더를 찾기 위한
여정은 시작하기도 전에 끝날 수밖에 없었을 터. 그렇다면 루시
란다우는 어떨까?

작품에는 루시 란다우에 관한 언급이 상당히 많은데,
전부 창조의 산물임이 거의 확실하다. 란다우가 이베르동에서
살았다는 정보만 해도 그렇다. 이베르동은 아동 교육계의
위대한 자유주의자인 요한 하인리히 페스탈로치의 출생지로,
그는 제발트가 교사로서의 파울을 그릴 때 참고한 모델이었던
동시에 파울이 더 이상 스스로 글을 읽을 수 없는 상태가 되었을

때 루시가 그에게 읽어주는 『은둔자의 저녁 시간』의 저자이기도 하다. 사실상 『은둔자의 저녁 시간』은 페스탈로치의 작품인 동시에 은둔자로서 저녁 시간을 보내는 파울에 관한 진실을 담고 있기도 하다. 이는 제발트의 예술적 상상력이 어떻게 작동하는지를 보여주는 완벽한 우연의 일치다.

한편, 제발트는 내게 루시가 마치 실제 인물인 것처럼 말했다. 나는 그것이 아무 의미도 없다는 사실을 안다. 하지만 그때 그가 내게 말한 방식에는 유독 설득력이 있었다. 나는 그에게 당신이 모델로 삼은 사람 중에 그렇게 모델로 쓰이는 일을 거부한 사람이 있었느냐고 물었다. 그러자 그는 공인이 아니면 자신이 쓴 글을 보여주었고, 상대가 거부하면 출판물에 싣지 않았다고 대답했다. 그러면서 이렇게 덧붙였다. "이베르동 여인을 쓸 때는 상황이 좀 복잡했습니다. 제가 그려낸 인물에 실제로 아무 문제가 없다고 설득하는 데 오랜 시간이 걸렸죠."[37]

이 말은 내게 지금도 진실처럼 들린다. 그리고 확실히 그는 **누군가에게** 아르민 뮐러에 대해, 그의 생애에 관한 세부 사항에서부터 그의 앨범에 실린 사진들에 대해 말했다. 루시 란다우에 관한 내용은 여전히 대부분 허구다. 그렇다고 해도 기초가 된 모델은 누구였을까?

두 명, 어쩌면 세 명의 후보가 있다. 한 명은 아르민을 먼저 떠나보낸 그의 아내 엘프리데다. 제발트는 분명 엘프리데부터 조사하기 시작했을 것이고, 아르민이 사망했을 때 집에 남겨둔 앨범과 메모장을 소유한 사람도 엘프리데였을 가능성이 가장 높다. 두 번째 후보는 아르민의 친구였던 것이 확실한 루트밀라 모저라는 여성으로, 그는 이멘슈타트에서 서점을 운영했다. 세 번째는 작가 발터 하젠클레버를 먼저 떠나보낸 그의 아내로, 아르민은 그에게 망인을 향한 존경을 담은 편지를 쓰면서 나중에 제발트가 소유하게 되는 메모장 중 하나에 그 여성의 이름과 주소를 기록해두었다.

루시 란다우는 셋 중 한 사람, 혹은 세 명을 모두 섞어 만들어낸 인물일 수 있다. 하지만 내 추측으로는 서점 주인 루트밀라 모저가 가장 유력해 보인다.[38] 모저는 아르민과 절친했고, 아르민처럼 책을 위해 살았다. 그리고—아마 가장 중요한 점일 텐데—루트밀라라는 이름은 항상 루로 줄여서 쓰였다. 루시라는 이름에서 루가 메아리치는 것이 우연의 일치일 수도 있지만, 우리는 제발트가 우연에 대해 어떻게 생각했는지 잘 알고 있다.

루 모저.

그러나 루는 유대인이 아니었고, 다른 두 여성도

마찬가지였다. 그리고 1978년에 아르민이 연구한 작가들은
유대인이기보다 하젠클레버처럼 정치적 망명자일 때가 더
많았고, 그의 흥미를 사로잡은 것은 유대성이 아닌 망명과
자살이었다. 아르민은 훌륭한 역사가로서 어머니의 혈통에 관한
기록을 남겼다. 하지만 사실상 아르민과 그의 가족은 전쟁 후
가능한 한 빨리 유대인으로서의 오명에 대한 기억을 지우고
존트호펜에 남은 사람들이 맺은 침묵과 망각의 조약에 동조한
것이 아닐까 싶다. 기억을 잊을 수 없었던 사람은 제발트였고,
이런 측면을 아르민 뮐러의 소설 버전에 덧댄 사람도 제발트였을
가능성이 높다.

그렇더라도 파울 베라이터는 『이민자들』에 등장하는 다른
주인공들에 비해 훨씬 더 실존 모델에 가까운 인물에 속한다.
그리고 『이민자들』에 실린 모든 초상이 애정으로 환히 빛나지만,
아르민 뮐러를 모델로 한 초상에서 느껴지는 애정이 단연 가장
깊다. 우리는 한 단어 한 단어에서 화자가 교사였던 파울을
사랑했다는 사실을, 그리고 루시 란다우가 말년에 파울을 깊이
사랑했다는 사실을 느낄 수 있다. 파울을 향한 루시의 사랑은
제발트의 모든 작품을 통틀어 한 남자를 향해 한 여자가 품은
가장 애틋한 사랑이다. 실로 『토성의 고리』에서 샬럿 이브스가
샤토브리앙을 향해 품은 사랑, 『아우스터리츠』에서 마리 드
베르뇌유가 아우스터리츠를 향해 품은 사랑을 제외하면 거의
유일한 [이성애적] 사랑이기도 하다. 제발트는 일반적으로
이성애적 사랑을 삭막하고 어둡게 그려내지만, 파울 베라이터와

루시 란다우의 사랑은 손에 꼽히는 예외다. 물론 이 사랑이
파울을 과거로부터 해방시키거나 죽음을 향한 그의 질주를
막아 세우지는 못한다. 그럼에도 암브로스와 코즈모의 사랑이
결국에는 사랑으로 구원받지 못한 암브로스의 슬픔을 덜어주듯,
둘의 사랑도 파울의 삶을 채우고 있던 슬픔을 덜어준다. 이는
어떤 종류의 사랑에 대해서건 막스가 상상할 수 있는 최대한의
희망인 듯하다.

루시 란다우는 산 정상에 오르면 제네바호 인근 시골 풍경이
마치 장난감 철도를 위해 만들어놓은 것처럼 보인다고 말한다.
그로부터 12년 후, 그 이미지는 S시에 소재한 파울의 집 테이블에
놓인 그의 철도 장난감이라는 형태로 재현된다. 그리고 우리는
두 사람의 행복이 시작되는 시점에 루시가 파울이 맞이할
불가피한 끝의 비전을 보았음을 깨닫는다. 루시는 파울이
유년기에 보낸 어느 휴가에 관한 이야기를 들려주면서, 기차를
지켜보는 일에 너무 몰두한 나머지 저녁 식사 자리에 제때 나타난
적이 없었던 이야기를 말하는 순간 그 끝을 또 한 번 일별한다.
파울이 기억하기로 그때 그의 숙모는 그런 행동을 보고 고개를
가로저었고, 삼촌은 기어이 그가 철도에서 끝을 맞이할 거라고
말했다. 파울로부터 그렇게 천진난만한 소회를 처음 들었을 때는
그 얘기가 지금처럼 중요하게 들리지 않았다고, 루시는 말한다.
그러나 마치 죽음의 형상을 보기라도 한 것처럼 "께름칙한
불길함이"[39] 루시를 엄습했다.

물론 그것이 바로 그때 루시가 **보았던** 것이었다. 제발트의
세계에서 과거와 현재는 교차할 수 있으며, 어떤 상황이든
과거에도 현재에도 감지할 수 있다. 확실히 루시 란다우는 S시에
도착했을 때 곧바로 발걸음을 돌리고 싶을 정도로 기묘한 예감을
느꼈다. 그리고 우리는 다른 사실도 알고 있다. 루시가 본 죽음의
형상이 파울의 죽음을 이야기하는 것이었을 뿐 아니라 파울이
스스로 늘 가지고 있던 느낌, 즉 철도가 죽음으로 향하고 있다는
느낌을 이야기하는 것이기도 했음을 말이다.[40] 철도는 수백만
명에 달하는 유대인의 죽음을 향하고 있었다. 유대인을 절멸
수용소로 보내버린 열차가 없었더라면, 홀로코스트는 불가능했을
것이다. 루시 란다우의 예감과 파울의 직감이 갖는 의미가
소설에서 언급되지는 않지만, 제발트의 글에 홀로코스트가 늘
잠재해 있듯 「파울 베라이터」에도 [이러한 암시가] 고요히, 그리고
강력하게 상존한다. 제발트는 직접 이렇게 말하기도 했다. "다들
알고 계시겠지만 철도는 추방 과정 전반에 걸쳐서 아주아주
중요한 역할을 했습니다. (…) 그리고 저는 초등학교 시절 철도에
집착했던 선생님에 대해 말할 때 실제로 그 점을 떠올렸고요."[41]

　제발트는 「파울 베라이터」의 마지막 대목에서도 이를
언급하는데, 루시 란다우가 "기차는 그이에게 더욱 심오한 의미를
지니고 있었어요"라고 말할 때, 장난감 철도가 "파울이 겪어야
했던 독일의 불행을 상징하고 있었"다고 말할 때는 그런 생각을
거의 대놓고 드러낸다.[42] 따라서 「파울 베라이터」의 결말은
파울의 부분적인 유대인 정체성, 그가 두 연인, 특히 어머니와

"새벽녘 빈을 떠난 어느 임시 열차에" 실려 이송된 헬렌 홀렌더를
통해 표현된 정체성을 조용히 독자에게 상기시킨다.[43] 파울은
루시 란다우가 말하듯 헬렌을 지키지 못했다는 혹은 그의 기대를
저버렸다는 느낌, 그와 함께 공유해야 했던 운명을 자신은
피해갔다는 이유로 지금 우리가 생존자의 죄책감이라고 칭하는
감정에 시달렸다. 수년 전만 해도 파울은 동료 독일군 병사들과
같은 편에 서 있었다. 그러나 이제 헬렌의 편에, 홀로코스트로
인한 모든 유대인 희생자 편에 서며, 죽음으로 향했던 그들의 길에,
철도에 오른다.

아르민 뮐러의 철도에 대한 집착이나 죽음을 택한 결정에
생존자의 죄책감을 보여주는 어떤 흔적이 있다고 말할 수는
없다. 우리가 아는 사실은 학생들에게 존트호펜 주변의 철도
노선과 신호, 정차역을 반복해서 그리게 했다는 점으로 유추컨대
철도에 대한 그의 집착이 진짜였다는 것뿐이다. 그리하여
루시 란다우가 파울 베라이터에 대해 그랬듯, 우리도 아르민의
죽음이라는 비전을 미리 내다보았던 것이다. 아르민이 해마다
칠판에 그려놓고 학생들에게 따라 그리게 한 노선은 이미 이 책의
6장에서 제시한 바 있다. 여기서 다시 한번 위르겐 케저가 그린
그림을 보자.

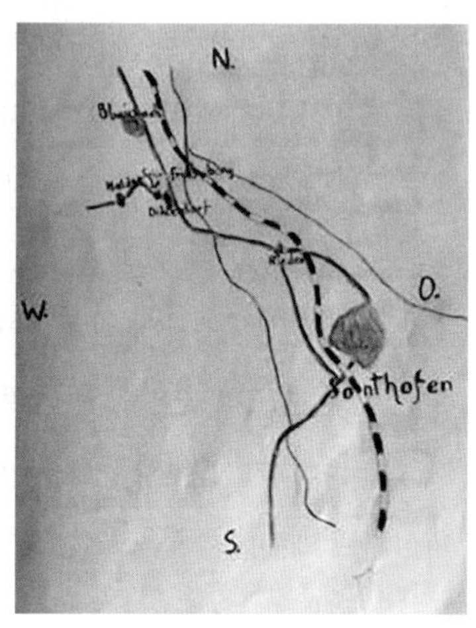

북쪽을 보면 리덴이라고 불리는 지점에 도로를 가로지르는 선이 있다. 위르겐이 작성한 1953 혹은 1954년 노트에서 처음 이 노선을 보았을 때 나는 아르민의 사망증서를 막 받아든 참이었고, 그래서 그의 사망 장소를 알고 있었다. 그런데 바로 그 장소가 이 그림 속에, 30년 전 위르겐이 신중히 베껴 그린 그림에 있었던 것이다. 그러자 제발트가 그려낸 아름다운 결말이 사실에 얼마나 정확히 부합하는지가 여실히 체감되었다. 그가 앞서 본 비전이 날아가는 새의 그림자처럼 나를 스치고 지나갔던 것이다.

4부

코키

COCKY

10장

프라이부르크, 1963-1965

그 새벽에 살아 있음은 축복이었지만, 젊음은 천국 그 자체였구나.
—윌리엄 워즈워스, 「서곡」(1799)

빈프리트 게오르크 제발트는 1963년 10월 29일부터 1965년 7월 23일까지 프라이부르크임브라이스가우에 소재한 알베르트루트비히대학 언어학부에 등록했다.[1] 전공은 독어독문학 Germanistick 이었고, 부전공은 영어영문학 Anglistik 과 철학이었다.

1963년 어느 여름날 빈프리트는 방을 구하기 위해 프라이부르크를 찾았다.[2] 하지만 이는 결코 간단한 일이 아니었다. 프라이부르크는 전쟁 중 극심한 폭격을 받은 도시라 여전히 주택 수가 부족했고, 그해 수백 명의 젊은이가 살 곳을 찾지 못해 대학 입학을 포기해야 했다. 방은 대부분 겨울에도 난방이 되지 않았고, 온수 목욕은 사치였다. 그런 상황에서 집주인들은 온갖 규칙과

지침을 강요했다. 이성의 방문은 당연히 허용되지 않았다. 게다가
아이 돌보기나 세차 같은 일을 해주어야 할 때도 많았다. 이를
두고 학생들은 본가를 방문하느라 일주일에 7일은 집을 비우는
세입자에게나 이상적인 선택지라고 농담하곤 했다.

똑부러졌다고 해야 할지 운이 좋았다고 해야 할지,
빈프리트는 확실히 게오르크의 도움을 받아 비용을 충분히
감당할 수 있었다. 그래서 대학에서 약 1킬로미터 떨어진
콘라트슈트라세에 방을 구했다. 그리고 10월 말에는 짐을 챙겨
존트호펜을 떠났다.

10월 28일 빈프리트는 프라이부르크에서 게르트루트에게
편지를 보냈다. 여기에 있다고 그는 적었다. 빈프리트는 혼자였고,
아는 사람이 전무했다. 몇 년 후에 무슨 일이 벌어질지, 언제
또다시 혼자 차디찬 방에 남겨지게 될지 아무것도 알 수 없었지만,
게르트루트는 괘념치 않았다. 그리고 결과적으로 게르트루트의
판단이 옳았다. 빈프리트가 프라이부르크에서 가장 먼저 하고
싶었던 일은 극단에 가입하는 것이었는데, 이번에도 운이 따랐다.
도착한 지 한 달도 안 되어 한 작품도 아닌 두 작품에 참여하게 된
것이다.[3] 그는 고독과의 첫 조우에서 무사히 살아남은 듯했다.

하지만 순탄하지는 않았다. 11월 말 빈프리트는
게르트루트에게—가끔 안 좋은 일을 겪기는 했지만 며칠 후면
평온한 일상을 살게 된다고 그를 안심시키며—모든 일이
그럭저럭 잘 풀리고 있다고 전했다.[4] 그가 프라이부르크에서
발표한 첫 산문은 몹시 어두운 마음 상태를 탐구하는 글이었는데,

아마 이렇게 외로웠던 프라이부르크 초기 생활을 회상한
결과물이었을 것이다.

빈프리트는 프라이부르크에서 게르트루트에게 보낸 두 번째
편지에서 대학 수업에 대해 꽤 긍정적인 소회를 털어놓는다.[5]
하지만 이는 그리 오래가지 못한다. 머잖아 대학 수업에 환멸을
느끼게 된 까닭이다. 특히 그는 '중고급 독일어 입문'[6] 같은
필수 과목에 싫증을 느꼈는데, 여기에는 필수 과목이라는
이유도 한몫했다. 또한 동료 학생들에 대해서도 불만을 품었다.
그가 (『호밀밭의 파수꾼』의 주인공) 홀든 콜필드의 어조로
게르트루트에게 말한 바에 따르면, 그들은 대체로 겉만 요란한
허풍선이들이었다.

사실 프라이부르크는 빈프리트에게 맞는 곳이 아니었다.
알베르트루트비히대학은 여전히 매우 보수적인 가톨릭
교육기관이었고, 학생 대다수는 중산층 가문의 아들(여전히
대부분 딸이 아닌 아들이었다)에, 정치적으로는 우익이었던
데다, 전통 있는 음주 모임이자 결투 동아리인, 악명 높은
부르셴샤프텐Burschenschaften의 구성원이었다.[7] 1968년을 불과
5년 앞두고 있던 시점이었지만, 변화의 길을 터놓던 자유주의적
레지스탕스의 거점은 얼마 없었다. 어쩌면 그런 거점은 사실상
하나였는지도 모른다. 갓 입학한 신입생이 그 거점을 찾는다는 건
기적에 가까운 일이었다.

그런데 그런 기적이 일어났다. 그 기적의 이름은 디트리히
슈바니츠였다.[8] 영문학계의 저명한 학자이자 빈프리트보다 네

살 많았던 그는 1961년부터 대학에 몸담으면서 1학년 학생들을
가르쳤다. 1963년 초가을에는 자신의 전공 주제 중 하나인
셰익스피어를 빈프리트에게 가르쳤다. 그리고 그 만남을 통해
빈프리트의 진정한 프라이부르크 생활이 시작되었다.

연극에 대단한 열정을 보인 슈바니츠는 그 학기에 유진
오닐의 「인 더 존In The Zone」을 영어로 연출하고 있었다. 그는
곧장 빈프리트를 단원으로 등록해 코키 더 코크니Cocky the
Cockeny 역을 맡겼다.[9] 이를 계기로 프라이부르크에 도착한 지
몇 주 만에 연극 단원이 된 빈프리트는 코키라는 새로운 별명을
얻었다. 오버스트도르프의 친구들이 항상 그를 제베라고 불렀듯,
프라이부르크의 친구들은 그를 코키라고 불렀다. 아직도 그를
빈프리트라고 부르는 이들은 가족이 유일했다. 그러니 몇 년
후 그가 빈프리트라는 이름을 과거에 묻어두기로 결정한 것도
이해할 만한 일이었다. 슈바니츠 역시 '디트리히'로 불리는 일이
거의 없었고, '파올로'라는 이름으로 살았다. 이 또한 연극에서,
카를로 골도니의 광기 어린 희극 「피서의 열병Le smanie per la
villeggiatura」 속 그가 분한 거의 유일하게 이성적인 인물인 하인
파올로에서 따온 이름이었다.

그리고 이때 파올로는 코키의 삶에 더 중요한 영향을
미친다. 막시밀리안슈트라세 15번지에 위치한 기숙사
막시밀리안슈트라세 슈투덴텐하임에 코키를 입주시킨
것이다.[10] 이 기숙사는 앞서 말한 1968년 이전의 1968년을
보여주는 상징, 즉 대학에서 반보수·반체제를 기조로 삼던 몇

안 되는 레지스탕스의 거점이었다. 코키가 막시밀리안슈트라세
슈투덴텐하임을 발견하지 못했더라면—혹은 그 거점이
파올로 슈바니츠를 통해 코키를 발견하지 못했더라면—그가
프라이부르크에서 2년은 버텼을까 싶다. 그 거점, 그리고
거점에서 사귄 친구들은 코키의 남은 생애에 결정적인
영향을 미쳤다. '빈프리트'를 과거에 묻고, 미래를 내다보며
'막시밀리안'이란 이름을 택한 후 이를 '막스'로 줄이기로 한
것은 적어도 부분적으로나마 막시밀리안슈트라세를 기리기
위함이었을 것이다.[11] 그곳은 베르타흐 시절 이후 그의 생애에서
가장 고향 같은 장소였다.

막시밀리안슈트라세 슈투덴텐하임.

대학 당국은 오랫동안 막시밀리안하임[막시밀리안
슈투덴텐하임]을 사실상 공산주의 단체로 간주했다.[12]
막시밀리안하임은 독일을 안정적인 민주주의국가로 만들기

위한 노력의 일환으로 1945년 이후 설립되었고, 누군가는
소규모의 독립적인 학자 공동체라는 이 시설의 모델로
옥스브리지칼리지를 제안했다. 그러나 막시밀리안하임은 그 어떤
옥스브리지칼리지와도 견줄 수 없을 만큼 뛰어났다. 학생들이
직접 운영했고, 행정뿐만 아니라 입주 정책도 담당해 공실이
생기면 동료 입주자를 직접 선발했다. 이 방식을 통해 파올로는
코키를 불러들였고, 물론 엄연한 규칙 위반이기는 했으나 다년간
몇몇 여성이 막시밀리안하임에서 그들의 남자친구와 동거할 수
있었던 것도 이러한 학생 자치 덕분이었다. 그로 인해 나타난
결과는 창의적인 무질서였다. 하임은 새벽부터 황혼까지—실은
황혼부터 새벽까지가 더 잦았다—토론과 논쟁 소리가 끊임없이
울려 퍼지는 공간이었다. 한편, 누구도 나서서 청소하려 들지 않은
탓에 부엌 싱크대는 거의 영화 「위드네일과 나Withnail & I」에 나오는
싱크대에 버금가는 상태로 엉망이 됐다. 코키의 친구 중 몇몇이
가끔가다 대청소를 시도했으나 승산 없는 싸움이었다. 당국은
분명 이것이 그 젊은 학생들이 위험한 공산주의자임을 말해주는
증거이자 하임을 폐쇄해야 하는 이유라고 생각했을 것이다.
애석하게도 코키가 떠난 직후 당국의 바람은 현실이 되었다.[13]
그러나 하임은 다년간 설립자들의 희망을 채워주었고, 여전히
반동적이고 권위적인 세상에서 자유와 개방의 섬으로 기능했다.

　　막시밀리안하임 학생들은 단순히 자기 친구들을 입주자로
선정한 것이 아니었다.[14] 예컨대, 토마스 뷔토브는 학생회와
안면도 트지 않은 상태에서 자유주의적이고 혁신적인 학생

신문 편집자로 영입되었다. "우리가 원하는 사람이 바로 그런 사람"이라고 파올로는 말했고, 위원회는 만장일치로 이에 동의했다. 빈프리트 제발트도 거의 동일한 방식으로 선정되었다. 비록 그에게는 스스로를 증명할 시간이 주어지지 않았지만. 파올로는 필시 빈프리트가 가진 특별한 자질을 알아보았을 것이다. 빈프리트는 1학기의 어느 시점에 구성원으로 뽑혀 1964년 여름 학기에 하임에 입주했다. 막시밀리안슈트라세는 콘라트슈트라세에서 몇 블록 떨어진 곳에 위치해 있었으므로 [빈프리트의 집과] 거리상 그리 멀지 않았다. 그러나 실상 기숙사 입주는 이 거리에서 저 거리로 이동하는 정도가 아니라 이 세계에서 저 세계로 옮겨가는 일이었다.

슈투덴텐하임 [15]은 (공식적으로는) 30명 이하의 학생만 수용하는 작은 공간이었다. 그러나 (싱크대는 엉망이었어도) 훌륭한 부엌이 갖춰져 있었고, 자체 도서관과 그랜드 피아노가 있었으며, 커다랗고 아름다운 정원도 딸려 있었다. 정원 한가운데에는 하임에서 가장 유명한 볼거리인 거대한 세쿼이아 고목이 심겨 있었는데, 전해 내려오는 전설에 따르면 그 씨앗은 지팡이 안에 숨겨진 채로 동쪽 세상에서 온 것이었다. 세쿼이아는 매우 두툼한 차양을 드리웠고, 그 덕에 프라이부르크에서 일상적으로 내리는 비가 퍼부어도 옷깃 하나 젖지 않고 나무 아래 앉아 있을 수 있었다. 그 나무는 오후와 온화한 여름밤 내내 구성원들이 모여서 몇 개의 전등 빛에 의지한 채 책을 읽고, 논쟁을 벌이고, 서로의 작품을 두고 토론하고, 막시밀리안슈트라세의 트레이드마크라 할 수 있는 차를 끝없이 마셔대던 장소였다.

슈투덴텐하임은 구성원들이 열린 마음을 갖게 하겠다는
의도로 입주자의 20퍼센트 혹은 30퍼센트를 외국인 학생으로
채우도록 하는 규약을 갖추고 있었다. 코키가 거주하던 시절에는
인도인 한 명, 한국인 한 명을 포함해 외국인이 총 다섯 명이었다.
그리고 음악대학에 다니는 학생도 꼭 한두 명씩 있었다. 그 결과
하임에는 음악이, 특히 코키가 지내던 해에는 재즈가 울려 퍼졌다.
이 또한 물론 대학 측의 의구심을 증폭시켰다. 하임에 대단한 와인
저장고가 있고 학생들이 소비하는 술의 양이 상당하다는 사실도
그런 의구심이 커지는 데 한몫했으며, 이렇게 자연스럽게 누릴 수
있는 혜택—음악, 와인, 수려한 정원—덕에 이곳은 자유분방한
파티를 즐길 수 있는 장소로도 유명했다. 1965년 초에는 어찌나
자유분방했던지 주최자들이 퇴학당할 위기를 맞기도 했다.[16]
빈프리트를 포함한 친구들이 탄원서를 작성해 제출한 덕에
이들은 남은 학기 동안 겨우 학교에 붙어 있을 수 있었다.

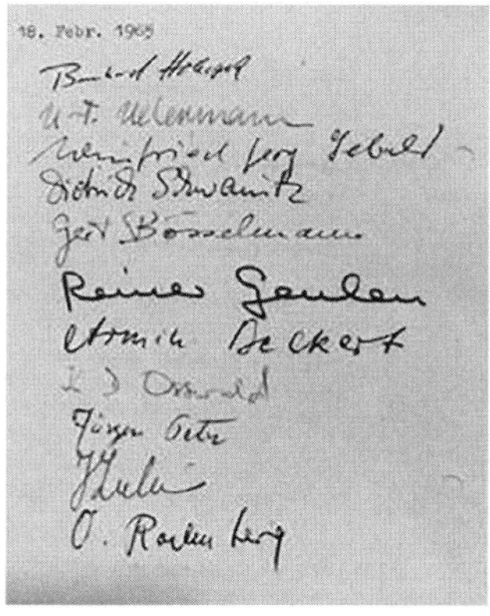

하임에 거주한 학생 30명은 부엌에서 함께 아침 식사를 하고
세쿼이아 아래서 차를 (혹은 그보다 더 강한 무언가를) 홀짝이고
예술, 문학, 대학과 국가의 현황 등 관심 있는 주제를 두고
격론을 벌이는 돈독한 집단이었다. 당연하게도 이런 관계는
자유분방한 파티보다 더 당국의 눈엣가시가 되었다. 그러나
1968년이 그리 멀지 않은 시점이었음에도 코키와 그의 친구들이
벌인 토론은 정치와는 거리가 멀었다. 그들은 반파시스트이자
반보수주의자였다. 이전 세기부터 젊은이들이 으레 그랬듯
그들도 속물적인 부르주아를 조롱했다. 그러나 본질적으로는
한결같이 올바르게 처신했다. 빈프리트의 친구 중 한 명인 롤프
시리악스는 "우리는 총장한테 편지를 쓸 때도 계속 '총장님Ihre
Magnifizenz'이라고 칭했습니다"라고 말한다. "불과 3년 후에는 '이
돼지Du Schwein!'가 되었지만요."

그럼에도 대학 측에서는 우려할 만했다. 이 젊은이들은 새로운
개혁 정신의 소유자였고, 역사의 흐름은 그들의 편이었다. 그들의
아버지는 사망했거나 신뢰를 잃은 후였으므로, 무언가를 새롭게
시작하는 것은 그들의 몫이었다. 미하엘 주칼레는 내게 "우리는
민족주의자, 가톨릭교회, 보수주의적이고 위계적인 대학 구조에
맞서 싸우고 있었습니다. 그걸 즐겼고요"[17]라고 말했다. 베른트
오스텐도르프는 세상이 우리 손안에 있었다고, 우리가 우리만의
이미지로 다시 만들어내기를 기다리고 있었을 뿐이라고 말한다.
코키가 프라이부르크에서 활동하던 시절은 바로 그런 시기였다.

파올로는 프로그램북에 「인 더 존」은 설득력 있는
리얼리즘을 통해 선원들의 삶을 그려낸 작품이었다고, 인물들과
그들의 "다소 투박한 말버릇"을 "타협 없이 충실하게" 보여준다고
적었다.[18] 코키가 코크니 억양에 익숙해지기 전에 그 억양으로
영어 욕설을 내뱉는 소리를 들어볼 수 있다면 얼마나 좋을까
싶다. 아마 그리 형편없지는 않았을 것이다. 파올로부터가 코크니
억양에 능숙하기도 했고, 안 되면 되게 하라는 정신으로 일을
시키는 사람이었으니 말이다. 단원들은 두 달 넘게 연습했고,
1964년 1월 29일이 끼어 있던 주에 잉글리시 스튜디오 극장에서
마침내 공연을 선보였다.

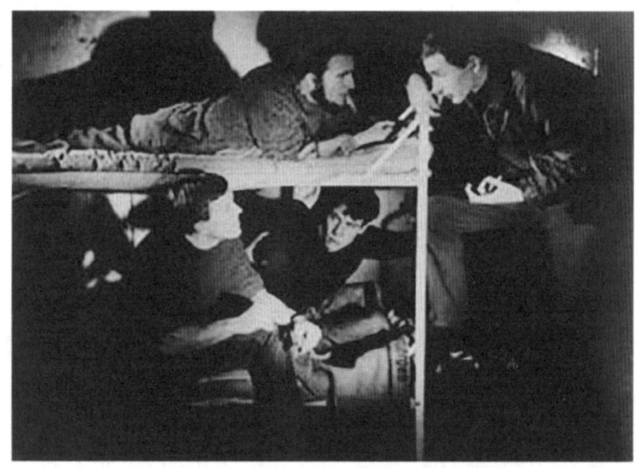

「인 더 존」을 연습 중인 코키(침대 1층 중앙).
코키 옆에는 양크 역을 맡은 미국인이자 단원 가운데 유일하게
영어가 모국어였던 밥 바클로가 있다.

결국 그들은 소화할 수 있는 수준을 넘어서서 과한 욕심을
부렸다. 오닐이 사용한 비속어는 미국에서도 대담하다 싶은

수준이었는데, 독일 관중이 듣기에는 거의 이해가 불가능한 대사였다. 파올로는 단원들이 그런 문제를 예견했고 의미를 명확히 하기 위해 대사에 더해 제스처를 동원했다고 썼다.[19] 결과는 어땠을까? 영어를 알아들을 수 있는 사람들은 연극이 과장되었다고 생각했고, 그렇지 않은 사람들은 내용을 아예 이해하지 못했다. 완전한 실패였다고 파올로는 냉정하게 결론 내렸다. 그러나 그 경험에서도 배운 점이 있었으니, 극단은 다음 공연작으로 사람들에게 익숙한 고전인 셰익스피어를 택했다.

그들이 선택한 작품은 「한여름 밤의 꿈」이었다. 밥 바클로가 연출을, 롤프 시리악스가 오베론 역을, 파올로 슈바니츠가 바텀 역을, 그리고 파올로의 여자친구 에타가 요정 1 역을 맡았다. 코키의 친구 알베르트—본명은 알브레히트 라셰였다—는 스타블링 역을, 코키는 스너그와 사자를 맡아 1인 2역을 했다.[20]

연출은 밥이 맡았지만 연극을 주도한 사람은 이번에도 파올로였다. 베른트 오스텐도르프는 리허설이 흡사 세미나 같았다고 회상한다. 그러면서 "우리는 그 어떤 선생님보다 파올로한테서 더 많은 걸 배웠어요"라고 말한다. 리허설은 스릴 넘치는 경험이었고, 단원들도 분명 이번에는 일이 제대로 진행되고 있다고 느꼈을 것이다. 그리고 실제로 그랬다. 7월 1일과 2일 학교 대강당에서 선보인 연극은 대성공을 거두었다.

「한여름 밤의 꿈」, 프라이부르크, 1964년 7월. 좌측에 바텀 역을 맡은
파올로가 사자 역을 맡은 코키에게 발을 올리고 있다.

파올로에게 있어서 「한여름 밤의 꿈」은 연극 분야에서
이루어낸 연이은 성공의 시작점에 위치한 작품이었으니, 그는
프라이부르크 너머 머나먼 곳에서도 찬사를 받았다. 그리고
연극은 그의 생애 전반에 걸쳐 대단한 열정의 원천으로 남았다.
그는 교수로서 학생 극장을 설립해 수십 편의 희곡을 쓰고
연출했으며, 말년에는 직접 지은 환상적인 극장에서 여생을
보냈다. 하지만 코키에게는 달랐다. 코키는 젊은 시절 극장에
매료되었는데, 내 생각에는 대체로 극장이 역할극과 정체성
변화의 본거지라는 이유에서였던 것 같다. 코키는 파올로처럼
독보적으로 탁월한 배우가 아니었다. 파올로는 모든 사람의
시선을 받는 일을 좋아했지만 코키는 아니었다. 「한여름 밤의
꿈」이 거둔 대단한 성공을 기억하기 위해 단원들은 서로의

대본에 서명을 했다. 파올로는 **디트리히 파올로 바텀 슈바니츠**라고, 본명과 자신이 맡은 배역의 이름을 전부 적었다. 알베르트는 배역 옆에 잘못 적힌 자신의 이름을 수정한 뒤 서명을 남겼다. 코키는 '빈프리트 테발트Winfried Tebald'라고 잘못 적힌 이름을 정정하지 않았다. 그리고 그 옆에 자기 이름이 아닌 Roar[포효]를 적고 서명했다.

코키가 프라이부르크에서 한 또 다른 활동은 진정성 있게 지속적으로 이어진 작업, 즉 글쓰기였다. 그의 글이 처음으로 공개 지면에 드러난 것은 학생 신문에 정기 기고를 시작한 2학년 때였다. 그는 1년 넘게 열일곱 편의 글을 실으면서 파올로 다음으로 다작을 한 학생이 되었다.[21] 그러나 이번에도 파올로와 코키 사이에는 차이가 있었다. 파올로는 정치적인 기사—7월 20일 히틀러 암살 음모에 관한 기사—를 적어도 한 편 이상 썼지만, 코키는 문학작품만 기고했다. W. G. 제발트도 마찬가지였다. 그의 작품의 핵심에는 억압, 박해, 전쟁이 자리해 있으나 결코 정치를 직접적으로 다룬 적은 없었다.

'빈프리트 제발트'라고 서명한 첫 번째 기고문은 독일 문학에 관한 죄르지 루카치의 근작에 관한 리뷰였다.[22] 루카치의 마르크스주의와 반모더니즘 노선은 당대 독문학자들 사이에서 유행을 선도했고, 훗날 W. G. 제발트가 그렇게 독문학자들 사이에서 유행한 노선을 공격하듯 코키도 이를 공격했다. 제발트의 (풍자적이고 논쟁적인) 문체만큼이나 (친모더니스트적이고 비전통적인 노선에서 신랄하게 지적하는) 비판적인 태도가 이미 그때부터 자리를 잡고 있었던 것이다. 이러한 태도는 서서히 발전하되, 결코 변한 적이 없었다.

첫 기고 후 코키는 다작을 하기 시작했다. 1964년 12월호에만 다섯 편의 시를 게재했고 1965년에는 일곱 편의 시를 더 발표했다. 이 열두 편의 작품은 2018년 이언 갤브레이스의 영역본으로 출간되는 『전원에 머문 날들』에 수록된다. 많은 시가 그의 후기 시와 마찬가지로 하이쿠처럼 짧다. 대부분 암시적이며, (비평가 루스 프랭클린의 말처럼) "분통이 터질 정도로 수수께끼 같은"[23] 특징이 있지만 위대한 아름다움의 순간을 담고 있다. 그리고 이러한 아름다움과 수수께끼 같은 의미의 조합은 시와 산문 모두에서 언제나 제발트만의 글쓰기가 갖는 특징으로 남는다. 이 특징은 프랭클린이 주장하듯 산문과 가장 잘 어우러진다. 프랭클린은 제발트의 시에 대단한 경이를 느끼기는 하지만, 설명 불가능한 암시들이 한데 모인 시에서는 그런 특징이 마치 "주석 없이 [T.S. 엘리엇의] 「황무지」를 읽는 것과 같은" 효과를 낳는다고 주장한다. 나도 동의한다. 분명 제발트 본인도 동의했을 것이다. 그러지 않았다면 원숙한 작가로 보낸 시절 대부분의 노력을 시가 아닌 산문에 쏟아 붓지는 않았을 것이다. 그러므로 초기 시들에 대해서는 더 이상 언급하지 않겠다.

코키의 첫 산문 작품 「매일 저녁Jeden Abend」도 학생 신문 1964년 12월호에 게재되었다.[24] 이 작품은 그가 학교에서 보낸 첫해의 고독했던 첫 주를, 혹은 "안 좋은 일들"이 거의 하루가 멀다 하고 벌어졌던 그 이후의 시간을 상기시키는 작품이다.

그가 학창 시절에 쓴 작품들 중에서도 어지간히 어두운 작품들이 있었지만 이만큼 어두운 작품은 없었다.

이 작품은 매일 저녁, 밤이 찾아들면 화자의 창밖 세상이 사라지기 시작하는 장면으로 시작된다. 화자에게는 나무조차 설명 불가능한 대상이 되고, 화자는 과거에 대해서만 생각하며 그 생각에서 벗어날 방법을 찾지 못한다. 이런 상황이 2년 동안 계속되는 중이다.

머잖아 화자가 죽음의 고통에 대한 모든 부정이 금지된 조지 오웰식 디스토피아에 살고 있다는 사실이 선명하게 드러난다. 화자는 스스로를 지키기 위해 이 세상을 즐기면서 소녀들과 사랑에 빠지는 체한다. 그러나 그의 속내를 꿰뚫어보게 된 여자친구가 그를 당국에 고발한다. 화자는 재판을 받고 형을 선고받는다. 그리고 살든 죽든 아무런 차이가 없으므로 순순히 사형 집행인들을 따라간다.

「매일 저녁」은 물론 소설이고, 올더스 헉슬리와 카프카를 떠올리게 한다. 하지만 그러면서도 또 다른 작가를 상기시킨다. W. G. 제발트다. 돌고 도는 생각, 과거에 대한 집착, 나무의 중요성. 이 모든 모티프는 코키의 후기 작품에 점점 더 자주 반복적으로 등장하는 요소다. 작가와 작품을 이론적으로 분리하는 작업에 극단적으로 몰두하지 않는 한, 작가가 스무 살에 쓴 작품을 포함해 모든 작품에 일관적으로 뚜렷이 나타나는 그의 고유한 정신적 기질을 포착하지 않을 수 없다.

「매일 저녁」을 썼을 무렵 코키는 10대를 막 벗어난 때였고,

마리, 마르티네, 군델라 엔첸스베르거 등 자신을 사랑했던
소녀들과의 관계도 묘하게 단절된 후였다. 「매일 저녁」에
등장하는 소녀는 화자와 가까워질수록 그가 행복한 사람이 아니라
행복한 척하는 사람임을, 소녀 자신을 비롯해 세상과의 끔찍한
단절감을 숨기고 있는 사람임을 알게 된다. 이것이 빈프리트의
비밀이었다고, 어쩌면 막스의 비밀이었을 수도 있다고까진 말할
수 없을 것이다. 하지만 어쩐 일인지 「매일 저녁」에 묘사된 단절이
이따금 현실에서 일어나고는 했다. 우리가 그의 젊은 시절과 그
이후의 삶[25]을 함께한 목격자들을 통해 알고 있는 이 사실은, 그
짧은 산문을 시작으로 그가 써낸 상당수의 작품에 반영되어 있다.

1965년 여름 학기―프라이부르크에서 보낸 마지막
학기―에 코키는 산문을 세 편 더 써냈다. 「비에 관하여 Über den
Regen」[26]는 속어로 쓴 희극적 독백, 「차 이야기 Teegeschichte」는 삶의
단면을 묘사하는 작품으로 카페에 있는 한 어색한 젊은 커플이
상대방이 자기를 지루하게 생각할까 봐 두려워하는 이야기다.
세 번째 작품이자 길이가 가장 긴 산문 「기억하기 Erinnern」는 가장
야심찬 작품이기도 하다. 「기억하기」는 시간과 장소가 변하는
여정을 의식의 흐름에 따라 그려낸 초현실적인 이야기로, 갖가지
목소리가 난입한다. 소설은 화자가 「유령선 Das Geisterschiff」이라는
동화를 낭독하는 장면으로 끝나는데, 동화에서는 죽은 승객들이
영원한 항해라는 형벌을 받고 매일 밤 부활해 생의 마지막 시간을
다시 살아낸다(『현기증. 감정들』에서 보트를 탄 그라쿠스의 그림자가
연상되는 이야기다).

전부 익숙한 느낌이 드는 작품들이다. 「기억하기」에
묻어나는 화자의 여행에 대한 두려움은 코키가 미래에 써낼
위대한 소설에 담긴 "미지의 세계로의 두려운 하강"[27]이라는 여행
모티프를 예견한다. 「차 이야기」와 관련해서는 마리가 말하기를,
50대 중반의 막스가 "나 지루하지 않지?"[28]라며 걱정스레
물을 때가 잦았다고 한다. 제발트의 모든 것은 과거로 거슬러
올라간다. 그렇게 모든 것은 연결되어 있다.

코키의 학창 시절, 학생 신문부에서 재담꾼 역할을 맡은 사람은
주로 파올로 슈바니츠와 그의 친구들이었다.

파올로는 무척 학구적이었으나 심중에 연예인 기질을 품고
있었다. 그는 진지한 글도 많이 썼지만 대부분의 기고문은 과장된
모방, 풍자, 코미디였다. 또한 사육제 기간에 특별 기고문도
여러 차례 실었는데, 대체로 농담으로 구성되어 있었다. 그
어떤 기고문에도 서명이 남아 있지 않으므로 추측만 해볼 수
있을 뿐이지만 분명 대다수가 파올로의 글이었고 또 코키의
글이었으리라고 나는 확신한다.

예컨대 1965년 2월 사육제 특별호—대단한 성공을 거두었고
프라이부르크 전역에서 읽혔다[29]—에는 '트루디 스타인Trudi
Stein'이라는 기고자가 거트루드 스타인을 패러디한 글(「돌
하나…… 돌 하나는 아인슈타인이다」*)이 실렸는데 이는 영문학도인
파올로가 쓴 것임이 분명했다. 또한 장난으로 만든 신입생 기숙사
등 시설의 농담 섞인 지원서 항목에는 '당신은 가톨릭 신자입니까?

그렇다면 얼마나 신실합니까?'라는 유쾌한 질문도 있었다. 이것도 둘 중 한 명이 썼을 텐데, 내게는 확실히 코키가 했을 법한 질문으로 들린다.

1966년 사육제 특별호에는 농담조로 길게 적어 내려간 글도 몇 편 있었다. 그중 한 편은 투표를 하기 전에 치러야 하는 필수 사고력 시험에 관한 것이었는데, 가톨릭 신자는 신앙을 구실로 시험을 면제받는다는 우스갯소리였다. 또 한 편은 의대생들이 해부를 위해 시체를 발굴할 수 있도록 한 새로운 법률 **시체 발굴법**Leichenaushebungsgesetz과 시체 발굴에 필요한 **시체 발굴 자격증**Leichenaushebungsermächtigungsschein(언어적 자기 조롱이 많았다)을 설명했다. 이 글은 "과거 나치였던 이들의 시신만은 내버려두어야 한다"라는 조항을 포함한 법적 예외 조항으로 마무리되었다.

전부 (이즈음에는 프라이부르크에서 스위스로 떠났지만 여전히 프라이부르크로 글을 송고하고 있었던) 코키를 포함한 누군가가, 혹은 모두가 썼을 만한 글이다.[30] 하지만 두 편의 농담 글만큼은 코키가 쓴 것이라는 확신이 든다. 두 편 다 시간적 배경이 사람들이 정원의 창고에서 나뭇조각이나 오래된 기계로 무언가를 만들며 소일하던 코키의 베르타흐 유년기로 거슬러 올라가기 때문이다.[31] 첫 번째 글은 1964년 12월호에 실렸는데, 자살이 암시된 「매일 저녁」에서 두 장만 넘기면 읽을 수 있다. 이 글은

---

* 거트루드 스타인의 유명한 문장, "A rose is a rose is a rose"를 패러디한 것으로, 돌 하나(아인 슈타인 Ein Stein)와 아인슈타인 Einstein 의 발음상 유사성을 이용한 언어유희다.

(노골적으로) 제바크리프Sebakrip라고 이름 붙인 수제 크리스마스 말구유 제작법을 도식과 함께 현학적이다 싶을 만큼 정확하고 장황하게 설명했다. 그러면서 마지막에는 양 모형을 만드는 대신 살아 있는 흰 쥐의 발을 말구유 바닥에 석고로 고정해보라고, 그리고 말구유 전체를 달걀 흰자로 덮어서 구우면 맛있는 크리스마스 간식인 제바크리프를 먹을 수 있다고 제안했다.

이 글은 코키가 쓴 것이 분명했다.[32] 1965년 6월호에도 이렇게 과장된 풍자 글이 실렸다. '메하니쿠스Mechanicus'라는 서명이 적힌 이 글은 곧 있을 시위에 대비한 깃발 제작을 설명했다. 메하니쿠스는 시위 깃발을 위해 깃대와 깃발 두 가지 구성품이 필요할 것이라고 조언한다. 그러면서 앞선 글과 마찬가지로 엄숙한 지침(도표도 포함된다)을 제시하며 빨간색 천을 잘라 깃대에 꿰매라고 한다. 이 복잡한 절차를 따르면, 아니 절차를 따랐을 때에만 비로소 시위를 할 수 있다는 것이다.

지금 이 글들을 읽을 수 있는 이유는 한창 계획 중이던 대단히 진지한 시위에 대한 조롱을 기꺼이 출간한 편집자 라이너 고일렌과 뷔토브 덕분이다. 한편 이 글들은 (내 짐작이 맞는다면) 코키가 그의 친구들만큼 정치적 운동에 헌신적으로 몰두하지 않았음을 다시금 시사한다.

코키는 프라이부르크에서 연극계와 신문계에, 또 막시밀리안하임에 몇몇 친구 무리를 갖고 있었다. 그에게 누구보다 중요했던 두 친구 파올로와 알베르트는 세 무리에 전부

속해 있었다.

알다시피 코키는 1963년 가을에 파올로를 처음 만났다.
그리고 늦어도 이듬해 여름에 막시밀리안슈트라세로 이사해
그곳에서 알베르트를 만났다. 1964년 겨울 학기에 코키와
알베르트는 룸메이트[33]가 되었고 함께 신문에 글을 발표했다.
그리고 세 사람 모두 1964년 12월호에 글을 게재했다.[34]

64그룹[35]

11월 21일 프라이부르크 막시밀리안슈트라세 15번지에서 64그
룹이 결성되었다. 구성원들의 목표는 각자의 문학작품에 대해
함께 토론하는 것이다.

거의 우스꽝스러우리만치 거드름을 피우는 말 같지만,
사실이 그랬다. 혼자서라면 감히 그런 자만을 전시할 생각은
못했을 것이다. 코키는 분명 그러지 못했을 것이다. 그러나
무리를 이루면 힘이 실리며, 적어도 다른 두 구성원은 대단한
자신감에 차 있었다. 오만에 가까울 정도의 그 자신감은 64그룹의
트레이드마크가, 그리고 W. G. 제발트의 작품 일부를 구성하는
트레이드마크가 되었다.

64그룹[36]은 구성원들이 스스로를 이르는 명칭이었고, 다른
친구들은 그들을 작가 그룹이라고 불렀다. 그들은 지적으로
치열했고, 도를 넘어설 정도로 논쟁을 벌였으며, 하나의
집단으로서는 완벽에 가깝게 폐쇄적이었다. 때로 몇몇 친구가

합류하기도 했지만, 그럴 때 셋은 대체로 가만히 앉아서 듣기만
할 뿐이었다. 64그룹은 오버스트도르프 패거리처럼 어울렸지만
그보다 훨씬 더 강력하고 배타적이었다. 게다가 외부인의
참여는 일반적인 주제에 대해 논쟁할 때나 가능한 일이었고,
각자의 작품에 대해 이야기할 때는 세 사람만 있었다. "위대한
작가가 되는 게 우리 목표였어요." 알베르트는 내게[37] (도전적인?
경계심을 누그러뜨리는?) 미소를 지으며 말했다. "그리고 그렇게
될 거라고 꽤 확신했죠. 우리는 우리가 특별하다고 생각했고,
외부인에게 공격적이었어요. 우리는 세쿼이아 아래서 서로에게
끝없이 각자의 작품을 읽어줬습니다. 누군가가 새로운 글을
써내기라도 하면 득달같이 달려가서 무슨 이야기인지 들었고요.
중요한 건 우리 글뿐이었어요. 글을 위해서라면 무엇을, 누구를
써먹든 정당했죠. 파올로가 자기 소설에서 그랬던 것처럼, 막스가
머지않아 우리 모두를 등장시킨 글을 써내면서 그랬던 것처럼요."
　내 생각에 막스는 그 소설에서뿐 아니라―「헨리 셀윈 박사」
『아우스터리츠』…… 등―이후의 모든 작품에서 그랬던 것 같다.
알베르트의 말을 들으니 막스의 작품에서 나를 혼란스럽게
만든 수많은 것, 가령 학문적 글쓰기에 대한 공격성, 그리고
그의 문학적 글쓰기에서 보기 드물게 빼어난 공감과 너무나도
어울리지 않는 무감각한 면모를 해명할 열쇠를 찾은 듯한 느낌이
들었다. 우리는 이를 두고 64그룹에 고마워할 수도, 64그룹을
비난할 수도 있다. 파올로 슈바니츠와 알베르트 라셰에게
고마워할 수도, 그들을 비난할 수도 있다.

파올로는 스타였다.[38] 그는 제일가는 배우이자 감독이었을 뿐만 아니라 언제건 어떤 주제에 관해서건 소규모 강의를 해낼 수 있는 뛰어난 연설가였다. 그림도 잘 그렸다. 유일하게 못하는 것이라면 노래였지만, 노래는 부르지도 않았다.

파올로는 세 사람 중에 가장 재치가 넘쳤고, 글과 말을 불문하고 말장난의 대가였다. 학생 신문에 수십 편의 글을 기고했을 뿐만 아니라 프라이부르크에 머무는 동안 탐정소설을 한 권 써냈을 정도로 집필 활동도 왕성하게 했다. 게다가 실리적이었다. 예컨대 학위뿐만 아니라 교수 자격을 갖추기 위해 철저히 준비했고, 완벽주의자 친구 뷔토브가 다년간 연구에 매진하자 "토마스, 네가 해야 할 일은 진실을 발견하는 게 아니라 박사학위를 받는 거야"라고 말하기도 했다. 뷔토브는 파올로의 말을 듣고야 박사학위를 취득할 수 있었다고 말한다.

그러나 파올로의 정수에는 코미디가 자리해 있었다.[39] 그는 짓궂은 장난과 놀리기로 정평이 나 있었고, 알베르트는 그를 앙팡 테리블enfant terrible 이라고 불렀다. 그는 한껏 진지하게 굴다가도 언제 무표정한 얼굴로 농담을 던져 상대방을 혼란에 빠뜨릴지 모를 사람이었다. 파올로의 이런 면모는 변하지 않았다. 쉰 살 무렵의 친구들도 스무 살 무렵의 친구들만큼이나 그를 면밀히 주시해야 했다. 파올로가 경이로운 이야기를 들려주면 다들 그걸 믿었지만, 결국에 이는 정교한 허구였음이 드러났다. 가장 유명한 일화는 전쟁 직후 그의 유년기에 관한 이야기로, 일곱 살 난 파올로는 멀리 떨어진 스위스 쥐라주州로 보내져 그곳에서

3년을 산다. 그러다 문명 세계로 돌아왔을 때, 그는 읽지도 쓰지도 못하는 상태가 되어 아무도 알아들을 수 없는 스위스 방언만 구사하는 진정한 카스파르 하우저*가 되어버린다. 교사 중 한 명은 이 아이의 놀라운 지능을 알아보고—카스파르의 이야기에서처럼—적극적으로 보호한다. 그렇게 이 자그마한 야만인은 학급에서 최고의 장학생으로 졸업한다.

파올로는 실제로 한동안 취라에서 살았다.[40] 하지만 취라로 간 이후에 벌어진 모든 일은 진실과 단절되어 있으며, 이야기는 환상의 영역으로 접어든다. 그의 부모는 교사였고 집에는 책이 가득했다. 일곱 살 무렵 유창하게 글을 읽고 쓸 수 있었던 그는 무언가를 잊는 일이 좀처럼 없기도 했지만 설령 잊어도 금방 다시 기억해냈다. 파올로의 이야기는 극적으로 각색된 것이라고 에타는 내게 미소 띤 얼굴로 말한다. 토마스 뷔토브는 내심 그 이야기를 믿었지만 수없이 반복해서 듣다 보면 매번 이야기가 달라졌다고 말한다. "파올로의 이야기는 식물 같았어요. 자라고 또 자랐죠. 파올로는 항상 자기 식물에 물을 주고 있었어요."[41]

물론 파올로는 대단히 자기중심적이었고, 그의 농담과 장난의 대상이 된 사람들이 늘 즐거워한 것도 아니었다. 말년에 자신이 파올로의 소설에서 무자비한 풍자의 대상이 되었다는

---

* 1828년 독일 뉘른베르크에 갑자기 나타난 미스터리한 청년으로, 평생을 지하 공간에 감금되어 지냈다고 주장했다. 그의 출생과 정체는 끝내 명확히 밝혀지지 않았으며, 1833년 정체불명의 공격을 받고 사망하자 이 역시 여러 가설을 낳았다. 고립된 인간의 순수성, 자연과 문화의 대립 등을 상징하는 인물로, 헤르만 헤세, 베르너 헤어초크 등 여러 예술가에게 영감을 주었다.

사실을 알게 된 동료 교수들은 진심으로 그를 혐오했다. 그러나 그보다 더 많은 사람이—특히 그가 젊었던 시절에는—그를 사랑했다. 그리고 파올로에 관해서라면, 혹은 어쩌면 그 누구에 관해서건, 적어도 전기 작가에게는 사랑이냐 혐오냐 하는 것이 중요한 문제가 아니다. 장난꾸러기이자 이야기꾼으로서 파올로라는 사람과 관련해 내가 주목하는 지점은 (카스파르 하우저를 자신의 우화에 엮어낸 그 문학적 감각을 포함해) 그가 얼마나 막스와 같은 유의 사람이었는가, 얼마나 W. G. 제발트와 동족이었는가다. 막스는 파올로를 통해 그런 감각을 갖게 된 걸까? 그가 막시밀리안하임 시절에 쓴 소설 속 요제프는 꼭 파올로처럼 악의 없는 거짓과 환상을 말한다. 코키도 그랬을까? 당시 코키의 남성 친구들 중엔—곧 살펴보겠지만 한 명을 제외하고는—그랬다고 말하는 사람이 없고 에타는 코키의 모든 여성 친구와 마찬가지로 이를 단호하게 부인한다. 어쩌면 그러지 않았을지도 모른다. 하지만 코키는 거장의 발치에서 배우고 있었다.

파올로.

오버스트도르프 패거리처럼 64그룹에는 파올로의 약혼자
에타 우프호프라는 여자가 한 명 포함되어 있었다.[42]

에타는 1960년대 중반에 대학에 입학한 소수의 여학생 중
한 명으로 독립적인 문학도였다. 그러나 로테가 오버스트도르프
패거리에서 그랬던 것과 달리, 그는 서로를 무자비하게 물고
뜯는 64그룹의 논쟁에 가담하지 않았다. 에타는 조용하고 침착한
사람이었다(지금도 그렇다). 내 생각에 에타는 파올로의 그림자
속에 머문 사람이 아니라 파올로의 지지 속에서 경청한 사람,
자기만의 생각을 가진 사람이었다.

파올로와 에타는 막시밀리안슈트라세에 위치한 가든
하우스에서 함께 살았다. 여학생은 하임의 어느 방에도 입주할 수
없었고 그 누구도 가든 하우스에 살 수 없었으므로, 이는 일종의
이중 범죄였다.[43] 물론 파올로는 규칙 위반을 즐겼다(막스는

글쓰기라는 범주 내에서만 그러기는 했지만 파올로의 이런 행동도 따라했다). 에타도 그 규칙을 어겼으나, 내게는 그 근처에 살았다고 말하면서 규칙을 어긴 사실은 언급하지 않았다. 그러나 내가 만난 막스의 친구들은 하나같이 에타가 파올로와 함께 가든 하우스에 살았다는 사실을 똑똑히 알고 있었다. 가든 하우스는 토론과 파티와 편집 회의의 중심지로서 하임의 부엌과 세쿼이아에 버금가는 중요한 장소가 되었다. 그리고 에타는 항상 그 집에 있었다는 게 내 생각이다.

에타는 모든 면에서 파올로와 정반대였다. 겸손하고 조용했던 그는, 자기 자신을 내비치는 과시 행위는 파올로에게 일임했다. 예컨대 에타의 유년 시절 이야기는 진정 비범했지만, 결코 이를 자기 입으로 말하는 법이 없었다. 에타의 아버지는 에타가 어릴 적 사망했고, 어머니는 시숙 중 한 명과 재혼했다. 재혼한 남편도 사망하자 어머니는 셋째 시숙과 결혼했다. 파올로는 연극에서 새로운 배역을 맡을 때마다 자기 이름을 바꾸었지만, 에타는 아버지가 계속 바뀌어도 우프호프라는 성을 유지했다. 파올로와 결혼해 슈바니츠라는 성을 갖게 되기 전까지 그랬으며, 나중에 파올로와 이혼해 또 다른 파트너와 수십 년간 함께하는 동안에도 슈바니츠라는 성을 유지했다. 파올로의 인장 같은 특징이 변덕스러운 가변성이었다고 한다면, 에타의 특징은 불변성이었다. 파올로와의 이혼은 에타의 삶에서 크나큰 슬픔이었으나, 어쩌면 그들의 결혼이 지속되지 못한 것은 그리 놀라운 일이 아닐 수도 있다.

에타는 문학을 제외하고 64그룹이 가장 좋아한 것은 무대와
지면('메하니쿠스')과 정원에서 즐긴 역할극과 온갖 종류의 농담,
게임이었다고 말한다. 에타는 특히 기억에 남는 어느 순간을
떠올리고는 사진을 찾아냈다. 그러면서 그 사진을 신문에 실을
계획이었으나 결국 한 번도 사용하지 못했다고 말했다.

고등교육의 시신과 함께 있는
코키, 알베르트, 파올로.

그 옆에 또 다른 사진이 보였다. 역할극이 아니라 전형적인
학생들의 모습이 담긴 사진이었고, 작고 어두운 방에서 찍은
것이 분명해 보였다. 소장하고 싶다고 생각하던 차에 에타는
친절하게도 내게 그 사진을 주었다.

파올로와 코키와 에타.

64그룹의 두 번째 남자는 알베르트였다.[44] 알베르트는
좀더 내성적이고 과시욕이 전혀 없었다는 점에서 천성적으로
파올로보다는 코키와 더 가까웠다. 그러나 그는 세 사람 가운데
가장 논리적이고 명석한 두뇌를 지닌 강한 개성의 소유자였다.
알베르트는 재치 있고 활기찬 사람이었고, 논쟁에서는
인정사정없이 이겨야 직성이 풀리는 성격이라 웬만하면
이기곤 했다. 그리고 어리석은 짓 앞에서는 파올로보다 더 가차
없었는데, 아마 애매모호한 미소를 띤 얼굴로 내게 설명한
공격적인 토론에서 이러한 면모를 주도적으로 보여주었을
것이다. 그는 파올로와 동갑—그러니 코키보다 네 살이 더
많았다—이었고, 이미 전국 단위의 신문사에서 일한 경험이
있었다.

알베르트는 심리학을 공부하면서 프라이부르크의 심리학
연구소에서 조교로 아르바이트를 했다. 덕분에 그는 그룹 내에서,

그리고 하임에서도 대체로 동료 입주자들을 정신분석하고
그들의 꿈에 숨겨진 성적 의미를 자연스럽게 밝혀내 보여주는
등 정신분석가 역할을 수행했다. 그의 글과 편지에는 초현실적인
농담이 가득했는데, 실제 생활에서도 그 모습은 크게 다르지
않았던 듯하다. 예컨대 1964년 겨울 학기에 그는 후고라는 이름의
햄스터를 한 마리 사서 막시밀리안하임으로 데려왔고, 입주 위원회
전체 회의에서 햄스터를 입주민으로 소개했다. 후고는 공식적으로
입주 승인을 받았다. (그러나 담배꽁초를 계속 먹어치우는 바람에
하임에서 오래 버티지 못하고 곧 니코틴 중독으로 사망했다. 어찌되었든
그런 일이 있었다고 피트 비히만과 롤프 시리악스가 내게 말했는데,
어쩌면 두 사람이 나를 놀린 것일지도 모른다.)

1964년 여름 학기에 처음 막시밀리안하임에 입주했을 때
코키는 파올로와 알베르트에게 경외감을 느끼고 있다는 점이
역력히 드러나는 수줍음 많은 어린 학생이었고, 말수가 무척
적었으며, 자신감 없는 투박한 촌놈 같았다.[45] 그러나 가을이
되자 모든 것이 바뀌었다. 코키의 침묵과 외톨이 같은 성격이
완전히 사라진 것은 아니었으나 그건 더 이상 수줍음이 아닌
"젊은 횔덜린이 연상되는"[46] 낭만적인 신비로움으로 보였다. 그가
경험한 안 좋은 일들도 그런 낭만적인 성격을 일부 구성하고 있는
듯했는데, 그런 일들은 학교에서도 그랬듯 막시밀리안하임에서도
남들 눈에 거의 띄지 않았다. 무엇보다 코키는 64그룹의 다른 두
구성원과 동등한 파트너이자 가까운 친구 사이였다. 그리고 이는
파올로보다는 알베르트와의 관계에서 비롯됐다. 알베르트는

그의 룸메이트였고, 1965년 여름 이탈리아로 함께 휴가를
떠난 상대였으며, 에타에 따르면 유대감을 느낀 대상이었다.
알베르트와의 우정은 그에게 자신감을 주었고 그를 자신만의
세계에서 벗어날 수 있게 해주었다. 신문에 실린 그들의 글도
이런 유대감을 보여주었다. 자주 같은 지면에 나란히 실린 두
사람의 글은 서로를 반향하고, 참조하고, 놀려댔다.

　달리 말해 내 생각에 두 사람의 관계는 우정 그 이상이었다.
공생, 그리고 심오한 교감이 이루어지는 관계였다. 눈부신 재능을
가지고 있으며 나이가 조금 많았던 64그룹 내 두 친구와의 관계는
막스를 남자로, 작가로, 비평가로 만들었고, 변치 않는 아웃사이더
성향을 지닌 비평가로서의 태도를 갖추게 했으며, 그로 하여금
공격적이고 극도로 지적인 성향과 일개 작가가 아닌 위대한 작가가
되겠다는 야심을 확고히 다지게 했다. 코키에게 첫째 형이라 할
수 있는 인물은 사교적인 인기인 파올로보다는 위압적이면서
내성적인 알베르트였다. 알베르트에게는 아버지가 없었고(그도
여느 또래처럼 전쟁에서 아버지를 잃은 터였다), 「배경 Umstände」이라는
작품을 통해 보건대 어머니나 자신의 뿌리와도 단절된 상태였다.[47]
알베르트는 혼자였고 자유로웠다.

　64그룹은 학업생활에서 도피하다가 우연히 글을 쓰게
되었다는 막스의 주장이 사실이 아님을 보여주는 증거다.
예전부터 작가가 되는 것을 목표로 삼아왔던 막스는 이제 그
목표를 남들과 공유하고 공개적으로 선언했다. 그리고 실천으로
옮겼다. 그는 글에 써먹을 수 있는 것이라면 무엇이든 (누구든)

메모할 작정으로 늘 주머니에 노트를 넣고 다니기 시작했다.[48]

그는 1964년경 파올로 슈바니츠, 알베르트 라셰와 함께 작가가 되었지, 1984년경 영국에서 홀로 작가가 된 것이 아니었다. 이는 그가 지어낸 가장 과장된 이야기, 가장 새빨간 거짓말 중 하나다.

이렇게 세 사람 모두 작가가 되었지만, 그때부터 셋은 각기 다른 인생행로를 밟았다. 파올로와 코키는 학자가 되었고, 알베르트는 정신분석가가 되었으며, 셋 다 상상했던 바대로 글쓰기를 시작한 것은 그로부터 한참 나중의 일이었다. 막스와 알베르트는 40대에, 파올로는 50대에 집필을 시작했다. 어쩌면 20대에 얼토당토않을 정도의 야심을 품었던 탓에 글쓰기를 그렇게 늦게 시작한 것일지도 모른다. 아마 셋 중 가장 야심가였을 알베르트는 소설 두 편을 완성했다. 아직 발표된 적은 없지만, 여든에 접어든 그는 단편소설집을 발표할 생각이다.[49]

분주한 삶을 살아가면서도 코키는 꾸준히 수업에 출석했다. 그러나 점점 프라이부르크의 문학 수업이 자기 취향에 맞지 않는다고 느꼈다. 그건 독일에서 베르키마넨테 크리틱wekimmanente Kritik[작품 내재적인 비평]이라 불리는 '예술을 위한 예술' 전통을 따르는 완전히 형식적인 수업이었고, 코키가 그때부터 문제의 핵심이라고 확신한 사회적 또는 역사적 배경은 무의미한 것으로 치부되었다.[50] 그는 벤야민, 아도르노, 그리고 여타 프랑크푸르트학파의 작품만이—나치 시대에 우연이 아닌 의도에 따라 성장한—문학에 대한 "음울하고 왜곡된" 주입식

접근법[51]으로부터 학생들을 구해주었다고 말했다. 그리고 이와
같은 이유로 그는 프라이부르크에서 강의 계획서를 받아 보고
절망했다. 드디어 20세기 초까지 뻗어 나가기 시작하기는 했으나
학교에서 슈멜처 선생과 공부한 전후문학은커녕 그 근처에도 가지
못했던 것이다. 결국 생애 말년에 그는 당시 프라이부르크에서
이루어진 독일학 연구는 "거의 의도적인 무지로 인해 절절 매는
학문의 한 분야"였다고 쓴다.[52]

그러다 마지막 학기에 현대 독일 문학사 교수가 다른
대학에서 온 교수로, 최근까지 맨체스터대학 헨리 사이먼 독일어
학부장을 맡았던 런던 베드퍼드대학 소속 로널드 피콕 교수로
얼마간 교체되는 일이 일어났다.[53] 코키는 1890년대 유럽 희곡에
관한 피콕의 강의를 수강했고, 덜 형식적이고 더 개인적이며,
학생들이 자유롭게 개진하는 생각에도 열려 있는 피콕의 강의
스타일이 훨씬 더 마음에 든다는 사실을 즉각 깨달았다. 코키는
그 과목에서 「버나드 쇼의 「인간과 초인」에 나타난 세계관의
충돌The Conflict of World-Views in Shaw's Man and Superman」이라는 에세이로
최고 점수 A/A+를 받았다. 그리고 1년 후 맨체스터대학에
렉토르[어학강사]로 지원했다. 코키가 하고많은 곳 중에
잉글랜드와 맨체스터를 떠올린 이유를 우리가 하나도 빠짐없이
알 수는 없지만 피콕 교수의 앵글로색슨 스타일이 발휘한 매력이
그에게는 무엇보다 중요했다.[54]

아직 먼 미래의 일이었지만 첫발은 그때 내디뎌졌다. 코키의

프라이부르크 생활에서 무엇보다 중요했던 것은 파올로와 알베르트와의 우정이었고, 어디에 있건 그 우정은 계속될 터였다. 그를 붙잡을 수 있는 것은 아무것도 없었다. 1965년 여름 학기가 끝날 무렵 그는 프라이부르크를 떠났다. 그리고 같은 해 가을, 그는 프라이부르크로 돌아가는 대신 스위스 프리부르에 있던 누나와 함께 살면서 그곳에 소재한 대학에 입학했다.

이는 코키가 살면서 내린 가장 중대한 결정 중 하나였고, 돌이켜보면 망명생활의 시작이었다. 훗날 그가 어떤 작가—한마디로 요약하자면 조국의 가장 혹독한 비평가—가 되었는지를 생각해보면 이런 중요한 질문이 남는다. 왜 프라이부르크를 떠났던 걸까?

복잡한 이유가 있었다고 그는 말했다.[55] 문학 교육 방식에 불만이 있었고, 그 외에도 그는 대학 전체에 불만을 품었다. 부분적으로는 그와 파올로와 알베르트가 관에 담긴 시체로 풍자했던 병든 고등교육이 문제였다. 도서관은 열악했고 건물은 무너지고 있었다. 학생 수는 증가하는데 교수는 증원되지 않아 학급은 점점 더 커지고, 점점 더 익명화되어갔다. 설상가상으로 시스템에는 변화가 없었다. 독일 대학은 여전히 위계적인 기관이었다. 교수들은 코키의 동료 학생 중 한 명이 표현한 것처럼 거리감이 느껴지는 권위주의적인 '반신반인' 격의 존재였다. 그 학생이 대학원생 신분으로 미국에 갔을 때 격식을 조금도 차리지 않고 쉽게 다가갈 수 있는 교수들을 보고 놀라움을 금치 못했을 정도였다. 또한 독일 대학은 정치적으로 좌파 또는 우파로 나뉘어 있었고, 직원들은 정해진 틀 내에서 업무를 수행해야 했다. 프라이부르크는 지금으로 치면 신자유주의적이라고 할 수 있는 보수적인 도시였고, 침묵을 지키던 좌파 교수들은 한순간도 안전하다고 느끼지 못했다. 다행히 막스는 영국 대학에서는 이런 모습을 전혀 목격하지 않았다. 그가 보기에 독일 교수들은 '단색화' 같은 존재였다.

그러나 결정적인 이유는 다른 데 있었다. 돈이었다. 프라이부르크 생활 초기에 게르트루트에게 보낸 편지에서[56] 코키는 부모에게 계속 의존해야 하는 상황에서 느끼는 절망감과 스위스의 최고 이점은 독일에서와 달리 학위 과정을 2년이 아닌 1년 만에 마칠 수 있다는 사실이라고 말한다. 그리고 그 후로 편지를 부칠 때마다 거의 매번 새로운 금전적 어려움을 토로한다. 게르트루트는 커피와 초콜릿 소포를 보내고 코키가 스웨터를 살 필요가 없도록 직접 뜨개질로 옷을 떠서 보내주는 식으로 도움을 주었다. 그러나 그런 상황에서 느끼는 부담감이 너무나 컸던지라, 코키는 이미 1학기에 프라이부르크를 떠날 계획을 세운다.[57] 그는 어쩌면 다섯 번째 학기는 프리부르에서, 여섯 번째 학기는 빈에서…… 보내게 될 수도 있다고 말한다. 다섯 번째 학기와 여섯 번째 학기 모두 프리부르에서 보내면 게르트루트와 장폴의 집에 머물 수 있으므로 집세를 부담하지 않아도 되었다.

이 시기에도 코키는 기말고사를 치르기 위해 프라이부르크로 돌아갈 생각을 하고 있었다.[58] 그러나 프리부르에서의 한 해가 끝나갈 무렵, 그는 프라이부르크로 돌아가는 대신 잉글랜드로 떠났다. 이번에도 그곳에서 일자리와 돈을 얻기 위해서였는데, 어마어마한 액수는 아니어도 전보다는 훨씬 더 많은 돈을 벌 수 있었다. 그러나 미지의 세계로 향하려면 당기는 힘뿐만 아니라 미는 힘도 필요한 법이다. 코키에게 미는 힘을 실어준 것은 그가 마지막으로 직면한 문제였다.[59]

그는 대학에 가면 상황이 다르리라고, 적어도 대학은 침묵의 음모가 끝나는 곳이리라고 생각했다. 그러나 현실은 그렇지 않았다. 근과거는 집에서와 마찬가지로 강의실에서도 살금살금 피해가는 주제였고, 그럼에도 불구하고 현재라는 시간에 생생히 살아 숨쉬고 있었다. 많은 교수가 이전 세대에 속하거나 나이가 많았다. 1930년대와 1940년대에 직업이 있었고, 거의 다 정권을 적극적으로 지지했거나 기껏해야 침묵한 사람들이었다. 막스는 이렇게 말하곤 했다. "시치미 떼는 늙은 파시스트들에게 둘러싸여 있었습니다. 제3제국의 유령들이 여전히 복도를 떠돌고 있었죠." 그는 "늘 그곳에서 불쾌감"을 느꼈다.

이것이 코키가 거의 40년이 지난 시점에 기억한 대학의 모습이었다. 그런데 돌이켜봐도 대부분 사실이었을까? 당시 그의 글은 정치에 대한 관심을 조금도 내비치지 않았고, 머잖아 써낸 소설도 마찬가지였다. 그리고 그는 이따금 자신이 느낀 불안을 뒤늦게야 깨달을 때가 있었다는 말을 하기도 했다.[60] "첫째로 저는 정말 현실적인 이유로 독일을 떠났습니다" 그는 2001년 자신을 인터뷰한 조지프 쿠오모에게 말했다. "돌이켜보면 그때는―사실인지 아닌지 전적으로 확신이 서지는 않지만—모든 것에 불쾌감을 느꼈던 것 같습니다."

　　강제수용소에 관한 영화가 남긴 트라우마는 여전히 억압되어 있었고, 그가 느낀 불안의 이유도 항상 명확하지는 않았을 것이다. 그러나 그는 이런 의구심을 품느라 유년기에 자신이 어떤 사람이었는지를 과소평가하고 있었다. 어쨌거나 그는 열여섯 살 때부터 아버지라는 사람을 두고 과거와 싸우는 삶을 살았다. 그리고 그가 프라이부르크에 머무는 동안 아우슈비츠 전범 재판이 열리면서 수개월간 재판 과정이 상세히 보도되었다. 그는 크리스토퍼 빅스비에게 "저는 매일 보도를 읽었습니다. (…) 그리고 갑자기 제 시야가 뒤집히는 일이 벌어졌습니다"라고 말했다.[61] 빙하 앞의 빙퇴석이 움직인 것이 분명했다. 문제가 공론화되었고, 증거는 확실하고 상세했다. 지능이란 걸 가진 사람이 어떻게 모를 수 있었단 말인가?

　　코키가 프라이부르크에 도착한 지 얼마 되지 않아 사망한 발터 렘이라는 교수는 의심의 여지가 없는 반나치 인본주의자였다. 그런데 코키를 가르친 교수 가운데—총장으로서 나치 정권을 열렬히 지지한 유명 철학자—하이데거와 친분이 있는 교수가 있었고, 학생들 사이에서는 그 교수, 그리고 또 다른 독문과 교수가 나치였다는 소문이 돌았다. 총장 H.-H. 예셰크도 마찬가지였다. 다른 사람들처럼 코키도 그 세 사람에 관한 소문을 들었을 것이다.[62] 이런 사실을 그가 매일 읽은 아우슈비츠 재판 관련 보도와 결합해서 보면, 그가 프라이부르크 교수들을 보며 모종의 불쾌감을 느끼지 **않았으리라**고 상상하기는 어려운 일이다.

물론 그 소문들이 정당한지 여부는 또 다른 문제다. 프라이부르크대학 교직원 중에는 발터 렘 본인뿐만 아니라 렘의 조교 중 한 명을 포함해 저항하는 사람들이 있었다. 그런 한편, 전쟁 후에도 모든 직업군에 여전히 나치가 득시글했다는 점은 부인할 수 없다. 법조계는 특히 악명이 높았고 대학이 그 뒤를 이었다. 1992년에 발간된 한 도시사 문헌은 하이데거가 총장이었던 시절 프라이부르크대학이 초기에 글라이히슈탈퉁Gleichstaltung*—나치식 일원화—을 열망했다고 기록하며, 대학을 탈나치화하려는 전후 노력의 상당수가 실패했음을 인정한다. 나치 학생들은 입학이 금지되었으나, 나치 교수들은 자기 자리를 그대로 지켰다. 문헌을 작성한 저자들은 "그러므로 그 후 몇 년 동안 대학은 교사보다 학생들에 대해 더 강력한 조치를 취한 것으로 보인다"라고 결론 내린다.[63]

프라이부르크는 최악과는 거리가 멀었다.[64] 코키가 대학에 있던 시절에 뮌헨, 뷔르츠부르크, 괴팅겐대학은 여전히 과거의 나치 교수법을 채택하고 있었다. 1960년대 초까지 괴팅겐대학은 지원자들로 하여금 유대인이 아님을 증명할 것을 요구했다. 그러나 프라이부르크라고 해서 최선인 것도 아니었다. 1964년 무렵 파올로와 그의 친구 베른트 오스텐도르프는 제3제국에 관한 강의를 요청했으나 아직 시기상조라는 답변을 받은 데 반해, 같은

해 튀빙겐과 마르부르크 대학에서는 해당 주제에 관한 강의를
제공하고 있었다.[65] 하이데거는 프라이부르크를 모범적인 나치
대학으로 변모시키기 위해 애썼다. 결국 성공하지 못했지만 이를
원상 복구하기까지는 오랜 시간이 걸렸다.

결국 코키가 경험한 프라이부르크 시절의 대차대조표는 고른
분포를 보여준다. 그 시절은 자유와 새로운 세상을 향해 위대한
첫걸음을 내딛는 시간이었다. 그리고 파올로와 알베르트라는,
카주스와 로테 이후 가장 중요한 친구를 만난 시간이었다.
대차대조표의 다른 변을 보면 해로운 시절이 기재되어 있다.
거기엔 아우슈비츠 재판 소식을 읽을 때나 복도에서 나이 든
교수를 지나칠 때마다 마음속에서 강하게 치밀어 오른 조국을
향한 불만이 자리해 있었다. 코키는 공모와 침묵이 아버지처럼
교육 수준이 낮고 충분한 정보를 제공받지 못하는 사람들이
사는 지방에만 존재한다고 생각했었다.[66] 그러나 이제 그것들이
어디에나 있음을 알게 됐다.

　　프라이부르크를 떠나는 것은 결과적으로 독일을 떠나는 것과
같았다. 기말고사를 치르기 위해 프라이부르크로 돌아간 적이
없으므로 이방인으로서 그의 운명은 확정된 것이나 다름없었다.
독일 대학 학위가 없으면 독일 대학에서 경력을 시작하는 것도
불가능할 터였다.[67] 그는 그 사실을 알고 있었거나 적어도 그럴 수
있음은 짐작했을 것이다. 그때는 몰랐더라도 1년 후 프리부르를
떠날 때는 알았을 텐데, 그는 프라이부르크로 돌아가는 대신

파울과 카시미르처럼 더 머나먼 곳으로 떠났다. 그는 대체
무엇으로부터 멀어지고 싶었던 걸까?

내가 50년의 세월이 흐른 뒤 64그룹을 추적하려 했을 때는,
파올로를 만나기 이미 한발 늦은 때였다. 그는 늘 우려했던 대로
어머니의 파킨슨병을 물려받아 코키가 사망한 지 3년 후인
2004년에 사망했다.[68] 하지만 에타는 여전히 프라이부르크
인근에, 여전히 아름다운 정원이 딸린 집에 살고 있다.

　　에타는 친절하고 너그러웠으며, 파올로에 대해서는 아무
말도 하지 않을 것이라고 내게 경고하면서도 다른 프라이부르크
친구들을 찾을 수 있게 도와주었다. 그러나 코키에 관해서는 그가
파올로보다 알베르트와 더 친했다는 사실 외엔 말을 아꼈다.
그리고 사진을 꺼내 와 내게 복사본을 건넸다. 한 장은 알베르트가
타이머 기능이 있는 카메라로 찍은 "그 시절 셀피"라고 말하며.

코키와 에타와 알베르트가 뒷줄에 있고, 파올로가 앞줄에 있다.

나란히 몸을 기울여 사진을 들여다보는데, 에타가 내 쪽으로 고개를 돌렸다. 그러더니 말했다. "알베르트와 제가 마치 사랑에 빠진 양 서로를 향해 정열적인 미소를 띠고 있는 것처럼 보이는 거 알아요. 하지만 우리 사이엔 그런 게 전혀 없었어요." 에타는 흔들림 없는 눈빛으로 나를 쳐다보았고 나는 고개를 끄덕였다. "믿어요"라고 나는 말했고, 정말 그렇게 믿었다. 하지만 동시에 믿지 않았다. 에타와 알베르트가 서로를 향해 미소 짓고 있는 것처럼 보이지 않아서였다. 에타가 알베르트를 향해 미소 짓고 있는 건 맞지만, 서로를 향해 미소 짓고 있는 둘은 에타를 사이에 둔 알베르트와 코키다.

그리하여 나는 알베르트를 만나러 갔다.

알베르트는 프라이부르크 시절 이후 2년이 지났을 무렵 코키의 결혼식장에서 들러리 역할을 했고, 맨체스터에 있는 막스를 방문했으며, 1960년대 후반부터 1970년대 초반까지 막스로부터 편지를 받았다. 그러다 편지가 오지 않기 시작하더니 10년 동안 연락이 두절되었다가, 그 후에 다시 연락이 닿았다. 내가 그에게 던진 질문 중 하나는 어째서 30대에 두 사람의 우정이 소원했는가 하는 것이었다.

"각자 다른 길을 밟았거든요." 알베르트는 말했다. "그냥 단순히 멀어졌던 거예요." 하지만 나는 또 다른 이유가 있지는 않았을지 궁금했다. 64그룹의 기조는 야망이었고, 야망은 경쟁을 의미한다. 알베르트는 50년이 지난 후에도 친구들과 경쟁 중이다. "파올로가 쓴 작품은 훌륭하지만 문학은 아니에요." 그는 내게 말했다. "그리고 막스는 위대한 작품을 썼지만 성공으로 인해 망가졌죠." 나는 알베르트의 말이 전혀 사실이 아니라고 생각한다. 하지만 막스가 스스로에 대한 확신이 없어 경쟁을 할 엄두도 못 냈던 관계의 초반부터, 알베르트는 일찌감치 그와 경쟁 중이었을지도 모른다.

그 경쟁심이 피부로 느껴졌다. 알베르트는 본인이 직접 막스에 관한 글을 쓸 계획이라고, 그렇기 때문에 아무것도, 본인이 가진 기억도, 편지도, 나나 그 누구와도 나누지 않을 작정이라고 말했다. 나는 갖은 수를 써봤지만 아무 성과도 내지 못했다. 내가 수를 두기도 전에 그는 내 수를 간파했다. 내가 만난 사람 중에 가장 인상적이었던 그는, 어쩌면 막스가 만난 사람 중에도 그런 사람이었을지 모른다. 어쩌면 이것이 두 사람의 우정이 한동안 단절된 이유일지도 모르겠다. 알베르트에게 막스가 최고의 동료 학생이었다는 점을 고려하면, 막스 역시 겉으로 드러나진 않았을지언정 그만큼 경쟁심이 강했을 테니까.

나는 떠나면서 이렇게 말했다. "저에게 해주시지 않은 말도 해주신 말만큼 흥미로웠어요." 그는 나를 향해 고개를 젖히며 싱긋 웃었다. 그러고는 "그리고 그 내용도 적을 거죠?"라고 말했다.

2015년 8월 4일 프라이부르크에서 내가 메모한 내용
그는 아무 말도 하지 않을 거라고 했고, 나는 그 말을 믿었다. 하지만 실제로는 많은 말을 해주었다. 위대한 독일 소설을 쓸 작정이었다고, 자신들이 이미 위대한 작가라고 확신했다고 말했다.

그리고 막스는 그 태도를 끝까지 지켰다. 그러니 전부 이 그룹 덕분이라고, 막스의 글쓰기와 관련된 모든 것이 이 그룹 덕분이라고 그는 말했다. 과장일까? 그렇다, 하지만 맞는 말이기도 하다. 그러더니 그는 막스에 대해, 코키에 대해 더 많은 이야기를 해주었다. 대체로 조용했지만 얼마든지 재미있을 수 있는 사람이었다고 했다. 때로는 가스티시 garstig 했다—짓궂고 냉소적이었단 의미다. 내면에 커다란 불안이 자리해 있었다는 얘기다. "우리는 편해졌어요." 그가 말했다. "하지만 막스는 결코 편해지지 않았죠." 게르트루트도 같은 말을 한다. 베르타흐 시절 이후 마음 편한 날이 하루도 없었다고. "항상 자기 길을, 자기 자리를 찾아 헤맸죠." 알베르트의 얘기였다. "지리적인 의미에서만이 아니라, 자기 내면 안에서 말입니다."

막스의 작품에서 핵심적인 질문은 사실과 허구를 그런 식으로 혼합하는 이유와 관련이 있다고 그는 말했다. 막스는 나를 포함한 인터뷰어들에게도 사실과 허구를 혼합한 답변을 했다고 내가 말하자 그는 호탕하게 웃었다. "일부러 우릴 속인 건지 아니면 그냥 혼동한 건지는 잘 모르겠지만." 내가 그렇게 덧붙이자 그는 웃음을 거두고 나를 안쓰러워하는 듯한 눈빛을 보냈다. 나는 기억을 되새기며 말했다. "프라이부르크에서 쓴 소설의 주인공 요제프 말이에요, 요제프는 항상 거짓말을 하고 사실이 아닌 이야기를 하잖아요." 그러자 알베르트는 말했다. "네, 막스에게서 그런 모습을 많이 봤죠." "그러셨어요?" 내가 물었다. 그가 다시 미소를 짓길래 나는 말을 이었다. "그렇다면 어째서 그렇게 사실과 허구의 경계를 모호하게 만들었던 걸까요?" "그게 바로 제가 쓸 내용입니다. 기다려보세요." 그의 답이었다.

그가 내게 해준 두 번째 핵심적인 이야기는 그다음에 나왔다. 막스의 작품에 대한 반응은 극단적입니다, 하고 그는 말했다. 어떤 사람들은 막스를 우리 시대의 위대한 작가 중 한 명으로 보고, 어떤 사람들은 타인의 이야기를 훔치고 그들의 고통을 감상적으로 묘사하는 사기꾼이라고 생각하죠. 그렇게 극단적인 반응이 나온다는 건 무슨 일인가가 벌어지고 있다는 뜻이고, 우리는 그것이 무엇인지를 물어야 합니다. 저는 그걸 이제야 깨닫고 침묵을 지켜온 참이었죠. 그러더니 그는 그때 벌어진 무언가가 트라우마라고 말했다. 막스는 트라우마로 인해 글을 썼고, 그것을 우리에게 전했다고. 말을 길게 늘어놓진 않았지만 그게 알베르트의 요지였다. 막스는 써야만 했습니다, 하고 알베르트는 말했다. "그의 작품에 담긴 외로움과 절망은 그의 것이죠." 그러면서 이렇게 덧붙였다. "누군가가 트라우마에 대해 쓴다면, 그 글은 언제나 그 사람에 관한 이야기입니다." 그리고 이렇게도 말했다. "예술가가 되는 것은 트라우마를 전승하는 하나의 방법이죠."

나는 알베르트의 말이 맞는다고, 트라우마가 예술이 가진 힘을, 특히 제발트의 예술이 가진 힘을 다른 무수한 이론보다 더 잘 설명해준다고 확신한다. 제발트는 트라우마로 인해 글을 썼고, 그 트라우마를 독자와 공유함으로써 생존했다. 그 트라우마를 공유한다면, 우리는 제발트와 함께 트라우마를 공유함으로써 생존한다. 공유하지 않는다면, 혹은 인정하지 않는다면, 그의 작품을 사기라고 부르게 된다. 하나 문제는 물론 제발트의 트라우마가 무엇이었냐 하는 것이다. 그리고 알베르트는 여기서 말을 멈추었다. 그가 말해줄 거예요, 아니면 달리 누가……. 알베르트는 제발트의 트라우마가 유년기의 트라우마일 것이라고, 아버지와의 관계라는 익숙한 일과 관련되어 있으리라고 암시했다.

물론 그럴 수 있었다. 아버지가 집으로 돌아온 사건은 분명 트라우마였다. 하지만 알베르트가 말한 트라우마가 진짜 그 트라우마였을까? 알베르트가 나를 그 방향으로 유도했다는 사실 때문에 의구심이 든다. 게다가 알베르트는 다른 이상한 말도 남겼다. 가령, "제가 숨기고 있는 비밀이 중요하다고 생각하지 마세요. 그냥 개인적인 차원의 비밀이에요". 개인적인 차원의 비밀이라니, 그게 대체 무슨 말일까? 정신분석가에게는 바로 그 개인적인 것이 중요한데.[69]

내 메모는 여기까지였다. 그 후 나는 알베르트에게 몇 가지 후속 질문을 보냈다. 알베르트는 알고 있었다시피 막스에 관한 내 작업에 도움을 줄 생각이 없었으므로, 그 질문에 답하지 않겠다고 회신했다. 나로서는 알베르트가 직접 막스에 관한 글을 써낼 때까지 기다리는 수밖에 없었다. 그리고 알베르트는 그건 "막스와 저 사이의 개인적인 이야기"가 될 것이라고 거듭 말했다. 나는 또다시 혼란을 느꼈다. 개인적인 이야기라는 것이 어떻게 막스의 거짓말이라는 주제나 막스가 트라우마로 인해 글을 썼다는 그의 논지와 연결되는 걸까?

모르겠다. 알베르트가 직접 책을 써낼 때까지 우리는 기다릴 수밖에 없다. 하지만 두 사람의 우정에 관해서라면 분명 할 이야기가 있다. 그 우정은 일찌감치 시작되었고, 친밀했으며, 막스에게 일평생 영향을 미쳤다. 그리고 에타가 내게 보여준 사진도 있다. 알베르트와 코키 사이에는 무언가가 있었다. 육체적인 관계는 아니었을 것 같다. 그보다 더 깊은 관계이지 않았을까 싶다. 둘은 서로를 위해, 그리고 서로에 대해 글을 썼다. 글 속에서 일어난 일은 알베르트는 코키가, 코키는 알베르트가 되는 일에 가까웠다. 두 사람은 『현기증. 감정들』에서 "흡사 형제지간 같았고 저들의 순진함에서 자유로워지는 방법을 알지 못했던"[70] 한 쌍의 살인범처럼 서로에게 의존했다. 사랑을 공포와 연결하는 W. G. 제발트의 상상 속 형제 뒤에는 알베르트와 코키라는 유령이 떠돌고 있다.

알베르트가 촬영한 코키의 사진, 1964~1965년 겨울 학기.

11장

프리부르, 1965-1966

1965년 9월 프리부르로 향하는 코키에게 1928년판 베데커
스위스 여행책을 건네는 상상을 해본다. 오늘날에 본대도 도움이
될 것이다. "프리부르, 독일어로 프라이부르크는 프리부르주—옛
이름은 위히틀란트—의 주도로 사린강이 형성한 가파른 반도에
무척 아름다운 그림처럼 자리해 있다"라는 글귀를 코키가
읽는다. "성벽과 탑, 교회와 수녀원, 박공과 포탑이 남아 있는
집, 16~17세기의 무수한 분수 등 중세의 특징을 경이로울 만큼
오롯이 간직하고 있다."[1]

코키는 기차에서 내려(새 역사가 아직 개장하지 않은 때였다)
베데커의 지침을 따라 "동쪽에서 마을과 사린 계곡을 조망할 수
있는 대광장인 '그랑' 플라스 쪽으로 좌회전한다". 그런 다음 뤼
드 로몽을 따라 생피에르 광장까지 걸어가면 "S. E. 모퉁이에 (…)
아랫마을로 향하는 케이블카 선로"가 보인다. 코키는 케이블카를
타지 않고 "루트 데 알프나 뤼 드 로잔[이하 로잔 거리]을 통해"

아래로 내려갈 수 있다는 사실을 파악한다. 로잔 거리는 게르트루트와 장폴이 사는 곳이므로 코키는 그리로 내려가기로 한다. 위에서 왼쪽을 보면 이듬해 대부분의 나날을 보내게 될 대학으로 이어지는 길이 있다. 로잔 거리 아래에서 코키는 다음과 같은 글귀를 읽는다. "라임나무가 있는 플라스 뒤 티유월PLACE DU TILLEUL[라임나무 광장]. 전통에 따르면 이 라임나무는 모라 전투가 끝난 저녁, 한 병사가 스위스 연방군의 승전 소식을 전하며 가져온 나뭇가지에서 자라났다." 하지만 그가 있는 곳은 여기, 플라스 뒤 티유월 바로 앞 왼쪽에 위치한 11번지다. 코키는 베데커 책을 덮고 담배 연기를 약간 내뿜으며—그는 담배를 지나치게 많이 피운다—계단을 올라 다락방이 있는 4층으로 간다. 문이 열리면 거기에 게르트루트가 있다.

2017년 로잔 거리 11번지.
게르트루트의 집은 건물 뒤쪽,
작은 정원 위에 자리 잡고 있었다.

코키는 프리부르[2]의 역사가 12세기부터 시작되었다는 사실을 책을 통해 배운다. 부르고뉴 전쟁 당시 프리부르는 자매 도시 베른과 함께 부르고뉴의 용담공 샤를에 맞서 싸웠다. 베데커의 책에는 부르고뉴 전쟁의 계기가 모라 전투였다고 적혀 있다. 1476년 6월 22일 스위스군이 늑대 무리처럼 샤를의 진영으로 내려와 병사 수천 명을 아래쪽 호수로 몰아넣었고, 프리부르 전설에 따르면 호수는 피로 붉게 물들었다고 한다. 그날 저녁 한 병사가 전장에서 챙긴 라임나무 가지 하나를 가지고 와 마을에 승전 소식을 전했다. 그 가지는 로잔 거리 아래의 광장에 심겼고, 나무로 성장해 거의 500년 동안 꽃을 피웠다. 1816년에 수령이 340년이었던 그 라임나무를 본 바이런은 "상당히 쇠락해 있다"라고 보고했고, 이에 다음에 실린 동판화에서 볼 수 있듯 가지들을 떠받칠 기둥들이 설치되었다.

1476년 모라 전투에서의 승리를 기념하며
프리부르에 심은 라임나무. 1831년의 동판화.

그러나 라임나무는 화재를 비롯한 모든 위기에서 살아남아 1965년까지도 여전히 피비린내 나는 전투의 생생한 기억을 간직한 채 그 자리를 지켰다. 빈프리트는—누이 게르트루트와 사는 동안에는 코키가 아닌 빈프리트였다—그 라임나무를 여러 번 보았다. 그로부터 10년 혹은 15년 후, 라임나무는 결국 20세기 매연의 공격에 굴복하고 만다. 빈프리트가 그 모습을 보았더라도 놀라지 않았을 것이다.

프리부르의 역사는 바위처럼 지층에 보존되어 있다. 그 역사는 대부분 16세기 전에 지어진 집들이 자리한 사린강 반도의 구시가지 아래쪽에서 시작된다. 그런 다음에는 16세기, 17세기, 18세기를 거치며 게르트루트의 집에서 몇 걸음 떨어진 중심부로 거슬러 올라간다. 가파른 언덕 사이 아늑하게 자리 잡은 프리부르는 다리의 도시다. 나무로 지은 가장 오래된 다리에서부터 18세기의 석조 다리, 그리고 오늘날 콘크리트 다리에 이르기까지 이곳에는 총 열네 개의 다리가 있다. 또한 베데커가 알려주듯 프리부르는 교회와 수도원, 중세 성벽과 탑(이 또한 총 열네 개다), 분수의 도시다. 이를테면 삼손, 사마리텐[사마리아], 바양스, 생안, 생피에르, 생장 분수, 그리고 로잔 거리에서 가장 가까우며 오텔 드 빌 광장에 위치한 생조르주 분수가 있다. 빈프리트는 결국 생조르주[독일어로 게오르크] 분수를 피하지 못한 듯하나, 프리부르식으로 구현된 조르주라면 그도 개의치 않았을 것이다.[3]

장폴보다 프리부르인 같은 사람은 없었다.[4] 애비서는

프리부르에서 가장 흔한 성 가운데 하나였다. 프리부르에서
노동계급은 아래쪽에, 즉 구시가지에 거주했고, 장폴은 그
구시가지에서도 도시를 설립한 가문의 이름을 딴 체링겐 다리
밑에서 태어났다. 장폴의 부모는 각각 열여섯 명의 형제자매가
딸린 가난한 가정 출신이었다. 장폴의 아버지 에티엔은 열 살에
학교를 그만두고 평생 건설 노동자로 일했고, 어머니 아나는
어떻게든 돈을 더 벌어 대가족을 먹여 살리기 위해 윗마을
부자들에게서 빨랫감을 받아 일했다. 딸 하나, 아들 다섯 가운데
장폴은 막내아들이었다. 장폴이 태어난 지 얼마 되지 않아 가족은
이번에도 구시가지에 위치한 플라세 프티 생장(생안 분수가
자리한 곳)으로 이사했고, 거기서 장폴이 여덟아홉 살이 될 때까지
살았다. 그 후에는 언덕을 올라 위쪽 마을로 이사해 브뤼니숄츠
가문의 이웃이 되었고, 그곳에서 1959년 장폴과 게르트루트의
만남이 성사되었다. 1965년 당시 두 사람은 장폴이 태어난
다리에서 불과 몇 분 거리에 위치한 도시 중심부에 살고 있었다.

이 모든 사실이—겹겹이 쌓인 프리부르의 역사, 장폴의
뿌리 등—빈프리트에게는 달가웠을 것이다. 그의 주변에서
들리는 언어도 마찬가지였을 것이다. 현지 독일어 방언인 젠슬러
독어 Senslerdeutsch 는 알고이어와 마찬가지로 알레만어에 속하며,
프리부르는 알고이보다 더 국경에 인접한 시골로, 언어적으로
독일어와 프랑스어의 경계에 걸쳐 있다. 1965년 대학에서는 두
언어로 공부할 수 있었고 지금도 그러하다. 빈프리트는 논문을
독일어로 작성했으나 장폴이 확고한 프랑스인의 정체성을

갖고 있어 독일어는 전혀 사용하지 않았던 까닭에 집에서는
대체로 프랑스어로 말했다. 마리의 말에 따르면, 막스가 구사한
프랑스어에는 그 후에도 평생 스위스의 색깔이 묻어났다.

　1965년 가을 게르트루트와 장폴은 빈프리트가 도착한 지 몇
주 만에 첫아이를 낳았다.[5] 그들이 거주한 다락방은 성인 셋은
고사하고 둘이 살기에도 비좁았다. 그러나 아기 솔베이그의
대부였던 빈프리트는 처음부터 솔베이그를 사랑했고, 그와
장폴은 오랫동안 서로를 아껴온 사이였다. 그래서 그는 무리 없이
이 작은 가족의 삶에 스며들었다. "마치 어린 시절을 다시 사는
것 같았어요"라고 게르트루트는 말한다. 빈프리트와 게르트루트
에게 더없이 행복한 시간이었다.

　게르트루트의 집에 머무는 동안 빈프리트는 침대 하나와
작은 테이블 하나, 그리고 의자만 겨우 들어갈 수 있는 가장 작은
방에서 지냈다. 낮에는 수업을 듣고 대학 도서관에서 일했다.
저녁부터 깊은 밤까진 방에서 논문을 썼고, 그러고 있는 동안 옆
거실에서는 장폴이 연주회를 앞두고 연습을 했다. 장폴에게는
생업이 있었지만 그의 열정과 다년간에 걸친 연습은 음악을
향해 있었다. 그는 하이든의 「사계」, 모차르트의 「돈 조반니」
중 「그녀 마음의 평안을 위하여」, 도니체티의 「남 몰래 흘리는
눈물」 등등의 곡에 수록된 테너 아리아를 불렀고, 빈프리트는
논문 주제에 대해 펜이라는 무기로 격한 공격을 퍼붓는 중간중간
장폴의 노래를 들으며 미소를 지었다.†

　빈프리트가 조카를 통해 느낀 기쁨은 좀더 예측하기 어려운

부분이었다. 게르트루트가 파리에서 오페어로 일하던 시절 그는 일로서 돌보아야 할 꼬맹이들에게 둘러싸인 게르트루트를 경악스러운 눈빛으로 빤히 쳐다보았고, 그 후로 아이들에게 다정함이란 조금도 내비친 적이 없었지만, 확실히 솔베이그는 달랐다. 솔베이그가 태어났을 때 빈프리트는 「아이들의 노래Kinderlied」라는 짧고 서정적인 시를 한 편 썼다. 아이에 대한 언급은 전혀 없고 구슬프면서도 우울한 분위기가 흘러서("날이 들판을 향해 가라앉는다"라는 시구로 시작한다) 제발트다운 신비로움을 갖춘 시였다. 그러나 밤하늘에 흩뿌려진 별들이 "수천 마리 나비"처럼 손에 잡히는 이미지가 그려지는 그 시는 제발트의 작품답게 아름답기도 했다. 오늘날 그 시를 소중히 간직하고 있는 게르트루트와 솔베이그는 구태여 그 의미를 설명하려 하지 않는다. 그것이 시를, 특히 W. G. 제발트의 시를 대하는 가장 좋은 방법이기에.

빈프리트는 솔베이그가 생후 몇 주쯤 되었을 때 게르트루트의 집에 와서, 한 살을 갓 넘겼을 때 그 집을 떠났다. 게르트루트가 장폴의 공연을 보러 가거나 두 사람이 주말에 프리부르에서 열리는 길거리 무도회에 춤을 추러 가면 빈프리트가 솔베이그를 돌보았다. 장폴은 어린 시절 들은 이야기 가운데 한 소년과 호박벌이 나오는 「외스타슈와 꿀벌 붕붕이의 모험Les aventures d'Eustache et du Bourdon Bzz」을 떠올리며 당시 턱수염을 길렀던 빈프리트를 외스타슈라고 불렀다.⁶ 그래서 그 시절 빈프리트는 자기를 외스타슈 콧수염이라고 불렀고,

자기 콧수염을 직접 잡아당기면서 솔베이그에게 콧수염을
잡아당겨보라고 했다. 어느 날 아침에는 솔베이그가 한참을
울었다. 게르트루트는 아이를 그냥 내버려둘 참이었는데
빈프리트가 가 보니 아이가 침대에서 떨어져 있었다.
게르트루트는 "그러니까 고통스러워하던 아이를 빈프리트가
구해줬던 거예요"라면서 "빈프리트는 늘 모두를 위해 그러려고
했죠"라고 말한다.

1966년, 솔베이그와 외스타슈 콧수염.

프리부르에 머무는 동안 빈프리트는 부단히 일했다. 그래서
여가 시간이 거의 없었는데 그럼에도 돈은 넉넉지 않았고,
게르트루트가 회상하기를 빈프리트가 누나네 집에 머물고 있다는
이유로 그 무렵에는 게오르크가 주는 용돈도 줄어든 상태였다.
그리고 장폴은 포장 회사 디자이너 일을 갓 시작한 터라 초봉을
받고 있었다. 그렇다 보니 늘 돈이 부족했다. 이 작은 가족은 세상

사람들 말대로, 가난하지만 행복했다. 아니, 더 제대로 표현하자면 행복하지만 가난했다.

그 결과 그들은 많은 것을 할 수 없었다. 이따금 애비서 부부의 작은 르노를 타고 인근 호수로, 짐작건대 모라 호수나 막스가 1965년 9월 처음 목격했을 때 "전율하는 빛이 흘러 넘치는"[7] 물 한가운데에 생피에르섬이 있었다고 말한 비엔 호수로 가서 수영을 했다. 그들은 길거리를 거닐며 시간을 보냈다. 걷기에는 돈이 들지 않았다. 또 『미들마치』에서 도로테아를 흐느끼게 만든 장엄한 소리를 내는 유명한 오르간이 설치된 성 니콜라스 대성당을 비롯해 프리부르의 많은 교회도 둘러보았다. 그들은 자그마한 합창 반주용 오르간도 좋아했다. 그 오르간을 만든 사람이 뉘른베르크의 제발트 만더샤이트*임을 알았더라면[8] 빈프리트는 훨씬 더 흡족해했을 것이다.

수중에 돈이 없어도 너무 없다 보니, 그들은 공연이나 전시회를 보러 가지 못했다. 게다가 게르트루트는 "1960년대에 프리부르는 지루하기 짝이 없는 곳"이었다고, 대단한 흥미를 끌 만한 것이 전혀 없었다고 말한다. 음악 감상은 라디오와 장폴이 거실에서 펼치는 리허설로 만족해야 했다. 유일한 오락거리는 값이 저렴한 영화관 나들이였다. 아이 솔베이그가 있었으므로 다 같이 영화관에 갈 수는 없었지만, 빈프리트 혼자서 혹은 뜻이

---

* 뉘른베르크 출신의 역사적인 오르간 제작자로 17세기 중반 프리부르 지역에서 주로 활동하며 성 니콜라스 대성당의 오르간과 부르주아 병원 예배당의 오르간 등을 제작했다.

맞으면 친구들과 함께 영화를 보러 다녔다. 1965~1966년에
프리부르에서 상영된 영화 중에는 1960년대 초에 매우 유명했던
작품들이 있었다. 훗날 막스는 그중 많은 영화를 언급했는데
페데리코 펠리니의 「영혼의 줄리에타」, 장뤽 고다르의 「미치광이
피에로」, 프랑수아 트뤼포의 「부드러운 살결」을 비롯해 앨프리드
히치콕의 가장 무시무시한 두 작품 「사이코」와 「새」 모두 그때
보았을 가능성이 높다.[9] "우리는 히치콕을 좋아했어요"라고
게르트루트는 말한다. 내가 생각해도 빈프리트가 히치콕의
영화를 놓치는 것은 상상이 안 된다.

빈프리트는 홀로 도시를 탐험하면서 장폴의 카메라로 사진을
찍거나 고물상과 벼룩시장을 뒤지며 오래된 엽서를 찾기도
했는데, 후자는 그즈음 시작된 취미인 듯하다. 1965년까지만
해도 폐허로서의 도시에 대한 그의 생각에는 복원만 끼어들 수
있었다. 프리부르가 간직한 훼손되지 않은 고대의 아름다움은
분명 그에게 모종의 계시처럼 느껴졌을 테고, 사방의 평화로운
농경지와 주변의 눈 덮인 산들도 마찬가지였을 것이다. 스위스의
경관은 그의 작품에서 가장 아름다운 풍경 중 하나이자 가장
초현실적인 사건이 일어나는 장소이기도 하다. 스위스를 향한
사랑, 특히 제네바와 베른 사이에 있는 장소들을 향한 사랑은
빈프리트가 프리부르에서 보낸 시간에 뿌리를 두고 있다.

빈프리트는 그즈음에야 안도의 한숨을 내쉬며 가족으로부터
벗어났지만 물론 게르트루트가 꾸린 가족은 예외였다. 게다가
장폴은 그를 미치게 만드는 부르주아적 허세를 전혀 갖고 있지

않은 확실한 노동자 계급 출신이었다. 빈프리트는 장폴의 가족 모두를, 특히 장폴의 큰누나 자네트와 우체부였던 큰형 조제프, 그리고 빈프리트가 사랑한 할아버지처럼 검소하고 조용했던 그들의 아버지 에티엔을 좋아했다.

그래도 가장 행복한 시간은 집에서 보내는 시간이었다. 긴긴밤을 보낸 후 빈프리트와 게르트루트는 10시에 커피와 크루아상으로 아침 식사를 했고, 목요일이면 대학에서 아침 일찍부터 수업이 있었으므로 좀더 이른 시간에 하루를 시작한 후 집으로 돌아오는 길에 프레첼처럼 소금이 붙어 있는 작은 갈색 롤빵 질저브뢰천 Silserbrötchen 을 샀다. 저녁 식사는 간소했다. 그들은 로잔 거리 꼭대기에 위치한 시장 광장에서 산 채소, 그리고 주말에는 장폴이 잡은 송어로 끼니를 해결했다. 이따금 장폴과 빈프리트는 게르트루트의 요리에 보탬이 되고자 버섯을 채취하러 갔다. 빈프리트는 담배를 끊었고, 대신 잠자리에 들기 전 위스키를 조금 마시는 습관을 들였다. 장폴은 술을 거의 마시지 않았지만, 게르트루트는 빈프리트의 밤술을 나눠 마셨다. 그렇게 둘은 하루를 함께 시작하고 함께 마무리했다.

1960년대 중반까지도 프리부르는 여전히 매우 보수적인 가톨릭 중심의 도시였고, 심지어 프라이부르크나 존트호펜보다 더 그랬다. 하나 한 가지 큰 차이가 있었다. **빈프리트와 아무 상관이 없었다는 것.** 존트호펜의 가톨릭 신앙은 어머니의 모습으로 그를 지배했고, 막시밀리안하임에서는 당국이 빅브러더처럼 늘 보이지 않는 곳에 잠복해 있었다. 세 젊은이가 함께 사는 로잔

거리 11번지에서는 빈프리트를 통제하려 드는 사람이 아무도
없었다. 빈프리트에게 그 어떤 것보다 우선적인 욕구가 있었다면
그건 자유였다. 학문적 규칙, 문학적 규칙, 모든 규칙으로부터의
자유. 결국 빈프리트는 그런 규칙에서 자유로울 수 없었는데,
그건 모두에게 불가능한 일이었다. 하지만 그의 삶에서 자유로운
시절이 있었다면 그때가 유일했다.

솔베이그와 함께 있는
게르트루트와 장폴, 1965년.

대학도 빈프리트에게 잘 맞았다.[10] 학교는 학생 수가 5000명
정도밖에 되지 않는 작은 대학으로, 프리부르라는 도시처럼
인간적인 규모였다. 빈프리트는 대단한 관심이 생기지 않는 철학
과목을 계속 수강해야 했지만 영문학과, 그리고 무엇보다 그의
전공이었던 독문학은 무척 흥미로웠을 것이다. 예컨대 독문학
과목 중에는 표현주의 이후 문학에 관한 강의[11](마침내 바이마르
시대를 넘어서고 있었던 것이다!)와 독일 소설의 태동에 관한 강의도

있었다. 그리고 독일어 희곡의 역사에 관한 강의도 적어도 하나
이상 있었다. 극작가 여덟 명 중 여섯 명이 오스트리아인이었으니
사실상 오스트리아 희곡 역사이기는 했다.

연말에 치러지는 구술시험 주제로 희곡을 택한 것을 보면,
빈프리트는 이 분야에 특별한 관심이 있었던 듯하다.[12] 분명
오스트리아 희곡에 대한 관심을 촉발한 사람이 있기도 했다.
그게 누구인가에 대해서는 의심의 여지가 없다. 바로 독문학 교수
에른스트 알커였다.[13]

놀라울 것도 없지만 알커는 오스트리아인이었다. 1965년에
70세였던 알커는 프라이부르크대학의 복도에서 빈프리트를
불안에 떨게 만든 나이 많은 교수와 비슷한 부류에 속했다.
그러나 알커는 정체가 모호한 교수들과는 정반대였다.
그는 네덜란드에서 박사학위를 취득했다. 1930년대 초에는
라이프치히와 본에서 일했으나 히틀러가 권력을 잡은 직후
그가 몸담았던 두 기관이 모두 폐쇄되자 스웨덴으로 이민을
떠났다. 그곳에서 그는 반나치 노르웨이 작가 시그리드 운세트를
지지했고 1935년에는 민족주의 문학『피와 흙 *Blut und Boden*』을
비판하는 에세이를 고국에서 발표했다. 그때부터 그는 나치
정권의 공공연한 적이 되었다. 1944년에는 독일 시민권을
박탈당했고* 2년 후에는 스웨덴 시민이 되었다. 그는 독일로도,
오스트리아로도 다시 돌아가지 않았다. 그 대신 1946년 스위스로,

---

* 　오스트리아는 합병 Anschluss[1938년 나치 독일이 오스트리아를 합병한 사건]
이후 독일의 일부가 되어 있었다.—지은이

프리부르대학으로 자리를 옮겼다.

빈프리트를 가르친 교수이자 그의 논문 지도교수가 된 사람, 프리부르대학 시절의 핵심에 자리한 스승이 바로 알커였다. 알커는 빈프리트와 다른 면에서도 마음이 잘 맞았을 것이고, 어쩌면 막스의 동료 리처드 셰퍼드의 말처럼 영혼의 단짝에 버금가는 사람이었을지도 모른다.[14] 독문학자로서 알커는 19세기를, 무엇보다 고트프리트 켈러와 아달베르트 슈티프터, 그리고 후고 폰 호프만슈탈과 프란츠 카프카처럼 쇠퇴하는 합스부르크 제국의 작가들을 집중적으로 연구했는데, 이들은 전부 빈프리트가 애호하는 작가가 된다. 그리고 당대 대부분의 독문학자들과 달리, 빈프리트처럼 알커는 문학은 필시 사회적 맥락 속에서 연구되어야 한다고 믿었고, (앞으로 살펴보겠지만) 학생들이 전기를 집필하는 방식으로 논문을 작성해도 이를 조금도 못마땅해하지 않고 수용했다.

알커는 독실한 가톨릭 신자였지만 독선적이지 않았고 사생활을 중시했다. 그는 누구에게도 자신의 종교를 강요하지 않았다. 개인적인 차원에서 보면 그는 촌스럽고, 공손하고, 매력적인 빈 출신 사람이었다. 다른 많은 망명자처럼, 그리고 먼 훗날 빈프리트처럼, 고향에 머문 사람보다 고향을 잃은 사람들이 살아가는 방식을 마음속 깊은 곳에 훨씬 더 크게 간직한 사람이었다. 그는 반어를 즐기고 조롱도 일삼는 빈 출신 특유의 유머 감각도 갖고 있었다. 이런 특성은 빈프리트의 내면 깊숙한 곳에도 자리 잡고 있었고, 수년 후 그의 학생과 동료 들이 그에게서 발견하게 되는 면모이기도 했다. 빈프리트에게 이 오스트리아 출신 교수가 롤 모델이었다면, 셰퍼드가 예리하게 지적하듯 그 이유는 알커라는 본보기가 빈프리트에게 이미 내재해 있던 것을 이끌어냈기 때문일 것이다. 롤 모델이 할 수 있는 것은 어쩌면 그게 전부인지도 모른다.

빈프리트의 다른 두 교수는 스위스인과 영국인이었는데, 모두 파시즘에 물들었을 가능성이 적었고 실제로도 그러했다.

문헌학(그러니까, 중세 언어와 문학)을 가르친 에두아르트 슈투더[15]는 빈프리트가 프리부르에 도착했을 때 갓 정교수가 된 최연소 교수였다. 그는 현지 젠슬러 방언 철자법에 관한 책을 집필했는데, 이는 필시 학창 시절부터 알고이어로 글을 쓰는 활동에서 즐거움을 느낀 이 젊은 학생에게 매력적으로 다가왔을 터였다. 그러나 슈투더의 평소 관심사인 중세 언어는 그다지 빈프리트의 흥미를 끌지 못했다. 슈투더가 작성한 최종 보고서에 따르면 빈프리트는 "세미나에 적극적으로 참여함으로써 두각을 나타냈다".[16] 그러나 빈프리트도 막스도 상상력을 자극하지 않는 분야에는 온전히 뛰어들 수 없는 사람이었다. 구술시험 성적은 '양호'와 '보통'에 그쳤고, 문헌학에서는 2등급에 머물렀다.

프리부르대학에서 빈프리트의 영문과 교수였던 제임스 스미스는 아마 빈프리트가 로널드 피콕 이후 처음 만난 영국인이었을 것이다. 빈프리트는 그때도 나중에도 제임스에 대해서는 언급한 적이 없으므로[17] 그가 스미스에 대해 얼마나 잘 알고 있었는지는 가늠하기 어렵다. 그러나 많은 면에서 스미스도

빈프리트와 영혼의 단짝 같은 존재였고, 따라서 빈프리트가
그런 면에 반응했을 가능성이 높다. 빈프리트에게는 스미스와의
만남이 매우 영국적인 우울과의 첫 만남이었다.[18]

스미스의 출신 배경은 빈프리트의 영국 버전과도 같았다.[19]
그는 지방 중학교 출신으로, 당시(스미스는 1904년에 출생했다)
거의 상류층의 본거지와 같았던 케임브리지 트리니티칼리지에
장학생으로 입학했다. 대학생 시절에는 현대 언어 과목에서
두 번이나 수석을 하며 두각을 나타냈다. 그러나 그 후
트리니티칼리지에서 연구 장학금을 받는 데는 실패하고 말았다.
케임브리지대학 서어서문학과 교수 에드워드 윌슨은 친구
스미스를 회상하며 "그것이 그의 삶에서 가장 낙담스러운
일이었다"라고 쓴다.[20]

스미스는 트리니티칼리지 대신 방문 연구원 자격으로
프린스턴으로 갔다. 이 또한 화려한 대학 경력의 시작처럼
보이지만, 어떤 이유에선지 그의 경력은 그곳에서 끝이 났다.
그는 대신 중학교에서 아이들을 가르치며 T. S. 엘리엇이 발행한
[문예지] 『크라이티어리언 *Criterion*』과 F. R. 리비스가 발행한
『스크루터니 *Scrutiny*』에 에세이 여섯 편을 발표했다. 그리고
전시戰時에는 카라카스에 위치한 영국문화원 원장으로 해외에
머물렀다. 1946년에는 케임브리지로 돌아와 강의를 시작했지만,
대학에서 정규직 일자리를 얻지는 못했다. 그가 그런 처지에
놓여 있던 1947년, 프리부르대학에 영문과 교수직 공고가 떴다.
리비스와 엘리엇 모두 프리부르에 스미스를 적극 추천하는

추천서를 보냈고, 그렇게 스미스는 일자리를 얻었다.

스미스는 프리부르를 마음에 들어했고, 훌륭한 교수였다. 그러나 월슨이 쓴 바에 따르면 시간이 흐르면서 "프리부르는 그에게 별다른 행복을 가져다주지 못했다".[21] 그는 지독하리만치 성실하게 강의와 부가 수업을 준비하다 소진되기에 이르렀고, 그러다 보니 자신이 하고 싶었던 글쓰기에 할애할 시간조차 갖지 못했다. 1965년 가을 빈프리트가 그를 만났을 즈음에는 암브로스 아델바르트처럼 속이 텅 비어버린 상태였다. 스미스는 1969년 은퇴 후 마지막으로 케임브리지로 돌아갔다가 그곳에서 3년 후에 사망했다.

유망한 시작과 몇 차례의 망명생활이 뒤얽힌 이상한 이야기다. 스미스에게 벌어진 모든 일은 첫 번째 타격에서 결국 회복되지 못한 결과였을까? 아니면 스미스는 일종의 양심적 병역 거부자, 다만 전쟁뿐만 아니라 성공에도 저항하는 사람이었을까? 그것도 아니면 그저 쾌락에, 특히 자기 자신을 위한 쾌락에 저항하는 사람이었을까? 내가 생각하는 영국적 우울이란 바로 이런 것이다. 프리부르에서 빈프리트의 글쓰기 소재 중 하나였던 셰익스피어의 자크나 빈프리트가 거의 평생 동일시했던 햄릿의 우울. 혹은 말년에 막스 자신이 느낀 우울 말이다. 빈프리트가 제임스 스미스에게서 이런 우울을 한 번이라도 목격했다면 알커만큼이나 스미스도 좋아했을 것이다.

빈프리트는 스미스의 강의 가운데 적어도 하나 이상의 셰익스피어 강의와 19세기 소설에 관한 강의를 수강했다.

스미스는 두 수업의 시험에서 빈프리트의 답안을 채점했고
만족감 이상의 감정을 느꼈다. 그는 "이 응시생은 장편소설가이자
단편소설가로서 허먼 멜빌을 매우 지적으로 설명했다"라고 썼다.
"그의 판단 중 일부는 독창적이었다. 에밀리 브론테의『폭풍의
언덕』에 관한 글도 마찬가지였다." 그는 빈프리트에게 1등을
주었다.[22]

빈프리트가 프리부르대학에서 한 주요 작업은 알커와의 학위
논문mémoire 작성이었다. 타자기로 장장 60쪽에 이르는 분량을 써
내려간 이 논문은 말하자면 그의 첫 장편이었다. 그는 9월 혹은
10월에 논문을 쓰기 시작해 5~6개월 후인 3월 초에 제출했다.[23]
　　논문 주제는 언뜻 보면 놀랄 만했다. 그가 연구한 카를
슈테른하임[24]은 1942년에 사망한 후 거의 잊힌 20세기 초의
풍자극 작가였다. 그러나 1963년 작품의 개정판이 처음
출간되면서 슈테른하임의 부흥이라 할 만한 일이 벌어졌다.[25]
당연하게도 빈프리트는 알커에게 자문을 구했고, 알커는
자신의 독일 문학 관련 저서에 쓴 것처럼 슈테른하임은 좋은
선택이 아니라고 말했을 것이다. 슈테른하임의 인물들은
정형화되어 있었고, 줄거리는 신뢰성이 떨어졌으며, 사용하는
언어는 인위적이고, 풍자는 애매모호했다. 그렇다면 과연
무엇이 빈프리트를 사로잡았던 걸까? 슈테른하임이 유대인의
피가 절반 섞인 사람이었다는 사실, 그가 유대인 출신이며
사회를 풍자했다는 이유로 제3제국 시대에 그의 작품이 금서가

되었다는 사실?[26] 한데 빈프리트는 슈테른하임을 옹호하려 들지
않았다. 오히려 알커의 문학적 무관심을 새로운 차원의 파괴로
격상시키면서 아도르노와 벤야민의 사회적, 심리적 접근법을
채택해 슈테른하임의 개인적 도덕성을 강력하게 비판했다.
그러니 제3제국의 희생자를 방어하기는커녕 무자비하게
공격했다고 볼 수 있다. 대체 무슨 일이 있었던 걸까?

우선, 그건 그냥 그가 하던 일이었을 뿐이다. 그의
초창기 학문적 글쓰기는 1980년대까지 거의 다 비판적이고
공격적이었다. 그는 모든 것에 반대하는 방식으로 자신의
입지를 다지고 있었다. 이는 64그룹이 남긴 유산이기도 했지만,
무엇보다 "사전에 계획했다시피 한 무지"를 방법으로 삼고 이를
지지한 선구자들 상당수가 미심쩍은 배경을 가지고 있었던
제도권의 독일어 문학을 향한 진심 어린 분노에서 비롯되었다.
저명한 독문학자가—빌헬름 엠리히가 슈테른하임의 개정판을
두고 그랬듯—슈테른하임을 선전하기라도 하면, 빈프리트는
반사적으로 그 반대편에 섰다. 빈프리트의 논문이 겨냥한 첫
표적은 그가 서두에 명확히 밝혔듯 카를 슈테른하임이라기보다는
기성 독문학계였다. "이 연구의 목적은 독문학자들이 형성한 현재
슈테른하임에 대한 이미지를 바꿔놓는 것이다."[27]

그렇더라도 두 번째 표적은 물론 슈테른하임이었다.
슈테른하임의 희극은 독일에서 보수주의, 군국주의, 융커 지배가
절정에 달한 빌헬름 시대의 부르주아를 풍자했다.[28] 하지만
빈프리트의 주장에 따르면, 슈테른하임의 문제는 당시 많은

유대인이 그랬듯 단지 사회에 완전히 동화되는 것에 그치지 않고 유대인이라는 자신의 뿌리까지 버려가며 스스로 비판하고자 했던 잘못된 가치 체계를 받아들이는 것 이상의 행보를 보였다는 데 있었다. 그 결과 그의 풍자는 기술적으로는 능숙하나 뼛속 깊이 양가적이었으며, 알커가 지적한 다른 여러 허점도 내보였다. 슈테른하임의 희곡은 진정한 윤리적 가치에 기반하지 않았고, 그러므로 조너선 스위프트나 카를 크라우스의 작품처럼 진정한 풍자라고 볼 수 없었으며, 그런 진정한 풍자처럼 작품이 쓰인 시대를 초월해 살아남을 수 없었다.

그러므로 빈프리트의 공격 대상은 융커식 가치관, 그리고 그것을 받아들인 슈테른하임이었다. 사실상 빈프리트는 유대인 혈통을 버렸다는 점, 그리고 프로이센 귀족 계급의 원형인 독일인 혈통을 취했거나 취하고 싶어했다는 점에서 슈테른하임을 두 차례 비판한다. 그러니 빈프리트는 사실상 늘 해오던 일을, 독일의 반유대주의자[29]를 공격하는 일을 했던 셈인데, 이번에는 그 대상이 유대인이었다는 점이 예외였다.

슈테른하임에 대한 빈프리트의 평가가 옳은지 그른지는 그리 중요하지 않다.[30] 중요한 것은 그의 첫 번째 주요 학술 저작이 향후 그가 보이는 모든 행보를 담지하는 듯하다는 사실이다.[31] 그의 저작은 논쟁적이고, 과장되었다 싶을 정도로 극단적이며(여기에서도 64그룹의 유산이 엿보이지 않는가!), 기성 독문학계를 공격하고 도발하기 위해 작성되었는가 하면, 작가의 전기에 대단히 집중한다. 하나 어쩌면 가장 중요한 사실은

문학이, 문학 비평 자체가 윤리적 활동이며 도덕적 가치 문제와
분리할 수 없다는 주장을 그가 펼친다는 점이다. 문학작품을 그
작품이 구현하는 가치와 분리해 판단한다는 것은, 작품이 탄생한
역사와 사회로부터 그것을 분리해 판단하는 것만큼이나 잘못된
일이다(그리고 이 둘은 보통 같은 일이기도 하다). 게다가 그러한
가치는 저자만이 부여할 수 있으며, 저자가 실제로 그 가치를
실천할 때에만 진정성을 갖출 수 있다. 어떤 가치를 거짓으로
주장하면, 그 거짓이 작품에 드러나게 돼 있다. (빈프리트는 훗날
작가로서 겪는 가장 큰 논쟁 중 하나에서 이 주장을 또다시 펼친다.)

이 모든 방식은 당시에도 그랬고 지금도 여전히 학문적
규범에 반하는 것이었다. 작가와 텍스트를 동일시하고, 미학과
윤리를 동일시하며, 이 두 가지 이단적인 생각을 통해 역사와
전기를 문학 연구의 중심에 두는 방식 말이다. 빈프리트는 학술
비평이라는 세계로부터 가급적 거리를 둘 수밖에 없었고, 계속
그런 입장을 견지했다.

빈프리트는 알다시피 한 가지 중요한 이유로 학술
비평에서 독일 학계 바깥에 머물고 싶어했다. 그는 이 세계에
오랫동안 몸담은 연장자 대부분이 나치즘에 의해 오염되었다고
생각했다. 그리고 슈테른하임의 편집자이자 선전자였던 빌헬름
엠리히와 대립각을 세우는 동안, 그는 자신이 얼마나 옳았는지
알지 못했다.[32] 엠리히는 진보적이라는 명성을 가진 저명한
학자였지만, 제3제국 시기에는 단순히 동조자 정도가 아니라
괴벨스의 선전부에서 일하는 적극적인 나치였다. 그는 한스

슈나이더라는 본명으로 나치 친위대의 고위 장교로 활동했으나 [이후] 스스로를 한스 슈베르테라고 칭하고 다닌 한 원로 독문학자의 슈테른하임 부활 작업에 동참했다.

이 모든 사실은 나중에 밝혀졌을지언정 기성 독문학계에 대한 빈프리트의 의구심이 터무니없는 공상과는 거리가 멀었음을 보여준다. 또한 거울의 방처럼 왜곡된 전후 독일 세계를 조명하는 또 다른 사실도 보여준다. 바로 잊힌 유대인 작가를 헌신적으로 부활시킨 자들이 사실상 자신의 행적을 감추려 한 늙은 나치주의자들이었던 반면, 그 유대인 작가를 신랄하게 공격한 젊은 학생 빈프리트는 스스로 반유대주의자가 아니었기 때문에 그런 공격을 가할 수 있었다는 사실 말이다.

빈프리트가 쓴 「카를 슈테른하임에 관하여 Zu Karl Sternheim」는 학술 비평의 방법론적 규범뿐만 아니라 형식적 규범도 깨부수었다. 비록 철자법처럼 개선해야 할 기본적인 요소들이 있기는 했으나, 이는 빈프리트의 후기 작업을 예견하기도 한다.

리처드 셰퍼드는 학문적 관점에서 빈프리트의 논문이 실패작인 이유를 다음과 같이 요약한다. "부주의하고 일관성 없는 각주, 부정확하고 선택적이며 편향적인 인용, 구두점 사용과 일관적인 철자법 및 독일어 문법의 엄격한 규칙에 대한 부주의함, 훈계하는 어조, 근거 없는 일반화된 견해, 수많은 2차 문헌을 읽으려 하지 않는 태도 (…)"33

이는 상당히 중대한 지적에 해당되며, 대부분의 학생은 이런

평가를 받는다면 필시 낙제했을 것이다. 그러나 빈프리트는
낙제를 면했고 W. G. 제발트도 실패를 면했다. 세퍼드는
이러한 결함이 단순히 글을 대충 써서 나타난 결과가 아니라
"[빈프리트의] 저항적인 입장을 보여주는 신호""비평가로서
기존의 권위를 무시하고 철저히 주관적인 태도를 취할 권리"를
의도적으로 내세운 결과라고 주장한다.[34] 분명 맞는 말이다.
다만 막스가 학창 시절 철자법을 배우는 데 어려움을 겪었다고
말한 걸 생각할 때 적어도 어느 정도는 그런 결함을 장점으로
승화시켰다고도 볼 수 있을 것이다.[35] 그러나 빈프리트는
시대를 잘 타고나기도 했다. 1960년대와 1970년대 대학,
적어도 영국 대학은, 그리고 스위스 대학은 확실히 규칙을 깨는
유별난 행위에 오늘날보다 더 관대했다. 「카를 슈테른하임에
관하여」에 대한 알커의 평가는 긍정적이면서도 냉정했다. 그는
빈프리트의 논문이 "비판적인 통찰과 그런 통찰을 명확하게
뒷받침하는 능력"을 보여주었지만, 질적인 면에서는 "성공적인
논문에 다만 근접할" 뿐이라고 썼다.[36] 그럼에도 알커는 이
논문에 최고점을 주면서 숨마 쿰 라우데 summa cum laude[최우수
논문상]를 수여했다. 나중에 맨체스터에서도 같은 일이 벌어진다.
빈프리트(그리고 막스)의 교수들은 그의 학문적 한계, 혹은 저항을
알아차렸으면서도 이를 그리 거슬려하지 않은 듯하다. 근거를
선택적으로 사용하고, 일반화를 동원하고, 인정받을 수 없는
부정확한 인용을 의도적으로 추가했어도 어쨌든 빈프리트의
위대함을 알아본 걸 보면.

빈프리트는 분명 프리부르에 도착한 직후, 혹은 어쩌면 그
전에 맨체스터의―독일어를 가르치는 주니어급―강사직에
지원했을 것이다. 3월 중순[37]에 나온 지원 결과는 합격이었다.
그때부터 그는 자신이 영국에 가게 되리라는 사실을 알았다.
그리고 아델바르트처럼 "내면의 자아를 약간 조정"[38]하는
식으로 준비를 마쳤다. 로잔 거리에서 매일 그를 본 사람은
'몹시 영국인스럽다sehr Englisch'고 생각했다. 그리고 프리부르를
떠날 즈음 그는 아마 결심했을 것이다.[39] 빈프리트 같은
나치식 이름으로 영국에 가지는 않을 것이라고. 그때부터
그는 막스가 되었다. 막스는 '막시밀리안'의 줄임말이었는데
그는 나중에 이것이―공식 서류에서도―자신의 세 번째
이름이라고 주장했다.[40] 하지만 그렇지 않았다. 단지 본인의
선택일 뿐이었다. 빈프리트가 막스를 택한 몇 가지 그럴듯한
이유―막시밀리안하임, 막스와 모리츠라는 장난꾸러기
소년들―를 우리는 알고 있는데, 그 밖에 다른 이유가 있었을
수도 있다. 가장 일리 있어 보이는 해석은 그가 마리에게 들려준
이야기다(다만 이는 30년 후 작가 막스가 한 말이므로 유감스럽지만
사실이 아닐 가능성이 있다). 그는 할아버지의 이름을 따서
요제프라고 불리기를 원했지만 뜻대로 되지 않았다고 마리에게
말한 적이 있었다. 그래서 그는 막스를 택했다. W를 거꾸로
쓴 M에 모음 자리에는 a를 넣고 커다란 미지를 뜻하는 x를 쓴
것이다.[41]

개명은 마법 같은 일이었으나 다음 단계로 나아가기 위한

준비 차원에서는 비교적 잔잔한 변화였다. 하지만 현실은 확실히 달라졌다고 할 수 있었고, 우리는 그의 논문에서 그 실마리를 찾을 수 있다. 그는 자기 출신에서 벗어나려는 욕구가 너무 강하면 슈테른하임의 글처럼 쓸모없는 작품을 생산하게 될 수 있다고 주장했다. 그런데 출신에서 벗어나는 것은 알고이를 떠나 대학에 입학했을 때부터 막스 본인이 해왔던 일 아닌가? 게다가 그런 목표를 달성하기 위해 글쓰기를 동원하지 않았던가? 그렇다 보니 그의 인생 계획은 위험했다. 그 자신도 쓸모없는 작품만 생산하게 될 수 있었으므로.[42] 더 높은 학위를 취득하고 계획 중인 소설을 집필하려 했을 때, 혹은 실제로 그 일에 착수했을 때,[43] 그는 침착을 유지하기는커녕 불안과 불확실성에 시달렸을 것이다.

어쩌면 영국행 비행기에 올라타는 순간 망설였을지도 모른다. 그러나 이미 때는 늦었다. 1964년 7월, 그는 게르트루트에게 보내는 편지에서 일찍이 학기를 마치면 한동안 영국에 가 있고 싶다는 말을 했다.[44] 그러니 영국으로 떠나겠다는 생각은 프라이부르크에서 보낸 첫해 말, 심지어 런던을 잠시 방문했던 1962년 크리스마스 때 싹텄을 수도 있다. 분명 걱정도 되고 갈등도 했겠지만, 마음속으로는 오래전부터 결심한 일이었던 것이다. 1967년 영국에서 새로운 삶을 시작한 그는 할아버지의 켐프텐 시절 일기장 중 한 권을 친구에게 주면서, 시간에 대한 자신의 비전을 요약한 문장 하나를 그 안에 새겨 넣었다. **미래는 과거에 있다.**[45]

12장

소설

막스는 스물두 살에서 스물세 살 사이에 첫 산문을 집필했다.
그로부터 또 한 편의 산문을 쓰기까지는 20년이 걸렸다.

막스가 친구에게 말해준 바에 따르면 첫 산문을 써내기
위해 그는 막시밀리안하임에서 보낸 평온한 시절을, 그곳에서의
마지막 이틀을 회상했다.[1] 글을 쓰는 동안에는 걱정이 앞섰을지
몰라도 일단 완성한 후에는 야심이 다른 감정들을 압도했고
출간에 대한 욕구가 차올랐다. 적어도 반년간, 어쩌면 더 오랫동안
그는 출판사를 찾아헤맸지만 성과는 없었다.[2] 그 후 W. G.
제발트가 되어 유명해졌을 때 그는 이 일을 농담처럼 이야기했다.
"여자친구한테 읽어줬더니 잠들더라고요. 그래서 그냥 접는 게
낫겠다고 생각했습니다."[3]

당시에는 이 최초의 실패를 훌훌 털어버리지 못했다. 그러나
후에는 오히려 다행이라 여겼고, 그 습작이 공개되기를 원치
않았다.[4] 옳은 판단이었다. 그건 **그야말로** 습작이라 제자리에,

그의 기록보관소에 넣어두는 게 마땅하다. 그러나 얼마나 미숙했든 그의 습작은 장차 있을 작가의 탄생을 예견하는 강한 조짐을 풍기는 한편, 거의 여과되지 않은 자서전에 가깝다는 점에서[5] 상당한 흥미를 불러일으키기도 한다.

막스의 습작은 언뜻 보기에는 생동감 넘치는 인물과 상당 분량의 대화로 구성된 평범한 소설 같다. 그러나 그런 첫인상에는 오해의 소지가 있다. 결말에 다다를 즈음이면 독자는 인물이 말만 많았지 행동은 거의 없었다는 사실을 깨닫게 된다. 이 작품은 소설 속 소설로, 주인공은 장장 수천 쪽에 걸쳐 아무 일도 일어나지 않는다는 얘기를 늘어놓고, 작품 속에선 항상 비가 내린다. 이는 분명 영리한 젊은 작가가 소설 전체의 이미지를 보여주기 위해 심어놓은 문학적 장치다. 비에 관한 농담을 제외하면 이렇게 쓰기로 한 건 꽤 정확한 판단이었다. 그 소설은 긴 단편소설 같기도 하고, 시 같기도 했다(그리고 막스는 오랫동안 시를 놓지 않았다). 사진처럼 순간을 포착해내는.

　'그 소설'이라고 했지만 사실 이 소설은 두 가지 버전[6] —즉 동일한 인물과 장면을 담고 있지만 순서와 전개 방식이 서로 다른 두 버전—이 존재한다. 개작한 버전이라 할 수 있는 버전 2는 버전 1보다 더 풍부하고 정교하다. 불과 약 6개월 만에 대단한 진전을 이루어낸 셈이다. 그는 결말부터 시작해 처음으로 돌아가는 방식으로 작업했다(뒤에서 살펴보겠지만, 이는 친구의 제안이었다). 그러나 더욱 본질적인 변화도 있었다. 두 버전

모두 실험적인 의식의 흐름 기법으로 쓰였던 한편, 버전 2에는
길이가 짧고 동사가 없으며 한두 단어로 이루어질 때가 많은
문장들이, 즉 W. G. 제발트의 원숙한 작품과는 정반대에 있는
요소가 추가되었다(어쩌면 이것이 그가 이 소설을 그렇게 빨리 써낼
수 있었던 이유일지도 모른다). 버전 1은 단조롭고 밋밋한 문체로
쓰인 반면, 버전 2는 예컨대 주인공 요제프의 어머니가 요제프를
두고 호들갑을 떤다거나 요제프의 아버지가 그런 어머니를
말리려 드는 등 부모로 하여금 일상적인 감정을 내비치게 하는
식으로 한층 몰입감을 선사한다. 또한 버전 1은 대부분의 사건이
주인공의 머릿속에서 일어나는 좀더 자기중심적인 성격을
띠는 데 반해, 버전 2에서는 요제프의 생각이 여자친구 안, 친구
파올로와 베른하르트 등 다른 인물을 통해 독자에게 전달된다.

소설의 언어는—방언과 남학생들이 일삼는 농담
범벅으로—막스의 편지에 가까우며, W. G. 제발트의 원숙한
산문에서 느껴지는 아름다움과는 거리가 멀다. 그리고
흥미롭게도 이 소설은 W. G. 제발트 작품의 침묵이란 주제를 거의
언급하지 않는데, 요제프가 페터 바이스의 『수사 *Die Ermittlung*』*를
구입할 때 한 번, 그가 드레스덴에서 사망한 5만 명을 언급할 때
또 한 번 다루어질 뿐이다.[7] 히틀러에 관한 농담도—파올로가
"히틀러는 불알이 하나뿐"이라고 노래하는 등—한두 가지

---

* 페터 바이스의 『수사』는 1965년 프랑크푸르트 아우슈비츠 재판을 다룬
희곡으로, 생존자 증언을 그대로 구성해 나치 전쟁범죄의 구조적 폭력을 고발한
작품이다.

있지만, 그것 말고는 제3제국을 언급하지도 않으며 요제프가 아버지와 겪는 갈등도 순전히 사적인 차원에 그친다. 트라우마로 형성된 빙하가 아직 막스의 글 속까진 진입하지 못한 것이다.

그럼에도 앞으로의 일을 예견하는 징후들이 있다. 요제프는 W. G. 제발트의 다른 화자들처럼 우울하다. 예컨대 버전 1은 모든 기다림은 총을 맞기 위한 기다림이라는 요제프의 성찰로 시작된다. 요제프의 마음에는 『현기증. 감정들』에서처럼 불현듯 자기 자신과 분리되는 순간이, 『토성의 고리』에서처럼 돌고 도는 생각이(「매일 저녁」에서부터 『전원에 머문 날들』로까지 이어지는 막스 자신의 생각), 그리고 물론 『이민자들』에서처럼 자살에 대한 집착이(예컨대 소설 속 소설에서 작가로 볼 수 있는 인물 중 한 명이 자살을 하며, 요제프는 면도할 때 면도날로 목을 긋는 슈티프터*를 생각한다) 자리해 있다.[8] 이 습작에도 막스가 「막스 페르버」와 『전원에 머문 날들』을 쓸 때 느낀 우울한 기운이 감돈다. 20년, 30년 전에 쓰인 이 소설에서도 막스는 파올로라는 인물에게 이 우울을 투영하는데, 아마 이때 처음 [친구 파올로로부터] 이 생각을 들었을지도 모른다.[9] 파올로는 작가를 평생 빙빙 원을 돌며 걷는 가엾은 노새에 비유하며, 글은 실패나 상실에 대해서만 쓸 수 있다고, 완벽한 순간에 대해서는 달리 할 말이 없다고 말한다.

마지막으로 한 가지 더 언급하자면, 막스의 습작에는 지극히

---

* 아달베르트 슈티프터. 19세기 오스트리아의 소설가, 화가, 교육 행정가로 말년에 간질환, 당뇨 합병증과 우울로 고통받았고, 면도칼로 목을 그어 스스로 목숨을 끊은 것으로 알려져 있다.

제발트스러운 요소가 담겨 있다. 바로 이야기 전체를 관통하는
이미지 체계다. 이 소설에 쓰인 것은 새의 이미지, 특히 갇힌
새의 이미지다. 요제프의 어머니는 눈이 먼 새를 새장에 가두고,
교회에는 제비 한 마리가 갇혀 있으며, 요제프는 부상당한 새가
고통에서 벗어날 수 있도록 도와주려다 그만 날려보내고 만
일을 회상한다. 그리고 끝으로, 알베르트가 미국에서 요제프에게
보낸 편지들을 보면 동물의 이미지가 우스꽝스러울 정도로
끝없이 펼쳐진다. 그중 한 편지에서 알베르트는 자기가 빗속에서
고통받는 생명체들을 구해주었다고, 그러니 자기는 사망 후
유해가 무려 다섯 번 발굴되는 영광을 누릴 것이라며 장광설을
늘어놓는다. 이 편지는 두 가지 습작의 대미를 장식하는데, [실제]
알베르트가 말해준 바에 따르면 이는 그가 직접 쓴 것이다.
그러니 막스는 64그룹의 친구들을 자신의 책에 등장시켰을 뿐
아니라, 집필을 위해 그 친구들을 써먹기까지 했다. 친구들이
가르쳐준 대로 말이다.

막스의 소설은 세 장소에서 펼쳐진다. 대학, 요제프가 안을
방문하는 스위스와 벨기에, 그리고 요제프가 영국에서 일자리를
얻기 위해 떠나기 전 돌아오는 부모의 시골 집. 이 세 장소 모두
현실과 거의 완벽히 일치한다.
　　대학이 배경인 대목에서는[10] 파올로와 알베르트가
별명으로, 그것도 실제와 정확히 일치하는 모습으로 등장하는데,
알베르트는 막스가 소설을 쓰던 시점에 그러했듯 이미 미국에

가 있으며, 독자는 알베르트가 요제프에게 보낸 장문의 편지 세 통을 통해서만 그를 만나게 된다. 그룹에 속한 친구이자 후에 미술사학자가 되는 베른하르트 홀로체크는 본명으로 등장한다.[11] 한국인 학생 킴은 하이데거 관련 어휘에는 해박하지만 다른 독일어는 거의 모르는 무명의 중국인 또는 한국인으로 등장하며, 막시밀리안하임에 거주한 다른 입주자들도 제각기 다른 이름(또는 경우에 따라 본명)[12]으로 등장한다. 학생들에게 사랑받지 못한 오스트리아인 교수 괴츠 박사는 수시로 조롱받는 교수 본드라셰크가 되고, 다락에 살았던 누군가는 스페인계 아티스트 헤수스 브페르체크가 되며, 자살로 사망하는 박사학위생은 그와 마찬가지로 자살로 사망하는 학자 프리드리히 만너스하임으로 그려진다. 헤수스와 만너스하임 모두 다른 두 인물 D. H. 앳킨슨과 루벤 란트만처럼 각기 다른 시점에 소설 속 소설의 저자가 되지만, 이 소설 속 소설도 막스의 창작물이라는 데 모두가 동의한다.[13] 그리고 두 버전에 이름이 다르게 등장하는 한 쌍의 학생이 있는데, 한 명은 괴롭힘을 가하고 다른 한 명은 괴롭힘을 당하는 못된 의식을 행한다. 이 또한 거의 확실히 막스의 창작이다.[14]

물론 가장 흥미로운 인물은 주인공 요제프다. 그리고 우리가 막스나 그가 그린 화자들에 대해 아는 바를 고려할 때 요제프도 놀라울 만큼 진짜에 가깝다. 내가 주목한 부분은 내면의 우울, 돌고 도는 생각, 자기 자신과 분리되는 순간들이다. 그런데 이뿐만이 아니다. 요제프는 일찍이 기차를 타는 데 어려움을 겪고

있다. 건강도 이미 좋지 않다. 허리에 통증을 느끼고, 피부에는
아마도 신경성 증상일 텐데 붉은 반점이 올라오고 있다. 그는
심장이 좋지 않다면서 자기 수명이 짧을 것이라고 말한다. 또한
개를 무서워하고(말년의 막스와 일치하지 **않는** 부분이다!) 나치처럼
머리를 자른 촌스러운 군인들에게 두려움을 느낀다. 학창 시절에
대한 기억은 불안으로 물들어 있고, 안이 말하기를 때로는
아직도 불안해 보인다. 요제프는 인간을 사랑하지만 자주, 특히
뚱뚱하거나 못생긴 사람을 견디지 못하는데, 전직 광대 파흘처럼
슬픈 노인들에겐 마음이 움직인다. 한편 알다시피 요제프는
동성애적 접근을 경험하는데, 이는 소설에서 상세히 묘사된다.
요제프는 상대 남자에게 내 아버지에게는 통할지 몰라도
나한테는 안 통할 거라고, 형이 당신과 같은 부류였다고 말한다.
물론 둘 다 공상인데 하나는 복수심에서, 다른 하나는 추정에서
비롯되었을 것이다. 그런가 하면 요제프는 상대 남자에게 자신이
미국 신문사에서 일하는 저널리스트이고 부모님은 로키산맥에서
교통사고로 사망했다며 거짓말을 숱하게 늘어놓는다.

　　이 대목에서도, 또 다른 대목에서도 요제프는 왜 항상 모든
사람에게, 심지어 64그룹의 친구들에게조차 그런 이야기를
늘어놓는 건지 자문한다. 요제프의 대답은 화자만큼이나 막스를
이해하는 데도 도움이 될 것이다. 요제프는 의도적으로 그러는 게
아니라고, 거의 무의식적으로 그렇게 하게 되는 거라고 말한다.
그는 평생 여러 배역을 연기하며 살아온 사람이다. 그에겐 어쩌면
거짓말이 세상을 대하는 유일한 방법인지도 모른다.

이 초기 소설은 막스가 아내에 대해 쓴 유일한 작품이다.
소설에서 아내는 여자친구로 등장하고, 작품이 보여주는 것은
사랑에 빠진 젊은 남자다. 요제프는 단 하룻밤만 안과 떨어져도
슬퍼하고, 안이 자기 팔을 껴안으면 행복해한다. 요제프는 원래
잿빛이지만 머리카락처럼 옷의 색상과 빛에 따라 색이 변하는
안의 눈동자를 묘사한다. 안은 요제프보다 용감하고, 요제프보다
운전을 잘하며, 요제프보다 결단력이 있다. 요제프는 동물을
사랑하지만, 안은 채식주의자다. 독자는 요제프 말고는 그 누구의
머릿속도 들여다볼 수 없고, 그렇기에 안의 감정을 직접 파악할
수도 없는데, 요제프가 편지를 통해 사랑을 표현하는 것과 달리
안은 요제프를 향한 사랑을 절대 표현하지 않는다. 요제프의
표정에서 가만히 불안을 간파하는 것만이, 안이 요제프로부터
받은 사랑에 보답한다는 유일한 증거다. 이는 '나'라는 화자를
내세운 문학적 형식에 따른 결과일 수도 있지만[15] 독자로서
우리가 받는 느낌은 라 로슈푸코적인 것이다.* 사랑을 하는
사람은 요제프고, 그 사랑을 받는 사람은 안이다.

소설에서 세 번째로 주목할 부분은 요제프의 가족이다. 미국에서
편지와 달리 지폐를 보내주는 애니 이모를 요제프는 늘 애정한다.

---

*   프랑수아 드 라 로슈푸코는 17세기 프랑스의 도덕철학자이자 문필가로,
『격언집 *Maximes*』 등에서 사랑을 본질적으로 비대칭적 감정이라고 규정했다. 그의
관점에서 관계에는 언제나 '사랑하는 사람'과 '사랑받는 것을 허용하는 사람'이라는
불균형이 존재하며, 두 사람 사이의 감정적 역학은 상호 균형보다 일방향적인
불균형을 보여준다.

그리고 그에게는 부모님과 할아버지가 있다.

우리가 알고 있듯 할아버지의 죽음은 막스의 인생에서 가장 큰 개인적 트라우마다. 막스가 그 트라우마에 대해 쓴 글은 단 한 편, 바로 이 소설뿐이다. 물론 이 소설에서조차 트라우마는 거리를 두고 묘사된다. 주된 묘사는 단조로운 문체의 버전 1에서 확인할 수 있는데, 버전 2는—버전 2에 나오는 다른 대부분의 장면과 달리—이 대목을 좀처럼 부연하지 않는다. 오히려 버전 1보다 더 설명이 억제되어 있으며, 버전 1에서 집 주변에 격하게 휘몰아치던 천둥과 번개는 산으로 물러나 사라진다.

요제프는 자기 자신을 비롯해 이런저런 사실이며 인물을 외부적 시선으로만 묘사한다. 폭풍이 몰아치며 정원의 라일락나무가 쓰러지는 바람에 요제프의 방은 라일락 향과 전날 뒤집힌 흙 냄새로 가득 찬다. 그리고 검은 옷 차림의 슈타인레너 부인이 요제프에게 말을 전하러 온다. 요제프는 마치 존재하지 않는 사람처럼 아무도 모르게 할아버지의 방으로 들어간다. 향 연기가 가득 들어찬 할아버지의 방은 촛불로만 밝혀져 있어 할아버지의 형체는 잘 보이지 않고 얼굴 위로 드리운 그림자만 보일 뿐이다. 요제프는 다시 침대로 돌아가 잠자리에 든다.

아침이 되자 어머니가 말을 붙이러 오지만 아들의 얼굴을 쳐다보진 않고, 요제프는 대답하지 않는다. 그는 홀로 아침 식사를 한다. 그리고 관이 들어온다. 요제프는 관에 담긴 톱밥을 보고, 할아버지가 어찌어찌 관에 안치되는 장면을 지켜본다. 이틀 후 가족들은 할아버지를 매장한다. 처음에는 비가 내리더니

나중에는 **푄**이 구름을 몰아내버린다. 요제프의 어머니와
슈타인레너 부인은 흐느끼고, 소방 악대가 장송곡을 연주한다. 그
후 요제프는 어머니가 푸크시아와 향나무를 심은 묘를 돌보러 갈
때 동행한다. 그곳에서 그는 아무도 살지 않았던 곳이라는 생각이
들 정도로 고요한 아랫마을을 내려다본다. 할아버지의 부재가 온
세상의 부재가 된 것이다.

요제프가 다정한 이모와 할아버지를 사랑하듯이 부모를 사랑할
수 없는 이유는 명백해 보인다. 그 이유는 얼마간 우리가
빈프리트를 통해 알고 있는 이유와 포개진다. 불안에 찬 어머니의
신앙심, 연필을 일렬로 또는 직각으로 정렬한다거나 신문을 늘
엄격하게 한 가지 방식으로만 쌓아두는 등 분노를 유발하는
아버지의 결벽. 요제프의 집은 지독하리만큼 청결하고, 마치
아무도 건드린 적 없는 것처럼 모든 것이 똑같은 자리에 배치되어
있다……. 그래서 요제프는 거짓말을 할 때마다 거의 항상 그들을
죽일 거라는 소리를 한다. 처음에는 본드라셰크에게 부친을
죽일 거라고 거짓말하고, 다음번에는 기차에서 자기에게 다가온
남자한테 양친을 죽일 거라고 말한다.

이 소망 충족적 환상은—확실히 소망 충족적이다—이렇게
아직 제발트답지 않은 소설에서 엿보이는 가장 제발트다운
요소다. 1967년 1월 막스가 이 책을 절반쯤 집필했던 시절에
썼듯, 미래는 정말로 과거에 존재하는 듯하기 때문이다. 요제프가
자신을 쫓아온 사람에게 해준 말에 따르면, 그의 부모는 어머니가

커브 길에서 핸들을 꺾지 못하는 바람에 산 아래로 추락해
사망하는데, 요제프는 그것을 자살 충동의 발로로 본다. 그리고
요제프 자신도 거의 같은 운명을 맞이할 뻔한다. 벨기에에서 한
예술가와 그의 가족을 위해 일하고 있는 안을 방문했을 때의
일이다.[16] 처음에 그는 예술가의 아들과 '교통사고' 놀이를
하다가 안, 그리고 그 아이와 함께 차를 타고 나간다. 운전대를
잡은 요제프는 안을 향해 고개를 돌리고 미소 짓다가 커브 길을
보지 못한다. 세 사람은 죽음은 면하지만 결국 나무 가드레일을
들이받는다. 커브 길에서, 가드레일 근처에서 벌어진 마지막
사고를 포함해 막스가 미래에 경험하게 되는 모든 사고를
예견하는 듯이.

5부

막스, 1966-1970

13장

맨체스터, 1966-1968

1966년 3월 17일 막스 제발트는 1966~1967학년도에
맨체스터대학에서 독일어와 회화 렉토르로 임명되었다.[1]

이 날짜는 제발트의 모든 이야기("1800년 5월 중순……"
"1960년대 후반……")가 시작된 지점을 단단히 고정하는 일종의
견고한 발판과도 같다.[2] 그러나 이야기들을 보면 알 수 있듯 이
모든 견고함은 곧 사라지고 만다. 처음에 막스의 영국 생활은
불확실성에 둘러싸여 있었다. 독일로부터, 그리고 자기가
알았거나 자기를 알았던 모든 사람으로부터 벗어난 지 몇 달이
지난 후 그는 『말하라, 기억이여』의 어린 열기구 조종사처럼
"서리와 별의 심연 속으로, 홀로"[3] 날아오른다.

『전원에 머문 날들』(애호하는 문학작품에 관한 에세이집)에서
제발트가 처음으로 언급하는 대상은 이 무렵 챙겨 간 책들, 즉
고트프리트 켈러의 『초록의 하인리히』, 요한 페터 헤벨의 『라인
지방의 가족 같은 친구가 들려주는 작은 보물상자 *Schatzkästlein des*

rheinischen Hausfreundes』, 로베르트 발저의 『벤야멘타 하인학교』다.[4]
떠날 채비를 할 때 가장 먼저 책을 챙겼으리라는 점은 확신할
수 있지만 과연 제발트는 정말 이 세 권을 가져갔던 걸까? 파울
베라이터라면 헤벨을 사랑한 비트겐슈타인으로부터 『라인
지방의 가족 같은 친구가 들려주는 작은 보물상자』를 빌렸을
테고, 제발트라면 사랑하는 할아버지와의 연결 고리를 생각하며
그 책을 빌렸을 수도 있다. 『초록의 하인리히』와 『벤야멘타
하인학교』는 자기를 의심하며 삶을 꾸려 나가는 야망 어린 젊은
청년 제발트 본인을 대변한다. 그러고 보면 제발트는 자기 자신과
할아버지를 문학적으로 형상화한 작품을 챙겨 간 것일 **수도** 있다.
그러나 세 작품이 그의 상황과 지나치게 잘 맞아떨어진다는 점을
생각하면 이는 훗날 그가 실제 기억처럼 꾸며낸 거짓일 가능성이
높다.

　『전원에 머문 날들』에서 그가 다음으로 언급하는 내용은
그때까지 살았던 스위스를 떠난 일이다.[5] 이는 얼마간 사실이다.
스위스를 떠나기 전에 그는 여자친구를 만나러 베른을 방문했을
가능성이 매우 높다. 하지만 그 전에 분명 부모를 만나러 고향에
갔을 것이다. 고향에서 부모에게 작별 인사를 하고 스위스로
돌아가는 기차에 몸을 실었을 것이다. 양친에게는 이게 그리
중대한 일처럼 보이지 않았을 것이다. 게다가 제발트부터가 1년
정도만 떠나 있을 생각이었으므로, 부모도 그럴 거라고 생각했다.

막스가 맨체스터에 도착한 날은 9월 15일이었다. 우리가 아는

바에 따르면 그렇다.[6] 이 또한 우리에게는 하나의 발판 같은
날짜다. 그리고 나머지는 허구다.

비행기가 도버해협을 건널 때 그는 「막스 페르버」에 썼듯
런던에서 북쪽까지 끊김없이 죽 이어진 것처럼 보이는 빛의
연결망을 경이로운 눈빛으로 내려다보았다. 그런 다음 비행기가
맨체스터를 향해 하강하자 발밑의 빛은 짙은 안개 속에서
희미해지더니 "잿더미로 뒤덮이다시피 한 불처럼 희미한 불꽃만"
남았다.[7]

이것이 막스가 처음 본 맨체스터의 (허구적) 광경이었다.
막스는 전쟁이 끝난 후 맨체스터로 돌아온 페르버가 본 풍경,
태양의 마지막 광선에 비친 기묘한 모양의 구름과 그 위로
끊임없이 황회색 연기를 뿜어대는 수천 개의 굴뚝도 묘사한다.
이 또한 두 가지 현실을 감추는 허구다. 그 현실이란 죽음의
수용소에 대한 페르버의 억압된 지식, 그리고 1870년대에
맨체스터를 방문했던 프랑스 비평가 이폴리트 텐의 기록을
말한다. "구릿빛으로 물든 석양의 하늘 아래, 기묘한 형태의 구름
하나가 평원 위에 무겁게 내려앉아 있다. 그 움직이지 않는 덮개
아래로, 오벨리스크만큼이나 높은 굴뚝이 수백 개나 빽빽이 솟아
있다."[8]

이렇게 스물두 살 학생의 비전은 그로부터 20년 후 작가의
비전, 그리고 한 세기 전 다른 작가의 비전과 하나로 합쳐진다.

막스는 공항에서 택시를 잡아타고 기사에게 "너무 비싸지 않은"

호텔로 데려가달라고 요청한 후 시내 중심가의 검게 그을린 폭
좁은 건물 앞에서 하차한다. 바로 여기가 아로사 호텔이라고
막스는 말한다. 아직 이른 아침이었고, 초인종을 눌러도 한참
동안 아무런 응답이 없다가 마침내 로렐라이를 닮은, 마흔쯤 된
금발 여자가 문을 열어준다. 두 사람은 미심쩍은 표정으로 서로를
빤히 쳐다보고, 이렇게 막스가 맨체스터에서 보내는 첫 학기의
희비극이 시작된다.

1966년 맨체스터에는 아로사 호텔이 있었지만 시내
중심가에 위치한 폭 좁은 건물이 아니었고, 확실히 막스는
그곳에서 한 학기 내내 머물지도 않았다. 머지않아 막스가 매일
대학 출퇴근 길에 지나게 되는 위싱턴의 윔슬로 로드에 위치한
아로사 호텔은 현대적인 분위기를 풍기기 위해 외관에 한껏 힘을
준 좌우로 길고 층이 낮은 건물이었다.

막스가 한 번도 머문 적 없고, 더 이상 존재하지 않는 아로사 호텔.

막스는 영국에 도착한 후 시내 중심가의 호텔에서 하루 또는
이틀만 머물렀을 것이다.⁹ 이튿날 머물 곳을 찾기 위해 대학의
주거 지원 부서를 찾은 막스를 충격에 빠뜨린 건 검게 그을린
호텔만이 아니었다. 먼저, 길게 이어진 숙소 목록 옆에 Europeans
Only[유럽인 전용]라는 문구가 적혀 있었다.¹⁰ 존트호펜에는
비유럽인 자체가 존재하지 않았고 프라이부르크에서도 몹시
드물었기에 막스가 그렇게 일상적인 편견을 접한 것은 그때가
처음이었다. 자신에게 적용되는 사항은 아니더라도 분명
막스로서는 그 문구에 주목하지 않을 수 없었을 것이다.

뒤이어 막스에게 충격을 가져다준 것은 방이었다. 어쩌면
선택의 여지가 없는 상황에서 1순위로 배정받은 것일 수도,¹¹
아니면 맨체스터에 아는 것도 아는 사람도 없으니 가장 먼저
공실로 뜬 방을 선택한 것일 수도 있다. 또한 막스는 아버지가
더 이상 돈을 보내주지 않았기 때문에 초기 몇 주 동안 끔찍이도
가난했다고 한 친구에게 말한 바 있다. 게오르크가 돈을 보내주지
않았다기보다는 막스가 아버지에게 더는 돈이 필요하지 않다고
말했을 가능성이 더 높기는 하지만, 어쨌거나 결과는 같았다.
막스에게는 아직 시작도 못 한 렉토르 일로 받는 급여가 유일한
수입원이었다. 그리하여 그는 1950년대와 1960년대에 고전적인
방식으로 맨체스터를 경험했다. 어찌나 고전적이었던지 신화처럼
느껴질 정도인데, 이번에 그 신화는 진실이었다.

10여 년 전 또 다른 작가가 맨체스터에서 머문 첫 번째 방을
제 기능도 못 할 만큼 얇디얇은 커튼이 드리운 좁고 어두운

방으로 묘사한 적이 있었다. 테이블 하나 없었고, 창문은 벽돌로
쌓은 벽을 마주보고 있었다.[12] "[첫날 밤] 옷을 벗으면서 나
자신에게 말했다. '여기서 지낼 순 없어, 여기서 지내면 안 돼,
여기서 지내다간 난 끝장이야.'"

사실 이 대목은 1950년대 초 맨체스터에서 렉토르로 일한
미셸 뷔토르의 소설 『시간의 사용 *L'Emploi du temps*』에서 발췌한
것이다. 그리고 뷔토르는 자신이 경험한 맨체스터에 자기만의
실존적 불안을 불어넣은 탁월한 par excellence 신화학자였다.
그러나 뷔토르만 그런 것은 아니었다. 막스의 동료 로즈메리
월뱅크 터너도 1950년대 초반 맨체스터대학에 도착했고 15년
후 뷔토르와 똑같은 경로를 밟았다. 처음에는 불결한 호텔을,
다음에는 불결한 방을, 그다음에는 조금 덜 불결하나 여전히
사람이 살기에는 부적절한 방으로 이동한 것이다. 세 번째로
방을 옮겼을 때에야 로즈메리는 다시 문명의 세계와 조우했다.[13]
그러나 로즈메리는 활동적이고, 낙천적이며, 영국을 고향처럼
생각한 사람이었다. 막스는 로즈메리와는 거리가 멀었고 주변
환경에 유독 크게 영향을 받는 사람이었다. 막스가 불길한 예감을
조금이라도 느꼈을지는 모르겠지만, 그가 첫 번째 불결한 방의
문을 여는 모습을 상상하는 순간 내게는 불길한 예감이 엄습한다.

아로사 호텔에서 배정받은 화자의 방에는 옷장, 세면대, 철제
침대가 있다. 이는 막스가 머문 첫 번째 방의 모습이었을 수도
있고, 그렇지 않을 수도 있다. 우리가 아는 사실이라고는 막스의
방이 소설에 등장하는 아로사 호텔 방만큼이나 끔찍했고, 건물

전체가 "빗장으로 단단히 잠겨" 있었다는 것뿐이다.[14] 적어도
막스는 그렇게 느꼈다. 그리고 몇 주 후 그는 더 이상 안 되겠다고
생각했다. 그리하여 다시 주거 지원 부서를 찾아가 (아마도)
목록에 있던 다음 방을 배정받았다.

　로즈메리의 두 번째 방처럼 막스의 두 번째 방도 전보다는
조금 나았다. 때는 10월이었고 겨울이 시작되려던 참이었다.
방은 어두웠고 몸이 오그라들 정도로 추웠다. 어찌나 추웠던지
막스를 보러 찾아온 여자친구가 갑작스럽게 발생한 신장결석으로
침대에 몸져 누운 막스를 발견하고는 황급히 담요를 사다 준 적도
있었다.[15] 침대, 테이블, 의자 하나씩만 구비된 방이었고 밤이면
쥐들이 커튼 레일을 따라 후다닥 내달렸다. 막스를 더욱 힘들게
한 것은 주인 여자였다. 막스가 친구들에게 한 말에 따르면, 그는
도저히 못 견디겠다 싶을 정도로 참견이 심했다. 막스는 어머니와
집에 있을 때 느꼈던 감시당할 때의 그 익숙한 기분을 느꼈다.
몹시 불행했고, 너무 부끄러운 공간이라 누군가를 초대할 수도
없었다. 그럼에도 그는 남은 학기 내내 그 두 번째 방에 머물렀다.
그곳에서 『시간의 사용』을 읽으며 자기 경험이 책에 거울처럼
반영되어 있다고 느꼈다. 문학이란 것이 늘 그렇듯, 그 책도
막스에게 도움이 되었을 것이다.

스톡턴 로드 25번지, 촐턴컴하디.
불행했던 막스의 두 번째 맨체스터 거처.

그러나 문제는 방만이 아니었다. 도시 전체가 문제였다.

막스의 모든 작품에서 맨체스터는 지옥의 상상도로
등장한다.『자연을 따라. 기초시』에서 맨체스터는 텅 빈 공장과
운하가 있는 황무지로, 제1차 세계대전 당시 총알받이로도
거둬지지 않았을 만큼 발육 상태가 처참했던 산업 노예들의
영혼이 씌인 공간으로 그려진다.[16] 그리고 「막스 페르버」에서
맨체스터는 한때 전 세계를 휩쓴 산업화가 시작되었으나 이제는
퇴화해 "거의 속까지 텅 비어버린" 도시, 석탄과 세월로 검게
그을린 도시다. 옛 유대인 구역은 뭉개진 채 방치되었으며,
옛 노동자계급 구역 중 상당수는 슬럼가 철거로 인해 잔해
더미로 전락했고, 남은 것이라고는 버려진 가스 공장, 제재소,

도살장뿐이라 "대규모 매장지나 묘지……"로 보일 정도다.

맨체스터 사람들은 당연하게도 맨체스터에 대한 이런 식의 묘사를 탐탁지 않아 한다.[17] 그들은 맨체스터를 어둠, 안개, 매연, 비의 지옥처럼 묘사한 뷔토르에 대해서도 언짢아한다. 그러나 뷔토르의 묘사에는 부인할 수 없는 측면이 있었다. 맨체스터는 1950년대까지지도 연일 칙칙했고[18] (1960년대 초반까지 지속된) 런던의 짙고 누런 스모그보다도 더 심각한 매연으로 고통받았다. 게다가 전시에 공습을 받아 파괴된 잔해가 방치된 황무지도 여전히 존재했다.

그러나 1960년대에 이르러서는 모든 상황이 종결되었다고, 충성스러운 맨체스터인들은 말한다. 제발트의 묘사는 그의 마음 상태를 반영한 그림일 뿐이라는 주장이다. 물론 그렇겠지만, 그게 전부는 아니었다. 모든 외지인에게 맨체스터는 여전히 충격을 안기는 도시였다.[19] 19세기 건물들은 여전히 그을음으로 뒤덮인 채 검은빛을 띠었다. 비는 멈추지 않았고 안개도 마찬가지였으며, 겨울에는 해 한 번 보지 못하고 며칠을 보내야 했다. 굴뚝에서는 계속 연기가 났고, 그런 데서 지내다 보면 옷과 머리카락뿐 아니라 밖에 널어둔 빨랫감에도 검댕이 묻어났다. 맨체스터에 가까워지면 석탄 냄새를 맡을 수 있을 정도였다. 열악한 주택이 늘어선 거리와 슬럼가가 철거되고 남은 잔해가 방치된 황무지도 여전했다.

미셸 뷔토르는 햇볕이 쏟아지는 이집트에서 맨체스터로 간 사람이었다.[20] 알고이는 햇살이 풍족한 도시와는 거리가

멀었지만 그렇더라도 맨체스터의 어둠에 처박히는 경험은
뷔토르가 한 경험만큼이나 극단적이었다. 막스는 산과 숲속에서
자랐고, 작고 아름다운 프리부르에서 지낸 지 1년밖에 되지 않은
상태였다. 그런데 이제 이 거대한 검은 도시에 아무런 준비도 없이
홀로 있게 됐다. 런던을 잠깐 방문한 것을 제외하면 영국에 대해
아는 것도 하나 없었다.[21] 제임스 스미스로부터 1등급을 받을
정도의 영어 실력을 갖추고는 있었지만 글만 읽고 쓸 줄 알았지,
생활 영어는 구사하지 못했기에 막스 본인이 느끼기에는 영어를
거의 할 줄 모르는 것이나 마찬가지였다. 학기가 막 시작되던
참이라 아는 사람도 없었거니와, 사람들을 만나도 말을 붙이지
못했다. 그렇게 막스는 처음 배정받은 흉측한 방에 홀로 앉아
있었고, 어두운 거리를 홀로 거닐었으며, 심각한 우울증에 빠졌다.

이는 「막스 페르버」에 묘사해두었을 정도로 막스가 그때까지
경험한 가장 심각한 위기였고, 그의 글쓰기에 영구히 영향을
미쳤다.[22] 막스는 소외감과 허무감, 절망감, 공포감, 그리고
무엇보다 「막스 페르버」에 썼듯 "완전히 익사해버릴 것만 같은
깊디깊은 고립감"에 압도되었다.[23] 그는 자신이 처한 위기를 두고
제발트스러운 농담을 던지며 종종 "나를 삶에 붙들어두는" 건
(있지도 않은) 내 티스메이드*의 야광 불빛뿐인 것 같다고 쓴다.
막스에게 위안이 된 것은 비트겐슈타인과 엘리아스 카네티도

---

* 영국 등지에서 흔히 쓰던, 알람 시계가 탑재된 차茶 제조 기기. 설정한 시간에
맞춰 물을 끓이고 차를 우려주던 레트로 가전으로, 주로 침대나 소파 옆에 두고
썼다.

맨체스터에 살았다는 사실, 그것도 근처에, 팔라틴 로드에
살았다는 사실뿐이었다.

위싱턴, 펀딘 로드 12번지. 1966년 가을, 막스가
깊은 우울증에 빠진 첫 번째 맨체스터 집.

막스가 아닌 또 다른 누군가가 그처럼 불안에 시달리는
경험을 한 것도 이 시기의 일이었을 것이다.[24] 그의 이름은 스티비
데이비스, 훗날 막스처럼 작가가 되는 여자다. 1966년 스티비는
맨체스터대학의 학부생이었다. 그는 날랜 발걸음으로 복도를
지나가다가 문이 활짝 열린 사무실을 지나쳤다. 잠시 후 스티비는
발걸음을 멈추고 조용히 사무실 안을 들여다보았다. 그리고
보았다. 꿈이 아닌 현실이었다. 한 젊은 남자가 책상 앞에 혼자
앉아 있었고, 그 남자의 얼굴에 상상을 초월하는 우울이 드리워

있었다.

　　스티비는 몸을 덜덜 떨며 뒤로 물러나 사무실 문에 적힌
이름을 힐끗 보았다. 그때 스티비는 젊었고, 그 후로도 삶은
계속되었으며, 시간이 지남에 따라 그 일을 까맣게 잊었다.
하지만 막스가 썼듯, 그런 일들은 반드시 되돌아오고야 만다.
스티비에게는 30년 후, 한 유명한 책을 집어들었을 때 돌아왔다.
책 표지엔 그때 문에 적혀 있던 것과 똑같은 이름이 적혀 있었다.
W. G. 제발트.

복도를 따라 나 있는 옆 사무실 문에는 막스의 동료 강사 중
한 사람인 'R. O. P. 타베르트'의 이름이 새겨져 있었다. 'R. O.
P.'—라인베르트 오토 파울[25]—는 확실히 막스를 즐겁게 해준
사람이었다. 훗날 막스는 그에게 부친 수많은 편지에서 그를 결코
'라인베르트'가 아닌 'R.O.P.' 혹은 'ROP'라고만 칭했다. 그러니
나도 막스를 따라 그를 ROP로 부르려 한다.

　　1966~1967년 맨체스터에는 젊은 독일인 교수가 넷이었다.
볼프 디터 오르트만과 디트마르 크렘저, 두 교수는 독어독문학과
교수 가운데 흔한 에를랑겐대학 출신이었다.[26] 크렘저는
렉토르였고 오르트만은 1년 동안 마틴 더렐의 빈 자리를 메울
부교수였다. 막스는 우리가 알다시피 아마도 로널드 피콕의
추천을 받아 독자적으로 지원서를 낸 사람이었다. ROP는
막스보다 더 이례적인 방식으로 임용되었는데 그는 약혼자
브리기테가 리즈대학에서 강사직을 제안받고는 남편 될 사람도

영국에 머물 수 있게 해주어야 제안을 받아들이겠다는 조건을
내건 덕에 일자리를 얻었다. 그러므로 크렘저와 오르트만은
그해의 평범한 신입 교수였고, 막스와 ROP는 평범하지 않은 신입
교수에 속했다. 이는 막스와 ROP 두 사람이 서로 가까워진 첫
계기였을지도 모른다.

막스와 ROP는 첫 번째 교원 회의가 열린 10월 초에 만났다.
그리고 그 즉시 막스의 카리스마가 상상력과 함께 작동하기
시작했다. ROP는 브리기테에게 열광적인 어조로 편지를 썼다.
"제발트 씨는 알고이 출신이지만 빈, 바덴, 스위스에서도 살았어.
(…) 우리 넷 중에 가장 비상한 사람인 것 같아. 여기서 소설을
완성하고 싶어하는데 보아하니 주르캄프에서 이미 원고를 받아준
것 같고, 본인이 극복한 신경증에 대해 (…) 말하더라고."[27]

열흘 후에도 ROP에게 그는 제발트 씨였다.[28] 그리고 2주가
지난 후 마침내 제발트 씨는 막스가 되고, 두 사람은 변치 않는
우정을 쌓는 친구가 된다. 막스가 자기 소설의 일부를 ROP에게
읽어주었을 때 ROP는 "우아하고 우울한" 작품이라고, 놀라운
작품이 될 거라고 생각한다. 그리고 ROP는 "형식과 구성"에 대해
편집상의 조언을 해준다.

이즈음 ROP를 만나러 온 브리기테도 막스에게서 똑같은
인상을 받는다. 막스 제발트가 젊은 릴케 혹은 호프만슈탈을
닮았다고 브리기테는 생각한다. 막스는 진짜 작가처럼 노트를
가지고 다니면서 매일 메모를 한다. 이미 어떤 존재가 된 것처럼
그에게는 특별한 분위기가 감도는데, 그 이면에는 우울이 자리해

있다.[29] 막스는 무척 어려 보이고, 전년도에 촬영한 여권 사진 때문에 몹시 부끄러워했다. 나이가 들어 보이려고 콧수염을 기른 거라고 ROP는 말한다. 콧수염이 없었더라면 열다섯 살 정도로 보였을 것이다.

어쩌면 막스는 별것 아닌 일처럼 만들기 위해서, 혹은 자신의 영웅 중 한 명인 불쌍하고 미쳐버린 프리드리히 횔덜린 같은 낭만적인 예술가의 아우라를 배가하기 위해서 ROP에게 "본인이 극복한 신경증"에 대해 말했을지도 모른다.[30] 막스가 경험한 최악의 위기는 분명 확실히 종결된 상황이었으니까. 그러나 「막스 페르버」에서 화자의 혼란은 몇 달 동안 지속되며, 「막스 페르버」의 저자 막스의 혼란도 그러했다. 말년에 한 인터뷰에서 막스는 인터뷰어에게 서너 달 동안 "혼란에 빠져" 있었다고 말했으며, 또 다른 인터뷰에서는 "상당한 우울증"이 크리스마스 때까지 지속되었다고 했다. 막스는 수업을 하고 글을 쓰면서 ROP와 점점 더 많은 대화를 나누었고, 더 이상 초기 몇 주간 시달린 최악의 감정에 무력하게 잡아먹히지 않았다. 그렇더라도 첫 학기 내내 불안정하긴 했고, 막스가 교수생활 초기에 정신적으로 붕괴했던 일을 언급하며 말했듯 그는 이성을 간신히 붙들고 있는 상태였다. ROP는 학기가 끝날 무렵인 12월 초에 이에 관한 기록을 남겼다. 그는 그날 막스의 감정 상태가 금방이라도 폭발할 듯 유난히 격했다고 썼다.

그러더니 갑자기 내게 물었다. (…) 미쳐버릴 것 같을 땐 어떻게 하느냐고. 막스는 가끔 정신줄을 놓을 것 같은 기분을 느끼고, 그러면 서너 사람 때문에 도무지 그럴 수는 없지만, 가능하다면 그 기분에 굴복해버리고 싶어한다. 허조그*처럼 그런 기분이 내면에서 터져나오고 온갖 상념과 이미지, 오랫동안 잊고 지낸 생각과 상상의 소용돌이가 자기를 가득 채우는 느낌을 받는다. 그런 상태에서 막스는 여지껏 한 번도 하지 못했던 방식으로 말을 하고 편지를 쓸 수 있다.[31]

이 글은 조중 증상을 묘사한 듯한 글이자, 내가 접한 정보 가운데 막스가 조중도 앓았을 가능성이 있음을 암시하는 유일한 글이다. 하지만 나로서는 막스가 과연 그랬을까 싶고, 단지 평소처럼 강렬하고 영향받기 쉬운 마음 상태에서 솔 벨로의 허조그와 동일시하고 있었던 게 아닐까 싶다. 하지만 미쳐버릴 것 같다는 대목, 그리고 서너 사람 때문에 도무지 그러지 못하고 있다는 대목은 진심처럼 느껴진다. 누구를 떠올렸던 걸까? 가족? 여자친구? 그 어느 때보다 위험했던 시기에 삶을 붙들게 해준 이는 티스메이드가 아니라 그들이었다.

ROP는 남들과 다른 독특한 방식으로 교수가 되었다는 점만 제외하면 막스와 친구가 될 법한 사람이 아니었다.[32] 먼저 ROP는 프로이센인이었다. 가족이 1945년 프로이센에서 피란을

___

*　두 친구가 읽고 있던 솔 벨로,『허조그』의 주인공.—지은이

떠나면서 그는 슈투트가르트 인근에서 성장기의 대부분을 보냈다. 그럼에도 막스에게 ROP는 프로이센인이었고, ROP도 이에 동의했다. 또한 ROP는 막스보다 여섯 살이 더 많았고, 보수적인 가치관의 소유자였으며, 준법정신이 투철했다. 예컨대 그는 교육 관련 학위를 취득하고 독일 대학에 취업하기 위한 길고 험난한 통상적인 경로를 따를 생각이었다. 돌이켜보면 반항적이고 반쯤 미쳐 있던 막스와 그렇게 빨리, 거의 만나자마자, 그것도 (1980년대에 공백기가 있기는 하지만) 평생의 친구가 되었다는 사실에 ROP 본인도 놀랄 정도다.

그러나 두 사람의 우정에는 그럴 만한 이유도 충분히 있었다. ROP는 대단히 지적이었고, 막스만큼 문학에 열정적이었다. 또한 보기와 달리 정해진 선을 기꺼이 벗어나고자 하는 의지도 있었다. 그는 박사학위 논문 주제로 초현대적인 작가 해럴드 핀터를 택했고, 피 튀길 듯 치열한 입씨름을 수없이 거친 후에는 자신이 아무 의심 없이 받아들인 전통적인 내재적 비평이 해럴드 핀트의 작품을 진정으로 이해하기에는 불충분했고 사회적·심리적인 분석도 필요했음을 인정했다.[33] ROP는 막스의 논문을 찬탄했고, 막스의 소설을 찬탄했고, 막스라는 사람을 찬탄했다. 내 생각에는 그런 찬탄이 막스를 회복시키지 않았나 싶다. 벼랑 끝에 놓인 듯한 삶을 살던 막스에게 필요했던 것은 ROP가 내면에 지니고 있던 흔들림 없는 안정감과 내적 확신이었다. 두 사람의 이야기를 살펴보면 예술가이자 우상 파괴자인 막스가 정열적인 주인공처럼 느껴질 수 있다. 그러나 막스는 ROP에게 의존했고, ROP가 막스에게 의존한 일은 없었다.

그리고 ROP는 혼자가 아니었다. 브리기테와 함께였다.[34]
브리기테는 몇 차례 ROP를 만나러 왔고, 적어도 한 번은
친구들이 브리기테를 보겠다고 다 같이 리즈로 가기도 했다.
브리기테는 ROP처럼 튀빙겐에서 영어영문학과 독어독문학을
공부했지만, 두 사람은 5년 전 뱅고어에서 교환학생으로 만난
사이였다. 둘은 행복하고 안정적인 커플이었고, 영국 생활을
마무리할 때 결혼했다. 어쩌면 두 사람은 막스의 삶에서
게르트루트와 장폴의 빈자리를 채워주었을지도 모른다. 그러나
막스와 ROP는 대체로 둘만의 시간을 보냈고, 그 자체로도
괜찮았다. 한 아버지를 거부하고 다른 아버지는 잃은 소년
막스에게는 또 다른 사람이 필요했다. 아버지가 아니라면 적어도
아르민 뮐러나 알베르트 라세 같은 형이 필요했다. 그런 막스에게
찾아온 마지막 사람이 ROP였다.

막스는 물론 다른 동료들, 특히 자기보다 젊은 동료들을 만나기도
했지만, ROP를 제외하면 영국 생활 첫해에 막스가 어땠는지에
대해 선명한 기억을 가진 사람은 한 명도 없다.[35] 내가
생각하기에 막스는 특히 첫 번째 학기에 그 끔찍한 촐턴 방에서
은신하듯 생활하며 타베르트 커플 외에는 아무도 만나지 않은
것이 아닐까 싶다. 두 사람을 만나는 시간을 제외하면 막스는
글만 썼다.

우선 막스는 맨체스터대학에서 석사학위를 취득하기 위해

슈테른하임을 다룬 논문을 다시 썼다. 그러는 동시에 소설과 시도 썼다. 10월 말 무렵에는 ROP에게 소설의 일부를 읽어줄 수 있을 정도의 분량을 써냈다.[36] 또한 역대 가장 긴 시인 「브뤼셀을 떠나는 여정에 대한 기억 삼부작 Remembered Triptych of a Journey from Brussels」을 포함한 몇 편의 시를 써서 브리기테가 생각한 막스라는 사람에 걸맞은 이름 **W. G. 제발트**로 서명을 남겨 ROP에게 주기도 했다. 그리고 「브뤼셀을 떠나는 여정에 대한 기억 삼부작」은 소설만큼이나 ROP에게 깊은 인상을 남겼다. ROP는 산문시가 막스에게 맞는 장르라고 생각했고, 막스 본인도 같은 생각이었다.[37] 막스와 ROP가 기록으로 남겨두었듯이, 이 경험을 통해 고무된 막스는 새로운 산문시를 쓰기 위한 자료를 수집하기 시작했고, 1월부터 쓰기 시작해 그달 26일에 완성했다.

그 시의 제목은 뷔토르가 맨체스터에서 쓴 이름인 「블레스톤 Bleston」으로, 1980년대 원숙한 글을 써내기 전까지 막스가 맨체스터에서 한 경험을 보여주는 주요한 발자취가 되어준다. 안타깝게도 막스가 모은 난해한 자료들은 지금까지도 충분히 이해되지 못한 상태로 남아 있고,[38] 그 흔적도 불분명하다. 한편 이 시에도, 그리고 20년 후 「막스 페르버」와 『자연을 따라. 기초시』에도 어둠, 날카로운 소리를 내지르는 찌르레기 떼, 병자들이 (아마도) 치유되는 복음 교회 등 몇 가지 요소가 마치 결코 잊을 수 없는 기억처럼 등장한다.[39] 그리고 우리가 아는 제발트를 만난 듯 완성형에 가까운 구절도 몇 있다.[40]

이제 죽음이 삶의 전부다
내가 소망하는 것은
사자의 행방을 파헤치는 것

이를테면 이런 식이다. 그리고 마침내 시의 말미에 이르러
그는 우리가 알아차릴 수 있는 무언가를 어둡게 변주하여 써낸다.

이 동굴 속 동굴에서는
미래를 되돌아보는 그 어떤 눈길도 살아남지 못한다

참으로 놀라운 것은 막스가 맨체스터에서 보낸 첫 학기에,
(그가 『자연을 따라. 기초시』에 쓴 것처럼) "이승에서 시달리는 / 깊은
우울의 / 유사 상태" 혹은 이에 근접한 상태 속에서 상당히 많은
글을 써냈고 써낼 계획이 있었다는 사실이다. 한데 막스는 늘
그런 사람이기도 했다. 이승에 대한 감각은 그로 하여금 글쓰기를
멈추게 하기보다 오히려 글을 쓰도록 추동했다. ROP가 12월에 쓴
기록에 따르면, "광기가 습격해 오자 자신의 역작을 불태워버린
하인리히 폰 클라이스트를 막스는 이해하지 못했다". 하지만
막스는 다년간 광기에 사로잡혀 있었으면서도 글쓰기를 지속한
횔덜린은 훤히 이해한다.[41]

문제의 상당 부분은 막스가 지내던 끔찍한 방에서
비롯되었다. 그 방에서 벗어나야만 했다. 막스가 숙소 서비스

센터를 저버렸는지, 아니면 그쪽에서 막스를 저버렸는지는
모르겠지만, 어쨌든 해결책은 다른 곳에서 마련되었다.[42] 어느
날 한 동료가 자기가 아는 건축가와 그의 아내인 미술 교사가
학생들에게 방을 내어주고 있는데, 최근에 매입한 집의 개조가
마무리되어 세입자를 받을 준비를 마쳤다고 말해준 것이다. 그
부부를 생각하면 당연히 아름다울 그 집은 맨체스터대학에서
윔슬로 로드를 따라 죽 올라가면 나오는 나무가 우거진 교외 지역
디즈버리에 위치해 있었다.

막스가 전속력으로 킹스턴 로드로 내달리는 모습이 내
머릿속에 그려진다. 빅토리아풍 주택이 즐비한 고요한 거리에
위치한 그 집은 첫눈에도 완벽했고, 26번지 앞에는 당시엔
가지만 앙상했으나 봄여름이면 사랑스러운 자태를 뽐낼 것이
분명한 거대한 밤나무가 보였다. 막스는 실내로 들어섰다.
내부는 깨끗하고 밝고 아늑했다. 세입자 여섯 명이 쓸 욕실은 단
두 개뿐이었지만[43] 스톡턴 로드의 어둠과 커튼레일을 내달리는
쥐들에 비할 바가 아니었다. 같은 날 같은 시간에 막스는
ROP에게 집을 보러 오라고 했다. ROP는 이미 디즈버리에 위치한
더할 나위 없이 쾌적한 집에서 살고 있었는데, 그럼에도 이 집은
달랐다. 막스와 ROP는 단번에 결정을 내렸다. 두 사람은 다음
학기에 킹스턴 로드 집으로 이사하기로 했다.

12월 19일 두 사람은 만족스러운 점심을 먹고 머지강 옆을
따라 걷다가 골동품 가게와 영화관에 들렀고, 밤 9시 30분에
막스는 크리스마스를 보내기 위해 고향으로 향하는 비행기에

몸을 실었다.[44]

지옥 같은 시절이 막을 내리는 순간이었다.

새로운 학기는 1월 17일에 시작되었다. 두 사람은 14일에 이사를
마쳤다.

현재의 킹스턴 로드 26번지.

두 사람의 방은 1층에 있었다. ROP의 방은 정원과
플레처모스 공원이 내다보이는 뒤쪽에, 막스의 방은 밤나무와
도로 건너편 디즈버리 공원을 마주보는 앞쪽에 있었다.[45] 마치
1952년 존트호펜에서 케저 부부의 집을 발견했을 때처럼 시골로
돌아간 기분이었다. 게다가 방 자체도 아름다웠다. 두 방 모두
포근한 카펫과 햇살에 물드는 커튼을 갖추고 있었다. 브리기테는

부엌 구석에 "직접 고른 것 같은" 찻주전자와 컵, 유리잔이 놓여 있었다고 썼다.[46] 이는 건축가 아내의 작품이었고, 빛으로 가득 찬 집 전체는 건축가의 작품이었다. 그때 막스는 주변 환경이 본인에게 단지 중요한 수준을 넘어서서 정신 건강에 결정적인 영향을 미친다는 사실을 깨달았다. 그로부터 몇 년 후 그는 집주인이 맨체스터 우울증에서 자기를 구해주었다는 말을 남긴다.[47] 이는 필시 ROP와 나눈 대화뿐만 아니라 집 자체도 염두에 둔 말이었다.

막스는 이제 새로운 마음으로 일상을 지속해나갔다. ROP와 각자의 작업과 문학을 두고 나누는 토론도 계속되어, 때로는 밤늦게까지 이어졌다.[48] ROP는 막스를 높이 평가하면서도, 그에게 한 약속을 지키기 위해 소설을 읽은 다음에는 방대하고 종종 거칠기도 한 편집상의 조언을 했다. 막스는 ROP와 이야기를 나누면서 여백에 메모를 했는데, 한번은 한쪽 여백에 큼지막하게 샤이세 Sheisse(젠장)!라고 휘갈겼다. 그러자 ROP는 한발 더 나아갔다. 어쩌면 벨로가 『허조그』에서 했던 것처럼 결말부터 시작해 다시 시작점으로 돌아간 다음, 나머지는 평범한 방식으로 쓰는 게 나을지도 모르겠다고 제안했던 것. 막스는 확실히 이 생각에 매료되었다. 소설의 많은 대목을 그대로 유지하되 ROP가 제안한 대로 결말을 도입부로 바꾸고 더 풍부한 세부 내용을 추가하면서 소설 전체를 다시 썼다. 그 무렵 막스는 다시 강의를 하며 논문을 작성하기 위해 방대한 양의 독서도 하고 있었으나,

그럼에도 아직 젊었고 글쓰기 속도도 빨랐다. 그렇게 3월께
소설이 완성되었다.

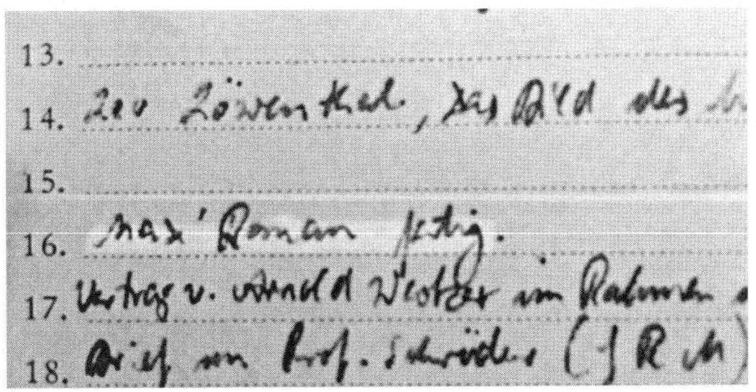

ROP가 작성한 켐프텐 시절의 일정표 가운데
1967년 3월 16일의 기록: 막스의 소설이 완성됨.

남은 학기 동안, 그리고 그 후에도 오래도록 막스는 백방으로
출판사를 찾아다녔지만 헛수고였다. 적어도 두 출판사가 거절
의사를 표명했다.[49] ROP도 막스만큼 낙담했고, 죄책감에 가까운
감정까지 느꼈다. 『허조그』처럼 이야기를 바꿔보라는 조언이
실수였다는 생각이 든 것이다. 그러나 그게 문제가 아니었다.
소설은 초고도 수정안도 습작일 뿐이었다. 중요한 것은 그 소설이
쓰이고 또다시 쓰였다는 사실이었다. 막스는 아직 훌륭한 작가가
아니었으나, 작가이기는 했다.

두 친구는 그때부터 더 많은 여가 시간을 함께 보냈다.[50]
학교에 있지 않을 때는 식사를 함께했고, 브리기테가 놀러 오면
브리기테도 같이했다. 요리는 막스가 맡았다. 막스는 감각 있는
요리사였고 (오래전 게르트루트나 아엔데를 부인에게 배운 것인지
모르겠으나) 늘 마늘을 듬뿍 넣었다. 브리기테는 막스의 요리에

감탄했다. 특별히 맛있는 점심을 먹은 어느 일요일에는 "레시피를 얻어내야겠어!"라고 적어두기도 했다.[51] 그날 저녁 그들은 서로에게 소리 내어 책을 읽어주었는데, 막스는 바이에른어로 쓰인 루트비히 토마의 이야기를 읽었다. 1월에는 '천국과 지상에는 당신의 철학으로는 꿈도 꿀 수 없는 더 많은 것이 있다네'*라는 모토를 내걸고 유령 파티를 열었다. 학생 몇몇이 와서 유령 이야기를 들려주었고, 막스는—현명한 브리기테의 말에 따르면 아마 막스 자신일— '어느 젊은 작가'의 이야기를 풀어놓았다.

막스와 ROP는 둘이서 수많은 영화와 연극을 보러 다녔고, 그레이하운드 경주라는 이상한 영국 스포츠도 관람하러 갔다. 4월에는 티파니의 댄스 홀에 갔는데, 그곳에서 ROP는 앞서 막스의 춤을 본 사람들처럼 그가 춤을 추지 못한다는 사실을 알게 되었다. 또 두 사람은 이따금 노동계급이 많이 찾는 곳이라며 막스가 찾아낸 수상쩍기 짝이 없는 여러 펍에 단골로 드나들었는데 그중에서도 막스가 선호한 리스턴스 뮤직 홀은 20년 후 『자연을 따라. 기초시』와 「막스 페르버」에도 소환되었다.[52]

막스는 카주스를 비롯해 아마 알베르트도, 그리고 여학교에서 일하며 막스처럼 영국에서 1년 동안 머물고 있던 오버스트도르프 출신 지그리트 베커 같은 고향 사람들이 찾아오면 리스턴스에

---

* 『햄릿』 1막 5장의 유명한 대사를 빌려 온 것이다. "천국과 지상에는 자네의 철학으로는 꿈도 꿀 수 없는 더 많은 것이 있다네, 허레이쇼."

데려갔다.[53] 지그리트는 친구와 함께 스코틀랜드에서 휴가를 보내기로 했을 때 막스가 맨체스터에 머물고 있다는 사실을 기억해냈다. 그래서 막스를 보러 갔다. 두 사람은 히치하이킹을 했고(1960년대였다), 맨체스터로 향하는 마지막 구간에서 어느 유조차에 신세를 졌다. 운전사는 막스의 집까지 데려다주겠다고 고집했다. 그러니 막스는 어느 날 거대한 유조차가 킹스턴 로드를 비집고 들어와 웃음꽃을 피우는 두 소녀를 뱉어내고 가는 광경을 목격했을 것이다. 그리고 그 후 몇 달 동안 이를 우스꽝스러운 일화로 간직했을지도 모른다.

이 낯선 영국 생활에 적응한 후에 막스는 무얼 했을까? 알다시피 그는 때때로 기타를 연주했다. 당시 그가 가장 즐기는 게임으로 등극한 당구도 참 많이 쳤다. 그리고 부수입을 조금 올리기 위해 매우 특이한 일도 했다.[54]

막스는 영국이 공동시장 Common Market(당시에는 이렇게 칭했다)**에 가입할 준비가 되었는지 확인하고 싶었던 어느 독일 신문사가 자신에게 접근해 와서는 영국 북부를 돌며 메뉴판에

** 유럽공동시장 European Common Market, 곧 유럽연합 EU 의 전신인 유럽경제공동체 EEC 를 뜻한다.

대륙 요리의 흔적이 있는지 확인해달라는 요청을 했다고 말했다.
막스의 답변은 항상 같았다. 전혀 없다는 것이었다.

그리 많은 돈을 벌 수는 없었지만 덕분에 막스는 영국의
이모저모를 보았다. 그리고 그는 타베르트 커플에게 놀라운
이야기를 들려주었다. 호텔에 갈 때마다 화재가 두려워 제일 먼저
비상구 위치부터 파악했다는 것이었다. 목조 건물로 이루어진
1950년대 독일 마을에서 성장하며 그곳에 대한 잊지 못할 기억을
가진 사람이라면 불을 두려워할 수밖에 없다고, 자신도 불이
두렵다고 브리기테는 말한다. 그 말에 나는 특히 『토성의 고리』
화자가 가진 불에 대한 공포를 떠올렸고, 또 베르타흐구나, 하고
생각했다. 그 글은 전기였다.

그해 어느 봄날, 막스의 집주인 도러시가 볼일이 있어 킹스턴
로드에 왔다가 집 문을 두드렸다.[55] 아무 기척이 없어 도러시는
몇 번 더 문을 두드려본 후 돌아섰다. 그런데 돌아서는 찰나 1층
창문에서 누군가를 본 것 같다는 생각이 들었다. 때마침 고개를
들어 보니 새하얀 얼굴이 비쳤다가 금세 커튼 뒤로 사라졌다.

소녀의 얼굴이었고, 막스의 방이었다. 도러시는 자신이
꿈을 꾸고 있는 것이리라고 생각했다. 방에 외부인을 들여선
안 된다는 방침이 있었던 까닭이다. 물론 세입자 대부분이 그
방침을 어겼다. 하지만 그리도 조용하고 행실이 발라 도러시가
최고의 세입자라고 생각하는 사람 중 한 명인 막스가 그럴 리는
없었다. 게다가 여자애라니…… 도러시는 막스가 여자와 함께

있는 모습을 도무지 상상할 수 없었다. 그러기엔 너무 진지하고, 너무 일에 몰두하는, 어쩐지 [세상과] 너무 유리된 사람이었다. 막스에게는 그 누구도 필요 없어 보였다. 하지만 분명 그 새하얀 얼굴을 보았더랬다. 아닌가?

막스의 여자친구는 늘 조용했고 거의 눈에 띄지 않았다. 그렇지만 그날 막스의 방 창문가에 있던 사람은 막스의 여자친구였다. 근무지인 스위스에서 막스를 보러 온 것이었다.[56] 도러시가 아주 잠깐 스치듯 본 것을 제외하면, 타베르트 커플 외에 막스의 여자친구를 본 사람은 없었고, 그들이 본 것도 며칠뿐이었다. 그러나 막스와 함께한 모든 날이 그랬듯 이 날들도 그들에겐 특별한 나날이었다. ROP의 기록에 따르면 막스의 여자친구는 붉은빛이 도는 금발을 가진 사랑스러운 여자였다.[57] 막스만큼 젊었고, 막스처럼 요정이 연상될 정도로 마른 체형이었다. 둘 다 너무도 가녀려서 오래 살지 못할 것처럼 보였고, 둘 다 자신들이 오래 살지 못하리라고 생각했다. 막스의 여자친구는 조용했으나 변덕이 심했다. 일례로 한번은 광대 역할을 맡았는데 테이블에 앉는 대신 테이블 아래로 들어가 앉았다. 또한 성격이 냉철하면서 종잡기 어려웠고, 막스는 그런 여자친구에게서 시선을 떼지 않았다. "막스에게 그보다 더 좋은 뮤즈는 상상할 수가 없어요"라고 ROP는 말했고, 브리기테도 이에 동의했다.

그해 봄 어느 날 막스와 ROP는 예술에 대해 대화를 나누었다. 막스는 ROP의 방 벽에 걸려 있던 그림—렘브란트의 살집 있는 아내가 개울에서 목욕을 하며 스커트를 걷어 올리는

그림—을 마음에 들어하지 않았다. **너라면** 어떤 그림을 걸
건데?" ROP가 물었다. "앵그르의 초상화 알아?" 막스가 대답했다.
ROP도 알고 있었다. 상아색 피부를 가진 조각상 같은 미인이
대체로 뒤를 돌아보는 모습을 담은 초상화였다.* "그중에 한
점." 막스가 말했다.[58]

ROP의 기억 속에 자리한 막스는 이미 원숙한 시절의 막스와
같은 모습이다.[59] 막스는 어린 시절을 회상하기를 좋아했고,
애정 어린 목소리로 할아버지 에겔호퍼에 대해 말했다. 막스는
아이러니하고 부조리한 유머를 구사했는가 하면, 경탄할 만한
이야기를 들려주었다. 사람들을 대할 때는 사려 깊었지만,
작가들에 대해서는 놀라울 정도로 유독 가혹한 판단을 내리기도
했다. ROP는 이것이 그가 가진 가장 눈에 띄는 특징, 즉 우울
때문이라고 보았다. ROP는 느닷없는 분노 표출이 우울증의
전형적인 증상이라고, 햄릿이 그의 어머니를, 오필리아를,
그리고 거의 모든 사람을 대하는 모습을 보라고 말한다. 요컨대,
ROP가 보기에 막스는 현실판 햄릿이었다. 막스와 햄릿은 똑같이
어마어마한 지능과 날카로운 재치를, 아버지 문제와 오필리아
문제를, 그리고 세상에는 우리의 철학으로는 꿈도 꿀 수 없는 더
많은 것이 있다는 감각을 가지고 있었다. 그리고 물론, 똑같이
우울했다.

---

*   장 오귀스트 도미니크 앵그르, 파리 루브르 박물관에 소장된 「그랑
오달리스크」가 대표적이다.—지은이

ROP는 사람들에게 상대적으로 덜 알려진 사실들도 기억하고
있다. 예컨대, 스물두 살의 막스는 부자가 되고 싶어했고,
유명해지고 싶어했다. '유명해지고' 싶다는 욕망은 64그룹에서
싹튼 것이었지만, '부자'가 되고 싶다는 욕망은 새로운 것이었다.
이와 동시에 막스는 남은 평생 일하지 않아도 되기를 갈망했다.
그리고 이 딜레마를 해결하고자 다양한 계획을 세웠다. 하나는
부유한 학생과 결혼하는 것이라는 농담을 몇 달간 달고 살았다.
다른 하나는 미국에 가서 벼락부자가 되어 은퇴한 다음 지중해에
집을 사는 것이었다. "이상하네요"라고 나는 ROP에게 말했다.
"그렇게 평생 열심히 일했으면서, 늘 그렇게 일하지 않는 삶을
갈망했다니 말이에요." "우리는 늘 우리가 하지 않는 일을
꿈꾸죠." ROP는 대답했다. 나는 말했다. "그런데 더 이상한
건, 그런 농담이 결국엔 전부 실현되었다는 거예요. 빠르지는
않았지만 정말 부자가 됐고 유명해진 데다가 마지막에는
지중해나 다른 곳에 집을 살 생각도 했으니까요."[60] 이번에는
ROP도 동의했다.

ROP가 기억하는 마지막 사실은 그 어떤 이야기보다
흥미로웠다. 막스가 영국 생활 초기에 온갖 신화며 창작물을 봇물
터지듯 생산해냈다는 것이다. 다시 말해, 막스는 수십 년 후에야
그런 이야기를 쓴 것이 아니었다. 수십 년 후에 쓴 이야기는 얼마
되지 않았다. 짐작건대 책 몇 권 정도였다. 한편, 영국 생활 초기에
막스가 들려준 이야기 중 일부는 터무니없는 거짓말이었다.

알다시피 막스는 ROP를 처음 만났을 때 자신의 소설이

이미 출판사에 받아들여졌다고, 그리고 빈에 있으면 '고향'에
있는 듯한 기분을 느낀다고 했으나, 사실 그는 빈에 발을 들인
적도 없었다.[61] 하지만 이는 시작에 불과했다. 그 후 막스는
프라이부르크에서 자신이 핀터의 연극을 연출했다고 했는데,
물론 가능성은 있는 이야기였으나 사실이 아니었고, 어느
미국 잡지사에서 사진기자로 일하고 있다고도 했는데, 이는
가능성조차 없는 얘기였다. 그러다 한 매력적인 소녀가 등장했을
때, 그는 어느 때보다 인상적인 이야기를 지어냈다. 그는
브리기테에게 자신의 성姓이 여섯 개라고(나중에는 대체로 성이
세 개라고 주장했는데 이 또한 사실이 아니었다), 그리고 기말시험을
치르러 갈 때 말을 타고 갔었다고 말했다.[62]

거짓말은 얼마 후 잠잠해졌지만 결코 멈추지는 않았다. 그의
기괴한 작업에 관한 이야기도 사실이라고 믿고 싶지만, 이 또한
지어낸 이야기일 가능성이 있다. 그리고 막스는 킹스턴 로드를
발견한 일화를 소재로 타베르트 커플을 위해 전형적인 제발트
소설 같은 이야기를 지어냈다.[63] 사실 그는 자기에게 도움을 준
동료를 통해 지극히도 평범한 방식으로 킹스턴 로드 집을 알게
되었다. 그러나 타베르트 커플에겐 청과물 가게에서 도러시를
만났다가 우연히 킹스턴 로드에 대해 알게 되었다고 말했다. 30년
후에도 그는 킹스턴 로드에 대해 이 제발트 소설 같은 이야기를
똑같이 했고, 나는 그것이 사실이라고 믿었다.

어쩌면 이런 거짓말은 막스가 타고난 이야기꾼으로서
부린 장난이었을 수도 있다. 그가 본보기로 삼았을지도 모르는

파올로가 그랬듯이 말이다. 그러나 알베르트의 말이 넌지시 일러주듯, 여기엔 분명 더 깊은 차원에서 작동한 무언가가 있었다. 막스는 자신이 읽고 있던 책의 주인공처럼 "사람들과 편안히 지내기 위해 어느 정도의 변장을 필요로 했다".[64] 그는 여섯 개의 이름을 갖고 싶어했고, 친구들에게 보낸 농담 섞인 편지에선 더 많은 이름을 지어냈다.

막스와 그의 친구들은 무엇보다 책에 대한 이야기를 나누었다.
그들이 좋아한 책 중 하나는 테오도어 아도르노의 『미니마 모랄리아』[65]였는데, 전쟁 직후의 절망을 다룬 이 책은 막스의 역사적 비관주의에 영원토록 지속될 영향을 미쳤다. 이를 제외하고는 전부 소설이었다.
그중 한 권이 솔 벨로의 『허조그』였다. 허조그는 아내를 절망적인 심정으로 사랑하는데, 아내는 허조그의 절친한 친구와 바람을 피우고 이혼을 요구한다. 허조그는 소설이 진행되는 내내 정신과 의사, 니체와 하이데거, 이미 사망한 어머니, 그리고 신을 향해 분노에 찬 편지를 쓰지만, 결코 부치지는 않는다. 그리고 아내와 아내의 새로운 연인을 죽일 마음을 먹지만, 그렇게 하지 못한다. 허조그는 소설이 시작된 나라로 돌아가고, 그제야 비로소 광기는 끝난다.
막스는 『허조그』의 도입부를 좋아했다. "내가 미쳐버린대도 나는 괜찮다, 하고 모지스 허조그는 생각했다."[66] 부치지 않은 광기 어린 편지도 좋아했고, 어쩌면 살인에 대한 욕망도 마음에

들어했을 수 있다. 막스는 스물셋이었고 외모는 열다섯처럼
보였지만 광란의 편지를 쓰고 있지 않을 때에는 병적이다 싶을
만큼 유년기에 대해 생각하는 중년의 유대인 허조그와 자기
자신을 전적으로 동일시했다. ("우울증 환자들은 유년기를 포기하지
못한다"라고 벨로는 썼다. "유년기의 고통조차 포기하지 못하고 (…)
그는 인생의 이 단계에서 어쩌다 마음을 활짝 열어버렸는데, 그걸 닫을
힘은 갖고 있지 않았다.")

막스는 "미쳐버린" 다른 인물, J. D. 샐린저의 『호밀밭의
파수꾼』에 등장하는 홀든 콜필드도 좋아했다. 홀든은 고작
열일곱임에도 허조그처럼 분노에 차 있다. '가짜 phoney'라는
단어를 어떤 말보다 즐겨 쓰는 홀든은 특히 부르주아의 거짓말과
저열함을 묘사할 때마다 이 단어를 쓴다. 이는 물론 막스에게도
적용되었다. 그해 막스가 가장 좋아하게 된 단어도 '가짜'였다.
사실 막스는 홀든 콜필드와 자신을 강렬하게 동일시하다 못해
때로는 홀든의 빨간 야구모자를 쓰기도 했다. 믿기 어려운 사실일 수
있으나 ROP가 남긴 사진이 있다.

ROP가 애호한 소설 중에는 요한 페터 헤벨의 「예기치
않은 재회 Unverhofftes Wiedersehen」와 초기 낭만주의 작가 중 한 명인
루트비히 티크의 「삶의 사치 Lebens Überfluss」가 있었다. 「예기치 않은
재회」는 막스의 인생 소설 중 하나이기도 했는데, ROP에게 강한
인상을 남긴 것은 막스가 「삶의 사치」에 대해 보인 반응이었다.[67]
「삶의 사치」는 클라라와 하인리히의 이야기로, 클라라 쪽 부모의
반대를 무릅쓰고 혼인한 두 사람은 지독한 가난 속에서 방으로
향하는 나무 계단을 땔감으로 태워가며 간신히 겨울을 난다.
이는 두 사람을 하나로 엮어주는 동시에 나머지 세상으로부터
단절시키는 사랑을 보여주는 잊을 수 없는 이미지다. 그러나
하인리히가 부자가 되고 그의 시집이 출간되어 성공을 거두면서
모든 상황은 행복한 결말을 맞는다. 막스는 이 소설을 무척
좋아했는데, 결말 때문이기도 했겠지만 내 생각에는 분명 다른
이유도 있었을 것이다. 막스의 후기 작품을 보면 화자의 아내는
고작 두세 번 아주 잠깐 동안 등장할 뿐이지만, 아내의 이름은 늘
똑같았다. 클라라.

ROP가 그다음으로 내게 말해준 작품은 어쩌면 두 사람이
가장 애호한 것이었을지도 모른다. 그러나 부끄럽게도 나는 한
번도 들어본 적 없는 작품이었다. 그래서 나는 서둘러 서점으로
달려가 그 책을 사 읽었고, 대작임을 깨달았다.

바로 스위스 작가 막스 프리슈의 『슈틸러』였다. 영어판
제목은 소설의 첫 문장이기도 한 "*I'm not Stiller*[나는 슈틸러가
아니다]"다.

한 남자가 스위스에 도착한다. 그리고 그 즉시 5년 전에 사라진 조각가 슈틸러로 몰린다. 하지만 그는 자신이 슈틸러가 아니라고 주장한다. 구치소에 갇힌 남자는 슈틸러의 형제, 아내, 전 연인 등과 대면하는데, 이들은 전부 그를 슈틸러로 대하고 남자는 계속 부인한다. 소설은 남자가 교도소에서 작성한 일기로 구성되는데, 그는 여기에 자신의 이야기를 담아내지만 아무도 믿지 않는다. 그러는 와중에 남자는—계속 **자기** 아내가 아니라고 주장한—슈틸러의 아내 율리카와 사랑에 빠진다. 율리카는 천상의 존재처럼 아름답지만, 타인과의 긴밀한 접촉을 견디지 못한다. 슈틸러는 율리카를 미치도록 사랑하지만 율리카를 만질 때마다 역겨움과 죄책감을 느낀다. 슈틸러는 율리카를 향한 마음을 접고 새로운 애인을 사귀는가 하면 율리카가 결핵으로 인해 일을 그만두고 산속 병원으로 들어가야 하는 상황이 되자 잔인하게 방치한다. 결국에는 "살인을 저지르지 않고자" 도망치고, "이제야"—마침내 시점도 1인칭으로 바뀐다—"도망치려던 바로 그 노력이 살인이었음을 깨닫는다".[68]

사건의 심리가 끝난 후, 남자는 공식적으로 슈틸러라는 판결을 받는다. 그리고 슈틸러가 된 남자와 율리카는 제네바호의 한 샬레로 이사해 살아간다. 그로부터 18개월이 지난 후에도 달라지는 것은 없고, 슈틸러의 절망도 율리카의 결핵도 재발하고 만다. 6개월 후, 율리카는 최후의 수단으로 수술을 받는다. 그리고 간신히 밤을 넘겨 살아남지만 이튿날 아침까지도 슈틸러는 오지 않고, 율리카는 결국 사망한다.

진실과 허구, 정체성의 유동성과 모호성을 갖고 노는 이 모든 방식이 막스에게는 필시 자신이 직접 쓴 글처럼 몹시 친숙하게 느껴졌을 것이다. 게다가 사람들이 슈틸러에 대해 하는 말들도 내가 듣기에는 막스라는 사람과 무척 가깝게 느껴진다. 슈틸러는 스스로에게 과도한 기준을 부과해 "열등감으로 인한 불안"에 시달렸고, 막스가 터무니없는 거짓말(그리고 소설)을 통해서 그랬듯 자신의 내면 세계를 현실에 투사하면서 스스로를 실제 자기와 다른 사람이라고 느꼈으며, 그래서 실제로 그렇게 말했다.

슈틸러의 혼인도—티크의 「삶의 사치」를 애호한 스물셋의 막스에게 혼인이 어떤 의미였을지도—미스터리다. 하지만 내 생각에는 분명 무언가를, 어쩌면 공포를 의미했을 것 같다. 슈틸러의 연인은 말한다. "그는 사랑받고 싶어하지 않았어요. 사랑을 두려워했죠." 어떻든 ROP는 친구 막스와 슈틸러의 유사성에 너무나도 충격을 받은 나머지 막스에게 그런 소회를 전했다. 맞아, 하고 막스는 말했다. 막스는 오랫동안 슈틸러와 자신을 동일시하고 있었다.[69]

강사 계약 종료 시기가 다가오자, 두 친구는 지도 교수 패리를 위해 페스트슈리프트Festschrift*를 작성했다.[70] ROP는 핀터의 『생일파티 Birthday Party』에 관한 에세이를, 막스는 시 네 편을 기고했다. ROP는 이를 얇은 소책자로 인쇄해 학기 말에 패리 교수에게 선물했다.

이렇게 함께 작별의 선물을 계획했을 때까지만 해도 막스는 여전히 영국에서 1년을 보내고 집에 돌아갈 생각을 하고 있었을 것이다. 그런데 그로부터 얼마 후 그는 마음을 바꾸었다. 지옥 같은 맨체스터는 어느새 옛일이 되어 있었다. 과도 마음에 들었고, 킹스턴 로드도 좋았고, 수입도 여전히 독일에서 기대할

---

* 주로 학계에서, 학자나 지식인의 생일, 퇴임 등을 기리며 헌정하는 기념 논문집.

수 있는 수준보다 더 나았다. 그래서 그는 2년 차에도 렉토르에
지원했고 학교는 이를 받아들였다.[71]

ROP는 7월에 독일로 돌아가 브리기테와 혼인했다.[72] 막스도
여름에 본가를 방문했을 텐데, 그랬다면 가엾은 로자에게 집에
머물지 않을 거라고 말해야 했을 것이다. 그리고 가족에게 전할
소식이 또 하나 있었다. 얼마 전 막스는 여자친구와 함께 전화도,
라디오도, 심지어 신문도 없는 곳으로 휴가를 떠났었다. 클라라와
하인리히처럼 그곳엔 두 사람뿐이었다. 그리고 클라라와
하인리히처럼 둘은 행복했다. 그래서 막스는 결심했다. 결혼을
하기로.[73]

결혼식은 9월 1일 존트호펜에서 치러졌다.[74] 장폴이 수술을
받아야 하는 상황이라 그도 게르트루트도 올 수 없었기에,
생각보다 조촐하게 소규모로 치러진 가족 행사였다. 사진을 보면
키가 크고 빼빼 마른 알베르트의 체형이 눈에 띈다. 다들 행복해
보이고, 당연하게도 약간 취한 듯한 모습이다. 결혼식을 치르고
1~2주가 지난 후 막스는 유부남이 되어 맨체스터로 돌아갔다.

킹스턴 로드로 돌아간 막스와 그의 아내는 꼭대기 층에 자리한
번듯한 방으로 이사를 했다.[75] 막스만큼 주변 환경을 중요하게
생각했던 막스의 아내는 방을 말끔하고 깨끗하게 유지했을 뿐
아니라, 부엌 벽에 파란색 페인트로 어여쁜 그림을 그리기도
했다. 아내는 사진 실력도 좋아서 맨체스터 주변에서 많은 사진을
촬영했고, 막스는 현상을 도왔다. 두 사람은 고물상, 골동품 가게,

경매장을 함께 돌아다니며 모든 종류의 가구와 골동품에 대한 안목을 길렀다. 막스가 버는 수입으로 가구가 갖춰진 작은 방에 살던 초창기에는 주로 눈으로 구경만 해야 했지만, 그렇게 그들은 공통 취미생활을 시작했다.

끔찍했던 첫 학기가 지나고 막스는 동료들과 좀더 사회적인 관계를 맺기 시작했다.[76] 그는 디트마르 크렘저와 독일어로 농담을 주고받으면서 제발트적인 방식으로 놀리기도 했는데, 그러면 크렘저는 웃으며 받아주었다. 크렘저와 오르트만은 막스를 파티에 초대했고, 막스는 적어도 한 번은 파티에 응했다. 페터 슈크리네―킹스턴 로드 집을 소개해준 동료―는 막스를 본인 집에 초대했고, 막스는 그곳에서 처음으로 빈센초 벨리니의 「청교도 I Pritani」를 듣고 그때부터 평생 벨리니에 푹 빠져 지냈다.[77]† 2년 차에 접어들어 대학에 돌아간 후부터는 독문과 내 동료들과 쌓은 우정도 점점 두터워졌다. 그러나 그의 젊은 아내는 여전히 수줍음이 많았다. 교직원 중 일부가 활기 넘치는 만찬 자리를 마련해 서로를 초대했지만, 제발트 부부는 참석하지 않았다. 클라라와 하인리히처럼 킹스턴 로드의 꼭대기 층 방에서 단 둘이 있는 것으로도 충분했다. 그 시절에 막스를 알게 된 이다 서개라는 막스가 행복한 결혼생활을 하고 있다고 생각했던 일은 기억했지만, 그의 아내는 떠올리지 못했다. 막스는 이다가 연 파티에 혼자 참석했다.[78]

막스는 '달콤한 게으름 dolce far niente'을 꿈꾸었음에도, 그 어느 때보다 열심히 일했다. 예컨대, 그는 주도적으로 수업 범위를

확장해 '독일의 동시대 문학과 삶'이라는 강의도 진행했다.[79] 훗날
그가 나중 저술에서처럼 무례한 태도로 강의를 했는지 여부는
기록으로 남아 있지 않지만, 그가 소속된 독문과 학과장은 그의
강의가 "필수가 아닌 과목의 일반적인 출석률보다 출석률이 훨씬
더 좋았다"라고 언급했다. 어떻든 막스는 학생들 사이에서 인기가
좋았고, 이는 막스가 맨체스터에서 두 번째 해를 보내며 자신감을
갖는 데 도움이 되었을 것이다.

그러나 막스의 주된 관심은 논문에 쏠려 있었다. 논문 분량은
60쪽에서 226쪽으로, 참고문헌으로 삼은 책과 기사는 37편에서
118편으로 늘어났다.[80] 그가 새로이 참고한 자료는 상당수가
발터 벤야민, 헤르베르트 마르쿠제, 특히 아도르노 같은 좌파
이론가들의 글이었고, 결과적으로 그가 논문에서 펼친 주장도
한층 좌파적이고 이론적인 분위기를 풍겼다. 그의 주장에는
변함이 없었다. 부르주아 사회에 대한 슈테른하임의 풍자는 작가
스스로 그 사회에 합류함으로써 치명적으로 훼손되었다는 것.
그러나 아도르노 등을 통해 이러한 주장을 확장한 것 외에도,
막스는 몇몇 중요한 내용을 추가했다. 예를 들어, 그는 (셰퍼드의
말을 빌리자면) "약간은 마지못해 (…) 선행 연구에 대한 형식적인
검토를 추가"했다.[81] 가장 중요한 점은 슈테른하임의 이중 구속,
그리고 (막스의 주장에 따르면) 그 결과로 나타난 깊은 염려와
불안, 사회에 대한 비정상적인 수준의 과도한 공격성, 그리고
관음증이나 반유대주의 같은 '조현병' 증상에 대한 놀라울 정도로
내밀한 심리 분석을 다루는 장을 추가했다는 사실이다.[82] 여기서

마지막 두 요소, 즉 관음증과 반유대주의는 그와 연관성을 가지는 앞의 세 가지 요소와 달리 전혀 관련이 없었다.

그의 학문적 글쓰기에서 처음 발견된 놀라운 측면은 이뿐만이 아니다. 몇 쪽 분량의 서문에서 막스는 아도르노가 사적인 편지를 통해 조언을 건네며 직접 자기 논문을 지지해주었다고 주장하며, 뒤에 가서는 이 주장이 사실임을 입증하기 위해 그 편지를 인용한다.[83] 여기서 첫 번째로 놀라운 점은 그것이 **정말** 사실이었다는 것이다. 막스는 "깊은 염려와 불안"에도 불구하고 책상 앞에 앉아 홀로 생각에 잠기면 어느 정도 두려움 없는 상태가 됐다. 그는 나중에도 그런 식으로 기성 독문학계를 향해 미사일을 발사할 수 있었고, 당시에도 그런 기세로 아도르노에게 거침없이 편지를 부칠 수 있었다. 그리고 그 시도는 성공했다. 아도르노가 답장을 보내왔으니 말이다.

그런데 아직 놀랄 만한 사실이 더 남아 있다. 막스는 아도르노가 보낸 편지 두 통을 인용하는데, 실제로 아도르노는 막스에게 답장을 한 통만 보냈다. '두 번째' 편지의 인용문은 다른 글들과 마찬가지로 그 유일한 편지에서 발췌한 것이다. 따라서 두 번째 편지를 참고문헌으로 언급하는 진지한 주석은 가짜다.[84]

제발트의 이 같은 장난을 폭로한 리처드 셰퍼드는 "학문적 부정행위 사례가 아니라" "빌런 Schelm[트릭스터] 막스가 (⋯) 시험관들을 비웃음거리로 만든 일"이라고 말한다. 사실이 그랬다. 아도르노가 직접 쓴 편지이므로 증거가 조작된 것은 아니며, 막스는 가짜 주석을 삽입해놓고 확실히 이를 우스워하고 있었다. 그런데 이런 행동은 석사학위 논문에서 끝나지 않았다. 막스는 지루한 인용 관행을 늘 싫어했고, 존경받는 교수였음에도 간혹가다 기억나지 않는 출처를 헛되이 찾아헤매다 절망감이 들 때면 손을 털고 거짓을 지어냈다.[85] 나중에 막스는 자기 마음속에서는 학문적 글쓰기와 문학적 글쓰기가 비슷하다고, 자기 입장에서는 학문적 글쓰기나 문학적 글쓰기나 거의 같다고 말하곤 했다.[86] 나는 그 말이 사실이라고 생각한다. 하지만 문학적 글쓰기에서 인용문의 출처를 밝히지 않는 행위는 오마주라고 불리는 반면, 학문적 글쓰기에서 출처를 밝히지 않는 행위는—심지어 더 최악의 경우 출처를 거짓으로 밝히는 행위는—사기이자, 셰퍼드에게는 **유감이었을지언정**, 적어도 석사학위 이후 단계에서는 다른 사람들이 실제로 해당 글을 읽고 의존할 수 있으므로 부정이라 할 수 있다. 이처럼 프리슈가 창조한 인물 슈틸러와 막스가 창조한 인물 요제프처럼, 제발트의 마음 어딘가에는 (알베르트가 암시했듯) 거짓말에 대한 깊은 충동이 자리해 있었다. 이 충동은 그를 비범한 소설가로 만들었지만, 때때로 미심쩍은 방식으로 비범한 학술 저자로도 만들었다.

그런데 마지막으로 우리를 놀라게 할 사실 하나는 이 이상한 가짜 주석을 매우 다른 관점에서 조명한다. 아도르노는 나치즘을 피해 이주한 유대인 난민이었다. 막스는 아도르노에게 받았다고 지어낸 두 번째 편지의 날짜를 5월 17일로 적었는데, 이는 페르버가 독일을 탈출한 날짜이자 페르버의 살해당한 어머니의 생일이기도 하다.[87] 그리고 물론 막스의 생일 전날이기도 하고.

즉, 막스는 1968년 논문에서 이미 자기 자신과 홀로코스트 피해자들 사이에 마법 같은 연결 고리를 만들어두고 있었다. 그러므로 막스가 그 가짜 주석에 숨겨놓은 것은 단지 거짓말과 웃음만이 아니었다. 그 이면에는 그와 정반대되는 것이, 그가 남은 평생 속죄해야 할 대참사가 있었다.

im Mund führte, eine echt englische Atmosphäre,
einen ebenso fatalen Eindruck, wie wenn man aus dem Stück 'Oscar
Wilde' erfährt, daß der Verfasser nicht weiß, daß man den Titel 'Sir'
nur mit dem Vornamen verbinden kann. Es ist an sich völlig gleichgül-
tig, ob Sternheim nun Englisch gekonnt hat oder nicht. Aber wenn er
es nicht gekonnt hat, was die Zitate zu bestätigen scheinen, dann
hätte er es nicht vortäuschen und hätte nicht das Publikum für dumm
verkaufen sollen. Daß er es aber tut, und daß er überhaupt ständig
dem Bedürfnis nachgibt, seine Bildung zu demonstrieren, "ist jedoch
bei der Komplexion, auf die diese Arbeit sich bezieht, Symptom des
Entscheidenden, nämlich von Anpassung nicht nur, sondern von einer
mißlungenen."[1]
  Die Demonstration der Bildung ist für Sternheim ein Versuch sozia-
ler Selbstbestätigung wie seine Aggressivität gegenüber der Tradition
bürgerlichen Geistes ein Versuch künstlerischer Selbstbestätigung ist.
Beide Versuche mißlangen als einander diametral entgegengesetzt.

[1] Adorno in einem Brief an mich. (17. Mai 1967)

"아도르노가 내게 보낸 편지에서": 막스가 작성한 아도르노에 관한 거짓 주석에 편지 날짜가 5월 17일로 되어 있다. 전체 원고를 타자기로 입력한 후 날짜만 다른 기계로 추가 입력한 것처럼 보인다. 어쩌면 학자로서의 사고방식에서 벗어나 다른 방식으로 논문에 접근하면서 추가한 것일지도 모른다.

막스는 3월에 논문을 제출한 후 운명의 결과를 기다렸는데, 생각건대 그리 심하게 초조해하지는 않았을 것이다. 지도 교수 패리는[88] 시종일관 최소한의 비판만 했다. 그는 매우 친절한 사람이었고, 학생들의 학문적 지식보다는 상상력에 더 관심을 보였다. 그는 열등한 학생들에게만 고삐를 조였고 막스를 포함한 영리한 학생들에게는 '흐라프 에이라_rhaff eira_,' 즉 눈처럼 부드러운 채찍(패리는 웨일스어를 구사했다)을 휘두르는 편을 선호했다.

막스는 패리 교수가 자기에게 관대하다는 사실을 알고 있었다.
맨체스터는 막스가 바랐던 것보다도 더 좋은 선택이었던 것이다.

학기가 끝나기까지 몇 주 남은 시점에 막스의 주 업무는 이미
마무리된 상태였다. 그러니 이제 뷔히너의 「레옹스와 레나」에
시간을 쏟을 때였다.

사실 막스가 맨체스터대학의 독일어 학회에 제안한 첫 연극은
「레옹스와 레나」와 사뭇 다른 작품,[89] 막스가 독일에서 탄 어느
기차에서 "우연히 발견"했다고 주장한 미스터리한 대본이었다.
배우들은 머지않아 저자가 누구인지를 짐작했다. 막스와 배우들은
몇 주 동안 대본을 매만진 후에—다시 말해 막스가—이를 폐기
처분해버렸고, 대신 「레옹스와 레나」에 눈을 돌렸다.

레옹스는 분노에 찬 허조그나 반항심이 들끓는 홀든과 다른,
우울한 햄릿 같은 막스의 또 다른 전형적인 인물이다.[90] 그는
햄릿처럼 왕자로, 포포 왕국의 통치자인 페터 왕의 아들이다. 그는
천박하고 타락한 궁정 세계를 혐오하며 자신은 왕국을 다르게
통치할 것이라고 맹세하지만, 끝에 가서는 아무것도 변하지
않을 것임이 훤히 드러난다. 또한 그는 자신의 결혼 상대로
정해진 피피 왕국의 공주와 결혼하지 않겠다고 다짐한다. (포포와
피피는 각각 부랑자와 오줌을 의미하니, 뷔히너가 두 왕국을 어떻게
바라보는지가 꽤 분명하게 드러난다). 그러나 그는 공주를 우연히
만난 후 공주의 정체를 알기도 전에 사랑에 빠져 결국 결혼하게
된다. 마지막에 레나는 "오 우연!"이라고 말하고 레옹스는 "오

섭리!"라고 말한다. 우연이라고 생각할지 모르는 일들이 사실 결정론에 의해 돌아간다는 것이다.

자, 여기서 다시 희극이라 불리는 작품에 등장할 수는 있으나 무척 어두운 희극에서나 다룰 법한 막스의 주제—정체성, 우연, 운명, 우울—가 등장한다. 통치자는 어리석고, 의도는 부질없으며, 운명은 피할 수 없다. 그리고 레나를 아무리 사랑한들, 레옹스는 자신의 깊은 우울을 치유할 수 없다. 그렇다 보니 막스의 연출 프로그램 노트의 결론은 이러했다. "최후의 성취조차 (…) 그가 다름 아닌 그 자신이기 때문에 치료할 수 없는 내면의 그 쓸쓸한 고뇌를 억누를 수 있을 뿐, 결코 완전히 없앨 수는 없다."[91] 막스는 이 노트를 직접 쓰지 않았다. 대신 자신의 레옹스에게 써달라고 했고,[92] 우리는 레옹스의 생각이 적어도 어느 정도는 연출자인 그에게서 나온 것임을 확신할 수 있다.

뷔히너가 사실주의와 낭만주의를 혼합하는 방식은 문제가 될 수 있다고 어느 평론가는 말했지만, 제발트는 그 문제를 단번에 해결했다. 그는 레옹스가 '카드 놀이의 왕Kartenkönig'이라고 불린다는 점에서 힌트를 얻어 양식화stylisation*에 대한 강렬한 감각을 전체 줄거리에 반영했다. 한 평론가는 이 감각이 "뷔히너 연극의 '비현실적인 현실'을 암시했을 뿐만 아니라"[93]

---

* 연극에서, 현실을 사실적으로 재현하려는 자연주의와 달리, 인물의 동작·말투·무대 장치 등을 의도적으로 형식화하거나 추상화하여 표현하는 기법을 말한다. 감정·사상·상징을 강조하기 위해 과장, 단순화, 기호화된 무대 요소 등이 사용된다. 관객이 작품의 예술적 장치와 메시지에 주의를 기울이도록 하는 효과가 있다.

배우들로 하여금 "자신이 하는 말의 의미를" 각 인물에 완벽하게 맞아떨어지는 방식으로 "흉내" 낼 수 있게 해주었고 그와 동시에 영국 청중들이 독일어 대사를 따라갈 수 있게 했다고 썼다. 말하자면 막스는 「인 더 존」에서 흉내와 관련된 파올로의 아이디어를 훔쳐 그보다 한 발 더 나아가면서 실제로 유효한 결과를 냈던 것이다.

「레옹스와 레나」는 대성공을 거두었다. 그의 젊은—막스보다 고작 몇 살 어린 정도였지만—배우들은 막스에게 대단한 존경심을 느꼈다.[94] 평론가의 말에 따르면 막스는 배우들로부터 훌륭한 연기를 이끌어냈다. 그런가 하면 스와비는 질문을 던졌다. "배우들이 알비노니의 「아다지오」를 알게 된 건 막스가 작품 전체에 걸쳐 그 곡을 사용했기 때문이겠지? 우울감을 조성하기에 그보다 더 좋은 선택지가 있었을까?"†

연극이 대성공을 거두자 독어독문학 학과 일동은 물론이고 맨체스터의 독일문화원Goethe Institute 원장까지 막스를 축하하기 위해 줄을 섰다.[95] 막스가 ROP에게 쓴 편지에 따르면, 그가 연극과에서 일자리를 제안받았다는 소문까지 돌았다. 설령 그런 제안을 받았더라도 막스는 거절했을 것이다. 그리고 막스가 ROP에게 보낸 편지에서 우리는 말년의 막스를 아는 사람이라면 누구나 감지할 만한 어조를 처음 일별하게 된다. 곰에게 쫓기듯 칭찬을 피하는 그 희극적이되 우울한 어조 말이다. 막스는 "이 찬사들은 전부 말도 안 돼"라고 썼다. 그는 영국식 자기비하를 좋아했고 그걸 써먹었다. 하지만 영국인들은 과잉된 자신감을 감추기 위해 자기비하를 활용한 반면, 막스는 자기의심을 숨기기 위해 자기비하를 동원했다. 그 차이를 누구나 느낄 수 있을 것이다.

이제 어떻게 해야 하는 걸까? 막스는 패리 교수 덕분에 누린 편안한 학교생활이 아무리 영국에서라곤 하나 석사과정 이후까지 지속되진 않으리란 것을 알고 있었다. 게다가 학칙을 따르며 사는 향후 수년간의 전망이 그에게는 매력적으로 다가오지 않았다. 그는 ROP에게 보낸 편지에서 암울한 어조로 학칙을 강요하는 이들이 언젠가 자기를 자극해 풍자로 대응하게 만들 것이고, 박사학위야 어차피 거짓말일 뿐인 데다 정말로 박사 논문을 쓰게 된다면 학계를 내부에서부터 허물어버리는 작업이 될 거라고 말했다.[96] 이런 생각을 갖고 있었다 보니, 막스는 석사 논문을 쓰는 동안에도 대안을 찾아 헤맸다. 맨체스터에서 보낸 두 번째 해의 첫 학기에 그는 뮌헨에 소재한 독일문화원에 독일어 강사Dozent가 되기 위한 연수를 받고 싶다고 지원했다.[97]

막스를 아는 사람들은 하나같이 좋은 생각이 아니라고 생각했고, 여자 동료 둘은 그에게 직접 그렇게 말하기도 했다.[98] 독일문화원은 관료주의에 따라 운영되는 기관이라고, 대체 왜 거기에 지원하려는 거냐고. 그러나 이다가 말하길 "막스는 돈과 자유를 원했"으며, 틀림없이 독일로 돌아가고 싶은 마음도 있었을 것이다. 막스의 지원서는 아직 유효했고 (막스가 언질을 주었다면) 로자의 희망도 살아 있었으리라.

막스는 몇 달간 연락을 받지 못했던 것 같다. 그러나 그에게는 직업이 필요했다. 그래서 그는 오래된 계획을 떠올렸다. 학교 교사가 되는 것. 아내가 마지막으로 일했던 곳이 장크트갈렌이었다는 점이[99] 어쩌면 그가 그런 생각을 한 계기였을지도 모른다. 진실이 무엇이든 막스는 장크트갈렌에 위치한 국제 기숙사 학교인 로젠베르크 국제학교에 지원했고, 그곳에서 영어와 독일어를 가르치는 자리를 제안받았다.[100] 독일은 아니었다. 그러나 다시 유럽 대륙으로 한 발 물러나는 것이었고, 거기서 이것저것을 고려해볼 수 있었다. 그는 제안을 수락했다.

남은 것은 논문뿐이었다. 그의 논문에서 미심쩍은 부분은 가짜 아도르노 편지만이 아니었다. 그의 학위 논문에는 여전히 학문적 결함이 많았고, 리처드 셰퍼드가 말하기를 "신중한 심사관이라면 이를 놓칠 리가 없었다."[101] 하지만 막스는 운이 좋았고, 그는 1968년 7월 11일 우수한 성적으로 석사학위를 취득했다고 ROP에게 말했다.[102] 맨체스터대학이 석사학위 성적을 기록하지 않기 때문에 우수한 성적이었는지를 증명할 증거는 남아 있지 않다. 막스의 공상이었을 수도 있지만, 프리부르에서 수석 졸업으로 학위를 받은 걸 생각하면, 상황이 어땠건 이번에도 그랬을 가능성이 있다.

막스와 그의 아내는 7월에 유고슬라비아로 휴가를 떠났다. 8월 1일 그는 ROP에게 편지를 썼고, 비교적 침울해져 있었다. 막스는 대부분 독일인인 관광객으로 가득 찬 지독한 쓰레기 더미에 있었다고 말했다. 그리고 9월이 가까워질수록 그의 의구심은 점점 커져만 갔다. 그는 학생들 앞에 선 자기 모습을, 자기 입에서 단어들이 개구리처럼 튀어나오는 광경을 보았다. 끝이 좋지 않을 거라고 그는 편지에 썼다. 그게 어떤 의미였을지가 뼛속깊이 느껴진다.

킹스턴 로드에서의 막스.

장크트갈렌과 맨체스터, 1968-1979

스위스 장크트갈렌의 로젠베르크 국제학교.

8월 15일 제발트 부부는 장크트갈렌에 도착해 메츠거슈트라세(정육점 거리)에 위치한 작고 예쁘장한 집으로 이사했다. 막스의 아내는 다시 미용실에서 일하기 시작했다. 그리고 9월 1일 막스는 심호흡을 한 번 하고 학교 교사으로서의 삶에 발을 내디뎠다.[1]

　　로젠베르크 국제학교는 스위스[2]에서 가장 학비가 비싼 사립학교였다(지금도 그러하다). 그곳은 푸른 잔디와 아리따운 숲 한가운데 위치해 있어 학교보다는 5성급 호텔에 가깝다고 할 정도로 터무니없이 호화로웠다. 로젠베르크에서 일하는 동안 막스는 한 가지만큼은, 적어도 특정 종류의 아름다움만큼은 부족함 없이 누릴 수 있었다.

　　막스가 학교에서 버틴 기간은 정확히 한 달이었다. 10월 2일 그는 ROP[3]에게 보낸 편지에 이 악몽 같은 일을 때려치워야겠다고 썼다. 그렇다고 계약을 파기할 수는 없었기에, 그는 1년 후 교사 일을 그만두었다.

　　어쩌면 그는 학교에 계속 머물지 못하리라는 사실을 첫날부터 알았을 것이다.[4] 그가 생각한 가르침이란 일찍이 페스탈로치를 바탕으로 형성되어 있었고, 이는 말끔히 손질된 로젠베르크의 잔디와는 거리가 멀어도 한참 멀었다. 막스는 「막스 페르버」의 화자가 "스위스인들의 삶에 대한 태도"[5]라 부른 권위주의적인 체제를, 즉 화자와 막스가 의미한 바로는 물질주의와 자질구레한 간섭을, 독일에서만큼 스위스에서도 해로울 수 있는 환경을 견딜 수 없었다. 게다가 일 자체도 녹록지 않았다. 그는 영어와 독일어를 가르치는 조건으로 고용되었으나, 사실상 모든 것을 가르쳐야 했다. 막스가 그래도 학생들은 좋아했다고 말할 수 있으면 좋으련만 그것도 아니었다. 더욱이 막스는 아이들을 학교에다 내버린 채 그들에게 거액의 돈을 제외하고는 아무것도 주지 않는 부모들을 더 싫어했다. 그런 식의 대우는 아이들을 버릇없는

응석받이로 만들뿐만 아니라 불행하게도 만들기 마련이니,
막스까지 불행했던 것도 놀랄 일은 아니다.

우리는 막스가 불행할 때 무엇을 하는지 알고 있다. 일에
몰두하는 것이다. 그는 유고슬로비아로 떠난 휴가에서 만난 가장
기상천외한 거짓말을 하던 빈 출신의 여든 살 노인이 등장하는
익살스러운 모놀로그 한 편을 썼다.[6] 그리고 슈테른하임에 관한
논문을 또 한 번 고쳐 써서 책으로 만들었다.[7]

일단 막스는 장크트갈렌에 도착한 직후 마지막으로
수정한 논문을 출판사에 투고했다.[8] 늘 그렇듯 그는 저명한
슈투트가르트의 콜하머 출판사를 택했고, 늘 그렇듯
자기소개서를 첨부하지 않았는데, 그래야 무슨 말이든 덧붙이는
것보다 더 눈에 띌 수 있을지도 모른다고 생각했다. 결과적으로는
효과가 있었다. 콜하머 출판사는 귀하가 출판을 염두에 두고
있는 것 같다며 즉각 회신했다. 1969년 2월 6일에는 조금 수정이
필요하기는 하지만 투고한 글을 출판하고 싶다는 내용의 공식
서한을 보내 왔다. 그러면서 막스의 인용이 통상적인 독일
출판계의 규칙을 따르지 않았고, '나'라는 대명사 사용은 가급적
지양해야 한다고 말했다. 사실 막스는 원 글이라 할 수 있는 학위
논문에서는 이렇게까지 심한 파격을 선보이지 않았다. 이는
아도르노식의 반란을 꾀한다는 의미로 맨체스터대학에 있을 때
한번 감행해본 방식일 뿐이었다. 그러나 그런 욕망을 이제는 잠시
접어두어야 했다. 출판이 더 중요했다. 막스는 마음을 다잡았고,
4월까지 수정 작업을 마쳤다.

첫 번째 장을 완전히 잘라내고, 다른 장은 글의 구조를 바꾸고, 후기를 새로 작성하는 등 막스는 수정 작업에 공을 들였다. 그러나 무엇보다도 독자들의 신경을 더 거스르고 공격적으로 느껴지도록 수백 개의 문장을 다시 썼다. 그는 서문에서 이 의도를 명백히 드러내기도 했다. "본 연구의 목적은 독문학 연구를 통해 형성된 슈테른하임의 이미지를 수정하는 것이다. 이러한 수정이 주로 파괴라는 형태를 띠게 되리라는 점은 구태여 언급할 필요도 없다."[9]

막스는 7월 말 콜하머 출판사에 수정본을 제출한 후 첫 번째 책이 출간되기를 기다렸다. 막스라면 분명 격한 반응을 기대했을 것이다. 틀림없이 사람들에게 충격을 안기고 독문학계에서 자리를 차지하고 있는 옛 나치들에게 한 방 먹이는 것이 계획의 일부였을 것이다. 하지만 내가 보기에는 확실히 그 이상의 목적도 있었다. 막스가 장크트갈렌에서 그리 불행하지 않았다면 과연 **카를 슈테른하임**을 향해 그토록 가혹한 공격을 가했을까? 서너 살 때부터 불행했던 아이 막스는 분노가 많은 아이이기도 했다. 불행이라는 요소는 글쓰기를 멈추기보다는 계속하도록 그를 추동했다. 오로지 슬픔만으로는 나치에 반대하는 위대한 문학작품을 써내지 못했을 것이다. 슬픔만 있었더라면 의기소침해지기만 했을 것이다. 그의 작품은 분노도 핵심에 품고 있다. 그러다 스물넷에 접어든 그는 세상에 충격을 주고 싶다는 생각으로 그 분노를 드러냈다.

막스를 장크트갈렌에서 버틸 수 있게 해준 행복은 몇 되지 않았다.[11] 메츠거슈트라세에 아름다운 집이 있었고, 자신이 꾸린 가족과의 삶이 있었다. 그는 난생처음으로 반려동물을 들였는데, 나중에는 개를 키웠지만 그때는 고양이였다. 게르트루트가 기억하기로, 녀석은 정신없이 날뛰며 막스가 들고 있는 종이 봉투에 쏙 들어가는 광기 어린 고양이였다. 그리고 사방에는 막스가 프리부르 시절부터 좋아했으나 어쩌면 「막스 페르버」의 화자처럼 맨체스터를 경험한 후에 더 열띠게 사랑하게 된 아름다운 스위스의 자연 풍경이 있었다.[12] 적어도 로젠베르크에서는 보덴제를 볼 수 있었고, 근처에는 로베르트 발저가 생애 마지막 23년을 보낸 정신병원이 위치한 헤리자우가 있었다.

1968년 말 막스는 학교 교사라는 직업이 자신에게 맞지 않는다고 판단했다. 그리고 『베를린 알렉산더 광장』을 쓴 저명한 작가 알프레트 되블린의 작품을 읽고는 파괴를 실현할 새로운 아이콘을 발견했다. 박사학위를 취득하고 학계를 내부에서부터 해체해야겠다고, 막스는 생각했다. 그러나 외국에서 3년을 보내며 두 개의 학위를 취득한 그 시절 막스가 보기에 그건 독일에서는 도무지 벌어질 수 없는 일이었다. 그러니 받아들여야 했다. 이것은 그도 어느 정도는 내내 염두에 두고 있던 결과였다.

막스가 가엾은 어머니 로자에게 그 결심을 언제 털어놓았는지는 모르겠다. 막스가 이런 의중을 털어놓은 상대는 그 시절 아버지라는 존재를 대신했던 아도르노였다.[13] 막스는 12월 14일 아도르노에게 쓴 편지에서 케임브리지대학 시드니서식스칼리지의 신진 연구원 자리에 지원할 생각이라고 말하면서 혹시 추천서를 써 줄 수 있겠느냐고 부탁했다.
아도르노는 끝내 여기에 회신하지 않았고, 시드니서식스칼리지는
막스의 지원을 반려했다. 막스가 실제로 머릿속으로
그려보았는지는 모르겠지만, 케임브리지대학 연구원으로 일하는
그의 모습은 학교 교사로 일하는 모습처럼 그에게서 멀어졌다.
하나 오히려 잘된 일이었을지도 모른다. 막스가 오랫동안
케임브리지대학의 의례 속에서 살아남는 모습은 도무지 상상하기
어려우니.

그럼 이제 어떻게 했을까? 막스는 맨체스터로
돌아갔다―생각건대 그는 분명 안도감을 느꼈을 것이다.
조던 가족은 켈러와 패리 교수처럼 막스를 따뜻하게 환대했다.
렉토르가 1년 이상 근무하는 것은 무척 이례적인 일이었지만,
켈러는 "제발트 씨니까"라고 운을 떼우며 예외적으로 "대단히
반가운 마음으로" 받아들였다고 말했다. 패리 교수는 한 발 더
나아가 "제안할 수 있는 정규직이 없어서 렉토르 자리에 재임용"될
수 있게 한 것이라고 말했다.[14] 막스는 스물다섯 번째 생일
나흘 뒤인 5월 22일, 새로 책정된 연봉 960파운드―오늘날 약
1만2000파운드에 맞먹는 금액으로, 1969년에는 생활하기에 매우
넉넉한 급여였다)―에 독어독문학과 렉토르로 재임용되었다.[15]
7월 말에는 거의 2년간 회신만 기다리고 있던 뮌헨 독일문화원의
일자리 지원 건을 취소했다. 그의 다른 모든 자아는 이제 과거에
존재했다. 그리고 막스는 가을에 다시 한번 영국으로 돌아왔다.

10월 중순 막스는 시간제 박사과정에 등록해 이번에도 패리 밑에서 되블린을 연구했고[16], 학생으로서는 마지막으로 보내게 될 해를 시작했다. 그는 평소 하던 대로 어학 수업을 하며 박사 논문 집필에 필요한 독서를 했다.

그런데 10월이 시작되기가 무섭게 기다려온 사건이 코앞으로 다가왔다—첫 책이 출간을 앞두고 있었던 것이다.[17] 그리고 바랐던 결과를 얻었으니, 슈테른하임 연구자들의 관심과 분노를 받았다. 1969년 12월부터 1972년 5월까지 무명의 학생이 쓴 이 첫 번째 저작에 관한 논평 열세 편이 독일 신문과 학술지에 실렸다. 신문에 실린 논평들은 동조하는 글이 많았지만, 학계에서는 격한 비난의 목소리를 냈다. 학계는 새파랗게 젊은 학생의 오만함—특히 슈테른하임이 온갖 종류의 왜곡을 저질렀다고 비난한 그 장!—에 분노했을 뿐만 아니라, 건방지게도 규칙을 무시한 태도에 노발대발했다. 그리고 알다시피 막스는 그런 비난을 무시했다. 머지않아 『현대 오스트리아 문학 *Modern Austrian Literature*』의 편집자가 된 도널드 대비오는 학계에서 제기한 이의를 다음과 같이 이례적으로 합당하게 요약했다.

문학 비평가들을 향한 직접적인 공격, 거만하고 공격적인 어조, 의심스러운 수많은 일반화, 교조적인 스타일 때문에 제발트의 접근법은 독문학자들이 취한 미적인 '내재적 비평' 접근법이 그에게 경멸적인 감정을 불러일으킨 것만큼이나 독문학자들에게도 상당히 부정적인 반응을 불러일으킬 것이다. 그럼에도 그의 책은 슈테른하임의 미래 비평가들이 고려해야 할 일관적인(주장은 일관되지 않을지언정) 관점을 제시한다. [18]

다른 건 몰라도 막스는 대비오의 마지막 문장에 어느 정도 만족했을 것이다. 하지만 그가 가장 흡족히 여긴 반응은 오히려 『차이트』를 통해 한 소련 학자로부터 받은 폭력적인 혹평이었으리라고 나는 확신한다.

소련 사람들은 슈테른하임을 부르주아를 채찍질하는 인물이라고 여기며 호감을 느꼈고, 이에 한 학자 —페름주립대학의 발레리 폴류도프—는 직접 나서서 슈테른하임을 방어했다. [19] 그는 슈테른하임이 빌헬름 2세와 나치 독일의 이데올로기에 반대했고, 그로 인해 두 정권 치하에서 고통을 감내해야 했던 평화주의자였다고 지적했다. 또한 막스가 극단적인 몰역사주의를 채택하며 문맥과 무관하게 내용을 선택적으로 인용한다고 비난하면서, 슈테른하임은 어떻게 보나 원조 파시스트라는 주장을 전적으로 부인했다. 그는 오히려 제발트가 네오나치[신나치주의자]일지도 모른다며 비웃었다. 폴류도프는 제발트의 책이 처음부터 끝까지 "완전 헛소리 barer Unsinn"라고 결론 내렸다.

기꺼이 이 논쟁에 뛰어든 막스는 2주 후 『차이트』에 반박문을 기고했다. 그는 폴류도프가 자기 사상에 지나치게 세뇌당한 나머지 슈테른하임 작품에 존재하는 결함을 보지 못한다고

말했다. 그리고 자신이 오히려 네오나치일지도 모른다는 비방에
대해서는 폴류도프가 소련의 반유대주의를 은폐하고 있다고
맞받아쳤다. 그러면서—이제 제발트다운 과장법을 동원해
끝까지 갈 작정으로—슈테른하임이 원조 나치**였을** 뿐만 아니라
유대인 박해의 초기 선동자라고 반박했다.

소란과 분노가 절정에 달한 후, 논란은 잠잠해졌다.[20] 막스는
10월에 슈테른하임에 관한 기사를 한 편 더 썼고, 이듬해 초에는
비평가 헬무트 카라제크와 페터 폰 마트와 함께 자신의 책에 대해
논하는 라디오 방송에 출연했다. 기사에서도, 라디오 방송에서도
막스는 자신의 논지를 고수했지만, 한층 공정하고 좀더 균형잡힌
주장을 펼친 덕분에 결과적으로 설득력을 더 얻었다. 그러나
그건 끝이었지 시작이 아니었다. 첫 책은 그가 바랐던 만큼의
파장을 불러일으켰지만, 지속적인 영향력을 발휘하지는 못했다.
1990년대에 들어서면서 슈테른하임에 대한 관심은 사실상
사그라들었고, 슈테른하임에 관한 근대의 학술 연구에서도 W. G.
제발트라는 이름은 등장하지 않는다.

이로써 마침내 슈테른하임을 둘러싼 4년간의 난투는 아무
성과 없이 끝났다.

그러나 첫 책은 막스가 오른 여정의 첫 걸음이자, 그의
내면을 들여다볼 탐조등이었다. 책은 스물다섯 무렵—심지어는
스물둘부터—막스가 이미 지적으로 원숙했음을 보여준다. 저자와
작품을 동일시하기, 전기와 심리학을 도구로 활용하기, 객관보다
주관을 중시하고 사실보다 상상력을 우선시하기, 논쟁적이고

과장된 어조 활용하기, 특히 다른 학자의 글을 읽고 공적을
인정하고 정확하게 인용하는 식의 학계 규칙을 꾸준히 무시하기
등등 그가 택한 비평 방법은 평생 정통에서 벗어나 있었다.[21]

이 가운데 특히 마지막 방법이 기고만장하게 느껴질 수도
있는데, 그건 그럴 만해서 그런 것이다. 학자로서 제발트는
때로 파격적일 정도로 도발적이었다. 그러나 그는 대단히
용감했으며, 중요한 질문들과 관련해서는 그의 태도가 옳았다고
나는 생각한다. 글을 쓰는 사람이라면 누구나, 자신이 표현할 수
있는 것은 결국 자기 안에 있는 것—자신의 경험, 성격, 그리고
상상력—뿐임을 깨달아야 한다. 우리가 책 표지에 작가의 이름을
표기하는 이유는 장식을 위해서가 아니라 이 진실을 인정하기
때문이다. 또한 그때나 지금이나 제발트가 제기한 가장 중요하고
도전적인 비판은, 미학은 윤리와 떼려야 뗄 수 없으며 작가에겐
사회를 비판적인 시선으로 진실되게 묘사할 의무가 있다는
것이며, 나도 그렇다고 믿는다. 이것이 그가 슈테른하임을 공격한
이유, 미래에 다른 작가들을 공격한 이유, 독일의 독문학자들과
그들이 문학에 대해 취한 순전히 형식적인 접근법을 공격한
이유였다. 제발트에게 있어서 카를 슈테른하임으로까지 거슬러
올라가는 문학 비평은 다른 글쓰기에서와 마찬가지로 정의로운
삶*을 살기 위한 윤리적 시도였다.

전쟁 후 맨체스터에서는 독일어의 피콕, 프랑스어의 비나베르
등 두 위대한 교수를 통해 현대 언어학이 힘을 얻고 있었다.[22]

1960년대 들어 현대 언어학은 1980년대 중반까지 이어지는
황금기를 맞이했다. 이 시기에 독일어는 영국 전역의 대학에서
권위 있는 자리를 맡게 될 졸업생을 최소 다섯 명 배출했다.
막스가 맨체스터에서 보낸 시절은 현대 언어학이 맞이한
전성기의 절정이었다.

재임용 후부터 막스는 맨체스터에서 행복한 시간을 보냈다.
그가 소속된 과는 자유로웠고 위계 질서와 무관했을 뿐만 아니라[23]
막스처럼 비정통적인 배경을 가진 사람으로 채워졌다. 패리의
아버지는 우체부, 더렐의 아버지는 영업 사원, 블래마이어스의
아버지는 공장 노동자였고 케리와 퍼니스도 공립학교 출신이었다.
그들은 교직원 잡지에 유머러스한 글을 쓰고 강의 중에 누가 가장
난해한 단어를 슬쩍 써볼지를 두고 경쟁을 하는 등(일례로 데이비드
블래마이어스는 'anfractuosity[굴곡성]'라는 단어를 지금도 기억하고
있다) 웃음소리와 학문적 재미가 넘치는 시간을 보냈다. 한편
막스가 영국에서 변함없이 마음에 들어한 점 중 하나는, 주변에
괴짜들이 가득했다는 것이다. 이드리스 패리는 일부러 웨일스
수다쟁이 연기를 하는 대단한 재담꾼이었다. 피터 스크라인의
강의는 라틴어 단어가 산재해 있어 학습량이 어마어마했던
반면, 레이 퍼니스는 천생 예능인이라, 학생들로 하여금
폭소를 터뜨리게 만들었다. 데이비드 블래마이어스는 열렬한
노동당원으로서 빨간 양말과 빨간 넥타이를 즐겨 착용했고, 독실한

---

* 이 표현은 우베 쉬테의 것이다.―지은이

퀘이커교도이자 공개적인 동성애자이기도 했다. 두 젊은 여성
이다 서개라와 로즈메리 터너는 비할 수 없을 만큼 지적이었고
여성 인권을 강력히 옹호했으며, 그와 동시에 학과에서 행사가
열리면 적극적으로 참여했다. 로즈메리는 늘 최신 패션, 특히
미니스커트를 포함한—1960년대 당시의—패션을 선보였고,
학생들은 로즈메리가 어떤 옷을 입고 올지, 다리를 얼마나
노출할지를 두고 내기를 했다. 프라이부르크의 형식적 의례와
엇비슷한 것조차 상상하기 어려운 환경이었다.

1960년대 후반 맨체스터에서의 교직원 회의. 왼쪽부터 막스, 루돌프 켈러,
스탠 케리, 데이비드 블래마이어스, 이드리스 패리, 피터 스크라인.

1969년 맨체스터로 돌아온 막스는 이렇게 마음이 맞는
동료들과 단숨에 친구가 되었다.[24] 이제 마틴 더렐과 사무실을
공유하게 된 막스는 저녁이면 아내와 함께 마틴과 그의 새로운
젊은 아내를 만나 윔슬로 로드의 올드코크에서 술을 한잔 기울일
때도 많았다. 레이 퍼니스와는 기나긴 산책을 하면서 문학에

대해, 가급적이면 정전에 속하지 않은 온갖 문학에 대해 이야기를
나누었다. 선임 중에서는 패리와 그의 아내 아이어웬이 스탠
케리와 그의 아내 스텔라처럼 정기적으로 막스를 저녁 식사에
초대했다. 막스는 자신보다 더 어린 동료들의 만찬회에도 그랬듯
그들이 초대한 저녁 식사 자리에도 거의 늘 혼자 참석했다.

막스보다 나이가 더 어린 동료 중에서도 피터 스크라인[25]은
유독 막스와 마음이 잘 맞았다. 그는 박식하고 유머러스했고,
맨섬 출신 영국인 아버지와 독일계 스위스인 어머니를 두고
있어 영국인인 동시에 유럽인이었다. 스크라인은 어머니의 베른
방언을 포함해 여섯 개 언어를 구사했다. 또한 (아내가 말하기를)
그는 기질적으로 행복을 잘 느꼈고, 어린아이처럼 즐거움을
만끽할 줄 알았다. 그는 막스가 학계에서 사귄 카주스라고 할
정도로 막스의 친구들 중 명랑한 유형에 속했는데, 전적으로 그런
사람은 아니었다.

그러나 스크라인 부부보다 막스와 가까웠던 사람들은
서개라 부부, 그러니까 이다와 그의 남편 알베르트였다. 이다는
아일랜드 출신으로 혁명 지도자 마이클 콜린스의 친구이자
현대 아일랜드 건국에 중요한 역할을 한 케빈 오실의 딸이었다.
이다는 역사학자였고, 당시에는 특히 비스마르크 연구에 힘쓰고
있었다. 이다는 먹음직스러운 저녁 식사를 준비하는 동시에, 자기
옆에 펼쳐져 있는 비스마르크의 편지를 읽으며 친구들과 쉴 새
없이 수다를 떨었다. 알베르트는 카탈류냐 출신이었고, 그래서
이다는 독일어뿐 아니라 카탈류냐어도 구사했다. 알베르트로

말할 것 같으면 참 훌륭한 사람이었다고 모두가 입 모아 말한다. 그의 직업은 석유공학자였지만 온갖 것에 대해, 특히 예술에 대해 대단히 박식했다. 알베르트의 차분한 유머는 막스의 마음을 사로잡았고, 두 사람은 우스꽝스러운 말을 주고 받으며 서로를 놀렸다. 알베르트가 입에 물었던 담뱃대를 빼고 말을 하기 시작하면 막스는 재빨리 맞받아쳤고, 그렇게 둘은 농말을 주고받았다.

막스는 참으로 매력적인 친구였다고 이다는 말한다. 막스의 유년기 친구들처럼 이다도 그가 쓴 책에서는 자신이 알았던 막스를 알아보지 못한다. 막스가 서개라 부부와 얼마나 편안한 사이였는지를 짐작할 수 있게 해주는 대목이다. 하나 막스는 이다에게도 아니나 다를까 한두 번 사소한 거짓말을 했다. 예컨대 언제는 자기 어머니가 빈 출신이라고 말하기도 했다. (빈 출신이라니! 그 말을 로자가 들었더라면 굴욕감을 느꼈을 것이다.) 막스는 부모님이 서로 너무 다른 분들이라서, 아버지는 독일인이고 어머니는 빈 사람이라서 자기가 이 모양인 거라고 말했다고 했다. "어떤 모양이라는 거죠?" 내가 물었다. "다르다고요." 이다가 말했다.[26]

그러나 막스가 맨체스터에서 생활하는 동안 가장 친밀했던 동료는 다른 세 명, 즉 지도 교수 이드리스 패리, 레이 퍼니스, 그리고 늘 스탠으로 불린 스탠리 세프턴 케리였다.[27]

패리[28]는 학과장인 루돌프 켈러와 함께 막스와 같은 학과에 소속된 교수였다. 그는 보수적이고 의례적이었던 켈러와는

정반대로 다정하고 차분했으며, 학자로서는 독불장군에
가까웠다. 전쟁으로 인해 학업을 중단한 그는 고등교육을 받은
적이 없었다. 그래서 맨체스터대학 측에서는 그에게 교수
자리를 내어주기 위해 명예 박사학위를 수여해야 했다. 패리는
정통 학술 서적을 쓴 적이 없었고, 다만 막스가 좋아하는 작가
상당수(클라이스트, 발저, 카프카, 엘리아스 카네티 등)를 비롯해
자신이 애호하는 작가들에 대해 나눈 라디오 대담집만 출간했을
뿐이었다. 패리가 쓴 책들—그중에는 내가 이 책의 제목으로
차용한 『말하라 침묵이어 *Speak Silence*』도 있다—은 아름답고
간결하게 쓰였으며, 막스의 후기 작품처럼 감정과 주관으로 가득
차 있는데, 어쩌면 막스가 실제로 그의 저술을 모델로 삼았는지도
모를 일이다. 책을 살펴보면 알 수 있듯, 패리는 사색가였고,
신비주의자처럼 보이는 구석도 있었다. 그는 세상을 이성적이고
이원론적으로 나누는 방식에 격하게 반대했고, 중요한 것은
상상력이며 예술, 의식, 우연을 통해 불확실하고 유동적인
기저의 현실에, 그가 늘 말하는 **연결의 흐름**에 마음을 여는 것이
중요하다고 주장했다.

　이는 분명 막스에게 지속적인 영향을 미쳤다. 그러나
모두가 솔깃한 주장은 아니었다. 스티비 데이비스처럼 삶의
의미를 찾아헤맨 많은 젊은 탐구자는 패리의 열정과 시적
감성에 감응했고, 패리의 강의는 "미묘하고 있을 법하지
않으며 역설적이고 정교한 진실을 특유의 침착하고 신중한
웨일스 북부의 목소리로 드러냈다"라고 생각했다. 반면

패리의 사고방식에 덜 감응한 다른 이들은 "또 한 번의 유동성 시간"이라고 말하며 히죽댔다. 패리가 자기 책을 홍보할 짧은 소개 문구들을 쓰자 한 학생이 그중 하나를 『프라이빗 아이 *Private Eye*』의 '슈즈 Pseuds 코너'*에 보내기도 했다. 그리고 『프라이빗 아이』는 그 투고를 받아들였다. 그리하여 패리는 막스에게 『프라이빗 아이』를 통해 영국식 조롱이 어떻게 이루어지는지를 보여주는 본보기가 되었다.

레이 퍼니스[29]는 학부에서 누구보다 엉뚱한 사람이었으므로, 막스가 그에게 끌렸다는 점에는 의심의 여지가 없었다. 퍼니스는 손끝으로도 연기하는 배우였고, 자기 자신을 연기할 때를 포함해 가장 환상적인 배역을, 가급적이면 충격적인 배역을 연기하는 것을 좋아했다. 마틴 더렐은 그가 괴짜 Querkopf 였으며 대단히 재밌는 사람이었다고 말한다. 이다는 그가 창의적이었고, 상상력이 넘쳤고, 재능이 뛰어났고, 자기 일에 몰두해 있는 사람이었다고 표현한다.

　퍼니스는 행동이 느리고 말이 없고 내성적인 막스와 정반대로 외향적이고, 열정적이고, 에너지가 넘쳤다. 10대 시절부터 바그너를 열렬히 숭배했고, (이를테면) 니체나 표현주의 독일문학의 데카당스에 관한 수많은 책뿐만 아니라 바그너에 관한 책도 몇 권 집필했다. 은퇴 후에는 늘 되고 싶었던 소설가로

---

* 영국의 풍자 잡지 『프라이빗 아이』에서 작가, 학자, 공인의 가식적이거나 허풍이 심한 언행을 다루는 코너.

전향했고 일흔넷에는 소설을 발표했는데, 그가 태연하게 말한 것처럼 그 소설을 읽은 사람은 거의 없었다. 그럼에도 그는 배우로서 가진 직감에 입각한 것이 분명해 보이는 생생하고 관찰력이 뛰어난 문체로 글을 쓴 훌륭한 작가였다. 그가 막스에 대해 리처드 셰퍼드에게 쓴 편지들을 보면 이 점이 상당히 잘 드러난다. 그는 "[멕시코의 혁명가] 에밀리아노 사파타를 연상시키는 수염을 기른 매우 애처로운 독일인을, 독일과 관련된 것이라면 전부 거부하는 매우 독일인스러운 독일인을 놀리고 싶기 때문에" 막스를 어지간히 좋아하고 또 존경한다고 썼다.

애처로운 낙관주의자였을까? 유쾌한 비관주의자였을까? 확실히 유쾌함을 발산하지는 않았지만 슬픔에 잠긴 그의 겉모습은 분명 난해한 유머 감각을 감추고 있었어. (…)
(…) 막스에 대해 생각하면 할수록 왠지 더 모르겠다는 생각이 들어. 태도만 보면 삐딱하고 속내를 알 수 없고 얼떨떨해 보이는데. 그러면서도 굉장히 도덕적이란 말이지. 그게 무슨 의미든 간에 말이야. 자네도 충분히 짐작할 수 있겠지만, 우리는 죽음에 대해 어마어마하게 많은 이야기를 나눴었지.[30]

막스는 말년에 레이 퍼니스가 이스트앵글리아대학 외부 심사관이 되었을 때 그를 몇 차례 만났고[31], 패리 교수와 계속 연락을 주고받았다. 짐작하건대 스탠 케리는 다시 만나지 못했을 것이다. 그러나 맨체스터에서 막스와 가장 가까웠던 사람은 케리였고, 케리는 그의 마음속에, 그의 현실에 남은 사람이었다. 그리하여 케리는 막스의 맨체스터 시절 친구 중에서 유일하게 그의 작품에 등장했다.

케리가 등장한 작품은 『토성의 고리』였다. 리처드 셰퍼드가 말하기를 『토성의 고리』에서 케리는 "역사의 재단에서 너무 이르게, 부당하게 희생당한 무고하고 재능 있고 무해한 수많은 희생자 중 한 명"으로 등장한다.[32] 성스러운 순수에 관한 막스의 신화는 천재 백치 만골트와 "당시 사람들 눈에는 (…) 전혀 어른처럼 보이지 않았던" 파울 베라이터가 등장하는 「파울 베라이터」, 그리고 그가 레르헨밀러 정원에서 애니 이모, 다정한 거인 슐츠와 보낸 시간에서부터 시작해 『토성의 고리』에서 정점에 이른다. 『토성의 고리』에서 성스러운 순수를 보여주는 전형은 요절한 두 인물 재닌 데이킨스와 마이클 파킨슨이며, 이 전형의 전형이 바로 스탠[스탠리] 케리다.

화자가 독자에게 말해주기를 케리는 동료들과 계속 거리를 두고 여가 시간 동안 일본어 공부에 매진했는데 "실력이 놀라운 속도로 늘었다"[34]는 점에서 그는 괴짜라는 평판을 받았다. 화자와 스탠이 가만히 서서 나누는 대화를 통해 우리가 알게 되듯, 그는 위던쇼에 위치한 자신의 방갈로 뒤에 일본식 정원을 조성했다. 화자는 스탠이 누군가가 자기에게 말을 걸어오면 최대한 예의를 차리는 의미로 마치 바람에 몸을 기대는 사람처럼 혹은 "높은 곳에서 미끄러지듯 내려오는" 천사처럼 상대방을 향해 온몸을 기울였다고 말한다. 셰퍼드는 이 대목이 스탠을 단순히 사람이 아니라 발터 벤야민이 말한 역사의 천사der Engel der Geschichte [35]의 화신으로, 과거를 마주하고 있지만 끊임없이 미래로 떠밀려 가는 사람으로 만든다고, 그동안 그의 발밑에는 역사의 잔해가 차곡차곡 쌓이고 있다고 말한다.

이렇게 막스는 스탠 케리를 성스러운 순수이자 역사의 천사라는 두 가지 신화적 인물로 구현했다. 한데 여기에서 그치지 않았다. 그는 어떻게든 말을 하려고 분투하는 친구를 묘사한다. 그는 케리가 종종 갖은 애를 쓰다가 얼굴이 일그러졌다고, "이마에 땀방울이 송골송골 맺혔고, 경련하듯 다급하게 튀어 나오는 말들은 심각한 내적 혼란을 폭로하다 못해 그의 심장이 너무 이르게 박동을 멈추리라는 사실을 예고했다"라고 썼다. [36]

화자는 케리가 어떤 종류의 '내적 혼란'을 겪었는지는 설명하지 않지만, 이는 분명 언어와 언어로 표현할 수 없는 무언가, 적어도 모국어로는 표현할 수 없는 무언가와 연관되어 있었다. 어쩌면 케리는 자기가 하고 싶은 말을 충분히 표현할 수 있으리라는 기대를 품고 최대한 어려운 언어를 배우고 있는지도 모른다. 케리에 관한 이 세 번째 신화는 그를 또 다른 화신으로 형상화한다. 이는 언어에 대한 절망을 체험한 호프만슈탈의 찬도스 경*이라는 화신으로, 막스에게 점점 더 중요한 의미를 갖게 된다. 막스는 『토성의 고리』가 출간되기 30년 전에 만난 스탠 케리를 회상하면서 찬도스 경이 겪은 것과 같은 위기가 처음으로 체현되는 모습을 본다. **미래는 과거에 있다.**

케리에 대한 마지막 신화는 그를 『토성의 고리』 화자의 친구이자 분신인 마이클 햄버거와 연결 짓는다. 화자가 말해주기를 케리와 햄버거는 젊은 시절 동료 군인으로 만난 사이이며, 케리는 화자가 맨체스터에서 처음 만난 사람 중 한 명이었다. 화자는 이제 와 과거를 돌이켜보니 "마이클의 삶과 나의 삶의 궤적이 그렇게 유난히도 착하고 부끄럼 많은 사람을 통해 교차했다는 사실이, 우리가 1944년과 1966년에 제각기 그를 만났을 때 우리 둘 다 스물둘이었다는 사실이 믿기지 않는다"라고 말한다. 이로써 스탠 케리는 반복과 우연의 인물이 되며, 제발트(그리고 패리)에게는 통찰이 찾아오는 지점, 형이상학적인 현실로의 진입점이 된다. 그 현실이 무엇인지에 대해 제발트는 결코 말하지 않을 것이다. 그러나 케리가 자연을 넘어선 신비를 체현한다는 점은 우연과의 이러한 연관성, 그리고 어쩌면 케리가 가톨릭 성일에 마이클과 화자 모두 앞에 나타난다는 사실을 통해서도 명백히 확인할 수 있다.

이렇게 제발트는 고작 두 쪽 분량에 케리에 관한 신화 네 가지를 담아냈다. 제발트 자신도 놀랄 만한 성취이지만 무엇보다 놀라운 사실은 케리라는 초상을 그리기 위해 진실을 아주 일부만 비틀었다는 점이다. 『토성의 고리』에서 케리라는 인물은 사실에서 허구를 발견한다는 점에서, 또한 사실을 말할

---

* 호프만슈탈의 『찬도스 경의 편지 *Ein Brief*』의 화자로, 프랜시스 베이컨에게 보내는 편지 형식에서 추상적 개념과 철학의 언어가 더 이상 세계를 의미 있게 포착하지 못하게 되었다고 고백하며 글쓰기를 포기한다. 더 이상 말할 수 없게 된 지성의 침묵 선언을 다룬 이 작품은 근대적 언어와 이성에 대한 불신을 선명하게 드러냈다는 점에서 모더니즘 문학의 출발점 중 하나로 평가된다.

때 허구에서 벗어나거나 허구를 말할 때 사실에서 벗어나는 일이
(거의) 없다는 점에서 제발트의 천재성을 보여주는 가장 좋은
사례 중 하나다.

스탠 케리[37]는 **실로** 유난히도 부끄럼 많은 사람이었고,
괴짜라는 평판을 갖고 있었다. 그는 다년간 일본어를 공부했고
실력이 눈부신 속도로 향상해 일본인 방문자들이 놀랄 정도였다.
사려 깊은 청자였던 그는 자기보다 젊은 동료들과 "계속 거리를"
두지는 않았고, 그와 스텔라는 연이은 저녁 파티에 기꺼이
참석했다. 그러나 막스의 설명은 틀리지 않았다. 스탠은 극도로
내성적이고 말이 거의 없었다. 방갈로 뒤에 실제로 일본식 정원도
마련했는데, 다만 위치가 위던쇼가 아닌 세일이었고, 로즈메리의
말에 따르면 일본식 정원이라기에는 너무도 잔잔하고 수수해서
누군가 말해주지 않으면 정체를 모를 정도였다. 전반적으로
스탠을 설명할 수 있는 단어는 **잔잔하다**였다고 로즈메리는
말한다. 그의 마음도, 그의 유머도, 그의 얼굴에 드러나는
표정도 매우 잔잔했다. 로즈메리는 스탠과 있으면 "보고 들어야
했다"라고 말한다.

그러니 케리는 막스가 묘사한 대로 정말로 수줍음 많고
온화한 괴짜였고, 『토성의 고리』에 담긴 케리의 초상은
"매우 정확하고"(더렐), "경이롭고"(이다), "완전히 사실
같다"(블래마이어스). 그런데 적어도 찬도르 경 신화, 케리가
말을 하려고 고군분투하다 못해 얼굴이 일그러지고 이마에
땀방울이 송골송골 맺혔다는 설명만큼은 좀처럼 믿기가 어렵다.

로즈메리는 가시 돋힌 말투로 그건 사실이 아니라고 말한다.
스탠은 운전할 때 무척 신경이 날카로워지는 사람이라 운전을 할
때 정도만 땀을 흘렸다는 게 로즈메리의 설명이다. 그런데 이다는
이에 동의하지 않는다. 이다는 스탠이 "부끄러움이 너무 많아서
미친 듯이 땀을 흘렸다"라고 말한다. 스탠은 아름다운 글을
썼지만 문장을 구상하는 데 상당한 어려움을 겪었고 "무척 난해한
방식으로 말하는" 사람이었다. 따라서 막스가 스탠을 극화해서
표현하고 신화화한 부분도 있지만, 스탠 케리가 말하는 데 애를
먹었다는 것은 사실이었다.

적어도 모두가 입 모아 말한 한 가지 이유는 그가 **번리 출신
소년**이었다는 점이었다. 랭커서 억양이 남아 있는 지방 도시
출신의 노동계급 또는 중산계급 이하의 소년이 완전히 다른
세계로 이동해 왔기 때문이라는 말이었다. 막스처럼, 그리고
역시나 같은 길을 걸어온 프리부르의 제임스 스미스처럼 말이다.
막스가 "자기 노력으로 실어증 상태에서 벗어나본 경험이 있는
사람이라면 누구나 (…) 입을 떼지 못하겠다는 말의 의미를 알고
있다"라고 썼을 때, 그는 반세기에 걸쳐 그들 모두를 위해 말하고
있던 것과 다름없었다.[38]

막스가 『토성의 고리』에서 암시하듯 케리의 '내적 혼란'이
그의 이른 죽음에 얼마나 많은 영향을 미쳤는가는 말하기 어려운
문제다. 그러나 케리는 대단한 끽연가였고, 진단받지 않은 심장
문제를 갖고 있었다. 그리고 1980년 2월 16일에서 17일로
넘어가는 밤, 고작 쉰여섯의 나이에 심장마비로 사망했다.[39]

맨체스터로 돌아온 막스는 변화를 감지했다. 그는 ROP에게
쓴 편지에 "건물들이 새단장을 하고 있어"라고 썼다. "사업이
번창하고 있고."[40] 맨체스터 사람들은 기쁨과 자부심을 느꼈지만
막스는 아니었다. 겨우 스물다섯이었음에도, 그는 이미 활개를
치고 있던 근대성에 반감을 느꼈다.

그럼에도 여전히 도시는 좋아했다. 렉토르로서 세 번째 임기를
맞는 건 일종의 임시방편이었고, 미래는 불확실했다. 그래도
그는 맨체스터로 돌아가 다른 사람, 이를테면 여동생 베아테가
맨체스터로 올 수 있도록 도울 만큼 생활에 만족하고 있었다.[41]

베아테는 1969년 7월 학교를 졸업하고 이듬해 봄에 간호
실습을 시작할 예정이었다. 그동안 아이들을 대하는 경험을
쌓아야 했다. 그래서 막스는 장크트갈렌에서 돌아오자마자
집주인을 찾아가 말했다. "여동생이 하나 있는데 오페어로 일하고
싶어합니다." 조던 부부에게는 여덟 살 닉, 다섯 살 벤, 두 살 소피
등 입양한 자녀가 세 명 있었다. 그렇다 보니 늘 육아에 도움을
필요로 했다. 조용하고 진지한 막스는 제발트 집안 사람들에 대한
긍정적인 이미지를 구축한 터였고, 조던 부부는 곧바로 베아테를
받아들였다.

조던 부부가 서로를 향해 미소 띤 얼굴로 과거를 회상하며
말하듯, 베아테와의 만남은 무척 놀라운 일이었다. 베아테는
생긋생긋 웃는 동그란 얼굴에 웃음과 흥이 넘치는 솔직한
사람으로, 오빠 막스와는 딴판이었다. 베아테는 망설임 없이
아이들에게 다가갔고 아이들도 베아테에게 정을 붙였는데, 특히

소피는 윗부분이 털로 장식된 베아테의 부츠를 꽉 붙잡고 썰매를
타듯 질질 끌려다니면서 좀체 떨어지려 하지 않았다. 보모들은 열
살 미만의 아이 셋은 골칫덩이라고 말하지만, 베아테는 별다른
어려움 없이 아이들을 돌보았다(이 대목에서 나 역시 베아테가
막스와 얼마나 다른 사람이었는지를 생각해보게 된다). 베아테는
아이들과 쉬지 않고 놀이를 했는가 하면 본인이 어린 시절에
저지른 철없는 짓들을 말해주기도 했다. 어느 날에는 언니의
파란색 향수병에 담긴 향수가 정말 파란색인지 너무 궁금했던
나머지 끝을 살짝 기울여보았다고 했다. 그렇게 해서 해답을
얻기는 했다. 파란색이 아니었다. 하지만 그때 새로운 문제에
봉착했다. 귀한 향수의 향이 몇 시간 내리 방 안을 가득 채우는
바람에 범죄 행각이 발각될 수밖에 없었던 것이다……. 아이들은
홍분을 금치 못했다.

베아테는 조던 부부의 집에 5개월간 머물렀다. 킹스턴
로드에서 그리 멀지 않은 곳이라 일요일이면 막스와 새언니를,
때로 막스가 서재나 도서관에서 일하면 새언니만 보러 갔다.
그들은 도러시의 미술 학교에서 열린 크리스마스 파티며 막스의
아내가 일하는 독일문화원의 첫 행사, 「하느님, 여왕 폐하를
지켜주소서」를 부르며 마무리된 대학의 공식 행사에도 함께
참석했다. 베아테는 깊은 감명을 받았다. 그러나 행복하고 분주한
막간의 여흥은 곧 끝이 났고, 4월에는 고향으로 돌아가 실습을
시작했다.

막스가 피터와 도러시 조던 부부를 안 지 몇 년이 지는 무렵이었다.
다른 세입자들처럼 막스도 집을 관리한 도러시와 주로
소통했는데, 그때는 세입자가 총 세 명이었고 과거 세입자까지
합하면 스물여섯 명이었다. 확실히 도러시는 에너지가 넘치는
여자, 정 많고 매력적인 여자였다. 맨체스터 인근 마을 출신인
도러시는 "뮌헨만큼 먼 마을"에서 왔다고 말하며 쓴웃음을 지었다.

피터가 집 관리를 도러시에게 맡긴 데에는 몇 가지 이유가
있었다. 첫째, 그는 시간이 없었다. 피터는 건축 일에 몰두하면서
웰리레인지와 모스사이드의 빈민가를 재건하는 데 도움을
주고 있었다. 둘째, 피터는 내성적인 사람이라 도러시와 달리
사람들에게 마음을 쉽게 열지 못했다. 반면 도러시는 생기
넘치고, 수다스럽고, 두뇌 회전이 빠른 데다 개구진 녹색 눈을
가진 사람이었다. 피터는 조용하고 사려 깊으며 10대 이후로
체형의 변화가 거의 없는 호리호리하면서도 단단한 몸의
소유자였고, 여전히 학창 시절에 입고 신던 반바지에 양말
차림으로 맨체스터 인근의 피크 디스트릭트를 오르내렸다.

도러시가 고향 마을을 뮌헨과 비교해 말한 것은 우연히
아니었다. 피터가 뮌헨 출신이었기 때문이다. 피터는 10대 시절
영국 땅을 밟고 영국에서 학교를 다녔으며(그래서 반바지를 입은
것이다), 토박이와 구별할 수 없을 정도의 영국인이 되었다.
그런데 피터 조던은 소설에 등장하는 셀윈 박사와 같은 사람, 즉
유대인 난민이었다. 그는 막스가 만난 최초의 유대인 난민, 사실상
막스가 만났거나 알게 된 최초의 유대인이었다. 피터 조던의 집이

막스의 목숨을 구했다면 그와의 우정은—돌이켜보면 막스가
분명히 그렇게 느꼈으리라고 생각하는데—그의 영혼을 구했다.

1996년 인터뷰 당시 막스는 내게 헨리 셸윈 박사만큼이나
피터 조던에 대해서도 수많은 이야기를 지어내 들려주었다.
막스가 가상의 식료품점에서 도러시를 만났을 때 가상의
도러시는 "있죠, 사실 D.는 뮌헨 출신이에요"라고 말했다('D'는
막스가 지은 피터의 가명인데, 아마 도러시라는 이름을 차용했을
것이다). 그러니 막스가 지어낸 이야기 속에서 막스는 처음부터
피터의 개인사를 알고 있었고, 그럼에도 피터와 그에 대해 대화를
나눈 적이 한 번도 없었던 것이다. "약간 수줍어했어요"라고
막스는 내게 말했다. "둘 다 어느 정도 마비돼 있었죠. 그 마비
상태가 풀어지기까지 20년, 30년이 걸린 거예요."[42]

이번에는 막스를 믿은 나를 탓할 수가 없다. 그런 수줍음,
그런 마비 상태는 늘 일어나는 일이 아닌가. 어떻게 독일인과
유대인이 **정말로** 마주 앉아 홀로코스트에 대해 이야기할 수 있단
말인가? 하지만 막스가 들려준 이야기는 진실이 아니다.

막스가 주로 소통한 사람이 도러시였다는 것은 진실이다.
그렇다곤 하나 피터와 마주치는 일도 종종 있었다. 어쩌면 막스가
어떤 문제로 피터에게 도움을 청했을 때나 피터가 도움을 주기
위해 킹스턴 로드로 왔을 때, 하다못해 식료품점에서 마주쳤을
수도 있을 것이다. 피터가 말하기를, 그렇게 만난 두 사람은
"즉각적인 유대감을 느꼈"다. 피터는 세입자 막스와 지적인
대화를 나눌 수 있었다. 막스와는 이야기를 할 수 있겠다고,

심지어 친구가 될 수도 있겠다고 그는 느꼈다.

사실 막스와 피터는 자주 "마주쳤을" 것이다. 피터는 온화한
미소를 지으며 내게 "저희는 아주 가까워졌어요"라고 말했다.
"막스는 늘 무척 진지한 태도로 저를 대했어요. 아이러니하지
않았죠"라고 덧붙였다. 조던 부부가 보기에 막스의 삶에는
"허황된 거품도 없고 속된 방종도 없었다". 도러시가 보기에
막스는 『겨울 나그네 *Winterreise*』[빌헬름 뮐러]의 우울한 방랑자
같았고, 피터가 보기에 그는 "시종일관 무언가에 열중해 있는
강인한 정신의 소유자"였다. 막스는 피터에게 전쟁에 관해서라면
한마디도 하지 않는 아버지에 대해, 사랑하는 할아버지에 대해,
모든 도시는 잔해 더미로 이루어져 있다는 생각에 대해 말했다.
그리고 피터도 막스에게 자기 이야기를 들려주었다.

처음 있는 일이었기에 그리 많은 이야기를 할 수는 없었다.
그러나 그는 대략적인 가족사를, 1939년에 뮌헨을 떠나 부모님을
한 번도 뵙지 못한 일을 들려주었다. 그리고 할아버지와 고모,
삼촌이 전부 회고록을 썼다고 말했다. 그러자 막스는 회고록을
볼 수 있겠느냐고 물었고 피터는 그것들을 보여주었다. 누군가
자기 이야기를 들어주고 이해해준다는 느낌은 그때껏 그 어떤
독일인, 영국인에게서도 받은 적이 없었다. 그리고 깊은 감동을
받은 막스는 집주인의 삶을 자신의 새 룸메이트에게 장황하게
재구성해 들려주었다.

어쩌면 막스는 어떤 계시를 목전에 두고 있다는 사실을 이미
알았을지도 모른다. 한 인간으로서나 작가로서나 그의 삶에서

핵심적인 순간, 역사적 사건이 숫자나 심지어 이름으로가 아니라 층계참만 건너면 만날 수 있는 실제 사람들에게 벌어졌다는 사실을 깨달은 순간이었으니까. 막스가 말했듯, 독일인은 아무리 애를 써도 유대인을 만날 수 없었고, 그렇기에 홀로코스트 희생자들은 독일인에게 윤리적 추상으로만 남아 있었다. 생의 마지막 해에 막스는 **진실은 실제 개별적 인간들과의 마주침을 통해서만 진정으로 포착될 수 있다**라고 말했다.[43] 이것이 가장 위대한 소설보다 당사자가 직접 작성한 값진 기록과 일기를 우선시한 제발트식 독서의 핵심, 실제 구체적인 개인들과의 마주침을 바탕으로 하는 제발트식 글쓰기의 핵심이다. 제발트는 뮌헨에 살면서 자기와 같은 언덕에서 스키를 탔던, 그러다 열다섯에 도망쳤던 피터 조던과의 대화를 통해 이 사실을 깨달았다.

피터 조던.

제발트의 새로운 룸메이트는 페터 요나스였다.[44] 1966년 가을 페터 요나스는 왕립북부음악원RNCM에서 성악과 음악학을 배우기 위해 유학 온 학생이었고, 막스와 같은 시기에 맨체스터를 경험했다.

페터는 한때 빅토리아 시대의 세련된 교외 지역이었으나 어느덧 임대 원룸 아파트 부지와 홍등가의 본거지가 된 웰리레인지에 거주했다. 페터의 방은 출턴에 있었던 막스의 방과 마찬가지로 온몸이 얼어붙을 듯 추웠다. 유일한 난방 기구는 작은 가스난로였고, 맨체스터의 습기는 벽에 물방울로 맺혀 흘러내렸다. 그리고 머지않아 페터는 막스의 소설에 등장하는 가상의 공간 아로사에서처럼, 아래층에 매춘 업소가 있다는 사실을 알게 되었다. (사실 여자들이 페터에게 굉장히 친절했기 때문에 그 매춘 업소는 일종의 위안이 됐습니다, 하고 막스는 말한다.)

페터는 막스처럼 그 지독한 방에서 나날이 깊은 우울에 빠져갔다. 그러나 막스와 달리 본능을 억누르지 못하고 분주히 사회생활을 즐기는 유의 사람이었던 그는, 가능한 한 방에서 보내는 시간을 줄이며 그 생활을 유지했다. 그러면서도 정기적으로 디즈버리의 가로수 길을 따라 주로 플레처모스 공원 주변으로 가서 긴 산책을 하며 기분 전환을 했다. 한번은 그렇게 킹스턴 로드를 산책하던 중 어느 집의 신식 박공지붕과 그 맞은편에 심긴 우아한 밤나무 한 그루를 발견했다. 저 박공지붕 아래에 살 수 있다면 얼마나 좋을는지! 페터는 그때부터 그 주변을 수시로 지나다니며 매번 그 지붕을 올려다보았다. 그러던 어느 날 그 집에서 누군가가 나와 페터에게 다가왔다. 놀랍게도 박공지붕을 인 방을 세놓으려는 사람이었다. 페터는 집세가 감당할 수 있는 수준을 뛰어넘는다는 사실을 잘 알면서도 이사를 감행했다.

박공지붕 아래 방은 작지만 밝고 바람이 잘 통했으며, 밤나무가 보이는 아름다운 경치를 자랑했다. 페터는 맨체스터에서 보낸 나머지 시간 동안 그 방에서 더없이 행복하게 지냈다. 그가 머문 방 옆에는 집 앞쪽에서 뒤쪽으로 뻗은 다락방이 있었다. 그 다락방이 제발트 부부가 1년간 생활한 곳이었다.

훗날 페터는 10년간 영국 국립 오페라단 단장, 그리고 그 후 14년간 바이에른 주립 오페라단 단장으로서 영국과 독일에서 위대하고 훌륭한 경력을 쌓고 대영제국 훈장 CBE*를 받은 저명한 페터 요나스 경이 된다. 1969년 그는 자신이 (늘 진지한 자세로 임했다고 자인하는 음악을 제외하면) 스포츠, 파티, 스포츠카에만 관심이 있는 세상 물정 모르는 소년이었다고 말한다. 막스보다 겨우 두 살 어렸으나 페터가 보기에 제발트 부부는 자기보다 한참 나이가 많고 안정적이며 가정적인 부부였고, 막스는 몹시 진지한 사람이었던 한편, 그의 아내는 한 친구가 맨체스터에 대해 해준 말("매일 비가 오고 어두워서 할 거라곤 섹스밖에 없어")을 듣고는 깊은 충격을 받았을 만큼 순수한 사람이었다. 그럼에도 은근히 우울하고 약간 침울하기까지 했던 막스에 비해 그의 아내는 자유로운 영혼 같았다. 두 사람은 페터에게 고향 같은 존재, 페터의 표현에 따르면 "필요했던"

---

* 예술·학문·공공서비스 등에서 영국 사회에 크게 기여한 사람에게 수여되는 중간급 명예 훈장.

존재였다. 낡아빠진 미니 소형 자동차를 몰았던 페터는 제발트 부부를 태우고 곳곳을 돌아다녔고, 부부는 그에 대한 보답으로 페터를 살피고 정기적으로 식사에 초대했다. 막스의 아내가 볼로냐 스파게티를 요리할 동안 두 사람은 대화를 나누었다.

맨체스터의 밤을 배경으로 커튼이 드리워진 제발트 부부의 거실에 같이 있을 때면 페터는 긴 다리를 꼬고 바닥에, 막스는 안락의자에 "고해신부 같은 자세로" 앉아 있었다. 당시에 미숙한 소년이었던 페터가 보기에 막스는 가만히 앉아만 있는 모습이었는데, 아래로 축 늘어진—눈과 "풀 죽은 콧수염" 등—모든 것이 이미 나이 든 사람처럼 보였다. 수십 년이 지난 후 재회했을 때도 막스는 똑같았다고 페터는 말한다. 막스는 "옛날이야기꾼처럼" 몇 가지 이야기를 뒤섞고 자기만의 환상을 첨가해서 길고 장황한 이야기를 들려주었고, 페터는 막스의 작품을 읽고 나서야 막스의 말하기 방식과 글쓰기 방식 사이의 유사성을 알아차렸다. 막스는 또한 그만큼, 혹은 그보다 더 길고 장황하게 페터에게 그의 삶에 대해 물었다. 페터는 막스가 경청하는 사람이었다고, 그리고 정신분석학자처럼 말을 하게끔 상대방을 유도할 수 있는 사람이었다고 말한다. 페터가 아무것도 이뤄내지 못할까 봐 두렵다는 마음을 털어놓았을 때 막스는 걱정하지 말라고, 네 운명은 이미 정해져 있을 수도 있다고 말했다. 출신 배경은 항상 제 핸디캡이었어요, 하고 페터가 말하면, 막스는 아니, 네 배경은 언제고 가장 큰 자산이 될 거야, 하고 답했다. 그러곤 페터에게 이야기를 더 해달라고 했다.

페터는 할 말이 많았다. 막스와 달리 페터는 진정한 혼합체였다. 어머니는 자메이카에서 악명 높은 사교계 인사인 콜린 캠벨 여사를 배출한 유력한 레바논계 가문 출신이었다. 대부분의 사람은 페터의 혈통에서 이 이국적인 면에 흥미를 느꼈을 테지만, 막스는 다른 면에 더 매료되었다. 페터의 아버지 발터 요나스는 함부르크 출신의 독일계 유대인으로 히틀러가 총통이 된 거의 직후인 1933년 4월 영국으로 건너왔다.

발터는 1940년 다른 '적국 국민enemy aliens'과 마찬가지로 억류되었다가 정보 기관으로 넘겨졌고, 1953년이 되어서야 풀려났다. 그때까지 영국 시민권을 부여받지도 못했기 때문에 1946년 페터가 출생했을 때 발터는 무국적자였다. 발터 요나스는 마흔셋에 마침내 영국 시민이 되었으나 10년도 채 지나기 전, 페터가 고작 열여섯이었을 때 사망했다.

막스는 이 이야기에 완전히 사로잡혔다. 발터의 다른 가족들은 어땠을까? 그 사람들도 독일에서 탈출했을까?

레바논인인 어머니와 독일계 유대인인 아버지 슬하에서 태어나 1950년대 영국에서 성장하는 것만으로도 벅찬 일이었기에, 페터는 가족사의 비극적인 측면에는 그리 큰 관심을 기울이지 않았다. 하지만 그렇다고 해서 가족의 이야기를 듣지 않을 수는 없었다. 그중에는 고모들이 킨더트란스포르트Kindertransport*를 통해 가까스로 영국에 도착했으나 부모님은 독일에 남게 되었다는 이야기도 있었다. 페터의 할아버지 율리우스 요나스는 저명한 형사 전문 변호사였는데, 동년배 대부분과 마찬가지로 독일을 떠날 생각을 하지 못했다. 수색망이 점점 좁혀오자 몇 차례 심문을 받기도 했다. 그러다가 (페터가 들은 이야기에 따르면) 게슈타포 장교 중 한 사람이 본인이 강간 혐의를 받았을 때 성공적으로 변호해준 변호사임을 알아보고 율리우스를 석방해주었다. 그러나 세 번째로 심문을 받았었을 때 그 장교는 율리우스에게 가서 이렇다 할 설명도 없이 말했다. "독일을 떠나야 합니다. 떠날 수 없다면 자살하는 게 나을 겁니다." 율리우스가 뭔가를 알고 있었는지는 아무도 모르지만, 그는 장교의 말을 믿었다. 율리우스의 아내는 두 사람을 죽일 수 있을 만한 양의 약을 남몰래 모았고, 1939년 3월 4일 남편과 함께 약을 삼켰다.[45]

막스는 열띤 태도로 페터의 이야기를 들으며 무수한 질문을 던졌지만, 페터로서는 더 이상 아는 게 없었다. 막스는 이렇게 말했을지도 모른다. 있잖아, 우리 집주인도 너희 아버님이랑 똑같아. 페터는 모르는 일이었다. 조던 부부와 가깝지 않았고 그들에게 자신의 출신 배경을 말한 적도 없었다. 막스 제발트를 제외하고는 아무에게도 말하지 않았을 가능성이 높다.

막스는 페터에게 그 자신의 삶에 대해서도 물었고, 한결같은 관심을 보이며 페터의 말을 경청했다. 페터는 부모님의 이상한 결혼생활에는 바람 잘 날이 없었다고, 결국에는 두 분 다 포기해버렸다고 막스에게 말했다. 결과적으로 페터의 어머니는

---

* 1938년 11월 '수정의 밤 Kristallnacht' 이후 영국 정부와 민간 구호 단체들이 나치 독일과 그 점령지(오스트리아, 체코슬로바키아 등)에서 유대인 어린이들을 영국으로 대피시킨 구출 작전으로, 제2차 세계대전 발발 직전까지 시행되었다.

처음에는 이혼한 여자가, 그다음에는 남편을 잃은 여자가
되었고, 늘 가난했으며, 페터는 런던 남부의 몹시 소박한 집에서
성장했다. 다행히 전액 장학금을 받으며 학교와 대학을 다녔는데,
장학금이 아니었다면 교육을 전혀 받지 못했을 것이다(50년이
훌쩍 지난 후에도 내게 미소 지으며 이런 이야기를 들려주는 걸 보면,
그는 필시 막스를 향해서도 생긋 웃어 보였을 것이다). 가톨릭 신자인
페터의 어머니는 다섯 살배기 페터를 베네딕토회 기숙 학교인
워스에 보냈고 그는 그곳에서 남은 학교생활을 이어갔다.

다섯 살 때부터 기숙 학교에서 생활하기…… 독일에서는
이런 일이 거의 없었기에 막스는 흥미를 느꼈다. 페터는 어떻게
살아남은 걸까? 페터는 겨우겨우, 아마 이번에도 미소를 지으며
대답했으리라. 그는 학교생활 내내 교장 선생님과의 관계속에
도사리고 있다고 느낀 폭력과 학대에 대해 말했고, 그중
일부를 생생하게 묘사했다. 다른 남학생들의 태도는 말할 것도
없었다. 페터는 뭐라고 불렸을까? 크라우트? 키케? 타월 머리?*
생각할수록 점입가경이었다. 페터는 연신 외부자 위치에 놓였고,
갖가지 괴롭힘을 당하기 딱 좋은 표적이었다.

그러나 그런 일은 일어나지 않았다. 페터가 막스에게 설명한
바에 따르면 그는 스포츠에 능했기 때문이었다. 남자아이들은
그런 아이를 군말 없이 존경의 대상으로 삼았다. 페터는 교내
최고의 럭비 팀 소속이었고, 그다음으로 빼어난 크리켓 팀에도

---

* 각각 독일인을 비하해서 부르는 표현, 유대인을 경멸적으로 이르는 표현,
머리에 터번 등을 착용하는 사람을 이르는 멸칭.

소속되어 있었으며, 럭비와 크리켓 실력이 모두 출중했다. 페터는 예수처럼 십자가에 못 박히는 수난을 예상했으나, 결과적으로 그의 학교생활은 그런 것과 거리가 멀었다. 워스 학교에서 제공하는 교육은 훌륭했다. 그도 그 사실을 알았다. 조용하고 차분했으며, [런던 남부] 크로이던과는 비교도 할 수 없을 만큼 아름다운 곳이었다. 사실 페터는 집에 있을 때보다 학교에 있을 때 더 행복했다고 막스에게 말했다.

1969년 혹은 1970년 제발트 부부의 거실에서 페터가 이야기를 끝마쳤을 때, 세 사람은 볼로네제 스파게티를 먹어치운 참이었다. 2016년 뮌헨의 한 카페에서 페터가 이 이야기를 끝마친 순간, 그와 나는 서로를 바라보았다. "알고 계시죠?" 페터가 묻는다. 그렇다, 나는 알고 있다. 럭비를 잘해 괴롭힘을 면한 외국인 소년—집보다 학교에서 더 행복해한 소년—그건 자크 아우스터리츠다. 교장의 서재를 배경으로 한 장면도 수십 년 전 페터가 막스에게 설명한 장면과 메아리친다. "그냥 잘 들어준 사람이 아니었어요." 페터가 말한다. "녹음기였죠."

내 생각에 그는 카메라였다. 페터가 내게 들려준 또 다른 이야기 때문이다. 1969년 페터는 워스 학교 럭비 팀에 소속된 자신의 모습을 사진으로 간직하고 있었다. 막스는 그 사진을 봐도 되겠느냐고 물었고, 몇 시간 동안 그 사진을 샅샅이 살폈다. 그리고 『아우스터리츠』 집필을 시작했을 때 가능한 한 페터의 사진과 유사한 사진을 찾아 헤맸다. 막스가 독자에게 알려주길, 아우스터리츠는 맨 앞줄에서 가장 우측에 있는 소년이다. 워스 학교 사진에서 페터 요나스는 맨 뒷줄 우측에서 세 번째에 서 있다. 1963년경 찍힌 사진 속 페터는 40여 년 후 자신이 자크 아우스터리츠라고 불리는 소설 속 인물이 되리라는 사실을 꿈에도 모르는 얼굴이다.

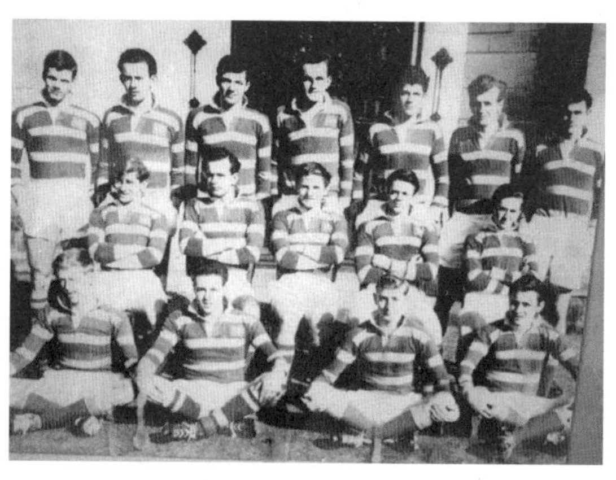

1970년 봄, 막스는 미래를 생각해야 했다. 그는 몇몇 일자리에 지원했고, 패리의 모교인 뱅고어대학 연극과에서 독일어와 영어로 번역한 프랑스 희곡을 가르쳐달라는 제안을 받았다. 하지만 "그랬다간 완전히 추방당할 것"이라며 제안을 거절[46]했다. 영국에서 추방될 곳은 없었으므로, 분명 언어에서 추방되리라는 뜻이었을 것이다. 고국에 대해 어떻게 생각했든 독일은 그의 고향이었다.

　그러다 3월 막스는 새로운 공고를 발견했다. 이스트앵글리아대학에서 독어독문학 조교수를 채용하고 있었다.[47] 3월 21일 그는 지원서를 제출했다. 추천서는 훌륭했다. 켈러 교수는 막스가 "교수로서도, 학생들과의 교류에 있어서도 매우 뛰어나다"라고 전했다. 패리의 추천사는 대체로 직설적이었다. 그는 막스가 "유쾌하고 온화하고 진실한 사람이며, 뼛속까지 학자"라고, "맡은 일은 해내고야 마는 일꾼"이라고 적었다. 로널드 피콕은 막스가 슈테른하임 연구에 "무척 인상적이고 대가다운 기여"를 했다고 칭송했는데 이는 분명 막스의 취업에 큰 도움이 되었을 것이다. 어쩌면 가장 진실된 극찬은 "제발트는 진정으로 독창적인 정신의 소유자"라는 피콕의 말과 "[그가] 보기 드문 문학적 통찰을 가진 사람"이라는 패리의 말이었을 것이다.[48]

막스의 면접은 5월 26일 오전 11시 15분, 아름답고 오래된 건물 얼럼 홀에서 진행되었다. 막스는 훌륭하게 기량을 뽐냈고, 젊은 면접관들은 막스를 강력히 지지했다. 이틀 후 이스트앵글리아대학은 막스에게 조교수직을 제안하는 서한을 보냈다. 후일 막스는 동료 지원자들이 너무나 친절해 보였고, 이스트앵글리아대학은 "꽤 마음에 드는 곳"이었다고 말했다.[49] 그리고 6월 1일 막스는 제안을 받아들였다.

8월에 막스는 존트호펜에 있었다. 영국에서 정규직으로 일하게 되었다는 말을 그 전까지 하지 않았다면, 아마 이때 했을 터였다. 아버지 게오르크는 연봉이 1480파운드라는 사실에 깊은 인상을 받았을 것이다. 이는 오늘날 가치로 환산하면 2만2000파운드, 1970년대 독일 화폐 기준으로는 1만2900마르크에 상응하는

액수[현재 가치로 한화 약 7000~8000만 원]였다.[50] 로자의 반응은
좀더 감당하기 어려웠을 것이다. 나로서는 막스가 부디 로자에게
다정했기를 바랄 뿐이다.

막스는 미래가 결정되자마자 아내와 함께 프랑스 피니스테르
퐁타방에서 3개월간 장기 휴가를 보냈다.[51] 막스에게는 휴가
이외의 계획도 있었다. 1802년 횔덜린이 가정교사로 일한
보르도의 저택을 방문해보고 싶었던 것이다. 그는 ROP에게
(영어로) 쓴 편지에서 "지식인들의 증권거래소에서 나오는 최신
뉴스를 읽는 것보다 그 저택을 직접 보는 게 (…) 횔덜린에 대해 더
많은 걸 알 수 있는 방법일지도 몰라"라고 말했다.[52]

막스는 집 없는 방랑자 횔덜린에게 오랜 세월 강한 친밀감을
느꼈다.[53] 횔덜린은 두 살에 아버지를, 아홉 살에 양아버지를
여의었다. 그가 남긴 기록에 따르면 그는 그때부터 비탄과
슬픔을 안고 살았다. 시인으로서 자리 잡기 위해 악전고투했고,
이따금 가정교사로 일했다. 1789년에는 약혼자에게 "침울하고
유머 감각도 없고 병약한 벗과는 결코 행복해질 수 없을
거야"라는 말을 남기고 약혼을 파기했다.[54] 그로부터 7년 후에는
가정교사로 일하던 집의 안주인 주제테 곤타르트와 사랑에
빠졌다. 곤타르트도 횔덜린의 마음에 응답했지만 외도가 발각된
후 횔덜린은 가차 없이 해고당했다. 이즈음부터 횔덜린의 우울은
실제 정신질환으로 발현되었고, 1800년 주제테와의 마지막
비밀스러운 만남 이후 증상은 더욱 악화됐다. 횔덜린은 독일을
떠나 스위스에서 가정교사로 일하다가 1801년 말 와인 무역을

담당하는 보르도 주재 부유한 독일 영사 다니엘 크리스토프 마이어의 집에서 가정교사로 일해달라는 제안을 수락했다.

막스는 생애 말엽까지 횔덜린과 자신을 동일시했고, 그가 말년에 쓴 글에는 횔덜린을 향한 헌사가 포함되어 있다. 막스가 말하기를, 횔덜린은 프랑크푸르트에서 슈투트가르트 인근 뉘르팅겐에 소재한 집에 이르기까지 론산맥과 하르츠산맥의 곳곳을 두 발로 걸어다닌 사람이었다. 그리고 1801년 12월 횔덜린은 집에서 출발해 19일 동안 스트라스부르, 콜마르, 브장송, 리옹까지 "오베르뉴의 눈 덮인 무시무시한 고원을 넘고 폭풍과 황야를 헤쳐 임시변통으로 마련한 침대 옆에 장전된 권총을 두고 얼음처럼 차가운 밤을 지새우며"[55] 거의 1000킬로미터를 고생스레 걸어서 1802년 1월 28일 마침내 보르도에 입성한 **문인**이 되었다.

마이어 호텔은 보르도에서 가장 빼어난 호텔 중 하나였다. 이 호텔은 구시가지 중심부에 위치한 우아한 거리인 알레 드 투르니의 그랑 테아트르 극장과 마주보고 있었다. 횔덜린은 보르도 체류 초기에 그 호텔에 머물렀고, 로젠베르크 국제학교에서 일하던 시절의 막스처럼 어머니에게 "너무 고상하게 살고 있어요"라고 썼다. "더 무난한 소박함 속에 있어야 행복할 것 같아요."[56]

보르도에 있는 동안 횔덜린에게 어떤 일이 일어났는지는 아무도 모른다. 그러나 3개월 만인 5월 10일 그는 독일로 돌아가기 위한 통행증을 신청했고, 다시 수천 킬로미터를 걸었다. 막스는 그가 7월 정신이 완전히 붕괴된 상태로 "눈을 끔뻑대며"

"걸인 같은 차림새로" 뉘르팅겐에 도착했다고 썼다.[57] 그로부터 얼마 지나지 않아 집에 거의 도착했을 때 횔덜린은 주제테 곤타르트가 사망했다는 소식을 접했다.

횔덜린이 쓴 가장 위대한 시 중 일부는 보르도 시절 이후에 탄생했다. 그러나 그는 한순간도 정신을 되찾지 못했고, 1805년 튀빙겐의 한 병원에 입원했다. 3년 후 그는 치유될 수 없는 상태로 병원에서 쫓겨났다. 그런 다음 옛 성벽의 탑으로 쓰였던 집으로 옮겨졌고, 그 유명한 횔덜린 투름Hölderlinturm*에서 36년을 더 살면서 20세기가 되어서야 찬사를 받게 될 시를 썼다.

광기와 우울에 빠진 방랑자이자—뷔히너와 그가 창조한 인물 렌츠, 그리고 『겨울 나그네』의 주인공처럼—사랑을 잃은 사람, 그 사람이 바로 1세기 반도 더 전에 머물렀다는 집을 1970년 몸소 찾게 만들었을 정도로 막스에게 더없이 중요했던 횔덜린이었다. 횔덜린은 그 집에서, 그리고 도르도뉴강과 가론강이 합쳐져 바다처럼 넓게 흐르는 지점에서 사랑의 시절을 회상하며 훗날 가장 유명해진 시 중 하나인 「회상Andenken」을 썼다. 그 시는 이렇게 끝난다. "바다는 기억을 앗아가나 / 내어주기도 한다."

또한 사랑도 부지런히 우리 눈길을 붙들어매지만,
끝내 지속되는 것은, 시인이 세우나니[58]

---

* 횔덜린이 세상을 떠날 때까지 머문 강변의 집.

15장
「막스 페르버」

기록이 진정으로 훌륭하다고, 일단 빠져들고 나면 그렇게 시작한 것을,
그러니까 이 경우에는 회상과 쓰기와 읽기를 결국 마음이 찢어질 듯
고통스러워질 때까지 계속 밀고 나가야만 하는 사악한 독일 동화처럼
느껴졌다고 했다.
—「막스 페르버」[1]

「막스 페르버」—혹은 독일어 원제 「막스 아우라흐Max Aurach」—는
『이민자들』을 마무리하는 소설이다. 우리는 화자와 화자가
만나는 모든 대상 간의 강렬한 형제애를 간접적으로 체감하지만
막스와 페르버와의 관계에는 형제애 이상의 것이 있다. 그것은
바로 막스라는 이름을 공유한다는 점이 상징하는 정체성이다.
「막스 페르버」의 막스 페르버와 화자는 동일한 종류의 어둠을
품고 있다. 다시 말해 「막스 페르버」는 전기와 자서전이 합쳐진
종류의 소설이다.

소설의 도입부를 이루는 문장에는 각종 경고가 얼기설기

엮여 있다. 혼자 낯선 곳에서 잘 적응할 수 있을지 전혀 갈피를 잡지 못하는—거짓된 안도감을 느끼는—화자의 발밑으로 재로 뒤덮여 사그라진 불덩이 같은 맨체스터가 펼쳐진다. 곧 화자는 맨체스터로 하강해 그 검고 황폐한 세상으로 진입한다. 외롭고 기나긴 산책 길에서 확인할 수 있는 생명의 흔적은 날카롭게 울어대는 새들, 유령이 연상되는 한숨 소리, 불 주위에서 폴짝폴짝 뛰어다니는 어린아이 무리뿐이다. 화자의 영혼에 깃든 '발푸르기스의 밤Walpurgisnacht' 속에서는 아이들조차 두려움의 대상이다.

이 악몽 같은 시간이 절반쯤 지나면 일말의 안정이 찾아온다. 잠들기 직전이었던 화자, 그리고 잠에서 막 깨어난 화자의 집주인이자 전 구세군 소녀 그레이시 얼럼이 서로를 마주치고는 화들짝 놀란다. 그레이시는 아마 여전히 구세군과 함께 플뤼겔호른을 연주하기 위해 일요일마다 사라지는 그 이상하게도 우스꽝스럽고 미스터리한 생활을 계속해나가고 있을 것이다. 그런데 얼럼의 사진에 적힌 날짜는 5월 17일, 노련한 제발디언들이라면 유사성의 신호로 받아들일 날짜다. 그리고 실제로 그레이시는 맨체스터에 깃든 활기찬 영혼이다("네, 맨체스터의 [교외 도시] 얼럼 할 때 그 얼럼이요").[2] 그레이시는 화자라는 여행자를 죽음으로 유인하는 로렐라이가 아니라 마치 보글보글 거품이 이는 티스메이드 기계처럼 편안함을 가져다주는 사람, 엉뚱하고 인자하며 어떻게 보나 완전한 영국인 같은 사람이다.

이 은혜로운 막간의 시간이 지난 뒤, 화자는 방황을 계속한다. 그러다 페르버와 그의 작업실을 발견하고, 이때부터 60쪽[국역본에서는 100여 쪽]에 걸쳐 페르버의 이야기가 펼쳐진다.

페르버의 이야기는 지연된 계시처럼 두 단계에 걸쳐 전개된다. 첫 단계에서 페르버는 자신의 유년기에 대해 아무 말도 하지 않는다. 무언가를—제네바호 위로 펼쳐진 산에서 아버지와 보낸 아름다운 날을—회상하면 그 기억이 처음 수면 위로 떠올랐던 순간도 생각난다고, 다시 찾아간 그 산에서 불안에 압도된 나머지 뛰어내릴 뻔했고 널따랗게 펼쳐진 "망각의 늪"3 때문에 괴로웠다고만 말할 따름이다. 페르버가 그 이유에 대해서는 아무런 설명도 덧붙이지 않는 까닭에 그의 이야기는 세세한 부분까지 정확하면서도 심오한 차원에서는 미스터리로 남는다. 이렇게 지연된 계시는 최소한 두 가지 효과를 발휘한다. 그것은 독자를 계속 조마조마하게 만들면서, 이야기를 둘러싼 기억을 차단해버린다.

이후 화자는 맨체스터를 떠나고, 헨리 셀윈 박사 때처럼 오랫동안 페르버에 대해 생각하지 않는다. 그러나 또다시 셀윈 박사를 떠올렸듯 우연한 사건을 계기로 페르버를 떠올린다. 테이트 미술관에서 우연히 페르버의 그림 한 점을 목격하고, 곧 (그 자신의 말에 따르면) 오랫동안 일요판 신문을 읽지 않았음에도 우연찮게 신문 기사까지 접하게 된 것이다. 이렇게 우리로 하여금 이성적으로는 다다를 수 없는 심오한 의미를 엿보게 해주는 우연적인 사건과 있을 법하지 않은 일들은 제발트가 처음부터 소설에 심어둔 형이상학이다.

일요판 신문을 통해 드러난 사실은 1939년 프리드리히 막시밀리안 페르버가 열다섯의 나이로 뮌헨을 떠나 영국으로 향했고, 1941년에는 그의 부모가 뮌헨에서 리가로 이송되어 그곳에서 죽임을 당했다는 것이다. 화자는 몇 주간 그 기사를 메두사의 머리처럼 들고 다니며 보고 또 본다. 그러면서 페르버가 남긴 암시들의 기저에 무엇이 자리해 있었는지를 오래전 그에게 묻지 않은 행동을 스스로 차마 용납할 수 없다고 느끼고, 1989년 겨울 맨체스터로 돌아간다.

화자와 페르버는 사흘 동안 밤이 깊도록 이야기를 나눈다. 페르버는 당연히 부모가 맞이한 운명에 대해 어떻게든 생각하지 않으려고 했지만 그렇게 회피해봐야 고통스럽기만 할 뿐이었고, [그 불행은] "독기 어린 잎으로 머리 위에 천장을 만들어 (…) 지난 몇 년 동안 내게 짙은 그늘을 드리우고 나를 어둠으로 덮었지"라고 말한다.4 페르버는 과거에서 도망치기 위해 맨체스터를 택했으나 수많은 유대인이 살아가는 이민자의 도시 맨체스터는 오히려 쉴 새 없이 과거를 상기시켰고, 그게 바로 그가 맨체스터에 온 진짜 이유였다. 한 해 두 해 지날수록 페르버는 "사람들이 말하듯 굴뚝 밑에서 일하려고 이리로 오게 되었다"라는 사실을 분명하게 깨달았다고 말한다. 마침내 페르버는 모든 것을 온전히 기억하기로 결심하고 화자에게 자기 이야기를 들려준다. 그제야 1939년 어머니가 너무나도 말끔하게 꾸려줬던 여행 가방을 회상하면서 페르버는 "그 짐을 절대 풀지 말았어야" 했다고 생각한다. 그러면서 두 손으로 얼굴을 감싸며 자살이라는 최종적인 행위를 제외하면 제발트의 그 어떤 인물도 표현한 적 없는 슬픔을 대놓고 드러낸다. 페르버는 소설 막바지에 이르러 죽음에 가까워짐에도 스스로 목숨을 끊지 않은 유일한 인물이다. 이는 분명 그가 그림을 매개로 내내 굴뚝 아래서 일했고, 화자에게 마지막으로 은총을 전하는 의미로 어머니의 회고록을 건넸으며, 이렇게 이야기로써 기억하기와 쓰기와 읽기라는 가슴 아픈 작업을 해냈기 때문일 것이다.

화자가 처음 페르버를 만나는 장면에서 제발트는 내가 아는 한 일하는 예술가에 대한 가장 강렬한 묘사 중 하나를 선보인다. 허구를 전혀 가미하지 않은 채 실제 예술가 프랑크 아우어바흐의 작업 방식을 묘사한 대목은 제발트 자신의 작업 방식을 거울처럼 완벽하게 반영한다. 로버트 휴스의 전기에서 아우어바흐의 초상화를 발견했을 때, 제발트는 필시 요하네스 네겔리의 시신이 얼음 속에서 모습을 드러냈다는 소식을 접했을 때와 같은 기분을 느꼈을 것이다. 종이에서 불꽃이 튀어올라 이야기의 회로를 닫아버리는 듯한 순간.

　페르버가 물감을 칠했다 긁어내기를 반복하고 목탄을 칠했다가 문질러 지워버리면서 작업실 바닥은 서서히 그의 작업물에서 떨어져 나온 먼지로 뒤덮인다. 화자가 자기가 쓴 글을 계속해서 북북 지워 없애면서 수백 장에 달하는 종잇조각이 휘갈긴 낙서로 뒤덮이는 것처럼, 또 제발트가 수천 장에 이르는 종이를 메모와 초고와 끝없는 수정 사항으로 뒤덮은 것처럼.
페르버가 본인이 그린 초상화를 실패작이라고 여긴 것처럼
화자도 자신이 그린 페르버의 초상이 잘못되었다고 느낀다.
그러나 실제로 페르버가 필사적으로 만들어낸 작품들은 실패와
거리가 멀다. "몇 번이고" 화자는 "페르버가 간신히 지워지지
않고 살아남은 몇 개의 선과 음영들로 그토록 생생한 초상화를
그려내는 광경에 감탄"했다고 말한다.[5] 이는 페르버만큼이나
자신의 작품에 대해 깊은 의구심을 품었던 제발트의 작품에도
해당되는 얘기다.[6]

알다시피 『아우스터리츠』는 진정한 예술이 무엇인가 하는
질문을 제기한다. 터너의 「로잔에서의 장례식」을 상기시키는
그 스케치? 아니면 자크의 스승 앙드레 힐러리의 실현 불가능한
이상처럼 현실의 세부 사항을 낱낱이 충실하게 구현해낸 결과물?
「막스 페르버」는 (대체로) 꿈에서 그 답을 찾는다. 그 꿈속에서
페르버는 자기 작품이 진부한 사교 모임용 작품과 별반 다르지
않음을 알게 된다. 그것이, 진정한 예술이 무엇이건 자기 작품은
진정한 예술에 이르지 못한다는 것이 페르버의 (그리고 작가
자신의) 첫 번째 답이다. 그런 다음 페르버는 방치되어 먼지가
잔뜩 내려앉은 또 다른 화실, 알고 보니 부모의 거실이었던
장소로 들어선다. 그곳에는 프로만이라는 낯선 사람이 자그마한
솔로몬 사원의 모형을 무릎에 올려두고 앉아 있다.[7] 여기를
보세요, 하고 프로만은 말한다. 커튼과 [문지방과] 성물까지 전부
볼 수 있어요. 페르버는 "그리고 나는"이라고 운을 띄우며 "그

자그마한 사원으로 몸을 숙여 살펴보았네. 난생처음으로 진정한 예술작품이란 게 어떻게 생겼는지 본 거지"라고 말한다.[8]

이로써 진정한 예술이 무엇인가 하는 질문에서 승리를 거두는 것은 전투(혹은 대량 학살이라고도 할 수 있을 것이다)를 제대로 묘사하려면 "정확히 누가 어디에서 어떻게 죽었고 살아남았는지를 상상할 수 없을 만큼 복잡한 형태로 기록"해야 한다는 힐러리의 이상이다.[9] 이것이 페르버의 이상이기도 하다는 점은 솔로몬 사원뿐만 아니라 그의 작업실 벽에 25년 동안 걸려 있던 렘브란트의 「돋보기를 든 남자」 사본을 통해서도 명확히 드러난다. 진정한 예술은 돋보기처럼 세밀하게 들여다볼 줄 알아야 한다. 프로만은 분명 사원 모형을 제작할 때 그런 돋보기를 사용한 사람이었다.†

그러나 그 이상은 실현이 불가능하다. 페르버의 끝없는 투쟁이, 그리고 화자의 끝없는 투쟁이 보여주듯 말이다. 제발트의 투쟁도 그러할 것이다. 훗날 찾아올 그의 가장 길고 가장 세밀한 작품 『아우스터리츠』도 제발트 자신에게는 실패작으로 보일 것이다.[10]

이것이 이야기의 결론이다. 예술은 불가능하고, 필연적으로 실패한다는 결론. 예술은 바트키싱겐의 제염소에서 광물질이 결정화되어 달라붙은 나뭇가지처럼, 현실을 결정화된 형태의 그것으로 대체한다. 제발트는 그런 나뭇가지 사진을 하나 제시한다. 내 생각에 이 사진은 소설을 위한 이미지이자 "글을 쓴다는 미심쩍은 행위 자체"를 위한 이미지다.[11] 이 비상한

마지막 이미지 속에서 예술은 불가능한 작업에 자기 삶을 바친
예술가를 파괴하듯 예술로 그려낸 현실도 파괴한다. 제발트는
이에 대해서도 이미지 하나를 제시하는데, 그의 말에 따르면
멜랑콜리의 반대는 언제나 아이러니라는 것이다.[12] 페르버가
시간 가는 줄도 모르고 목탄으로 작업하는 동안 목탄 가루는 그의
작업실 바닥뿐만 아니라 그의 피부까지 뒤덮는다. 거무튀튀해진
손을 쳐다보며 그는 맨체스터의 어느 사진현상소 조수에 관한
이야기를 들려주는데, 그 조수는 몸에 과도한 양의 은이 흡수된
나머지 "(페르버가 내게 진지하게 말해준 바에 따르면) 얼굴과 손이
강한 빛에 노출되면 푸르게 변했다는, 말하자면 현상되었다는
사실이 명확히 보여주듯 스스로 일종의 인화지가 되었다".[13]
　　이는 놀랍도록 괴기하고 희극적인 일화로서, 페르버도 그
사진현상소 조수처럼 서서히 자기 예술에 중독되고 있음을
보여준다. 그런 페르버의 뒤에는 저자가 서 있다.

「막스 페르버」는 『이민자들』이라는 이미지의 그물망을 완성하는
작품이기도 하다. 이를테면 아름다움의 사냥꾼 나보코프는
페르버를 자기파괴로부터 구하는 장면에서 마지막으로 모습을
드러낸다. 코즈모 솔로몬이 목격했던 사막 대상은 와디 할파의
벽에서 신기루처럼 아른대며 다시 모습을 드러내는데, 코즈모가
사막 대상을 따라 사라지며 그 장면 속으로 들어가버렸던 것처럼,
화자가 보기에는 페르버도 그 그림의 일부가 되어버린 듯하다.
이렇듯 페르버는 머나먼 곳에서 벌어진 학살에 고통받는 또

다른 몽상가 코즈모 솔로몬과 연결되며, 페르버와 코즈모라는 두 인물은 이집트에서 도망치는 이스라엘 아이들처럼 사막을 건너는 대상의 이미지와 연결된다. 그리고 「암브로스 아델바르트」에서 화자의 꿈에 끊임없이 나타나는 물결 무늬 비단옷 차림의 여자는 거의 매일 작업실을 찾아오는 회색 비단옷 차림의 아름다운 여인에 대한 페르버의 환상 속에 다시 나타난다. 여인은 옷자락을 끌며 작업실로 들어와 흡사 신비에 싸인 그라핀 뎀보프스키가 모자를 벗듯 모자와 장갑을 벗고 매우 의미심장한 몸짓으로 화자를 향해 몸을 굽힌다. 비단옷 차림의 꿈속 여인은 과거일까 아니면 사랑일까? 우리가 추측할 수 있는 것은 여인이 상실과 그리움을 상징한다는 것뿐이다.

그리고 마침내 「막스 페르버」만의 고유한 이미지가 하나 등장하는데, 이는 페르버가 아닌 화자의 고통을 요약해 보여준다. 이 이미지는 화자가 맨체스터의 어느 호텔에서 하룻밤을 보내는 소설 후반부 장면에 등장한다. 화자는 옆방에서 오케스트라가 조율하는 소리가 들리는 것 같더니 1960년대 리스턴스 뮤직 홀에서 공연한 테너의 목소리가 "멀리서, 아주 멀리서"[14] 들려오는 것 같다고 느낀다. 이 키 작은 테너는 체구에 비해 (카프카와 코즈모, 암브로스와 피니처럼) 지나치게 긴 오버코트 차림으로 당시 인기 있던 가곡이며 바그너의 아리아를 불렀다. 그리고 이제 화자는 존재하지 않는 무대의 배경막에서 오스트리아 출신의 회계원 게네바인이 우치에서 촬영한 전시 게토의 사진을 바라본다.[15] 게토 거리와 독일인 관료들이 담긴

사진도 있지만 대부분은 주민들이 유일한 생존 방편으로 일을
해야 했던 작업장이며 공장 사진이다. 화자는 그중 한 사진
앞에서 굳어버린다. 젊은 여자 세 명이 베틀을 앞에 두고 카펫을
짜고 있는 사진인데, 그들이 짜던 카펫은 화자의 본가에 있던
거실 소파를 떠올리게 한다. 화자가 서 있는 자리가 정확히
게네바인이 [사진을 찍으며] 서 있던 그 자리인 까닭에, 화자는 세
여자가 자신을 보고 있다고 느낀다. 한쪽에 앉은 여자는 고개를
옆으로 약간 기울이고 있는 한편, 다른 쪽에 앉은 여자는 "오래
마주보고 있을 수 없을 정도로 거리낌 없고 집요한 눈빛"으로
화자를 똑바로 쳐다본다. [16]

게네바인이 촬영한 카펫 짜는 세 여자의 사진.

화자는 그 여자들의 이름이 무엇이었을지 자문하고, 탁월한
마지막 문장을 통해 자답한다. "노나, 데시마, 모르타였을까.

물렛가락과 가위와 실을 들고 나타나는 밤의 딸들 말이다.” 세 여자는 우리 모두를 위해 생의 실을 잣는 운명의 세 여신*이다. 노나는 우리를 잣고, 데시마는 우리를 재며, 모르타—가위를 든 죽음—는 우리를 끊어낸다.[17]

이 문장에서 ‘모르타’는 마지막으로 언급된다. 그러나 게네바인의 사진을 왼쪽에서 오른쪽으로 자연스럽게 이동하며 살펴보면 화자가 차마 시선을 감당하지 못하는 여자를 가장 먼저 마주하게 된다. 그렇기에 제발트는 이번엔 사진을 소설에 싣지 않았다. 그는 오로지 글자로만 원고를 채운다. 파멸의 게토에서 그를 책망하는 젊은 여자는 바로 죽음이다.

전기적으로 보자면 「막스 페르버」는 『이민자들』이 품고 있는 다른 어떤 문제, 즉 각각의 이야기와 그 이야기의 모델들이 맺는 관계라는 문제의 정점에 있다.

제발트가 자주 말했듯, 이 문제는 그가 맨체스터에서 생활한 시절의 집주인 그리고 “잘 알려진 예술가”라는 두 사람에게서 비롯되었다.[18] 그리고 제발트가 그린 여느 인물들의 실제 모델과 달리 두 사람은 여전히 살아 있었다. 그렇다 보니 문제를 더 자극할 가능성이 농후했고, 실제로 그렇게 될 터였다. 한데 제발트는 그런 상황을 막으려 들지 않았다. 오히려 글 곳곳에 단서를, 특히

---

* 노나, 데시마, 모르타는 로마 신화에서 파르카이 Parcæ라 불리는 운명의 여신들로, 인간의 삶을 생명의 실에 비유해 관장한다. 실을 잣는 노나는 탄생과 시작을 상징하고, 그 실의 길이를 재는 데시마는 수명과 운명을 배정하며, 실을 끊는 모르타는 죽음과 종결을 관장한다. 이어지는 주17도 참고.

아우어바흐를 가리키는 단서를 심어두었다. 독일어 원본에서는 마치 '아우라흐Aurach'라는 이름으로는 충분하지 않다는 듯 아우어바흐의 그림 한 점[19]을 함께 싣기까지 했다. 그래도 만족스럽지 않았는지 자신이 생각한 아름다운 독일계 유대인 이름 목록("…… 아른스베르크, 프랑크, 아우어바흐, 그룬발트……")에 '프랑크'와 '아우어바흐'라는 이름을 사실상 같이 묶어두는 등 특유의 짓궂은 흔적도 남겼다.[20] 그런가 하면 『이민자들』을 완성하기 위해 지원금을 신청했을 때에는 그런 애조차 쓰지 않고 주인공을 단도직입적으로 '아우어바흐'라고 칭했다.

제발트는 이야기 자체에 내재된 문제도 증폭시켰다. 사진의 신빙성에 대한 의구심 말이다. 뷔르츠부르크에서 책을 불태우는 일이 벌어진 것은 맞지만 그 사진은 분명 가짜라는 페르버의 삼촌이 한 주장을 두 장에 걸쳐 실은 다음, 그 사진을 실어서 실제로 가짜임을 보여주는 식이다. 「헨리 셀윈 박사」를 통해 보았듯, 이는 다큐멘터리 기법의 핵심을 다분히 의도적으로 훼손한다. "난 그 사진을 갖고 있었어요"라고 제발트는 아서 루보에게 말했다. "선언을 할 장소가 여기라는 생각을 매우 의식적으로 한 거예요. 그보다 더 명쾌할 수가 없죠. 전체 작업을 설명하는 패러다임 역할을 하잖아요."[21]

우리가 부족하다고 느끼는 지점이 바로 여기다. 제발트는 어째서 사진의 리얼리티로 우리에게 충격을 주고 싶어했던 동시에 그것이 거짓일 수 있음을 상기시키고 싶어했던 걸까? 이는 풀리지 않는 수수께끼다. 제발트는 우리가 직면해야만 하는

가장 강력한 증거를 제시하고는 이내 그걸 눈앞에서 순식간에
치워버린다. 어쩌면 「막스 페르버」의 마지막 구절이 드러내
보여주듯, 끊임없이 증거를 직시하면서도 동시에 그걸 견딜
수 없었기 때문일지 모른다. 혹은 그저 늘 속임수에 이끌렸기
때문이거나. 다만 짐작하건대 후자는 오래전 전자에서 기인했을
것이다.

피터 조던은 맨체스터에서 막스와 대화를 나누는 동안 한 번도
그의 손에 수첩이 들려 있는 모습을 본 적이 없었다.[22] 막스가
대화 후에 메모를 했을 수도 있고, 페터 요나스가 말하듯
그야말로 그 자신이 일종의 녹음기였을 수도 있다. 하지만 막스가
무얼 어떻게 했건, 뮌헨에서 소년기를 보내고 맨체스터에 도착해
전쟁에 참전한 시기에 이르기까지 페르버의 역사는 피터 조던의
역사와 거의 완벽히 일치한다.

그러니까 (예컨대) 페르버의 아버지는 미술품 상인이었고
다하우에 수감되어 있었는데, 피터의 아버지도 그러했다. 1936년
페르버 할머니의 자살과 테레지엔슈타트에서 사망한 할아버지의
일도 피터의 역사에 바탕을 둔다. 페르버가 독일을 탈출해
영국에 도착한 사건도 (심지어 제발트가 희극적인 부조리만 첨가한
마게이트의 기숙학교 생활까지 포함해) 피터에게 일어난 일과 거의
똑같다. 페르버가 집에서 보낸 편지도 피터가 보낸 편지와 거의
같은 시기, 그러니까 부모가 뮌헨에서 출발한 최초의 수송선 중
하나에 실려 이송된 후 1941년 11월 리가 인근의 카우나스에서

살해당한 시기에 중단된다.

실제 인물에 대한 충실한 반영은 문장 차원에서 끝나지 않는다. 페르버의 모든 사진은 피터 조던의 가족 앨범에서 가져온 것인데, 이를테면 프리츠 페르버의 마지막 스키 휴가 사진은 프리츠 조던의 마지막 스키 휴가 사진이고, 루이자와 프리츠 페르버의 초상은 파울라와 프리츠 조던의 초상이다. 피터로부터 이 사진들을 받은 후 제발트는 더 많은 질문을 던졌고, 일례로 프리츠가 스키를 탄 장소가 렝그리스의 브라우넥이었다는 답변을 받아 이를 소설에 실었다.[23]

페르버의 과거사 중에서 피터와 무관한 사실은 단 두 가지다. 하나는 가족이 오버스트도르프나 발제르탈로 여름 휴가를 떠났다는 사실,[24] 그리고 다른 하나는 망명일로 설정한 5월 17일이라는 날짜다. 5월 17일은 사실 피터 어머니의 출생일로, 주목할 만한 우연의 일치다. 피터는 5월 17일께 영국으로 떠날 뻔했고, 막스의 생일 즈음에 망명생활을 시작할 뻔했다. 하지만 그렇게 되지는 않았다. 제발트는 스스로 말했듯[25] 이러한 "약간의 조정"을 통해 자신이 감정 이입하는 자아를 은근슬쩍 이야기에 녹여냈다.

피터는 자기 삶만큼이나 중요한 것을 막스에게 내어주기도 했다. 그것은 바로 전쟁이 발발하기 전 페르버의 모친이 독일계 유대인으로서 보낸 유년기를 담은 회고록이다.

실제 회고록은 피터의 어머니 파울라 조던이 아니라 파울라의 여동생 테아 게브하르트가 쓴 것으로, 테아는 전쟁 당시 스위스에서 살아남아 1960년대에 회고록을 작성했다.[26] 피터는 1960년대 후반 다른 가족의 회고록과 함께 이 회고록을 막스에게 보여주었고, 막스는 1980년대 후반 모든 회고록을 다시 보고 싶다고 요청했다. 파울라의 쌍둥이 형제 율리우스의 회고록은 그 어떤 회고록보다 더 사실적이고 명료했지만 "막스에게 별다른 감흥을 불러일으키지 못했다"라는 게 피터의 설명이다. 반면 색채와 감정으로 가득했던 테아의 회고록은 막스를 깊이 감동시켰던바, 그가 이를 변형해 「막스 페르버」에 실은 이야기 역시 깊은 감동을 불러일으킨다.

97쪽에 달하는 테아의 회고록을 25쪽 분량의 루이자 란츠베르그의 회고록으로 변형한 결과물은 제발트다운 브리콜라주bricolage*로 탄생시킨 비범한 작품이다. 그 전 과정을 따라가다 보면 [작품 속] 화자만큼이나 미쳐버릴 것 같은 기분이 든다. 막스는 일례로 라차루스가 말들의 짐을 덜어주기 위해 마차에서 내려 "교회 탑과 오래된 성이 멀찌감치 보이는 바로 그곳, 슈타이나흐!"로 가는 장면—슈타이나흐로 접근해 진입하는 장면—을 포함해 한 쪽 전체를 테아의 회고록에서 거의 문자 그대로 베꼈다. 이어지는 장들도 "사람들이 마을에서 가장 아름다운 여자라고, 진짜 게르마니아Germania**라고 부른 고모"에

---

* 기존에 사용된 것을 활용해 새로운 것을 만들어내는 방식으로 본래 인류학자 레비스트로스가 부족 사회의 지적 활동을 가리키기 위해 사용한 용어.
** 영국의 브리타니아Britannia나 프랑스의 마리안Marianne처럼, 독일제국에서 독일 민족과 국가를 의인화해 상징하던 여성의 형상.

관한 이야기를 비롯해 테아의 따뜻한 회고록에 바탕을 두고 있다. 그리고 슈타이나흐와 그 후 바트키싱겐을 배경으로 펼쳐지는 일들도, 안식일에 바트보클레트로 산책을 가는 장면에서부터 거위 깃털을 뽑는 새하얀 풍경까지 놀랍도록 세세하게 묘사되어 있다. 그중에서도 가히 아름다운 대목은 키싱겐으로 이사 가기 직전 루이자의 잃어버린 유년기를 상징하는 파란색과 흰색이 섞인 어치 깃털이다. "그리고 그 작고 푸르스름한 어치 깃털을 손에 쥐고 지친 모습으로 집으로 걸어가던 그 낯선 소녀는 누구였던가?"[27] 테아는 제발트가 연상되는 이 문장을 쓴 적은 없지만 어치 깃털에 관한 대목은 직접 썼다. 그리고 게르트루트의 기억에 따르면, 그 어치 깃털은 아이들의 도움으로 발견한 어치 깃털을 모자에 꽂고 다니던 [요제프] 할아버지의 모습과도 연결된다.

이 모든 대목은 특히 『아우스터리츠』 출간 이후 줄곧 제발트를 곤란하게 했던 난감한 질문을 제기하는데, 그 시작점이 바로 여기다. 타인의 삶을, 심지어 타인의 작업을 문학을 위해 사용하는 것은 어느 정도까지 정당하다 할 수 있는가? 그리고 실제로 사용했을 때 여기에는 어떤 책임이 따르는가?

우선 테아의 회고록부터 살펴보자. 제발트는 테아의 회고록을 무자비하게 강탈했고, 그중에서도 훌륭한 대목 대부분을 써먹었다. 그렇더라도 나는 이 경우 제발트가 한 일이 정당하다고 생각한다. 그는 전체의 극히 일부만을 활용했고, 그가 활용한 부분은 거의 다 변형되었다. 어치 깃털에 관한 문장이 하나의 훌륭한 사례다. 테아의 회고록에서 이는 행복한 기억이지만, 제발트의 소설에서는 잃어버린 시간을 상기시키는 좀처럼 잊을 수 없는 이미지다.
이러한 변형은 제발트가 회고록에서 건져 올린 모든 인물, 사건,
이미지에 적용된다. 회고록에서는 이 모든 것이 생생하고 구체적인
형태로 소환되는 반면, 「막스 페르버」에서는 여러 의미가 모호하게
중첩되어 본래 모습 그 이상의 의미를 갖는다. 그러니 기억은
테아의 소유일지언정, 예술은 제발트의 소유다.

어치 깃털에 관한 문장에서 보듯, 제발트는 테아의 언어를
자기 언어로 고쳐 쓰는 데 그치지 않고, 최고의 문장만을
활용함으로써 예술에 다다랐다. 그는 그 밖에도 몇 가지 중요한
요소를 덜어내거나 더했다.

예컨대, 현실에서와 마찬가지로 테아의 회고록에서 프랑크
부부는 따뜻한 마음씨로 가정을 일구며 살아간다. 제발트는
루이자의 가족 가운데 루이자의 쌍둥이 형제 레오(즉 파울라의
쌍둥이 형제 율리우스)를 제외한 모든 요소를 삭제한다. 그 결과
루이자는 파울라나 테아보다 훨씬 더 고립된 존재로 그려진다.
또한 「막스 페르버」에서는 레오만 살아남으므로 페르버 자신도
피터 조던보다 훨씬 더 고립된 인물이 된다. 한편 파울라의
형제자매는 전원 생존했고[28] 파울라 집안 사람 대다수도
살아남았다. 이를 언급해 피터의 상실을 축소하려는 것이 아니다.
다만 회고록 속 어머니 루이자의 고립감에서 싹튼 페르버의
고립감은 제발트가 여러 모델에서 차용한 게 아니라 새로이
창조한 것임을 지적하려는 것이다.

제발트가 추가한 내용은 무엇이었을까? 가장 중요한 요소는

루이자의 잃어버린 두 사랑, 즉 루이자가 "그 끔찍한 이별의
고통을 어떻게 이겨냈는지 (…) 실제로 이겨내기는 한 건지"
모르겠는 상태에 놓이게 만든 호른 연주자 프리츠 발트호프와
눈이 먼 소위 프리드리히 프로만의 사망이었다.[29] 파울라와 테아
프랑크는 제1차 세계대전 당시 둘 다 간호병으로 복무했는데,
테아는 한 부상당한 육군(실은 공군이었다)을 만나 프러포즈를
받았다. 파울라와 테아의 부모는 테아가—루이자처럼—유대인이
아닌 남자와 결혼하는 상황을 꺼려했으나, 이들의 반대 역시
누그러졌다. 그리고 현실에서 프리츠 게브하르트는 죽지 않았다.
프리츠와 테아는 결혼해 두 딸을 낳았으며, 비록 결혼생활이
불행하게 끝나기는 했지만 실상은 루이자의 경우와 사뭇 달랐다.

그렇다면 루이자의 이야기에 어둠을 드리우는 것은 파울라나
테아의 이야기에는 존재하지 않았던 것, 즉 고립과 죽음 그리고
루이자의 운명이 처음부터 예견되어 있었다는 감각이다.
루이자가 사랑한 상대의 이름이 모두 프리츠였다는 점('프리츠'는
보통 '프리드리히'에서 유래한 이름이다)에서 루이자가 후에 만난 두
프리츠는 그가 누구보다 사랑했던 첫 번째 프리츠와 메아리친다.
아니면 앞의 두 프리츠가 마지막 프리츠를 예견하는 존재일
수도 있는데, 그렇다고 보면 루이자가 프리츠의 때 이른 죽음을
공유하게 된다.

그리고 제발트는 루이자 란츠베르크의 회고록에도 조용히
모습을 드러낸다. 루이자의 입장에서 슈타이나흐를 잃는
것은 제발트의 입장에서 베르타흐를 잃는 것과 매우 흡사한

일로, 그 목가적 풍경이 잔인한 환상이었다고 쓸 때 루이자의
인식은 제발트의 인식을 되비춘다. 언뜻 보기에 마법에 걸린
듯한 독일에서의 유년기에 대한 테아의 회상을 처음 읽었을
때, 제발트는 필시 마음속에서 깊은 파동이 이는 것을 느꼈을
것이다. 피터를 만나리라는 계시와 더불어, 이는 제발트가 독일에
배신당한 유대인들에게 동일시하고 그들에 관한 글을 쓰고자
했던 욕망의 씨앗이었다.

이제 남은 것은 이야기의 정보원들에 대한 책임 문제다.
막스는 피터에게 허락을 구했을까? 자기가 쓴 글을 피터에게
보여주었을까? 그렇다. 그는 피터에게 자기가 하고 있는 작업에
대해 말해주었고, 글을 보여주었으며, 수정을 요청했고, 이에
피터는 수정을 가했다.[30] 하지만 아니기도 했다. 피터는 결코
막스에게 명시적인 허락을 한 적이 없었다. 둘 다 지나치게
내성적이었고, 본인들이 하고 있는 일, 그러니까 유대인이 제
가족사를 독일인에게 들려주고 이를 들은 독일인은 그 이야기를
본인의 예술작품으로 변형하는 일에 대해 터놓고 대화하기를
두려워했다. 책이 출간되자마자 막스는 피터에게 책을 한 부
보내면서 그의 이야기를 소설에 담은 것이 자신에게 얼마나
큰 의미를 갖는지, 이 결과물을 호의적으로 받아주기를 얼마나
바라는지를 전했다.[31] 피터는 그 뜻을 받아들였고, 지금도 같은
생각이다. 그는 자신이 높이 평가하는 문학작품을 통해 가족사가
보존되고 있음에 몹시 흡족해한다. 또한 막스가 소설을 집필하는

내내 이에 기꺼이 협조함으로써 자신이 암묵적으로 가족사를
작품에 사용하는 것을 허락했음을 인지하고 있으며,[32] 그 자신이
저자의 뜻에 동감하기에 책임을 둘러싼 문제에 공개적으로
맞서기를 꺼렸다는 이유로 그를 비난하지도 않는다. 그럼에도
어떤 면에서는 비난을 하는데, 이는 가족사 때문이 아니라 테아의
회고록 때문이다. 인터뷰에서만이 아니라 소설에서도 출처를
밝히지 않고 테아의 회고록을 그렇게 빈틈없이 활용해서는 안
됐다는 게 피터의 지적이다.

그렇다면 마지막으로 남는 질문은 이것이다. 제발트는
『이민자들』에서 테아 게브하르트를 인용했어야 했나? 문제는
그렇게 할 시 제발트가 시종일관 추구한 '현실 효과 L'effet de réel'*에
방해가 될 수 있다는 것이다. 소설이 루이자는 실제가 아니며
파울라와 테아가 실존 인물이었음을 상기시킬 시 우리는 루이자
대신 파울라와 테아에 대해 생각하게 된다. 내가 여기서 목표로
하는 것이 바로 이것이다. 반면 제발트는 이를 원치 않았다.
제발트는 우리가 루이자 란츠베르크를 믿게끔 만들고 싶어했다.
루이자 란츠베르크를 철석같이 믿기를 바라는 마음에 소설에
루이자의 사진을 싣기까지 했다. 그러나 이제 우리는 다시 문제의
딜레마에 빠진다. 그 사진 자체가 루이자 란츠베르크의 실존
인물이 누구인가 하는 궁금증을 불러일으킨다는 딜레마 말이다.

그리하여 나는 결국 제발트가 틀렸다고 생각한다. 이야기가

---

* 문학에서, 사실성을 부여하기 위해 '의미 없는' 세부 묘사나 불필요한 정보
등을 삽입해 현실감을 만들어내는 기법.

허구이며 **그 배후에는 실존 인물이 서 있다**는 점을 상기시킨다고
해서 이야기로 전하고자 하는 효과가 사라지지는 않을 것이므로.
그는 책 서두에 이 소설은 여러 실존 인물의 삶에서 길어올린
것이며 언니 '루이자 란츠베르크'를 전쟁에서 잃은 생존자 테아
게브하르트의 실제 회고록에 바탕을 두고 있다는 짧은 문구를
추가할 수도 있었을 것이다. 이제는 여기에 없는 제발트로서는
그런 결정을 내릴 수 없다. 하지만 출판사는 할 수 있다.

로버트 휴스가 아우어바흐에 관해 쓴 훌륭한 짧은 전기는
1990년에 출간되었다. 또 다른 유대인 난민에 관한 이야기,
이번에는 예술가에 관한 전기였다. 막스는 피터의 이야기와 닮은
이 난민 이야기를, 그리고 자신의 투쟁과 닮은 예술가의 투쟁을
모두 인식했을 것이다. 그렇게 아우라흐 내지 페르버라는 존재가
그의 머릿속에서 생생하게 살아 숨 쉬는 인물로 떠올랐을 것이다.
반은 피터이고 반은 아우어바흐인 인물로. 그리고 그 절반의
아우어바흐에는 막스 자신의 모습도 투영되었을 것이다.
　그리하여 막스는 두 이야기를 하나로 엮는 작업에
착수한다. 그리고 테아의 회고록에서 그랬듯 휴스의 저작을
상당 부분 차용했다. 그는 수십 년 동안 일주일에 7일, 하루 열
시간씩 일한 아우어바흐의 헌신을 차용했다. '작업실 방향TO
THE STUDIOS'이라고 대강 쓰인 간판과 함께(여기다 보나드의
아몬드나무를 추가해) 작업실로 향하는 길도 차용했다. 모퉁이가
어둡고 형형색색의 물감이 미광을 내는 작업실의 풍경도

차용했다. 그리고 무엇보다 아우어바흐의 작업 방식에 대한
휴스의 인상적인 묘사도 차용했다. 물감을 끊임없이 긁어내고
목탄을 문질러 없애 "무수히 많은 그림의 잔해 위를 조심조심
걷는" 그 방식을.[33] 휴스가 쓴 글에 따르면 아우어바흐의 목탄
초상화는 목탄을 문질러 없앴다 다시 바르는 작업을 끊임없이
반복해 마침내 실제와 닮은 인물의 초상을 되살려냈지만, 그것은
유령, "거무튀튀해진 재의 혼령"에 가까웠다.[34] 제발트가 쓴 글에
따르면 페르버의 초상화는 "기나긴 혈통을 자랑하는 회색빛이
감도는 조상들의 얼굴이 재로 구현된 듯했으나 나달나달해진
종이 위에 여전히 유령처럼 존재"했다.[35]

분명 제발트는 아우어바흐의 길고 고된 작업 과정을 보며
몇 주, 혹은 몇 달간 글을 지웠다 다시 쓰는 자신의 작업 방식을
인식했을 것이다. 그는 또한 자기만의 몇 가지 병적인 강박을
인식하고 그것을 페르버에게 적용했을 것이다. 여행에 대한
혐오감—자기가 사는 도시를 떠나는 것도 꺼렸으니 하물며
국외로 나가는 것은 말할 것도 없었다—그리고 "세상에 혼자라는
압도적인 감각" 말이다.[36] 마지막으로 내 생각에 제발트는
아우어바흐의 고통을 차용했다. 휴스는 아우어바흐가 어린 시절
부모를 여의었다는 사실에 비추어 그의 예술을 해석하는 것의
'부조리함'을 말하며 신중한 태도를 취하기는 했지만, 어쨌거나
그의 예술을 그렇게 해석했다. 아우어바흐는 "부모를 잃은 상처를
(…) 예술 창작에 적용했다"라고 그는 썼다.[37] 제발트가 페르버를
두고 이와 같은 말을 한 적은 없으나, 암시는 더없이 명백했다.

이 중에 도둑질한 것이 있을까? 제발트가 목적을 달성하기 위해 휴스의 저작을 이루는 핵심 요소들을 가져온 것은 확실하지만, 전기에 바탕을 둔 소설이라면 응당 그러기 마련이다. 훔쳐 온 구절도 없었다. 유령과 재에 대한 이미지가 휴즈의 묘사와 비슷하기는 하지만 동일하지는 않다. 또 결정적으로 테아의 회고록과 달리 휴즈의 책은 출간되었으며, 출판물은 (제발트 본인이 주장하듯) 참조될 수 있다.[38] 그러니 적어도 휴즈의 저작을 참고했다고 밝힐 유인은 테아의 회고록을 참고했다고 밝힐 유인보다 훨씬 더 약하며, 제발트는 결코 이를 밝히지 않았다.

그럼에도 「막스 페르버」는 큰 논란을 일으켰다. 휴즈가 아닌 아우어바흐 본인을 통해서였다.

『이민자들』은 독일에서 1992년 출간되었다.[39] 독일과 접점이 없었던 아우어바흐는 이 사실을 전혀 몰랐다. 그러다 4년 뒤 영역본이 이미 인쇄에 넘어간 후, 영국 출판사 하빌에서 아우어바흐에게 연락을 취했다. 그의 그림 「캐서린 램퍼트 6세의 수장」을 본문에 수록하는 것을 허가했었는지 확인하려던 목적이었는데, 황당하게도 그런 적이 전혀 없다는 사실이 밝혀졌다.

아우어바흐는 하고 싶은 말을 노골적으로 하는 것으로 유명한 사람이다. 그는 하빌 출판사의 크리스토퍼 매클러호스에게 매우 무례한 서한을 보냈고, 몇몇 기록에 따르면 소송 협박도 했다. 막스는 아우어바흐의 작품만큼이나 그의 단호함도 높이 평가하면서[40] 공공연하게 그를 가리키는 부분을 작품에서 삭제하기로 했다. 그는 아우어바흐의 검은 눈을 찍은 사진과 함께 그림도 삭제했고, '아우라흐'는 '페르버'로 변경했다.

아우어바흐가 하빌 출판사를 향해 품은 감정은 진정되었을 테지만, 막스를 향한 감정은 그렇지 못했다. 그는 후일 동료 예술가 테스 저레이에게 제발트를 향한 격한 분노를 표현했다. 『이민자들』로부터 강렬한 인상을 받은 테스는 소설을 변호하기 위해 최선을 다했다. 다음번에 두 사람이 만났을 때 아우어바흐는 『이민자들』을 직접 읽고 온 후였다. 테스에게는 다행스럽게도 아우어바흐는 "당신 말이 맞았어요"라고 말했다. 테스는 그때도, 그로부터 오랜 시간이 흐른 후에도 이때를 한 위대한 예술가가 다른 위대한 예술가를 알아본 순간이었다고 생각했고, 제발트는 그렇게 용서받았다. [41]

2011년 나는 아우어바흐에게 편지를 보내 제발트에 관한 대화를 나눌 수 있겠느냐고 물었다. 불가능에 가까운 요청임을 알고 있었기에—아우어바흐가 직접 만나는 사람은 몇 되지 않았다—몇 가지 질문을 서면으로 동봉해 보냈다. 놀랍게도 아우어바흐는 답장을 보내 왔다. 그는 내가 앞서 재구성해 이야기한 사건들을 설명하며 너그러운 답변을 해주었다. 그러나 그의 분노는 되살아나 있었다.

"『이민자들』을 대충 훑어는 봤는데 말입니다"라면서 그는 적었다.

뻔뻔스러운 어조나 유머라곤 하나 없는 엄숙함이 혐오스럽다고

생각했고, 나르시시스트의 작업을 그럴싸하게 보이게 만들려는
생각으로 오해에 입각한 타인의 전기를 쓰는 것에도 반대하는
입장입니다.

저는 제발트 씨와 사적으로 연락한 적이 한 번도 없거니와, 이
사안 전체가 따분한 사생활 침해라고 생각합니다.[42]

이렇게 답하고 그는 아마 곧장 일터로 돌아갔을 것이다.

내가 소장한 2003년판 독일어 『이민자들』 페이퍼백에는
주인공의 이름이 아우라흐로 남아 있으며 아우어바흐의 그림과
그의 검은 눈도 그대로 실려 있다. 그러나 2006년에 나온 다음
판본을 보면 그의 그림도, 눈도 사라지고 없으며[43] 주인공의
이름도 막스 페르버로 적혀 있다. 이것이 이 이야기의 끝인 것
같다. 아우어바흐는 결코 제발트를 용서하지 않았으나, 그가 범한
무례의 마지막 흔적은 사라졌다.

그러니까, 아우어바흐가 제기한 비난은 이것이다. 막스 페르버의
초상은 제발트가 남의 전기를 훔쳐 그럴싸한 효과를 내려 했던
"나르시시스트의 작업"이라는 것. 그리고 아우어바흐가 말하지는
않았으나 나르시시즘은 독일인의 것이고, 훔친 전기는 유대인의
것이다. 꽤 많은 사람이, 특히 유대인의 이야기를 독일인이 다루는
일에 과민한 독일인들이 『이민자들』과 『아우스터리츠』를 두고
이런 말을 한다. 이렇게 느끼는 독자라면 제발트의 문체가 슬픔에
잠겨 있다기보다는 주제넘은 자기 홍보 같다는 인상을 지울 수

없을 것이다.

　지금까지 나는 어떤 독일인도 유대인의 이야기를 정당하게 전할 수 없다는 이런 식의 믿음으로 양쪽 귀를 막고 있는 사람이라면 제발트의 목소리에서 슬픔과 애도를 듣지 못할 수밖에 없다고 주장했다. 그런데 아우어바흐의 두 귀는 개인적인 분노에 의해 막혀 있었고, 그렇기에 훨씬 더 정당화된 측면이 있었다. 막스는 그의 그림, 이름의 일부와 눈을 훔쳤다. 그렇다고 해도 그의 인생사를—이는 피터의 것이었다—훔친 건 아니다. 그는 그 인생사의 핵심, 그러니까 화가로서 아우어바흐의 작품을 훔쳤다.

　그런 행동도 주제넘는 침해 행위였을까? 딱히 그렇지는 않다. 로버트 휴스도 이미 아우어바흐의 허락을 받고 침해를 감행한 바 있었으니까. 그렇다면 이를 소설에 쓰는 것은 정당할까? 이는 훨씬 더 답하기 어려운 물음이자 내가 인터뷰에서 제발트에게 던진 질문이기도 하다. 그는 질문을 이해하지 못하는 듯했다. 나는 그게 작가가 단순히 자신이 모델로 삼은 인물보다 작품을 더 우선시했기 때문이라고 생각했고, 지금도 그렇게 생각한다. 또한 그가 타인의 작업을 활용하는 행위를 **오마주**로, 즉 자신이 친밀감을 느끼는 예술가에게 경의를 표하는 의미로 간주했기 때문이라고도 생각한다.

　계속 남는 질문은 이것이다. 제발트가 카프카와 스탕달처럼 사망한 예술가를 활용한 방식에 따라 아직 살아 있는 예술가를 활용한 일은 정당했을까? 바로 이것이 핵심이다. 작가는 흔히 시대를 초월해 유명 인물에 대한 이야기를 짓지만, 보통 이는 그 대상이 오래전 사망했을 때의 일이다. 제발트는 그 시점이 오기 전에 아우어바흐를 작품에 활용했다. 다시 말해 그를 이미 사망한 사람처럼 취급했다. 이것은 침해가 **맞다**. 그는 테아 게브하르트의 신분을 밝혔어야 했던 한편, 그림을 사용하는 식으로 그렇게 허락도 없이 아우어바흐의 신분을 대놓고 밝혀서는 안 되었다. 「막스 페르버」는 훌륭한 예술작품이나, 작품의 모델이 된 실존 인물들에게 막스가 한 행동은 잘못이었다.

그리고 마지막으로 나르시시즘이라는 비난이 남아 있다. 제발트가 자기 자신의 고통을 작품 속 인물에게 투영한 모든 사례에서—특히 「막스 페르버」에서—나르시시즘이라는 혐의는 피해가기 어려울 듯하다. 그럼에도 나는 프랑크 아우어바흐에게 이렇게 말하고 싶다. 그런 혐의는 부당하다고. 나르시시즘은 누군가 나의 고통을 가지고 있다고 상상하는 것이 아니다. 그것은 나만 고통을 가지고 있다고 상상하는 것이다. 타인의 고통은 내 고통과 다르고, 중요하지 않고, 고통도 아니라고 상상하는 것이다. 이는 아우슈비츠로 향하는 길의 출발점이며, 막스 제발트가 추구한 모든 것의 반대항에 있다. 제발트가 작품에 필요한 것이라면 무엇이든 취했다는 것은 사실이다. 그러나 이는 나르시시즘이라기보다 무자비함이다. 그리고 지금까지 생존했던 모든 위대한 작가는 무자비했다. 아니, 사실 작가라면 다 그렇다. 막스가 학생들에게 말했듯, 글을 쓰기 위해서는 그럴 수 있을 뿐 아니라 그럴 필요가 있는지도 모른다.

앞서 나는 막스가 저지른 침해 행위의 마지막 흔적이 사라졌다고
말했으나, 사실 완전히 그렇지는 않다. 흔적 하나가 남아 있다.
그 흔적은 화자가 우연히 페르버의 그림을 발견하면서 소설의 두
번째 국면이 시작될 때 새겨진다. 화자가 말해주는 그림의 제목은
「푸른 캔들윅 담요 위의 G. I.」다. 이 제목은 캔들윅에 대한 그의
관심을 상기시키며, 어쩌면 독자도 이에 주목할지 모른다. 한데 이
제목에는 두 가지 비화가 있다. 하나는 G. I.가 틀림없이 그레이시
얼럼을 가리킨다는 점이고, 다른 하나는 프랑크 아우어바흐의 가장
유명한 그림이 「푸른 깃털 이불을 덮은 E. O. W.」라는 점이다.

　이를 고려하면 몇 가지 놀라운 결말이 도출된다. 먼저
그레이시 얼럼이 페르버를 위해 포즈를 취해주고 있는
건 확실하므로 그가 일요일마다 향하는 장소도 바로 그
작업실일지도 모른다. 그리고 두 번째로 아우어바흐의 이야기를
안다면, 'E. O. W.'는 아우어바흐의 첫 모델이었을 뿐만 아니라
25년간 그가 사랑한 에스텔라 올리브 웨스트였다는 사실도 알 수
있다. 소설 속 페르버는 지독하게 외로운 인물로, 회색 비단옷을
입은 여인에 대한 환상을 본 순간이 그가 여성과 가장 가까이
접촉한 때였다. 따라서 「푸른 깃털 이불을 덮은 E. O. W.」와
의심의 여지 없이 공명하는 「푸른 캔들윅 담요 위의 G. I.」는
소설에 제발트만의 새로운 불확실성을 슬며시 끼워 넣는다.

　나는 이 그림이 그레이시 얼럼에 대해서도 말해주는 바가
있지 않을지 궁금하다. 어쩌면 그레이시 얼럼은 제발트가 휴스의
전기에서 접한 스텔라 [에스텔라] 웨스트에 바탕을 둔 인물일지도

모른다. 몇 가지 연결 고리도 있다. 스텔라가 처음에 아우어바흐의 집주인이었듯 그레이시도 화자의 집주인이며, 그레이시와 스텔라 모두 아우어바흐나 화자보다 나이가 많은 여성이다.[44] 게다가 스텔라가 집 없는 청년 아우어바흐에게 집이 되어주었듯, 그레이시는 집 없는 청년 화자에게 집이 되어준다. 현실에서 스텔라는 아우어바흐에게 감정적, 성적으로 어머니 대지 같은 존재였던 데 반해, 제발트가 그려낸 그레이시는 냉담하고도 희극적인 인물이다. 그럼에도 그레이시는 화자가 영국 생활 초기의 암울한 시간을 견뎌낼 수 있게 도와주는 맨체스터의 선한 영혼이다. 그리고 아마 어느 시점에 제발트는 스텔라 웨스트를 소설에 직접적으로 등장시킬 생각을 했을 수도 있다. 제발트의 '페르버' 관련 서류에 아우어바흐가 그린 E. O. W.의 초상이 수두룩한 걸 보면 말이다.[45] 하지만 제발트는 그렇게까진 하지 않았다. 다만 우리에게 「푸른 캔들윅 담요 위의 G. I.」라는 힌트를 남겼을 뿐.

그렇다면 제발트는 우리가 이미 알고 있는 사실을 아우어바흐로부터 대놓고 훔쳤을 뿐만 아니라, 그의 모델이자 연인을 은밀히 훔친 건지도 모른다. 적고 보니 아우어바흐가 더 분노하게 되는 건 아닐까 걱정된다. 그러나 테스 저레이가 그랬듯 그도 언젠가 또 다른 위대한 예술가를 알아봐주기를 나는 지금도 소망한다.†

6부

막스, 1970-2001

16장

1970-1976

1970년 5월 26일 [1] 아침, 독문과에 공석이 세 자리 있었다. 면접 대기 중이던 지원자 중에는 면접을 위해 감청색 재킷에 바지와 넥타이를 신경 써 차려입은 고든 터너라는 키 큰 젊은 남자가 있었다. 그는 대기실 구석에서 줄담배를 태우며 독서에 열중하고 있는 또 다른 젊은 남자를 보았다. 1960년대 후반 팝스타처럼 콧수염을 덥수룩하게 기른 그 남자는 셔츠 맨 윗단추를 풀어헤치고 넥타이는 반만 묶은 모습이었다. 고든은 호기심을 느꼈다.

마침내 그 지원자가 책에서 고개를 들었다. 고든은 그에게 다가가 자신을 소개했다. 그제야 보이는 경계하는 검은 두 눈, 그리고 진지한 기색을 띠었다가도 미소가 번지면서 달라지는 얼굴. 강한 독일 남부 억양이 있던 남자는, 유머러스하고 자기비하적인 어조로 말했다. 그가 밟고 있다는 석사학위에 대해 잠시 대화를 나누던 고든은 넓은 학식과 강력한 지성을 겸비한 사람임을 대번에 알아차렸다. 고든은 그에게 마음을 빼앗겼던 한편, 그가 자신과 같은 직무에 지원하는 경쟁자라는 점 때문에 속이 탔다.

면접을 마친 고든은 자신이 대단한 실수를 저지르지는 않았어도, 독창적인 사고와 무심하게 맨 넥타이가 인상적이었던 그 젊은 남자에게는 분명 상대가 되지 않으리라고 생각하며 자리를 떴다. 고든의 생각은 옳았다. 막스가 독일어와 독문학 강사 자리를 얻은 것이다. 같은 날 다른 지원자 세드릭 윌리엄스는 문학 강사 자리를 얻었다. 그런데 고든도 세 번째로 독일어 어학 강사 자리를 제안받았다. 고든은 당연히 기뻤는데, 웃음기 섞인 목소리로 말하는 그 검은 눈의 젊은 남자와 이제 동료가 되리라는 사실도 무시할 수 없는 이유였다.

또 다른 독어과 친구인 리처드 셰퍼드는 학기가 시작될 무렵에야 그 신입을 만났으니,[2] 셰퍼드의 기억 속 막스는 처음에는 부끄럼 많고 내성적인 사람이었다. 그러나 막스는 모두에게 상당히 좋은 인상을 남겼으니, 처음에는 진지한 인상을 남겼다가 머지않아 유머러스한 인상도 심어주었다. 막스는 스스로도 웃기는 사람이었지만 다른 사람들의 농담에도 잘 웃었다. "이스트앵글리아에는 웃음이 넘쳐났어요"라고 리처드는 말한다. "그리고 막스는 발작하듯 낄낄댔고 웃긴 농담 하나에도 포복절도했죠."

새로운 동료들은 금세 막스 특유의 태도를 간파했다. 리처드는 말한다. "막스는 정말 독일인 같았어요, 특히 독일을 비판할 때 더 그랬죠." 막스는 독일을 방문할 때마다 세상에서 제일 기분 나쁜 사람들만 만나고 온 것 같았으나 리처드가 한

경험은 오히려 그와 정반대였다. 막스는 무언가를 맹비난할
때 '부르주아'라는 단어를 즐겨 썼고, 또 '불길하다'도 자주
사용했다. 리처드는 "천진난만한 영국인 입장에서는 무해하거나
특별할 것 없는 사건에 대해" 막스가 "죄다 너무 불길해"라고
말한 일을 기억한다. 막스는 요리와 정원 가꾸기와 가구 수리를
좋아했고, 자동차 타이어도 교체할 줄 알았다. 교수생활 초기에
막스는—리처드의 말을 빌리자면—"유쾌한 녀석"이었다.

　고든도 리처드의 말에 동의한다.[3] 두 사람이 함께 담당한
독일어 수업에서 막스는 수시로 수업을 중단하고 재미있는
이야기를 들려주는 등 느긋하고 편안한 모습이었다. 고든이
보기에 막스는 프랑스어, 네덜란드어 혹은 이탈리아어
구절이 뒤섞인 기묘한 독일어를 구사했다. 두 사람은 첫
만남부터 마지막 만남까지 독일어를 사용했는데, 고든은 10대
시절에 밴 뮌헨 억양으로, 음색이 깊은 막스는 'r'을 굴려서
발음하는 알고이 특유의 억양으로 말했다. 고든은 지금도
특유의 어조로 "멜랑콜리의 반대는 아이러니입니다"*라고
읊조리는 막스의 목소리를 따라할 수 있는데, 어찌나 진짜
같은지 어느새 뒤를 돌아보게 된다. 그리고 막스는 늘 담배를,
그것도 대체로 로트헨들레Roth-Händle라는 필터 없고 독한 독일
담배를 태웠다. 로트헨들레는 골루아즈Gauloises처럼 냄새가

---

* 막스가 네덜란드 공영방송 VPRO에서 미하엘 제만과 가진 인터뷰 중 한
말이다[15장 주12 참조]. "제 말은, 멜랑콜리의 반대는 언제나 아이러니라는 겁니다.
사람들은 이따금 자기 자신의 괴로움을 두고 웃어버리기도 하잖아요, 그리고 두
기분은 서로 보완적인 것이라, 둘 중 어느 하나만 느낄 수는 없습니다."

거칠고 강한 담뱃잎으로 만들어진 담배였고 치명적이었다. 독일에서는 로트헨들레를 가리키는 속어도 많았다. 일례로 '폐어뢰Lundgentorpedo'로 불리기도 했고, 짙은 붉은색 포장지 때문에 '붉은 죽음Roter Tod'이라고 불리기도 했다. 막스는 이 속어를 전부 알고 있었을 것이다.

1970년에 이스트앵글리아대학은 설립된 지 7년밖에 되지 않은 곳이었다.[4] 노리치의 골프장 부지에 지어진 이 학교는 초창기까지만 해도 여전히 벙커를 간직하고 있었다. (리처드 세퍼드의 말을 빌리자면) 얼럼 로드의 통나무 별장에서 문을 연 유럽학부The School of European Studies, EUR는 막스가 도착하기 3년 전 새로 생긴 예술동으로 이전했다.

막스가 유럽학부에 합류한 시기에는 이미 독일어 원어민이 몇 명 더 있었다. 예컨대 독일어 분과에는 막스와 친구가 되었으나 1976년 고향으로 돌아간 오스트리아 출신의 프란츠 쿠나가 있었다.[5] 독일계 유대인도 두 명 있었는데, 이스트앵글리아대학 초대 사서 빌리 구츠만과 학장 베르너 모세였다. 막스는 조용하고 내성적인 구츠만과 잘 어울려 다녔다(그러나 구츠만이 한 번도 언급한 적이 없었기에, 그가 부모를 홀로코스트로 여의었다는 사실은 아마 몰랐을 것이다). 한편 모세와는 문제가 있었다. 모세는 비상하지만 까다로운 인물로, 1972년 과와 척을 지게 됐고 그 후 과 사람들을 늘 "내 전 동료들"이라고 불렀다. 또한 편집증적인 성격으로 유명했던 그는 매사에서

음모를 발견했다. 막스는 모세의 신식 주택에 저녁 식사 초대를
받았을 때 그 새집 밖에도 '음모 75'라는 표지판이 붙어 있더라고
말해 친구들을 웃겼다.

유럽학부에 소속된 다른 주요 구성원 중에서 막스에게
중요했던 두 인물은 막스의 면접관이기도 했는데,[6] 바로 막스의
논문 지도교수가 된 제임스 맥팔레인과 독일어 교수 브라이언
롤리였다. 맥팔레인—늘 맥 혹은 빅 맥이라고 불렀다—은 체격이
크고 마음이 따뜻하며 우호적인 사람으로, 막스와 꽤 친밀한
사이로 발전했다. 롤리는 친절하고 개방적인 인물로 독일어
분과를 이끌었다. 그는 탐조인이자 오래된 엽서 수집가였고,
누구보다 이해심 많은 사람이기도 했다. 그렇게 1970년대 초에는
마침내 프란츠 쿠나, 학부 설립 첫해에 부임한 슈티프터 전문가
키스 폴러드, 그리고 1974년에 오스트리아 문학에 관한 책을
출간하게 되는 세드릭 윌리엄스로 구성된 자그마한 오스트리아
전문가 무리가 조성되었다. 막스는 독일의 대부분 지역보다
오스트리아와 더 가까운 고장에서 자랐다. 그는, 사람들이 종종
자기를 오스트리아인으로 생각하도록 내버려두거나 심지어
오스트리아인이라고 말한 적도 있었으며, 프리부르에서 에른스트
알커와 함께 일했을 때부터 오스트리아 문학에 관심을 가졌다.
그러므로 오스트리아인으로 구성된 이 일종의 소학부는 막스에게
고향처럼 편안했고, 특히 몇 년 후 윌리엄스가 떠난 뒤로 그는
오스트리아 문학에 더더욱 마음을 쏟았다. 그는 오스트리아
문학이 바야흐로 자신의 학문적 경력의 중심 주제로서 준비를

마치고 그를 기다리고 있음을 깨달았다. 이는 오스트리아 문학을 대체로 독문학의 부차적인 영역으로 취급했던 영국 대학에서 이례적인 경우였다. 그리고 막스에게 찾아온 또 다른(어쩌면 마지막) 행운이었다.

그러나 무엇보다 커다란 행운은 이 대학을 발견한 일이었다. 그 어떤 시간과 장소도 막스에게 이보다 더 적합할 수 없었다.[7] 이스트앵글리아대학은 설립 당시부터 '**다르게 행동하라**Do Different'를 방침으로 내걸고 틀을 깨고자 했다. 권위적이지 않고 관료적이지 않으며 학제 간 융합이 이루어지는 공간이었고, 각각의 과목이 개별 학부로 쪼개지는 대신 포괄적인 학파를 이루었다. 설립 초기에는 거의 모든 교수진이 젊었다. 사회 각계각층에서 온 학생은 대부분 막스와 출신이 비슷했다. 교육 방식이 기본적으로 강의보다는 연구에 기반을 두었던 덕분에 교직원과 학생 들은 서로를 잘 알았다. 교수들은 지시를 내리기보다 지원을 제공했고, 직급이 낮은 강사들—신입들—도 자유롭게 강의를 개발하고, 실험하며 독자적인 활동을 펼칠 수 있었다. 리처드 셰퍼드의 말에 따르면 "가장 좋은 의미에서 무정부적이고 (…) 믿을 수 없을 만큼 자유로운" 지적 풍토였다. 그리고 이 모든 것이 영국에서 가장 완벽한 중세 도시인 노리치에서, 1980년대와 1990년대에 M11번 고속도로가 건설되고 간선도로가 개선돼 도로망이 넓어지기 전까지는 외딴 시골 지방이었던 노퍽에서 이루어졌다. 막스는 1974년 『차이트』의 여행 섹션에 게재한 글에서 이스트앵글리아를 통해 일찌감치 독일 독자들을 『토성의 고리』의 여행길로 데려가 그 아름다운 교회와 마을, 멋진 집들을 놓치지 말라고 당부한 바 있다. 그리고 노리치에서 가장 먼저 눈길을 사로잡는 것은 과거의 현존이라고 썼다.[8] 바로 그것이 그가 늘 좇던 것, 그리고 발견한 것이었다.

취업이 되었다는 사실을 안 즉시 막스는 동네에서 눈여겨본 임대 광고 연락처로 연락을 취했지만 아무런 회신을 받지 못했다. 그때는 일자리 구하기만큼 방 구하기도 수월한 시기였기에, 그는 아무 걱정 없이 여름휴가를 떠났다. 휴가를 마치고 돌아온 후에는 본격적으로 집을 구하기 시작했다. 대학 관사를 비롯해 다른 주택 네 군데도 임장을 가보았지만 마음에 드는 공간은 없었다. 그러던 차에 여름에 본 임대 광고가 문득 생각났다. 다시 연락을 취해보니 그 집은 여전히 공실이었다. 그렇게 그는 애버츠퍼드를 발견했고, 10월 초에 아내와 함께 그곳으로 이사했다.

이 모든 일을 막스는 강한 알고이 억양으로 유쾌하게 카주스에게 전했다.[9] 우리는 하인들 전용 숙소에 살고 있어, 하고 막스는 썼다. 그래도 테니스장도 있고 (그럴 가능성은 거의 없어 보였지만) 직접 탈 수 있는 말도 두 마리 있었던 데다 아름다운 시골 풍경이 보였으므로, 그렇게 나쁘지는 않았다. 말하자면 상황이 최악으로 흘러가지만은 않았고, 일을 아예 하지 않을 수 있다면 더 행복했겠지만 일도 못 해 먹겠는 수준은 아니었다.

그리고 막스가 설명했듯 금요일이면 경매가 열렸고 막스는

가문비나무로 만든 찬장을 8실링에 건졌다. 「헨리 셀윈 박사」를
보면 엘리가 새 세입자들에게 이곳저곳을 조금씩 바꾸는 건
괜찮다고 하자 그들은 그 즉시 욕실과 계단을 흰색으로 칠한다.
막스도 거의 똑같이 행동했다. 아니, 한술 더 떴다. 막스는
카주스에게 욕실을 진흙색으로 칠하고 있다고 말한다. 그렇게
매년 최소 100리터 양의 페인트를 칠하며 그는 이 작업이 언제
끝날지 궁금해한다. 끝나는 일은 없을 터였다. 제발트 부부의
집은 항상 새롭게, 아름다운 색으로 칠해져 있었다. (그렇더라도
'진흙색'은 분명 농담이었을 것이다.)

'나쁘지 않아'라는 말도 알고이식 농담이었다. 애버츠퍼드와
그곳의 정원은 고요하고 아름다웠으며, 막스가 필요로 한
평화로운 역사의 감각을 느낄 수 있는 공간이었다. 그리고 윈덤은
그가 독일인 독자들에게 권한 모습 그대로 그림같이 아름답고
한결같은 마을이었다. 또한 베네딕토회 수사들이 8세기 전에
설립해 이제 반쯤 폐허가 된 웅장한 윈덤 수도원의 본거지이기도
했다. 인근에는 애버츠퍼드가 있었고, 벅턴 부부—셀윈 박사와
엘리의 실존 인물—는 수도원 일에 상당 부분 관여했다. 고든
터너는 특히 "대단한 불굴의 의지를 가진 벅턴 여사"에 대해
말했다. "윈덤 수도원 교구민들을 노예처럼 부렸습니다. 제
기억에 벅턴 여사는 범접할 수 없는 사람이었고, 온화한 성품을
가진 신사였던 벅턴 박사와는 사뭇 대조적이었습니다."[10] 그러나
벅턴 박사도 고든이 기억하는 것처럼 노퍽 트위드로 만든 옷을
입고 정원에서 교회 축제를 즐기며 사냥과 사격 등 시골생활을

즐긴 시골 대지주 같은 사람이었다. 헌신적인 자유주의자이자
고독한 사람이었던 로즈 벅턴은 막스에게 결코 잊지 못할
방식으로 감동을 주었다. 그러나 나머지는 W. G. 제발트와 관련된
일이라면 늘 그렇듯 허구였다.

로자와 게오르크는 여전히 존트호펜의 방에 세 들어 있었고,
대부분의 독일인처럼 생이 다할 때까지 그렇게 살았다. 그러나
확실히 막스는 자기만의 집을 갖고 싶다는 영국인스러운 소망을
품고 있었고, 첫 학기가 끝날 무렵 아내와 함께 집을 찾아다니기
시작했다.[11] 처음에는—이 또한 영국인스러운 소망이었거나
아니면 그저 막스만의 소망이었을 텐데—구옥을 찾고 싶어했다.
그러나 전임강사 급여로는 무리라는 사실을 깨달았다. 결국 그는
윈덤 중심가 인근에 조성된 새로운 주택 단지에 있던 새집에
정착했다. 그곳에는 이미 터너 부부가 살고 있었다. 터너 부부의
편안하고 실용적인 집을 몇 차례 본 적이 있는 제발트 부부는
1971년 4월께 그곳에서 주택 몇 채를 두고 떨어진 가까운 곳에
집을 마련했다.

그로써 청소와 페인트칠로 점철된 새로운 마라톤이
시작되었다. 막스는 엉뚱한 곳에 구멍을 뚫고 (그의 주장에 따르면)
못을 비뚤게 박긴 했지만 5월 초에는 작업이 어느 정도 마무리되어
카주스와 그의 아내 세인트 크리스티나(막스가 친구를 놀려먹겠다고
부른 애칭이다)를 윈덤 오처드웨이 38번지로 정중하게 초대했다.
그때부터 4년간 막스의 집이 될 공간이었다.

그즈음 막스는 영국만의 특징을 잘 간파했다. 한 수업에서는 "그런 이름을 가진 거리는 분명 신축 주택으로 가득 찰 겁니다"라고 말하기도 했다.[12] 그럼에도 제발트 부부는 그곳에서 행복을 느꼈다. 단지 내 사교 모임에도 참석했고, 이웃들과 친분도 쌓았다.[13] 윈덤에서 금요일 아침마다 열리는 경매에도 꾸준히 참가했고, 금세 다른 작은 마을로, 노리치 전체로 활동 반경을 넓히더니 소나무 고재古材를 냉큼 사들여 겉면을 벗겨내거나 때로는 페인트를 새로 칠한 다음 고물상에서 헐값에 구한 시선을 끄는 물건 몇 가지를 올려두었다. 이웃 중 몇몇도 그들을 따라 경매에 참가하기 시작했고 머지않아 제발트 부부는 오처드웨이의 인테리어 디자인 전문가가 되었다. 막스는 그곳에서 박사 논문과 첫 (미출간) 시집을 썼고, 딸을 낳았으며, 첫 번째 반려견을 입양했다. 또한 그는 막스였으니, 이곳에서도 어두운 시간을 보냈을 것이다. 그럼에도 그는 젊었고, 늘 희망이 다시 찾아왔다. 윈덤은 킹스턴 로드 다음으로 그에게 최고의 집이었다.

그곳에는 또 다른 이점이 있었다. 외딴곳이기는 해도 노리치에서 불과 16킬로미터 떨어져 있어 차로 25분이면 학교에 도착할 수 있었다. 그런데 의외로 이를 이점이라고만 할 수는 없었다. 그건 위험 요소이기도 했다.

막스는 결혼하기 한 달 전인 1967년 8월 운전면허를 취득했다.[14] 말할 것도 없이 이는 어른으로서의 삶을 준비하는 과정의 일부였을 것이다. 운전면허 취득과 동시에 막스는 아버지

게오르크로부터 자동차를 선물받았다. 그 새하얀 폴크스바겐에
몸을 싣고 막스와 그의 아내는 결혼생활을 시작하기 위해
영국으로 차를 몰았다. 그런데 영국에 도착하자마자, 1967년
가을의 어느 날 막스는 첫 번째 교통사고를 당했다. 상대 차는
멀쩡했지만 막스의 차는 수리비만 48파운드가 나왔을 정도로
망가졌다. 현재 가치로 환산하면 800파운드[한화 약 160만 원]에
달하는 금액이니 상당한 피해를 입었음을 알 수 있다.

막스는 '충돌'이라는 표현을 쓴 걸 제외하면 그 사건을
세세하게 기록하지 않았다. 그러나 약 1년 후 그는 두 번째
교통사고를 당했다. 로이틀링겐에 사는 타베르트 부부를 방문한
후 아내와 함께 슈투트가르트를 향해 차를 몰고 있을 때였다.
반대편 차선에서 차량 한 대가 돌진해 왔고, 뒤따라오던 자동차가
앞서 있던 그 차를 추월하겠다고 반대편 차선을 침범했다. 막스는
간신히 핸들을 꺾었고 어찌어찌 가까스로 대참사는 면했다.
막스의 과실은 아니었다. 그러나 그의 소설에 묘사된 요제프의
교통사고를 떠올려보면, 이 또한 실제 사건에 바탕을 두고 있는
듯하다. 막스 제발트는 교통사고와 모종의 미스터리한 방식으로
연결되어 있었다.

윈텀에 거주하는 동안에는 그 연결 고리가 점점 더
명확해졌다.[15] 막스와 고든은 강의 시간이 겹칠 때면 서로
번갈아가며 운전대를 잡고 학교로 출근했다. 4년 넘게 이웃
사이였기에 막스가 고든을 태워다준 적도 꽤 많았다. 그리고
고든은 몇몇 아찔했던 순간을 아직껏 기억하고 있다.

한번은 도랑 혹은 진입로로 반쯤 빠져 엉뚱한 길로 접어들 뻔한 적도 있었다. 또 한번은 막스가 한창 수다를 떨다가 저 앞에서 갑자기 같은 도로로 진입해 들어온 트랙터를 충돌 직전까지 알아차리지 못한 일도 있었다. 막스는 있는 힘껏 브레이크를 밟았고 자동차는 빙그르르 회전했다가 결국 조금 전 트랙터가 빠져나온 밭의 진입로에서 멈추었다.

고든은 그렇게 아찔한 상황이 벌어진 이유가 매번 같았다고 말한다. 막스가 집중력을 잃고 도로에서 시선을 뗐기 때문이라는 것이다. 막스는 이야기를 들려주거나 풍경에서 포착한 무언가를 가리키느라 자기가 지금 무얼 하고 있는지를 잊었다. 마치 그에게는 머릿속에 떠오른 그림만이 존재하는 전부인 듯했다. 늘 그랬던 것처럼 말이다.

수업 준비와 더불어 막스의 주요 목표는 전해에 맨체스터에서 시작한 박사학위를 마치는 것이었다. 10월 9일 막스는 이스트앵글리아에서 박사과정에 등록했다.[16] 그리고 평소처럼 서둘러 4년이 아닌 3년 안에 논문을 제출할 수 있게 해달라고 신청했다. 1973년 8월 때맞춰 논문을 제출한 그는 곧바로 전임강사로 승진했고 이듬해 4월 구두 시험을 보고 7월에 학위를 취득했다.

이는 꽤 놀라운 성과였다. 첫째로 속도가 빨랐으며, 둘째로 영국에 온 지 6년 만에 학교에서 요구하는 대로 영어로 논문을 작성했기 때문이다. 그러니까 막스는 애초 논문을 독일어로

써서, 1972년 여름께 완성했다. 이후 고든과 함께 논문을 영어로
번역했는데, 몇 달간 단어 하나하나를 두고 토론을 벌인 끝에 결국
번역을 포기한 그는 논문을 아예 처음부터 영어로 다시 썼다.
리처드 셰퍼드의 말에 따르면 명확하고 생동감 넘치며 지역색이
드러나는 영어였다. 막스는 사람들에게 논문을 검토해달라고
했는데, 특히 서론에서 진심 어린 감사를 표한 동료 세드릭
윌리엄스의 도움을 받았다. 그래도 논문을 작성한 사람은
어디까지나 막스였다. 막스의 생전에 그의 작품을 마지막으로
영역한 앤시아 벨은 막스가 직접 영어 번역을 할 실력을 갖추고
있었다고 말했다. 막스는 앤시아의 말을 1973년에 이미 입증한
셈이었다.

막스의 논문은 또 다른 성취도 거두었다. 그는 슈테른하임에
관한 논문과 마찬가지로 알프레트 되블린에 관한 논문도 일부러
학계에 받아들여지기 힘든 방식으로 작성했다.[17] 그는 아니나
다를까 여기서도 거친 공격을 가했는데, 다만 이번에는 상대가
많은 이의 사랑을 받는 유명 작가였다(그러나 막스는 되블린의
작품에서 가장 유명한 『베를린 알렉산더 광장』만큼은 전반적인 비난
대상에서 제외했다). 막스는 이번에도 전기적으로 접근해 되블린이
슈테른하임처럼 유대인 뿌리를 저버렸을 뿐 아니라 가톨릭으로
개종함으로써 (루터교를 따르는 선에서 그친 딱한 슈테른하임보다 더
심하게) 자신의 진정성을 파괴했다고 주장했다. 이 같은 주장을
펼치기 위해 그는 중요한 주장 하나를 추가했다. 되블린이
작품을 통해 폭력과 공포를 경고하려 했으나 그가 가진 병적인

특성 때문에 정반대의 결과를 초래했다고, 그런 폭력과 공포에 도취되고 심지어 그것들을 미화하고 말았다고 주장한 것이다. 사실 이 통찰—이를테면 공포는 늘 존재하나 결코 드러나지 않는다는 통찰—은 그의 논문에서 최장 기간 영향력을 행사했고, 그 자신의 글쓰기에도 커다란 영향을 미쳤다.

막스는 박사학위 논문에서도 「카를 슈테른하임에 관하여」에서 보여준 거침없고 과장된 어조를 이어갔다. 그는 되블린을 연구한 다른 학자들의 문헌은 거의 참조하지 않은 채, 선택적이고 편향적인 인용에 근거하여 극단적인 의견을 제시하곤 했다. 주석은—막스에게는 늘 골칫거리였는데—지도교수들의 확인을 받지 않은 상태였는데, 리처드 셰퍼드의 말에 따르면 오류로(그리고 아마 창작으로) 가득했다. 요컨대 막스의 박사 논문은 석사 논문과 마찬가지로 반려되거나 통과되지 말았어야 했다. 그러나 리처드가 미소 띤 얼굴로 말하듯 막스는 "악을 쓰며 항의할 상황을 면했다". 이번에도 심사관들은 막스의 논문에 담긴 독창성과 힘을 인정했고, 눈에 띄는 결점에도 불구하고 논문을 통과시켰다.

막스는 독일어로 집필을 마치자마자 출판사에 원고를 투고하기 시작했고, 영어로 집필을 완료한 후에는 영국 출판사에도 연락을 취하기 시작했다. 1974년까지 그는 여섯 차례 거절당했다. 그러다 1978년 연구년을 보내는 동안 원고를 개작했고—또 다른 명망 있는 출판사인—클레트 출판사에 원고가 받아들여져 1980년에 책으로 출간되었다. 슈테른하임

때와 마찬가지로 이번에도 단행본이 논문보다 더 거칠고
극단적이었다. 그 시기에 막스는 클라우스 슈뢰터가 되블린을
인종차별주의자이자 반유대주의자라고 비난하며 집필한 악명
높은 1978년 전기를 읽었다. 이는 막스에게 좋은 먹잇감이었다.
막스가 집필한 『되블린의 작품에 담긴 파괴의 신화 *The Myth of
Destruction in the Work of Döblin*』는 반유대주의, 파시즘, 그리고 폭력을
미화함으로써 나치즘의 길을 닦은 되블린의 행적을 비난했고,
억압된 동성애에 대한 비판도 덧붙였다.

두 번째 책에 대한 반응은 슈테른하임에 관한 책에
제기되었던 반응과 유사하면서도 더 심각했다. 서평은 단
세 개뿐이었는데 전부 상당히 부정적이었고, 하나는 혹평
수준이었다. 그 혹평은 무명의 일개 러시아 학자가 아니라 되블린
연구의 권위자인 저명한 독일인 교수가 작성한 것이었다. 그는
막스의 주장을 체계적으로 깨부수었다. 막스는 아무 응답도 하지
않았다. 그의 책은 10년간 유통되다가 사라졌다.

무슨 일이 벌어지고 있었던 걸까? 막스는 입 모아 되블린을
찬양하는 독문학계를 상대로 게릴라전을 지속하고 있었다.
그러나 그게 전부는 아니었다. 슈테른하임과 되블린을 비판하는
저술 활동은 도합 20여 년간 지속되었다.[18] 여기에는 강박적인
무언가가 있었다.

생각건대 리처드 셰퍼드는 이를 다음과 같이 규정한다.
"동화同化라는 문제는 오랫동안 문학적 실패의 핵심으로
[막스를] 사로잡았다."[19] 1972년, 이제 막스는 유대인 학자이자

작가 게르숌 숄렘에게 자신이 작업 중인 동화 프로젝트를 지지해달라고 요청하면서, 슈테른하임을 통해 "이 동화 과정이 독일 작가에게 미치는 파괴적인 결과"를 처음 목격하게 되었고 되블린을 통해 이를 계속 확인하고 있다고 설명했다.[20] 그리하여 이제 이를 주제로 한 일련의 에세이를 쓰고 싶어진 막스는 하이네, 크라우스, 카프카 등이 포함된 대단히 야심 찬 목록을 작성한다. 사실 이 동화 프로젝트를 통해 얻은 것은 아무것도 없었다. 그럼에도 그는 몇 년을 더 여기에 사로잡혀 있었다.

왜 그랬을까? 어째서 막스는 유대인 혈통을 (막스의 관점에서 볼 때) 배신한 두 명의 독일계 유대인이 (역시나 막스의 관점에서 볼 때) 문학적으로 실패했다고 비난하며, 그토록 화를 낸 것일까? 내가 앞서 간접적으로 말했듯 본인이 제 혈통을 배신하는 것에 대한 두려움과 연관되어 있었을까? 아니면 언제든 성공할 기회가 찾아오기만 하면 배신해버릴 것을 강요한 독일인들에 대해 분노를 느꼈던 걸까? 진짜 이유가 무엇이었건 이 문제는 20대 내내 막스를 괴롭혔다. 그리고 30대가 되어서야 그를 놓아주었다.

리처드 셰퍼드는 되블린을 향한 막스의 공격에서 또 다른 특징을 지적한다.[21] 그 특징은 우리가 막스의 문학작품에서 발견하는 것과 정반대의 성격을 띤다. 박사 논문에서도, 책에서도, 막스는 계몽적 합리주의를 근거로 되블린의 비합리성을 공격한다. 반면 본인의 문학작품에서는 계몽적 합리주의가 자연과 자연 속 우리의 장소를 파괴한다고 비난하며, 스스로 일종의 신비주의적 비합리주의에 이끌린다.

나는 이 지적이 타당하다고 생각한다. 막스는 그 시기에
스스로 혼란을 겪고 있었고, 자신의 비합리적인 정신과 싸우고
있었던 듯하다. 막스가 이런 상태를 받아들일 수 있게 된 건
그로부터 한참의 시간이 흘러, 이러한 상태를 나치즘의 어둠과
구별할 수 있게 된 후의 일인 듯하다. 다시 말해 막스는 청년기를
혼란스럽게 보냈고, 우리 대다수도 어떤 식으로든 그렇게
청년기를 보낸다. 막스가 택한 방법은 제대로 된 책들을 써내기
전에 두 권의 부적절한 책을 쓴 것이었다.

막스가 독문학계에 맞서 1인 전쟁을 벌인 다른 전장은 1971년
봄 유럽학부에서 창간한 『유럽학 저널 *Journal of European Studies*』이었다.
막스는 그로부터 몇 년간 『유럽학 저널』에 열일곱 편의 공격적인
논문과 서평을 게재했다. 부패한 독문학계와의 오랜 싸움은
1980년대 중반이 돼서야 마침내 끝났고, 그때부터 막스는
이전과는 사뭇 다른 글을, 문학작품과 거의 구별이 안 될 정도로
긍정적이고 비학문적인 에세이를 쓰기 시작했다. 이 에세이들은
『유럽학 저널』에는 더 이상 발표되지 않았고, 『현대 어학
리뷰 *Modern Language Review*』 같은 국제 학술지에 실렸다.[22]
　우베 쉬테가 말하듯 UEA가 의기양양한 기세를 뽐내던 초창기,
극도로 자유주의적이었던 『유럽학 저널』의 지면을 제외하면
막스의 폭력적인 기고문은 그 어디에도 실릴 수 없었을 것이다.[23]
『유럽학 저널』의 창립자이자 초기 편집자 중 한 명이었던 존
플라워는 참고문헌을 지어내는 막스의 버릇이 발동할 때가 간혹

있었으나 편집자들이 이를 눈감아주곤 했다고 회상한다. 또 한 번
제발트에게 행운이 따랐던 순간이다. 그런데 나는 "제발트의 서평을
보면 실로 대단한 분노에 찬 젊은 남자가 보인다"라는 쉬테의 말에
동의한다.[24] 내 추측이지만 막스는 화가 났을 때 불행하기도 했던
것 같다. 심지어 이스트앵글리아 생활 초기에도 부적절한 책들을
쓰고 자기 정신과 싸우며 불행할 때가 많았던 듯하다.

선생으로서의 막스는 당시 『유럽학 저널』에 게재한 기고문에서
표출한 공격성을 전혀 내비치지 않았다.[25] 오히려 그라스, 뵐,
심지어 되블린의 작품을 학생들 앞에서 높이 평가했다(다만
학생들은 막스가 전적인 찬사를 보낸 『베를린 알렉산더 광장』만
읽었다). 그는 볼프강 힐데스하이머의 모차르트 전기 등 몇몇
정통에서 벗어난 작품을 읽자고 제안한 경우를 제외하면 배경
지식을 쌓기 위한 독서를 거의 요구하지 않았다. 그의 수업은
강의보다는 대화에 가까웠고, 말을 하는 만큼 경청하면서
미숙한 질문들을 지적인 질문들로 전환시키고 사려 깊은
답변을 제시했다. 그러면서도 도발적이고 전복적이었다.
'섹슈얼리티, 전복, 폭력'에 관한 에세이를 과제로 내면서, 분량은
상관없으나 아포리즘을 쓸 거라면 제대로 써야 한다고 말했다.
막스의—훗날 그의 책을 읽게 된 사람이라면 알아차릴 문투와
몹시 흡사한—울적한 목소리와 웃음기 없는 유머에 깔려 있는
분위기를 논외로 하면 그를 우울한 사람으로 기억하는 학생은
없다. 그의 수업에서는 늘 웃음이 끊이지 않았다. 그러나 한

학생은 그렇게나 혐오하는 슈테른하임에 관한 글을 쓴 이유가 무엇이냐고 물었다가 막스로부터 "너무 끔찍한 인간이니까요"라는 답변을 들었다고 회상한다. 그러면서 막스가 웃었는데 "그때 그 모습이 저한테는 베케트가 절망 앞에서 지어 보인 진짜 웃음 같았어요"라면서. 또 다른 학생은 막스가 가르치는 일을 조현병에 비유한 일을 기억한다. 우리는 다양한 상황에 다양한 가면을 씁니다, 그러면서 결국 다른 사람이 되죠. 막스는 그렇게 말했다.

막스는 늘 그랬듯 용모에 있어서도 강렬한 인상을 남겼다. 초기에 그의 강의를 들은 한 학생은 "뿔테 안경을 쓰고 가우초처럼 콧수염을 기르고 긴 벨트로 고정한 비옷을 입은 모습이 우아하면서도 불가사의하고 범접할 수 없는 느낌을 줬어요"라고 말한다. 또 다른 학생은 재킷을 걸치거나 넥타이를 한 적은 거의 없었고 주로 폴로넥 스웨터에 어두운 바지를 입은 막스가 "우아하게 캐주얼한" 스타일이었던 것으로 기억한다. 막스는 대부분의 학생과 나이 차이가 열 살도 나지 않았지만 다른 시대, 더 눈부신 시대에서 온 사람처럼 보였다. 학과에서 주최한 사육제 파티에는 연이어 기상천외한 분장을 하고 나타났는데, 그건 어느 정도 재미를 위해서, 그리고 한 학부생이 "제 생각에 당시 여학생의 95퍼센트가 흑심을 품고 있었거든요"라고 말한 점을 생각하면 어느 정도는 사람들 눈에 띄지 않기 위해서였다.

강사생활 초기에 막스는 과거가 됐든 현재가 됐든 가족에 관한 이야기를 하지 않았고, 학생들은 그에 대해 개인적으로 아는 바가 없었다. 하지만 기억에 남는 말을 많이 하기는 했다.

예컨대 문학은 자기 자신을 알 수 있는 가장 좋은 방법이라든가,
조국에 관한 글을 쓰려면 조국을 떠나야 한다든가. 전화로
말하면 상대가 거짓말을 하는지 안 하는지 더 쉽게 구별할 수
있다거나, 가톨릭교회는 공산주의의 호적수이지만 파시즘과
너무 비슷한 탓에 파시즘의 적수는 못 된다거나. 그는 폴란드에서
무릎 꿇고 사죄한 빌리 브란트 독일 총리를 좋아한다는 얘기도
했다. "강제수용소는 자본주의의 논리적 확장"이라든가,
"주머니에 볼펜을 잔뜩 꽂은 의료인은 모든 훈장을 수여받은
장군과 같다"라든가, 생존자는 늘 죄책감을 느낀다고도 했다.
"오스트리아인은 반유대주의자로서는 훌륭하지만 나치로서는
형편없어요. 독일에서는 정반대지요"라고도.

그 후 다년간 막스는 우스꽝스러운 방언이 섞인 편지 수십
통을 고향 친구들에게 보냈다—로이틀링겐에 있던 ROP,
프라이부르크에 있던 알베르트, 특히 당시 뮌헨 근교 프라이징에
있었던 카주스[26]에게. 막스는 식스투스 보니파즈 메이어([이탈리아
북부 도시] 노바라에 살던 랍비)나 제발두스 모타미커(망원경
발명가) 등 고풍스러운 분위기를 풍기는 이름들을 지어내
얼토당토않은 서명도 남겼다. 카주스에게 보낸 한 편지에서는
아프리카질산염 새에 관한 새로운 프로젝트를 시작했다면서
1042년의 위대한 작품을 인용하고, 1510년 프랑스에 거대한
얼음덩어리가 떨어졌으니 발밑을 조심하라고 경고하는 추신을
써 넣는다. 또 다른 편지에서는 분츠레푸블리크Bunzrepublik(막스가

분데스레푸블리크Bundesrepublik, 즉 서독을 폄하하며 쓴 말)로
돌아왔는데 **우울**이 또 자기를 못 살게 군다고 말한다.

막스가 보낸 것 중에 가장 엉뚱한—카주스가 제발트
팬들로부터 읽어달라는 요청을 가장 많이 받는다는—편지는
자우어크라우트Sauerkraut*에 관한 편지다. 그 편지에서 막스는
둘이서 작은 자우어크라우트 공장을 열자고 제안한다.
자우어크라우트로 카펫을 짜고, 자우어크라우트 주스를 만들어
나눠 마시고, 자우어크라우트로 (지휘자를 포함해) 완전한
오케스트라를 꾸리자고. 막스는 자우어크라우트가 편두통이
있는 머리나 발기부전이 있는 다른 어떤 부위에 좋다고 공표한다.
그러면서 후니퍼시티Hunifersity**에서 일이 잘 안 풀리면
분츠레푸블리크로 돌아와 자우어크라우트 가게를 열 것이라고
말한다.

1970년대 카주스가 이 편지들을 아주 강한 알고이 억양으로
낭독하자 청중은 당기는 배를 움켜잡지 않을 수 없는 지경으로
폭소를 터뜨린다. 실로 무척 재미있는 편지다. 그러나 이번에도
이 편지의 이면에는 확실히 다른 무언가가 내재해 있다. 광기
어린 반복구에는 정말로 약간 광기가 서려 있고, 우스꽝스러운
이름들의 나열은 그다지 우스꽝스럽지가 않다("1043년에 사망").
내가 볼 때 막스 제발트는 무언가를 창조해야 한다는 격렬한
욕구를 품고 있었던 듯하다. 그리고 그 욕구를 충족하는 글쓰기

---

*   양배추를 채 썰어 소금에 발효시킨 반찬.
** 유니버시티 University 의 철자를 잘못 적어 우스꽝스럽게 표현한 것.

형식을 발견할 때까지 반항적인 학술적 글쓰기나 익살맞은 편지
쓰기 등 여러 방법을 시도해보았달까. 그러나 이 가운데 무엇도
그를 덫에서 꺼내주지 못했다. 그게 내가 이 편지들을 읽으며
더 이상 웃지 못할 때 받는 느낌이다. 막스는 덫에 갇혀 있었고,
빠져나갈 방법을 찾지 못했다.

1972년 7월 딸의 출생과 함께 막스의 삶은 변화를 맞았다.
이제 더한 책임감으로 어깨가 무거웠다. 게다가 막스는 완벽한
아버지가 되고 싶어했다.[27] 어릴 적 강요받고 침범당했다고
느꼈던 그는 결코 딸에게 어떤 강요를 한다거나 딸의 영역을
침범하지 않았다. 당연히 실패할 수밖에 없는 일이었고, 인내심을
잃거나 딸을 꾸짖게 될 때마다 막스는 죄책감을 느꼈다.

　　1년 후에는 개도 한 마리 입양했다.[28] 일곱 살 된
골든리트리버였는데, 밝은 금빛이 도는 흰색처럼 보였다. 막스의
가족은 그에게 요도크(영국 친구들은 이를 '유어 도그'[당신의 개]로
알아들었다)라는 이름을 붙여주었다. 요도크는 편안하게 가족의
일원이 되었고, 주변에서 누구도 본 적 없는 최초의 채식주의
개가 되었다. 같은 장소에 스무 번씩 소변을 보고 열 번 정도
자세를 바꾼 후에야 잠에 든다거나 하는 요도크의 개다운 생활
방식은 막스를 매료시켰다. 막스는 카주스에게 요도크가 매우
온화한 외모를 가졌다고, 나쁜 일은 잊어버리고 좋은 일은
기억한다고 말했다. 그러면서 개처럼 헌신적인 동물은 없다고도
썼다. 그때부터 막스의 삶에는 개가 존재하지 않은 적이 없었다.

이제 막스에게는 아내, 아이, 개로 구성된 완벽한 작은 가족이
있었다. 그가 바랐던 일이자 그 시절 그에게 행복을 가져다준
일 중 하나였다. 그러나 [식구들을 부양한다는 건] 강의를 하고
어마어마한 속도로 논문을 쓰는 일 외에 그의 어깨에 더해진
하나의 짐이기도 했다. 막스는 그런 짐을, 사실상 그 어떤 것도
제대로 짊어지지 못했다. 게다가 그를 둘러싼 더 광범한 세계도
점점 어긋난 방향으로 나아가기 시작했다.

전환점은 제1차 석유파동이 발생해 서구 세계 전역이
침체기에 접어들기 시작한 1973년에 찾아왔던 듯싶다. 영국에서는
휘발유와 난방유 가격이 천정부지로 치솟았다. 1974년 초에는
광부들이 파업을 했고, 전기 절약을 위한 주 3일 근무제가
시행되었다. 게르트루트가 말해준 바에 따르면, 영국인들은 숲에서
[연료로 쓸] 낙타 분변을 찾아다녔다. 막스는 대학이 곧 문을 닫아
정원 일을 마칠 수 있기를 바랄 뿐이었다.

대학은 문을 닫지 않았으나 그렇다고 아무 일도 없다는
듯이 넘어갈 만한 상황도 못 되었다.[29] 이스트앵글리아대학처럼
확실한 비전을 가진 학교들은 1968년 이후에 벌어진 학생 시위로
인해 당국의 공격 대상이 되면서 좀처럼 새로 설립되지 못했다.
게다가 한창이던 석유파동으로 인한 인플레이션이 심각한 재정
위기를 초래했고, 취업에 도움이 되는 교육을 선호하는 풍조
속에서 순수 학문 연구에 대한 공격이 거세졌다. 이 모든 상황이
과학보다는 인문학에, 그리고 대부분 현대 언어학처럼 힘없는
학문에 타격을 입혔다. 유럽학부는 처음부터 이런 상황에 극도로

취약했다.

1973년 말과 1974년 초에 막스가 게르트루트와 카주스에게
보낸 편지를 보면 이와 같은 스트레스와 긴장이 그에게 미친
영향이 드러난다. 두 사람에게 보낸 모든 편지에서 막스는 1973년
12월, 15만 년 만에 처음으로 지구 가까이에서 포착된 코호우테크
혜성[C/1973 E1(Kohoutek)]*을 언급한다.[30] 독일의 음악 그룹
크라프트베르크는 코호우테크 혜성에 관한 노래를 불렀고,
미국의 어느 컬트 집단은 세상의 종말이 찾아왔다고 말했다.
막스는 코호우테크 혜성이 지구에 도착하기를 기다리면서
무시무시한 행성의 정렬에 대해, 상상할 수조차 없는 지질학적
재앙과 임박한 빙하기에 관해 썼는데, 익살스러운 어조 속에서도
그 어느 때보다 종말론적인 분위기가 감지되었다. 만일 세상이
멸망하지 않고 코호우테크가 다시 7만 5000년의 은둔에
들어간다면, 그게 사라지는 것도 불길한 시기를 초래할 수 있어,
막스는 게르트루트에게 그렇게 말했다.[31]

막스는 게르트루트에게 이런 말도 했다. 또 한 번 교통사고를
당했다고. 이번에는 커브를 돌 때 도로 한가운데 앉아 있던
한 쌍의 꿩이 원인이었고, 막스는 그 순간 거칠게 브레이크를
밟아야 했다. 고개를 들었을 때는 자동차가 도랑에 빠져 있었고,
엔진은 꺼지고 라디오에서는 베토벤의 음악이 흘러나왔다. (한

---

* 체코슬로바키아의 천문학자 루보슈 코호우테크가 1973년 3월 발견한 장주기
혜성으로, 제1차 석유파동과 같은 해에 등장해 냉전 및 환경 위기 담론과 맞물리며
당대의 불안한 시대상을 반영하는 코드로 여겨지기도 했다.

번의 예외는 있었지만) 막스는 평소처럼 생채기 하나 없이 사고
현장에서 벗어났다.

리처드 셰퍼드가 말하기를[32] 사실 두 사람이 만난 순간부터
막스는 종말이 다가오고 있다는 불안과 우울에 시달렸다. 막스가
작성한 초기 글 중 몇 편에는 이미 죽음에 대한 집착이 서려 있다.
그는 늘 같은 질문을 던졌다. **세상에 어떤 의미가 있기는 한가?
거기에 숨겨진 질서가 있을까? 아니면 우린 그저 혼돈의 복판에 있는
걸까?** 처음에는 그래도 긍정적인 답변을 내놓았지만, 그것도 점차
어려운 일이 되어갔다.

우리에게는 이 시기 막스의 모습을 조금 더 엿볼 수
있는 자료가 있다. 예컨대 1973년 유럽학부에서 개최한 독일
학술대회에 막스의 맨체스터 동료 중 몇몇이 참석했다. 그때
이다는 막스에게서 변화를 감지했다.[33] 막스는 전보다 더
진지하고 전보다 다가가기 더 어려운 사람이 되어 있었다고
이다는 말한다. "상태가 좋지 않아 보였고 맨체스터의 오랜
친구들과 어울리지도 않았어요." 그리고 1975년 막스는 동독에서
초빙받아 온 시인 라이너 쿤체를 인터뷰했다. 새로 설립된
시청각 아카이브 기록용으로 제작된 인터뷰 영상을 보면 막스는
서른한 살임에도 여전히 최소 10년은 더 젊어 보인다. 그러나
한없이 조용하고 침착한 모습이며, 눈빛은 우울하다. 그나마
생기 있게 던진 질문은 시에서의 '나' 활용이다. "이건 일종의
자기치유인가요?" 막스가 묻는다. "자기치유라고는 말하지 못

하겠네요." 쿤체가 대답한다. "그 말은 병리를 연상시키니까요."
막스는 "아," 하고 대답하며 목소리를 더 낮춘다.[34]

막스가 겪은 문제는 모든 조건에도 불구하고 영국에
정착할 수 있을지를 확신하지 못한 데서 비롯된 측면이
있었다.[35] 사람들이 너무 **폐쇄적**이야, 하고 막스는 카주스에게
말했다. 영국인들은 그의 이름이 위니프리드Winifred고 성은
웨볼드Webald라든가 페볼드Febald, 에볼드Ebald, 세볼브Sebalb 일 수는
있어도 제발트일 리는 없다고 생각했다. 버스나 기차역에서
목적지를 말하면 "뭐라고요?"라고 대꾸했다. 외국에서 온 편지를
들고 문을 두드린 집배원은 "빌어먹을 외국 놈들!"이라며 욕을
했다(분명 편집증적 증상이었을 것이다). ROP가 막스 가족을 보러
윈덤에서 왔을 때 막스의 아내는 남편이 드디어 자기를 이해하는
사람과 대화할 수 있어서 너무 기쁘다고 말했다. 그즈음 막스는
몹시 우울해하고 있었다.

1974년 10월 막스는 딸이 낙서를 하며 갖고 논 종이를 쓴
건지 아니면 편지를 쓴 다음에 딸이 낙서를 하게 놔둔 건지
알 수는 없지만, 카주스에게 그 어느 때보다도 난잡한 편지를
보냈다. 막스는 자기가 어떤 언어로 말하고 있는지—영어인지
독일어인지 학자연하는 언투인지—더는 정말 모르겠다고,
그래서 고국으로 돌아갈 생각을 하고 있다고 말한다. 막스는 갈색
셔츠만 봐도 독일인인 줄 알 수 있는 독문학자들과는 전혀 엮이고
싶지 않았다. 그래서 고국으로 돌아가는 대신 6월 독일문화원에서
일주일간 언어 교육 관련 강의를 들으러 뮌헨으로 가기로 한다.

그곳에서 새로운 좋은 기회가 나타날지도 모를 일이었다.[36]

1968년 맨체스터에서와 마찬가지로 막스의 유럽학부 친구들도 뮌헨으로 떠나겠다는 막스를 만류했다.[37] 그러나 소용없었다. 막스는 1975년 2월 공식적으로 지원서를 보냈고, 6월에는 선발 절차에 참가했다. 지원서는 통과되었다. 이에 막스는 학교에 1년 휴직을 신청하고—여러 선택지를 계속 열어두었다—오처드웨이 집을 팔았다. 막스는 이삿짐을 실은 밴보다 앞장서서 (교통사고 없이) 폴크스바겐을 몰고 장인 장모와 함께, 또 요도크도 함께 처음 몇 달간의 격리생활을 포함해 1년간 거주할 코부르크에 도착했다.

코부르크에 정착한 막스는 가을 학기가 시작되었을 때 홀로 영국으로 돌아갔다. 그리고 그로부터 11주간 전년도에 윈덤에서 이사 온 노리치의 터너 부부네 집 꼭대기 층에 거주했다. 터너 부부는 막스가 집에 와 있는 듯한 느낌을 받을 수 있도록 막스의 오처드웨이 집에서 가져온 커튼과 책상으로 방을 꾸몄고, 실제로 그런 느낌을 받은 막스는 자기가 지은 이야기를 들려주고 일주일에 한 번씩 채식 요리를 대접하며 터너 부부에게 보답했다. 그럼에도 막스는 가을 학기 내내 신장 관련 질병으로 고생을 했다. 그는 밀맥주가 신장에 좋다고 고든에게 말했고 실제로 밀맥주를 마셨는데, 이튿날이 되면 몸 상태는 엉망이 되었다. 때로는 고통이 극심해 며칠간 병원 신세를 지기도 했다. 그러나 이미 결정은 내린 후였다. 가을 학기가 끝나면 막스는 짐을 싸서 뮌헨으로 떠날 생각이었다.

사실 모든 일이 수포로 돌아갈 뻔한 시기가 있었다.

독일의 경제 기적조차 석유파동이 휘두른 칼날을 피해갈 수 없었다. 독일문화원에서의 강의가 시작되기 불과 6주 전, 1976년 당시 수강생들은 강의가 취소되었다는 서한을 받았다. 막스를 포함한 일부는 확실한 정당성을 내세우며 격하게 항의했고 강의는 재개설되었다. 그러나 불확실성으로 인해 많은 수강생이 교육을 포기하는 바람에, 1976년 수강생 수는 평소처럼 15~20명이 아닌 5명에 불과했다.[38]

막스의 계획이 무산될 뻔한 일은 좋은 시작을 알리는 신호가 아니었다. 그의 생활 여건도—이쯤이면 우리 모두가 아는바 이는 막스에게 몹시 중요한 문제였다—처음부터 좋지는 않았다. 그는 아파트와 단층 주택 구역으로 바뀐 1972년 올림픽 선수촌의 올림피아파크에 방을 구했다.[39] 그때를 기준으로 불과 4년 전 이스라엘 선수단 학살*이 벌어진 코놀리슈트라세에서 얼마나 인접한 곳이었는지는 모르겠다. 막스에게는 방 하나가 있을 따름이었다. 아마도 거대한 고층 건물의 고층에 위치한 작은 방 하나. 그것 하나만으로도 막스가 억압받는 기분을 느끼기에는 충분했다. 그리고 실제로 막스는 그렇게 느꼈다.

그러다 함께 일할 동료를 만나면서부터 상황이 조금씩 나아지기 시작했다. 막스는 한때 목수였던 교사 양성 프로그램 책임자 코르비니안 브라운에게 호감을 느꼈고,[40] 브라운의

---

* 1972년 뮌헨 올림픽 당시 이스라엘 선수·코치 열한 명이 팔레스타인해방기구 PLO 계열의 검은9월단에 의해 숨지는 사건이 벌어졌다.

대리인 크리스틴 묄커는 더 잘 따랐다. 크리스틴은 맨체스터의
독일문화원에서 만난 적이 있는 사람이었다. 이제 그는 뮌헨에서
막스가 속한 그룹의 기획자이자 멘토로서 대부분의 시간을 그룹
사람들과 보내고 있었다. 이는 분명 막스가 처음 뮌헨에 도착했을
때 도움이 되었을 것이고, 실제로 그는 뮌헨에 체류하는 내내
도움을 받았다. 그렇게 막스와 크리스틴은 금세 친구가 되었다.

수강 인원이 대폭 축소된 게 결과적으로는 이점으로
작용했다. 수강생들이 서로를 잘 알게 되었던 것이다. 자비네
하게만은 에티오피아의 독일 청년 국제연대 프로그램인
ASA Arbeitsgemeinschaft für Entwicklungshilfe 에서 일한 사람이었고, 만프리트
뷔스트는 튀빙겐대학에서 구약성서를 연구하는 학자였으며,
울리히 그륀들러는 동아시아 정치학을 공부하는 학생이었고,
개브리엘 어윈은 아름다운 독일계 미국인이었는데 (루머에
따르면) 고향에서 벌어진 이성 관련 문제를 피해 지내고 있었다.
다들 개인주의적인 성향이 무척 강했고, 그중에서도 가장
개인주의적인 사람은 막스였다. [41]

1. 울리히 그륀들러 2. 막스 3. 자비네 하게만 4. 개브리엘 어윈 5. 만프리트 뷔스트.

이 책이 쓰인 시점을 기준으로 울리히 그륀들러는 몇 년 전 사망했고 개브리엘 어윈은 미국으로 돌아갔다. 그러나 남은 두 사람은 막스를 생생하게 기억하고 있다. 만프리트 뷔스트[42]는 막스가 그들 중 가장 독창적인 사람이었고, 아이러니하면서도 신랄한 유머로 일상에 활기를 불어넣어주었다고 말한다. 만프리트는 막스의 현란한 언변과 날카로운 관찰력에 감탄했으나 결코 가까워지지는 못했다. 그의 말에 따르면 둘 사이에는 늘 일정한 거리가 존재했다. 만프리트가 몰랐던 사실은 가톨릭 신앙에서 이탈한 막스가 처음부터 신학생을 경계했을 수도 있다는 점이다. 그리고 내 생각에 만프리트 또한 우상 파괴자인 막스를 경계했을 것 같다. 만프리트는 막스의 매력을 느끼긴

했으나, 나중에 장기적으로 성공적인 경력을 쌓게 되는
독일문화원에 대해서는 말을 아꼈다.

자비네 하게만은 만프리트보다는 막스와 좀더 가까웠다.[43]
자비네는 막스가 연극과 영화에 관심을 두었다고 말한다. 막스는
자비네에게 글쓰기에 대해서는 말하지 않고 다만 학자가 되는
일에 대해서만 말했다. 그러나 막스는 분명 '오류의 미학'에
관심이 많은 별난 학자였다. 그는 언어적 실수들을 수집해
자비네에게 보여주었다. 그리고 월요일 아침마다 수업을
시작하기 전 회색빛 독일문화원 건물에 비해 바깥세상이 얼마나
아름다운지를 말하는 즉흥시를 칠판에 써 내려갔다.

막스는 아버지가 나치였다는 점 외에는 자신의 배경에
대해 거의 아무 말도 하지 않았다. 반면 딸에 대해서는 수많은
이야기를 들려주었다. 주말마다 코부르크에 가서 가족을
만나고 돌아오면 딸 얘기를 쉼 없이 늘어놓았다. 이를테면
딸에게 카메라를 주었더니—당시 딸은 네 살이었다—그걸로
계단에서 놀랍도록 창의적인 발 사진을 찍었다고 했다. 반면
본인에 대해서는 거의 일언반구도 하지 않았던 까닭에 막스는
수수께끼 같은 존재로 보였다. 가령 '막스'가 진짜 이름은 맞나?
다른 이름이 있다고 넌지시 말하지 않았던가? 그런 질문을 품은
친구들은 강한 호기심이 인 나머지 하루는 막스가 교실에 재킷을
두고 갔을 때 그의 주머니를 뒤져 여권을 확인하기도 했다.
"빈프리트 게오르크." 막스는 없었다. 그들은 며칠 동안 갖가지
가능성을 떠올렸지만 감히 막스에게 물어보지는 못했다. 그렇게

수수께끼는 계속 수수께끼로 남았다.

막스와 가장 가까워진 사람은 크리스틴 푈커였다.[44] 크리스틴은 막스가 시를 쓴다는 사실을 알았을 뿐만 아니라 막스에게서 시 몇 편을 받아 읽기도 했다. 그리고 강의가 지루해지면 서로 짧은 메모를 주고받기도 했다. 한번은 크리스틴이 혹시 다른 사람이 언급한 책을 읽냐고 물었다. 그러자 막스는 당연히 안 읽죠! 하고 대답했다. 저는 성과 이름이 같은 알파벳으로 시작하는 작가 책은 안 읽어요.

크리스틴은 같은 반 사람들끼리 영화 몇 편을 함께 본 기억도 간직하고 있다. 그들은 빔 벤더스의 「시간의 흐름 속으로」와 조지프 로지의 「돌발사고」 같은 영화를 보았다고 하는데, 내가 듣기에는 막스가 골랐을 법한 영화들로 들렸다. 그리고 자비네는 막스와 함께 라이브 쇼를 관람한 일도 기억하고 있다. 그 쇼는 적나라한 노출과 비현실적인 풍자로 가득한 무정부주의적인 화려한 드래그 쇼, 제롬 사바리의 「그랜드 매직 서커스」였다. 그건 막스가 고른 공연임이 분명했고, 실제로 그가 분명 동료들에게 충격을 안겨주기 위해 기획한 일이었다. 자비네는 충격받지 않았다. 다만 어마어마하게 괴상하고 시적인 쇼였다고, 쉬는 시간에는 막스와 함께 한 장면을 따라해보기도 했다고 말했다. 그 말을 듣고 나는—당시 다른 사람들도 그랬을 텐데—움찔했다.

그렇게 막스는 독일문화원에서 좋은 시절을 보냈다. 그런데 한편으론 거의 초반부터 독일에서 살아가는 일에 대해 해묵은

불안을 느끼고 있었다.[45] 그리고 역시나 거의 초반부터
독일문화원 체제하에서 신경질을 부리기 시작했다.

이미 1월 말부터 막스는 280쪽에 달하는 규약을 읽어야
한다는 사실을 두고 불평을 늘어놓았다(평소 막스답게 과장해
표현한 것이기를 바랄 뿐이다).[46] 막스는 **지우개를 가져갔다고**
누군가에게 공식적으로 항의한 어느 교수를 조롱했고, 5주 만에
독일문화원을 떠나고 싶어했다. 잊지 못할 어느 일화에서는 학창
시절 자아로 돌아가 제자리에 서서 강사에게 도전장을 내밀기도
했다. 막스는 주제보다 두 배나 긴 설명이 왜 필요하냐고 따져
물었다. 자비네는 막스가 처음부터 진심으로 영국으로 떠날
작정인 것 같았다고, "심사숙고하지 않는 삶은 원치 않았으므로"
독일에서의 삶을 마지막으로 시험해보는 것 같았다고 느꼈다.
만프리트도 매우 초반부터 막스가 계속 머물지 않으리라는
느낌을 받았다. 그럼에도 막스는 수업이 진행되는 6개월 내내
독일에 머물렀다. 모든 상황이 마음에 걸렸음에도 그는 마지막
선택을 내리기를 주저했다. 게다가 신장 문제도 계속 있었고,
어느 날에는 통증이 극심해져 그 끔찍한 방에서 고통과 절망에
시달리다 벽에 고정된 책장을 뜯어내버리기도 했다.

후반 교육은 독일에 사는 외국어 구사자에게 독일어를
가르치는 실용적인 실습 기간으로 채워져 있었다. 자비네는
프라이부르크로 보내졌고, 만프리트는 처음에는 카셀로 갔다가
그다음에는 보덴제의 [호숫가 도시] 라돌프첼로 보내졌다.
막스가 그 지역 중 한 곳으로 갔다면 아마 지금과는 상황이

달라졌을지도 모른다. 그러나 그런 일은 일어나지 않았다.
막스는 슈바벤 중심부의 고요한 마을인 슈베비슈할로 보내졌다.
슈바벤은 극단적인 청결함과 질서로, 즉 막스가 실제적으로나
비유적으로나 가장 큰 불안감을 유발한다고 느꼈던 독일식
미덕으로 유명했다. 그럼에도 막스는 다시 한번 짐을 싸서
슈베비슈할에서의 생활을 준비했다.

그러나 슈베비슈할로 옮기기 전 자신이 얼마나 확신이
없었는지(혹은 내심 확신에 차 있었는지)를 보여주는 행동을 했다.
바로 영국에 소재한 주택 한 채를 매입한 것이다.

막스는 6월 말부터 슈베비슈할에서의 생활을 시작할
예정이었다.[47] 6월 초 그는 아내와 함께 노리치로 돌아갔다.
그리고 인근 마을에서 늘 꿈꾸었던 집을 발견했다. 사랑스럽고
밝은 방과 커다란 정원이 딸린 빅토리아 시대 초기의
사제관이었다. 다년간 비어 있던 그 집은 막스 부부가 매입할
수 있을 만큼 썩을 대로 썩은 상태였다. 아직 미래가 불확실한
상태였기에 막스는 그 집을 매입할 생각은 있으나 독일에
머물기로 결정한다면 이를 무를 수도 있다고, 크리스틴 퓔커에게
말했다. 계약 의사를 철회할 수 있었던 것은 사실이지만, 막스가
그렇게 오래된 사제관을 순순히 놓아줄 수 있었을지는 상당히
의문스럽다. 막스는 집 수리에 몇 년이 걸릴 것을 알았지만[48]
그렇게 해야 더 빨리 꿈을 실현할 수 있으리라고 생각했다.
그 집은 신비로웠고, 귀신이 들린 것처럼 보이기도 했다……
그리고 막스가 말하기를 아내가 처음 본 그 집은 눈에 푹 파묻혀

있었다.* 게다가 현관문으로 이어지는 눈 더미에 발자국이 찍혀
있었는데, 들어가는 방향으로만 나 있고 나가는 방향으로는 아무
자국도 없었다. 그럼에도 집 내부에 살아 있는 영혼은 없었다.

독일에서의 교생실습 방식은 다양했다. 만프리트 뷔스트는
2년, 자비네 하게만은 4년간 실습을 했다.[49] 막스는 슈베비슈할에
2~3년 머물 것으로 예상했다. 그러나 결국에는 7주를 버티는 데
그쳤다. 8월 20일 그는 독일문화원 사무총장에게 편지를 보내
그만두겠다는 의사를 밝혔다.
　그로부터 몇 달간 막스는 자신의 결정에 대해 모순적이면서

———————

* 　그렇다면 6월은 아니었다. 아마도 그들은 이전에도 이런 광경을 본
적이 있었을 것이다. 아니면—물론 더 그럴듯하게는—이건 막스가 꾸며낸
이야기였을지도 모른다.—지은이

종종 무례하기까지 한 이유를 댔다. 그중에서도 주된 이유는 슈베비슈할의 영혼 없음Öde과 소시민적 분위기spiessige Atmosphäre 였다.[50] 막스는 ROP에게 돈이 충분하지 않았다고 말했고, 카주스에게는 돈 말고는 더 나은 게 없다고 말했다. 자비네 하게만에게는 적어도 중급반을 가르치고 싶었는데 초급반을 맡겨서 견딜 수 없었다고 했다. 또한 자비네와 크리스틴 필커에게 슈베비슈할의 동료들을 생생하게 그린 그림을 보냈는데, 고약한 캐리커처였지만 정확도가 상당해서 얼마 후 자비네가 슈베비슈할을 방문했을 때 모두를 알아볼 수 있을 정도였다. 당시 독일문화원 사무총장은 막스의 사직을 불쾌하게 받아들이지 않았다. 그는 제발트 박사가 옳은 결정을 내렸다고 말했고(아마 막스를 생각하는 만큼 독일문화원도 생각해서 내린 판단이었을 것이다), 막스는 그가 자기에게 다정한 말도 몇 마디 덧붙였다고 크리스틴에게 전했다.[51]

아마 크리스틴에게 댄 이유가 가장 진실된 속내였을 것이다.[52] 그는 문화원에서의 삶이 방랑자의 삶이었다고 말했다. 하나 막스는 이미 방랑자였고, 자기만의 목적지를 택하고 싶어했다.

1976~1977년 학기가 시작될 무렵 막스는 첫 시작점으로 돌아갔다. 그는 낡은 교구관의 대공사가 마무리되는 동안 노리치의 친구 집에서 캠핑을 했고, 자기 집에서 생활한다는 것이 어떤 느낌인지를 더 이상 기억조차 하지 못했다.[53] 막스가 카주스에게 쓴 편지에 따르면 그의 가족은 춥고 비 오는 영국으로

돌아왔고 주변에는 온통 쇠퇴의 징후뿐이었다.

대학이라고 해서 더 나을 것도 없었다. 막스는 크리스틴에게 학생 수가 줄고 있다고 말했다.[54] 몇몇 동료는 더 매력적인 신규 프로그램을 고안하기 위해 미친 듯이 일했고, 다른 동료들은 그저 이스트앵글리아대학이 폐교되기를 기다렸다. 막스라고 해서 남들보다 더 희망에 차 있었던 건 아니지만 그렇다고 해서 아무것도 하지 않는 것만은 지양해야 했기에, 그는 미친 듯이 일하는 동료들의 풍조에 합류했다. 이번만큼은 없는 사실을 지어내지도 않았고, 실제를 과장해서 말한 것도 아니었다. 1976년 말 학교가 폐교될지도 모른다는 위협은 현실이 되었다.[55] 영광의 시절이 저물었다.

그때 막스는 자신이 또 다른 실수를 저지른 것은 아닐까 두려워했고, 실수를 인정하기도 했다. 사무총장이 그렇게 좋은 말들을 해주었는데, 혹시 독일문화원에 남았다면 뭐라도 이뤄낼 수 있지 않았을까? 뭐, 아무도 알 수 없는 일이다. 영국에서 모든 일이 실패로 돌아갔더라면, 막스의 가족은 분츠레푸블리크로 돌아가 코부르크에 가게를 열었을 것이다.

『아우스터리츠』의 화자는 독일에 정착해보려는 어설픈 시도를 거두고 1976년 영국으로 돌아간다. 그는 계획이 바뀌었음을 아우스터리츠에게 말해야 한다는 사실을 알면서도 어떤 이유에서인지 그렇게 하지 않고 20년간 연락이 두절된다. 화자는 아우스터리츠에게 연락을 하지 못한 이유가 "영국으로 돌아오자마자 힘든 시기를 겪으면서 다른 사람들의 존재를 인식하는 감각이 둔해졌고, 오랫동안 방치한 글쓰기를 다시 시작하면서 그제야 매우 천천히 그 시기에서 빠져나왔다"는 사실 때문일 수도 있다고 말한다.[56]

이는 막스가 그로부터 몇 년간 겪은 일이었다.

17장

1977-1988

우리 인생길의 한중간에
올바른 길을 잃은 탓에
나는 어두운 숲에 있었노라.
—단테, 『신곡』제1곡

영국으로 돌아오고 1년이 지났지만 막스는 여전히 자신의
결정에 대해 골똘히 생각하고 있었다.[1] 그리고 3년이 지난
후에도 변함없이 영국인에 대한 불만을 연신 늘어놓는 중이었다.
막스가 게르트루트에게 한 말에 따르면, 영국인들은 기차역에서
외국으로 나가는 표를 요청하면 죽상을 지었다. 그로부터 몇 년
후 막스는 또 한 번 중대한 발걸음을 내딛었다.

1982년 막스의 오랜 친구 파올로는 휴가차 영국을 방문할
계획이라며 (학생들과 동료들이 기뻐했다며) 편지를 보냈다.[2]
그즈음 막스는 이스트앵글리아에서 12년째 근무하고 있었지만,
여전히 승진은 꿈도 못 꿀 일개 강사에 불과했다. 막스는 독일

대학에서 일할 수 있도록 뒤늦게라도 하빌리타치온Habilitation[*]
학위 과정을 시작할 수 있을지를 파올로와 논의하기 시작했다.

한동안 막스는 아무것도 하지 않고 스위스에 대해 생각했다.
그러나 15년이 지났음에도 여전히 강사에 불과했고, 첫 번째
학술서도 이제야 막 출간될 참이었다. 그래서 그는 1985년 8월
파올로가 몸담은 함부르크대학의 하빌리타치온 과정에 지원하기
위해 휴직을 신청했다. 휴직은 허가되었다. 이에 막스는 갓 출간한
『불행에 대한 기술 Die Beschreibung des Unglücks』을 논문으로 제출했고,
1986년 4월 하빌리타치온 학위를 수여받았다.

이 절차 전반에는 다소 이상한 데가 있었다.[3] 파올로는 친구의
지원 과정에 힘을 실어주었고 그의 심사관 중 한 명이기도 했다.
이 모든 것은 64그룹의 정신, 즉 그 어떤 규칙도 아닌 자기들만의
규칙에 따른 행동이었다. 그럼에도 『불행에 대한 기술』은 여느
논문 못지않게, 아니 여느 논문보다 더 훌륭했다. 그리고 절차가
어떻게 마무리되었든 어쨌거나 이는 공식적인 절차였다. 막스는
마침내 독일 제도권에서 가르칠 수 있는 자격을 얻었다.

같은 해 10월 막스는 드디어 부교수급 강사로 승진했는데[4]
이는 의심할 여지 없이 『불행에 대한 기술』 덕분이었다.
그럼에도 막스는 노력했다. 그가 게르트루트에게 말한 바에
따르면, 뷔르츠부르크대학에 들어갈 희망을 품고는 있었지만
그에게 독일은 여전히 쉽지 않은 국가였다.[5] 1986년 초 막스는

---

[*] 독일 대학에서 정교수직을 맡기 위한 자격 요건으로 요구되는, 박사학위
이후의 두 번째 박사학위.—지은이

베른대학에 지원했고, 그해 말에는 로잔대학에 지원했다. 이러한
노력에도 불구하고 성과는 없었다. 그러더니 갑자기 1987년에는
영국식 학제에서 [정교수 바로 아래 단계의] 연구교수reader로,
1988년에는 정교수로 급속 승진이 이어졌다. 그리고 그즈음
막스는 또 다른 해결책을 찾았다. 하여 다시 한번 독일에
머물기로 결심했다.

맨체스터 시절 이후로—아마도 학창 시절 이후로—막스는
여유로운 삶을 꿈꿨다. 그러나 막스가 게르트루트에게 쓴 편지를
보면 그런 꿈을 꿀수록 해야 할 일은 더 많아졌다.[6] 30대 중반부터
그는 흡사 미친 사람처럼 그 어느 때보다도 일에 열중했다.
　　1976년 가을에 그를 기다리고 있던 대형 작업은
집수리였다.[7] 기술적인 작업을 처리하려면 전문가가 필요했지만
급여가 그 비용을 감당할 수 있는 수준이 아니었던 까닭에,
그는 여분의 돈을 벌기 위해 먼저 번역 일부터 시작했다.
그리고 1977년 초 막스의 가족은 집에 입주해 남은 일들을 직접
처리했다. 그로부터 2년 동안 수업과 학술 저술을 제외하면
막스는 지붕에 타일을 붙이고, 바닥을 깔고, 지저분한 정원을
가꾸는 동시에 (막스의 친구가 되는 작가이자 영국에서 가장 탁월한
독일 역사학자로 이름을 떨치게 되는 리처드 에번스의) 벽돌 책을
독일어로 번역했다. 마침내 막스는 두 가지 일을 모두 완수했다.
1979년 『독일 제국의 여성과 사회민주주의*Sozialdemokratie und
Frauenemanzipation im deutschen Kaiserreich*』가 출간되었고,[8] 낡은 사제관은

완벽히 수리되었다. 평화로운 영국 시골에서의 휴식이라는
막스의 꿈은 그로부터 마지막까지 유지될 터였다.

하지만 현실은 달랐다. 영국으로 돌아오자마자 막스는 대학,
특히 이스트앵글리아를 재정 붕괴에서 구하기 위해 애쓰는 또
다른 고된 활동에 몸을 던졌다.[9] 즉 모두가 가장 꺼리는 활동,
위원회 업무를 해야 했다. 그 후로 10년 동안 입학위원회와
기획위원회 일에서부터 교육 합리화를 위한 전문 위원회(막스가
이 일을 얼마나 좋아했을지!) 일에 이르기까지 막스가 맡은 위원회
관련 업무만 해도 그 양은 가히 놀라운 수준이었다. 1979년에
막스는 이미 퇴임을, 그게 아니라면 발저처럼 정신병원으로 가서
칩거하는 삶을 꿈꾸었다.

1978년부터 독어독문과 내 학생 수를 늘리기 위한
노력은 (일시적으로) 성공을 거두었고, 막스의 강의 횟수도
늘어났다.[10] 그의 수업 중 절반은 여전히 독일어로 진행되었는데,
독일문화원에서의 경험 이후 막스는 다시 독일어 수업에 전념했다.
그러나 늘 그랬듯 그가 하는 생각과 일의 대부분은 문학을 향해
있었다. 1976년에서 1988년까지 막스는 카프카와 전후 독일의
글쓰기에 관해 해오던 강의에 더해 연극과 (머지않아 『현기증.
감정들』과 「암브로스 아델바르트」에서 중요한 역할을 하게 되는
「프라하의 학생 Der Student von Prag」과 「마부제 박사 Dr. Mabuse, der Spieler」를
포함한) 독일 영화에 관한 새로운 강의 다섯 개를 진행했다.

이제 30대 후반에서 40대 초반의 나이가 된 막스는 10년의
경력을 쌓은 상태였지만 아직 유명한 작가는 아니었다. 말하자면

이 시기는 그의 교수 인생 전성기이기도 했다.

이 시기의 막스는 먼저 고든 터너가 『토성의 달들 *Saturn's Moons*』 집필을 위해 수집한 자료들을 통해 엿볼 수 있다.[11] 여느 때처럼 이 자료들은 평범한 궤도 밖으로 한참 벗어난 사람을 보여준다. 막스는 예술과 영화, 정치와 철학, 역사와 심리학 등 모든 것을 문학에 대한 논의로 끌여들였다. 그는 어린 시절에 대해 이야기했고 전쟁이 끝난 지 한참 후에 태어난 영국 학생들이 자기 세대 독일인들이 겪은 비극을 이해하도록 만들었다. 막스는 언제나 그랬듯 규칙을 어길 준비가 되어 있었고, 시험에 대비해 읽어야 할 텍스트와 관련하여 적어도 한 학생에게는 강력한 힌트를 주었다. 그리고 늘 그랬듯 이번에도 많은 학생이 막스를 사모했다. 한 학생은 늘 그의 "사랑스러운 미소와 슬픈 눈"을 기억했고, 또 다른 학생은 막스와 함께한 1년이 끝날 무렵 친구에게 보내는 편지에 "막스 교수님이 없는 한 달이라니! 어떻게 살아남지?"라고 썼다.

몇 년 후 고든은 이 초창기에 막스의 가르침을 받은 학생 네 명을 내게 소개해주었다. 1977년에서 1981년 사이에 이스트앵글리아대학에서 독일어를 수학한 앤, 루스, 셀리아, 조앤은 학과 재정이 바닥을 치던 시기에 공부를 시작했다. 우수 학생 프로그램honours programme*에 등록한 학생은 열두 명에서 열다섯 명 정도에 불과했고, 다들 막스와 잘 알고 지냈다. 그들은

---

*   (영미권 대학에서) 성적 우수자를 위한 학부 심화 과정.

계속 연락을 주고받았지만 함께 만난 지는 몇 년이란 세월이 흐른 후였고, 한자리에 모이자 추억이 물밀듯 흘러나왔다.[12]

흉내를 잘 내는 분이었다고, 가식을 흉내 내기를 좋아하셨다고 셀리아는 회상했다. 막스의 강의는 그의 글쓰기처럼 옆길로 새곤 했고, 과제로 내주는 에세이도 방향이 정해져 있지 않았다. 어떤 교수들은 자신이 던지는 질문과 답을 다 알고 있었지만 "막스 교수님은 질문만 알고 계셨어요"라고 앤은 말했다. 막스는 타고나기를 "쿨하고 카리스마 있는" 사람이었고, 여학생들이 자기를 보고 반해도 본인은 그 사실을 거의 눈치채지 못했다. 그리고 막스는 학생들에게 베르타흐에 관한 이야기를 들려주기도 했으나—그들은 죽은 자를 눕혀두었다는 이야기, 겨울과 눈에 관한 이야기를 기억하고 있었다—여전히 그들과 거리를 두었다. 예컨대 막스는 앤의 전담 교수였음에도, 앤이 학기 첫 주를 병원에서 보내야 했을 때 한 번도 병문안을 가지 않았고, 그래서 고든이 대신 갔다. 막스는 사람들을 대하는 데 서툴렀지만—조앤은 그가 수줍음이 많았다고 말했다—학업과 관련된 문제에 있어서는 적극적으로 도움을 주었다고 루스는 회상했다. 가령, 한번은 채점이 잘못된 것 같다고 학생들이 막스에게 불만을 제기한 일이 있었다. 그러자 막스는 "확실히 채점이 엉망이군요"라면서 "그래서 다시 채점했습니다"라고 말했다. 그러곤 새로 채점을 하는 대신 학기 평균 점수를 주었다. 막스는 모든 면에서 관습에 얽매이지 않았다. 그는 학교에, 때로는 종종 강의실에 반려견을 데려와 학생들의 발치에 누워 있게 했다.

전후 독일문학에 관한 첫 수업을 시작하면서는 그런 문학은
대부분 쓰레기라고 말했다. 그리고 누추한 강의실을 싫어했던
그는 한 번씩 자기 연구실이나 집 혹은 학생들의 자취방에서
제자들을 만났다. 마지막 해에는 두 번이나 늦은 시각에 만났는데,
한 번은 밤 11시가 되어서야 나타난 막스가 지각을 만회하기 위해
와인 한 병을 들고 온 일도 있었다(지금으로서는 감히 상상도 할 수
없을뿐더러 합법적이지도 않을 일이다).

막스는 "집에 가서 뭐 좀 써야겠어요"라고 말하곤 했다.
고든이 학생들에게 막스가 시를 쓴다고 말해주었기에 그들은 그
사실을 알고는 있었지만, 그리 진지하게 받아들이진 않았다.[13]
뒤늦게 과거를 돌이켜보면서야 막스가 훗날 자신의 저작을 통해
탐구한 많은 아이디어를 수업 시간에 다루고 있었음을 깨달았다.
이 점을 생각하면 그들은 사실상 막스의 첫 독자들이었다. 한스
에리히 노사크와 알렉산더 클루게에 관한 수업에서 막스는
한스와 알렉산더가 도시 폭격에 대해 요건을 충족하는 글을
써낸 유일한 작가들이며, 그들이 취한 목격자-전달자 형식만이
유일하게 가능하고 제대로 된 형식이라고 말했다. 1981년 3월
클루게를 다루는 수업에서 막스는 이미 이렇게 물은 적이 있었다.
"이 자료를 어떻게 해야 창의적으로 활용할 수 있을까요? 무대?
소설? 영화화도 아닐 테고……." 페터 바이스와 장 아메리를 다룬
수업에서는 "이 유대인 작가들을 통해서만" 희생자들의 경험에
대한 "진정한 통찰력을 얻을 수 있습니다"라고 말했고, 알프레트
안데르슈는 나쁜 취향과 아마도 나쁜 양심을 바탕으로 글을

썼다고 공격했다. 그는 클루게에 관한 수업에서 이렇게 말하기도 했다. "사람들은 기억하는 능력faculty of remembering*을 잃어버리죠. **이것이** 문학의 기능입니다."

앤, 루스, 셀리아, 조앤은 막스가 우울하다고 느끼지 않았다.[14] 그러나 막스가 했던 모든 말을 통해—막스의 과거와 그들이 함께 읽은 책을 통해—막스가 "어쩐지 고통에 시달리는 영혼"이었음을 알았다. 막스는 "비참한 과거는 여전히 모두 안에 존재하며, 여전히 우리 삶을 크게 좌지우지합니다"라고 말했는데, 이는 그들에게는 진실이 아니었으나 막스에게는 틀림없는 진실이었다. 한번은 프랑크푸르트 아우슈비츠 재판에 관한 바이스의 1965년 연극 「수사」를 다루면서 어찌나 길고 강박적인 말들을 늘어놓았던지, 앤은 노트에 **이 수업 못 견디겠어**라고 끄적여놓기도 했다. 막스가 웃은 적이 있냐는 내 질문에 네 사람은 일제히 아니라고 답했다. 그러더니 서로를 쳐다보다가 분명 웃었을 거라고, 분명 낄낄거리며 웃었다고 입을 모았다. 이상하네요, 하고 그들은 말했다. 그게 저희가 기억하는 그분의 모습이 아니라니 말이에요. 그분은 항상 슬퍼 보였어요, 진짜 웃겼던 적도 많았지만요, 하고 조앤은 말했다. 앤은 막스의 연구실에 모였을 때

---

* 철학·문학·심리학적에서 사용되는 개념적 표현으로, 단순한 기억 능력memory capacity이 아니라 과거의 경험을 현재 속으로 불러오고, 그것에서 의미를 길어올리는 조직하는 인간 정신의 능력을 가리킨다. 특히 제발트가 언급한 문학비평의 맥락에서는 이 능력이 개인적 회상에 그치지 않고 역사적 책임·윤리적 성찰·증언의 가능성과 연결되는 개념으로 쓰이며, 이에 따라 문학은 '기억하는 능력'을 훈련하고 수행하는 장으로 간주되기도 한다.

막스가 낮은 의자에 앉아 자기 뒤에 걸려 있는 코트에 몸을 거의 숨기고 있는 것처럼 보였던 모습을 기억하고 있었다. 카프카에 대해 언급했을 때는 교수님 당신에 관한 이야기도 하셨어요, 하고 셀리아는 말했다.

제가 만나봐야 할 사람이 또 있었어요, 하고 고든은 말했다. 그 사람은 세라 캐머런이라고, 1983년부터 1987년까지 이스트앵글리아에서 독일어와 역사를 공부한 여자였다. 독일어 우수 학생 프로그램에 등록한 학생 수가 1977년보다 두 배 많은 40명이었음을 고려하면, 학교의 상황도 나아진 때였다.[15] 그럼에도 세라는 막스와 친밀한 사이가 되었다.

고든의 말은 옳았다. 세라는 막스의 어두운 연구실을, "어두운 가운데서도 가장 어두운" 연구실을 기억하고 있다. 다른 이들처럼 세라도 막스가 가르친 모든 것이 그의 글쓰기와 어떻게 연결되었는지를, 그래서 막스가 언뜻 보기에는 독일과 아무 관련도 없는 온갖 요소를, 이를테면 노예제와 아파르트헤이트 같은 주제를 들고 온 일을 떠올린다. "글로 쓸 때만큼이나 긴 문장으로 말씀하셨어요." 세라는 말한다. "너무 길어서 주제가 뭐였는지 잊을 정도였지만 그래도 계속 집중해서 듣게 됐죠. 영화 수업에서는 문학 수업에서만큼이나 흥미로운 사실을 알게 되었고요. 번역 수업은 잊을 수 없을 거예요. 그분은 엄격하고 심오했고, 작가가 남긴 의미를 좇는 노력을 아끼지 않았거든요."

막스가 세라의 전담 교수였던 덕에[16] 세라는 그의 또 다른

면모도 알 수 있었다. 학대하는 아버지와 부모의 이혼이라는
불우한 가정 환경에서 성장한 세라는 자신의 고민을 막스에게
털어놓았다. 일례로 대학에 입학할 때만 해도 아버지의 성을 썼던
그는 이제 성인이 된 만큼 부친과 더 이상 얽히고 싶지 않았다.
어머니의 성을 쓰고 싶어요, 하고 세라는 막스에게 말했다. 막스는
어떻게 생각했을까? "네가 원하는 사람이 되렴." 막스는 그렇게
대답했고, 그때부터 세라는 어머니의 성을 따랐다. 세라가 석사
과정에 지원할 수도 있겠다고 말하자, 막스는 "인생에서 원하는
게 뭐니?"라고 물었다. "학자가 되고 싶어?" 세라는 인생에 대해
생각해본 적이 없었고 다만 이듬해만 생각했을 뿐이었다. 하지만
그때 알게 되었다. "아니요." 세라는 대답했다. 그래서 석사
과정에 지원하는 대신 법학 코스에 지원했고 변호사가 되었다.
세라는 이 또한 막스 제발트에게 빚진 부분이라고 말한다.

막스는 "고통에 시달리는 영혼"이 아니었다는 게 세라의
얘기다. "어쩌면 그 시절에는 제가 그분보다 더 고통에
시달렸기 때문일지도 모르겠네요." 세라의 고통은 그의 근성과
독립심만큼이나 막스의 마음을 움직였다. 세라는 이미 다양한
일을 해보았고, 대학에서는 상당한 자기의심과 맞서 싸워 이겨낸
터였다. 생각건대 막스는 그런 세라를 알아보았고, 세라를 편하게
느꼈던 것 같다. 이런 일은 자주 일어나지 않았다.

막스에게 있어서 1976년부터 1980년대 중반까지의 기간은
학문적 글쓰기의 전성기였고, 그때 그는 (다른 무엇보다도) 『불행에

대한 기술』에 수록된 에세이를 집필했다. 막스는 호프만슈탈에서
카네티, 베른하르트에 이르기까지 수십 명의 작가에 관한 글을
썼다.[17] 그리고 그러는 내내 카프카에 대한 글도 쓰고 또 썼다.

『불행에 대한 기술』은 1985년에 출간되었고, 여느 때처럼
상당한 파장을 불러일으켰는데, 주로 제발트의 전형적인
글쓰기로 유명 작가 아달베르트 슈티프터를 어떤 음식이든
강박적으로 먹어치우는 사람, 성도착자, 남색자로 묘사한 첫
장이 그 원인이었다.[18] 우베 쉬테의 말처럼 이런 "병리적 차원에
집중한 묘사는" 사실보다는 허구에 가까웠는데, 이는 『현기증.
감정들』과 『토성의 고리』에서 작가들에 대한 허구화된 초상을
그리는 일의 초석이 된다. 이 점에서 막스는 슈테른하임에
관한 글쓰기 이후로 꾸준히 그 길을 닦고 있었다고 볼 수 있다.
그러나 쉬테의 말마따나 『불행에 대한 기술』에는 주목할 만한
에세이가 다수 수록되어 있었다.[19] 막스는 『불행에 대한 기술』
덕분에 하빌리타치온 과정을 시작할 수 있었고, 어쩌면 승진을
하고 학자로서 자리매김한 것도 이 책 덕이었을 수 있다.
막스는 『불행에 대한 기술』을 자랑스럽게 생각했는지, 가족과
친구들에게 보내주었다.[20]

그 전에 막스는 되블린에 관한 논문을 개고하고 마침내 출판하여
역시나 가족과 친구 들에게 보냈다.[21] 반응은 좋지 않았지만,
몇 년 동안 계속 되블린 장학금을 받았다. 1981년 12월에는
뉴욕에서 열린 국제 되블린 학회에 참석했고(이 여정에서 막스는

패니 이모에게 종조부 윌리엄에 대해 물었다), 1983년 여름에는
자신이 다녔던 프라이부르크대학의 또 다른 학회에 참석했다.
뉴욕 학회에서 발표한 기고문은 지극히 소소한 공격에
불과했다. 그러나 프라이부르크 학회에서 발표한 「프로이센적
도착倒錯들Prussian Perversions」은 제목에서도 추측할 수 있듯 또 다른
문제를 불러일으켰다.

막스는 한 친구[22]에게 그 글이 "모종의 굉장히 사악한"
글이었다고, 너무 사악해서 강당에서 쫓겨날 수도 있었다고
말했다. 막스는 필시 그렇게 되기를 바랐을 것이다. 그는 1965년
자신이 도망쳐 나온 옛 나치 독일주의자들의 유령을 향해
마지막 한 방을 날릴 심산이었고, 그렇다 보니 되블린이 원조
파시스트이자 시체 성애자라고 비난한 막스의 발표는 슈티프터를
깔아뭉갠 글보다도 더 사람들을 거북하게 만들었다. 청중은
예상대로 격분했다. 그런데 막스가 흡족해하며 속을 긁은 청중
중에는 학자만 있던 게 아니었다. 그중에는 맨 앞줄에 앉은
되블린의 아들 클로데 되블린도 있었다. 충격에 휩싸인 클로데의
표정을 본 막스는 그가 아버지 되블린과 너무나도 닮았던 나머지
마치 자기가 갈기갈기 찢어발기고 있던 되블린 본인이 발표를 듣고
있는 듯한 느낌을 받았다. 또 다른 유령, 진짜 유령이 거기 있었던
것이다. 마지막 문장을 읽기 무섭게 막스는 아무와도 말을 섞지
않고 강당을 나섰고, 두 번 다시 되블린을 입에 올리지 않았다.

막스는 늘 자기 감정을 숨긴 채 모든 것을 이야기로 바꾸었기

때문에, 그가 이 참사에 대해 실제로 느낀 감정이 무엇이었는지는 말하기 어렵다. 어쩌면 어떤 감정도 느끼지 않도록 스스로를 봉인했을지도 모른다. 알다시피 막스는 10대 시절부터 그럴 수 있는 사람이었으니까. 그리고 1980년대 초반이었던 그 시절 막스는 점점 더 빈번하게 스스로를 봉인했다. 무슨 일인가가 벌어지고 있었던 것이다.

막스는 자기를 인터뷰한 사람들에게 몇 가지 힌트를 남겼다. 1992년 인터뷰에서 그는 1970년대 말에 "중년의 위기"를 겪었다고 말했다.[23] 그리고 2001년에는 "제가 제 삶을 어느 정도 통제할 수 있다는 환상이 서른다섯 번째 생일께까지 이어지다가 멈췄어요"라고 말했다.[24]

그는 1979년 5월에 서른다섯 번째 생일을 맞았다. 어쩌면 위기는 그보다 좀더 이르게 찾아왔을지도 모른다. 5월 초쯤 위기가 최고조에 달했으니 말이다. 막스가 깊은 우울증에 빠진 모습을 카주스가 목격한 일은 살면서 단 한 번뿐이었는데, 거의 확실히 이때가 그 시절이었을 것이다.[25] 게르트루트도 이에 동의한다. 게르트루트는 집수리가 완료될 때까지는 막스가 그저 화난 청년일 뿐이었다고 말한다. 그러다 꿈을 실현한 이후로 진짜 고통이 시작된 것이다.

그 계기는 무엇이었으며, 앞으로 얼마나 더 심화될 문제였을까? 일터에서 일어난 일이 그 계기의 일부였을 것이다. 5월 4일 마거릿 대처가 총리가 되면서 학계에서의 삶이 '스탈린화'되어가기 시작했다. 대학을 지배하기 시작한

'금전적 가치'라는 체제와 평가 절차가 그때 싹터 1981년까지 서서히 가혹해졌고, 1980년대 중반 즈음에는—막스에게뿐만 아니라 많은 이에게—견딜 수 없는 수준으로 악화되었다.[26] 구체적으로 이는 교육 품질 평가Teaching Quality Assessment, 약자로 TQA(제일 고약한 것들은 항상 약자로 쓰인다)라고 불리는 정책을 통해 1980년대 초반에 시작되었다. TQA는 교육부에서 파견한 평가진이 강의를 점검하는 것을 의미했다. 이에 막스는 협조를 거부하면서 평가관들을 내쫓아 모두를 경악하게 만드는 동시에 감탄케 했다.[27]

그러나 대학만 문제인 것은 아니었다. 막스의 오랜 동반자였던 우울감 외에, 그의 내면에서 무언가가 변화하고 있었다. 그는 앞서 적어도 두 번, 10대 시절과 맨체스터 시절에 불안과 우울로 인한 위기를 겪은 적이 있었다. 하나 1979년 그에게 타격을 입히고 1980년대 초반까지 영향을 미친 위기는 그야말로 최악이었다. 내 생각에 막스는 그런 위기를 처음 겪었을 때처럼 스스로 정말 미쳐버릴지도 모른다는 두려움을 느꼈던 것 같다.

이 사실을 알았던 막스의 어머니 로자는 아들을 몹시 걱정했다.[28] 막스의 위기는 게르트루트도, 단언컨대 그의 아내도 알았으며, 그와 친하게 지내던 어릴 적 친구들도 알았을 것이다. 그런데 지금 로자는 사망했고, 게르트루트나 친구들은 이에 대해 이야기하고 싶어하지 않으며, 알다시피 그의 아내는 침묵을 지키고 있다. 내가 이야기를 나눠보았거나 내가 읽을 수 있도록 막스에 관한 글을 쓴 사람 수백 명 가운데 그 최악의 시기에 무슨 일이 있었는지에 대해 말해줄 의향이 있는 사람은 단 두 명뿐이었다.

한 명은 1980년대 중반부터 1990년대 초반까지 그의
가르침을 받은 대학원생이었다. 랄프 요이터는 예민하고 공감
능력이 있는 남자로, 막스처럼 영국에 정착한 독일인이다.
그와 막스 사이에는 세라 캐머런과 막스 사이에 있었을 것으로
추정되는 공감대가 형성되어 있었다. 랄프는 막스보다 나이가 더
많았고 독일인이었는데, 이따금 막스는 자기 이야기를 애매하게
얼버무리면서 그에게 들려주었다.[29] 그렇게 말해도 그는 막스가
정신적 안정을 유지하려고 분투하고 있다는 사실을 충분히 알 수
있었다. 언젠가 막스는 랄프에게 자기 머리칼이 "하룻밤 새에 말
그대로" 백발로 변하더니 "나이가 들어버렸다"라고 말했다.[30] 또
한번은 아내가 자기를 "알코올의존증에서 구해줬다"라고 말했다.
그건 전형적인 과장법이었어요, 하고 랄프는 말한다. 물론 막스가
노리치의 와인바에 가서 인사불성이 될 때까지 술을 마시다가
아내 손에 이끌려 귀가한 적이 있기는 했지만 말이다.

또 다른 한 명은 필리파 코머라는 젊은 여자였다. 1980년대
초반 가족을 제외하면 그 누구보다 막스와 가까이 지낸 사람이었던
필리파는 막스와의 만남을 일기에 충실히 기록했다. 2014년에는
그 일기를 바탕으로 회고록 『아리아드네의 실: W. G. 제발트를
기리며 *Ariadne's Thread: In Memory of W. G. Sebald*』를 출간했다. 이 회고록에는
가장 암울했던 시기 막스의 처절한 초상이 담겨 있다.[31]

필리파는 독일인이 아니었지만 10년간 독일에 거주한
적이 있었다. 필리파와 막스는 영어만큼이나 독일어로 말하고

글을 쓸 때가 많았다. 이는 늘 막스가 어느 정도 깊은 차원에서 고향에 와 있는 듯한 느낌을 받게 해주었다. 게다가 필리파는 심리치료사였다. 막스는 특히 자기 자신과 관련해서는 정신의학이나 정신분석이라는 어두운 기술과 모종의 관계를 맺을 사람이 전혀 아니었다.[32] 그러나 그 또한 중요한 부분이었다.

필리파는 1981년 8월 말에 막스를 만났다. 그로부터 일주일 후 막스는 정원에서 수확한 주키니호박과 토마토를 가지고 필리파를 방문했다. 둘은 그 후에도 자주 만났다. 그들은 문학, 영화, 삶에 대해 끝없는 대화를 나누었다. 막스의 방문은 수줍고 촌스러운 구애 같았고, 필리파는 그것이 구애이기를 바랐다. 그러나 몇 달 후 그는 막스가 로맨스를 감당할 수 없을 만큼 안 좋은 상태라는 걸 알아차렸다. 막스는 필리파에게 우울하고 "삶에 지쳤다"라고 말했는데, 실제로는 그보다 더 심각한 상태였다. 그는 4개월 동안 웃은 적이 단 한 번도 없었다. 세상을 바라보는 시각은 병적이다 싶을 정도로 어두웠다. 필리파는 막스가 "너무도 깊은 낙담의 늪에 빠져 있었다"라면서, "그의 안위가 걱정되기 시작했다"라고 썼다.[33]

1982년 1월 아버지를 여읜 필리파는 위로를 얻고자 막스에게 의지했다. 이 무렵 그는 막스의 침울함에 또 다른 양상이 있음을 알게 됐다. 막스는 슬픔에 압도당하면 자기를 봉인해 타인으로부터 스스로를 보호하는 사람이었다. 그리고 흔히 있는 일이지만, 아버지의 죽음이 불붙인 필리파의 에로틱한 흥분으로부터도 스스로를 봉인해 자기를 지키는 듯했다. 못 가겠어, 막스는 말했다.

개를 산책시켜야 한다고 했다.

그렇게 막스는 자기 안으로 침잠했지만, 내면의 욕구는
점점 더 커져만 갔다. 그리고 3월이 되자 그간 버티고 있던 댐이
붕괴됐다. 막스는 필리파에게 전화를 걸어 할 말이 있다고 말했다.
두 사람은 역 근처의 삭막한 현대식 호텔에서 만났다. 막스는
적절한 말을 찾느라 머뭇거리다가 곧 눈물을 훔쳤다. 그러면서
쓰라린 괴로움, 자기의심, 혐오감에 대해 말했다. 필리파가 할 수
있는 일은 듣는 것뿐이었다.

그 후 막스는 칩거했다. 필리파는 7월이 될 때까지
막스에게서 아무런 연락도 받지 못했다. 마침내―두 사람이 만난
시점으로부터 1년이 흐른―9월에 접어들어서야 막스는 자신이
그동안 진정 바랐던 것을 털어놓았다. 필리파에게 자신의 치료자가
되어줄 수 있겠냐고 물은 것이다.

하지만 너무 늦은 시점이었다. 두 사람은 이미 1년간 친구로
지낸 사이였고, 심리치료사는 친구를 내담자로 받을 수 없다.
필리파는 거절할 수밖에 없었다. 그러다 1983년 초 케임브리지에서
새로운 일자리를 구한 그는 노리치를 드문드문 방문하게 됐다.
그해 3월 막스는 다시 필리파에게 전화를 걸어 자기가 그리로
가겠다고―그러더니 못 가겠다고―하고는 실제로 그를 찾아갔고,
일곱 시간 동안 대화를 나누었다. 오로지 사람들이 자기에게 뭘
줄 수 있는지에만 관심을 가졌었다고 말했다. 상태가 괜찮을
때에는 전혀 사실이 아니었지만 필리파도 알고 있었다시피 상태가
좋지 않을 때 막스는 실제로 그랬다. 필리파에게 말하기를, 그가

갈망하는 것은 평화뿐이었다.

같은 해 7월 필리파의 생일 파티에 찾아온 막스는 놀라울 만큼 즐겁고 유쾌한 시간을 보내다가 돌연 침묵하더니 이내 산만해졌다. 그리고 그 후로 몇 달, 몇 년의 공백이 이어졌다.

그 시기에 필리파는 결혼할 남자를 만났다. 1988년 필리파는 케임브리지에서 하던 일을 그만두고 노리치로 돌아갔다. 막스와의 우정이 재개되었던 그때, 이번에는 필리파의 파트너 배리 헤스케스도 함께였다. 당시 막스는 책을 출간한 작가이자 정교수였으나, 겉모습 이면에 자리한 내면을 들여다보면 상태가 좋지 않았던 시기로부터 아무것도 변하지 않았음을 알 수 있었다. 어느 날 막스는 극도의 고통을 호소하며 전화를 걸었다. 필리파가 집에 없었던 까닭에 그는 배리와 이야기하면서 자신의 고통을 쏟아냈다. 몇 해 전 필리파가 그랬듯 배리도 막스의 안위를 걱정했다. 그리고 역시나 필리파가 그랬듯 배리가 할 수 있는 일이라곤 듣는 것뿐이었다.

그 후 필리파와 배리는 막스를 거의 보지 못했고, 더 이상 소식도 듣지 못했다.

1982년의 필리파 코머.

고든 터너는 막스의 정서적 문제에 대해 이야기하는 것을
달가워하지 않는다. 이야기해봐야 그가 겪은 극도의 우울에 관한
얘기나 그의 기분이 울적했다는 말만 하게 될 테니까. 막스가
우울증을 앓았느냐고 따져 물으면 그런 일이 있었다고 인정할
테지만, 영구적인 상태가 아니라 지나가는 문제였다고 주장할
것이다.[34] 그건 사실이며, 특히 고든 같은 사람과 함께일 때
막스의 우울증은 지나가는 문제였다. 막스는 누군가를 좋아하고
신뢰하면 편안함과 행복을 느낄 수 있었다. 그래서 누이들을
비롯한 가족들, 우르줄라와 카주스, 고든과 마이클 햄버거 같은
친구들과 함께일 때면 늘 행복해했다. 이제 그에게 그런 행복을
주는 사람은 크리스틴 필커였다.[35]

1985년 독일문화원은 크리스틴을 5년간 영국으로 파견
보냈다. 그리고 1년에 한 번 정도 막스가 어쩌다 런던을 방문하면
두 사람은 만남을 가졌다. 당시 막스는—『자연을 따라. 기초시』
『현기증. 감정들』 같은—몹시 어두운 작품들을 집필하고 있었고,

절망적인 순간들도 여전히 그를 떠나지 않은 상황이었지만
크리스틴은 그 점을 간파하지 못했다. 예컨대 막스는
정신병원과도 같은 대학 때문에 언제라도 침울해질 수 있는
상태였다. 하지만 그럼에도 그는 대체로 느긋하고 활기찼으며
여느 때와 마찬가지로 유쾌했다. 두 사람은 크리스틴의
연구실이나 독일문화원에서 약간 떨어진 엑시비션 로드에
위치한 폴란드 사교클럽 테라스에 앉아 뮌헨에서처럼 수다를
떨며 웃었다. 대화 주제 중 하나는 그림이었다고 크리스틴은
회상한다. 두 사람은 막스가 후일 『현기증. 감정들』에 삽입하기도
한 피사넬로의 비상한 그림, 즉 밀짚모자를 쓴 게오르기우스
그림과 막스가 25년 전 마티네와 이야기했고 이후로도 변함없이
애정했던 알트도르퍼의 「알렉산더대왕의 전투」에 대해 대화를
나누었다. 크리스틴은 마티네와 마찬가지로 막스와 가까워진
느낌을 받았지만, 그 이상은 아니었다. 막스는 한 번도 크리스틴의
삶에 대해 묻지 않았다. 그리고 한 번도 크리스틴과 신체적
접촉을 하지 않았으며, 만날 때나 헤어질 때 일상적으로 나누는
포옹조차 하지 않았다. 그런 처신에도 변함이 없었다.

크리스틴은 막스와 대화를 나눈 두 가지 주제를 기억한다.
진지하면서 우연의 일치로 가득 차 있는 두 주제가 마치 망자의
영혼을 운반하는 막스의 나방들처럼 크리스틴의 주위를 맴도는
듯하다.

그 하나는 전쟁이었다. 크리스틴은 어린 시절 함부르크에서
전쟁을 겪었고, 막스는 그에 관한 이야기를 무척 듣고 싶어했다.

함부르크는 처음부터 심한 폭격을 받았다. 그 결과 영국 도시에서
그랬듯 수천 명의 어린아이가 대피해야 했고, 1944년 최악의
폭격이 발생한 후에는 크리스틴의 어머니도 피란을 결심했다.
그리하여 어린 딸을 데리고 스스로 가장 안전하다고 생각하는 곳,
알고이의 존트호펜 근처에 위치한 바트힌델랑으로 향했다.

이 놀라운 우연의 일치에 대해 이야기했을 때 막스가 무어라
말했는지 크리스틴은 더 이상 기억하지 못하지만, 막스라면
전혀 놀라지 않았을 수도 있다. 게다가 우연의 일치는 그뿐만이
아니었다. 크리스틴의 어머니로 하여금 결단을 내리게 만든 그
끔찍한 폭격은 고모라 작전,[36] 즉 막스가 학생들에게 읽혔던
한스 에리히 노사크의 『몰락 _Der Untergang_』[37]에 묘사된 1943년 7월
연합군의 파괴적인 폭격이었다. 고모라 작전은 전쟁 중 최악의
화마를 일으켰으며, 이로 인해 민간인 4만2600명이 사망했고
함부르크는 사실상 파괴되었다. 크리스틴은 아파트 발코니에
서서 성 카타리넨 교회의 탑이 불타는 횃불처럼 화염에 휩싸인 채
차츰 기울다가 무너져내리는 광경을 지켜본 일을 결코 잊지 못할
거라고 막스에게 말했다.

그때 막스는 틀림없이 숨이 턱 막혔을 것이다. 그의 삶을
떠받치는 창세신화가 1943년 8월 불길에 휩싸인 뉘른베르크를 본
일이었는데, 여기서 크리스틴이 그로부터 한 달 전 불길에 휩싸인
함부르크를 본 일을 기억하고 있다니. 게다가 이 우정의 숙명에
인증 도장을 찍기라도 하듯, 크리스틴이 이야기를 들려주던 이
폴란드 사교클럽 오그니스코 폴스키에_Ognisko Polskie, 폴란드식

난로라는 이름에서 Ognisko의 중심 의미는 불이었다.[38]

　　두 사람이 다른 진지한 주제에 대해 대화를 나눈 것은 『현기증. 감정들』의 초고가 완성된 후 막스가 크리스틴에게 사본을 보낸 1989년이었다. 크리스틴은—특히 마음에 들어 한 소설 「귀향」으로부터—깊은 감명을 받았고 다음번 막스를 만났을 때 이 소감을 전했다. 막스는 분명 기뻤을 것이다. 크리스틴의 평가를 애타게 기다려온 터였으니까.[39] 그 후 두 사람은 책에 대해 소상히 대화를 나누었다. 크리스틴은 본인이 제대로 이해했는지 확신이 들지 않은 유일한 대목이 화자가 어두운 지하철역으로 마지막 발걸음을 내딛지 않은 마지막 대목이라고 말했다. 그 대목에는 과연 어떤 의미가 있었을까?

　　크리스틴은 막스의 답변을 한순간도 잊은 적이 없다. "몰랐어? 자살을 모티프로 한 거야." 크리스틴은 무엇보다 그 말을 들었을 때 받은 깊은 충격을 기억했다. 함께 호시절을 보내던 때였지만, 크리스틴은 막스가 단지 책에 대해서만 이야기하는 게 아니라 자기 자신에 대해 말하고 있음을 알 수 있었다. 그라쿠스처럼, 그도 죽고 싶어했다. 하지만 그라쿠스처럼, 그 역시 마지막 발걸음을 내딛지 못했다.

막스는 감정을 감추는 데 매우 능숙했고 대부분의 동료는 그를 집어삼킬 수도 있었던 절망을 짐작조차 하지 못했다(혹은 그저 내게 말하지 않기로 한 건지도 모른다). 막스는 학생들 앞에서도 감정을 감출 수 있었지만, 은근히 속내가 드러나는 말을 하기도

했다. 예컨대―『현기증. 감정들』에 묘사된 첫 여정이 끝난 지
몇 달 후이자 필리파 코머를 만나기 몇 달 전인―1981년 3월,
막스는 일자리와 결혼생활을 잃고 편집증적 붕괴 상태에 빠진
한 남자에 관해 써 내려간 페터 한트케의 『페널티킥 앞에 선
골키퍼의 불안』을 주제로 세미나를 진행했다. 이 인물은 어떻게
단순한 신경증 상태에서 붕괴 상태에 이르게 됩니까? 막스가
물었다. 점진적인 과정이지만 분명 어떤 계기가, 마지막 도화선이
된 순간이 있었을 겁니다. 그 시점 이후로 이 인물은 이쪽에서
저쪽으로 이동하게 되죠. 막스는―'그'를 '여러분'이라고
바꾸어―말했다. "여러분 주변 사람들을 보면 확연히 드러나지는
않습니다. (…) 광기의 무수한 징후가 정상으로 받아들여질 수 있기
때문입니다." 그는 말을 이어갔다. "정상적인 사람들이 정신 나간
순간을 겪듯 미친 사람들도 정상적인 시기를 겪습니다." 그리고
덧붙였다. 그러나 여러분 자신에게는 꽤 명확하게 보일 겁니다.[40]

막스는 늘 카프카, 발저, 뷔히너, 횔덜린처럼 미쳐버리기 일보
직전인 듯한 작가들에게 끌렸다. 이제 그는 여기에 한트케,
헤르베르트 아흐테른부슈, 게르하르트 로트도 추가했다. 그리고
그중에는 누구보다 스무 살에 조현병을 앓고 6년 후 빈 인근의
클로스터노이부르크의 구깅 정신병원에 입원했다가 남은 평생을
그곳에서 보낸 에른스트 헤르베크[41]가 있었다.
　　헤르베크는 구깅 정신병원 환자 중 몇 명을 유명한 예술가와
작가로 만든 정신과 의사 레오 나프라틸과의 치료 세션에서

시를 쓰기 시작했다.[42] 1977년 나프라틸은 『알렉산더의 시적
텍스트 *Alexanders Poetische Texte*』*를 출간했고, 막스는 이를 1970년대 말에
손에 넣었다. 그는 헤르베크의 자꾸만 떠오르는 기묘한 언어에
점점 더 매료되었다. 1980년 10월에는 문학과 정신병리학 연구의
일환으로 클로스터노이부르크로 가서 나프라틸을 만났다.[43]

그 후 몇 년이 흐르는 동안 막스는 먼저 학술 에세이를 통해,
나중에는 『현기증. 감정들』을 통해 헤르베크에 관한 글을 두
차례 썼다. 1980년 후반에 집필한 첫 번째 에세이[44]는 막스가
1980년대 중반 이후 깊은 공감을 바탕으로 그려낸 작가들에 대한
초상의 전조였다. 『현기증. 감정들』에 실린 글에서는 헤르베크를
막스의 할아버지에 비유하면서 사진도 실었는데, 그 사진의 실제
주인공은 로베르트 발저다. 이 두 연결 고리에는 겉으로 드러나지
않지만 은연중에 깊은 연민이 새겨져 있다.

12월에 집으로 돌아온 막스는 클로스터노이베르크 방문이
자기한테 대단히 긍정적인 영향을 미쳤다고 카주스에게 말했다.
그는 열대지방에서 보내는 2주보다 그런 휴가가 정신건강에 훨씬
더 좋다며 카주스에게도 이를 권유했다.[45]

막스는 친구들 앞에서는 늘 되도록 좋은 모습을 보였다.
그러나 이듬해 봄 헤르베르트 아흐테른부슈에 대해 쓴 논문에서는
"아직까지 제정신을 잃지 않고 조현병의 언어에 이만큼 가까이
다가간 사람은 많지 않다"라고 쓰면서, 아흐테른부슈의 작품은

---

* 헤르베크의 작품은 그가 생존해 있을 당시에는 알렉산더라는 저자 이름으로
출간되었다.—지은이

"격리 구역에서 탈출한 사람이 슬프게도 여전히 그 안에서 살고 있는 형제들에게 바치는 헌사"와도 같다고 적었다.[46] 여기에는 필시 1980년 10월 헤르베크와 직접 만난 경험이 반영되어 있을 것이다. 1980년대 초에 막스가 쓴 시 가운데 「물 건너기」를 보면 이를 그나마 확인할 수 있다. 이 시에서 1980년 11월 빈의 다리를 건너는 시인은 자신이 제정신을 잃어간다고 느낀다.[47]

몇 년 후 막스는 이 시를 『자연을 따라. 기초시』에 실었다. 날짜를 삭제하고, 시를 어머니가 목격한 불길에 휩싸인 뉘른베르크의 모습과 "전부 전에 본 적 있다"는 화자의 느낌 뒤에 배치했다. 이로써 시를 역사적 광기의 이미지로, 코즈모 솔로몬이 그랬듯 이성적인 차원에서는 볼 수 없는 재앙을 목격했다는 느낌으로 바꾸어놓았다. 그러나 『대지와 물을 지나서 *Über das Land und das Wasser*』에서는 이 느낌이 화자가 격리 구역에 남겨둔 형제 에른스트 헤르베크와의 교감 후에 경험한 개인적 광기에서 시작되었음을 암시한다.

막스는 10월 23일부터 28일까지 헤르베크와 지낸 후에[48] 베네치아로 떠났다. 그러므로 "11월 초"에는 더 이상 빈에 있지 않았다. "정신이 나갈 뻔한" 경험은 따라서 헤르베크와의 만남 이후가 아니라 그와 함께 있는 동안에 혹은 그와의 만남 이전에 일어났거나 어쩌면 아예 일어나지 않았을 수도 있다. 그렇더라도 **뭔가가**—그가 평범한 신경증의 영역을 지나 골라인을 넘어가버린 상태였음을 보여주는 어떤 일이—1980년 어느 가을날 벌어졌다는 점은 외면할 수 없는 사실인 듯하다.

우리가 아는 한 가지 사실은 『현기증. 감정들』의 화자가
카다베로Cadavero라는 이름을 보고 죽음의 공포에 사로잡히는
피자가게에서의 에피소드가 실제로 벌어진 일이라는 것이다.
막스는 그 일이 있고 한 달이 지난 후 카주스에게 편지로 이
에피소드를 전했고[49], 이름이 적힌 계산서를 집필을 위한
참고자료로 보관했다. 또한 그는 밀라노의 두오모 지붕 위에서
일종의 실신을 경험해 "심연으로 빠질 뻔했던" 일을 30년 후
마리에게 말하기도 했다.[50] 막스는 피자가게 계산서의 날짜를
바꾼다거나, 거의 확실히 1980년의 일이었을 밀라노에서의
에피소드를 1987년에 벌어진 것으로 설정하는 식으로 사건의
세부 사항을 조금씩 조정해 소설에 실었다. 그렇다 할지라도
그의 작품에 등장하는 거의 모든 것이 그렇듯, 이 경험들도
막스의 삶에서 벌어진 실제 사건에 뿌리를 두고 있다. 막스는
이를 부인할 생각을 하지 않았고, 나중에 살펴보겠지만 오히려
그런 일이 벌어졌다고 주장했으며,[51] 피자가게 계산서뿐 아니라
(예컨대) 여권 사진을 포함해 『현기증. 감정들』의 내용이 자신의
이야기임을 보여주는 증거를 곳곳에 채워넣었다.

그렇다면 뭐가 진실이었을까? 『현기증. 감정들』의 화자와
1980년 가을의 저자는 얼마나 가까웠을까?

우선 베르타흐 마을 사람들과 단테에 대한 환각은
예술적 장치임이 분명하므로 진짜가 아니었으리라고 추측할
수 있다. 베르타흐 마을 사람들에 대한 환각은 화자가
들려주는 이야기의 두 부분을 하나로 묶어주며, 단테에 대한

환각은 이 두 부분을 구성하는 주요 모티프, 즉 시인의 삶에 드리운—여정상의—어둠을 환기한다.

그런데 이를테면 두 젊은 남자에게 쫓기고 있다는 화자의 두려움처럼 가장 광기 어린 부분를 비롯해 다른 '미친' 부분들은 어떠한가? 화자는 베네치아의 바에서 처음 그 남자들을 목격하고 그 후로 몇 번 더 마주쳤다가 마지막에는 베로나의 원형극장에서 그들을 만나는데, 그때 "어떤 어두운 음모의 그물에 갇힌"[52] 기분을 느끼고 어마어마한 공포에 마비되어 거의 움직이지 못한다. 피자가게로 간 화자는 지난 몇 년간 발생한 여러 건의 잔인한 살인 사건과 관련해 범행 사실을 인정했다는 루트비히 조직에 관한 기사를 읽는다. 그러고는 계산서를 펼치는데 카다베로라는 이름이 보여 달아난다……. 그로부터 7년 후 "그 난처하고 위험했던 나날"을 면밀히 살펴보고자 되돌아온 여행길에[53] 화자는 체포되어 유죄 판결을 받은 살인범들이 바로 볼프강 아벨과 마르코 푸를란이라는 두 청년이었음을 알게 된다.

푸를란과 아벨은 모두 실존 인물이었다.[54] 그들은 각각 열일곱 살과 열여덟 살이었던 1977년에 살인을 시작했고, 『현기증. 감정들』에 기록되어 있듯(이번에도 막스는 자신이 의도한 대로 날짜를 바꾸었다) 1980년 11월 『가제티노 *Il Gazzettino*』에 보낸 서한에서 처음으로 범행을 시인했다.그들의 사명은 창녀, 마약중독자, '죄 많은' 성직자, 포르노 영화 시청자 등 '도착자'들의 세계를 정화하는 것이었다. 그 서한에 새겨진 하켄크로이츠가 보여주듯 그들은 나치즘의 이름으로 행동했다. 최종적으로 그들에게 희생당한 사람은 사망자 28명, 부상자 39명이었다. 그들은 1984년에 체포되어 1987년에 재판을 받았고, 막스가 쓴 대로 30년 형을 선고받았다. 그리고 막스가 사망하고 한참이 지난 후에야 석방되었다.

아벨과 푸를란의 다음 희생자로 자기가 지목된 것이 확실하다는 화자의 생각은 망상이다. 그가 카다베로에서 보는 죽음은 추상적이지 않으며 즉각적이고 현실적이다. 그는 진정 편집증에 사로잡혀 있다.

그렇다면 막스는 어떠한가?

막스는 인터뷰에서 편집증에 대해 두 차례 언급한 적이 있다. 처음에는 독일 최고의 문학비평가이자 막스의 열렬한 지지자 중 한 명인 안드레아스 이젠슈미트와, 그다음에는 이해심 많은 벨기에 기자 피트 더 모어와의 인터뷰에서였다.[55] 두 번의 인터뷰에서 막스는 이탈리아 북부에서 벌어지고 있던 끔찍한 범죄에 자신이 정말로 휘말렸었다고, 혹은 그런 것 같았다고 주장했다. 그는 그 일을 모어에게 다음과 같이 요약해 말했다.

늘 그렇듯 이야기를 하다보면 이것저것을 과장하게 되지만 (…) 놀랍게도 정말 제가 말한 그대로의 상황이 펼쳐졌습니다. 범죄 이야기조차 실제 배경이 되는 사건이 있어요. 다년간 이탈리아 북부에서 극악무도한 범죄를 저지른 두 젊은 남성 살인마의 이야기이고요. 저는 정말이지 그들의 범죄 현장에 휘말려버렸다고 느꼈습니다.

그리고 이젠슈미트가 놀라움을 감추지 못하자 막스는 주장을
밀고 나갔다. 그런 뒤에, 막스는 말을 이었다. 사진과 함께 실린
아벨과 푸를란에 관한 기사를 읽었어요. 그때 확신이 들었고,
지금도 저를 따라온 젊은 두 남자가 그들이었다고 확신합니다.

이 가운데 일부는 도무지 사실일 수가 없다. 화자는
이탈리아에서 며칠을 머물기 때문에 누군가에게 쫓기는 일이
벌어질 수 있는 반면, 막스는 실제로 이탈리아에 하루도 채
머물지 않은 듯하기 때문이다.[56] 그리고 화자는 11월 5일
루트비히 조직이 『가제티노』에 자신들이 살인범이라고 밝힌
기사를 읽지만, 사실 11월 25일 전까지는 그런 성명이 게재된
일은 없었다.[57] 그러니 막스는 화자처럼 자기를 쫓아온 사람들이
아벨과 푸를란이었다고 믿을 수가 없다. 오히려 1986년 아벨과
푸를란에 관한 기사가 나왔을 때 막스가 그걸 읽고 소설의 해당
대목에 관한 아이디어를 얻었을 가능성이 높다.

이것이 제발트를 연구하는 학자 스콧 바르치가 세세한 근거를
들어가며 하는 주장이고,[58] 나는 스콧의 주장이 옳다고 확신한다.
그러나 이는 막스가 1980년에 아벨과 푸를란에게 쫓기고 있다고
믿는 것이 불가능하다는 사실만 말해줄 뿐, 막스가 사실과
상관없이 쫓기고 있었다고 믿었는지 여부에 대해서는 아무것도
알려주지 않는다. 단 하루 만에도, 기실 단 한 번의 목격만으로도
충분히 그런 믿음을 가질 수 있다. 막스가 초기에 작성한
원고에서는 실제로 그런 일이 벌어진다.[59] 즉 화자는 베로나
원형극장에서 젊은이들을 단 한 번 보았을 뿐이지만, 그것만으로

이미 미스터리하고도 심란한 마주침이 된다.

얼마나 짧았건 간에, 막스는 정말 그런 망상에 빠졌던 걸까? 아니면 계속해서 다른 인물들을 소설화했듯 인터뷰 당시에도 화자를 계속해서 소설화하고 있었던 걸까? 내 생각에 이젠슈미트는 그렇게 생각하는 것 같고, 충분히 그럴 가능성이 있어 보인다.

하지만 그것이 진실의 전부는 아니다. 내가 마리에게 이 일에 대해 물었을 때 더 명확해진 진실이 있다. 막스는 마리에게 두 젊은 남자가 소설에서 화자를 쫓듯 자기를 쫓아왔다고 말했다.[60] 안드레아스 이젠슈미트에게도 얼굴에 미소를 띤 채 그렇게 말했고, 그래서 이젠슈미트는 막스의 말을 믿지 않았다. 그러나 마리에게 말할 때는 웃지 않았다. 마리는 막스가 그것이 진짜라고 생각한다고 믿었고, 나는 우리도 그래야 한다고 생각한다. 1980년 가을 막스는 정말 제대로 편집중에 빠져 있었다.

그렇다면 6년 후 막스가 루트비히 조직에 관한 기사를 읽고 자기를 쫓아온 사람들이 아벨과 푸를란이라고 생각했을 땐 어땠을까? **그건** 그냥 문학일 뿐이었을까?

그렇진 않았을 것이다. 전적으로 그런 것만은 아니었을 것이다. 막스의 상상은 너무도 강력해서 상태가 좋은 시기에도 그는 상상을 현실과 거의 구분하지 못했다. 그리고 상태가 좋지 않은 시기에는 현실과 구별되지 않는 상상이 편집중으로 나타났다. 이젠슈미트처럼 제정신인 사람에게 루트비히 조직이 자기를 쫓아온다고 말했을 당시 막스는 그가 자기 말을 믿지 않는다는

사실을 알아차릴 수 있었고 그런 일이 벌어졌을 가능성이 매우
낮다는 것도 물론 자각하고 있었다. 분명 그래서 웃었을 것이다.
하지만 그는 마리에게도 두 젊은 남자가 아벨과 푸를란**이었다고**
말했다. 막스는 마리에게 그 말을 할 수 있다는 사실을, 그렇게
해도 자신에 대한 마리의 신뢰에 아무런 변화가 없으리라는 사실을
알았다. 그렇게 말함으로써 그는 무엇을 풀어냈던 걸까? 심오한
감정? 환상? 두려움? 나는 막스가 때로는 자기 생각을 믿었고,
때로는 반신반의했고, 때로는 그것이 망상임을 알았으리라고
생각한다. 그중에 망상임을 인지한 순간이 가장 많았을 것이다.
학생들에게 "미친 사람들도 정상적인 시기를 겪습니다"라고
말했던 것처럼 말이다.[61] 그렇더라도 그건—자신이 '미쳤다'는
사실을 아는 것은—필시 무엇보다 두려운 일이었을 것이다.

　게다가 어쨌건 말이 되기도 했다. 막스가 더 모어에게
말했듯 루트비히 조직의 표적은 "일단의 사회 부적응자"였다.[62]
1980년대 초 막스는 필리파 코머에게 보낸 편지에서 스스로를
가장 촌스럽고 문명화되지 않은 생명체라는 등 사회 부적응자와
비슷한 존재로 반복해서 칭했다.[63] 상태가 좋지 않은 시기의 막스
제발트는 스스로를 사회 부적응자라고 여겼다. 그러니 아벨과
푸를란은 그를 살해하고자 했을 것이다.

　그럼에도 막스는 창녀도, 성직자도, 포르노 시청자도
아니었으므로 무사해야 했다. 하지만 아벨과 푸를란에게는 또
다른 표적이 있었으니, 바로 동성애자였다. 막스가 『현기증.
감정들』에서 두 번째와 세 번째 희생자가 모두 동성애자였음을

말하지 않으므로, 우리로서는 그 사실을 알 수 없다. 사실 그는 초고에서 이를 밝혔다가 나중에 삭제했다.[64] 과거에 가톨릭 신자였고 독일 형법 175조의 영향하에 자란 소년이었던 막스에게 동성애는 여전히 위험한 오점이었다. 이것이 막스가 늘 사랑에 관한 책이라고 말한 첫 번째 책에 숨겨진 편집증적 두려움이다. 첫 번째 장章에 등장하는 벨에게 사랑은 환상이었고, 세 번째 장에 등장하는 카프카에게 사랑은 (화자가 암시하듯) 그의 은밀한 욕망이 남자를 향해 있었으므로 불가능이었다. 그렇다면 화자 자신에게 사랑은 무엇이었을까?『현기증. 감정들』에는 화자가 말라치오라는 베네치아인과 미스터리한 만남을 갖는 장면이 나오는데, 그들은 모든 비평가가 게이바라고 추측하는 장소에서 만난다.[65] 그리고 그 바에서 화자는 처음으로 두 젊은 남자를 일별했다……. 한편 실상 카프카의 사랑 문제는 이것과는 확실히 구분되다시피 했고, 앞으로 살펴보겠지만 이는 막스의 사랑도 마찬가지였다. 그렇더라도 그 어수선한 시기에는 그것이 그의 두려움이었을 것이라는 게 내 생각이다.

안드레아스 이젠슈미트는『현기증. 감정들』이 순수한 자서전과는 거리가 멀어도 한참 멀다고 결론 내렸다. 그는 "고도로 세련된 일련의 예술적 기교를 통해 (…) [제발트는] 자신의 삶이라는 재료를 형식 면에서 의도적이고 또 형식 면에서 완벽한 책으로 양식화했다"라고 썼다.[66] 이는 아름답고도 타당한 판단이지만, 나라면 강조점을 반대로 바꾸고 싶다. 막스는 자신의 경험이라는 실을 독서와 예술과 역사에서 얻은 자료라는 구멍에 폐어 문학으로 변모시켰다고 말이다. 한데 형식적으로 완벽한 그 산문의 이면에는 그가 겪은 고통의 진실이 자리해 있다.

막스는 집으로 돌아오자마자 책상 앞에 앉아 글을 쓰기 시작했다. 그때 에른스트 헤르베크에 관한 첫 번째 에세이를 썼다. 그리고 그해 11월, 혹은 늦어도 학기가 끝나는 이듬해 여름쯤 마침내 자기만의 문학작품을 쓰기 시작했다.[67]

　　알다시피 막스는 시 쓰기를 멈춘 적이 없었다. 그러나 이 무렵부터 그는 훗날 『대지와 물을 지나서』라고 명명하게 되는 새로운 시집을 쓰기 시작했다. 이 시집도 결국에는 출간된다(모든 시가 실린 것은 아니고, 출간 시기도 사망 후 몇 년이 지난 때였지만). 한편 이때 쓴 시의 상당수는 막스가 처음으로 출간한 문학작품인 긴 서사시 『자연을 따라. 기초시』에 수록되었다.[68]

　　막스는 『자연을 따라. 기초시』를 자신의 진정한 첫 문학작품으로 생각했다.[69] 사적인 내용이 담긴 대목의 초고가 정확히 언제 작성되었는지 우리로서는 알 수 없지만 아마 초기이지 않았을까 싶다. 슈텔러에 관한 대목이 작성된 시점은 파악할 수 있다. 그 시의 초고는 1983년에 완성되었다.[70] 1984년 10월 막스는 이를 문예지 『마누스크립테 _Manuskripte_』에 발표했고, 1985년 말에는 시 전체를 완성했다. 그 후 1년 동안 막스의 시는 10곳 이상의 독일 출판사에서 거절당했다. 마지막에 막스는 친구이자 동료 작가인 크리스토프 란스마이어에게 도움을 요청했다. 란스마이어는 막스의 시를 한스 마그누스 엔첸스베르거에게 보여주었고, 시에서

독창성과 힘을 발견한 한스는 이를 출판인 프란츠 그레노에게
추천했다. 1988년 늦여름 프란츠는 시집을 출간했고, 그렇게 W. G.
제발트의 첫 책이 세상에 나왔다.[71]

그러나 『자연을 따라. 기초시』는 막스가 출간한 첫
문학작품이라는 의미에서만 시작점에 놓이는 작품이었다.
사실 막스는 전혀 다른 유의 글쓰기에 돌입했고, 이는 더 일찍,
그러니까 전환점이 된 1979년에 시작된 게 거의 확실해 보인다.[72]
1987년 새로운 '산문 작품'에 대한 지원금을 신청하면서 막스
스스로 그렇게 말하기도 했다. 그는 텔레비전 드라마 각본으로
문학 집필을 시작했다고 기재했다.[73]

텔레비전이라고? **막스 제발트가?** 하는 생각이 들지도 모른다.
그러나 다시 생각해보면 그리 놀라운 일도 아니다. 막스는
「안티고네」 이후로 극에 흥미를 느꼈고, 1960년대 후반에는
희곡을 여러 편 썼다. 어찌되었건 1980년대를 지나는 동안 막스는
텔레비전 드라마 각본을 두 편 썼고 세 번째 각본을 쓸 계획을
세웠다.[74] 그리고 1981년에서 1985년 사이에는 첫 번째 각본을
무대에 올리기 위해 부단히 노력했다. 「이제 밤이 내린다: 이마누엘
칸트의 삶과 죽음에서 나온 장면들Jetzund kömpt die Nacht herbey: Ansichten
aus dem Leben und Sterben des Immanuel Kant」―이것이 그가 1979년에 쓴
각본이었다.[75]

젠더프라이에스 베를린Sender Freies Berlin 방송국*에서 근무한
막스의 친구 얀 프랑크젠도 막스만큼 고군분투했지만, 촬영은
주로 돈 문제로 무한정 연기되었다. 누구보다 붙임성 좋으면서도

한편으로 냉소적인 사람이었던 프랑크젠은 칸트를 도널드 덕만큼이나 이해하기 쉽게 만들어야 한다고 설명하면서, 20년 동안 업계에 종사해온 자신이 **신경정신과**에 가게 되는 결말 없이 작품이 제작되기를 바랐다고 썼다. 그러나 애석하게도 실제로 그런 일이 벌어졌다. 1985년 프랑크젠은 심각한 우울증에 빠졌다. 그리고 더 이상 막스를 지원할 수 없게 되면서 프로젝트는 무산되었다. 다른 각본과 마찬가지로 「이제 밤이 내린다」도 결국 제작되지 못했으니, 그가 그런 각본을 썼다는 사실을 아는 사람은 그의 열렬한 팬들뿐이다.[76]

막스는 몇 년에 걸쳐 「이제 밤이 내린다」 각본을 스무 곳 이상의 출판사와 영화제작사, 텔레비전 방송국에 보냈지만, 전부 헛수고였다.[77] 문제는 금언 같은 제목에서 시작되어, (어느 거절 서한에 적힌 대로) "지루하고 형식적으로 완성도가 떨어지는" 일련의 장면으로 지속되다가, 끝내 칸트의 철학 사상을 단 한 가지도 언급하지 못했다는 당혹스러운 실패로 귀결되었다. 아무도 그 각본을 가지고 뭘 어떻게 해야 할지 몰랐고, 그런 그들을 탓하기도 어려운 일이었다.

그럼에도 「이제 밤이 내린다」는 막스의 새로운 문학 여정의 첫걸음이었으며, 그 여정이 어떻게 시작되었는지를 밝힐 수 있게 해준다. 「이제 밤이 내린다」가 시작된 방식은 막스의 모든 작품을 통틀어 가장 암담한 절망감이 엿보이는 『자연을 따라. 기초시』가

---

* 서독의 공영 라디오, 텔레비전 방송국.

시작된 방식과 매우 흡사했다. 막스는 죽어가는 칸트를 통해 인간의 진보를 둘러싼 심오한 비관주의를 탐구했는데, 사실 그 비관주의는 진화와 완전히 반대되는 것이었다. 마지막 장면에서 화자는 외계인이라면 지구상에서 인간 세계가 팽창하는 모습을 어떻게 바라볼지를 추측한다. 그러면서 초창기 마을들은 홍역처럼, 대도시들은 종기처럼, 거대한 공업지대들은 사방에 퍼진 습진처럼, 점점 더 고통이 배가되는 모습을 보게 되리라고 말한다.

문명화를 피부병에 빗댄 이 이미지는 소름 끼치도록 인상적인데, 할아버지가 사망했을 때 작가 자신이 피부병을 앓기 시작했다는 점을 떠올리면 더더욱 그렇다. 마치 자신의 비밀스러운 병리를 전 지구에 투사하는 것처럼 보인다. 그리고 이는 사실상 막스의 글쓰기를 바라보는 하나의 방식이기도 하다. 비트겐슈타인은 옳았다. 문제는 행복한 사람과 불행한 사람이 단순히 서로 다르다는 데 있지 않다. 행복한 사람이 살아가는 세계와 불행한 사람이 살아가는 세계는 근본적으로 다른 세계다. 모든 것은 보는 이의 관점에 달려 있다. 특히 보는 이가 막스 제발트라면 더더욱 그렇다.

그렇다면 제목은 어땠을까? 그것의 17세기적 원천은 잃어버린 사랑에 대한 애가다.[78] "이제 밤이 내린다"라는 첫 행은 막스의 절망적인 희곡과 잘 어울리지만, 나머지 행들은 전혀 그렇지 않다. 한편 『현기증. 감정들』도 사랑에 관한 작품, 그 자신이 동성애자일지도 모른다는 두려움을 반쯤 숨긴 작품일 수 있다. 필리파 코머를 통해 우리가 알고 있는 사실은 바로 그

시기의 막스가 이따금 상당한 혐오감을 느꼈다는 것이다. 그의
마음을 어지럽힌 것 중에는 분명 사랑과 연관된 병리도 있었다.

그래서 막스는 시와 희곡을 쓰기 시작했다. 막스가 자신에게 맞는
진정한 예술적 표현 수단인 산문에 이르는 길을 발견하기까지는
다소 시간이 걸렸다. 그 순간은 6~7년 후, 그가 세상에서 가장
좋아하는 장소에서 찾아왔다. 1986년 7월 막스는 프리부르로
떠났는데, 취리히발 기차에 타서 요하네스 네겔리의 시신이
빙하에서 발굴되었다는 뉴스 기사를 읽었다.[79] 그리고 그는
프라이부르크에서 스탕달의 『연애론』을 구입했는데, 이 책은
그가 몇 달 후 게르트루트에게 한 말에 따르면 놀라운 아이디어를
떠올리게 해주었다.[80] 그리고 9월 말 집으로 돌아온 막스는
자리를 잡고 글을 쓰기 시작했다.

    『현기증. 감정들』과 『이민자들』은 그렇게 함께 탄생한
작품이다.[81] 그리고 최소 1년 동안은 한 묶음으로 존재했다.
1987년 막스는 지원금 신청서를 작성하면서 '사진이 있는 산문
작품'을 제출했는데, 이는 막스가 자신을 가르친 스승과 종조부
윌리엄을 바탕으로 쓴 이야기를 추가한 마지막 부분을 제외하면
나중에 『현기증. 감정들』을 구성하는 글이 된다.[82] 그런데 1988년
『마누스크립테』가 100주년 기념호의 주제로 나이 듦을 다룰
것이라는 발표를 한다.[83] 이에 막스는 「파울 베라이터」에 활용할
생각이었던 빙하에서 돌아온 시신의 이미지를 가져와서는 로즈
버턴을 헤르슈 세베린으로 바꾸어 『마누스크립테』에 투고할 「헨리

셸윈 박사」를 썼다. 그때 그는 예컨대 파울 베라이터와 암브로스
아델바르트의 이야기를 포함해 '사진이 있는 산문 작품'에
해당되는 몇몇 다른 이야기가, 노년기의 트라우마 발현을 다루고
있다는 점을 깨달았다. 1986년 말 혹은 1987년 초부터 구상한 피터
조던의 이야기도 마찬가지였다.[84] 마침내 막스는 길을 발견했다.
1988년 10월 그는 게르트루트[85]에게 보낸 편지에서 「헨리 셸윈
박사」가 자신이 알았던 유대인의 삶을 담은 미래 프로젝트에
포함될 것이라고 말했다. 좋은 자료를 넘치게 갖고 있던 막스는
하루속히 글을 쓰고 싶어 안달이 나 있었다. 여행자 화자가
등장하는(그는 크리스틴과 지원 기관인 독일문학기금에도 그렇게
말했다) 세 번째 파트에 수록된 스탕달과 카프카의 이야기, 그리고
W로 돌아가는 마지막 파트는 완전히 다른 프로젝트에 속했다.
마침내 그의 첫 두 책이 명확한 형태를 갖추게 된 것이다.

1989년 여름 막스는 아마도 여전히 암브로스와 코즈모를
추적하는 마음으로 코르푸를 방문했고, 리처드 셰퍼드에게
말한 바에 따르면 그곳에서 "종이도 없이, 패드와 연필만
가지고 주저 없이" 「귀환」을 써 내려갔다.[86] 이렇게 수월하게
쓴 작품이기에(이것이 사실이라면) 「귀환」은 모든 작품을 통틀어
언제나 막스가 가장 좋아하는 작품으로 남게 되리라. 그해 가을
막스는 소설이 완성되었다는 확신을 갖고 크리스틴에게 전체
원고를 보냈다.[87] 그리고 책은 봄에 출간되었다.
막스는 늘 학자로서의 삶에서 느끼는 좌절감으로부터 벗어나기
위해 문학작품을 쓰기 시작했다고 말했다.[88] 그건 그가 한 가장

큰 거짓말이었다. 그가 진실에 가까운 말을 한 유일한 순간은
머나먼 마드리드의 인터뷰어에게 다음과 같이 말했을 때였다.
"피곤했어요. 아팠어요. 뭐라고 말해야 할지 모르겠네요. 중대한
위기를 겪었습니다"[89]라고 했을 때였다. 각본「이제 밤이
내린다」와 시『자연을 따라. 기초시』, 그리고 마지막으로 산문
『현기증. 감정들』을 통해 막스는 우울감이 광기로 비화하는
경계를 넘었던 시기의 자기 자신을 탐구하고 어쩌면 구원하기
위한 글쓰기를 시작했다.

18장

1989-1996

1980년대 말에 이르자 대학에 들이닥친 위기는 더욱 극심해졌다. 그러나 막스는 낡은 사제관을, 아니 실은 이스트앵글리아를 떠나고 싶지 않았다. 1989년 그는 자리를 지켜낼 방법을 떠올렸다. 학교에 영국문학번역센터British Centre for Literary Translation 를 설립해 초대 센터장이 되는 것이었다.[1]

막스는 어찌어찌하여 영국 예술위원회ACE 에서 지원을 끌어냈고 나중에는 유럽연합EU 에서도 지원을 받았다. 충분하지는 않았지만 그래도 놀라운 업적이었다.[2] 막스는 영국 문학번역센터를 캠퍼스 가장자리에 위치한 수백 년 된 얼럼 별장에, 옆에 너도밤나무가 한 그루 있고 경사진 땅이 강으로 이어지는 곳에 설립하고 싶어했다. 안타깝게도 대학 측에서는 허가를 내주지 않았고, 센터는 늘 혼잡한 예술대학 건물에서 공간을 확보하기 위해 분투해야 했다. 그럼에도 전 세계 번역가가 모여들면서 처음부터 성공을 거두었다. 오늘날에는 이곳도

막스의 명성처럼 이스트앵글리아의 자랑거리가 되었으나, 학교가
문학번역센터와 막스를 인정하기까지는 그가 사망한 후에도 몇
년이 더 걸렸다.

문학번역센터를 통해 막스는 새로운 친구를 사귀었다.
한 명은 시인 아담 체르니아프스키[3]로, 센터에서 최초의 초청
번역가가 되었다가 나중에는 최초의 부센터장이 된 인물이다.
막스는 폴란드인인 아담 앞에서 고국을 향한 격한 감정을
거침없이 표출하면서 아직 나치가 판을 치기 때문에 집으로
돌아갈 수 없다고 대놓고 이야기했다. "폴란드인 친구가 생겨서
기뻐했습니다." 아담은 말한다. 또 다른 친구는 네덜란드
작가이자 번역가 리아 로하위전으로, 그는 자연 세계에 열정을
품었다. 리아는 무엇보다 막스가 수십 년 앞서 자연환경을 깊이
염려했던 일을 기억한다. 사람들이 물을 마시고 있으면 막스는
미래의 물에 대해 걱정했고, 번역센터 파티가 한창인 와중에도
그는 우리가 어떻게 지구를 파괴하고 있는지에 대해 숙고했다.
이따금 위축되고 침울한 시간을 보냈지만 그러다가도 막스는
활기를 되찾고는 매력적이고 유쾌한 사람이 되었다는 게 리아의
이야기다. "카리스마가 대단했어요." 그는 회상한다. "그가 걸어
들어오면 무슨 일인가가 일어났죠."

그러나 막스에게 있어서(사실 막스뿐만 아니라)
문학번역센터에서 가장 중요한 사람은 행정비서였다.[4] 베릴
랜월은 활력 넘치는 사람이었고, 젊은 번역가들에게는 열정적인
어머니와 같았으며, 동료들—특히 막스—에게는 웃음과

안락함의 원천 같은 인물이었다. 베릴의 연구실은 막스의 사무실 반대편, 복도에서 밝은 쪽에 있었다. 막스는 종종 수다를 떨기 위해 건너편으로 넘어갔고 금요일 밤 '세쉬'('세션'의 줄임말)에 함께 참석해 세리주를 마시며 더 많이 웃었다. 막스는 베릴이 버그앱턴에 위치한 자신의 작은 별장에서 여는 파티에도 결코 빠지지 않았다. 베릴은 모든 방면에서 막스와 다른 사람이었다. 막스가 독일인인 데 반해 베릴은 영국인이었고, 막스가 지적인 데 반해 베릴은 충동적이었으며, 막스가 속마음을 털어놓지 않는 데 반해 베릴은 감정적이었다. 막스는 베릴에게 매료되었고, 베릴은 막스에게 헌신적이었다. 막스가 자기 자신뿐만 아니라 모든 사람에게 가혹하게 채찍질하는 사람인 데다 갖가지 요구로 베릴을 울릴 수도 있는 사람이었다는 점을 생각하면 오히려 다행스러운 일이기도 했다. 그래도 베릴은 항상 막스를 용서했다.

베릴은 다른 사람들만큼 막스와 가까운 사이였다고, 그리고 막스에 대해 기꺼이 대화를 나누고 싶어했을 것이라고 막스의 딸은 말한다. 유감스럽게도 베릴은 2013년, 누군가가 막스에 대해 물어오기도 전에 세상을 떠났다. 이렇게 현명하고 마음 따뜻한 여자가 자신의 친구였던 위대한 작가에 대해 우리에게 어떤 말을 해줄 수 있었을지는 결코 알 수 없는 노릇이다. 물론 아무 말도 해주지 않기로 했을지도 모르지만.

베릴 랜월.

영국에서 보낸 몇 개월간 유년기의 풍경을 향한 그리움은 커져만 갔으나, 막스는 독일로 돌아가자마자 현실이 구름처럼 드리우는 통에 또다시 달아나고 싶어했다. 집이 없는 것도 문제였지만 진짜 문제는 집이 있다는 것이었다.

그래도 친구들은 만날 수 있었다. 우르줄라와 카주스는 언제든지 볼 수 있었고, 후에 하이디 노바크로 개명한 하이디 뵈크도 만날 수 있었다.[5] 하이디는 몇 해 동안 빈프리트를―존트호펜에서 막스는 여전히 빈프리트였다―본 적이 몇 번 안 되었던지라 그사이에 변한 그를 보고 큰 충격을 받았다. 빈프리트는 너무 진지해져 있었고, 하이디가 기억하는 장난기 많고 농담을 일삼던 소년은 온데간데없었다. 하이디는

"침울했다"라는 말 대신 "매우, 매우 진지했다"라는 말만 쓴다. 막스가 존트호펜에 대해 느낀 감정을 언급할 때는 주저한다. 여느 존트호펜 사람이 느끼는 감정보다 더 복잡하다는 사실을 아는 까닭이다. "막스가 여기서 행복해했던 것 같지 않아요." 하이디는 말한다. "하지만 작품에서는 늘 자기 뿌리로 돌아갔죠."

막스가 아버지 문제로 고통받은 동지 발터 칼하머를 한 번이라도 보러 간 적이 있었는지는 모르겠다. 하지만 그랬을 것 같지는 않다. 상태가 좋지 않았던 발터가 그런 만남을 감당할 수 있었을 것 같지 않기 때문이다.[6]

발터는 건축 분야에서 성공적인 경력을 쌓을 수 있을 듯했다. 그러나 성공적인 경력은 세상이 원하는 것이었고, 그러므로 발터로서는 가장 원하지 않는 것이었다. 발터는 부유한 자본주의 건축가(다시 말해 대부분의 건축가)를 위해 일하기를 거부하고 돈이 거의 안 되는 극소수의 사회적 프로젝트만 맡았다. 한편 그림 크기가 점점 더 작아지다, 결국 그림 그리기를 완전히 그만둔 그는 주로 새를 소재로 한 작디작은 금속 조각품만 제작했다. 그러다가 건축업도 그만두고 한 정신병원에 야간 경비원으로 취직했다. 그곳에서 발터는 평화롭게 음악을 연주했고, 밤새 이야기를 나누러 지하에 위치한 자기 방으로 내려온 환자들에게 말동무가 되어주었다. 그는 과학, 철학, 역사에 관한 라디오 강의를 들으며 글을 쓰기 시작했다. 친구 빈프리트가 영국에서 글을 쓰기 시작한 무렵이었다.

1980년대 초의 일이었다. 얼마 후 발터는 전차를 탄 누군가가 자기를 지켜보고 있다고 생각하며 정신적으로 무너져 내리기 시작했다. 결국에는 정신병원 계단을 걸어 올라가 환자가 되었고, 나중에는 상태가 나아져 다시 야간 경비원이 되었다. 1990년대에 막스가 존트호펜을 찾았을 때 발터는 그 병원에 있었다. 발터의 누이는 막스에게 그간 어떤 일이 있었는지를 말해주면서 발터의 휴대전화 번호를 건넸지만, 막스가 그 번호로 연락을 했는지는 알지 못한다. 그로부터 몇 년간 발터의 망상증은 점차 악화되었고, 나중에는 어떤 끔찍한 범죄를 저지른 자기를 처벌하기 위해 사람들이 계단을 내려오는 소리를 끊임없이 듣는 지경에 이르렀다. 결국 피할 수 없는 일이 벌어졌으니, 그는 스스로 목숨을 끊었다.

막스가 사망하고 5년이 지난 2006년의 일이었다. 내가 발터를 위해 상상할 수 있는 유일하게 더 나은 결말은 어쩌면 그도 친구 막스처럼 고통을 원료로 삼아 무언가를 만들어냈을지 모른다는 것이었다. 발터의 누이에게 물으니 으레 발터의 노트를 보관하고 있던 그는 그것을 내게 가져다주었다. 처음에 나는 노트가 두 권뿐이라는 사실에 놀랐다. 그래도 감사히 받아들고 그날 저녁에 바로 읽었다. 노트를 다시 덮었을 때 나는 막대한 공허감을 느꼈다. 거기엔 발터의 생각이 담겨 있지 않았다. 그가 들었던 라디오 강의가 기록되어 있었다. 그 자신의 언어라곤 한 글자도 없는, 매우 세세한 강의 기록이었다. 막스 패거리에서 첫 번째 예술가였던 발터는 그렇게 사라졌다.

막스가 고향으로 돌아갔을 때 만나고자 한 소년기 친구가 또
한 명 있었다. 열세 살 때 남몰래 막스를 사랑했던 소녀 군델라
엔첸스베르거였다.[7]

군델라의 삶은 세월이 흘러도 나아지지 않았다. 그는 혼외
출산으로 낳은 딸을 홀로 키우고 있었다. 예술가이자 도예가가
된 군델라는 작품을 팔아 생계를 유지했다. 그러나 과거가 그를
짓눌렀다. 결국 막스의 소설 속 인물들이 그랬듯 저항은 무너졌고,
어린 시절에 당한 학대의 기억이 홍수처럼 밀려왔다. 그때부터
군델라의 고통은 아우스터리츠의 고통처럼 덜어지기는커녕
더욱 증폭되었다. 하지만 도움을 구했고, 작품도 바뀌어가기
시작했으며, 가능한 한도 내에서 서서히 회복되어갔다.

그것이 1980년대 후반, 현관문을 두드리는 소리 뒤에
빈프리트 제발트가 서 있던 날 군델라가 처해 있던 상황이었다.
군델라는 놀라움에 전율했다. 막스는 언제나 그랬듯 멋졌고,
대단히 지적이었으며, 어두운 유머 감각을 보여주었고, 두 사람은
몇 시간 내리 대화를 나누었다. 그날 이후 막스가 존트호펜에
있을 때면 그렇게 군델라의 현관문을 두드리고 두 사람이 특별한
대화를 나누는 일이 반복되었다. 아니나 다를까, 군델라는 다시
그를 사랑하게 된 상태였다. 그렇다면 막스는 어땠을까? 막스는
때로 군델라의 집에서 그리 멀지 않은 동네로 이사 올 가능성에
대해 말하곤 했다. 그러나 어린 시절 군델라가 막스에게서
느꼈던 것과 똑같은 걸림돌, 똑같은 거리감이 여전히 존재했다.
빈프리트는 너무나 예민하고 너무나 취약한 사람이었기에,

군델라로선 그도 원한다는 확신을 갖기 전에는 그 간극을
뛰어넘을 수 없었다. 그리고 결국 그는 끝내 확신을 갖지 못했다.

1990년 3월 독일에서 『현기증. 감정들』이 출간되었다. 반응은
대부분 긍정적이었으나 이렇다 할 관심을 끌지는 못했다.
이번에는 한 동료가 간단한 평을 보내왔고, 다른 이들은 우물쭈물
얼버무리기만 했다. 유일하게 '맥' 맥팔레인만이 따뜻한 축하의
말을 건넸다.[8]

그러나 6월이 되자 『현기증. 감정들』은 가장 중요한 독일어
문학상 중 하나인 잉게보르크 바흐만 상 후보에 올랐고,
막스는 최종 결과를 확인하기 위해 클라겐푸르트로 향했다.[9]
안드레아스 이젠슈미트와 페터 폰 마트는 막스를 강력히
지지했지만, 결심 투표에서 상은 다른 작품에 돌아갔다. 설령
막스가 수상을 기대하거나 바라는 마음이 크지 않았더라도,
그렇게 수상을 목전에 둔 상황에서는 분명 실망스러운 결과였을
것이다. 게다가 이때는 로자가 「귀향」을 둘러싼 분노가 극에
달한 나머지 자꾸만 막스의 호텔에 전화를 걸어 수화기 너머로
소리를 질러대던 시기였다. 클라겐푸르트대학에 있던 막스의
오랜 친구 프란츠 쿠나는 그의 기분을 띄워주려고 애썼다. 당연히
막스가 우승했어야 했다고 쿠나는 말했다. "심사위원들 이해력이
유로비전 송 콘테스트* 심사위원 수준이었어."[10]

---

* 1956년부터 유럽방송연맹에서 매년 개최하는 유럽 최대의 국가 대항 노래
경연 대회.

쿠나의 말은 분명 막스를 웃음 짓게 했을 것이다. 그러나 무엇보다 막스를 기쁘게 한 반응은 오랜 친구이자 라이벌 파올로의 반응이었으리라고 나는 확신한다. 놀랍도록 따뜻하고 후한 반응이었다. 파올로는 책을 단숨에 읽었다고, 그리고 "가끔씩 질투심이 치밀어 올랐던 순간을 제외하면" 처음부터 끝까지 책에 완전히 사로잡혀 있었다고 썼다. "한마디로," 그는 말했다. "정말 감명받았어."『현기증. 감정들』은 진짜 문학이었다.[11]

얀 프랑크젠 역시 찬사 일색이었다. 하지만 그는 경고도 남겼다. 그는 "자네가 기꺼이 사로잡힌 그 영혼은 위험해"라고 썼다. "이제 글쓰기를 멈추지 못할 거야. 그러니 자신을 잘 돌봐. 아무도 도와줄 수 없을 테니까."[12]

막스는 이제 전후 독일문학에 관한 책을 집필하고, 홀로코스트 글쓰기에 관한 3년 과정의 세미나를 꾸리고, 독일 각지에서 일주일 동안 『현기증. 감정들』 관련 [행사] 투어를 하는 것에 더해 『이민자들』 작업에도 착수하고 싶은 마음이 간절했다. 앞으로 10년 동안 펼쳐질 삶의 전조였던 이런 계획이 막스에게는 이미 너무 벅찼다. 근래에는 오랜 친구 ROP가 오랜만에 다시 연락을 해오더니 전해에 심장마비가 왔었다고 말했다.[13] 막스는 10월에 답신을 보냈다. 조기 경고는 좋은 일일 수 있다고 썼다. 막스는 때로 자기에게도 헤르츠카스퍼Herzkasper가 곧 들이닥칠 것 같은 기분을 느낀다고 했다.[14] 헤르츠카스퍼요? 내가 ROP에게 물었다. ROP는 '심장마비'를 가리키는 속어예요, 하고 대답했다.

　　10월쯤에는 독일에서 처음으로 W. G. 제발트를
인터뷰하겠다고 기자가 찾아왔다.[15] 그 후 막스를 만난 대부분의
인터뷰어처럼, 기자 레나테 유스트도 막스에게서 눈에 띄게
우울하거나 정신 줄을 놓은 듯한 모습을 조금도 감지할 수
없다는 점에 놀라워했다. 막스의 집은 모닥불 앞에 차를 대접하는
공간이 마련되어 있는 등 굉장히 영국적이었으나, 막스가 점점 더
빈번하게 블랙 유머를 구사하기 시작하자 레나테는 정서적 지옥이
도사리고 있는 목가적인 영국을 그린 조지프 로지의 영화 「사랑의
상처Accident」를 떠올렸다. 막스는 '학사 운영 관리자'로 살아가는
삶의 끔찍함에 대해 설명했다. 그는 교수이자 가장으로서의 삶을
잠시 중단하고 홀로 유럽을 여행하고 있다고 말했다. 그러더니
곧 자살에 관한 농담을 했다("익사가 사람들이 말하는 것만큼 그렇게
나쁘진 않아요"). 레나테는 적었다. "본질적으로 슬픈 사람들이
많이들 그러듯, 그와 있으면 웃음을 멈출 틈이 없었다."

1991년 막스는 여전히 작가보다는 교수에 가까웠다. 3월에 그는
아메리, 한트케, 그리고 게르하르트 로스와 요제프 로스 등에 관한
에세이를 엮은 두 번째 학술서 『섬뜩한 고향Unheimliche Heimat』을
출간했다. 그 안에는 새로운 공감적 기조가 이미 강하게 자리하고
있었다.
　　출간 직전 막스는 자신의 오래된 학문적 페르소나를
드러내며 글을 매개로 폭력적인 공격을 가한 참이었다.[16]
이번에도 공격 대상은 유대인 작가였다. 그러나 이번에는

홀로코스트로 어머니를 잃고 어린 시절 우치 게토를 비롯한 몇몇 강제수용소에서 살아남은 작가였다. 막스는 유레크 베커의 작품은 실패작이라고, 그 이유는 그가 실제 기억을 작품에 조금도 반영하지 않기 때문이라고 주장했다. 이해할 만한 일이기는 하나 그리하여 그의 문학작품에 남은 결과는 진정성의 결여, 가짜 사실주의, 그리고 전반적인 불신감이라는 주장이었다.

원래 이 글은 막스의 친구 이레네 하이델베르거레오나르트가 편집 중인 책에 실릴 예정이었다. 그러나 막스는 1983년 되블린에 관한 글에서 그랬던 것처럼 이번에도 선을 넘고 말았다. 결국 하이델베르거레오나르트는 막스의 글을 싣지 않겠다며 반려했고, 이 글은 막스가 사망하고 거의 10년이 지날 때까지 출간되지 못했다.

시스템을 향한 분도가 더 극에 달한 막스는 동료로서는 어떤 사람이었을까? 사실 그는 축 처진 곰돌이 푸 같은 모습으로 과장된 불평을 늘어놓고 다녔지만 동료로서는 한결같이 사근사근하고 친절했다.[17] 유럽학부의 한 친구가 회상하기로, 막스에게 요구할 수 없는 유일한 한 가지는 이유를 불문하고 공개석상에서 발언을 하는 것이었다. 막스는 자기가 외국인처럼 말한다고 생각했고 실제로도 그랬는데, 그렇게 말하면 사람들이 언짢아할 것이라고 여겼던 그의 예상과 달리 실상은 그렇지 않았다. 유럽학부 시절의 또 다른 친구는 막스가 학문적 논쟁을 싫어했고, 가능한 한 그런 자리에 참석하지 않으려 했다고

말한다. 갈등이 생기면 물러났고 사람들과 정면으로 맞서지
않으려 했다는 것이다. 한편 막스는 바보라든가 더 심각하게는
위선자라고 생각되는 이들을 무시해버릴 수 있는 사람이었다.
예컨대, 또 다른 유럽학부 동료는[18] 막스가 자신이 존중할 수 없는
일을 하는 사람들을 '얼간이'라고 불렀다고 말한다. (같은 동료의
말에 따르면) 위원회장 막스는 큰 결정만 내린 뒤 실무는 다른
사람들에게 시켜버리는 사람이었다……. 막스에게 그런 '얼간이'
중 한 명이었을 게 분명한 이 동료는 막스를 용서하지 않았다.

1991년에는 새로운 사람이 독어독문과에 합류했다. 2년
후 문학번역센터에서 석사 프로그램을 개설하고 운영하면서
센터장과 금세 좋은 친구가 되는 진 보스바이어였다. 그는
1990년대 초 막스에 대해 누구보다 생생한 기억을 가지고 있었다.

보스바이어는 막스가 무척 무례하게 굴 수 있는 사람이었고,
진지한 사람들을 흠칫 놀라게 만들거나 놀리면서 기뻐했다고
말한다. 하지만 사실 막스는 유별나게 친절했다. 예컨대 막스는
보스바이어가 먼저 나서기도 전에 그와 그의 남편이 집을 구할 수
있도록 매주 지역 신문을 보내주었다.

그리고 늘 그랬듯 막스는 더없이 유쾌했다. 들려준 최고의
지은 이야기 중 상당수는 기차에 관한 것이었다. 기차가 한 번
연착되면 다른 기차로, 그러다 그 기차도 연착되면 또 다른 기차로
옮겨 타게 되는데 그러다 보면 출발역으로 돌아가게 된다는
식의 이야기였다. "이게 영국의 철도 시스템입니다." 막스는
깊고 애잔한 목소리로 읊조렸다. 막스는 이야기를 들려주지

않을 때에도 유쾌했다. 예컨대, 보스바이어가 기억하기로 늘
옷소매를 걷어붙이고 다니던 동료가 한 명 있었다. 막스는 그가
눈에 보이기만 하면 자기 옷소매도 걷어붙였다. 위원회 회의 때는
사람들이 어떻게든 본인들에게 중요한 주제로 화제를 돌리려
하자 몇 번이나 그러는지 그 횟수를 세곤 했다. "굉장히 재미있는
분이었어요," 진은 말한다. "정말 웃음보따리였죠." 그러다 불현듯
그때까지와는 전연 다른 막스가 등장했다.

　작가로서 소화해야 할 업무가 부담스러워지기 전까지만
해도 막스는 종종 친구들과 구내식당에서 점심을 먹었다.
보스바이어가 기억하기로, 하루는 막스가 다른 사람들보다 조금
늦게 도착했고, 다들 그가 테이블로 오는 모습을 지켜보았다.
그러다 그중 한 명이 갑자기 "미스터 페이스트리!"라고 말했고,
그 말에 다들 폭소를 터뜨렸다. '미스터 페이스트리'는 그 시절
유명한 슬랩스틱코미디 캐릭터로 우왕좌왕하는 우스꽝스러운
몸짓으로 좌중을 웃음바다로 몰아넣었다. 바다코끼리가
연상되는 미스터 페이스트리의 콧수염은 막스의 콧수염과
매우 흡사했다. 그러나 공통점은 그게 다가 아니었다. 막스의
움직임은 어딘가 어색해 보일 때가 잦았다. 보스바이어는 막스가
움직임이 부드러운 사람이 아니었다고, 또 항상 수줍어했고
확신이 없었으며 "어딘가 불편해" 보였다고 말한다. 가령 그는
영국문학번역센터에 면접을 보러 간 첫날 이상한 자세로 걷는
한 남자를 목격한 일을 기억해냈다. 건물 입구에 도착하자 남자는
그를 위해 문을 열어주었는데, 그 몸짓이 어찌나 서툴렀던지

순간 서로 뒤엉킬 뻔했다. 그게 막스였다. 그는 실제로 미스터 페이스트리와 닮은 구석이 있었다.†

보스바이어는 또 다른 일화도 기억한다. 몇 년 후 두 사람이 오래 알고 지낸 친구가 되어 무언가에 대해 다투고 있을 때의 일이다. 갑자기 이성을 잃은 막스가 심한 상처가 될 만한 말을 남기며 자리를 박차고 나갔다. 그러나 몇 분 후 보스바이어의 눈에 다시 자리로 돌아오는 막스가 보였다. 그는 구내식당에서처럼 자기를 향해 다가오는 막스를 지켜보았고, 그때 막스는 그가 이전에도 이후에도 한 번도 보지 못한 희한한 몸동작을 보여주었다. 미안하다는, 혹은 봐달라는 표시로 한쪽 무릎을 살짝 굽힌 것이다.

보아하니 보스바이어의 기억은 전적으로 정확한 듯하다. 막스의 수줍음과 확신 없음에는 영영 사라지지 않는 죄책감 같은 것이 자리해 있었다. 그는 늘 무언가에 대해 사과할 참인 듯이, 언제나 무릎을 굽힐 준비가 되어 있는 듯이 보였다.

1992년 봄에는 『이민자들』이 완성되었다.[20] 5월 초 막스는 책 한 권을 마무리할 때마다 변함없이 그를 괴롭힌 모종의 상태에 놓여 있었다. 그때 막스는 『현기증. 감정들』에 대해 피트 더 모어와 인터뷰를 했는데, 이는 그가 했던 인터뷰 가운데 가장 어두운 것이었다. 우리는 자연의 균형을 파괴했습니다, 하고 막스는 말했다.[21] 카프카는 자신의 존재를 불법적인 것으로 경험했는데, 우리 존재도 마찬가지다. 인간은 무소불위의 힘으로

다른 종을 정복하는 최상위 기생충이다. 그리고 우리를 위험하게
만드는 것은 무엇보다 우리 자신입니다. "우리는 우리 자신을
불태워버리겠다고 위협하는 방식으로 사회를 조직했습니다."
냉장고조차 끊임없이 무언가를 태우죠, 하고 막스는 말했다. 또
다른 질서에 대한 희망을 품게 하는 것은 기묘한 우연, 그리고
타인의 삶과의 있을 법하지 않은 포개어짐, 이 두 가지뿐이다.
그리고 이 두 요소가 성공적으로 발현되면 예술작품이 된다.

막스는 전후 독일문학에 관한 책을 집필하며 독일에서 여름 학기를
보냈다. 영국으로 돌아온 후 그는 자기가 과거에 느꼈던 압박감을
다시 느끼고 있음을 깨달았다. 지난번 그 압박감이 과도하게
커졌을 때는 유럽을 돌며 혼자 걷는 식으로 위기를 모면했었다.
그런데 이번에는 영국으로 복귀한 지 얼마 되지 않은 시점이었다.
하여 막스는 8월 초 영국에서라도 혼자 걷기 시작했다.

　　충동적으로 그랬다고 막스는 말한다.[22] 책을 쓸 생각은 전혀
없었다고도 했는데, 이번에는 믿을 만한 말인 것 같다. 이제 막 한
권을 완성한 참이었고, 다년간 짊어지고 다니던 모든 이야기를
털어냈으니 말이다. 막스는 그냥 걸었을 것이다. 그럼에도 새로운
경험들이 물밀듯 들어왔을 텐데, 막스는 좋은 경험을 낭비하는
사람이 아니었다. 그는 그저 쉬운 글(작가들은 늘 처음에는 그렇게
생각한다), 1970년대에 그랬던 것처럼 독일 관광객들을 위해
멀리 떨어진 서퍽을 소개하는 글을 써볼 생각이었다. 막스는
『프랑크프루터 알게마이네 차이퉁』에 이를 주제로 열 편의 짧은

글을 실으면 어떻겠냐는 제안을 넣었다.[23]

물론 그런 일은 일어나지 않았다. 쉬운 글이라고 생각했던 것은 막스가 쓴 가장 아름답고도 가장 절망적인 글이 될 터였고. 막스는 그 작품을 우울을 상징하는 이름*을 가진 행성 주변의 검은 공간에서 회전하는 먼지와 얼음 조각을 반영해 『토성의 고리』라고 칭했다. 작품을 완성하는 데까지는 3년이 더 걸렸지만 말이다.

막스는 로스토프트에서 출발해 해안을 따라 사우드월드와 더니치까지 걸어갔다. 여기까지는 『토성의 고리』의 화자가 따른 것과 같은 여정이다.[24] 막스는 독자들로 하여금 마치 저자 자신이 소설 속 화자처럼 그 길을 똑같이 다 걸었다고 생각하게 만들려고 했지만, 그건 늘 그랬듯 허구였다. 막스가 묘사하는 로스토프트는 황량한 겨울 풍경이지만, 당시 막스는 여름의 한복판에 있었다. 막스는 그때가 아닌 2월에 서머리턴을 방문했고, 원래는 알렉 개러드의 해자 농장도 자주 방문했지만 그때는 아니었다. 막스가 언제 우드브리지, 오퍼드 등지를 찾았는지는 확실하지 않다. 이들 장소도 자주 찾았을 가능성이 높지만 그때는 아니었다. 그리고

---

*　토성 Saturn 은 중세 점성술과 체질 이론에서 멜랑콜리 melancholie 를 상징하는 행성이었다. 이는 (로마 신화에서 농경과 계절의 신인) 사투르누스에 시간·노쇠·침잠의 의미가 덧씌워지며 사투르누스적 saturnisch(영어의 satunine) 기질이 음울함, 침울함을 뜻하게 된 데서 기인했다고 전해진다. 여기서 멜랑콜리는 우울증과 같은 병리적 상태라기보다, 세계의 파국성과 상실을 인식하는 사색의 조건을 뜻한다. 벤야민이 「독일 비애극의 원천 Ursprung des deutschen Trauerspiels」에서 우울을 역사적 잔해와 폐허를 응시하는 인식의 형식으로 재정의한바, 제발트는 이러한 계보를 이으며 역사를 폐허로서 바라보는 시선을 호출하고 있다.

『토성의 고리』 화자와 달리, 막스는 더니치에서 멈춰 낭떠러지에
붙어 있는 마지막 묘지를 지나 더니치 풀밭을 가로지른 적도
없었다. 다시 말하지만 막스는 종종 그 길을 걸었을 것이다.
풀밭은 그가 좋아하는 장소 중 하나였으니 말이다. 그러나 1992년
8월 막스는 그 해안길을 따라 무려 올드버러까지 갔고, 거기서
미들턴으로부터 약 32킬로미터 떨어진 내륙으로 방향을 틀었다.
막스는 발이 쓰라릴 만큼 지친 상태로 햄버거의 집에 도착했다.
햄버거 부부는 막스에게 점심을 대접했고 막스는 얼마간, 어쩌면
다음 날까지 머물렀다. 그 후 그들은 소설에서처럼 막스를 위해
택시를 불렀다. 하나 이 택시는 막스를 사우스월드로 안내해
화자처럼 며칠 더 걷게 하는 대신 그를 집으로 데려다준 것이
거의 확실해 보인다.

　　막스가 바랐던 대로 걷기 여행 후에 상태는 한결 나아졌다.
그러나 그 후에는 허리 통증에 시달렸고 1년 후에는 디스크가 터져
『토성의 고리』가 시작된 병원에 입원했다. 그는 바다와 가까운
경사진 모랫길을 오른발과 왼발의 높이가 어긋난 상태로 하염없이,
며칠 내내 걷는 바람에 그런 일이 벌어졌음을 깨달았다.[25] 많은
독자는 『토성의 고리』에 담긴 뇌리를 떠나지 않는 묘사에 감동해
그때부터 꾸준히 그의 글을 읽어왔다. 막스가 책에 기술한 대로
그곳은 베너커브로드 소금 석호와 갈색제비가 쪼아 만든 구멍이 난
코브히스의 절벽을 지나는 환상적인 산책 길이다. 햇살이 화창한
날에는 유령이 출몰할 것 같은 분위기가 조금도 느껴지지 않으며,
작가 로버트 맥팔레인은 한동안 산책을 하다가 예상과 달리 너무

좋기만 해서 걷기를 멈추었다고 했다. 그런데 베너커브로드는
이상하게 고요한 장소다. 꼭 막스가 말한 것처럼 해안은 삼켜지고
있는 모습이고 적당한 피로가 몰려 오면 마치 막스가 지척에 있는
듯한 기분이 들게 한다. 그러니 한 번씩 물가에서 멀어져야 한다.

1992년 9월에는 막스의 작가 인생에서 가장 중요한 사건이
벌어졌다. 『이민자들』이 출간된 것이다. 독일 평론가들은
즉각적인 반응을 보였다. 『현기증. 감정들』은 출간 후 거의
이목을 끌지 못했지만 『이민자들』은 많은 서평과 찬사를
받았다.[26] 1월에는 독일에서 최고의 문학적 찬사를 받았는데,
마르첼 라이히라니키의 유명한 텔레비전 프로그램 「리터러리
콰르텟」에서 토론 주제로 다뤄지기도 했다. 라이히라니키는
스스로—치명적인 공격을 가하는 것으로 악명이 높았던 일명
문학의 교황Literaturpapst으로서—『이민자들』이 한낱 문학적
장난질에 불과하다고 일축했다. 이에 막스는 분개했지만 신경 쓸
필요는 없었다. 라이히라니키는 전위적인 것이라면 죄다 의심하고
본다는 점을 알고 있었고, 겉으로는 촌스러워 보일지라도
『이민자들』은 전위적인 작품이었으니까. 그리고 어찌되었건
간에 그는 문학의 교황을 제압했다. 그 프로그램에 출연한 다른
두 비평가 지그리트 뢰플러와 헬무트 카라제크는 『이민자들』이
걸작이라고 칭송했다. 특히 카라제크는 비평가와 독자 모두를
대변했다. "중요한 문학작품을 발견했습니다," 그는 말했다.
　막스의 감정은 여느 때처럼 불확실했다. 그는 한 해 전 소설을

쓰다 거의 죽을 뻔했다고 크리스틴에게 말했다.[27] 게르트루트가
결과에 만족하느냐고 물었을 때는 그저 "또 뭔가를 꾸며낸
것"이라고 대답했다. 피터 조던에게 책을 한 부 보내면서는 그의
이야기를 담을 수 있었다는 게 자신에게 대단히 큰 의미였다고
말했다. 그로부터 5개월 후 다시 피터에게 편지를 보낼 때는 거의
책 속 화자처럼 이야기했다. 그는 『이민자들』이 좋은 반응을
얻었다고 했다. 하지만 여전히 자기 작품은 미흡하고 엉망이라고,
특히 현실과의 관계를 고려하면 더 그렇다고 생각했다.[28]

그렇더라도 몇몇 찬사는 필시 읽고 또 읽으며 즐겼을 것이다.
예컨대 이드리스 패리는 막스에게 보낸 편지에서 "마치 현대
독일 산문에서 가장 복잡한 형용사 절을 써 보이겠다고 덤벼든
것 같습니다"라고 썼다. 그러면서 "하지만 전부 더없이 맑아서
독일 평론가들이 당신의 작품을 그토록 호의적으로 받아들였다는
사실이 놀랍지 않네요"라고 덧붙였다. 편지는 다음과 같은
말로 마무리됐다. "명성을 잘 다루고 영광은 무시할 수 있기를
바랍니다."[29] 그건 웨일스식 과장법이었지만 예언적인 측면이
있었다.

1993년 초 몇 달에 걸쳐 막스는 독일과 스위스에서 책 홍보
행사를 하며 몇 주를 보냈다. 전부 지긋지긋하게 피곤한
일이었다고 그는 말했고, 자살 위기에 처해 있지 않은 자기를
보고 실망한 청중을 마주하고 있으니 사기꾼이 된 것 같았다고
했다.[30] 하지만 낭독회를 찾은 막스의 한 오래된 동창은 하이디

노바크가 그랬듯 심각하고 침울하고 우울하게 변한 막스를
발견했다.

　그해 봄 막스는 베를린에서 발행되는 문예지에 알프레트
안데르슈에 관한 에세이를 발표했다.[31] 안데르슈는 독일에서 인기
있는 전후 작가 중 한 명이었고, 그의 소설 『잔지바르_Sansibar_』는
모든 학교에서 필독서였다. 그러나 막스가 볼 때 안데르슈는
제3제국 최악의 거짓과 침묵을 순화해버린 작가였다. 예컨대,
그는 자신이 인종법에도 불구하고 유대인 피가 절반 섞인 여자와
결혼했다고 주장했다. 막스는 안데르슈가 1943년 나치 치하에서
경력을 쌓기 위해 아내와 이혼했다가, 미국 치하에서 경력을
쌓기 위해 그를 다시 "내 아내"라고 주장한 것이라고 지적했다.
이 같은 이중 배신은 그 자체로도 개탄스러운 일이었지만,
막스의 요지는 이것이—작품에서 실제 기억을 차단한 베커의
그나마 용서 가능한 행동처럼—변명의 여지가 없는 허위 정보로
안데르슈의 작품을 오염시켰다는 것이었다. 막스는 윤리학과
미학은 억지로 떼어놓을 수 없다고 주장했다. 이에 따르면
『잔지바르』의 주인공이 유대인 아내의 목숨을 구할 때, 거기 쓰인
단어 하나하나가 저자의 공허한 상상력을 폭로하는 셈이다.

　이 공격은 막스의 생애에서 가장 격렬한 논쟁 중 하나를
촉발했으니, 이는 되블린과 베커를 둘러싼 논쟁보다 훨씬 더
심각한 수준이었다. 그 논쟁은 오늘날까지도 이어지고 있다.
대부분의 학자는 막스가 밝혀낸 사실이 본질적으로 옳다고
인정하면서도, 이에 대해 판단을 내리는 건 또 다른 문제라고

말한다. 막스는 자신이 한 번도 경험해보지 못한 상황에 놓였던 안데르슈를 부당하게 평가했던 걸까? 도덕적 실패는 정말 그런 식으로 문학적 실패로 이어지는 걸까? 내가 말할 수 있는 사실은 『잔지바르』가 내게도 거짓으로 다가온다는 것이다. 하지만 이 소설은 지금도 독일 학교에서 읽히고 있다.

안데르슈를 두둔한 사람 중에는 막스의 출판인이자 친구인 한스 마그누스 엔첸스베르거도 있었다.[32] 한스는 막스의 거센 공격에 분노했고, 한동안 둘 사이에는 약간의 거리가 생겼다. 그러나 HME(일반적으로 한스를 부르는 약어)는 친구의 작품을 진심으로 높이 평가했다. 그는 이스트앵글리아 친구들이 막스의 진가를 알기 한참 전부터 "막스는 뛰어난 작가야, 알지?"라고 말했다. 그리고 안데르슈를 향한 공격에 동의하지 않았음에도 『이민자들』을 유럽 문학상 후보로 추천했다. 수상은 불발되었다. 독일을 대표하는 문인들과 이젠슈미트 등 주요 비평가들이 인정했음에도, 사람들이 안데르슈를 중심으로 한데 뭉치고 베커와 관련된 일을 잊지 않은 상황에서 막스는 여전히 독일문학계의 저항에 부딪혔다. 실로 독일인 입장에서 막스는 선뜻 좋아할 수 있는 작가가 아니었다.

그해 여름 막스는 끔찍한 허리 디스크를 앓았다. 8월 초부터 어떤 조치를 취할 수 있을 때까지 가만히 누워만 있어야 했다. 20일에 수술을 받은 그는 30일에 마침내 집으로 돌아갔다.[33] 그러나 회복하기까지 몇 주가 걸렸고, 사실상 완전히 회복하지도 못했다. 막스의 허리는 남은 평생 그를 괴롭혔다. 그리고 또 다른 일이 벌어졌다. 수술 후 왼쪽 눈에 그림자가, 베일이 드리워진 것이다(『토성의 고리』 도입부에서 병실 창문 너머로 보이는 그물망이 바로 그 베일일 것이다). 막스는 두 번 다시 그 일을 언급하지 않았는데, 3년 후 유사한 문제가 생겼을 때는 반대쪽 눈에서도 같은 증상을 경험했다. 이 시각 관련 증상의 원인이 무엇이었건 간에, 시작은 이때였던 듯하다.

가을 학기에 병가를 낸 막스는 그 기간에 『토성의 고리』 작업에 착수했다. 아마 늘 그랬듯 침대 끄트머리에 몸통을 걸치고 엎드린 후 이마는 침대 옆 의자에 걸친 자세로 카펫에 깔아둔 종이를 내려다보면서 작업을 시작했을 것이다. 그렇게 몇 년을 보냈더니 카펫 무늬를 외울 지경이었다고 막스는 말했다.[34] 나중에는 이를 토대로 거창한 이야기를 지어내 세 번째 작품은 처음부터 끝까지 침대에 배를 깔고 누운 자세로 썼다고도 했다. 물론 이것도 핵심적인 부분을 제외하면 사실이 아니었다.

10월이 되자 다시 똑바로 설 수 있게 된 막스는 네덜란드와 독일에서 『이민자들』 낭독회를 했다. 그 시기에[35] 아담 체르니아프스키는 영국에서 드물게 외국 문학을 출간하는 하빌 출판사 편집자 빌 스웨인슨을 문학번역센터에서 만나 그에게 『이민자들』을 추천했다. 스웨인슨은 독일어 원서를 마이클 헐스와 존 하틀리 윌리엄스라는 두 교수에게 보냈다. 두 사람이 체르니아프스키의 찬사가 진실임을 의심의 여지 없이 입증해주자—헐스는 "이건 중요하고 훌륭한 책입니다"[36]라고 썼다—하빌은 출간을 결정했다.

막스는 헐스가 직접 번역한 원고를 포함해 익명의 샘플 번역 원고 세 편을 받았다. 막스는 가장 형식적이고 정갈한 번역을 선호했지만, 빌은 헐스의 번역이 "생동감이 넘쳐" 가장 좋다고 생각했다. 그는 막스를 설득했고, 헐스는 11월에 번역 의뢰를 받았다. 그렇게 『이민자들』 독일어판은 영어권 세계로 진입하는 여정에 올랐다.

막스는 1944년 봄 학기에 전후 독일문학에 관한 책을 집필하기 위해 연구 휴가를 받았지만, 그 책 대신 『토성의 고리』를 집필했다.[37] 그는 마지막으로 기획한 학술서를 끝내 집필하지 못했다. 마침내 내면적인 차원에서나마 교수에서 작가로 탈바꿈했던 것이다.

하나 과거에 속했던 세상에서처럼 이 새로운 세상에서도 막스는 이단아가 될 터였다. 예컨대 1994년 초 『이민자들』은 다른 여섯 명의 작가와 함께 베를린 문학상을 수상했다. 그해 여름 여섯 명의 수상자는 이틀에 걸쳐 작가들이 선망하는 요하네스보브롭스키 메달을 두고 경쟁을 벌였다. 우승자는 두 명, 에리카 페드레티와 W. G. 제발트였다. 아마 메달 종류가 두 개였던 듯싶은데, 막스의 말에 따르면 적어도 그가 받은 메달은 형언할 수 없을 정도로 추했다. 다음 날 아침 일찍 그는 반제 호수로 가서 하인리히 폰 클라이스트가 자살한 지점에 메달을 던져버렸다. 그는 메달이 물속으로 흔적도 없이 가라앉았다고 말했고, 흡족하게도 그 말을 들은 친구들은 충격을 받았다.[38]

그러나 1994년과 1995년은 『이민자들』의 해가 아니라
『토성의 고리』의 해였다. 피터 조던에게 말하길, 그는 거의
모든 장을 다시, 또다시 써야 했기에 달팽이가 기어가는 속도로
작업했다.[39] 막스의 말에 따르면 그는 400쪽 분량으로 출간된
책을 위해 「암브로스 아델바르트」 집필 때보다 훨씬 더 많은
1200쪽에 달하는 초고를 썼다. 그는 자기 작품에 대한 의구심으로
인해 심히 괴로워했다. 그래도 분투를 이어갔다.

막스가 어려움을 겪은 이유 중 하나는 1994~1995년이 죽음의
해라는 점에 있었다. 그는 한 인터뷰어[40]에게 1년이란 시간 동안
동창과 대학 친구, 이스트앵글리아 동료를 비롯해 열네 명을
잃었다고 말했다……. 이스트앵글리아 동료들과 관련해서는 틀린
말이 아니었다. 1990년대 중반부터 유럽학부에서 몇 명이 때이른
죽음을 맞았던 것이다. 1994년에는 두 명이 사망했는데 둘 다
막스가 좋아하는 사람이었다. 막스는 그 두 사람, 마이클 파킨슨과
재닌 데이킨스를 소설 속에 남겼다.[41]

재닌은 유방암으로 사망했다. 마이클은 『토성의 고리』에
묘사된 대로 포터스필드로드에 위치한 자택에서 침대에 누운
상태로, 얼굴에는 알 수 없는 붉은 얼룩이 보이지만 몸에는 여타
질병이나 사고의 흔적이 없는 상태로 발견되었다. 사람들은
심장마비를 의심했지만 검시 결과 심장마비는 아니었다. 사실
나중에 밝혀진 바에 따르면 마이클은 항말라리아약을 복용하고
있었고, 그 약을 과다 복용해 사망한 것이었다. 그럼에도 막스가
썼듯 검시관은 마이클이 항말라리아약을 과다 복용한 것이

실수였는지 고의로 그런 것인지 알 수 없다는 이유로 사인 미상 평결을 내렸다. 둘 다 가능성은 없어 보였다. 마이클은 신중히 계획한 일만 하는 사람이었고, 사람들 눈에 우울증이 있거나 자살 충동을 느끼는 것처럼 보이지도 않았지만 워낙 사적인 감정을 드러내는 일이 일절 없었으므로 누구도 알아차릴 수 **없었는지도** 모른다. 그래서 마이클의 동료들은 늘 자살 가능성을 의심했다. 막스도 그것이 원인이라고 믿었다.

막스의 기록에 따르면 재닌의 죽음은 그로부터 몇 주 후에 있었는데, 이번에도 약간의 과장이 섞여 있었다. 마이클은 4월에, 재닌은 8월에 사망했다. 아무도 재닌이 투병 중인 사실을 몰랐는데, 어쩌면 재닌 본인조차 마지막까지 몰랐을 정도로 암이 급성으로 진행되었을 수도 있다. 재닌의 장례식은 성대하게 치러졌고, 학생들은 진심 어린 추도사를 남겼다. 막스는 참석하지 않았다. 그는 장례식, 특히 슬픈 장례식을 싫어했다.

재닌과 마이클은 거의 어린 시절부터 알고 지낸 친구처럼 서로에게 헌신적이었다. 연인은 아니었을지 몰라도 무척 사적인 관계였기 때문에, 사람들은 그들이 얼마나 가까운 사이인지 숫제 모르는 척해야 했고 두 사람을 모임에 초대할 때도 따로따로 불러야 했다. 그렇다면 재닌은 정말 막스의 추정대로 마이클을 잃은 충격과 슬픔으로 사망한 걸까? 이는 대답이 불가능한 질문이다. 두 사람은 살아 있을 때나 죽을 때나 사적인 관계였다. 그러나 나는 막스가 작가로서 가진 본능을 믿는다.

6월에 막스는 새로운 책을 완성했다. 여전히 작품에 대한 확신은 없었다. 이번에도 피터 조던에게, 게르트루트에게 그렇게 말했다. 게르트루트에게는 소설이 처음부터 끝까지 비참한 실패작일까 봐 두렵다고 했다.[42]

막스의 작품은 10월에 출간되었고 당연히 실패작이 아니었다. 그는 독일에서 두 번째로 호평을 받았다.[43] 게르트루트는 그 작품을 좋아했고, 막스는 행복에 가까운 감정을 느꼈다. 『토성의 고리』에서 가장 중요한 인물, 막스의 친구이자 동료 작가인 마이클 햄버거도 마찬가지였다. 마이클은 막스에게 아름다운 작품을 써줘서 고맙다고 했다. 그는 적었다. "내 생각에는 관찰과 상상을 둘 다 허용하는 에세이적인 자전소설을 가장 만족스러운 형태로 구현해낸 것 같아."[44] "에세이적인 자전소설"이란 말은 막스 자신을 포함해 누구도 그때껏 찾아내지 못했던 막스의 집필 방식을 가장 단정하게 요약하는 표현이다. 틀림없이 막스는 그 점을 인정하며 미소 지었을 것이다.

그러나 소설이 끝날 때마다 빠져들게 되는 절망의 늪에는 별다른 변화가 없었다. 11월 독일에서 열린 행사에 참여한 막스는 분명 울적한 상태였다. 그때 그는 자신이 그저 재앙을 피할 수 있기만을 바라며 하루하루 버티고 있었다고 말했다.[45] 그의 작품은 자연과 역사의 몰락에 대한 슬픔이 중심 주제인 '죽음과 애도Toten und Trauer'의 책이었다. 하지만 자연의 사멸이 전적으로 부정적이기만 한 것은 아니었다. 자연의 사멸은 끝이 있을 것임을 의미했다. 막스는 『토성의 고리』가 출간되자마자 다시 영국을

찾은 레나테 유스트를 만나 이 점을 더욱 분명히 밝혔다. 막스는
레나테를 사우스월드로, 선원의 열람실로, 그리고 크라운 호텔로
데려가 아침 식사를 대접했다. "인류의 종말이 뭐가 그렇게
나쁘죠?" 막스가 물었다. 마침내 침묵이 감돌았다.[46]

『토성의 고리』 집필 기간과 출간 이후에 막스가 우울한 상태였던
데에는 또 다른 이유가 있었다. 1994년 봄 『이민자들』 번역을
시작한 마이클 헐스는 막스의 승인을 받기 위해 번역본을
송부했다. 그러나 막스는 승인하지 않았다. 그 대신 크나큰
실망감을 느꼈다.[47]

　　이는 길고도 고통스러운 이야기다. 헐스는 막스의
작품을 계속―처음에는 『이민자들』을, 그다음에는 『현기증.
감정들』을―번역했고, 문제는 전혀 나아지지 않았다. 오히려
악화되었고, 끝내 막스는 공동 작업을 중단하고 다른 번역가를
골랐다. 번역계의 대모 앤시아 벨이었다. 벨은 막스 사후에 출간된
다른 두 작품에 더해 『아우스터리츠』를 옮겼다. 그의 번역은 늘
그랬듯 빼어났고, 막스는 이에 더할 나위 없이 기뻐했으며, 그로써
자기 작품의 영역본을 확인한 마지막 경험은 그에게 행복한
기억으로 남았다. 그러나 1994년, 그리고 그로부터 4년은 악몽
같은 시간이었다.

　　번역은 문학이며, 번역에 대한 판단은 주관적일 수밖에 없다.
그러니 나로서는 이 파란만장한 일련의 사건에 대해 내 나름의
설명을 할 수 있을 따름이다. 이에 대한 내 생각은 다음과 같다.

마이클은 막스의 예술작품을 깊이 예찬하며 대단히
헌신적으로 일했고, 그런 마음을 자주 막스에게 표현했다. 그러나
압박감을 느끼며 일하는 상황에서 빠른 속도로 작업하다 보니
오류와 지연이 발생할 수밖에 없었다. 그것만으로도 어지간히
좋지 않은 상황이었다. 그런데 또 다른 문제가 있었으니, 마이클은
시인이었고 자기만의 언어 감각이 강했다. 또한 마이클은 젊은
축에 속했다(1995년에 마흔이었다). 갈등은 불가피했다.

번역을 바라보는 관점에는—가혹하다 할 정도로
단순화하자면—두 가지 극단이 있다. 한쪽에서는 번역이 원작을
새로운 언어로 가능한 한 아름답게 표현하는 일이라고 주장한다.
다른 쪽에서는 번역이 가능한 한 원작을 충실히 전달하는
일이라고 주장한다. (물론 이상적인 것은 두 가지를 전부 달성하는
것이겠지만, 대부분의 이상과 마찬가지로 이것도 늘 달성할 수 있는
것은 아니다.) 막스는 전적으로 후자의 입장이었지만 마이클의
재능은 전자에 있었다. 그 결과 마이클은 막스의 언어를 완전히
영어화—하는 데 더해 자기화—했으며, 막스는 노발대발하며
그의 번역을 다시 독일화하고 제발트화했다. 막스는 거의 모든
문장을 다시 쓰면서 원문을 쓸 때만큼이나 오랜 시간과 상당한
노력을 들여 마이클의 번역을 수정했다. 내가 보기에 그 결과는
굉장했고, 두 세계가 결합되어 나온 최고의 결과물이었다. 시인의
유려한 영어로 쓰인 작품을 눈앞에 둔 막스는 그것을 자신만의
독특한 문체로 복원해 완전히 새로운 예술작품을 창조했다.
내 생각에, 그리고 하빌 출판사의 모든 관계자가 생각하기에,

또한 대부분의 영국인 평론가와 독자 들이 생각하기에, 마이클 헐스가 번역하고 막스가 직접 개고한 그의 소설은 영문판 『아우스터리츠』와 느낌이 다르면서도 그에 버금가는 최고의 영문학 작품이다.

그것은 (내 생각에) 문학적 차원의 문제였다. 거기에 더해 마이클이 꽤 젊은 남자였다는 개인적인 문제도 있었다. 하지만 그가 어리다는 이유로 자기만의 생각을 고집한 것은 아니었다. 사실 그는 저자의 수정안을 거의 다 받아들였으며, 막스도 인정한바 타협에도 다른 많은 이보다 훨씬 더 기꺼이 응했다. 한편 막스 또한 마이클이 인정했듯 번역에 고마움을 표하며 사실상 매우 사소한 수정이니 놀라지 말아달라고 당부하는 등 늘 유쾌한 태도를 보였다……. 그러나 서로를 향한 이런 정중함의 이면에서는 전쟁이 벌어지고 있었다. 막스는 자신의 목소리를 담아내는 데 완전히 실패한 듯한 결과물을 보고 경악했다. 한편 막스의 손을 거쳐 돌아온 번역본을 보면 거의 모든 내용이 지워지고 다시 쓰여 있었고, 이에 마이클은—결국 시인했듯—분노와 절망에 휩싸였다. 그럼에도 마이클은 막스가 위대한 예술가임을 알았다. 어쩌면 막스도 마이클이 새로운 예술의 토대를 보여주고 있음을 알았기에 작업이 지속되었을 것이다. 하지만 둘 다 불행했다. 끝내야만 했다.

그 결과는 막스의 삶에서 가장 볼품없는 에피소드 중 하나로 남았다. 막스는 다년간 자기 작품을 아름다운 만듦새로 출간해준 아이히보른 출판사가 돈에 있어서는 인색하다고 심한 불만을

표출하는 등 이따금 작품과 관련해 배은망덕한 태도를 보이곤
했다. 이 사안에 있어서는 더욱 그러했다. 그는 자신의 첫 영역본
세 권이 성공적인 결과를 거두는 데 있어서 마이클 헐스가 한
역할을 과소평가했고, 이로 인해 헐스는 그에 대한 적절한 공로를
결코 인정받지 못했다. 사실 당시 상황이 악몽 같았던 것은
헐스에게도 마찬가지였다. 막스는 누구를 만나든 헐스를 향한
분통을 터뜨렸고, 그의 번역본을 동료들과 문학번역센터의 신입
번역가들에게 보여주며 잘 좀 고쳐달라고도 했다. 사석에서나
공석에서나 영어 번역을 직접 했다는 말도 하고 다녔다. 헐스는
다른 사람들을 통해 막스의 불만을 들을 수밖에 없었다.

막스의 침묵은 친절에서 시작되었으나 곧 비겁함으로,
마지막에는 배신으로 변모했다. 막스의 단점은 그의 강점만큼이나
거의 변함없이 한결같았다. 이런 처신은 막스가 열여덟 살 때 결국
한 친구 앞에서 자비네 리터를 무시해버린 것과 다를 바 없는
행동이었다.

번역에 얽힌 이야기는 여기에서 끝나지 않는다. 막스에게는
개인 편집자도 있었으니, 바로 비서이자 친구인 베릴 랜월이었다.
베릴은 번역센터에 제출할 막스의 학술 원고나 보고서를 타자로
입력할 때 종종 그의 영어를 재량껏 수정하곤 했다. 그 덕에
막스는 다년간 베릴의 역량을 확인할 수 있었다. 그래서 막스는
1999년 학교에서 한 인터뷰어에게 이렇게 말했다. "보통은
이렇게 진행됩니다. (…) 번역가가 초고를 작성하면 그걸 아주
세세히 검토한 다음 제가 추가할 수 있는 대목을 베릴 랜월에게
보여주고 (…) 저한테 없는 출중한 영어 감각을 지닌 사람이
필요하기 때문에 둘이서 같이 전체 내용을 꼼꼼히 검토하죠.[49]

베릴은 막스의 초기 작품인 「헨리 셀윈 박사」나 마지막
작품인 『아우스터리츠』는 작업하지 않은 듯하다. 하지만 나머지
작품들을 출간할 때는 도움을 주었다. 막스는 『토성의 고리』에서
담당 출판인 크리스토퍼 매클러호스에게 그랬듯, 베릴에게도
"끈기 있고 귀중한" 노고에 특별한 감사를 표했다. 매클러호스는
베릴에게 1000파운드짜리 수표를 보내기도 했는데, 이는

[왼쪽 하단] 『토성의 고리』 영역본 2장 도입부 교정지. 헐스가 번역하고 막스가 교정을
보았다. 빌 스웨인슨과 다른 하빌 출판사 편집자들은 "as silent as if not a word had
ever passed their lips in the whole of their lives[평생 입 밖으로 어떤 말도 내뱉어보지 않은
사람들처럼 조용했다]"를 "so silent, that not a word might have passed their lips in the
whole of their lives[너무 조용해서 평생 어떤 말도 내뱉어보지 않은 사람들 같았다]"로 바꾸는
등 평소처럼 원고를 더 다듬었다. 그런 다음 다시 교정지를 막스에게 보내 최종 승인을
구했다. 역자가 저자에게, 저자가 편집자에게 보냈다가 다시 편집자가 저역자에게
원고를 보내 언어적 완성도를 도모한 이 모든 과정은 무척 고된 작업이었지만, 그와
별개로 독일문학아카이브에 보관된 편지와 타이핑된 원고를 통해 편집 과정에서 최종
원고가 서서히 형태를 갖춰가는 광경을 지켜보는 것은 짜릿한 경험이다.

출판사와 전혀 관련이 없는 사람에게 지급한 금액으로는 엄청난 액수였다. 틀림없이 베릴이 상당한 기여를 했던 것이다. 막스는 늘 베릴이 한 일이라고 말하곤 했는데, 베릴이 사망한 후 그의 딸이 발견한 여섯 개의 두툼한 원고 폴더가 이를 증명해준다. 베릴은 삽입구와 수정자가 빼곡히 적힌 수백, 심지어 수천 장의 원고를 검토했고, 교정지는 막스의 수정만큼이나 그의 수정으로 가득 채워져 있었다.

『토성의 고리』 영역본 교정지 36쪽.
베릴이 수기로 표시한 수정 사항이 있고, 마지막에는 속기로 남긴 기록이 있다.
여기 적힌 거의 모든 수정 사항이 출간된 판본에 반영되었다.

그렇지만 안타깝게도 이렇게 해서 타이핑된 원고가 무엇을 말해주는지는 확실히 알 방법이 없다. 랜월이 수기로 작성한 내용은 수정 제안이었을까, 아니면 막스와 논의한 끝에 그의 요구를 반영한 수정자였을까? 막스가 남긴 모든 말에 따르자면, 상당수의 제안이 베릴에게서 나왔다는 확신이 든다. 하지만 어떤 부분에 대해, 얼마나 많은 수정 제안이 있었던 걸까? 두 사람 다 존재하지 않는 지금으로서는 알 길이 없다.*

정확한 진실이 무엇이든, 이는 헐스에게는 또 한 번 뒤통수를 가격당하는 일이나 다름없었다. 누군가가 나보다 더 많은 신뢰를 받고 있다. 그 사람은 대체 누구이며, 그 이유는 무엇일까? 막스는 이에 대해 결코 설명해주지도, 사과를 하지도 않았다. 상황이 어찌 됐건, 막스가 "영어에 대한 감각"이 부족했다는 말은 전혀 사실이 아니었다. 막스의 대학 동료이자 친구였던 존 쿡은 그가 영어를 원어민처럼 구사했으며, 영어의 작동 방식을 여느 원어민보다 더 잘 이해하고 있었다고 말한다. 베릴도 이에 동의했다. "왜 저를 필요로 한 걸까요? 혼자서도 할 수 있었는데." 그는 말했다. 막스에게 부족한 것은 자신감이었다. 베릴은 바로 그것을, 즉 넘쳐흐를 정도의 자신감을 그에게 주었던 것이다.

베릴은 영국 상류층의 억양을 갖고 있었고, 명랑한 말투로 학생들을 "안녕, 자기!"라고 불렀다. 또한 그는 정치적 올바름을 강조하는 현대의 규칙을 경멸했다. 이를테면 이제는 누군가를 "한낱 비서"로 칭하면 안 된다고 해도 베릴은 전혀 이를 전혀 신경 쓰지 않았다. "말도 안 돼, 자기!" 그는 외쳤다. "비서는 중요한 사람이 아니야. 윗분이랑 얘기해봤어?"이 모든

---

* 이 문제에 대한 추가 논의는 뒤에 실린 이 장의 부록을 참고하라.—지은이

상황은 베릴이 시대에 뒤떨어진 상류층 교육을 받은 시대에 뒤떨어진 상류층이라는 인상을 주었다. 막스도 처음에는 그렇게 생각했을지 모른다.

그러나 베릴은 그런 유의 사람이 전혀 아니었다. 사실 그는 막스가 독일에서 그랬던 것처럼 20세기 영국의 계급 제도에 구멍을 낸 전범 같은 인물이었다. 베릴의 할아버지는 농부였고, 아버지는 정육점 주인이었다. 그는 공립학교에 입학해 집안에서 처음으로 교육받은 사람이 되었다. 그 후에는 사람들이 예상한 대로 대학에 입학하지 않고 칼리지에서 비서학을 전공했다. 하나 그는 대학원생과 결혼했고, 남은 평생 배움을 사랑했다. 그러니 베릴이 막스의 편집 보조를 맡게 된 건 그 자신에게도, 상사이자 동료였던 막스 제발트에게도 마침맞은 일이었다.

2001년 번역에 관한 한 토론회에서 막스는 이상적인 번역가에 대한 초상을 그렸다.[50] 아마 젊은 남자는 **아닐** 거라고 막스는 말했다. 대신 "어쩌면 우연히 번역을 하게 된" 사람일 거라고, 그리고 열정이 있으며 "과거 세대가 사용한 단어를 심도 있게 기억"하고 좋은 일반 교육을 받은 사람일 거라고 했다. 이 말을 기록한 학생은 막스가 앤시아 벨을 염두에 두고 이런 말을 했으리라고 추측했다. 그러나 앤시아는 전문 번역가였고, 옥스퍼드대학 졸업생이었다. 막스는 앤시아 벨이 아닌 베릴 랜월을 콕 집어 묘사했던 것이다.

1990년대 중반부터 후반까지 막스와 베릴이
함께 일했던 탕비실 테이블.

막스는 결코 낙관주의자였던 적이 없다고 말해도 무리는
아닐 것이다. 한데 『토성의 고리』는 막스의 이런 마음 상태가
1990년대 중반 들어 얼마나 더 어두워졌는지를 보여준다. 막스의
절친한 친구들은 이를 감지했고,[51] 막스는 부인하지 않았다.
크라운 호텔에서 가진 인터뷰에서 그는 레나테 유스트에게 이에
대한 농담을 던지기도 했다. 막스는 때로 자신이 목적 없는 공황과
무한한 피로에 종속된 것 같다고 말했다. 그럴 때 유일한 해결책은
일본식 방법, 보글보글 끓을 정도로 뜨거운 물에 목욕을 하는
것이었다. 욕조 옆 탁자에 놓인 신문에서는 불바다가 보였다.
"세상이 늘 불타고 있다는 제 말이 맞지 않습니까?" 막스는
물었다. 그러고는 강력한 두통약을 삼켰다.
　이것은 막스가 가진 문제 중 하나였는데, 원인이었는지
결과였는지는 말하기 어렵다. 막스의 건강은 1990년 내내

서서히 악화됐다.[52] 그는 일찍이 1990년에 머지않아 **심장마비**가
올 거라는 느낌을 받았고, 1992년에는 한순간도 요통에서
자유로웠던 적이 없었다. 그러다 1995년경에는 상황이 더
심각해졌다. 크라운 호텔에서 느낀 것이 확실한 종류의 극심한
편두통이 점점 더 자주 찾아오기 시작한 것이다. 아마 혈압은
그때부터 이미 높았을 것이다. 여기에 더해 막스가 스스로
알코올에 대한 "알레르기" 반응이라고 일컫은 증상도 시작되었다.
와인을 마시면 편두통이 오는 통에 그는 가끔 맥주만 조금 마셨다.
그런데 그 정도만 마셔도 얼굴이 벌겋게 달아올랐다. 리처드
셰퍼드가 말하기를, 그럴 때 막스는 "본인이 '주스djooce'라고
부르는 것"을 대신 마시곤 했다. 그는 다른 온갖 것에 대해서는
불평했을지언정, 이런 질병에 대해서만은 아무런 말도 하지
않았고 오히려 가능한 한 이를 숨기려 했다. 멀리 떨어진 곳에
사는 사람들 앞에서만 이따금 그런 사실을 드러냈다. 예컨대,
런던에서 텔아비브로 이주한 크리스틴에게 보낸 편지에서
막스는 몇 년 더 살 수 있으면 좋겠다고 썼다.[53] 한 인터뷰어가
막스에게 상기시켰듯, 그는 고작 쉰하나였다. 맞아요, 하고 막스는
대답했지만 그는 자신이 그보다 훨씬 더 나이 들었다고 생각했다.
그러니 맞다, 막스의 영어는 꽤 훌륭했지만 "8년, 10년 남은
상황에서" 영어로 글을 쓰기 위한 노력을 기울이는 것은 그리
가치 있는 일이 아니었다.[54]

　　오십 줄을 갓 넘겼을 때 막스는 더는 8년도, 10년도 남지
않았다고 생각했다……. 아주 틀린 생각은 아니었다. 하지만

이번에는 이례적으로 낙관에 치우쳐 오류를 범했다.

1996년 초 막스는 3월에 열린 오버스트도르프에서의 낭독회를
포함해 2주간 더 독일을 순회하며 『토성의 고리』 관련 행사를
치렀다. 그 후 5월에는 영국에서, 8월에는 미국에서 『이민자들』
영문판이 출간되었다.

초기 비평가들[55]은 이미 대단한 충격을 받았지만, 처음에는
불과 몇몇 신문사만 『이민자들』에 주목했다. 'W. G. 제발트'는
여전히 무명이었고, 아무도 그 이름을 발음하는 법을 몰랐다.
막스가 처음으로 영어권에 소개된 일은 아는 사람만 알았다.[56]

막스는 1992년 크리스틴에게 독일어 원본을 보냈다.
크리스틴은 그 작품을 마음에 들어했고, 곧장 이스라엘에서도
읽을 수 있게 해야 한다고 생각했다. 이제 영문판도 있으니 곧장
작업에 착수하면 될 일이었다. 크리스틴은 한 부를 출판사에
보냈고, 책이 출간되면 막스가 직접 텔아비브로 오기를 바랐다.
그러나 현실에선 아무 일도 일어나지 않았다. 이스라엘 독자들은
그때까지만 해도 독일어 책을 읽고 싶다는 열망을 갖고 있지
않았다. 크리스틴은 계속 시도했다. 마침내 포기했을 때는
막스에게 비보를 전해야 하는 상황이 오기까지 그렇게 오랜
시간이 걸렸다는 사실에 무척 속상해했다. 결국 크리스틴은
막스에게 아무 말도 하지 않았고, 막스도 한 번을 묻지 않았다. 둘
사이의 빛나는 우정은 그렇게 슬프게 마무리되었고, 크리스틴은
그때부터 줄곧 일이 이렇게 된 것을 후회하고 있다. 하지만

크리스틴은 당연히 시간이 있다고 생각했다. 내면에 자리한
어둠에도 불구하고, 크리스틴은 막스가 죽을 거라는 생각은
꿈에도 해본 적이 없었다.

그 후 크리스마스 추천 도서 목록이 뜨기 시작했고, 많은 작가가
『이민자들』을 추천했으며, 수전 손택이『타임스 리터러리
서플리먼트』를 통해 이례적인 극찬을 남기면서 제발트는 유종의
미를 거두었다. 손택은 스타였고,『타임스 리터러리 서플리먼트』는
영어권에서 가장 정평이 난 문예지였다. "W. G. 제발트는 놀라운
걸작을 써냈다"라고 손택은 썼다. "지금껏 읽어본 어떤 책과도
비슷하지 않으면서 동시에 완벽해 보인다."[57]
    그 후로도—예컨대 미국의 신시아 오직, 영국의 게이브리얼
조시포비치 등의—여타 훌륭한 평가가 뒤따랐고 막스의 운명은
변화를 맞기 시작했다. 몇 개월 만에『이민자들』영문판이
제발트의 모든 독일어 작품을 합친 것보다 더 많이 팔렸으며,
영어권 독자들이 그의 이름을 발음할 수 있게 되었다. 그로부터
4년 후『현기증. 감정들』이 영문으로 출간되었을 때 손택은
또다시『타임스 리터러리 서플리먼트』에 주목할 만한 찬사를
남겼다. "문학적 위대함은 여전히 가능한가?"라고 손택은 물었다.
그러고는 대답했다. "영어권 독자들에게 남은 몇 안 되는 답안
중 하나는 W. G. 제발트의 작품이다."[58] 이 무렵『토성의 고리』
영문판에 대해서도 합창처럼 찬사가 이어졌으며, 막스는 문학
독자들 사이에서 열렬한 추종자들을 거느리게 됐다. 손택 덕분에

막스는 세계적 명성을 얻었다.

『이민자들』이 영국에서 출간되었을 때 손택은 런던에 있었다. 그때 막스의 출판인 크리스토퍼 매클러호스와 그의 아내 쿠클라는 『이민자들』 출간 기념 파티를 열었는데, 특히 손택의 참석으로 이 행사는 많은 이의 기억에 남았다.[59] 파티 장소에 도착한 손택은 사람들이 가득 들어찬 행사장 문 앞에 멈춰 서서 검은 눈으로 군중을 훑었다. 막스의 친구 어맨다 홉킨슨이 조용히 막스가 앉아 있는 곳을 가리켰다. 쿠클라는 손택을 맞이하기 위해 그에게 다가갔지만, 손택은 쿠클라를 쌩하니 지나치며 말했다. "당신이 누구인지는 관심 없어요, 저는 그 작가를 만나러 왔거든요!" 1990년 혹은 1991년에 막스는 코르시카섬을 방문했다. 그리고 1995년 9월 『토성의 고리』가 완성되자 다시 그곳을 방문해 2주간 머물렀다. 그곳에서 막스는 방대한 양의 메모를 했다. 집으로 돌아왔을 때—혹은 코르시카섬을 떠나기 전에—그는 코르시카를 다음 작품의 주제로 삼겠다고 결심했다.

『코르시카 *Korsika*』는 W. G. 제발트가 끝내 완성하지 못한 비밀스러운 작품이다. 1년간 집필한 후 그는 원고 대부분을 불속에 던져버렸고, 나머지는 구두 상자에 넣어 치워버렸다.[60] 그로부터 몇 년간 막스는 구두 상자에 담긴 원고를 조금씩 꺼내 출판했고, 사후에는 그 파편적인 원고 중 일부가 에세이집과 미완성 작품집 『캄포 산토』로 출간되었으며, 나머지—전체 분량의 절반 정도—는 절판된 지 오래인 독일문학아카이브 카탈로그에 실렸다.[61] 따라서 『캄포 산토』를 읽은 애호가들과 카탈로그를 읽은 학자들을 제외하면 막스가 『코르시카』를 염두에 두고 작성했던 원고는 여전히 [대중에] 알려지지 않은 상태다.

『코르시카』가 비교적 다듬어지지 않은 작품인 건 **맞지만**, 막스가 작업을 이어갔다면 그 상태로 남아 있지는 않았을 것이다. 왜 이 작품은 완성되지 못했던 걸까? 저자는 나와의 인터뷰에서 적어도 한 가지 이유를 말해준 적이 있다. 『코르시카』는 주제 면에서나 구조 면에서나 『토성의 고리』와 너무 유사하다는 것. 이는 사실이었다. 죽음과 잔인함에 대한 집착, 불에 대한 이미지, 그리고 무엇보다 "에세이적인 자전소설" 형식이 똑같았다. 막스는 언제까지나 똑같은 방식으로 쓸 수는 없다며 유머와 절망의 중간 지점에서 완벽하게 조율된 목소리로 말했다. 그는 자신이 지루해지고 있다고 느꼈다.[62]

『아우스터리츠』는 다르다. 여전히 건축, 그림, 테레진에 관한 에세이적인 디테일로 가득하기는 하지만 핵심 인물 한 명이 과거를 찾아 나선다는 점에서 차이가 있다. 『아우스터리츠』는 다른 작품보다 훨씬 더 소설 같았기 때문에 독일 출판사는 『아우스터리츠』를 소설로 분류하고자 하는 의지가 강했고, 이를 받아들이게끔 저자를 설득하려 했다. 물론 막스는 거절했다.[63] 그러나 나는 막스가 이번에도 "똑같은 종류의 일"을 하지는 않으려고 부러 노력했다고 확신한다. 그것이 막스 입장에서 『코르시카』보다, 아니 그 어떤 소설보다 『아우스터리츠』를 쓰기가 훨씬 더 어려웠던 이유 중 하나였다.

막스는 한쪽 눈에 "그물망"이 보이기 한참 전부터 오랫동안
시력을 염려해온 터였다.[64] 그리고『코르시카』집필을 포기할
무렵 갑자기 다른 쪽 눈의 시력을 잃었다.

　　그는 그 시기에, 즉 1996년 12월에『아우스터리츠』화자에게
이를 투영했다. 화자와 리처드 셰퍼드 모두 갑작스러운 실명은
심리적 문제로 인해 발생했을 수 있다고 말한다. 그러나 막스의
혈압 상승이 또 다른 원인이었을 가능성도 있다. 1990년 말
베아테가 측정할 때마다 혈압이 굉장히 높게 나왔고, 고혈압은
안질환의 원인이 될 수 있는 까닭이다. 막스도 화자만큼이나
주저했지만, 달리 방도가 없었기에 런던의 안과 의사를 찾아갔다.
『아우스터리츠』에서 안과 의사는 대체로 20세에서 50세 사이의
남성(제발트는 '중년 작가'를 가지고 자주 농담을 했다)에게 영향을
미치고 보통 일시적으로 나타나는 중심장액망막병 진단을
내린다. 막스의 실명은 실제로 일시적이었고, 그가 받은 진단도
화자가 받은 진단과 같았을 가능성이 높다. 어쩌면 그에 대한
감사의 표시로 실제 안과 의사의 이름을 소설 속 의사에게
부여했을지도 모를 일이다.

　　1996년은 막스의 인기가 급상승하기 시작한 해였다. 그러나
『코르시카』집필은 실패로 돌아갔고, 막스는 여러 날 동안 시력을
잃고 있다고 생각했다. 잘하면 자조적인 이야기로 만들 수도
있는 얘기였지만, 이건 그런 식으로 풀어내기에는 너무나도
진실이었다.

부록

W. G. 제발트 작품의 영역본에
베릴 랜월이 한 기여

In January 1984 the news reached me from S. that on the
evening of 30th December, one week after his seventy-
fourth birthday, Paul Bereyter, once my Volksschule
teacher, had put an end to his life. A short distance
from S., where the railway track curves out of a willow
coppice into the open fields, he had laid down in front
of a train. The enclosed obituary in the local paper,
headed "Grief at the Loss of a Popular Townfellow", made
no mention of the fact that Paul Bereyter had died of his
own free will, or through a self-destructive compulsion,
and merely referred to the dead man's services to
education, his dedicated care for his pupils far beyond
the call of duty, his enthusiastic love of music, his
inventiveness, and more of a like kind. Admittedly the
obituary added, without further explanation, that during
the Third Reich Paul Bereyter had been unable to pursue
his chosen profession. This statement, neither context-
ualized nor committal, and the violent manner of his
death, brought my thoughts back to Paul Bereyter with
ever-greater frequency over the next few years, till in
the end I made the attempt to go beyond my own very fond

베릴이 「파울 베라이터」 교정지 첫 페이지에 표시한 수정자.

In January 1984, the news reached me from S. that on the
evening of 30th December, one week after his seventy-
fourth birthday, Paul Bereyter, once my Volksschule
teacher, had put an end to his life. A short distance
from S., where the railway track curves out of a willow
coppice into the open fields, he had lain down in front
of a train. The enclosed obituary in the local paper,
headed "Grief at the Loss of a Popular Schoolteacher", made
no mention of the fact that Paul Bereyter had died of his
own free will, or through a self-destructive compulsion.
and merely referred to the dead man's services to
education, his dedicated care for his pupils, far beyond
the call of duty, his enthusiastic love of music, his
inventiveness, and more of a like kind. The
obituary added, without further explanation, that during
the Third Reich Paul Bereyter had been unable to pursue
his chosen profession. This statement, neither context-
ualised nor committed, and the violent manner of his
death, brought my thoughts back to Paul Bereyter, with
ever greater frequency over the next few years, till in
the end, I made the attempt to go beyond my own very fond

제발트가 「파울 베라이터」 교정지 첫 페이지에 표시한 수정자.

「파울 베라이터」 도입부가 적힌 두 교정본을 비교해보면 둘이
상당히 유사함을 발견할 수 있다. 내가 확인한바, 차이가 있는
일곱 군데도 대부분 사소한 의견 불일치에 불과하며, 그 외에
베릴이 수기로 길게 수정한 부분은 10행의 긴 문장 하나를 끊은
곳을 포함해 막스의 수정과 일치한다.

　이런 식의 비교로 베릴의 수정 사항이 그 자신의 의견이고
막스가 이에 따른 것인지, 아니면 막스가 그에게 수정을 요구한
것인지, 혹은 두 사람이 논의 끝에 도출한 결과물이 이
둘이었는지를 판가름할 수는 없다. 그렇다 해도 이 도입부에서
베릴이 수정한 두 부분만은 그 자신의 의견이었음을 추측할 수

있다. 첫 번째 부분은 8행, 베릴이 "Fellow Citizen[동료 시민]"을
입력하고 막스가 "Teacher[교사]"를 입력한 부분이다. 베릴은 원문의
의미를 충실하게 반영해 이를 더 나은 영어 표현으로 고친 반면,
막스는 원문에서 더 나아갔다―이는 원저자만이 가할 수 있는
수정이다. 그리고 두 번째 부분은 베릴이 "statement[진술]" 대신
"remark[발언]"라고 쓰면서 물음표를 넣어 수정 제안이라는 표시를
해놓은 부분으로, 막스는 이를 채택하지 않았다. 다른 수많은 세부
사항을 모두 비교해볼 수는 없었지만, 주어진 시간 내에 내가
확인할 수 있는 사실에는 변함이 없었다. 베릴의 수정 사항은
대부분 그 자신의 것이며, 막스가 이를 대체로 받아들였다는 것.
다시 말해, 어찌 됐건 실상은 막스가 말한 대로였다.

지금까지 하빌 출판사의 편집자 빌 스웨인슨과 이언 핀다,
특히 막스의 책임편집자였던 스웨인슨의 공헌에 대해서는
매우 간략하게만 언급했다. 스웨인슨이 말하듯 이들의 공헌은
부분적으로 "막스와 마이클 헐스 사이의 창조적인 긴장을
관리"하는 데 있어서, 그리고 대체로 막스의 이상인 "원문에 충실한
탁월한 영어 문장"을 만들어내는 데 있어서 상당한 기여를 했다.[65]
스웨인슨은 크리스토퍼 매클러호스도 특히 『토성의 고리』 출간에
기여했다고 말한다. 그러나 매클러호스는 출간한 번역 작품에 대해
늘 자기는 "구석에 뭔가를 끼적거렸을"[66] 뿐 어떤 공적을 인정받을
생각은 꿈에도 없으며, 그건 적적으로 헐스, 스웨인슨, 그리고
저자인 막스의 몫이고 또 정확히 헤아릴 수는 없지만 어느 정도는
베릴 랜월의 몫이라고 말하면서 난색을 표할 따름이다.

『코르시카』를 단념했을 때, 막스는 새로운 책 작업에 돌입할
참이라고 친구들에게 말했다.[1] 그러나 또 한 번의 실패가 너무나
두려웠던 나머지 새 책도 1년을 미루었다. 그 대신 그는 생의
대부분을 바친 영역, 문학비평으로 후퇴했다.

그러나 이번에는 새로운 종류의 문학비평이었다. 문학적
찬양, 심지어 문학적 사랑에 가까웠으니 말이다. 막스는 1996년
대단히 상징적인 의미를 부여하며 여행 가방에 챙겨 다닌 헤벨,
켈러, 발저 같은 작가들을 다루기 시작하면서 지대한 공감을
바탕으로 그들에 대한 비평을 작성했다. 지금껏 그 누구도 모방한
적 없는 독특한 형태의 비평적 글쓰기였던 이것은,[2] 학자들이
가장 하지 말아야 할 것이라고 여겨지는 행동이 감정 표현인
만큼 막스의 마지막 문학적 반항 행위이기도 했다. 막스는 자기
문학작품에서는 형식적인 언어와 다수의 화자 뒤에 자신의
감정을 숨겼지만, 비평에서는 모든 규칙과 법칙을 어겼고 감정을

감추려는 시도조차 하지 않았다.

그 결과로 나온 것이 그가 『전원에 머문 날들』이라고 이름 붙인 책이었다. 그는 『전원에 머문 날들』에 실린 첫 번째 에세이를 그해 초[3]에 집필하기 시작해 9월 말에 완성했다. 그러므로 『전원에 머문 날들』은 1997년작에 가깝다. 이 책은 화자라는 허구의 존재 없이, 독자이자 작가로서 막스 본인의 목소리로 쓰였고, 그해 막스의 마음에 어둑한 빛을 비춘다.

「머리말」에는 저자가 비평 대상을 통해 주로 어떤 점을 보는지가 요약되어 있다. 이를테면 희생자들[글쓰기라는 악덕에 빠진 자들]이 "머릿속에서 쉼 없이 돌아가는 수레바퀴를 멈추고 싶다는 생각보다 더 간절히" 바라는 것이 없을 지경이 되어도 "이 악덕은 너무나 고약해서 어떤 약도 듣지 않는다"라고 말하는 식이다.[4] 이런 강박적 충동에는 어딘가 수치스러운 부분도 있었으니, 발저와 에두아르트 뫼리케는 생애 말엽까지도 여전히 종이쪽지에 뭔가를 적어 넣곤 했지만 누군가가 볼라치면 이를 부리나케 감추어버렸다.

막스가 다루는 모든 작가는 헤벨을 제외하고는 미쳤거나 우울하다—물론 그가 말하듯 헤벨의 에세이마저 독일 문학 특유의 소진된 세계에 대한 비전을 담은 시 「덧없음 Transience」으로 마무리된다.[5] 그리고 뫼리케, 켈러, 발저는 하나같이 사랑과 관련해서는 운이 따르지 않았다는 말론 부족할 정도로 처지가 딱했다. 예컨대 뫼리케는 열여덟 살 때 미스터리한 방랑자vagabonde와 도망치려다 실패한 뒤 여생 동안 그 여자

페레그리나를 향한 연작시를 썼다. 막스는 이렇게 관습에 굴복해 사랑을 희생시킨 뫼리케가 어머니, 누이, 아내, 딸에게 둘러싸여 여자들로만 구성된 집에 갇히는 대가를 치렀다고 썼다.[6]

그러나 이런 고통에도 불구하고 막스가 비평한 작가들은 예컨대 『초록의 하인리히』에 등장하는 아나의 관 뚜껑에 있는 유리판에 대한 이미지나 발저가 쓴 재가 되어 사라지는 것들에 대한 애가 등 비할 데 없이 아름다운 문장들을 남겼다.* 따라서 막스는 그 작가들이 무언가 더 쓰고 싶은 욕망이 없었을지도 모르지만 때로는 "단어의 그물망에 갇힌 이 불운한 작가들이 (…) 삶 자체는 거의 제공해주지 못하는 그런 아름다움과 강렬함의 가능성을 열어젖히는 데 성공"했으므로 우리는 그들이 그런 충동을 느꼈음에 감사해야 한다고 결론 내렸다.[7] 막스는 수포로 돌아간 노력 앞에서 절망했지만, 이는 그가 『전원에 머문 날들』을 통해 보여준 사랑의 노동과 마찬가지로 그 자신에게도 적용되는 진실이었다.

『전원에 머문 날들』을 집필하는 동안에도 많은 일이 벌어졌다. 막스와 헐스는 『토성의 고리』 번역 작업에 350시간을 들였고(두

---

* 『초록의 하인리히』에서 주인공 하인리히는 어머니 아나가 사망한 뒤, 관을 덮은 유리판 사이로 어머니의 얼굴을 바라본다. 이 유리판의 이미지는 작품 내에서 애도의 완결 불가능성을 나타내는 동시에 하인리히가 세상과 관계 맺는 방식(예술가적 거리감)을 상징적으로 드러낸다. 한편 발저의 산문 전반에서 재의 이미지는 한때 불이 있었음을 증명하나 불을 되돌릴 수는 없는 흔적으로서, 발저가 글쓰기를 통해 수행한 애도의 방식과도 관련이 깊다.

사람이 일지를 작성했다는 게 막스의 설명이었다),[8] 이후에도 그는
아마 베릴과 함께 또다시 그만큼 많은 시간 공동 작업을 했을
것이다. 이 모든 일에 더해 언제나처럼 수업도 병행해야 했고, 그
밖에 다른 일도 있었으리라.

　파올로는 첫 번째 소설 『캠퍼스*Campus*』로 대단히 유명해져,
모교에서 문예 창작 강의를 해달라는 요청을 받았다. 이에 그는
오랜 친구에게 자기와 함께 강의를 하자고 권했다.[9] 막스는
그해 내내 파올로의 제안을 곰곰 곱씹어보았다. 이것이 독일로
돌아갈 마지막 기회일 수도 있다는 사실을 그는 알고 있었다.
또한 파올로와의 협업은 두 사람이 늘 되고 싶어했던 작가가
되는 계기가 될 수도 있을 터였다. 막스는 제안에 응하는 쪽으로
생각이 거의 기울었지만, 끝에 가서는 해묵은 거리낌이 강하게
치고 올라왔다. 그는 부모와 가까워지기를 원치 않았고, 주말마다
노리치로 돌아간다고 해도 독일에서 몇 달을 지낼 엄두가 나지
않았다. 9개월간의 고심 끝에 막스는 거절 의사를 표했다.
그로부터 얼마 지나지 않아 존트호펜에서 일주일을 보내게 된
그는 자신이 옳은 결정을 내렸음을 깨달았다.

　봄에는 『이민자들』이 독일에서 뫼리케상을 수상했을 뿐
아니라 영국에서도 상—윈게이트 문학상—을 받았다. 11월에는
명망 있을 뿐만 아니라 3만5000마르크—약 1만2000파운드[한화
약 2300만 원]—에 이르는 상금도 주어지는 하인리히뷜상도
수상했다. 막스의 명성은 영국과 유럽 대륙에서 높아지고 있었고
그러면서 수입도 늘어났는데, 후자는 (독일에서의 수상에도

불구하고) 여전히 대체로 『이민자들』 영문판 덕분이었다. 막스는
영리하게도 1인 사업자로 등록했는데, 이 상황을 냉소하듯
사업자명을 '콜럼버스 여행사Columbus Travel'라고 정했다. [10]

10월에는 미국에서 처음으로 『이민자들』 홍보 투어를
돌았다. 귀국 길에 막스는 자신이 독일언어문학 아카데미Deutsche
Akademie für Sprache und Dichtung* 회원으로 선정되었다는 소식을
들었다. 이에 그가 보인 반응은 지극히 제발트다웠다.
아카데미에서 그에게 문을 활짝 열자마자 그 문을 닫아버릴
수밖에 없게 만든 것이다. 10월 30일을 기점으로 제발트는 지난
몇 년간 가르쳐온 주제, 즉 도시에서 벌어진 공중전을 다루어내는
데 실패한 독일 작가들에 관한 일련의 강연을 취리히에서
진행했다. 이로써 또 다른 논쟁에 불이 붙었다.

강연 내용에는 그가 공격할 때 활용하곤 하는 과장법도
상당히 포함되어 있었다. 게다가 내용도 어지간히 부주의했다.
막스가 친구에게 말한 바에 따르면, 그는 강연록을 "즉흥적으로"
썼다. [11] 그리고 2년이 지나 이를 『공중전과 문학』(영역본 제목은
"*The Natural History of Destruction*[파괴의 자연사]"이었다)이라는
제목으로 출간할 때는 원고를 신중하게 고쳐 썼다. 그때껏
종말론적 시간에 대해 아무도 쓴 적이 없는 것은 아니었으나
그에 대해 적절한 글을 쓴 사람은 거의 없다고 막스는 주장했다.

---

657   19장 1997-2001

수치심과 공포 때문에 불과 몇 년 전까지만 해도 자신들이 세상을
지배하리라고 믿었던 사람들이 처한 **실제 조건**을, 그들의 물리적
소멸과 도덕적 소멸을 기록하지 않았다고 그는 적었다.

오늘날 그의 주장은 본질적으로 타당한 것으로 받아들여진다.
그러나 그것은 주장일 뿐이었다. 『공중전과 문학』에선 잊을 수
없는 인물도, 풍경도, 찰나의 인상도, 제발트의 산문이 품고 있는
아름다움이며 신비로움도 찾을 수 없다. 물론 그의 유년기에 감돈
또 다른 침묵을 들쑤시고 가족의 또 다른 비밀을 폭로한다는
점에서 이것이 제발트의 작품세계에서 중요한 위치를 점하고
있는 것은 사실이다. 그러나 우리는 여기서 작가가 아닌 한
사람만을 만날 수 있을 뿐이다.

수전 손택은 뉴욕에서 미국 내 최고의 작가들을 대리하는 저명한
문학 에이전트 앤드루 와일리에게 제발트를 소개했다.[12] 1998년
초 와일리와의 만남은 결실을 맺었고, 그는 『아우스터리츠』와
다른 두 논픽션 『전원에 머문 날들』 『공중전과 문학』의 출간
계약을 맺었다. 이 책들은 명성은 높지만 규모가 작아 늘
고투하던 아이히보른 출판사에서 한스 마그누스 엔첸스베르거가
기획한 훌륭한 컬렉션 '다른 도서관Die Andere Bibliothek' 시리즈로
나오는 대신, 독일의 메이저 출판사 한저의 막대한 홍보 예산과
최고의 유통망을 등에 업고 출간되었다.

이 같은 결정을 내린 이는 이중생활에서 벗어나 글쓰기에
집중하고 싶다는 욕망이 점점 커지고 있는 상황에서 돈이

필요하다고 생각한 현실적인 막스였다. 반면 책임감이 강하고 쉽게 괴로움을 느끼는 막스도 있었다. 엔첸스베르거는 그에게 기회를 준 사람이었고 그의 친구였다. 막스는 소설가 친구 볼프강 슐뤼터에게 말했듯 영혼을 판 것이었다.[13]

게다가 영혼을 판 계약에 따라 써내야 할 책은 아직 시작도 하지 않은 상태였다.[14] 몇 개월간 막스는 전체 작업 과정에서 언제나 즐겨 했던 연구 단계에만 머물렀다.[15] 1월 초 막스의 첫 번째 목표는 [런던 동부] 이스트엔드로 가는 것이었다. 그곳에서 그는 시인 스티븐 와츠를 만났고, 스티븐은 올더니 로드, 스피털필즈 마켓, 화이트채플 등 그로부터 2년간 아우스터리츠의 삶이 펼쳐진 장소들을 수차례 막스에게 안내해주었다.[16]

막스는 약 10년 전인 1990년에 영국 문학번역센터에서 스티븐을 만났다. 그러나 제발트적인 방법을 적용하자면 그들의 관계는 그보다 한참 전에 시작되었다고 볼 수 있다. 1983년의 어느 저녁 막스는 문학상을 수상한 시가 라디오에서 흘러나오는 걸 들으며 차를 타고 학교를 빠져나와 귀가하고 있었다. 그때 귓가에 스친 **주님 꿈에서 저는 런던에서 벗어났습니다**라는 구절이 막스의 마음을 울렸다. 이어진 **주님 꿈에서 저는 이 지구에서 벗어났습니다**라는 마지막 구절도 마찬가지였다.[17] 어찌나 마음을 뺏겼던지 막스는 또 한 번 그 일을 저질렀다. 자기가 어디에 있는지를 잊고 마주 보는 차선으로 방향을 틀어버린 것이다. 기적적으로 도로는 텅 비어 있었고, 몇 초 뒤 그는 다시 원래 차선으로 돌아왔다.

그 시는 스티븐의 작품이었다. 그 후 막스는 그 시를 더
자세히 읽어보았고, 스티븐의 작품이 보기 드문 아름다움을 품고
있다고 생각했다. 더불어 스티븐이라는 사람에 관한 모든 것도
그의 마음을 움직였다. 스티븐은 극도로 마른 사람이었다(지금도
그렇다). 배고픈 예술가, 하고 막스는 말했다. 그의 자그마한
작업실은 『토성의 고리』 속 재닌 데이킨스의 사무실 못지않게
책과 서류로 가득 차 있었다. 스티븐은 진정한 금욕주의자로,
막스가 얼마 전 그랬던 것처럼 돈 때문에 원칙을 저버릴 일은 결코
하지 않을 사람이었다⋯⋯. 어쩌면 스티븐의 특징 중 일부가 자크
아우스터리츠라는 인물에게 투영되었을 수도 있다. 스티븐의
친구들은 그렇다고 생각한다. 막스는 분명 작품에 스티븐의 면면을
얼마간 반영했을 것이다. 스티븐이 쓴 다른 시에는 [이를 보여주는]
두 구절이 있다("그리하여 나는 고도 낮은 런던을 / 휩쓸 눈이 오기를
고대한다"). 그런가 하면 섀드웰에서부터 아일오브독스를 거쳐
그리니치까지 이어지는 아우스터리츠의 긴 산책도 스티븐의
여정이었고, 초반부에 그려진 류색도 스티븐의 류색이었다.
스티븐은 이 류색이 자기가 의지할 수 있는 유일한 물건이었다면서
비트겐슈타인을 인용했다. 막스도 비트겐슈타인을 인용했다.

막스는 그 시절 스티븐에 관한 이야기를 들려주었다. 그는
"주님 꿈속에서"라는 구절을 듣고 정신이 팔려 엉뚱한 차선으로
차를 몰았을 때 시인의 이름을 듣지 못했었다고 했다. 그러고
며칠이 지나 활동지원금 신청서가 우편으로 문학번역센터에
도착했는데, 그 신청서에 스티븐의 이름과 함께 시가 실려

있었다. 당연히 그 즉시 신청을 수락했다고 막스는 말했다.

막스가 스티븐과의 만남을 우연적인 사건으로 만든 것은 그가 얼마나 중요한 인물인지를 보여주는 결정적인 증거라고 할 수 있었다. 하지만 막스의 설명은 사실이 아니었다. 스티븐은 라디오에서 "주님 꿈에서"를 낭독하고 **7년**이 지난 후에 센터에 지원금을 신청했다……. 이로써 나는 막스의 이야기를 망친 꼴이 되었다. 그렇더라도 그 이야기가 보여주는 진실에는 변함이 없지만 말이다.

스티븐 와츠.

1998년 여름 영국과 미국에서 『토성의 고리』 영문판이 출간되었다. 이제 막스는 더 이상 숨을 수 없었다. 유럽학회,

문학번역센터, 심지어 이스트앵글리아의 다른 부서 동료들까지
자신들이 알던 우울한 교수가 유명 작가로 부상하고 있다는
사실을 알아차리기 시작한 것이다. 게다가 『토성의 고리』와
『이민자들』이 프랑스어와 이탈리아어로 막 번역되던 중이었다.[18]
12월에 막스는 파리로 건너가 프랑스어 편집자 마르티나
바헨도르프와 『이민자들』 번역가 파트리크 샤르보노를
만났다. 번역이 완료되어 책은 1월 초에 출간될 예정이었다.
그즈음에는 막스도 글쓰기를 가로막던 장벽을 넘어서서 마침내
『아우스터리츠』 집필에 착수했다. 좋은 시기였다.

그러나 오래가지는 않았다. 막스의 편지에는 **갈다**라는 단어가
메아리쳤다. 이 일 저 일에 치이며 갈리고 있고, 계속 스스로를
갈아 넣으며 악착같이 일하고 있으며, 의지가 되는 존재라곤
충성스러운 반려견뿐이라고 그는 쓴다.[19] 이후 몇 년간 그는
똑같은 말을 여러 차례 반복한다.[20] 처음에 글쓰기는 해방이었고,
대학생활과 가정생활에서 오는 일상적인 문제들로부터의
탈출구였다. 그러나 이제는 글쓰기에 요구되는 일들을 해내는 게
힘에 부쳤다. 막스는 달마다 한 주는 책 홍보를 위해 돌아다녔고,
끝없는 편지와 이런저런 요청을 받았으며, 때로는 전화가 걸려
오기도 했다. 그렇게 글쓰기는 해방에서 또 다른 덫이자 또 다른
감옥이 되었다. 6월에 로버트 매크럼에게 말했듯, 이 무렵 그는
툭하면 "하나의 감옥이 아니라 두 개의 감옥에 갇혀 있는 기분"을
느끼곤 했다.[21]

비슷한 시기 막스의 건강은 한층 악화됐다. 다들 그의

편두통과 한쪽 눈이 실명된 에피소드를 알고 있었다. 이때쯤 사람들은 막스의 얼굴이 붉어지는 것을 알아차리기 시작했고, 그에게 심장 문제가 있으리라고 짐작했다.[22] 시인이었던 막스의 친구 조지 지어티스가 "어떻게 지내, 막스?"라고 물었을 때, 그는 특유의 아이러니한 목소리로 대답했다. "그다지 좋지 않아." 베아테는 막스에게 몇 번이고 혈압 문제를 어떻게 좀 해야겠다고 말했다. 그러나 막스는 그저 어깨만 으쓱할 뿐이었다. 그는 죽는 방식 때문에 나방을 유독 좋아한다고 말한 적이 있다. 그냥 가만히 앉아 있다가 생명이 다하면 바닥으로 툭 떨어지는 나방. 막스는 말했다. "어쩌면 의사를 보러 다니고 주변 사람들에게 폐를 끼치면서 수선을 떠는 대신 그렇게 가야 하는 건지도 모르죠."[23]

막스는 잠을 거의 자지 않고 장시간 일했으며, 더는 아래층의 큰 방 창가가 아니라 수도사의 독방처럼 작은 서재에서 벽에 책상을 붙이고 작업했다.[24] 마치 감옥에 살기로 **선택**한 것 같다고 그의 학생이자 벗이었던 랄프 요이터는 느꼈고, 그게 정확히 막스가 한 일이었다. 막스는 자유로워지기를 꿈꿨지만, 기실 그건 가장 실현 불가능한 일이었다. "막스는 건강이 망가질 정도로 노예처럼 살았어요"라고 랄프는 말한다. 그가 막스에게 왜 그렇게 사느냐고 물었을 때 막스가 한 대답은 이랬다. "다른 방법이 없잖아?" 그는 자살은 합리적인 선택이라고, 자기는 쉰 넘어서까지 살 생각은 추호도 없었다고 몇 번이고 말했다. "어쩌면 그저 건강을 망치는 식으로라도, 어떻게든 삶을 끝내겠다는 선택을 한 걸지도 모르죠." 랄프의 생각이었다.

친구로서 리처드가 막스를 경험한 방식도 비슷했다.[25]
마지막 4년 동안 대화를 가져보려 할 때마다 막스의 침묵을
깨뜨리는 게 여간 어려운 일이 아니었다고 리처드는 말한다. 그는
1997년에 막스를 마지막으로 만났고, 늙고 피로해 보이는 친구의
모습에 충격을 받았다. 그 후에 전화를 걸었을 때 막스는 말을
하고 싶지만 할 수가 없다고 했다. 그는 어디에서도 희망을 보지
못했고 출구도 보지 못했다. 무슨 말을 건네야 할지 알 수 없을
정도로, 막스는 침통하게 세상에 문을 닫고 있었다.

고든은 이렇게 절망감이 점점 증폭되어가던 상황을 끝끝내
받아들이지 못한다. 그렇다, 고든은 막스가 마지막 몇 년간
평소보다 지치고 핼쑥해 보인다는 사실을 알아차렸지만, 이를
강의나 행사 투어 등 통상 하는 일들로 인한 부담감 때문일 거라고
치부했다. 그는 생전 마지막 몇 달간 낭독을 하는 영상에서 막스의
가쁜 숨소리를 들은 지금에야 뭔가 잘못돼 있었음을 깨닫는
중이다. 그러나 고든은 이에 대해서도 말하고 싶어하지 않았다.

막스는 4월에는 프라하와 테레진으로, 여름에는 파리와
마리엔바트[마리안스케라즈네]로 가서 『아우스터리츠』
집필에 필요한 취재를 계속했다.[26] 그러나 글쓰기는 계속 더
어려워져만 갔다. "이건 변호사나 외과 의사가 되는 것과는 다른
일이에요"라고 막스는 말했다. "125개의 맹장을 떼어냈다면,
126번째 맹장은 자면서도 떼어낼 수 있어야 하죠. 글쓰기는
정반대입니다."[27] 도무지 진척이 없자, 막스는 영어로 써볼까

하는 생각까지 했다. 2001년 소설이 무사히 완성되어 그에 대해
농담을 던질 수 있었던 어느 좋은 날 막스는 조지프 쿠오모에게
말했다. "하루에 손으로 세 쪽까지는 쓸 수 있습니다. 딱 그
정도까진 가능하죠. 그런데 이 책은 (…) 한 줄을 쓰고 다음 한
줄은 비워놓는 식으로 써나가야 가까스로 한 바닥을 채울 수
있었습니다."28

바야흐로 번역이라는 해묵은 문제도 막스의 마음을
헤집어놓고 있었다. 헐스가 영어로 번역한 『현기증. 감정들』
원고 작업을 하는 동안 불만은 그 어느 때보다 더 커졌다. 다른
번역가를 구해야 했다.

『공중전과 문학』을 번역할 첫 번째 후보는 친구이자
솔메이트인 마이클 햄버거였다.29 하지만 두 사람은 시 번역부터
시작하기로 결단을 내렸고, 이에 햄버거는 3월 중순『자연을
따라. 기초시』의 영역 작업에 착수했다.

막스는 다른 영어 번역가들과 일했을 때처럼 햄버거와도
열정적으로 작업했다. 하지만 저자가 『아우스터리츠』 집필로
애를 먹고 있었고, 역자인 마이클은 친구 막스보다 훨씬 더
음울한—이는 대단히 윤리적인 시 작업과 비평 작업, 자연세계를
향한 깊은 사랑과 지식에 더하여 막스가 애정했던 마이클의 면모
중 하나였다—예술가로서 늘 자기만의 문제를 산더미처럼 안고
있었기 때문에, 번역을 끝마치는 데는 적어도 1년 반이 걸릴
것이었다.

『자연을 따라. 기초시』는 지시 대상이 모호한 데다 예스러운

문투 때문에 번역이 까다로웠지만, 마이클은 막스가 믿었던 대로
우아한 번역문을 내놓았다. 그러나 마이클은 같이 일하기에
결코 만만한 사람이 아니었다. 나이를 먹어가고 있었고, 점점
더 지쳐갔던 그가 내놓은 번역 초고 중 일부는 조악했다.[30]
그는 타자기로 입력하는 작업을 포기한 채 종이에 수기로
적은 것을 '낙서'라며 막스에게 보내기도 했다. 막스는 그
내용을—매번 그랬던 건 아니나 여력이 될 때마다—해석해
베릴의 조수 크리스틴에게 보내면서 다음번에 논의할 수 있도록
타이핑해달라고 요청했다. 처음부터 끝까지 시간을 엄청나게
잡아먹는 고된 작업이었다. 이를 통해 다시금 확인할 수 있는
사실은, 번역가를 대하는 막스의 태도가 그가 내놓은 작업물의
품질에 대한 판단에 바탕을 두고 있었다는 점이다. 물론 이 또한
지극히 그다운 처사였다.

마이클 햄버거.

1999년 여름 막스는 결국 마이클에게 『공중전과 문학』 번역을 의뢰하지 않기로 결심한다. 그래놓고 헐스에게는 아무 말도 하지 않은 채 혼자 후보를 물색하기 시작했지만, 별다른 성과는 없었다.[31] 결국 해결책은 믿을 만한 사람을 통해 나왔다. 하빌 출판사가 바버라 슈웹키를 편집국장으로 임명한 참이었는데, 슈웹키가 번역가 후보들을 물색해 또 한 번의 익명 평가를 준비했던 것이다. 익명의 후보자 세 명이 옮긴 샘플 번역본 가운데 막스는 단번에 앤시아 벨의 번역을 골랐다. "마이클은 제 목소리를 찾지 못했어요." 막스는 바버라에게 이야기했다. "그걸 앤시아가 찾았네요." 그렇게 해서 앤시아가 먼저 『공중전과 문학』을, 뒤이어 『아우스터리츠』까지 번역하기로 결정되었다.[32] 1월에 막스는 마침내 오랫동안 미뤄온 편지를 썼다. 헐스는 어쩌다 그런 결정이 내려진 것이냐고 물었고, 막스는 이에 자기 혼자 내린 결정이라고 답했다. 그게 헐스가 저자로부터 받은 마지막 연락이었다. 둘은 두 번 다시 만나지 않았다.[33]

게오르크 제발트는 은퇴 후 30년이 흐르도록 아무 일도 하지 않았다. 아버지가 사망하기 1년 전 막스가 말한 바에 따르면 말이다.[34] 막스는 마지막 순간까지 게오르크를 부당하게 대했다. 사실 게오르크는 은퇴 후 30년간 지방의회의 사회민주당 의원으로서 자신을 필사적으로 변호하고 다른 모두를 비판하며 살았다. 놀랍게도 게오르크는 막스의 모든 작품을 읽었다. 그리고 만년에는 군인 특유의 경직된 태도를 버리고 한결

자유롭고 여유로워졌다. 젊은 동료 의원에게는 자기를 **두**Du*로
칭하라는―정말이지 전례 없는!―말을 하기도 했고, 막스의
옛 학교 친구들에게도 전보다 더 친근한 모습을 보였다. 80대에
접어든 게오르크가 더 이상 교회를 가지 않겠다고 했을 때는
막스도 마음이 누그러졌다. 아버지도 군인이었으니 당신만의
신조가 있었던 거라고, 막스는 말했다.[35]

막스는 게오르크가 말년에 "병적으로 우울한" 상태였다고
사람들에게 말했다.[36] 그건 사실이 아니었다. 게르트루트와
베아테의 말에 따르면 게오르크는 두 차례 우울증을 겪었는데,
둘 다 질병과 관련이 있었고, 건강이 나아지면서 자연히
우울증에서도 벗어났다. 다만 늘 불안해했고, 두려워했으며,
사소한 데 집착하는 성향이 있었고("보통 셋을 동시에 했죠"라고
막스는 말했다)[37] 이제는 힘겹게 죽어가고 있었다. 로자는 막스와
게오르크가 화해하기를 바랐고, 실제로 두 사람이 화해를
했었다고 말했으나, 시간이 흘러 막스는 다시 예전처럼 아버지를
공격했다. 어쩌면 막스에게는 오래된 적이 필요했던 것인지도
모른다. 그는 살아생전 아버지와 그렇게 모질게 다투었음에도
불구하고 아버지가 그립다고 인정한 적이 있었다.[38] 그라면, 아니
그가 아닌 다른 누구라도 진정 그렇게 느낄 것이다.

막스가 한 번도 언급한 적은 없으나, 게오르크는 6월 18일,
막스의 생일과 같은 달은 아니지만 같은 날에 사망했다. 장례식은

---

* 격식을 갖추지 않을 때 쓰는 독일어 이인칭 단수 표현.

며칠 후에 치러졌다.[39] 영국과 스위스에서 거주 중이던 가족들이
장례식을 치르기 위해 찾아왔다. 게오르크는 가톨릭 신앙에서 또
한 걸음 멀어지기 위해 화장을 요청했고, 로자는 이에 마지못해
동의했다. 묘지는 자택에서 거리상 얼마 되지 않는 길 끄트머리에
위치했다. 조문객들은 그곳까지 걸어가 간단한 예배를 드리고
게오르크의 유골을 묻었다. 묵념 후 그들은 로자네 집으로 돌아가
카페 운트 쿠헨을 함께했다. 막스는 게르트루트를 보곤 말했다.
"다음 차례는 나일 거야."

남자에게(특히 막스라는 남자에게) 있어서 아버지의 죽음보다 더
커다란 변화는 없을 것이다. 그러나 그해에는 그보다 더 막대한
변화가 있었다.

첫 번째 변화의 시작은 한저 출판사가 『공중전과 문학』을
출간한 3월로 거슬러 올라간다.[40] 바버라 슈웹키는 이를
번역 출간해야 한다며 열렬히 목소리를 냈고, 크리스토퍼
매클러호스도 이에 동조했다. 하빌 출판사는 『공중전과 문학』의
영역본 판권을 갖기 위해 앤드루 와일리에게 연락했다.

수전 손택이 막스에게 와일리를 추천한 데에는 이유가
있었다. 와일리는 서구 세계에서 가장 터프한 에이전트로
명성이 자자했다. 그런 그가 이제 막스를 위해 그 터프함을
발휘할 기회가 찾아왔다고 확신했다. 하빌 출판사가 『공중전과
문학』의 판권을 갖고 싶다면 가질 수야 있었다. 하지만
그러려면 세 권의 판권을 한꺼번에 계약해야 했다. 즉 『자연을

따라. 기초시』와 『아우스터리츠』의 판권까지 함께 사야 했던
것이다. 긴 서사시는 판매를 기대할 수 있는 분야가 아니었고,
『아우스터리츠』는 그때까지만 해도 미완성이었던 까닭에 듣도
보도 못한 작품이었다. 하빌 출판사 입장에서는 물건을 보지도
않고 사라는 요청을, 그것도 와일리가 제시한 금액에 사라는
요청을 받은 격이었다. 하지만 W. G. 제발트의 작품을 놓칠 수는
없는 노릇이었다. 매클러호스가 과감한 투자를 결심한 가운데,
피터 스트로스도 피커도어 출판사에서 페이퍼백으로 내보겠다고
제안하면서 판권 확보 경쟁에 뛰어들었다. 두 사람은 바버라의
표현을 빌리자면 "파격적인 오퍼"를 넣었다. 이에 와일리는
자신에게 자칼이라는 별명을 가져다준 그 짓을 또 감행했다.
하빌 출판사가 넣은 오퍼를 시작으로 공개 입찰을 진행해 런던과
뉴욕의 대형 출판사들로 하여금 이 경쟁에 뛰어들게 한 것이다.

　하빌 출판사는 망연자실했다. 매클러호스는 막스에게 전화를
걸었고, 바버라는 노리치까지 찾아가 막스에게 읍소했다. 1년
전 아이히보른 출판사와 겪은 상황이 반복되고 있었다. 하빌도
아이히보른처럼 막스가 무명일 때 그를 받아주었고, 까다로운
그의 작품을 아름답게 매만져 출간해주었다. 은혜를 입은 막스는
의리를 지켜야 했다. 그러나…… 하빌 출판사도 아이히보른과
마찬가지로 규모가 너무 작았다.[41] 막스는 진심으로 죄송하다고
답했다. 그는 써야 할 작품이 하나 더 있었고, 학계라는 쳇바퀴에서
벗어나고 싶었으며, 돈이 필요했다.

　두 번째 배신은 첫 번째 배신보단 더 수월했을지도 모른다.

하지만 나는 그랬을 거라고 생각하지 않는다. 막스가 아이히보른 출판사와의 일에서 그랬듯 이번에도 스스로를 책망했으리라고 생각한다.[42] 그렇지만 다년간 학계에서 벗어나기를 갈망했으나 결국 수포로 돌아갔던 막스의 꿈을, 이제 와일리가 실현시켜주고 있었다. 소문에 따르면 세 권의 책을 놓고 벌인 입찰 경쟁에서 영국은 펭귄 출판사가, 미국은 랜덤하우스 출판사가 판권을 차지했고, 펭귄은 약 17만5000파운드를, 랜덤하우스는 "이를 한참 상회하는 오퍼액"을 불렀다고 했다.[43] 막스가 과거에 출간한 세 작품에 대해 이미 미국 출판사와 계약을 맺은 상황에서 와일리는 『아우스터리츠』를 비롯한 다른 두 작품의 판권 계약을 확실히 거액에 성사시켰고, 여기에 더해 (한저 출판사와 이미 계약한 독일어판을 제외한) 다른 해외 판권 계약도 체결했다. 이에 따른 오퍼 총액은 한 신문 기사가 보도한 바에 따르면 "전화번호부 숫자"라고들 말하는 여섯 자리였으니, 50만 달러는 넘었을 것이다. 마침내 막스 제발트는 부자가 되었다. 그리고 자유로워졌다.

그러나 달라진 것은 없었다. 그는 영미학부로 이름이 변경된 학과 사무실에 앉아 (피터 조던에게 쓴 편지에 따르면 얼마간 난민이 된 듯한 기분을 느끼며)[44] 『아우스터리츠』 집필에는 손도 못 댄 채 학생들이 카프카가 독일어로 글을 썼다는 사실조차 모른다고 투덜거렸다. 랄프 요이터가 맞았다. 막스는 자유로워질 수 없었다. 벗어날 수 없었다. 적어도 아직은 때가 아니었다.

예술가 테스 저레이[45]는 친구 프랑크 아우어바흐를 제외한 모든
사람이 그랬듯 『이민자들』을 읽고 압도되었다. 테스는 『토성의
고리』도 출간되자마자 읽고는 단숨에 푹 빠져들었다. 그래서
1999년 말 그는 막스의 『현기증. 감정들』 낭독회에 참석했다.

테스는 소설만큼이나 막스의 실제 목소리에도 매혹되었고,
집으로 돌아가서는 그때껏 한 번도 해보지 않은 행동을 했다.
작가에게 편지를 쓴 것이다. 놀랍게도 막스는 답장을 보내 왔다.
테스 같은 독자에게서 편지를 받아 기쁘다고 막스는 적었다.
우리는 그 이유를 추측할 수 있다. 테스의 가족은 빈 출신의 유대인
난민이었고, 이모 중 한 명은 테레진에서 사망했기 때문이다.
실제로 막스는 마침 『아우스터리츠』에서 테레진에 관한 대목을
쓰고 있을 무렵 테스의 편지가 도착했다고 말했다(이는 사실일 수도
있고 아닐 수도 있다).

답장을 받자마자 테스는 『토성의 고리』를 읽은 후 줄곧 마음에
맴돌았던 생각을 막스에게 전했다. 『토성의 고리』를 원작으로
일련의 스크린 인쇄 작품을 만들고 싶었는데, 이제 『현기증.
감정들』로도 그런 작업을 해보고 싶어졌다고. 막스도 이에
응할 의향이 있었을까? 그는 테스의 추상적인 디자인이 발하는
빛이 마음에 든다면서 이를 허락했다. 그리고 이후 몇 달 동안
수차례 테스의 작업실을 방문했고, 테스는 저자에게 진행 상황을
공유했다. "그분은 인쇄된 작품들을 정말 **유심히** 봤어요"라고
테스는 말한다. 막스는 작품을 두고 "무중력weightless"이라고
평했는데, 테스가 듣기에는 짜릿할 정도로 정확한 표현이었다.

머지않아 두 사람은 또 다른 계획에 착수했다. 이번에는 막스가 쓰고 있는 짧은 시들의 영어 버전을 테스가 구상한 이미지와 결합해 책으로 만드는 것이었다. 두 사람은 그러면서 좋은 친구 사이가 되었고, 테스는 막스의 생애 마지막 2년 동안 누구보다 더 그를 자주 만났다.

테스는 자신이 아는 천재가 세 명 있는데, 두말할 것 없이 막스가 그중 한 명이라고 말한다. 모두가 막스를 사랑했고 만족시키고 싶어했으며 테스 또한 그러했다. 하지만 천재들이 대체로 그렇듯, 막스도 지극히 자기 자신에게 몰두하는 사람이었다. "자기만의 생각에서 빠져나와 세상과 소통하는 걸 힘들어하는 분이었습니다." 테스는 말한다. 막스는 테스에 대해서는 질문하는 법이 없었고 오직 자기 자신이나 추상적인 것들에 대해서만 이야기했다. 그는 "우울한 기색이 역력했지만" 여느 때처럼 재치 있고 유쾌했다. 또한 여전히 누구에게도 뒤지지 않는 불평꾼이었고, 양친을 두고 심한 말을 하는 것도 그대로였다(그렇게 게오르크는 다시 적이 되었다).

한번은 테스가 막스의 고독을 생생하게 체감한 일이 있었다. 그가 자기 작업실 창문에 서 있을 때였다고 테스는 기록했다.

아침이었고 작업실은 벽에 걸린 그림에서 반사된 색과 빛으로 가득했다. 어떤 일이 일어난 건지—혹은 실제로 내가 무슨 말을 했는지—는 모르겠지만 창가에 서 있는 그를 보고 생각했다. 이 남자는 얼음 덩어리로 변해버리고 말았구나. [46]

그 후 마리가 마리엔바트에서 아우스터리츠에게 한 말—"어째서 여기 온 후로 그렇게 얼어붙은 연못처럼 있는 거야?"[47]—을 읽었을 때, 테스는 그게 어떤 모습인지 알 수 있었다. "내가 아닌 누군가가 막스에게서 정확히—정말이지 딱—그런 모습을 본 것 같았고, 그도 분명 그 사실을 인식하고 기록했을 거예요."[48]

테스 저레이의 작품 앞에 서 있는 막스.
테스가 촬영한 사진.

1월에 막스는 또다시 교통사고를 당했다.[49] 안전벨트 매는 걸 꺼렸던 막스는 사고가 발생하기 하루 혹은 이틀 전 역시나 벨트를 착용하지 않고 운전을 하다 경찰의 단속을 받은 적이 있었다. 그럼에도 그의 행실은 바뀌지 않았던 듯하다. 이번에 막스는 결국 머리를 크게 부딪혔다. 막스가 기록한 바에 따르면 자동차는 수리가 불가능할 정도로 파손된 상태였다. 그의 과실은 아니었지만(그렇다고 막스는 말했다) 이런 사고가 하나의 습관이 되어가고 있음을 그는 깨닫기 시작했다. 그리고 봄이 되었을 때 운전 중에는 정말 집중해야 한다고, 도로에 있다는 사실을 잊지 말라고 스스로에게 상기시켰다.

2월에는 손택이 막스의 문학적 위대함을 칭송했고,[50] 막스는 진정한 명성을 얻기 시작했다. 독일에서 두 개 이상의 상을 수상한 것 외에[51] 또 다른 영예가 찾아오기도 했다. 스페인 작가 하비에르 마리아스가 1999년 가상의 왕국 레돈다를 만들어 공작상을 수여하기 시작했는데, 이듬해 막스에게 수상의 영광을 안긴 것이다. 클라우디오 마그리스는 세군다 마노Segunda Mano[중고] 공작, 앨리스 먼로는 온타리오 공작 부인이었고, 막스는 현기증 공작으로 등극했다. 다년간 수상한 모든 상 중에서 막스를 가장 기쁘게 한 것은 그 레돈다 공작상이 아니었을까 싶다.

2000년 봄 학기에 막스는 새로운 형식의 강의를 시작했다.[52] 대학 측은 드디어 교직원 중에 유명한 작가가 있다는 사실을 깨닫고 막스에게 이스트앵글리아의 저명한 문예창작학부에 합류해달라고 요청했다. 처음에 막스는 글쓰기는 가르칠 수 있는 게 아니라고, 특히나 비원어민이 가르칠 수는 없는 것이라고 확신해 주저했다. 하지만 이번만큼은 뜻밖의 즐거움이 그를 기다리고 있었다. "수업은 제가 생각했던 것보다 잘

풀렸습니다"라고 막스는 첫 학기에 클라이브 스콧에게 말했고,
다른 이들의 생각도 그랬을 것이다.

한편 이제 막스는 평범한 학부 강의에는 심히 지친 상태였다.
30년 동안 해온 일이었고, 학생들의 수준[53]이 떨어지는 상황(가령
카프카에 대한 무지)에 대한 불만도 컸다. 소설에 관해서건 수업에
관해서건, 학자로서 그는 늘 이단아였다. 예컨대 회의에는 거의
참석하지 않았고, 공동 편집 작업에는 절대 참여하지 않았으며,
가톨릭교도였던 어린 시절의 경험으로 (막스의 말에 따르면) 일체의
의식을 몸서리치게 꺼리게 된 까닭에 학사복을 입거나 졸업식에
참석하는 것도 거부했다.[54] 놀라운 사실은 그렇다고 막스가 대학을
벗어나고 싶어한 것은 아니며, 결코 그런 적도 없었다는 점이다.

2000년 상반기에 막스가 주로 한 일은 『아우스터리츠』
집필이었다. 막스는 런던에 소재한 새 출판사를 수차례
방문했는데, 편집자 사이먼 프로서가 회상하기를 출판사를 오가는
여정이 불운의 상징인 양 "선로 위에는 나뭇잎이 떨어져 있고,
유령이 열차들을 연결해주고 있네요"라고 말하면서 평소처럼
익살스러운 농담으로 그를 즐겁게 해주었다.[55] 그 외의 시간에는
가능한 한 매 순간 일에 매달렸고, 그러는 동안 마음은 점점 더
비뚤어져가고 몸은 점점 더 망가져갔다고 프로서는 말했다.[56]
하루는 심한 두통에 새벽 다섯 시에 잠에서 깨어 오후까지
일을 했다. 또 하루는 요도크의 후손인 검은 래브라도리트리버
모리스가 다정하게 발치에 누워 있는 동안 자정까지 일을
계속했다. 다음 생에는 두더지가 될 거라고 막스는 말했다.[57]

막스는 5월에는 『아우스터리츠』를 완성하고 싶어했다. 5월이 지나자 여름이 끝날 무렵까지는 완성하고자 했다. 그러다 7월이 되어 그는 또 한 번 교통사고를 당했고, 가벼운 수술을 받았다.

그런 일이 있었음에도 『아우스터리츠』는 8월 초에 마무리되었다.[58] 막스는 지칠 대로 지쳐 있었을 것이다. 그는 얼마 안 가 출간 후 우울증에 빠졌다. 그는 가장 신뢰하는 친구들—마이클 햄버거, 트리프, 마리—에게 "mal réussi, ein absoluter Reinfall[망쳤어, 완전 실패야]"라고 말했다.[59]

8월 말께 막스는 새 책 집필을 위해 프랑스 북부를 여행했고, 9월에는 트리프와 함께 제1차 세계대전 전장을 방문했다.

이 작업을 막스는 "세계대전 프로젝트"라고 칭했다.[60] 원래는 부모 세대, 그리고 그들을 나치즘에 무방비 상태로 노출되게 만든 감정 교육*éducation sentimentale**을 다루는 책으로 집필할 예정이었다. 그런데 어느새 다른 주제들이 덧대어지면서 막스는 작은 천 조각들을 이어 붙여 만든 러그처럼 확실히 자신에게 자연스러운 구조로 회귀했다. 그 구조를 따라 시간을 거슬러 올라가다 보면 바이에리셔발트에서 유리 공예를 하던 가족의 기원과 제1차

---

* 개인이 사랑·욕망·상실·환멸 등을 겪으며 정서적으로 형성되어가는 과정을 가리킨다. 감정의 성숙이나 완성을 의미하기보다는, 감정이 현실과 충돌하며 변화·마모·절제되는 경험을 강조한다. 귀스타브 플로베르의 소설 『감정 교육 *L'Éducation sentimentale*』에서 정전적 의미를 획득하게 되었는데, 플로베르는 이를 낭만적 성장담이라기보다 사랑이 이상이 아닌 반복되는 오해와 좌절임을 배워가는 탈낭만화의 과정으로 그려냈다.

세계대전에 참전한 할아버지에게도 가닿게 될 터였다. 그리고 할아버지처럼 제1차 세계대전에 참전했던 마리의 할아버지도 겹쳐질 터였다. 또 그러고 나면 제2차 세계대전에 참전한 세 아버지들—그러니까 독일 국방군으로 참전한 자신의 아버지, 독일 국방군에게 살해당한 마리의 아버지, 그리고 광신적인 나치였던 학교 친구 바베테 아엔데를의 아버지—을 조명하게 될 터였다. 막스는 바베테의 아버지를 통해 어떻게 파시스트 시대가 많은 사람에게 호시절이 될 수 있었던 건지를 탐구하고자 했고, 그래야만 그 시대를 이해할 수 있다고 생각했다.[61]

존트호펜과 오르덴스부르크가 중요한 역할을 할 터였고[62] 막스를 매료시킨 바베테의 삶도 그럴 것이었다. 그사이에 바베테는 교사가 되었지만, 마흔 무렵 여행 인솔자가 되기 위한 과정을 이수하고 전 세계 야생에서 트레킹을 이끌기 시작했다. 오십 줄에 접어들어서는 겨울에 극야를 경험하고 슈피츠베르겐[오늘날의 스발바르]에서 썰매를 타겠다는 목표를 달성했는데, 일부 구간은 가이드와 함께했지만 2주간은 전적으로 혼자였다.

광기 어린 모험이었지만 바베테가 기대했던 계시를 가져다주지는 못했다. 그래도 바베테는 살아남았고, 그 경험이 제법 도움이 되기도 했다. 모험을 떠나기 전 암을 치료 중이던 바베테는 모험을 마치고 돌아온 후 암이 뼈까지 전이되었다는 사실을 알게 됐다. 그러나 그는 극야를 견뎌낸 사람이었다. 각오가 되어 있었다.

바베테가 죽어가는 동안 막스는 바베테를 보기 위해 한두 번 존트호펜을 찾았고, 바베테가 친구들에게 말한 바에 따르면

둘은 어느 때보다 더 경이로운 대화를 나누었다. 막스는 바베테의
일기를 읽기도 했으나, 안타깝게도 무척 지루하다고 느꼈다.
바베테는 자신의 형이상학적 갈망을 글로 표현할 방법을 찾지
못했다. 하지만 막스는 그럴 수 있었고, 그런 만큼 바베테의
이야기와 '세계대전 프로젝트'가 결국 쓰이지 못했다는 것은 무척
안타까운 일이다.

1년이 넘도록 막스는 오랜 친구 리처드 에반스에게 그
프로젝트에 대해 이야기하고 집필에 필요한 자금을 얻고자 했다.
에반스는 네스타NESTA 펠로십*에 지원해보라고 조언했다.[63]
막스는 그 조언을 따랐고, 10월 중순에 선정 소식을 들었다.
　더할 나위 없이 좋은 소식이었다. 당시 네스타에서 지원한
금액은 7만3000파운드—오늘날 화폐 가치로 12만 파운드[한화
약 2억3000만 원]—상당이었다. 막스는 펠로십 덕분에 2004년
은퇴 전까지 4년 동안은 1년에 한 학기만 가르쳐도 되게 되었다고
친구들에게 말했다.[64] 존 쿡은 사실 그 정도 액수면 막스가
강의를 완전히 그만두어도 됐을 거라고 말한다. 이번에도 막스는
갈망해 마지않던 완전한 자유를 선택하지 않았다. 그 대신 절반의
자유를 택했고, 한동안은 완벽한 행복을 누렸다.
　당연히 오래가지는 못했다. 그의 건강은 좀처럼 나아지지
않았고, 이스트앵글리아의 동료들은 죽어가고 있었다. 로저

---

* 　영국에서 탁월한 작가, 연구자, 예술가, 활동가 등에게 일정 기간 자원을
제공하여 '생각하고 실험할 자유'를 주는 지원 제도.

파울러가 1999년 갑자기 세상을 떠났고, 2000년에는 콜린 굿과
맬컴 브래드버리가 사망했으며, 2001년 1월에는 로나 세이지가
떠났다. 막스는 이 일련의 죽음으로 적잖이 슬퍼했고[65], 늘 그랬듯
자책하며 괴로워했다. 2월에 열린 맬컴 브래드버리의 대규모
추모식에 참석해서는 주변 친구들에게 "내가 죽었을 때는 이런
거 하지 말아줘"라고 말하기도 했다.[66] 막스는 과거 제자 세라
캐머런에게 보낸 편지에도 적었듯, 시간이 얼마 남지 않았다는
느낌에 대해 자주 이야기했다.[67] 가장 깊은 유대감을 느낀
친구 마이클 햄버거에게는 그런 느낌을 더 명확하게 표현했다.
마이클은 막스가 사망하기 약 1년 전 자기를 찾아왔을 때 본인이
죽으리라는 사실을 알고 있었다고 말했다.[68]

2월 5일에는 그의 글쓰기 인생에서 마지막으로 중요한 도약이
이루어졌으니, 『아우스터리츠』가 출간되었다.

영문 번역이 이미 절반쯤 진행되었을 정도로 다들 고대하던
일이었다.[69] 막스는 『아우스터리츠』 영문판 출간 6개월 전인 3월에
미국으로 초청을 받았고, 그 직후에는 독일어 원본 출간 관련
행사에 참석했다. 이는 시작에 불과했다. 9월에 『아우스터리츠』
영문판이 출간된 후에는 훨씬 더 숨 가쁜 일정이 시작될 터였다.
거기에 낭독회, 인터뷰, 독자 편지 등은 이미 몇 배나 불어나
있었다. 막스는 인터뷰를 마다하고, 친구 크리스 빅스비가 초대한
축제에 못 가겠다고 우는소리를 하며 거절하는 식으로 자기를
보호하려고 애썼다. 마리에게는 모르는 사람이 전화를 걸어 오면

지금 자살 시도 중이라고 말했다는 얘기도 했다. 전화를 건 사람이 독자였다면 그 말을 믿었을지도 모른다.

그러나 막스가 받은 편지 중에는 참으로 경탄스러운 편지들도 있었다. 트리프와 마이클 햄버거는 막스에게 보낸 것에서 똑같은 단어를 썼다. 둘 다 막스에게 『아우스터리츠』가 걸작이라고 말한 것이다.[70] 그리고 프라이부르크에서도 또 한 번 호의적인 편지가 날아들었으니, 이번에는 하노 퀴네르트에게서 온 것이었다. 하노는 적었다. "선생님에 관한 모든 기사를 우리의 친구 알베르트에게 하나도 빠짐없이 전달하고 있습니다. 알베르트는 기쁜 마음으로 받아 읽으면서도 약간 씁쓸한 미소를 짓네요. 파올로의 코미디가 대단한 성공을 거둔 점을 생각하면, 선생님이 이제 거의 파올로 슈바니츠만큼 유명해졌다는 건 정말 의미 있는 일이라고 생각합니다. 파올로와 달리 선생님은 진정한 문학을 쓰고 계시고요. Chapeau[존경합니다]."

뉴욕 퀸스칼리지 영문과 교수 조지프 쿠오모는 막스를 미국으로 초청했다. 쿠오모는 소정의 사례비만 제시하고 여비는 일절 제공하지 않았다. 막스는 망설였지만, 그 초청에 응했다.[71]

칼리지 건물 계단에서 두 사람이 만났을 때 개 한 마리가 그들에게 다가오자 막스는 허리를 굽혀 개와 놀아주었다. 그리고 저녁이 찾아왔다. 수전 손택이 막스를 초대했고, 막스는 『토성의 고리』를 낭독했으며, 막스와 쿠오모는 한 시간 동안 대화를 나누었다. 쿠오모는 이를 두고 생애 가장 강렬한 인상을 받은

인터뷰였다고 말한다. 훗날 막스도 뉴욕 체류 기간에 그 인터뷰 시간이 가장 좋았다고 말했다.[72]

　나는 막스가 몇몇 학생이나 동료 작가와 짧은 대화를 나눌 때나 마이클 햄버거와 긴 대화를 나눌 때처럼 그때도 잠깐이나마 선택적 친화성Wahlverwandtschaft*을 느꼈으리라고 생각한다. 쿠오모가 막스에게서 받은 주된 느낌은 두 사람이 깊이 공유하는 감각, 즉 인간의 무지에 대한 강렬한 자각이었다. "막스는 늘 이런 자각을 품고 다녔어요"라고 쿠오모는 말한다. 그 자각은 막스가 앓은 우울증의 원천이자 심지어 유머의 원천이었고, 무엇보다 글쓰기의 원천이었다. 증명할 수는 없어도 실재하는 것들을 글쓰기를 통해서는 표현할 수 있었기 때문이다. 그것이 막스가 작품을 통해 한 일이라는 게 쿠오모의 결론이다. 막스는 형언할 수 없는 것을 명확히 표현했고, 그것의 형언할 수 없음을 늘 존중했다.

　쿠오모의 말은 내게도 심오한 진실로 들린다. 불쌍한 개가 인간 주인들이 무슨 짓을 하는지 깨닫지 못한 채 자기에게 벌어진 일을 설명하려 하는 카프카의 「어느 개의 연구」[73]에 대해 막스가 감탄한 일이 떠오른다. 그리고 퀸스칼리지 계단에서 만난 개에게

---

* 의식적 선택의 결과처럼 보이지만, 실제로는 사물·인간·사상 사이에 작동하는 선호적이고 필연적인 결속 관계. 괴테의 소설 『친화력Die Wahlverwandtschaften』에서 다루며 개념적으로 정식화되었다. 괴테는 화학에서 특정 물질들이 선택적으로 결합하는 현상을 인간 관계에 비유함으로써, 사랑과 결속이 도덕적 판단이나 이성적 의지를 넘어서는 힘에 의해 재편될 수 있음을 역설했다. 후에 막스 베버가 이 개념을 사회학적으로 전유하여, 사상·윤리·경제 구조 사이의 관계를 설명하는 분석 도구로 사용했다.

보인 반응과 마치 들판을 뛰어다니는 개처럼 무작위적인 자신의
연구 방법을 쿠오모에게 설명하던 모습도 차례로 떠오른다.
막스가 늘 사랑했던 개들이 그들의 대화를 지켜보고 있었다. 이
또한 그럴듯한 하나의 설명이다.

테스 저레이의 전시 '『토성의 고리』와 『현기증. 감정들』로부터'는
4월 26일에 개막했다. 전시를 보려면 런던으로 이동해야 했는데,
막스는 참석하겠다는 약속을 하지 않았다.[74] 하지만 막스는
참석했다. 5월 말부터 6월 중순까지 막스는 독일에서 낭독회를
했고, 존트호펜을 방문했으며, 세계대전 프로젝트에 필요한
취재를 진행했다. 한데 그즈음 막스는 기분이 무척 가라앉아 있는
상태였다.

　7월에 그런 막스를 목격한 사람이 있었다.[75] 1993년부터
뮌헨 주립 오페라단 단장을 맡고 있던 맨체스터 시절의 친구,
페터 요나스였다. 파올로나 알베르트와 달리 막스와 다른
분야에 종사했기에 질투를 느낄 이유가 없었던 페터는 번개처럼
삽시간에 비상한 막스를 순수하게 기쁜 마음으로 지켜보았다.
오페라 시즌이 시작될 때면 유명한 게스트의 연설이 포함된
개막식이 열렸는데, 2001년 페터는 W. G. 제발트를 초청했다.
　막스로서는 거절할 수 없는 요청이었다. 페터는 자기 과거의
일부였고, 그해 시즌을 여는 작품은 막스가 맨체스터 시절에 처음
들었던 벨리니의 「청교도」였다. 그리하여 7월 7일 막스는 뮌헨에
가서 연설을 했다.

훌륭한 연설이었다고, 하지만 늘 그렇듯 별난 구석도
있었다고 페터 요나스는 내게 열성적으로 말했다. 청중은
평범한 찬사 대신 막스가 지나온 음악의 역사를 거쳐 그가 가장
좋아하는―헤어초크의 영화 「피츠카랄도」 속 아마존 한가운데
떠 있는 낡은 증기선 위에서 펼쳐지는―「청교도」 공연에 대한
설명으로 마무리되는, 페터의 말마따나 "그의 책만큼 두서없는
말"을 들었다. 사람들은 어리둥절해했다. W. G. 제발트가 그의
책 표지를 펼쳤을 때 평범한 작품을 만나기를 기대하는 학계의
독자와 문학 독자 들을 당황시켰을 때처럼 말이다. 그러나
막스라면 뮌헨의 선량한 시민들을 어쩔 줄 모르게 만든 일을
후회하지 않았을 것이다.*

페터 요나스도 개의치 않았다. 그러나 그는 막스가 전에는
한 번도 보지 못한 수준으로 침울해 보였다고, "몹시 우울해"
보였다고 말한다. 페터는 친구의 내면에 자리한 거대한 우울을
감지했다. 그리고 친구가 심장병을 앓고 있다는 사실도 간파했다.
페터는 심장 문제에 대해 알고 있었고―페터 자신도 부정맥이
있었으며 심장길잡이**를 장착한 적이 있었다. 반응 지연,
표면으로 드러난 증상―모든 것이 분명했다. 막스는 병적인
상태였다.

---

* 　그가 「음악의 순간들」이라고 이름 붙인 이 연설문은 『캄포 산토』 영문판
188~205쪽[한국어판 257~275쪽]에서 읽을 수 있다.―지은이
** 　심장근육을 전기로 자극하여 심한 느린맥에서 심장 박동률을 증가시키는 데
쓰이는 전기적 장치.

9월 초 막스는 대륙으로 돌아갔다. 이번에는 장폴의 쉰다섯 번째 생일을 비롯해 솔베이그의 서른네 번째 생일, 그의 남동생 발렌틴의 서른 번째 생일에 이르기까지 연이은 가족 생일을 축하하는 파티에 참석하기 위해 스위스로 향했다.[76] 온 가족이 프리부르 인근에 위치한 솔베이그의 집으로 모여들었다. 막스는 늘 친밀감을 느껴온 조카 솔베이그를 위해 장미 다발을 사 들고 갔다. 조카도 막스에게 똑같은 친밀감을 느꼈다. 솔베이그는 막스 삼촌이 너무 섬세해서 말 한마디 하지 않아도 자기 감정을 이해해주었다고 말한다. 그래도 언젠가는 삼촌과 대화를 나눠볼 생각이었고, 그러면 자신의 모든 문제가 해결되리라고 확신했다. 하지만 그게 막스와의 마지막 만남이었다. 솔베이그는 두 번 다시 삼촌과 대화를 나누지 못했다. 그로부터 16년이 흐른 후 내게 이 이야기를 들려주던 솔베이그는 눈에 고인 눈물을 감추려 내게서 고개를 돌렸다.

나는 솔베이그와 마찬가지로 그때 마지막으로 막스를 보았던 게르트루트에게 9월쯤 막스의 건강 상태가 어땠는지 물었다. 게르트루트는 심장질환의 징후를 전혀 발견하지 못했다. 막스는 맛 좋은 수프를 만들겠다고 토마토를 따면서 정원을 염소처럼 뛰어다닐 뿐이었다. 문제는 스트레스였다고 게르트루트는 생각했다. 거기에 모든 사람, 모든 것에 대해 짊어진 책임감도 문제였다. 게르트루트는 그 시기의 어느 날 막스가 자기 어깨를 가볍게 어루만지면서 "나한테 아무런 부탁도 하지 않은 사람은 누나밖에 없어"라고 말했던 일을 기억한다. 이 말을 전하는

게르트루트도 솔베이그처럼 고개를 돌리며 그 말조차 사실이
아닐 수도 있다고 말한다. 그렇더라도 이는 게르트루트가 간직한
가장 소중한 기억 중 하나다.

막스는 2001년 9월 11일에 집에 도착했을 것이다. 그에게 주어진
남은 시간 줄곧 그를 사로잡은 가혹한 날이었다.[77] 그 와중에 9월
중순경 『아우스터리츠』 영국판이 출간되었고[78] 연이어 미국판도
세상에 나왔다. 이제 막스는 멈출 수 없는 회전목마에 올라타
있었다.

　대서양 양쪽에서 리뷰가 쏟아져 나왔는데 거의 모든 리뷰가
대단히 인상적이었다. 리처드 에더는 『뉴욕 타임스』에 "제발트는
홀로코스트에 대해 말하는 탁월한 발언자로서 프리모 레비와
어깨를 나란히 하며, 홀로코스트 이후에 예술은 불가능하다는
아도르노의 명제를 프리모 레비와 함께 훌륭하게 반박한다"라고
씀으로써 제발트의 명성에 최종적인 인장을 찍었다.[79] 낡은
사제관에는 편지와 전화, 낭독회와 인터뷰 요청이 폭발적으로
밀려들었다. 막스가 이에 어떤 감정을 느꼈을지 알 만하다. 게다가
그도 피곤한 기색을 늘 감출 수 있었던 건 아니다.

　일례로 9월 24일 막스는 런던의 로열 페스티벌 홀에서
『아우스터리츠』 영국판 출간을 기념해 중요한 행사를 치렀다.
막스는 책의 일부를 낭독하고 [작가이자 문학평론가인] 마야 재기,
그리고 앤시아 벨과의 기나긴 대담에 참여했다. 그의 과거 학생
중 한 명도 스승의 대담을 듣겠다는 열렬한 마음으로 행사장을

찾았다.[80] 몇 년 만에 막스를 본 그 학생은 그간 폭삭 늙어버린
그의 모습에 충격을 받았다. 막스는 그사이 담배를 입에 달고
살았고, 어떤 보이지 않는 짐에 눌려 몸을 잔뜩 웅크리고 있는
듯했다. 그래서 훨씬 더 늙어 보였던 것 같다고 그 학생은
생각했다. 그건 신체적인 노화보다 내면의 노화에 가까웠다.

한 달 후 막스는 미국판 출간을 기념해 똑같은 행사를
치렀다. 열흘간 미국에 체류하며 사방에서 열렬한 환대를
받았고 장시간의 심도 있는 인터뷰를 두 차례 더 소화했다.[81]
미국에서의 주요 행사는 10월 15일 뉴욕의 저명한 [문화센터]
나인티세컨드스트리트 Y92nd Street Y에서 열렸다.

이번에 막스는 『아우스터리츠』의 마리엔바트 관련
에피소드를 힘차게 낭독한다. 상태도 좋아 보이고, 낭독을 마칠
때는 순간 환하게 반짝이는 미소도 엿보인다. 그 어떤 사람도
한 문장, 혹은 한 권의 책으로 요약할 수는 없다. 적어도 막스
제발트에 대해서는 그럴 수 없다.†

막스에게 2001년 가을 학기는 네스타 계약에 따라 강의를
진행해야 하는 학기이자, 두 번째로 문예창작 수업을 맡은
학기였다. 이때는 교사이자 작가로서의 막스를 마지막으로
일별할 수 있는 시기이기도 했다.[82]

갓 첫 학위를 취득한 스물한 살 신입생부터 30대 후반, 40대
초반까지 다양한 연령대의 학생 열여섯 명이 수업을 수강했다.
그중에서 문학에 조예가 깊은 학생들만이 막스의 작품을
읽어보았고, 그에게 가르침을 받을 수 있다는 사실에 신나했다.

반면 대부분은 막스를 알지도 못했다. 한 학생은 첫 수업 때 "늙은 하인처럼" 강의실을 가리키는 한 백발의 남자를 보았는데, 알고 보니 그 남자가 강사 중 한 명이었음을 뒤늦게 깨닫기도 했다. 강의 총괄자 앤드루 모션은 젊고 역동적이며 유명했던 반면, 그 늙은 강사는 입도 벙긋 않고 화이트보드에 기대어 애처로운 표정을 짓고 있었다.

학기 첫 주에 막스는 자기소개를 하면서 대학 측에서 자신이 작가임을 밝혀버린 바람에 얼결에 이 수업을 맡게 되었다고 말했다. 그런 다음 학생들에게 제발 철학자는 되지 말라고 간청했던 비트겐슈타인의 뒤를 잇는 발언을 했다. 글쓰기라는 업에 뛰어드는 일에 대해 신중히 생각하세요. 그는 말했다. 글을 쓰면 비참해질 것이고 쓰지 않으면 더 비참해질 겁니다. 그리고 주수입원을 확보하세요. 변호사나 의사가 되면 찾아오는 사람들이 자기 이야기를 들려주니 아주 좋습니다. 치과 의사는 별로 좋지 않아요. 매일매일 똑같은 구멍만 봐야 하는 데다, 환자들이 한마디도 하지 않으니까요.

두 번째 수업에서 막스는 학생들에게 각자가 좋아하는 작품의 일부를 발췌해오라고 지시했다. 학생들은 적극적인 태도로 유명 작가들이 쓴 구절을 적어 왔고, 막스는 이걸 찢어버렸다. 학생들은 어안이 벙벙했지만 이내 막스가 그렇게 한 이유를 깨달았다. 앞으로 실수를 저지를 테지만 훌륭한 작가들도 그런 일을 겪는다는 의미였다.

막스는 가장 중요한 건 "예리하고 무자비한 관찰"이라고 말하면서, 자신의 경험을 바탕으로 수업을 진행했다. 예컨대 신체의 움직임은 제대로 포착하는 게 거의 불가능하니 자세히 묘사하지 마세요, 하고 그는 말했다. 막스는 한 젊은 작가에게 "어서 해보세요, 당신이 쓴 대로 걸어봐요"라고 말했고, 학생들은 그 작가가 걷는 모습을 보고 웃음을 참지 못했다. 막스는 작품을 위해서는 도둑질도 서슴지 말라는 조언을 한 것으로도 유명했다.* 그는 말했다. 문학과 무관한 책을 읽으세요. 기이한 것들을 수집하고요, 그것들은 흥미롭거든요. 뭐가 됐건 글로 쓰기에는 너무 지루하다는 생각일랑 말길 바랍니다. 그리고 출간 전까지는 절대 부모님에게 작품을 보여주지 마세요. 여기 있는 우리를 포함해 그 누구의 말도 듣지 마세요.

막스는 "다들 이루 말할 수 없을 만큼 행복한 한 주를 보냈겠네요"라고 말하며 수업을 시작한다든가, 1960년대 초반 차기가 처음 영국에 왔을 때는 커피나 차나 별차이가 없었다고 말하며 늘 너스레를 떨었다. 다음 책이 나올 것이라는 얘기를 제외하고 자기 작품에 대해서는 언급하는 법이 없었다. 사적인 이야기는 거의 하지 않았고, 단지 사라져버린 침묵의 세계에서 성장한 일에 대해 조금 얘기했을 뿐이었다. 자기를 막스라고 부르라며 학생들을 친근하게 대했지만, 막스에게서는 거리감과 무심함이 느껴졌다. 학생들이 연구실 문을 두드리면 안에 있는

---

* 학생 두 명이 엮은 그의 '격언집'을 참고하라. https://fivedials.com/fiction/the-collected-maxims-of-w-g-sebald/. †—지은이 [2026년 1월 현재 이 주소로는 접속이 불가하여, 다음 URL에서 확인할 수 있다. https://wp.penguin.co.uk/wp-content/uploads/2024/03/fivedials_no5.pdf.]

것을 뻔히 아는데도 응답하지 않을 때가 많았다. 나이 많은 학생 중 한 명이 말하기를, 막스의 눈은 피로에 절어 있었다. 그래도 그에게는 상냥함이, 유머가, 문학에 대한 방대한 지식과 사랑이 있었다. 한 학생은 막스가 한마디로 "세상과 얼마간 동떨어져 있는 현자"였다고 말한다.

막스는 비판을 주로 유머에 실어 전달했는데, 한 젊은 작가에게는 "지미들을 절반만 죽여도 제가 이야기를 따라갈 수 있을 것 같군요"*라고 조언했다. 어떤 이야기에 대해서는 기발한 관찰력을, 또 다른 이야기에 대해서는 사투리 표현을 칭찬했다. 막스는 편애를 지양하기 위해 주의를 기울였지만 어쩔 수 없이 빛나는 몇 명의 작가가 있었다. 그중 한 명은 검은 눈을 가진 마른 청년이었다. 어느 날 막스는 그에게 말했다. "카프카처럼 생겼군요." 한 동급생은 말한다. "그 말 자체가 최고의 극찬이었어요."

늘 그렇듯, 어색한 순간에 진실이 드러나기도 했다. 가장 어색했던 순간은 초기에 찾아왔다. 한 학생이 공정한 합평 규칙을 어기고 다른 이의 작품을 맹렬하게 비난하며 표절 의혹까지 제기한 순간이었다. 막스는 불편한 기색이 역력했지만 아무 말도 하지 않았다. 그는 뒤로 물러나—한 학생은 그가 얼어붙었다고 말한다—공격이 끝나기만을 기다렸다. 젊은 여학생이 표절

---

* 제발트는 이 농담 한마디로 다면적 조언—비슷비슷한 등장인물의 수가 너무 많다는 것, 그들 각각이 개별성을 얻지 못하여 변별력 없는 캐릭터가 난무한다는 점, 인물과 곁가지를 덜어내는 절제가 필요하다는 점 등—을 전하고 있다.

의혹은 거짓이라며 화를 냈지만, 아무도 나서서 그런 폭언 자체가
잘못되었다고 지적하지 않았다. 그건 막스의 역할이었다. 하지만
막스로서는 그런 역할을 해낼 수 없었다.

　　학생들은 소그룹을 결성해 수업 사이사이에 자발적으로
모임을 가졌다. 한 그룹은 학기가 끝날 무렵 막스를 저녁 식사에
초대했고, 그가 수락하자 놀라움과 기쁨을 감추지 못했다. 식사
자리에서 막스는 몇 가지 기묘한 이야기—가령 소년 시절 "벽장
속 늙은 나치와 함께한" 치터 수업 이야기**—를 들려주었고,
내내 매력적이고 유쾌한 모습으로, 단 평소처럼 사적인 감정을
감춘 채로 있다가 10시경에 자리를 떴다.

　　학기가 끝날 무렵에는 다들 이 울적한 모습의 독일 강사가
실은 유명 작가라는 사실을 알아차렸다. 문예창작 수업을 들은
학년 전체가 그와 인터뷰를 하고 싶어했고, 막스의 제자 중 한
명에게 인터뷰 의향이 있는지 대신 물어봐달라고 요청했다.
막스는 "안 될 이유 없죠"라고 대답하며 일정표를 들여다보았다.
"2월 4일이면 가능하겠네요." 그는 말했다.

그해 가을 그가 노벨문학상 후보에 올랐다는 소식이
노벨위원회에서 흘러나왔다.[83] 막스도 그 루머를 들었으나
평소와 마찬가지로 흥분한 기색이라곤 볼 수 없었다. 그는 평생

** 　독일, 오스트리아, 스위스의 전통 현악기 치터는 '문화'를 상징한다. 겉으로는
음악을 가르치는 무해한 노인처럼 보이나, 청산되지 않은 나치 정체성을 간직한 채
일상으로 복귀한 수많은 부역자를 비판하고 있다.

아웃사이더이자 교란자로 산 사람이었다. 그는 계속 그런 존재로
남고 싶었다.

11월 중순 막스는 마지막이 될 연설을 했다.[84]
슈투트가르트의 새로운 문학관 개관식에서 연설 요청을 받은
것인데, 내 생각에 이번에는 흔쾌히 동의했던 것 같다. 그가
청중에게 말하길, 슈투트가르트는 여러모로 그에게 중요한
곳이었다. 그는 청중에게 말했다. 슈투트가르트는 막스가 1976년
오랜 학교 친구 얀 페터 트리프와 재회한 장소였고, 트리프의
예술에 깊은 감명을 받아 자신도 학계 일이 아닌 다른 무언가를
하고 싶다는 생각을 품게 된 장소였다. 그리고 슈투트가르트는
휠덜린의 하이마트, 보르도에서 참담한 폐허를 목격한 후
슈투르가르트에 부친 위대한 시구 **나보다 낯선 도시여, 부디
친절하게 맞이해주오**를 읊으며 돌아온 고향이었다. 막스는 필시
휠덜린이 슈투트가르트 시민들을 포함한 독일 사람들 앞에서
자기 마음을 대변해줄 것이라고 생각했으리라.

생애 마지막 2년간 막스는 눈에 띄게 노쇠했다.[85] 존트호펜에서는
카주스가 막스의 그런 모습을 보고 충격을 받고 가슴 아파했고,
막스의 옛 스승인 슈멜처와 마이어도 마찬가지로 속상해했다.
영국에서는 햄버거, 그리고 테스 저레이가 그랬다. 5~6년의
공백기를 가진 후 11월에 이스트앵글리아대학을 찾은 리아
로하위전도 충격을 받았다. 막스는 늙어 보이기만 한 게 아니라
안색이 심히 붉었고 몸 상태도 확연히 안 좋아 보였다. 한번은

그가 속마음을 드러내려 하지 않는 막스의 뜻을 무시하고 진지하게 정말 괜찮은 거냐고 물었다. 하지만 막스는 그저 "괜찮아요"라고만 대답할 뿐 더 이상 입을 열지 않았다.

이제 친구들은 막스가 소진된 듯하며 죽음에 대해 자주 언급한다는 사실을 알아차렸다.[86] 12월 9일 고튼은 막스를 찾아갔고, 두 사람은 평소처럼 부엌에 앉아 이야기를 나누었다. 대화는 골육종으로 인한 오랜 투병 끝에 한 해 전 사망한 콜린 굿에 대한 이야기로 이어졌다. 막스는 천장을 흘낏 올려다보며 "저 위에서 더 잘 지내고 있을 거야"라고 말했다.

그 마지막 몇 주 중 어느 날 조지 지어티스는 몇몇 사람이 복도에 모여 대화하는 모습을 목격했다. 그중에 막스가 있었다. 조지가 가까이 다가가자 막스는 그를 향해 몸을 돌리더니 평소답지 않은 행동을 했다. 양손으로 조지의 양팔을 살며시 잡더니 고개를 숙인 채 그의 어깨에 머리를 기댄 것이다. 그건 명백하고도 신비로운 작별 인사였다.

10월 말 막스가 마지막으로 존트호펜을 방문했을 때 어머니에게 어떤 말을 했는지에 대해서는 알 도리가 없다. 그러나 우르줄라는 막스가 한 말을 기억하고 있다. 막스의 어머니—굳센 어머니—로자는 한 해 전 암에 걸려 건강이 심히 좋지 않았다. 작별할 시간이 찾아오자 막스는 또 한 번 좀처럼 보인 적 없던 몸짓을 취하며 팔로 로자를 감싸 안았다. 그러곤 말했다. Versprich mir dass Du nicht stirbst[돌아가시지 않겠다고 약속해주세요].

20장

마리

"나는 프란츠 카프카만큼 외롭다"라고 카프카는 말했다.[1]
그러나 막스라면 자기다 더 외롭다고 생각했을 것이다. 카프카는
어떤 여자든 자기에게 가까이 다가오는 것을 좀처럼 허락하지
않았으나, 말년에는 이례적으로 그들에게 편지를 썼기 때문이다.[2]

이는 막스도 잘 알고 있는 유명한 이야기다. 카프카는 이미
결핵을 앓고 있던 마흔 살에 도라 디아망이라는 젊은 여자를
만났다. 도라는 폴란드의 신실한 하시디즘 집안 출신이었다.
도라는 정통파 소녀들이 그렇듯 결혼을 거부한 채 베를린으로
도망쳐 유대인 고아원에서 일했다. 1923년 여름 그는 발트해
연안의 유대인 어린이를 위한 여름 캠프에서 자원봉사를 했다.
그때 그곳에서 휴가를 보내고 있던 카프카는 캠프를 방문했다가
도라를 만났다. 두 사람은 이후 3주간 함께 시간을 보냈고
베를린에서 동거할 계획을 세웠다.

카프카는 전에도 그런 계획을 세웠지만—가장 널리 알려진

상대는 펠리체 바우어였다—한 번도 실행에 옮긴 적은 없었다.
하지만 이번에는 달랐다. 기적이라 할 만큼, 설명할 수 없을
만큼 달랐다. 어쩌면 이번에는 도라가 뼛속 깊이 유대인이었고
카프카가 10년 넘게 유대인으로서 자신의 뿌리를 파고들고 있었기
때문일지도 모른다. 아니면 카프카가 자신에게 남은 시간이
얼마 되지 않음을 알았기 때문일지도 모를 일이다. 하지만 단지
도라 때문이었을 수도 있다. 도라는 강인했고, 생기가 넘쳤으며,
카프카에게 전적으로 헌신했다. 카프카는 베를린으로 이사했고
마지막 남은 생애 3개월 동안 도라와 함께 극심한 빈곤 속에서,
다만 막스 브로드의 말에 따르면 그럼에도 무궁한 행복 속에서
살았다. 1924년 초, 카프카의 건강이 악화하기 전까지 말이다.
도라는 카프카가 6월 클로스터노이부르크 인근의 요양소에서
사망할 때까지 충실히 그의 곁을 지켰다.

카프카 사망 후 도라는 그의 유언을 무시하고 그가 작성한
모든 편지와 수첩 몇 권을 보관했다. 하지만 또 한 번 카프카를
잃었다. 1933년 게슈타포가 자택을 급습했을 때 유품을 도난당한
후 다시 찾지 못한 것이다. 도라는 결혼해 딸을 출산했고
결국에는 런던으로 탈출했다. 그리고 카프카에 대해서는 거의 한
마디도 내뱉거나 쓰지 않은 채 1952년 런던에서 세상을 떠났다.
도라는 한 위대한 예술가의 삶을 뒤바꾼 사람이었지만 거의 내내
침묵했다.

도라.

마리는 예닐곱 살 무렵부터 의사가 되고 싶어했다.[3] 마리의
어머니는 "그러면 똑똑한 척하는 여자bas-bleu가 돼서 남자는
한 명도 못 꼬셔!"라고 말했지만 마리는 개의치 않았다. 그리고
대학입학시험baccalauréat을 치르자마자 의학 공부를 시작했다.
20대 중반 무렵 마리는 전공으로 피부과를 선택했다. 피부는
내부와 외부의 경계예요, 그래서 흔히 트러블이 나타나는 자리죠,
하고 마리는 말한다. 피부질환을 바라보는 이러한 감각은
마리가 40대에 정신과 수련을 시작하는 계기가 되었다. 마리는
과학자이지만 상당한 인문 과학적 소양을 갖추고 있었다.

마리의 어머니는 마리가 귀족과 결혼하기를 바랐지만,
마리는 그런 것에 관심이 없었다. 그는 훗날 교수가 되는 동료
학생과 결혼했다. 그리고 세 아이를 낳았다. 젊었을 때는 시골로,

이사해 아이들이 자기처럼 시골에서 유년기를 보낼 수 있는
완벽한 장소인 오래된 대저택에 들어가 살았다. 마리는 행복했고,
남은 생을 그 **마누아**manoir [대저택]에서 보내리라고 생각했다.

그건 제 착각이었어요, 하고 마리는 말한다. 결혼생활은
점점 꼬이기 시작했고, 결국 마리는 남편과 별거에 들어갔다.
마누아도 잃었고 그와 함께 자신의 유년기를 되찾으려던 꿈도
잃었다. 그래도 사랑하는 직업은 아직 남아 있었다. 하지만 수입이
충분하지 않았고, 상실감으로 인해 유년기의 두려움과 고뇌가
되살아나 툭하면 마리를 집어삼켰다. 그런 상황에도 마리는
변함없이 활기찼고, 많은 순간 순수한 삶의 기쁨으로 충만했다.
54세에도 여전히 젊었으며, 미심쩍을 때도 있었지만(“넌 미인은
아니지”라고 모친이 이야기하곤 했다) 여전히 매력적이었다. 마리는
주눅 들지 않았다.

1999년 10월의 어느 날, 마리는 시사 주간지 『누벨
옵세르바퇴르』를 훑어보다가 무언가에 시선을 빼앗겼다. W. G.
제발트라는 작가가 쓴 책에 대한 리뷰였다.

제발트? 그런 이름을 가진 사람이 몇이나 될까? 게다가
W.까지 같다니. 혹시 내 첫사랑 빈프리트인가? 그럴 수밖에
없지 않나? 마리는 악트 쉬드 출판사에 확인했다. 그리고 용기가
달아나기 전에 서둘러 막스에게 보내는 편지를 일필휘지로
작성한 후 악테 쉬드 사무실에 보냈다. 출판사에서 그 편지를
막스에게 보낼 일은 없을 거라고, 설사 보낸다 해도 답신을
받지는 못할 거라고 마리는 확신했다.

그런데 막스가 답신을 보내 왔다. 당연히 그를 기억하고 있었다고, 막스는 말했다. 막스의 기억 속에서 마리는 언제나 쾌활한 사람이었다. 그 시절 막스는 존트호펜에 가는 일이 몹시 드물었고 가더라도 오래 버티지 못했다. 하지만 말이야*écoute*, 막스는 말했다. 곧 파리에서 낭독회가 있을 텐데, 거기 오지 않을래?

낭독회는 12월 8일 생제르맹데프레에 위치한 국립 도서진흥원에서 열렸다. 마리는 그곳을 잘 알았다. 어머니가 바로 그 근처의 본 거리에서 일한 적이 있었다. 낭독회에 가겠다는 말은 하지 않았지만, 마리는 그날 저녁 그곳에 나타났다.

막스가 행사장으로 들어서자 시간이 거꾸로 흐르기 시작했다. 막스는 그 옛날 마리가 상상했던 신부님과 똑같은 모습으로, 하얀 셔츠에 나머지는 전부 검은 옷을 차려입고 있었다. 그에게선 처절한 슬픔이 엿보였다—그 무게가 마리를 내리 누르는 듯했다. 막스는 마리가 한순간도 잊은 적 없는 목소리로 낭독을 시작했다. 낭독하는 내내 막스의 눈은 청중을 살폈다.

낭독이 끝난 후 마리는 막스에게 다가가 자기 이름을 말했다. "너구나!" 막스가 말했다. 막스는 마리의 어깨에 팔을 둘렀고 두 사람은 곧장 밖으로 나갔다. 카페 플로르는 만석이었고, 두 사람은 생제르맹 광장 모퉁이에 위치한 작은 레스토랑을 찾아냈다. 둘은 자그마한 테이블을 앞에 두고 대화를 시작했다. 다시금 알고이 방언이 마리의 귓가에 스쳤고, 마리에게 막스가 배웠던 대로 혀를 굴려 'r'을 발음하자, 이내 두 사람 다 웃음을 터뜨렸다.

그런데 자신이 좋아하는 음악을 막스가 좋아하지 않는다고
하자, 마리는 불안해지기 시작했다. 어쩌면 둘은 결국 잘 맞지
않는 사람들인지도 몰랐다. 역시 Réaction de sale Boche[더러운
보슈*다운 반응이네]! 마리가 평소처럼 당차게 말했다. 막스는
조용히 마리를 쳐다보며 이렇게 말했다. "이제 그게 무슨 뜻인지
말해줘야지, 더러운 보슈라니!" 그러자 마리는 답했다. "너희는
우리 마을을 네 번이나 파괴했어. 계속 돌아오는 꼴을 보아 하니
우리가 좋아 죽겠나 보네." 상황은 그렇게 정리되었다. 막스는
뒤로 넘어가며 웃음을 터뜨렸다.

마리를 만났을 때 막스는 깊은 수렁에 빠져 있었다. 글을 쓰려면
고독이 필요했으나, 그는 아우스터리츠처럼 고독이 지나쳐 자기
자신에게마저 등을 돌린 상태였다. 그 고독의 수렁에서 막스를
빼내려면 기적이 일어나야 했다. 그런데 놀랍게도 그런 기적이
일어났다.

카프카에게 도라가 기적이었던 것처럼, 자기한텐 마리가
기적이었다고 막스는 마리에게 말했다. 마리는 막스를 구출하고
치유했다. 메마른 땅을 적시는 단비였다. 뿐만 아니라 마리는
막스의 작품도 구했다. 막스는 마리에게 이 만남이 또 한 번 중요한
계기가 되었다고 말했다. 그리고 친구 볼프강 슐뤼터에게도
분명히 말했다. 마리와의 만남을 통한 재충전이 없었더라면,

---

*　양차 세계대전 기간 프랑스에서 독일군을 비하하며 쓰던 멸칭.

『아우스터리츠』를 끝낼 수 없었을 거라고.⁴

마리가 이 세상에서 그런 기적을 불러일으킬 수 있는 유일한 사람이지 않았을까 싶다. 그런 사람은 그 언어와 그 풍경을 아는 사람, 카프카의 도라처럼 막스가 다시 자기 뿌리로 돌아가게 하는 사람이어야 했다. 막스는 행복에 대해 생각하면 귀환이 떠올랐다고, 늘 자기 작품을 통해 마리 같은 사람이 다시 나타나기를 바라는 마음이 한편에 있었다고 마리에게 말했다. 어찌 됐건 과거와 약속을 잡는 일이, 과거로 돌아가서 잘못된 것을 바로잡는 일이 그때 그렇게 가능했다.

마리와 막스는 꼬마 시절의 사진을 봐도 알 수 있듯 서로 무척 비슷했고, 언제나 그렇게 닮아 있었다. 둘 다 할아버지를 사랑했고 마을과 시골을 실낙원paradis perdu으로 여겼다. 둘은 유년기의 고통으로 연결되어 있었는데, 아버지는 태어나기도 전에 사망하고 어머니에게는 버림을 받은 마리의 고통이 자기 고통보다 더 크다는 건 막스도 인정한 바였다. 그리고 유년기 이후의 또 다른 고통도 두 사람을 하나로 연결해준다. 막스의 어머니가 화염에 휩싸인 뉘른베르크를 목격하고 받은 충격, 마리의 어머니가 남편이 사망했을 때 받은 충격을 생각하며 두 사람은 그런 트라우마가 자궁에서부터 자신들에게 전해졌다고 생각했다. 둘은 둘 사이에 존재하는 다른 유대감에 대해서도 끝없이 이야기했지만, 유일하게 한 가지만은 일절 언급하지 않았다. 마리도 태어나기 전에 발생한 전쟁에 상당한 영향을 받았다고 느꼈다는 사실을 막스가 알았더라면, 두 사람 사이의 친밀감은 더욱 빈틈없이 봉인되었을 것이다.

　　그리고 두 사람의 첫 대화에서 막판에(혹은 처음에) 갑자기
튀어나온 마지막(혹은 첫 번째) 이야기가 있었다. 마리는
프랑스인이었고 막스는 독일인이었는데, 막스의 조국은 수 세기에
걸쳐 마리의 조국을 초토화했다. 언젠가 막스는 1914년 프랑스를
향해 진군하는 독일군이 지나는 다리가 새겨진 엽서를 마리에게
보내면서 **그래서 지금 나는 너를 위해 더 절실한 소원을 빌고
있어**라고 썼다. 막스는 화해를 깊이 갈망했어요, 마리는 말한다.
그런 막스의 마음은 두 사람의 관계에 특별한 의미를, 그러니까
그들의 존재를 초월해 언제까지고 상존하는 의미를 부여했다.

우리는 즐거운 시간을 보냈어요, 하고 마리는 말한다. 둘은 함께
있으면 어린 시절로 돌아간 듯했다. 막스는 모리스와 근엄한
말투로 전화 통화를 하는 등 재미있는 장난을 서슴지 않는 마리의
적극성을 좋아했다. 마리의 유쾌함도, 반항심도 좋아했다. 언젠가
막스는 은행에 돈을 인출하러 갔는데, 창구 직원이 지폐 더미를
잔뜩 쌓아놓고 사라져버렸다고 마리에게 말했다. 믿기지 않는
상황이었다. 막스가 그 지폐 더미 맨 위에 있는 지폐 몇 장을
슬쩍해도 모를 터였다. "왜 안 그랬어?" 마리가 물었다. 막스는
잠시 마리를 쳐다보다가 폭소를 터뜨렸다.

　　막스는 자기가 염려하는 모든 것, 이를테면 놓친 기차, 쏟아진
커피, 나무 아래에 주차해두었다가 새똥으로 뒤덮인 차 등등에 대해
신경 쓰지 않는 마리가 좋았다. 마리와 함께하면 마음이 놓였다.

긴장을 풀다 못해 와인도 다시 조금 마시기 시작했고(어쨌거나 거긴 프랑스였다) 아무 문제도 겪지 않았다. 막스는 의사가 된 마리가 분자생물학처럼 자기는 모르는 것에 대해 안다는 점도 마음에 들어했다. 요컨대 막스는 마리가 자기와 비슷한 만큼 다르다는 점을 흡족히 여겼다. 과학자로서 마리는 막스가 선호하는 생각, 예컨대 우연은 운명이라는 생각에 동의하지 않았다. 우연은 우리가 아직 설명하지 못하는 하나의 사건일 뿐이야, 하고 마리는 단호하게 말했다. 그런 한편 마리는 비이성적이고 충동적이었던 데 반해, 막스는 논리적이고 신중했다. 그리고 마리는 여전히 가톨릭 신앙에 애착이 있었다. 막스는 그런 마리를 놀리면서도, 마리가 교회가 보이는 족족 들어가 초에 불을 켜면 자기도 따라서 불을 붙였다.

마리와 관련해 가장 마음에 드는 부분은 그가 길들여지지 않는 아이의 모습을 간직하고 있다는 사실이라고, 막스는 말했다. 그리고 그 거친 아이의 이면에는 슬픈 아이가, 치유해주고 싶은 아이가 있었다. 어쩌면 그게 더 중요했을지도 모른다.

마리는 막스와 함께—뮌헨과 마인츠, 베를린과 프랑크푸르트, 빈, 암스테르담, 뉴욕 등지를 다니며—시상식, 연설, 낭독회 등에 참석했다. 두 사람은 쉴 틈 없이 박물관(그리고 교회)도 방문했다. 마리가 성장한 마을과 그의 친가를 부자로 만들어준 공장도 방문했다. 막스는 매일 새로운 프랑스 단어를 열 개씩 익혔고 마리에게는 독일어 받아쓰기dictées를 가르쳐, 두 사람은 서로의 언어를 잘 구사할 수 있었다.

마리는 막스의 생애 마지막 2년 동안 그 누구보다 막스를 더 잘 알게 되었다. 마리가 나를 위해 정리해준 막스가 좋아하는 것들 목록에는 특히 유럽너도밤나무를 비롯한 나무, 특히 비둘기와 까마귀를 포함한 새, 정원, 기차역, 토끼와 산토끼, 먼지(막스는 마리에게 프랑스어로 "J'adore la poussiere[나는 먼지를 사랑해]"라고 말했다), 개가 올라 있었다. 막스는 "내 삶을 가늠하는 기준은 개야"라고 말했다.

마리는 말한다. "Il vivait dans son monde à lui, et il te prêtait un moment(그는 자기만의 세계에 살면서, 사람들에게 잠깐씩 그 시간을 빌려주었을 뿐이죠)." 그로 인해 막스는 주의가 산만했고 늘 무언가를 잊어버렸다. 또한 그로 인해 때때로 자기가 어디 있는지를 잊고 발부리가 걸려 넘어지고는 했다. 가령 젊었을 때는 오버스트도르프에서 기차 아래로 떨어진 적이 있고 파트리크 샤르보노가 『이민자들』 번역상을 수상하는 행사에 참석하려고 동행했을 때는 낭트의 시청 계단에서 발이 꼬여 넘어지기도 했다. 이런 사고가 발생하면 막스는 상당한 자괴감을 느꼈다. 막스는 어머니 로자처럼 사람들이 자기에 대해 어떻게 생각할지를 지나치게 신경 썼고, '체면과 규범에 맞게comme il faut' 행동하지 못할까 봐 두려워했다. 막스에게는 또 다른 두려움도 있었다. 지루한 사람이 되는 것에 대한 공포가 그중 하나였고, 남들 눈에 띄는 것이 또 다른 두려움이었다고 마리는 말한다. 일례로 두 사람이 함께 어느 서점을 방문했을 때 마리가 자랑스럽게 "W. G. 제발트의 책이요"라고 말하자 막스는 계산대 아래로 몸을 숨기고 마리에게 다시는 그러지 말라고 당부했다. 그런가 하면 막스는 자동차를 유독 두려워했다. 하루는 마리의 옛 **마누아**를 향해 차를 몰고 있었는데 안개가 너무나 두텁게 내리깔려 한동안은 정말이지 아무것도 보이지 않는 상태로 운전해야 했다. 막스는 공포에 질려 제발 차를 돌려달라고 애원했다. 마리는 눈 감고도 갈 수 있을 만큼 잘 아는 도로라 앞을 볼 필요도 없다며 막스의 부탁을 거절했다. 곧 안개는 걷혔지만, 막스가 진정되기까지는 한참의 시간이 걸렸다.

막스는 '주의가 산만해지는distrait' 경향이 있어 항상은 아니어도 자주 형편없는 운전 실력을 보였다고 마리는 말한다. 한번은 생말로로 가는 길에 한동안 막스가 운전대를 잡았는데, 자꾸만 핸들을 좌우로 심하게 꺾었다. 마리가 왜 그러느냐고 묻자 막스는 꽃 때문이라고 대답했다. 도로변에 너무 '어여쁜 꽃들jolies fleurs'이 피어 있다는 얘기였다……. 막스는 마리만큼 건강이 좋지 않았다. 건선 때문에 시도 때도 없이 가려움을 느꼈고, 편두통도 심심찮게 앓았다. 막스는 열과 소음에 과민했고, 아무래도 그래서 대부분의 시간을 실내에서 보내는 것 같다고 마리는 생각했다.

그러나 이건 막스가 가진 좀더 어두운 측면에 불과했다. 대부분의 경우 막스는 아주 훌륭한 동반자였다. 특히 마리가 아플 때뿐만 아니라 평상시에도 놀라울 정도로 다정했고, 어딜 가든 여행 내내 세세한 정보를 공유했다. 막스는 요리를 잘했고 손재주가 빼어났으며, 익살스럽고 재미있고 (마리에게) 기분 전환이 될 만한 장난을 잘 쳤다. 막스에게는 특별한 웃음이 있었다―그건 강렬한 내적 기쁨을 꾹 눌러 담은 듯한 웃음이었다. 그리고 아름다운 울림을 주는 목소리가 있었다.
그 역시 목구멍이 아닌 내면 깊숙한 어딘가에서 흘러나오는
목소리였다.

하지만 과연 무엇보다 놀라운 것은 막스의 정신, 정처 없이
흐르는 탐구하는 정신이었다. 마리는 그 정신을 "방랑하는 정신le
vagaboudage de sa tête"이라고 칭했다. 두 사람은 온갖 것에 대해
이야기했다. 장 아메리와 아르민 뮐러와 마이클 햄버거, 전쟁과
도시 폭격, 그리고 타자성과 망명에 대해. "막스는 저를 더 지적인
사람으로 만들어줬어요"라고 마리는 말한다. 두 사람은 (아직
마무리되지 않았던 『아우스터리츠』는 제외한) 그의 작품이나 책 홍보
행사에 대해서도 이야기했다. "출장 다니는 영업사원 같아"라고
막스는 말했다. 둘은 독일에 대해서도 이야기했는데, 막스가
마리에게 말하길 그에게 남은 것은 독일 여권뿐이었다. 막스는
무릎 길이의 우스꽝스러운 가죽 바지를 입은 아버지에 대해서나,
마리의 어머니와는 딴판으로 온화하지 않고 엄격했으며 부르주아
관습의 노예였던 어머니에 대해서도 이야기했다. ("그래도 너한텐
부모님이 아직 계시잖아." 마리는 말했다. "가서 어머니랑 대화를 나눠
봐." 그리고 막스는 그렇게 했다.) 두 사람은 독일군이 쏜 총알에
눈을 맞은 마리의 아버지와 막스의 양친이 보인 침묵에 대해서도
이야기했다. 그것이 막스의 핵심 동기였다. 부모의 침묵, 그것이
그가 쓰고 있던 책의 주제였다.

마리는 그 책에 영감을 주었다.[5] 적어도 그 책이 취하게 된
형식에 영감을 제공했다. 두 사람이 만난 후부터 그 책은 더 이상

막스의 가족에게만 해당되는 이야기가 아니라 마리의 가족에게도 적용되는 이야기, 독일군이 프랑스를 너무나도 사랑한 나머지 네 차례나 프랑스로 돌아간 그 역사로 거슬러 올라가는 이야기였다. 이야기는 각자의 아버지들이 겪은 전쟁에서 정점을 찍었다. 그러나 마리가 살았던 피카르디 지방에서 역대 가장 피비린내 나는 전투가 치러지게 만든 제1차 세계대전도 그에 못지않게 중요했다. 그중 최악의 사태는 슈맹데담Chemin des Dames 이라 불리는 엔강 위쪽의 도로에서 벌어졌다.[6] 그곳에서 독일군은 마치 용의 턱에서 불이 뿜어져 나오듯 총성이 터져 나온다고 해서 자기들끼리 용의 동굴이라는 뜻의 드라헨휠레Drachenhöle 라 칭한 오래된 채석장에 참호를 팠다. 그리고 1917년 4월, 실제로 총성이 불꽃처럼 터져 나오면서 첫날에만 4만 명의 프랑스군을 쓰러뜨렸고, 전쟁이 끝날 즈음에는 27만 명 이상이 전사했다. 그 후에는 푸알리polius—평범한 프랑스 병사[보병]들—가 폭동을 일으켰다. 막스는 이 폭동과 폭동 이후 프랑스군이 싸움을 지속하며 직접 드라헨휠레로 들어가 수개월간 양측 군인이 벽 하나를 사이에 두고 서로 불과 몇 미터 떨어진 곳에서 지냈던 일에 매료되었다. 막스는 할아버지 게오르크 제발트가 제복을 입고 꼭 그렇게 생긴 동굴 밖에 앉아 있는 사진을 소장하고 있었다. 그 동굴이 바로 드라헨휠레일지도 모른다고, 게오르크와 마리의 할아버지 장이 바로 거기서 싸웠을지도 모른다고, 그리고 결국 그 벽을 사이에 둔 채 서로 적으로 만났을지도 모른다고 막스는 생각했다.†

프랑스 관점에서 쓴 이야기를 참고하기 위해 막스는 마리의
할아버지 장이 작성한 일기—머나먼 중세 시대로 거슬러
올라가는 가문의 기원에서 시작해 아내의 사망 이후 갑자기
기록이 중단된 1959년까지 23권의 일기—를 일부 읽었다. 장이
직접 스케치한 수채화와 생생한 이야기가 빼곡히 들어 있는
놀라운 기록물이었다. 막스는 피터 조던의 이모에 대해 말했던
것처럼 마리의 할아버지도 작가가 될 수 있었겠다고 마리에게
말했다. 그는 장이 18세에 기병대에 입대해 첫날부터 마지막
날까지 참전한 제1차 세계대전과 관련된 내용에 가장 관심을
보였다. 막스는 그 기록을 영국으로 가져가기 위해 복사했으나,
집에 도착하기도 전에 기차에 두고 내려버렸다.

제1차 세계대전에 관한 일기에 마리의 할아버지가 그려 넣은 그림.
"Les villages brûlent! La haine s'accumule(마을들이 불타고 있다! 증오가 들끓는다)."

마리와는 대체로 떨어져 지냈기 때문에, 막스는 자기
작품에서처럼 이미지를 중심으로 구성된 경이로운 편지들을 써서
그에게 보냈다. 대부분은 유년기 기억과 관련된 편지들이었다(이
책의 초반부 장들을 집필할 때 내가 참조한 것도 이 편지들이다).
그중 하나는 낙천적인 성격의 요제프 삼촌이 맞이한—아내와
딸은 여전히 꽃피우고 있는데 요제프 자신은 집에서 우울과
착란에 시달리고 있다는—서글픈 운명에 관한 것이었다.
몇몇 편지는 막스의 테이블 밑에서 잠들어 있는 모리스를
묘사하거나, 들판에서 모리스와 나란히 산책하다 꽃을 꺾어
작은 다발을 만든 후 마리에게 보내는 일화를 담고 있다. 그리고
상당수는—대체로—그의 작품과 공명하는 여러 생각과 성찰로
가득 차 있다. 막스는 어떤 편지에서는 활짝 열린 창문을 통해
밤이 스며드는 방 안에서, 어떤 편지에서는 산봉우리에 올라
아래쪽 계곡을 내려다보며 그런 생각과 성찰을 한다. 마리가
할아버지의 제분소 사진을 보내주면, 막스는 그 사진을 돋보기
아래 두고 몇 시간씩 연구하면서 마치 오래전 자신이 그 제분소에
직접 살았던 것 같은 느낌을 받는다. 막스는 루소가 생피에르섬에
있다가 생피에르처럼 섬이기는 하나 섬이라고 하기엔 너무 큰
영국으로 갔다고 말한다. 그는 자신이 사랑하는, 점차 사라져가는
장소들 중 하나인 블리스버그 교회의 엽서를 마리에게 보낸다.
그리고 말한다. 우리의 일상적인 삶과 기적적인 삶 사이에는 매우
얇은 선 하나가 있을 뿐이며, 그것은 언제든 쉽게 넘을 수 있다고.
막스는 여느 때처럼 재미있고 기발하다. 편지를 써도 언제는

익살스러운 이탈리아어로 쓰고, 언제는 마구잡이로 지어낸 모스 부호로 쓴다. 항공우편Airmail이라는 단어 옆에는 비행기에 올라탄 작은 남자를 그려 넣었고, 눈目을 묘사한 두 장의 우표 사이에는 코를 그려 넣었다. 막스는 마리에게 네 생각을 자주 한다고, 길을 걸을 때면 프랑스 쪽으로 걷게 된다고 말했다.

2주간 막스는 마리에게 거의 매일 두 장 이상의 작은 엽서를 부친다. 그 엽서들은 카시버Kassiber—감옥에 있는 죄수와 주고받는 비밀문서를 가리키는 도둑들의 은어—였다고 막스는 말했다. 작은 편지 봉투 뒷면에 막스는 취급 주의Fragile라고 적힌 빨간 스티커를 붙였다. 엽서에 동봉한 사진들은 보통 동물—곰, 고양이, 연두색 앵무새—이나 눈目이었다. 사진 중에는 범선 사진도 있었는데—사진 전체를 담아내기엔 엽서가 너무 작았던 까닭에—절반이 잘린 상태였고, 같은 이유로 머리가 잘린 사제 사진도 있었다.

카시버 11 (12번에는 선체 나머지 반쪽의 사진이 있었다).

상당수의 카시버에는 몇몇 엽서에서처럼 토끼가 그려져 있다. 이는 막스와 마리가 행복한 시간을 보낸 생피에르섬이 토끼섬île des lapins이었기 때문이기도 하지만, 그보다 우선하는 또 다른 이유가 있었다. 서로를 만난 직후 막스는 마리에게 사르트르의 초년기 회고록 『말』을 읽고 있다고 했다. 『말』에서 사르트르는 자기가 영재였다면서, 자기를 아껴준 할아버지가 1학년을 건너뛰고 월반을 시켜야 한다고 주장했던 일화를 들려준다. 학교생활을 그럭저럭 잘해나가던 사르트르는 어느 날 받아쓰기를 하게 됐다. 선생님이 읽은 문장은 "Le lapin sauvage aime la thym", 그러니까 '야생 토끼는 백리향을 좋아한다'라는 문장이었다. 가엾은 꼬마 사르트르는 그 문장을 쓰는 법을 몰랐음에도 영재로서 최선을 다했다. 그는 "Le lapin çouvache ême le ten"[çouvache, ême, ten 의 철자가 잘못되었대]이라고 적었고, 선생님은 그를 다시 1학년으로 내려보냈다.

그때부터 철자법 빵점인 마리는 '탕ten'이 되었다. 막스는 자기도 학교에서 받아쓰기를 잘 못했다고 마리를 안심시키며 자기가 쓰는 프랑스어 철자가 맞는지를 묻고는 했다(물론 때때로 틀렸다). 또 막스는 이따금 "볼퍼팅거Wolpertinger"라는 서명을 썼다(볼퍼팅거는 바이에리셔발트에 사는 토끼를 닮은 신화 속 존재다). 이름과 탕이라는 별명 외에도 막스는 **피카르디 소녀, 피카르디의 마리, (마리의 아버지가 딸에게 지어주고 싶어했던 이름인) 소피** 등의 애칭으로 마리를 불렀다. 한편 막스는 볼퍼팅거 외에도 할아버지 이름인 요제프, 나비 남자, 은둔자, 눈사태 감시자, 맨날 넘어지는 애, **덜떨어진 녀석** ritardato, **광인** pazzo, **천하의 멍청이** grand imbécile 등
온갖 별명으로 불렸다.

왜 맨날 넘어지는 애라고 불렸는진 알 만하다. 그런데 천하의
멍청이라는 별명이 생긴 데는 비화가 있다. 피카르디 출신인
마리의 조부모 필레몽과 보시스는 평생 감격스러울 만큼 서로에게
헌신했다고 마리는 말한다. 장 필레몽은 아침마다 제분소에
들렀다 오는 길에 보시스를 잠에서 깨워줄 커피 한 잔을 가져와
아내의 아름다운 갈색 눈동자에 바치는 노래를 불러주었다.
그러면 보시스는 아침마다 말했다. "당신, 내 눈 파란 거 알면서,
천하의 멍청이!"

이렇게 유쾌하고 사랑스러운 다정함을 갖추고 있었음에도
막스는 변하지 않았다. 그의 내면 깊은 곳에 뿌리내린 특성은 늘
'슬픔과 고독 tristesse et solitude'이었다는 게 마리의 이야기다. 막스는
자신의 음울한 기분으로 마리를 우울하게 만들지 않기 위해
애썼고, 대체로는 이에 성공했다. 하지만 한밤중 잠자리에 들 때
이따금 관 속에 있는 것 같다는 생각이 든다는 말을 듣고 마음을
놓을 수는 없는 일이었다. 게다가 막스는 거의 항상 우울한
표정을 하고 있었다. 한번은 두 사람이 함께 카페에 있는데 근처
테이블에 앉은 사람이 마리에게 따뜻한 미소를 보냈다. "왜
사람들은 널 보면 항상 웃어줄까?" 막스가 물었다. "나한테는
아무도 미소를 지어주지 않는데 말이야." 그 말에 마리는 답했다.
"네가 미소를 지어줘봐."

두 사람은 어릴 땐 너무 일찍, 커서는 너무 늦게 만났다. 6개월
동안, 심지어 1년 동안 이 기적 같은 만남은 다른 모든 것을
압도했다. 그러나 기적은 지속될 수 없었다. 헤어질 때마다
마리는 또다시 버려지는 기분을 느껴야 했다. 그 기분을 십분
이해했던 막스는 마리를 거듭 안심시켰다. 그러나 그런 위로는
헤어진 이후 편지를 통해서 이뤄졌다. 헤어지는 순간에는 마리의
심정에 화답하지 못할 때가 많았다는 얘기다. 막스는 자주
자기만의 세계로 사라져버렸고, 스스로 말했듯 현실을 등지고
있어 주변에서 벌어지는 일을 알아차리지 못하는 것처럼 보였다.
마리도 막스의 이런 점을 이해하고는 있었지만, 견딜 수는 없었다.
그는 당황해 어쩔 줄 몰라 했고 절망에 빠졌다가 이내 분노했다.
마리는 자기가 어떤 사람인지 잘 안다. 저는 성격이 급해요, 그는
말한다. 그리고 화가 나면 주체를 못 할 때도 있죠. 그런 일은
수차례 일어났다. 한번은 막스도 맞서서 소리를 질렀는데, 아마
살면서 처음 있는 일이었을 것이다. 막스는 자기도 무력감을
느끼면 어쩔 줄 모르겠는 상태가 된다고 털어놨다. 둘은 무력감을
느꼈다. 막스가 말하기를, 두 사람 다 너무 많은 상처를 견디고
있었다. 마리와 막스는 두 번이나 관계를 정리하려고 했다. 하지만
그런 결심도 오래가지는 못했다.

어쩌면 자기는 애초에 행복해질 수 없는 사람인지도 모른다는
게 막스의 얘기였다. 어쩌면 행복으로부터 도망치기까지
했는지도 모를 일이다.[7] 마음속 깊은 곳에서는 그랬으리라는 게

내 생각이다. 막스는 타고난 재능이 많은 사람이었지만, 평화와 사랑을 가만히 받아들이는 일에는 무능했다.

　계속 살았더라면 그는 어떻게 되었을까? 마리는 막스가 절대 자기 가족이나 고독을 떠나지 않으리라는 걸 알았다. 한편 막스는 마리가 계속 상처받은 아이로 남게 되리란 사실, 자기가 그 상처를 치유해줄 수는 없으리란 사실을 알았다. 유일한 끝은—그것이 언제 닥칠지는 알 수 없으나—카프카적인 끝이었다.

7부

W. G. 제발트

W. G. SEBALD

21장

『이민자들』을 향해

> 오늘날 진정한 예술가는 극도의 공포로 전율하는 작품을 만들어내는
> 사람이다.
> ―테오도어 아도르노

알다시피 『이민자들』은 제발트에게 새로운 길을 열어준 작품이다.
그리고 앞서 고백했다시피 내가 각별히 아끼는 작품이라 이미
상세히 다루었으니, 여기서 말을 더 보태지는 않을 생각이다.

　　이 책은 전기이지 문학비평서가 아니다. 그렇기에 『이민자들』
외의 다른 작품들을 다룰 때에도 전기적인 측면, 즉 기원과
전개 과정에 집중할 것이다. 하지만 이 전기가 존재하는 유일한
이유는 제발트가 무엇을 왜 썼는가를 묻기 위함이며, 따라서
이에 관해서도 다룰 필요가 있다. 특히 이 질문이 그의 일생의
프로젝트로서 어떻게 하나로 엮여 있는지, (『토성의 고리』의 문장을
빌려 말하자면) 그의 머릿속 단면이 어떻게 구성되어 있는지를

보여주기 위해서 말이다.

제발트는—오스트리아 작가 콘라트 바이어의 비범한
작품—『비투스 베링의 머리 *Der Kopf des Vitus Bering*』를 읽다가『자연을
따라. 기초시』를 구상하기 시작했다면서, 거기서 독일 탐험가
게오르크 빌헬름 슈텔러를 간략히 언급하는 대목을 만났다고
했다.[1] 그때 이미 우연과 연결이라는 거대한 주제가 그의 머릿속을
밝혔다. 슈텔러와 제발트는 이니셜이 [G. W. S.로] 같았고, 로자가
자궁 속 아들에게 공포를 물려주었던 빈트스하임이 슈텔러의
출생지라는 우연도 겹쳤다. 그리고 막스는 그뤼네발트에 관한
이야기로 넘어갈 때도 5월 18일이라는 날짜, 제발트 베함이라는
예술가, 슬픔에 짓눌린 그뤼네발트의 얼굴, 그리고 자신의 눈처럼
"서서히 고독을 향해 치닫는"[2] 눈을 매개로 그를 빈트스하임과
연결 지었다. ('그뤼네발트 Grünewald'라는 이름이 G와 W를 축으로
삼고,[3] 빈트스하임 Windsheim 에 W와 S가 들어간다는 점까지 짚는다면
강박적인 걸까? *

『자연을 따라. 기초시』는 타인에 대한 두 초상과 자기
탐험으로 구성되어 있는 형식에 있어『현기증. 감정들』과
연결된다. 그러나 무엇보다 자연과 역사에 대한 비관주의, 공포와
고통에 대한 몰두에 있어『토성의 고리』와 연결된다고 할 것이다.
제발트가 35세에 겪은 위기 속에서 써 내려간 첫 작품인『자연을

---

* Grünewald 는 초록을 뜻하는 grün 과 숲을 뜻하는 Wald 가 합쳐진 이름이다.
Windsheim/Windesheim 은 바람을 뜻하는 Wind 와 집으로 향한다는 뜻의 -heim 이
합쳐진 지명이다. s 는 합성어에서 소유격을 표시해 '바람의 집'이라는 뜻이 된다.

따라. 기초시』는 그 어떤 작품보다 비관적이며 고통으로 점철되어
있다. 제발트를 좋아했고 또 높이 평가했으나 그를 꿰뚫어보기도
했던 혹자는 그가 "자신의 사사로운 사연을 (…) 인간의 조건으로
신화화했다"라고 말했다.[4] 이는 분명 사실이다. 하나 고통받는
자의 명료한 시선에서 보자면 그것이 때때로, 또 언제나 우리
모두에게 인간의 조건인 것도 **맞다**.

다음 작품 『현기증. 감정들』은 한 편의 대작이었다. 『현기증.
감정들』은 반복이라는 모티프를 중심으로 구성되어 있다. 카프카가
스탕달의 이탈리아 여행을 한 세기 이후에 반복하고, 그로부터
거의 70년 후에, 그리고 또다시 7년 후에 화자가 두 사람의
여행을 반복하는 식이다. 그의 여정은 걸어서 W시로 향하는 데서
시작되어 런던 주변을 걷는 것으로 마무리된다. 이야기는 사이사이
카프카를 닮은 데다 이름의 첫 자음이 같은 쌍둥이 자매 바베테와
비나, 피아촐로와 람보우세크라는 두 박사, 그리고 피아촐로
박사와 신부—둘은 어쩌다 배낭을 서로 바꿔 매는 바람에
피아촐로 박사는 "성물을 챙겨" 다음 환자에게 가고, 신부는
"죽음을 앞둔 교구 주민에게" 의료기구를 가져간다—의 일화가
펼쳐지는 식으로 여러 반복적인 요소가 중첩되면서 다크코미디로
치닫는다.[5]

『이민자들』이 사실과 허구를 혼합한 제발트의 주요작이라면,
『현기증. 감정들』은 스탕달의 『연애론』 『앙리 브륄라르의 생애』,
카사노바의 『베네치아공화국 감옥 탈출기 *Histoire de ma fuite des
prisons de la République de Venise*』, 프란츠 그릴파르처의 『이탈리아 여행

일기 *Reisetagebücher auf der Reise nach Italien*』, 레오나르도 샤샤의 『1912
＋1』등의 텍스트를 비롯해 셀 수 없이 많은 숨겨진 텍스트를
콜라주하여 자기만의 텍스트를 구축한 수작이다.[6] 「외국에서」의
도입부는 『베네치아에서의 죽음』을, 「귀향」의 후반부는
[셰익스피어의] 『겨울 이야기 *The Winter's Tale*』을 떠올리게 한다. 그런가
하면 작품은 발저, 아메리, D. H. 로런스, 에드워드 토머스를
얼마간 일별하게 하는 동시에, 토마스 베른하르트나 호프만의
「모래 사나이 Der Sandmann」와도 공명한다. 화자의 유년기 핵심 기억
중에서도 사냥꾼 슐라크가 식당 직원 로마나와 사랑을 나누는
장면은 사실상 페터 바이스의 『마부 몸의 그림자 *Der Schatten des Körpers
des Kutschers*』에서 슬쩍 따온 것이나 마찬가지다. 그러나 제발트가
직접 밝혔듯 『현기증. 감정들』은 다른 누구보다 "카프카에 대한
커다란 오마주"[7]다.

　『현기증. 감정들』의 세 번째 장 「K 박사의 리바 온천
여행」에는 카프가의 편지며 일기를 대폭 인용했거나 반쯤
인용한 글이 그득하다. 하지만 그보다 더한 부분도 있다. 예컨대,
알펜로제 건물 다락방에 있는 연회색 옷차림의 추격병을 둘러싼
핵심적인 일화는 「다락방에서 Auf dem Dachboden」라고 불리는
카프카의 파편 글 한 대목을 거의 단어 하나하나까지 그대로
가져와 적고 있다.[8] 화자가 날이 휘어진 사브르 검을 무릎에
올려둔 소년으로 상상한 공포스러운 이방인은 카프카를 참고한
것이며, 그가 꿈속에서 마침내 추격병을 만지고 먼지로 검게
변한 자기 손을 쳐다보는 장면 또한 카프카의 글에서 따온

것이다. 무엇보다 중대한 부분은 카프카의 다락방에 있는 인물이 소년에게 자기는 한스 슐라크이며, 네카르강에 접한 코스가르텐 출신이라고 알려주는 대목이다. 네카르 강변의 코스가르텐 출신 한스 슐라크는 『현기증. 감정들』에서 로마나와 사랑을 나누고 사망하는 남자의 이름이며, 그들의 밀회를 목격한 소년 - 화자는 얼마 지나지 않아 병에 걸려 죽을 고비를 넘긴다.

섹스와 죽음의 연관성이 이보다 더 명확할 수 있을까. 게다가 이 연관성은 『현기증. 감정들』뿐만 아니라 카프카의 작품 속 남자의 사브르 검과 소년의 검게 그을린 손에도 이미 존재했다. 두 작품의 화자가 특히 두려워했던 것은 남자를 만지는 것이었을까? 그렇다고 한다면, 그들을 등장시킨 두 작가도 그랬을까? 이리하여 우리는 또다시 동성애에 대한 두려움이라는 문제로 되돌아왔다. 우선 두 에피소드는 허구이며, 제발트가 쓴 에피소드는 카프카와 바이스의 글을 차용한 것이다. 하지만 그렇다고 해서 이 문제가 제발트에게 중요하지 않다는 의미는 아니다. 오히려 그 반대다. 일부 학자는 두 에피소드 모두 이 두려움을 중요하게 다루고 있다고 주장했다.[9] 『현기증. 감정들』에 실린 「K 박사의 리바 온천 여행」을 보면 제발트도 확실히 그렇다고 말하고 있다.[10] 생각건대, 이 작품을 집필하던 때가 가장 큰 두려움이 엄습했던 시기는 아니었을까. 그런 점에서 카프카와의 동일시는 필시 그에게 위안을 주었을 것이다.

한데 이게 다가 아니다. '추격병 chasseur'은 티롤의 군인 펠트예거 Feldjäger 였는데, Jäger란 chasseur와 마찬가지로 **사냥꾼**을 의미한다. 따라서 『현기증. 감정들』의 한스 슐라크는 사냥꾼이며, 이 또한 카프카로부터 유래한 것이라고 볼 수 있다.

「다락방에서」의 한스 슐라크는 카프카의 또 다른 인물,[11] 즉 카프카가 1913년에 머문 리바델가르다[리바]를 배경으로 집필한 「사냥꾼 그라쿠스」 속 사냥꾼 그라쿠스의 원형이라 할 수 있다. 그리고 사냥꾼 그라쿠스는 『이민자들』에서 나보코프가 갖는 의미만큼이나 『현기증. 감정들』에서 중요한 의미를 갖는다. 나보코프가 『이민자들』의 네 개 장을 이어주듯, 사냥꾼 그라쿠스는 수수께끼처럼 잠깐씩 나타났다가 사라지며 『현기증. 감정들』의 네 장을 연결하는데, 처음에는 거의 알아차리기 어렵지만 그라쿠스가 네 편의 이야기에 반복적으로 등장하면서 점점 그 존재감이 부각되는 걸 느끼노라면 어느 순간 독자는 하나의 정교한 레이스 직조물 같은 이 작품이 이름 없는 한 인물을 매개로 짜여 있다는 것을 깨닫게 된다.

카프카의 「다락방에서」는 보트 한 척이 리바의 부두에 들어서는 장면에서 시작된다. 보트에선 "은빛 단추가 달린 칙칙한 재킷을 입은 두 남자가 관대棺臺를 나르고 있었다. 관대에는 어떤 사람이 꽃무늬가 수놓이고 술 장식이 달린 커다란 비단보를 덮고 누워 있었다".[12] 그 유령을 1813년에는 벨[앙리 벨, 스탕달의 본명]이, 1980년과 1987년에는 화자가, 1913년에는 K 박사가 목격하는데, K 박사는 그것이 사냥꾼 그라쿠스임을 밝혀낸다. 마침내 「귀향」에서는 나무꾼의 썰매로 변용된 관대가 마지막으로 원래 장소로 돌아가는데, 화자가 될 한 소년은 그 썰매에서

"포도주색 말 담요 아래 있던, 남자의 시신이었음이 분명한"
무언가를 본다.[13] 그 남자는 슐라크이며, 검시 결과 그의 왼쪽
위팔에는 범선 한 척이 문신으로 새겨져 있었다. 그러니 슐라크는
카프카의 이야기에서처럼 제발트의 이야기에서도 사냥꾼
그라쿠스인 것이다.

그라쿠스는 누구인가? 그는 슈바르츠발트에서 온 사냥꾼으로,
영양을 쫓다가 절벽에서 떨어져 죽었다. 그런데 그가 죽자 돌이킬
수 없는 일이 발생한다. 그를 저승으로 인도하는 뱃사공이
아름다운 고향에 정신이 팔려 길을 잘못 드는 바람에 그만 길을
잃은 것이다. 그때부터 그라쿠스는 더 이상 살아 있지 않지만
진정으로 죽을 수도 없는 상태로 지상의 물 위를 떠돌게 된다.

그러므로 그라쿠스는 현실에서나 은유 속에서나 이 세계에
집이 없는 방랑자의 궁극적 이미지다. 스탕달, 카프카, 제발트라는
세 작가처럼 말이다. 그리고 그중에서도 W에 집이 있지만
집에 있지 않은, 삶이 이미 글쓰기 속으로 사라져버린 제발트와
유독 비슷하다. 한편 그라쿠스는 섹스와 죽음이 교차하는
인물, 슐라크이기도 하다. 그리고 이번에도, 카프카와 제발트의
작품에서처럼 그라쿠스의 두려움은 그가 리바 시장의 무릎을
만질 때 느끼는 동성애적 사랑에 대한 두려움일지 모른다.[14†]

막스는 『현기증. 감정들』이 사랑에 관한 작품이라고 거듭
이야기했다. 아니, 그보다는 사랑이라는 문제에 관한 작품이라고
덧붙이기도 했다.[15]

좀더 정확히 말하자면 『현기증. 감정들』은 사랑의 불가능성에 관한 작품이다. 『현기증. 감정들』에서 K 박사는 결혼이라는 위협을 피해 리바로 도망쳐 유일하게 감당할 수 있는 종류의 사랑인 미래가 없는 환상을 만끽한다. 제발트는 K 박사에게 있어 사랑의 공포란 "세상 그 무엇과도 비교할 수 없는 공포"라고 썼다.[16] 나는 이것이 K 박사와 『현기증. 감정들』의 모든 화자에게 있어 진실이라고 생각한다. 이 책에선 상대가 남자이건 여자이건 **상관없이**, 다른 인간과의 신체적 접촉을 포함해 사랑이라는 것 자체가 공포스럽다. 사랑은 이 책의 어떤 장에서도, W. G. 제발트의 다른 어떤 작품에서도 일어나지 않으며, 일어난다 해도 비참할 뿐이다.

「벨, 또는 사랑에 대한 기묘한 사실」은 명백히 사랑에 관한 이야기다. 독일어 원제는 "Das Merckwürdige Faktum der Liebe"*이고 영역본의 제목은 "Love is a Madness Most Discreet"[사랑은 가장 분별 있는 광기](『로미오와 줄리엣』의 한 대목으로, 그 결말이 어떠했는지는 모두가 알고 있다)다. 『자연을 따라. 기초시』처럼 『현기증. 감정들』도 다른 책, 그러니까 메틸데 뎀보프스키 비스콘티니를 향한 스탕달의 위대한 짝사랑 이야기인 『연애론』[17]에서 시작된 작품이다. 『현기증. 감정들』을 집필할 당시 제발트는 자신의 작품과 상당히 유사한 스탕달의 비상한 작품 『앙리 브륄라르의 생애』를 포함해 스탕달의 작품을 더 많이 참고하면서 자서전과 소설을 혼합하고 도표와 그림을 이곳저곳에

---

* 영역하면 The Remarkable Factum of Love[사랑에 대한 경이로운 사실].—지은이

배치했다. 스탕달이 (이야기하길) 이탈리아의 호수[가르다호]가
내려다보이는 곳에서 땅바닥에 이니셜로 새겨 넣었다는, 그가
사랑한 십수 명의 여자들을 비롯해, 그중 일부는 『현기증.
감정들』에 재현되어 있다. 한두 명을 제외하고는, 그 여자들 중에서
메틸데만큼 스탕달에게 큰 사랑을 돌려준 이는 없다시피 했고,
스탕달은 이를 두고 "내 삶에서 예의 반복된 상태는 불행한 연인을
사랑한 것이다"라고 썼다.[19]

사실 카프카나 제발트와 정반대로 늘 여색을 밝히는
바람둥이로 인식된 스탕달은 결국 적어도 제발트가 그린 모습
속에서는, 그리고 짐작건대 현실에서도 두 사람과 유사하다.
스탕달에게 사랑은 키메라처럼 예술과 상상 속에서만 존재하는
것이었다. 그러니 도메니코 치마로사의 「비밀 결혼Il matrimonio
segreto」 중 「그대여, 의심하지 마오Cara non dubitar」에서 울려 퍼지는
사랑의 이중창이 (『현기증. 감정들』에서) 그 어떤 실제 경험보다 더
그를 감동시키는 것이다. 한편 메틸데의 손을 본뜬 석고 모형은
"메틸데라는 사람만큼이나 스탕달에게 대단한 의미를 지녔다"라고
제발트는 썼다.[20] 스탕달과 동거한 앙겔라 베라이터는 그를
상상에서 벗어나게 해주었지만, 스탕달은 한순간도 앙겔라를
사랑한 적이 없었다.[21] 다른 누구보다 다가가기 어려웠던 한 사람,
메틸데야말로 스탕달이 어느 누구보다 사랑한 사람이었다.†

제발트의 재능 중 하나는 자신이 다루고자 하는 주제를
차마 잊히지 않는 이미지로 포착해내는 것이다. 이를 통해
우리는 요하네스 네겔리의 시신이 빙하 속에서 모습을 드러낼

때 사자가 우리에게 돌아오는 장면을 목격하게 되며, 바로
여기서 관대에 누운 사냥꾼 그라쿠스로부터 카프카와 자기
자신—집 없는 방랑자, 살아 있다기보다 죽은 것에 가까운
멜랑콜리한 사람들—에 대해 가지고 있던 제발트의 상을 보게
된다. 그리고 「벨, 또는 사랑에 대한 기묘한 사실」에서 저자는
『연애론』으로부터 차용한 이미지 속에 사랑에 대한 자신의 생각을
구현해 넣는다. 잘츠부르크 인근의 암염광산을 방문하는 장면에서
벨의 도행인은 수천 개의 반짝이는 수정 조각으로 뒤덮인
광산에서 구한 나뭇가지 하나를 선물받는다. 이 "참으로 기적 같은
물건"이 제발트에게는 "영혼의 암염광산에서 성장하는 사랑에
대한 알레고리"다.[22] 다시 말해, 작고 평범한 것을 감싸고 있는
사랑은 우리 자신의 마음속에서 형성되는 기적과도 같다.

　　제발트는 결정이 맺힌 나뭇가지의 사진을 『현기증. 감정들』에
실은 적이 없다. 그러나 알다시피 다른 작품에 그런 사진이
등장한다. 바로 「막스 페르버」의 화자가 키싱겐의 염전을
방문하는 대목이다. 여기에 등장하는 이미지는 오랜 세월에 걸쳐
말로 표현되면서 결정화된 예술의 이미지이자 화자의 생애를
보여주는 이미지다. 그리고 결정이 맺히는 그 과정의 출발점은
바로 여기, 제발트가 사랑의 환상을 인식하는 순간이다.

22장

『토성의 고리』

제발트가 그랬던 것처럼, 『현기증. 감정들』에서 시작하면 그의
산문으로부터 다섯 가지 모티프를 추적해낼 수 있다. 먼저
『현기증. 감정들』에 나타나는 환상적인 혹은 불가능한 사랑이라는
모티프가 있다. 두 번째는 『이민자들』에서 『아우스터리츠』까지
이어지는 첫 번째 침묵, 홀로코스트다. 세 번째는 『자연을 따라.
기초시』로 돌아갔다가 『토성의 고리』에서 절정에 이르는 자연과
역사에 대한 더 광범한 공포다. 네 번째는 『공중전과 문학』에
나타나는 두 번째 침묵으로, 독일 도시에 대한 폭격이다. 그리고
마지막은 『전원에 머문 날들』에서 세월을 가로지르며 펼쳐지는
동료들이라는 위안이다.

　『토성의 고리』에는 이 모든 모티프가 담겨 있다. 잃어버린
혹은 불가능한 사랑은 에드워드 피츠제럴드와 윌리엄 브라운,
샤토브리앙과 샬럿 아이브스, 그리고 화자와 캐서린 애슈버리의
이야기에 담겨 있고, 『현기증. 감정들』에 처음으로 나타나는

육체적인 사랑에 대한 두려움은 [서퍽에 위치한] 코브히스 해변에서 목격하는 '바다 괴물'의 환영에 담겨 있다. 홀로코스트 모티프는 조지 윈덤 르 스트레인지의 이야기에, 독일 도시에 대한 폭격 모티프는 윌리엄 헤이즐과의 만남에 나타난다. 자연에 대한 공포는 8장의 모래폭풍과 9장 마지막 부분에 적힌 수백만 그루의 나무를 향한 애도에서 드러난다. 인류에 대한 공포는 개인 차원의 소규모 공포에서 역사적 차원의 대규모 공포에 이르기까지 작품 이곳저곳에서 나타나는데, 아리스 킨트나 케이스먼트, 애슈버리의 이야기라든가 인간이 불을 이용한 방식에 대한 분노, 솔베이 전투, 싱글스트리트에서의 대학살, 그리고 오퍼드니스에서의 핵전쟁 불안, 고대 중국의 바로크식 잔혹함, 인간의 입맛에 맞게 대지와 바다와 하늘의 생명체에 대하여 끝없이 치러지는 희생이 모두 이에 속한다. 한편 이 모든 것에도 불구하고 작가 브라운과 콘래드, 피츠제럴드와 스윈번, 화자의 친구인 햄버거 부부, 진정한 예술가인 토머스 에이브럼스, 그리고 순진무구한 스탠리 케리, 재닌 데이킨스, 마이클 파킨슨, 프레더릭 패러 등의 진심 어린 이야기에는 동료들이라는 위안이 깃들어 있다.

제발트의 작품은 이미지를 섬세하게 엮어낸 결과물이기도 하다. 이로써 처음 두 작품에서는 그라쿠스와 나보코프가, 『토성의 고리』에서는 원이 탄생했다.[1] 책을 읽기도 전에 제목이 먼저 이것을 말해준다. 걷기는 그 자체로 원이고, 땅에 닿은 나뭇가지들은 원을 그리며 뻗어 있고, 한때 세상을 하나로 통합한 제비도 다 함께 원을 그리며 날고, 화자가 자기를 잃어버리는 미로도 원이다. 그리고 돌이켜보면 마지막 미로는 "[그의] 뇌 단면을 상징했고," 그 안에서 그의 생각은 "끊임없이 (…) 돌고 돌았다".[2] 그러니 화자가 길을 잃은 곳은 사실상 그 생각의 원이며, 독자는 그의 이야기를 읽으며 이 생각의 원으로 진입하게 된다.

원만큼 중요한 것은 비단의 이미지다. 이는 처음에 『토성의 고리』 1장 말미에서 "파트로클로스*의 단지 속 (…) 보라색 비단 조각"[3]으로 나타난다. 그 후에는 생계를 위해 무용한 노력을 이어가는 애슈버리 자매들[4]이 완벽함을 넘어 거의 살아 숨 쉬는 예술작품 같은 수백 개의 비단 조각으로 지은 웨딩드레스를 제외하고 곧 대부분 다시 풀어헤칠 리넨과 드레스를 바느질하는 대목에서 나온다. 그리고 마지막 장은 내용 전체가 비단의 역사라고 할 수 있을 정도인데, 비단 직조공과 누에나방 *Bombyx mori*의 고통을 통해 "새의 깃털과도 같이 (…) 뭐라 형언할 수 없는 아름다움"의 재료가 생성되는 과정을 그린다.[5] 『토성의 고리』는 화자에게 "유일무일하게 진실한 책이 남긴" 것처럼 보이는 비단 견본 카탈로그[6]로 마무리되며, 마지막 문장에서는 영혼이 떠나는 최후의 여정을 방해(기억을 되새겨보면 이는 사냥꾼 그라쿠스에게 일어난 일이다)하지 않기 위해 한때 거울과 그림을 덮는 데 쓰였던 비단 상장喪章이 묘사된다.[7]

---

* 호메로스의 『일리아스』에서 아킬레우스의 가장 가까운 벗이자 전우로, 그의 분신과도 같은 인물이다. 아킬레우스의 갑옷을 입고 전장에 나섰다가 헥토르에게 죽임을 당하고, 이를 계기로 아킬레우스가 다시 전쟁터로 나가게 된다.

두 비단 예술작품은 예술가가 아닌 공예가들이 만든 것이다.
막스 페르버가 난생처음 본 진정한 예술작품이라고 인정한
솔로몬 신전 모형을 만든 『이민자들』의 프로만처럼 말이다.
여전히 형언할 수 없는 아름다움을 간직한 비단을 제작하는
가련한 비단 직조공들은, 마치 여전히 아름답고 강렬한 전망을
열어젖혀주는 『전원에 머문 날들』 속 가련한 작가들 같다.
그리고 회색 비단은 「암브로스 아델바르트」에서 회색과 갈색이
섞인 물결무늬 비단옷을 입은 뎀보프스키 백작부인—『현기증.
감정들』 속 벨의 불가능한 사랑—이라든가 회색 낙하산 비단으로
만든 옷을 입고 페르버의 앞에 나타나는 아름다운 여자, 그리고
회색 비단 조끼를 입고 아우스터리츠의 침대맡으로 온 그의
어머니 등 제발트의 여러 작품에 등장하는 잃어버린 사랑을
연결한다. 마지막으로 비단은 『현기증. 감정들』에서 그라쿠스의
시신을 덮은 꽃무늬 비단보부터 『아우스터리츠』에서 망자를 덮고
있던 검은 베일에 이르기까지 죽은 자들을 서로 연결해준다.

여기에 담긴 의미는 뭔가? 파트로클로스의 단지에서 처음
모습을 드러낸 비단을 보고 화자는 묻는다. 앞서 든 예시들이
보여주듯, 비단은 여러 의미를 내포한다.[8] 제발트에게는 공예를
의미하는 예술, 언제나 상실의 대상인 사랑, 그리고 죽음. 혹은
죽음 이후 영혼의 생존을 의미하기도 하는데, 이는 그라쿠스와
『아우스터리츠』에 등장하는 죽은 자들의 작은 집단이 상징하는
바이기도 하다. 의사 토머스 브라운은 더 이상 영혼의 생존을
믿지 않지만, 가톨릭 신자인 토머스 브라운은 여전히 이를

희망한다.[9] 그런 브라운을 통해 우리는 제발트의 생각을 읽어낼 수 있다. 바로 그것이, 에번이라는 구두장이가 아우스터리츠에게 말해주듯, 우리를 내세와 갈라놓는 전부인 그 얇은 비단 조각에 담긴 가장 깊은 의미다.

제발트는 『토성의 고리』를 집필하기 위해 1200쪽 분량의 글을 끄적였다고 레나테 유스트에게 말했다. 그로부터 3년 후에는 분량이 더 늘어 2200쪽에 이르렀다.[10] 과장 같았지만 당시엔 이 말이 진실이었다. 독일문학아카이브에 보관되어 있는 『토성의 고리』 초고 분량은 2000쪽이 넘는다.[11]

그 결과로 남은 것은 한 권의 책이 전개되어가는 과정에 대한 기록, 그리고 제발트의 작업 방식을 다시 살펴볼 수 있는 기회다. 이 작품에서도 그는 여러 에피소드—특히 재닌 데이킨스의 방이라든가 화재, 청어, 그리고 무시무시한 생선 만찬과 코브히스의 바다괴물—를 고치고 또 고치며 처음부터 다시 쓴다. 마이클 햄버거에 대해서는 85쪽, 애슈버리에 대해서는 46쪽, 피츠제럴드에 대해서는 25쪽이 넘는 분량의 글이 남아 있다. 작업이 진행될수록 제발트의 필체는 점점 커지며 사방으로 뻗친다. 네 번째, 다섯 번째 원고부터는 단어의 절반을 약자로만 쓴다. 그런가 하면 그는 단 한 치의 공간도 낭비하지 않아서, 타이핑 혹은 자필로 쓰인 다른 원고 뒷면에, 때로는 여백에 옆으로, 또 다른 글 아래에는 거꾸로 글을 써 내려가기도 했다. 제발트는 화자가 햄버거 부부를 방문하는 7장부터 원고를 다시 쓰기 시작했는데,[12] 토머스 브라운에 대해 장 없이 작성한 목차가 최소 한 개 이상인 점을 감안하면 처음부터 그를 특정 장에서 다룰 생각은 없었을 수도 있다.[13] 제발트는 언제나처럼 작품의 소재가 되는 자료를 편의적으로 취급해—브라운의 말을 자기 목적에 맞게 바꾸는 한편, 엉뚱한 책에서 인용구를 따오거나 심지어 완전히 무관한 책에서 정보를 가져왔다—번역가를 혼란에 빠트렸고, 적어도 한 명의 브라운 연구자를 분노케 했다.[14]

군데군데 내용이 바뀐 곳도 있다. 예컨대 초기에 작성한 원고를 보면 화자의 병원 창문에는 그물망이 없고, 그는 흐린 날이 아닌 맑은 날에 산책을 시작하며, 디젤기관차를 타고 로스토프트까지 이동한다. 로저 케이스먼트의 이야기는 7장의 햄버거 부부를 방문하는 대목 이후에 배치되었다가 5장 시작 부분으로 옮겨졌다. 문장을 추가하거나 길게 늘린 곳도 있었는데, 보통은 전보다 더 아름답게 혹은 더 아이러니하게 바뀌었다.[15] 하지만 대부분의 수정은 글을 쳐내는 것이었다. 그렇게 로스토프트의 영광스러운 과거와 음울한 현재에 관한 수십 가지 세세한 묘사, 화자가 사우스월드를 떠나 청각장애인 뱃사공이 노를 젓는 배를 타고 블라이스강을 건너는 장면 전체가 날아갔다. 리어왕의 꿈이 나오는 일련의 장면과 오퍼드니스에서 산토끼를 만나는 장면도 잘려 나갔다(제발트는 겁에 질린 표정을 한 산토끼 옆에 화자의 신발이 놓인 게 적절하다고 생각했다가, 산만하다고 여기게 되었다).

이곳들을 포함해 다른 많은 곳을 쳐내면서, 원고는 대가의 솜씨가 느껴진다 할 정도로 개선되었다. 제발트는 특히 한 에피소드를 몇 차례나 개고하다가 결국에는 완전히 들어내버렸다.
이는 하늘이 도운 선택이었다. 문제의 에피소드에서 화자는
더니치히스에서 조깅을 하고 있는 한 기괴한 인물을 마주친다.
맥스 펠드먼(또 막스다!) 혹은 더 말이 안 되는 이름인 에어리얼
도프먼* 등으로 다양하게 불리는 그는 하얀 실크 나팔바지에
'자가추진' 운동화를 신은 기묘한 차림을 하고 있다. 화자는 그가
버진 애틀랜틱의 사무장이며 그가 입은 버진 애틀랜틱 티셔츠에
'이륙하라 Get airborne'라는 문구가 적혀 있다는 사실을 알게 된다.
그는 자기한테 중요한 일은 오로지 누구도 알아볼 수 없는
흔적을 세상 곳곳에 남기는 것뿐이라고 말한다. 남자는 인근 도로
맞은편에 있던 떡갈나무를 가리키더니 발이 땅에 닿는지도 모를
만큼 가볍게 달음질한다.

　　실수는 본질이 무엇인지를 보여준다. 프리모 레비는 등산을
두고 그렇게 말했다. 『토성의 고리』에도 이런 실수가 있다.
현대의 삶(티셔츠! 버진 애틀랜틱!)을 꿈같은 정신적 여정에
대입하려 했던 제발트의 시도는 부조리를 낳았다. 그의 작품
전반에—한물간 형식적인 언어, 오래된 가이드북, 르네상스 회화
등을 통해—스며들어 있는 다른 시대에 대한 감각은 우연의
소산이 아니라 작품의 힘을 지탱하는 결정적 요소다. 마찬가지로,
조깅하는 사람이 더니치히스에서 빠져나가는 길을 가리키는

---

*　　[아리엘 도르프만.] 칠레계 미국인으로 유명한 극작가이자 좌파 활동가의
이름이다. 분명 제발트식의 경의 표명이었겠지만, 이런 맥락에서는 어딘가
어울리지 않는다.—지은이

장면의 리얼리즘은 최종 버전에서 화자의 갑작스럽고도 설명
불가능한 탈출이 불러일으키는 마법 같은 분위기를 깨부순다.
미스터리 또한 '제발트 효과'의 본질이다. 현실성과 현대성을
작품에 대입하려는 이 곤혹스러운 시도를 소거했다는 점은
자기만의 특별한 예술에 있어 그 시도가 얼마나 위험한 것인지를
저자가 인식했음을 보여준다.[16]

『토성의 고리』는 『현기증. 감정들』만큼이나 다른 작품들을
콜라주해 구성한 작품이다. 예컨대 렘브란트의 「니콜라스 튈프
박사의 해부학 강의」에 대한 장황한 설명은 막스의 학교 동료
프랜시스 바커의 비범한 저서 『전율하는 사적인 몸 *The Tremulous
Private Body*』[17]에서 가져온 것이다. 화자가 『인디펜던트』에 실렸다고
말하는 야세노바츠 강제수용소에 관한 기사[18]도 예로 들 수 있다.
해당 기사는 제발트의 아카이브에 보관되어 있는데, 내용이
『토성의 고리』에 적힌 것과 놀랍도록 유사하다. 제발트는 아동
생존자에 관한 문장("어떤 기억의 그림자들이 지금까지 그들 앞에
끊임없이 출몰하는지는 아무도 모른다")[19]과 마지막 문장을 포함한
한두 문장을 추가했다. 그러지 않았더라면 기사의 원저자인 로버트
피스크가 얼마든지 표절 혐의로 그를 고소할 수 있었을 것이다.
여기에 토머스 브라운의 저서들, 샤토브리앙의 『무덤 너머의
회상록 *Mémoires d'outre-tombe*』, 그리고 제발트가 콘래드, 피츠제럴드,
스윈번의 이야기를 가져온(수정해서 사용한) 여러 편의 전기도
있다. 햄버거 부부에 관한 자료도 빼놓을 수 없다. 예컨대 『토성의

고리』[영역본] 176~181쪽은 (회색 비단과 하얀 증기 이미지를 통해 알 수 있듯) 마이클의 자서전을 끝까지 놀라울 정도로 충실하게 반영하고 있다. 마이클은 제발트가 자신의 이야기를 다룬 두 방식에 더없이 흡족해했다. 그는 말했다. "당신이 회고록과 실제 탐사를 활용한 방식이 정말 마음에 듭니다. 사실과 환상 혹은 꿈이 당신의 글 속에서 나란히 공존한다는 점에서요."[20]

마이클의 아내이자 시인인 앤 베리스퍼드도 마이클 못지않게, 혹은 그보다 더 많은 정보를 제공했다.[21] 가령 막스는 늘 슬픔을 달고 살았던 장의사를 택시기사 스퀴럴과 뒤섞은 다음, 여기에 기억력이라곤 일절 없는 그가 기이하게도 배우로 무대에 선 적이 있다는 농담을 추가했다. 이 밖에도 두 대목이 더 있다. 하나는 더니치히스에서 길을 잃는 에피소드로 이는 앤이 꾼 꿈이며, 가장 중요한 에피소드이기도 한 다른 하나는 (한 편 이상의 원고에서 제발트가 자기 이야기인 것처럼 썼지만) 7장 끝에서 앤이 화자에게 들려주는 숲속에서 펼쳐지는 마법 같은 꿈 이야기다. 앤은 제발트가 이렇게 자신의 이야기를 차용한 것에 대해 마이클만큼 만족스러워하지는 않았다. 막스는 너무 매력적인 사람이라 모든 걸 말해주게 돼요. 앤은 말했다. 그러면 그걸 갖고 가서는 소설로 써버렸죠. 앤이 가장 후회하는 것은 숲에 관한 꿈 이야기를 들려주는 바람에 이를 자기 시에 쓸 수 없게 된 것이다. 여기에 더해 막스는 부부의 집을 그처럼 환상적이게 그려내 초래될 결과를 생각해보지 않았으니, 여름이면 일주일에도 몇 번씩 『토성의 고리』 순례자들이 그 집 현관에 나타났다.

그리고 빼놓을 수 없는 차용 사례가 하나 더 있다.

제발트는 한때 블라이스강에 놓인 다리를 오가던 작은 기차가 원래 중국 황제를 위해 제작되었으며, 페인트를 벗기면 여전히 황제를 상징하는 용을 볼 수 있다고 적으면서 19세기 중국[22]을 장황하게 소개한다. 그는 『토성의 고리』에서 이렇게 화려한 설명의 출처를 '향토 역사가'로 밝히지만, 그 어떤 역사가도 그런 말은 한 적이 없었다. 황제와 용에 관한 이런 과장된 이야기를 즐겨 하던 사람은 벅턴 박사의 친구 테드 엘리스의 아내이자 유명한 이야기꾼 raconteuse 이었던 필리스가 유일하다. 필리스의 딸은 아마 애버츠퍼드에서의 만찬 자리에서 제발트가 그 이야기를 필리스로부터 듣고 나중에 써먹으려고 다람쥐처럼 저장해두었을 것이라고 생각한다.[23] 확신컨대, 그 말이 맞을 것이다. 이야기 자체도 그렇지만, 들은 얘기를 그토록 오래 간직하고 있었다는 사실도 지극히 막스답다.

『토성의 고리』에는 두 가지 흥미로운 전기적 수수께끼가 있다.

첫 번째 수수께끼는 1945년 베르겐-벨젠을 해방시킨 영국군 부대*에서 복무했다가 나중에 은둔자가 되어 방치된 사유지에 혼자 살면서 조용히 있어달라는 조건하에 가정부와 저녁 식사를 나누는 인물인 조지 윈덤 르 스트레인지 소령에 관한 것이다.

---

* 1945년 4월 영국 육군 제11기갑사단이 독일군이 후퇴하고 방치되어 있던 베르겐-벨젠 강제수용소를 접수해 생존자 분류 및 시신 처리, 수용소 소각 및 폐쇄 등 점진적 조치를 시행했다.

듣자마자 허구의 냄새가 풍기는 이야기다. G. W. S.라는
약자, 벨젠에서의 경험, 세상으로부터의 은둔, 그리고 침묵―모두
제발트의 강박적 주제에 해당된다. 게다가 『이스턴 데일리
프레스』의 기록보관소에는 『토성의 고리』에 묘사된 것과 같은
조지 윈덤 르 스트레인지에 관한 기사가 존재하지 않는다.[24]

한편, 막스의 전문 사진 도우미 마이클 브랜든존스는 신문
기사 스크랩을 위조하는 일에 전혀 관여한 바가 없으며, 막스가
어떻게 직접 그렇게 할 수 있었는지에 대해서도 아는 바가 없다.
마이클은 고개를 절레절레 저으며 굉장한 솜씨라고 감탄했다.[25]
불요불굴의 의지를 지닌 리처드 셰퍼드는 큐에 위치한
국립기록보관소National Archives에서 르 스트레인지 소령이 1941년
실제로 왕립포병대에 배치되었다는 사실은 확인했으나, 벨젠
해방을 도운 249 포대에서 그에 관한 기록은 찾을 수 없었다고
말한다.[26] 『토성의 고리』에 등장하는 소령은 제발트의 모든
인물과 마찬가지로 현실과 허구 사이를 배회하는 인물인 듯하다.
어쩌면 르 스트레인지를 이쯤에서 놓아주었어야 했는지도
모른다. 하지만 나로서는 기록보관소에 남아 있던 원고들을
참조해 그의 흔적을 따라가볼 수밖에 없었고, 그렇게 증거는
산더미처럼 쌓여갔다. 막스는―조지 위스턴 수어드, 조지
월리스 수어드 등―이니셜이 G. W. S.인 갖가지 이름에 소령뿐
아니라 대령, 대위 등 이런저런 계급을 갖다 붙여보았다. 이와
마찬가지로 가정부 플로런스 반스에 대해서도 베티 벨머, 준
하그리브스, 프랜시스 페리어, 머스그레이브 부인 등 그럴듯한

이름을 죄다 붙여보았다. 기록을 들여다볼수록 허구의 냄새가
점점 더 짙어졌다. 그러다 그가 끄적거려놓은 메모를 살펴보는데,
정원에 굴을 하나 파고 그 안에 앉아 있었다거나 죽을 때
"피부가 황록색"으로 변했고 "눈은 새까맣게" 변했다는 등 르
스트레인지에 관한 설명이 상당수 토머스 브라운과 동시대인이자
그처럼 의사였던 존 오브리의 『윌리엄 하비의 생애 *The Life of
William Harvey*』에서 나왔다는 생각이 들었다.[27] 마침내 나는 또
다른 사실을 깨달았다. 베르겐-벨젠은 1945년 4월 15일에
해방되었으나 『이스턴 에일리 프레스』 기사 스크랩에는 4월
14일이라고 명시되어 있었다. 그리고 막스의 할아버지가 사망한
날은 4월 14일이었다. 이로써 모든 게 정리되었다. 조지 윈덤 르
스트레인지 소령은 막스가 창조한 인물이었던 것이다.

집으로 돌아가자마자 나는 1998년 막스와 진행한 인터뷰
자료를 뒤졌다. 내가 확실히 물어봤던가? 물어봤다. 그리고
막스는 대답했다. 그는 기사를 직접 타이핑했다고 했다. 유사한
이야기를 몇 년 전에 읽었는데, 거기에 베르겐-벨젠과의 연관성을
추가했다는 얘기였다.[28] 거기에 당신과 연관된 이름을 추가하고
날짜도 당신과 관련이 있는 것으로 바꾼 셈이군, 나는 생각했다.

두 번째 전기적 수수께끼는 막스 자신과 연관돼 있다.
앞서 말했듯 『현기증. 감정들』에서 시작된 일련의 잃어버린
혹은 불가능한 사랑은 이 수수께끼에서 비롯된다. 에드워드
피츠제럴드는 윌리엄 브라운을 잃고, 샤토브리앙은 샬럿
아이브스를 잃는다. 그리고 화자는 캐서린 애슈버리를 잃거나,

그와의 사랑이 불가능하다고 느낀다.

제발트에 관한 모든 것이 그렇듯, 어째서 그 사랑이 불가능한지도 미스터리다. 화자는 분명 캐서린에게 깊이 매료되며, 캐서린도 그에게 깊은 끌림을 느낀다는 걸 독자는 느낄 수 있다. 캐서린은 화자가 작별 인사를 하러 오자 말한다. "아, 그동안 하지 못한 일이 얼마나 무수한지!"[29] 그러나 화자는 그때까지 캐서린에게 말을 붙인 적이 없었다. 그리고 도착하는 순간과 떠나는 순간, 두 사람이 유일하게 만나는 순간에 캐서린은 화자를 바라보지 않으며, 보고도 못 본 체한다. 분명 둘 사이에 어떤 장벽이, 어릴 적 빈프리트에게 있었던 장벽이 존재한다는 생각을 나는 멈출 수가 없다. 그때뿐 아니라 시간이 흐른 뒤에도 남아 있던 장벽 말이다.

내가 허술하고 단순한 생각을 하고 있다는 점에는 의심의 여지가 없다. 물론 캐서린 애슈버리는 전적으로 상징적인 인물이다. 그는 자매들과 더불어 세 운명의 한 축을 맡고 있으며, 렌츠의 희곡에 등장하는 시에나의 카타리나와 같은 가상의 성녀이자, 화자가 몇 년이 지나서 캐서린이라고 생각하는 어떤 형태다. 이것이 『토성의 고리』가 캐서린을 구성하는 방식이다. 그러나 내 느낌에는 여전히 무언가―혹은 누군가―가 이 인물의 이면에 자리해 있는 것 같다.

제발트가 쓴 8장 원고들을 읽기 시작하면 그런 느낌이 확신으로 굳어진다. 그는 한 번씩 작별 장면을 다시 쓰곤 했는데, 꽤 오랜 기간 그 엄숙한 최종 판본과는 다른 방식으로 썼다.

캐서린은 화자를 기다려왔다고 말하고, 공허한 눈빛이 아니라 마치 유리창을 바라보듯 화자를 응시하며, 이에 화자는 심장이 미친 듯이 뛰는 느낌을 받는다. 제발트의 글에서 이보다 더 강렬한 끌림의 흔적은 찾을 수 없다. 이는 소년 시절 화자가 아름다운 선생님 프로일라인 라우흐가 가까이 다가오는 순간 느꼈던 감정이며, 샤토브리앙이 샬럿 아이브스와 함께 공부하던 시간에 느낀 감정이다.[30] 사실, 몇몇 원고는 터무니없다 싶을 정도로 의식적이거나 무의식적인 에로틱한 상징으로 가득 차 있다. 물론 그저 환상일 수도 있지만. 그러나 출간된 책에 남아 있는 그 생생한 경험 속 감정은 마치 페르버의 초상화에 유령처럼 존재하는 지워진 얼굴과 마찬가지로 이렇게 버려진 초고에 뿌리를 두고 있다.

　나만 이렇게 느끼는 게 아니다. 볼프강 슐뤼터는 애슈버리 가족이 너무나 진짜처럼 느껴져 슬리브블룸산맥으로 가서 그 가족이 아직 거기 살고 있는지 확인해보고 싶었노라고 막스에게 털어놨다.[31] 막스는 이 암시적인 질문에 답한 적이 없다. 그로부터 몇 년 후, 나는 캐서린 애슈버리의 에피소드가 실제로 일어난 일이냐고 그에게 대놓고 물어보았다. 막스는 아니라고 답하면서도, 순간 머뭇거렸다.[32]

　이에 대한 힌트는 애슈버리의 이야기와 정확히 평행선을 그리는 샤토브리앙과 샬럿 아이브스의 이야기에 숨어 있을지도 모른다. 샬럿의 어머니가 샤토브리앙을 초대하듯 캐서린의 어머니는 화자를 집에 초대해 거기서 지내게 하며, 샤토브리앙이 그 제안을 거절한 일을 후회하듯 몇 년 후 화자도 그 제안을 받아들이지 않은 것을 내내 후회한다.[22] 그렇다면 화자와 캐서린 사이에 존재하는 장벽은 샤토브리앙이 "Arrêtez! Je suis marié[그만하세요! 저 결혼했습니다]!"[34]라고 절망적으로 외치며 어머니에게 밝히는 것처럼 샤토브리앙과 샬럿 사이에 존재하는 장벽과 같은지도 모른다. 그렇다고 한다면, 어쩌면, 다른 누군가가 **있었을지도** 모를 일이다.

볼프강 슐뤼터의 생각은 달랐다. 슬리브블룸산맥은 물론 아일랜드 어디에도 클래라힐이라고 불리는 마을은 존재하지 않았다. 그런 건 막스가 지어낸 것이다. 슐뤼터는 저자가 책에서 자기 아내에게 지어준 클라라라는 이름에 집중했다. 혹시 그 에피소드의 배후에 클라라가 있습니까? 슐뤼터는 이번에도 신중하게, 소심하게 물었다. 그리고 막스는 이번에도 아무런 대답이 없었다.

23장

『아우스터리츠』

문학계는 『아우스터리츠』가 대작이라는 트리프와 햄버거의 의견에 동의했다. 『아우스터리츠』는 영국과 미국에서 상을 받았고, 앤시아 벨도 두 나라에서 번역상을 수상했다.[1] 2019년 『가디언』은 21세기 최고의 책 100권을 꼽으며 『아우스터리츠』를 5위에 올렸다.

제발트는 외과 의사는 아니었지만, 그즈음 자기만의 독특한 문학적 콜라주 기법을 완성해둔 상태였다. 그 결과 가장 길고 가장 복잡하면서도, 『토성의 고리』 속 애슈버리 자매들의 웨딩드레스처럼 마법을 부린 듯 잘 꿰맞춘 작품을 탄생시키는 데 성공했다. 『아우스터리츠』를 제대로 설명하는 일은 안타깝게도 이 책의 범위를 벗어난다. 그러니 여기에서는 예컨대 [영역본에서] 장장 11쪽에 걸친 문장으로 테레진을 설명하는 비상한 대목, 안드로메다 별장에 대한 마법 같은 묘사, 자본주의 건축에 대한 거장들의 비평, 혹은 개뿐만 아니라 쥐와 두더지 등 다른 생명체들의 감정(그리고 "어쩌면 나방들도, 어쩌면 텃밭의 상추도 한밤에 달을 올려다보면서 꿈을 꿀지도 몰라요"라는 아우스터리츠의 말이 진짜일 수도 있지 않나) 등에 관한 논의는 생략하고 넘어갈 수밖에 없다.[2]

(전에는 파울 베라이터, 이번에는 아우스터리츠를 통해 이루어지는) 비트겐슈타인의 귀환, 카프카와 카사노바의 귀환[3] 등 그 밖의 많은 부분도 언급만 하고 넘어갈 것이다. 『아우스터리츠』에 재현된 이미지는 『현기증. 감정들』과 『토성의 고리』로 돌아가게 하는 흰 안개와 흰 텐트에서 시작해 다시 『현기증. 감정들』로 돌아가게 하는 쌍둥이, 그리고 「막스 페르버」로 돌아가게 하는 사막의 대상隊商과 어쩌면 카프카에게로 돌아가게 하는 회색 코트 등 일일이 다룰 수 없을 정도로 넘쳐난다.[4] 그리고 『아우스터리츠』를 비롯한 다른 모든 작품에 담긴 심오한 의미를 표현하는 새로운 이미지 체계들—이를테면 인간과 달리 늘 집으로 가는 길을 아는 제럴드의 비둘기, 그리고 「막스 페르버」에 등장하는 사슴벌레처럼 죽음으로부터, 화자가 생각하기에는 유대인 공동묘지로부터 아우스터리츠의 집으로 날아 들어온 듯한 나방—도 있다. 눈 속 다람쥐의 이미지는 아우스터리츠의 억압된 기억을 구현한 것이다. 꼬마 시절 아우스터리츠는 예언을 하듯 **다람쥐들은 자기가 먹이를 숨긴 곳을 어떻게 알죠?**라고 묻는다. 이승과 저승 사이에 존재하는 구두장이의 비단에서부터 죽음에서 돌아온 샤베르 대령의 검은 비단 넥타이에 이르기까지, 비단의 이미지는 특히 『토성의

고리』를 환기한다. 또 중요하게는 제발트를 희생자들과 엮어주는
이미지, 카우나스의 아홉 번째 요새 벽에 새겨진 **"막스 스테른,
1944년 5월 18일"**이라는 문구, 그리고 사진작가의 모습이
비친 테레진의 상점 창문 사진도 빼놓을 수 없다. 이야기 속
아우스터리츠가 실제로는 막스 자신이니 말이다.

　마지막으로 한 가지 언급하자면, 자기라는 사람의 역사가
처음에는 양부모에 의해, 나중에는 자기 자신에 의해 깊숙이
숨겨진 탓에 소설에서 머리가 쭈뼛 설 정도로 전부 상세하게
묘사되는 급격한 언어 상실, 극심한 공황 발작, 깊은 우울
등을 겪어내고 예순이 다 되어서야 자기가 누구인지 알아가기
시작하는 킨더트란스포르트 아이의 이야기도 여기선 다루지
않고 넘어가야 한다. 그리고 또 하나, 이 이야기가 전해지는
방식도—한 사람, 혹은 두 사람의 입을 거쳐("베라가 그랬어요,
하고 아우스터리츠는 말했다)[5]—앞서 논의된 바 있으므로
생략하겠다. 그리고 새로우면서도 중요한 부분이 있다. 바로
아우스터리츠가 아버지에게 닥친 운명을 확인하고 마리를
찾기 위해 떠나는 마지막 대목에서 언뜻 비치는 희망이다. 나는
그 희망을 이야기하는 대신 희망에 담긴 심오한 의미에 대해
이야기한 다음, 소설 속 아우스터리츠가 아닌 그 배후에 있는
아우스터리츠가 **누구였는지**를 묻는 전기적 측면에 집중하려고
한다. 이 질문에 대한 답은 W. G. 제발트에 관한 모든 것이 그렇듯
쉽게 잡히지 않으며, 난해하다.

막스의 작품에서는 서로 다른 시간이 한데 섞이곤 한다.『현기증.
감정들』의「귀향」에서도,『이민자들』에 등장하는 페르버의 환상
속에서도, 브라운과 콘래드와 그 밖의 인물들이『토성의 고리』에
불러들이는 다양한 세기들에서도 시간이 합쳐진다. 그리고
시간의 동시성이라는 주제는『아우스터리츠』에서 절정에 이른다.

　　예컨대, 아우스터리츠는 테레진에 갔다가 전시 포로들이
여전히 거기에 살고 있는 것 같다는 느낌을 받으면서 시간의
동시성을 경험하며, 제임스 말러드 애슈먼은 유년기에 살던
보육원에 10년 만에 다시 들어가는 순간 시간의 동시성을
경험한다.[6] 그리고 한번은 화자이자 교사인 아우스터리츠가
직접 이 시간의 동시성을 명시적으로 설명한다. 시간은 인위적인
것이라고 그는 말한다. 그것은 망자에게도, 심지어 병자에게도
존재하지 않으며, 기쁨이나 고통은 시간을 완전히 바꿔버린다고
말이다. 시간이 흐를수록 아우스터리츠는 시간이란 일절
존재하지 않으며, 모든 순간은 동시에 존재한다고(방 안의
가구처럼, 제발트는 학생들에게 그렇게 말했다),[7] 그래서 우리가
잃어버린 장소와 시간을 찾아 그 시간의 뒤나 너머로 이동할 수
있다고 느낀다.[8]

　　이것이 테레진을 촬영한 저속 영상에서 어머니를 찾아
헤매는, 사라진 지 60년이 지난 아버지를 어느 순간 만날 수도
있다고 상상하는 아우스터리츠의 마지막 소원이다. 그 전까지만
해도 아우스터리츠에게 있어 과거의 귀환은 늘 가장 거대한
두려움이었고, 그는 무지와 고립으로 이 두려움에 맞서 스스로를

방어했다. 하지만 그로 인해 "무시무시하고 소름끼치는 사람"[9]이
되었고, 마리 드 베르뇌유를 잃었다. 그러나 처음으로 기억이
돌아오는 순간—리버풀 기차역에서 소년 시절의 자기 모습을
보는 순간—그는 두려움의 정체를 깨닫는다. 그것은 어린 시절
헤아릴 수 없는 괴로움에 집어삼켜졌을 때 느낀 두려움이었다.
애슈먼 역시 유년기를 보낸 방으로 들어가는 순간 여덟 살
때 학교로 보내지면서 느꼈던 분노에 압도당한다.[10] 이렇게
『아우스터리츠』 전전 작품에서 아델바르트가 기억에 의해
구원받은 동시에 파괴되었듯, 아우스터리츠의 소망도 구원받는
동시에 파괴된다.

　이 이중 구속을 이루는 각각의 단계는 이미지로 포착되어
있다. 건축사학자 아우스터리츠는 시작부터 요새화의 역사에
관한 논문을 화자에게 제시하는데[11] 그 안에 담긴 강박적인
수준의 세부 정보며 잊힌 이름과 용어는 그 자체로 논문의 핵심을
한눈에 보여준다. 바로 요새화라는 개념 자체가 비상식적이라는
것이다. 아우스터리츠는 참호를 깊게 팔수록 "방어 태세 유지에
더 집중하게 되므로" 민첩한 적군들은 사방에서 공격을 감행할
수 있게 된다고 설명한다. 그럼에도 패배할 때마다 도출된 유일한
결론은 방어선을 더 강력하게 구축하고 더 멀리 밀고 나아가야
한다는 것이었다고, 그리하여 수백 년 동안 유럽의 요새는 점점
더 커지고 점점 더 쓸모없어졌다고.[12]

　아우스터리츠가 깊이 이해하고 있듯, 이는 결국 자기만 해칠
뿐인데도 그 어느 때보다 더 강력한 방어선을 구축하는 그 자신의

광기를 보여준다. 이를 통해 화자는 그렇게 무용한 요새 중 하나인 벨기에의 브레인동크에서 결국 어떤 일이 벌어졌는지를 깨닫는다. 나치가 이 요새를 유대인이 대다수였던 희생자를 가둘 강제수용소로 바꿔버린 것이다. 테레진과 카우나스도 그런 요새였고, 이로써 그간 아우스터리츠가 가진 건축학 지식에 의해 가려진 지식의 정체가 드러난다.

이중 구속의 다음 단계에서는 마침내 과거가 돌아오고, 아우스터리츠는 심연에 빠진다. 그렇다면 모든 순간이 계속해서 존재하기를 바라는 아우스터리츠의 소망은 이제 어떻게 될까? 모든 순간이 계속해서 존재한다는 말은 되찾은 기쁨만이 아니라 끝없는 괴로움도 지속된다는 의미일 수밖에 없다.[13] 이 두 가지 전망은 각각 소설의 초반과 후반에 이미지로도 포착되어 있다. 첫 번째 이미지는 스케이터가 넘어진 직후의 순간을 포착한 그림이다. 두 번째 그림은 테레진의 골동품 가게에 있는 조각상으로, 이렇게 조각상의 형태로 보존된 순간 속에서 한 기수가 한 소녀를 구한다. 한쪽은 늘 구출되고, 다른 한쪽은 늘 넘어진다. 시간이 아우스터리츠가—그리고 제발트가—바라는 식으로 존재한다면, 둘[기쁨과 괴로움] 중 하나만을 취할 수는 없는 노릇이다.

아우스터리츠가 겪은 고통의 각 단계를 보여주는 이미지가 두 개 더 있다.

첫 번째 이미지는 아우스터리츠의 아버지 에미르

일라이어스가 살았던 [웨일스 파위스의] 버른위 저수지에 잠긴
흘란우딘이라는 마을을 둘러싼 예사롭지 않은 이야기다.
제발트가 말하는 모든 내용은 사실이다.[14] 흘란우딘에는 실제로
40여 채에 달하는 집과 농장 열 곳, 교회 하나에 예배당 두 곳,
그리고 공공주택 세 채가 있었다. 그리고 1888년 가을, 7년에
걸쳐 건설된 댐이 실제로 완공되어 저수지에 물이 채워지기
시작했다. 이 작업에는 정확히 1년 정도가 소요되었고, 그 후
오래된 마을 흘란우딘은 영구 수몰되었다. 마을 사람들은 옛 교회
부속 묘지에서 파묘되어 재매장된 사자들과 함께 (대부분 원치
않게) 다른 장소로 이주했다.

　제발트가 이 마지막 정보를, 지극히 제발트적인 세부
내용을 소설에 포함하지 않았다는 사실이 놀랍게 느껴진다.
하지만 그가 흘란우딘에 위치한 일라이어스의 집을 등장시킨
이유는 죽은 자들이 아닌 산 자들과 관련이 있다. 이 집은 특히
아우스터리츠의 집을 비롯해 소설에 등장하는 모든 잃어버린
집을 상징한다. 그리고 무엇보다 아우스터리츠가 그 상실을
무의식이라는 어둠 속 깊은 곳에 가라앉혀두었다는 사실을
상징한다. 요새처럼, 프라하의 다람쥐처럼, 흘란우딘은 과거를
깊은 물속에 감추어두는 데 전념하며 일생 대부분을 보낸
아우스터리츠의 삶을 상징하는 이미지다.

"현재는 수몰된 레인딘의 한 거리" 엽서.

그다음 이미지는 이중 구속의 두 번째 단계를 보여주는데, 그것은 바로 아우스터리츠의 정신적 붕괴다. 이 이미지는 "길게 늘어뜨린 외침처럼" 세 줄로 길게 적어 내려간 알파벳 A로 이뤄져 있다.

AAAAAAAAAAAAAAAAAAAAAAAAAAAA

AAAAAAAAAAAAAAAAAAAAAAAAAAAAA

AAAAAAAAAAAAAAAAAAAAAAAAAAAAAAAA [15]

A로 이루어진 이 문장은 화자가 우리에게 말하듯 팔이 어깨에서 탈구되며 "금이 가고 또각 부러지는 소리" [16]가 날

때까지 등 뒤로 양쪽 손목을 결박당한 채 공중에 매달려진 장 아메리와 똑같은 방식으로 나치에게 고문을 당한 화가 가스토네 노벨리의 작품에서 몇 번이고 반복적으로 재현된다.

화자는 아우스터리츠가 이 참혹한 사건을 클로드 시몽의 소설 『식물원 *Le Jardin des Plantes*』에서 접했다고 말한다. 시몽은 노벨리가 오랜 우정을 나눈 친구에게 단 한 번 이 일을 언급했다고 회상한다. 장소는 [뮌헨 근교, 나치의 강제수용소가 위치한] 다하우였고, 사건이 벌어진 후 노벨리는 어떤 독일인이든, 아니 사실상 어떤 인간이든 견딜 수 없는 상태가 되어 남미의 정글에 칩거하며 한동안 대부분 모음, 특히 'A' 소리로만 이루어진 언어를 사용하는 부족과 함께 지냈다. 마침내 고향으로 돌아온 노벨리는 그림을 그리기 시작했는데, 그릴 때마다 거의 항상 다른 형태와 조합으로 글자 A를 그렸다.

이보다 더 완벽한 상징성을 갖춘 제발트적인 이야기도 없을 테지만, 우리는 이것이 아마도 사실이 아닐 것이라고 추측해볼 수 있다. 그리고 이는 실제로 사실이 아니다. 고문은 다하우가 아닌 로마에서 행해졌다.[17] 노벨리는 오래전부터 화가였고, 그가 남미에 간 이유는 그림을 가르치기 위해서였다. 그리고 알파벳 A를 자주 그리기는 했으나 A 이외의 많은 글자와 이미지도 작품에 활용했다. 다시 말해 이는 하나의 텍스트를 자기 상상에 맞게 비틀어 변형한 전형적인 제발트적 글쓰기의 사례로 보인다.

그러나 이것 하나만은 그렇지 않다. 이 이야기의 모든 세부 내용은 『식물원』에서 왔다. 어떤 예술가의 요구에 응하려는 듯

고문 장소를 다하우로 옮기고 후일담을 창작한 사람은 시몽이 거의 확실하다. 노벨리는 1968년에 사망했다. 직접 고문 장소를 바꾸고 후일담을 창작한 사람이 노벨리라면, 이 또한 제발트적인 시간 혼동의 결과다. 그리고 어찌 됐건 이는 제발트적인 우연의 일치다.

노벨리의 핵심 주제가 글자 A였다는 주장에도 또 다른 무언가가 숨겨져 있을 수 있다. 이 주장은 사실이 아니다. A가 누군가의 핵심 주제였다면, 그 누군가는 제발트다. 암브로스Ambros, 아델바르트Adelwarth, 아우라흐Aurach 에서 애슈버리Ashbury를 거쳐 마지막 작품에 등장하는 아우스터리츠Austelitz까지, 그의 작품에 반복적으로 나타나는 'A'는 아가타Agáta, 아이헨발트Aychenwald, 암브로소바Ambrosová [18]에도, 아델라Adela, 알폰소Alphonso, 애슈먼Ashman 에도, 안드로메다 별장Andromeda Lodge, 올더니 스트리트Alderney Street 에도, 런던의 아슈케나지Ashkenazi 공동묘지와 마리엔바트의 아우쇼비츠Auschowitz [우쇼비체의 독일명] 온천에도, 노벨리의 오싹한 비명에도, 그야말로 온 천지에 존재한다. 물론 아우스터리츠라는 인물 자체, 그리고 『아우스터리츠』라는 책 제목에도 등장한다. 이것이 힌트일 수도 있다. '아우스터리츠는' '아우슈비츠'와 혼동되곤 해서, 프리모 레비와 그의 동료들도 기차에 아무렇게나 휘갈겨 쓰인 '**아우슈비츠**Auschwitz'를 아우스터리츠로 착각한 바 있다. [19] 혹시 이 A는 제발트의 작품을 관통하며 하나둘 쌓여가다가 마지막 작품에서 파도처럼 부서지는 건 아닐까? 어쩌면 이는 제발트가 유럽의 유대인들에 관한 첫 작품의 제목으로 Ausgewanderten[이민자들]이라는 흔히 쓰이지 않는 단어를 택한 한 가지 이유일지도 모른다.

제발트는 자크 아우스터리츠의 모델이 된 인물들에 대해 자주 이야기했다. 때로는 한 명만 언급하기도 했고, 한번은 세 명 반쯤을 참고했다고 한 적도 있다. 대체로는 두 명, 아니면 두 명 반을 참고하고 거기에 "타인들의 삶을 조금씩" 덧댄 것이라고 말했다.[20]

제발트가 절반만 참고했다고 한 인물은 스티븐 와츠일 가능성이 높다. 스티븐은 막스가 "두 명 반"[21]이라고 말했을 때 충격적인 사실을 깨달았다고 느꼈고, 자신의 직관이 확실히 맞으리라고 생각했다. "조금씩" 덧댔다는 타인들의 정체도 명확하다. 아우스터리츠의 학교생활과 관련해서는 페터 요나스를, 베라와의 만남에서는 솔 프리들랜더의 『기억이 올 때 *When Memory Comes*』를, 그리고 전반적으로는 버사 레버턴의 『나 혼자 왔어요 *I Came Alone*』에 실린 킨더트란스포르트에 관한 이야기를 참고했을 것이다. 이렇게 하면 주요 모델이 두 명 남는데, 그 둘에 대해서도 할 이야기가 있다.

첫 번째 이야기는 『현기증. 감정들』에서 드러나는 어머니의 분노에서부터 많은 맨체스터 사람과 이스트앵글리아 사람이 자기 고향을 우울하게 그린 저자에게 느낀 짜증에 이르기까지 제발트가 모델로 삼은 인물들에 관한 모든 이야기의 정점을

이룬다. 이는 가장 잘 알려진 이야기이자, 가장 슬픈 이야기다.[22]

우리는 이미 이 모델에 대해 들은 적이 있다. 그는 제발트가 1991년 텔레비전 영화를 통해 본 인물로, 킨더트란스포르트로 구출된 아이였던 수지다. 수지의 본명은 수지 베흐회퍼로, 고작 세 살 때 쌍둥이 자매 로테와 함께 영국에 도착했다.* 수지는 1996년 자신의 경험을 담은 책『로자의 아이 *Rosas Kind*』를 출간했고, 제발트는 이 책도 읽었다. 독일에서는 2년 뒤『로자의 딸 *Rosas Tochter*』로 출간되었다.

2001년 초, 수지의 책을 출간한 독일 출판사가 수지에게 전화를 걸어 이상한 말을 했다. W. G. 제발트라는 유명 작가의 신작이 수지의 이야기와 매우 유사한 내용을 담고 있다는 얘기였다. 이에 수지는 제발트에게 편지를 보냈고, 제발트는 그가 실제로 자크 아우스터리츠의 모델 중 한 명이라고 답신했다.[23] 아마 저자는 그러면서 영역본이 출간되면 곧바로 증정본을 보내주겠다는 약속을 했을 것이다.

독일어를 전혀 몰랐던 수지는 9월 말에 증정본이 도착했을 때 처음으로『아우스터리츠』를 읽었다. 그리고 출판사를 통해 들은 말이 사실임을 알게 되었다. **그건 수지 자신의 이야기였다.** 소설에는 웨일스에 위치한 집, 신부 아버지, 기숙학교에서 보낸 시절, 부모의 침묵까지 그의 이야기가 전부 적혀 있었다. 그중에서도 정말 너무하다 싶었던 것은, 그의 삶에서 무엇보다

---

* 로테는 아홉 살 때 뇌종양을 앓기 시작해 서른다섯 살에 숨졌고, 그래서 이어지는 수지의 이야기에는 더 이상 등장하지 않는다. —지은이

커다란 정신적 충격을 준 순간들이 이 책에 적혀 있었다는
사실이다. 학교에서 시험을 보다가 자기가 그때껏 생각해온
자기라는 사람과 다르다는 사실을 처음 깨달았던 순간, 그리고
수십 년 후 사람들이 라디오에서 킨더트란스포르트에 대해
이야기하는 것을 듣다가 자기가 그 일과 관련되어 있음을
깨달았던 순간 말이다. 또한 책에는 마침내 진실을 알아내기로
결심하고 실제로 천천히 알아가기까지 평생에 걸쳐 깊어지기만
했던 고통마저 담겨 있었다.

1년 후 수지는 「베스트셀러 작가가 갈취한 나의 비극적인
과거 Stripped of My Tragic Past by a Bestselling Author」라는 글을 발표했다.[24]
수지는 제발트의 글을 읽고 분노가 치밀어 올랐다고 썼다.
정체성을 도둑맞았고, 삶에서 가장 중요한 순간들을 빼앗겼다고.
수지는 『로자의 아이』에 진 빚을 인정하라고 저자에게 요구하려
했으나, 실제로 그렇게 하기도 전에 제발트는 세상을 떠났다.
이에 수지의 변호사는 제발트를 대신해 출판사에 이를 요구했다.
수지는 저자가 살아 있었더라면 빚을 진 것을 인정했으리라고
확신했지만, 출판사는 확실히 그런 입장이 아니었다. 그들은
어떠한 인정도 하지 않았다.

이 이야기는 대체로 사실이며, 제발트의 반응에 대해 수지는
관대한 믿음을 보였다. 사실 제발트는 자기가 짊어지고 있는
짐이 너무 많다고 호소했고, "공동 홍보"가 효과가 있을지 잘
모르겠다면서 수지에게 변명을 늘어놓았다.[25] 그리고 그보다
앞서 허락 없이 수지의 이야기를 써먹은 것에 대해 당사자가

분노하고 있다는 사실을 누군가가 알려주었을 때 그는 "약간 무심한" 반응을 보였다.[26] 제발트는 학생들에게 이렇게 말한 사람이었다. 저는 여러분에게 훔칠 수 있으면 최대한 훔칠 것을 권할 따름입니다.

유대인 희생자들에 대해 각별한 공감을 보였고, [비유대인인] 독일인이 유대인에 관한 글을 쓰는 것에 상존하는 도덕적 위험성을 남달리 인식했던 제발트를 과연 여기서 어떤 식으로라도 변호할 수 있을까? 수지의 허락을 구하지도 않았고 수지의 이야기를 썼다고 알리지도 않았던바, 제발트가 작품에 해가 될 것을 감수하면서까지 이런 사실을 인정했으리라고 생각하는 사람은 아무도 없다. 여기서 과연 어떤 변호를 할 수 있을까?

적어도 일반적인 차원의 변호는 가능하다. 수지는 자기 삶만큼은 자신의 것이어야 한다고 느꼈고, 이는 이해가 가고도 남는 생각이다. 그러나 재닛 맬컴이 썼듯 "우리는 우리 삶을 이루는 사실들을 전혀 '소유'하지 않는다. 이 소유권은 출생 직후, 우리 존재가 처음으로 목격되는 순간 우리 손을 떠난다".[27] 우리는 (명예훼손인 예를 제외하고) 사람들이 우리에 대해 말하거나 쓰는 것을 막을 수 없고, 특히 우리가 이미 우리 자신에 대해 말하거나 쓴 바가 있을 시에는 더욱 그러기 어렵다. 그 누구에게도 **이 주제에 관한 모든 글쓰기는 여기서 끝이다**라고 주장할 권리는 없다(그리고 이는 공교롭게도 W. G. 제발트에게도 해당된다).

특정한 변호도 가능하다. 아우스터리츠의 성격, 웨일스 출신, 목사 아버지, 학창 시절 등의 요소는 전부 수지의 경험과

판이하다. 또한 제발트가 『로자의 아이』를 통해 드러난 수지 인생의 모든 측면을 훔친 것도 아니다. 예컨대, 양아버지가 아홉 살 때부터 성적으로 학대했다는 사실 등 그가 경험한 최악의 순간은 이야기에 반영하지 않았다. 막스는 수지의 이야기를 사용했으나, 킨더트란스포르트 아이들의 경험과 관련된 내용만 차용했다. 그는 마야 재기에게 말하길, "저는 거리를 유지하려고 노력하고, 절대 침범하지 않습니다"라고 했다.[28] 제발트는 침범했다. 그러니 이렇게 말할 수 있을 것이다. 그가 침범을 하기는 했으나, 이는 수지의 공적 프라이버시 영역에 한한 것이라고. 수지의 사적 프라이버시는 지금도 침범당하지 않은 채로 남아 있다.

마지막으로, 한 학자가 주장하듯[29] 『아우스터리츠』는 제발트가 수지에게서 차용한 사실들을 한참 뛰어넘는 작품이다. 내가 이미 언급했듯 이 작품의 중심 주제는 시간이며, 이 학자는 여기에 기억, 멜랑콜리, 소멸 같은 다른 주제들도 추가한다. 이 모든 주제는 『로자의 아이』와는 어떤 측면에서도 겹치지 않지만, W. G. 제발트의 다른 작품들과는 모든 측면에서 포개진다. 심지어 제발트는 수집한 사실들을 완전히 다른 방식으로 발전시킴으로써 『아우스터리츠』에 생동감을 불어넣는 문화와 역사의 위대한 모티프로 변모시키지만, 『로자의 아이』에는 이런 요소가 없다.

한편, 제발트는 피터 조던의 이모 테아의 이야기를 쓸 때와 마찬가지로 원저자에게 허락을 구하지도 차용을 인정하지도 않고

각종 사실 정보를 취했다. 수지에 대해서도, 테아에 대해서도
제발트는 스스로 그 어떤 독일인 작가보다 더 풍부한 상상력을
발휘해 공감했던 이들에게 반하는 잘못을 저질렀다……
역설적인 일이다. 그러나 '상상력'이라는 단어에 이 문제를 풀
실마리가 있다. 제발트가 현실 세계보다는 상상 속에서 살았다는
점은 여기서도 진실로 남는다. 『로자의 아이』 속 어린 소녀는 뮌헨
출신이었고, 피터 조던의 어머니와 같은 날—제발트 자신의 생일
전날인 5월 17일—에 태어났으며, 학교 선생님을 통해 자신의
본명을 알았다. 이러한 사실들은 제발트의 상상력을 자극했고
자크 아우스터리츠를 구상하는 데 영감을 주었다. 그렇게 실제
인물은 사라졌다.

이것만으로도 잘못이라고 할 수 있을 것이다. 하지만 이게
다가 아니다. 『아우스터리츠』에 반영된 인생 이야기를 쓸 때
허락을 구했느냐는 질문을 받자 제발트는 "Das mache ich
grundsätzlich[원칙대로 했습니다]"라고 답했다.[30] 수지 베흐회퍼의
이야기를 가져온 사례를 두고 또 다른 학자는—흡사 검찰 측
변호사처럼—말했다. "이건 뻔뻔한 거짓말로 봐야 한다."[31]

수지에게 적용시켜보자면, 그건 거짓말이 **맞았다**. 프랑크
아우어바흐나 벅턴 가족에 대해서도 마찬가지였다. 이베르동
출신의 여인이 실존했다면, 그 여인에 대한 이야기는 사실이었을
수 있다. 한편 피터 조던에 관해서라면 절반만 사실일 수 있으며,
마이클 햄버거에 관해서라면 전적으로 사실이다. 대부분의
소설가는 이보다 더 심하게 타인의 삶 일부를 가져올 때 절대

허락을 구하지 않는다. 그 점에서 제발트는 평범한 소설가였다. 이는 우리가 제발트에 대해 할 수 있는 최악의 말이다.

수지 베흐회퍼는 2018년 여든하나의 나이로 사망했다. 그로부터 몇 년 전 나와 마지막으로 대화를 나눴을 때, 수지는 "'도둑맞은' 것에 관한 문제"에 대해서는 더 이상 관심이 없고, 다만 "난민들이 처했던 역경에 대한 제발트의 깊디깊은 이해에 칭송을 보내고" 싶다고 내게 명확히 말했다.[32] 수지를 생각해서도 다행스러운 말이었다. 그러나 그 생각은 오래가지 못했다. 사망 1년 전 인터뷰를 한 수지는 그때까지도 제발트가 자신의 "정체성에 가한 고통스러운 공격"에 대해 언급했고, 저자가 자신의 이야기를 "도용했다"고 말했다.[33] 수지의 아들은 중간자의 위치에서 다음과 같이 말한다. "어머니는 당신의 이야기가 쓰였다는 자부심과 당신의 책이 인정받지 못했다는 분노 사이에서 갈팡질팡하셨던 것 같습니다."[34] 그렇게 보면 수지도 피터 조던과 같은 마음이었다고 할 수 있을 것이다. 그랬기를 바란다.

　사망하기 1년 전 수지는 쌍둥이 자매인 두 딸을 고아원에 맡겨야 했던, 그리고―높은 가능성으로 아우스터리츠의 어머니처럼―아우슈비츠에서 살해당한 어머니에 관한 두 번째 책 『로자*Rosa*』를 출간했다.[35] 이렇게 어머니를 기리는 작업은 수지에게 위로가 되었다. 그리고 그 자신은 몰랐겠지만 위로가 될 만한 지점이 또 있었다.[36] 로자와 함께 강제 이송당한 사람들, 즉 고아원에 남겨진 마지막 아이들과 보호자들이 그에게 당신의

두 딸이 영국에서 안전하게 지내고 있다고 전해주었을지도 모를
일이다. 현재 뮌헨에서는 로자와 로자의 딸들도 그 고아원뿐만
아니라 그들의 이름을 딴 슈톨퍼슈타인Stolperstein*으로 기리고
있다.[37]

뮌헨 레오폴트슈트라세에 로자, 수지, 로테를 추모하기 위해 설치된 슈톨퍼슈타인.

제발트는 그 누구보다 아우스터리츠의 다른 주요
모델에 대해 자주 말했는데, 그렇게 말할수록 그의 정체는 더
불가사의해졌다.

제발트의 말에 따르면[38] 그는 열 살가량 많은 동료이자
친구였고, 런던에서 일한 건축사학자였으며, 괴짜이자 타고난
교사라는 점에서 아우스터리츠와 유사했다. 인생 말년에는
처음으로 과거를 돌아보기 시작했고, 그러다 자신이 한 번도 알고

---

* 나치 희생자를 추모하고 기리기 위해 길바닥에 설치하는 작은 포장돌로, '발에
걸리는 돌'이라는 문자 그대로의 뜻보다는 지나가다 멈춰 서서 생각하고 기억하게
만든다는 의미를 갖는다.

싫어한 적 없는 진실을 발견했다. 그의 이야기는 아우스터리츠의
이야기만큼 비극적이지는 않았다. 그는 킨더트란스포르트
아이(이는 다른 모델로부터 가져온 설정이라는 게 막스의
설명이었다)가 아니었고, 프라하 출신도 아니었다. 그러나 그 외의
많은 요소는 서로 중첩되었다.

처음에는 풀기 쉬운 문제처럼 보였다. 건축사학자이자
막스의 친구, 막스와 마찬가지로 독일 출신이며 1968년
이스트앵글리아대학에서 학생들을 가르친 슈테판 무테지우스인
듯했다. 이스트앵글리아에 있는 사람들도 하나같이 슈테판이
막스의 모델이라고 생각하며[39] 슈테판 본인도 자신이 모델이라고
생각한다.[40] 런던에서 일한 적은 없으나 그건 손쉽게 동원할
수 있는 위장술이다. 슈테판은 막스보다 열 살이 아닌 다섯 살
많지만 어쨌든 나이가 더 많은 것은 사실이다. 그는 (이젠 은퇴한
지 한참이 지났으나) 가르치는 게 천직이었고, 모두에게 친절하긴
하지만 초연하고 초세속적인 괴짜였으며, 번쩍이는 교정기를
끼고 어디서든 자전거를 타는 것으로 유명했는가 하면, 발이
찰리 채플린처럼 바깥으로 벌어져 있다. 소설 속 아우스터리츠의
연구실도 마치 슈테판의 역할을 은밀히 암시하는 표시처럼 그의
연구실과 흡사하다. 영역본 43쪽[한국어판 39쪽]을 보면 그 사진을
볼 수 있다.

그런데 한 가지 커다란 문제가 있다. 슈테판과 비극적인
상황에서 고통받은 아우스터리츠 사이에서 어떤 공통점을 찾을
수 있을까? 슈테판은 시종 행복해 보이고, (그 자신과 그의 아내

애기에 따르면) 실제로 행복하다. 많은 사람의 존경을 받은 저작을
다수 창작했으므로 확실히 글쓰기에 있어서도 별다른 문제를
겪지 않았으며 유대인도 아니다. 그는 『아우스터리츠』에 자신이
기여한 바에 대해 말할 때 막스와 건축을 주제로 나눈 대화만
언급할뿐이다.

갈 길을 잃은 나는 슈테판과 비슷한 연배인 유대인 난민
출신의 건축사학자를 백방으로 찾아다니기 시작했다. 하지만
그런 사람은 어디에도 없었다. 그러나 앞에서도 이야기한바, 나는
막스의 속임수에 점점 더 눈을 뜨게 된 터였다. 어쩌면 헨리 셀윈
박사를 그릴 때 그랬던 것처럼 그저 아우스터리츠라는 인물에
대해 말하면서 독자로 하여금 그를 실존 인물처럼 생각하게
만든 것일 수도 있었다. 아우스터리츠의 모델은—그런 것이
존재한다면—아무나 될 수 있었다. 나는 단념하기로 했다.

그렇게 단념하자마자, 막스의 표현을 빌리자면, 무대
양 끝에서 예상치 못한 무언가가 불쑥 끼어들었다.[41] 그야말로
우연히, 슈테판 무테지우스가 아우스터리츠만큼 비극적이지는
않지만 어떤 면에서는 그와 겹치는 이야기를 갖고 있다는 사실을
발견하게 된 것이다.

모두가 슈테판에 대해 아는 사실은 그가 유명 건축가 헤르만
무테지우스의 증조카라는 점뿐이다. 헤르만의 조카 중 한 명은
슈테판의 아버지였고, 다른 한 명은 한스라는 이름을 갖고
있었다.[42]

한스 무테지우스[43]는 전쟁 후 사회복지 분야에서 단기간에

경력을 쌓았고, 독일의 주요 사회복지기관 수장으로 오랜 기간 재직한 끝에 본부의 명칭과 권위 있는 상의 명칭에 자신의 이름을 남겼다. 그리고 1977년 영예로운 죽음을 맞이했다. 그러나 1980년 중반부터 그를 둘러싼 의혹이 싹트기 시작했다. 이윽고 1990년에는 나치를 추적하는 한 저널리스트가 『차이트』에 「폴란드 아동에 대한 범죄」라는 제목의 기사를 게재했다. 이 기사는 전쟁 기간 한스 무테지우스가 당 간부로서 맡은 역할을 폭로했다. 한스가 1만 명의 유대인과 폴란드 아동이 수감되고 대부분이 사망한 우치의 잔혹한 강제수용소 설립을 감독했다는 내용이었다. 이를 계기로 사회복지기관 건물에서 한스의 이름은 삭제되었고, 그의 이름을 딴 상도 철회되었다.

이상한 일이었다. 슈테판은 내게 전쟁 중에도 계속 저널리스트로 활동한 반나치주의자 아버지에 대해 말해준 적이 있었다. 그는 자기 가족이 제3제국에 조금도 연루되지 않았다는 점에서 운이 좋았다고 말했다. 그렇다면 삼촌에 대해서는 아무것도 몰랐던 걸까? 아니면 알고 있었을까? 막스가 들려주고자 했던 이야기, 아우스터리츠의 이야기와 다르지 않은 이야기가 바로 이것이었을까? 슈테판이 결코 알고 싶어한 적 없는 자기 과거의 비밀?

슈테판에게 물어보기가 두려웠다. 그가 모르고 있었다면 잔인한 충격을 안기는 일이 될 테고, 알고 있었다면 비밀을 들추는 꼴이 될 터였으니까. 혹시 슈테판은 오랜 세월 아우스터리츠가 그랬듯 일종의 부정 상태에 있었던 거라면, 내

질문이 그를 아우스터리츠가 겪은 정신적 붕괴 상태로 몰아넣게
될까? 그런 질문을 할 자격이 없었던 나로서는 오랫동안 그에게
물을 수 없었다. 하지만 끝에 가서는 답을 알아내야만 했다. 나는
물었다. 가족 **전체**가 제3제국과 무관했나요? 혹시 그렇지 않았던
사람은 없었나요……?

　슈테판은 충격받지 않았고 정신적으로 붕괴하지도 않았다.
그저 웃을 따름이었다. "아," 그가 입을 열었다. "한스 삼촌
말씀하시는 건가요?" 한스는 틀림없이 논외였다. 그는 슈테판의
아버지보다 나이가 훨씬 더 많았고, 슈테판의 가족은 한스와
잘 아는 사이도 아니었다. 그들은 정말이지 한스와는 아무런
관련이 없었다. "저희 집으로 가서 제 아내에게 이 이야기를
해주셔야겠습니다." 슈테판은 말했다. 그래서 그는 자전거로,
나는 버스를 타고 곧장 그의 집으로 이동해서 차를 마시기로
했다. 집에 도착하니 슈테판이 나를 기다리고 있었다. 현관에
들어서자마자 그는 "카지아!"라고 열띤 목소리로 외쳤다. "이분이
한스 삼촌에 대해 아신대!"

　그 후 한두 시간 동안 우리 대화는 점점 더 진지해졌다.
"막스와 그가 쓴 모든 것은 사람들의 머릿속에 끊임없이 맴돌고
있어요." 슈테판은 말했다. "독일인이라면 누구도 거기서
자유로울 수 없죠." 하지만 그는 사이가 먼 삼촌의 존재에도
불구하고 개인적으로 자유롭다고 느끼며, 이 문제에 있어서는
오래전에 이미 마음의 정리를 끝냈다. 아니면 혹시 속으로
이 문제를 억압하고 있는 건가요? 내가 물었다. 그런 관계를

견디지 못하겠다고 대답해도 슈테판에게는 명예로운 일이
될 따름이니까. 슈테판은 부인했다. 그 말이 뭘 의미하는지
모르겠네요. 그는 말했다. 카지아가 슈테판을 보고 미소 지었다.
"이이는 모든 걸 억압해요," 카지아가 말했다. 분명 슈테판은 어느
정도 죄책감을 느끼고 있었다. 그렇지 않다면 왜 폴란드에 가서
폴란드 건축에 관한 글을 쓰고 심지어 폴란드 사람과 결혼까지
했을까? "슈테판!" 카지아가 불쑥 말했다. "당신 내가 폴란드
사람이라서 결혼한 건 아니지? 그렇지?" 슈테판이 카지아의 손을
잡았고, 두 사람은 곧 웃음을 터뜨렸다. 이것 하나는 꽤 분명한
사실이었다. 둘은 행복한 사람들이라는 것.

그날 이후 나는 두 사람의 행복에 방해가 되지 않기를 바라며
그들에게 몇 차례 전화를 걸었다. 아니에요, 카지아는 오히려
나를 안심시켰다. "걱정 마세요." 그가 말했다. "슈테판은 내면의
평화를 찾았어요." 그러곤 덧붙였다. "아니, 그런 척하는 걸 수도
있고요."[44]

이렇게 W. G. 제발트와 관련해서는 그 어떤 것도 확실할
수 없으며 확실한 적도 없었다. 슈테판은 제발트에게 한스
삼촌에 대해 말해주었던 걸까? 그는 그랬다고 생각하지 않는다.
건축에 관한 대화만 나누었다고 생각한다. 그러나 생각건대
그렇더라도 제발트는 한스를 알았을 수 있다. 그는 『차이트』를
정기 구독했으니, 무테지우스라는 이름을 지나쳤을 리가 없다.
그렇다면 슈테판은 직업이나 사무실과 관련해서뿐 아니라 다른
측면에서도 아우스터리츠의 모델이 되었을 수 있다. 어쩌면

피터 조던이 페르버의 모델이었듯, 슈테판은 아우스터리츠의 모델이었을 수도 있는 일이다. 피터는 저자가 생각한 것처럼 부모를 잃었다고 해서 자살 충동을 느끼지 않았고, 슈테판도 저자가 (아마도) 생각한 것처럼 삼촌의 과거사로 인해 자살 충동을 느끼지 않았다. 제발트는 피터와 슈테판을 모델로 삼은 인물들의 내면에 자신의 슬픔과 공포를 채워 넣었다. 그러니 페르버는 피터, 아우어바흐, 제발트의 조합이고, 아우스터리츠는 수지, 슈테판, 제발트의 조합인 것이다(아마도 말이다).

이렇게 보면 아우스터리츠는 또 다른 의미에서 헨리 셀윈 박사와도 닮아 있다. 헨리 셀윈 박사의 모델—남몰래 고통받은 유대인 헤르슈 셀윈—은 알다시피 유대인이 아니었다. 그리고 제발트가 창조한 가장 고통스러웠던 유대인 인물의 주요 모델 역시 내가 당연하게 생각했던 것과 달리 유대인이 아닐 수 있다. 다시 말해, 독일인이 저지른 범죄로 인해 고통받는 유대인이라기보다 그런 범죄 **때문에** 남몰래 고통받는 독일인일 수도 있다는 얘기다. 바로 제발트 자신이 그랬듯이. 이는 끔찍한 일인 동시에, 눈부신 일이다. 그리고 어느 쪽이든 이는 피해자와 가해자, 독일인과 유대인 간의 경계를 허문다.

『아우스터리츠』와 「헨리 셀윈 박사」 사이에는 또 다른 공통점이 있다. 제발트가 두 사람 모두에 대해 거짓말을 했다는 사실이다.

제발트가 자신이 창조한 인물에 대해 말했던 허위 사실 중에는 작가로서 창작 행위를 하다가 자기도 모르게 저지른 말실수가 섞여 있을 수도 있다. 그러나 두 사람, 즉 셀윈 박사나 아우스터리츠와 관련된 말들은 도무지 말실수였다고 보기가 어렵다. 내게 자신이 모델로 삼은 인물이 유대인이라고 말했을 때, 그가 로즈 벅턴이 유대인과는 거리가 멀다는 사실을 잊었을 리가 **없다**. 아우스터리츠와 관련해서도 마찬가지다.

책에는 아우스터리츠의 사진이 단 두 장 실려 있다. 한 장은 열일곱 살 무렵 학교 럭비 팀과 찍은 사진이고, 다른 하나는 프라하를 떠나기 6개월 전 네 살 때 찍은 사진이다.[45] 책 표지를 장식해 독자의 뇌리를 떠나지 않는 이 두 번째 사진에서 아우스터리츠는 베라가 설명하듯 무도회에 참석하는 장미 여왕, 즉 로즈 아가타와 동행하기 위해 시동侍童 차림을 하고 있다.

막스는 이것이 건축사학자의 모델이 된 인물의 유년기 사진이라고 여러 차례 매우 분명하게 말했다.[46] 그러나 이건 슈테판 무테지우스의 사진도, 아우스터리츠의 다른 모델 사진도 아니다. 심지어 평범한 '유년기 사진'도 아니다. 이건 엽서다. 막스가 오래된 고물상에서 (뒷면에 적혀 있듯) 30펜스를 지불하고 산 엽서.

이 사실을 처음 발견한 사람은 비평가 제임스 우드로, 그는 독일문학아카이브에 보관된 『아우스터리츠』 관련 자료 더미에서 이 엽서를 발견했다.[47] 아카이브에서 엽서를 보았을 때 나는 제임스가 옳았음을 알았다. 그건 뒷면 왼편에 주소를 적을 수 있는 칸이 비어 있는 엽서가 분명했다. 그리고 우드의 말처럼 우측 상단 구석에는 '30펜스'라고 가격이 적혀 있었다.

그런데 그게 다가 아니었다. 베라는? 사진 뒷면에
아우스터리츠의 할아버지가 (체코어로) Jacquot Austerlitz, 즉
장미 여왕의 시동이라고 써놓은 손 글씨가 있다고 말한다. 그리고
엽서 뒷면은 한쪽 가장자리를 보면, 여기에도 수기로 매우 유사한
문구가 영어로 적혀 있다. Jackie Grindrod, Train-bearer to the Rose
Queen[재키 그린드로드, 장미 여왕의 예복 자락을 들어주는 시종].

나는 그 이름을 가만히 들여다보았다. 그린드로드Grindrod.
대체 누구의 이름이지? 체코인인가? 독일인? 나는 소득이 없을
거라고 생각하며 모니터 앞에 앉아 인터넷에서 그린드로드를
검색했다. 실제로 검색을 해보니 곧바로 수십 명의 인물이
나왔다. 대부분은 맨체스터 인근 로치데일 주변에 있었다. 영국
말이다. [48]

이것이 『아우스터리츠』 표지 사진에 관한 진실이다. 사진이
찍힌 시기는 1920년대 혹은 1930년대다. [49] 사진 속 아이는
오늘날에도 여전히 영국 북부의 여러 지방에서 열리는 축제인
장미 여왕 카니발에 참석하기 위해 시동 복장을 한 자그마한
영국 소년이다. 이 소년은 슈테판 무테지우스건 그 누구건,
아우스터리츠의 모델이 되는 건축사학자와는 아무런 관련이
없다. 그는 틀림없이 제발트가 늘 해오던 방식대로 발견한
엽서 속 소년일 것이다. 고물상에서, 어쩌면 샐퍼드에 위치한
상점에서, 아마도 조던 부부를 방문했던 1980년대 후반에 말이다.
그는 그 엽서를 잊은 적이 없었을 것이다.

그렇다면 왜 그런 거짓말을 했을까? 분명 건축사학자

모델이 실존 인물이라는 주장을 뒷받침하기 위해서였을 텐데, 그 실존 인물이 슈테판 무테지우스가 **아니라면**, 표지 속 사진이 그의 유년 시절 사진이라는 주장 또한 거짓일 것이다. 지금 나는 두 거짓말을 지적하며 어떤 판단을 내리고 있는 것이 아니다. 거짓말은 그저 막스 제발트가 얼마나 이상한 사람이었는지를 보여줄 따름이다.†

종종 의아했다. 왜 **자크** 아우스터리츠일까? 체코인 이름도 아니고, 유대인 이름도 아닌데. 재키 그린드로드의 엽서는 이에 대해 한 가지 그럴듯한 해답을 제시한다. 막스가 그 엽서를 오랫동안 간직하고 있었다는 말을 자주 했던바,[50] 어쩌면 자크라는 이름은 적어도 어느 정도는 그 엽서에 뿌리를 두고 있을 것이다.

『아우스터리츠』에서 베라는 자크라는 이름이 아가타가 가수로 데뷔한 오페라 「호프만 이야기」의 오펜바흐에서 유래되었다고 말한다. 아가타는 호프만의 「모래 사나이」에 등장하는 더할 나위 없이 아름다운 소녀이자, 시인 너새니얼이 사랑하는 약혼녀 클래라를 버리게 만드는 올림피아 역할을 맡았다. 그런데 올림피아는 알고 보니 자동인형이라는 사실이 밝혀지고, 이를 깨달은 너새니얼은 미쳐버린다. 마지막 광기에 사로잡혔을 때 너새니얼은 클래라를 올림피아로 착각해 그를 죽이려다가 스스로 목숨을 끊는다. 작품에 등장하는 호프만 고딕 이야기의 마지막 대목은 자크라는 이름이 어디에서 유래했는가에 대한 작가 자신의 해명이다.[51]

여기에 더해 또 한 가지 추측이 가능하다. 제발트가 킨더트란스포르트를 처음으로 접하게 된 1988년대 『차이트』 기사를 생각해보면, 그는 각각 11세, 9세, 4세였던 세 형제의 이야기도 읽었을 것이다.[52] 삼 형제는 빈에 살았지만 폴란드인 아버지가 폴란드로 강제 이송되었을 때 폴란드로 보내졌다. 발트해 연안의 그디니아에서 배를 타고 영국으로 보내졌다가 아우스터리츠가 리버풀 스트리트에 도착한 1939년 여름 런던 항에 도착했다. 그리고 아우스터리츠의 부모처럼 삼 형제의 부모도 사라졌고, 그들의 아버지는 아가타처럼 아우슈비츠에서 살해되었으며, 어머니가 맞이한 운명은 알 수 없었다. 삼 형제 중 네 살배기 소년은 에리히였고, 맏이는 자크였다. 마치 막스가 네 살배기 아이의 이름을 기억했다가 그에게 형의 이름을 부여하기라도 한 것처럼.

막스가 사망하고 5년이 지난 후 리버풀 스트리트역에는 킨더트란스포르트를 기리기 위한 동상이 세워졌다. 동상에서 모자를 쓴 작은 소년이 에리히고, 그 뒤에서 서성이는 소년이 아우스터리츠다.

리버풀 스트리트역에 세워진
킨더트란스포르트 추모 동상.

회복의 시도

아니타 알부스, 「타오르는 집」.[1]

오늘날 W. G. 제발트는 전 세계에서 가장 존경받는 20세기 독일 작가다. 귄터 그라스보다 더 존경받고, 제발트가 영웅으로 삼은 베른하르트, 카네티, 한트케 중 두 작가는 노벨상 수상자임에도 그는 그들보다 훨씬 더 높이 평가된다.

왜일까?

가장 눈에 띄는 이유는 이 책을 전체를 관통하고 있는 그것이다. 바로 홀로코스트 희생자들을 향한 독자적인 공감 능력. 실로 중요한 이유다. 그러나 일각에서는 이것이 그의 성공을 설명하는 유일한 요소라고 주장한다. 전혀 사실이 아닌 소리다.

다른 핵심적인 이유는 수전 손택이 『이민자들』에 경탄하며 남긴 평가에서 찾을 수 있다. 손택은 『이민자들』이 "지금껏 읽어본 어떤 책과도 비슷하지 않다"라고 말했다.[2] 제발트의 모든 책은 그 누구도 지금껏 읽어본 적 없는 작품이다. 불가능한 낭만주의적 이상을 실현하는 작품, 독창적인 작품이다. 독특한 언어를 사용하며, 여러 장르를 뒤섞고, 사진을 활용한다는 점은 제발트에게 유례없는 명성과 영향력을 안겨주었다. 이러한 독창성은 잘 알려져 있다. 그러나 또 다른, 더 깊은 독창성이 있으니, 바로 근본적인 시선의 독창성이다.

제발트는 인터뷰를 통해 이 독창성을 넌지시 내보이곤 했다.[3] 인터뷰에서 한 말에 따르면, 그는 형이상학, 즉 물리학 너머, 이 세상 너머, "이해의 범위 너머"에 존재하는 실재의 본질에 대한 탐구에 가장 큰 관심을 두었다.[4] 나는 이것이 그의 근본적인 주제라고 생각한다. 17세기로 돌아가 제발트의 작품 중 가장 형이상학적인 글을 통해 『토성의 고리』의 주인공 토머스 브라운 같은 작가들을 소환하지 않는 한, 제발트는 우리 시대의 어느 작가와도, 아니 근대의 모든 작가와 다르다.

그러니 **당연하게도** 그는 이 세상, 이 사회의 전형적인 문학
양식인 소설과는 하등 관련이 없다. 그의 작품은 사회에 관한
것이 전혀 아니며, 이는 그의 작품에 대화가 수록되어 있지 않은
이유 중 하나다. 또한 그의 작품은 이 세상을 부분적으로만
다룬다. 그 대신 작품은 우리의 이해를 아슬아슬하게 벗어나는
또 다른 현실의 아우라로 가득 차 있으며, 우리는 그 현실에
대한 힌트를 얻어 그걸 스리슬쩍 엿볼 따름이다. 그렇게 엿보는
순간은 페르버가 일면식도 없는 비트겐슈타인을 향한 형재애를
느끼거나, 화자가 자기가 어떤 행동을 왜 하는지 모르고 이러기로
했다가 저러기로 했다가 30년 후에 결단을 내리는 등 마음이
별난 방식으로 움직이는 순간에 찾아온다. 그가 보여주는 가장
사랑스러운 이미지들은 『토성의 고리』에서 다시 한번 브라운과
공명하며 썼듯, "우리를 움직이는 것들의 불가시성과 불가해함"을
의미한다.[5] 가장 중요한 것들은 베라이터와 아델바르트와
페르버의 이야기 속 저 아래의 심연처럼, 이미 떠난 자리에
잔상으로만 나타나는 『아우스터리츠』 속 나방들처럼, 한참 전에
사라졌음에도 화자의 눈에는 보이는 『토성의 고리』 속 풍차처럼
거의 눈에 보이지 않으며, 거의 존재하지 않는다.

　이는 제발트의 삶과 작품에 반복적으로 등장하는 주제인
우연으로 다시 눈을 돌리게 만든다. 우연, 타인의 삶과의
겹침(발저와 클라이스트의 삶, 화자와 마이클 햄버거의 삶),
데자뷔 déjà vu 와—이미 살아낸—데자베쿠 déjà vécu 의 경험은 전부
우리가 어떻게 해석해야 할 지 알지 못하는 징후들이다. 평범한

이야기에서 줄거리가 우리를 이끌어가듯, W. G. 제발트의
작품에서 우리를 이끄는 것은 이 징후들이 부리는 마법이다. 하나
더니치히스의 표지판처럼 이 징후들은 우리가 결코 다다를 수
없는 어딘가를 가리킨다.

그 어딘가는 제발트의 작품 속 숨겨진 주제인 우리의 이해
범위 너머에 존재하는 세계다. 우리는 아우스터리츠가 지금은
기억나지 않는 자신의 과거 여정에 동행했다고 느끼는 쌍둥이
형제처럼, 그리고 웨일스에서 보낸 유년기 시절에도 계속
자기와 나란히 걸었다고 느끼는 쌍둥이 형제처럼 그 세계를
제발트의 모든 작품 속에서 자못 생생하게 감지한다. 우리는 마치
『현기증. 감정들』에서 부모님의 거실에 있는 화자처럼 과거와
현재, 산 자와 죽은 자, 현실과 꿈 사이의 어딘가, 중간 세계에
있다고 느낀다―**느끼고 있다.** 그래서 페르버는 잃어버린 집의
응접실을 보고, 마이클 햄버거는 서폭의 창밖으로 베를린을
보고,[6] 아우스터리츠는 난쟁이처럼 자그마한 형체를, 관대에서
가져온 비단 조각 하나로 산 자와 분리된 죽은 자의 형체를 보는
것이다. 이렇게 중간 세계에 놓인 상태를 보여주는 훌륭한 초상은
죽었으나 죽을 수 없고 이 세계를 떠났으나 이다음 세계로 진입할
수 없는 자, 바로 사냥꾼 그라쿠스다. 사냥꾼 그라쿠스는 『토성의
고리』 말미에 나오는 죽어가는 영혼처럼 이 세계의 이미지에
사로잡히지 않고자 거울과 그림을 가렸지만, 이 계략은 실패하고
만다. 그는 자기 자신을, 대지의 아름다움을 목격하며 떠나지
못한다. 이는 우리 세계에 대한 제발트의 절망적 태도와 대조를

이룬다. 우리 세계도 아름답고, 우리의 고향도 그러하며, 그래서 우리는 차마 떠나지 못한다.

이 중간성을 이루는 주요소는 과거의 존재, 현재로 회귀하는 과거이며, 이를 보여주는 훌륭한 이미지는 빙하에서 모습을 드러내는 요하네스 네겔리의 시신이다. 제발트의 모든 예술을 추동하는 소망은 아우스터리츠의 소망과 같다. 즉 시간은 "흐르지 않았고" 그러므로 "산 자와 죽은 자는 내키는 대로 왔다 갔다 할 수 있다".7 이러한 소망은 알다시피 두려움이기도 하다. 과거라는 시간이 끝나지 않으면 고뇌의 순간도 결코 끝나지 않으며, 어린 시절 보육원에서 생활한 제임스 말러드 애슈먼처럼 광기가 위협해 올 수 있기 때문이다. 그럼에도 제발트의 모든 작품에서 근본적인 소망은 시간이 사진에서처럼 멈춰버리는 것, 그리고 잃어버린 것이 우리를 향해 귀환하는 것이다.

또 다른 제발트적인 소망도 이와 유사하다. 그것은 평화로운 산에서 태어난 소년이 머나먼 곳에서 벌어진 전쟁의 고통을 알 수 있도록, 공간들이 서로 결합해야 한다는 소망이다. 이 또한 「암브로스 아델바르트」에 등장하는 코즈모가 그랬듯 고뇌와 광기를 불러일으킬 수 있다. 그러나 맨체스터 호텔에 있는 화자가 머나먼 리스턴 뮤직홀에서 어린 가수가 부르는 노랫소리를 듣고, 차를 몰며 토머스 에이브럼스와 함께 예루살렘까지 가는 꿈을 꿀 수 있음을 의미하기도 한다.

그렇게 궁극적으로는 정체성의 구분조차 사라지며, 이로써 화자는 자신이 한때 마이클 햄버거의 집에 살았다고 느끼고,

제발트는 로베르트 발저가 사용한 단어를 애초 자신이 창조한 것이라고 생각한다.*[8] 이러한 관점은 제발트가 종종 자기만의 방식으로 바꾸거나 만들어서 뒤섞은 다른 작가들의 문장과 함께 그의 산문에 반영되어 있으며, 어느 정도는 제발트 자신의 목소리처럼 들리는 증인들의 목소리를 통해 전해짐으로써 하나로 매끄럽게 통합된다. 제발트의 산문에 거울처럼 반영되어 있듯, 그의 작품을 관통하는 목표는 시간, 장소, 자아의 경계가 사라지는 것이다. 그리하여 신비주의자와 성인이 보는 시야에서처럼 모든 것이 하나가 되는 것이다.

이제 우리는 제발트의 작품에 존재하는 모든 신호가 가리키는 그러한 또 다른 근원적 현실의 본질을 안다(혹은 적어도 추측할 수 있다). **하나됨**oneness, 그러니까 형언할 수 없는 신비로운 비전. 현명하게도 제발트는 결코 그것을 형언하지 않는다. 그러나 자신의 작품 가운데 가장 형이상학적인 『토성의 고리』에, 햄버거 부부의 정원에 있는 횔덜린의 펌프 옆 우물 속 딱정벌레 에피소드에 새겨 넣는다.

제발트가 전달하고자 하는 가장 깊은 의미를 이해하는 열쇠가 그가 가장 사랑한 문학의 선조 중 한 명이자 번역가 마이클 햄버거와의 또 다른 연결 고리인 횔덜린과 관련될 수밖에 없는 것은 우연이 아니다. 그러나 이 열쇠는 횔덜린이 아닌, 제발트의 또 다른 위대한 조상이자 친척인 호프만슈탈을 통해

---

* 발저가 『도적』에서 쓴 '슬픔의 이력Trauerlaufbahn'이라는 단어를 두고 하는 말이다.

찾을 수 있다.

『토성의 고리』7장은 마이클의 아내 앤이 햇빛이 비치는 광대한 숲을 유영하는 초세속적인 꿈으로 끝난다. 그 후 마이클과 앤은 정원으로 걸어 나가 횔덜린의 펌프 옆에서 화자의 택시를 기다린다. 이 장의 마지막 문장에서 화자는 "물방개 한 마리가 한쪽의 어두운 물가에서 다른 쪽 물가를 향해 노를 저어 가듯 수면을 가로지르는 모습을 보자 모근까지 쭈뼛" 서는 기분을 느낀다.[9]

제발트의 작품을 통틀어 이보다 더 신비로운 이미지는 없다. 이 이미지는 무얼 의미하는 것이며, 화자는 왜 모근이 쭈뼛 서는 기분을 느끼는 걸까?

이 문장은 호프만슈탈의 가장 중요한 저작 『찬도스 경의 편지』에 바탕을 두고 있다. 『찬도스 경의 편지』에서 한때 유명했던 작가는 친구이자 존경하는 17세기 철학자 프랜시스 베이컨에게 편지를 쓰면서 어째서 자신이 2년간 아무것도 쓰지 않았고 앞으로도 쓸 생각이 없는지를 설명한다. 그 이유는 언어와의 관계가 무너져 내렸기 때문이다. 작가는 더 이상 일관성 있게 생각하거나 말할 수 없다. 언어들이 파편처럼 분열해 그에게 (다름 아닌!) 현기증을 일으킨 까닭이다.[10] 이 세상에서 그에게 남은 것은 몇 번의 "좋은 순간"뿐이다.

학자들은 『찬도스 경의 편지』를 문학적 글쓰기의 오랜 양식이 무너져 내린 20세기 초반 모더니즘적 위기를 보여주는 혁명적인 텍스트로 간주했다. 분명 맞는 말이다. 글쓰기는

호프만슈탈의 (그리고 제발트의) 주된 활동이자 관심사였으니
말이다. 그런데 사실 『찬도스 경의 편지』는 전반부에서만 언어의
붕괴와 글쓰기가 불가능한 상태를 다룬다. 후반부는 찬도스 경이
묘사하는 데 애를 먹는 "좋은 순간"에 관한 이야기다.

그는 좋은 순간이란 예상할 수 없는 방식으로, 대체로 쥐나
손상된 사과나무나 소작농의 오두막처럼 지극히 초라한 것들을
목격할 때 찾아온다고 말한다. 그러다 불현듯 그는 "막대한
동정심, 다른 생명체를 향해 흘러넘치는 동정심"으로 벅차오른다.
이때 그가 느끼는 것은 "신성한 감각" "신비롭고 형언할 수 없는
무한한 황홀감"이다. 이것들은 동정심과는 아무런 관련이 없다.
찬도스 경은 다음과 같이 쓴다.

> 어느 날 저녁, 개암나무 아래서 정원을 돌보는 소년이 두고 간
> 반쯤 채워진 물통을 발견했을 때, 그리고 물통과 그 안의 물이
> 나무 그림자에 가리어져 어두워지고 물방개 한 마리가 이쪽 물
> 가에서 저쪽 물가로 수면을 가로지르며 헤엄칠 때, 이 사소한
> 일들의 조합이 나로 하여금 무한의 존재를 인식하고 머리칼의
> 뿌리에서부터 발뒤꿈치의 뼈까지 전율하게 만들 때 (…) [11]

제발트를 전율케 하는 대상은 두려움, 공포, 혹은 무엇이든
될 수 있다. 그러나 이는 찬도스의 전율이다. 그러므로 '천상의'
전율이다. 무한과 (찬도스가 언급하는 또 다른 대상인) 사랑이라는
존재를 향한 전율이다. 이 전율은 다른 생명체와 사물, 즉 제발트의

공감이 궁극적으로 지향하는 대상들을 향해 흘러 들어간다. 이렇게 모든 것이 하나되는 일은 제발트의 궁극적인 목적이며, 필연적으로 사물들을 서로에게서 분리시키는 말을 통해서는 달성할 수 없다. 찬도스는 이에 대해 "우리가 마음을 다해 생각하기만 하면 어떤 존재 전체와 새롭고도 희망적인 관계를 맺을 수 있기라도 하듯"이라고 쓴다.

평범한 언어가 찬도스에게서 무너져 내린 이유도 바로 이것이다. 그리고 이것이 찬도스가 상상하는 새롭고도 불가능한 언어인바, 그는 결코 이 언어로는 글을 쓸 수 없을 것이다. 제발트에게도 이는 불가능하다. 모두에게 불가능한 일이다. 그러나 제발트의 신비로운 기호들, 침묵하는 이미지들—나비 채를 든 나보코프, 아우스터리츠의 나방 등—이 일제히 가리키는 대상이 바로 이것이다.

그러나 우리는 이곳에 있는 동안 서로 다른 자아와 장소와 시간, 남자와 여자, 가해자와 피해자로 분리되어 있으며, 서로의 존재를 파악하고 다른 시간과 장소에서 벌어진 일을 이해하려 노력할 수 있을 뿐이다. 그리고 여기서 제발트의 궁극적인 원칙은 우리가 일인칭 경험을 통해 진실에 가장 가깝게 다가갈 수 있다는 것이다. 그러므로 화자는 늘 셀윈 박사와 페르버와 아우스터리츠, 노사크와 클루게 등 어떤 경험에서 생존한 자들의 이야기를 직접 들어야 한다. 혹은 이것이 더는 가능하지 않다면 루시 란다우, 피니 이모, 베라처럼 그들과 가장 가까운 사람들의 이야기를 직접 들어야 한다. 막스에게 이는 신조이자, 존중의 표식이었다.
친구 클리브 스콧이 영화 「쇼아Shoah」를 두고 어떤 일을 겪은
당사자라고 해서 반드시 가장 믿을 만한 정보원은 아니라고
말했을 때, 막스는 당황하다 못해 분노했다.[12] 한편, 기억의 오류
가능성과 망각을 유도하는 트라우마의 힘을 누구보다 깊이
인식했던 막스는 이 둘을 작품의 주된 주제로 삼았다. 이렇게
현실의 본질을 이해하려는 탐구에 있어 진실은 또다시 난해한
것이 되며, 필수적이지만 불가능한 목표가 된다.

가장 널리 알려진 제발트의 독창성—허구의 텍스트에
사진과 문서를 배치하는 방식—은 진실을 구성하는 이 핵심
요소를 구현한다. 독보적인 현실 감각을 심어주기 무섭게,
독자들이 이야기가 허구임을 깨닫는 순간 그 현실 감각을 확
낚아채 가는 것이다. 그러면 독자는 그 어떤 단순한 픽션이나
논픽션을 읽을 때보다 더 예리하게 진실의 난해함을 **느끼게** 된다.
그러므로 여느 위대한 예술작품이 그러하듯 제발트의 핵심적인
형식은 그의 핵심적인 주제를 반영한다. 처음에 살펴보았듯 이는
홀로코스트라는 주제와 그리 매끄럽게 어우러지지는 않지만
제발트가 가진 비전의 핵심적인 부분이다.

물론 시공간을 뛰어넘는 연결 고리를 추적하는 것도, 이를테면
제발트가 썼듯[13] 발저의 '생일'을 발저의 할아버지나 자기 자신의
사망일과 비교하고, 『아우스터리츠』에 실린 마지막 이미지에서
저자 자신의 생일을 또 다른 막스의 사망일과 비교하는 것도
핵심적이다. 이러한 연결 고리는 우리가 제발트의 주제인 형언할

수 없는 하나됨에 가장 가깝게 다가갈 수 있는 방법으로서
존재한다. 그리고 또다시 형식이—이번에는 저자가 수집한
것들을 콜라주한 산문이—심오하고 근원적인 주제를 표현한다.

제발트의 산문을 이루는 또 다른 측면도 마찬가지다. 그의
형식적이고 예스러운 독일어는 오늘날의 독일어가 아니며, 그의
영어는 시대를 불문하고 영국식 영어도 미국식 영어도 아니다.
제발트의 언어는 현재보다는 과거에 가깝고 그 어디에도 속하지
않는 언어, 중간 세계의 언어다. 그의 제자 루크 윌리엄스가
말했듯 이는 죽은 자의 언어를 쓰는 방식이라 할 수 있다.[14] 그가
쓰는 산문은 샤토브리앙의 회고록이 그렇듯 저승에서 온 회고록,
혹은 사냥꾼 그라쿠스나 『토성의 고리』의 죽은 영혼이 이 세상의
아름다움에 사로잡혀 쓴 회고록이다.

따라서 W. G. 제발트는 스스로 늘 이야기했듯 소설가가
아니다. 그의 여정과 풍경은 외부보다는 내부를 향해 있는바,
그는 여행 작가도 아니다. 제발트는 역사가, 전기 작가, 자서전
작가다. 그러나 그 이면을 살펴보면 그는 뼛속까지 공상가이고
신비주의자다. 그렇기 때문에 현대 문학계에 제발트 같은 작가가
존재하지 않는 것이다.

『아우스터리츠』가 그가 남긴 걸작인 이유도 결국에는 이
때문이다. 『아우스터리츠』는 홀로코스트 피해자와의 상상적
동일시나 트라우마에 대한 심리적 탐구의 정점에 이른 작품이기만
한 게 아니다. 아델라가 아우스터리츠에게 몸을 기울이며
"저기 모래언덕을 헤치며 오는 대상들이 보이니?"라고 물을 때

드러나는 선구적인 직관을 포함해―나방의 비행, 알폰소의 물빛
스케치, 터너의 「로잔에서의 장례식」, 바머스베이와 안드로메다
별장 벽면에 펼쳐진 빛의 유희 등을 통해―제발트가 애초부터
추구했으나 『토성의 고리』에는 숨겨둔 신비로운 비전이 가장
온전히 드러나는 작품이다. 알폰소는 머뭇거리며 이를 최대한
명확하게 표현한다. 알폰소의 말에 따르면 "돌연 비현실이
현실 세계로 침입해 들어와 (…) 우리의 가장 깊은 감정에 불을
붙이거나 적어도 우리가 그렇다고 믿은 것"이다. [15]

하여 제발트는 공상가이고 신비주의자다. 그리고 한마디로
작가다. 제발트는 모든 것―자신이 한 경험, 독서 등―을 글로
옮긴다. 그리고 켈러와 발저를 포함해 그가 본보기로 삼은 모든
위대한 작가가 그랬듯, 이를 이따금―실은 자주―가슴이 미어질
만큼 아름답기 그지없는 글로 탄생시킨다. 『이민자들』에 실린
마지막 단편의 결말에서 관대에 반복적으로 나타나는 사냥꾼
그라쿠스의 이미지―『토성의 고리』에서는 앤의 꿈에 등장하는
마술적인 숲, 세상이 제비들의 비행에 의해 통합된다는 공상,
불타는 듯한 머리카락을 가진 소년 앨저넌의 환상 등의 이미지,
『아우스터리츠』에서는 물빛처럼 은은히 빛나는 아델라, 넋을
잃고 인간의 음악을 듣는 새하얀 기러기 등의 이미지―등이
묘사된 구절과 그 밖의 많은 구절은 삶 자체가 안겨주는 일이
거의 없는 아름다움과 강렬함의 풍경을 활짝 열어젖혀 보여준다. †

이 모든 점에도 불구하고 제발트는 적잖이 비판의 대상이 되기도

했다. 아니, 오히려 이런 점 때문에 집중포화를 맞았다. 오늘날에는
누구도 신비주의적 비전에 관한 책을 기대하지 않는 까닭이다.
제발트를 비판한 유명 인사 중에는 독일의 귄터 그라스, 영국의
앨런 베넷, 그리고 독일의 게오르크 클라인과 이리스 라디슈,
영국의 마이클 호프만과 애덤 설웰 같은 비평가들이 있다.
제발트는 그 자신이 이미 거침없이 비판을 쏟아낸 전력이 있으므로
맹렬한 비판도 받아들일 수밖에 없는 입장이다. 그러나 그가 가한
공격과 마찬가지로, 모든 비판이 정당화될 수 있는 건 아니다.

영어권과 독일어권을 통틀어 독자들이 제발트에게 보낸
편지에서 가장 많이 제기한 비판 중 하나는[16] 문장이 너무 길다는
것, 심지어 문단도 너무 길어 장을 넘기고 넘겨도 거대한 활자
덩어리가 계속 이어진다는 것이었다(하지만 베른하르트 같은 작가도
그랬으므로 제발트가 유별난 것은 아니다). 하지만 이 또한 제발트의
비전을 반영하는 특징이다. 활자로 가득한 페이지들을 보면
그것이 암시하는 바가 **눈에 들어올** 것이다. 모든 것이 연결되어
있고, 모든 것이 하나라는 점이.

두 번째로 많이 제기된 비판은 작품들의 문학성이 과잉돼
있으며, 곳곳이 카프카와 보르헤스처럼 난이도가 있는
작가들의 작품에 대한 언급으로 가득 차 있다는 것이다. 그건
막스가 독서를 글쓰기로 전환했기 때문이며, 그것이 그의 독서
방식이었다. 이는 틀림없이 많은 독자를 작품에서 멀어지게
만드는 요인이나, 한편으로는 제발트의 참고문헌을 발굴하는
작업에서 무한한 재미를 느끼는 학자들이 그를 지극히 사랑하는

요인이기도 하다. 제발트는 둘 중 어느 결과도 반기지 않았을
것이다. 그는 다만 극도로 문학적인 작가였고, 그런 그의 작품이
모두에게 맞을 순 없는 노릇이다. 따라서 이런 비판도(비판이라고
할 수 있다면) 일리는 있다.

　　그런데 어쩌면 문체는 그리 중요하지 않을지도 모른다.
더 중요한 것은 알려질 대로 알려지다 못해 『프라이빗 아이』가
수시로 풍자 소재로 삼았던 제발트의 극단적이고, 구제할 길
없으며, (일각에서 말하듯) 윤리적으로나 미학적으로나 해로운
우울일지도 모른다.[17] 제발트는 무미건조한 우울이란 게 사람들이
지속적으로 향유할 수 있는 요소가 아님을 똑똑히 알고 있었다.[18]
하지만 바로 그것이 제발트가 정성껏 내어놓는 것이라고
비평가들은 말한다. 자연과 역사에 대한 깊은 절망, 고통과
공포, 파괴와 쇠락에 대한 집중—그 모든 것이 너무 과하고,
지나치게 단조로워서 도무지 음미할 수 없을 뿐 아니라 진실처럼
느껴지지도 않는다고.

　　어찌 됐건, W. G. 제발트가 가벼운 작가라고는 누구도 말하지
못할 것이다. 아름다운 순간들이 『이민자들』과 『아우스터리츠』를
고양시키기는 하지만, 과연 두 작품에 행복이나 유머의 순간도
존재할까? 「막스 페르버」에는 루이자가 어린 시절에, 혹은
연인들과 함께하며 느낀 행복이 나오지만 이 행복은 상실된다.
「파울 베라이터」 속 파울이 루시와의 관계에서 느꼈을지도 모를
만족감(너무 늦었다)과 「암브로스 아델바르트」 속 아델바르트가
예루살렘에서 코즈모와 느낀 만족감(이 또한 상실된다)도

마찬가지다. 아우스터리츠에게는 행복이라 할 만한 것이 거의
존재하지 않는다. 그나마 안드로메다 별장에서만, 마리 드
베르뇌유와 보내는 찰나 같은 순간에만 찾아들 뿐이다. 유머에
관해서라면 「헨리 셀윈 박사」에 나오는 아일린의 이동식 침대와
「막스 페르버」에 나오는 그레이시 얼럼의 티스메이드가 우리를
웃게 하지만 『아우스터리츠』에서는 아마도 카프카의 조카에게
포경수술을 해주러 찾아온 동명의 키 작은 밭장다리 남자를
제외하면 유머라고 할 만한 것이 전혀 없다. 그러나 『이민자들』과
(특히) 『아우스터리츠』는 홀로코스트를 기리는 작품이라고 말할
수 있으므로, 유머를 삽입한다는 게 적절하지 않을 수 있다. 다만,
다른 두 작품에는 유머가 **존재한다**. 예컨대 『현기증. 감정들』에
등장하는 카프카 쌍둥이와 『토성의 고리』 속 다람쥐, 그리고
전자에 언급되는 두 가지 케이크 관련 에피소드와 후자에 나오는
냉동 생선 에피소드가 그러하다.[19] 이는 모두 초현실적이며
마음을 편안하게 하는 위안보다는 한 줄기 어둠의 빛을
선사하지만, 그럼에도 제발트적인 우울에 제동을 건다.

　음미할 수 있는가 하는 문제는 접어두고, 그렇다면
진실되기는 할까? 이 질문이 좀더 객관적이게 들리기는 한다.
하지만 세계의 과거와 미래 전체를 두고 판단을 내린다고 할 때,
과연 우리가 그에 필요한 증거를 모을 수나 있을 것이며, 하물며
그것을 평가한다는 것이 가능한 일일까? 이에 대해 나는 내
견해만을 밝힐 수 있을 따름이다.

　제발트는 미래뿐 아니라 과거에 대해 말하는 카산드라,* 즉

이중의 카산드라다. 하지만 누가 카산드라를 믿었단 말인가? 불타는 숲, 물을 둘러싼 문제, 광활한 세계의 사막화 등에 대한 그의 예언이 옳았음을 이제는 우리도 안다.

고통과 괴로움에 관해서라면, 우리는 타고나길 낙관적이다. 그래야 하기 때문이다. 이 세상에 존재하는 모든 고통을, 그리고 우리 자신과 우리가 사랑하는 이들의 불가피한 끝을 진정으로 받아들인다면, 우리는 하루도 제대로 살아갈 수 없을 것이다. W. G. 제발트는 제대로 살아갈 수 없었다. 내 생각에, 카산드라가 그랬듯, 그도 옳았기 때문에 대가를 치러야 했다.

마지막으로, 굳이 반박할 가치조차 없어 보이는 비판들도 존재한다. 이에 대해서는 반박하지 않고 넘어가려 한다.

몇몇 독일 비평가는 제발트가 작품의 주제에 대해 보인 감상성 sentimentality 을 비난하기도 했다. 이는 『이민자들』과 『아우스터리츠』의 주제를 두고 한 말로, 대부분이 (셸윈, 페르버, 아우스터리츠처럼) 어린 시절 독일이나 동유럽에서 도망쳐 나온 유대인이라는 점을 꼬집은 것이다. '감상성'이란 값싸고 과잉된 감정이다. 박해받은 유대인에 대한 동정심이 지나치다고 말하는 것은 수치스러운 일이며, 나로서는 이런 주장을 하는 (극소수의) 비평가가 자신의 글이 독일 바깥에서까지 읽힐 거라곤 생각지 못했으리란 추정을 해볼 뿐이다.

영국에서 제기된 무가치한 비판은 이와는 정반대다.

---

* 그리스신화의 예언자로 아폴론으로부터 예언의 능력을 받았으나 그의 사랑을 거절한 대가로 진실을 말하되 아무도 이를 믿지 않게 되는 저주를 받았다.

제발트의 절제, 유대인이라는 주제에 대해 그가 보인 신중하고
형식적인 어조가 냉정하다는 것이다. 두 [상반된] 견해가 동시에
옳을 수는 없으며, 그렇다면 이 해석 또한 옳지 않다. 양자가 모두
받아들여질 수 있다는 사실 자체가 그 증거다.

마지막으로 영국과 독일에서 공통적으로 제기되는 비판이
있는데, 이는 그 어떤 비판보다 무가치하다. 제발트가 독일의
희생자들, 이를테면 인간과 동물을 포함한 모든 희생자 및 자연과
역사 속에서 벌어진 각양각색의 잔인한 행동을 그리는 방식이
착취적이며, 작품에 가식적인 진중함을 부여하기 위해 자기 것이
아닌 고통을 전유한다는 것이다. 이는 텍스트 차원에서 제기되는
비판이 아닌 개인적인 차원의 비판이요, 작가의 동기와 진정성을
문제 삼는 비판이다. 다시 말해 제발트의 전기에 대해 아무것도
모르는 사람들이 제기한 전기적인 차원의 비판이다. 그들의 말이
맞는다면 오히려 제발트에게 더 나은 일이었을 것이다. 하지만
그들은 틀렸다. 제발트가 작품에서 보여준 독자적인 공감은
진짜였다.

이렇게 막스 스스로도 알았듯, 문학적 문제는 전기적 문제와
한데 뒤섞인다. 그리하여 내가 처음으로 던진 질문은 마지막으로
던질 질문이 된다. 어째서 그는 독일로 인하여 고통받는 사람,
독일을 넘어 세계 전체로 인하여 고통받는 사람이었던 것일까?

제발트를 잘 아는 사람이라면 누구라도 그가 얼마나
예민한지, 삶이 그에게 얼마나 고되었는지, 나이를 먹어가며
얼마나 우울해졌는지를 알았다.[20] 하지만 그게 전부는 아니었다.

제발트는 별별 공포증을 다 갖고 있었고,[21] 그중에는 소리, 열기, 특히 눈 수술을 비롯한 수술, 기차 여행, 남들 입에 오르내리는 일에 대한 공포증 등 다소 이상한 것도 있었다. 한번은 철조망 반대편에서 마리를 보고는 그야말로 냅다 도망쳐버린 일도 있었는데,[22] 나중에 해명하길, 마리의 얼굴이 아버지의 사진에서 본 집시 여자의 얼굴처럼 보여 견딜 수가 없었다고 했다. 그는 강렬한 감정을 느끼면 신체적으로 반응이 올 정도로 내면 깊은 곳까지 영향을 받았다. 마리와 전화 통화를 할 때는 마리에게 온몸에 전기가 통하는 느낌이 든다고 말했다. 대화가 너무 길어지면 심장마비가 올 것 같다고 했다. 그러고는 몇 주, 몇 달간 스트레스를 받은 끝에 결국 심장마비를 경험했다.

이것들은 다 무엇**이었을까**? 그건 경험으로부터—내부와 외부의 모든 경험으로부터—자기 자신을 보호하지 못해 스스로 목격했거나 기억해냈거나 상상했던 모든 것에 압도당하는 절대적인 불능이었다. 제발트는 어머니 로자가 처음 그를 보았을 때 예언처럼 말했듯이, 그리고 그 자신이 50년 후에 말했듯이 피부가 없이 태어난 사람이었다.[23] 피부는 마리가 내게 말했듯 내부와 외부를 가르는 장벽인데, 제발트에게는 그것이 신체적으로 문제를 일으켰을 뿐만 아니라, 은유적으로 결여돼 있었다.

이렇게 보면 제발트는 타인이 무언가 경험하는 것을 볼 때 그것을 자신이 직접 경험하게 되는 상태를 가리키는 이른바 거울-촉각 공감각mirror-touch synaesthesia[24]을 가지고 있었거나 적어도 그게 무엇인지 이해했던 것 같다. 그래서 『캄포 산토』에서 어린 시절 죽은 사슴을 보고 그 자리에서 꼼짝도 못 하고 얼어붙었던 일을 떠올리거나, 『토성의 고리』에서 화자가 산토끼의 공포를 느끼면서 산토끼의 눈 속에서 "토끼와 하나가 된" 자신을 보는 것이다.[25] 『토성의 고리』—다시 말하지만 가장 '형이상학적인' 작품—에서도 제발트는 코브히스에서 본 돼지, 식용으로 죽임을 당한 청어, 스포츠용으로 희생당한 꿩, 이윤을 위해 죽임을 당한 누에, 1987년 허리케인으로 파괴된 나무를 향한 강렬한 동정심을 표현한다. 또한 그의 모든 작품은 자연 전체, 그리고 살아 있거나 죽은 인간 주체를 향한 심오한 감응을 표현한다.

찬도스가 말하듯, 여기에 동정은 없다. 이것은 오히려 화자가 산토끼를 보고 했던 것과 같은 동일시다. 그러므로 찬도스의 입장에서 죽어가는 아이를 돌보는 어머니와 물주전자에 갇힌 물방개 사이에는 차이가 없으며, 그는 둘에게 동등한 감정을 느낀다. 이와 유사하게 제발트도 청어와 바로 다음 장에 이어지는 베르겐-벨젠 희생자들을 구분 짓지 않는다. 이는 다수의 독자에게 불편함을 안겼다. 그러나 생각건대 이는 피부가 없는 작가의 상태로 설명할 수 있을 것이다. 찬도스와의 유사성, 그리고 거울-촉각 공감각과 유사한 투과성 penetrability 말이다.

다시 말해 타인의 고통에 대한 제발트의 감각은 절실하다 할 만큼 진짜였다. 그는 고통을 찾아 헤맨 것이 아니라, 주변에서 느껴지는 고통을 피할 도리가 없었다. 우리 모두가 매일같이 뉴스며 길거리, 병원과 집 등등 사방에서 접하는 고통 말이다. 우리는 그 고통을 잊고 무시할 수 있지만, 제발트는 그럴

수 없었다. 어쩌면 실제로 거울-촉각 공감각을 가진 것은
아니었을지도 모른다. 그러나 그는 한 작가가 "이타주의자"라고
칭한 사람들, "도덕적, 정서적 감수성이 매우 예민하게 조율되어
있고 세포막이 지나치게 얇아서 모든 것을 인지하고 타인의
고통을 날카롭게 포착하며 심지어 이에 '감응하는'" 사람들 중 한
명이었다.[26] 이 작가의 말에 따르면 그런 사람들은 예술가, 의사,
인권변호사가 된다. 여기에 한마디 덧붙이자면 그런 사람들은
무엇보다 예술가가 된다. 카프카, 릴케, 호프만슈탈 같은, 조지
엘리엇 같은, 렌츠 같은 예술가. 그들은 어린 시절부터 다람쥐의
심장박동을, 온 세상의 소리 없는 비명을 듣는다.

마크 앤더슨과 우베 쉬테 같은 학자들, 리처드 세퍼드 같은
친구들은 제발트가 겪은 문제의 근원으로 하나같이 유년기
트라우마를 돌아본다.[27] 그들이 거론한 유력한 원인은 알다시피
할아버지의 죽음과 아버지와의 충돌이다. 하지만—특히
제발트가 속한 세대에서—조부모의 죽음과 아버지와의
충돌만큼 흔한 게 또 있을까? 게르트루트는 우리도 알고 있는바,
게오르크가 제발트를 심하게 학대한 적은 단 한 번도 없었다고
확신한다. 하지만 여기서 우리는 한 가지 설명을 제시할 수 있을
것이다. 막스라는 사람에게 그랬듯, 빈프리트라는 아이에게도
평범한 경험이 트라우마였다고 말이다. 그의 머리카락을 싹둑
자르고 온몸을 벅벅 문질러 닦아대는 아버지, 옷을 손수 지어
입히고 그에게서 눈을 떼지 않는 어머니, 그의 사진을 찍은
사람들—이는 모두 평범한 경험이라 할 수 있지만, 그에게는

트라우마를 안기는 견딜 수 없는 사건이었다. 마찬가지로
할아버지의 죽음도 평범한 상실을 뛰어넘는 트라우마였고,
강제수용소에 관한 영화를 보고 이곳에서 벌어진 일에 관한
진실이 홍수처럼 밀려든 경험도 결국에는 트라우마였다.
그 일들은 누구에게도 평범한 경험은 아니었다. 그럼에도
게르트루트와 베아테는 이를 견뎌낼 수 있었고, 우르줄라와
위르겐과 다른 친구들도 견뎌낼 수 있었다. 하지만 발터 칼하머와
막스는 그럴 수 없었다.

이제야 많은 것이 비로소 페어 맞춰진다. 예컨대 제발트의
섬세한 작품에 놀랍도록 자주 동원된 과장법과 멜랑콜리한
유머의 근간—그것은 기실 과장이 전혀 아니었다. 그는 참담한
기차 여행에 대해서도, 참담한 사람들과의 만남에 대해서도,
비록 일부러 독자로 하여금 그렇게 믿게끔 만들기는 했을지언정
과장을 하진 않았다. 극단적이었던 것은 표현이 아닌 경험이었다.
아니면 학창 시절부터 줄곧 느껴온 과제에 대한 부담감과 평화를
갈망하는 마음이었거나. 그는 실제로 늘 엄청난 양의 일을
소화했다. 그러나 그가 느낀 중압감은 단지 이런 것들에서만
비롯된 게 아니었다. 그것은 세계에 대한 그의 보편적인 투과성,
말하자면 예술가적 병증에서 비롯된 것이었다.

한 인간으로서 그는 그토록 많은 것을 느끼는 상태에서
벗어나기를 갈망했고, 아우스터리츠처럼 외부와 단절된 채
혼자 있음으로써 자기를 보호하려 했다. 하지만 이는 뜻대로
되지 않았다. 오히려 그는 찬도스 같은 상태가 됐다—텅 비고,

얼어붙은 채, 더는 살아 있지 않은 듯한 상태.[28] 그러나 작가로서
그가 이 공유된 고통을 피하고 싶어했던 걸로는 보이지 않는다.
그는 자신이 앓던 예술가적 병증이 심오한 진실을 들여다볼
통찰력을 제공해준다는 사실을 알았다. 그는 적는다. **우리는
바라봄을 통해 사물들 또한 우리를 바라보고 있음을 감각하게 되고,
그 순간 우리가 우주에 침투하기 위해 여기 있는 것이 아니라 우주에
의해 침투되기 위해 존재한다는 사실을 이해하게 된다.**[29] 이것이
그가 여기 있었던 이유다. 그러니 그가 앓은 예술가 병은 무용하지
않았다. 그 병이 없었더라면 그는 예술가로서의 비전을 갖지
못했을 것이고, 그건 우리도 마찬가지였을 것이다.

사망하기 한 달 전, 막스는 슈투트가르트의 문학의 집에서 마지막
강연을 했다. 강연에서 그는 **문학의 이점은 무엇일까요?**라고
물었다. 그리고 대답했다. 사실의 재현을 넘어, 학문을 넘어,
문학만이 회복을 시도할 수 있다고.

그는 막 튈의 주민들에 대해 연설한 참이었다. 1944년 6월
제2SS기갑사단 다스 라이히에 의해 교수형을 당한 아흔아홉
명, 그리고 많은 사람을 죽음으로 몰아간 강제노동 현장과
절멸수용소로 이송된 나머지 주민들.* 그는 늘 그랬듯 수백만 명이
살해당한 유럽 내 유대인에 대해, 길바닥에서 잿더미가 된 독일
시민들에 대해, 자신과 마리의 할아버지를 비롯해 세계대전에
참전했던 군인들이라는 새로운 화두에 대해, 우리 인간이 사냥해
잡아먹은 모든 생명체에 대해, 불타는 숲과 말라가는 수로와

확산되는 사막에 대해, 그리고 처음부터 주제로 삼았던 자연
전체에 대해 생각하고 있었을 것이다. 그가 "가장 큰 불의가
행해졌다"[30]라고 말한 이 모든 것에 대해 그의 문학이 갖는 의미는
다름 아닌 그런 회복의 시도요, 피터 조던에게 썼듯 보상이란
불가능하므로 보상은 아닐지언정, 자신이 그들을 얼마나 기억하고
있는지라도 보여주고자 한 시도였다.[31]

　　그러나―그가 「회복의 시도Ein Versuch der Restitution」 강연에서
독일어로 말한― '회복Restitution'이라는 단어는 보상의 개념을
뛰어넘는다. 회복은 복원을 의미하기도 한다. 그리고 이는
제발트가 문학이 할 수 있는 일이라고 생각하고 희망했던
것이라는 게 내 생각이다.

　　『이민자들』과『아우스터리츠』에서 제발트는 박해당한
유대인의 삶을 적어도 독자들의 마음속에서 복원했다.『현기증.
감정들』에서는 자기 자신의 삶과 마을 사람들의 삶을 복원했고,
『토성의 고리』와『전원에 머문 날들』에서는 많은 이의 사랑을
받은 작가들의 삶을 복원했으며, '세계대전 프로젝트'를 통해서는
부모와 마리의 가족, 바베테의 삶을 복원할 생각이었다.

　　이미 잃어버린 것을 이 세계에서 복원하거나 이에 대해 보상을

---

* 　1944년 6월 9일 프랑스 중부 코레즈 데파르트망의 수도 튈에서 나치친위대
제2SS 기갑사단이 레지스탕스에 대한 보복으로 지역 주민 3000여 명을 체포해
99명이 처형되었고, 149명이 다하우 강제수용소로 끌려가 사망했다. 이 부대는
이튿날 오라두르쉬르글란에서도 마을 주민 전원에 가까운 643명을 학살했다.
그러나 학살을 지시한 독일군 장교들이 이후 전투에서 전사하여 전범재판이
제대로 이루어지지 못했다.

할 순 없지만, 우리는 예술을 통해 이를 회상하고 보존할 수 있다. 문학에서는—그리고 그림과 사진, 음악과 영화에서는—과거를 현재로 불러오고, 모든 장소를 여기로 소환하고, 죽은 자를 산 자들 사이에 되살려낼 수 있다. 그러므로 예술은 공간과 시간, 산 자와 죽은 자가 나뉘기 이전의 하나됨을 어렴풋하게 보여주는 하나의 사본이며, 이것이야말로 W. G. 제발트가 품은 궁극의 비전이었다. 이것이 그가 탑에 은둔한 횔덜린이나 생피에르섬에 고립된 루소가 그랬듯 어떠한 대가를 치르고라도 글쓰기를 포기할 수 없었던 이유다.†

8부

마지막들

8부

ENDINGS

25장

못다 한 이야기

Über allen Gipfeln

Ist Ruh,

In allen Wipfeln

Spürest du

Kaum einen Hauch:

Die Vögelein schweigen im Walde.

Warte nur! Balde

Ruhest du auch.

— Goethe, 'Wandrers Nachtlied'

모든 산봉우리 위로

고요가 깃들고

모든 나무우듬지에서는

한 점의 숨결조차

그대 느끼지 못하니

숲속의 작은 새들도 고요하네

기다려라, 머잖아

그대도 쉬게 될 터이니

—괴테, 「나그네의 밤 노래」[1]

2000년 9월 막스는 '세계대전 프로젝트'를 위해 알자스 지방의
제1차 세계대전 전장을 트리프와 함께 고생스레 살피고 다녔다.[2]
그 후 트리프는 친구 막스의 사진 연작을 찍었다. 지칠 대로 지친
두 사람은 막스가 다년간 집필한 초단편시를 바탕으로 공동
구상한 프로젝트에 대해 대화를 나누었다. 너는 어떤 부분을
맡고 싶어? 막스가 물었다. 그리고 트리프는 아무 고민 없이

"눈目"이라고 대답했다.

그 결과로 탄생한 결과물에 두 사람은 『못다 한
이야기 *Unerzählt*』라는 제목을 붙였다. 두 사람은 이 책에 서른세
편의 시와 함께 두 눈을 그려 넣기로 결정했다.[3] 이미 트리프에게
시 몇 편을 보낸 막스는 본격적으로 시를 쓰기 시작했고 더 많은
시를 보냈다. 필시 두 사람은 어떤 시를 수록할지를 함께 결정했을
것이다. 한데 그러던 중 막스가 사망했다. 트리프는 혼자서 시를
선정하고, 각각의 시에 어떤 눈을 넣을지 결정해야 했다. 결국
『못다 한 이야기』는 막스가 테스 저레이와 공동 저술한 『벌써
몇 년 *For Years Now*』이 테스의 작품에 가까웠던 것과 마찬가지로
트리프의 작품에 가까웠다.

그러나 책에 수록된 시의 상당수는 막스의 작품이었다.
막스는 『벌써 몇 년』에 수록된 시의 영어 버전도 일찍이 테스에게
보내주었다.[4] 『못다 한 이야기』와 『벌써 몇 년』에 수록된 시는
모두 마흔한 편이었는데, 테스가 수록하지 않은 시가 한 편,
트리프가 수록하지 않은 시가 열한 편 더 있었다. 그러므로 막스는
말년에 적어도 쉰세 편의 초단편 시를 쓴 것이다.

이 쪽지들은 편마다 몇 줄에 불과한 대단히 짧은 시였고,
아마 그리 중요하지 않은 작업이었을 수도 있다.[5] 막스는 그렇게
생각했다.[6] 어쩌면 그래서 시만으로는 부족하다고 생각해 이를
다른 예술가들의 이미지와 결합한 것일지도 모른다. 그러나
결국엔 대부분의 시가 한 권도 아닌 두 권의 책으로 탄생했다.
막스는 그 어느 때보다 더 야심찬 (그리고 실용적인) 자세로 자신이

쓴 모든 시를 출판하기로 결심한 것이다.

이 후기 시들은—간결하고 서사가 없다는 점에서—산문과는 근본적으로 차이가 있기는 하나, 전형적인 제발트의 작품이다.[7] 눈, 동물, 여행, 빛과 어둠, 그리고 무엇보다 죽음에 관한 시라는 점에서 말이다. 가장 중요한 시는 할아버지의 관[8](『못다 한 이야기』에는 할아버지의 관이라는 점이 명시되어 있지 않고 그냥 관이라고만 나온다)에 관한 시라고 제발트는 말했다. 제발트가 쓴 모든 글이 그렇듯, 시도 출처가 불분명하고 많은 작품이 다른 글을 가져와 수정을 가한 내용[9]으로 가득 차 있는바, 이 가운데는 자기 자신의 작품을 차용해 수정한 시도 있다.

또한 제발트가 쓴 모든 글과 마찬가지로 이 시들도 좀처럼 종잡을 수 없으며 신비로운데, 그 간결함 때문에 더욱더 신비로운 분위기를 갖는다. 마이클 햄버거는 『못다 한 이야기』에 붙인 「옮긴이의 말」에 이 미스터리가 『아우스터리츠』 집필 후 "막스의 삶과 작품에 찾아온 위기"에서 비롯되었다고 적었다.[10] 내가 생각하기에도 분명 맞는 말 같다. 그 마지막 시기에 제발트는 개인적으로 상당한 스트레스를 받았으나 그걸 겉으로 드러내고 싶어하지 않았고, 그러면서도 루소나 다른 작가들처럼 글쓰기를 멈출 수 없었다. 그때 그에게는 이렇게 짧은 시를 통해 수수께끼를 구상하는 게 하나의 방편이었다.

하지만 물론 문학적 차원의 이유도 있었을 것이다. 막스는 카프카처럼 문학으로 이루어진 사람이었으니까. 시간과 공간을 뛰어넘어 또 다른 현실에 도달하고자 했던 막스의 '형이상학적'

소망에 대해 생각해본다. 이는 막스와 각기 다른 방식으로 협업한 두 예술가의 목표이기도 했고, 막스가 그들과 협업하고 싶어한 이유이기도 했다. 테스 저레이가 작성한 개요는 우리가 보는 것들의 근본적인 구조를 탐구하며, 트리프의 그림을 보면 "표면의 환상 뒤에 (…) 현실의 형이상학적 안감"이 자리한다.[11] 단, 이는 엿볼 수 있을 뿐 결코 직접 볼 수는 없다. 그리하여 『못다 한 이야기』에서 막스는 화가의 시선이 "고정되어 있어야 하고 거의 외면당해야" 한다고 썼다.[12] 『전원에 머문 날들』에 실린 트리프의 그림 속 개가 우리에게 고정된 눈이 아닌 다른 곳으로 시선을 돌린 눈으로 우리를 꿰뚫어보는 것처럼 말이다. 이 또한 확실히 막스의 후기 시들을 간결하고, 엇나가며, 불가사의하게 만들었다.

어쩌면 이는 역시나 불가사의한 이 책의 제목이 갖는 의미를 암시하는지도 모른다. 『못다 한 이야기』라는 제목은 이스트앵글리아대학이 막스를 추모하며 고른 마지막에서 두 번째 시[13]에서 따온 것이다.

못다 한 이야기는
언제나 남아 있을 것이다
외면당한 얼굴들의
이야기로

우리로서는 추측만 할 수 있을 뿐이지만, 제목에 내포된 의미 중 하나는 분명 과거로부터 고개를 돌려버린 부모 세대의 침묵일 것이다. 또 다른 의미는 부모 세대가 눈 돌린 것들을 간파하고 그들이 흘끗 일별하고 만 것을 찬도스의 불가능한 언어로 이야기하려 하는 시인과 예술가의 침묵에 가까운 상태일지도 모른다. 또한 어쩌면 이것이 『아우스터리츠』 이후 막스의 글쓰기가 침묵이라는 벼랑 끝에 다다른 이유인지도 모른다.

막스는 다년간 역경을 피해 달아날 수많은 도피처를 떠올렸다. 이를테면 1990년대에는 볼프강 슐뤼터가 떠난 아일랜드를, 그 후에는 우르줄라의 여름 별장 인근에 위치한 프랑스 남부나 트리프가 사는 곳과 가까운 알자스, 게르트루트가 방을 마련해둔 프리부르를. 몇몇 인터뷰에서는 말년엔 나보코프처럼 스위스 호텔에서 시간을 보낼 것이라는 농담을 하기도 했다.[14]
　하지만 그러기엔 이미 너무 늦은 상태였다.
　징후는 있을 만큼 있었다. 생의 마지막 몇 주를 보내던 어느 날 막스는 공항에서 기절했다.[15] 한 동료는 복도에 앉아 있는 그를, 한 학생은 불과 2층을 내려가겠다고 엘리베이터를 타는 그를 목격하기도 했다. 그리고 마지막으로 존트호펜을 방문했던 10월에 그는 우르줄라의 집 근처에 있는 산기슭을 그와 함께 걸었다. 길은 약간 가팔랐지만 경사가 심하진 않았고, 이미 수차례 빠른 속도로 오른 적도 있었다. 그러나 막스는 버거워하는 모습을 보였고, 우르줄라는 이 모습을 보고 놀라지 않을 수 없었다. 10분 만에 막스는 미안하다고 말했고, 두 사람은 발걸음을 돌려야 했다. 막스는 별다른 설명을 덧붙이지 않았고, 우르줄라도 왜 그러냐고 묻지 않았다. 허리 문제일 것이라고 그는 생각했다. 하지만 그게 문제가 아니었다.

알다시피 몇몇 친구는 심장 문제 때문이라는 걸 알았다. 치료를 받은 적도 있었을까? 고든 터너는 그랬을 것이라고 생각했던 듯하다.[16] 막스와 가까웠던 친구 한 명은 그러지 않았으리라고 생각했고, 막스의 여동생이자 의사인 베아테도 같은 생각이었다. 하지만 베아테는 막스에게 혈압에 신경을 좀 쓰라고 자주 경고했고, 존트호펜에서의 산책을 비롯해 비슷한 사건들이 처음 있는 일이었을 리도 없었다. 막스도 분명 알고 있었을 거란 얘기다.

이를 보여주는 징후들도 있었다.[17] 2년 전 아버지의 장례식장에서 이미 그는 자신이 다음 차례가 될 거란 얘기를 한 적이 있었고, 1년 전 햄버거 부부는 막스가 자신이 죽을 거란 사실을 알고 있다고 확신했다. 그리고 10월 말, 막스는 시신은 매장해달라는 바람을 담은 유언장을 작성했다. 매장터로는 교회 공동묘지를 택했다. 막스는 프레이밍엄얼에 위치한 세인트 앤드루 교회의 평화로운 분위기를 사랑했고, 그곳은 그가 『토성의 고리』에서 프레더릭 패러를 묻은 곳이기도 했다. 그는 문학적 유산의 관리와 장례식에 대한 지침도 적어두었다.

그리고 사고가 발생했다.

1967년 첫 사고 이후 그는 1970년 고든 터너와 함께 겪은 사고, 1980년대 초 운 좋게 위기를 모면한 사고,[18] 2000년에만 두 차례 일어난 사고 등 여러 번의 사고를 겪었다. 치명적인 사고와

아찔한 순간은 소설 「암브로스 아델바르트」, 시 「재작년The Year
before Last」,[19] 그리고 『토성의 고리』 미완성 초고에도 수시로
출몰한다.[20] 막스가 얼마나 산만한 운전자인지는 모두가 아는
사실이었다. 그래서 사고가 발생하면 많은 친구가 **또 그랬네**라고,
집중력을 잃고 차로를 잘못 들었다고 생각했다. 그런데 그보다
많은 이가 **자살 시도를 했구나**라고 생각했다. 마리도 그렇게
생각했다. 햄버거 부부도, 크리스틴 필커와 테스 저레이도 그렇게
생각했다. 야간 경비원 숙소에 있던 발터 칼하머도 그렇게
생각했다. 그리고 많은 독자도 같은 생각이었다.[21]

12월 13일 존 쿡은 막스를 그다음 주 저녁 식사에 초대했다.
14일에는 해미시 해밀턴이 막스에게 『자연을 따라. 기초시』
교정지를 보냈고, 마이클 햄버거는 막스가 끝내 열어보지 못한
편지를 부쳤다. 그날 『이스턴 데일리 프레스』에 실린 별자리
운세는 북미에서만 볼 수 있으나 모두에게 "의미심장한" 일식이
일어나고 있다고 경고했다.[22]

　　막스는 정오 무렵 딸을 노리치에 데려다주기 위해 낡은
사제관을 떠났다.[23] 그리고 10분 후 넓은 커브길 인근의 큰
도로로 접어들었다. 얼마 지나지 않아 막스가 운전하는 차가
커브를 돌다 그만 자기 차로에서 벗어나 반대편 차로로 직진했다.
차로가 비어 있을 수도 있었지만, 다른 차가 접근해 오고 있을
수도 있었다. 그리고 막스 앞에 38톤짜리 대형 트럭이 나타났다.
트럭은 급제동을 하는 것 말고는 달리 할 수 있는 게 없었다.

막스가 탄 자동차의 운전석은 트럭 운전석 앞부분을 들이받았고, 그의 차는 격렬하게 빙글빙글 돌다가 결국 앞뒤가 뒤집힌 채로 멈추었다. 트럭은 도랑에 빠졌다. 트럭 운전사는 부상을 입지 않았고, 자동차 조수석에 타고 있던 딸도 심각한 부상을 입지는 않았다. 그러나 운전자는 사망했다.

막스의 딸은 며칠 만에 적어도 신체적으로는 "편안한" 상태를 되찾았다고 한다.[24] 그러나 그때부터 영국, 독일, 스위스 등지에 있던 가족들은 미심쩍은 상황에 괴로운 시간을 보내야 했다. **무슨 일이 일어났던 걸까?** 평소처럼 정신이 산만해졌던 걸까? 평소에도 종종 그랬던 것처럼, 그날따라 두통이 심해서 과량의 진통제를 복용하는 바람에 정신이 혼미해져 시력을 반쯤 잃었던 걸까?[25] 심장질환이 결국 최종 단계에 이르렀던 걸까? 아니면 미심쩍었던 동맥류가 터지기라도 했던 걸까?

마침내 5개월 후, 제발트의 쉰여덟 번째 생일이었을 날을 사흘 앞두고 검시가 진행되었고, 뒤이어 결과가 발표되었다.[26] 약물이나 알코올의 흔적은 없었고, 동맥류도 발견되지 않았다. 그러나 심장질환이 심각했다. 모든 동맥이 손상되어 있었고, 하나는 80퍼센트가 막혀 있었다. 언제라도 심장마비를 일으킬 수 있는 상태였다. 노픽의 검시관은 여러 가능성을 고려해보았을 때 이것이 사고의 원인이라고 결론 내렸다. 막스가 충돌이 있기 전에 즉사했으리라는 소견이었다.

검시가 끝날 때까지 장례식도 미뤄졌다. 결과가 발표되기까지는 3주가 소요되었다.[27]

장례식이 치러지기 전 며칠간, 온 세상이 얼어붙었다. 햄버거 부부는 운전을 할 수 없을까 봐 걱정했고, 영국 외 지역에서 오는 이들은 초조하게 항공사 일정을 확인했다. 1월 3일 장례식이 치러진 날에도 강추위는 여전했지만, 빙판은 녹은 상태였다.

로자는 아들의 장례식에 참석하지 못했다. 80대 후반의 나이에 슬픔과 지병으로 쇠약해진 까닭이었다. 그는 대신 하얀 백합 다발을 장례식장에 보냈다. 막스의 딸은 잘 회복하여 남편과 어머니와 함께 장례식에 참석했다. 게르트루트와 베아테는 각자의 남편과 함께 스위스에서 날아왔고, 막스의 장모와 처남도 독일에서 영국으로 날아왔다. 햄버거 부부는 미들턴에서, 스티븐 와츠는 런던에서 장례식장으로 이동했다. 겨울에도 옷을 좀처럼 껴입지 않았던 스티븐은 꽁꽁 얼어붙은 몸으로 도착했다. 이스트앵글리아대학에서는 고든 터너, 클리브 스콧, 베릴 랜월이 참석했다. 트리프, 그리고 마리도 막스의 프랑스어 번역가인 파트리크 샤르보노와 함께 프랑스에서 왔다. 독일의 미하엘 크루거, 미국의 스콧 모이어스, 런던의 사이먼 프로서 등 막스의 출판인도 모두 참석했다. 아마 다 해서 스무 명 정도였을 것이다. 막스는 맬컴 브래드버리의 장례식처럼 소란을 떨고 싶지 않다고, 가장 가까운 가족과 친구만 초대하고 싶다고 했었다. 그리고 그가 바랐던 대로 되었다.

교회에서 간단한 예배가 진행되었다. 장폴은 마지막으로

막스를 위해 사실상 무덤인 여관에 도착했으나 그라쿠스처럼 내부로 들어가지 못하는 어느 여행자의 이야기인 『겨울 나그네 *Winterreise*』의 「여인숙 *Das Wirtshaus*」을 노래했다. 슬픔과 추위로 인해 저음으로 울리던 장폴의 목소리가 차츰 따뜻해지고 강해졌다. 이윽고 모두가 밖으로 나가 아직 흙을 덮지 않은 무덤 주변에 섰다. 막스의 노트와 연필이 그가 늘 그것들을 보관해두었던 셔츠 호주머니에 들어 있었다. 그리고 천천히 관이 내려왔다. 게르트루트는 관 위로 마리의 시를 떨어뜨렸다. 그리고 모두가 침묵 속에 서 있었다. 매섭도록 추운 날이었다. †

갑자기 윙윙거리는 날갯짓 소리가 들려왔고, 다들 일제히 하늘을 올려다보았다. 가슴팍이 주홍색으로 물든 울새 한 마리가 나무에서 급강하하더니 무덤 발치에 내려앉았다. 울새는 잠시 거기서 가만히 머물러 있다가 날아갔다. 모두가 자기도 모르게 숨죽인 채 그 모습을 지켜보았다. 베릴의 맑은 목소리가 정적을 깨뜨렸다. "막스네요!" 그가 말했다.

　　장례식이 끝나고 얼마 지나지 않아 마이클 햄버거는 세상을 떠난 친구들[28]에게 부치는 시를 썼다. 그날에 대한 기억으로 마무리되는 시였다.

　　새로 판 무덤에 울새 한 마리가 내려앉았고,
　　그 위로 얼음 같은 바람이 불어왔다
　　새는 산 자들 사이, 그리고

햇빛 아래에 있을 때보다 진정 더더욱 동등해진
이들 사이에서 안전하다
모두가 더 이상 줄일 수 없는 상태로 환원되어
하나의 어둠 속에 서 있고 누워 있다 †

[작품 속] 화자가 이따금 상상하듯, 그의 심장은 그렇게 터져버렸다. 할아버지에게서 물려받았다고 생각했으나 정작 그는 갖고 있지 않았을지도 모를 약점 때문이 아니라, 평범하고 가혹한 질병으로 인해 터져버렸다. 신화는 진실이 아니었다. 그러나 심장이 터진 것은 진실이었다. 죽음은 그렇게 찾아왔다. 관대에 놓인 젊은 병사를 찍은 아버지의 사진을 통해 예견했던 대로 차 안에서. 할아버지가 사망한 날과 발저가 사망한 달을 합친 날에. 그리고 베일처럼, 그가 거의 예견하다시피 했던 바로 그 시점에. ROP의 아들이 태어났을 때 제발트는 친구네 가족의 장수를 기원해주었다. 특히 자신과 친구는 이미 생의 절반 이상을 살았으므로 아이의 장수를 기원한다고 썼다.[29] 당시 그의 나이 스물아홉이었고, 사망할 때 나이는 쉰일곱이었다. 그의 예측은 고작 1년쯤 빗나갔을 뿐이었다.

언제나 그랬듯 막스 제발트 앞에는 눈에 보이는 영역 너머로 또 다른 진실이 펼쳐져 있었다.[30] 다년간 그는 게르트루트에게 자기는 늙고 싶지 않다고, 자살은 합리적인 선택으로 보인다고, 직접 할 수만 있다면 바람직하기까지 한 선택으로 보인다고 말했다. 그는 얼마간 죽고 싶어했고, 자기로 하여금 부당하게 살아남았다고 느끼게 하는 죽은 자들을 뒤따르고 싶어했다. 할아버지, 그리고 아버지 세대의 희생자들을. 그는 살면서 상당 기간, 아니 거의 평생 이런 죽음을 갈망했다. 마지막 사고에 앞서 그가 도로에서 죽을 뻔했던 적이 몇 번이나 됐던가? 게다가 똑같은 일—운전 중이던 차를 통제하지 못하고 잘못된 차로로 핸들을 꺾어버린 일—이 친구에게 일어났을 때, 막스는 우르줄라에게 그랬듯 **죽지 마**라고 말하지 않고 **너 자신을 죽이지 마**라고 말했다. 막스가 스물세 살에 쓴 소설에서는 어머니가 커브길에서 자동차 핸들을 돌리지 못해 양친이 모두 사망하는 일이 벌어진다. 그가 딸을 옆에 앉혀두고 그런 죽음을 택한 것은 아니었다. 하지만 일이 바로 그런 식으로 그에게 닥쳤을 때, 그것은 그가 늘 우연이라 생각해왔던 것, 곧 운명이 되었다.

먼저, 발언하기를 원치는 않았으나 내 집필 작업을 조금도
저지하지 않은 [제발트의 아내] 우테 제발트에게 감사를 전한다.

제발트의 초기 생애에서 가장 중요한 증인은 누이 게르트루트
에비서제발트와 베아테 푹스제발트였다. 두 사람에게 이루 말할
수 없이 감사드린다. 특히 제발트와 터울이 크지 않았고, 이 책을
집필하는 내내 귀중한 도움을 준 누나 게르트루트에게 감사하다.
그의 도움이 없었더라면, 이 책은 존재할 수 없었을 것이다.

제발트의 청년기 친구 중에서는 그와 유독 가까웠던 두
사람, 우르줄라 리프슈(결혼 전 이름은 로테 퀴스터스)와 위르겐
케저에게 사의를 표하고 싶다. 위르겐은 지친 내색 한 번 없이
나를 도와주었고, 우르줄라는 생생한 기억을 나누어주었을 뿐만
아니라 존트호펜에 있는 자택에서 몇 달간 머물며 이 책을 세
장이나 집필할 수 있게 나를 환대해주었다. 또한 제발트의 사촌
레스 슈테머와 수잰 지글러—결혼 전 성은 슈테머—에게도

감사를 전한다(2017년에 사망한 레스에게, 늦었지만 감사하다는 말을 해야겠다). 그리고 제발트의 청년기와 말년에 어느 누구보다 그를 잘 알았던 친구 마리에게 이 책을 집필하는 내내 특별히 감사했다는 말을 전하고 싶다.

존트호펜에서 만난 분들 가운데 증언을 해주고 우정을 나누어준 제발트의 스승 카를하인츠 슈멜처와 그의 아내 도리스, 도움을 아끼지 않은 케이 볼핑거, 특히 아르민 뮐러와 관련해 도움을 준 프리츠 케테를레에게 감사드린다. 제발트의 동창 중에서는 페터 샤이흐, 라이너 갈라스케, 헬무트 붕크에게 특별히 감사드리며, 2016년에 사망한 헬무트에게는 다시 한번 감사의 말을 꼭 전하고 싶다. 베르타흐 주민들 가운데 제발트의 동시대 작가들과 만남을 주선해준 관광안내소의 잉게 슈페커에게도 감사드린다.

제발트가 프라이부르크에서 보낸 시절과 관련해서는 특히 토마스 뷔토브에게 사의를 전하고 싶다. 맨체스터 시절과 관련해서는 피터 조던과 도러시 조던 부부, 페터 요나스로부터 큰 은혜를 입었지만, 애석하게도 세 분 모두, 특히 도러시는 최근에 세상을 떠났다. 한편 다행히 여전히 우리 곁에 있는 라인베르트 타베르트와 그의 아내 브리기테에게 감사드린다. 또한 제발트가 맨체스터에서 보낸 시절의 사진을 비롯해 훗날 독일문화원과 관련된 정보를 제공해준 볼프 디터 오르트만과 뮌헨에서 나를 환대해준 볼프의 아내 에비에게도 감사를 표한다.

이스트앵글리아대학 시절과 관련해 이 책은 특히 제발트와

친밀했던 대학 동료 고든 터너에게 빚지고 있다. 한편『토성의
달들』에서 전기 관련 장을 집필하고 연대기와 서지 작업을 맡았을
뿐만 아니라 많은 학술 논문을 집필한 리처드 셰퍼드의 작업은 이
책을 집필하는 데 있어 매우 중요한 자원이었다. 또한 제발트의
동료 진 보스바이어, 그리고 비서였던 베릴 랜월의 딸 샐리
험프스턴과 그의 남편 닉, 그리고 너그러운 마음으로 나와 대화를
나누어준 제발트의 학생들, 특히 제발트의 수업에 관한 긴긴
기억과 필기를 공유해준 도미닉 오설리번, 앤 피츠패트릭, 세라
캐머런, 랄프 요이터, 세라 에밀리 미아노, 데이비드 램버트에게
감사를 전한다.

제발트와 절친했던 다른 친구들 중에서는 1970년대부터
1990년대까지의 이야기를 들려준 크리스틴 퓔커, 1991년부터의
기억을 나눠준 볼프강 슐뤼터, 그리고 말년에 관해 들려준 마이클
햄버거(안타깝게도 마이클은 이미 사망했다)와 앤 베리스퍼드, 리아
로하위전, 테스 저레이, 조지 지어티스, 스티븐 와츠가 큰 도움을
주었다. 내 곤란한 질문을 받아준 슈테판 무테지우스와 그의 아내
카지아 무라프스카무테지우스에게도 진심 어린 감사를 전한다.

작품의 영어 번역과 관련된 내용은 하빌 출판사의
초대 발행인 크리스토퍼 매클러호스, 그리고 당시 하빌의
편집국장이었던 바버라 슈웹키, 제발트의 담당 편집자였던 빌
스웨인슨, 그리고 두 번역가 마이클 헐스와 앤시아 벨(2018년에
사망한 앤시아에게도 다시 한번 감사를 전한다)에게 상당한 빚을
지고 있다. 특히 마이클 헐스에게는 이 전기가 뒤늦게나마 정의를

되찾는 계기가 되기를 바란다.

제발트 작품의 근간을 이루는 내용과 관련해서는 특히 「헨리 셀윈 박사」의 모델이 된 윈덤의 벅턴 가족, 「막스 페르버」의 모델이 된 조던 부부와 프랑크 아우어바흐, 『아우스터리츠』의 모델이 된 수지 베흐회퍼(이미 사망했다)와 그의 아들 프레더릭 스토컨뿐 아니라, 뮌헨에서 슈톨퍼슈타인 설치를 추진한 야네 바인치를에게도 큰 빚을 졌다.

아카이빙 자료 열람에 도움을 준 마르바흐 독일문학아카이브Deutsches Literaturarchiv Marbach를 포함해 존트호펜, 프라이부르크와 프리부르, 맨체스터 시와 이스트앵글리아대학 기록보관소 관계자들께도 감사드린다. 이곳들과 함께 대영도서관 인문학 열람실과 옥스퍼드대학의 테일러연구소 도서관, 보들리언 도서관도 즐겨 찾은 곳들이다.

리처드 셰퍼드와 더불어, 독일과 영국에서 제발트라는 작가의 가장 중요한 해석자로 활동하는 우베 쉬테에게도, 학문적 도움을 준 데 대해 깊은 감사를 전하고 싶다. 매번 의견이 일치한 건 아니지만 책을 집필하는 내내 그의 탁월한 작업에 의지한바, 이에 더없이 감사하는 마음이다.

재정적 지원과 관련해서는 2014년 작가재단의 보조금을 수여해준 작가협회Society of Authors, SoA, 그리고 연구 및 집필 기간 내내 창작지원금을 지급해준 왕립 문학 기금Royal Riterary Fund에 감사드린다. 그리고 내가 컴퓨터 앞에서 완전히 절망하지 않을 수 있도록 기술적인 도움을 준 잭 머내서와 폴 커닝엄에게 감사인사를 전한다.

작가로서는 내 에이전트 데이비드 고드윈과 데이비드 고드윈 어소시에이츠의 헤더 고드윈에게 감사를 표하고 싶다. 또한 블룸즈버리 출판사 편집진에게도 감사드린다. 데이비드 아비털은 이 책을 기획하고 작업을 의뢰해주었고, 벤 도일과 재스민 호시, 세라 러딕은 책이 출간될 수 있도록 전 과정을 이끌어주었으며, 케이트 쿼리는 원고를 꼼꼼하게 교정해주었다. 물론 빼어난 디자인 실력을 발휘해준 데이비드 맨과 필립 베리스퍼드에게도 감사하다. 그리고 이 전기의 담당 편집자로 만나 협업하는 대단한 행운을 누리게 해준 빌 스웨인슨에게, 다시 한번 사의를 표한다.

더불어 내가 가장 먼저 찾아간 사람, 2007년에 탁월한 영화 「이민자들Der Ausgewanderte」과 「제발트. 장소들.Sebald. Places.」을 만든 토마스 호니켈에게도 감사를 전하고 싶다. 토마스는 내가 이 여정을 막 시작했을 때 사람들을 찾을 수 있도록 도움을 주었는가 하면, 그들과 나눈 인터뷰 녹취록도 공유해주었다. 그의 관대함, 그가 나누어준 우정에 감사드린다.

이 지면은 개인적으로 빚진 몇몇 분을 언급하며 마무리해야 마땅하리라 생각한다. 먼저, 위험이 도사리는 초기 단계부터 거의 끝까지 나를 이끌어준 30년 인연의 훌륭한 친구이자 편집자 다이애나 애틸에게 깊은 감사를 전하고 싶다. 그가 이 이야기의 마지막을 읽을 수 없었다는 사실이 안타까울 따름이다. 친구이자 소설가인 엘스페스 샌디스와 에벌린 토인턴은 처음부터 이 여정을 함께해준 이들로, 특히 에벌린은 독수리처럼 예리한 눈으로 원고를 살펴봐주었다. 두 사람에게 더없이 감사한 마음이다.

사우스월드와 베를린에서 나를 인심 좋게 환대해준 이언 콜린스와 요아힘 야코프스에게도 진심으로 감사드린다. 그리고 전기 작가인 두 친구 마이클 홀로이드와 힐러리 스펄링에게도 마음 깊은 곳에서 우러난 감사의 뜻을 전한다. 지난 30여 년간 지원을 아끼지 않은 마이클에게 나는 모든 면에서 빚을 지고 있으며, 힐러리 또한 그와 비슷한 기간 내게 본보기가 되어주었고 나를 격려해주었다. 긴 세월 그와 나눈 대화는 언제나 끊임없는 풍요를 가져다주었다.

2020년 10월 30일
캐럴 앤지어

[본문에 칼표(†)로 표시된 음악과 영화 등 참고 자료는 이 책 15쪽 일러두기에 적힌 웹페이지에서 확인할 수 있다. 다음은 해당 웹페이지에 게시된 자료에 관한 간략한 설명이다.] 저자와 출판사는 외부 웹페이지에 게시된 콘텐츠에 대해 책임지지 않는다. 온라인 콘텐츠는 언제든 변경되거나 삭제될 수 있음을 밝힌다.

178쪽 존트호펜 옷걸이.
182쪽 만프레트 코흐의 희극시 「이발 전쟁에서 아버지의 승리Vaters Sieg im Haar-schnittkrieg」는 제발트가 혼자가 아니었음을 보여준다(만프레트 코흐에게 감사를 전한다).
203쪽 베르디 「에르나니」의 마지막 아리아.
208쪽 제발트가 죽어가는 할아버지를 위해 연주한 느린 렌틀러.
251쪽 알트도르퍼가 그린 「알렉산더대왕의 전투」.
281쪽 1962년 제발트의 학급에서 상영된 것이 거의 확실한 죽음의 수용소에 관한 빌리 와일더의 영화 「죽음의 방앗간Death Mills(Die Todesmühlen)」.
285쪽 제발트가 독일어 기말고사에서 에세이 주제로 삼은 릴케의 「가을날Herbsttag」.
303쪽 브람스 클라리넷 협주곡 2악장 아다지오, 베라이터가 휘파람으로 연주하는 곡 중 하나다.
374쪽 「돈 조반니」 중 「그녀 마음의 평안을 위하여」를 부르는 장폴.
446쪽 벨리니의 「청교도」 중 「사랑하는 이여, 그대에게 사랑을」.
453쪽 알비노니의 「아다지오」.

505쪽 렘브란트의 「돋보기를 든 남자」.

527쪽 프랑크 아우어바흐, 「푸른 깃털 이불을 덮은 E. O. W.」, 1965년.

622쪽 미스터 페이스트리.

689쪽 2001년 10월 나인티세컨드스트리트 Y에서 『아우스터리츠』를 낭독하는 제발트.

691쪽 데이비드 램버트와 로버트 맥길이 기록한 「W. G. 제발트의 격언집」으로 (해미시 해밀턴에서 발간하는 온라인 문예지) 『파이브 다이얼스Five Dials』에 수록.

709쪽 프랑스 푸알리[병사]들의 노래 「크라온의 샹송Chanson de Craonne」.

725쪽 이언 존스턴이 영역한 「사냥꾼 그라쿠스」(이언 존스턴에게 감사를 표한다).

727쪽 치마로사의 「비밀 결혼」 중 「그대여, 의심하지 마오」.

771쪽 1929년 샐퍼드에서 촬영된 장미 여왕의 대관식(브리티시 파테 뉴스British Pathé News).

786쪽 슈베르트 피아노 소나타 21번 내림나장조 2악장 안단테 소스테누토Andante sostenuto, 『아우스터리츠』에서 서커스 음악가들이 연주하고 흰 기러기가 듣는 곡.

798쪽 글루크의 오페라 「오르페우스와 에우리디케Orfeo ed Euridice」에서 「얼마나 밝은 하늘인가Che puro Ciel」, 지하세계를 극복하는 대목.

810쪽 『겨울 나그네』의 「여인숙」을 부르는 장폴.

811쪽 무덤 위의 울새(베아테 푸흐스제발트 촬영).

그 밖의 참고자료

제발트가 즐겨 감상한 다른 음악 및 영화 목록

제발트의 주요 인터뷰
음성: 엘리너 웍텔, 마이클 실버블래트
지면: 마야 재기(두 건), 마리아 알바레즈, 아서 루보, 캐럴 앤지어

그리고 수전 손택의 유명한 『현기증. 감정들』 리뷰

마지막으로 이 책에 관한 독자 의견이나 질문을 보낼 수 있도록 저자 연락처를 적어두었다.

주에 적힌 제발트 저작의 쪽 번호는 저자가 참고자료로 삼은 영문판 양장 초판본의 쪽 번호다[한국어판 쪽 번호는 본문에만 병기하고 주에는 별도로 병기하지 않았다].

서문

1   버밍엄에 소재한 애스턴대학에서 학생들을 가르치는 우베 쉬테는 영국과 독일에서 최고의 W. G. 제발트 연구자로 손꼽힌다. 쉬테는 제발트의 작품과 삶에 관한 책 여섯 권을 집필했고, 근작으로는 『다가가기: W. G. 제발트에 관한 일곱 편의 에세이*Annäherungen: Sieben Essays zu W.G. Sebald*』(2019)가 있다. 이 전기를 쓰는 동안 나는 쉬테의 저작에 크게 의지했다. 쉬테는 '작가와 작품Writers and Their Work' 시리즈에서 영어로 『W. G. 제발트*W. G. Sebald*』를 집필해 제발트를 소개했다. 이와 관련해서는 참고문헌 목록을 참조할 것.

2   여기에서 말하는 친구는 학창 시절에 제발트를 만나 1970년대 중반부터 줄곧 중요한 관계를 맺어온 예술가 얀 페터 트리프를 가리킨다. 편집자는 해미시 해밀턴에 소속된 사이먼 프로서를 말한다. 프로서는 해미시 해밀턴에서 운영하는 온라인 매거진 『파이브 다이얼스*Five Dials*』에 제발트로부터 받은 인상을 흥미로운 방식으로 요약한 「W. G. 제발트에 관한 모든 것An A-Z of W. G. Sebald」을 게재했다(https://fivedials.com/fiction/z-w-g-sebald/). 19장(677쪽 참고)의 내용은 이 글을 바탕으로 한다.

3   『토성의 고리』에 관한 그랜트 지의 2012년 영화「페이션스(제발트를 따라서)
     Patience(After Sebald)」에서 매클러호스가 밝힌 내용이다.

4   그는 자신이 구사한 방법의 독창성을 잘 알고 있었다. 하빌 출판사가 『이민자
     들』에 관해 작성한 저자 설문지에는 (이와 유사한 다른 모든 설문지와 마찬가지
     로) 『이민자들』에 필적할 만한 작품을 알고 있느냐는 질문이 포함되어 있었다.
     제발트는 비슷한 시도를 한 책을 알지는 못한다고 답변했다(『이민자들』에 관한
     저자 설문지는 독일문학아카이브Deutsches Literaturarchiv에 소장되어 있다). 나
     중에 살펴보겠지만 수전 손택은 『이민자들』에 대해 "지금껏 읽은 어떤 책과도
     비슷하지 않다"라는 유명한 말을 남겼다(24장 주2 참고). 또한 알리 스미스는 제
     발트가 "[하나의] 새로운 문학 형식을 발견했다. (…) 제발트처럼 쓰는 작가는 없
     었으며, 그에게 쓸 시간이 허락되어 우리가 운 좋게 읽을 수 있었던 그 몇 권의
     책만으로도 그는 문학적 상상력을 완전히 변모시켰다"라고 말한다(사이먼 프로
     서의「W. G. 제발트에 관한 모든 것」에서 인용).

5   다행히 그는 다른 인터뷰어, 즉 가장 영향력 있는 그의 추종자 중 한 명인 문학
     평론가 제임스 우드에게도 똑같은 이야기를 들려주었다. 그 덕에 내가 죄책감을
     홀로 떠안지는 않게 되었다.

1장 W. G. 제발트

1   게르트루트 애비셔제발트를 인용한 말은 전부 나와 게르트루트가 지난 5년간
     나눈 대화와 이메일을 바탕으로 한다.

2   이 문단에서 인용한 문장의 출처는 린 샤론 슈워츠가 엮은 『기억의 유령*The
     emergence of memory: Conversations with W. G. Sebald*』 85쪽에 실린 제발트와 마
     이클 실버블랫의 인터뷰, 1997년 6월 27일 자『슈투트가르터 차이퉁*Stuttgarter
     Zeitung*』에 실린 요헨 비트만과의 인터뷰,『크리스토퍼 빅스비와 작가들의 대화
     Writers in Conversation with Christopher Bigsby』 164쪽,『자연을 따라. 기초시』 3장
     「어두운 밤이 전진한다」 87쪽 2연이다. (슈워츠의 『기억의 유령』에는 제발트에
     관한 장문의 인터뷰 여섯 편과 기사 네 편이 실려 있다. 자세한 내용은 참고문헌
     을 보라.)

3   제발트는 작가 로베르트 발저와 관련한 맥락에서도 "소리 없는 재앙"이라는 표
     현을 사용한다(『전원에 머문 날들』 124쪽 참고).

4   존트호펜에서 수석기록관으로 일하다 퇴임한 프리츠 케테를레 씨가 제공한 정

보다. 케테를레 씨에게 깊은 감사를 전한다.

5 오버스트도르프의 전시 상황에 관한 정보는 『제3제국의 어느 마을*A Village in the Third Reich*』(2022)의 저자인 앙겔리카 파텔과 줄리아 보이드, 그리고 파텔의 『오버스트도르프, 1918~1952*Oberstdorf, 1918-1952*』영문판에서 얻었다. 또한 뢰빈의 가족이 임대해 살던 가정집의 주인 가브리엘레 리베르도 정보를 제공해 줬다. 파텔, 보이드, 리베르에게 진심 어린 감사를 전한다.

6 『알고이어 안차이게블라트*Allgäuer Anzeigeblatt*』에 실린 이 문단은 파텔의 저서 『오버스트도르프, 1918~1952』 235쪽에 등장한다. 존트호펜 지역에서 발행된 또 다른 나치 기관지 『쇠네스 알고이*Schönes Allgäu*』는 1933년부터 1945년까지 존속했다. 『쇠네스 알고이』의 조악한 반유대주의 프로파간다는 가히 충격적이었고—더구나 그 지역에는 이들이 희화화해 그려낸 도시의 행상인이나 상인과 조금이라도 닮은 유대인은 한 명도 없었기 때문에—거의 우스꽝스럽기까지 했다.

7 단 한 명의 유대인도 만나지 못했다는 정보는 슈워츠의 『기억의 유령』 105쪽에서 쿠오모가 진행한 인터뷰를 참고하라. 또한 『크리스토퍼 빅스비와 작가들의 대화』 161쪽, 2001년 12월 21일 『가디언』에 게재된 마야 재기의 「마지막 말The Last Word」도 참고할 것.

8 제발트는 이때 본 영화가 베르겐-벨젠 수용소에 관한 영화였다며 이를 자주 언급했다(8장 주30 참고). 이와 관련해 2001년 9월 22일과 12월 21일 『가디언』에 게재된 제발트와 마야 재기의 인터뷰와 토르스텐 호프만이 편집한 『"살얼음판 위에서": 1971년부터 2001년까지의 대화*Auf ungeheuer dünnem Eis": Gespräche 1971 bis 2001*』[「살얼음판 위에서Auf ungeheuer dünnem Eis」라는 표현은 제발트가 생전 한 인터뷰에서 자신의 작업을 두고 사용한 비유로, 문학적 작업의 윤리적 문제와 기억의 취약성을 상징적으로 표현한다. 우베 쉬테도 동명의 제발트 비평집을 펴낸 바 있다(Königshausen & Neumann, 2018)] 226~227쪽에 실린 도리스 스토이서와의 인터뷰, 같은 책 80쪽에 실린 부르크하르트 발처와의 인터뷰를 참고하라. 호프만의 『살얼음판 위에서』에는 1971~2001년에 제발트가 독일어로 응한 중요한 인터뷰 스무 편이 실려 있고, 이 책도 이 인터뷰집을 두루 참고했다. 내가 이야기 나눈 제발트의 학창 시절 친구는 그와 절친했던 위르겐 케저, 우르줄라 리프슈, 헬무트 붕크를 비롯해 하이디 노바크(결혼 전 성姓은 뵈크)와 가브리엘레 리베르였다. 제발트는 늘 영화를 다 본 후 토론 시간을 가진 적은 한 번도 없었다고 말했는데, 이는 사실이었던 것 같다(8장 280쪽 참고).

9 2001년 9월 22일 『가디언』에 실린 제발트와 마야 재기의 인터뷰.

10 제발트와 나와의 인터뷰(『기억의 유령』 67쪽), 루보와의 인터뷰(『기억의 유령』

161~180쪽), 스티브 와서먼과의 인터뷰(『토성의 달들: W. G. 제발트, 핸드북 *Saturn's Moons: W. G. Sebald, a Handbook*』367쪽), 『크리스토퍼 빅스비와 작가들의 대화』(142)를 참고하라. 또한 제발트가 종종 그랬듯 대중 차원의 참회가 부족했던 현실을 한탄한 마르코 폴트로니에리와의 인터뷰(『살얼음판 위에서』92쪽), 우베 프랄레와의 인터뷰(『살얼음판 위에서』259쪽)도 참고하라.

11 『살얼음판 위에서』188쪽에서 제발트가 기자이자 작가 폴커 하게와 나눈 인터뷰를 참고.

12 제발트는 루보에게는 부모와 함께 뮌헨에 갔다고 말했지만 폴커 하게에게는 내가 이 책에 썼듯 아버지와 누나만 동행했다고 말했다(『살얼음판 위에서』176~177쪽). 이에 대해서는 게르트루트가 하게에게 한 말이 맞는다고 확인해주었다. 제발트는 빅스비(『크리스토퍼 빅스비와 작가들의 대화』142쪽)에게도 이 여정에 대해 말했으며 『공중전과 문학』74쪽에서도 이를 언급했다. 마지막으로 한마디 더 덧붙이자면, 제발트는 어린 시절에 목격한 [폐허가 된 뮌헨의] 잔해가 원래 그랬던 듯 자연스럽게 보였다는 생각을 『현기증. 감정들』의 화자에게 투영했다(187).

13 『기억의 유령』161쪽에 실린 루보와의 인터뷰를 참고하라.

14 『말하라, 기억이여*Speak, Memory: An Autobiography*』가 제발트가 가장 사랑한 책 중 한 권이라는 점에 대해서는 『기억의 유령』52쪽에 실린 엘리너 웍텔과의 인터뷰를 참고하라(웍텔은 캐나다 작가이자 방송인이다). 이쯤에서 내가 이 책의 제목을 나보코프의 자서전 제목에서 반쯤 차용했고, 제발트의 맨체스터대학 시절 지도 교수였던 이드리스 패리의 에세이 선집 제목에서 통째로 따왔다는 사실을 고백해야겠다. 패리의 『말하라 침묵이여*Speak Silence*』는 1997년 카커넷 출판사에서 출간되었다. 분명 패리도 나보코프를 떠올리게 하려던 의도를 가졌을 것이다. 패리는 2008년에 세상을 떠났기에 지면에서나마 [제목을 차용한 데 대해] 사과의 뜻을 전하며, 이를 재사용할 수 있도록 허락해준 카커넷 출판사에 감사를 표한다.

15 http://thechaosofdeath.blogspot.co.uk/2009/04/first-paragraph-of-first-chapter-of.html 참고.

16 2000년 2월 27일 제발트가 마리에게 보낸 편지를 참고.

17 『자연을 따라. 기초시』84쪽.

18 『자연을 따라. 기초시』85쪽.

19 뉘른베르크 폭격과 관련해서는 http://webarchive.nationalarchives.gov.uk/20070706011932/http:/www.raf.mod.uk/bombercommand/aug43.html을 참

고하라. 또한 BBC에서 방영한 「인민의 전쟁The People's War」, http://www.bbc.
co.uk/history/ww2peopleswar/stories/08/a2015308.shtml과 http://www.revision-
ist.net/nuremberg-bombing.html도 참고하라.

20 가령 『살얼음판 위에서』 248쪽에 실린 도리스 스토이서와의 인터뷰를 참고하라.

21 제발트는 2001년 8월에 자신을 인터뷰한 미국 기자이자 작가 아서 루보에게 그
    사진을 건넸다(『기억의 유령』 159~173쪽 참고). 사본을 보내준 루보에게 진심
    어린 감사를 전한다. 1933년 밤베르크에 거주하던 유대인의 수는 인구의 1.5퍼
    센트인 812명이었다. 유대인 박해가 시작된 후 대부분은 밤베르크를 떠났고,
    남아 있던 300명은 1941년 말에 추방당했다. 오늘날 밤베르크에는 홀로코스
    트 기념관과 밤베르크 유대인들의 삶을 보여주는 상설 전시관이 있다. 이와 관
    련해서는 http://germansynagogues.com/index.php/synagogues-and-communi-
    ties?pid=70&sid=173:bamberg를 참고하라. 또한 국제 유대인 공동묘지 프로젝트
    http://www.iajgs.org/cemetery/bayern-bavaria/bamberg.html와 『유대 백과사전
    Encyclopedia Judaica』, http://www.jewishvirtuallibrary.org/bamberg도 참고하라.

22 제발트는 제임스 우드에게 우연은 "엄밀한 의미에서는 아무 뜻도 가질 수 없지
    만, 그럼에도 불구하고 어떻게 해서든 여전히 의미를 지닌다"라고 말했다(『브
    릭Brick』 59호, 1998, 29쪽). 도리스 스토이서에게는 우연은 모든 것이 얽혀 있
    음을 보여주며 우리는 그런 우연에 주목해야 한다고 말했다(『살얼음판 위에
    서』 232~233쪽). 우연과 우연의 활용은 제발트의 핵심 주제 중 하나였다. 제발
    트는 피트 더 모어(『토성의 달들』 352~353쪽), 안드레아스 이젠슈미트(『살얼
    음판 위에서』 61쪽), 장피에르 론다스(『살얼음판 위에서』 213쪽), 누리아 아마
    트(『ABC 쿨투랄ABC Cultural』, 마드리드, 2000년 9월 30일, https://nuriaamat.
    com/wp-content/uploads/2016/05/Sebald.-Entrevista-ABC-Cultural.pdf)와의
    대화에서도 우연에 대해 말했다. 이 책 24장도 참고하라.

23 2001년 7월 14일 『바벨리아Babelia』에 실린 치로 크라우트하우젠과의 인터
    뷰에서 제발트가 한 말이다. https://elpais.com/cultura/2016/10/27/babe-
    lia/1477566485_771964.html.

24 『기억의 유령』 97쪽에 실린 쿠오모와의 인터뷰에서 제발트가 한 말이다.

25 제발트로부터 카프카의 누이에 대한 이야기를 들은 사람은 마야 재기였고, [그
    리스 북서부] 케르키라, 헝가리 및 지중해 전역의 유대인에 대한 이야기를 들
    은 사람은 빅스비, 마르코 폴트로니에리, 랄프 쇼크, 발터 크라우제였다(각각
    의 인터뷰는 순서대로 『살얼음판 위에서』 144쪽, 88쪽, 101쪽, 138쪽에 실려
    있다). 우베 쉬테도 출생을 둘러싼 침묵과 "[원인 제공 없이] 떠안게 된 죄책감

unverschuldete Schuld"이 제발트의 작품을 탄생시킨 주요 동력이었다고 주장한다(『삶과 작품 소개*Einführung ins Leben und Werk*』46쪽).

26 『크리스토퍼 빅스비와 작가들의 대화』144쪽.

27 『살얼음판 위에서』138쪽에 실린 발터 크라우제와의 인터뷰에서 제발트가 한 말이다.

28 2001년 9월 22일 『가디언』에 실린 마야 재기와의 인터뷰에서 제발트가 쓴 표현이다.

29 『크리스토퍼 빅스비와 작가들의 대화』142쪽을 참고. 제발트의 부친이 뒤늦게 집으로 돌아온 일에 대한 빈프리트의 생각을 알 수 있다. 한편 그는 폴커 하게에게 말하길 아버지가 1948년에 돌아왔다고 했지만, 이는 순간적인 혼동(혹은 과장)인 듯하다(『살얼음판 위에서』176~177쪽 참고).

30 게오르크 제발트가 집으로 돌아온 후 1년 동안 베르타흐에서 거주하며 일했다는 사실과 제발트가 부친을 거부했다는 사실은 게르트루트로부터 들은 것이다. 마크 앤더슨이 대체로 게르트루트에게 얻은 정보를 바탕으로 『리터라투렌*Literaturen*』2006년 7~8월호 36쪽에 게재한 기록도 참고하라. 앤더슨은 제발트의 '두 아버지' 문제를 중점적으로 다룬다. 앤더슨의 「어린 시절의 공포가 잠복한 곳: 제발트의 두 아버지 딜레마Wo die Schrecken der Kindheit verborgen sind: W. G. Sebalds Dilemma der zwei Väter」, http://www.wgsebald.de/vaeter.html과 『리터라투렌』2006년 7~8월호, 또한 『토성의 달들』32쪽에 실린 앤더슨의 글 「알고이에서의 유년기A Childhood in the Allgäu」, 그리고 2015년 2월 23일 『코스모폴리스*Kosmopolis*』에 게재된 「W. G. 제발트의 생애의 다섯 가지 결정적인 사건 Five Crucial Events in the Life of W. G. Sebald」, http://kosmopolis.cccb.erg/en/sebaldiana/post/cinc-esdeveniments-a-la-vida-de-w-g-sebald/도 참고하라.

31 1988년 가을 발행된 『하버드 리뷰*Harvard Review*』15호에 실린 세라 카파투와의 인터뷰에서 한 말이다. 제발트는 『크리스토퍼 빅스비와 작가들의 대화』142쪽에서 "할아버지의 가르침 아래" 유년기를 보냈다고 말하기도 했다.

32 2001년 9월 22일 『가디언』에 게재된 마야 재기와의 인터뷰에서 한 말로, 이어지는 두 인용의 출처도 같은 인터뷰다.

33 2001년 9월 24일 『텔레그래프*Telegraph*』에 게재된 마리아 알바레즈와의 인터뷰에서 한 말이다.

34 1990년 10월 5일 『쥐트도이체 차이퉁 매거진*Süddeutsche Zeitung Magazin*』40호에 실린 레나테 유스트와의 인터뷰, 프란츠 로크바이가 편집한 『초상 7: W. G. 제발트*Porträt 7: W. G. Sebald*』29쪽을 보라. 제발트가 아버지에 대해 신랄한 이

야기를 늘어놓은 적이 없었다고 말한 친구로는 우르줄라 리프슈, 위르겐 케저, 헬무트 붕크, 라이너 갈라스케, 마리 등이 있다.

35 이 말을 해준 사람은 제발트의 프라이부르크 시절 친구인 알브레히트 라세다.

36 『리터라투렌』 2006년 7~8월호 35쪽에 게재된 마크 앤더슨의 글을 보라.

37 『기억의 유령』 171쪽에 게재된 아서 루보와의 인터뷰에서 제발트가 한 말이다.

2장 「헨리 셀윈 박사」

1 1997년 6월 27일 『슈투트가르터 차이퉁』에 게재된 요헨 비트만의 글에서 차용한 표현이다. 독일에서 새로운 지평을 연 제발트의 『이민자들』과 관련해서는 2001년 4월 5일 『쥐트도이체 차이퉁』에서 한스페터 쿠니슈의 말과, 2011년 12월 6일 라디오 3 채널을 통해 송출된 우베 쉬테의 라디오 에세이 「에세이The Essay」 중 '본보기로 가르치다Teaching by Example' 편을 참조하라.

2 『아우스터리츠』 100~101쪽.

3 이어지는 인용문은 『이민자들』 [언급 순서대로] 9쪽, 12쪽, 16쪽, 18쪽, 21쪽, 23쪽, 7쪽에서 발췌했다. "그리고 그들, 죽은 자들은 계속해서 되돌아온다"의 강조는 인용자의 것이다.

4 특히 랄프 쇼크(『살얼음판 위에서』 99쪽), 빅스비(『크리스토퍼 빅스비와 작가들의 대화』 154쪽), 제임스 우드(『브릭』 59호, 25쪽)와의 인터뷰를 참고하라. 제발트는 쇼크에게 「막스 페르버」에 실린 모든 사진이 "실제 해당 인물들의 사진"이라고 말했고, 우드에게는 '진정한authentic'이라고 할 때 그 말의 의미가 "그 사진들은 작중에 묘사된 모델들의 실제 앨범에 실려 있던 것이며, 이는 이 인물들이 이처럼 특정한 형상과 형태로 존재했다는 사실의 직접적인 증거"라고 설명했다.

5 [영영본과 독일어 원본의 이름이 다른데] 제발트는 독일어 원본에서 이 인물의 실제 이름을 바꾸지 않고 그대로 썼다. 철자만 아일린Aileen으로 표기했는데, 아마 이 철자가 맞는다고 생각했을 것이다. 나는 이 사실을 크리스틴에게 언급하지 않았다.

6 제발트는 나와의 인터뷰에서 사소한 세부 사항과 핵심 내용에 관한 지론을 들려준 바 있다. 『기억의 유령』 72쪽에 실린 그의 말을 비롯해 빅스비(『크리스토퍼 빅스비와 작가들의 대화』 155쪽), 치로 크라우트하우젠(2001년 7월 14일 『바벨리아』), 마야 재기(2001년 9월 22일 『가디언』)와의 인터뷰도 참고하라.

7   이어지는 이야기는 크리스틴 벅턴과의 인터뷰(2014년 12월 28일, 2014년 12월 29일, 2015년 3월 19일)에 바탕을 둔 한편, 테사 싱클레어(2015년 2월 3일 인터뷰와 2015년 2월 3일에 주고받은 이메일), 에스더 라이트(2015년 3월 17일 인터뷰와 2015년 3월 31일에 주고받은 이메일)에게서 들은 내용을 참고한 것이다. 세 사람에게 진심으로 감사드린다. 그 밖에 2017년 2월 14일 고든 터너(제발트처럼 윈덤에 거주한 제발트의 친구이자 이스트앵글리아대학 동료)와 주고받은 이메일에 바탕을 둔 세부 사항도 있다.

8   『기억의 유령』60쪽에 실린 엘리너 왹텔과의 인터뷰를 참고하라. 제발트는 "굉장히 신중해야 합니다"라고 조지프 쿠오모(『기억의 유령』112쪽)와 우베 프랄레(『살얼음판 위에서』257쪽)에게 말했다.

9   『기억의 유령』70쪽을 보라.

3장 베르타흐, 1944-1952

출처를 별도로 명시하지 않은 경우, 이 장에 언급된 정보는 게르트루트 애비셔제발트와 마크 앤더슨을 통해 얻었거나 『리터라투렌』2006년 7~8월호에 실린 「어린 시절의 공포가 잠복한 곳」, 『토성의 달들』의 「알고이에서의 유년기」를 참고한 것임을 밝힌다.

1   이 이야기는 레나테 유스트가 제발트와 한 인터뷰에도 실려 있다. 1990년 10월 5일 『쥐트도이체 차이퉁 매거진』40호의 「침묵의 재앙Stille Katastrophien」을 참고하라(『초상 7: W. G. 제발트』25쪽) . 나는 이를 게르트루트에게서 들었는데, 레나테 유스트에게는 제발트가 직접 이 이야기를 들려주었을 것이다.

2   제발트의 자전적 주인공인 요제프가 이를 넌지시 드러낸다. 이 내용은 제발트의 초기 미발표 소설에 등장하며, 독일문학아카이브에 보관되어 있는 '초고와 습작 Frühere prosa' 파일(버전 1, 59과 60쪽 사이에 끼워진 두 번째 종이)에서 확인할 수 있다.

3   이 단락의 첫 대목은 제발트가 2000년 3월 2일과 11월 6일 친구 마리에게 쓴 편지에 바탕을 두고 있다. 마지막 대목—세 살배기가 부모님의 품을 향해 달려가지 않고 버티는 대목—은 그의 자전소설인 '초고와 습작' 버전 2, 41쪽의 한 대목에 근거한 것이다. 이 대목 바로 앞에서 제발트는 '요제프'를 '나'로 바꿨는데, (의미심장하게도) 그는 이런 전환을 꽤 자주 했고, 이는 책의 나머지 부분에서도 이어졌다.

4   『현기증. 감정들』193쪽.

5 『현기증. 감정들』193~194쪽. 게르트루트는 이 글에 슈타인레너의 거실이 정확히 묘사되어 있다고 말한다. 또한 게르트루트가 기억하기로, 어머니가 제발트의 묘사를 읽으면서 조롱의 낌새를 느끼지 않았으므로, 이는 『현기증. 감정들』에서 로자가 거의 유일하게 전적으로 동의한 대목이기도 하다.

6 베르타흐에 거주하는 여성 중 한 명이 내게 해준 말이다. (4장 「귀향」 참고).

7 이 문단에 실린 정보 중 게르트루트와 마크 앤더슨이 제공하지 않은 정보는 우베 쉬테의 『삶과 작품 소개』 17쪽을 참고했다.

8 『토성의 달들』 351쪽에 실린 피트 더 모어와의 인터뷰, 『살얼음판 위에서』 138쪽에 실린 발터 크라우제와의 인터뷰, 2001년 7월 14일 『바벨리아』에 실린 크라우트하우젠과의 인터뷰, 『크리스토퍼 빅스비와 작가들의 대화』 140쪽, 『기억의 유령』 100~101쪽에 실린 쿠오모와의 인터뷰 등을 보라.

9 『현기증. 감정들』 240~241쪽 참고.

10 『기억의 유령』 39쪽에 실린 엘리너 워텔과의 인터뷰에서 한 말이다.

11 2001년 9월 22일 『가디언』에 게재된 마야 재기와의 인터뷰에서 한 말이다. 제발트는 코르시카에 관한 미완성 책에서 이러한 개념을 탐구했고, 이는 『캄포 산토』에 남아 있다. 『캄포 산토』 29쪽을 보라.

12 『토성의 달들』 370쪽에 실린 스티브 와서먼과의 인터뷰에서 한 말이다.

13 수잰 지글러(결혼 전 성은 슈테머)가 제공한 정보다. 그의 도움에 진심으로 감사드린다.

14 레스 슈테머와의 대화는 2016년 5월과 6월에 있었다.

15 종조부 윌리엄의 신원과 그에 관한 정보는 1984년 패니가 제발트에게 보낸 편지들(마르바흐에 위치한 독일문학아카이브에 소장되어 있다), 수잰 지글러, 그리고 FamilySearch.org에서 확인할 수 있는 미국 이민 인구 통계와 제1차 세계대전 기간 출생 및 사망 기록 초록을 참고했다.

16 『이민자들』 68쪽.

17 앞의 문장과 이어지는 문장은 『크리스토퍼 빅스비와 작가들의 대화』 140~141쪽에서 발췌했다.

18 2000년 7월 초, 마리에게 보낸 날짜 미상의 편지에서 가져왔다.

19 1990년 10월 5일 『쥐트도이체 차이퉁 매거진』에 실린 레나테 유스트의 「침묵의 재앙」(『초상 7: W. G. 제발트』 29쪽)을 참고하라.

20 『크리스토퍼 빅스비와 작가들의 대화』 140쪽을 보라. 제발트는 이 인터뷰에서 1948년에 처음으로 베르타흐에 트랙터가 등장했다고 말한다. 또한 2010년 헤파이스토스에서 펴낸 랄라 아우프스베르크의 『알고이의 사료 사진 *Historische*

Bilder aus dem Allgäu』37~43쪽에는 말과 심지어 소가 쟁기와 수레를 끌던 시기가 트랙터로 수레를 끄는 시기로, 그리고 전쟁이 벌어지는 시기로 변화한 시간이 기록되어 있다. 제펠더 택시는 몇 년 전까지 운영되었고(2017년 4월 세입자에게서 들은 사실이다), 그 오랜 역사를 기념하기 위해 건물 벽에는 '탁시 제펠더TAXI Seefelder'라는 글귀가 새겨져 있다.

21   5월 18일부터 40주를 세면 8월 11일인데, 로자는 8월 27일에서 28일로 넘어가는 밤에 화염에 휩싸인 뉘른베르크를 목격했다. 임신 2주 차는 임신을 확신하기 이른 시점이었기도 하거니와, 그때는 처방전이 없으면 임신테스트기를 구할 수도 없었다. 하지만 게르트루트는 로자가 임신 때마다 입덧을 했으며 임신 증상이 나타나면 곧바로 이를 알아차렸다고 회상한다.

22   2000년 7월 18일 제발트가 마리에게 보낸 편지에서 가져왔다.

23   이어지는 게오르크 제발트의 역사는 다른 정보들과 마찬가지로 게르트루트와 마크 앤더슨이 해준 이야기에 바탕을 두고 있다. 한편 제발트도 아버지의 배경과 군 경력에 대해 말한 바 있다. 빅스비와의 인터뷰(『크리스토퍼 빅스비와 작가들의 대화』142쪽), 마야 재기와의 인터뷰(9월 인터뷰), 마리아 알바레즈와의 인터뷰(2001년 9월 24일 『텔레그래프』), 제임스 아틀라스와의 인터뷰(1999년 『파리 리뷰*Paris Review*』151호 「W. G. 제발트: 소개W. G. Sebald: A Profile」), 한스 페터 쿠니슈와의 인터뷰(2001년 4월 5일 『쥐트도이체 차이퉁』)를 참고하라.

24   게오르크의 군 경력에 대한 정보는 그의 병무 기록에 근거했다. 원본은 가족들만 열람할 수 있지만, 미군은 1945년 독일을 침공했을 때 전시에 분실되거나 파손되지 않은 모든 군사 기록을 수집해 마이크로필름으로 보관했다. 이 마이크로필름들은 워싱턴 국립 기록보관소National Archives in Washington에 보관되어 있으며, 미국(및 영국)의 다른 모든 공식 기록처럼 대중에 공개되어 있다. 웨스트모얼랜드 리서치Westmoreland Research의 마이크 콘스탠디가 나를 대신해 조사를 진행해—기적적으로—제발트의 기록을 찾아내주었다. 해당 기록은 슈비탈Schwital이라는 성을 시작으로 201개의 파일이 포함된 '독일 육군 장교들: 1990~1945년German Army Officers: Period 1900-1945' 786번 상자에 수록되어 있었다. 탐정처럼 조사를 진행해준 마이크 콘스탠디에게 깊은 감사를 전한다.

25   게오르크가 파병된 날짜와 지역은 그가 소속된 부대를 통합한 273기갑사단의 역사를 참고했다.

26   제발트의 세례식 날 찍은 가족사진으로 추정해볼 수 있다. 사진 속 게오르크는 베르타흐에 위치한 제펠더 하우스의 발코니에서 갓 태어난 아들을 안고 있다. 『토성의 달들』17쪽을 참고하라.

27 https://en.wikipedia.org/wiki/Oradour-sur-Glane_massacre, https://en.wikipedia.org/wiki/Tulle_massacre를 보라.

28 (유튜브에 게시된 이미지 모음 영상을 포함해) 인터넷에 오플라크 163에 관한 많은 자료가 독일어와 프랑스어로 올라와 있다. 브라우저 검색창에 'Oflag 163'을 입력하면 이를 확인할 수 있다.

29 이 날짜는 『토성의 달들』 19쪽에서 마크 앤더슨이 제공한 정보를 바탕으로 한다.

30 2000년 8월 10일 편지에서 얻은 정보다.

31 2000년 8월 7일 자 편지.

32 요제프 에겔호퍼의 출생일은 다른 정보들과 마찬가지로 마크 앤더슨(『토성의 달들』 27쪽)을 통해서, 테레지아의 출생일도 같은 책(19)과 게르트루트를 통해 확인했다. 게르트루트는 이 정보를 나치 정권 시기에 모두가 '아리아인' 혈통을 증명하기 위해 소지했던 조상에 관한 기록물인 아멘파스Ahmenpass에서 발견했다. 이 기록물에 따르면 테레지아는 1880년 10월 3일에 태어났다. 마크 앤더슨은 에겔호퍼 가문이 베르타흐에서 약 64킬로미터 떨어진 키르히도르프에 속한 빈로트Binnroth(현재는 빈로트Binnrot로 불린다)에서 베르타흐로 왔으며(『토성의 달들』 19쪽), 요제프도 그곳에서 태어났다고 말하지만, 이에 관한 출처는 제공되어 있지 않다. 현재로서는 게르트루트도 할아버지의 출생지를 확실히 알지 못한다.

33 2000년 7월 31일 자 편지.

34 2000년 7월 19일 자 편지.

35 2000년 7월 24일 자 편지.

36 독일에서는 1830년대부터, 특히 1848년 이후로 노동조합이 성장했다. 『노동조합의 역사Geschichte der Werkschaften』, https://www.gewerkschaftsgeschichte.de/anfaenge-der-arbeiterbewegung.html를 참고하라.

37 이 정보는 제발트가 2000년 7월 26일 마리에게 보낸 편지에 근거를 두고 있다. 제발트는 세계대전 프로젝트Weltkriegsprojekt(그가 사망 시점에 구상 중이었던 책으로, 『토성의 달들』 374쪽, 376쪽, 443쪽을 보라)에 대한 메모에 증조할머니 테레지아의 성姓인 헤르브레허Herbrecher를 포함시켰다. 또한 증조할아버지 요제프의 부모인 프란츠 제발트(1800년 출생)와 프란치스카 파이어 같은 한 세대 전 조상들의 이름도 기재했다. 『토성의 달들』 260쪽을 보라. 또한 마리에게 보낸 후기 편지(2001년 8월 6일)에서는 자신의 부계 쪽 조상들이 바이에리셔발트의 유리 공장 노동자들이었다고 썼다. 아마 한참 앞선 세대 조상들을 의미했을 것이다.

1   『현기증. 감정들』195쪽.

2   일례로 『크리스토퍼 빅스비와 작가들의 대화』141쪽과 케이 볼핑거가 2014년 5월 23일 '오버알고이 문화Oberallgäu Klutur'에 기고한 글, 우베 쉬테의 『삶과 작품 소개』76쪽을 참고하라. 이를 둘러싼 가장 참고할 만한 논의는 『초상 7: W. G. 제발트』에 실린 안드레아스 이젠슈미트의 「멜렌콜리아Melencolia」에서 확인할 수 있다. 이는 베르타흐의 W. G. 제발트 전문가 중 한 명인 마르타 에거파이 히팅거의 주장이기도 하다.

3   마이클 햄버거가 영역한 버전이다. 에드윈 터너는 자신의 '책 도벽Biblioklept' 웹사이트(https://biblioklept.org/2017/03/20/the-never-ending-torture-of-unrest-georg-buchners-lenz-reviewed-2/) 2017년 3월 20일 게시물에 이 번역본을 사용했다. 해당 게시물에서 터너는 「렌츠Lenz」와 관련해 매우 흥미로운 논의를 펼친다(그리고 이를 에드거 앨런 포 등의 작가뿐만 아니라 제발트의 작품과도 비교한다. 「귀향」에 「렌츠」의 메아리가 울려 퍼진다는 주장은 우베 쉬테의 『삶과 작품 소개』77쪽, 아네 푹스의 『역사의 상흔: W. G. 제발트 산문 속 기억의 시학에 관하여Die Schmerzenspuren der Geschichte: Zur Poetik der Erinnerung in W. G. Sebalds Prosa』(Böhlau, 2004) 149쪽 등에 수록되어 있다. 우베 쉬테(『삶과 작품 소개』77쪽)는 「귀향」과 공명하는 또 다른 작품을 꼽는다. 바로 에두아르트 뫼리케의 1827년 시 「우라흐 방문Besuch in Urach」이다. 이 시의 영역본은 http://www.cingolani.com/55em.html에서 확인할 수 있다.

4   『현기증. 감정들』183쪽.

5   『현기증. 감정들』183쪽과 카프카의 『소설 전집 The Complete Novels』(Minerva, 1992)에 수록된 「성」277쪽을 보라. 모든 비평가가 「성」과의 반향을 지적한다. 이와 관련한 주요 참고자료 셋을 꼽자면, 우베 쉬테의 『삶과 작품 소개』79쪽, 마크 앤더슨의 『리터라투렌』34쪽, 다니엘 L. 메딘의 『세 아들: 프란츠 카프카 그리고 J. M. 쿳시, 필립 로스, W. G. 제발트의 소설 Three Sons: Franz Kafka and the Fiction of J. M. Coetzee, Philip Roth, and W. G. Sebald』(Northwestern University Press, 2010) 135쪽이 있다.

6   『초상 7: W. G. 제발트』에 실린 안드레아스 이젠슈미트의 「멜렝콜리아Melenco-lia」73쪽.

7   제발트의 일정표는 독일문학아카이브에서 확인할 수 있다. 이곳을 포함해 책 전반에 걸쳐 이 일정표를 바탕으로 한 정보는 리처드 셰퍼드가 수행한 작업에 의

존하고 있으며, 이는 『토성의 달들』에 실린 작가 연표에 실려 있다. 셰퍼드의 노고에 이루 말로 다 전하지 못할 깊은 감사를 표한다. 예컨대 『토성의 달들』 634쪽과 629쪽을 참고할 것.

8 『살얼음판 위에서』 71쪽에 실린 피트 더 모어와의 대화, 『살얼음판 위에서』 52쪽부터 60쪽, 64쪽에 실린 안드레아스 이젠슈미트의 대화, 『초상 7: W. G. 제발트』 71쪽, 『살얼음판 위에서』 95쪽의 폴트로니에리의 대화, 『기억의 유령』 103쪽에 실린 조지프 쿠오모와의 인터뷰, 2001년 7월 14일 『바벨리아』에 실린 치로 크라우트하우젠의 글을 참고하라. 우베 쉬테는 『현기증. 감정들』의 결말부를 특히 자기 탐험으로 간주한다(『삶과 작품 소개』 78쪽).

9 게르트루트도 제발트와 나눈 대화를 복기하며 제발트가 1987년이 아닌 1980년에 오버요흐에서 W로 갔다고 말한다. 게르트루트는 실제로 두 사람이 어린 시절 부모님과 함께 이곳을 자주 산책했고, 따라서 이 길이 익숙하게 느껴졌을 거라고 회상한다.

10 『현기증. 감정들』 215쪽, 두 시간 사이에 발이 묶인 화자와 관련해서는 185쪽, 195쪽을 보라.

11 『토성의 달들』 28쪽에 수록된 마크 앤더슨의 글을 참고하라.

12 『현기증. 감정들』 203쪽.

13 제발트의 ‘초고와 습작’ 중 시장에서 판매되는 튀르키예 꿀을 언급하는 대목이 게르트루트의 진술을 뒷받침한다(독일문학아카이브에 보관된 ‘초고와 습작’ 버전 2, 64쪽을 참고할 것).

14 안드레아스 이젠슈미트(『살얼음판 위에서』 61쪽)와 쿠오모(『기억의 유령』 103쪽)를 가리킨다.

15 『기억의 유령』 68쪽.

5장 「암브로스 아델바르트」

1 『이민자들』 70~71쪽.

2 화자가 꾸는 도빌에 대한 꿈은 『이민자들』 121~126쪽을 보라.

3 비평가 아냐 요한젠도 이에 동의하며, 암브로스가 예루살렘에서 보낸 시간을 서술한 부분을 그의 저작 전체에서 "그 어떤 대목보다 훨씬 더 급진적인 글쓰기"라고 평가했다(「숲, 나무, 그리고 그 사이의 공간들': 2005~2008년 발표된 W. G. 제발트 연구에 관한 보고'Woods, trees and the spaces in between': A Report on

Work published on W. G. Sebald, 2005-2008」113쪽에서 리처드 셰퍼드가 인용한 것을 재인용). 다만 여기서는 제발트의 성숙기 작품들만을 다룬다. 그의 '초고와 습작' 버전 2는 (12장에서 언급했듯) 동사가 없는 짧은 문장으로 점철돼 있었다.

4 『이민자들』91쪽.

5 『아우스터리츠』153쪽에서 제임스 말러드 애슈먼이 10년 만에 옛 보육원에 다시 들어갔을 때 "시간의 심연이 눈앞에 열린 듯"했고, "순식간에 (…) 이성의 끈을 완전히 놓아버릴 뻔했다"라는 이야기를 참고하라. 아우스터리츠라는 인물 자체는 시간과 맺은 관계—과거에서 벗어나고 싶다가도 다시 과거로 돌아가고 싶은 욕망—때문에 미쳐버리기 일보 직전인 상태로 치닫는다.

6 「암브로스 아델바르트」에서 두 가지만 예로 들자면, 화자가 차를 몰고 떠날 때 피니 이모를 감싸는 새하얀 구름 같은 배기가스, 그리고 화자가 이서카로 돌아갈 때 폭포에서 피어오르는 물보라의 장막이 있다(『이민자들』104쪽, 108쪽). 상상 속 형제는 「암브로스 아델바르트」초고의 쌍둥이 형제 모티프로 더 분명히 드러난다. 코즈모의 쌍둥이 형제 이름은 다미안Damian이다(독일문학아카이브 '암브로스 아델바르트' 파일 7번). 암브로스는 일기에서 코즈모의 수호성인이 성 코스마스St Cosmas라고 적고 있는데, 성 코스마스와 성 다미안은 3세기 말 혹은 4세기 초에 순교한 쌍둥이 형제 성인들이다. 132쪽에 실린 9월 23일 자 일기에는 "성 코스마스와 성 다미안"이라고 적혀 있으며, 그 옆에 암브로스가 적어놓은 "Heute das Namenfest[오늘은 [코즈모의] 축일이다]!Heute das Namenfest!"라는 메모가 어렴풋하게 보인다. 독실한 가톨릭 신자 제발트는 성 코스마스와 성 다미안 쌍둥이 형제에 대해 알고 있었을 것이며, 뮌헨에는 이들에게 봉헌된 교회까지 있다[노이하우저 슈트라세의 성 미하엘 성당에서 두 성인의 성유물을 모시고 있다]. 그는 이 암시가 비가톨릭 독자들에게는 지나치게 난해하다고 판단하고 결국 이를 삭제한 것으로 보인다.

7 『이민자들』97쪽.

8 『이민자들』130쪽.

9 『현기증. 감정들』131쪽.

10 『이민자들』88쪽.

11 『살얼음판 위에서』174쪽, 크리스티안 숄츠와의 인터뷰를 참고할 것.

12 『이민자들』104쪽. 이어지는 인용문도 같은 쪽에서 발췌했다.

13 패니에게 다시 질문한 사실과 관련해서는 『토성의 달들』630쪽을 참고하라.

14 『기억의 유령』에 실린 나와 제발트의 인터뷰 69~70쪽을 보라.

15 애니와 나머지 가족에 관한 정보 중 따로 출처를 명시하지 않은 것은 게르트루트가 제공한 것이다.

16 『이민자들』 73쪽.

17 『현기증. 감정들』 216쪽.

18 패니와 조 슈테머에 관한 정보를 제공해준 두 사람의 딸 수잰 지글러에게 진심으로 감사드린다.

19 조 에겔호퍼의 경력에 대해서는 패니가 1984년 제발트에게 보낸 편지를 참고했으며, 이는 독일문학아카이브에 소장되어 있다.

20 『이민자들』 86쪽.

21 조 에겔호퍼에 관한 정보는 앞서 언급했듯이 게르트루트와 베아테, 그리고 제발트가 2000년 8월 4일 마리에게 보낸 편지에서 가져온 것이다. 레스는 내게 열띤 목소리로 로즈마리가 결혼생활을 총 9일간 유지한 적도 있다고 말해주었다.

22 『이민자들』 73쪽.

23 가족의 죽음에 관해서는 수잰 지글러가 2016년 7월 10일에 보낸 이메일과 미국 사회보장사망지수US Social Security Death Index에 근거한다. 패니는 제발트에게 보낸 편지에서 심장이 버티지 못할까 봐 신경통 수술을 받을 엄두가 나지 않는다고 말했다.

24 수잰 지글러에 관한 정보는 앞서 말한 이메일에서 얻었다.

25 모두 독일문학아카이브에 소장된 '암브로스 아델바르트' 파일을 참고했다.

26 『이민자들』 79쪽. 이어지는 인용문도 같은 쪽에서 발췌했다.

27 윌리엄은 1921년 여권 신청서에 1906년부터 1915년까지 워싱턴에 거주했다고 적었다. 그의 고용주는 1916년에 사망했으므로 1916년이 더 정확한 날짜일 수도 있다. 1917년 또는 1918년 주민등록증 초본을 보면 그 시기에 윌리엄은 분명 뉴욕에 있었다.

28 이 문단에 제시된 정보와 헨리 모턴 마인하트와 그의 아내 캐리(결혼 전 성은 웜저)에 관한 다음 문단의 내용은 1900년, 1910년, 1930년 미국 인구조사 결과와 1928년 5월 3일, 1931년 4월 16일, 1931년 4월 25일 『뉴욕 타임스』 기사에서 얻었다. 내게 선뜻 이 자료들을 보내준 그리니치 역사 학회Greenwich Historical Society의 노라 테일러에게 감사드린다. 제발트가 솔로몬 가문에 대해 쓰면서 웜저 가문을 목록에 올린 것처럼(『이민자들』 88쪽) 캐리 웜저는 '뉴욕에서 가장 부유한 유대인 은행가' 중 한 명으로 이름을 올렸다.

29 레스는 이 마지막 세부 내용을 생생히 기억했다. 캐리 마인하트는 『이민자들』(102)에 실린 저택을 윌리엄에게 선물로 줬다. 저택은 제발트가 말한 머매러넥

인근의 뉴욕주 퍼처스에 있었다. 선물은 윌리엄의 생전에만 유효했고, 캐리가 사망한 뒤에는 캐리의 자녀들에게 돌아갔다(2017년 10월 15일 수잰 지글러가 이메일로 제공한 정보다).

30 이 정보들은 패니의 편지에서 얻었다. 그가 결국 여러 요양소를 전전했다는 정보는 1996년 퍼스트라이트 퍼블리싱에서 출간된 에벌린 월시 매클레인의 『벼락부자가 된 아버지*Father Struck It Rich*』(초판은 1936년 출간)에서 얻었다.

31 네드 매클레인에 관한 정보는 패니가 보낸 편지, https://en.wikipedia.org/wiki/Edward_Beale_McLean, 『벼락부자가 된 아버지』 41쪽, 64쪽, 102쪽에서 얻었다.

32 패니가 보낸 편지와 『벼락부자가 된 아버지』 102쪽, 105쪽, 108쪽에서 얻은 정보다. 에벌린의 회고록에 따르면 네드가 콜로라도에 초대받은 건 약혼 전이 아니라 약혼 후지만, 특정 시점에 윌리엄과 동행한 것은 분명하다. 윌리엄은 1906년 무렵 미국에 도착해 외교관과 1~2년을 보냈으므로 1907년이나 1908년에, 길게 봐도 네드가 결혼하기 1년 전부터 매클레인 부부에게 고용되어 일을 시작했을 것이다.

33 이 문단에 제시된 정보는 『벼락부자가 된 아버지』와 1941년 7월 28일 『로스앤젤레스 타임스』에 게재된 네드 매클레인의 부고, https://en.wikipedia.org/wiki/Evalyn_Walsh_McLean, www.in2013dollars.com에 바탕을 두고 있다.

34 『기억의 유령』 71~72쪽에 실린 내 인터뷰를 참고하라. 이 또한 거짓말이었을까 봐 두렵기도 하다.

35 제발트의 독일문학아카이브 '암브로스 아델바르트' 파일에 있는 사본의 출처는 암브로스가 140쪽에서 말하듯 예루살렘에 소재한 찰스 라드 사진관이다. 이는 『이민자들』 독일어판(137)에서도 확인된다. 제발트는 피터 조던에게 보낸 편지에서 '암브로스'가 윌리엄이고 그에 관한 거의 모든 세부 내용은 정확하며, 사진도 진짜라고 말했다(출처는 1993년 2월 12일 자 편지이며, 이 편지를 포함해 제발트가 피터 조던에게 쓴 모든 편지는 독일문학아카이브에 보관되어 있다). 마리에게 보낸 편지(2000년 8월 3일)에서 제발트는 그 사진이 종조부가 제1차 세계대전 전 '고용주'와 함께 세계여행을 하며 찍은 실제 사진이라고 말했다. 윌리엄이 1915년이나 1916년에 모턴 마인하트에게 고용되었으므로, 이때의 고용주는 매클레인을 가리킬 것이다. (제발트는 마리에게—드물게—허구를 사실인 양 말했는데, 이때가 그런 순간이었을 수 있다.)

36 https://en.wikipedia.org/wiki/Edward_Beale_McLean을 참고했으며, 『벼락부자가 된 아버지』 곳곳에서 네드의 음주에 관한 정보를 얻었다. (에벌린은 156쪽에 하인 목록을 기재해두었는데 우연찮게도 첫 번째로 목록에 오른 사람이 윌리엄

신델레다.)

37 패니가 쓴 편지, https://en.wikipedia.org/wiki/Edward_Beale_McLean,『벼락부자가 된 아버지』133쪽, 159쪽, 163쪽, 178쪽, 220쪽,『시카고 트리뷴*Chicago Tribune*』1931년 10월 8일 자 1면 기사,『뉴욕 타임스』1933년 10월 31일 자 4면 기사,『로스앤젤레스 타임스*Los Angeles Times*』1941년 7월 28일 자 1A면 기사를 참고했다.

38 제발트는 동료 작가, 인터뷰어(가령『크리스토퍼 빅스비와 작가들의 대화』145~146쪽에 실린 빅스비와의 인터뷰,『기억의 유령』112쪽에 실린 쿠오모와의 인터뷰, 2001년 7월 14일『바벨리아』에 수록된 크라우트하우젠과의 인터뷰), 학생 들에게 심정을 토로했다. 1991년 지원금 신청서를 보면 그는 글쓰기가 늘 대단히 고된 작업이라고 썼다(독일문학아카이브에 소장된 '이민자들' 파일 11번 중 1991년 지원금 신청서의 '신청 사유Kostenbegründung' 항목을 참고할 것).

39 『살얼음판 위에서』108쪽에 실린 스벤 뵈데커와의 인터뷰에서 한 말이다. 두 사람은 대체로『이민자들』을 주제로 대화했다.

40 『초상 7: W. G. 제발트』40쪽에 실린 1995년 레나테 유스트와의 인터뷰「토성의 흔적 속에서Im Zeichen des Saturn」를 참고하라.

41 『살얼음판 위에서』103쪽에 실린 랄프 쇼크와의 인터뷰에서 한 말이다.『크리스토퍼 빅스비와 작가들의 대화』160쪽("까다롭고 복잡한 문장을 쓰는 일에는 그런 종류의 집중력이 필요해서, 마치 (…) 같은 구멍을 계속 들여다보는 사람처럼 보이게 됩니다")과『기억의 유령』169쪽에 실린 루보와의 인터뷰("이건 (…) 헌신적인 작업이고, 강박적인 일입니다")도 참고.

42 『이민자들』136쪽.

43 『이민자들』145쪽.『파리에서 예루살렘으로 떠나는 여정*Itinéraire de Paris à Jéru-salem*』(판본은 명시되어 있지 않다)의 830쪽, 996쪽, 997쪽 사본은 제발트의 독일문학아카이브 '암브로스 아델바르트' 파일에서 확인할 수 있다.

44 특히『이민자들』141~142쪽에 나오는 예루살렘의 붕괴와 그 이전의 영광은 팔머라이어의 자료에 바탕을 두고 있다(팔머라이어의『동방에서 온 파편들*Frag-mente aus dem Orient*』참고). 샤토브리앙은『토성의 고리』의 중요한 참고 자료였고, 팔머라이어의 자료는 앞서『현기증. 감정들』에서 화자가 베로나의 골든 도브에서 자기 이름으로 등록부에 서명하는 대목에 쓰였다(『현기증. 감정들』117쪽).

45 독일문학아카이브 '암브로스 아델바르트' 파일 7번을 참고하라.

46 『살얼음판 위에서』109쪽에 실린 뵈데커와의 인터뷰를 보라. "충격요법을 극적

으로 써낸다고 예술이 될 수는 없습니다.”

47 독일문학아카이브 ‘암브로스 아델바르트’ 파일 6번과 7번을 보라.

48 『기억의 유령』 72쪽에 실린 나와의 인터뷰를 참고하라. 내가 설명하려 하는 제 발트의 잘라내고 붙여넣기는 그의 작품 초고에서 확인할 수 있다.

49 『이민자들』 88쪽.

6장 1952 - 1956

출처를 밝히지 않은 정보는 게르트루트와 베아테로부터 얻은 것이다.

1 사본이 독일문학아카이브 제발트 아카이브에 보관되어 있다.

2 제발트는 「파울 베라이터」(29)와 『캄포 산토』(191)에서 알펜포겔에서 빌린 밴 을 타고 존트호펜으로 이동했다고 썼다. 로자와 요제프에게 차가 없었으므로 이 는 필시 사실일 것이다. 이 문단에 제시된 정보는 게르트루트와 내가 나눈 대화 와 이메일을 비롯해 『독일 문학 연구 *Recherches Germaniques*』 2005년 특별호 제 2호 「W. G. 제발트: 기억. 전이. 이미지 Erinnerung. Übertragungen. Bilder」에 실 린 게르트루트와 루스 포겔클라인의 인터뷰 「조각 이불 Ein Fleckerlteppich」에서 발췌했다. 날짜는 『토성의 달들』 622쪽 리처드 세퍼드가 작성한 연표에서 가져 왔다. 케이 볼프강의 말에 따르면 알펜포겔 버스와 밴 회사는 지금도 존트호펜 에 있다.

3 『이민자들』 29쪽.

4 파란색 표지판, 둥근 시계, 도시를 보고 느끼는 홍분감은 『이민자들』 30쪽을 보 라. 빈프리트의 친구 위르겐 케저와 페터 샤이흐가 기억하기로, 과거 존트호펜 거리의 표지판은 실제로 광택이 도는 파란색이었다(2015년 10월 13일 내가 두 사람과 나눈 인터뷰 참고).

5 게르하르트 볼프룸과 레온하르트 브륄의 『존트호펜: 1963년 도시 승격 기념서 *Sonthofen: Festbuch zur Stadt Erhebung*』(1963)를 참고하라.

6 케이 볼프강의 『(섬뜩하면서도) 익숙한 알고이: W. G. 제발트와 그의 고향 *(Un) heimliches Allgäu: W. G. Sebald und seine Heimat*』 미국판, 『제발트에 관하여 *Über Sebald*』 158쪽에서부터 176쪽, 특히 176쪽을 참고하라. 2019년에는 케이 볼프 강과 다른 이들의 적극적인 홍보에 힘입어 켐프텐, 존트호펜, 베르타흐에 제발 트 학회 Sebald - Gesellschaft가 설립됐다. 그러나 이는 존트호펜시가 후원하는 공 공 기관이 아닌 학술 재단이다(일례로 2019년 12월 4일 자 『알고이어 차이퉁

Allgäuer Zeitung』의 '알고이 문화Allgäu Kultur' 코너를 보라).

7 오르덴스부르크에 관한 정보는 위르겐 케저가 제공했다. 전후 몇 년간 오르덴스부르크에는 미군 부대가 주둔했다. 존트호펜에 소재한 미국 헌병 학교US Constabulary School 웹사이트 http://www.usarmygermany.com/Sont1.htm를 보라. 또한 『살얼음판 위에서』 185쪽에 실린 하게의 인터뷰에서 제발트는 존트호펜을 병영 도시Kasernestadt라고 부른다.

8 옛 기차역이 1948년에 폐쇄되었다는 사실은 위르겐 케저와 페터 샤이흐와의 인터뷰에서 알게 됐다. 1953년 제발트가 속한 학급의 남학생들은 새로운 기차역이 1949년 10월 4일에 문을 열었다고 배웠으며, 이는 제발트가 『이민자들』 62쪽에 수록한 위르겐 케저의 그림에도 기록되어 있다.

9 프리츠 케테를레에 관한 정보는 게르트루트에게도 들었지만, 2017년 4월 24일 그와 가진 인터뷰에서도 가져왔다. 게오르크가 한 번도 정규직 경찰로 근무하지 못했다는 사실은 제발트의 친구인 헬무트 붕크와 2016년 2월 27일에 진행한 인터뷰에서 알게 됐다. 헬무트는 게오르크의 친구이자 경찰관이었던 부친에게서 이 사실을 들었다고 한다.

10 제발트가 이발을 두려워했다는 사실은 동세대 많은 사람이 알고 있는 정보다. 작가이자 비평가 만프레트 코흐는 이에 딱 맞는 시 「이발 전쟁에서 승리한 아버지 Vaters Sieg im Haarschnittkrieg」를 썼다(「함께 볼 웹페이지 안내」를 참고할 것).

11 출처는 날짜 미상의 편지이나, 2001년 9월 중의 것으로 추정된다.

12 이 같은 학내 구별 지침에 관한 정보는 위르겐 케저와 베아테에게 들었다. 가톨릭 남학교의 역사에 관한 정보는 위르겐의 학창 시절 에세이와 그 밖의 자료, 특히 그가 1952~1953년에 썼던 노트에서 얻었다. 학교 최대 정원에 관한 정보는 아돌프 리프(1954년부터 가톨릭 남학교 교사로 재직해 교장으로 퇴임)와 2015년 10월 15일에 진행한 인터뷰에 바탕을 두고 있다. 1952년 제발트가 소속된 학급 인원이 쉰세 명이었다는 것은 위르겐이 알려줬다(제발트는 『이민자들』 46쪽에서 학급 인원을 쉰두 명이라고 썼다). 선생님이 시켜서 썼을 게 분명한 위르겐의 에세이는 학급 수 여덟 개는 적어도 너무 적으니 최소한 두 배는 되어야 한다고 결론 내린다. 존트호펜의 새로운 초등학교는 1968년에 설립되었다.

13 학교와 시대에 뒤떨어졌던 학교 운영에 대해서는 아돌프 리프와 위르겐 케저로부터, 남학생들 사이의 계급 차이에 대해서는 2015년 10월 13일에 인터뷰를 진행한 위르겐과 페터 샤이흐로부터 알게 됐다.

14 『이민자들』 30쪽.

15 '꼬꼬댁 꼬꼬꼬'와 렐러강을 가로지르는 다리에서 벌어진 일들은 게르트루트,

베아테, 위르겐이 이야기해주었으며, 나무집에 관해서는 위르겐이 들려줬다. 벤치 일화는 베아테가 말해주었는데, 그는 제발트가 작문 시간에 이 일을 글로 써내기 전까지는 부모님도 모르는 비밀을 용케도 꽤 오래 유지했다고 덧붙였다. 글쓰기란 늘 이렇게나 위험한 일이다.

16 위르겐의 집과 정원, 레르헨뮐러 시장 정원과 임시 노동자 슐츠에 관한 내용은 토마스 호니켈과 내가 함께 인터뷰한 위르겐 케저의 설명이다. 위르겐과 제발트가 양철 병정을 던지며 행복한 시간을 보냈다는 이야기는 제발트가 2001년 2월 9일 마리에게 보낸 편지에서 접했다. 바닥에 나부라진 병정도 다시 일어설 수 있던 그들의 무해한 전투 이야기는 제발트의 작품에서 반복되는 죽음과 부활의 이미지를, 예컨대 루이자 란츠베르그가 빈트스하임 숲에서 사슴벌레를 보는 환상을 떠올리게 한다.

17 아르민 뮐러에 관한 정보는 아돌프 리프, 프리츠 케테를레, 위르겐 케저, 헬무트 붕크와 진행한 인터뷰에서 얻었다. 뮐러의 나이는 생년월일이 1910년 12월 22일로 표시된 그의 사망증서에서 확인했다.

18 예컨대 제발트는 엘리너 웍텔(『기억의 유령』 43쪽)에게 그렇게 말했다. 이는 그가 1980년대 후반에 집필한 「파울 베라이터」나, 생을 마감할 때까지 마리(마리와의 대화에서 얻은 정보)를 비롯해 다른 친구들에게 한 말에서도 명확히 알 수 있다.

19 헬무트 붕크, 위르겐 케저, 페터 샤이흐로부터 얻은 정보다. 또한 제발트는 '초고와 습작'에 베르히톨트가 체벌에 쓰인 몽둥이를 잘라버린 일화를 쓰면서 그의 실명은 그대로 유지하되 교사 뮐러의 이름과 학교 이름은 다르게 적었다(독일문학아카이브에 보관된 '초고와 습작' 버전 1, 42쪽을 보라).

20 프리츠 케테를레가 제공한 정보로, 그의 모든 도움에 진심 어린 감사를 전한다(인터뷰는 2017년 4월 24일에 진행되었다).

21 이 정보는 내가 헬무트 붕크, 위르겐 케저, 아돌프 리프와 나눈 대화, 그리고 내가 존트호펜을 찾기 전에 사망한 교사 바그너와 토마스 호니켈이 진행한 인터뷰에 바탕을 두고 있다. 이 인터뷰와 호니켈이 2007년 영화 「이민자들Der Ausgewanderte」을 위해 진행한 다른 인터뷰들은 우베 쉬테·케이 볼프강이 편집한 독일 제발트 학회 시리즈Deutschen Sebald Gesellschaft Schriftenreihe 제1권, 『이력서: W. G. 제발트 인터뷰Curriculum Vitae: Die W. G. Sebald-Interviews』(Königshausen & Neumann, 2021)로 출간되었다. 또한 1980년 12월 22일 『알고이 안차이게블라트』에 실린 뮐러의 칠순 기념 기사도 참고했는데, 여기에는 뮐러가 1930년대 중반에 교단에서 퇴출당한 일과 전후 존트호펜 학교를 탈나치화

하는 과업을 맡았을 때 겪은 어려움이 설명되어 있다. 9장 주2를 참고하라.

22 이 문단에 제시된 정보는 헬무트 붕크가 제공했다.

23 『캄포 산토』에 수록된 「음악의 순간들」 208쪽을 참고하라. 제발트는 첫 소설에서 지도에 대한 열정의 시작을—체벌에 대한 기억과 함께—두 번째 학교인 수녀원 부속학교 마리아슈테른으로 옮겨놓는다('초고와 습작' 버전 1, 41~42쪽 참고). 그러나 실제로 이는 존트호펜에서 초등학교를 다니며 아르민 뮐러 밑에서 생겨난 것임이 분명하다.

24 이 문단과 다음 문단에 제시된 정보는 위르겐 케저가 1952~1953년, 1953~1954년에 썼던 향토학 수업 노트와 헬무트 붕크가 1953~1954년에 쓴 노트에서 얻었다. [여기서 향토학Heimatkunde이라고 번역한 것은 대학의 학문 분야라기보다 주로 독일어권 국가(독일, 오스트리아 등)의 초등학교 교과 과정에서 학생들이 자신이 사진 지역에 대해 배우는 여러 활동을 말한다. 이런 활동은 주로 지역사회의 일원이자 시민으로서 자신이 사는 세계를 통합적이고 다학제적으로 탐험하며 소속감Heimatgefühl을 함양하는 것을 목표로 한다.] 뮐러가 진행했던 자연에 관한 교리 문답은 헬무트와 위르겐의 1953~1954년 노트 10쪽에서 볼 수 있다. 위르겐이 그린 교실 배치도는 그가 1952~1953년에 쓴 노트 첫 페이지에 수록되어 있다. 존트호텐 지역 구역들의 목록은 1954년 5월 4일 학급에서 작성한 것이다.

25 아돌프 리프와 2015년 10월 15일에 진행한 인터뷰에서 얻은 정보다. 바그너도 이에 동의했다(토마스 호니켈의 인터뷰를 참조할 것).

26 『이민자들』40쪽. 뒤이어 나열되는 장소들은 『이민자들』38~39쪽에서 볼 수 있다.

27 내가 헬무트 붕크와 나눈 대화와 그가 2016년 1월 4일에 보낸 이메일에서 얻은 정보다. 또한 헬무트보다 세 살 어린 동생 게르하르트와의 인터뷰도 참고했다. 게르하르트 역시 여러 견학 활동을 기억하고 있었는데, 이는 뮐러가 여러 해에 걸쳐 해마다 여러 세대 남학생들을 데리고 반복적으로 그런 체험학습을 했다는 것을 분명히 보여준다. 제발트의 학급은 레오 도른의 기록을 노트에 베껴 적었다(예컨대 헬부트 붕크의 노트 37쪽에도 이 내용이 실려 있다).

28 이 문단과 다음 문단에 제시된 정보는 위르겐 케저가 제공했다.

29 케이 볼프강은 제발트가 위르겐의 배치도를 참고했다는 사실을 알아차렸다. 제발트는 아무 요소도 변경하지 않고 그림과 글씨만 진하게 덧대서 이를 더 선명하게 재현했다. 『이민자들』62쪽을 보라.

30 이어지는 그림은 위르겐 케저의 1953년 혹은 1954년 향토학 수업 노트에서 발췌했다. 그 시절이 지나서도 모든 남학생은 이렇게 노트를 썼다.

31　이 문단에 제시된 정보는 베아테와 게르트루트가 제공했다.

32　이 문단에 제시된 정보는 게르트루트와 위르겐 케저, 헬무트 붕크가 제공했다.

33　위르겐 케저는 두 가족이 이사를 함께 논의했다고 생각하지만, 확실하진 않다. 그러나 여기서만큼은 '아마도'라는 표현을 과감하게 생략했다. 나머지 정보는 위르겐과 헬무트, 게르트루트에게서 얻었다.

34　'초고와 습작'에 포함된 소설의 버전 1, 89쪽.

35　2015년 8월 10일 하이디 노바크(결혼 전 성은 뵈크)와 진행한 인터뷰, 2015년 6월 21일 가브리엘레 리베르(결혼 전에는 일제 호프만)와 진행한 인터뷰에서 얻은 정보다.

36　『토성의 달들』622쪽에 실린 리처드 셰퍼드의 연표에 적힌 날짜.

37　우르줄라 리프슈, 위르겐 케저, 헬무트 붕크가 제공한 정보다. 헬무트는 게오르크를 "제복을 입은 민간인"이라고 칭했다.

38　2015년 8월 10일 게르하르트 에슈바일러와 진행한 인터뷰에서 얻은 정보다. 우르줄라가 창가에서 어머니와 나눈 대화에 대해서는 우르줄라와의 인터뷰를 통해 알게 됐다.

39　『살얼음판 위에서』254쪽에 수록된 우베 프랄레와의 인터뷰를 참고하라. 또한 제발트는 '초기 산문'에서 주인공이 집에 가면 다시 사투리를 쓴다고 묘사한다(버전 1, 95쪽).

40　제발트가 오버스트도르프의 음악 선생님 고글로부터 수업을 받았다는 말들도 있지만 그가 피르너에게 치터 수업을 받았다는 사실은 『캄포 산토』192쪽에 명시되어 있으며, 게르트루트도 이 점을 확인해주었다. 경제적으로 얼마나 궁핍했건 제발트 부부는 이번에도 개인 교습 비용을 지불했다. 『캄포 산토』에서 제발트는 피르너를 '케르너'로, 기티를 '카티'로 칭한다(192). 기티(브리기테) 피르너가 마리아슈테른의 우상이었다는 사실은 위르겐 케저가 알려줬다.

41　『캄포 산토』192~193쪽.

42　색소폰에 관한 내용은 마리와 대화하며 알게 됐다. 제발트는 『캄포 산토』에서 자신이 연주하길 꿈꿔왔던 악기가 클라리넷이었다고 말하지만, 이는 파울 베라이터에 관한 이야기의 일부였다(이 역시 전적으로 사실은 아니었지만 말이다). 맨체스터에서 기타를 튕겼다는 사실은 당시 찍힌 한 장의 사진에서 알게 되었는데, 이 사진은 토마스 호니켈의 영화 「이민자들」에서 볼 수 있다.

43　'레기나 토블러'는 고글을 가리키는 이름 '초벨Zobel'('초벨'은 베르타흐에 살던 실존 인물의 이름이었다)처럼 제발트가 지어낸 이름일 수 있다. 그러나 제발트가 『캄포 산토』에 묘사한 내용은 실제 경험담이다. 제발트는 2001년 2월 20일

마리에게 보낸 편지에서 레기나라는 소녀에게 무척 끌리는데 자기보다 네 살이 많아서 감히 말을 못 붙였다고 털어놨다. 대신 어두운 겨울 저녁이면 환한 방 안에서 레기나가 노는 모습을 하염없이 지켜봤다고 했다. 그러면서 고글은 무척 좋은 분이었다고, 훗날 그분에게 큰 빚을 졌다고 덧붙였다.

44　『캄포 산토』「음악의 순간들」194~199쪽을 보라.「에르나니」는 제발트가 10대 시절에 좋아한 빅토르 위고의 희곡「에르나니Hernani」에 바탕을 두고 있다. 연극과 오페라 모두 도적 에르나니가 엘비라와 결혼하기 위해 왕이자 늙은 귀족 실바에게 도전하는 대단히 로맨틱한 작품이다. 엘비라도 에르나니를 사랑하고, 여러 차례 오페라적인 반전을 거쳐 마침내 두 사람은 결혼하지만, 에르나니는 실바에게 맹세한 바를 지키고자 스스로 목숨을 끊고 만다(https://en.wikipedia. org/wiki/Ernani). 제발트는『캄포 산토』에서 에르나니가 죽는 장면을 묘사했다.

45　이 문단과 다음 문단들에 제시된 요제프 에겔호퍼에 관한 정보는 게르트루트, 베아테와의 대화, 그리고 제발트가 2001년 1월 4일 마리에게 보낸 편지에서 얻은 것이다.

46　이 문장은 제발트의 '초고와 습작' 버전 1, 31쪽을 보고 썼다.

47　『캄포 산토』193~194쪽.

48　할아버지의 죽음에 관한 내용은 '초고와 습작' 버전 1의 30~35쪽과 버전 2의 64~68쪽에 적혀 있다.

49　제발트는 인생에 뚫린 커다란 구멍에 대해 마리아 알바레즈(『텔레그래프』 2001년 9월 24일), 마야 재기(『가디언』 2001년 9월 22일), 아서 루보(『기억의 유령』, 171쪽) 등에게 말했다. 그 밖의 정보는 내가 마리와 나눈 대화에 바탕을 두고 있다.

50　아서 루보에게 한 말로,『기억의 유령』171쪽을 보라. 제발트는 건선을 늘 영리하게 숨겼기 때문에 존트호펜 시절 친구들을 비롯한 대다수의 지인이 끝까지 알아차리지 못했다. 예컨대 위르겐 케저는 내가 제발트의 몇몇 이야기에서 발견한 사실, 즉 제발트가 장갑에 페티시즘을 가졌다고 말하기 전까지는 제발트가 피부 질환을 앓았다는 걸 전혀 기억해내지 못했다. 내 말을 듣던 위르겐은 갑자기 눈앞에서 손뼉을 치더니 "잠깐만요!"라고 말했다. 아마 제발트는 한동안 장갑을 끼고 지냈을 것이다. (…) 그 모습이 순간 머릿속에 떠올랐지만 금세 사라진 듯했다.

51　내가 대화를 나눈 제발트의 가까운 친구로는 우르줄라 리프슈, 위르겐 케저, 헬무트 붕크, 베르너 브라운밀러, 라이너 갈라스케가 있다. 다른 학교 친구로는 하이디 노바크(당시에는 뵈크), 게르하르트 에슈바일러, 지그리트 베커노이마이어

(당시에는 베커), 가브리엘레 리베르(당시에는 일제 호프만), 게르트 라이너, 프리데만 라이히가 있다. 또한 1960년 여름에 존트호펜을 방문한 안드레 브뤼니 숄츠의 형제 베르나르트는 빈프리트가 "늘 의기양양한 젊은이"였다고 (2017년 8월 16일 내게 보낸 편지에서) 말한다.

52 우베 쉬테의 『형상들: W. G. 제발트의 시적 작업에 관하여*Figurationen: Zum lyrischen Werk von W. G. Sebald*』 144~145쪽과 『W. G. 제발트』 9쪽을 참고하라. 『형상들』에서 우베 쉬테는 다음과 같이 쓴다. "[제발트의] 삶에 드리운 가장 무거운 애도의 짐은 그가 청소년기에 배운 (⋯) 나치즘에 대한 죄책감이 아니라 주로 할아버지의 죽음과 관련된 (⋯) 유년기 상처에서 비롯되었다." 『W. G. 제발트』에서는 "제발트가 10대에 겪은 홀로코스트와의 충격적인 첫 만남은 할아버지 에겔호퍼를 상실한 트라우마에 가까운 경험이 지그문트 프로이트의 '스크린 기억Deckerinnerung'으로 작용했을 수 있다고 지적하고 싶다"라고 밝힌다. 이는 우베 쉬테가 제발트를 소개하는 책으로, 영어권 독자들에게 매우 중요한 자료다. 이토록 심각한 오해를 불러일으킬 수 있는 내용이 책에 포함되었다니 유감스러운 일이다. 또한 쉬테가 2014년 테리 피츠와 나눈 대화도 참고하라. 2014년 1월 15일 '버티고Vertigo'[『현기증. 감정들』의 영제] 웹사이트 http://sebald.word-press.com/2014/01/15/conversation-with-uwe-schutte/#more-5469에 게시된 '우베 쉬테와의 대화'에서 그는 이렇게 말한다. "저는 트라우마 경험이 제발트의 우울한 기질과 사자의 영역에 도달하려는 집착의 핵심 요인이었으며, 이것이 그가 나치가 저지른 범죄에 느낀 가책보다 훨씬 더 결정적이었다고 봅니다."

7장 1956-1961
따로 출처를 밝히지 않은 정보는 게르트루트와 베아테로부터 얻었다.

1 예컨대 오버스트도르프 출신인지 다른 지역 출신인지, 그리고 고학년 때 라틴어를 공부하기로 했는지 프랑스어를 배우기로 했는지 등에 따라서도 학생들이 분리되었다. 이 문단에 제시된 설명은 위르겐 케저와 헬무트 붕크가 제공했다.

2 https://de.wikipedia.org/wiki/Oberstdorf를 참고하라.

3 오버스트도르프의 기차 통학생에 대한 설명은 내가 2015년 8월 6일 베르너 브라운뮐러와 한 인터뷰, 그리고 위르겐 케저, 우르줄라 리프슈와의 대화를 얻은 것이다.

4 위르겐 케저, 헬무트 붕크, 가브리엘레 리베르(일제 호프만)가 제공한 정보다.

5   이는 '초고와 습작'(버전 1, 13a쪽)에서 발췌했다. '초고와 습작'에는 꾸며낸 내
     용이 조금도 없으며(12장 참고), 여기서 제발트는 실수로 주인공에게 붙인 이름
     '요제프' 대신 "사랑하는 빈프리트"라고 썼다. 게르트루트는 세 남매 모두 애니
     이모로부터 달러 지폐가 동봉된 편지를 정기적으로 받은 사실을 확인해주었다.

6   이 문단에 제시된 정보는 게르트루트와 베아테뿐만 아니라 우르줄라 리프슈와
     제발트의 '초고와 습작' 버전 1의 93쪽, 버전 2의 3쪽에서 얻었다.

7   이 대목과 이어지는 대목에 제시된 패거리에 관해서는 내가 그 구성원들과 패거
     리에 대해, 구성원과 제발트에 대해 나눈 대화에서 정보를 얻었다. 2006년에 사
     망한 발터 칼하머에 관한 정보는 그의 누이 우르줄라 슈미트와 그의 형 프리츠
     칼하머에게서 얻었다.

8   이 문단에 제시된 정보는 우르줄라 리프슈가 제공했다.

9   이 대목과 이어지는 대목에 제시된 마리에 관한 정보는 내가 마리와 나눈 수많
     은 대화로부터 비롯됐다. 마리에게 깊은 감사를 전한다. 또한 몇몇 세부 사항은
     게르트루트와 우르줄라에게 전해들었다.

10   장 바르트와 관련해서는 http://www.theotherside.co.uk/tm-heritage/back-
     ground/jean-bart.htm과 https://fr.wikipedia.org/wiki/Jean_Bart를 참고하라. 이
     자료에 따르면 장 바르트의 두 번째 결혼 상대는 재클린 터그헤였는데, 마리 가
     족은 그를 재클린 터그헤가 아닌 메리 터그스로 기억하고 있으며, 그는 아일랜
     드 혈통으로 알려져 있다. 이 정보는 재클린 가문의 혈통을 이어받아 생존한 한
     아이가 제공했다.

11   케저 가족과 이탈리아 여행에 관한 정보는 위르겐 케저가 제공했다.

12   게르트루트가 장폴을 만난 이야기는 게르트루트 본인이 들려주었다.

13   안드레 브뤼니횰츠가 제발트와 나눈 우정에 대해서는 안드레 본인과 2017년
     6월 3일 진행한 인터뷰, 안드레와 제발트가 처음 만났던 여름부터 60년간 안드
     레를 알고 지낸 게르트루트로부터 얻었다. 베아테도 그 시절 안드레를 기억하
     며, 그리고 로자가 그의 클라리넷 연주를 얼마나 좋아했는지도 기억한다.

14   이어지는 장들에서 오버스트도르프 오버레알슐레와 관련된 정보는 우르줄라
     리프슈, 위르겐 케저, 하이디 노바크(뵈크), 게르하르트 에슈바일러, 가브리엘
     레 리베르(일제 호프만)가 제공했다. 또한 우르줄라, 위르겐, 헬무트 붕크, 가브
     리엘레, 라이너 갈라스케가 내게 보여준 오버스토도르프 졸업 앨범도 참고했다.
     미술 교사 프란츠 마이어는 1960년대 초 오버스트도르프의 너그럽고 우호적인
     방침들을 기억했다. 프란츠는 "그곳에서 가르치는 건 즐거운 경험이었습니다"
     라고 토마스 호니켈과의 인터뷰에서 말했다.

15 막스는 1995년 6월 24일 카를하인츠 슈멜처에게 보낸 편지에서 오버스트도르 프의 느슨했던 학교 방침을 기억한다고, 그래도 배운 건 많았다고 말했다.

16 제발트가 만든 교지 『아비투어*Abitur*』 마지막 면에 실린 「신성한 어리석음 Sancta Stupiditas」에서 가져왔다. 교지 사본뿐만 아니라 제발트와 함께 작업했던 1961~1962년 교지 원본을 보내준 라이너 갈라스케에게 감사드린다.

17 카를하인츠 슈멜처에 관한 정보는 2015년 10월 15일에 내가 진행했던 인터뷰와 그 이후의 대화, 토마스 호니켈과 슈멜처의 인터뷰, 제발트가 그에게 보낸 편지 와 로자 제발트가 2002년 1월 15일에 보낸 편지, 우르줄라 리프슈, 헬무트 붕크, 위르겐 케저의 기억에 바탕을 두고 있다.

18 얀 페터 트리프가 2007년 오버스트도르프 빌라 야우스에서 가진 인터뷰 중 한 말이다(카를하인츠 슈멜처가 친절하게도 인터뷰 CD를 제공해주었다).

19 프란츠 마이어에 관한 정보는 우르줄라 리프슈, 하이디 노바크와 대화하면서 알 게 됐다. 또한 마이어가 토마스 호니켈과 나눈 인터뷰, 마이어가 제발트를 기리 며 진행한 낭독회, 마이어의 간단한 인터뷰가 실린 2002년 3월 7일 『알고이 안 차이게블라트』도 참고했다.

20 그뤼네발트의 유명한 작품 이젠하임 제단화Isenheim altarpiece는 『자연을 따라. 기초시』(파트 1, 5절)와 「막스 페르버」(170)에서 중요한 역할을 수행한다.

21 에버하르트 박사에 관한 정보는 위르겐 케저, 헬무트 붕크, 가브리엘레 리베르, 게르트 그라이너, 지그리트 베커노이마이어, 라이너 갈라스케가 제공했다. 베아 테는 에버하르트 박사가 일부러 본인을 도발하던 소녀를 체벌한 일도 기억하고 있다. 에버하르트(1926~2005)는 전쟁 중에도 학교에 남아 있었다 (헬무트 붕크 가 알려주었다). 그의 아들에 관해서는 카를하인츠 슈멜처에게 들었다.

22 게르트루트가 알려주었다. 제발트는 본인에게 역사의식이 생겨난 시기를 교실 에서 에버하르트가 보여준 영화를 보고 충격을 받은 열일곱 살 때로 생각하곤 했다(다음 장을 참고할 것). 그러나 게르트루트는 역사의식이 더 일찍 싹텄으리 라고 회상하며, 제발트는 크리스토퍼 빅스비와의 인터뷰에서 "열여섯, 열일곱" 무렵부터 역사의식을 가졌다고 말한다(『크리스토퍼 빅스비와 작가들의 대화』 142쪽).

23 마이어가 토마스 호니켈과 한 인터뷰에서 얻은 정보다.

24 헬무트 붕크로부터 얻은 정보다.

25 1961년 여름 제발트의 집에 돌아온 안드레 브뤼니숄츠가 목격한 광경이다. 나 머지 내용은 게르트루트가 제공했다.

26 아버지들에 관한 정보는 위르겐 케저와 헬무트 붕크에게서 얻었다. 헬무트의 아

버지가 일한 공장에서는 잠수함과 광학기기 들을 생산했다. 공장에는 강제노동자들이 있었는데, 나는 헬무트의 아버지가 그에 대해 어떻게 생각했을지가 궁금했다. 하지만 헬무트가 말년에는 훨씬 더 비판적인 태도를 견지했음에도 차마 그런 질문을 할 수는 없었다. 오늘날에도 독일에서는 과거사를 거론하기가 쉽지 않다. 패거리에 속한 다른 두 구성원 베르너 브라운뮐러와 악셀 륄의 아버지에 대해서는 정보를 찾을 수 없었다. 악셀은 내가 조사를 시작하기 전에 사망했고, 베르너는 기억상실이 있었던 까닭에 패거리와 관련해서는 행복한 기억에 관한 이야기만 나눌 수 있었다. 한편 철도원이었던 베르너의 아버지는 헬무트의 아버지처럼 예비역이었을 가능성이 크고 복무도 하지 않았을 것이다.

27 아버지들에 관한 정보는 우르줄라 리프슈, 하이디 노바크, 게르하르트 에슈바일러, 군델라 엔첸스베르거가 제공했다.

28 이 문단의 정보들은 발터 칼하머의 누이 우르줄라 슈미트와 형 프리츠 칼하머, 우르줄라 리프슈와 위르겐 케저, 페터 샤이흐를 비롯해, 1948년 8월 24일 나치 전범재판소에서 열린 재판 속기록을 통해 얻었다. 나치 전범재판소는 1946년에 설치된 지역 탈나치화 재판소로, 독일인이 운영했지만 연합군의 감독하에 있었다(토니 젓의 『전후 유럽*Postwar*』 56쪽 참고). 속기록은 2008년 칼하머 박사의 아들들이 확보한 것을 2018년 프리츠 칼하머가 내게 보내주었다. 증거를 검토한 재판부는 칼하머 박사가 주요 역할을 수행했음에도 그를 경범죄를 저지른 사람들이 속하는 민더벨라슈테텐Minderbelasteten 범주로 분류했다. 칼하머는 5년간 탈나치 수용소에 수감되었고, 몇 년 더 보호관찰 처분을 받았다. 1937년 마르크토버도르프에서 출생한 가브리엘레 슈워츠에 관한 이야기는 2008년 6월 8일 『알고이 온라인』 https://www.all-in.de/kempten/c-lokales/als-der-holocaust-nach-stiefenhofen-kommt_a433506을 참고하라. 영화 제작자 레오 히어너는 이 이야기를 영화 「레니는…… 떠나야 한다Leni…… muss fort」(1983)로 제작했다. http://www.hiemerfilm.de/filmografie_leni.html를 보라.

29 게오르크와 패거리에 관한 정보는 우르줄라 리프슈가 제공했다. 게오르크와 제발트에 관해서는 베아테와 게르트루트가 알려줬다.

30 제발트가 학교에서 보인 혁명적인 행동 중 처음 두 가지는 위르겐 케저가 들려준 것이며, 제발트가 에버하르트 박사를 도발한 일은 헬무트 붕크가 기억하고 있었다.

31 게르트루트가 기억하는 내용은 나와 대화를 나누던 중 들은 것이다. 제발트의 기억은 그가 1963년 7월 게르트루트에게 쓴 편지를 참고했다.

32 베아테, 게르트루트, 우르줄라 리프슈, 위르겐이 제공한 정보다. 진지하게 운동

하는 선수들은 게르하르트 에슈바일러, 게르트 그라이너, 라이너 갈라스케였다.

33 내게 열여섯 무렵의 제발트에 대한 이야기를 들려준 급우들은 위르겐 케저, 헬무트 붕크, 하이디 노바크, 베르너 브라운밀러, 가브리엘레 리베르, 게르트 그라이너, 프리데만 라이히였다. 또한 콘스탄체 뢰르스도 제발트의 "독립적인 성격과 지적인 관심사"가 돋보였다고 『아우크스뷔르거 알게마이네*Augsbürger Allge-meine*』(『알고이 안차이게블라트』의 자매지, 2001년 12월 18일 26면)에 말했다. 안드레의 형제 베르나르트 브뤼니숄츠도 똑같은 인상을 받았다. 그는 제발트가 학교에서 "지능과 지성을 겸비한" 학생이었다고 (2017년 8월 16일 내게 보낸 편지에서) 말했다. 마이어의 견해는 그가 토마스 호니켈과 한 인터뷰와 2003년 3월 7일에 진행되었던 추모 낭독회 기사를 참고했다(프리데만 라이히가 내게 준 『아우크스뷔르거 알게마이네』의 '오버알고이 문화*Oberallgäu Kultur*'면 사본도 참고했다).

34 제발트에 관한 기억을 나눠준 친구들은 여느 때처럼 우르줄라 리프슈, 위르겐 케저, 헬무트 붕크였다. 『필저의 편지*Filserbriefe*』와 '신이 함께하기를'에 관한 이야기는 헬무트가 들려줬다.

35 제발트의 방에 대해서는 위르겐 케저가 토마스 호니켈과 한 인터뷰를 참고했다. 위르겐은 이 인터뷰에서 제발트에게 옷과 주변 환경이 얼마나 중요했는지도 언급했다.

36 2002년 1월 15일 로자가 슈멜처에게 한 말이다. 게오르크가 제발트를 염려했다는 점은 슈멜처와 대화하며 알게 된 것이다. 슈멜처는 제발트가 열다섯에서 열일곱 사이, 6학년과 7학년에 재학했을 때 그를 가르쳤으므로 로자와 슈멜처가 회상하는 시기는 이 무렵에 해당된다.

37 마티네에 관한 이야기는 내가 2016년과 2017년에 그와 대화한 내용에 바탕을 두고 있으며, 여기에 우르줄라 리프슈가 제공한 정보도 일부 추가했다. 마티네가 보여준 통찰과 우정에 깊은 감사를 표한다.

38 제발트 '초고와 습작'의 주인공 요제프는 영국으로 떠나기 직전에 고향인 알고이를 찾았고, 책상에서(버전 1, 93쪽) 마티네의 편지(제발트는 마티네의 이름을 변경하지 않았다)를 발견한다. 이 편지들은 제발트의 초등학교 시절 연습장과 함께 사라졌다. 마티네는 그 뒤로 여러 차례 이사를 다니면서도 제발트가 자신에게 준 책이나 음반과 더불어 편지를 간직했고, 여전히 어딘가에 가지고 있다고 했다. 언젠가는 그것들을 찾을 수 있길 바란다.

1   이 문단에 제시된 안드레의 기억과 이어지는 내용은 2017년 6월 3일 내가 안드
     레와 진행한 인터뷰와 2017년 7월 30일 그가 쓴 편지에 바탕을 두고 있다. 안드
     레의 도움에 진심 어린 감사를 표한다.

2   https://en.wikipedia.org/wiki/Dachau_concentration_camp를 참고하라. 한스 아
     저씨에 관한 정보는 게르트루트가 제공했다.

3   로자에 관한 이 설명은 내가 대화를 나눈 모든 사람, 특히 로자의 딸들에게서 들
     은 내용이다. 로자가 뛰어난 이야기꾼이었다는 점은 프란츠 마이어가 토마스 호
     니켈과의 인터뷰에서 들려주었다. "로자가 이야기를 들려주는 방식은 놀라웠어
     요. 몇 시간을 들어도 지루해질 틈을 주지 않았죠. 똑같은 말을 반복하지도 않았
     고요. 그러면서도 곧바로 책으로 출간해도 될 만큼 놀라운 이야기를 들려줬죠.
     구성이 완벽했고, 스릴 넘치는 이야기였어요. [제발트가] 로자에게서 재능을 물
     려받은 게 아닌가 싶어요."

4   2000년 8월 3일 제발트가 마리에게 보낸 편지에서 가져왔다.

5   이 문단과 다음 문단에 제시된 정보는 게르트루트와 베아테가 제공했다(재단사
     에 대해서는 게르트루트에게, 욕조에 대해서는 베아테에게 들었다). 또한 제발
     트는 1962년 가을 게르트루트에게 보낸 편지에 로자가 제발트의 외모에 대해
     끊임없이 왈가왈부한다고 썼다.

6   아마 1961년 크리스마스에 쓰였을 편지, 그리고 1962년 초와 1962년 봄,
     1962년 가을의 편지를 참고했다. (당시에나 나중에나 제발트는 편지에 날짜를
     제대로 틀리게 쓰곤 했다.) 1961년 가을부터 1964년 7월 게르트루트가 결혼하
     던 무렵까지 모두 스물두 통의 편지가 쓰였다. 그 뒤 1970년대와 1980년대에도
     몇 통의 편지가 있지만, 제발트의 결혼생활 등 사생활이 담겨 있었던 까닭에 게
     르트루트는 이를 보여주지 않았다. 이후에도 두 사람은 정기적으로 전화 통화를
     했고, 편지는 예전만큼 쓰지 않았다. "거의 일거수일투족을 감시하는 수준"이었
     다는 이야기에 대해, 제발트는 마리에게 말하길 어머니가 늘 자기를 감시한다고
     말했다(마리와의 대화에서 들은 내용이다).

7   이 문단과 다음 문단에 제시된 정보는 게르트루트와 베아테가 제공했다.

8   1962년 가을 제발트가 쓴 '금요일'이라는 장문의 편지를 참고했다.

9   이는 게르트루트의 생각이다. 수십 년 후 마리도 제발트가 '똑바로comme il faut'
     처신하려 했다고 언급했다(마리와의 대화에서 들은 내용이다).

10   게르트루트는 이 말을 나와의 인터뷰에서뿐만 아니라 토마스 호니켈과의 인터

뷰에서도 했다.

11 이 정보와 이어지는 내용은 1962년 제발트가 게르트루트에게 보낸 편지를 참고
한 것이다. 또한 게르트루트가 보낸 책과 관련된 정보는 「W. G. 제발트: 기억.
이전. 이미지」 213쪽에 실린 게르트루트와 루스 포겔클라인의 인터뷰 「조각 이
불」에서 발췌했다. 제발트가 학교 합창단에 가입했다는 이야기는 『토성의 달들』
45쪽을 참고하라. 제발트가 들은 음악에 대해서는 라이너 갈라스케가 (2015년
10월 26일 나와의 인터뷰에서) 조앤 바에즈, 밥 딜런을 언급했다. 한편 제발트
는 편지에서 브람스, 바흐 등에 대해 쓴 바 있다. 제발트가 암실에서 오랜 시간을
보냈다는 건 『가디언』 2001년 9월 22일 자에 실린 마야 재기와의 인터뷰를 참고
했다.

12 이 내용은 헬무트 붕크, 위르겐 케저, 우르줄라 리프슈의 기억을 엮어낸 것이다.
제발트는 게르트루트에게 보낸 편지에서 그런 밤에 대해 쓰기도 했다. 10대 시
절에 쓰던 속어는 게르트루트에게 보낸 편지를 참고했다.

13 사육제에 대해서는 위르겐 케저의 기억을 참고했다.

14 학교 졸업 앨범을 보면 베르너가 7학년 이후 이 학교를 떠났음을 알 수 있다. 베
르너가 가끔 오버스트도르프 오버레알슐레를 찾았다는 이야기는 우르줄라 리
프슈가 들려줬고, 위르겐 케저가 패거리에서 서서히 멀어졌다는 내용은 위르겐
본인과 우르줄라에게서 들었다. 악셀 륄에 관한 정보는 우르줄라 리프슈, 위르
겐 케저, 헬무트 붕크, 게르트루트가 제공했다. 악셀은 결국 10대 시절에 꿈꾼 위
대한 예술가가 되지 못했고, 그 대신 브레멘 학교의 미술 교사가 되었다. 친구들
이 마지막으로 악셀을 본 건 2006년 발터 칼하머의 장례식장에서였는데, 그는
발터를 추모하며 하염없이 울었다. 그는 그로부터 몇 년 후 암으로 사망했다.

15 제발트와 악셀은 학교를 떠난 뒤로도 한동안 편지를 주고받았다. 편지들은 분실
되었지만 빈프리트는 게르트루트에게 보낸 편지(1963년 12월 3일)에서 '폐하'
와 편지를 주고받은 사실을 언급했다.

16 1963년 12월 3일 자로 (이번에는 웬일로 날짜가 적혀 있는) 게르트루트에게 보
낸 제발트의 편지에서 확인한 내용이다.

17 헬무트 붕크에 대한 내용은 내가 그와의 대화에서 들은 바다.

18 예컨대 제발트가 에버하르트 박사를 도발하고, 『필저의 편지』를 낭독하고, '신이
함께하기를' 장난을 저지른 기억 등이 있다.

19 이 기억은 프리데만 라이히가 2005년 2월 24일 ROP에게 쓴 편지에서 복기했으
며, 프리데만은 친절하게도 편지 사본을 제공해주었다. 한마디 덧붙이자면 프리
데만이 가혹하다고 표현한 적은 없으며 이는 내 해석일 뿐이다.

20 라이너 갈라스케에 관한 정보는 내가 2015년 10월 26일에 진행한 인터뷰에서 얻었다. 원자, 생물학, 화생방 방호학교는 핵, 생물학, 화학NBC 방호학교가 되었다가 현재는 화학, 생물학, 방사능, 핵 방위학교가 되었다. https://en.wikipedia.org/wiki/CBRN_defense를 참고하라. 이 학교는 여전히 존트호펜의 방어, 안전 및 환경 보호CBRN 학교로 있다. http://www.cbrneportal.com/the-german-bundeswehr-cbrn-defense-command-a-traditionally-strong-capability-in-a-new-type-of-organization/를 보라.

21 로자가 1961년 6월 13일 게르트루트에게 쓴 편지에서 말한 내용이다.

22 8~10쪽을 참고하라. 「나쁜 브레히트Der böse Brecht」에 관한 내용은 22쪽, 세 번째 글(베른하르트 비키의 영화 「말라키아 신부의 기적The Miracle of Father Malachia」에 대한 비평)은 23~24쪽을 보라.

23 슈멜처는 "우리는 이 새로운 회의적인 세대와 교류해야 한다"라면서 "단순히 젊은이들을 억압하는 시대는 이제 끝났다"라고 썼다. 1962년 학교 졸업 앨범 38쪽을 참고하라. 이 문단에 제시된 다른 정보들은 위르겐 케저, 게르트루트, 베아테가 제공했다. '파수꾼' 서명이 새겨진 편지는 1961년 6월 13일 자 편지다. 이 편지는 실제로 로자가 썼지만(그래서 날짜가 정확하다!) 나머지 가족들도 같은 편지에 글을 남겼다.

24 정확한 해를 기억하는 사람은 없다. 이어지는 정보는 게르트루트, 베아테, 위르겐이 제공했다.

25 몇 년 후 게르트루트에게 보낸 편지에서 그렇게 썼다('1963년 7월' 편지이지만 정확한 날짜는 알 수 없다).

26 군델라 엔첸스베르거에 관해서는 2016년 2월 20일 내가 진행한 인터뷰에서 정보를 얻었다. 도움을 준 군델라에게 진심으로 감사드린다.

27 https://en.wikipedia.org/wiki/Paragraph_175#:~:text=Almost%20verbatim%20from%20its%20Prussian,prompt%20loss%20of%20civil%20rights를 참고하라. 동성애는 영국에서는 1967년에, 미국의 몇몇 주에서는 1962년부터 2000년대 초반 사이에 비범죄화되었다. https://en.wikipedia.org/wiki/Sexual_Offences_Act_1967#:~:text=The%20Sexual%20Offences%20Act%201967,only%20to%20England%20and%20Wales, https://en.wikipedia.org/wiki/LGBT_history_in_the_United_States도 참고하라.

28 그가 내게 그렇게 말했다. 『기억의 유령』71쪽을 보라.

29 리처드 셰퍼드가 작성한 연표(『토성의 달들』622쪽)와 우베 쉬테의 글(『삶과 작품 소개』21쪽) 모두 이 날짜를 명시하고 있다.

30 제발트는 늘 자신이 1962년에 본 영화가 베르겐-벨젠에 관한 영화라고 생각했다. 그러나 실제로는 전후 독일 전역에서 정기적으로 상영된 빌리 와일더의 「죽음의 방앗간Death Mills」이었을 것임이 거의 확실시된다. 사실 「죽음의 방앗간」은 단지 벨젠에 관한 영화라기보다 죽음의 수용소에 관한 영화다. 「죽음의 방앗간」은 1945년에 상영이 연기되어 2014년까지 개봉되지 못한 영국 다큐멘터리 영화 「독일 강제수용소 실태 조사German Concentration Camps Factual Survey」의 요약판이었다. 그러나 벨젠이 원작 다큐멘터리 제작자가 본 수용소이자 영화의 시작에 놓인 수용소였다는 점에서, 제발트 자신이 본 영화가 벨젠에 관한 것이라는 기억은 공교롭게도 제발트다운 진실, 우연의 일치에 따른 진실이었다. (https://en.wikipedia.org/wiki/Death_Mills, https://en.wikipedia.org/wiki/German_Concentration_Camps_Factual_Survey를 참고하라.) 이어지는 요약은 『기억의 유령』 64쪽에 실린 나와의 인터뷰, 『기억의 유령』 105쪽에 실린 쿠오모와의 인터뷰, 『가디언』 2001년 9월 22일과 12월 21일 자에 실린 마야 재기와의 두 번의 인터뷰, 각각 『살얼음판 위에서』 82쪽, 178쪽, 226~227쪽, 252~253쪽에 실린 뢰플러, 하게, 스토이서, 프라렐과의 인터뷰에서 발췌했다.

31 2001년 4월 도리스 스토이서에게 한 말이다(『살얼음판 위에서』 227쪽 참고).

32 우베 쉬테 『삶과 작품 소개』 20쪽, 필리파 코머 『아리아드네의 실: W. G. 제발트를 기억하며Ariadne's Thread: In Memory of W.G. Sebald』(Propolis, 2014) 178쪽을 참고하라. 두 책 모두 당시 제발트가 열일곱이라고 밝히는데, 어쩌면 제발트 본인에게서 들은 정보일 수도 있다. 다음 단락에 명시된 우베의 말은 『삶과 작품 소개』 20쪽에서 확인할 수 있다.

33 제발트와 베아테의 교회(혹은 교회와 무관한) 협정에 관한 이야기는 베아테에게 들었다. 제발트가 퀴스터스 부인과 일요일 아침마다 나눈 대화에 관해서는 우르줄라 리프슈가 들려줬고, 2015년 8월 7일 내가 우르줄라의 형제 나우케 (한스 알프레트) 퀴스터스를 인터뷰하면서도 알게 됐다.

34 저널리스트 마르코 폴트로니에리와의 인터뷰에서 한 말이다. 1993년 6월 17일 『보헨포스트Wochenpost』 28~29쪽 「독일인은 어떻게 그걸 해내는 겁니까Wie kriegen die Deutschen das auf die Reihe?」, 『살얼음판 위에서』 87~95쪽을 보라. 2014년경 http://www.wgsebald.de를 봤을 때는 이와 관련된 분석이 제시되어 있었지만, 이후에는 삭제됐다. 우베는 『삶과 작품 소개』 「삶」 20쪽에 이를 수록했다.

35 이 문단에 제시된 정보는 베아테와 게르트루트가 제공했다.

36 플로리안 횔러러가 편집한 『흩어진 회상: 슈투트가르트 하우스 개관에 대한 생각Zerstreute Reminiszenzen: Gedanken zur Eröffnung eines Stuttgarter Hauses』(2008)

31쪽 참고. 이는 제발트가 2001년 6월 17일 슈투트가르트의 새로운 문학관 개관식에서 한 연설을 책자 형태로 출간한 것으로, 『캄포 산토』의 「재건 시도」 206~215쪽에 전재되었다. 또한 『토성의 달들』 622쪽도 참고하라. 『토성의 달들』에서 리처드 셰퍼드는 이 상이 신문 자체에 주어진 상이라고 말하지만 『흩어진 회상』 31쪽 주석을 보면 특정 호에 주어진 상이라는 사실이 명백하다(안타깝게도 3호가 아닌 4호로 명시하고 있으나 이는 오해다. 책에서 설명하고 있는 내용은 3호에 수록되어 있다).

37 나는 게르트루트가 당황스러워할지도 모른다는 생각에 다소 주저하며 "당신만큼이나 제발트에 관한 이야기이기도 하죠?"라고 물었다. 하지만 게르트루트는 처음부터 이 문제를 이해하고 있었고, 나만큼이나 이 비밀스러운 충위가 겉보기에는 단순한 시를 한층 더 풍성하게 만든다고 생각했다.

38 시험에 관한 이어지는 내용도 게르트루트에게 쓴 편지에서 확인할 수 있었다. 『토성의 달들』 42쪽과 95쪽에 실린 리처드 셰퍼드의 글을 참고하라. 게르트루트는 제발트가 독일 『아비투어』에 투고한 에세이가 릴케의 경이로운 시 「가을날 Herbsttag」에 대한 글이었다고 기억한다. 이 시는 제발트가 직접 골랐을 수도 있다. 시와 관련된 정보는 「함께 볼 웹페이지 안내」를 참고하라.

39 일제가 작성한 글 원본은 이렇다. "Der Sebe, unser Worteklauber, / ist so als Mannsbild so ganz sauber. / Das Kriteln ist ihm angeboren, / an ihm ging ein Charmeur verloren[제베, 우리의 언어 술사 / 꽤 괜찮은 녀석이지. / 트집 잡기를 타고났는데, / 매력은 온데간데없네]."

40 헬무트 붕크가 제공한 정보다.

41 1963년 7월 31일 게르트루트의 스물두 번째 생일 무렵의 편지.

42 게르트루트가 제발트와의 대화에서 들은 말이다.

43 https://en.wikipedia.org/wiki/Conscription_in_Germany를 참고하라.

44 게르트루트와 베아테가 제공한 정보다. 제발트가 마리에게 숨을 참은 일에 대해 말했기 때문에 이해를 돕고자 부연했다. 제발트의 병역 면제 기록을 직접 보고 싶은 마음에 존트호펜의 전 수석기록관인 프리츠 케테블레에게 열람을 요청했으나 거절당했다.

45 이 놀라운 사실은 감사하게도 프리츠 케테블레를 통해 알 수 있었다.

46 게르트루트와 베아테, 그리고 2016년 7월 10일과 14일 수잰 지글러와의 이메일에서 얻은 정보다.

47 우르줄라 리프슈, 위르겐 케저, 베르너 브라운뮐러에게서 얻은 정보다.

48 제발트의 학교 친구들이 내가 묻기도 전에 입을 모아 대수롭지 않다는 듯이 그

렇게 말했다. 제발트는 1962년 가을, 학교에서 보내는 마지막 해 초에 게르트루트에게 편지를 쓰며 자기가 뭘 공부하고 싶은지 아직 모르겠다고 말했다. 게르트루트는 제발트가 양친이 허락한다면 가능한 한 집에서 멀리 떠나고 싶어했다고 말해주었다.

49 '초고와 습작' 버전 1, 93쪽을 보라.

50 게르트루트, 베아테, 우르줄라, 안드레가 제공한 정보다. 프란츠 마이어도 토마스 호니켈에게 제발트가 "여자아이들에게 선망과 사랑의 대상이었다"라고 말했다.

51 여전히 무척 순진했던 안드레가 간직한 기억이다. 당시 공개 연애가 흔치 않았다는 건 프리데만 라이히가 2005년 2월 24일 ROP에게 보낸 편지에서 알 수 있는데, 프리데만은 친절하게도 내게 편지 사본을 공유해주었다. 그는 6학년 이후 (아버지의 건축 회사에서 일하고 건축가가 되기 위한 훈련을 받기 위해) 학교를 떠났으나 오버레알슐레 친구들과 계속 어울렸다. 제발트의 첫 번째 여자친구에 대해서도 프리데만이 기억을 떠올려줬다. 도움을 준 프리데만에게 진심으로 감사드린다.

52 1961년 크리스마스 무렵 제발트가 게르트루트에게 보낸 편지다. 제발트는 1962년 날짜 미상의 편지에서 이 사랑의 끝을 이야기한다.

53 자비네 리터에 대해서는 내가 위르겐 케저와 나눈 대화와 위르겐이 토마스 호니켈과 한 인터뷰에서 알게 됐다.

54 이어지는 정보는 게르트루트, 베아테, 우르줄 리프슈, 그리고 위르겐 케저가 나와 토마스 호니켈에게 해준 말을 바탕으로 한다. 제발트가 미용실 창문 너머로 여자친구를 처음 본 뒤 용기 내 미용실로 들어가기 전까지 한참을 응시했던 일을 기억하는 사람은 베아테였다.

55 제발트가 프라이부르크에서 쓴 에세이 중 하나는 희극 「레옹스와 레나」(『토성의 달들』 96쪽 주14 참고)에 관한 것이었다. 그리고 그는 맨체스터에서 「레옹스와 레나」를 연출했다(13장 449~451쪽을 보라).

9장 「파울 베라이터」

1 예컨대, 공적으로는 『기억의 유령』 38쪽에서 확인할 수 있듯 엘리너 웍텔에게, 사적으로는 1995년 6월 25일에 작성한 편지(독일문학아카이브에 보관 중)에서 그의 책을 프랑스어로 처음 번역한 미셸 보드리에게 말했다.

2 몇 가지 이유로(어쩌면 그냥 실수로) 『이민자들』에는 그의 일흔세 번째가 아닌

"일흔네 번째 생일 일주일 전"(27)이라고 적혀 있다. 제발트는 「파울 베라이터」에서 아르민 뮐러의 부고 기사 「사랑하는 동료 시민을 잃은 슬픔Trauer um einen beliebten Mitbürger」만 언급하는데, 이때 기사 제목을 「사랑하는 선생님을 잃은 슬픔」으로 바꿔 쓴다. 기록보관소 자료 중 제발트가 1980년 12월 22일 뮐러의 칠순 생일을 축하하며 『알고이 안차이게블라트』에 기고한 헌사 「창의적인 선생님Ein Ideenreicher Pädagoge」을 보면 그의 나이를 정확히 알 수 있다. (제발트는 이 글에서 "그분의 놀라운 창의성"이라는 표현도 가져왔다.) 아르민 뮐러와 파울 베라이터의 삶의 궤적이 일치한다는 사실은 아르민의 조카 우르줄라 라프와 그의 동료 아돌프 리프가 각각 2016년 2월 29일과 2015년 10월 15일에 나와 한 인터뷰와 후속 이메일(2016년 4월 4일과 2015년 6월 4일)을 통해 확인해주었다. 아돌프 리프는 뮐러가 활동한 시기에는 바이에른주의 모든 교사가 라우잉겐에서 연수를 받았다고 덧붙였다. 우르줄라 라프와 아돌프 리프에게 진심으로 감사드린다. 아르민 뮐러와 관련된 서류들에서 핵심 사건들도 확인할 수 있다. 예컨대, 첫 번째 혼인증명서를 보면 1935년에 아르민이 브장송에 있었음을 확인할 수 있으며, 제발트가 누락한 정보이지만 1934년에는 파리에 있었고, 그가 (『이민자들』 55쪽에서) 말한 것과 달리 1939년이 아니라 1937년 10월에 베를린에 있었음을 알 수 있다. 나를 위해 이 서류들을 찾아준 프리츠 케테를레에게 진심 어린 감사를 전한다. 제발트는 문학적 경제성을 감안해 이 두 가지 정보를 생략한다. 그러다 마지막에는 좀더 실질적인 이유로—곧 살펴보겠지만 뮐러의 두 번째—결혼 이야기 자체를 생략한다.

3 울리히 폰 빌로, 하이케 그프레라이스, 엘렌 슈트리트마터가 편집한 『방황하는 그림자, W. G. 제발트의 지하세계Wandernde Schatten, W. G. Sebalds Unterwelt』(2008), 제발트 아카이브의 2008 현대미술관 전시(『마르바허 카탈로그Marbacher Kataloge』 62호, 2008)를 참고하라.

4 아돌프 리프가 제공한 정보다. 치즈에 대한 뮐러의 관심은 6장 193쪽을 보라. 뮐러는 알고이에 에멘탈 치즈를 가져온 요한 알트하우스와 그 후손들의 역사에 대해 썼다. 이 글은 그의 후손 중 한 명인 페터 샤이흐가 지금도 소장하고 있다.

5 『이민자들』 57쪽.

6 『이민자들』 50~51쪽.

7 뉘른베르크법의 인종 구분은 https://de.wikipedia.org/wiki/N%C3%BCrnberger_Gesetze를 참고하라.

8 『이민자들』 48쪽. 1933년부터 확대된 반유대주의 법률에 관한 내용은 https://en.wikipedia.org/wiki/Aryan_certificate, https://en.wikipedia.org/wiki/Ahnenpass,

그리고 무수히 많은 웹사이트를 참고했다.

뮐러는 첫 번째 자격시험만 치렀고 두 번째와 마지막 시험을 치르기 전에 제명되었으므로 아직 경력을 시작하지 않은 학생 겸 교사였다(이 정보는 아돌프 리프와 뮐러가 제명당하기 전에 첫 번째 시험만 통과했고 두 번째 시험은 1947년에 치렀음을 명시한 칠순 생일 축하 기사에 바탕을 두고 있다). 『알고이 안차이게블라트』 1980년 12월 22일 자에 실린 칠순 생일 축하 기사에 따르면 뮐러는 교단에서 제명당한 후 바로 아버지의 치즈 가게에서 일했다. 『알고이 안차이게블라트』는 아마 이 사실을 뮐러 본인으로부터 입수했을 것이다. 1934년에는 파리, 1935년에는 브장송에 있었다는 기록은 앞서 말했듯 뮐러의 첫 번째 혼인증명서에 남아 있다.

9   전쟁 당시 뮐러의 가족과 관련된 정보와 및 마그누스와 바베테 뮐러의 삶과 죽음에 관한 내용은 우르줄라 라프가 제공했다. 또한 우르줄라 라프가 친절하게도 내게 제공한 「내 아버지 마그누스 뮐러(1881~1978)의 이력서Zeittafel für meinen Vater Magnus Müller(1881-1978)」에서 아르민은 에멘탈 치즈 판매 허가가 철회된 사실을 언급했다.

10   https://de.wikipedia.org/wiki/Blutpalmsonntag를 보라. 여기서 제시하는 두 희생자의 이름은 제발트가 제시한 판본과 거의 비슷하다. 총 35명의 유대인이 공격과 구타를 당했으며, 독일 인구의 5분의 1이 이에 관여했다. 제발트의 동시대인인 토마스 메디쿠스는 군첸하우젠 출신으로 『이민자들』에 실린 「파울 베라이터」를 읽고 나서야 자기 고향이 제3제국에서 어떤 역할을 했는지 알게 되었다고 한다. 그의 『하이마트: 탐색Heimet: Ein Suche』(2014)도 참고하라.

11   『이민자들』 53쪽.

12   제발트가 테클라라는 인물을 지어냈다는 단서가 하나 있다. 바로 테클라가 "한동안 무대에 섰다"라는 사실이다. 이는 아우스터리츠의 어머니 아가타의 이야기이기도 한데, 배우 출신 어머니에 대한 인상이 1980년대부터 막스의 머릿속에 자리 잡고 있었던 듯하다.

13   『이민자들』 50쪽, 이 인용문과 다음 인용문 모두 같은 쪽에서 발췌했다.

14   케이 볼프강이 『(섬뜩하면서도) 익숙한 알고이』 미국판 171~172쪽에서 지적하는 내용이다. 이어지는 지적은 위르겐 케저, 페터 샤이흐, 게르트루트, 우르줄라 래프, 케이 볼프강이 제시한 것이다.

15   『이민자들』 36쪽. I-마이어 선생, Y-마이어 선생과 관련해 (2016년 6월 6일 나와 대화를 나눈) 케이 볼프강에 따르면 실제로 두 명의 종교 교사가 있었으나, 이 터무니없는 이름은 제발트의 창작이라고 한다. 케이 볼프강은 호텔과 관련된

사실을 지적해주기도 했다(『(섬뜩하면서도) 익숙한 알고이』 미국판 172쪽). 파울이 물뿌리개로 장난을 쳤던 것과 관련해 페터 샤이흐는 뮐러도 그랬다고 기억을 떠올렸지만, 내가 대화를 나눈 사람 중 그 누구도, 또한 케이가 인터뷰한 뮐러의 과거 제자 중 단 한 사람도 그 일을 기억하지 못했다. 이 정보를 알려주고 나와 대화하며 더할 나위 없는 도움을 준 케이에게 진심으로 감사드린다.

16　1984년도 존트호펜 사망 기록 제3권에 1984년 1월 2일로 표기된 그의 사망증서가 있다.

17　『이민자들』 42쪽, 44쪽에서 발췌했다.

18　『기억의 유령』 70쪽에 실린 내 인터뷰를 참고할 것.

19　『기억의 유령』 72~73쪽에 실린 내 인터뷰와 『브릭』 59호 29쪽에 실린 우드의 인터뷰를 참고하라. 이 시기에 대한 설명은 레이 몽크의 『루트비히 비트겐슈타인 *Ludwig Wittgenstein*』 9장 「전적으로 농촌 문제An Entirely Rural Affair」를 보라. 제발트는 비트겐슈타인이 시골 학교 교사로서 보낸 삶에 대해 이 결정적인 전기(1990년에 출간되었으므로 어쨌든 시기상 너무 늦기는 했다)가 아니라 1985년에 출간된 비트겐슈타인의 교사 시절을 다룬 콘라트 뷘셰Konrad Wünsche의 독일어 책 『초등학교 교사 루트비히 비트겐슈타인*Der Volksschullehrer Ludwig Wittgenstein*』을 보고 세부 사항을 가져왔다. 이는 독일문학아카이브에 있는 제발트 도서관에 소장되어 있으며, 제발트가 「파울 베라이터」를 쓸 때 차용한 모든 부분을 확인할 수 있는 자료다.

20　이에 더해 81쪽 헤벨의 이야기, 116쪽 "마치 깊은 곳에서 들려오는 듯한" 기묘한 목소리, 190쪽 소년과 모자 이야기, 그리고 114쪽에서 그의 연주를 듣고 눈물을 흘리게 되는 소년도 있다. 제발트는 우드(『브릭』 59호 29쪽)에게 말했듯 비트겐슈타인의 성격에 매료되었고, 이 사실은 「막스 페르버」(『이민자들』 166쪽)와 『아우스터리츠』(3쪽 하단에 나오는 한 쌍의 눈이 비트겐슈타인의 눈이다) 도입부에서도 재차 드러난다. 1986년 무렵 제발트는 비트겐슈타인을 다룬 전기 영화 대본도 썼다(『토성의 달들』 332쪽, 17장 주74를 참고). 전적으로 이미지로만 구성된 이 대본의 제목은 「W의 생애: 미제작 영화의 장면 배열을 위한 스케치Leben Ws, Skizze einer möglichen Szenenreihe für einen nichtrealisierten Film」로, 『프랑크푸르터 룬트샤우*Frankfruter Rundschau*』 1989년 4월 22일 자 문예란 ZB 3면에 게재되었고, 『토성의 달들』 324~333쪽에 전재되었다. 독일문학아카이브에 있는 제발트 아카이브에는 미하엘 네도와 미켈레 란체티가 편집해 1983년에 출간된 『루트비히 비트겐슈타인: 사진과 텍스트로 본 그의 삶*Ludwig Wittgenstein: Sein Leben in Bildern und Texten*』에서 복사한 비트겐슈타인의 사진 열두 장과 함

께 원고 원본이 보관되어 있다. 콘라트 뷘셰의 『초등학교 교사 루트비히 비트겐
슈타인』이 1985년에 출간되었음을 고려하면, 1980년대 중반—즉 제발트가 아
르민 뮐러의 사망 소식을 접하고 옛 스승에 대해 생각하기 시작한 시점에 비트
겐슈타인을 향한 관심이 고조되었음을 알 수 있다. 확실히 제발트는 아르민과
비트겐슈타인이 유사하다고 생각했고—나와의 인터뷰에서 제발트는 "제 선생
님을 보면 비트겐슈타인이 떠올랐어요"라면서, "그분도 비트겐슈타인과 똑같이
도덕적인 급진주의자였죠"라고 말했다(『기억의 유령』 73쪽)—이러한 유사성을
바탕으로 뮐러에 대한 기억에 비트겐슈타인의 극적이고 극단적인 특성을 덧대
어 파울 베라이터를 탄생시켰다. 그러므로 비트겐슈타인은 파울을 구성하는 데
있어서 그의 자살에만 영향을 미친 장 아메리보다 훨씬 더 중요한 의미를 갖는
다. 한편 비트겐슈타인도 자주 자살을 생각했으나, 62세에 암으로 사망했다.

21 『이민자들』 43~44쪽을 보라. 이는 비트겐슈타인이 직접 한 말이다. 뷘셰와 몽크
모두 책 /곳곳에서/ 비트겐슈타인이 아이들에게 폭력적인 행동을 보인 일화들
을 설명한다. 비트겐슈타인은 이런 행동으로 인해 몇몇 학부모와 문제를 겪었는
데, 특히 하이드바우어라는 소년에게 강도 높은 체벌을 하는 바람에 아이가 쓰
러진 악명 높은 사건도 있었다(몽크의 『루트비히 비트겐슈타인』 232~233쪽 참
고). 비트겐슈타인이 클라리넷을 연주하고 휘파람을 분 것과 관련해서는 뷘셰의
『초등학교 교사 루트비히 비트겐슈타인』 「클라리넷, 휘파람, 노래Die Klarinette,
das Pfeifen und Singen」 111~114쪽과 몽크의 『루트비히 비트겐슈타인』 213쪽
(클라리넷), 『이민자들』 40쪽을 참고하라.

22 『이민자들』 40쪽을 보라. 뮐러가 클라리넷을 연주했는지 기억하는 사람은 아무
도 없다. 두 사람—게르트루트와 프리츠 케테를레—은 클라리넷 연주를 "들은
일이 기억날 듯 말 듯하다"라고, 들었더라도 직접 연주를 들은 게 아니라 이야기
만 전해들었을 수 있다고 인정했다. 뮐러의 가족—우르줄라 라프와 발터 뮐러
—이 제시한 증거가 결정적인 듯하다. 제발트는 1996년 나와 한 인터뷰에서 파
울이 휘파람을 부는 행위는 비트겐슈타인을 참고한 것이라고 말했다(『기억의
유령』 73쪽).

23 『이민자들』 49쪽.

24 『이민자들』 54쪽.

25 케이 볼프강의 『(섬뜩하면서도) 익숙한 알고이』 미국판, 『제발트에 관하여』
171쪽을 참고하라.

26 뮐러는 두 번의 결혼을 가계도에 날짜와 함께 기록해두었다. 그가 바람둥이였고
두 결혼 사이에 불륜을 (어쩌면 수차례) 저질렀다는 정보는 우르줄라 라프가 제

공했다. 라프는 내가 뮐러의 이름을 바꿔 쓰거나 어떻게든 이 정보를 숨기기를
바랐을 수도 있다. 그렇게 하지 못한 것에 대해 사과한다. 하지만 논픽션에서 이
는 불가피한 일이며, 미혼일 때 누군가와 관계를 가졌다는 이유로 아르민 뮐러를
안 좋게 생각할 사람은 없으리라 생각한다. 뮐러의 프랑스 수업을 들었던 게르트
루트도 그를 좋은 선생님일 뿐만 아니라 매력적인 사람이라고 기억한다. 수업이
끝나고 교실을 나설 때마다 게르트루트와 뮐러는 악수를 나눴고, 게르트루트는
장폴을 만나기 전까지는 그렇게 따뜻한 손길을 느낀 적이 없었다고 말한다.

27 『이민자들』42쪽. 이어지는 뮐러에 대한 설명은 그의 조카 우르줄라 라프, 그의
동료 교사 리프와 바그너(바그너가 토마스 호니켈에게 전한 이야기를 참고했
다), 프리츠 케테를레, 그리고 케이 볼프강이 연구한 결과(『(섬뜩하면서도) 익
숙한 알고이』 미국판, 『제발트에 관하여』 174쪽)에 바탕을 두고 있다. 뮐러가
1935년 프랑스에서 보낸 시절에 대해 말한 적이 없다는 것은 리프와 페터 샤이
흐에게 들었다. 프랑스와 관련된 이야기는 뮐러 본인이 제공한 정보를 바탕으로
했을 것이 분명한 『알고이 안차이게블라트』 생일 축하 기사(1980년 12월 22일)
에도 누락되어 있다.

28 이 문단에 제시된 정보는 내가 뮐러의 동료 아돌프 리프와 2015년 10월 15일에
한 인터뷰에 바탕을 두고 있다.

29 『이민자들』44쪽. 이 문단과 다음 두 문단에 제시된 정보는 우르줄라 라프(가족
을 대표해)와 아돌프 리프가 제공했다. 케이 볼프강은 아돌프 리프와의 인터뷰
에서 뮐러의 첫 번째 자살 시도도 이야기했다(『(섬뜩하면서도) 익숙한 알고이』
미국판, 『제발트에 관하여』 170쪽).

30 이 정보를 제공한 페터 샤이흐의 아버지는 뮐러의 아버지와 친구 사이였다. 뮐
러의 칠순 생일을 기념하는 『알고이 안차이게블라트』 기사도 뮐러의 삶을 조명
하기에 앞서 그의 삶에 드리웠던 어두운 측면들을 다루며, 전쟁 전에 교수직을
제명당한 일과 전쟁 후에 탈나치화를 겪으며 '어려움'에 처했음을 언급한다.

31 우르줄라 라프는 삼촌이 자살한 이유를 모른다고 조심스레 답변했지만, 우리가
나눈 대화를 고려하면 가족들은 분명 뮐러가 실명에 대한 두려움 때문에 자살했
다고 생각했다. 뮐러의 아내 엘프리데 뮐러도 같은 이유를 자살 사유로 꼽으며,
1984년 2월 22일 에디트 하겐클레버(작가이자 남편 발터 하겐클레버를 떠나 보
낸 아내)에게 보낸 편지(독일문학아카이브에 소장)에서 자살에 영향을 미쳤을
만한 책과 뮌 현상도 언급한다.

32 『이민자들』61쪽.

33 이어지는 정보는 독일문학아카이브에 소장된 '이민자들' 파일 중 5번 자료에

서 발췌한 것으로, 여기에는 뮐러의 노트 두 권이 포함되어 있다. 또한 뮐러가 1979년 2월 10일 에디트 하젠클레버에게 쓴 편지도 참고했는데, 이 편지(독일문학아카이브에 소장)는 뮐러가 독일문학아카이브에서 연구한 날짜를 확인할 수 있게 해준다. 제발트는 『이민자들』 58쪽에서 뮐러처럼 자살로 생을 마감한 발터 벤야민과 자살하지 않은 비트겐슈타인 등 몇몇 작가를 그가 읽은 책의 작가 목록에 추가한다.

34   이 정보도 페터 샤이흐가 제공했다. 뮐러가 어떤 대가를 치르더라도 자녀는 원치 않았다는 정보는 우르줄라 라프가 제공했다.

35   『이민자들』 45쪽. 다음 문단에 언급된 「헨리 셀윈 박사」와 「막스 페르버」의 결정적 순간은 『이민자들』 23쪽, 173~174쪽에서 확인할 수 있다.

36   『기억의 유령』 46쪽에서 엘리너 웍텔에게 한 말이다.

37   『기억의 유령』 74쪽.

38   루 모저에 대한 정보와 사진 모두 페터 샤이흐가 제공했다. 이 밖에도 그가 준 모든 도움에 진심 어린 감사를 표한다.

39   『이민자들』 63쪽.

40   『이민자들』 61쪽. 영역본에서는 기차의 종착역이 곧 죽음이라던 파울의 생각에서 "항상"이라는 말을 삭제하고 "그럴지도 모른다perhaps"를 "그랬던 것 같다probably"로 대체했으나 두 단어 모두 독일어 원문에는 남아 있다. "Wahrscheinlich schien es ihm immer, als führe sie in den Tod[그는 항상 〔기차의〕 종착역이 죽음이라고 생각했던 것 같아요]."

41   『기억의 유령』 53~54쪽, 엘리너 웍텔과의 인터뷰에서 발췌했다.

42   「파울 베라이터」 61쪽. 독일어 원본에서 루시 란다우는 "철도는 파울에게 더 깊은 의미를 지녔다"라고 말한다. 영역본에서는 이 문장이 좀더 암시적으로 표현되어 있다. "철도는 언제나 그에게 커다란 의미가 있었다." 이런 변화들 때문에, 영역본 결말에서는 파울의 철도에 대한 집착이 홀로코스트와 맺는 관련성이 원문에 비해 덜 분명하게 드러난다. 아마 제발트가 처음 이야기를 쓰고 8년쯤 지난 시점이라, 이 관계의 의미를 한층 더 미묘하게 만들고자 했던 걸로 보인다.

43   『이민자들』 49~50쪽.

10장 프라이부르크, 1963-1965

1   마르첼 아체가 마르바흐의 독일 실러학회Deutsche Schillergesellschaft에서 발

간하는 『슈푸렌*Spuren*』 시리즈 제102권으로 출간한 「프라이부르크의 제발트 Sebald in Freiburg」(2014) 3쪽과 리처드 셰퍼드가 작성한 『토성의 달들』 2장 「슈 테른하임 시절」 45쪽을 참고하라. 리처드 셰퍼드는 두 가지 전공만 언급했지만 제발트의 동료 학생인 베른트 오스텐도르프와 구트룬 드뤼크는 당시 바덴-뷔르 템부르크대학에서는 세 번째 부전공 과목도 필수였다고 내게 말했다. 제발트가 게르트루트에게 보낸 편지를 보면 분명 그의 세 번째 전공은 철학이었다.

2   제발트가 1963년 10월 28일 게르트루트에게 보낸 편지에서 방 상태가 자기가 기억한 것만큼 나쁘지는 않다고 쓴 걸 보면, 편지를 쓰기 전에 방을 구했을 것이 다. 콘라트슈트라세 주소는 날짜 미상인 1964년 1월 초 편지에서 확인했다. 당시 프라이부르크 주택에 관한 정보는 『프라이부르크 학생 신문*Freiburger Studentenzeitung*』 1963년 5월호 21면, 1964년 12월호 4면, 1965년 1월호 3면 을 참고했다. 학생들이 한 농담은 1965년 2월호 18면에서 확인할 수 있다. 또한 2016년 4월 29일 내가 토마스 뷔토브와 한 인터뷰도 참고했다. 전후에 재창간되 고 나서 1951년부터 1972년까지의 『프라이부르크 학생 신문』은 사회운동 기록 보관소Archiv Soziale Bewegungen가 2012년 알베르트루트비히대학과 함께 제작 한 CD로 열람할 수 있다.

3   1963년 10월 28일과 1963년 6월 23일 편지. 첫 번째 연극은 아래에서 설명하는 「인 더 존In The Zone」이었고, 두 번째 연극은 아메리카하우스Amerikahaus에 서 한 미국인 학생과 함께한 밀러의 「세일즈맨의 죽음」 낭독이었다(1963년 6월 23일 자 편지).

4   1963년 6월 23일과 12월 3일 편지.

5   1963년 6월 23일 편지. 한 무리의 '허풍선이'에 대한 내용도 이 편지에 담겨 있다.

6   '중고급 독일어 입문'은 필수 과목이었다. 『토성의 달들』 51쪽을 참고하라.

7   이 정보는 미하엘 주칼레(토마스 뷔토브 전에 근무한 『프라이부르크 학생 신문』 편집자)와의 2018년 3월 30일 이메일, 『프라이부르크 학생 신문』 CD에서 확인 할 수 있는 한스 마르틴 슈미트(1958년부터 1961년까지 프라이부르크에 있었 다)의 '나의 프라이부르크 시절Meine Freiburger Jahre', 그리고 『토성의 달들』 55쪽에 인용된 한스 페터 헤르만의 『혁신과 현대화: 1965년부터 1980년까지의 독일학*Innovation and Modernization: German Studies from 1965 to 1980*』(2005) 71쪽에서 얻었다.

8   슈바니츠가 제발트의 교사가 된 것과 관련해서는 『토성의 달들』 45쪽과 51쪽을 보라. 이 장에 제시된 디트리히 슈바니츠에 관한 정보는 내가 에타 슈바니츠와 나눈 대화(2015년 8월 5일, 10월 31일, 12월 2일)와 당시 그와 연극을 함께한 친

구였던 피트 비히만과 롤프 시리악스(2016년 3월 7일)와 나눈 대화에 바탕을 두고 있다.

9   리처드 셰퍼드는 『토성의 달들』 51쪽에 제발트가 「인 더 존」에 참여했다는 글을, 53쪽에는 사진을 기록해두었다. 내 설명(332쪽 참고)은 『프라이부르크 학생 신문』 1964년 2월호 2면에 실린 슈바니츠의 글과 피트 비히만, 롤프 시리악스, 그리고 또 다른 연극 친구인 베른트 오스텐도르프와의 대화에 바탕을 두고 있다. 모두 '파올로'가 골도니의 연극에서 비롯되었다는 점은 기억했지만, 이 이름이 골도니의 가장 유명한 연극 「한꺼번에 두 주인을The Servant of Two Masters」에서 따온 것일 거라고 생각했다. 그러나 「한꺼번에 두 주인을」에는 파올로라는 인물이 등장하지 않는바, 이는 비교적 덜 알려진 「여름날의 어리석은 짓Summer Follies」에서 따온 것임이 분명하다. https://teatrouv2014.wordpress.com/le-smanie-per-la-villeggiatura/ 참조.

10   『토성의 달들』 46쪽을 참고하라. 제발트가 막시밀리안슈트라세 슈투덴텐하임에서 만난 친구들은 코키에게 방을 구해준 사람이 파올로라고 기억하고 있다. (에타는 기숙사 명칭이 '막시밀리안하임'으로 축약되기는 했어도, 결코 『토성의 달들』에 언급된 것처럼 '막스-하임'으로 축약된 적은 없었다고 말한다.)

11   마르첼 아체도 『프라이부르크의 제발트』 7쪽에서 같은 의견을 제시하며, 리처드 셰퍼드 또한 『토성의 달들』 98쪽 주29에서 그렇게 말한다.

12   『프라이부르크 학생 신문』 CD에서 슈미트의 말을 참고하라. 막시밀리안슈트라세 슈투덴텐하임의 기원에 대해 이어지는 설명은 베른트 오스텐도르프로부터, 하임 운영에 관한 내용은 토마스 뷔토브로부터 들은 것이다. 또한 『프라이부르크 학생 신문』 1966년 5월호 7쪽에 뷔토브가 막시밀리안슈트라세 슈투덴텐하임 폐쇄에 대해 레안더 피어하일리히라는 인상적인 필명으로 게재한 「막시밀리안슈트라세 학생 호스텔이 문을 닫다Das Studentenheim Maximilianstrasse ist aufgelöst」 기사도 참고했다. 하임에 거주한 여학생들과 관련해 슈미트의 기록을 보면 코키가 거주하기 직전에 어느 레바논 입주자의 여자친구가 있었으며, 코키가 거주한 시기에는 앞으로 살펴보게 될 파올로의 약혼자 에타가 정원이 딸린 집에서 파올로와 동거했다. 부엌 싱크대 이야기는 토마스 뷔토브에게 들었다. 슈미트는 그보다 몇 년 앞서 자기가 머물렀던 시기에도 상태가 똑같았다고 회상한다.

13   위에 언급한 레안더 피어하일리히의 기사를 참고하라. 하임은 문화부의 예산 삭감으로 적어도 공식적으로는 문을 닫았다. 이후에는 대학의 민속학 연구소로 바뀌었다(아체의 『프라이부르크의 제발트』 1쪽).

14 이어지는 정보는 토마스 뷔토브가 제공했다. 차기 지도자를 찾는 일은 슈투덴텐하임 규약 중 하나였으며, 가령 크리스티안과 한스 마그누스 엔첸스베르거 모두 초기 거주자였다. 제발트가 막스밀리안하임으로 이사한 날짜는 아체의 『프라이부르크의 제발트』 3쪽을 참고하라. 당시 프라이부르크대학의 학기는 지금과 마찬가지로 10월부터 2월까지 이어지는 겨울 학기와 4월부터 7월까지 이어지는 여름 학기로 나뉘어 있었다.

15 여기에서부터 이 문단 마지막까지는 내가 전 입주자인 뷔토브, 오스텐도르프, 비히만, 시리악스, 에타 슈바니츠, 그리고 제발트의 학교 친구이자 1965년에 하임을 몇 차례 방문한 지그리드 베커노이마이어(2017년 8월 8일에 인터뷰 진행)와 나눈 대화를 통해 얻은 정보다. 또한 레안더 피어하일리히의 기사 「막시밀리안슈트라세 학생 호스텔이 문을 닫다」, 『프라이부르크 학생 신문』 CD에 담긴 슈미트의 말도 참고했다. 리처드 셰퍼드는 『토성의 달들』 47~48쪽에서 「막시밀리안슈트라세 학생 호스텔이 문을 닫다」를 인용한다(그러나 '레안더 피어하일리히'가 슈바니츠일 것이라고 잘못 추정한다).

16 롤프 시리악스와 알브레히트 라셰였다(롤프 시리악스가 제공한 정보다).

17 주칼레가 2018년 3월 30일 내게 보낸 이메일에서 가져왔다. 베른트 오스텐도르프의 말은 2016년 3월 4일 나와 진행한 인터뷰에서 참고했다.

18 롤프 시리악스가 친절하게도 사본을 제공해준 「인 더 존」 프로그램 책자를 참고했다. 제발트의 모든 친구가 파올로의 코크니 억양과 관련한 사실에 동의했다. 제발트는 1963년 6월 23일, 1964년 1월 11일, 1964년 1월 20일 게르트루트에 보낸 편지에서 리허설에 대해 썼다. 공연 날짜는 『토성의 달들』 51쪽에 적혀 있다.

19 파올로가 『프라이부르크 학생 신문』 1964년 2월호 2쪽에 게재한 보고서를 보라. 롤프 시리악스는 연극이 완전히 실패했다는 파올로의 견해에 동의하지 않지만 조잡한 언어는 문제였다고 생각한다(2018년 6월 3일 롤프가 내게 보낸 편지를 참고했다).

20 롤프 시리악스와 피트 비히만이 「한여름 밤의 꿈」 프로그램 책자 사본을 보내준 덕분에 정보를 찾았다. 「한여름 밤의 꿈」의 성공과 후일 파올로의 성공에 대해서는 베른트 오스텐도르프가 정보를 제공했으며, 파올로의 재능에 관한 정보는 오스텐도르프와 에타에게 얻었다. 파올로의 말년에 대한 사실들은 그의 부고 기사를 보고 파악했다.

21 이 점은 리처드 셰퍼드가 『토성의 달들』 51쪽에서 언급했다. 이 부분과 이어지는 코키의 활동에 대해서는 『프라이부르크 학생 신문』 CD를 참고했다.

22 『프라이부르크 학생 신문』 1964년 11월호 21면.

23 2012년 7월 12일 루스 프랭클린이 『뉴 리퍼블릭*New Republic*』에 게재한 『대지와 물을 지나서』 리뷰 「감정의 한계The Limits of Feeling」, https://newrepublic.com/article/104208/wg-sebald-iaian-galbraith-poetry를 참고하라. 이어지는 말들도 이 리뷰에서 확인할 수 있다.

24 26면을 보라. 코키의 시 다섯 편과 알베르트의 「밀가루Mehl」도 게재되었다.

25 예컨대, 젊은 시절에는 마티네가, 이후의 삶에는 필리파 코머와 테스 저레이가 함께했다. 필리파와 테스의 이야기는 22장과 24장에서 보라.

26 『프라이부르크 학생 신문』 1965년 6월호 16면을 참고하라. 같은 호 24면에는 「차의 역사Teegeschichte」가 실려 있다. 1965년 12월호 24면에서는 「기억하기Erinnern」를 볼 수 있다.

27 『토성의 달들』 56쪽에 실린 리처드 셰퍼드의 글.

28 마리와 나눈 대화에 바탕을 두고 있다.

29 토마스 뷔토브가 2018년 3월 6일 내게 보낸 이메일을 참고했다.

30 에타는 코키가 썼다고 기억한다. 1965년 12월호에 실린 그의 서명이 그 증거다.

31 『살얼음판 위에서』 117~118쪽에 실린 스벤 뵈데커의 인터뷰를 참고하라.

32 당시 부편집장이었던 라이너 고일렌이 그렇게 기억하고 있다.

33 에타 슈바니츠, 피트 비히만, 롤프 시리악스가 제공한 정보다.

34 『프라이부르크 학생 신문』 1964년 12월호 25쪽.

35 이 명칭은 귄터 그라스, 하인리히 뵐, 알프레트 안데르슈, 기타 초기 전후 작가들이 소속된 47그룹Gruppe 47을 차용한 것이다. 그들은 나치의 타락으로부터 언어를 구하기 위해 과거로 도피하기보다 현재에 초점을 맞추는 엄격한 사실주의를 옹호했다. 제발트가 제시한 후기 해결책은 주제와 형식 면에서 19세기 과거로 회귀하는 것이었으며, 이처럼 47그룹의 영향이 남아 있다는 점은 제발트의 작품이 여전히 독일에서 저항을 받는 이유 중 하나다. 47그룹과 관련해서는 https://www.britannica.com/topic/Gruppe-47, https://de.wikipedia.org/wiki/Gruppe_47을 참고하라.

36 64그룹에 관한 정보는 피트 비히만과 롤프 시리악스, 베른트 오스텐도르프, 에타 슈바니츠, 지그리트 베커노이마이어가 제공했다. 『토성의 달들』 48쪽도 참고하라.

37 2015년 8월 4일 나와 인터뷰하며 한 말이다.

38 파올로의 강의와 노래에 관해서는 에타에게, 그의 그림에 관해서는 토마스 뷔토브에게 정보를 제공받았다. 다음 문단에서 말하듯 파올로가 누구보다 재치 넘치는 사람이었다는 데는 모두가 동의한다. 에타는 내게 탐정소설에 대해 이야기해

주었고, 1962년 파올로와 함께 교사 자격증Pedagogikum을 취득했다고 말했다.

39 파올로가 못된 장난을 저지르기로 유명했다는 점은 비히만과 시리악스를 통해 알게 됐다. 파올로가 쉰 살에 어울린 친구들에 대해서는 주자네 마이어가 『차이트*Die Zeit*』 1998년 1월호에 게재한 「대학 교수가 대학 풍자를 쓰다Dietrich Schwanitz - ein Professor schreibt eine Hochschulsatire」, http://www.zeit.de/1998/ 06/campus.txt.19980129.xml/komplettansicht를 참고하라. 또한 다니엘 하스가 온라인 『슈피겔*Der Spiegel*』 2004년 12월 22일 자에 게재한 「디트리히 슈바니츠의 죽음에 대하여Zum Tod von Dietrich Schwanitz」, http://www.spiegel.de/kultur/literatur/zum - tod - von - dietrich - schwanitz - der - professionelle - besserwisser - a - 334073.html도 참고하라. 파올로의 가장 유명한 이야기와 관련해서는 위의 부고 기사와 『쥐트도이체 차이퉁*Suddeutsche Zeitung*』 http://www.sueddeutsche.de/panorama/dietrich - schwanitz - bestsellerautor - tot - aufgefunden - 1.659906, 『함부르거 아벤트블라트*Hamburger Abendblatt*』 http://www. abendblatt.de/kultur - live/article106941892/Professor - Autor - Uni - Kritiker.html, 『프랑크푸르터 알게마이네 차이퉁*Frankfurter Allgemeine Zeitung*』 http://www.faz.net/aktuell/feuilleton/literatur - bestsellerautor - dietrich - schwanitz - ist - tot - 1195636.html, 『스코츠먼*The Scotsman*』 http://www.scotsman.com/news/ obituaries/dietrich - schwanitzauthor - 1 - 572406을 참고하라. 또한 파올로에 관한 위키피디아 항목 https://de.wikipedia.org/wiki/Dietrich_Schwanitz도 참고하라.

40 에타는 파올로가 도시에서의 굶주림을 피하기 위해 쥐라에 살았다고 말한다. 이후에 이어지는 그의 배경에 관한 정보는 에타와 「다음이 최선이다The Next is the Best」를 참고했다. 이 글은 파올로의 '극장 - 집theatre - home'인 하르트하임의 오래된 여인숙 춤 잘멘Zum Salmen(연어)에 대해 쓴 글로, 『문학의 땅 바덴 뷔르템베르크*Literaturland Baden Württemberg*』에 게재되었다. http://www.literaturland - bw.de/museum/info/122/를 참고하라.

41 토마스 뷔토브와의 대화에서 가져왔다.

42 이어지는 에타 슈바니츠에 관한 정보는 슈바니츠 본인에게서 들었다(단, 그의 성격에 대한 서술은 온전히 내 판단이다).

43 브렌트 오스텐도르프로가 알려준 정보다.

44 알베르트에 관해서는 베른트 오스텐도르프, 토마스 뷔토브, 피트 비히만, 롤프 시리악스, 구트룬 드뤼크로부터 전해들었다. 알베르트가 전국 단위 신문사와 심리학 연구소에서 한 작업에 대한 주요 내용은 1965년 2월 18일 그의 동료 입주

자들이 그를 옹호하기 위해 쓴 편지에서 확인했다. 제발트가 프라이부르크에서 쓴 소설에는 이 편지의 사본이 담겨 있으며, 햄스터 후고 이야기는 비히만과 시리악스가 들려줬다. 제발트는 후고가 자기 청바지도 먹어버렸으니 담배꽁초까지 해치울지도 모른다고 게르트루트에게 말했다. 한편 그는 게르트루트에게 후고가 "너무 멍청해서" 헤겔이라고 불리기도 한다는 말도 했다. 참으로 제발트스러운 이야기지만 그가 들려준 다른 많은 이야기와 마찬가지로 사실이 아니었다.

45 제발트는 1964년 부활절 무렵 게르트루트에게 쓴 편지에서 자신감을 되찾았다고 썼다. 『살얼음판 위에서』254쪽을 보면 그는 프라이부르크에서 자기가 "투박한 촌놈" 같았다고 우베 프랄레에게 말했다. 제발트가 파올로와 알베르트에게 경외감을 느꼈음이 역력했다는 점은 베른트 오스텐도르프에게 들었다.

46 코키의 카리스마와 외톨이 같은 성격은 토마스 뷔토브가 말해줬다. 낭만주의 시인 프리드리히 횔덜린과의 비교는 라이너 고일렌이 (2018년 3월 16일 내게 보낸 이메일에서) 했다. 코키의 우울증이 겉으로 드러나지 않았다는 점은 피트 비히만과 롤프 시리악스가 알려줬고, 코키가 64그룹의 어엿한 일원이 되었다는 사실은 알베르트가 2015년 8월 4일 나와의 인터뷰에서 들려줬다. 에타는 내게 코키가 알베르트와 가장 가까웠다고 말해주었고, 베른트 오스텐도르프도 에타에게서 이처럼 들었다고 2016년 3월 27일 이메일로 알려줬다. 코키와 알베르트가 1965년에 함께 이탈리아로 휴가를 떠났다는 사실은 『토성의 달들』56쪽과 623쪽에서 리처드 셰퍼드가 명시했다. 코키와 알베르트가 서로를 반향하고, 참고하고, 놀려댔다는 점은 알베르트가 『프라이부르크 학생 신문』1964년 7월호 20면에 게재한 글 「슈누레 푸레 무레 주레Schnurre purre murre surre」가 『베커』에 처음 게재된 제발트의 글과 반향한다는 데서도 알 수 있다. (아마도) 제발트가 1965년 2월호에 게재한 한 편의 시는 알베르트가 그 이전 호에 게재한 시들과 반향하며, 알베르트가 1966년 2월호 19면에 중세풍을 흉내 내며 터무니없는 말들로 구성해 게재한 시는 필시 제발트에 관한 시다. 또한 알베르트는 「슈누레 푸레 무레 주레」를 쓰면서 제발트가 나중에 우스꽝스러운 편지들에서 사용한 이름들처럼 장난스러운 이름을 활용한다.

47 「배경Umstände」은 『프라이부르크 학생 신문』1965년 1월호 24면에 실렸다. 이는 픽션이지만 내 생각에는 자전소설 같다. 알베르트는 64그룹 구성원들이 서로의 가족 이야기를 자주 하진 않았으나 각자의 글로써 하나둘 알아갔다고 했다. 그리고 그의 아버지는 전쟁에서 돌아가셨다고 말해주었다. 전사한 군인의 외아들이었던 알베르트는 우르줄라 리프슈의 형제 나우케처럼 병역을 면제받았다.

48 게르트루트는 막스가 스무 살 무렵부터 노트를 쓰기 시작했다고 말한다. 라셰도

그렇게 기억하지만 위르겐 케저 등은 이를 기억하지 못하며 노트를 쓰기 시작한
것도 프라이부르크에서부터라고 말한다. 제발트의 '초고와 습작'(버전 1, 55쪽)
속 요제프는 학교생활이 끝날 무렵부터 노트를 쓰기 시작했다고 말한다.

49 　내가 2015년 8월 4일 알베르트와 나눈 인터뷰와 2020년 11월 29일 알베르트가
나와 라인베르트 타베르트에게 보낸 이메일에서 얻은 정보다.

50 　『토성의 달들』51~53쪽과 우베 쉬테『삶과 작품 소개』20쪽을 참고하라.

51 　『전원에 머문 날들』8쪽과 『토성의 달들』53쪽, 2014년 12월 『유럽학 저널』제
44권 제4호(인터뷰는 1999년에 진행)에 수록된 토비 그린과의 인터뷰 「글쓰기
라는 문제적인 과업The Questionable Business of Writing」도 참고하라. 리처드
셰퍼드는 『토성의 달들』622쪽에 제발트가 1963년 12월, 즉 프라이부르크에서
의 첫 학기에 발터 벤야민과 프랑크푸르트학파 구성원들의 책을 사기 시작했다
고 적었다. 베른트 오스텐도르프는 제발트가 막시밀리안하임에서 만난 친구 모
두 프랑크푸르트학파 신봉자였다고 기억한다. 프라이부르크 강의 계획서가 슈
멜처가 가르친 전후문학과는 거리가 멀어도 한참 멀었다는 점은 리처드 셰퍼드
가 『토성의 달들』45쪽 및 97쪽 주19에서 지적한 바다.

52 　『캄포 산토』216쪽.

53 　로널드 피콕에 관해서는 『토성의 달들』55쪽을 보라. 에타 슈바니츠는 리처드
셰퍼드에게 제발트가 피콕의 개방적이고 유연한 강의 방식에 얼마나 깊이 매료
되었는지를 말했고, 내게 피콕은 자신에게도 훌륭한 스승이었다고 말했다.

54 　제발트가 직접 한 말이다(『크리스토퍼 빅스비와 작가들의 대화』149쪽). 리처
드 셰퍼드는 우베 쉬테가 『삶과 작품 소개』21쪽과 『개입들Interventionen: Litera-
turkritik als Widerspruch bei W. G. Sebald』77쪽에서 그랬듯 『토성의 달들』55쪽
에서 같은 결론에 도달했다.

55 　도리스 스토이서에게 한 말로, 『살얼음판 위에서』224쪽을 보라. 이 문단의 나
머지 내용은 제발트가 제임스 아틀라스(「W. G. 제발트: 소개」, 278~295쪽, 특
히 289~290쪽)와 한 인터뷰를 비롯해 『크리스토퍼 빅스비와 작가들의 대화』
146~147쪽, 『기억의 유령』107쪽에 실린 쿠오모와의 인터뷰, 위(주51)에 언급
한 토비 그린과의 인터뷰, 1998년 6월 7일 『옵서버 리뷰Observer Review』17쪽
에 실린 로버트 매크럼과의 인터뷰, 2003년 『플래닛 158Planet 158』4~5월호
에 실린 피터 모건의 「영국인들 사이에서 살아가기Living Among the English」
13~18쪽과 16쪽, 2001년 6월 17일 『토론토 글로브 앤드 메일Toronto Globe and
Mail』에 실린 사이먼 홉트와의 인터뷰, 그리고 2001년 4월 5일 『쥐트도이체
차이퉁』에 실린 한스페터 쿠니슈와의 인터뷰에 바탕을 두고 있다. 또한 『브라

이스가우의 프라이부르크 도시 역사*Geschichte der Stadt Freiburg im Breisgau*』
483~484쪽, 『프라이부르크 학생 신문』 1965년 11월호 13면에 게재된 라이너 고일렌의 기사 「학생과 정치Student und Politik?」, 『토성의 달들』 51쪽, 그리고 내가 구트룬 뒤르크(2018년 3월 12일) 및 토마스 뷔토브와 나눈 대화도 참고했다. 제발트가 떠난 이유는 『토성의 달들』 56쪽 리처드 셰퍼드의 글과 우베 쉬테 『개입들』 68~69쪽에 요약되어 있다. 우베 쉬테는 69쪽에서 제발트가 묘사한 프라이부르크의 열악한 환경이 과장되었다고 말한다. 그러나 현대의 기록과 공식 자료인 『브라이스가우의 프라이부르크 도시 역사』에 따르면 이번만큼은 결코 과장이 아니었다.

코키는 수십 년 후 W. G. 제발트로서 인터뷰할 때 이 모든 기억을 회상했다. 당시 그는 프라이부르크의 환경이 최악은 아니었다는 걸 알고 있었다. 예컨대, 2학년 겨울 학기에 그는 오버스트도르프 오버레알슐레 동창회에서 친구 지그리트 베커를 만났다. 지그리트는 뮌헨에서 학위 과정을 밟으며 영어를 공부하고 있었는데, 지그리트의 말에 따르면 뮌헨의 수업 방식은 전적으로 비인간적이었고 교수는 범접할 수 없는 존재였다. 빈프리트는 프라이부르크로 오라며 지그리트를 재촉했다. 여기선 세미나도 계속할 수 있고, 교수님들도 꽤 친절해서 길거리에서 마주치면 인사도 해주신다니까! 지그리트는 그렇게 했고, 빈프리트의 말은 사실이었다(내가 지그리트 베커노이마이어와 2017년 8월 8일에 한 인터뷰를 참고). 미국으로 간 동료 학생은 구트룬 드뤼크였다(나와 2018년 3월 12일에 인터뷰했다).

56 1964년 1월 20일 편지. 리처드 셰퍼드는 『토성의 달들』 56쪽에서 코키가 2년(8학기)이 아닌 1년(6학기) 안에 학위를 마칠 수 있었다고 말한다. 게르트루트가 코키에게 소포를 보냈다는 사실은 게르트루트와 나눈 대화에서 들었다.

57 1963년 12월 3일 자 편지. 오늘날 게르트루트는 제발트가 프라이부르크를 떠나야 했던 주된 이유가 돈 문제였다고 말한다. 제발트는 『옵서버』의 로버트 매크럼에게도 말했다. "돈을 벌어야 해서 왔습니다. (…) 돈이 떨어져서 일자리가 필요했죠." 그리고 빅스비에게는 이렇게 말했다. "당시 [영국의] 보조 강사는 한 달에 거의 1000마르크를 벌었는데, 학생인 제 용돈이 한 달에 150마르크 정도였으니 거의 여섯 배에 달했죠"(150, 아마 과장이었을 것이다. 제발트는 프라이부르크에서 게르트루트에게 보낸 첫 편지에 그달 게오르크가 220마르크를 보내주었다고 말했다. 그러나 언제부턴가 액수가 줄어들었을 수는 있다).

58 1963년 12월 3일 자 편지. 앞서 말했듯 제발트는 빅스비에게 영국에서는 전보다 더 많은 돈을 벌었다고 말했다(150).

59 다음 문단은 엘리너 웍텔(『기억의 유령』 48쪽), 제임스 우드(『브릭』 59호

23~29쪽, 특히 29쪽)와의 인터뷰, 제임스 아틀라스와의 인터뷰(「W. G. 제발트: 소개」 290쪽), 『크리스토퍼 빅스비와 작가들의 대화』 147쪽, 그린과 홉트와의 인터뷰에 바탕을 두고 있다. "시치미 떼는 늙은 파시스트들"은 제발트가 그린에게, "제3제국의 유령들"은 홉트에게 한 말이다. 제발트가 "늘 그곳에서 불쾌감"을 느꼈다는 정보는 쿠오모와의 인터뷰(『기억의 유령』 106쪽)에서 얻었다. 제발트는 우드에게 "물론 전후 몇 년 동안 사회는 재건되었죠"라고 말했다(『브릭』 59호 29쪽). 어떤 사람들에게는 그것만으로도 충분했다. 관용적이고 개방적인 새로운 사회 방식을 받아들이는 사람들은 그 대가로 사회에 받아들여질 수 있었다. 그러나 제발트는 열여섯 살부터 타협이란 없는 사람이었고, 이 점은 좀처럼 변하지 않았다.

60 발터 크라우제와의 인터뷰(『살얼음판 위에서』 131쪽), 『크리스토퍼 빅스비와 작가들의 대화』 147쪽을 참고하라. 조지프 쿠오모와의 인터뷰 내용은 『기억의 유령』 106~107쪽에서 인용했다.

61 『크리스토퍼 빅스비와 작가들의 대화』 147쪽.

62 발터 렘에 관한 정보는 『토성의 달들』 45쪽, 54쪽에서 얻었다. 에타 슈바니츠와 베른트 오스텐도르프도 내게 렘을 열렬히 옹호했다. 하이데거와 유사한 교사는 독일인 프리드리히 마우러(『프라이부르크의 제발트』 9~13쪽 참고)의 교수였던 에리히 루프레히트였다. 베른트 오스텐도르프는 나와의 인터뷰에서 루프레히트가 독문과에서 유일한 나치 출신 교수라고 말했지만, 같은 과에 속해 있던 토마스 뷔토브는 마우러도 나치였고 나치 제복 차림으로 강의실에 온 적도 있다고 말했다. 또한 뷔토브는 예셰크에 관한 소문이 돌았으나 입증된 적은 없다고 말했다. 슈미트는 「나의 프라이부르크 시절Meine Freiburger Jahre」에서 "우리는 응당 냉소적이었고 무엇보다 대학을 비롯해 공직에 득시글한 옛 나치들에게 반항하며 그들의 존재를 받아들이지 못했다"라고 말한다. 다음 문단에 나오는 저항자들에 관해서는 하이코 하우만과 한스 샤데크가 편집한 『브라이스가우의 프라이부르크 도시 역사』 480쪽에서, 렘의 조수에 관한 정보는 『토성의 달들』 55쪽에서 얻었다. 법 제도가 악명 높았다는 점은 잘 알려진 사실이며, 토마스 뷔토브와 베른트 오스텐도르프, 구트룬 뒤르크도 이를 확인해주었다.

63 『브라이스가우의 프라이부르크 도시 역사』 482쪽.

64 베른트 오스텐도르프는 나와의 인터뷰에서 (그리고 2015년 12월 22일 내게 보낸 이메일에서) 프라이부르크가 당시 여타 대학보다는 나았다고 말했다. 뮌헨, 뷔르츠부르크, 괴팅겐대학에 관해서는 『프라이부르크 학생 신문』 1964년 7월호 9면에 실린 하노 퀴네르트의 기사 「히틀러의 명령과 그 통역사들Der Führerbe-

fehl und seine Interpreten」에서 얻었다. 괴팅겐대학에서 1960년 초까지 유지되
던 정책은 2017년 1월 『유대인 난민 학회지*Association of Jewish Refugees*』제17권
제1호 7쪽에서 확인했으며, 파울 글레스 교수의 경험을 보고하는 편지는 프랑크
브라이트로부터 얻었다. 이 편지는 2016년 4월 괴팅겐대학이 독일 반유대주의
분야의 저명한 전문가인 자무엘 잘츠보른 박사와의 계약을 연장하지 않았다고
덧붙인다.

65　파올로와 베른트 오스텐도르프에 관해서는 베른트 오스텐도르프로부터, 튀빙
겐과 마르부르크에 관해서는 『프라이부르크 학생 신문』 1964년 11월호 13면
에 게재된 「대학과 국가 사회주의Universität und Nationalsozialismus」에서 정
보를 얻었다. 하이데거에 관한 사실은 『브라이스가우의 프라이부르크 도시 역
사』 478쪽을 참고했다. 또한 우베 쉬테의 『개입들』에 인용된 한스 페터 헤르만
의 『혁신과 현대화: 1965년부터 1980년까지의 독일학』 「모순이 희망이었다Die
Widersprüche waren die Hoffnung」 68쪽과 71쪽도 참고하라. 또한 우베 쉬테(『개
입들』 92쪽)는 전후에 학자로서 뛰어난 경력을 쌓았으나 나치 고위 간부였던 빌
헬름 엠리히와 한스 슈베르테의 사례를 논한다(슈베르테는 과거를 숨기고자 개
명까지 했다). 이는 교수들에 대한 제발트의 불신이 충분히 근거 있는 것이었음
을 보여주는 적절한 사례다(또한 11장 389~340쪽도 참고하라.) 우베 쉬테는 크
리스티안 비르트(오늘날 제발트의 독일 웹사이트를 훌륭하게 운영하고 있는 운
영자)도 제발트의 동료 학생이었으며, 당시 부패한 프라이부르크대학 교수들에
대한 제발트의 판단에 동의한다고 적는다(『개입들』 15쪽). 당시 상황에 대한 명
확한 설명은 토니 젓의 『전후 유럽』 58쪽을 참고하라. "대학과 법조계는 히틀러
정권에 동조한 악명에도 불구하고 탈나치화의 영향을 가장 적게 받았다."

66　게르트루트가 들려준 내용이다.

67　토마스 뷔토브, 우르줄라 리프슈 등이 제공한 정보다. 우베 쉬테의 『삶과 작품
소개』 22쪽도 참고하라.

68　가령 2004년 12월 22일 『슈피겔』에 게재된 부고 기사 https://www.focus.de/
wissen/mensch/tragisch_aid_89727.html와 2004년 12월 23일 『함부르거 아벤
트블라트』 기사 http://www.abendblatt.de/kultur-live/article106941892/Profes-
sor-Autor-Uni-Kritiker.html를 참고하라.

69　트라우마에서 문학이 싹튼다는 알베르트의 생각은 에드먼드 윌슨의 고전 『상처
와 활*Wound and the Bow*』(1941)에 담긴 (현대 용어를 사용하지 않은) 이론이기
도 했다.

70　『현기증. 감정들』 131쪽. 알브레히트 라셰가 최근 몇 년 동안 집필한 이야기를 친

절하게도 내게 보여주었다. 그 이야기에서 주인공은 라세 자신이고 다른 인물은
막스를 표상한다. 그러나 알베르트라는 등장인물 역시 막스를 가리키고 있다.

11장 프리부르, 1965-1966

1 카를 베데커, 『스위스, 샤모니와 이탈리아 호수들, 여행자를 위한 핸드북*SWIT-
   ZERLAND, together with Chamonix and the Itanlian Lakes, Handbook for Travel-
   lers*』(27번째 개정판, 1928), 278쪽. 이 가이드북을 빌려준 존 스펄링에게 감사를
   표한다. 이어지는 두 문단에 제시된 프리부르에 관한 설명은 (바이런을 인용한
   문장을 포함해) 같은 책 279~282쪽에서 따왔다.

2 1965년에도 (지금과 마찬가지로) 변함이 없었던 뤼 드 로잔에 위치한 게르트루
   트와 장폴의 집으로 가는 길은 시내 중심지 지도를 통해 확인할 수 있다. http://
   ontheworldmap.com/switzerland/city/fribourg/ 참고. 그랑 플라스는 오늘날 플라
   스 광장Square des Places으로 불린다. 제발트가 게르트루트 부부의 집으로 올라
   갈 때 줄담배를 피우고 숨을 헐떡였다는 정보는 게르트루트가 제공했다.

3 프리부르의 역사는 존 스펄링이 제공한 베데커의 책 278쪽과 https://en.wikipe-
   dia.org/wiki/Fribourg를 참고했다. 바이런의 보고서와 (19세기에 발생한) 화재
   에 관한 기록은 미셸 두스와 클라우디오 페드리고가 편집한 『작가들이 본 프리
   부르*Fribourg vu par les écrivains*』에서 따온 것으로, 게르트루트가 친절하게도 내
   게 보내주었다. 오늘날 플라스 뒤 티유월은 19세기 프리부르 시민들이 브라질에
   조성한 마을 이름을 따서 플라스 노바프리부르고Place Nova-Friburgo라고 불린
   다. 로잔 거리 아래 광장으로 이어지는 티유월 거리는 지금도 존재한다.

4 라임나무가 막스가 프리부르에 거주한 지 10년 혹은 15년 후에 결국 고사했다
   는 소식은 게르트루트가 전해주었다. 보통 라임나무는 수령이 500년이며, 일부
   는 그보다 훨씬 더 오래 살기도 한다. 뉘른베르크에 심긴 한 라임나무는 1900년
   기준 수령이 900년이었으며, 글로스터셔 웨스턴버트 수목원에서 자라는 라임나
   무는 수령이 최소 2000년으로 추정된다. http://www.paviliongardenscafe.co.uk/
   royal-pavilion-gardens/trees/common-lime_tilia-europaea/ 참조. 이 문단에 제
   시된 정보는 위에 언급한 베데커의 책과 위키피디아, 그리고 1995년 1월 15일
   『뉴욕 타임스』에 게재된 파울 호프만의 「프리부르 역사의 층Layers of History in
   Fribourg」 https://www.nytimes.com/1995/01/15/travel/layers-of-history-in-fr-
   ibourg.html과 프리부르 웹사이트 https://www.myswitzerland.com/en-gb/

freiburg.html 등을 참고하라.

5   장폴에 관한 정보는 게르트루트와 장폴이 직접 제공했다. 젠슬러 독어는 프리부르와 그 인근 지방에서 사용된다. https://de.wikipedia.org/wiki/Senslerdeutsch 참고.

6   게르트루트가 제공한 정보. 이 섹션의 나머지 정보는 전부 2017년과 2018년에 내가 게르트루트와 나눈 대화와 이메일에 바탕을 두고 있으며, 출처가 다른 경우 별도로 명시했다.

     장폴도 제발트가 자신들과 지낸 한 해 동안 행복해했다고 기억한다. 나는 제발트가 장폴의 목소리를 들으며 즐거워했다는 게르트루트의 이야기를 바탕으로 장폴의 노래를 듣는 제발트의 모습을 그려보았다.

7   「외스타슈와 꿀벌 붕붕이의 모험Les aventures d'Eustache et du Bourdon Bzz」은 1942년 장폴이 여섯 살이었을 때 방송된 윌리엄 아게의 스위스 라디오 시리즈였다. 아게는 1965년 10월에 사망했다. 그 당시 장폴에게 이 이야기들을 떠올리게 하는 기념행사가 열렸을지도 모른다. 해당 라디오 시리즈는 1970년대에 수차례 재송출되었다. https://www.rts.ch/archives/radio/divers/emission-sans-nom/3584342-aventures-d-eustache.html 참고.

8   『전원에 머문 날들』 39쪽. 르노를 타고 나들이를 떠난 기억은 장폴이 제공했다. https://fr.wikipedia.org/wiki/Cath%C3%A9drale_Saint-Nicolas_de_Fribourg 참고.

9   파일 목록은 현지 신문『리베르테La Liberté』1966년 1월 18일 자, 1966년 6월 10일 자, 1966년 5월 23일 자, 1965년 12월 11일 자, 1966년 6월 15일 자, 1966년 8월 30일 자, 1965년 6월 16일 자 '오늘 밤 영화' 칼럼에서 가져온 것이다. 이 놀라운 자료를 발견할 수 있도록 프레세 스위스Presse Suisse 웹사이트 http://newspaper.archives.rero.ch/Olive/APA/SNL_FR/default.aspx?action=tab&tab=browse&pub=LLE#panel=browse를 소개해준 프리부르 주립도서관의 폴린 부아롤에게 감사드린다.

10   프리부르대학에 관한 정보는『토성의 달들』에 실린 리처드 셰퍼드의 「슈테른하임 시절」 중 56쪽, 59쪽과 제발트의 기말고사 보고서에서 발췌했다.

11   표현주의는 20세기 초 독일 예술과 문학에서 시작되어 1930년대 히틀러가 부상하기 전까지 지속됐다. https://en.wikipedia.org/wiki/Expressionism 참고.

12   알커가 작성한 1966년 6월 29일 자 독문학 구술시험 보고서에서 발췌한 정보.

13   알커에 관한 정보는 게르트 지몬이 작성한 그의 상세한 생애 연표 http://homepages.uni-tuebingen.de/gerd.simon/ChrAlker.pdf, 리처드 셰퍼드가『에른스트 알커Ernst Alker』(1974)에 실린 브루노 슈테판 셰러의 「고통과 밤의 독백: 에른스

트 알커, 1895~1972Selbstgespräch des Leides und der Nacht: Ernst Alker, 1895-1972」를 바탕으로 쓴 『토성의 달들』 59~60쪽 내용, 우베 쉬테의 『개입들』 69~71쪽(우베 쉬테도 지몬의 글과 『국제 독문학자 사전 1800~1950International Lexicon of Germanists 1800-1950』에서 알커에 관한 항목을 참고한다), https://de.wikipedia.org/wiki/Ernst_Alker, 마리안 롤이 『스위스 역사 사전Historisches Lexikon der Schweiz』에 작성한 알커에 관한 항목, http://www.hls-dhs-dss.ch/textes/d/D42795.php, 그리고 1972년 8월 8일 『리베르테』, 프리부르 11면에 게재된 「알커 교수의 죽음Mort du professeur Alker」을 참고했다. (리처드 셰퍼드는 1947년을 알커가 프리부르로 온 첫해로 기억하지만 『스위스 역사 사전』과 독일 위키피디아는 1946년이라고 적고 있다.)

『개입들』 70쪽에서 우베 쉬테는 지몬이 작성한 알커의 연표를 바탕으로 알커의 반나치 경력에 의문을 제기하며, 리처드 셰퍼드가 『토성의 달들』에서 알커를 찬양한 것에도 의문을 제기한다. 쉬테의 주장은 알커의 입장이 나치즘 자체에 대한 거부보다는 가톨릭과 보수주의에 근거해 있었으며, 그의 독일 국적 철회 조치에는 다소 미심쩍은 구석이 있다는 것이다. 한데 쉬테가 제기한 첫 번째 의문이 내게는 의미 없는 트집 잡기처럼 보인다. 나치즘에 대한 거부는 언제나 어떤 기반 위에서 이루어졌으며, 중요한 것은 알커가 자신의 종교적 신념 때문에 그것을 거부했다는 사실이다. 이는 안타깝게도 매우 드문 일이었다. 쉬테의 두 번째 의문도 모호하고 근거가 없다(자신도 이를 확인한 적이 없다고 말한다). 실제로 알커가 독일 국적이 철회되지 않았음에도 스웨덴 국적을 선택했다면, 그건 분명 나치즘에 대한 반감이 덜한 게 아니라 더 컸다는 사실을 보여준다. 나는 (뒤셀도르프대학의) 크리스토프 아우프 데어 호르스트의 연구를 바탕으로 하는 지몬의 연표를 따랐다. 게르트루트는 제발트가 "특히 알커를 높이 평가했다"(2018년 5월 19일 이메일에서)라고 기억했다.

14 『토성의 달들』 60쪽.

15 슈투더가 작성한 보고서에 관한 정보는 『토성의 달들』 56쪽과 59쪽에 리처드 셰퍼드가 작성한 글, https://de.wikipedia.org/wiki/Eduard_Studer, 1992년 9월 23일 『프라이부르거 나흐리히텐Freiburger Nachrichten』 13면 「독일어권 프리부르의 친구: 에두아르트 슈투더 교수의 죽음에 관하여Ein Freund Deutschfreiburgs, zum Tode von Prof. Eduard Studer」, 1992년 9월 23일 『리베르테』 27면에 대학 측에서 게재한 추도문 등에서 얻었다. 리처드 셰퍼드는 독일-프라이부르크 독문학 공동 연구회Deutschfreiburgische Arbeitsgemeinschaft에서 1994년 발행한 『독일어권 프리부르의 독문학 혹은 성배를 찾아서: 에두아르트

슈투더를 추모하며*Germanistik in Deutschfreiburg oder die Suche nach dem Gral: Eduard Studer zum Gedenken*』23~28쪽에 안톤 네프가 게재한「과학사학자로서의 에두아르트 슈투더(1919~1992)Eduard Studer(1919-1992) als Wissenschafts-historiker」도 참고하라.

16 제발트의 모든 기말고사 보고서는 프리부르대학 기록보관소에서 확인했다. 프리부르대학 기록보관소를 연결해주고 해당 자료들을 확보해준 게르트루트에게 감사를 전한다. 제발트의 문헌학 성적이 2등이었다는 정보는 제발트에 관한 슈투더의 보고서에서 얻었다.

17 게르트루트가 알커와 슈투더는 기억하지만 제임스는 기억하지 못한다는 점을 고려하면, 당시에 제발트가 제임스에 대해 말하지 않은 것이 아닐까 싶다.

18 리처드 셰퍼드는 제발트가 스미스의 우울증에 영향을 받았을 수도 있다는 의견을 제시한다(『토성의 달들』59쪽).

19 제임스 스미스에 관한 정보는『토성의 달들』59쪽에 리처드 셰퍼드가 작성한 글, 에드워드 윌슨이 작성한 제임스에 관한 회고록, 스미스의『셰익스피어와 기타 에세이*Shakspearian and other essays*』(Cambridge University Press, 1974) 343-351쪽, 케임브리지대학 도서관에 그의 논문과 함께 보관되어 있는 생애 요약, 온라인 아카이브 허브 https://archiveshub.jisc.ac.uk/search/archives/e17d9faf-230b-3c42-b004-a2ed86d5f333, 발레리 엘리엇과 존 해픈든이 편집한『T. S. 엘리엇의 편지: 1923~1925*The Letters of T. S. Eliot: 1923-1925*』(Yale University Press, 2011) 912쪽, 그리고 프리부르에서 1952년부터 1953년까지 1년간 머문 마틴 도스워스 교수를 통해 얻었다. 몇 차례의 이메일(2018년 6월 12일, 13일, 14일)을 통해 65년 전의 기억을 끄집어내고 내가 그린 스미스에 대한 낭만적인 초상의 색채를 옅게 조정할 수 있게 해준 도스워스에게 진심으로 감사드린다. 도스워스는 스미스에 대한 두 가지 기록, 즉 스미스에 대한 애정 어린 언급이 포함된 D. J. 엔라이트의『어느 구걸하는 교수에 대한 회고록*Memoirs of a Mendicant Professor*』과 스미스가 사망한 지 얼마 되지 않아 출간된『동시대 비평 *Contemporary Critics*』에 실린 기사도 추가로 제공해주었다.
제발트가 프리부르에서 만난 교수 중에는 다른 사람들도 있었다. 예컨대 게르트루트가 기억하는 교수 중에는 아이젠링이라는 인물도 있다. 그러나 제발트가 가장 많이 접촉했을 법한 이들은 이 셋이었다.

20 이 회고는 스미스의『셰익스피어와 기타 에세이』343~351쪽에 실려 있다.

21 같은 책, 346쪽.

22 프리부르대학 기록보관소에서 제공한 스미스의 제발트 답안 보고서에서 발췌

했다.

23　『토성의 달들』 623쪽 리처드 셰퍼드가 작성한 연표 참고. 우베 쉬테의『W. G. 제발트』를 보면 학위 논문은 총 60쪽이었다(11). 이는『유럽학 저널: W. G. 제발트 특별호』제41권, 3~4호, 2011년 12월, 209~242쪽에서 읽을 수 있다. 사본은 프리부르 지역 및 대학 도서관인 프리부르대학 도서관에 보관되어 있다.

24　슈테른하임에 관한 정보는 https://de.wikipedia.org/wiki/Carl_Sternheim과『토성의 달들』61~63쪽에 실린 리처드 셰퍼드의 글에서 얻었다.

25　『토성의 달들』61쪽에 실린 리처드 셰퍼드의 글 참고. 슈테른하임의 부흥은 약간의 성공을 거두어 1970년대에 몇몇 연극이 다시 상영되었다. 위에 언급한 슈테른하임에 관한 위키피디아 항목을 참고하라.

　　뒤이어 나오는 슈테른하임에 대한 알커의 비판을 요약한 내용도『토성의 달들』61쪽에 실린 리처드 셰퍼드의 글을 참고했다. 우베 쉬테는 제발트의 비판이 알커의 비판과 유사하며, 툭하면 비꼬는 어조까지 비슷하다고 지적한다(『개입들』71~72쪽, 181쪽 주10).

26　https://de.wikipedia.org/wiki/Carl_Sternheim 참고.

27　『토성의 달들』161쪽에 실린 우베 쉬테의 글에서 인용한 제발트의 논문 서문을 발췌했다(쉬테의 번역을 약간 수정했다). 이 문단은『토성의 달들』에서 우베 쉬테가 작성한 글 161~164쪽에 바탕을 두고 있다.

28　빌헬름 시대는 빌헬름 2세의 통치기인 1890년부터 1918년까지로, 영국의 빅토리아 시대 및 에드워드 시대와 대체로 일치한다. 제발트의 논문 요약 내용은『유럽학 저널: W. G. 제발트 특별호』, 209쪽에 실린 리처드 셰퍼드의 초록과『토성의 달들』62~63쪽에 실린 리처드 셰퍼드의 설명, 그리고 무엇보다 프리부르대학 기록보관소에서 제공한 알커의 1966년 4월 23일 자 보고서를 참고했다.

29　슈테른하임의 작품에는 실제로 반유대주의의 흔적이 존재했다(우베 쉬테,『개입들』93쪽 참고). 알커의 보고서도 제발트가 슈테른하임이 자신이 그린 가장 초라한 인물들에게 유대인 이름을 부여한 점 등을 지적했다고 전한다.

30　리처드 셰퍼드가 말하듯 "21세 학생이 작성한 야심찬 학사 논문을 다루고 있다"(『토성의 달들』63쪽)는 점에서 그러하다.

31　우베 쉬테도『개입들』101쪽에서 이렇게 주장한다. 쉬테는 내가 제발트의 학문적 글쓰기에서 짚어낸 특징들을 똑같이 지적하는데, 문학과 윤리는 서로 분리될 수 없다는 내가 추가한 주장을 제외하면 이는 대체로 프리부르 학위 논문에서 처음 조짐이 드러나는 특징들이다. 그러나 쉬테는 제발트의 문학비평 자체가 "올바른 삶을 살기 위한 윤리적 시도"(103)였다는 합당한 지적을 한다.

32 다만 "독일 문학비평가들은 항상 히틀러 정권에 의해 명예훼손당한 작가의 명예를 회복시킬 준비가 되어 있는데, 어쩌면 이는 그들 자신의명예 회복이 아직 완전히 이루어지지 않았다는 잠재의식에 사로잡혀 있기 때문일 것이다"(학위 논문 129쪽, 우베 쉬테 『개입들』 95쪽에서 재인용)라는 제발트의 생각은 짐작이었다.

엠리히와 슈베르테/슈나이더에 관한 정보는 우베 쉬테 『개입들』 91~92쪽에서 얻었다. 우베 쉬테는 슈테른하임의 명예를 회복하려는 그들의 시도가 사실상 자기 자신의 명예를 회복하려는 시도였다고 지적한다(『개입들』 87쪽, 97쪽 참고). 또한 쉬테는 「제발트 대 학계」, 『유럽학 저널』, 1~6호, 2016, 3쪽 및 「W. G. 제발트의 급진주의에 관하여On W. G. Sebald's Radicalism」, 『제발디아나 Sebaldiana』, 2015년 4월 13일, http//kosmopolis.cccb.org/en/sebaldiana/post/sobre-el-radicalismo-de-w-g-sebald/ 등에서 엠리히의 사례를 논한다.

33 리처드 셰퍼드, 「'숲, 나무, 그리고 그 사이의 공간': W. G. 제발트에 관한 연구 보고서, 2005-2008」, 86쪽.

34 『유럽학 저널: W. G. 제발트 특별호』 210쪽과 「'숲, 나무, 그리고 그 사이의 공간': W. G. 제발트에 관한 연구 보고서, 2005~2008」 86쪽에서 리처드 셰퍼드의 글을 인용했다.

35 예를 들어, 마리를 따라 '철자법 빵점'으로 마리에게 보낸 편지(날짜 미상이나 2000년 2월 중 어느 날일 것이다)에서 그렇게 말한다.

36 프리부르대학 기록보관소에서 제공한 알커의 최종 보고서에서 발췌했다. 알커의 결론은 총체적으로 더욱 명확한 균형을 이루고 있다. "질적 측면에서 볼 때 현재 연구는 주제가 매우 제한적이나 성공적인 논문에 근접해 있다. 언어적 오류도 없다. 우등상(다시 말해 1등상)을 받을 만하다."

37 『토성의 달들』 623쪽에 수록된 리처드 셰퍼드의 연표를 참고했다.

38 제발트가 몹시 영국인스럽다고생각한 사람은 로잔 거리에 사는 젊은 여성이었다(2018년 5월 31일 게르트루트가 보낸 이메일에서 얻은 정보).

39 『토성의 달들』 623쪽에 수록된 리처드 셰퍼드의 연표 참고. 우리로서는 제발트가 언제 '막스'라는 이름을 택했는지 전적으로 확신할 수 없다. 게르트루트는 제발트가 프리부르에 있었을 때만 해도 그 이름에 대해 이야기한 기억이 없다고 말한다. 베아테는 제발트가 프리부르에서 맨체스터로 가기 전, 즉 떠나기 전에 고향 존트호펜에 들렀고 그때 막스라는 이름을 택한 것이라고 생각하지만 그 역시 이를 확신하지는 못한다. 하나 맨체스터에 도착한 직후부터 제발트가 스스로를 막스라고 칭한 것만은 확실하다(그는 9월 15일에 도착했고 10월 6일에는 '막

스'였다. 16장 참고). 우베 쉬테는 『W. G. 제발트』에서 "제발트가 자신을 막스라고 부르기 시작한 시점은 학창 시절이 끝날 무렵이었다"(10)라고 말한다. 우베는 프라이부르크 시절을 기술하며 이렇게 말한다는 점에서 제발트가 막스라는 이름을 택한 것이 프라이부르크에서 있었던 일임을 암시하나, 이는 사실이 아니다.

40 제발트는 '막시밀리안'이 자신의 세 번째 이름이라고 여러 인터뷰에서 말했다. 예컨대 마야 재기(9월 인터뷰), 크리스토퍼 빅스비(『크리스토퍼 빅스비와 작가들의 대화』164쪽), 그리고 영국에서 나(『기억의 유령』64쪽)에게, 또한 영국에서 레나테 유스트(1995년, 『초상 7: W. G. 제발트』97쪽), 랠프 쇼크(『살얼음판 위에서』96쪽) 등에게 그렇게 말했다. 제발트는 1991년 독일문학기금에 제출한 보조금 신청서(독일문학아카이브에 보관 중)에 자신의 이름을 '빈프리트 게오르크 막시밀리안 제발트'로 기재하기도 했다.

41 2000년 2월 9일 편지 참고. 제발트의 편집자 사이먼 프로서는 'W. G. 제발트에 관한 모든 것'(https://fivedials.com/fiction/z-w-g-sebald/)에서 'x'가 제발트의 핵심 주제인 우연의 일치, 즉 "길이 교차하는 지점"을 상징한다는 또 다른 설명을 내놓았다.

42 우베 쉬테가 『개입들』102쪽에 적었듯, 리처드 셰퍼드도 『토성의 달들』78쪽에서 이 점을 지적한다.
    쉬테는 또한 전후 오스트리아 국민의 '사회적 불이익에서 벗어나기 위한 수단으로서의 글쓰기'를 19세기 말과 20세기 초 동화同化를 위한 유대인 운동과 비교하는 제발트의 글을 인용한다(쿠르트 바르치와 게르하르트 멜처가 편집한 『트란스-가르드: '그라츠 그룹'의 문학 *TRANS-GARDE: Der Literatur der 'Grazer Gruppe'*』에 수록된 「다시 그라츠에서: 문학과 고향이라는 주제의 한계에 대한 노트 Damals vor Graz: Randbemerkungen zum Thema Literatur und Heimat」, 1990, 149쪽, 우베 쉬테가 『토성의 달들』170쪽에서 인용한 것을 재인용). 여기에서 제발트는 (한트케, 헤르베크 등의 작가를 생각하며) 두 가지 형태의 '자기 해방'이 수준 높은 작품들을 탄생시켰다고 주장한다. 그러나 (제발트가 학위 논문에서 주장했듯) 슈테른하임처럼 그 정도가 지나치면 정반대의 결과를 초래할 수도 있었다.

43 제발트가 10월에 소설을 완성하겠다는 말을 하고 다녔다는 사실(1966년 10월 6일 ROP가 부모에게 보낸 편지, 『악첸테 *Akzente*』2003년 2월호 23쪽 「맨체스터의 막스 Max in Manchester」 참고)을 생각하면 프리부르를 떠날 무렵 소설 집필을 생각하고 있었거나 심지어 시작했던 것으로 보인다. 실제로 제발트는

1967년 3월에 소설 집필을 마쳤다(ROP의 일기에 적힌 내용인데, ROP가 친절하게도 내게 사본을 보내주었다. 13장 참고). 리처드 셰퍼드는 『토성의 달들』 624쪽에 수록된 연대기에 제발트가 소설을 끝마친 이 날짜를 기록하면서 독일 문학아카이브에 보관된 사본을 참고해 소설 집필은 가을에 시작되었다고 덧붙인다. 이것이 사실이라면 제발트는 10월 ROP에게 지나치게 낙관적인 이야기를 했다고 볼 수 있다(그리고 그런 말을 한 최초의 작가가 제발트는 아닐 것이다). 어떻든 요점은 변하지 않는다. 그 무렵 제발트는 확실히 머릿속으로 소설을 구성하고 있었다.

44 1964년 7월 1일 편지에서.

45 직접 인용이 불가능하기에 정확한 문장은 아니다. 다만 제발트가 한 말의 뜻을 최대한 살려 전달하고자 했다.

12장 소설

1 라인베르트 타베르트, 『바덴 및 뷔르템베르크 문학*Literaturblatt für Baden und Württemberg*』, 2002년 6월호 11쪽에 실린 「알고이 출신 이민자 W. G. 제발트를 기억하며Erinnerung an W. G. Sebald, einen Ausgewanderten aus dem Allgäu」 참고.

2 첫 산문을 출간하고 싶어했다는 사실은 에타 슈바니츠와의 대화(2015년 8월 5일, 10월 31일, 12월 2일)를 통해 알았다. 제발트가 출판사를 모색한 사실과 관련해 1967년 10월 ROP에게 쓴 편지를 보면 그는 소설이 두 출판사로부터 거절당했고 아마 다른 작품을 써야 할 것 같다고 말한다(타베르트, 『제발트 전시회에 관하여*Zur Sebald-Ausstellung*』, 로이틀링겐, 2004년 6월 8일). ROP는 릭 존스에게 제발트가 "다년간" 고군분투했다고 말했다(2008년 10월 24일 『스탠드포인트*Standpoint*』에 실린 「황혼 지대 밖으로Out of the Twilight Zone」 참조).

3 『토성의 달들』 350쪽에 실린 피트 더 모어와의 인터뷰에서.

4 제발트가 이 최초의 실패를 훌훌 털어버리지 못했다는 사실은 ROP와의 대화를 통해(2015년 6월 7일, 2016년 6월 4일), 그리고 나중에 이를 기뻐했다는 사실은 에타 슈바니츠를 통해 접했다.

5 제발트의 습작이 거의 희석되지 않은 자서전에 가까웠다는 사실은 에타 슈바니츠와 알브레히트 라셰(2015년 8월 4일 인터뷰)로부터 들었다.

6 두 버전 모두 독일문학아카이브에 보관 중인 '초고와 습작' 파일에서 확인할 수

있다.

7   ROP는 제발트의 두 가지 대주제를 뒷받침하는 이 유일한 참고 사항이 같은 쪽
     에 등장한다는 사실을 지적한다(『제발트 전시회에 관하여』).

8   자살에 관해서 요제프는 또한, 누구나 이 출구를 선택한 사람을 한 명쯤 알고 있
     다고 말하며, 실제로 알지 못하더라도 그렇다고 말한다고 언급한다 — 이는 어쩌
     면 자기 자신을 떠올리며 말하는 것일지도 모른다(버전 1, 47쪽).

9   에타 슈바니츠는 파올로가 소설 속 인물처럼 소소한 강의와 토론을 진행하곤 했
     다고 말한다. 그러니 파올로가 실제로 그런 생각을 전해주었을 수도 있다.

10   이 문단에 제시된 정보는 에타 슈바니츠, 베른트 오스텐도르프(2016년 3월 4일
     인터뷰), 피트 비히만, 롤프 시리악스(2016년 3월 7일 인터뷰)가 제공했다.

11   서명 목록은 10장, 181쪽 참고.

12   게르트 뵈셀만Gert Bösselmann(다시 서명 목록 참고).

13   예컨대, 에타 슈바니츠와 베른트 오스텐도르프가 그러하다.

14   실제 막시밀리안하임 거주자(이를테면 에타 슈바니츠, 피트 비히만, 롤프 시리악
     스) 중에서 이와 같은 한 쌍의 학생을 기억하는 사람은 없다. 어쩌면 제발트가 핀
     터(막스의 친구 ROP의 논문 주제가 핀터였다)나 발저의 『벤야멘타 하인학교』,
     로베르트 무질의 『소년 퇴틀레스의 혼란』에서 따온 인물들이었을지도 모른다.
     뵈셀만은 괴롭힘을 일삼는 학생의 코트를 장난으로(위의 주12 참고) 다른 학생
     에게 줘버린다. 코트는 소설 속에서 나름의 역할을 수행하는데, 홀로체크와 전
     직 광대 파홀을 구별하게 해주는 것이 바로 그 긴 코트다. 어쩌면 제발트는 이미
     카프카의 코트를 염두에 두고 있었을지도 모른다(5장 참고). 제발트가 코트라
     는 요소를 처음 마주한 계기였을 게 거의 확실한 클라우스 바겐바흐의 『카프카
     Kafka』가 1964년에 출간되었으므로 가능한 해석이다.

15   이 형식은 완전한 일관성을 띠지는 않지만 지배적인 위치를 점한다. 소설의 화
     자가 이따금 3인칭으로 전환될 때도 요제프는 중심에 있다.

16   제발트의 여자친구가 실제로 그랬다. 마르셀 아체(『프라이부르크의 제발트Se-
     bald in Freiburg』 5쪽)는 그 예술가가 벨기에의 화가이자 극장 디자이너인 세르
     주 크뢰임을 밝혀냈다. https://fr.wikipedia.org/wiki/Serge_Creuz 참고.

13장 맨체스터 1966-1968

1   리처드 셰퍼드가 작성한 『토성의 달들』 2장 「슈테른하임 시절」 64쪽과 그가 작

성한 연표 623쪽 참고. 제발트가 임명된 사실은 1966년 2월 23일과 3월 17일 상
원 의사록에 기록되어 있다. 언어 및 회화 렉토르의 역할은 우베 쉬테 『개입들』
79쪽을 참고하라.

2   이 문장들은 각각 제발트가 출간한 첫 번째 산문 작품 『현기증. 감정들』과 마지
막 작품 『아우스터리츠』의 첫 문장이다. 『현기증. 감정들』의 모든 섹션, 『아우스
터리츠』의 모든 이야기, 그리고 다른 산문 『토성의 고리』 모두 유사하게 날짜로
시작한다. 이는 제발트가 필요로 했던 사실상의 정박지를 상징한다(예컨대 『살
얼음판 위에서』 181쪽 숄츠의 인터뷰, 212~213쪽 론다스의 인터뷰 참고).

3   『전원에 머문 날들』 154쪽.

4   『전원에 머문 날들』 1쪽.

5   『전원에 머문 날들』 1쪽. 제발트가 1966년 스위스를 떠나 영국으로 갔다는 사실
을 반복해 말하는 『이민자들』 149쪽, 『토성의 고리』 185쪽도 참고. 11장에서 언
급했듯 베아테는 오빠 제발트가 영국으로 떠나기 전 고향 집을 방문했다고 생각
하지만 확실하지는 않다.

제발트가 1년간 떠나 있을 생각이었다는 사실과 관련해서는 제임스 아틀라스,
「W. G. 제발트: 소개」를 참고하라. 1년은 맨체스터대학 렉토르직의 표준 계약
기간이었다(『토성의 달들』 64쪽, 루디 켈러 교수가 2005년 3월 31일 리처드 셰
퍼드에게 보낸 편지 참고). 이 때문에 양친이 제발트가 1년만 떠나 있으리라고
믿었다는 (혹은 믿고 싶어했다는) 사실은 제발트 사망 후 로자가 카를하인츠 슈
멜처에게 보낸 편지(2002년 1월 15일)를 보면 명확히 알 수 있다. "Ich hatte so
gehofft, dass er nach 3 geplanten Semestern in England zurück kommt[처음 계획
대로 영국에서 세 학기를 보내고 집으로 돌아오기를 진심으로 바랐어요]."

6   『토성의 달들』 64쪽에 실린 리처드 셰퍼드의 글 참고. 이는 맨체스터 경찰서에
남은 제발트의 등록증에 근거한 명명백백한 사실로, 해당 등록증은 독일문학아
카이브에 보관되어 있다. 안타깝게도 이 책에 해당 문서의 내용을 그대로 실을
수는 없었다. 마르셀 아체의 『프라이부르크의 제발트』 7쪽에서 등록증 사진을
확인할 수 있다.

7   『이민자들』 150쪽.

8   2016년 6월 20일 셰필드대학 대학원생 캐서린 애너벨이 노팅엄대학에서 맨체
스터에 대해 강연한 내용을 편집한 「이 새로운 하데스This New Hades」, https://
cathannabel.blog/2016/07/01/this-new-hades/에서 인용한 텐의 『영문학에 관한
노트Notes sur l'Angleterre』에서 발췌했다. 2016년 8월 29일 온라인에 게시된 캐서
린 애너벨의 '시간을 지나, 미셸 뷔토르의 아카이브Passing Time, an Archive for

Michel Butor, https://cathannabel.blog/category/literature/michel-butor/. 강연과 아카이브 모두 뷔토르와 맨체스터 전반에 대한 흥미로운 정보를 제공한다. 두 자료를 모두 참고할 수 있게 해준 캐서린 애너벨에게 진심으로 감사드린다. 인용문은 『영문학에 관한 노트』(1872) 온라인판 192쪽에서 발췌했다. "Dans le ciel cuivré du couchant, un nuage de forme étrange pèse sur la plaine; sous ce couvercle immobile, les cheminées hautes comme les obélisques se hérissent par centaines." 텐(1828~1893)은 역사와 환경이 문학에 미치는 결정적 영향을 주장한 문학비평가이자 역사학자로, 말하자면 제발트가 가진 견해를 견지한 실증주의자였다.

9 리처드 셰퍼드도 이와 같은 의견을 제시한다(『토성의 달들』 65쪽 참고). 리처드가 실제 아로사 호텔이나 맨체스터에 위치한 제발트의 첫 두 거처와 관련된 사실을 입증한바, 나는 그가 제시한 견해를 참고했다(『토성의 달들』 65~66쪽 참고). 제발트가 주거 지원 부서를 통해 첫 번째 숙소를 (그리고 두 번째 숙소를) 찾았다는 것은 추측이지만 사실임이 거의 확실하며, 리처드도 그랬으리라고 추측한다(『토성의 달들』 66쪽). 주거 지원 부서는 확실히 대학에 입학하는 모든 학생이 가장 먼저 찾는 곳이다.

10 제발트가 도착한 지 6개월 후 대학의 『교직원 소식지 *Staff Comment*』 1967년 3월 호(42호, 15쪽)에 게재된 학생 숙소 목록.

11 1963년부터 1966년까지 맨체스터대학에 재학한 내 친구 수와 프레드 스타인버그가 회상하듯 당시에는 그런 관행이 있었다.
   제발트로부터 아버지가 더 이상 돈을 보내주지 않으려 한다는 말을 들은 친구는 ROP였다(2015년 6월 7일 ROP와의 인터뷰를 통해 얻은 정보). 리처드 셰퍼드는 당시에는 신입 직원에게 '비상 세금 emergency tax'이 부과되었고 나중에야 환급되었기 때문에 제발트의 첫 급여는 예상보다 적은 금액이었을 것이라고 지적한다.

12 이 묘사는 진 스튜어트가 번역한 미셸 뷔토르의 『시간을 지나 *Passing Time*』(『시간의 사용 *L'emploi du temps*』 영역본, Pariah Press, 2021) 15쪽과 40쪽을 참고했다. 이어지는 인용문은 15쪽에서 발췌한 것이다. 뷔토르(혹은 그의 화자)는 마침내 발견한 더 밝고 더 깨끗한 방이 자기 삶을 구해준다는 느낌을 받는다(116). 그 방에서는 "무엇이든 견뎌낼 수 있었다"(114). 확신컨대 제발트도 마침내 자기만의/최고의 방을 찾았을 때 똑같은 느낌을 받았으리라.

13 2016년 12월 21일과 2017년 1월 17일 로즈메리 월뱅크 터너와의 인터뷰에서 얻은 정보.

14　『토성의 달들』 66쪽 참고. 리처드 셰퍼드는 "제발트가 도착한 직후 그를 방문한 친구들"을 언급하지만 이름은 밝히지 않았다.

15　우르줄라 리프슈가 제공한 설명. 제발트는 10월 초 여자친구가 와 있었을 때 신장 결석으로 인한 통증이 갑작스레 느껴졌다고 ROP에게 말했다(ROP가 1966년 10월 6일 브리기테에게 보낸 편지). 이어지는 방 묘사는 『토성의 달들』 66쪽을 참고했다. 리처드 셰퍼드는 이 정보도 익명을 요구한 제발트의 친구가 제공했다고 밝힌다. 집주인과 관련된 문제는 내가 ROP와의 대화에서 들은 것이다. 제발트가 어머니와 있을 때처럼 감시를 받는 기분을 느꼈다는 설명은 내 해석이다.

『자연을 따라. 기초시』에서 제발트는 몇몇 학자가 이곳 집주인으로 추정하는 도이치에 대해 이야기했다. 그러나 사실 도이치는 제발트가 아닌 볼프 디터 오르트만과 디트마르 크렘저의 집주인이었다. 도이치는 1933년 이전에 독일 탁구 국가대표로 활동하면서 일찍이 베를린에서 이주해 온 사람이었다(볼프 디터 오르트만이 2018년 12월 6일, 2019년 3월 3일 내게 보낸 이메일에서 제공한 정보. 『토성의 달들』에서 리처드 셰퍼드의 글 100~1001쪽 주67도 참고했다). 제발트가 『시간의 사용』을 읽은 일과 관련해서는 『토성의 달들』 66쪽을 참고하라. 리처드는 이를 11월의 일로 기록했지만 ROP가 10월 17일에 쓴 편지를 보면 제발트가 그때 이미 뷔토르의 소설을 알고 있었음을 확인할 수 있다.

16　『자연을 따라. 기초시』 95~96쪽 참고. 이어지는 두 인용문은 『이민자들』 151쪽에서 발췌했다.

17　가령 「W. G. 제발트의 작품 속 기억, 흔적, 그리고 홀로코스트Memory, Traces and the Holocaust in the Writings of W. G. Sebald」, 『맨체스터 유대인 연구 저널 *Manchester Journal of Jewish Studies, Meliah*』, 보충자료 2권, 2012에 수록된 재닛 볼프의 「막스 페르버와 맨체스터 망명기 전前기억의 지속성Max Ferber and the persistence of pre-memory in Mancunian exile」 47~56쪽, 48~49쪽 참고.

18　https://cathannabel.blog/2016/07/01/this-new-hades/에서 가져온 정보. 제발트가 사귄 이스트앵글리아의 후기 동료 켄 로지는 맨체스터 인근에서 태어나 1940년대와 1950년대에 그곳에서 성장했으며, 당시 맨체스터가 "공습으로 파괴되어 온통 검게 그을린 장소"였다고 말한다. 그는 제발트의 유년기 경험에 공감하면서 "건물은 원래 검은색인 건가 보다 하고 생각했다"라고 덧붙인다. 그러면서 이어지는 제발트의 묘사에도 동의한다. 그러니까—정확히 제발트의 학창 시절에 그랬듯—자신의 학창 시절에도 도시가 변하기 시작했지만, 건물들은 여전히 그을음으로 검었다고 말이다. 그는 어릿광대 같은 어떤 사람이 예술학부

건물 벽을 타고 올라가 그을음을 일부 닦아냈더니 그 아래 가려져 있던 밝고 깨끗한 석재가 드러나 모두가 화들짝 놀랐던 일을 회상한다(2019년 1월 18일 켄 로지와의 인터뷰에서 얻은 정보).

19 1960년대 중반 맨체스터에 관한 설명은 제발트와 같은 집에 거주했던 페터 요나스, 수 스타인버그, 그리고 중세학자였던 제발트의 동료 데이비드 블래마이어스를 통해 얻었다. "맨체스터는 분명 막스에게 끔찍한 충격을 안겨주었을 겁니다"라고 블래마이어스는 말한다. "맨체스터는 굉장한 산업 도시였습니다. 19세기엔 건물들이 죄다 그을음으로 뒤덮여 검은색을 띠었죠. 안개도 심각했고요. 바깥에 빨래를 널면 검댕으로 뒤덮이기 때문에 빨래를 널 수도 없었습니다. (…) 피레네산맥 한번 보는 것도 불가능했고요." 디즈버리와 콜턴은 가장 깨끗한 지역이었다. 그러나 남쪽과 동쪽에서는 "주택들의 외관이 무척 지저분했다"(2016년 12월 6일 블래마이어스와의 인터뷰).

20 https://cathannabel.blog/2016/07/01/this-new-hades/에서 얻은 정보. 캐서린 애너벨은 뷔토르가 "맨체스터의 어둠 속으로 뛰어들었다"라고 말한다.

21 막스가 빅스비(『크리스토퍼 빅스비와 작가들의 대화』, 149쪽), 제임스 우드(『브릭』59호, 1998, 29쪽), 제임스 아틀라스(「W. G. 제발트: 소개」290쪽)에게 한 말. 「막스 페르버」의 화자도 같은 얘기를 한다(149쪽 참고).

제발트는 빅스비, 제임스 우드, 제임스 아틀라스, 마야 재기, 그리고 나를 비롯한 많은 영어권 인터뷰어에게 처음 맨체스터에 도착했을 때 영어를 거의 하지 못했다고 말했다. 리처드 세퍼드는 제발트가 스스로 인정하는 것보다는 영어 실력이 훨씬 더 좋았으며(「'숲, 나무, 그리고 그 사이의 공간'」96쪽), 피터와 도러시 조던이 그를 만난 두 번째 학기 즈음에는 확실히 영어가 유창했다고 확언한다(2011년 10월 4일 인터뷰에서). 그럼에도 완벽주의자 제발트라면 분명 영어를 거의 할 줄 모른다고 느꼈을 것이다. 후일 그는 자기가 영어를 잘한 적이 한번도 없었다고 말하지만, 그건 완전히 틀린 얘기다. 하지만 그는 그렇다고 느꼈고 그 느낌은 사실이리라 생각된다. 예컨대, 그는 1998년 6월 7일 『옵서버』로버트 매크럼과의 인터뷰 「인물, 줄거리, 대화…… 그건 제 스타일이 아닙니다」에서 "사람은 절대 제2외국어에 완전히 익숙해질 수 없습니다"라고 말했다. 『토성의 달들』361쪽에 실린 쿡의 인터뷰, 『토성의 달들』371쪽에 실린 와서먼과의 인터뷰, 『살얼음판 위에서』127쪽에 실린 크라우저의 글(「저는 언어에 재능이 없습니다I'm not a gifted linguist」)도 참고하라.

22 문학비평가이자 제발트 추종자인 지그리트 뢰플러는 제발트에 관한 기사(『초상 7: W. G. 제발트』에 실린 「먼 곳으로의 정신적 여행Kopfreisen in die Ferne」,

『쥐트도이체 자이퉁』1995년 2월 4~5일 자 참고)에 그렇게 썼다. 제발트는 당시 ROP에게 이 위기에 대해 말했고(15~16쪽 참고) 후일 몇몇 인터뷰어에게도 비슷한 말을 했다(이를테면『크리스토퍼 빅스비와 작가들의 대화』149쪽, 제임스 우드『브릭』59호, 1998, 15쪽과 주51). 제발트의 가족도 나중에야 그 사실을 알았다. 제발트는 당시 알브레히트 라셰에게 보낸 편지에서 자신이 느낀 소외감에 대해 썼다(ROP, 그리고 ROP가『제발트 전시회에 관하여』에 쓴 글에서 얻은 정보). 뢰플러는 기사에서 제발트가 느낀 절망과 공포뿐만 아니라 무의미함과 허무함에 대해서도 언급한다. 그러면서 이 무의미함이나 허무함과 관련해『이민자들』을 인용한다. 절망과 공포는 언급하지 않지만 기사를 작성하기 위해 노퍽에 있는 제발트를 방문한 것은 분명한 사실이므로, 그가 제발트로부터 직접 그런 감정을 전해들었을 수도 있다. 제발트의 암흑기에는 실체 없는 공포(레나테 유스트,「토성의 흔적 속에서」,『초상 7: W. G. 제발트』40쪽 참고)도 존재했으므로, 그때도 그런 감정을 느꼈을 가능성이 있다.

23 이 인용문과 이어지는 인용문은『이민자들』154~155쪽에서 발췌했다. 티스메이드와 관련된 내용은 지어냈을 가능성이 있다는 추측은 내가 테사 싱클레어와 가진 인터뷰(2015년 2월 3일)에 바탕을 두고 있다. 싱클레어는 애버츠퍼드에 있는 제발트의 집 부엌에 티스메이드가 하나 있었다고 말했다. 분명 제발트가 아로사로 가져온 것이었을 테다. 제발트에게 비트겐슈타인과 카네티가 위안이 되었다는 점과 관련해서는 제임스 우드와의 인터뷰『브릭』59호, 29쪽을 참고하라. 제발트는 팔라틴 로드에 거주한 비트겐슈타인으로부터 받은 위안을 페르버에게 투영했고(『이민자들』166쪽), 이를『캄포 산토』(201)에서도 다시 언급한다.

24 스티비 데이비스가 2016년 12월 14일 이메일에서 내게 그 경험에 대해 말해주었다. 데이비스의 도움에 진심 어린 감사를 표한다.

25 'ROP'에 대한 설명은 내가 ROP와 나눈 대화와 그가 2015년 6월 23일 내게 보낸 이메일에 바탕을 두고 있다.

26 『토성의 달들』64쪽 참고. 다음 정보는 내가 볼프 디터 오르트만과 나눈 인터뷰와 그가 2018년 12월 6일과 9일에 보낸 이메일을 바탕으로 한 것이다. 오르트만은 고대 및 중세 독일어 전문가였다. 크렘저는 고대 영어를 연구하고 있었다. 오르트만은 독일문화원에서 경력을 쌓았다. 크렘저는 바이에른주의 김나지움 교사가 되었고, 제발트가 사망하고 몇 년 후 요절했다(오르트만과 ROP로부터 2017년 1월 10일 이메일을 통해 들은 정보). ROP에 관한 정보는 ROP 본인과 그의 아내 브리기테와의 대화를 통해 얻었다.

27 1966년 10월 6일 편지에 바탕을 두고 있으며, ROP가『악첸테』50권 1호

(2003년 2월호) 23쪽 「맨체스터의 막스」에 인용했다.

28 1966년 10월 17일 편지에 바탕을 두고 있으며, ROP가 「맨체스터의 막스」에 인용했다. 이어지는 인용문은 1966년 10월 31일 편지와 「맨체스터의 막스」에서 가져온 것이다.

29 브리기테가 자신의 부모인 한스 비트만과 파울라 비트만에게 1966년 10월 30일에 보낸 편지 내용으로, 친절하게도 타베르트 부부가 제공해주었다. 2015년 6월 7일 내가 타베르트 부부와 한 인터뷰도 참고했다. 제발트가 자신의 여권 사진을 보고 굴욕감을 느꼈다는 내용은 '초고와 습작' 버전 1, 69쪽을 참고했다. "콧수염이 없었다면 열다섯 살 정도로 보였을 것이다"라는 문장은 ROP가 1967년 3월 25일 브리기테의 부모에게 보낸 편지를 참고한 것으로, 이 또한 감사하게도 타베르트 부부에게 제공받았다.

30 ROP의 기억에 따르면 제발트는 당시 집 없는 방랑자 횔덜린과 자신을 강하게 동일시했다(「맨체스터의 막스」 25쪽 참고). 수개월간 지속된 제발트의 우울증과 관련해서는 『이민자들』 153쪽을 참고하라. "아로사에 도착한 첫날은 그 후 대부분의 날들과 수주, 수개월 동안 그러했듯 범상치 않은 적막과 공허의 시간이었다." 이어지는 인용문은 우드, 『브릭』 59호 29쪽과 『크리스토퍼 빅스비와 작가들의 대화』 149쪽에서 발췌했다.

31 1966년 12월 5일 편지에 바탕을 두고 있으며, ROP가 「맨체스터의 막스」 25쪽에 인용한 것을 재인용했다.

32 ROP에 관한 이 설명은 내가 2015년 6월 7일 그와 나눈 인터뷰와 친절하게도 그가 내게 건네준 이력서에 바탕을 두고 있다. ROP는 나와의 인터뷰에서 도덕적으로나 지적으로나 한층 보수적인 자신의 견해를 밝혔으며, 2004년 『리터라투렌』 제5권에 게재한 「따뜻한 안부를 전하며, 막스Tanti cordiali saluti, Max」에서 '프로이센' 문제에 대해 "내가 프로이센 출신이라는 사실이 그에게는 그리 달갑지 않았지만"(46)이라고 언급한다.

33 ROP, 「맨체스터의 막스」 22쪽 참고. 또한 ROP가 친절하게도 내게 제공해준 1967년 1월 27일 자 편지는 제발트의 영향력을 분명히 입증해준다. "문학비평은 슈테른하임 같은 작가를 비평 기법만으로는 이해할 수 없다는 사실을 받아들이지 못해요. 심리학적, 사회학적 방법이 추가로 필요한데 막스가 유능했던 지점이 바로 이 대목이라는 게 제 생각입니다. 이 부분에 있어서 저는 막스로부터 많은 걸 배우고 있고요."

34 이 문단에 제시된 정보는 2015년 6월 7일과 2016년 6월 4일 내가 타베르트 부부와 나눈 인터뷰, 그리고 브리기테가 1966년 혹은 1967년 양친에게 보낸 편지,

ROP의 이력서에 바탕을 두고 있다.

35 리처드 셰퍼드는 그 동료들과의 인터뷰를 바탕으로 그들에 대해 말한다(『토성의 달들』 72쪽). 2005년 셰퍼드가 조사를 했을 당시에는 스탠 케리를 제외한 모든 사람이 살아 있었다.

36 ROP, 「맨체스터의 막스」 23쪽에 실린 1966년 10월 31일 자 편지 참고. 리처드 셰퍼드는 자신이 작성한 연대기에서 제발트가 그해 가을 소설 집필을 시작했다고 말한다(『토성의 달들』 624쪽). 그 시기에 제발트가 빠른 속도로 글을 쓰고 있었으므로 가능한 일이었다(431쪽 참고). 그러나 그가 그 소설을 10월 초에 언급하고 있고 이미 읽고 있는 것으로 보아 그보다 더 일찍, 아마 여름께 작업을 시작했을 수도 있다(12장 끝에서도 이렇게 암시한다).

37 ROP, 1967년 1월 27일 브리기테의 부모에게 부친 편지 참고. 제발트가 ROP에게 건넨 다른 시들은 프라이부르크에서 쓰고 『프라이부르크 학생 신문』 '동요 Kinderlied' 면에 게재한 「삼부작Triptych」과 비슷한 「앨범시Albumverse」였다. 「앨범시」는 제발트가 1965년 8월 솔베이그의 생일에 쓴 시이며(「맨체스터의 막스」에서 제발트가 1966년 10월 31일에 쓴 편지 참고), 「블레스턴Bleston」은 그 당시에 쓴 시다(1967년 1월 27일 편지 참고).
「블레스턴」의 구성과 관련해 이어지는 정보는 ROP의 1967년 1월 27일 자 편지와 제발트가 알베르트에게 부친 편지(『대지와 물을 지나서』 177쪽)를 참고한 것이다. 제발트는 11월에 시를 쓰기 위한 자료를 모으기 시작했다(ROP의 같은 편지 참고).

38 『대지와 물을 지나서』의 편집자이자 역자인 이언 갤브레이스도 이를 인정한다. "이 시는 암시의 미로를 펼쳐 보이며 그 미로를 따라가려는 독자는 자칫 (…) 길을 잃을 위험이 있다"(177). 제발트의 산문을 열렬히 추앙하지만 시에 대해서는 더 이상 찬사를 보내지 않는 ROP는 "그는 현대적인 작가가 되려 했다"라고 말한다. 나는 그가 슈테른하임에게서 진단했던 바로 그 문제를 겪고 있었다고 생각한다. 곧, 자신이 들어가려는 세계에 깊은 인상을 남기고자 하는 외부자의 욕망 때문에 고통받고 있었다고 말이다.

39 이 이미지들은 『대지와 물을 지나서』에 실린 「블레스턴」 18쪽과 20쪽, 『자연을 따라. 기초시』 98쪽(복음 교회), 『이민자들』 157쪽(어둠과 찌르레기들)에 수록되어 있다.

40 「블레스턴」의 이 구절들은 『대지와 물을 지나서』 18쪽과 22쪽에서 발췌했다.

41 ROP, 「맨체스터의 막스」 25쪽, 1966년 12월 5일 자 편지에서.

42 이어지는 설명은 2011년 10월 4일과 2014년 10월 6일 조던 부부와 진행한 인터

884

뷰 중 도러시 조던이 제공한 정보에 바탕을 두고 있다.

43 킹스턴 로드 26번가에 관한 설명은 2011년 10월 4일 나와 인터뷰한 피터 조던과 브리기테가 1967년 1월 17일 부모에게 부친 편지에 바탕을 두고 있다. ROP가 디즈버리의 쾌적한 집에서 살고 있었다는 정보는 2016년 6월 4일 타베르트 부부와의 인터뷰를 통해 얻었다.

제발트와 ROP가 같이 이사하기로 결정했다는 내용은 브리기테가 1966년 10월 30일 부모에게 보낸 편지에 바탕을 두고 있다. 원칙에 따른 결정이었는지 아니면 제발트가 이미 킹스턴 로드의 집을 발견한 후의 일인지는 확실하지 않으므로 시기는 특정하지 않으려 한다. 제발트가 킹스턴 로드의 집을 발견했다는 정보는 2016년 6월 4일 타베르트 부부와의 인터뷰를 통해 얻었다. ROP에 이은 제발트의 하우스메이트였던 페터 요나스는 킹스턴 로드 집이 "어마어마한 상상력과 창의력으로" 개조한 집이었다고 말하면서, 이와 같은 묘사가 정확하다고 확인해주었다(페터가 친절하게도 내게 보내준 2011년 7월 제발트의 강연에 부친 서문에 실린 내용이다).

44 ROP, 「맨체스터의 막스」 25쪽, 1966년 12월 19일 자 편지에서.

45 ROP가 제공한 정보. 리처드 셰퍼드는 『토성의 달들』(69~70)에서 막스의 방이 1층에 위치했고 디즈버리 공원이 뒤쪽에 위치했다는 얼마간 잘못된 정보를 제공한다. 사실 막스의 방은 내가 본문에 쓴 것과 같이 길 건너편에 위치해 있었다. 오늘날에는 새로운 건물이 들어섰지만 뒤쪽의 플레처모스 공원은 아직 남아 있다.

46 브리기테가 1967년 1월 17일에 부친 편지에서. ROP과 막스의 방에 대한 설명의 나머지 부분은 1967년 1월 27일 ROP의 편지를 참고했다.

47 제발트가 빅스비와 한 인터뷰, 『크리스토퍼 빅스비와 작가들의 대화』, 161쪽.

48 일례로, ROP의 1967년 1월 27일 자 편지와 브리기테의 1967년 2월 2일 자 편지에 기록되어 있다. 이 문단에 제시된 나머지 정보도 2016년 6월 4일 같은 인터뷰에서 발췌했다. ROP는 여백에 새겨진 메모들이 제발트가 직접 작성한 것이라고 「알고이 출신 이민자, W. G. 제발트를 기억하며」 10~11쪽, 특히 11쪽에서 보고한다. 그는 2016년 6월 4일 나와 가진 인터뷰에서 이 사실을 확인해주었으며, 논의를 나눈 후에 메모를 작성했다고 덧붙였다. 샤이세[젠장]라는 말은 버전 1의 92쪽, 슬픔을 묘사한 문장 옆에 쓰여 있는데, 확실히 제발트는 이를 진부하다고 생각했던 듯하다.

49 ROP, 『제발트 전시회에 관하여』 2쪽 참고. 한번은 시인 에리히 프리트가 도움을 주려 했으나 역시나 헛수고였다고 ROP가 내게 말했다. ROP가 낙담했다는 사실

은 「맨체스터의 막스」 21쪽을 참고하라. 자신이 한 조언이 실수였던 것 같다는 ROP의 생각은 2016년 6월 4일 인터뷰에서 전해들었다.

50 이 문단에 제시된 정보는 켐프텐 일정표, ROP의 1966년 12월 19일 편지 「맨체스터의 막스」 25쪽과 26쪽, 그리고 ROP의 1967년 1월 27일 편지, 브리기테가 1967년 1월 17일과 1967년 2월 2일에 쓴 편지, 그리고 내가 ROP 부부와 나눈 인터뷰에서 얻었다.

51 이 내용과 "아마 막스 자신"이었으리라는 내용은 브리기테의 1967년 1월 17일 편지를 참고했다.

52 이 문단에 제시된 정보는 켐프텐 일정표, 『제발트 전시회에 관하여』, 그리고 내가 ROP와 나눈 대화에 바탕을 두고 있다. 제발트와 춤과 관련해 조던 부부가 말한 바에 따르면 그들은 제발트가 "대학에서 열리는 그 어떤 무도회에도 가지 않을 것"임을 알고 있었다(2014년 10월 6일 인터뷰에서).

53 지그리트 베커가 유조선을 타고 제발트를 찾아간 이야기는 내가 2017년 8월 8일 지그리트와 한 인터뷰에 바탕을 두고 있다.

54 이 별난 이야기는 2015년 6월 7일 내가 타베르트 부부와 나눈 인터뷰 및 이스트앵글리아대학에서 제발트의 동료였던 리처드 코크와 나눈 인터뷰(2013년 12월 16일)에 바탕을 두고 있다. 어쩌면 이는 제발트가 지어낸 이야기일 수도 있지만 나로선 전부는 아니더라도 일부는 믿고 싶다. ROP는 이 경험이 이르면 1967년에 제발트에게 여행 글쓰기에 대한 아이디어를 제공했을 수도 있다고 생각한다. 나는 그 반대, 그러니까 제발트가 이미 아이디어를 갖고 있었고 작가로서 몇몇 독일 신문사에 제안을 넣었다가 그중 한 곳에서 그런 원고를 청탁받았던 게 아닐까 싶다. 제발트가 리처드 코크에게 말했듯 신문사가 그에게 "접근해"왔을 가능성은 희박해 보이며, 아마 타베르트 부부도 그렇게 생각했을 것이다.

55 이 문단과 다음 문단에 제시된 이야기는 도러시 조던이 2011년 10월 4일과 2014년 10월 6일 나와의 대화에서 들려준 것이다.

56 이는 ROP가 1967년 1월 27일에 작성한 편지에서 제발트가 "장크트갈렌에 있는" 여자친구에게 책을 보냈다고 말하는 대목을 보면 확실히 알 수 있다.

57 이 정보와 같은 문단의 나머지 정보는 ROP와 브리기테가 2015년 6월 7일 인터뷰에서 말한 이야기, 즉 막스의 여자친구가 테이블 아래로 들어가 앉은 광대 역할을 했다는 이야기만 빼고 ROP의 1967년 3월 25일 편지에 바탕을 두고 있다. 253쪽의 사진에서 확인할 수 있듯(2011년 10월 6일 인터뷰) 조던 부부도 그 당시 제발트를 "호리호리하고" "마르고" "비실비실한" 사람으로 기억하고 있다.

58 내가 ROP와 2015년 6월 7일에 한 인터뷰에서.

59 내가 ROP와 나눈 대화, 그가 2016년 6월 20일에 내게 보낸 이메일, 「맨체스터의 막스」 21쪽과 27쪽, 「따뜻한 안부를 전하며, 막스」 46쪽에서.

60 제발트가 마지막 해에 주택 매입을 생각했던 지역 중 하나는 니스였다(우르줄라 리프슈가 제공한 정보).

61 제발트의 여자친구는 알다시피 빈에서 성장했고 의심할 여지없이 제발트가 빈에 대해 한 말은 여자친구의 이야기를 빌려온 것일 테다. 에타는 제발트가 프라이부르크에서 핀터의 연극을 연출한 적이 없음을 확인해주었다. 제발트 대신 다른 사람이, 즉 베케트의 역자이자 친구로 유명해진 발터 아스만이 제발트가 프라이부르크에 있는 동안 그곳에서 핀터의 「관리인Caretaker」을 연출했다. 이는 확실히 제발트의 이야기에 영감을 주었다(당시 막시밀리안슈트라세 그룹의 동료이자 친구였던 다크마르 나이스가 2017년 8월 19일 나와의 전화통화에서 제공한 정보).

잡지사의 사진 기사로 근무했었다는 제발트의 말을 ROP는 아마 주인공 요제프가 똑같은 이야기를 들려주면서 독자들에게 거짓임을 알려주는 소설[『토성의 고리』]을 읽기 전까지 믿었을지도 모른다. 요제프는 우리도 알다시피 많은 거짓을 늘어놓는데, 이는 ROP에게 작가 제발트에 대한 경고 역할을 했을 수도 있다. 사실 제발트가 타베르트 부부에게 말한 진짜 허풍은 대부분 그들의 우정이 싹튼 초기 몇 주에 있었던 일이다. 이 모든 정보는 내가 2015년 6월 7일 ROP와 한 인터뷰에서 얻었다.

62 1966년 10월 30일 브리기테의 편지에서.

63 2016년 6월 4일 내가 제발트와 나눈 인터뷰에서. 제발트가 내게 이 이야기를 했다는 정보는 『기억의 유령』 65쪽을 참고하라.

64 막스 프리슈의 『슈틸러』 영역본(Penguin Modern Classics, 1983) 345쪽 참조.

65 제발트가 1966년 혹은 1967년에 애호한 책에 관한 이 정보를 비롯한 다른 모든 정보는 내가 ROP와 나눈 대화에서 얻었다.

66 솔 벨로, 『허조그Herzog』(Penguin Books, 1965) 7쪽. 이어지는 인용문은 149쪽에서 발췌했다.

67 막스는 1967년 1월 27일에 작성한 편지에서 이에 대해 썼다.

68 막스 프리슈, 『슈틸러』, 51~52쪽.

69 2015년 6월 7일 ROP와의 인터뷰에서.

70 2016년 6월 4일 ROP와의 인터뷰 및 그가 2015년 6월 23일 내게 보낸 편지에서. 페스트슈리프트는 보통 퇴임을 앞둔 학자를 기리는 글을 엮은 책이지만, 제발트와 ROP는 자신들이 (예정했던 대로) 학교를 떠날 때 이 글을 작성했다. 이언

갤브레이스는 『대지와 물을 지나서』 180쪽에서 제발트가 패리를 위해 쓴 시 중에 「디즈버리」「줄리에타의 생일Guilietta's Birthday」「12시를 알리는 시보Time Signal at Twelve」(『대지와 물을 지나서』 22~25쪽) 등이 있다고 말한다.

71 『토성의 달들』 624쪽리처드 셰퍼드가 작성한 연표 참고.

72 ROP의 이력서에서(또한 『토성의 달들』 624쪽 리처드 셰퍼드가 작성한 연대기 참고).

73 제발트가 결혼을 결심한 일에 관한 정보는 우르줄라 리프슈가 제공했다. 결혼 날짜는 『토성의 달들』 624쪽 리처드 셰퍼드가 작성한 연표를 참고했다. 게르트루트와 장폴이 결혼식에 참석할 수 없었다는 이야기는 게르트루트로부터 들었다.

74 빈프리트 게오르크 제발트는 1967년 9월 1일 우테 로젠바우어와 결혼했다. https://www.deutsche-biographie.de/pnd119310007.html.

75 이 문단에 제시된 정보는 『토성의 달들』 72~73쪽 리처드 셰퍼드의 글과 「W. G. 제발트 특별호」 주43, 그리고 내가 도러시 조던, ROP와 진행한 인터뷰에 바탕을 두고 있다.

76 내가 이다 서개라, ROP와 진행한 인터뷰를 통해 얻은 정보.

77 『캄포 산토』 201쪽 참고.

78 2016년 12월 15일 내가 이다 서개라와 진행한 인터뷰에서.

79 켈러 교수가 이스트앵글리아대학 측에 보낸 추천서에서 발췌, 『토성의 달들』 87쪽 참고. 이어지는 인용문도 같은 글에서 발췌한 것이다. 막스가 인기 있는 교수였다는 정보는 『토성의 달들』 87쪽 패리 교수의 편지에 바탕을 두고 있다.

80 『토성의 달들』 75쪽 참고. 참고문헌의 상당수는 좌파 이론가들의 글이었다. 75~76쪽 참고.

81 『토성의 달들』 77쪽 참고.

82 『토성의 달들』 77~78쪽 참고. '조현병'을 비롯한 여타 증상과 관련해서는 맨체스터대학 기록보관소에 보관된 논문 「카를 슈테른하임과 후기 부르주아 시대 이데올로기와 관련된 그의 작품Carl Sternheim und Sein Werk in Verhältnis zur Ideologie der Spätbürgerlichen Zeit」 사본 226쪽을 참고하라.
리처드 셰퍼드와 우베 쉬테 모두 염려와 불안, 공격성이 제발트 자신과 관련되어 있다고 주장한다. 『토성의 달들』 78쪽, 주94의 마지막 부분, 103쪽의 "그〔제발트〕는 슈테른하임처럼 독일—혹은 여타—문화에 '동화되지 못한' 사례로 볼 수 있다" 참고. 우베 쉬테는 특히 『W. G. 제발트』 14~15쪽에서 이 점을 지적한다. 그러나 쉬테는 제발트가 외부자라는 자신의 지위에 대해 취한 대응을 두고 이것이 슈테른하임의 대응과는 정반대였다고, 수용되기 위해 적응하는 것이 아니라 외부에 머물며 내부를 공격하는 것이었다고 상당히 일리 있는 지적을 덧붙인다.

83 각각 위 논문 서문 5~6쪽과 본문 6쪽, 133쪽, 219쪽 참고.

84 『토성의 달들』 102쪽 주94 참고. 이어지는 인용문도 같은 주석에서 발췌한 것이다.

85 내가 프랑스어 교수이자 『유럽학 저널』 창립 편집인인 존 플라워와 2017년 1월 18일에 진행한 인터뷰에서.

86 예컨대 제발트는 1996년 나와의 인터뷰에서 이렇게 말했으나, 나는 이를 발행된 글에 싣지 않았다.

87 『이민자들』 187쪽 참고. 5월 17일은 실제로 페르버 모친의 모델인 피터 조던의 어머니가 태어난 날이었다(피터 조던과의 인터뷰를 통해 얻은 정보).

88 패리에 관한 정보는 2016년 12월 15일 내가 이다 서개라와 한 인터뷰와 2016년 6월 14일 스티비 데이비스와 주고받은 인터뷰에서 얻었다. 눈처럼 부드러운 채찍에 관한 문장은 이다가 『독일에서의 생활과 편지 *German Life and Letters*』 61권 3호(2008년 7월호) 295쪽에 게재한 패리에 대한 부고에서 발췌했다(이다는 아일랜드에서 쓰는 게일어로 글을 작성해 '눈처럼 부드러운 채찍'을 'Súgán sneach-ta'라고 표현했다).

89 이 설명은 『토성의 달들』 103쪽 주105에 바탕을 두고 있다. 레옹스를 연기하고 2005년 리처드 셰퍼드와 인터뷰한 스티븐 스와비가 제공한 정보다. 안타깝게도 스와비는 그 후 사망했다.

    ROP는 제발트의—아마 그가 처음 쓴—희곡을 읽은 후 그의 소설을 읽을 때처럼 수정에 도움을 주었지만, 그 후 원고는 짐작건대 맨체스터의 쓰레기통으로 사라져버리고 말았을 것이다(『토성의 달들』 주95). 리처드 셰퍼드는 그 희곡이 제발트가 이다 서개라를 위해 쓴 "빈 스타일의 희극"이었으리라고 추측한다. 이는 결과적으로 제발트가 장크트갈렌에서 쓴 단막극의 한 버전이었을 수도 있다(14장 참고).

90 레옹스와 연극에 대해 이어지는 설명은 『토성의 달들』 80쪽, 「레옹스와 레나」에 관한 위키피디아 항목 https://en.wikipedia.org/wiki//Leonce_and_Lena, 스카두시skadoosh가 2013년 3월 27일에 게시한 「운명으로부터의 회피는 부질없다: 게오르크 뷔히너의 「레옹스와 레나」」 https://my.vanderbilt.edu/almosthu-man/2013/03/escaping-fate-is-futile-georg-buchners-leonce-and-lena/, 그리고 마지막으로 제발트의 프로그램 제작 노트를 참고했다.

91 "St S," 즉 스티븐 스와비가 작성한 프로그램 노트에서. 이 문장에서 여섯 어절("불치병 환자가 단순히 불치병 환자라는 이유만으로")는 연극에서 발췌한 것이

다. 프로그램 노트는 맨체스터대학 기록보관소에 보관되어 있다.

92 스와비는 제발트가 자신에게 노트를 써달라고 요청했다고 리처드 셰퍼드에게
말했다(『토성의 달들』80쪽).

93 이 문장과 다음 문장은 연극학부의 존 프로드호가 『교직원 소식지』 46호
(1968년 3월호)에 게재한 비평문의 18~19쪽, 특히 19쪽에서 발췌했다.

94 이 부분과 이어지는 인용문은 스티븐 스와비가 2005년 5월 28일 리처드 셰퍼드
에게 쓴 편지에서 발췌한 것이며, 『토성의 달들』80쪽에 인용되어 있다.

95 『토성의 달들』79쪽 참고. 막스가 연극학부에서 일자리를 제안받았다는 소문이
돌았다는 정보는 막스가 1968년 3월 12일 ROP에게 쓴 편지와『토성의 달들』
81쪽에 인용된 ROP의 「따뜻한 안부를 전하며, 막스」47쪽에 바탕을 두고 있다.
다음 인용문도 똑같은 편지에서 발췌한 것이며, 『토성의 달들』81쪽에 인용되어
있다.

96 「따뜻한 안부를 전하며, 막스」48쪽에 인용된 막스가 1968년 5월 8일 ROP에게
쓴 편지에서.

97 『토성의 달들』82쪽, 리처드 셰퍼드의 연대기 625쪽 참고.

98 이다 서개라와의 인터뷰에서 얻은 정보.

99 이 장 주56을 참조하라.

100 『토성의 달들』81쪽, 『개입들』79쪽 참고. 제발트는 거기서 주변을 돌아볼 수 있
겠다고 발터 크라우저에게 말했다(『살얼음판 위에서』146쪽).

101 2016년 10월 12일 나와 진행한 인터뷰에서. 제발트의 석사학위 취득 날짜는『토
성의 달들』625쪽에 실린 리처드 셰퍼드의 연표를 참고했다.

102 「따뜻한 안부를 전하며, 막스」48쪽에 인용된 제발트가 1968년 8월 1일 ROP에
게 보낸 편지 참고. 다음 문단도 똑같은 편지에 바탕을 두고 있다. 이 편지에서
제발트는 개구리 비유가 어느 동화를 바탕으로 상상한 것이라고 말한다(편지 전
문은 독일문학아카이브에서 확인할 수 있다).

14장 장크트갈렌 1968 - 1970

1 장크트갈렌에 도착한 날짜와 교사로서의 생활을 시작한 날짜는 「따뜻한 안부를
전하며, 막스」48쪽에 인용된 제발트가 1968년 8월 1일 ROP에게 보낸 편지 참
고. 막스 부부의 집에 관한 정보와 막스의 아내가 미용실에서 일했다는 정보는
게르트루트가 제공했다.

2 www.wgsebald.de에서 '로젠베르크' 항목 참고(2020년에 검색한 결과).

3 「따뜻한 안부를 전하며, 막스」 46쪽에 인용된 1968년 10월 2일 자 편지.

4 막스는 『기억의 유령』 49쪽에 실린 바흐텔과의 인터뷰에서 그렇게 말했다. 이어지는 정보는 독일문학아카이브에 보관 중인 우베 쉬테의 『개입들』 79쪽에도 인용되어 있는 막스가 1972년 6월 11일 게르숌 숄렘에게 쓴 편지와 내가 피터 조던과 도로시 조던 그리고 마리와 나눈 대화, 막스가 엘리너 웍텔(『기억의 유령』 49~50쪽), 발터 크라우저(『살얼음판 위에서』 146쪽)와 나눈 인터뷰를 바탕으로 한다. 막스가 모든 것을 가르쳐야 했다는 정보는 『토성의 달들』 81쪽, 막스가 부유한 집안 출신 학생들을 좋아하지 않았다는 정보는 게르트루트를 통해 얻었다.

5 『이민자들』에 수록된 「막스 페르버」 177쪽.

6 「따뜻한 안부를 전하며, 막스」 46~48쪽에 인용된 막스가 1968년 8월 1일, 10월 2일 ROP에게 보낸 편지 참고. 막스는 빈 출신의 유명한 희극인 헬무트 크발팅거에게 희곡을 보냈다. 크발팅거는 이에 대한 답신을 보내지 않았다(『토성의 달들』 82쪽 참고).

7 『토성의 달들』 82쪽 참고. 이 수정 버전에 대한 내 설명은 『토성의 달들』 82~85쪽에 실린 리처드 셰퍼드의 설명과 우베 쉬테의 『개입들』 79~80쪽에 바탕을 두고 있다.

8 원고를 받았음을 알리는 출판사의 편지 작성 날짜는 1968년 10월 29일이다(독일문학아카이브에 보관 중). 『토성의 달들』(624)에 실린 리처드 셰퍼드의 연대기도 이 날짜를 기록하고 있다. 제발트의 편지 및 1969년 2월 6일 출판사의 편지와 관련해 이어지는 정보는 우베 쉬테 『개입들』 67~68쪽과 주1에 바탕을 두고 있다. 우베 쉬테는 '나' 대명사 사용 문제가 학위 논문 버전에는 존재하지 않았다고도 지적한다(우베 쉬테 『개입들』 73쪽). 제발트가 이와 관련해 아도르노식의 반란을 감행했다는 지적은 저자 본인이 한 것이다. 『살얼음판 위에서』 255쪽에서 그가 우베 프랄레와 나눈 인터뷰, 『토성의 달들』 82쪽, 원고 수정을 마친 시기를 4월로 기록한 624~625쪽의 연표를 참고하라.

9 『카를 슈테른하임: 빌헬름 시대의 비평가이자 희생자』(Kohlhammer, 1969), 7쪽에서 인용한 것으로, 우베 쉬테의 「제발트 대 학계」 2쪽에 실려 있다. 제발트의 수정 사항과 관련된 구체적인 내용에 대해서는 『토성의 달들』 84쪽 참고.

10 『토성의 달들』 625쪽에 실린 연대기 참고. 우베 쉬테는 『개입들』을 비롯한 몇몇 지면에서 제발트가 논쟁을 통해 이루고자 했던 주요 목표는 독문학계에 영향을 미치는 것이었다고, 이는 언제나 고된 과업이지만 특히 [독일 바깥에 있던] 외부인에게는 더없이 고된 일이었다고 말한다(가령 『개입들』 96쪽 참고).

11 이어지는 정보는 게르트루트가 제공했다.

12 『이민자들』176쪽 참고.

13 이어지는 정보는 『토성의 달들』82쪽과 우베 쉬테의 『W. G. 제발트』15쪽 참고.

14 켈러 교수와 패리 교수의 말은 그들이 1970년 제발트의 이스트앵글리아대학 지원을 뒷받침하기 위해 작성한 추천서에서 인용한 것으로, 『토성의 달들』87쪽에서 재인용했다.

15 제발트의 맨체스터대학 재임용 및 독일문화원 지원 취소와 관련된 정보는 『토성의 달들』82쪽과 625쪽에 바탕을 두고 있다. 1969년 기준 960파운드의 현재 가치는 https://www.moneysorter.co.uk/calculator_inflation2.html#calculator를 참고하라[환산하면 약 2만 파운드로, 한화 4000만 원 정도다].

16 『토성의 달들』625쪽에 수록된 리처드 셰퍼드의 연표 참고. 이 단계에서 막스의 박사 논문 제목은 「되블린 작품의 핵심 모티브Über zentrale Motive im Werk Döblins」였다(리처드 셰퍼드, 「알프레트 되블린에 대한 W. G. 제발트의 이해」351쪽 참고. 우베 쉬테 『개입들』190쪽 주136도 참고).

17 이 문단에 제시된 설명은 『개입들』96~97쪽에 바탕을 두고 있다. 『카를 슈테른하임: 빌헬름 시대의 비평가이자 희생자』는 1969년 10월 3일 초판 2000부가 출간되었다(『토성의 달들』83쪽).

18 우베 쉬테 『개입들』96쪽에 인용된 『게르마닉 리뷰Germanic Review』(1972) 47호 234~236쪽 서평에서.

19 폴류도프의 반박문은 1970년 8월 14일 자 『차이트』 '문예란' 15면에 실렸으며 『제발트. 읽기』56~58쪽에 전재되었다. 막스의 반박문은 1970년 8월 28일 자 『차이트』의 '현대인의 삶' 46면에 실렸고 『제발트. 읽기』59~60쪽에 전재되었다. 반박문을 통한 이 같은 논쟁에 대한 내 설명은 『토성의 달들』85~86쪽에 실린 리처드 셰퍼드의 글과 우베 쉬테 『개입들』97~99쪽에 바탕을 두고 있다.

20 이 문단도 『토성의 달들』86쪽 리처드의 글과 우베 쉬테 『개입들』99~101쪽에 바탕을 두고 있다. 우베 쉬테는 1976년 11월 제발트가 독일 텔레비전 방송국과 가진 인터뷰에서 마지막으로 슈테른하임과 관련된 발언을 한 사실을 발견했다(『개입들』186쪽 주85 참고). 제발트의 이름이 등장하지 않는 학술 연구는 2007년에 나왔다.

21 우베 쉬테는 제발트가 택한 비평 방법과 관련해 이러한 요소 중 상당수를 지적한다.

22 맨체스터의 황금기에 관한 정보는 이다 서개라, 로즈메리 월뱅크 터너, 데이비드 블래마이어스, 마틴 더렐, 수 스타인버그, 그리고 스티븐 스와브가 2005년 5월 28일 리처드 셰퍼드에게 보낸 편지(『토성의 달들』71쪽 주70)에서 얻었다. 켈러에 관한 독일 위키피디아 항목 https://de.wikipedia.org/wiki/Rudolf_Ernst_

Keller에 참고문헌으로 제시된 마틴 더렐의 켈러에 대한 부고는 1980년대 중반 맨체스터 동료 다섯 명이 영국 교육기관에서 독문과 학과장을 맡았다고 언급한다. 이다 서개라는 2017년에 작성한 피터 스크라인에 대한 부고(https://onlinelibrary.wiley.com/doi/full/10.1111/glal.12179 참고)에서 브리스틀의 스크라인, 세인트앤드루스의 퍼니스, 트리니티칼리지 더블린의 이다 서개라 본인을 포함해) 1960년대 맨체스터 강사 중 여덟 명이 영국, 독일, 아일랜드 대학에서 학과장 직을 이어갔다고 덧붙인다.

23 제발트는 빅스비에게 말했다. "대학에는 권위적인 구조와 유사한 것이 전혀 없었습니다. 이런 시스템에서 성장한 사람에게는 (…) 정말 자유롭게 느껴졌죠(150)". 이어지는 정보는 마틴 더렐, 데이비드 블래마이어스, 이다 사가라, 로즈메리 월뱅크 터너, 피터 스크라인을 먼저 하늘나라로 보낸 그의 아내 셀리아(2018년 10월 16일 이메일), 레이 퍼니스를 먼저 떠나보낸 그의 아내 재니스(2016년 2월 15일 이메일)로부터 얻었다. 피터 스크라인, 레이 퍼니스, 로즈메리 월뱅크 터너 모두 『교직원 소식지』에 풍자적인 글을 썼다.

24 이어지는 정보는 이다 사가라, 마틴 더렐, 데이비드 블래마이어스, (제발트와 레이 퍼니스와 관련해서는) 『토성의 달들』 83쪽에서 얻었다.

25 내가 맨체스터 시절을 조사하기 시작했을 무렵 안타깝게도 피터 스크라인의 건강이 심각하게 악화되었던 상황이라 그와 직접 대화를 나눌 수 없었다. 그는 2017년 5월에 사망했다. 스크라인에 관한 정보는 그의 아내(2018년 10월 16일 이메일)와 셀리아 스크라인이 『가디언』 2017년 8월 2일 자에 실은 부고 「다른 삶들Other Lives」, https://www.theguardian.com/world/2017/aug/02/peter-skrine-obituary, 이다 사가라가 『독일 생활과 편지』 제71권 제1호, 1~3권, 2018년 1월에 게재한 부고 https://onlinelibrary.wiley.com/doi/full/10.1111/glal.12179와 『브리스틀대학 뉴스Bristol University News』 2017년 9월 12일 자에 게재된 부고 http://www.bristol.ac.uk/news/2017/september/peter-skrine.html를 바탕으로 한다. 이다와 알베르트 사가라에 관한 정보는 이다 자신이 제공했으며, 세부 내용은 마틴 더렐, 데이비드 블래마이어스, 로즈메리 월뱅크 터너가 제공했다.

이다는 2013년에 아버지에 대한 전기 『케빈 오실: 북쪽의 민족주의자이자 아일랜드 건국자Kevin O'Shiel: Northern Nationalist and Irish-State Builder』를 출간했다. 『아이리시 타임스The Irish Times』 2013년 6월 20일 자에 실린 「오실의 딸이 기록을 바로 세우다O'Shiel daughter sets the record straight」, http://www.irishnews.com/lifestyle/2013/06/20/news/o-shiel-s-daughter-sets-recordstraight-62818/ 기사를 참고하라.

26 내가 2016년 12월 15일 이다 서개라와 나눈 인터뷰에서.

27 이 세 명, 특히 스탠 케리가 제발트와 가장 가까운 사이였다는 점에는 모두가 동의했다. (또한 『토성의 고리』에서 저자가 그를 공식적으로 부르며 칭한 이름 '스탠리'로 그가 불린 적은 한 번도 없었으며, 오직 '스탠'이라고만 불렸다고 한다.)

28 패리 교수에 관한 정보는 이다 서개라, 로즈메리 월뱅크 터너, 데이비드 블래마이어스, 마틴 더렐이 제공했으며, 더렐은 『인디펜던트Independent』 2008년 3월 26일 자에 패리에 대한 부고를 실었다. 고든 터너도 제발트와 이드리스 패리 사이에는 라포르가 형성되어 있었다고 내게 말해주었는데, 이는 분명 제발트 본인에게서 들은 말이었을 것이다(우리의 인터뷰는 2017년 2월 22일에 진행되었다). 패리가 가진 복잡한 생각에 대한 내 요약은 주로 스티비 데이비스의 「1960년대 후반과 1970년대 초반 이드리스 패리에 관한 메모Notes on Idris Parry in the late 1960s and early 70s」에 바탕을 두고 있는데, 스티비는 친절하게도 2017년 1월 29일 이메일을 통해 내게 이 자료를 보내주었다. 이 글뿐만 아니라 스티비가 패리와 관련해 내게 준 모든 도움과 조언에 진심으로 감사드린다. 스티비의 '메모'는 14쪽 인용문의 출처이기도 하다.

29 레이 퍼니스에 관한 정보는 이다 서개라, 마틴 더렐, 데이비드 블래마이어스, 로즈메리 월뱅크 터너를 비롯해 『파이프 투데이Fife Today』 2008년 6월 13일 자에 실린 퍼니스의 소설 『헬리골랜드에 관하여On Heligoland』에 대한 설명 https://www.fifetoday.co.uk/news/from-facts-to-fiction-for-retired-st-andrews-academic-1-151063, 바그너에 관한 퍼니스의 마지막 작품 『바그너리안Wagnerian』에 대한 리뷰 http://www.the-wagnerian.com/2013/07/mini-review-raymond-furness-richard.html, 레이 퍼니스가 2014년 4월 스코틀랜드 바그너 협회에서 강연을 할 때 작성한 자기소개 https://www.wagnerscotland.net/event/27-april-2014-730pm 등에 바탕을 두고 있다. 리처드 세퍼드는 제발트가 "레이의 괴짜스러움을 높이 평가했다"라고 말한다(2018년 6월 8일 이메일). 안타깝게도 레이 퍼니스는 피터 스크라인과 같은 상황에 처해 있었다. 내가 제발트의 맨체스터 시절을 조사하기 시작한 무렵 그도 건강이 좋지 않았던 것이다. 우리는 몇 가지 메모를 주고받았으나 유감스럽게도 한 번도 만나지 못했다. 그는 2018년 9월 30일에 사망했다.

30 2005년 2월 21일, 2월 26일, 4월 11일 레이 퍼니스가 리처드 세퍼드에게 보낸 편지를 참고했으며, 이는 『토성의 달들』 82~83쪽에 인용되어 있다. 『토성의 달들』(104~105쪽 주118)에서 세퍼드는 "퍼니스는 특히 막스에게 들려주곤 했던

이상한 동요를 기억하는데, 그 동요는 특별한 매력을 품고 있었다고 생각되었다"라고 쓴다. 그가 언급한 동요는 「이중적인 짓을 저지른 사내가 있었네There Was a Man of Double Deed」였다.

이중적인 짓을 저지른 사내가 있었네
그는 자기 정원에 씨를 가득 뿌렸지
씨앗이 움트기 시작하자
그것은 마치 눈으로 뒤덮인 정원 같았고
눈이 녹기 시작하자
그것은 마치 띠가 없는 배 같았네
배가 항해를 시작하자
그것은 꼬리 없는 새 같았고
새가 날기 시작하자
그것은 마치 하늘을 나는 독수리 같았네
하늘이 으르렁대기 시작하자
그것은 문앞에 나타난 사자 같았고,
문이 쩍 갈라지기 시작하자
그것은 내 등을 후려치는 회초리 같았네
내 등이 얼얼해지기 시작하니
그것은 마치 심장에 꽂힌 잭나이프 같았고
심장이 피를 흘리기 시작하자
그것은 죽음, 죽음, 실로 죽음이었네

인터넷에는 「이중적인 짓을 저지른 사내가 있었네」가 북아일랜드 전래 동요라는 이야기와 시인 앨리스 오스왈드가 이 동요를 다룬 팟캐스트 https://www.theguardian.com/books/audio/2013/feb/22/alice-oswald-poem-man-double-deed-podcast를 비롯해 무수한 정보가 산재해 있다.

31 날짜는 정확하지 않지만 2015년 12월 중순에 레이 퍼니스가 내게 보낸 메모에서 얻은 정보다. 제발트의 아카이브에는 1978년에서 1995년 사이 패리가 보낸 다섯 통의 편지가 보관되어 있다. 마틴 더렐과 데이비드 블래마이어스 모두 제발트가 스탠 케리와 가장 가까웠다고 기억했다.

32 『토성의 달들』75쪽.

33 『이민자들』에 수록된 「파울 베라이터」 28쪽 참고. 만골트에 관한 내용은 40쪽 참고.

34 『토성의 고리』186쪽 참고. 내가 계속해서 인용한 스탠 케리에 관한 전체 설명은 185~187쪽을 참고하라.

35 「새로운 천사」는 파울 클레의 회화 작품이었다. 벤야민은 이 작품의 주제가 역사를 "하나의 단일한 재앙"으로 바라보는 천사라고 해석했는데, 이는 그야말로 제발트적인 관점이었다(https://en.wikipedia.org/wiki/Angelus_Novus 참고).

36 『토성의 고리』187쪽 참고. 다음 인용문은 『토성의 고리』187쪽에서 발췌했다.

37 스탠 케리에 관한 정보는 로즈메리 월뱅크 터너, 이다 서개라, 마틴 더렐, 데이비드 블래마이어스와 진행한 인터뷰 및 『토성의 달들』73~75쪽에서 얻었다.

38 우베 쉬테가 『토성의 달들』171쪽에서 인용했다.

39 『토성의 달들』74쪽, 628쪽 참고. 케리가 지독한 끽연가였다는 정보는 마틴 더렐이 제공했다.

40 「맨체스터의 막스」29쪽, 막스가 1970년 4월 7일 ROP에게 보낸 편지에서. 막스는 이 편지에서 불만을 표출한다.

41 베아테가 맨체스터에서 보낸 시간에 관한 정보는 내가 베아테와 나눈 대화, 베아테가 2018년 6월 12일에 보낸 이메일, 내가 조던 부부와 나눈 대화에 바탕을 두고 있다. 이 대목과 다음 절에 제시된 조던 부부에 관한 정보는 내가 2011년 10월 4일과 2014년 10월 6일 두 사람과 가진 인터뷰와 2016년 7월 26~27일 페터 요나스와 가진 인터뷰를 통해 얻었다.

42 『기억의 유령』65쪽 참고.

43 도리스 슈토이서에게 한 말(『살얼음판 위에서』242쪽 참고). 이 문단에 제시된 다른 내용들은 막스가 마야 재기(2001년 12월 21일 『가디언』에 게재된 「마지막 말」), 스벤 뵈데커(『기억의 유령』107쪽), 슈토이서(『살얼음판 위에서』241쪽과 244쪽), 조지프 쿠오모(『기억의 유령』106쪽)와 가진 인터뷰에 바탕을 두고 있다.

44 이 절에서 페터 요나스에 관한 정보와 페터 요나스로부터 얻은 정보는 2016년 7월 26~27일 내가 그와 진행한 인터뷰와 내가 던진 후속 질문에 대한 그의 답변에 바탕을 두고 있다. 그는 친절하게도 내게 세 가지 텍스트를, 즉 2001년 7월 뮌헨 국립오페라극장에서 개막한 「청교도」에 대한 제발트의 강연에 부친 서문, 2002년 1월 21일 『프랑크푸르터 알게마이네 차이퉁』에 게재한 제발트에 관한 기사, 2001년 혹은 2002년 뮌헨 리터라투르하우스에서 진행된 제발트 작품 읽기에 대한 소개글, 그리고 위키피디아 항목 https://en.wikipedia.org/wiki/Peter_Jonas_(director)을 제공해주었다.

45 이는 페터가 1969년 제발트에게 들려준 이야기이며, 대체로 사실이었다. 율리우스 요나스는 부유했고 자신의 재산을 자녀들의 이민을 돕는 데 사용했다. 그

의 작은딸들인 엘리자베스와 마거릿은 영국으로 이민 갔고, 큰딸 아네마리는 페루로 갔다가 미국으로 떠났으며, 아들 옌스 페터는 팔레스타인으로 갔다. 그리고 알다시피 발터는 영국으로 이민 갔다. 율리우스와 그의 아내 율리(율리우스의 두 번째 아내로, 엄밀히 말하면 페터의 할머니가 아니다)도 사실 떠날 준비를 하고 있었지만, 마지막 순간에 마음을 바꾸고 다른 길을 택했다. 슈톨퍼슈타인 함부르크 웹사이트 http://www.stolpersteine-hamburg.de/?MAIN_ID=7&BIO_ID=2338 참고. 이 웹사이트에는 1938년 11월 유대인의 변호사 개업이 수년간 금지된 후 율리우스 요나스가 신경쇠약으로 고통받았다는 기록도 있다. 게슈타포 장교에 관한 기록은 (당연하게도) 전무하다. 그러나 전쟁 중이든 평시든, 이런 개인적 인연들은 종종 결정적인 역할을 한다.

46 『토성의 달들』 87쪽. 인용문은 1970년 4월 7일 제발트가 ROP에게 보낸 편지 「따뜻한 안부를 전하며, 막스」 47쪽에서 발췌했으며, 『토성의 달들』 87쪽에 인용되어 있다.

47 이 정보와 제발트가 이스트앵글리아대학에 보낸 지원서에 관한 나머지 정보는 『토성의 달들』 87~88쪽에 실린 리처드 셰퍼드의 글과 연대기, 그리고 우리가 나눈 대화에 바탕을 두고 있다. 다른 두 사람도 동시에 지원했다는 사실은 그중 한 명인 고든 터너 그리고 제발트가 빅스비와 가진 인터뷰를 통해 얻었다. 둘 중 다른 한 명은 세드릭 윌리엄스였다(16장 참고).

48 인용문은 『토성의 달들』 87~88쪽에 실린 켈러, 패리, 피콕의 말에서 발췌했다.

49 『크리스토퍼 빅스비와 작가들의 대화』 151쪽.

50 마르크화는 2015년부터 쓰지 않게 되었으므로, 마르크화로 환산하는 작업은 복잡하기 이를 데 없다. 그러나 이것이 최선의 추정치인 듯하다. http://www.historicalstatistics.org/Currencyconverter.html 참고.

51 『토성의 달들』 86쪽과 625쪽의 연대기 참고.

52 「맨체스터의 막스」 중 1970년 4월 7일 편지.

53 『토성의 달들』 68쪽 참고. 횔덜린에 관한 정보는 제발트 『캄포 산토』 212~215쪽에 실린 「재건 시도」, 로널드 피콕의 『횔덜린』 171~172쪽, 율리히 하우저만의 『자기증언과 시각 자료로 본 프리드리히 횔덜린 *Friedrich Hölderlin in Selbstzeugnissen und Bilddokumenten*』 136~139쪽, 토마스 크누벤의 『횔덜린: 겨울 여정 *Hölderlin: Eine Winterreise*』(2011) 21장, 그리고 횔덜린에 관한 위키피디아 항목 https://de.wikipedia.org/wiki/Friedrich_H%C3%B6lderlin 및 https://en.wikipedia.org/wiki/Friedrich_H%C3%B6lderlin에서 얻었다.

54 위 횔덜린 영어 위키피디아 항목 두 번째 절 'Education[교육]'을 참고하라.

55 율리히 하우저만의 『자기증언과 시각 자료로 본 프리드리히 횔덜린』(Rowohlt, 1961) 136쪽에 인용되어 있다.

56 하우저만, 『자기증언과 시각 자료로 본 프리드리히 횔덜린』137쪽.

57 『캄포 산토』213쪽.

58 이는 횔덜린의 시 「회상Andenken」의 마지막 문장들이다. 번역은 내가 직접 했다[한국어판은 횔덜린의 독일어 원문을 옮긴 것이다]. (횔덜린의 18세기) 독일어로는 이렇게 적혀 있다. "Es nehmet aber/ Und giebt Gedächtniß die See, / Und die Lieb' auch heftet fleißig die Augen, / Was bleibet aber, stiften die Dichter[그러나 바다는 기억을 거두어들이고 / 또 내어준다 / 또한 사랑도 부지런히 우리 눈길을 붙들어매지만 / 끝내 지속되는 것은, 시인이 세우나니]."

15장 「막스 페르버」

1 『이민자들』 중 「막스 페르버」193쪽.

2 『이민자들』152쪽.

3 『이민자들』174쪽.

4 『이민자들』191쪽. 이어지는 인용문은 192쪽, 188쪽에서 발췌했다.

5 『이민자들』162쪽.

6 앞으로 살펴보겠지만 제발트는 『토성의 고리』와 『아우스터리츠』가 실패작이라고 느꼈을 것이다. 전반적으로 게르트루트는 제발트가 글쓰기가 삶을 가치 있게 만들었다고 느끼기를 바랐지만, 정작 동생의 생각을 물었을 때 그는 그렇지 않다고 대답했다.

7 프로만과 그의 사원 모형에 관한 정보는 1927년에 출간된 조지프 로스의 『방황하는 유대인The Wandering Jews』에서 따온 것이다. http://www.berlin.ucla.edu/research/1920_people/texts/Roth.pd 참고.

8 『이민자들』176쪽.

9 『아우스터리츠』100~101쪽.

10 제발트는 『아우스터리츠』를 쓰는 동안 상당한 의구심을 품었고, 『이민자들』에서 말하는 것처럼 글쓰기를 중단할 뻔했다. 그는 이 사실을 몇몇 인터뷰에서 말하기도 했다(『크리스토퍼 빅스비와 작가들의 대화』 및 『기억의 유령』에 수록된 쿠오모와의 인터뷰, 2001년 7월 14일 자 『바벨리아』에 실린 치로 크라우트하우젠과의 인터뷰). 마침내 글이 완성되었을 때 그는 가까운 친구들에게 실패작을

써냈다고 말했다. 19장 참고.

11 『이민자들』230쪽.

12 1998년 7월 12일 네덜란드 공영방송 VPRO와 가진 「전망 있는 방Kamer met Uitzicht」 인터뷰 참조. "우울의 반대는 언제나 아이러니다." 제발트는 우울은 생존을 위해 아이러니를 필요로 한다고 말했다.

13 『이민자들』165쪽.

14 『이민자들』234쪽.

15 발터 게네바인은 독일 점령하에 리츠만슈타트로 개칭된 우치 게토의 수석회계관이었다. 제발트가 썼듯 1987년 빈의 한 상점에서 그가 촬영한 사진(정확히는 컬러 슬라이드) 500점이 발견되었다. 이 사진들은 1990년 프랑크푸르트의 유대인 박물관에서 전시되었고 (내가 박물관 웹사이트에서 정확히 읽은 게 맞다면) 현재도 그곳에 소장되어 있다. 한편 그가 남긴 상자 두 개는 현재 워싱턴의 미국 홀로코스트 기념박물관이 소장하고 있다(https://collections.ushmm.org/search/catalog/irn522966 참고). 게네바인은 유대인의 죽음으로 이익을 취한 혐의로 1947년 유죄 판결을 받았으나, 한 달 만에 석방되었고 1974년 일흔셋의 나이로 잘츠부르크에서 사망했다. 관련 자료로는 다음을 참조하라. http://www.centrumdialogu.com/en/archive/galleries/photo-galleries/77-objects-from-the-ghetto, 1999년 8월 14일 『텔레그래프』에 게재된 닉 프레이저의 「나치 카메라의 차가운 시선Cold Gaze of A Nazi Camera」 http://www.telegraph.co.uk/culture/4718162/Cold-gaze-of-a-Nazi-camera.html, 1999년 6월 25일 『로스앤젤레스 타임스』에 게재된 케빈 토머스의 기사 http://articles.latimes.com/1999/jun/25/entertainment/ca-49886. 다리우시 야블론스키의 1998년 영화 「사진가The Photographer」는 유튜브 https://www.youtube.com/watch?v=k4YKbQSSvU0에서 볼 수 있다. 컬러 슬라이드 126점은 프랑크푸르트 전시 도록 『우리의 유일한 길은 노동이다: 우치 게토 1940~1944Unser einziger Weg ist Arbeit'. Das Getto in Lodz 1940–1944』(Löcker, 1990)에 실렸다. https://www.juedischesmuseum.de/en/explore/documents-and-photos/detail/colour-slides-from-the-german-ghetto-administration-in-lodz/.

"우리의 유일한 길은 노동이다"라는 말은 정체가 불분명한 유대인 지도자였던 하임 룸코프스키의 발언이다(이 인물에 대해서는 프리모 레비가 『가라앉은 자와 구조된 자』에 탁월한 에세이를 쓴 바 있다). 그러나 노동조차 그들이 오랜 기간 목숨을 부지할 방편이 되지는 못했다. 우치 게토의 유대인 중 5퍼센트만이 홀로코스트에서 살아남았다.

16 『이민자들』237쪽. 마지막 문장도 같은 쪽에서 확인할 수 있다.

17 『이민자들』237쪽. 노나, 데시마, 모르타는 그리스신화에서 운명의 세 여신 클로토, 라케시스, 아트로포스에 해당되는 로마식 이름이다. 이 라틴어 이름들은 그리스식 이름들에선 느낄 수 없는 울림을 준다—곧 '아홉째nona, 열째decima, 죽음morta'을 연상케 하는 것이다. 제발트는 분명 이를 염두에 두고 세 이름을 택했을 것이다. (생명의 실을 잣는 노나의 이름은 인간의 임신 기간인 아홉 달에서 유래됐다.)

18 예컨대 나, 엘리너 웍텔, 조지프 쿠오모(『기억의 유령』73쪽, 38쪽, 104쪽)에게 말했다.

19 이 장의 288쪽 참고.

20 『이민자들』독일어판 335쪽. 독일 출판사들은 제발트의 이 장난스러운 흔적을 끝까지 삭제하지 않았다. 2013년에 제작된 한저 출판사 판본뿐 아니라 가장 최근 판본인 2017년 (16번째) 페이퍼백에도 남아 있다. 이 정보는 내 친구 마르코 체비드가 제공했다. 그의 도움에 진심 어린 감사를 표한다.

프랑크는 피터 조던의 어머니의 성이었기 때문에 이 성 목록에 (제발트의 친구 마이클에게 경의를 표하는 의미로 햄버거와 함께) 포함되어 있다. 그러나 이는 아우어바흐라는 이름으로 장난을 칠 수 있었기 때문이기도 했다. 영문판에서는 224쪽에서 이 목록을 확인할 수 있다. 지원금과 관련해서는 독일문학아카데미에 보관된 '이민자들' 독일어판 파일 11번 독일문학기금에 제출한 신청서Bewerbung um ein Werkstipendium des Deutschen Literaturfonds, 1991을 참고하라.

21 『기억의 유령』163쪽. 제발트는 제임스 우드(『브릭』59호, 27쪽) 등에게도 이 점을 지적했다.

22 1960년대 혹은 1980년대의 일이다. "막스는 분명 경이로운 기억력을 가졌을 거예요"라고 피터 조던은 말했다(2011년 10월 4일에 나와 가진 인터뷰에서). 뒤이어 나오는 피터의 역사에 관한 사실은 이 인터뷰와 그의 회고록 『노래의 시간 Time of Songs』, 그리고 조던이 다정하게도 내게 사본을 건네준 그의 할아버지 라차루스 프랑크의 회고록 『사랑하는 나의 아이들Meine Lieben Kinder』에서 참고했다.

제발트는 교장의 이름을 리치 루이스Leach Lewis에서 린치 루이스Lynch Lewis로 바꾸었는데, 아마 그의 신원을 보호하기 위한 (상징적인) 제스처였을 것이다.

피터 조던의 가족에 관한 사실들은 도러시가 내게 준 목록에 바탕을 두고 있다.

23 독일문학아카이브에 보관된 '막스 페르버' 14번 파일에서 1991년 4월 4일 피터가 제발트에게 보낸 편지 참고.

24 『이민자들』183쪽.

25 『기억의 유령』71쪽에 실린 내 인터뷰를 참고하라. 실제로 피터는 1939년 5월 9일에 영국에 도착했다(조던의 가족이 친절하게도 내게 보내준 그의 여권 기록 사본을 참고한 정보다).

26 테아 게브하르트의 회고록에 관한 정보는 내가 피터 조던과 나눈 대화를 바탕으로 한다. 독립적으로 활동하는 독일인 학자 클라우스 가셀레더는 『이민자들』 속 루이자의 회고록과 테아 게브하르트의 회고록 간의 관계를 면밀히 연구했다. 클라우스 가셀레더, 『W. G. 제발트의 『이민자들』에서 루이자 란츠베르크 이야기의 전사前史에 관한 탐구*Erkundungen zum Prätext der Luisa-Lanzberg Geschichte aus W.G.Sebald: Die Ausgewanderten*』. 이 보고서는 『제발트. 읽기』 157~175쪽에 게재되었다. 직접 조사해본바, 나도 가셀레더가 내린 결론에 대체로 동의하며, 이 지면을 빌려 그의 작업에 감사를 전한다. 제발트가 소장했던 세 회고록의 사본—테아 게브하르트의 『나의 어린 시절*Meine Kindheit*』, 율리우스 프랑크의 『회상록*Reminiscences*』(영문으로 작성), 라카루스 프랑크의 『사랑하는 나의 아이들』—은 모두 독일문학아카이브의 '막스 페르버' 파일에 보관되어 있다.

27 『이민자들』207쪽. 다음과 같은 예도 있다. 알비노인 외양간 소년 프란츠, 모자에 갈매기 날개를 단 카팅카 슈트라우스, 그리고 196쪽의 "아델린데 부인, 공 하나 가져도 될까요", 레기나 추프라스와 그의 남편 요페를레, 그리고 197쪽 "강바닥의 조약돌을 에워싼 황금 고리", 199쪽의 아빠가 빈트하임 숲을 휩쓸지는 못할 것이라고 말한 폭풍우. 또한 슈타이나흐의 바인스와 만델스, 바트키싱겐의 바인트라우브 씨와 그의 어린 아들 등은 테아의 이야기에서 나온 것이며, 그 외에 "별이 수놓인 검은 드레스"(『이민자들』202쪽)를 입은 밤의 여왕 알린 펠트한 등 몇 가지 아름다운 이미지도 테아의 것에서 차용했다.

28 피터는 자신의 부모와 조부모를 제외하면 홀로코스트로 사망한 가족 구성원이 두 명뿐이었던 것으로 기억한다(그는 이 사실을 처음에는 1987년 2월 11일 제발트에게 보낸 편지에서, 그다음에는 2011년 7월 24일 내게 보낸 편지에서 언급했다).

29 『이민자들』215쪽. 이어지는 정보는 피터 조던이 제공했다.

30 예컨대, 제발트는 페르버 아버지의 전시회가 열린 해를 1938년으로 설정했었다. 이에 피터는 1938년 전에는 유대인의 미술 사업 참여가 금지되었기 때문에 불가능한 일이라고 저자에게 말해주었고, 그래서 제발트는 전시회가 열린 해를 1936년으로 변경했다(172).

31 1992년 9월 17일에 보낸 엽서에서.

32 클라우스 가셀레더는 프랑크의 나머지 가족 구성원도 제발트의 작품을 매우 존중했고, 테아의 텍스트를 『이민자들』에 사용하는 것을 승인했다고 기록한다. 프랑크의 가족은 제발트가 사용 허락을 구해 왔다는 사실을 가셀레더에게 전했다. 가족들은 피터 조던을 통해 이 사실을 알게 되었을 텐데, 이는 제발트가 [비록 명시적이지는 않았을지언정] 허락을 받았다는 사실을 스스로 인식하고 있었음을 보여준다.

33 로버트 휴스, 『프랑크 아우어바흐*Frank Auerbach*』(Thames & Hudson, 1990) 13쪽.

34 휴스, 『프랑크 아우어바흐』 18쪽. 유령과의 비교는 14쪽을 볼 것.

35 『이민자들』 162쪽.

36 휴스, 『프랑크 아우어바흐』 29쪽. 휴스는 아우어바흐의 여러 성향 중 제발트와 공통되는 특징도 언급한다. 이를테면 피상적인 사회생활이라든가, 세계 각국을 돌며 여러 행사에 참여하는 것에 대한 혐오, 현대 기술에 대한 거부감(아우어바흐는 텔레비전은 물론 전화조차 싫어했다), 인터뷰를 꺼리는 성향 등이 그것이다. 최근 캐서린 램퍼트(『프랑크 아우어바흐: 말하기와 그리기*Frank Auerbach: Speaking and Painting*』〔Thames & Hudson, 2015〕)는 여기에 몇 가지를 추가했다. "군중이나 약속"을 좋아하지 않는다는 점(164), "태어날 때부터 나이 들었다"라고 느낀 점(46), "표면적으로는 겸손하지만 속으로는 지대한 자부심을 지닌" 성격(117) 등이 이에 해당된다. (여기에서 '표면적으로surface'라는 말은 '겉치레'를 의미하는 게 아니며, 이는 제발트에게도 마찬가지였다. 이 표면은 진정한 감정의 최상층인바, 그 아래에는 절대적 자립심이 자리하고 있었다.) 이 가운데 일부는 아마 모든 예술가가 공유하는 특성일지 모르나, 제발트와 아우어바흐는 그야말로 같은 아종에 속했던 듯하다.

37 같은 책, 9쪽. 제발트는 18쪽에서 아우어바흐의 예술을 그가 부모를 잃은 사건과 연관 지어 해석하는 것이 터무니없다고 말한다.

38 나와 진행한 인터뷰에서 한 말(『기억의 유령』 75쪽). 또한 2001년 9월 마야 재기와의 인터뷰에서도 그렇게 말했다.

39 영웅담처럼 늘어놓은 아우어바흐에 대한 내 설명은 프랑크 아우어바흐가 내게 보낸 편지(뒤에 적은 주42 참고)와 내가 2020년 3월 27일 크리스토퍼 매클러호스와 가진 인터뷰에 바탕을 두고 있다. 빌 스웨인슨은 독일문학아카이브에 보관된 (날짜 미상의) '아우어바흐에 관한 메모'에서 아우어바흐의 그림을 재현해도 된다는 허가를 받았느냐고 제발트에게 묻고, 그는 독일어판에 대해서는 허가를

902

구하지 않았다고 답한다. 아우어바흐가 소송 협박을 했다는 이야기는 얀 코이펜스(Jan Ceuppens, 2017)가 최근 클라우디아 윌슐레거와 미하엘 니하우스가 편집한 제발트에 관한 독일어 핸드북에서 『이민자들』 독일어판을 다룬 장 34쪽에 쓴 내용을 참고했다(마르코 체비드가 제공한 정보)."[아우어바흐는] 법적 영장을 통해 자기임이 명명백백하게 드러나는 주인공의 이름을 막스 페르버로 바꾸고 자신과 직접 연결 지을 수 있는 두 이미지를 소설에서 들어내게 만들었다."

40 1999년 12월 14일, 제발트가 테스 저레이에게 보낸 편지.

41 이 설명은 내가 테스 저레이와 나눈 대화를 바탕으로 한다.

42 프랑크 아우어바흐가 2011년 12월의 어느 날 내게 수기로 쓴 편지.

43 내가 참고한 2006년 독일어판에서 변경된 내용은 에바 호른·베티나 멩케·크리스토프 멩케, 『문학으로서의 철학—철학으로서의 문학 *Literatur als Philosophie—Philosophie als Literatur*』(2005) 221쪽에서 확인할 수 있다. 물론 2017년에 출간된 최신판에는 모든 변경 사항이 반영되어 있다(마르코 체비드가 제공한 정보). 리처드 셰퍼드는 『토성의 달들』에 수록한 연대기에서 "[독일어판 페이퍼백] 제작을 감리할 때 막스는 시각 자료의 형식과 배치에 작지만 중요한 변화를 가했다"(454)라는 수수께끼 같은 말을 남긴다. 사실 막스는 영문판만 수정했고, 독일어판은 그의 사후에 변경되었다.

44 아우어바흐와 스텔라 웨스트가 만났을 때 아우어바흐는 열일곱이었고 스텔라 웨스트는 서른둘이었다. 「막스 페르버」에서 화자는 스물둘이었고 그레이시 얼럼은 마흔에 가까웠다(『이민자들』 152쪽).

45 독일문학아카이브에 보관된 파일 16번.

16장 1970-1976

1 이어지는 설명은 내가 고든 터너와 나눈 대화, 특히 2017년 2월 22일 인터뷰와 2017년 2월 14일, 2018년 6월 8일, 2018년 6월 10일 이메일에 바탕을 두고 있다. 고든 터너는 내 끝없는 질문에 대단한 인내심을 가지고 답해주었으며, 이는 이어지는 글에서도 명백히 드러날 것이다. 터너는 제발트가 이스트앵글리아대학에서 보낸 시절에 대해 가장 잘 아는 사람 중 한 명으로, 이 자리를 빌려 그에게 이루 말할 수 없는 감사를 전한다.

2 리처드 셰퍼드가 그린 제발트의 모습은 그가 토마스 호니켈과 진행한 인터뷰, 2016년 10월 12일 나와 한 인터뷰, 그리고 그가 2016년 7월 1일, 2016년 6월

20일에 내게 보낸 이메일,『유럽학 저널』제35권 4호, 419~463쪽과「우측-좌측: W. G. 제발트의 작품에서 모스 암호 해독에 관한 몇 가지 견해」를 참고했다. 그의 모든 도움에 진심 어린 감사를 표한다.

3   같은 글, 주1.

4   위키피디아에 제시된 자세한 연혁은 첫 입학생이 입학한 해를 1963년으로 기록해두었다. https://en.wikipedia.org/wiki/University_of_East_Anglia 참고.

5   프란츠 쿠나의 부고 기사는『오스트레일리아 연구*Australian Studies*』http://www.easa-australianstudies.net/node/194와 클라겐푸르트대학 웹사이트 https://www.aau.at/blog/uninews_40779/를 참고하라.
     독일문학아카이브에 보관된 제발트 기록보관소에는 쿠나가 1978년과 1990년에 보낸 편지가 두 통 있다. 빌리 구츠만과 관련해서는 피터 라스코가 1998년 3월 25일『인디펜던트』에 기고한 부고 기사를 참고하라. 구츠만은 1938년 11월 9일 수정의 밤에 체포되어 강제수용소로 보내졌다. 베르너 모세와 관련하여 모세가 학과와 척을 졌다는 정보는 리처드 에번스가 2001년 7월 27일『가디언』에 게재한 부고 기사를 참고했다. '음모 75' 이야기는 리처드 세퍼드가 2016년 7월 29일, 30일 내게 보낸 이메일을 참고했다.

6   제임스 맥팔레인과 브라이언 롤리에 관한 정보는『토성의 달들』89쪽과 91쪽, 그리고 재닛 가턴에 관한 정보는 2019년 1월 21일 우리가 나눈 대화를 통해 얻었다. 오스트리아인으로 구성된 소학부에 관한『토성의 달들』중에서 리처드 세퍼드가 작성한 180쪽 주19, 키스 폴러드와 관련된 정보는 폴러드 본인으로부터 얻었다(2015년 3월 18일 인터뷰).

7   이스트앵글리아대학에 관한 정보는『토성의 달들』88~89쪽과 94~96쪽에 실린 리처드 세퍼드의 글,『유럽학 저널: W. G. 제발트 특별호』세퍼드가 토마스 호니켈과 한 인터뷰, 그리고 마그달렌칼리지 웹사이트에 마련된 세퍼드 관련 페이지를 비롯해,『토성의 달들』109쪽 고든 터너의 글, 터너가 호니켈과 한 인터뷰, 터너가 2017년 2월 22일 내게 보낸 이메일, 그리고 재닛 가턴이 2019년 1월 21일 나와 나눈 대화에 바탕을 두고 있다.

8   『토성의 달들』320쪽,「이스트앵글리아의 나무로 만든 천사들Die hölzernen Engel von East Anglia」에서.

9   이 절에서 내가 참고한 자료는 막스가 위르겐 케저에게 보낸 편지로, 독일문학아카데미에 보관되어 있다. 이 문단과 다음 문단은 제발트가 노픽에서 보낸 초창기 편지에 바탕을 두고 있지만, 늘 그렇듯 날짜는 적혀 있지 않다.
     위르겐 케저는 나와 한 첫 번째 인터뷰에서 제발트가 특히 마지막으로 거주한 아름다운 집에서 늘 페인트칠이며 재단장을 하고 있었다고, 그래서 누구나 흠집 하나 없는 페인트칠 상태와 갓 바른 페인트의 선명함을 알아차릴 정도였다고 말했다.

10 이 문단에 제시된 고든 터너의 기억은 그가 2017년과 2018년 내게 보낸 이메일에 입각한 것이다.

11 제발트가 1970년 12월 8일 ROP에게 보낸 편지를 바탕으로 한 내용으로, ROP가 2019년 1월 10일 내게 보낸 이메일에서 이에 대해 설명해주었다. ROP가 제공한 정보는 구옥을 찾고자 했던 막스의 욕망도 보여준다. "막스는 집을 매입할 생각이었지만 안타깝게도 구옥을 찾지 못했어요." 터너 부부에 관한 정보는 고든 터너가 2017년과 2018년에 내게 보낸 이메일을 바탕으로 한다. 다음 문단에 제시된 정보는 제발트가 1971년 4월경 위르겐 케저에게 보낸 편지를 참고했다.

12 「막스를 기억하며Remembering Max」에서 발췌했다. 「막스를 기억하며」는 도미닉 오설리번이 친절하게도 내게 써서 보내준 미발행 회고록이다. 도미닉은 단편 소설과 희곡과 시를 쓰는 작가로, 1974년부터 1978년까지 제발트의 학생이었다. 그는 제발트에게 깊은 감명과 영향을 받았으며, 이어지는 내용에서 확실히 알 수 있듯 스승이 한 말을 무수히 기억하고 있다. 도미닉이 준 모든 도움에 진심으로 감사드린다.

13 이 정보와 이어지는 정보는 고든 터너가 제공했다. 다른 작은 마을들에 관한 세부 내용은 「W. G. 제발트 특별호」 중 리처드 셰퍼드가 작성한 부분에서 주43을 참고했다. 이 시기 제발트의 박사학위 논문 작성과 관련된 내용은 리처드 셰퍼드가 『토성의 달들』 626쪽에 작성한 연표를 참고하라.

14 이 정보와 이어지는 두 사건에 관한 정보는 제발트가 ROP에게 보낸 편지에 바탕을 두고 있으며, ROP는 2019년 1월 10일 내게 이메일로 이에 관한 사실들을 제공했다. 게오르크가 제발트에게 새하얀 폴크스바겐을 주었다는 정보는 게르트루트가 제공했다.

15 이어지는 정보는 2017년 2월 22일 고든 터너와의 인터뷰와 2018년 6월 8일 이메일에 바탕을 두고 있다.

16 날짜는 『토성의 달들』 625쪽에 실린 리처드 셰퍼드의 연표를 참고했다. 제발트의 동료 켄 로지는 맨체스터대학이 박사과정 학생들에게 대학에 상주할 것을 요구했기 때문에 제발트가 이스트앵글리아대학에 재등록해야 했다고 내게 말해주었다. 켄도 같은 처지였다. 다음 문단에 제시된 정보는 「알프레트 되블린에 대한 W. G. 제발트의 이해」 352쪽과 『토성의 달들』 626쪽에 실린 리처드 셰퍼드의 글을 참고했다. 제발트는 1972년 6월 11일 자 편지(독일문학아카이브에 보관 중)에서 박사 논문을 완성했다고 게르숌 숄렘에게 알렸다. 제발트와 고

든 터너가 논문 번역을 시도한 일에 관한 정보는 2017년 2월 14일 고든 터너의 이메일에 바탕을 두고 있다. 세드릭 윌리엄스에 관한 언급은 리처드 셰퍼드가 2016년 8월 29일에 작성한 이메일과 『토성의 달들』 120쪽에 실린 고든 터너의 글을 참고해 작성했다. 제발트의 영어 실력에 대한 리처드 셰퍼드의 평가는 「알프레 되블린에 대한 W. G. 제발트의 이해」 361쪽에서, 앤시아 벨의 견해는 『토성의 달들』 209~215쪽에 실린 「W. G. 제발트 번역하기―작가와 함께 그리고 작가 없이 하는 번역Translating W. G. Sebald-With and Without the Author」 211쪽을 참고했다.

17 제발트의 박사 논문에 관한 이 요약은 논문을 책으로 출간한 과정, 책이 리처드 셰퍼드의 「알프레트 되블린에 대한 W. G. 제발트의 이해」에 소개된 과정, 셰퍼드가 2016년 8월 29일과 10월 12일에 내게 보낸 이메일, 그리고 우베 쉬테가 『삶과 작품 소개』 『개입들』 「제발트 대 학계」에서 한 설명을 참고했다. 우베 쉬테는 『W. G. 제발트』에서) 제발트의 박사 논문을 http://ethos.bl.uk에서 다운로드할 수 있다고 밝힌다.

18 슈테른하임 캠페인은 1965년 프리부르에서 시작되었고, 앞으로 살펴보겠지만 되블린 캠페인은 1983년까지 지속되었다.

19 리처드 셰퍼드, 「알프레트 되블린에 대한 W. G. 제발트의 이해」, 366쪽.

20 1972년 6월 11일 게르숌 숄렘에게 보낸 편지에서. 독일문학아카이브에 보관 중.

21 셰퍼드, 「알프레트 되블린에 대한 W. G. 제발트의 이해」, 366쪽.

22 이 정보도 여느 때처럼 리처드 셰퍼드와 우베 쉬테가 제공했다. 유감스럽게도 정확한 출처에 대한 기록을 잃어버렸다.

23 『토성의 달들』 179쪽에 실린 우베 쉬테의 글 주2 참고. 존 플라워가 2017년 1월 18일 나와의 대화에서 이 정보를 제공했다.

24 우베 쉬테, 「제발트 대 학계」, 5쪽.

25 1970년대에 교사로 일한 제발트에 관한 정보는 2019년 2월 6~7일 도미닉 오설리번과 나눈 대화와 도미닉이 2019년 2월 9일과 13일 내게 보낸 이메일, 그리고 그가 요약한 「막스를 기억하며」에 바탕을 두고 있다. 고든 터너가 수집한 1970년대 제발트의 학생들에 대한 회상은 「대학에서: 강의실의 W. G. 제발트At the University: W. G. Sebald in the Classroom」, 『토성의 달들』 109~127쪽에 바탕을 두고 있다. 제발트의 수업에서 웃음이 끊이지 않았다는 말은 크리스토퍼 스미스의 전공 논문 「'막스': 내가 본 W. G. 제발트'Max': W. G. Sebald as I Saw Him」를 참고했다. 기억에 남는 제발트의 말들은 도미닉과의 대화와 그가 작성한 「막스를 기억하며」에서 가져왔다.

26 이 문단을 쓰며 의거한 자료는 제발트가 위르겐 케저에게 보낸 '월요일Montag'
    과 '장대비가 내리는 어느 여름의 수요일Mikde in am verbieslade Sommer'이라
    는 제목이 적힌 날짜 미상의 편지와 1971년 4월 무렵의 편지, 그리고 중세 이름
    을 가지고 농담을 던진 1980년 12월 29일 편지다. 다음 문단은 이번에도 날짜 미
    상에 '11월에Im November'라는 제목만 붙은 유명한 자우어크라우트 편지에 입
    각한 것이다.

27 게르트루트로부터, 그리고 제발트가 게르트루트에게 정확한 날짜는 알 수 없으
    나 1973년 크리스마스로 추정되는 시기에 보낸 편지에서 얻은 정보다.

28 요도크에 관한 정보는 위의 주27에서 언급한 제발트가 게르트루트에게 보낸 편
    지와 그가 1974년 1월 위르겐 케저에게 보낸 편지, 그리고 고든 터너가 2018년
    6월 10일 내게 보낸 이메일에 바탕을 두고 있다. 제발트가 위르겐 케저에게 보
    낸 편지는 역시나 날짜 미상이지만 1974년 1월 편지라는 정보는 편지에 적힌 단
    서(가령 코호우테크 혜성에 대한 언급)를 바탕으로 파악했다.

29 마이클 샌더슨의 『노리치 이스트앵글리아대학의 역사History of the University of
    East Anglia, Norwich』(Hambledon Continuum, 2002)는 이스트앵글리아대학의
    모든 문제를 다루는 권위 있는 자료다. 내가 이 시기를 간략히 요약한 내용은 리
    처드 셰퍼드가 「알프레트 되블린에 대한 W. G. 제발트의 이해」(373~374)에서
    샌더슨의 기록을 요약한 자료를 참고한 것이다.

30 이 정보는 https://en.wikipedia.org/wiki/Comet_Kohoutek에서 가져왔다.

31 1973년 크리스마스에 보낸 것으로 추정되는 제발트가 게르트루트에게 보낸 날
    짜 미상의 편지.

32 리처드 셰퍼드가 토마스 호니켈과 한 인터뷰와 『토성의 달들』 92쪽에서 얻은 정보.

33 2016년 12월 15일 내가 이다 서개라와 한 인터뷰.

34 '라이너 쿤체가 막스 제발트에게 말하다Reiner Kunze spricht mit Max Sebald,'
    1975년 녹화 영상, 이스트앵글리아대학 시청각 자료실.

35 이 문단에 제시된 정보는 제발트가 1974년 10월 무렵 위르겐 케저에게 보낸 편
    지와 '11월에'라는 제목만 붙은 자우어크라우트 편지에 바탕을 두고 있다.
    제발트는 마리아 알바레즈와의 인터뷰(『텔레그래프』 2001년 9월 24일 자),
    1996년 12월 1일 발터 크라우저와의 인터뷰(『살얼음판 위에서』 144쪽) 등에서
    빈프리트로 불리는 일에 대해 (비꼬는 말투로) 불평했다. '제발트'를 잘못 알아
    들은 사례의 목록은 제발트가 2000년 8월 3일 마리에게 보낸 편지를 참고했다.
    제발트는 다년간 자신이 받은 편지 봉투에서 그 이름들을 오려내 우스꽝스러운
    콜라주를 만들었다. ROP가 윈덤에 방문한 사실은 그가 2017년 1월 10일 내게

보낸 이메일에 바탕을 두고 있다.

36 1974년 10월 무렵 제발트가 위르겐 케저에게 보낸 편지 참고.

37 다음 두 문단에 제시된 정보는 고든 터너가 내게 제공한 인터뷰와 이메일,『토성의 달들』627쪽 그리고 ROP로부터 얻었다.

제발트는 얀 프랑크젠(뮌헨에 머무는 동안 함께 일한 동료)에게도 편지(독일문학아카이브에 보관된 1975년 6월 10일 자 편지)를 써서 신장 통증으로 고생 중이라고 전했다. 제발트가 단기간 병원 신세를 졌을 것이라는 정보는 제발트의 동료이자 친구인 발터 바헴이 제발트의 통증이 극심해서 "며칠간 억지로라도 다시 병원에 입원시켜야 할지도 모르겠다"며 ROP에게 보낸 편지(1975년 6월 7일 편지로, ROP가 2015년 6월 23일 내게 보내주었다)를 바탕으로 한다. 고든 터너도 제발트의 동료들이 제발트에게 아예 사직하는 대신 1년간 휴직을 하라고 설득했다고 말했다. 신중한 제발트는 평소라면 휴직을 결정했을 테지만, 감정적 압박에 시달리는 상황에서는 극단적인 방법만 떠오를 수도 있으므로 주변에서 그렇게 배수진을 치지 말라고 상기시킬 필요가 있었을지도 모른다.

38 내가 제발트의 동료 수강생 자비네 하게만, 만프리트 뷔스트와 나눈 대화, 독일문화원의 멘토이자 강의 기획자인 크리스틴 묄커를 통해 얻은 정보다. 세 분에게 진심으로 감사드린다. 볼프 디터 오르트만은 그 시기 독일문화원이 위기에 봉착해 있었고, 1976년 강의를 취소하고 싶었을 것이라고 내게 이메일(2019년 3월 23일)로 말했다. (볼프 디터 오르트만의 동료들이 해준 말에 따르면, 그는 독일문화원에 헌신했고 그 자신이 문화원의 기억 저장소였다.)

39 제발트가 1976년 올림피아파크에 방 하나짜리 집을 구했다고 말하는『캄포 산토』156쪽을 참고하라. 우베 쉬테는『삶과 작품 소개』24쪽에서 "그는 올림픽 선수촌의 제한적인 생활 조건을 견딜 수 없었다"라고 쓴다. 쉬테는 이를 뒷받침할 자료를 제시하지 않는데, 아마 제발트 본인에게서 들은 말일 것이다.

40 제발트는 뮌헨을 떠난 후 크리스틴 묄커에게 보낸 편지(1976년 12월 27일)에서 더 이상 브라운의 동료가 아니라는 사실이 특히 유감스럽다고 전했다. 브라운이 목수였다는 정보는 자비네 하게만이 2019년 5월 28일 내게 보낸 이메일을 참고했다. 크리스틴 묄커에 관한 정보는 크리스틴 본인에게 들은 것이다.

41 자비네 하게만과 만프리트 뷔스트가 제공한 정보. 울리히 그륀들러는 수년 전에 사망했고 개브리엘 어윈은 종적을 감추었기 때문에, 그들에 관한 정보도 자비네 하게만과 만프리트 뷔스트로부터 얻었다. 그들이 개인주의자였다는 정보는 크리스틴 묄커가 제공했다.

울리히 그륀들러는 계속해서 타이페이에 소재한 독일문화원을 이끌었다. 자비

네 하게만과 만프리트 뷔스트는 독일문화원에서 괄목할 만한 경력을 쌓았는데,
자비네는 [에티오피아의 수도] 아디스아바바, 타이페이, 앙카라에서, 그리고 만
프리트는 [루마니아의 수도] 부쿠레슈티, [팔레스타인의 법정 수도] 라말라, 다
마스쿠스, 푸나(인도)에서 원장을 역임했다. 1976년과 1977년에 베이징으로 잠
시 파견된 후 크리스틴은 1985년까지 뮌헨 소재 문화원에 몸담았다가 5년간 런
던으로 가서 근무한 다음 자그레브, 텔아비브, 앙카라에서 원장으로 경력을 마
무리했다.

42 2019년 2월 6일 만프리트 뷔스트가 내게 보낸 이메일에서.

43 이 문단과 다음 문단에 제시된 자비네 하게만의 기억은 2019년 2월 2일 우리가
나눈 대화와 자비네가 2019년 2월 21일, 5월 28일에 내게 보낸 이메일에 바탕을
두고 있다. 훗날 제발트는 독일문화원에 매료된 가장 큰 이유는 외국에서 가르
친다는 생각 때문이었다고("개발도상국에서 가르친다"는 계획과 관련해서는 리
처드 셰퍼드, 「알프레트 되블린에 대한 W. G. 제발트의 이해」 주18, 그리고 외국
에서 강의할 수 있게 되기 전에 수년간 독일에서는 강의할 수 없었던 이유와 관
련해서는 우베 쉬테의 『삶과 작품 소개』 24쪽 참고) 친구들에게 말했다. 사실 볼
프 디터 오르트만과 다른 사람들은 내게 이것이 잘못된 정보라고 말한다. 독일
인들은 문화 분야와 관련해서만 외국으로 보내지며 언어 교육은 현지 노동자들
이 담당한다고 말이다. 그러나 원장이 되면 교육 부문도 관리해야 하므로 실무
경험을 갖추어야 했다.

44 이 문단과 다음 문단에 제시된 크리스틴 필커의 기억은 2019년 3월 9일과
15일에 우리가 나눈 대화에 바탕을 두고 있다. 「그랜드 매직 서커스Grand
Magic Circus」와 관련해서는 https://www.flickr.com/photos/khiltscher/sets/
72157617917859090/ 등 참고.

45 고든 터너는 당시 뮌헨에 제발트를 보러 방문했을 때 이 사실을 알았다(터너와
나눈 대화에서 들은 정보). 리처드 셰퍼드는 나중에 제발트로부터 그 말을 들었
다(리처드 셰퍼드·필리파 코머, 『아리아드네의 실』 85쪽 참고. "그는 1970년대
중반에 독일로 돌아가려 애를 써보았으나, 그의 관점에서 깊은 죄의식을 가진
사람들로 구성된 심히 오염된 국가와 화해할 수 없었다").

46 이 사실과 막스가 5주 만에 영국으로 돌아가고 싶어했다는 사실은 그가 1976년
1월 27일 얀 프랑크젠에게 보낸 편지(독일문학아카이브 소장)를 참고했다. 다른
기억들은 자비네 하게만과 만프리트 뷔스트가 제공했는데, 단 제발트가 뮌헨에
서 시달린 신장 통증으로 인해 책장을 벽에서 뜯어내버렸다는 이야기는 베아테
가 (2017년에 내게 이메일로) 들려준 것이다.

47　『토성의 달들』 627쪽 참고. 리처드 셰퍼드는 제발트의 일정표를 참고해 낡은 사제관을 매입한 날이 분명 오순절[성령강림절]이리라고 생각했다. 1976년에 오순절은 6월 6일이었다. 이 문단의 나머지 내용은 제발트가 1976년 7월 13일 크리스틴 필커에게 보낸 편지에 바탕을 두고 있다. 제발트는 훗날 자신의 학생 랄프 요이터에게 집이 많이 낡은 상태였기 때문에 매우 저렴했다고 말했다.

48　제발트는 1976년 10월 8일 ROP에게 보낸 편지에서 집수리에 2년이 걸릴 것으로 예상한다(2019년 1월 10일 ROP가 내게 보낸 이메일에 인용된 정보). 낡은 사제관에 귀신이 들렸을지도 모른다는 이야기는 조던 부부가 들은 후 2011년 10월 14일 나와의 인터뷰에서 전해준 것이다.

49　만프리트 뷔스트, 자비네 하게만이 각각 제공한 정보. 제발트가 2~3년간 머물 것으로 예상했다는 이야기는 제발트가 리처드 셰퍼드에게 말한 것으로 보인다(「알프레트 되블린에 대한 W. G. 제발트의 이해」 주18 참고). 우베 쉬테도 그렇게 말하는데(『삶과 작품 소개』 24쪽), 아마 제발트가 그에게도 똑같은 말을 전했기 때문일 수 있다. 제발트가 8월 20일에 사임했다는 정보는 『토성의 달들』 627쪽에 나온다.

50　각각 고든 터너, 크리스틴 필커에게 한 말이었다. 제발트는 1976년 10월 8일 ROP에게 보낸 편지와 위르겐 케저에게 보낸 날짜 미상의 엽서에서 그렇게 말했다. 자비네 하게만에게 그림을 보냈다는 정보는 내가 자비네와 나눈 대화에 바탕을 두고 있다.

51　1976년 12월 27일 편지. 나는 독일문화원 파일에 지금껏 보관되어 있는 제발트의 사직서를 보고 싶다고 요청했으나 데이터 보호를 이유로 허가를 받지 못했다.

52　크리스틴 필커는 2019년 2월 16일 이메일에서 볼프 디터 오르트만에게 이 이유를 전했다.

53　1976년 12월 27일 크리스틴 필커에게 보낸 편지. 날짜가 적혀 있지 않지만 정황상 1976년 12월에 위르겐 케저에게 보낸 엽서를 참고했다.

54　이 문단과 다음 문단은 1976년 12월 27일 크리스틴 필커에게 보낸 동일한 편지를 참고했다.

55　샌더슨의 『노리치 이스트앵글리아대학의 역사』 245쪽 내용을 리처드 셰퍼드, 「알프레트 되블린에 대한 W. G. 제발트의 이해」, 374쪽에서 재인용.

56　『아우스터리츠』 46쪽.

1 1977년 6월 25일 제발트가 크리스틴 필커에게 보낸 편지 참고. 게르트루트에게 빈정대며 한 말은 1979년 4월 22일 게르트루트에게 보낸 편지에 담겨 있다.

2 디트리히 슈바니츠가 제발트에게 보낸 편지(독일문학아카이브 소장)로 날짜는 '1982년'이라고만 적혀 있다. 하빌리타치온을 시작할 가능성을 논의했다는 내용은 디트리히 슈바니츠가 1983년 5월 11일 제발트에게 보낸 편지(독일문학아카이브 소장)를 참고하라. 이 논의는 파올로가 영국에 머물 때 시작된 것으로 보인다. 스위스에 대한 생각과 관련해서는 제발트가 1983년 10월 14일 얀 프랑크젠에게 보낸 편지(역시 독일문학아카이브 소장)를 참고하라. 하빌리타치온과 관련된 날짜는 『토성의 달들』 632~633쪽을 참고하라.

3 하빌리타치온은 독문학 과정이었고 파올로는 영문학을 공부했기 때문에, 일반적인 차원에서뿐 아니라 구체적인 차원에서도 모호했다(ROP는 2016년 6월 4일 인터뷰에서 이 점을 지적했다). 리처드 셰퍼드는 제발트의 지원과 관련된 모든 문서를 분실했다고 기록한다(『토성의 달들』 632쪽). 절차상 논란의 여지가 있을 수밖에 없다는 점에서 이는 꾸며낸 이야기일 수도 있다.

4 이 정보와 그 밖의 승진에 관한 정보는 『토성의 달들』 632~635쪽을 참고했다.

5 이 정보와 스위스 지원에 관한 정보는 1986년 2월 22일과 10월 27일 제발트가 게르트루트에게 보낸 편지를 참고했다.

6 1979년 4월 22일 게르트루트에게 보낸 편지 참고.

7 이 문단에 제시한 정보는 제발트가 1976년 12월 27일과 1977년 6월 25일에 크리스틴 필커에게 보낸 편지, 그리고 내가 2016년 6월 9일 리처드 에번스와 가진 인터뷰와 그가 2016년 6월 17일과 2021년 1월 25일 내게 보낸 이메일에 바탕을 두고 있다. 에번스가 박사학위를 위해 집필한 책은 영어로 출간된 적이 없지만 몇몇 장章이 그의 에세이집(『동지와 자매*Comrades and Sisters*』(1987), 『프롤레타리아트와 정치*Proletarians and Politics*』(1990))에 실렸다. 『토성의 달들』 496쪽과 627쪽에도 제발트의 번역이 실려 있다.

8 제발트가 번역한 『독일 제국의 여성과 사회주의*Sozialdemokratie und Frauenemanzipation im deutschen Kaiserreich*』(베를린-본, J. H. W. 디츠 나흐폴거 출판사, 인터나치오날레 비블리오테크, 제119권, 1979년 10월), https://sebald.wordpress.com/2007/06/06/wg-sebald-as-translator/.

9 이 문단에 제시한 정보는 『토성의 달들』 628~633쪽, 제발트가 1977년 6월 25일에 크리스틴 필커에게 보낸 편지와 1986년 2월 22일, 1979년 4월 22일 거트루드

에게 보낸 편지를 참고했다.

10　리처드 셰퍼드, 「알프레트 되블린에 대한 W. G. 제발트의 이해」, 주77 참고. 다시 시작된 제발트의 독일어 강의와 관련해서는 『토성의 달들』116쪽에 고든 터너가 작성한 글을, 그의 강의와 관련해서는 『토성의 달들』부록 3.3 '1970~2001년 제발트가 이스트앵글리아대학에서 가르친 과목 요약' 130~134쪽을 참고하라. 제발트는 대학에 영화 연구 센터를 설립하고, 이후 국제 학계를 선도하는 영화 전문가가 된 토머스 엘세서 박사와 함께 독일 영화 수업을 가르쳤다. 엘세서는 1991년 암스테르담대학으로 떠났다(https://en.wikipedia.org/wiki/Thomas_Elsaesser 참고).

11　『토성의 달들』110~123쪽 참고.

12　만남은 2016년 10월 1일에 이루어졌다. 네 학생은 앤 피츠패트릭, 루스 기, 셀리아 터너, 조앤 위컴이었다. 네 사람 모두에게 진심 어린 감사를 전한다. 애석하게도 조앤은 2019년에 사망했다. 다음 문단에 제시된 정보는 이 만남에서 나온 것이다. 문단 말미에 적힌 3년 차 때 있었던 야간 수업 관한 세부 내용은 당시 앤이 작성한 메모에 바탕을 두고 있다.

13　2008년 1월 14일 앤이 고든 터너에게 보낸 이메일에서. 이 문단에 제시된 나머지 정보는 1981년 봄 학기 전후 독일 문학 II 과목에 대해 앤이 남긴 메모에 바탕을 두고 있다. 이 귀중한 자료를 내게 보여주었을 뿐 아니라, 애초에 이런 자료를 작성해준 앤에게 진심으로 감사드린다.

14　이 문단에 제시된 정보는 1981년 클루게와 바이스의 수업에 대해 앤이 남긴 메모, 2016년 10월 1일 나와 앤의 만남, 조앤이 2016년 10월 16일 내게 보낸 이메일, 앤이 2008년 1월 14일 고든 터너에게 보낸 이메일, 그리고 앤이 2016년 10월 10일 내게 보낸 이메일에 바탕을 두고 있다.

15　나와 세라 캐머런이 2016년 6월 5일에 가진 인터뷰에 입각한 정보다. 이어지는 절은 그 인터뷰와 뒤이은 대화를 바탕으로 작성했다. 캐머런이 준 모든 도움에 진심으로 사의를 표한다.

16　엄밀히 말하면 세라는 다른 교사를 배정받았지만 곧 "막스를 지목"했다(2020년 6월 27일 이메일).

17　『토성의 달들』462~467쪽 참고.

18　나는 이 요약을 우베 쉬테의 『W. G. 제발트』21쪽에서 차용했다. 인용과 관련해서는 20쪽을 참고하라. 게르트루트는 로자가 자신이 좋아하는 저자 중 한 명인 슈티프터에 대해 보인 제발트의 태도에 분개했다고 회상한다.

19　쉬테, 『W. G. 제발트』21쪽.

20 제발트는 자신의 학술 및 문학 저작을 출판사에서 부모와 누이들에게 직접 보내
게 했다(2019년 4월 24일과 30일 게르트루트가 보낸 이메일과 문자에서 가져
온 정보다). 제발트가 크리스틴 필커나 영화제작자인 친구 얀 프랑크젠에게도
자기 책을 몇 부 보낸 걸 보면(프랑크젠이 1985년 12월 22일 제발트에게 보낸
편지〔독일문학아카이브 소장〕 참고), 다른 지인들에게도 보냈을 가능성이 매우
높다.

21 예컨대, ROP(1980년 5월 11일 ROP가 제발트에게 보낸 편지〔독일문학아카이
브 소장〕 참고)와 필리파 코머(『아리아드네의 실』 45쪽)에게 보냈다. 뉴욕과 프
라이부르크에서 열린 학회와 관련된 내용은 『토성의 달들』 630쪽을 참고하라.

22 그 친구는 제발트가 1981년에 만난 심리치료사 필리파 코머였다. 필리파의 회고
록 『아리아드네의 실』은 1980년대 초반 제발트와 관련된 정보와 통찰을 품고 있
는 귀중한 자료인바, 해당 내용은 이 책의 주석과 본문에 다시 등장할 것이다. 이
책 118쪽에서 제발트는 프라이부르크 논문이 지나치게 짓궂어서 강의실에서 쫓
겨날지도 모른다고 말한다.
우베 쉬테는 『개입들』 126~127쪽에서 이 사건을 설명하면서 나와 비슷한 모티
프를 제시한다. 내 설명은 『개입들』과 『W. G. 제발트』 17쪽에 제시된 우베의 설
명에 바탕을 두고 있다. 우베는 제발트가 되블린의 아들이 꼭 아버지 되블린처
럼 겁에 질린 얼굴을 했던 일에 대해 말했던 것을 떠올린다. 『개입들』 192쪽의
주166.

23 『토성의 달들』 350쪽, 피트 더 모어에게 한 말.

24 『기억의 유령』 117쪽, 조지프 쿠오모에게 한 말. 더 모어는 벨기에인이고 쿠오모
는 미국인이며, 두 사람과의 인터뷰 모두 외국에서, 즉 영국이건 독일이건 제발
트의 고향이 아닌 장소에서 진행되었다.

25 위르겐 케저는 1979년 외에 더 정확한 날짜를 특정할 수 없었지만, 제발트의 일
정표를 보면 그가 그해 5월 초 독일에 있었음을 알 수 있다(『토성의 달들』 628쪽
참고). 그의 생일 얼마 전에 그런 일이 벌어졌다는 사실은 4월(1979년 4월 22일)
제발트가 게르트루트에게 보낸 편지 속 비밀스러운 말들을 통해 암시되어 있다.
이야기하지 않는 편이 나은 심각한 문제들을 제외하면 제발트는 괜찮았다. 게르
트루트의 판단은 2019년 4월 3일 그가 내게 보낸 이메일과 우리가 나눈 대화에
바탕을 두고 있다.

26 리처드 셰퍼드가 토마스 호니켈과 인터뷰를 진행한 날짜. 정부가 더 많은 '금
전적 가치'를 요구했다는 지적은 모든 중대한 시기에 유로화 관리자로 일한 토
니 플레이크의 매우 유익한 기록에 바탕을 두고 있다(토니는 결코 '스탈린화'라

는 용어를 쓰지 않았던바, 이는 제발트가 쓴 용어다). 토니의 기록은 2013년 1월 29일 학자 스콧 바르치의 질문에 대한 답변으로 작성되었다.

27 제발트의 모든 동료는 이때를 생생하게 기억했다. 루디거 괴르너 교수는 2015년 9월 30일 나와의 인터뷰에서 1980년대 초반을 회상했다. 그는 당시 버밍엄의 애스턴대학에서 강의 중이었는데, TQA 팀이 이스트앵글리아대학을 방문한 후 애스턴대학에 도착할 예정이었다. 그는 제발트에게 전화를 걸어 어떤 경험을 했느냐고 물었다. 제발트는 "저기 문이 있습니다"라고 말하며 평가진을 내쫓았다고 전했다.

　모두가 1980년대를 대학 교수들에게 끔찍했던 시기로 기억하고 있었다(예컨대 2016년 6월 9일 리처드 에번스가 나와의 인터뷰에서 그렇게 말했다). 2001년 제발트는 "1980년대 초 대처식의 일명 교육개혁"에 느낀 환멸을 마야 재기에게 말했고(『가디언』 2001년 9월 22일 자), 마리아 알바레즈에게는 다음과 같이 설명했다(『텔레그래프』 2001년 9월 24일 자). "그자들은 우리가 매주 글을 얼마나 썼는지를 평가하고 갖가지 임무와 다종다양한 스탈린주의적인 우스운 짓거리들을 해댔습니다."

28 위르겐 케저의 아내 크리스틴과의 대화를 통해 얻은 정보다. 케저 부부가 1980년대에 존트호펜으로 돌아간 후, 크리스틴은 상점이나 길거리에서 자주 로자를 마주쳤고, 로자는 그에게 아들에 대한 걱정을 쏟아냈다.

29 이어지는 정보는 랄프 요이터의 『제발트에 관하여』 303~307쪽에 실린 「몇몇 기억과 반성: 인간이자 작가 W. G. '막스' 제발트Some Memories and Reflections: W. G. 'Max' Sebald, Man and Writer」, 2019년 2월 5일 내가 요이터와 나눈 대화, 2019년 5월 2일 그가 내 질문에 답변하며 보낸 이메일에 바탕을 두고 있다.

30 『제발트에 관하여』에 303쪽에 실린 랄프 요이터의 글 참고.

31 이어지는 이야기는 『아리아드네의 실』에서 발췌한 것이다.

32 예컨대, 1990년 10월 5일 『쥐트도이체 차이퉁 매거진』에 실린 제발트의 레나테 유스트와의 인터뷰 「조용한 재앙Stille Katastrophien」, 『초상 7: W. G. 제발트』 29쪽, 1995년 10월 13일 『차이트』 매거진에 게재된 「토성의 혼적 속에서」, 『초상 7: W. G. 제발트』 41쪽, 『하버드 리뷰』 15호, 1998년 가을, 32쪽에 게재된 세라 카파투와의 인터뷰, 장피에르 론다스와의 인터뷰(『살얼음판 위에서』 218쪽), 엘리너 워텔(『기억의 유령』 60쪽)과의 인터뷰, 스티브 와서먼(『토성의 달들』 368쪽)과의 인터뷰 참고.

33 『아리아드네의 실』 44쪽.

34 나와의 대화에서, 그리고 토마스 호니켈과의 인터뷰에서 한 말이다.

35 이어지는 기록은 2019년 2월부터 내가 크리스틴 필커와 나눈 대화와 이메일에
바탕을 두고 있다. 크리스틴에게 깊은 감사를 표한다.

36 https://en.wikipedia.org/wiki/Bombing_of_Hamburg_in_World_War_II, https://
www.historynet.com/allied-aerial-destruction-of-hamburg-during-world-war-
ii.htm 참고. 성 카타리나 교회에 불을 지른 공습은 1943년 7월 30일에 시작되었
다. 이 공습으로 인해 교회는 외벽과 첨탑 밑둥만 남았다. https://en.wikipedia.
org/wiki/St_Catherine%27s_Church,_Hamburg 참고.

37 한스 에리히 노사크, 『끝: 1943년 함부르크 *The End: Hamburg 1943*』, 조엘 에이
지 영역 및 서문(Chicago University Press, 2003).

38 제발트는 폴란드 클럽의 명칭이 '불'을 의미한다는 이 마지막 우연을 몰랐을 수
도 있다. 그러나 불이라는 의미는 그냥 넘겨버리기에는 다른 요소들과 너무도
강하게 공명한다.

39 제발트는 원고와 함께 첨부한 글에 그렇게 썼다. 그리고 1년쯤 후에 출간된 책을
크리스틴에게 보내면서 "소중한 독자"에게 헌정한다고 했다.

40 봄 학기 8주 차에 루스의 방에서 열린 세미나에 관한 앤의 메모에서. 몇 년 후 제
발트는 세라 캐머런에게 온전한 정신과 광기에 대해서도 말했다. 온전한 정신과
광기 사이에 명확한 구분은 없으며, "스펙트럼이 존재하고 상황을 뒤집을 수도
있다"라는 얘기였다(2016년 6월 5일 세라와의 대화에서).

41 https://de.wikipedia.org/wiki/Ernst_Herbeck, 그리고 로빈 페이프와 부르크하
르트 브뤼크너가 쓴 『정신의학 인물 전기 아카이브 *Biographisches Archiv der Psy-
chiatrie*』에서 에른스트 항목 https://biapsy.de/index.php/de/9-biographien-a-
z/50-herbeck-ernst도 참고하라. 1980년 헤르베크는 병원에서 34년을 보낸 후
클로스터노이부르크에 위치한 양로원으로 옮겨갈 수 있었다고 제발트는 『현기
증. 감정들』(39)에 썼다. 그러나 헤르베크는 1년 후 병원으로 돌아왔고 나브라틸
이 구깅에 마련한 '예술가의 집'에서 여생을 보냈다. 입원 초기였던 1940년대 헤
르베크는 인슐린 치료와 전기충격 요법을 모두 받은 적이 있었다. 제발트가 처
음 그런 공포를 접한 것도 이때였을 것이다. 헤르베크는 총 1200편의 시와 산문
을 썼다. 헤르베크의 작품에 감탄한 사람은 제발트만이 아니다. 예컨대, 엘프리
데 엘리네크와 게르하르트 로트도 마찬가지였다.

42 https://de.wikipedia.org/wiki/Leo_Navratil 참고. 제발트가 소장했던 『알렉산더의
시적 텍스트 *Alexanders poetische Texte*』 사본은 나브라틸의 『조현병 환자와의 대
화 *Gespräche mit Schizophrenen*』와 함께 독일문학아카이브에 보관되어 있다.

43 『토성의 달들』 629쪽 참고.

44 『토성의 달들』629쪽. 이는 제발트가 1981년 4월 스위스 정신과 의사들의 한 학
    술회의에서 헤르베크에 대해 발표한 논문으로 추정된다. 이 글은 그해 『마누스
    크립테*Manuskripte*』에 실렸고 1985년 『불행에 대한 기술』에 포함되었다(『토성
    의 달들』462쪽). 회의는 베른 인근의 발다우 정신병원에서 열렸는데, 우베 쉬테
    의 지적(『삶과 작품 소개』26쪽)에 따르면 이곳이 발터가 처음으로 입원한 장소
    다. 우베 쉬테는 헤르베크에 관한 제발트의 초기 에세이가 "객관성에 대한 일반
    적인 학계의 주장을 아예 무시해버렸"으나, 그 대신 이는 "일종의 사랑의 노동이
    자 깊은 심리적 친밀감의 결과"였다고 지적한다(『토성의 달들』167쪽, 175쪽).
    쉬테는 『현기증. 감정들』에 실린 헤르베크의 사진이 사실 발저의 사진이었음을
    짚어낸다(『토성의 달들』176쪽). 해당 기록과 사진은 『현기증. 감정들』39쪽에
    서 확인할 수 있다.

45 제발트가 1980년 12월 29일 위르겐 케저에게 한 말.

46 1982년 4월 12~18일 영국과 독일의 독문학자들이 베를린에서 개최한 회의에서
    발표되고, 이듬해 『마누스크립테』(23호, 1983년)에 게재된 논문 「그의 머리 위
    의 흰 깃털: 헤르베르트 아흐테른부슈에 관한 에세이Die Weisse Adlerfeder am
    Kopf: Versuch über Herbert Achternbusch」에서. 『토성의 달들』169쪽에서 우베
    쉬테가 인용한 것을 재인용.

47 「물 건너기Crossing the Water」, 『대지와 물을 지나서』, 77쪽.

48 『토성의 달들』629쪽.

49 1980년 12월 29일 편지에서. 제발트는 베네치아에 나무가 없는 것이 자신에게
    는 매우 이상해 보였다고 카주스에게 썼다. 그리고 피자 가게에서는 주인의 이
    름이 카를로 카다베로임을 알았을 때 테이블 밑으로 숨을 뻔했다고 썼다.

50 2000년 3월 편지. 이 편지는 해당 사건이 1980년 여행에서 벌어졌음을 명확히
    암시하고 있다. 제발트가 1995년에 쓴 글에서 "15년 전" 밀라노에서 있었던 "이
    상한 모험"을 언급한 사실도 참고(『캄포 산토』142쪽).

51 두 남자가 화자를 쫓은 일이 실제로 벌어졌다는 화자의 주장은 앞으로 논의할
    예정이니 차치하고, 제발트는 종종 『현기증. 감정들』이 자전적이라는 말을 했
    다. 쿠오모(『기억의 유령 103쪽』), 더 모어(『토성의 달들』350쪽, 353쪽), 폴트로
    니에리(『살얼음판 위에서』95쪽), 안드레아스 이젠슈미트(『살얼음판 위에서』
    50~70쪽 곳곳) 등과의 대화에서 말이다. 1987년 『현기증. 감정들』관련 자료를
    비롯해 '사진이 실린 산문 작품'에 대한 지원을 받기 위해 독일문학기금에 제출
    한 지원금 신청서에서 제발트는 자기 자신을 화자와 공개적으로 동일시한다. 이
    신청서는 1991년에 작성한 신청서와 마찬가지로 독일문학아카데미에서 '이민

자들'독일어판 파일 11번에 보관해두었다. 1987년의 어느 시점에 제발트는 크리스틴 쾰커에게 『현기증. 감정들』 독일어판의 「베일」과 「닥터 K」 대목을 보내면서 다음 대목에서는(당시에는 확실히 지금과 순서가 달랐다) 자신이 여행자라고 말했다. 필리파 코머는 "『현기증. 감정들』 화자의 실제 정체에 대해 조금이라도 의구심을 품은 사람이 있다면"이라고 말하면서, 1984년 제발트에게 받은 편지에서 그가 자기 자신에 대해 쓴 문장을 몇 년 후 소설에서 화자를 묘사할 때 그대로 썼다고 적는다(『아리아드네의 실』 138쪽).

52 『현기증. 감정들』 71쪽. 화자는 리바의 바에서 두 청년을 처음 일별한 후 베네치아역의 뷔페에서 그들을 다시 마주치며, 그곳에 도착한 후 "한 번 이상", 그러니까 베로나의 주스티 정원에 이어 마지막으로 원형 극장까지 총 네 곳과 "또 하나의 장소"에서 마주친 일을 회상한다.

53 『현기증. 감정들』 81쪽.

54 https://en.wikipedia.org/wiki/Wolfgang_Abel_and_Marco_Furlan 참고. 펄란은 2010년, 아벨은 (몇 년간의 가택 연금 끝에) 2016년 석방되었다.

55 1990년 5월 4일 스위스 라디오 DRS 2 「최고의 책Beste Bücher」 프로그램을 통해 방송된 후 『살얼음판 위에서』 50~70쪽에 전재된 안드레아스 이젠슈미트와의 인터뷰 「우연의 본질Die Natur des Zufalls」, 그리고 1992년 5월 6일 브뤼셀 『크나크Knack』 매거진에 네덜란드어로 발행된 후 『살얼음판 위에서』(마를레네 뮐러하스의 독역으로 71~78쪽에 실린 「과거로부터의 메아리Echos aus der Vergangenheit」)와 레이니르 판 스트라턴의 영역으로 『토성의 달들』 350~354쪽에 전재된 「과거로부터의 메아리: 피트 더 모어와의 대화Echoes from the Past: a Conversation with Piet de Moor」를 참고하라. 나는 독일어 역본을 바탕으로 번역을 약간 수정했다(『살얼음판 위에서』 76~77쪽). 1980년 여정에 대한 논의는 『토성의 달들』 353쪽에서 확인할 수 있다. 더 모어와 관련된 인용문은 『토성의 달들』 같은 쪽을 참고하라.

56 이는 『현기증. 감정들』의 구성을 집중적으로 연구한 학자 스콧 바르치(『제발트에 관하여』 99~134쪽 「W. G. 제발트의 산문 프로젝트」)가 입증했다. 바르치는 제발트의 일정표를 바탕으로 그가 10월 29일 '베Ve'(베로나로 추정된다)에 있었으며 밤 기차를 타고 그날 밤 인스부르크로 갔다고 보고한다(107). 이는 제발트가 10월 29일부터 31일까지 베니스에 있었다고 리처드 셰퍼드가 『토성의 달들』 629쪽 연표에 제시한 내용을 바로잡아주며, 리처드가 작성한 내용은 제발트의 작품들에 실린 다른 많은 문서와 마찬가지로 위조되었을 가능성이 있는 『현기증. 감정들』 60쪽 일기를 근거로 했을 가능성이 높다. 그러나 『토성의 달들』 629쪽은

계속해서 제발트가 11월 초 존트호펜과 베르타흐에 있었다고 적고 있다.

57 『현기증. 감정들』63~64쪽과 https://en.wikipedia.org/wiki/Wolfgang_Abel_and_
   Marco_Furlan 참고. 이는 제발트가 피자 영수증의 날짜(즉 피자 가게에서의 경
   험)를—원래—10월 29일에서 처음에는 11월 4일로, 그러다 나중에는 『현기증.
   감정들』79쪽에서처럼 11월 5일으로 변경한 이유다. 제발트는 루트비히 조직이
   자신들이 살인에 책임이 있다고 최초로 주장한 성명이 『가제티노』11월 4일 자
   에 실렸다고 잘못 믿었던 것이다. 『제발트에 관하여』99~134쪽, 108쪽에서 바르
   치의 글 참고.

58 『제발트에 관하여』99~134쪽, 106쪽에서 바르치의 글 참고.

59 크리스틴 묄커에게 보낸 『현기증. 감정들』독일어판의 두 번째 장 초고 24쪽.

60 마리가 2019년 5월 26일 내게 보낸 이메일 참고. 또한 마리는 이 이메일에서 제
   발트가 두 추격자를 아벨과 펄란으로 생각했다는 사실을 확인해준다.

61 『페널티킥 앞에 선 골키퍼의 불안』에 관한 앤 피츠패트릭의 세미나 메모에서 발
   췌한 내용이다.

62 『토성의 달들』353쪽 참고.

63 코머, 『아리아드네의 실』137쪽 참고.

64 크리스틴 묄커가 가지고 있던 초고 28쪽.

65 예컨대, 안드레아스 이젠슈미트, 에릭 샌트너, 헬렌 핀치, 스콧 바르치가 그러하
   다. 『제발트에 관하여』110쪽 바르치의 글과 주24 참고.

66 『초상 7: W. G. 제발트』70~74쪽과 72쪽에 전재된 안드레아스 이젠슈미트의 『차
   이트』1990년 9월 21일 자「멜랑콜리아」.

67 제발트가 문학적 글쓰기를 시작한 날짜를 1980년 11월 혹은 늦어도 1981년 여
   름으로 보는 것과 관련해서는 『토성의 달들』629쪽을 참고하라. 또한 『아리아드
   네의 실』85쪽에 실린 리처드 셰퍼드의 글과 『제발트에 관하여』105쪽 바르치의
   글을 참고하라.

68 예를 들어 『대지와 물을 건너서』의 마지막 절은 『자연을 따라. 기초시』가운데
   18세기 자연주의자 게오르크 빌헬름 슈텔러에 관한 중간 대목에, 『대지와 물을
   건너서』에 실린 열여덟 편의 시는 『자연을 따라. 기초시』의 마지막 자전적 대목
   에 수록된다(『대지와 물을 건너서』xv쪽, 갤브레이스의「서문」참고). 독일어판
   은 2008년에, 영어판은 2011년에 출간되었다. 우베 쉬테는 제발트의 시에 관한
   저서에서 『대지와 물을 건너서』의 자전적 시가 『자연을 따라.기초시』마지막 대
   목의 II, IV 및 VI절에 포함되었다고 말한다(『형상들』9쪽). 그리고 우리도 알다
   시피 최소 한 편—「물을 건너서」—은 I절에 포함되었다.

69 제발트는 1987년 독일문학기금에 보낸 지원금 신청서에서 『자연을 따라. 기초시』가 자신의 첫 문학작품이라고 말한다.

70 『토성의 달들』 630쪽을 보면 제발트는 1983년 봄 슈텔러에 관한 대목을 집필하고 있었다고 말한다. 제발트는 5월에 해당 대목의 초기 버전을 필리파 코머에게 보여주었고(『아리아드네의 실』 115쪽, 119쪽, 225쪽 참고), 『악첸테』는 이를 반려했다(우베 쉬테, 『형상들』 58쪽 참고). 또한 2011년 신시내티대학에 박사학위 논문으로 제출된 마이클 D. 허친스의 「회복: 제발트의 멜랑콜리한 메시아주의Tikkun: WGS's Melancholy Messianism」도 참고하라. 이 논문은 독일문학아카데미에 보관된 제발트 관련 문서를 면밀히 연구하여 제발트가 1983년 후반에 슈텔러에 대해 작성한 글을 여러 출판사에 투고하기 시작했다고 결론 내린다. https://etd.ohiolink.edu/!etd.send_file?accession=ucin1307321149&disposition=inline. 『마누스크립테』에 슈텔러에 관한 글이 게재된 시기는 『대지와 물을 건너서』 xv쪽 갤브레이스의 「서문」을 참고했다. 전체 시가 (혹은 적어도 그 일부가) 1985년 말에 완성되었다는 정보는 1985년 11월 레지덴츠 출판사에서 보내온 편지를 시작으로 제발트의 원고 출간을 거부한 출판사 목록을 보면 확실히 알 수 있다(독일문학아카이브에 소장된 『자연을 따라. 기초시』 파일 참고). 원고를 거부한 출판사 목록에는 총 열 개 출판사가 포함되어 있다.

71 엔첸스베르거가 그레노에게 막스의 시를 추천했다는 내용은 『토성의 달들』 634쪽을 참고하라. 제발트는 그 시가 어떻게 란스마이어에게 가닿게 되었는지에 관해 자신이 좋아하는 우연을 엮어 이야기를 만들어냈다(『살얼음판 위에서』 105쪽에 실린 스벤 뵈데커와의 인터뷰 참고). 사실 제발트는 1987년 6월 10일 란스마이어에게 편지를 써서 『자연을 따라. 기초시』 원고를 엔첸스베르거에게 전해줄 수 있겠느냐고 요청했다(편지는 독일문학아카데미에서 보관 중이다. 이 편지의 존재를 알려주고 도움을 준 쿠르트 포르스터 교수에게 감사를 전한다).

72 나는 이 날짜를 독일문학아카이브에 보관된 두 편지를 통해 파악했다. 1980년 1월 17일과 1983년 1월 6일 주르캄프 출판사로부터 온 편지였다. 첫 번째 편지는 익명의 원고를 받았음을 확인하는 내용이며, 두 번째 편지는 긴 시간 동안 칸트에 관한 제발트의 각본에 응답하지 않은 일에 대해 사과하는 내용이다. 각본이 처음 제출된 시기가 1980년 1월이므로 두 편지는 분명 같은 원고를 가리키고 있을 것이며, 따라서 각본을 쓴 시기는 그 이전, 즉 1979년으로 볼 수 있다. 이는 「회복: 제발트의 멜랑콜리한 메시아주의」 149~151쪽에서 마이클 허친스가 추론한 내용이기도 하다.

그러므로 제발트가 처음에는 칸트에 관한 작품을 희곡으로 구상했지만 일단 지면에 발표하려고 시도했으며, 2년 후에야 텔레비전 영화로 제작하기 위해 젠더 프라이에스 베를린 방송국에서 일하는 친구 얀 프랑크젠에게 보낸 것으로 보인다(프랑크젠은 1981년 9월 24일 자 편지에서 각본을 받았다고 언급한다). 제발트는 모든 형태의 출판을 시도하면서 여덟 곳의 단행본 출판사, 여덟 군데의 텔레비전 방송사, 극단 세 곳, 그리고 독일 영화위원회의 영국 및 독일 대표들에게 각본을 보냈다(「회복: 제발트의 멜랑콜리한 메시아주의」 154쪽). 제발트는 극에 대한 흥미를 놓은 적이 한 번도 없었고, 1980년대 말에는 1960년대 독일 다큐멘터리 연극에 관한 회의를 조직하여 그 결과물을 요약한 책을 편집했다(『급진적인 무대: 1970년대와 1980년대 독일의 연극*A Radical Stage: Theatre in Germany in the 1970s and 1980s*』, 『토성의 달들』 449쪽 참고). 따라서 (앞으로도 계속 주장하겠지만) 제발트가 1979~1980년대에 본격적으로 문학적 글쓰기로 방향을 틀었을 때 우선적으로 취한 형식이 희곡이었다는 사실은 그리 놀랍지 않다.

73 1987년 독일문학기금에 보낸 지원금 신청서 가운데 '신청 사유'에서.

74 1985년에는 슈만에 관한 글을 계획했으나 실제로 쓰지는 않았고, 1986년에는 비트겐슈타인에 대한 「비트겐슈타인의 삶*Leben Ws.*」을 썼다. 얀 프랑크젠은 독일문학아카이브에 보관 중인 1985년 6월 3일 자 편지에서 제발트의 슈만 프로젝트를 언급한다. 「비트겐슈타인의 삶」 집필 날짜와 관련해서는 『토성의 달들』 332쪽을 참고하라. 「비트겐슈타인의 삶」 전체 내용은 『토성의 달들』 324~332쪽에 수록되어 있다. 또한 우베 쉬테의 『W. G. 제발트』 23쪽도 참고하라.

75 영화 제작을 위해 노력한 시기와 다음 문단에 제시된 프랑크젠에 관한 정보는 독일문학아카이브에 소장된 프랑크젠이 제발트에게 보낸 편지 가운데 특히 1981년 12월 6일, 1982년 12월 13일, 1988년 1월 5일 자 편지를 참고했다. 제발트의 세 원고와 프로젝트 요약본*Exposé*은 독일문학아카이브에 소장된 제발트의 「이제 밤이 내린다」에 수록되어 있다.

76 다른 각본은 「비트겐슈타인의 삶」을 가리킨다. 제발트는 「비트겐슈타인의 삶」 각본만큼은 1989년 『프랑크푸르터 룬트샤우*Frankfurter Rundschau*』에 게재했다. 우베 쉬테는 결국 쾰른의 WDR3를 설득해 2015년 칸트에 관한 각본의 라디오 버전을 송출했다. 「비트겐슈타인의 삶」과 관련해서는 『토성의 달들』 332쪽을, 2015년 칸트 각본 라디오 송출과 관련해서는 https://sebald.wordpress.com/2015/05/20/sebalds-screenplay-on-kant-heads-to-radio/를 참고하라.

77 이 대목은 「회복: 제발트의 멜랑콜리한 메시아주의」 주72에서 얼마나 많은 시도

가 있었는지를 세세히 이야기하는 허친스의 글을 참고했다. 반려 서한을 인용한 부분(1982년 5월 7일 피셔로부터 받은 편지)도 허친스의 글을 참고했으며, 칸트의 철학을 무시하는 것에 대한 지적도 같은 편지에서 인용한 것이다.

78 시 전문(마르틴 오피츠Martin Opitz의 「송가 IVOde IV」)은 다음과 같다(마이클 허친스가 고대 독일어에서 영역한 것으로 「회복: 제발트의 멜랑콜리한 메시아 주의」에 수록되어 있다〔우리말 번역은 독일어와 영역본을 함께 참고했다〕).

’Jetzund kömpt die Nacht herbey	이제 밤이 내린다
Vieh vnd Menschen werden frey	짐승과 인간이 자유를 맞는다
Die gewüntschte Ruh geht an;	그토록 바라던 안식이 찾아왔노라
Meine Sorge kömpt heran.	나의 슬픔이 서서히 다가오는구나
Schöne gläntzt der Mondenschein;	달빛은 어여삐 빛나고,
Vnd die güldnen Sternelein;	작은 황금빛 별들도 빛난다
Froh ist alles weit vnd breit	멀고 너른 모든 것이 기쁨에 젖는다
Ich nur bin in Trawrigkeit.	오직 나만 슬픔에 잠겨 있다
Zweene mangeln vberall	온 사방에서 두 존재가 사라졌고
An der schönen Sternen Zahl;	어여쁜 무수한 별 중에서
Diese Sternen die ich meyn’	내 마음에 담긴 이 별들은
Ist der Liebsten Augenschein.	사랑하는 사람의 눈빛[이다]
Nach dem Monden frag’ ich nicht	나는 달의 안부를 묻지 않는다
Tunckel ist der Sternen Liecht;	별빛은 어둡다
Weil sich von mir weggewendt	내게서 돌아섰기 때문이다
Asteris mein Firmament.	아스테리스, 나의 창공
Wann sich aber neigt zu mir	그러나 아스테리스가 내게 몸을 굽히면
Dieser meiner Sonnen Ziehr	내 태양이라는 장식이
Acht’ ich es das beste seyn	무엇보다 나와 어우러지는 것 같고
Das kein Stern noch Monde schein.	별도 달도 종적을 감춘다

79 「헨리 셀윈 박사」 22쪽에 관한 기사 참고. 「헨리 셀윈 박사」에서 화자는 취리히와 로잔을 오가는 기차에 관한 신문 기사를 읽으며, 제발트는 피트 더 모어와의 인터뷰에서 『연애론』을 구입했다고 말했다(『토성의 달들』 350쪽). 그러나 1986년 10월 27일 게르트루트에게 보낸 편지는 두 사건을 프리부르와 연결 짓는다.

80   1986년 10월 27일 게르트루트에게 보낸 편지.

81   제발트의 산문이 서서히 『현기증. 감정들』과 『이민자들』로 나뉘게 된 과정에 대
      한 상세한 설명은 스콧 바르치의 「W. G. 제발트의 산문 프로젝트W. G. Sebald's
      Prose Project」, 『제발트에 관하여』99~134쪽을 참고하라. 나는 나만의 (몹시 축
      약된) 버전을 작성하는 과정에서 이 자료를 참고했으며, 이와 관련해 스콧에게
      심심한 사의를 표하고 싶다. 앞서 언급했듯 1987년 제발트가 작성한 지원금 신
      청서는 '이민자들' 독일어판 파일 11번에 보관되어 있다.

82   이 단계에서 종조할아버지 윌리엄은 윌리엄 젤로스로 불린다. 결국 막스는 가상
      의 가족 대신 베르히톨트 가문을 바탕으로 한 집안에 이 이름을 부여했다. '페터
      삼촌'의 존재는 윌리엄의 붕괴와 실종을 예견하며, 따라서 막스는 이에 대해 두
      차례 글을 썼다고 볼 수 있다.

83   제발트는 1988년 6월 2일 게르트루트에게 보낸 편지에서 『마누스크립트』에 투
      고할 「헨리 셀윈 박사」를 집필했다고 말했다. 제발트가 「파울 베라이터」를 위해
      빙하에서 돌아온 시신의 이미지를 사용할 생각을 했다는 정보는 바르치가 제공
      했다.

84   피터는 1987년 2월 막스가 요청한 회고록을 보내주면서 늦어서 미안하다고 사
      과했다(독일문학아카이브에 소장된 1987년 2월 17일 자 편지).

85   제발트가 게르트루트에게 보낸 같은 편지.

86   「W. G. 제발트와의 세 번의 만남」, 『유럽학 저널』, 제44권, 4호, 2014년 12월에
      서 리처드 셰퍼드가 작성한 서문과 주6 참고. 사실 제발트는 전해 여름에 이미
      초고를 작성했으므로, 이때 「귀환」을 다시 썼거나 새로 쓴 것이다(1988년 6월
      2일 게르트루트에게 보낸 편지 참고). 「귀환」이 제발트가 가장 좋아한 저작이라
      는 정보는 2001 뉴욕의 유명한 나인티세컨드스트리트 Y에서 열린 낭독회 후 제
      발트가 질문에 대해 답변한 내용을 바탕으로 한다(「W. G. 제발트와의 세 번의
      만남Three Encounters with W G Sebald」. 내가 참고한 온라인판에는 쪽 번호가
      매겨져 있지 않지만 이것이 마지막 질문에 대한 답변이었다).

87   『현기증. 감정들』 독일어판의 전체 원고를 동봉해 크리스틴 필커에게 보낸 카드
      에는 날짜가 1989년이라고만 적혀 있지만 제발트가 원고를 여름에 완성했으므
      로 여름 이후에, 내 추측으로는 가을에 보냈을 것이다.
      아이히보른 출판사는 1990년 3월 『현기증. 감정들』 독일어판을 출간했다(『토성
      의 달들』 452쪽 참고).

88   예컨대 영미권의 인터뷰어 중에는 조지프 쿠오모, 제임스 우드, 로버트 매크럼,
      그리고 독일인 인터뷰어 중에는 스벤 뵈데커, 마르틴 윌렌, 한스페터 쿠니슈에

게 말했다. 친구이자 동료 크리스토퍼 빅스비에게는 가정생활에서 느끼는 압박감에 대해서도 언급했다(『크리스토퍼 빅스비와 작가들의 대화』, 151~152쪽).

89 누리아 아마트, 「W. G. 제발트: 만남W. G. Sebald: Un Encuentro」, 『ABC 쿨트랄』, 마드리드, 2000년 9월 30일, https://nuriaamat.com/wp-content/uploads/2016/05/Sebald.-Entrevista-ABC-Cultural.pdf.

18장 1989-1996

1 이 날짜는 『토성의 달들』 중 리처드 셰퍼드가 작성한 연대기를 참고했다. 이 장에서 달리 언급하지 않은 사건들의 날짜와 이에 관한 설명은 리처드 셰퍼드의 연표에 바탕을 두고 있다.

2 『토성의 달들』 121쪽에 실린 고든 터너의 글, 리처드 셰퍼드, 토마스 호니켈과의 인터뷰, 그리고 내가 셰퍼드와 호니켈과 나눈 대화를 통해 얻은 정보다. 또한 조 케이틀링이 『달리 말하면In Other Words』 W. G. 제발트 특별호, 21호, 2003, 112쪽에 실린 「번역가들 사이에서: W. G. 제발트와 번역」에 부친 서문, 그리고 우베 쉬테의 『W. G. 제발트』 267쪽, 앤서니 비비스가 쓴 『달리 말하면』 114쪽 「영국 문학번역센터 초기 시절에 관한 메모Notes on the early years of BCLT」도 참고했다.
    얼럼 별장에 관한 정보는 클리브 스콧과의 인터뷰(2014년 4월 29일), 『달리 말하면』 117~118쪽에 실린 크리스틴 윌슨의 「영국문학번역센터에서 막스와의 협업Working with Max at BCLT」, 1998년 2월 18일 『인디펜던트』에 실린 보이드 통킨이 제발트와 진행한 인터뷰 「침묵의 바다에서 수영하기Swimming in the Seas of Silence」에서 얻었다. 대학에서 제발트의 업적을 인정하는 데 수년이 걸렸다는 정보는 우베 쉬테가 「그림자 밖으로Out of the Shadows」, 『타임스 리터러리 서플리먼트』, 2011년 9월, 『W. G. 제발트』 등에서 수차례 지적한 내용이다. 쉬테는 2002년 대학 연보에도 여전히 막스가 언급되어 있지 않다고 말한다 (27). 오늘날 제발트는 엄연히 인정받는 작가다.

3 아담 체르니아프스키에 관한 정보는 아담이 저서 『시의 발명The Invention of Poetry』(Salt Publishing, 2005) 110~112쪽에 쓴 「막스 제발트를 추모하며(1944~2001)In memoriam Max Sebald(1944-2001)」와 2019년 5월 16일 내가 그와 가진 인터뷰를 바탕으로 한다. 리아 로하위전에 관한 정보는 네덜란드 잡지 『아본틀로그Avondlog』 http://www.avondlog.nl/tags/wgsebald와 우리가

2019년 1월 8일에 가진 인터뷰, 그리고 최근의 대화를 통해 얻었다.

4 베릴 랜월에 관한 정보는 (그의 딸과 사위인) 샐리 험스트턴, 닉 험프스턴과 2014년 8월 23일, 2019년 12월 13일에 나눈 대화와 리아 로하위전, 크리스틴 윌슨, 제발트의 문학번역센터 동료이자 친구 진 보스바이어, 고든 터너, 리처드 셰퍼드와 나눈 대화에 바탕을 두고 있다. 또한 『가디언』 2013년 7월 1일 자에 고든 터너가 기고한 베릴의 부고 기사도 참고했다.

5 이 문단에 제시된 정보는 내가 하이디 노바크와 나눈 대화와 토마스 호니켈이 하이디 노바크와 가진 인터뷰에 바탕을 두고 있다.

6 발터 칼하머와 관련해 이어지는 정보는 내가 우르줄라 슈미트(결혼 전 성은 칼하머), 프리츠 칼하머와 나눈 대화에 바탕을 두고 있다.

7 군델라 엔첸스베르거에 관한 정보는 2016년 2월 20일 그와 가진 인터뷰에 바탕을 두고 있다.

8 동료들의 반응에 대한 정보는 『유럽학 저널: W. G. 제발트 특별호』에 실린 크리스토퍼 스미스의 「'막스': 내가 아는 W. G. 제발트」를 참고했으며 이는 노리치 솔른 프레스에서 2007년 단행본으로 발행되었다(vii~viii). '맥' 맥팔레인의 반응은 내가 2019년 1월 21일 재닛 가턴과 한 인터뷰에서 발췌했다. 『현기증. 감정들』이 독일에서 받은 반응과 관련해서는 우베 쉬테, 『W. G. 제발트』 23쪽을 참고하라.

9 잉게보르크 바흐만 시상식과 관련된 정보는 내가 안드레아스 이젠슈미트, 게르트루트와 나눈 대화에 바탕을 두고 있다. 또한 『프랑크푸르터 알게마이네 차이퉁』 주말판 2005년 10월 15~16일 자에 다니엘 켈만이 기고한 「운영상 손실Der Betriebsschaden」도 참고하라.

10 프란츠 쿠나가 1990년 7월 8일 제발트에게 보낸 편지로, 독일문학아카이브에 소장되어 있다.

11 디트리히 슈바니츠가 1990년 10월 8일 제발트에게 보낸 편지로, 독일문학아카이브에 소장되어 있다.

12 얀 프랑크젠이 1990년 7월 15일 제발트에게 보낸 편지로, 독일문학아카이브에 소장되어 있다.

13 ROP에 관한 정보는 내가 그와 나눈 대화에 바탕을 두고 있다.

14 제발트가 1990년 10월 16일 ROP에게 한 말.

15 『쥐트도이체 차이퉁 매거진』 1990년 10월 15일, 28~29쪽, 『초상 7: W. G. 제발트』에 수록된 레나테 유스트의 「침묵의 재앙」에서 얻은 정보.

16 제발트가 유레크 베커에게 가한 공격에 관한 정보는 『토성의 달들』 164쪽에 실

린 우베 쉬테의 글과『토성의 달들』637쪽에 실린 리처드 셰퍼드의 연표를 참고했다. https://en.wikipedia.org/wiki/Jurek_Becker와 http://www.wgsebald.de/becker/becker.html도 참고하라.

17 이 정보와 이어지는 정보는 재닛 가턴과 2019년 1월 21일에 나눈 인터뷰에 바탕을 두고 있다.

18 크리스토퍼 스미스의 「'막스': 내가 아는 W. G. 제발트」ix-x쪽, xii-xiii쪽 참고.

19 진 보스바이어에 관한 정보는 내가 그와 2017년 3월 21일, 2019년 1월 11에 나눈 대화에 바탕을 두고 있다. 나와 대화를 나눠주고 도움을 준 그에게 진심으로 감사드린다. '미스터 페이스트리'라고 말한 친구는 언어학과 음성학을 가르친 친구 켄 로지였다. 제발트가 몸을 움직이는 방식이 어색했다는 점은 친구 마리도 포착한 부분이었다. 제발트는 마리에게 보낸 어떤 편지들에서 '비틀대는 사람Stolperer'이라고 서명하기도 했다.

20 제발트가 리아 로하위전에게 1992년 6월 30일 보낸 편지에서 한 말이다.

21 이 인용문과 다른 인용문은『토성의 달들』350~354쪽에 실린 제발트가 피트 더 모어와 가진 인터뷰를 참고했다.

22 살얼음판 위에서』112~113쪽에 실린 제발트와 스벤 뵈데커의 인터뷰(1995년),『살얼음판 위에서』122쪽에 실린 스벤 지덴베르크와의 인터뷰,『차이트 매거진』1995년 10월 13일,『초상 7: W. G. 제발트』40쪽에 실린 레나테 유스트의 「토성의 표식 아래서Im Zeichen des Saturn」,『플래닛Planet』2003년 4~5월호 14쪽에 실린 피터 모건의 「영국인들 사이에서 살아가기Living Among the English」,『크리스토퍼 빅스비와 작가들의 대화』162쪽을 참고하라.

23 우베 쉬테,『개입들』123쪽과『W. G. 제발트』72쪽 참고.

24 제발트가 1992년 8월 20일 피터 조던에게 보낸 편지에 그의 실제 여정이 설명되어 있다. 1월에는 로스토프트를, 2월에는 서머레이튼을 방문했다는 정보는『토성의 달들』에 실린 리처드 셰퍼드의 연표와『유럽학 저널: W. G. 제발트 특별호』에 적힌 (로스토프트에 관한) 주45를 참고했다. 제발트가 햄버거 부부를 방문했다는 정보는 앤 베리스퍼드와의 대화를 통해 얻었다. 제발트의 상태가 산책 후에 나아졌다는 정보는 그가 피터 조던에게 보낸 편지에 바탕을 두고 있다.

25 2001년 9월 22일『가디언』에 게재된 제발트와 마야 재기의 인터뷰 참고. 로버트 맥팔레인이 걷기를 포기했다는 이야기는 한 친구가 내게 들려준 것이다.

26 예컨대,『슈투트가르트 차이퉁』1997년 11월 27일 자에 게재된 요헨 비트만의 글,『쥐트도이체 차이퉁』2001년 4월 5일 자에 게재된 한스페터 쿠니슈의 글, 우

베 쉬테의 『W. G. 제발트』23~24쪽을 참고하라. 「리터러리 콰르텟」에 관한 세부 내용은 내가 직접 시청한 후 작성한 것이다. 유튜브 https://www.youtube.com/ watch?v=Ip-0efN1dBo(46분 20초에서 58분 45초 구간)에서 시청할 수 있다.

27 제발트가 1992년 10월 12일 크리스틴 필커에게 한 말. 게르트루트가 제공한 정보는 『독일 문학 연구Recherches Germaniques』2005년 특별호 제2호 『W. G. 제발트: 기억. 전이. 이미지WGS: Memoires. Transferts. Images. Erinnerung. Übertragungen. Bilder』에 실린 게르트루트와 루트 포겔클라인의 인터뷰 「조각 이불」 211~220쪽과 게르트루트가 나와의 대화에서 한 말에 바탕을 두고 있다.

28 제발트가 1992년 9월 17일과 1993년 2월 12일 피터 조던에게 한 말.

29 이드리스 패리가 1993년 3월 15일 제발트에게 쓴 편지로, 독일문학아카이브에 보관되어 있다.

30 『살얼음판 위에서 위에서』103쪽, 109쪽, 112쪽에 실린 랄프 쇼크, 스벤 뵈데커 (1993년과 1995년)와의 인터뷰, 『타게슈필Der Tagespiel』1993년 3월 11일 자에 실린 스벤 뵈데커와의 인터뷰 「짐가방에 단어를 챙기고Mit dem Vokabular im Gepäck」, 그리고 제발트가 1993년 2월 12일 피터 조던에게 보낸 편지를 참고. 그의 낭독회를 찾은 오래된 친구는 지그리트 베커노이만이었다(2017년 8월 8일 지그리트와의 인터뷰에서).

31 안데르슈 논쟁과 관련된 정보는 우베 쉬테 『개입들』28쪽과 『제발트에 관하여』 234~240쪽(마르쿠스 요호, 「4:2 문학의 사제들을 위하여: W. G. 제발트의 알프레트 안데르슈와 유레크 베커에 대한 공격4:2 für die Literaturpfaffen: W. G. Sebalds Angriffe auf Alfred Andersch und Jurek Becker」227~249쪽)에 바탕을 두고 있다. http://www.wgsebald.de/andersch/andersch.html도 참고.

32 엔첸스베르거가 분노한 일과 관련해서는 우베 쉬테 『형상들』주29를 참고하라. 이 문단에 제시된 나머지 정보는 『토성의 달들』640쪽과 내가 존 쿡, 안드레아스 이젠슈미트와 가진 인터뷰에 바탕을 두고 있다. 엔첸스베르거가 제발트의 동료들에 대해 한 말은 내가 2014년 9월 26일 존 쿡과 한 인터뷰를 참고했다.

33 제발트의 왼쪽 눈과 관련된 날짜와 정보는 그가 1993년 9월 4일 볼프강 슐뢰터에게 보낸 편지를 참고했다. 제발트와 볼프강 슐뢰터가 주고받은 서한은 전부 독일문학아카이브에 보관되어 있다. 그가 나중에 오른쪽 눈에도 문제를 겪었다는 정보는 리처드 셰퍼드, 「우측-좌측: W. G. 제발트의 작품에서 모스 암호 해독에 관한 몇 가지 견해」432쪽을 참고했다.

34 제발트가 1995년 레나테 유스트와 가진 인터뷰에서 한 말로, 『초상 7: W. G. 제

발트』40쪽을 참고하라. 제발트가 나중에 지어낸 이야기와 관련된 정보는 내가 우르줄라 리프슈와 나눈 대화에 바탕을 두고 있다.

35 이 문단과 다음 문단에 제시된 정보는 2020년 1월 20일 내가 빌 스웨인슨과 가진 인터뷰와 그 후 이어진 이메일에 바탕을 두고 있다.

36 헐스가 하빌에 제출한 검토서에 포함된 내용으로, 빌 스웨인슨이 내게 전달해주었다.

37 『토성의 달들』641쪽 참고.

38 메달(요하네스보브롭스키 메달)에 관한 이야기는 『토성의 달들』641-642쪽에 실린 리처드 셰퍼드의 글과 『토성의 달들』121쪽에 실린 고든 터너의 글에 바탕을 두고 있다. 또한 필리파 코머의 『아리아드네의 실』170쪽도 참고했다.

39 제발트가 1994년 12월 18일 피터 조던에게 한 말. 이어지는 정보는 제발트가 1994년 6월 5일 크리스틴 쾰커에게 쓴 편지와 『초상 7: W. G. 제발트』40쪽에 실린 1995년 제발트와 레나테 유스트의 인터뷰를 참고했다.

40 스벤 뵈데커와 1995년에 가진 인터뷰(『살얼음판 위에서』113쪽). 제발트는 레나테 유스트에게 총 열 명을 잃었다고 말했다(『초상 7: W. G. 제발트』40쪽에 실린 1995년 제발트와 레나테 유스트의 인터뷰). 몇몇 요절한 인물과 관련해 이어지는 정보는 내가 2017년 2월 21일 랠프 야로와 가진 인터뷰를 참고했다. 현재 유럽학부는 생존을 위해 꾸준한 노력을 기울인 끝에 현대 언어 및 유럽 연구 대학이 되었다(『토성의 달들』642쪽 참고).

41 재닌 데이킨스와 마이클 파킨슨에 관한 정보는 내가 리처드 셰퍼드, 클리브 스콧, 랠프 야로, 리아 로하위전과 나눈 대화에 바탕을 두고 있다. 또한 마이클 파킨슨의 사망증서도 참고했다. 영국 일반등록청General Registry Office, GRO[출생·혼인·사망 등을 공식적으로 등록·보관하는 국가 기관] 참조(1994년 2분기 등록, 노리치 지역(6391D), 등록 번호 D8B, 입력 번호 266번). 기록된 판결은 '공개 판결'이며 사망 원인은 '약물(클로로퀸) 과다 복용'이다.

42 제발트가 1995년 6월 8일 볼프강 슐뤼터, 1995년 9월 26일 피터 조던에게, 1995년 6월 26일 게르트루트에게 한 말.

43 우베 쉬테, 『W. G. 제발트』24쪽 참고. 게르트루트가 좋아했다는 내용은 제발트가 1995년 6월 26일 게르트루트에게 보낸 편지를 참고.

44 마이클 햄버거가 1995년 9월 29일 제발트에게 쓴 편지(독일문학아카이브에 소장).

45 이 내용과 이어지는 내용은 『살얼음판 위에서』에 수록된 제발트가 1995년 뵈데커와 한 인터뷰를 참고했다.

46 제발트가 1995년 레나테 유스트와 가진 인터뷰에서 한 말로,『초상 7: W. G. 제발트』42쪽 참고.

47 마이클 헐스와의 번역을 둘러싼 갈등에 대한 해석은 내 견해이며,『토성의 달들』195~208쪽에 실린 마이클 헐스의「막스를 영어화화기Englishing Max」, 2004년 5월 27일 내가 막스와 한 인터뷰, 1994~2000년 헐스가 제발트와 주고받은 서한 중 중요한 편지들,『토성의 달들』209~215쪽에 수록된 앤시아 벨의「W. G. 제발트 번역하기—작가와 함께 그리고 작가 없이 하는 번역」과 내가 2004년 5월 24일 앤시아와 진행한 인터뷰, 그리고 2017년 3월 21일 내가 진 보스바이어와 한 인터뷰, 2019년 7월 16일 바버라 슈웹키(당시 하빌 소속)와의 인터뷰, 2020년 1월 20일 빌 스웨인슨과의 인터뷰, 2020년 3월 27일 크리스토퍼 매클러호스와의 인터뷰를 참고했다. 특히 빌 스웨인슨과 진 보스바이어가 번역에 대해 나눠준 대화에 감사를 표한다.

마이클 헐스는 제발트의 교정 내역이 표시된 원고 일부의 사본과 제발트와 주고받은 핵심적인 서한을 내게 제공했다. 이에 대해 진심으로 감사드린다. 전체 사본은 하버드대학 휴턴 도서관에 보관되어 있다. https://hollisarchives.lib.harvard.edu/search?utf8=%E2%9C%93&op%5B%5D=&q%5B%5D=W+G+Sebald&field%5B%5D=&commit=Search++&limit=&from_year%5B%5D=&to_year%5B%5D=.

독일문학아카이브는 제발트와 (앤시아 벨이『아우스터리츠』에 대해 주고받은 서한을 포함해) 헐스, 스웨인슨과『현기증. 감정들』『이민자들』『토성의 고리』번역에 대해 주고받은 서한도 대부분 보관하고 있다. 이 서한들은 '다른 이들의 원고Manuskripte Anderer'라는 명칭의 파일에 보관되어 있다.

또한 나는 제발트가 보이드 통킨, 존 쿡, 마야 재기, 스벤 뵈데커(1995년), 누리아 아마트와 나눈 인터뷰와 예컨대 울리히 폰 뷜로브(『토성의 달들』255쪽), 제임스 우드(『가디언』2013년 4월 20일 자「고독한 산책자의 몽상」)가 사실상 휴스와 저자가 공동 역자였다고 내린 결론을 참고했다.

제발트가 헐스의 번역본을 문학번역센터 학생들에게 보여주었다는 정보는 1998년 제발트의 강의를 수강한 시인 윌 스톤의 말에 바탕을 두고 있다. 나는 2011년 12월 14일 런던 이스트엔드에 위치한 윌턴 뮤직 홀에서 열린 제발트 사망 10주기 기념행사에 참석했다가 그가 부친 기고문을 통해 이 정보를 얻었다. 아담 체르니아프스키는 친절하게도 스톤의 연설문을 자신의 아카이브에서 찾아내 내게 보내주었다. 출처는 공유받지 못했다.

제발트가 헐스의 번역본에 대해 불평을 털어놓은—내가 본문에서 언급한 사람을 제외한—수많은 사람 중에는 볼프강 슐뤼터(가령 1995년 6월 8일 편지 참조), 마리, 햄버거 부부, 테스 저레이, (문학번역센터의) 크리스틴 윌슨, 리처드 에번스, 그리고 클리브 싱클레어, 토니 루돌프, 앤 스웨이트와 앤서니 스웨이트 같은 작가 친구들이 있었다. 대표적인 독문학 교수 리치 로버트슨도 제발트가 불만을 품고 있다는 것에 대해 알고 있었으니, 아마 독문학계 전체가 알고 있었을 것이다.

48 베릴 랜월이 제발트와 한 번역 작업에 대한 설명은 무엇보다도 내가 그의 딸과 사위 부부와 가진 만남(2014년 12월 6일, 2019년 12월 13일)을 바탕으로 작성했다. 두 사람의 도움에 진심으로 감사드린다. 또한 고든 터너와의 대화와 그가 베릴에 대해 쓴 부고 기사(『가디언』 2013년 7월 1일), 그리고 내가 진 보스바이어와 1983~1987년 제발트의 학생이었던 클레어 세이버리와 나눈 대화에 바탕을 두고 있다.

베릴이 임종을 앞두고 남긴 타자기로 작성한 원고는 『이민자들』의 「파울 베라이터」 「암브로스 아델바르트」 「막스 아우라흐」(그때는 여전히 이렇게 불렸다)와 『현기증. 감정들』의 「귀향」, 그리고 『토성의 고리』에 관한 폴더 두 개다. 이 원고들은 현재 이스트앵글리아대학의 영국 동시대 글쓰기 아카이브British Archive for Contemporary Writing에서 제발트 관련 자료로 분류해 보관 중이다. 베릴의 딸 샐리는 베릴이 제발트와 함께한 모든 작업물을 보관해두었다고 확언한다(2020년 3월 30일 이메일). 이에 따라 나는 베릴이 「헨리 셀윈 박사」나 『아우스터리츠』 작업은 함께하지 않았다는 결론을 내렸다.

제발트는 1995년 6월 28일에 보낸 엽서에서 베릴의 끈기 있는 작업에 감사를 표했다. 베릴의 딸은 이 편지를 비롯해 크리스토퍼 매클러호스의 편지 및 베릴이 다른 사람과 주고받은 편지를 간직하고 있다. 이 귀중한 작업이 단순한 타이핑이 아니라 편집 작업이었다는 점은 여러 면에서 입증되는 사실이다. 예컨대, 1995년 3월 3일 편지에서 빌 스웨인슨은 베릴의 작업을 "마이클 헐스의 번역에 대한 검토 및 수정"이라고 언급한다(여기서는 『이민자들』 번역을 가리킨다). 제발트는 『토성의 고리』 영역본 표지에 마이클 헐스가 번역하고 베릴 랜월과 저자가 수정했음을 밝히면서 베릴의 이름을 자기 이름 앞에 배치했다(독일문학아카이브에 소장된 '다른 이들의 원고' 참조).

제발트가 마이클 헐스보다 베릴을 더 신뢰한 것에 대해 헐스에게 해명하거나 사과한 적이 한 번도 없다는 사실은 내가 헐스와 한 인터뷰에 바탕을 두고 있다.

존 쿡은 2014년 9월 26일 나와의 인터뷰에서 제발트의 영어 구사 능력을 언급했다. 존 쿡 외에 제발트의 빼어난 영어 실력을 언급한 사람 중에는 1998년 6월

6일『데일리 텔레그래프*Daily Telegraph*』에서 제발트를 인터뷰한 폴 베일리(세 시간 동안 이어진 대화에서 베일리는 단 한 번도 오류를 지적할 일이 없었다), 테스 저레이, 바버라 슈웹키, 앤시아 벨(『토성의 달들』211쪽과 212쪽, 『파이브 다이얼스』매거진에 게재한「번역가의 관점A Translator's View」, https://fivedi-als.com/fiction/a-translators-view/)이 있다. 제발트의 마지막 편집자는 제발트가 영어로도 수월하게 책을 집필할 수 있었을 것이라면서 이러한 의견에 동의했다(사이먼 프로서,「W. G. 제발트에 관한 모든 것」, https://fivedials.com/fiction/z-w-g-sebald/ 참고). 제발트는 마지막으로 진행한 글쓰기 수업에서 자신이 영어로도 글을 쓸 수 있다고 말했다(내가 2019년 2월 27일 조 로와 가진 인터뷰).

49 제발트가 존 쿡과의인터뷰에서 한 말로,『토성의 달들』359쪽 참고.

50 스티븐 토블러,『달리 말하면』중「되도록 젊은 남자는 아니어야 할 제발트 번역가의 초상The portrait of the Sebaldian translator」119쪽 참고. 인용문은 이 자료에서 발췌한 것이다.

51 예컨대 리처드 셰퍼드,「우측-좌측: W. G. 제발트의 작품에서 모스 암호 해독에 관한 몇 가지 견해」432~434쪽과 449쪽 참고. 셰퍼드는『유럽학 저널: W. G. 제발트 특별호』에 수록한 서문 201쪽에서 "그의 분위기와 1990년 내내 벌어지고 있던 삶에 대한 '태도'가 어두워졌다"라고 말한다. 한편『아리아드네의 실』85쪽에는 다음과 같이 적혀 있다."막스의 소외감과 자기 자신의 죽음에 대한 인식은 점점 극복하기 어려운 수준으로 치달았고, 이는 친구들과의 관계에도 영향을 미치기 시작했다." 리처드 셰퍼드도 나와의 인터뷰(2016년 10월 12일)와 토마스 호니켈과의 인터뷰에서 제발트의 분위기가 생애 마지막 4~5년 동안 어두워졌다고 확언했다. 우베 쉬테(『개입들』13쪽,『W. G. 제발트』2~3쪽)는 늦게 잡아도 1990년대 중반까지 그가 품은 미래에 대한 전망이 어두워지고 있었다고 확신한다.

레나테 유스트가 한 말은『초상 7: W. G. 제발트』39~41쪽에 실린 1995년 제발트와의 인터뷰에 바탕을 두고 있다.

52 리처드 셰퍼드,「우측-좌측: W. G. 제발트의 작품에서 모스 암호 해독에 관한 몇 가지 견해」420쪽, 1990년대에 "제발트가 좀처럼 입에 올리지 않았던 건강 상태는 갈수록 악화되어갔고, 그의 정신 상태도 점점 어두워져갔다". 또한「'숲, 나무, 그리고 그 사이의 공간': W. G. 제발트에 관한 연구 보고서, 2005~2008」, 79~128쪽 주34에서는 특히 1995년 이후에 그랬다고 적는다. 편두통에 관한 정보는 리처드 셰퍼드(예컨대,「우측-좌측: W. G. 제발트의 작품에서 모스 암호 해독에 관한 몇 가지 견해」424쪽과 내가 그와 한 인터뷰), 게르트루트, 베아테

가 제공했으며, 그의 혈압에 관한 정보는 베아테가, 그의 알코올 '알레르기'에 관한 정보는 그가 이스트앵글리아에서 사귄 거의 모든 친구와 게르트루트, 베아테가 제공했다. '주스'와 관련된 세부 내용과 그가 자신의 건강 문제를 숨겼다는 사실은 리처드 셰퍼드가 알려주었다.

제발트는 1998년 쉰네 살이 되었을 때 자신이 이미 노년에 접어들었다고 말했다. 『토성의 달들』 344쪽에 수록된 마이클 햄버거를 기리는 글 「과거 발굴하기 Ausgrabung der Vergangenheit」를 참고하라.

53 제발트가 1996년 1월 19일 크리스틴 필커에게 한 말.

54 스벤 뵈데커와의 1995년 인터뷰(『살얼음판 위에서』 121쪽).

55 이 쪽과 다음 쪽에서 『이민자들』이 받은 반응에 관한 정보는 빌 스웨인슨과의 인터뷰와 2020년 3월 31일 그가 보낸 이메일에 바탕을 두고 있다.

56 이어지는 정보는 내가 크리스틴 필커와 나눈 대화와 크리스틴이 2019년 2월 21일 내게 보낸 이메일에 바탕을 두고 있다. 제발트가 크리스틴에게 마지막으로 보낸 편지 날짜는 1996년 1월 19일이다.

57 『타임스 리터러리 서플리먼트』 1996년 6월 29일, 우베 쉬테 『삶과 작품 소개』 29쪽에 인용되어 있다. 우베 쉬테는 『W. G. 제발트』 25쪽에서 제발트의 재산과 『이민자들』 판매량 변화를 짚는다. 신시아 오직의 리뷰는 『뉴 리퍼블릭』 1996년 12월 16일 자에 게재되었으며, 게이브리얼 조시포비치의 리뷰는 『주이시 쿼털리 *The Jewish Quarterly*』 1966~1967 겨울호에 실려 있다.

58 『타임스 리터러리 서플리먼트』 2000년 2월 25일. https://www.the-tls.co.uk/articles/public/mourning-sickness/ 참고.

59 매클러호스의 파티에 참석한 수전 손택에 관한 이야기는 내가 2020년 3월 27일 크리스토퍼 매클러호스와 한 인터뷰, 그리고 2011년 12월 9일 라디오 3 채널을 통해 송출되었으며 지금도 (해당 시리즈의 다른 네 가지 프로그램과 더불어) 청취할 수 있는 제발트에 관한 어맨다 홉킨슨의 라디오 에세이 「기억의 역사인가 역사의 기억인가A History of Memory or a Memory of History?」에 바탕을 두고 있다. https://www.bbc.co.uk/programmes/b0180hh4를 참고하라. 예컨대, 로버트 매크럼은 이 행사를 생생하게 기억하고 있다(2019년 12월 9일 로버트와의 인터뷰에서).

60 제발트가 볼프강 슐뤼터와 카를하인츠 슈멜처에게 1996년 12월 12일에 보낸 편지를 참고하라. 우베 쉬테는 제발트가 신념에 입각한 행동auto da fés을 설명하던 일을 회상한다(가령 『W. G. 제발트』 24쪽과 그가 작성한 라디오 에세이, 그리고 나와의 인터뷰에서). 또한 제발트는 1년간 고군분투한 끝에 『코르시카』를

구두 상자에 넣어 치워버렸다고 마이클 헐스에게 말했다(독일문학아카이브에 보관 중인 제발트가 1997년 2월 2일 헐스에게 쓴 편지).

61　울리히 폰 뷜로브가 집필하고 폰 뷜로브, 하이케 그프레라이스, 엘렌 슈트리트마터가 편집한 『방황하는 그림자들 *Wandernde Schatten*』 중 「제발트 코르시카-프로젝트 Sebalds Korsika-Projekt」 210~214쪽 참고. 이는 2008년 현대미술관 Museum der Moderne에서 열린 독일문학아카데미의 제발트 자료 전시회 카탈로그였다.

62　내가 1996년 그와 진행한 인터뷰에서 발췌한 것으로, 출판본에는 포함하지 않았다. 제발트는 나를 만난 시점에 『코르시카』 집필을 막 포기한 참이었다. 우베 쉬테는 『W. G. 제발트』 24쪽과 2011년 12월 6일 라디오 3 채널을 통해 송출된 제발트에 관한 라디오 에세이 '본보기로가르치다' 편에서 그 이유를 설명한다.

63　한저 출판사의 제발트 담당 편집자 볼프강 마츠가 (2020년 12월 9일 이메일로) 제공한 정보로, 마츠에게 진심 어린 감사를 전한다. 제발트는 이를 또 다른 극적인 이야기로 바꾸었는데, 한저 출판사는 실제로 표지에 소설 Roman이라는 표기를 넣었다가 제발트가 반대하는 바람에 삭제했다.

64　『아리아드네의 실』 168~169쪽 참고. 1996년 12월 제발트의 오른쪽 눈이 안 보였던 것과 관련해서는 리처드 셰퍼드, 「우측-좌측: W. G. 제발트의 작품에서 모스 암호 해독에 관한 몇 가지 견해」 432쪽을 참고하라. 셰퍼드는 이 글에서 실명이 심신증에서 비롯되었을 수 있다고 말한다. 1990년대 제발트의 혈압이 상승한 것과 관련된 정보는 베아테가 제공했다. 고혈압이 중심장액망막병에 미치는 전반적인 영향과 관련해서는 https://en.wikipedia.org/wiki/Central_serous_retinopathy를 참고하라. 제발트가 눈 수술에 대해 느낀 두려움과 관련해서는 『토성의 달들』 351쪽에 실린 피트 더 모어와의 인터뷰를 참고하라.
　　『아우스터리츠』에 등장하고 실존 인물이기도 했던 안과 의사는 즈데넥 그레고르로, 그는 실제로 할리 스트리트에 개인 진료소를 두고 있었다. 린 울프(『제발트의 하이브리드 시학 *Sebald's Hybrid Poetics*』 134쪽 주35)에 따르면 그레고르는 2013년에 은퇴했다.

65　2020년 1월 20일 나와의 인터뷰에서.

66　2020년 3월 27일 나와의 인터뷰에서.

19장 1997-2001

날짜와 사건은 『토성의 달들』에 실린 리처드 셰퍼드의 연표를 참고했다.

1   1996년 12월 12일 볼프강 슐뤼터와 카를하인츠 슈멜처에게 보낸 편지에서.

2   우베 쉬테도 그렇게 말한다. 『W. G. 제발트』 25쪽 참고.

3   첫 번째로 쓴 에세이는 뫼리케 상을 수상하기 위해 뫼리케에 대해 작성한 글이
     며, 이 글로 제발트는 4월에 상을 받았다. 제발트는 이 에세이에서 아이디어를
     얻었을 가능성이 매우 크다. 『토성의 달들』 471쪽과 조 케이틀링이 『전원에 머
     문 날들』 영역본 xvii쪽에서 나머지 날짜에 대한 정보를 제공하는 「서문」을 참
     고하라. 제발트는 1997년 2월 10일 볼프랑 슐뤼터에게 작성한 편지에서 뫼리케
     에 대한 에세이를 끝마쳤다고 말했으며, 1997년 9월 13일에 편지에는 서론 부
     분을 제외한 책 전체를 마무리했다고 말했다. 케이틀링은 해당 「서문」이 1998년
     초에 추가되었다고 말한다(『전원에 머문 날들』 xvi쪽). 『전원에 머문 날들』에 수
     록된 마지막 에세이는 제발트의 친구 얀 페터 트리프에 관한 글로 수년 앞서 쓰
     였다(『전원에 머문 날들』 xvi쪽). 제목은 제발트에게 시금석 중 하나였던 단편소
     설 「툰의 클라이스트Kleist in Thun」를 쓴 발저에게 경의를 표하는 의미를 담고
     있다.

4   『전원에 머문 날들』 2쪽.

5   『전원에 머문 날들』 30쪽.

6   『전원에 머문 날들』 82~83쪽.

7   『전원에 머문 날들』 3쪽.

8   『토성의 달들』 360쪽, 존 쿡과의 인터뷰.

9   리처드 셰퍼드의 연대기(『토성의 달들』 644쪽)와 함께 우베 쉬테 『삶과 작품 소
     개』 29쪽도 참고하라. 제발트가 거리낌을 느꼈다는 정보는 게르트루트가 제공
     했다. 제발트는 볼프강 슐뤼터에게 1997년 9월 13일에 쓴 편지에서 자신이 옳은
     결정을 내렸다고 말했다.

10   훗날 '제발트 유한책임회사'로 명칭이 바뀌었다. http://www.bizdb.co.uk/compa-
     ny/sebald-limited-03346713/.

11   루디거 괴르너 교수(2015년 9월 30일 나와의 인터뷰에서)의 말이다.

12   『텔레그래프 매거진』 2001년 9월 24일 자에 게재된 마리아 알바레즈와의 인터
     뷰 참고. 이 시기에 수전 손택이 제발트를 위해 한 일은 이뿐만이 아니었다. 와
     일리는 수전 손택 자신의 에이전트였을 뿐 아니라 필립 로스, 살만 루슈디, 마틴
     에이미스, 솔 벨로, 노먼 메일러의 에이전트이기도 했다(『가디언』 2003년 6월

24일, 엠마 브록스가 와일리와 한 인터뷰 참고).

13 볼프강 슐뤼터에게 1998년 6월 15일에 보낸 편지 참고.

14 제발트는 9월이 되어서야 편지에서 이에 대해 이야기하기 시작했다. 이 장의 366쪽과 이 장 주19 참고.

15 제발트는 1998년에 런던 이스트엔드를 두 차례 방문했고, 안트베르펜과 브레인동크, 파리도 방문했다. 제발트의 연구 여정은 리처드 셰퍼드의 연대기 외에도 막스가 그 기간에 찍은 사진으로 날짜가 남아 있다. 사진은 이스트앵글리아 세인즈버리 센터에서 2019년 5월 11일부터 8월 18일까지 열린 전시 「멀리—그런데 어디서부터?」에서 공개되었다.

16 스티븐 와츠에 관한 정보는 2014년 10월 16일과 2017년 9월 19일 내가 그와 한 인터뷰와 『토성의 달들』299~307쪽에 실린 스티븐의 글 「막스 제발트: 회고 Max Sebald: A Reminiscence」, 레이철 릭턴스타인 『브릭레인에서 On Brick Lane』 [브릭레인은 이스트엔드에 위치한 거리 이름이다], 해미시 해밀턴, 2007, 8장 「화이트채플 시인 The Whitechapel Poet」118~130쪽, 그리고 2010년 6월 30일 '다정한 저자 the gentle author'라는 이름으로 『스피탈필즈 라이프 Spitalfields Life』에 기고된 「스티븐 와츠, 시인 Stephen Watts, Poet」, https://spitalfieldslife. com/2010/11/30/stephen-watts-poet에 바탕을 두고 있다. 이언 싱클레어는 『마지막 런던 The Last London』(2017)에서 제발트와 스티븐의 관계를 포함해 스티븐을 광범위하게 다루는 글을 썼다.

    사실 스티븐과 제발트는 1990년대 초부터 이스트엔드에 관한 이야기를 나누었다(스티븐이 2020년 6월 10일 내게 보낸 이메일). 『아우스터리츠』와 여기에 인용된 스티븐의 문장들은 그의 2004년 시집 『파란 가방 The Blue Bag』에 수록된 시 「꿈속의 주님 Lord in Dream」과 「파편 Fragment」에서 인용한 것이다.

    제발트는 2000년 6월 마리에게 보낸 편지에서 스티븐을 배고픈 예술가라고 칭했고, 같은 편지에서 스티븐의 예술에는 보기 드문 아름다움이 깃들어 있다고 말했다. 스티븐과 관련된 우연한 이야기는 랄프 요이터가 내게 전해주었다.

17 머지않아 제발트는 『자연을 따라. 기초시』의 마지막 구절을 "주님, 저는 알렉산더의 / 전투를 보겠다고 / 뮌헨으로 날아가는 / 꿈을 꾸었습니다"라는 메아리로 시작했다(『자연을 따라. 기초시』109쪽 참고).

18 『토성의 고리』와 『이민자들』 모두 이미 네덜란드어로 출간되어 있었고—네덜란드인들은 『아우스터리츠』가 출간되기 전까지 제발트의 모든 책을 최초로 번역했다—스페인어와 덴마크어로도 『이민자들』이 출간되어 있었다. 『토성의 달들』454~455쪽 참고.

19 제발트가 1998년 9월 5일 작가 클라이브 싱클레어에게, 그리고 1998년 9월 30일에 피터 조던에게 보낸 메일.

20 예컨대, 토비 그린(1999년 9월), 빅스비(2001년 1월 12일), 마야 재기(2001년 9월 22일 『가디언』), 마리아 알바레즈(2001년 9월 24일 『텔레그래프 매거진』)뿐만 아니라 1998년 6월 7일 『옵서버』에 인용된 로버트 매크럼과의 인터뷰에서도 그렇게 말했다. 독일에서 한 인터뷰는 1997년 6월 13일 『쾰너 슈타트안차이거 *Kölner Stadt-Anzeiger*』의 마르틴 윌렌과의 인터뷰, 그리고 2001년 2월 19일 『프로필 *Profil*』에 실린 율리아 코스파흐와의 인터뷰 「흔적을 찾는 사람 Der Spuren-sucher」 122쪽을 참고하라. 제발트는 마야 재기에게 아침 식사 때 『공중전과 문학』(독일어판)에 관한 편지를 100통이나 읽어야 했다고 말했다(2001년 9월 22일 인터뷰). 매달 일주일씩 여행을 다녔다는 정보는 빅스비가 제공했으며, 각종 요청과 전화 통화에 관한 정보는 코스파흐가 제공했다. 또한 제발트는 랄프 요이터에게 글쓰기를 '제2의 감옥'이라고 말했으며(2006년 6월 22일, 제발트와 관련해 토마스 십이 진행한 라디오 다큐멘터리 「프랑스 문화 France Culture」 참고), 세라 캐머런에게는 편지로 그렇게 말했다(2000년 2월 1일 자 편지).

21 1998년 6월 7일 로버트 매크럼과의 인터뷰 『옵서버』, 「인물, 줄거리, 대화……그건 제 스타일이 아닙니다」.

22 편두통이나 눈이 안 보이게 된 에피소드와 관련된 정보는 리처드 셰퍼드가 2016년 10월 12일 인터뷰에서 제공했다. 얼굴이 붉어졌다는 정보는 진 보스바이어(2019년 1월 11일 인터뷰)와 랄프 요이터(2019년 2월 5일 인터뷰) 등을 통해 얻었다. 이 문단의 나머지 정보는 출처가 명시된 자료에서 확보했다.

23 세라 카파투, 「W. G. 제발트와의 인터뷰」, 『하버드 리뷰』 15호, 1998년 가을.

24 1995년 레나테 유스트(「토성의 흔적 속에서」와 『초상 7: W. G. 제발트』 40쪽)는 제발트의 서재가 철제 야영 침대가 있고 서류나 장서는 없는 수도승의 독방 같다고 묘사했다. 게르트루트는 제발트의 서재가 위층에 있었다고 내게 말했다. 제발트는 서재 사진을 마리에게 보내면서 두 평도 채 되지 않는 크기라고 말했다. 아래층에 위치한 제발트의 초기 작업 테이블 사진은 『토성의 달들』 274쪽에서 볼 수 있다.
랄프 요이터에 관한 정보는 내가 그와 한 인터뷰와 『제발트에 관하여』 303~307쪽에 실린 요이터의 제발트에 관한 에세이를 참고했다. 게르트루트, 우르줄라 리브슈, 테스 저레이, 요이터 모두 제발트가 잠을 거의 자지 않았다고 말한다. 제발트의 학생 세라 에밀리 미아노는 그의 평소 기상 시간이 새벽 4시였다고 말한다(『그랜드 스트리트 72번지 *Grand Street 72*』, 2003년 가을호, 「주머니 속의 손Hands in Pockets」172쪽). 우베 쉬테는 『형상들』에서 잠 못 이루는 밤이 시의 주제라고 말한다(42). 또한 (127쪽에서) 우베는 제발트가 적어도 가끔은 이명을 앓았을 수도 있다는 견해를 제시한다(『토성의 고리』5쪽 "내 귀에서 결코 완전히 잠잠해지는 법이 없는 웅얼거림"과 시인의 귓가에 울리는 휘파람 소리를 언급하는 『벌써 몇 년』의 표제시를 참고했다).

25 　리처드 세퍼드에 관한 정보는 2016년 10월 12일 내가 그와 한 인터뷰와 그가 토마스 호니켈과 한 인터뷰, 「우측-좌측: W. G. 제발트의 작품에서 모스 암호 해독에 관한 몇 가지 견해」 422쪽, 424쪽, 438쪽, 442쪽, 그리고 『아리아드네의 실』 86쪽에 바탕을 두고 있다. 고든 터너에 관한 정보는 그와 나눈 대화를 통해 얻었다.

26 　연구 목적의 여정과 관련한 날짜는 2019년 이스트앵글리아대학에서 열린 「멀리—그런데 어디서부터?」에 전시된 제발트의 사진에 바탕을 두고 있다.

27 　『기억의 유령』 112쪽 쿠오모와의 인터뷰에서. 제발트는 내게(1996년 인터뷰, 기사에 실리지 않은 대목에서) 드물게 글이 잘 풀리는 날이면 10쪽을 쓸 수 있지만 대부분 2쪽 이상을 넘기지 못한다고 말했다. 또한 제발트는 나(1996년과 1998년 인터뷰에서), 로버트 매크럼, 2001년 10월 7일 『샌프란시스코 크로니클 San Francisco Chronicle』에 게재된 케네스 베이커와의 인터뷰 「역사적 기억상실증에 맞서Up against historical amnesia」, 2001년 10월 『리터러리 리뷰』 50쪽 세바스천 셰익스피어와의 인터뷰, 그리고 2001년 7월 14일 『바벨리아』에 실린 치로 크라우트하우젠과의 인터뷰 등에서 글쓰기가 점점 어려워지고 있다고 말했다. 빅스비에게는 『아우스터리츠』 집필이 너무 버거워서 영어로 바꿔 써야 할지도모르겠다는 생각이 들었지만 그러기엔 이미 너무 늦은 것 같다고 말했다 (148).

28 　쿠오모, 『기억의 유령』 109쪽.

29 　2016년 1월 26일 스티븐 스피어와의 인터뷰를 바탕으로 한 정보. 리처드 셰퍼드는 햄버거가 번역을 시작한 날짜를 공식 계약서를 근거로 2000년 2월로 본다. 그러나 마이클 햄버거가 『자연을 따라. 기초시』 번역에 대해 제발트에게 보낸 첫 번째 편지(독일문학아카이브 소장)의 날짜는 1999년 3월 19일이다.

30 　이는 나만의 판단이다. 햄버거의 '낙서'에 관한 정보는 그가 제발트와 나눈 서한에 바탕을 두고 있다(특히 1999년 9월 4일 편지, 1999년 9월 9일 편지, 2000년 2월 26일 편지, 2000년 3월 2일 편지, 2000년 3월 8일 편지).

31 　2016년 1월 26일 스티븐 스피어와의 인터뷰를 바탕으로 한 정보.

32 　『토성의 달들』 210쪽에 실린 앤시아 벨의 「제발트 번역하기」 참고.

33　제발트가 2000년 1월 22일 헐스에게, 헐스가 2000년 2월 1일 제발트에게, 제발트가 2000년 2월 4일 헐스에게 쓴 편지와『토성의 달들』208쪽에 실린 헐스의「막스를 영어화하기」에 바탕을 둔 정보.

34　1999년『파리 리뷰Paris Review』151호「W. G. 제발트: 소개WGS: A Profile」289쪽에 실린 제임스 아틀라스와의 인터뷰.『토성의 달들』646쪽을 보면 인터뷰가 1998년 2월에 진행되었음을 알 수 있다. 게오르크 제발트와 관련해 이어지는 정보는 게르트루트, 베아테, 프리츠 케테를레(2017년 4월 24일 인터뷰), 나우케 (한스 알프레트) 퀴스터스, 우르줄라 리프슈로부터 얻었다.

35　내가 1996년 제발트와 한 인터뷰 중 기사에 실리지 않은 대목.

36　예를 들어『기억의 유령』170쪽에 실린 아서 루보와의 인터뷰 참고. 몇몇 이스트앵글리아대학 동료도 제발트로부터 이 이야기를 들었다. 게르트루트나 베아테와 관련된 정보는 내가 그들과 나눈 대화에 바탕을 두고 있다. 제발트는 1998년 4월 27일 나와의 인터뷰에서 아버지의 불안에 대해 말했으나 기사로 나가진 않았다. 로자가 제발트와 게오르크가 화해했다고 말했다는 정보는 게르트루트로부터 들었다.

37　1999년 6월 17일 제발트가 볼프강 슐뤼터에게 한 말.

38　크리스토퍼 빅스비,『홀로코스트를 기억하고 상상하기Remembering and Imagining the Holocaust』(Cambridge University Press, 2006) 31쪽을 참고했다.

39　게오르크의 장례식에 관한 이야기는 게르트루트로부터 들었다.

40　이어지는 설명은 바버라 슈웹키와 크리스토퍼 매클러호스가 제공했다.

41　예를 들어, 제발트가 2000년 4월 20일 마리에게 보낸 편지 참고.

42　보통 막스는 이를 일종의 재미있는 이야기로(스티븐 토블러,『달리 말하면』중「되도록 청년은 아니어야 할 제발트 번역가의 초상」119쪽 참고), 그리고 프랑크푸르트 외곽의 산에 올랐다가 눈에 쓰러져 죽은 "독일 출판인의 의문의 죽음"에서 모든 일이 시작되는 죽음에 관한 이야기로 들려주었다(『기억의 유령』170쪽에 실린 아서 루보와의 인터뷰 171쪽 참고). 아이히보른 출판사의 우베 그룰레는 실제로 이런 방식으로 자살했으나, 이는 제발트가 프랑크푸르트를 떠나고 9개월이 지난 후의 일이었고, 제발트의 미국-영국 계약과 관련해 떠올릴 수 있는 연결 고리는 없었다. http://www.spiegel.de/spiegel/print/d-8608261.html, https://de.wikipedia.org/wiki/Die_andere_Bibliothek 참고.

43　마리아 알바레즈, 2001년 9월 24일『텔레그래프』참고. 제발트가 미국에서 (뉴 디렉션스 출판사와) 계약했다는 사실은 크리스토퍼 매클러호스가 (2020년 3월 27일 인터뷰에서) 제공했다. 뉴 디렉션스가 미국에서 제발트의 책을『아

우스터리츠』까지 계속해서 출판했다는 사실은『토성의 달들』(주요 참고문헌,
452~457쪽 참고)에 명확히 제시되어 있다. "전화번호부 숫자"를 언급한 신문 기
사는『옵서버』의 문학 가십 코너인 '브라우저Browser'에 실렸다.

44 1999년 12월 2일 편지. 제발트가 학생들에 대해 투덜거린 일은 바버라 슈웹키가
    기억하고 있었다.

45 테스 저레이에 관한 정보는 2011년 6월 18일, 2016년 1월 2일, 2016년 1월 11일
    내가 그와 나눈 대화, 그리고 존 쿡이 편집한『제발트를 따라서After Sebald』(Full
    Circle Edition, UEA, 2014) 중「두 조각Two Pieces」, 그리고 제발트가 1999년
    12월 14일, 2000년 1월 6일, 2000년 4월 11일, 2000년 4월 28일 테스 저레이에
    게 보낸 편지에 바탕을 두고 있다.

46 테스 저레이,『제발트를 따라서』중「두 조각」143쪽.

47 『아우스터리츠』303쪽.

48 저레이,「두 조각」143쪽.

49 이 문단에 제시된 정보는 2000년 1월 25일과 2000년 4월 22일 제발트가 마리에
    게 보낸 편지, 2000년 1월 28일 테스 저레이에게 보낸 편지에 바탕을 두고 있다.

50 수전 손택,「애도하는 마음A Mind in Mourning」,『타임스 리터러리 서플리먼
    트』, 2000년 2월 25일 https://www.the-tls.co.uk/articles/public/mourning-sick-
    ness/ 참고.

51 요제프브라이트바흐 상과 하인리히하이네 상이었다. 레돈다 공작상과 관련된
    정보는 https://es.wikipedia.org/wiki/Reino_de_Redonda, https://en.wikipedia.org/
    wiki/Javier_Mar%C3%ADas 참고.

52 제발트와 창의적 글쓰기 수업에 관한 정보는 2014년 9월 24일 내가 클리브 스콧
    과 한 인터뷰를 바탕으로 했다.

53 인터뷰 진행자와 친구를 포함해 거의 모두에게 불만을 토로했다. 학자로서 제발
    트가 보인 독단적인 행동은 우베 쉬테『개입들』37쪽에 상세히 설명되어 있다.
    또한 2011년 12월 6일 라디오 3 채널을 통해 송출된 제발트에 관한 라디오 에세
    이「에세이」중 '본보기로 가르치다Teaching by Example' 편도 참고하라.

54 크리스토퍼 스미스,「'막스': 내가 아는 W. G. 제발트」xvi쪽 참고. 또한 피터 모
    건의「영국인들 사이에서 살아가기」도 참고하라.

55 프로서의「W. G. 제발트에 관한 모든 것」, https://fivedials.com/fiction/z-w-g-
    sebald 참고.

56 이 정보와 제발트가 5시에 기상해 자정까지 일했다는 정보는 2000년 1월 9일,
    1월 29일, 2월 26일 마리에게 보낸 편지에서 확인할 수 있다.

57 이 문장과 다음 문장은 제발트가 2000년 6월 17일 리아 로하위젠에게 한 말이
다. 제발트가 7월에 또 한 번 사고를 겪었다는 이야기는 제발트가 2000년 7월
4일 마이클 햄버거에게 말한 사실이다. 같은 편지, 그리고 제발트가 2000년 6월
30일 마리에게 보낸 편지에는 그가 가벼운 수술을 받았다는 정보가 실려 있다.

58 나는 제발트가 다음 프로젝트 지원금을 8월 2일에 신청했고, 같은 달 말에 집필
을 위한 취재에 착수했으므로 『아우스터리츠』 집필을 마친 시기가 8월 초라고
생각한다(『토성의 달들』 650쪽에 실린 리처드 셰퍼드의 연대기 참고). 리처드
셰퍼드는 앤시아 벨이 "그 여름"에 원고를 받았다고 언급한다(649).

59 마이클 햄버거가 2001년 2월 26일 제발트에게 보낸 편지(제발트는 햄버거에게
전화로 자신의 의구심을 표현했다), 얀 페터 트리프가 토마스 호니켈과 한 인터
뷰, 제발트가 마리에게 보낸 날짜 미상의 편지를 참고.

60 독일문학아카이브에 보관 중인 '세계대전 프로젝트Weltkriegsprojekt' 파일은
2008년에 열람이 금지되어 그 어떤 학자도 보지 못했다(독일문학아카이브 원고
부문 담당자로부터 얻은 정보). 세계대전 프로젝트에 관한 정보는 2000년 초 막
스가 네스타에 보낸 지원서에근거한 것으로, 울리히 폰 뷔토브가 『토성의 달들』
257쪽에 인용한 것을 재인용했다. 그리고 『기억의 유령』 163~165쪽에 실린 제
발트와 아서 루보의 인터뷰, 내가 2016년 4월 19일 루보와 한 인터뷰, 『살얼음판
위에서』 219쪽에 실린 제발트가 장피에르 론다스와 한 인터뷰, 제발트가 치로
크라우트하우젠과 한 인터뷰, 『제발트에 관하여』 163쪽 케이 볼프강의 『(섬뜩하
면서도) 익숙한 알고이(Un)heimliche Heimat』, 제발트가 2001년 8월 6일 마리에
게 쓴 편지(바이에리셔발트의 유리 부는 직공을 다시 언급하며), 리처드 셰퍼드
가 토마스 호니켈과 한 인터뷰에 바탕을 두고 있다. 네스타는 국립 과학기술 예
술 기금National Endowment for Science, Technology and the Arts을 의미한다.
네스타 펠로십에 관한 정보는 www.nesta.org.uk를 참고하라.

61 2001년 4월 5일 『쥐트도이체 차이퉁』에 실린 제발트와 한스페터 쿠니슈와의 인
터뷰.

62 프란츠 마이어가 토마스 호니켈과 한 인터뷰, 내가 2016년 6월 9일 리처드 에번
스와 한 인터뷰에 바탕을 두고 있다. 바베테 아엔데를에 관한 정보는 내가 하이
디 노바크와 우르줄라 리프슈와 나눈 대화, 2001년 4월 5일 『쥐트도이체 차이
퉁』에 실린 제발트와 한스페터 쿠니슈와의 인터뷰에 바탕을 두고 있다.

63 2016년 6월 9일 내가 리처드 에번스와 한 인터뷰에서.

64 예를 들어, 피터 조던에게 (날짜 미상의 엽서를 통해) 말했다. 존 쿡에 관한 정보
는 2014년 9월 26일 내가 그와 한 인터뷰를 바탕으로 한다. 제발트가 지원금 덕

에 행복해했다는 정보는 리아 로하위전이 『아본틀로그』http://www.avondlog.
nl/tags/wgsebald를 통해 제공했다.

65 진 보스바이어로부터 얻은 정보. 제발트의 대학원생 플로리안 라트반은 제발트
가 편지에서 브래드버리와 구드의 죽음을 언급한 일을 기억하고 있다(『토성의
달들』156쪽).

66 『토성의 달들』127쪽, 고든 터너의 「대학에서: 교실의 제발트At the University:
WGS in the Classroom」, 주5 참고.

67 제발트가 시간이 얼마 남지 않았다고 이야기했다는 내용과 관련해서는 우베 쉬
테 『삶과 작품 소개』31쪽을 참고하라. 제발트는 이미 2년 전 볼프강 슐뤼터에
게 보낸 편지에 그렇게 썼다(1999년 6월 17일 편지). 세라 캐머런에게 보낸 편
지 일자는 2000년 2월 1일이다. 또한 제발트는 『아우스터리츠』와 관련해 그에
게 편지를 쓴 수지 베흐회퍼에게도 그렇게 말했다(23장 참고, 제발트가 2001년
9월 27일 수지 베흐회퍼에게 보내 그의 아들 프레데리크 슈토켄이 보관한
편지).

68 마이클 햄버거는 토머스 십이 2006년 6월 22일 진행한 제발트에 관한 라디오 다
큐멘터리 「프랑스 문화」에서 그렇게 말했다.

69 앤시아 벨은 1999년 12월 『아우스터리츠』와 『공중전과 문학』 독영 번역을 의
뢰받아 2000년 여름 『아우스터리츠』 번역 작업에 착수했다(『토성의 달들』
649쪽 참고). 제발트가 각종 행사를 사절하려 했다는 정보는 크리스토퍼 빅스비
(2014년 9월 23일 나와의 인터뷰에서)가 제공했다. 마리에 관한 정보는 내가 마
리와 나눈 대화를 통해 얻었다.

70 얀 페터 트리프와 햄버거의 편지에 관한 정보는 트리프가 토마스 호니켈과 한
인터뷰와 햄버거가 2001년 2월 26일 제발트에게 보낸 편지(독일문학아카이
브 소장)에 바탕을 두고 있다. 하노 퀴네르트가 제발트에게 보낸 편지 일자는
2001년 4월 18일이다(이 또한 독일문학아카이브 소장).

71 쿠오모에 관한 정보는 내가 2016년 5월 7일 조지프 쿠오모와 한 인터뷰, 마고 내
시가 퀸스칼리지 낭독회에서 읽은 「쓰는 일The Write Stuff」, http://www.qcread-
ings.org/images/QMagSpr07EXC.pdf, 그리고 쿠오모가 2012년 4월 20일 『나이
트 뉴스The Knight News』(퀸스칼리지 학보)에 게재한 「36회 퀸스칼리지 저녁 낭
독회」, http://www.theknightnews.com/2012/04/20/queens-college-evening-
readings-at-36/에 바탕을 두고 있다.

72 이 인터뷰는 『기억의 유령』 93~117쪽에서 읽을 수 있다.

73 셀리아 터너는 2016년 10월 1일 나와의 만남에서 이 사실을 떠올렸다. 제발트

가 자신의 연구 방법을 들판을 뛰노는 개와 비교한 것과 관련해서는 『기억의 유령』94쪽 쿠오모의 인터뷰를 참고하라. 제발트는 스벤 뵈데커(『살얼음판 위에서』118쪽), 그리고 이를 활용해 인터뷰 제목을 「개가 숟가락을 찾듯So wie ein Hund einen Löffel findet」으로 정한 장피에르 론다스(『살얼음판 위에서』214쪽)에 대해서도 똑같은 비교를 했다.

74 제발트는 테스에게 보낸 2001년 2월 15일 자 편지에서 참석하기 위해 노력하겠다고 말했다.

75 뮌헨 주립 오페라단 행사에 관한 정보는 내가 2016년 7월 26~27일 페터 요나스 경과 한 인터뷰에 바탕을 두고 있다.

76 2001년 9월 가족 모임에 관한 정보는 내가 게르트루트, 솔베이그와 나눈 대화에 바탕을 두고 있다.

77 리아 로하위전, 토머스 십이 2006년에 진행한 라디오 프로그램 「프랑스 문화」를 통해 얻은 정보다. 리아 로하위전은 11월에 마지막으로 제발트를 보았으나, 그의 우려는 그때도 잦아들지 않았다.

78 리처드 세퍼드는 영국판 출간일을 10월로 보지만(『토성의 달들』457쪽), 몇몇 사람은 분명 9월 24일 낭독회 전에 책을 읽었다. 예컨대, 미셸 러브릭의 「제발트의 주머니WGS's Pockets」, http://the-history-girls.blogspot.com/2016/03/wg-sebalds-pockets-michelle-lovric.html를 참고하라. 다이애나 애실은 가령 9월 26일 제발트에게 『아우스터리츠』에 깊은 감명을 받았다는 편지를 썼다(독일문학아카이브 소장).

79 https://www.nytimes.com/2001/10/28/books/excavating-a-life.html 참고.

80 셀리아 터너, 2016년 10월 1일 나와의 만남에서.

81 스티브 와서먼(『토성의 달들』364~375쪽, 2001년 10월 17일, 로스앤젤레스 공립도서관)과 마이클 실버블랫(『기억의 유령』77~86쪽에 언급된 「책벌레Bookworm」라디오 인터뷰, KCRW, 산타모니카, 캘리포니아, 2001년 12월 6일)에게, 그리고 https://www.youtube.com/watch?v=lVssOL6olQ4 등에서 말했다.

82 마지막 창의적 글쓰기 수업에 관한 정보는 수업을 들은 (단, 내가 정보를 찾을 수 없었던 조애나 민슈와 수강을 중간에 그만둔 또 한 사람을 제외한) 구성원, 즉 올리버 이매뉴얼, 케이트 그룬스타인, 루시 해나, 세라 하이틀링거, 앤디 나이트, 데이비드 램버트, 조 램버트, 로버트 맥길, 세라 에밀리 미아노, 데이브 폴, 사라 리드가르드, 너태샤 수브라마니엔, 루크 윌리엄스, 조 로로부터 얻었다. 모두에게 진심으로 감사드린다.

특히 '막심Maxims'을 제공한 데이비드 램버트와 로버트 맥길에게 사의를 표한다. 그리고 그동안 보관해둔 상세한 메모를 나에게 공유해준 데이비드 램버트에게 또 한 번 감사를 전하고 싶다. 여기에 실린 정보는 이스트앵글리아대학 비교문학 석사 과정 학생 옌스 뮐링이 2000년에 응한 인터뷰 「W. G. 제발트의 영속적인 망명The Permanent Exile of W. G. Sebald」을 통해서도 얻었다. 이는 원래 『프리텍스트7Pretext 7』(2003년 봄~여름호)에 게재되었다가 ' 웹사이트에 2008년 2월 19일, 20일, 21일 세 번에 걸쳐 게시되었다. https://sebald.wordpress.com/category/jens-muhling/ 참고. '이스트앵글리아대학에서 창의적 글쓰기 가르치기' 절은 세 번째로 게시된 부분에서 확인할 수 있다.

83 제발트의 모든 친구가 노벨상 관련 소문을 알고 있었다. 이 소문은 『이스턴 데일리 프레스』와 제발트의 죽음을 다룬 노리치의 『이브닝 뉴스』(둘 다 2001년 12월 17일에 게재되었다)에도 보도되었으며, 우베 쉬테의 『W. G. 제발트』 27쪽에 기록되어 있다. 쉬테는 『개입들』 50쪽에서 제발트도 소문을 들었다고 언급한다. 제발트가 동요하지 않았다는 정보는 『개입들』 62쪽 주124에서 얻었다. 또한 쉬테는 『W. G. 제발트』(12)에서 이 작가가 흠모받기보다는 "논란을 불러일으키는 부적응자"로 기억되기를 더 바랐을 것이라고 지적한다. 막스 본인도 1998년 보이드 통킨과의 인터뷰에서 유사한 말을 한 적이 있다. "저는 대중문화의 무대에서는 사람이기보다는 은둔자가 되고 싶습니다."

84 『캄포 산토』의 「재건 시도」 206~215쪽 참고.

85 이 문단에 제시된 정보는 여기 이름이 적힌 인물들로부터 나온 것이다. 단 프란츠 마이어의 이야기는 토마스 호니켈과의 인터뷰에서 나왔으며, 그 밖의 이야기는 모두 나와의 대화를 바탕으로 한다.

86 우베 쉬테의 『W. G. 제발트』 29쪽 참고. 제발트가 사망하기 5년 전 마지막으로 나눈 대화에 대한 고든 터너의 기억은 토머스 십이 진행한 라디오 프로그램 「프랑스 문화」 및 내가 그와 나눈 대화에 바탕을 두고 있다. 조지 지어티스의 기억은 2014년 9월 17일 내가 그와 나눈 인터뷰를 참고했다. 우르줄라와 관련된 내용은 우리가 나눈 몇 차례의 대화를 바탕으로 한다.

20장 마리

1 구스타프 야노우흐, 『카프카와의 대화Conversations with Kafka』에서. 원래 1961년 피셔 출판사를 통해 『카프카와의 대화: 기록과 기억Gespräche mit Kafka: Aufzeichnungen und Erinnerungen』으로 출간되었다. 최신 영문판은 2012년 뉴 디

렉션스에서 출간되었다.

2 카프카와 도라 디아망에 대해 이어지는 정보는 무수한 카프카 전기와 카티 디
   아망[도라의 조카]이 2003년에 출간한 『카프카의 마지막 사랑*Kafka's Last Love*』
   에서 자세히 확인할 수 있다. 온라인 https://kafkamuseum.cz/en/franz-kafka/
   women/dora-diamant/(도라의 사진도 이 웹사이트에 있다)에 요약본도 있다.
   https://en.wikipedia.org/wiki/Dora_Diamant도 참고하라. 나는 2013년 카티 디
   아망과의 인터뷰 https://www.radio.cz/en/section/arts/dora-diamant-kafkas-
   last-love도 참고했다. 제발트는 카프카에 관한 강의에서 도라의 이야기를 들
   려주면서 이때가 카프카의 삶에서 가장 행복한 시기였다고 말했다(1977년과
   1981년 사이에 작성한 앤 피츠패트릭의 메모 참고).
   한편 제발트는 마리에게 이렇게 말하면서 노골적으로 카프카와 본인 사이에 평
   행선을 그렸다(2020년 4월일 것으로 추정되는 날짜 미상의 편지에서).

3 이 장에서 마리에 관한 정보는 2016년 이래로 우리가 나눈 무수한 대화, 마리가
   내게 공유해준 제발트의 편지들을 바탕으로 한다. 마리가 내게 보여준 신뢰, 그
   리고 나뿐만 아니라 이 책을 읽는 모든 독자에게 제발트에 관한 기억을 나누어
   준 그의 아량에 이루 말할 수 없는 사의를 표한다.
   본문 내용은 여러 출처를 바탕으로 한다. 예컨대, 제발트가 자기 할아버지와 마
   리의 할아버지가 제1차 세계대전 당시 서로 마주쳤을지도 모른다는 생각을 말
   한 대상은 알브레히트 라셰다(이 장의 707쪽 참고, 라셰는 2020년 11월 21일
   ROP에게 이 사실을 말했고, ROP는 2020년 11월 23일 이메일을 통해 내게 편지
   를 공유해주었다).

4 제발트가 2001년 4월 11일 볼프강 슐뤼터에게 한 말.

5 아서 루보는 2001년 8월 제발트와 나눈 대화를 통해 그를 이해했다. 루보는 이
   를 지면을 통해 발표된 인터뷰에 포함하지는 않았지만 2016년 4월 19일 나
   와 진행한 인터뷰에서 말해주었다. 제발트는 루보에게 마리에 대한 방대한 이
   야기를 들려주었고, 루보는 그중 일부를 인터뷰 기사에 실었다(『기억의 유령』
   164~165쪽 참고).

6 악명 높은 제2차 엔강 전투로, 슈맹데담 전투라고도 불린다. 이 전투에 대한 나
   의 간략한 요약과 이어지는 용의 동굴, 드라헨횔레에 관한 이야기는 인터넷 정
   보에 바탕을 두고 있다. 'Drachenhöhle Chemin des Dames'을 검색 창에 입력하
   면 독일어, 프랑스어, 영어로 결과가 나올 것이다.
   제발트는 마리와 함께 드라헨횔레를 방문하고 싶어했지만 결국 그곳을 찾지 못
   했다. 인터넷에 존재하는 무수한 정보를 보자니 제발트가 살아 있었더라면 필시

이 정보들이 있음을 감사히 여겼으리란 생각이 다시 한번 든다.

7   제발트가 2000년 6월 22일 볼프강 슐뤼터에게 한 말.

21장 『이민자들』을 향해

1   예컨대 『기억의 유령』 99쪽 쿠오모가 쓴 글을 참고하라. 『비투스 베링의 머리 *Der Kopf des Vitus Bering*』는 실험적인 형식, 기계 우주에 대한 어두운 비전으로 제발트를 강렬하게 사로잡았다. 콘라트 바이어는 서른셋에 자살로 생을 마감했다.

2   『자연을 따라. 기초시』 6쪽. 그뤼네발트는 5월 18일에 참혹한 프랑켄하임 전투[1796년 프랑스 혁명 전쟁 당시 바이에른 프랑켄하임에서 프랑스군과 오스트리아군 사이에 벌어진 전투] 소식을 듣는다(『자연을 따라. 기초시』 34쪽). 케이 볼프강도 5월 18일과 빈데스하임이 『자연을 따라. 기초시』에서 연결 고리로 활용되고 있음을 지적한다(『제발트에 관하여』 160쪽).
    제발트는 『자연을 따라. 기초시』에 영감을 준 우연에 대해 말했고, 이를 2001년 쿠오모에게도 전했다(『기억의 유령』 99쪽). 당시 제발트는 초판에 대한 이미지를 제공한 사진가 토마스 베커만에게 보내는 편지에서도 이미 우연에 대해 말했다(독일문학아카이브에 소장된 1987년 9월 6일 자 편지). 또한 독일문학기금에 제출한 1987년 지원금 신청서에서도 우연은 자신의 프로젝트를 이루는 구조적 원칙이라고 매우 분명히 말했다(독일문학아카이브에 보관되어 있는 '이민자들' 독일어판 파일 11번 중 1987년 지원금 신청서 '프로젝트 설명Projektbeschreibung' 항목 참조). 다시 말해, 제발트가 우연을 연결 고리로 사용한 것은 처음부터 의식적이고 의도적인 선택이었다.

3   '그뤼네발트'에도 'Wald', 즉 숲이라는 단어가 포함되어 있는데 이는 『현기증. 감정들』의 충직한 개 발데만, 「막스 페르버」에서 루이자가 사랑하는 프리츠 발트호프, 막시밀리안 아이헨발트(떡갈나무 숲), 그리고 『아우스터리츠』에 등장하는 자크의 아버지 등 제발트가 작품에서 긍정적인 인물에게 즐겨 쓴 단어이기도 하다. 다시 말해, 나는 나무를 사랑했던 제발트가 'Wald'라는 단어를 상당히 의식적으로 사용으리라고 확신한다. 더 집요하게 보자면, (『현기증. 감정들』 세 번째 이야기에서 다루어지는) 카프카가 이바에서 잠시 마주쳤던 소녀의 이니셜이 G. W.였다는 점을 지적할 수도 있을 것이다(머지않아 전기 작가들은 그 소녀를 게르티 바스너Gerti Wasner라고 특정했다).

944

4　『제발트에 관하여』304쪽 랄프 요이터의 글. 제발트는 『자연을 따라. 기초시』와 관련해 출판사에 보낸 서한에서 작품에 흐르는 비관적인 메시지를 자기 자신의 목소리로 요약한다. 자연과 인간이 함께 자멸적인 시스템을 만들고 있으며 인간이 없는 세상이 더 나은 세상일 것이라고 말한 것이다(독일문학아카이브에 소장되어 있는 ‘자연을 따라. 기초시’ 파일).

5　『현기증. 감정들』230쪽.

6　「외국에서」 도입부 및 「귀향」 후반부와 관련해서는 「‘숲, 나무, 그리고 그 사이의 공간’: W. G. 제발트에 관한 연구 보고서, 2005~2008」 83쪽과 97쪽을 참고하라. 리처드 셰퍼드는 『토성의 고리』 2장 시작 부분이 『베네치아에서의 죽음』 시작 부분과도 공명한다고 언급한다(83). 발저와 관련해서는 『토성의 달들』 353쪽에 수록된 피트 더 모어와의 인터뷰를, 장 아메리와 관련해서는 『제발트에 관하여』 11쪽에 실린 스콧 바르치의 글을 참고하라. D. H. 로런스와 관련된 부분은 『이탈리아의 황혼 *Twilight in Italy*』 중 「귀국 여정 The Return Journey」에 바탕을 두고 있는데, 여기에서 로런스는 『현기증. 감정들』에서 핵심적인 해인 1913년에 이탈리아 북부를 가로지르는 유사한 여행기를 들려준다. 이 놀라운 에세이의 사본 다수가 독일문학아카이브의 ‘현기증. 감정들 독일어판’ 파일에 보관되어 있다. 이는 에드워드 토머스의 시 「애들스트롭 Adlestrop」은 259쪽에서 공명한다(“아무도 승선하거나 하산한 적이 없다”). 우베 쉬테(『삶과 작품 소개』 81쪽)는 베른하르트와의 메아리를, 존 질코스키는 호프만과의 메아리를 지적한다(J. J. 롱과 앤 화이트헤드가 편집한 『W. G. 제발트: 비판적 동반자 *W. G. Sebald: AA Critical Companion*』[Edinburgh University Press. 2004] 108쪽). 슐라크-로마나 장면이 바이스의 『마부 몸의 그림자』에 나오는 한 장면과 매우 유사하다는 점은 여러 연구자들이 지적해왔다. 예컨대 페터 슈무커의 『경계 넘기: W. G. 제발트 작품의 상호텍스트성 *Grenzübertretungen: Intertextualität im Werk von W. G. Sebald*』, 2012, 73쪽과 『W. G. 제발트: 비판적 동반자』 37쪽에 실린 그레그 본드의 글, 우베 쉬테의 『삶과 작품 소개』 83쪽 등을 볼 것.

7　『토성의 달들』 353쪽에 실린 피트 더 모어와의 인터뷰에서.

8　몇몇 비평가는 이 대목이 카프카의 「다락방에서」에서 차용되었음을 지적한다. 예컨대 슈무커는 『국경의 교차 *Grenzübertretungen*』 73쪽 이하에서 이를 언급하고 있으며, 대니얼 메딘 역시 『세 아들, 프란츠 카프카와 J. M. 쿳시, 필립 로스, W. G. 제발트의 소설』 121쪽과 141쪽에서 이를 언급한다. 해당 텍스트는 『버려진 단편들: 미편집 작품들』 1897~1917 *Abandoned Fragments: Unedited Works*

1897–1917』(Sun Vision Press, 2012)에서도 찾아볼 수 있다.「다락방에서」원본 원고는 옥스퍼드대학 보들리언 도서관에 소장되어 있다.

9　예컨대『프란츠 카프카: 수치심과 죄책감의 시인*Franz Kafka: the Poet of Shame and Guilt*』(Yale University Press, 2013)에서 솔 프리들랜더는 카프카의 동성애적 갈망에 대한 논지를 신중하고 차분하게 전개한다(그러나 그는 카프카가 그런 갈망을 현실에 옮겼을 가능성은 현저히 낮다는 마크 앤더슨의 견해에 동의한다). 그리고『제발트의 비혼 남성들*Sebald's Bacherlos*』(Legenda, 2013)에서 헬렌 핀치는 카프카와 제발트를 모두 '퀴어한' 작가로 보지만, 대니얼 메딘은 이것이 카프카의 일기와 편지를 오독한 결과라고 주장한다(메딘,『세 아들, 프란츠 카프카와 J. M. 쿳시, 필립 로스, W. G. 제발트의 소설』131쪽).

10　『현기증. 감정들』165~167쪽.

11　예를 들어, 슈메커와 메딘이 이렇게 지적한다. 메딘은「다락방에서」가「사냥꾼 그라쿠스」집필 직전에 다른 노트에 쓰였다고 말한다(『세 아들, 프란츠 카프카와 J. M. 쿳시, 필립 로스, W. G. 제발트의 소설』121쪽).

12　인용한 구절은 내가 직접 번역했다[한국어판에서는 독일어 원문을 바탕으로 옮겼다]. 원문은 다음과 같다. "Zwei andere Männer in dunklen Röcken mit Silberknöpfen trugen hinter dem Bootsmann eine Bahre, auf der unter einem großen blumengemusterten, gefransten Seidentuch offenbar ein Mensch lag."

13　『현기증. 감정들』246~247쪽. 이보다 앞서—거의 같은 표현으로—「베일」24~25쪽과「외국에서」125쪽,「K 박사」163~165쪽에 등장한다.

발저가 1956년 크리스마스에 산책을 하다가 사망했을 때, 그의 시신은 썰매에 실려 정신병원으로 옮겨졌다(『전원에 머문 날들』127쪽). 제발트는 할아버지의 삶뿐만 아니라 죽음까지 발저와 동일시했다. 그는 할아버지의 죽음을 떠올리면 늘 할아버지가 발저의 썰매에 누워 있는 모습이 보였다고 말했다(『전원에 머문 날들』127쪽). 이 이중 이미지와 카프카의「사냥꾼 그라쿠스」속 이중 이미지의 유사성은 제발트에게 가장 큰 영감을 불어넣는 우연 중 하나였다.

발저는 제발트에게 있어 카프카만큼이나 집 없는 방랑자의 모델이기도 했다. 그는 또한 그라쿠스의 모델이기도 했다. 언젠가 발저는 자기 안의 모든 것이 어느 날 무너져내릴 것이라고, 그러면 죽게 될 것이라고 말했다. "진짜 죽는 것이 아니라 그저 특정한 방식으로 죽는 것일 뿐, 그러면 60년 동안 그렇게 살다가 서서히 죽음으로 떠내려갈 것이다(이드리스 패리,『말하라 침묵이여*Speak Silence*』〔Carcanet, 1990〕129쪽에서 재인용)."

14　『현기증. 감정들』167쪽을 보라. 몇몇 비평가는 제발트가 "confined to bed in our

sickness[병에 걸려 침대에 갇혀 있다]"라고 옮긴 구절이 카프카의 원문에서는 좀 더 분명한 의미로 읽힌다고 지적한다. 해당 문장은 다음과 같다. "Der Gedanke, mir helfen zu wollen, ist eine Krankheit und muß im Bett geheilt werden[나를 돕겠다는 생각은 하나의 병이며, 이는 침대에서 치료되어야 한다]." 또한 비평가들은 '그라쿠스'라는 이름이 '갈까마귀'를 의미하며, 체코어로 kavka[카프카]도 갈까마귀를 의미한다고 꼬집는다.

15 2001년 9월 22일 『가디언』에 실린 제발트와 마야 재기의 인터뷰 참고. 제발트는 2001년 7월 14일 『바벨리아』치로 크라우트하우젠과의 인터뷰 등에서 "중심 주제는 사랑"이라고 말했다. 그리고 마리에게는 2000년 3월 날짜 미상의 편지 두 통에서 『현기증. 감정들』이 사랑에 관한 작품이라고 말했다.

16 『현기증. 감정들』167쪽.

17 『토성의 달들』350쪽에 수록된 피트 더 모어와의 인터뷰 참고.

18 『현기증. 감정들』27쪽.

19 『앙리 브륄라르의 생애』에 관한 위키피디아 항목 https://en.wikipedia.org/wiki/The_Life_of_Henry_Brulard에 인용되어 있다.

20 『현기증. 감정들』21쪽. 그러나 이는 제발트가 창조한 이미지다. 해당 지면에서 볼 수 있는 석고 모형은 실제로 메틸데의 손이다. 그러나 1825년 메틸데의 사망 이후 만들어졌으므로, 그 후 이탈리아로 돌아온 적이 없는 스탕달은 책상에 그 모형을 둘 수 없었다(이를 짚어낼 수 있게 도움을 준 『비밀의 여인: 메틸데 비스콘티니 뎀보스키의 이야기La donna segreta: Storia di Métilde Viscontini Dembowski』(Marsilio Editori, 2010)의 저자 마르타 보네치에게 사의를 전한다). 시간을 허물고 산 자와 죽은 자를 소집시키는 것은 전형적인 제발트의 창작이다.

21 스탕달은 앙겔라가 "나를 상상속에서 빼냈다"라고 『일기Journals』720쪽에서 말했고, 『연애론』에서 그의 이니셜 옆에 "qui je n'ai jamais aimée[내가 결코 사랑한 적 없는 사람]"이라고 적었다(『현기증. 감정들』27쪽).

22 『현기증. 감정들』26쪽.

22장 『토성의 고리』

1 『기억의 유령』(125)에 실린 루트 프랭클린의 탁월한 에세이 「연기의 고리Rings of Smoke」참고. 『초상 7: W. G. 제발트』38쪽 레나테 유스트의 「토성의 흔적 속에서」도 참고할 것.

2   화자는 원을 그리며 걸었던 황야의 한 구간에 대해 이렇게 말하지만, 사진은 서
     머레이턴 미로[서펙주 로스토프트 인근 서머레이턴 홀 정원에 조성된 주목朱木
     미로]다. 나무가 원을 그리며 분포해 있는 모습은 37쪽에, 제비들은 67쪽에, 미
     로는 38쪽과 171쪽에, 사진은 173쪽에 있다. 인용은 각각 173쪽과 171쪽에서
     했다.
     제발트는 『전원에 머문 날들』에서 자신을 비롯한 작가들의 머릿속을 맴도는 생
     각에 대해 반복적으로 썼다. 한번은 마리에게 보내는 2000년 5월 19일 편지에서
     누군가가 자신에게 "Meunier tu dors, ton moulin va trop fort[뫼니에, 잠자고 있
     구나 / 너의 물레가 너무 빠르게 돈다]"라는 노래를 불러주는 꿈을 꾸었다고 말
     했다.「뫼니에, 잠자고 있구나」는 프랑스 민요다.
     원을 그리며 뻗어 있는 나무들은 실제로 존재한다. 나는 그것을 본 적이 있는데,
     서머레이턴에서는 아니고, A12번 도로 옆 렌텀 근처 베너커 홀 공원에서였다[베
     너커 홀은 서펙주 베너커에 위치한 역사적인 전원 저택이다]. 나는 이곳이 제발
     트가 조지 윈덤 르 스트레인지에게 배정한 저택이라고 믿는다. 그는 이 집이 헨
     스테드에 있다고 적고 있지만, 헨스테드는 내륙에 있는 반면 베너커 홀Benacre
     Hall은 (이름에서 알 수 있듯) 베너커브로드Benacre Broad 근처에 있다. 이곳은
     제발트가 르 스트레인지의 저택을 위치시킨 곳이다(『토성의 고리』 59쪽). 이 집
     은 대대로 구치 가문에 속한 대저택이었지만, 2000년에 매각되어 아파트로 개
     조되었다 (https://en.wikipedia.org/wiki/Benacre_Hall 참고).
3   『토성의 고리』 26쪽.
4   생계를 위해 바느질을 하는 세 자매는「막스 페르버」말미에 나오는 세 직공을
     떠올리게 하며, 이는 결과적으로 운명의 세 여신을 상기시킨다. 또한 『오디세
     이』의 페넬로페[낮에는 직조를 하고 밤에는 몰래 이를 풀어헤쳤다], 특히 독일
     전래동요 속 크렘스의 여성 재봉사를 떠올리게 한다. 그는 매일 아침 바느질한
     것을 오후면 다시 풀어헤친다. 제발트는 『토성의 고리』를 쓰는 동안 자신을 그
     와 비교했다(1994년 6월 5일, 크리스틴 묄커에게 보낸 편지).
5   『토성의 고리』 283쪽.
6   『토성의 고리』 286쪽.
7   『토성의 고리』 296쪽. 영역본에는 "검은색 애도 리본"으로 장식된 물건이 등장
     하지만 독일어 원본에서는 "비단 애도 리본mit seidenem Trauerflor"이 둘러져
     있다. 비단과의 연결성이 끊어진 것을 차치하고라도, 검은색은 서구에서 거의
     예외 없이 애도의 색을 의미하기 때문에, "검은색 애도 리본"은 동어반복에 불
     과하다. 제발트가 어쩌다 이렇게 이미지를 변화시키는 요소를 놓쳤는지 의문

이다.

8 "파트로클로스의 단지에서 발견된 보라색 비단 조각"에도 동성애와 관련된 질
문의 흔적이 담겨 있다. 파트로클로스는 아킬레우스로부터 많은 사랑을 받은 친
구이자 어쩌면 연인이었을 가능성이 높기 때문이다.

9 『토성의 고리』 26쪽 참고.

10 내가 1988년 4월 27일 제발트와 한 인터뷰에서. 제발트는 1995년 레타네 유스
트와의 인터뷰에서 1200쪽이라고 말했다(『초상 7: W. G. 제발트』 40쪽).

11 독일문학아카이브에는 '토성의 고리' 파일이 아홉 개 있다. 파일 I과 II에는 청
서본이, III에는 원본 자료가, IV~VI에는 사진이, VII~IX에는 초고가 담겨 있다.
그러므로『토성의 고리』구성에 대한 내 설명은 파일 I, II, VII, VIII, IX에, 출처
에 대한 설명은 파일 III에 바탕을 두고 있다. 문서들이 철로 묶여 있지 않고 (정
서본을 제외하면) 쪽 번호도 매겨져 있지 않기 때문에 더 정확한 출처는 적기 어
렵다.

12 제발트가 1998년 4월 27일 인터뷰에서 한 말.

13 내 노트에는 그런 목록이 두 개 있지만 어마어마한 분량을 감안하면 같은 목록
을 두 번 세었을 수도 있고 내가 놓친 다른 목록이 존재할 수도 있다.

14 『유럽학 저널: W. G. 제발트 특별호』에 실린 페레나 로프지엔의 글 참고. 번역
가를 당황하게 만든 것과 관련해서는 예컨대 힐스가 1996년 11월 5일 제발트에
게 보낸 편지에서 제발트가 브라운을 써먹기 위해 "절망을 포함한 온갖 방법을
취했다"라고 말한 것을 참고하라. 힐스는 1997년 4월 5일과 1997년 5월 16일 편
지에서 제발트에게 출처를 물었으며, 제발트는 1997년 5월 1일 답신을 보내면
서 브라운에 관한 문장을 의도적으로 변경했고 심지어 많은 부분은 창작이라고
인정했다(전부 하버드대학 호턴 도서관에 보관되어 있으며, 힐스의 모든 편지도
독일문학아카이브에서 보관 중이다). 제발트는 1998년 4월 27일 나와의 인터뷰
에서 브라운을 인용한 구절 중 일부는 자신이 애호하는 독일 낭만주의 작가 장
파울(요한 파울 프리드리히 리히터, 1783~1825)을 참고한 것이라고 말했다.

15 예컨대 제비나 제비의 경로와 관련된 문장(67)은 처음에는 더 느슨했고 쿠르트
발트하임에 관한 문장은 덜 날카로웠다(99).

16 『토성의 고리』초고에 유사한 사례가 있는데, 여기에서 제발트는 개트윅[런던의
주요 공항]과 M25번 고속도로[런던을 둘러싸는 외곽 순환 도로]를 언급한다. 제
발트는 이 또한 잘라냈다.

17 두 번째 에세이 「금고 속으로Into the Vault」, 특히 첫 번째 부분(『전율하는 사
적인 몸, 복종에 관한 에세이*The Tremulous Private Body, Essays on Subjection*』

〔Methuen, 1984〕71~85쪽) 참고. 제발트는 1998년 4월 27일 나와의 인터뷰에서 「틸프 박사의 해부학 강의」 대목이 바커의 책에 바탕을 두고 있다고 말했다.

18 독일문학아카이브에 소장된 '토성의 고리' 파일 중 III에서. 실제 기사는 제발트 가 말한 일요일 자 신문이 아닌, 1992년 8월 15일 토요일 자 신문에 실렸다(『토 성의 고리』 96쪽).

19 『토성의 고리』 98쪽.

20 마이클 햄버거가 1994년 7월 28일 제발트에게 쓴 편지(독일문학아카이브에 보 관 중). 제발트는 『토성의 고리』가 번역되던 시기에 빌 스웨인슨에게 보낸 편지 에서 마이클 햄버거의 승인을 받지 않았다면 그에 대한 대목을 결코 출판물에 싣지 않았을 것이라고 썼다(독일문학아카이브에 소장된 제발트가 1997년 7월 21일 스웨인슨에게 보낸 편지).

21 앤 베리스퍼드와 2004년 5월 12일, 2014년 9월 23일에 가진 만남과 2014년 10월 13일에 한 통화, 그리고 조너선 와츠의 「비현실적인 부동산Unreal Estate」, 『아이리시 페이지Irish Pages』 제7권 제1호, 74쪽에서 얻은 정보.

22 『토성의 고리』 138쪽.

23 내가 수지 해나(결혼 전 성은 엘리스)와 나눈 대화와 2019년 1월 31일 수지가 내게 보낸 이메일에서.

24 이는 학자 아드리안 다우프가 몇 해 전 『이스턴 데일리 프레스』 서고에서 자료 를 입수해 확인한 내용이다. 리제 파트, 크리스텔 딜보너가 편집한 『제발트를 찾아서: W. G. 제발트 이후의 사진Searching for Sebald: Photography after W. G. Sebald』(Institute of Cultural Enquiry, 2007) 중 아드리안 다우프, 「보이게 하다 Donner à Voir」 참고.

25 내가 2014년 9월 19일과 2017년 2월 22일 마이클 브랜든존스와 나눈 대화에서.

26 실제로 250포대, 251포대, 252포대 등 세 개 포대는 제63대전차연대에 속해 있 었으며, (표면적으로) 『이스턴 데일리 프레스』 기사에서 적절히 지적한 것처럼, 이 연대가 벨젠을 해방시켰다. https://www.google.com/search?q=british+roy al+artillery+63rd+antitank+regiment&oq=63rd+antitank+regiment&aqs= chrome.4.0j69i57j0l6.16604j0j8&sourceid=chrome&ie=UTF8 참고. (〔옥스퍼드 서 예비군 기병대Oxfordshire Yeomanry인〕 제63대전차연대, 전차저지연대Royal Artillery는 제53대전차연대를 모델로 예비 편성된 지방군 제2선 부대였다. 본부 는 옥스퍼드에 있었고, 249포대와 250포대는 옥스퍼드에, 251포대와 252포대 는 밴버리에 배치되었다.) 따라서 실제 르 스트레인지 소령은 다른 포대 중 하나 에 소속되어 있었을 가능성이 있다. 그러나 내가 이어서 제시하듯, 제발트는 르

스트레인지를 허구의 인물로 창조했기 때문에, 이는 모종의 신원 확인 증거라기보다는 놀라운 제발트식 우연의 일치일 뿐이다. 내가 큐까지 직접 답사해보지는 않았지만, 누군가가 그럴 의향이 있어 그 결과를 전해준다면, 흥미롭게 들으리라.

27 르 스트레인지와 관련해서는 『토성의 고리』62~64쪽 참고. 오브리는 하비가 "올리브빛 피부"와 "짙은 검은 눈"을 가진 인물이라고 묘사했는데, 이는 살아 있을 때의 모습이다. 제발트는 오브리가 하비를 "머리칼이 까마귀처럼 검었지만 염색을 하지 않았던 20년 전에는 새하얗다"라고 묘사한 부분을 르 스트레인지가 죽는 장면에서는 정반대로 바꾸어 "백설 같았던 머리칼이 까마귀 같은 검은색으로 변했다"라고 표현한다(『토성의 고리』64쪽). 그렇다면 죽음이 청춘으로의 회귀를 의미하는 것일까? 제발트에게 물어볼 수 있었더라면 좋았을 것이다(오브리를 인용한 문장은 내가 찾은 가장 오래된『찰나의 생애*Brief Lives*』판본인 1898년 클래런던 프레스판 298~300쪽에서 가져왔다. 이 판본을 이용한 이유는 제발트를 존중하고 기리기 위함이다). 제발트는『찰나의 생애』를 독일어로 번역한 친구 볼프강 슐뤼터를 통해 오드리를 알게 되었다.
    『이스트 데일리 프레스』스크랩 자료를 조사하기 시작했을 때 나는 그 이야기를 기억한다고 말하는 사람을 우연히 발견했다. 어쩌면 그것이 제발트가 읽었다고 하는 원본 기사였을지도 모른다.

28 내가 몇 가지 후속 질문을 보낸 후 제발트가 1998년 5월 8일 편지에서 확인해준 내용이다.

29 『토성의 고리』221쪽.

30 『현기증. 감정들』241쪽,『토성의 고리』251쪽 참고.

31 볼프강 슐뤼터가 10월 7일(연도는 명시되지 않았으나 1995년임이 확실하다)에 보낸 편지. 볼프강 슐뤼터가 나중에 보낸 질문도 같은 편지에 담겨 있다.

32 1998년 4월 27일 제발트와의 인터뷰에서. 나는 (『살얼음판 위에서』135쪽에 실린 크라우제와의 인터뷰에서) 제발트가 1980년대 중반 북아일랜드의 외딴 집을 방문한 적이 있다는 내용을 읽은 바 있었고, 또 어느 시점엔가 아일랜드에서 외부 심사위원으로 활동했다는 이야기도 접했다(출처는 더 이상 기억나지 않는다). 나는 이 두 에피소드 중 하나가 그 계기였을지 모른다고 생각했다. 그러나 제발트가 일단 아니라고 답하자, 질문은 거기에서 끝나버렸다.

33 화자의 초대와 관련해서는 『토성의 고리』220쪽, 샤토브리앙과 관련해서는 252~254쪽 참고.

34 『토성의 고리』253쪽.

1 영국에서 수상한 상은 2002 인디펜던트 외국 소설 문학상[2015년 맨부커 상과 통합], 2002 주이시 쿼털리-윈게이트 문학상이었고, 미국에서 수상한 상은 2001 전미도서비평가협회상 소설 부문과 2001 살롱 북 어워드였다. 앤시아 벨은 2002년 영국에서 슐레겔-티크 상을, 미국에서 헬렌 앤드 커트 울프 번역상을 수상했다. https://en.wikipedia.org/wiki/Austerlitz, https://en.wikipedia.org/wiki/Anthea_Bell#Notable_awards 참고. 독일 위키피디아 항목에는 이 모든 상이 나열되어 있지만 독일에서 수상한 상은 없다. 제발트는 여전히 자국 내에서는 외국에서만큼의 찬사를 받지 못했다.

2 『아우스터리츠』133~134쪽.

3 『아우스터리츠』55~56쪽에서 아우스터리츠는 비트겐슈타인과 비교되며, 비트겐슈타인의 눈이 (얀 페터 트리프의 눈과 함께) 책의 첫머리를 연다(3). 카프카를 참고한 부분은 250쪽(재판에서 아가타에게 추방 명령을 내리는 "전령"들이 카프카의 『소송』 속 K의 전령들과 같은 불길한 옷차림을 하고 있다)과 289쪽 (1938년 마리엔바트에서 아우스터리츠의 가족은 팰리스 호텔 뒤편의 하숙집에서 머무는데, 이는 카프카가 펠리체와 그곳에 머물렀던 경험을 떠올리게 한다). 카사노바는 284쪽에 등장한다.

4 하얀 안개는 86~87쪽 그웬돌린의 죽음의 방/임종실/에서, 192쪽 살레의 교회에서, 그리고 305쪽 아우스터리츠와 마리가 사자들의 작은 무리를 보기 직전에 등장한다(『토성의 고리』17쪽 브라운의 말에 따르면 하얀 안개는 죽은 몸에서 발산된다. 그리고 이 모든 안개의 원형이라 할 만한 것으로는 요제프의 할아버지가 죽은 뒤 그의 방에서 피어오른 구름같이 하얀 향연을 들 수 있을 것이다. 이와 관련해서는 초고와 습작' 버전 1 30쪽, 버전 2 64쪽을 참고하라).

흰 텐트와 관련해서는 166쪽을 보라. 또한 아우스터리츠가 자신이 있어야 할 진정한 장소라고 알고 있는, 웨일스어로 쓰인 그의 아동용 성서에 나오는 광야의 고대 이스라엘 민족 진영은 77쪽, 사진은 78~79쪽을 참고하라. 이 텐트들은 이후 자신들을 새로이 선택된 민족으로 여기는 독일인들에 의해 점령당한다(239~240쪽, 248쪽 참고. 이 후반부 장면은 레니 리펜슈탈의 나치 영화 「의지의 승리Triumph des Willens」에 바탕을 두고 있다). 제발트는 크리스틴 푈커에게 말했듯(1996년 1월 19일 편지) 늘 텐트에 매료되었다. 이런 성향은 그가 두세 살 무렵 베르타흐의 부엌 식탁 밑에 설치한 작은 '텐트'로 거슬러 올라가는지도 모른다. 최초의 하얀 텐트 이미지는 아마도 그가 좋아했던 그림 「알렉산더대왕의 전투」로까지 이어질 것이다.

76쪽, 298쪽, 316~317쪽에 등장하는 쌍둥이 이미지는 모두 아우스터리츠의 잃어버린 진짜 자아를 상징하는 듯하다. 이는 카프카의 쌍둥이, 즉 발두인과 그의 도플갱어, 그리고 『현기증. 감정들』의 바베테와 비나를 떠올리게 한다. 사막 대상은 159쪽에 등장한다. 일단의 죽은 사람들(75쪽, 305쪽)은 회색 망토와 얇은 청회색 펄론[나일론계 합성 섬유] 코트를 걸치고 있다. 그리고 프라하의 기록보관소 직원과 마리엔바트의 호텔 직원(두 장소 모두 아우스터리츠의 죽은 자들이 더 가까이 다가오는 곳이다) 들은 긴 회색 코트를 입는다(293쪽, 297쪽). 카프카와 그의 긴 외투에 대해서는 5장 73~74쪽을 참고하라.

특히 『아우스터리츠』와 관련된 이미지로는 109~110쪽과 160~161쪽에 등장하는 제럴드의 비둘기가 있다. 301~302쪽에 나오는 비둘기 집에 대한 공포는 의심의 여지없이 이 생명체들을 향한 그의 사랑—아우스터리츠와 저자가 공유한 사랑—에서 비롯된 것이 틀림없다. 이들은 아무리 멀리 떨어져 있어도 어떻게든 집으로 돌아오는 길을 찾아내는 신비한 능력을 가지고 있다. 아우스터리츠의 나방과 루이자 란츠베르크의 사슴벌레 사이의 평행성에 대해서는 『아우스터리츠』130쪽과 『이민자들』「막스 페르버」207쪽을 보라. 나방들이 유대인 공동묘지에서 온다는 아우스터리츠의 믿음은 408쪽에 나온다. 또한 233쪽에서는 화자가 아우스터리츠의 벽난로 위에 놓인 항아리에서 나방의 잔해를 발견하는데, 그것은 부패의 흔적이 전혀 없으며 "어떤 비물질적인 직물로 만들어진" 것처럼 보인다. 다시 말해, 나방은 삶과 죽음 사이의 장막을 넘어, 장막 자체와 같은 것이 된다. 이는 필시 불멸의 영혼에 대한 이미지다(『토성의 고리』에 나오는 보라색 비단처럼 말이다. 위에서 언급한 22장 728~729쪽을 보라). 눈 속 다람쥐에 대한 아우스터리츠의 질문은 287쪽에 제시되어 있다. 구두 수선공 에번의 장막은 75~76쪽에, 샤베르트 대령의 장막은 393~394쪽에, "막스 슈테른 1944년 5월 18일"은 마지막 페이지(415)에 나온다. 제발트는 『아우스터리츠』를 집필할 당시 피터 조던의 부모가 카우나스에서 사망했다는 사실을 알고 있었다(조던 부부로부터 얻은 정보). 사진작가의 모습이 찍힌 사진은 276쪽에서 확인할 수 있다. 테레진 사진은 모두 제발트가 직접 찍은 것이며, 리처드 셰퍼드는 부분적으로 반사된 얼굴이 제발트 자신의 것임을 확인해주었다.

5 예를 들어 216쪽, 220쪽, 226쪽과 프라하에 관한 절 전반에 걸쳐 점점 더 많이 나온다.

6 각각 『아우스터리츠』281쪽, 252~253쪽 참고. 또한 어린 시절의 여정을 되짚어가는 귀국 여정에서 아우스터리츠는 현재 자신이 인생의 어느 시기에 있는지를

더는 알 수 없게 된다(『아우스터리츠』318쪽).

7   세라 에밀리 미아노가 「주머니 속의 손」166쪽에 인용했다.

8   이는 아우스터리츠가 시간에 대해 말하는 세 대목 141~144쪽, 261쪽, 359~360쪽을 종합한 견해다. 마지막 장면은 아우스터리츠가 아버지를 찾는 파리의 글라시에르 지하철역 인근 술집에서 펼쳐지는데, 이곳에 빙하 표시가 있는 것은 결코 우연이 아니다.

9   『아우스터리츠』304쪽.

10   『아우스터리츠』153쪽 참고.

11   『아우스터리츠』17~23쪽 참고.

12   『아우스터리츠』19~20쪽. 브레인동크, 테레진, 카우나스가 모두 쓸모없는 요새였다는 이야기는 사실이다(이어지는 문단을 참고할 것). 테레진에 관한 한 공식 안내 책자에는 이렇게 쓰여 있다. "이 옛 요새와 관련된 흥미로운 사실은, 당시에는 난공불락의 방어 체계로서 매우 정교하게 설계되었음에도 불구하고 실제로는 단 한 번도 군사적 목적으로 사용되지 않았다는 점이다. 이미 19세기에 요새 구조물 전체가 실로 무의미한 것으로 밝혀졌다(118)." 이 요새는 이후 병영이 되었고, 다시 하나의 마을이 되었으나, 1942년 강제수용소가 들어설 공간을 마련하기 위해 주민들이 모두 쫓겨나야 했다.

13   아우스터리츠가 『아우스터리츠』144쪽에서 그렇게 말한다. 이어지는 이미지는 15~16쪽, 276쪽에서 확인할 수 있다. 구조 당시 사진에는 아우스터리츠/제발트의 얼굴이 반사되어 있다. 어쩌면 이는 아우스터리츠가 아버지와 마리를 찾아 떠나는 마지막 장면에 낙관적인 암시를 더해주는지도 모른다.

14   버른위 저수지 방문자 센터에는 레인딘의 비극적인 역사에 관한 각종 자료가 구비되어 있다. 이 문단은 그곳에서 판매 중인 여러 안내 책자에 근거하고 있는데, 데이비드 W. L. 롤랜즈의 「레인딘과 버른위 저수지Llanwddyn and Lake Vyrnwy」와 「경찰관의 이야기The Policeman's Story」, 그리고 [영국의 상하수도 공기업] 세번 트렌트 워터Severn Trent Water에서 제작한 「버른위 저수지Lake Vyrnwy」 등이 그것이다. '지금은 수몰된 레인딘의 거리' 엽서는 박물관에 소장된 '옛 레인딘 풍경과 버른위 댐 건설을 담은 그림엽서 24종'에서 가져온 것이다. 이 엽서에는 『아우스터리츠』72쪽에 수록된 그림도 포함되어 있다. (제발트가 이 엽서에 보이는 기묘하게 기울어진 나무를 보았다면, 이를 장차 마을에 불어닥칠 운명의 전조로 받아들이지 않았을까 문득 궁금해졌다.)

15   『아우스터리츠』34쪽.

16   『아우스터리츠』36쪽. 가스토네 노벨리 이야기는 34~36쪽에서 확인할 수 있다.

『식물원』 전반에 걸쳐 노벨리와 그의 작품에 관한 언급이 반복해서 등장한다. 제발트가 전하는 노벨리의 고문 경험과 그 이후의 이야기는 19~20쪽, 120쪽, 235~236쪽, 243~245쪽에 실려 있다.

공교롭게도 1964년 『프라이부르크 학생 신문』(1964년 6월, 제4호, 5면)에 노벨리와의 긴 인터뷰가 실려 있었다. 제발트는 이 인터뷰를 보았을 가능성이 매우 크며, 이를 계기로 프라이부르크에서 열린 전시회까지 실제로 보았을 가능성도 있다. 그렇기에 클로드 시몽의 작품에서 노벨리의 이야기를 접했을 때 그 이름을 즉각 알아볼 수 있었을 것이다.

17 노벨리가 고문을 당한 실제 장소와 그의 이력에 관한 정보는 이탈리아 위키피디아 https://it.wikipedia.org/wiki/Gastone_ Novelli_(artista)를 참고했다.

테리 피츠는 자신이 운영하는 '버티고Vertigo' 웹사이트에서 적기를, 시몽은 노벨리의 A들을 한 덩어리로 인쇄한 반면 제발트는 그것들을 [세 행으로] 길게 늘어놓음으로써, 스스로 비명의 감각을 불어넣었다고 말한다. 이는 27쪽과 85~86쪽에서는 사실이지만, 245쪽에서는 그렇지 않다. 여기서 시몽은 A들을 제발트가 재현한 그대로 적고 있으며(심지어 서른한 개인 것까지 동일하다), 작가 자신도 그것들이 "비명처럼 물결친다ondulant comme un cri"라고 말한다.

2011년 4월 9일 게시된 '제발트, 사이먼, 노벨리, 그리고 길게 늘어진 비명 Sebald, Simon, Novelli and the Long-Drawn-Out Scream' 참고. https://sebald. wordpress.com/2011/04/09/sebald-simon-novelli-and-the-long-drawn-out-scream/. A를 길게 늘어뜨린 것이 특징인 노벨리의 작품과 관련해서는 http:// www.guggenheim-venice.it/inglese/collections/artisti/dettagli/pop_up_opera2. php?id_opera=706&page=를 참고하라.

제발트 자신이 그랬듯, 나 역시 우연히 또 하나의 가능한 연관성을 발견했다. "슈만이 생의 말년에 끊임없이 울리는 단일한 A음[라]을 들었다"(https:// en.wikipedia.org/wiki/Robert_Schumann)라는 정보를 접한 것이다. 『아우스터리츠』에는 이 점이 언급되지 않는바, 제발트도 이를 몰랐을 수 있다. 하지만 이 역시 그가 말하는 우연 중에 하나다.

18 프라하의 기록보관원 테레자 암브로소바를 가리킨다. 제발트는 이 인물의 이름을 정하는 과정에서 A로 시작하는 이름들, 그러니까 암브로소바Ambrosová, 아스디마노바Asdimanová, 아이슈만Ajšman 등을 붙여보았다. 그는 독일문화원 소속 모니카 로데로바가 보낸 편지 위에 이 이름들을 적어보며 검토했는데, 모니카는 제발트가 체코 관련 취재를 하는 데 도움을 준 인물이다(독일문학아카이브에 소장된 '아우스터리츠' 파일 14번 참고). 한편 아이슈만이 애슈먼의 체코식

변형임에 유의하라.

19   가브리엘라 폴리, 조르조 칼카뇨의 『잃어버린 목소리의 메아리: 프리모 레비
      와의 조우*Echoes of a Lost Voice: Encounters with Primo Levi*』(Vallentine Mitchell,
      2018) 140쪽 참고.

20   『기억의 유령』 110쪽에 실린 쿠오모와의 인터뷰. 제발트는 이 인터뷰와 스티
      브 와서먼과의 인터뷰(『토성의 달들』 372쪽), 『슈피겔』과의 인터뷰(『슈피겔』
      2001년 11월호, 『살얼음판 위에서』 중 「나는 멜로드라마스러운 것이 두렵습니
      다Ich fürchte das Melodramatische」 196~197쪽 참고)에서 충실한 답변을 제시
      한다. 또한 마야 재기(『가디언』 2001년 9월 22일), 크리스토퍼 빅스비(『크리스
      토퍼 빅스비와 작가들의 대화』 162쪽), 율리아 코스파흐(『프로필』 2001년 2월
      19일), 장피에르 론다스(『살얼음판 위에서』 212쪽), 세바스천 셰익스피어(『리터
      러리 리뷰』 2001년 10월, 50쪽) 등에게 자신의 모델들에 관해 말했다. 이와 관련
      해 내가 발견한 가장 이른 언급은 제발트가 출판사에 보낸 요약문에 있는데, 여
      기서 그는 오직 한 사람의 모델만을 언급하며 그가 누구인지는 밝히지 않는다
      (독일문학아카데미에 소장된 ‘아우스터리츠’ 자료에서).
      제발트가 세 명 반쯤을 참고했다고 언급한 것은 2001년 10월 성 히에로니무스
      강연에서였다. 이는 스티븐 와츠가 내게 들려준 이야기로, 그가 보인 반응은 앞
      으로도 계속 언급될 것이다.

21   2014년 10월 16일 스티븐과의 인터뷰에서. 페터 요나스와 관련된 정보는 14장
      에서 언급했듯 그에게서 직접 들었다. 『토성의 달들』 172쪽을 보면 제발트는 와
      서먼과 관련된 출처로 프리들랜더와 레버턴을 인용했다.

22   수지 베흐회퍼에 관한 이야기는 대체로 수지 본인이 들려준 이야기와 내가
      2011년 수지와 나눈 이메일, 그리고 2011년 7월 28일에 가진 만남, 수지가 『선
      데이 타임스*Sunday Times*』 2002년 6월 30일 자에 기고한 칼럼 「베스트셀러 작가
      가 갈취한 나의 비극적인 과거Stripped of my tragic past by a bestselling author」,
      수지의 저서 『로자의 아이*Rosas Kind*』(제러미 조지프스[수지의 위탁부] 공저,
      1996), 『로자*Rosa*』(2017)에 바탕을 두고 있다. 다른 출처는 본문에 표시되어
      있다.

23   이는 2011년 내가 수지를 만났을 때 직접 들은 이야기이며, 그는 2002년 기
      자 휴고 덩컨에게도 같은 내용을 전했다. 『리버풀 데일리 포스트*Liverpool
      Daily Post*』 2002년 8월 8일 자에 실린 덩컨의 기사 참고, http://www.the-
      freelibrary.com/Susi%3A+Pay+a+final+debt+to+my+past%3B+It+wasn’t+un-
      til+she+was+50+that⋯-a090233192. 제발트는 수지와 관련된 서류(이어지는 주

956

25 참고)에서 발견할 수 있는 그 어떤 편지에서도 그가 모델이었다는 말을 명시적으로 하지 않지만 암묵적으로는 그 점을 드러내고 있으며, 『슈피겔』(『살얼음판 위에서』 197쪽), 스티브 와서먼(『토성의 달들』 372쪽), 마야 재기(『가디언』 2001년 9월 22일) 등과의 인터뷰에서는 분명히 말했다.

24 『선데이 타임스』 2002년 6월 30일 자에 게재된 기사 「베스트셀러 작가가 갈취한 나의 비극적인 과거」 참조.

25 제발트가 2001년 9월 30일 수지 베흐회퍼에게 한 말. 수지는 그때도 분명 아들이 쓴 곡 「보스니아를 위한 애가Lament for Bosnia」(수지의 아들 프레더릭 스토컨은 작곡가다)의 CD를 동봉하며 다정한 편지를 보냈다. 2001년 10월 27일 제발트는 자기가 짊어진 짐에 대해 거듭 말하면서 수지를 밀어냈다. 제발트가 수지에게 보낸 세 통의 편지(2001년 9월 27일, 2001년 9월 30일, 2001년 10월 27일)는 전부 프레더릭 스토컨이 소장하고 있으며, 그는 친절하게도 내게 편지 사본을 보내주었다. 이를 비롯해 그로부터 받은 모든 도움에 진심 어린 감사를 표한다.

26 2019년 1월 11일 야네 바인치를과의 대화에서 얻은 정보다. 그는 뮌헨 시립 기록보관소의 브리기테 슈미트에게서 수지가 겪은 심적 동요에 대해 전해 들었는데, 슈미트는 수지가 『로자의 아이』를 집필하기 위해 연구를 진행할 때 도움을 주었던 인물이다(2019년 1월 28일 자 야네의 이메일). 야네는 2001년 4월 5일 뮌헨에서 열린 낭독회에서 이 문제에 대해 제발트와 직접 이야기를 나누었다. 야네는 뮌헨 시의원이자 슈톨퍼슈타인 이니셔티브의 일원이다. 그의 모든 도움에 진심으로 감사드린다.

27 재닛 맬컴, 『침묵하는 여자The Silent Woman』(Picador, 1994) 8쪽.

28 마야 재기, 『가디언』 2001년 9월 22일. 제발트는 이 인터뷰에서 수지의 삶에서 가장 사적인 사건들은 차용하지 않았다는 입장을 직접 밝혔다.

29 수전 피게와 제니퍼 워드가 편집한 『독일의 과거를 다시 작업하기: 영화, 예술, 대중문화에서의 각색Reworking the German Past: Adaptations in Film, the Arts, and Popular Culture』(Boydell & Brewer, 2010)에서 엘리자베스 베어가 쓴 「W. G. 제발트의 『아우스터리츠』: 회복으로서의 재조정W. G. Sebald's Austerlitz: Re-mediation as Restitution」 181~199쪽 참고. 영감이 되는 대화를 나누어준 엘리자베스에게 감사를 표한다.

30 『슈피겔』과의 인터뷰, 『살얼음판 위에서』 198쪽 참고.

31 『독일 및 오스트리아 망명 연구 센터 연감Yearbook of the Research Centre for German and Austrian Exile Studies』, 2012, 13권, 219~232쪽에 실린 마틴 모들링거의

「이름을 바꾸고도 똑같은 감정을 느낄 순 없다: W. G. 제발트의 『아우스터리츠』 속 수지 베흐회퍼의 킨더트란스포르트 경험You can't change names and feel the same: the Kindertransport experience of Susi Bechhöfer in W. G. Sebald's Austerlitz」참고.

이 논쟁에 참여한 다른 학자들 중에는 『프랑크푸르터 룬트샤우』, 2003년 3월 15일 자에 「수지 베흐회퍼가 되묻다Susi Bechhöfer Fragt Zurück」를 게재한 레베카 괴퍼트, 『정체성의 문법: 초국적 소설과 경계의 본질The Grammar of Identity: Transnational Fiction and the Nature of the Boundary』(Oxford University Press, 2009)을 출간한 스티븐 클링먼 등이 있다.

32   수지 베흐회퍼가 2011년 7월 13일 내게 보낸 이메일.

33   『주이시 크로니클Jewish Chronicle』 2017년 8월 21일 자에 제니 프레이저가 기고한 「수지 베흐회퍼: 그 자신의 역사를 찾아서Susi Bechhöfer: Finding her own history」, https://www.thejc.com/susi-bechhofer-1.443118.

34   프레더릭 스토컨이 2018년 6월 9일 내게 보낸 이메일. 프레더릭은 『로자』 집필이 모친에게 위무가 되었다고 내게 말했다.

35   제발트는 아가타의 사망 장소를 한 번도 언급하지 않았고, 아가타가 1944년 9월 테레진에서 "동쪽으로 보내졌다"라고만 썼다(『아우스터리츠』 287쪽). 사람들은 테레진에서 여러 강제수용소로 보내졌으나, 주 목적지는 아우슈비츠였다.

36   이어지는 정보는 야네 바인치를이 2019년 1월 28일 내게 보낸 이메일에 바탕을 두고 있다. 안토니엔슈트라세에 위치한 고아원은 창가에 있는 두 소녀, 즉 현재는 주디스 로젠버그라는 이름으로 캐나다 몬트리올에 거주 중인 유디트 히르슈와 로자 베흐회퍼와 함께 고아원에서 마지막으로 이송되었다가 아우슈비츠에서 사망한 메리 게이버를 추모비로 기리고 있다. 보호자였던 앨리스 벤딕스와 헤드비히 야코비도 마찬가지로 사망했다(야네가 2019년 2월 17일에 보낸 이메일).

37   슈톨퍼슈타인에 대한 아이디어는 1992년 예술가 군터 뎀니히가 처음 제안했다. 슈톨퍼슈타인은 황동으로 만들어져, 나치의 절멸 정책 희생자들(주로 유대인이었으나 롬족 등 다른 이들도 포함되어 있다)이 마지막으로 살았던 집 앞 도보에 설치된다. 2019년 12월 기준으로 독일 및 나치 점령 지역에 7만5000개의 슈톨퍼슈타인이 설치되었다. 뮌헨 시의회는 그동안 슈톨퍼슈타인 설치에 반대표를 던져왔는데, 그 이유 중 하나는 유대인 공동체 대표의 반대 때문이었다. 그는 사람들이 밟고 지나다니는 장소에 추모물을 놓는 것에 이의를 제기했다. 그러나 2020년까지 뮌헨의 사유지에는 수지, 로테, 로자 베흐회퍼의 것을 비롯해 100여

개의 슈톨퍼슈타인이 설치되었다. https://en.wikipedia.org/wiki/Stolperstein 참조.

뮌헨 보겐하우젠 지역의 마우어키르허슈트라세 13번지 아파트 건물 앞에는 피터 조던의 부모인 파울라 요르단과 프리츠 요르단을 기리는 추모비가 세워졌다. http://www.nordostkultur-muenchen.de/architektur/mauerkircherstraße_13 참조. 토마스 만과 그의 가족은 1910~1914년, 조던의 가족은 1925~1940년에 그곳에 거주했다. 한편 조던 부부의 슈톨퍼슈타인은 현재 본에 위치한 독일역사박물관Museum für deutsche Geschichte에 보관되어 있다(조던 부부와 야네 바인치를 이 제공한 정보다).

38   『살얼음판 위에서』196~197쪽에 수록된『슈피겔』과의 인터뷰,『토성의 달들』(372)에 수록된 와서먼과의 인터뷰,『기억의 유령』(110~111)에 수록된 쿠오모와의 인터뷰,『살얼음판 위에서』(212)에 수록된 장피에르 론다스와의 인터뷰 참고. 제발트는 마야 재기에게도 이 모델에 대해 언급했다.

39   제발트의 동료 리처드 코크로부터 (2013년 12월 16일의 만남에서) 얻은 정보다. 리처드 셰퍼드는 분명 그렇다고, 적어도 "상당한 수준에서" 그렇다고 생각했다(2016년 7월 29일 내지 30일에 리처드 셰퍼드가 내게 보낸 이메일 참고).

40   2014년 3월 4일, 2014년 9월 19일 만남에서 들은 정보. 또한 슈테판은 제발트의 동료 리처드 코크의 아내인 세라 코크에게도 이 얘기를 했는데, 세라는 이에 다른 사람인 줄 알았다며 호쾌하게 웃었다(세라 코크가 2014년 2월 8일 내게 보낸 이메일).

    슈테판 무테지우스, 그리고 이 대목과 뒤에 나오는 그의 가족에 관한 정보는 2014년 3월 4일 슈테판과의 만남, 2014년 9월 19일 그와 그의 아내이자 예술사학자인 카타리나(카지아) 무라프스카무테지우스와의 만남을 통해 얻었다. 또한 2014년과 2015년에 우리가 주고받은 이메일도 참조했다. 슈테판과 카지아에게 받은 도움에 진심 어린 감사를 전한다.

41   『기억의 유령』96쪽, 쿠오모와의 인터뷰 참고.

42   헤르만 무테지우스에 대해서는『도이체 비오그라피Deutsche Biographie』, https://www.deutsche-biographie.de/pnd118735403.html#ndbcontent 참고. 해당 항목에서는 슈테판이 헤르만 무테지우스의 증조카로 등재되어 있다(종조카 → 슈테판(1939년생), 박사학위를 지닌 미술사학자로 영국 노퍽주 노리치에서 활동).

43   『도이체 비오그라피』에 실린 한스 무테지우스 항목 참조, https://www.deutsche-biographie.de/pnd118735403.html#ndbcontent. 에른스트 클레의 기

사는 1990년 9월 14일 『차이트』에 실렸다. 온라인 기사는 http://www.zeit. de/1990/38/idee-ein-kz/seite-1에서 볼 수 있다. 여기에 제시된 통계는 『도이체 비오그라피』에 제시된 통계와 다소 차이가 있는데, 아마 에른스트의 취재가 첫 조사였기 때문일 것이다. 나는 더 정확하리라고 생각되는 최근 『도이체 비오그라피』의 통계를 따랐다. 클레는 2003년 이와 관련해 조사한 내용을 집대성한 책 『제3제국 인명록: 1945년 전후前後의 인물 Das Personenlexikon zum Dritten Reich. Wer war was vor und nach 1945』을 출간했다(Fischer, 2003).

44 카지아 무라프스카무테지우스가 2015년 2월 19일 나와의 전화통화에서 한 말.

45 각각 『아우스터리츠』106쪽, 258쪽에서 발췌했다. 베라는 259쪽에서 어린 시절 사진의 날짜와 그 배경을 설명한다.

46 『슈피겔』과의 인터뷰(『살얼음판 위에서』198쪽), 마야 재기와의 인터뷰, 마리아 알바레즈와의 인터뷰에서 한 말.

47 『아우스터리츠』 2011년판 xxi쪽 우드의 서문 참고.

48 패트릭 행크스가 편집한 『미국 성씨 사전 Dictionary of American Family Names』(Oxford University Press, 2003) 86쪽을 참조하라. 여기서는 그린드로드 Grindrod를 "랭커셔주 로치데일 교구에 속한 소규모 지역 이름에서 유래된 거주지 유래 성씨 habitational name"로 설명하며, 이 이름은 1541년 로치데일에서 처음 기록되었고, grene(녹색) rod(개간지)에서 파행되었다고 전해진다. https://books.google.co.uk/books?id=FJoDDAAAQBAJ&pg=RA1-PA86&redir_esc=y#v=one-page&q&f=false 참고. 성씨 데이터베이스 SurnameDB 웹사이트에도 유사한 정보가 적혀 있다. http://www.surnamedb.com/Surname/Grindrod#ixzz3Q4K-1WuaD. 내가 영국 출생등록부 UK Registry를 조사한 결과, 1900년부터 1937년 사이 랭커셔에서 태어난 잭 그린드로드는 열 명이었으며, 그중 네 명은 로치데일에 거주했다. 또한 1904년부터 1924년 사이에 태어난 존 그린드로드는 열네 명이었고, 이 가운데 다섯 명은 로치데일 출신이었다.

49 사진 촬영자로 표기된 앨런 닐드 석세서스가 1923년부터 1938년까지 활동했기 때문이다(안타깝게도 참고자료 없이 이 사실만 메모해두었기 때문에 지금으로서는 출처를 다시 찾을 길이 없다). 이 사진엽서에 닐드 석세서스의 소재지가 샐퍼드로 기재되어 있는 걸 보아, 제발트가 이곳에서 엽서를 구했을 것이란 추정이 가능하다.

50 예컨대 「W. G. 제발트와의 세 번의 만남」397쪽에 실린 수전 손택과의 인터뷰와 케네스 베이커의 「역사적 기억상실증에 맞서」 참고.

51 이 문단은 『아우스터리츠』218쪽, 226쪽, 228~229쪽에 바탕을 두고 있다. 호프

만의 『샌드맨*Sandman*』과 관련해서는 펭귄클래식 시리즈 108번으로 출간된 피터 워츠먼 번역의 『샌드맨』(2016)을 참고하라. 이보다 앞서 21장 719쪽에도 등장한다. 719쪽에서 나는 화자가 통에 손을 넣었다가 예상했던 달걀이 아니라 구멍이 뚫린 눈을 마주하게 된 일을 회상하는 『현기증. 감정들』 250쪽을 언급했다. 호프만의 고딕 우화에 등장하는 샌드맨은 아이들의 눈을 훔친다.

52 이하의 정보는 2020년 3월 첫째 주에 이루어진 에리히 라이히와 현재는 리치라고 불리는 자크와의 전화 통화 및 이메일 교류에서 얻은 것이다. 세 형제 가운데 둘째였던 오스발트는 스물일곱의 나이에 암으로 사망했다. 자크와 에리히는 이 글이 쓰인 시점을 기준으로 각각 90세, 86세다. 자크는 1950년부터 오스트레일리아에 거주해왔으며, 아우스터리츠와는 전혀 다른 삶을 산 성공적인 사업가였다. 영국에 남은 에리히 역시 성공한 기업가이자 자선가였다. 현재 에리히 경으로 불리는 그는 유대인 난민 협회Association of Jewish Refugees 산하 킨더트란스포르트 부문 책임자를 맡고 있다. 그는 2017년 회고록 『동상 속의 소년*The Body in the Status*』(i2i Publishing)을 출간했다.
   삼 형제는 모두 합쳐 열다섯 명의 아이를 낳았고 (현재까지) 손자, 손녀 스물아홉 명에 증손주 열일곱 명을 두고 있으니, 가족을 말살하려 했던 나치의 시도에 맞서 탁월한 응전을 보여주었다 할 것이다.

24장 회복의 시도

1 제발트는 아니타 알부스의 그림을 무척 높이 평가했다. 이 그림과 관련해 그는 화염을 피한 집의 모습이 "예술에서 사물이 파괴 이전의 모습으로 복원되기를 바라는 마음"을 표현한다고 썼다(투고미르 루크시치가 편집한 『잘츠부르크 전시에 부치는 짧은 서문*Kleine Vorrede zur Salzburger Ausstellung*』, 아니타 알부스 전시회 도록 소개, 잘츠부르크, 1990).

2 https://www.wwnorton.co.uk/books/9780811226141-the-emigrants 참고. 전체 문단은 다음과 같다. "W. G. 제발트는 놀라운 역작을 써냈다. 지금껏 읽어본 그 어떤 책과도 비슷하지 않으면서 동시에 완벽해 보인다. 섬세함으로 사람을 홀리고, 직접성으로 숭고함을 느끼게 하며, 주제로 장엄함을 보여준다. 『이민자들』은 거부할 수 없는 작품이다." 이는 신시아 오직, 로버트 에더, 제임스 우드 등의 리뷰를 비롯해 제발트의 작품에 바쳐진 추천사 목록에서 발췌한 것이다.

3 예컨대 『토성의 달들』 352쪽에 실린 피트 더 모어와의 인터뷰, 『크리스토퍼 빅스

비와 작가들의 대화』 159쪽에 실린 인터뷰, 『기억의 유령』 115~116쪽에 실린 쿠오모와의 인터뷰, 『기억의 유령』 165쪽에 실린 아서 루보와의 인터뷰를 참고하라.

4 『기억의 유령』 115쪽에 쿠오모가 적은 말이다. 이미 살펴보았다시피 "우리 삶을 지배하는 불가해한 것들"에 대한 감각은 이 감각은 조지프 쿠오모가 이해한 제발트의 핵심 개념이기도 하다(위에서 언급한 19장 376쪽 참고). 마이클 햄버거도 제발트의 성향을 "거의 오컬트적이고 초월적이며 심지어 천년왕국 같은[종말 이후의 구원을 믿는] 기질"(『못다 한 이야기』 「옮긴이의 말」 8쪽)이라고 언급한 바 있고, 앤드루 모션은 (2014년 9월 12일 나와의 인터뷰에서) "막스와 관련된 모든 것은 현실로부터 가속 이탈해 하나의 신화적 구조를 향해 나아간다"라고 말했다.

5 『토성의 고리』 18쪽.

6 『토성의 고리』 179~180쪽. 결말부의 환상을 제외하면, 이 대목은 의미심장하게도 제발트가 햄버거의 이야기에 덧붙인 유일한 요소였다. 나머지는 햄버거의 자서전 『시작의 끈String of Beginnings』에서 가져온 것이다(앤 베리스퍼드는 이 사실을 조너선 와츠에게 확인해주었고, 이는 『아이리시 페이지』 제7권 제1호 「비현실적인 부동산」 67~77쪽 중 75쪽에 실려 있다).

7 『아우스터리츠』 144쪽, 261쪽. 제발트는 359~360쪽에서 시간에 대한 이러한 생각을 재차 언급하면서 내가 앞서 인용한 문장, 즉 우리가 "과거에 지켜야 할 약속도 있을 수 있으며 (…) 시간의 저편에 있는 우리와 어떤 연결 고리가 있는 장소와 사람 들을 찾아 그곳으로 가야 한다"를 적는다(360).

8 『전원에 머문 날들』 128쪽 참고.

9 『토성의 고리』 190쪽.

10 독일어 원문은 "Wirbel sind sie, in die hinabzusehen mich schwindelt[그것들은 소용돌이 같아서, 그 안을 들여다보기만 해도 현기증이 인다]"다. 아우스터리츠가 언어를 상실하고 신경쇠약이 최악으로 치달았을 때 글쓰기 능력을 잃은 것은 (『아우스터리츠』 172~176쪽 참고) 많은 비평가가 지적하듯 확실히 호프만슈탈의 찬도스 경을 뚜렷이 반향한다. 찬도스가 시간을 초월해 자신을 동일시하는 대상은 로마의 웅변가 크라수스로, 그는 물고기 한 마리의 죽음을 두고 눈물을 흘린 인물이었다. 어쩌면 제발트가 『토성의 고리』에서 주요한 연민의 대상으로 청어를 선택한 것은 적어도 부분적으로 이 연결 고리에서 비롯된 것일지도 모른다.

11 이 문장 그리고 이 장과 다음 장의 다른 대사들은 타니아 스턴과 제임스 스턴이 번역한 『찬도스 경의 편지』, http://www.jubilat.org/jubilat/archive/vol11/poem_10/에 입각한 것이다.

12 2014년 9월 24일 클리브 스콧과의 인터뷰에서.

13 『전원에 머문 날들』149쪽에 실린 발저에 관한 에세이에서.

14 『토성의 달들』150쪽에 실린 루크 윌리엄스의 「각각의 손목에 채워진 시계A Watch on Each Wrist」참고.

15 『아우스터리츠』131~132쪽. 모래 언덕을 가로지르는 대상들에 대한 아델라의 문장은 158~189쪽에 있다. 「막스 페르버」에서 시작된 사막 대상들에 대한 이미지는 추방을 위해 소집 명령을 받은 프라하의 유대인 행렬을 베라가 대상이라고 부를 때 끝난다(252). 이에 따라 선민들이 약속의 땅으로 향하는 여정은 테레진과 아우슈비츠에서 종결된다.

16 제발트가 2001년 9월 14일 피터 조던에게 쓴 편지에서 한 말.

17 제발트의 울적한 기조에 질려버린 사람 중에는 가령 작가 제니 디스키가 있었다. 디스키는 『현기증. 감정들』서평에 이렇게 썼다. "시간이 지나면 이 극도로 예민한 멜랑콜리는 코믹해지고 만다. 사춘기가 지난 후에 읽으면 도스토옙스키의 고통받는 주인공들을 마주할 때처럼 인내심을 시험받게 된다. 오 제발, 라스콜니코프[『죄와 벌』의 주인공], 마음을 다잡고 정신 차려"(『런던 리뷰 오브 북스 London Reviews of Books』 2000년 2월 3일). 그럼에도 디스키는 긍정적으로 서평을 마무리했다.

18 예컨대, 제발트가 미하엘 제만과 한 인터뷰를 참고하라. 고든 테일러가 전사한 「전망 있는 방」인터뷰는 덴햄과 매컬로의 『W. G. 제발트:역사-기억-트라우마 W. G. Sebald: History-Memory-Trauma』(De Gruyter, 2006) 21~29쪽에 실려 있다. 이 인터뷰는 2019년 노리치 캐슬 갤러리에서 열린 『토성의 고리』전시회에서 반복 재생되었다.

19 두 가지 음식 모두 아일린이 끄는 밀차와 티스메이드에 관한 대목에서 다시 등장한다……. 제발트의 유머가 우리가 욕망하는 대상들처럼 그에게 불안과 두려움을 안기는 근원인 음식과 관련해(예컨대 『현기증. 감정들』에서 고기 조각을 삼키는 할머니, 식당을 선택하지 못하는 화자의 불안으로) 터져 나오다니 이상한 일이다. 그러나 웃음의 기능 중 하나는 두려움을 해소하는 것이다.

20 제발트의 어머니와 누이들은 물론 알고 있었다. 또한 마리, 우르줄라 리프슈, 위르겐 케저부터 크리스틴 푈커, 테스 저레이, 그리고 리처드 셰퍼드, 진 보스바이어, 랄프 요이터 등의 친한 동료들도 알고 있었다.

21 "남들 입에 오르내리는 일"과 관련해 마리가 제발트의 이름을 불렀더니 그가 서점 계산대 밑으로 몸을 퍽 숨긴 이상한 일화와 양친이 존트호펜 사람들에게 자기 소식을 전했다고 카를하인츠 슈멜처 앞에서 불평을 늘어놓은 일화(1996년

12월 12일 편지)가 떠오른다. 마리와 게르트루트는 제발트가 늘 존트호펜에서 사람들이 자기를 알아볼까 봐 두려워했다고, 이것이 존트호펜에 있는 것을 싫어한 이유 중 하나였다고 회상한다.

존 쿡은 소음공포증처럼 심리적 차원은 물론 감각적 차원에서도 제발트가 가진 극도의 예민함을 알고 있는 또 다른 친구였다(2014년 9월 26일 인터뷰에서 들은 정보).

22 이 정보와 이어지는 정보는 내가 마리와 나눈 대화, 그리고 제발트가 2000년 4월 23일과 2000년 1월 17일에 마리에게 보낸 편지에 바탕을 두고 있다.

23 게르트루트에 따르면 제발트의 어머니 로자가 한 말은 아들이 "가죽 벗긴 토끼처럼 생겼다"는 것이었다. 제발트는 1995년 레나테 유스트(「토성의 흔적 속에서」, 『초상 7: W. G. 제발트』 40쪽)에게 자기 피부가 왜 이렇게 얇은지 모르겠다고 말했다. 또한 아네트 더 용과의 1993년 7월 2일 인터뷰 「유대인, 독일인, 이민자에 대한 W. G. 제발트의 견해W. G. Sebald over joden, Duitsers en migranten」, 『NRC 한덜스블라트NRC Handelsblad』도 참고하라. "저는 기억을 너무도 강렬하게 경험하기 때문에, 과거와 현재를 더는 분리하지 못합니다. 이런 습성은 비정상적인 것이며, 삶에 참여하는 데 방해가 되지요."

게르트루트가 2017년 6월 8일 내게 보낸 이메일에서 한 말도 있다. "저는 제 동생이 막대한 고통을 겪었거나 자주 고통스러워했다고 생각합니다. 크건 작건 모든 것이 동생을 건드렸죠."

24 https://en.wikipedia.org/wiki/Mirror-touch_synesthesia 참고.

25 『토성의 고리』 235쪽. 죽은 사슴에 대한 에피소드는 『캄포 산토』 43쪽에 등장한다.

26 스탠리 코언, 『부정의 상태: 잔학 행위와 고통에 대해 알기States of Denial: Knowing About Atrocities and Suffering』(Polity Press, 2001). 이 고전을 내게 소개해준 진 보스바이어에게 감사를 전한다. 많은 사람이 예술가에게 내재된 이 특별한 감수성을 설명했다. 예컨대 카프카에 대해 엘리아스 카네티는 대부분의 사람이 어쩌다 삶의 공포를 감지할 뿐이지만 "내적인 힘에 의해 증언을 하라는 점지를 받은 소수의 사람은 그것을 늘 의식한다"라고 썼다(『카프카의 또 다른 소송: 펠리체에게 보낸 편지Kafka's Other Trial: The Letters to Felice』, Penguin Classics, 2012). 카프카가 펠리체 이후에 사랑한 밀레나 예센스카는 이를 명확히 설명한다. "우리가 살아갈 수 있는 것처럼 보이는 이유는, 누구나 한때는 거짓 속으로, 혹은 맹목, 열정, 낙관, 신념, 비관 등으로 피신한 적이 있기 때문이다. 그러나 그는 단 한 번도 보호막이 되어주는 피난처로 달아난 적이 없다. 그 어디에도 (…) 그에게는 피난처도, 집도 없다. 그래서 우리가 보호받고 있는 모든 것에 그는 그

대로 노출되어 있다. 그는 벌거벗은 사람과 같다(제러미 애들러, 『프란츠 카프카 *Franz Kafka*』(Penguin Illustrated Lives, 2001) 122쪽에서 재인용)".

27 마크 앤더슨과 관련해서는 앤더슨의 「어린 시절의 공포가 잠복한 곳: W. G. 제 발트가 가진 두 아버지 딜레마」, 『리터라투렌』 7~8월호, 2006 참조. 우베 쉬테와 관련해서는 요제프 할아버지의 죽음에 관한 그의 글들을, 리처드 셰퍼드와 관련 해서는 「우측-좌측: W. G. 제발트의 작품에서 모스 암호 해독에 관한 몇 가지 견해」 432쪽과 434쪽을 참고하라. 제발트는 2000년 4월 2일, 2000년 7월 18일 마리에게 보낸 편지 등에서 유년기 트라우마에 대해 직접 말했다.

28 제발트의 화자는 필리파 코머가 계시적이라고 꼽은 『토성의 고리』의 한 구절 에서 스스로 그렇게 말한다. "내면의 냉담함과 황폐함은 결국 일종의 사기 같 은 연출을 통해 자신의 비참한 심장이 여전히 붉게 달아올라 있다고 세상이 믿 게 만들기 위한 전제 조건이 아닌가 하는 의문이 들었다(86)." 이는 제발트가 프 라이부르크에서 발표한 첫 번째 산문 「매일 저녁」(10장 참고)을 떠올리게 한 다. 리처드 셰퍼드는 제발트가 자신이 가지고 있던 『찬도스 경의 편지』 판본에 서 Leere[공허감], Starre[얼어붙음]이라는 단어에 동그라미를 쳤다고 말한다(「우 측-좌측: W. G. 제발트의 작품에서 모스 암호 해독에 관한 몇 가지 견해」 453쪽 주14).

29 게르하르트 로트의 『평범한 죽음 *Landlaufiger Tod*』에 관한 제발트의 에세이에서 발췌한 것으로, 우베 쉬테가 『토성의 달들』 173쪽에 인용한 것을 재인용.

30 『캄포 산토』 215쪽.

31 나로서는 제발트가 1987년 2월 22일 피터 조던에게 보낸 이 경이로운 편지에서 그의 말을 온전히 인용하고 싶을 따름이다.

25장 『못 다한 말들』

1 내 번역이다.

2 리처드 셰퍼드가 작성한 연대기 650쪽, 우베 쉬테의 『형상들』 주7에서. 나머지 는 제발트가 토마스 호니켈과 한 인터뷰에 대한 얀 페터 트리프의 설명이다. 우베 쉬테는 제발트가 『아우스터리츠』 집필 전중후에 초단시를 썼다고 말하며 (『형상들』 112쪽), 마이클 브랜든존스는 『못다 한 이야기』에 실린 이미지 중 일 부가 1997년 말에 이미 준비되어 있었다고 (2014년 9월 19일 인터뷰에서) 회상 한다. 2000년 9월 전장을 방문한 시점에는—적어도 트리프의 마음속에서라도

—최종 결정을 내리기까지 여러 생각이 왔다 갔다 했을 가능성이 매우 높다. 우베 쉬테도 최종 결정이 그때 전장에서 이루어졌을 것이라고 말한다(『형상들』주7).

눈目과 봄觀은 많은 비평가가 지목하듯 제발트의 작품에서 끊임없이 등장하는 주제다(예를 들어 『못다 한 이야기』 96~97쪽에서 안드레아 콜러 참고).

3   제발트는 2001년 6월 27일 마리에게 보낸 편지에서 그렇게 말했다. 우베 쉬테는 트리프가 작품에서 자주 쓴 숫자가 33이었다고 지적한다(『형상들』주7). 막스가 트리프에게 이미 시 몇 편을 보냈다는 정보는 트리프가 호니켈과 한 인터뷰에서 얻었다. 그가 2000년부터 점점 더 많은 초단시를 쓰기 시작했다는 정보는 우베 쉬테 『형상들』 128쪽에 바탕을 두고 있다. 트리프는 혼자 결정을 내려야 했다고 호니켈에게 말했으며, 우베 쉬테는 이를 『형상들』 113쪽에서 언급한다.

4   제발트가 『벌써 몇 년』에서 단시의 영어 버전을 직접 썼다는 정보는 마이클 햄버거가 『못다 한 이야기』 2쪽에 작성한 「옮긴이의 말」과 우베 쉬테 『형상들』 112쪽에서 얻었다. 『벌써 몇 년』에 실린 시 중 일부는 제발트가 독일어 원문을 직접 번역한 것이다. 일부는 독일어 버전이 존재하지 않으므로 (우베 쉬테에 따르면) 영어로 썼을 수도 있다. 테스가 미발표 시 한 편을, 트리프가 열한 편을 소장하고 있다는 정보는 햄버거가 작성한 「옮긴이의 말」 4~5쪽을 참고했다. 시가 총 41편이었다는 정보는 『형상들』 113쪽을 바탕으로 한다. 출간되지 않은 열두 편의 아주 짧은 시는 독일문학아카이브에 보관되어 있다(『형상들』 113쪽).

5   『못다 한 이야기』는 비평의 대상으로 그리 자주 다뤄지지 않았고, 대체로 우호적이지 않은 평을 받았다. 우베 쉬테는 예컨대 J. M. 쿳시의 평("큰 야망이 없는 작품", 『형상들』 주13)과 미국의 『빌리지 보이스』에 실린 평("생략이 지나쳐 결과적으로 만족스럽지 않은 커튼콜", 『형상들』 주30)을 인용한다. 『벌써 몇 년』은 아무런 평도 받지 못했다(『형상들』 111쪽). 우베 쉬테가 말하듯(『형상들』 113쪽) 단시가 진지하게 받아들여지기란 쉽지 않은 일이다. 우베 쉬테도 『못다 한 이야기』에 대해 비판적인 태도를 취하는데, 시 자체보다는 텍스트와 이미지의 "정적인" 조합에 더 비판적이다. 우베 쉬테는 『벌써 몇 년』에 훨씬 더 열광했다. (『형상들』 137~138쪽).

대체로 제발트는 예술가 친구 중 그 누구에게도 자기가 다른 사람들에게 시를 보여주고 있다는 말을—같은 시를 보여준 게 열세 번이었다—하지 않았을 것이다. 테스는 우베 쉬테에게 트리프가 한 역할을 몰랐다고 말했고(『형상들』 113쪽), 마이클 햄버거는 트리프도 테스가 한 역할을 몰랐다고 생각했다. 마이클은 제발트가 친구들을 일정 기준에 따라 분류했을 수도 있다고 말했다

966

(2004년 7월 8일 전화 통화에서).

6   마이클 햄버거는 제발트가 단시를 "무척 폄하"했다고 내게 말했다(2004년 7월
     8일 전화 통화에서). 물론 제발트는 늘 자신의 작품을 폄하했고 진심으로 의심
     했다.

7   마이클 햄버거가 이렇게 지적한다(『못다 한 이야기』7쪽). 또한 햄버거는 그의
     초단시들에 드리운 그림자가 "죽음의 그림자, 그 시들의 바깥 세계에서 혼자서
     만 알고 있던 위협적인 질병의 그림자"였다고 암시한다(제발트의 「마리엔바트
     애가」에 부치는 「옮긴이의 말」, 『아이리시 페이지』, 제1권 제2호, 2002/2003년
     가을/겨울호, 130쪽). 우베 쉬테는 단시들에서 "죽음이 무척 두드러진다"라며
     햄버거의 의견에 동의한다(『형상들』132쪽).

8   제발트가 테스에게 한 말로, 테스는 이를 우베 쉬테(『형상들』144~145쪽)와 내
     게 말해주었다. 『벌써 몇 년』에도 여전히 할아버지의 관이 나온다. 『벌써 몇 년』
     42쪽, 『못다 한 이야기』69쪽 참고.

9   우베 쉬테는 파라켈수스, 메를로퐁티, 성서, 그리고 그 밖의 모호한 출처에서 차
     용한 내용을 지적한다. 쉬테는 제발트가 차용한 문장 중 3분의 1 혹은 2분의 1
     정도가 다른 자료에서 가져온 것이라고 말한다(『형상들』114~115쪽). 마리는
     자신이 제발트에게 소개한 프랑스 시인 장 드 라 빌 드 이라는 또 다른 출처를
     내게 일러주었다.
       알다시피 제발트는 초창기에 쓴 시 상당수를 골라내 『자연을 따라. 기초시』를
     펴냈는데, 이는 『못다 한 이야기』를 출간할 때도 마찬가지였다. 대표적인 예로
     1980년대에 쓴 「앨범을 위한 시」를 여는 문장의 첫 구절은 『못다 한 이야기』와
     『벌써 몇 년』에서 각각 독립적인 단시가 되었다. (흥미롭게도 제발트는 매번 작
     은 변화를 가했다. 『대지와 물을 지나서』81쪽, 『못다 한 이야기』23쪽, 『벌써 몇
     년』48쪽 참고.)

10   『못다 한 이야기』1쪽.

11   『못다 한 이야기』에 수록된 「낮과 밤, 분필과 치즈처럼: 얀 페터 트리프의 사진
     들에 관하여As Days and Night, Chalk and Cheese: On the Pictures of Jan Peter
     Tripp」86쪽, 88쪽.

12   『못다 한 이야기』51쪽. 개의 눈에 대한 「낮과 밤, 분필과 치즈처럼」의 마지막 구
     절은 94쪽에서 확인할 수 있다. 여기에서 언급되는 트리프의 그림은 『전원에 머
     문 날들』92쪽과 171쪽에서 볼 수 있다.

13   『못다 한 이야기』75쪽.

14   2001년 12월 22일 『가디언』에 게재된 마야 재기의 인터뷰 참고. 도피처에 대한

제발트의 생각은 우르줄라 리프슈(아일랜드와 프랑스), 베아테(알자스), 게르트루트(프리부르)가 알려주었다.

15 제발트가 기절한 일과 복도에 앉아 있었다는 정보는 존 쿡이 2014년 9월 26일 인터뷰에서 알려주었다. 불과 2층을 내려가는데 엘리베이터를 탔다는 정보는 세라 에밀리 미아노의 「주머니 속의 손」 167쪽을 바탕으로 한다. 나머지 정보는 우르줄라 리프슈가 제공했다.

16 이스트앵글리아대학의 독문과 학생 중 한 명은 제발트가 병원에 갔다고 고든 터너가 말했던 일을 기억했지만, 고든 터너는 지금은 모르는 일이라고 말한다. 제발트와 가까웠던 친구에 관한 정보는 리처드 셰퍼드, 「우측-좌측: W. G. 제발트의 작품에서 모스 암호 해독에 관한 몇 가지 견해」 438쪽 주14를 참고했다. "제발트를 특히 잘 아는 사람은 그가 심장에 심각한 문제가 있음을 깨달았지만 이에 대해 말하거나 치료를 받지 않기로 결정한 것 같다고 의심했다." 베아테에 관한 정보는 베아테 본인이 제공했다.

17 첫 번째 징후는 19장 366쪽에 언급되어 있다. 햄버거 부부는 2004년 5월 12일에 나눈 우리의 초기 대화에서 두 번째 징후에 대해 말해주었다. 또한 마이클 햄버거는 내가 언급했듯 제발트가 후기에 쓴 단시에서 "그 시들의 바깥 세계에서 혼자서만 알고 있던 위협적인 질병의 그림자"를 감지했다.

제발트의 유언장은 영국에 존재하는 모든 유언장과 마찬가지로 공개적으로 열람할 수 있다. https://www.gov.uk/search-will-probate 참고. 유언장에 따르면 제발트는 총 82만 3124파운드[한화 약 16억 1700만 원]의 재산을 남겼다. 제발트가 세인트 앤드루스 교회당을 사랑했다는 정보는 고든 터너가 제공했다. 제발트가 자신의 문학 유산 관리에 대한 지침을 남겼다는 정보는 2003년 11월 10일 앤드루 와일리와 만난 자리에서 들었다. 그리고 제발트가 장례식에 대한 지침을 남겼다는 정보는 햄버거 부부, 테스 저레이, 샐리 햄프스턴(그러니까 제발트가 베릴 랜월에게 말한 정보) 등과의 인터뷰를 통해 접했다. 마이클 햄버거도 『아이리시 페이지』 131쪽에서 이 사실을, 그리고 제발트의 작품과 논문에 대한 지침을 언급했다.

18 1982년 솔베이그를 태운 차에서 벌어진 사고와 1983년 스티븐 와츠의 시를 듣다가 일어난 사고는 무척 심각했다. 솔베이그와 함께 겪은 사고는 제발트가 A46번 간선도로로 접어들었을 때 발생한 마지막 사고와 무척 흡사했다. 솔베이그는 외숙부도 자기도 사고 후 충격으로 고통을 호소했다고 말했으며, 제발트는 필리파 코머에게 간신히 목숨을 건졌다고 말했다(『아리아드네의 실』 88~89쪽).

19 『대지와 물을 지나서』 106쪽 참고. "집으로 돌아가는 길 / 치명적인 사고의

환상."

20 이 초고에서 제발트가 유지한 유일한 대목은 레오나르도의 선명한 녹색에 관한 대목으로, 앤의 숲을 설명할 때 이 녹색을 활용했다(190). 원래 화자는 개트윅 근처의 M25번 도로를 자동차로 내달리다가 멀찍이서 이 녹색 언덕을 목격하는데, 그 순간 언젠가 본 적이 있는 비슷한 언덕이 떠오르는 바람에 완전히 넋을 놓고 그 언덕을 바라보다가 도로를 벗어날 뻔한다(독일문학아카이브에 보관 중인 '토성의 고리' 파일).

21 제발트가 얼마나 산만한 운전자였는지를 아는 사람 가운데 일부만 언급하자면 게르트루트, 베아테, 마리, 우르줄라, 위르겐, 고든 터너, 리처드 셰퍼드, 조던 부부, 베릴 랜월, 아담 체르니아프스키, 리아 로하위전 등이 있다. 제발트 자신도 그 사실을 알고 있었다. 그는 1990년 "Ich bin ein sehr erratischer Autofahrer[저는 종잡을 수 없는 운전자입니다]"라고 레나테 유스트에게 말했다(1990년 10월 5일 『쥐트도이체 차이퉁』 매거진 40호, 『초상 7: W. G. 제발트』 30쪽).
제발트가 집중력을 잃었다고 생각한 사람들 중에 고든 터너, 리처드 셰퍼드, 리아 로하위전 등이 나와의 인터뷰에서 그렇게 말했다. 또한 그의 제자였던 세라 에밀리 미아노도 이에 동조했다(「주머니 속의 손」 166쪽 참고).
처음에 자살을 떠올렸던 사람들도 나와의 인터뷰에서 그런 생각을 전했다. 단, 내가 취재를 시작한 시점에는 더 이상 이 세상에 있지 않았던 발터 칼하머는 예외다. 나는 그의 반응을 그의 형제 프리츠 칼하머와 누이 우르줄라 슈미트를 통해 전해 들었다.

22 존 쿡의 메모, 『자연을 따라. 기초시』 교정본, 마이클 햄버거의 편지는 독일문학아카이브에 보관되어 있다. 마이클은 장례식 후 제발트의 책상에서 개봉되지 않은 채로 놓여 있는 편지를 발견했다(『아이리시 페이지』 130쪽).
제발트의 별자리 운세(황소자리, 4월 21일~5월 21일)와 관련해서는 『이스턴 데일리 프레스』 2001년 12월 14일 토요일 자 '당신의 별자리 운세'를 참고하라. 이 운세를 제외한 다른 모든 운세가 일식을 언급하고 있다. 당시 일식은 금환 일식이었고 북미에서는 낮에, 영국에서는 저녁과 밤에 일어났다(https://en.wikipedia.org/wiki/Solar_eclipse_of_December_14_2001, http://www.timeanddate.com/eclipse/solar/2001-december-14 참고).

23 이 문단에 제시된 정보는 2002년 5월 15일 검시 보고서에 바탕을 두고 있다. 정보를 제공해준 노퍽의 검시관에게 감사드린다. 이 사고는 2001년 12월 17일 월요일 『이스턴 데일리 프레스』 1면과 『이브닝 뉴스』 7면에 정확히 보도되었다. 트럭을 소유한 회사 M. 게이즈의 이사 미첼 게이즈도 도움을 주었다.

24 2001년 12월 17일 월요일 『이스턴 데일리 프레스』 1면과 『이브닝 뉴스』 7면에 그렇게 보도되었다.

25 게르트루트와 마리가 제공한 정보.

26 검시 보고서에서 얻은 정보. 사고와 마찬가지로 검시도 2002년 5월 16일 『이스트 데일리 프레스』 49면에 정확히 보도되었다.

당시 노퍽의 검시관 윌리엄 암스트롱과 부검을 담당한 병리학자 다니엘 피트 박사는 친절하게 내 질문에 답해주었다. 거의 20년이 지났으므로 당연하게도 모든 세부 사항을 기억하지는 못했다. 그러나 두 사람 모두 심장 문제가 사고의 원인이었다는 사실은 기억하고 있었다(2020년 2월 4일 피트의 이메일, 2020년 2월 6일 암스트롱과의 전화 통화를 통해 확인했다). 두 사람에게 감사를 전한다. 심장 문제가 사고의 원인이기는 했지만, 검시관의 진단서는 제발트의 부상을 사망 원인으로 명시하고 사고사로 기재했다. 이는 제발트의 사망증서(QJ/2002, District Norwich (639/1D), Reg.D33B, Entry No. 267)에도 명시되어 있다. 클리브 스콧은 이미 이틀 후부터 제발트의 사망 원인을 심장마비라고 생각했다(필리파 코머, 『아리아드네의 실』, 189쪽). 그러나 리처드 셰퍼드는 『유럽학 저널: W. G. 제발트 특별호』 201쪽에 부친 서문에서 여전히 동맥류 문제를 언급했고, 이런 이야기는 한동안 반복되었다. 우베 쉬테도 (『이민자들』 33쪽에서) 충격이 가해지기 전에 심장마비가 발생했다고 결론 내린다.

27 제발트의 장례식에 관한 정보는 게르트루트, 마리, 햄버거 부부, 스티븐 와츠를 통해 얻었다. 또한 토머스 십이 진행한 라디오 다큐멘터리 「프랑스 문화」에 출연한 고든 터너도, 장례식이 치러지고 며칠 후 묘를 방문한 세라 에밀리 미아노(「주머니 속의 손」 172쪽 참고)도 정보를 제공했다.

28 『토성의 달들』 312~314쪽에 실린 마이클 햄버거의 「필요 이상의 비문Redundant Epitaphs」.

29 제발트가 1973년 10월 4일 ROP에게 한 말로, 「따뜻한 안부를 전하며, 막스」 49쪽에서 확인할 수 있다.

30 이 문단은 내가 게르트루트와 나눈 대화에 바탕을 두고 있으며, 자살에 대한 제발트의 생각은 크리스틴 묄커, 랄프 요이터와 나눈 대화, 그리고 얀 페터 트리프가 토마스 호니켈과 한 인터뷰에 바탕을 두고 있다.

군델라 엔첸스베르거는 자신이 겪은 비슷한 사고와 제발트가 한 말을 공유해주었다(2016년 2월 20일 인터뷰).

피터 조던도 제발트에게 있어서 우연한 사건은 우연이 아닌 운명이었다고 말한다(미출간 회고록 『포트 IX에서의 오후An Afternoon at Fort IX』 4쪽). 우베 쉬테도 2011년 12월 6일 라디오 3 채널을 통해 송출된 제발트에 관한 라디오 에세이 「에세이」 중 '본보기로 가르치다'에서 그렇게 말한다.

참고문헌

W. G. 제발트의 저작
문학작품

독일어 원본[국역본]

Nach der Natur, Greno, 1988, Eichborn, 1989, Fischer, 1995. [『자연을 따라. 기초시』, 배수아 옮김, 문학동네, 2017.]

Schwindel. Gefühle., Eichborn, 1990, Fischer, 1994. [『현기증. 감정들』, 배수아 옮김, 문학동네, 2014.]

Die Ausgewanderten, Eichborn, 1992, Fischer, 1994. [『이민자들』, 이재영 옮김, 창비, 2019.]

Die Ringe des Saturn, Eichborn, 1995, Fischer, 1997. [『토성의 고리』, 이재영 옮김, 창비, 2019.]

Logis in einem Landhaus, Hanser, 1998, Fischer, 2000. [『전원에 머문 날들』, 이경진 옮김, 문학동네 2021.]

Luftkrieg und Literatur, Hanser, 1999, Fischer, 2001. [『공중전과 문학』, 이경진 옮김, 문학동네, 2018.]

Austerlitz, Hanser, 2001, Fischer, 2003. [『아우스터리츠』, 안미현 옮김, 을유문화사, 2009.]

Unerzählt, with Jan Peter Tripp, Hanser, 2003.

Campo Santo, Hanser, 2003, Fischer, 2006. [『캄포 산토』, 이경진 옮김, 문학동네, 2018.]

Über das Land und das Wasser, ed. Sven Meyer, Hanser, 2008, Fischer, 2012.

'Die hölzernen Engel von East Anglia', *Die Zeit*, 26 July 1974, in Saturn's Moons, pp. 319-323.

'Leben Ws, Skizze einer möglichen Szenenreihe für einen nichtrealisierten Film', *Frankfurter Rundschau*, Feuilleton, p. ZB 3, 22 April 1989, in Saturn's Moons, pp. 324-333.

'Jetzund kommt die Nacht herbey,' W. G. Sebald Archive, Deutsches Literaturarchiv, Marbach.

Zerstreute Reminiszenzen, *Gedanken zur Eröffnung eines Stuttgarter Hauses*, ed. Florian Höllerer, Ulrich Keicher, 2008.

영역본 및 영어 원본

The Emigrants, tr. Michael Hulse, Harvill, 1996, Vintage paperback, 2002.

The Rings of Saturn, tr. Michael Hulse, Harvill, 1998, Vintage paperback, 2002.

Vertigo, tr. Michael Hulse, Harvill, 1999, Vintage paperback, 2000.

Austerlitz, tr. Anthea Bell, Hamish Hamilton, 2001, Penguin paperback, 2002.

For Years Now, with Tess Jaray, Short Books, 2001.

After Nature, tr. Michael Hamburger, Hamish Hamilton, 2002, Penguin paperback, 2003.

On The Natural History of Destruction, tr. Anthea Bell, Hamish Hamilton, 2003, Penguin paperback, 2004.

Unrecounted, with Jan Peter Tripp, tr. Michael Hamburger, Hamish Hamilton 2004, Penguin paperback, 2005.

Campo Santo, tr. Anthea Bell, Hamish Hamilton, 2005, Penguin paperback, 2006.

Across the Land and the Water, tr. Iain Galbraith, Hamish Hamilton, 2011, Penguin paperback, 2012.

A Place in the Country, tr. Jo Catling, Hamish Hamilton, 2013, Penguin paperback, 2014.

학술자료

독일어

Zu Carl Sternheim: Kritischer Versuch einer Orientierung über einen umstrittenen Autor ([카를 슈테른하임에 관하여: 논쟁적인 작가에 대한 비판적 개관]), licence (BA) dissertation, University of Fribourg.

Carl Sternheim und Sein Werk in Verhältnis zur Ideologie der Spätbürgerlichen Zeit ([후기 부르주아 시대 이데올로기와의 관계에 있어 카를 슈테른하임과 그의 작품]), MA dissertation, University of Manchester.

Carl Sternheim: Kritiker und Opfer der Wilhelminischen Ära ([카를 슈테른하임: 빌헬름 시대의 비판자이자 희생자]), Kohlhammer, 1969.

Der Mythus der Zerstörung im Werk Döblins ([되블린의 작품에 담긴 파괴의 신화]), Klett, 1980.

Die Beschreibung des Unglücks ([불행에 대한 기술]), Residenz Verlag, 1985, Fischer paperback, 1994.

Unheimliche Heimat ([섬뜩한 고향]), Residenz Verlag, 1991, Fischer paperback, 1995.

영어

'The Revival of Myth: A Study of Alfred Döblin's Novels'[「신화의 부활: 알프레트 되블린의 소설 연구」], Ph.D. dissertation, University of East Anglia.

A Radical Stage: Theatre in Germany in the 1970s and 1980s[「급진적인 무대: 1970~1980년대 독일 연극」] (ed.), Berg, 1988.

W. G. 제발트의 기고문

독일어와 영어

'*Kleine Traverse: Über das poetische Werk des Alexander Hebrich*', *Manuskripte* 21, 1974; in Beschreibung des Unglücks, Residenz Verlag, 1985, Fischer paperback, 1994.

'*Die weisse Adlerfeder am Kopf: Versuch über Herbert Achternbusch*', *Manuskripte* 23, 1983, pp. 75-79.

'*Summa scientiae: System und Systemkritik bei Elias Canetti*', *Literatur und Kritik*, 18, September-October 1983; in Beschreibung des Unglücks.

'*Preussische Perversionen: Anmerkungen zum Thema Literatur und Gewalt, ausgehend vom Frühwerk Alfred Döblins*', paper given at the international Döblin colloquium, Freiburg, 1983 in Werner Stauffacher, ed., *Internationale Alfred Döblin–Colloquien*, Peter Lang, 1986, pp. 231-238.

'*Mit den Augen des Nachtvogels: Über Jean Améry*', *Frankfurter Rundschau*, 2-3 January 1987; as 'Against the Irreversible: On Jean Améry' in On the Natural History of Destruction, tr. Anthea Bell, Hamish Hamilton, 2003, Penguin paperback, 2004.

Kleine Vorrede zur Salzburger Ausstellung, Introduction to the catalogue of an Anita Albus exhibition, Salzburg, 2 August-30 September 1990, ed. Tugomir Luksic.

'*Ich möchte zu ihnen hinabsteigen und finde den Weg nicht: zu den Romanen Jurek Beckers*',

Sinn und Form, 62.2, March 2010, pp. 226-234.

'*Das Häschens Kind, der kleine Has: Über das Totemtier des Lyrikers Ernst Herbeck*', *Frank-furter Allgemeine Zeitung*, 8 December 1992; in English in Campo Santo, tr. Ant-hea Bell, Hamish Hamilton, 2005, Penguin paperback, 2006, pp. 130-139.

'Between the Devil and the Deep Blue Sea: Alfred Andersch', *Lettre International* No. 20, Spring 1993; in English in On The Natural History of Destruction, pp. 107-145.

'*Ausgrabung der Vergangenheit*', a piece written in honour of Michael Hamburger, in *Sat-urn's Moons*, p. 344.

W. G. 제발트의 번역서

Evans, Richard, *Sozialdemokratie und Frauenemanzipation im deutschen Kaiserreich*, J. H. W. Dietz Nachfolger, 1979, translated by W. G. Sebald.

W. G. 제발트 관련 도서

독일어

Atze, Marcel, *Sebald in Freiburg*, No. 102 in the *Spuren* series, Deutsche Schillerge-sellschaft in Marbach, 2014.

von Bülow, Ulrich, Heike Gfrereis and Ellen Strittmatter eds., *Wandernde Schatten, W. G. Sebalds Unterwelt*, Marbacher Kataloge 62, 2008.

Fischer, Gerhard, ed., *W. G. Sebald: Schreiben ex-patria—Expatriate Writing*, Rodopi, 2009.

Fuchs, Anne, *Die Schmerzenspuren der Geschichte: Zur Poetik der Erinnerung in W. G. Sebalds Prosa*, Böhlau, 2004.

Gotterbarm, Mario, *Die Gewalt des Moralismus: Zum Verhältnis von Ethik und Ästhetik bei W. G. Sebald*, Wilhelm Fink, 2016.

Heidelberger-Leonard, Irene and Tabah, Mireille, eds., *W. G. Sebald, Intertextualität und Topographie*, LIT Verlag Dr W. Hopf, 2008.

Honickel, Thomas, *Curriculum Vitae: Die W. G. Sebald-Interviews (Curriculum Vi-tae: The W. G. Sebald Interviews)*, ed. Uwe Schütte und Kay Wolfinger, Band 1, Deutschen Sebald Gesellschaft Schriftenreihe (Vol. 1 in the German Sebald Society series), Königshausen & Neumann, 2021.

Horn, Eva, Menke, Bettina and Menke, Christoph, eds., *Literatur als Philosophie— Philosophie als Literatur*, Wilhelm Fink paperback, 2005.

Hutchinson, Ben, *W. G. Sebald: Die dialektische Imagination*, De Gruyter, 2009.

Köpf, Gerhard, ed., *Mitteilungen über Max*, Verlag Karl Maria Laufen, 1998.

Loquai, Franz, ed., *Porträt 7, W. G. Sebald*, Edition Isele, 1997.

______, and Atze, Marcel, eds., *Sebald. Lektüren.*, Edition Isele, 2005.

Öhlschläger, Claudia and Niehaus, Michael, eds., *W. G. Sebald: Politische Archäologie und melancholische Bastelei*, Erich Schmidt, 2006.

______, *W.G. Sebald-Handbuch: Leben – Werk – Wirkung*, J. B. Metzler, 2017.

Schley, Fridolin, *Kataloge der Wahrheit: zur Inszenierung von Autorschaft bei W. G. Sebald*, Wallstein, 2012.

Schmucker, Peter, *Grenzübertretungen: Intertextualität im Werk von W. G. Sebald*, De Gruyter, 2012.

Schütte, Uwe, *W. G. Sebald: Einführung ins Leben und Werk*, Vandenhoeck & Ruprecht, 2011.

______, *Figurationen*, Edition Isele, 2014.

______, *Interventionen*, Editionen Text + Kritik, 2014.

______, ed. *Über Sebald*, De Gruyter, 2017.

영어

Blackler, Deane, *Reading W. G. Sebald: Adventure and Disobedience*, Camden House, 2007.

Catling, Jo and Hibbitt, Richard, *Saturn's Moons: W. G. Sebald—A Handbook*, Legenda, 2011.

Clingman, Stephen, *The Grammar of Identity: Transnational Fiction and the Nature of the Boundary*, Oxford University Press, 2009.

Comber, Philippa, *Ariadne's Thread: In Memory of W. G. Sebald*, Propolis, 2014.

Cook, Jon, ed., *After Sebald*, Full Circle Editions with UEA, 2014.

Denham, Scott and McCulloh, Mark, eds., *W. G. Sebald: History, Memory, Trauma*, De Gruyter, 2006.

Finch, Helen, *Sebald's Bachelors*, Legenda, 2013.

______ and Wolff, Lynn L., *Witnessing, Memory, Poetics: H. G. Adler and W. G. Sebald*, Camden House, 2014.

Fuchs, Anne and Long, J. J., eds., *W. G. Sebald and the Writing of History*, Königshausen & Neumann, 2007.

Görner, Rudiger, ed., *The Anatomist of Melancholy*, Iudicum Verlag, 2003 Hutchins, Michael D., *Tikkun: W. G. Sebald's Melancholy Messianism*, Ph.D. submitted to the University of Cincinnati, 2011 https://etd.ohiolink.edu/!etd.send_file?accession=ucin1307321149&disposition=inline.

Long, J. J., *W. G. Sebald: Image, Archive, Modernity*, Edinburgh University Press, 2007.

______ and Whitehead, Anne eds., *W. G. Sebald: A Critical Companion*, Edinburgh University Press, 2004.

McCulloh, Mark, *Understanding W. G. Sebald*, University of South Carolina Press, 2003.

Medin, Daniel, *Three Sons: Franz Kafka and the Fiction of J. M. Coetzee, Philip Roth, and W. G. Sebald*, Northwestern University Press, 2010.

Patt, Lise with Dillbohner, Christel, eds., *Searching for Sebald, Photography after W. G. Sebald*, Institute of Cultural Enquiry, 2007.

Santner, Eric, *On Creaturely Life: Rilke–Benjamin–Sebald*, University of Chicago Press, 2006.

Schmitz, Helmut, *On Their Own Terms: The Legacy of National Socialism in post-1990 German Fiction*, University of Birmingham Press, 2004.

Schütte, Uwe, W. G. Sebald, Writers and Their Work series, Northcote, 2018.

Smith, Christopher, *'Max': W. G. Sebald as I Saw Him*, Solen Press, Norwich, 2007 (W. G. Sebald Special Issue, *Journal of European Studies*, Vol. 41, Nos 3-4, December 2011도 참조).

Wolff, Lynn L., *W. G. Sebald's Hybrid Poetics*, De Gruyter, 2014.

Zisselsberger, Markus ed., *The Undiscover'd Country: W. G. Sebald and the Poetics of Travel*, Camden House, 2010.

W. G. 제발트를 다룬 학술지 특집호

독일어

Arnold, Heinz Ludwig, ed., *W. G. Sebald, Text + Kritik* 158, 2003.

Krüger, Michael, ed., *W. G. Sebald zum Gedächtnis, Akzente* 50 (1), 2003.

Vogel-Klein, Ruth, ed., 'W. G. Sebald: Memoires. Transferts. Images. *Erinnerung. Übertragungen. Bilder*', *Recherches Germaniques*, Special Issue No. 2, 2005.

Europe, revue littéraire mensuelle, No. 1009, May 2013: W. G. Sebald and Tomas Tranströmer.

영어

Bush, Peter, ed., W. G. Sebald Memorial Issue, *In Other Words* 21, 2003.

Dreyfus, Jean-Marc and Wolff, Janet, eds., *Traces, Memory and the Holocaust in the Writings of W. G. Sebald, Melilah, Manchester Journal of Jewish Studies*, Supplementary Vol. No. 2, Gorgias Press, 2012.

Sheppard, Richard, ed., W. G. Sebald Special Issue, *Journal of European Studies*, Vol. 41, Nos 3-4, December 2011.

W. G. 제발트 관련 기사

독일어

Anderson, Mark, '*Wo die Schrecken der Kindheit verborgen sind: W. G. Sebalds Dilemma der zwei Väter*', *Literaturen* 7/8, 2006, pp. 32-9, http://www.wgsebald.de/vaeter.html.

Bahners, Patrick, '*Magisch zieht des Dichters Grab Gedenkartikel an*', *Frankfurter Allgemeine Zeitung*, 26 September 2008.

Gasseleder, Klaus, '*Erkundungen zum Prätext der Luisa-Lanzberg Geschichte aus W. G. Sebald: Die Ausgewanderten: Ein Bericht*', in Marcel Atze and Franz Loquai, eds., *Sebald.Lekturen*, 2005, pp. 157-175.

Göpfert, Rebekkah, '*Susi Bechhöfer Fragt Zurück*', *Frankfurter Rundschau*, 15 March 2003.

Isenschmid, Andreas, '*Melencolia*', *Die Zeit*, 21 September 1990, in Franz Loquai, ed., *Porträt 7, W. G. Sebald*, 1997, pp. 70-74.

Joch, Markus, '*4:2 für die Literaturpfaffen: W G Sebald's Angriffe auf Alfred Andersch und Jurek Becker*', in *Über Sebald*, ed. Schütte, pp. 227-249

Kehlmann, Daniel, '*Der Betriebsschaden*', *Frankfurter Allgemeine Zeitung Sonntag*, 15/16 October 2005.

Radvan, Florian, '*Unterricht mit Zweifel*', in *Über Sebald*, ed. Schütte, De Gruyter, 2017, pp. 299-302.

Schütte, Uwe, '*Mit dem Bulldozer durch die Literaturgeschichte: W. G. Sebald als Literaturkritiker und Germanist*', *Volltext* 4/2014, pp. 4-5.

Stahlhut, Marco, '*Ist das jetzt eine zynische Bemerkung?*', *Frankfurter Allgemeine Zeitung*, 12 December 2016.

Tabbert, Reinbert, '*Erinnerung an W. G. Sebald, einen Ausgewanderten aus dem Allgäu*', in *Literaturblatt für Baden und Württemberg*, 6/2002.

______, 'Max in Manchester', *Akzente* 50 (1), February 2003; in Krüger, ed., *Akzente* 50 (1), 2003, *W. G. Sebald zum Gedächtnis*, pp. 21-30.

______, '*Tanti cordiali saluti, Max*', *Literaturen* 05, 2004.

______, '*Zur Sebald-Ausstellung*', Reutlingen, 8 June 2004.

Vogel-Klein, Ruth, '*Ein Fleckerlteppich*', in *W. G. Sebald: Mémoire, Transferts, Images. Erinnerung. Übertragungen. Bilder., Recherches Germaniques*, Special Issue No. 2, 2005.

영어

Anderson, Mark, 'A Childhood in the Allgäu: Wertach, 1944-1952', Part I, Chapter 1 of *Saturn's Moons*, pp. 16-37.

______, 'Five Crucial Events in the Life of W. G. Sebald', *Kosmopolis*, 23 February 2015, http://kosmopolis.cccb.org/en/sebaldiana/post/cinc-esdeveniments-a-la-vida-de-w-g-sebald/.

Baer, Elizabeth, 'W. G. Sebald's *Austerlitz*: Re-mediation as Restitution', in *Reworking the German Past: Adaptations in Film, the Arts and Popular Culture*, eds Susan Figge and Jenifer Ward, Boydell & Brewer, 2010, pp. 181-199.

Bartsch, Scott, 'W. G. Sebald's "Prose Project": A Glimpse into the Potting Shed', in *Über Sebald*, ed. Schütte, pp. 99-134.

Bechhöfer, Susi, 'Stripped of my tragic past by a bestselling author', *Sunday Times*, 30 June 2002.

Bell, Anthea, 'Translating W. G. Sebald—With and Without the Author', in *Saturn's Moons*, Part I, Chapter 8, pp. 209-215.

______, 'A Translator's View', *Five Dials* magazine, https://fivedials.com/fiction/a-translators-view/.

Czerniawski, Adam, 'In memoriam Max Sebald (1944-2001)', in Czerniawski, Adam, *The Invention of Poetry*, Salt Publishing, 2005.

Diski, Jenny, review of *Vertigo*, *London Review of Books*, 3 February 2000.

Eder, Richard, 'Excavating a Life', *New York Times Book Review*, 28 October 2001, https://www.nytimes.com/2001/10/28/books/excavating-a-life.html.

Forster, Kurt W., 'Sebald's Burning Train Stations and Monstrous Courthouses', *Log*, Fall 2014, pp. 10-23.

Franklin, Ruth, 'The Limits of Feeling', review of *Across the Land and the Water in*

New Republic, 12 July 2012, https://newrepublic.com/article/104208/wg-se-bald-iaian-galbraith-poetry.

Frazer, Jenni, 'Susi Bechhöfer: Finding her own history', *Jewish Chronicle*, 21 August 2017, https://www.thejc.com/susi-bechhofer-1.443118.

Hamburger, Michael, 'Translator's Note' in *Unrecounted*, Hamish Hamilton, 2004, pp. 1-9.

Hulse, Michael, 'Englishing Max', in *Saturn's Moons*, Part I, Chapter 7, pp. 195-208.

Jaray, Tess, 'A Mystery and a Confession', *Irish Pages*, 1.2, 2002-3, pp. 137-139.

―――, 'Two Pieces', in *After Sebald*, ed. Jon Cook, 2014.

Jeutter, Ralf, 'Some Memories and Reflections: W. G. "Max" Sebald, Man and Writer', in *Über Sebald*, ed. Schütte, pp. 303-308.

Jones, Rick, 'Out of the Twilight Zone', *Standpoint*, 24 October 2008, pp. 46-7, https://standpointmag.co.uk/issues/november-2008/

out-of-the-twilight-zone-november/.

Josipovici, Gabriel, review of *The Emigrants*, *The Jewish Quarterly*, Winter 1996/7.

Modlinger, Martin, 'You can't change names and feel the same: The Kindertransport experience of Susi Bechhöfer in W. G. Sebald's *Austerlitz*', in *Yearbook of the Research Centre for German and Austrian Exile Studies*, 2012, Vol. 13, pp. 219-232.

Mount, Ferdinand, 'A Master Shrouded by Mist', *Spectator*, 26 February 2005, pp. 40-42.

Ozick, Cynthia, review of *The Emigrants, The New Republic*, 16 December 1996.

Radvan, Florian, 'The Crystal Mountain of Memory: W. G. Sebald as University Teacher', in *Saturn's Moons*, Part I, Chapter 5, pp. 154-159.

Schütte, Uwe, 'Against Germanistik: W. G. Sebald's Critical Essays', Part I, Chapter 6 of *Saturn's Moons*, pp. 161-182.

―――, 'Sebald vs Academia', *Journal of European Studies* 1-6, 2016, pp. 2-5.

―――, 'On W. G. Sebald's Radicalism', in *Sebaldiana*, 13 April 2015 http://kosmop-olis.cccb.org/en/sebaldiana/post/sobre-el-radicalismo-de-w-g-sebald/.

Sheppard, Richard, 'Dexter-Sinister: some observations on decrypting the mors code in the work of W. G. Sebald', *Journal of European Studies*, Vol. 35, No. 4, 2005.

―――, 'Woods, trees and the spaces in between': A Report on Work published on W. G. Sebald, 2005-8, *Journal of European Studies*, Vol. 39, No. 1, March 2009.

―――, 'W. G. Sebald's Reception of Alfred Döblin' in *Alfred Döblin: Paradigms of Modernism*, ed. Steffan Davies and Ernest Schonfeld, De Gruyter, 2009.

_______, ed., W. G. Sebald Special Issue, *Journal of European Studies*, Vol. 41, Nos 3-4, December 2011.

_______, 'The Sternheim Years', Part I, Chapter 2 of *Saturn's Moons*, 2011.

_______, ed., 'Three Encounters with W. G. Sebald', Journal of European Studies, Vol. 44, No. 4, December 2014.

_______, Review of Philippa Comber, *Ariadne's Thread: In Memory of W. G. Sebald*, *Journal of European Studies*, 16 February 2015.

Sontag, Susan, *Times Literary Supplement*, 29 November 1996.

_______, 'A Mind in Mourning', *Times Literary Supplement*, 15 February 2000, pp. 3-4 https://www.the-tls.co.uk/articles/public/mourning-sickness/.

Stone, Will, 'Max: A Celebration'에서의 강연문, Wilton's Music Hall, 14 December 2011, 출처 미상의 복사본.

Strawson, Galen, 'Elias's Alias Implausible', *Financial Times*, 6 October 2001.

Swainson, Bill, 'On editing translations', *In Other Words*, No. 48, November 2016.

_______, 'Excitement and Possibility' in *My BCLT: A celebration of 30 years of the British Centre for Literary Translation*, 30th Anniversary edition, edited by Duncan Large, Anna Goode and Johanne Elster Hanson (Norwich: BCLT, 2019).

Thirlwell, Adam, 'Kitsch and W. G. Sebald', *Areté*, No. 12, 2003, pp. 27-54.

Tobler, Stefan, 'The portrait of the Sebaldian translator, preferably not a young man', in W. G. Sebald Memorial Issue, *In Other Words*, No. 21, 2003.

Turner, Gordon, 'At the University: W. G. Sebald in the Classroom', Part I, Chapter 3 of *Saturn's Moons*.

_______, Obituary of Beryl Ranwell, *Guardian*, 1 July 2013.

Watts, Jonathan P., 'Unreal Estate', *Irish Pages*, Vol. 7, No. 1, pp. 67-77.

Watts, Stephen, 'Max Sebald: A Reminiscence', in *Saturn's Moons*, pp. 299-307.

Williams, Luke, 'A Watch on Each Wrist: Twelve Seminars with W. G. Sebald', in Part I, Chapter 4 of *Saturn's Moons*.

Wood, James, Introduction to *Austerlitz* by W. G. Sebald, Penguin Essentials, 2011.

_______, 'Reveries of a Solitary Walker', *Guardian*, 20 April 2013.

인터뷰집

독일어

Hoffmann, Torsten, ed., *Auf ungeheuer dünnem Eis*, Fischer paperback, 2015.

영어

Schwartz, Lynne Sharon (ed.), *The emergence of memory, Conversations with W. G. SE-BALD*, Seven Stories Press, 2007.

기타 인터뷰

독일어

이 자료들을 보내준 토르스텐 호프만에게 감사를 전한다.

Baltzer, Burkhard, '*Wir sprechen mit Winfried G. Sebald*', *Schwäbisches Tagblatt*, 15 November 1990.

Boedeker, Sven, '*Mit dem Vokabular im Gepäck*', *Tagesspiel Berlin*, 11 March 1993.

Just, Renate, '*Stille Katastrophien*', *Süddeutsche Zeitung Magazin*, 5 October 1990 (in Franz Loquai, *Porträt 7: W. G. Sebald*, 1997, pp. 25-31).

________, '*Im Zeichen des Saturn*', *Die Zeit Magazin*, 13 October 1995 (in Ibid., pp. 37-42).

Kospach, Julia, '*Der Spurensucher*', *Profil*, 19 February 2001.

Kunisch, Hans-Peter, '*Die Melancholie des Widerstands*', *Süddeutsche Zeitung*, 5 April 2001.

Löffler, Sigrid, '*Kopfreisen in die Ferne*', *Süddeutsche Zeitung*, 4-5 February 1995 (in Franz Loquai, ed., *Porträt 7, W. G. Sebald*, 1997, pp. 135-137).

Öhlen, Martin, '*Die Weltsicht ist verhangen*', *Kölner Stadt-Anzeiger*, 13 June 1997.

Scheck, Denis, '*Ein Interview mit W. G. Sebald über Luftkrieg und Literatur*', Deutschland Radio Berlin, 26 January 1998 and *Basler Zeitung*, 6 February 1998.

Schröder, Lothar, '*Mitteilungen über Max*', *Rheinische Post*, 13 December 2000.

Wittmann, Jochen, '*Ein Besuch bei W. G. Sebald*', *Stuttgarter Zeitung*, 27 November 1997.

영어

Alvarez, Maria, 'The Significant Mr Sebald', *Telegraph*, 24 September 2001.

Atlas, James, 'W. G. Sebald: A Profile', *Paris Review* 151, Summer 1999, pp. 278-295.

Bailey, Paul, 'Old Order Overthrown', *Daily Telegraph*, 6 June 1998.

Baker, Kenneth, 'Up against historical amnesia', *San Francisco Chronicle*, 7 October 2001.

Bigsby, Christopher, *Writers in Conversation with Christopher Bigsby*, Vol. 2, EAS Publishing, 2001, pp. 140-165.

Cook, Jon, 'Lost in Translation?', 9 February 1999, in *Saturn's Moons*, pp. 356-363.

Green, Toby, 'The Questionable Business of Writing', late 1999, in 'Three Encounters with W. G. Sebald', *Journal of European Studies*, Vol. 44, No. 4, December 2014.

Houpt, Simon, 'Past Imperfect', *Toronto Globe and Mail*, 17 November 2001.

Jaggi, Maya, 'Recovered Memories', *Guardian*, 22 September 2001.

_______, 'The Last Word', *Guardian*, 21 December 2001.

Kafatou, Sarah, 'An Interview with W. G. Sebald', *Harvard Review*, No. 15, Fall 1998.

McCrum, Robert, 'Characters, Plot, Dialogue? That's not really my style', *Observer Review*, 7 June 1998.

de Moor, Piet, 'Echoes from the Past', *Knack* magazine, Brussels, 6 May 1992, in *Saturn's Moons*, pp. 350-354, tr. Reinier van Straten.

Morgan, Peter, 'Living Among the English', 10 July 1998, *Planet* No. 158, pp. 13-18.

Mühling, Jens, 'The Permanent Exile of W. G. Sebald', April 2000, Pretext 7, Spring-Summer 2003, p. 15-26 (on Terry Pitts' *Vertigo* website, https://sebald.wordpress.com/category/jens-muhling/).

Reynolds, Susan Salter, 'A Writer Who Challenges Traditional Storytelling', *Los Angeles Times*, 24 October 2001.

Shakespeare, Sebastian, 'Sebastian Shakespeare Talks to W. G. Sebald', *Literary Review*, October 2001.

Tonkin, Boyd, 'Swimming the Seas of Silence', *Independent*, 18 February 1998.

Wasserman, Steve, 'In This Distant Place', 17 October 2001, in *Saturn's Moons*, pp. 364-375.

Wood, James, 'An Interview with W. G. Sebald', *Brick* 59, 1998, pp. 23-29.

Zeeman, Michael, '*Kamer met Uitsicht*', VPRO Netherlands, 12 July 1998, transcribed by Gordon Taylor, in Denham and McCulloh, *W. G. Sebald: History — Memory — Trauma*, De Gruyter 2006, pp. 21-29.

프랑스어

Devarrieux, Claire, '*Qu'est devenu Ernest?*', *Libération*, 7 January 1999.

de Cortanze, Gérard, '*Le passé repoussé de l'Allemagne*', *Le Figaro Littéraire*, 14 January 1999.

네덜란드어

Annette de Jong, '*W. G. Sebald over joden, Duitsers en migranten*', *NRC Handelsblad*, 2
July 1993.

스페인어

Amat, Nuria, '*W. G. Sebald: Un Encuentro*', *ABC Cultural*, Madrid, No. 453, 30 Sep-
tember 2000, https://nuriaamat.com/wp‑content/uploads/2016/05/Sebald.‑En-
trevista‑ABC‑Cultural.pdf.

Krauthausen, Ciro, '*Crecí in una familia postfascista alemana*', *Babelia*, suplemento
del diario *El País*, 14 July 2001, https://elpais.com/cultura/2016/10/27/babe-
lia/1477566485_771964.html.

W. G. 제발트 관련 시청각 자료

청각 자료

Bookworm interview with Michael Silverblatt (in Schwartz, pp. 77‑86) https://www.
youtube.com/watch?v=lVssOL6olQ4.

W. G. Sebald in conversation with Eleanor Wachtel', on CBC (Canada) https://www.
cbc.ca/player/play/1809173571889.

'Looking and Looking Away', *The Essay*, BBC Radio 3, 2011

1. 5 December 2011, Christopher Bigsby, 'Not Responsibility: Shame', https://www.
bbc.co.uk/programmes/b017ssr3.

2. 6 December 2011, Uwe Schütte, 'Teaching by Example', https://www.bbc.co.uk/pro-
grammes/b017t0t0.

3. 7 December 2011, Anthea Bell, 'A Translator's View', https://www.bbc.co.uk/pro-
grammes/b017t1j6.

4. 8 December 2011, George Szirtes, 'Sebald the Poet', https://www.bbc.co.uk/pro-
grammes/b017t2q9.

5. 9 December 2011, Amanda Hopkinson, 'A History of Memory or a Memory of His-
tory?', https://www.bbc.co.uk/programmes/b017t37y.

'W. G. Sebald', by Thomas Sipp, with Anthea Bell, Anne Beresford, Michael Hamburg-
er, Ralf Jeutter, Ria Loohuizen and Gordon Turner, Radio France Culture, 22 June
2006 (CD in the UEA Audiovisual Archive, 토머스 시프가 친절하게도 녹취록을 보내
주었다).

'*Une vie, une oeuvre: W. G. Sebald*', Radio France Culture, 29 September 2009, http://www.franceculture.fr/emissions/une-vie-une-oeuvre/wg-sebald-1944-2001-2012-09-29.

시각 자료

Freiburger Studentenzeitung, 1951–1972, CD produced by the Archiv Soziale Bewegungen (Archive of Social Movements) together with the Albert-Ludwigs University, 2012.

W. G. Sebald at the 92nd Street Y, 15 October 2001, https://www.youtube.com/watch?v=ccMCGjWLlhY.

J.J. Long, 'Austerlitz', SOURCE Photographic Review, https://www.youtube.com/watch?v=9m00MoJecKg.

이스트앵글리아대학 시청각 아카이브

이스트앵글리아대학 시청각 아카이브에는 고든 터너가 편찬한, 제발트가 생산했거나 그와 관련이 있는 참고자료를 폭넓게 갈무리하고 있는데, 이는 『토성의 달들』 581~590쪽에 수록되어 있다. 고든 터너는 이 자료들을 2019년까지 최신 상태로 갱신했으며, 그 결과는 이스트앵글리아대학 시청각 아카이브에서 확인할 수 있다. 나는 주로 다음 자료들을 참고했다.

청각 자료

'*Carl Sternheim: Versuch eines Porträts*' ('Carl Sternheim: Attempt at a Portrait'): Discussion between Hellmuth Karasek, Jakob Knauss, Peter von Matt and WGS on Swiss Radio DRS II (Zurich), 11 February 1971.

Jon Cook, Discussion with WGS, UEA 9 February 1999 (980쪽 기타 인터뷰 항목 참조).

Christopher Bigsby, Conversation with WGS, UEA, 12 January 2001 (980쪽 기타 인터뷰 항목 참조).

Will Self, 'Absent Jews and Invisible Executioners: W. G. Sebald and the Holocaust', recording of the Sebald Lecture 2010.

시각 자료

'Reiner Kunze spricht mit Max Sebald' ('Reiner Kunze speaks to Max Sebald'), VHS cassette, 1975.

Literarisches Quartett, discussion of *Die Ausgewanderten* with Marcel Reich-Ranicki, Hellmuth Karasek, Sigrid Löffler and Barbara Sichtermann, 14 January 1993.

Der Ausgewanderte, film written and directed by Thomas Honickel, 2007.

The Emigrant, English version (subtitles by Gordon Turner).

Sebald. Orte., film written and directed by Thomas Honickel, 2007.

Sebald. Places., English version (subtitles by Gordon Turner).

Patience (After Sebald), film by Grant Gee, 2012.

기타 도서

독일어

Andersch, Alfred, *Sansibar*, Fischer paperback, 1960.

Aufsberg, Lala, *Historische Bilder aus dem Allgäu*, Hephaistos, 2010.

Becker, Jurek, *Jakob der Lügner*, Suhrkamp paperback, 2002.

Bogdal, Klaus-Michael and Müller, Oliver, eds., *Innovation und Modernisierung: Germanistik von 1965 bis 1980*, Synchron, 2005.

Bröll, Leonhard and Wolfrum, Gerhard, *Sonthofen: Festbuch zur Stadt Erhebung*, Verlag J. Eberl, 1963.

Fallmerayer, Jakob Philipp, *Fragmente aus dem Orient*, Bruckmann, 1963.

Gebhardt, Thea, *Meine Kindheit*, 미출간 회고록, in Sebald's archive, DLA.

Haumann, Heiko and Schadek, Hans, eds., *Geschichte der Stadt Freiburg im Breisgau*, Vol. 3, Konrad Theiss, 1992.

Häussermann, Ulrich, *Friedrich Hölderlin in Selbstzeugnissen und Bilddokumenten*, Rowohlt, 1961.

Herbeck, Ernst, *Alexanders poetische Texte*, Deutscher Taschenbuch-Verlag, 1977.

Klee, Ernst, *Das Personenlexikon zum Dritten Reich. Wer war was vor und nach 1945?*, Fischer, 2003.

Knubben, Thomas, *Hölderlin: Eine Winterreise*, Klöpfer & Meyer Verlag, 2011.

Medicus, Thomas, *Heimat: Eine Suche*, Rowohlt, 2014.

Navratil, Leo, *Gespräche mit Schizophrenen*, Deutscher Taschenbuch-Verlag, 1983.

Nedo, Michael and Ranchetti, Michele, *Ludwig Wittgenstein: Sein Leben in Bildern und Texten*, Suhrkamp, 1983.

Nerlich, Michael, *Stendhal in Selbstzeugnissen und Bildokumenten*, Rowohlt, 1993.

Patel, Angelika, *Geschichte des Marktes Oberstdorf*, Band 5: Ein Dorf im Spiegel seiner

Zeit, 1918-1952, 2010.

Schwanitz, Dietrich, *Der Campus*, Eichborn, 1995.

Wagenbach, Kurt, *Franz Kafka in Selbstzeugnissen und Bilddokumenten*, Rowohlt, 1964
　　(English version *Kafka: A Life in Prague*, tr. Ewald Osers with Peter Lewis, Haus,
　　2011).

Walser, Robert, *Jakob von Gunten*, Suhrkamp paperback, 1985. [『벤야멘타 하인학교』,
　　홍길표 옮김, 문학동네, 2009.]

______, *Der Räuber*, Suhrkamp paperback, 1986. [『도적』, 이준혁 옮김, 여름, 2025.]

Wünsche, Konrad, *Der Volksschullehrer Ludwig Wittgenstein*, Suhrkamp paperback, 1985.

영어

Adler, Jeremy, *Franz Kafka*, Penguin Illustrated Lives, 2001.

Adorno, Theodor, *Minima Moralia*, tr. E. F. N. Jephcott, Verso, 2005. [『미니마 모랄리
　　아』, 김유동 옮김, 길, 2005.]

Améry, Jean, *At the Mind's Limits*, tr. Sidney and Stella Rosenfeld, Schocken Books, 1986.
　　[『죄와 속죄의 저편』, 안미현 옮김, 필로소픽, 2022.]

Aubrey, John, *Brief Lives*, Clarendon Press, 1898.

Baedeker, Karl, *SWITZERLAND, together with Chamonix and the Italian Lakes, Hand-
　　book for Travellers*, 27th revised edition, 1928.

Barker, Francis, *The Tremulous Private Body, Essays on Subjection*, Methuen, 1984.

Bartsch, Kurt and Melzer, Gerhard, eds., *TRANS-GARDE: Der Literatur der 'Grazer
　　Gruppe'*, Literaturverlag Droschl, 1990.

Bechhöfer, Susi, with Jeremy Josephs, *Rosa's Child*, I. B. Tauris, 1996.

______, *Rosa*, Christians Aware, 2016.

Bellow, Saul, *Herzog*, Penguin, 1965. [『허조그』, 김진준 옮김, 문학동네, 2025.]

Benjamin, Walter, *Illuminations*, Vintage paperback, 2015.

______, *Reflections*, Schocken Books paperback, 2000.

Bigsby, Christopher, *Remembering and Imagining the Holocaust*, Cambridge University
　　Press, 2006.

Büchner, Georg, *Lenz*, tr. Richard Sieburth, Archipelago Books, 2004. [『뷔히너 전집』,
　　박종대 옮김, 열린책들, 2020에 수록.]

Butor, Michel, *Passing Time*, tr. Jean Stewart, Pariah Press, 2021.

Canetti, Elias, *Kafka's Other Trial: The Letters to Felice*, Penguin Classics, 2012. [『카프

카의 편지: 약혼녀 펠리체 바우어에게』, 변난수·권세훈 옮김, 솔출판사, 2017에 수록.]

Cohen, Stanley, *States of Denial: Knowing About Atrocities and Suffering*, Polity Press, 2001.

Eliot, Valerie and Haffenden, John, eds., *The Letters of T. S. Eliot*, Vol. 2: 1923-1925, Yale University Press, 2011.

Enright, D. J., *Memoirs of a Mendicant Professor*, Chatto & Windus, 1969.

Friedländer, Saul, *Franz Kafka: The Poet of Shame and Guilt*, Yale University Press, 2013.

______, *When Memory Comes*, Farrar, Straus & Giroux, 1979.

Frisch, Max, *I'm Not Stiller*, Penguin Modern Classics, 1983. [『슈틸러』, 김인순, 문학동네, 2019.]

Hamburger, Michael, *String of Beginnings*, Skoob Seriph, 1991.

______, tr., Hölderlin, *Poems and Fragments*, Carcanet paperback, 2004.

Handke, Peter, *Repetition*, tr. Ralph Manheim, Minerva paperback, 1989. [『반복』, 윤용호 옮김, 종문화사, 2013.]

______, *The Goalie's Anxiety at the Penalty Kick*, tr. Michael Roloff, Farrar, Straus and Giroux paperback, 2007. [『페널티킥 앞에 선 골키퍼의 불안』, 윤용호 옮김, 민음사, 2009.]

Hanks, Patrick, ed., *Dictionary of American Family Names*, Oxford University Press, 2003.

Hoffmann, E.T. A., *The Sandman*, tr. Peter Wortsmann, Penguin, 2016.

Hofmannsthal, Hugo von, *Andreas*, tr. Marie D. Hottinger, Pushkin Press, 1998.

______, *The Lord Chandos Letter*, NYRB Classics, 2005, http://www.jubilat.org/jubilat/archive/vol11/poem_10/.

Hughes, Robert, *Frank Auerbach*, Thames & Hudson, 1990.

Illies, Florian, *1913*.

Jaray, Tess, *The Blue Cupboard*, Royal Academy of Arts, 2014.

Jordan, Peter, *Time of Songs*, 미출간 회고록.

______, *An Afternoon at Fort IX*, 20 January 2006, 미출간 회고록.

Judt, Tony, *Postwar*, Heinemann, 2005.

Kafka, Franz, *The Castle*, Penguin Classics, 2019. [『성』, 권혁준 옮김, 창비, 2015 등.]

______, *The Hunter Gracchus*, https://www.kafka-online.info/the-huntergracchus.html. [『변신』, 이주동 옮김, 솔출판사, 2017에 수록.]

______, *Investigations of a Dog*, Penguin Classics, 2018. [위의 책에 수록.]

______, *Josephine the Singer*, https://www.kafka-online.info/josephine-thesongstress-

or-the-mouse-folk.html. [위의 책에 수록.]

______, 'In the Attic', in *Abandoned Fragments: Unedited Works 1897–1917*, Sun Vision Press, 2012.

Keller, Gottfried, *Green Henry*, tr. A. M. Holt, John Calder paperback, 1985. [『초록의 하인리히 1, 2』, 고규진 옮김, 한길사, 2009.]

Lampert, Catherine, *Frank Auerbach: Speaking and Painting*, Thames & Hudson, 2015.

Leverton, Bertha, ed., *I Came Alone, The Stories of the Kindertransport*, Book Guild, 1990.

Lichtenstein, Rachel, *On Brick Lane*, Hamish Hamilton, 2007.

Malcolm, Janet, *The Silent Woman*, Picador, 1994.

McLean, Evalyn Walsh, *Father Struck It Rich*, FirstLight Publishing, 1966.

Monk, Ray, *Wittgenstein*, Vintage paperback, 1991. [『비트겐슈타인 평전』, 남기창 옮김, 필로소픽, 2019.]

Musil, Robert, *Young Törless*, Penguin Modern Classics, 2001. [『소년 퇴를레스의 혼란』, 정현규, 창비, 2021.]

Nabokov, Vladimir, *Speak, Memory*, Penguin Modern Classics, 2000. [『말하라, 기억이여』, 오정미 옮김, 문학동네, 2025.]

Nossack, Hans Erich, *The End: Hamburg 1943*, tr. Joel Agee, Chicago University Press, 2003.

Parry, Idris, *Speak Silence*, Carcanet, 1990.

Patel, Angelika and Boyd, Julia, *A Village in the Third Reich*, Elliott and Thompson, 2023.

Peacock, Ronald, *Hölderlin*, Methuen, 1938.

Perec, Georges, *W or the Memory of Childhood*, tr. David Bellos, Harvill, 1996. [『W 또는 유년의 기억』, 이재룡 옮김, 펭귄클래식코리아, 2011.]

Poli, Gabriella and Calcagno, Giorgio, *Echoes of a Lost Voice: Encounters with Primo Levi*, Vallentine Mitchell, 2018.

Reich, Erich, *The Boy in the Statue*, i2i Publishing, 2017.

Rowlands, David W. L., *Llanwddyn and Lake Vyrnwy*, Lake Vyrnwy Visitors' Centre.

______, *The Policeman's Story*, St Wddyn's Parochial Church Council.

Lake Vyrnwy, Severn Trent Water.

______, *24 Picture Postcards of Old Llanwddyn and the Building of the Vyrnwy Dam*, Proceeds to St Wddyn's Church.

Sanderson, Michael, *The History of the University of East Anglia, Norwich*, Hambledon Continuum, 2002.

Sciascia, Leonardo, *1912 + 1*, Carcanet, 1989.

Sinclair, Iain, *The Last London*, Oneworld, 2017.

Smith, James, *Shakespearian and other essays*, Cambridge University Press, 1974.

Stendhal, *The Life of Henry Brulard*, tr. Jean Stewart and C. J. G. Knight, Penguin Classics, 1973.

________, *Love*, tr. Gilbert and Suzanne Sale, Penguin Classics, 1975.

Styron, William, *Darkness Visible*, Vintage paperback, 1992.

Uffindell, Andrew, *The Nivelle Offensive and the Battle of the Aisne*, 1917, Pen & Sword Military, 2015.

Watts, Stephen, *The Blue Bag*, Aark Arts, 2004.

프랑스어

Chateaubriand, François-René, *Itinéraire de Paris à Jérusalem*, 1811.

________, *Mémoires d'Outre-Tombe*, 1848-50, https://www.ebooksgratuits.com/ebooks-france/chateaubriand_memoires_outre-tombe.pdf.

Dousse, Michel and Fedrigo, Claudio, *Fribourg vu par les écrivains*, Bibliothèque cantonale et universitaire de Fribourg, 2015.

Taine, Hippolyte, *Notes sur l'Angleterre*, Hachette, 1872, online edition https://archive.org/stream/notessurlanglet03taingoog?ref=ol#page/n15/mode/2up.

이탈리아어

Boneschi, Marta, *La donna segreta: Metilde Viscontini Dembowski*, Marsilio Editori, 2010.

인터넷 사이트
독일어

크리스치안 비르트의 제발트 사이트: http://www.wgsebald.de.

도이체 비오그라피: https://www.deutsche-biographie.de.

에른스트 알커: http://homepages.uni-tuebingen.de/gerd.simon/ChrAlker.pdf.

http://www.hls-dhs-dss.ch/textes/d/D42795.php (*Historisches Lexikon der Schweiz*).

에른스트 헤르베크: https://biapsy.de/index.php/de/9-biographien-a-z/50-herbeck-ernst (*Biographisches Archiv der Psychiatrie*, by Robin Pape and Burkhart Brückner).

리터러리 콰르텟: https://www.youtube.com/watch?v=Ip-0efN1dBo.

영어

테리 피츠의 현기증Vertigo 사이트: https://sebald.wordpress.com/.

에드윈 터너의 책 도둑biblioklept 웹사이트(「렌츠」 관련): http://biblioklept.
org/2013/06/13/the‑never‑ending‑torture‑of‑unrest‑georgbuchners‑
lenz‑reviewed/.

프리부르 관련: https://www.myswitzerland.com/en‑gb/freiburg.html; https://www.
nytimes.com/1995/01/15/travel/layers‑of‑history‑in‑fribourg.html.

제임스 스미스: https://archiveshub.jisc.ac.uk/search/archives/e17d9faf‑230b‑3c42‑
b004‑a2ed86d5f333 (Archives Hub).

미셸 뷔토르: Catherine Annabel, 'Passing Time, an Archive for Michel Butor', https://
cathannabel.blog/category/literature/michel‑butor/; https://cathannabel.
blog/2016/07/01/this‑new‑hades/.

W. G. 제발트: The Collected 'Maxims', collected by David Lambert and Robert Mc‑
Gill, Five Dials, 13 February 2009: https://fivedials.com/fiction/the‑collected‑
maxims‑of‑w‑g‑sebald/.

『이민자들』 미국판을 출간한 W. W. 노턴 출판사: https://www.wwnorton.co.uk/
books/9780811226141‑the‑emigrants.

점잖은 저자 스티븐 와츠에 관하여: https://spitalfieldslife.com/2010/11/30/ste‑
phen‑watts‑poet/.

사이먼 프로서, '총람: W. G. 제발트에 관한 모든 것Compendium: An A to Z of W. G.
Sebald', *Five Dials* 5, 2009: https://fivedials.com/fiction/z‑w‑g‑sebald/.

나보코프의 『말하라, 기억이여』 첫 구절: http://thechaosofdeath.blogspot.co.uk/
2009/04/first‑paragraph‑of‑firstchapter‑of.html.

The Jewish Museum, Frankfurt, Genewein photographs exhibition: https://www.
juedischesmuseum.de/en/explore/documents‑and‑photos/detail/colour‑slides‑
from‑the‑german‑ghetto‑administration‑in‑lodz/.

제발트의 사업체: http://www.bizdb.co.uk/company/sebald‑limited‑03346713/.

유언장 기록: https://www.gov.uk/search‑will‑probate.

네덜란드어

리아 로하위전: http://www.avondlog.nl/tags/wgsebald.

사진 출처

이 책에 실린 사진의 저작권자를 확인하고 사용 허락을 받기 위해 모든 노력을 기울였다. 그럼에도 만일 오류나 누락이 발견된다면 출판사는 이를 통보받는 대로 향후 개정판에서 기꺼이 바로잡을 것이다.

1장 W. G. 제발트

21쪽 「유대인이 한 명 줄다!」, Geschichte des Marktes Oberstdorf, Band 5: Ein Dorf im Spiegel seiner Zeit 1918-1952, 2010, courtesy Angelika Patel, © Gabriele Rieber

30쪽 1943년 밤베르크에서 게오르크와 로자, courtesy Gertrud Aebischer-Sebald(이하 GAS)

34쪽 1947년 가족사진, courtesy GAS

36쪽 1947년 혹은 1948년, 할아버지와 빈프리트, courtesy GAS

2장 「헨리 셀윈 박사」

55쪽 1970년 크레타섬에서 로즈 벅턴, courtesy Tessa Sinclair

3장 베르타흐, 1944-1952

69쪽 일요일 산책을 싫어했던 세 살배기 빈프리트, courtesy GAS

71쪽 1947년 혹은 1948년 찍은 완벽한 아이들, courtesy GAS

73쪽 학교에서의 첫날, courtesy GAS

74쪽 1학년 학급 사진, courtesy Irmgard (2부 4장을 보라)

4장 「귀향」

5장 「암브로스 아델바르트」

6장 1952-1956

7장 1956-1961

218쪽 1958년경 발터, 헬무트, 빈프리트 © Rainer Galaske

220쪽 열네 살 무렵의 로테, courtesy UL

221쪽 마리의 외할아버지가 운영하던 제분소, courtesy M

223쪽 단단히 화가 난 어린 마리, courtesy M

228쪽 열네 살의 마리, courtesy M

229쪽 1959년 이탈리아에서 빈프리트, courtesy JK

248쪽 열일곱 살 무렵의 빈프리트 © Rainer Galaske

254쪽 1960년대 초반 마티네, courtesy GAS

8장 1961-1963

265쪽 1960년대 초 헬무트, 에세, 빈프리트, 일제 호프만 © Rainer Galaske

275쪽 말을 타는 빈프리트, courtesy GAS

279쪽 열일곱 살 무렵 빈프리트, courtesy GAS

282쪽 엘리자베스 퀴스터스, courtesy UL

290쪽 제베와 세 여자, © Rainer Galaske

9장 「파울 베라이터」

297쪽 뉘른베르크법의 인종 구분, courtesy Wikipedia

310쪽 리덴 근처의 존트호펜 철로 © Carole Angier

313쪽 뮐러 일가, courtesy Ursula Rapp

315쪽 루 모저, courtesy Peter Schaich

320쪽 위르겐 케저의 철도 드로잉, 1953년 또는 1954년, courtesy JK, © Carole Angier

10장 프라이부르크, 1963-1965

327쪽 막시밀리안슈트라세 슈투덴텐하임, courtesy of the Archiv Soziale Bewegungen,
    Freiburg im Breisgau

330쪽 막시밀리안하임 친구들의 서명, 1965년, courtesy Rolf Cyriax

332쪽 1964년 「인 더 존」 연습, courtesy Rolf Cyriax

334쪽 1964년 7월 「한여름 밤의 꿈」 연습, courtesy Rolf Cyriax

347쪽 파올로, © Detlef von Berg, courtesy Thomas Bütow

349쪽 코키, 알베르트, 파올로 © Etta Schwanitz

350쪽 파올로, 코키, 에타 © Albrecht Rasche

361쪽 코키, 에타, 알베르트, 그리고 파올로 © Albrecht Rasche

367쪽 1964년 혹은 1965년 코키 © Albrecht Rasche

11장 프리부르, 1965-1966

370쪽 2017년 로잔 거리 11번지 © Carole Angier

371쪽 1831년 프리부르의 라임나무, copyright © reserved

376쪽 1966년 솔베이그와 외스타슈 콧수염, courtesy GAS

380쪽 1965년 솔베이그를 안은 게르트루트와 장폴, courtesy GAS

13장 맨체스터 1966-1968

412쪽 아로사 호텔, courtesy Richard Sheppard

416쪽 스톡턴 로드 25번지 © Richard Hibbitt

419쪽 펀딘 로드 12번지 © Richard Sheppard

429쪽 현재의 킹스턴 로드 26번지 © Carole Angier

431쪽 ROP가 작성한 1967년 3월 켐프텐 일정표 © Reinbert Tabbert

433쪽 리스턴스 뮤직 홀 © Reinbert Tabbert

440쪽 홀든 콜필드처럼 차려입은 막스 © Reinbert Tabbert

444쪽 막스 © Reinbert Tabbert

450쪽 아도르노에 관한 막스의 거짓 주석 © Carole Angier

457쪽 킹스턴 로드에서 막스 © Reinbert Tabbert

14장 장크트갈렌과 맨체스터 1968-1970

459쪽 장크트갈렌에 위치한 로젠베르크 국제학교, courtesy Wikimedia CC BY-SA 3.0

470쪽 독문과 교직원 회의, 1960년대 후반 맨체스터대학 © Wolf Dieter Ortmann

486쪽 피터 조던 © Sophie Jordan, courtesy Dorothy Jordan

494쪽 1963년 워스 학교 럭비 팀, courtesy Worth Society

15장 「막스 페르버」

508쪽 게네바인이 촬영한 세 방직공, courtesy of the US Holocaust Memorial Museum

16장 1970-1976

560쪽 1976년 독일문화원 시절 친구들, courtesy Wolf Dieter Ortmann

565쪽 1976년 막스 © Manfried Wüst

773쪽 타오르는 집, courtesy Anita Albus

옮긴이 **양미래**

번역가. 카밀라 샴지의『홈 파이어』, 파리누쉬 사니이의『목소리를 삼킨 아이』, 존 M. 렉터의『인간은 왜 잔인해지는가』, 마거릿 애트우드의『나는 왜 SF를 쓰는가』와『스톤 매트리스』, 앤 보이어의『언다잉』, 링 마의『단절』, 리베카 솔닛의『야만의 꿈들』, 세라 망구소의『망각 일기』, 마욜린 판 헤임스트라의『우주에서는 서두를 필요가 없다』, 클로디아 랭킨의『그냥 우리』등을 우리말로 옮겼다.

말하라, 침묵이여
W. G. 제발트를 찾아서

초판인쇄 2026년 2월 13일
초판발행 2026년 2월 23일

지은이 캐럴 앤지어
옮긴이 양미래
펴낸이 강성민 이은혜
책임편집 박은아 편집보조 김유나 양나래
디자인 김문비
마케팅 정민호 박치우 한민아 이민경 박진희 황승현 김경언
브랜딩 함유지 김은솔 박민재 이송이 박다솔 조다현 김하연 이준희
제작 강신은 김동욱 이순호

펴낸곳 ㈜ 글항아리
출판등록 2009년 1월 19일 제406-2009-000002호

주소 경기도 파주시 문발로 214-12, 4층
전자우편 bookpot@hanmail.net
전화번호 031-955-2689(마케팅) 031-941-5161(편집부)

ISBN 979-11-6909-325-5 03850